传统文化修养丛书

十八家诗钞

（中）

【清】曾国藩 纂

乔继堂 编

上海科学技术文献出版社
Shanghai Scientific and Technological Literature Press

中册目录

卷十二

卷十三

卷十四

卷十五

卷十六

卷十七

卷十八

卷十九

卷二十

卷十二　韩昌黎七古

七十八首

琴操十首　并序

将归操

孔子之赵，闻杀鸣犊作。

狄之水兮，其色幽幽。我将济兮，不得其由。
涉其浅兮，石啮我足；乘其深兮，龙入我舟。
我济而悔兮，将安归尤。
归兮归兮，无与石斗兮，无应龙求。

猗兰操

孔子伤不逢时作。

兰之猗猗，扬扬其香。不采而佩，于兰何伤。
今天之旋，其曷为然。我行四方，以日以年。
雪霜贸贸，荠麦之茂。子如不伤，我不尔觏。
荠麦之茂，荠麦之有。君子之伤，君子之守。

龟山操

孔子以季桓子受齐女乐，谏不从，望龟山而作。

龟之氛兮，不能云雨。龟之枿兮，不中梁柱。
龟之大兮，只以奄鲁。知将隳兮，哀莫余伍。
周公有鬼兮，嗟余归辅。

越裳操

周公作。

雨之施物以孳，我何意于彼为。
自周之先，其艰其勤。以有疆宇，私我后人。
我祖在上，四方在下。厥临孔威，敢戏以侮。
孰荒于门，孰治于田？四海既均，越裳是臣。

拘幽操

文王羑里作。

目窈窈兮，其凝其盲。耳肃肃兮，听不闻声。
朝不日出兮，夜不见月与星。
有知无知兮，为死为生。
呜呼，臣罪当诛兮，天王圣明。

岐山操

周公为太王作。

我家于豳，自我先公。伊我承序，敢有不同。
今狄之人，将土我疆。民为我战，谁使死伤。
彼岐有岨，我往独处。尔莫余追，无思我悲。

履霜操

尹吉甫子伯奇无罪，为后母谮而见逐，自伤作。

父兮儿寒，母兮儿饥。儿罪当笞，逐儿何为？
儿在中野，以宿以处。四无人声，谁与儿语。
儿寒何衣，儿饥何食？儿行于野，履霜以足。
母生众儿，有母怜之。独无母怜，儿宁不悲！

雉朝飞操

牧犊子七十无妻，见雉双飞，感之而作。

雉之飞，于朝日。群雌孤雄，意气横出。
当东而西，当啄而飞。随飞随啄，群雌粥粥。
嗟我虽人，曾不如彼雉鸡。
生身七十年，无一妾与妃。

别鹄操

商陵穆子，娶妻五年无子，父母欲其改娶，其妻闻之，中夜悲啸，穆子感之而作。

雄鹄衔枝来，雌鹄啄泥归。
巢成不生子，大义当乖离。
江汉水之大，鹄身鸟之微。
更无相逢日，且可绕树相随飞。

残形操

曾子梦见一狸，不见其首作。

有兽维狸兮，我梦得之。其身孔明兮，而头不知。
吉凶何为兮，觉坐而思。巫咸上天兮，识者其谁。

嗟哉董生行

淮水出桐柏，山东驰遥遥，千里不能休；
淝水出其侧，不能千里百里入淮流。
寿州属县有安丰，
唐贞元时县人董生召南隐居行义于其中。
刺史不能荐，天子不闻名声，爵禄不及门。
门外惟有吏，日来征租更索钱。
嗟哉董生朝出耕，夜归读古人书，尽日不得息。
或山而樵，或水而渔。
入厨具甘旨，上堂问起居。
父母不戚戚，妻子不咨咨。
嗟哉董生孝且慈！
人不识，惟有天翁知，生祥下瑞无时期。
家有狗乳出求食，鸡来哺其儿，啄啄庭中拾虫蚁。
哺之不食鸣声悲，彷徨踯躅久不去，以翼来覆待狗归。
嗟哉董生，谁将与俦？
时之人，夫妻相虐，兄弟为雠。
食君之禄，而令父母愁。
亦独何心，嗟哉董生无与俦！

汴州乱

汴州城门朝不开，天狗堕地声如雷。
健儿争夸杀留后，连屋累栋烧成灰。
诸侯咫尺不能救，孤士何者自兴哀。

母从子走者为谁，大夫夫人留后儿。

昨日乘车骑大马，坐者起趋乘者下。
庙堂不肯用干戈，呜呼奈汝母子何！

○汴州自大历后多兵。刘元佐死，子士宁代之，无度，其将李万荣逐而代之。万荣死，董晋实代之。晋卒，陆长源总留后，八日而军乱，长源死。公是时已从晋丧出汴四日，实贞元十五年。二诗之作，盖讥德宗姑息之政云。

利　剑

利剑光耿耿，佩之使我无邪心。
故人念我寡徒侣，持用赠我比知音。
我心如冰剑如雪，不能刺谗夫，使我心腐剑锋折。
决云中断开青天，噫！剑与我俱变化归黄泉。

河之水二首寄子侄老成

河之水，去悠悠。我不如，水东流。
我有孤侄在海陬，三年不见兮使我生忧。
日复日，夜复夜，三年不见汝，使我鬓发未老而先化。

河之水，悠悠去。我不如，水东注。
我有孤侄在海浦，三年不见兮使我心苦。
采蕨于山，缗鱼于渊。我徂京师，不远其还。

山　石

山石荦确行径微，黄昏到寺蝙蝠飞。
升堂坐阶新雨足，芭蕉叶大支子肥。
僧言古壁佛画好，以火来照所见稀。
铺床拂席置羹饭，疏粝亦足饱我饥。

夜深静卧百虫绝，清月出岭光入扉。
天明独去无道路，出入高下穷烟霏。
山红涧碧纷烂漫，时见松枥皆十围。
当流赤足蹋涧石，水声激激风吹衣。
人生如此自可乐，岂必局束为人鞿。
嗟哉吾党二三子，安得至老不更归。

天星送杨凝郎中贺正

天星牢落鸡喔咿，仆夫起餐车载脂。
正当穷冬寒未已，借问君子行安之。
会朝元正无不至，受命上宰须及时。
侍从近臣有虚位，公今此去归何时。

〇此诗贞元十二年作。时杨凝以户部郎中为宣武军判官。公时与同佐董晋幕，凝自汴朝正于京，以诗送之。

汴泗交流赠张仆射

汴泗交流郡城角，筑场千步平如削。
短垣三面缭逶迤，击鼓腾腾树赤旗。
新秋朝凉未见日，公早结束来何为？
分曹决胜约前定，百马攒蹄近相映。
毬惊杖奋合且离，红牛缨绂黄金羁。
侧身转背着马腹，霹雳应手神珠驰。
超遥散漫两闲暇，挥霍纷纭争变化。
发难得巧意气粗，欢声四合壮士呼。
此诚习战非为剧，岂若安坐行良图。
当今忠臣不可得，公马莫走须杀贼。

○贞元十五年，公在徐州张建封幕。汴水，徐之西；泗水，徐之南，故以名篇。公集有《谏张仆射击毬书》，此诗言"此诚习战非为剧，岂若安坐行良图"，盖亦以讥之也。

忽　忽

忽忽乎，余未知生之为乐也。
愿脱去而无因，安得长翮大翼如云生我身。
乘风振奋出六合，绝浮尘。
死生哀乐两相弃，是非得失付闲人。

鸣　雁

嗷嗷鸣雁鸣且飞，穷秋南去春北归。
去寒就暖识所依，天长地阔栖息稀。
风霜酸苦稻粱微，毛羽摧落身不肥。
徘徊反顾群侣违，哀鸣欲下洲渚非。
江南水阔朝云多，草长沙软无网罗。
闲飞静集鸣相和，违忧怀惠性匪他。
凌风一举君谓何。

○此在幕府不得志之诗，欲远举而他适也。

龙　移

天昏地黑蛟龙移，雷惊电激雄雌随。
清泉百丈化为土，鱼鳖枯死吁可悲。

○此诗谓南山湫也。湫初在平地，一日风雷，移居山上，其山下湫遂化为土。长安人至今谓之"干湫"。公《题炭谷》诗云"厌处平地土，巢居插天山"，其此之意欤？

雉带箭

原头火烧静兀兀，野雉畏鹰出复没。
将军欲以巧伏人，盘马弯弓惜不发。
地形渐窄观者多，雉惊弓满劲箭加。
冲人决起百馀尺，红翎白镞相倾斜。
将军仰笑军吏贺，五色离披马前堕。

条山苍

条山苍，河水黄。浪波沄沄去，松柏在山冈。

○“波浪”句喻世人随俗波靡，“松柏”句喻君子岁寒后凋，亦自况之诗。

赠郑兵曹

樽酒相逢十载前，君为壮夫我少年。
樽酒相逢十载后，我为壮夫君白首。
我材与世不相当，戢鳞委翅无复望。
当今贤俊皆周行，君何为乎亦遑遑？
杯行到君莫停手，破除万事无过酒。

桃源图

神仙有无何眇茫，桃源之说诚荒唐。
流水盘回山百转，生绡数幅垂中堂。
武陵太守好事者，题封远寄南宫下。
南宫先生忻得之，波涛入笔驱文辞。
文工画妙各臻极，异境恍惚移于斯。
架岩凿谷开宫室，接屋连墙千万日。
嬴颠刘蹶了不闻，地坼天分非所惜。

种桃处处惟开花，川原近远蒸红霞。
初来犹自念乡色，岁久此地还成家。
渔舟之子来何所，物色相猜更问语。
大蛇中断丧前王，群马南渡开新主。
听终辞绝共凄然，自说经今六百年。
当时万事皆眼见，不知几许犹流传。
争持酒食来相馈，礼数不同樽俎异。
月明伴宿玉堂空，骨冷魂清无梦寐。
夜半金鸡啁哳鸣，火轮飞出客心惊。
人间有累不可住，依然离别难为情。
船开棹进一回顾，万里苍苍烟水暮。
世俗宁知伪与真，至今传者武陵人。

东方半明

东方半明大星没，独有太白配残月。
嗟尔残月勿相疑，同光共影须臾期。
残月晖晖，太白睒睒。鸡三号，更五点。

〇此诗与“煌煌东方星”兴寄颇同，盖指顺宗即位，不能亲政，而宪宗在东宫之时也。时贾耽、郑珣瑜二相，皆天下重望，王叔文用事，相继引去，此诗所以喻“东方未明大星没”也；执谊、叔文初相汲引，此诗所以喻“独有太白配残月”也。顺宗已厌机政，执谊、叔文尚以私意更相猜忌，此诗所以有“嗟尔残月勿相疑，同光共影须臾期”也。及宪宗立而叔文、执谊窜，犹东方明而残月、太白灭，此诗所以喻“残月晖晖，太白睒睒，鸡三号，更五点”也。意微而显，诚得诗人之旨。

赠唐衢

虎有爪兮牛有角，虎可搏兮牛可触。

奈何君独抱奇材，手把锄犁饿空谷。
当今天子急贤良，匦函朝出开明光。
胡不上书自荐达，坐令四海如虞唐。

贞女峡[1]

江盘峡束春湍豪，雷风战斗鱼龙逃。
悬流轰轰射水府，一泻百里翻云涛。
飘船摆石万瓦裂，咫尺性命轻鸿毛。

①在连州桂阳县。贞元十九年冬，公自监察御史谪连州阳山令，有此诗。《荆州记》：秦时有女子化人石，在东岸穴中。

赠侯喜

吾党侯生字叔起，呼我持竿钓温水。
平明鞭马出都门，尽日行行荆棘里。
温水微茫绝又流，深如车辙阔容辀。
虾蟆跳过雀儿浴，此纵有鱼何足求。
我为侯生不能已，盘针擘粒投泥滓。
晡时坚坐到黄昏，手倦目劳方一起。
暂动还休未可期，虾行蛭渡似皆疑。
举竿引线忽有得，一寸才分鳞与鬐。
是日侯生与韩子，良久叹息相看悲。
我今行事尽如此，此事正好为吾规。
半世遑遑就举选，一名始得红颜衰。
人间事势岂不见，徒自辛苦终何为？
便当提携妻与子，南入箕颍无还时。
叔起君今气方锐，我言至切君勿嗤。
君欲钓鱼须远去，大鱼岂肯居沮洳。

古　意

太华峰头玉井莲，开花十丈藕如船。
冷比雪霜甘比蜜，一片入口沉疴痊。
我欲求之不惮远，青壁无路难夤缘。
安得长梯上摘实，下种七泽根株连。

八月十五夜赠张功曹[①]

纤云四卷天无河，清风吹空月舒波。
沙平水息声影绝，一杯相属君当歌。
君歌声酸辞且苦，不能听终泪如雨。
洞庭连天九疑高，蛟龙出没猩鼯号。
十生九死到官所，幽居默默如藏逃。
下床畏蛇食畏药，海气湿蛰熏腥臊。
昨者州前捶大鼓，嗣皇继圣登夔皋。
赦书一日行万里，罪从大辟皆除死。
迁者追回流者还，涤瑕荡垢朝清班。
州家申名使家抑[②]，坎轲只得移荆蛮。
判司卑官不堪说，未免捶楚尘埃间[③]。
同时辈流多上道，天路幽险难追攀。
君歌且休听我歌，我歌今与君殊科。
一年明月今宵多，人生由命非由他，有酒不饮奈明何[④]！

①张功曹：署。②使家：谓湖南观察使。③老杜《送高书记》诗："脱身簿尉中，始与捶楚辞。"按唐制，参军、簿尉有过即受笞杖之刑，杜牧诗云："参军与簿尉，尘土惊劻勷。一语不中治，鞭笞身满疮。"④自"洞庭连天"至"难追攀"句，皆张署之歌辞；末五句，韩公之歌辞。

谒衡岳庙遂宿岳寺题门楼

五岳祭秩皆三公，四方环镇嵩当中。
火维地荒足妖怪，天假神柄专其雄。
喷云泄雾藏半腹，虽有绝顶谁能穷。
我来正逢秋雨节，阴气晦昧无清风。
潜心默祷若有应，岂非正直能感通。
须臾静扫众峰出，仰见突兀撑青空。
紫盖连延接天柱，石廪腾掷堆祝融。
森然魄动下马拜，松柏一径趍灵宫。
粉墙丹柱动光彩，鬼物图画填青红。
升阶伛偻荐脯酒，欲以菲薄明其衷。
庙令老人识神意，睢盱侦伺能鞠躬。
手持杯珓导我掷，云此最吉馀难同。
窜逐蛮荒幸不死，衣食才足甘长终。
侯王将相望久绝，神纵欲福难为功。
夜投佛寺上高阁，星月掩映云朣胧。
猿鸣钟动不知曙，杲杲寒日生于东。

岣嵝山

岣嵝山前神禹碑，字青石赤形摹奇。
科斗拳身薤倒披，鸾飘凤泊拏龙螭。
事严迹秘鬼莫窥，道人独上偶见之。
我来咨嗟涕涟洏。
千搜万索何处有，森森绿树猿猱悲。

永贞行

君不见，太皇亮阴未出令，小人乘时偷国柄。
北军百万虎与貔，天子自将非他师。
一朝夺印付私党[①]，懔懔朝士何能为。
狐鸣枭噪争署置，睗睒跳踉相妩媚。
夜作诏书朝拜官，超资越序曾无难。
公然白日受贿赂，火齐磊落堆金盘。
元臣故老不敢语，昼卧涕泣何汍澜[②]。
董贤三公谁复惜，侯景九锡行可叹。
国家功高德且厚，天位未许庸夫干。
嗣皇卓荦信英主，文如太宗武高祖。
膺图受禅登明堂，共流幽州鲧死羽。
四门肃穆贤俊登，数君非亲岂其朋。
郎官清要为世称，荒郡迫野嗟可矜[③]。
湖波连天日相腾，蛮俗生梗瘴疠烝。
江氛岭祲昏若凝，一蛇两头见未曾。
怪鸟鸣唤令人憎，蛊虫群飞夜扑灯。
雄虺毒螫堕股肱，食中置药肝心崩。
左右使令诈难凭，慎勿浪信常兢兢。
吾尝同僚情可胜，具书目见非妄征。
嗟尔既往宜为惩。

○贞元廿一年正月，德宗崩。顺宗即位，病不能视朝，王伾、王叔文用事。四月，册皇太子，八月立为皇帝，是为宪宗，顺宗为太上皇，改元永贞。此诗所以具载："太皇"谓顺宗，"小人"谓叔文，"元臣故老"谓杜佑、高郢、郑珣瑜等，"嗣皇"谓宪宗。"郎官""荒郡"意指刘禹锡坐叔文党贬连州也。公方量移江陵，而梦得出为连州，邂逅荆蛮，故作是诗。观终篇之意，可见其为梦得作也。或云自“四门肃穆贤俊登”下为别篇，非是。①是岁五月，王叔文等以金吾大将军范希朝为左右神策京西诸城镇行营节度使，以度支郎中韩泰为其行军司马。叔文欲夺取宦官兵权以自固，藉希朝老将，使主其名，而实以泰专其事。人情不测其所为，益疑惧。“私党”即泰也。②王叔文用事，一日，诸相会食，叔文至中书，欲与韦执谊计事，执谊起迎，诸相停箸以待。有顷，报叔文索饭，已与韦相同餐阁中矣。杜佑、高郢惧不敢言，郑珣瑜独叹曰：“吾岂可复居此位！”索马径归，卧不起。③九月，贬韩泰抚州、司封郎中韩晔池州、礼部员外郎柳宗元邵州、屯田员外郎刘禹锡连州刺史，皆自郎官迁谪。禹锡至荆南，改武陵司马，此诗未改武陵前作也。

李花赠张十一署

江陵城西二月尾，花不见桃惟见李。
风揉雨练雪羞比，波涛翻空杳无涘。
君知此处花何似？
白花倒烛天夜明，群鸡惊鸣官吏起。
金乌海底初飞来，朱辉散射青霞开。
迷魂辞眼看不得，照耀万树繁如堆。
念昔少年著游燕，对花岂省曾辞杯。
自从流落忧感集，欲去未到先思回。
只今四十已如此，后日更老谁论哉。
力携一罇独就醉，不忍虚掷委黄埃。

杏　花

居邻北郭古寺空，杏花两株能白红。
曲江满园不可到，看此宁避雨与风。
二年流窜出岭外，所见草木多异同。
冬寒不严地恒泄，阳气发乱无全功。

浮花浪蕊镇长有，才开还落瘴雾中。
山榴踯躅少意思，照耀黄紫徒为丛。
鹧鸪钩辀猿叫歇，杳杳深谷攒青枫。
岂如此树一来玩，若在京国情何穷。
今旦胡为忽惆怅，万片飘泊随西东。
明年更发应更好，道人莫忘邻家翁。

感春四首

我所思兮在何所，情多地遐兮遍处处。
东西南北皆欲往，千江隔兮万山阻。
春风吹园杂花开，朝日照屋百鸟语。
三杯取醉不复论，一生长恨奈何许。

○第三首五言附。

皇天平分成四时，春气漫诞最可悲。
杂花妆林草盖地，白日座上倾天维。
蜂喧鸟咽留不得，红萼万片从风吹。
岂如秋霜虽惨冽，摧落老物谁惜之。
为此径须沽酒饮，自外天地弃不疑。
近怜李杜无检束，烂漫长醉多文辞。
屈原《离骚》二十五，不肯餔啜糟与醨。
惜哉此子巧言语，不到圣处宁非痴。
幸逢尧舜明四目，条理品汇皆得宜。
平明出门暮归舍，酩酊马上知为谁。

朝骑一马出，暝就一床卧。
诗书渐欲抛，节行久已惰。

冠欹感发秃，语误悲齿堕。
孤负平生心，已矣知何奈。

我恨不如江头人，长网横江遮紫鳞。
独宿荒陂射凫雁，卖纳租赋官不瞋。
归来欢笑对妻子，衣食自给宁羞贫。
今者无端读书史，智慧只足劳精神。
画蛇着足无处用，两鬓雪白趋埃尘。
乾愁漫解坐自累，与众异趣谁相亲。
数杯浇肠虽暂醉，皎皎万虑醒还新。
百年未满不得死，且可勤买抛青春。

寒食日出游[1]

李花初发君始病，我往看君花转盛。
走马城西惆怅归，不忍千株雪相映。
迩来又见桃与梨，交开红白如争竞。
可怜物色阻携手，空展霜缣吟九咏。
纷纷落尽泥与尘，不共新妆比端正。
桐华最晚今已繁，君不强起时难更。
关山远别固其理，寸步难见始知命。
忆昔与君同贬官，夜渡洞庭看斗柄。
岂料生还得一处，引袖拭泪悲且庆。
各言生死两追随，直置心亲无貌敬。
念君又署南荒吏[2]，路指鬼门幽且夐。
三公尽是知音人，曷不荐贤陛下圣。
囊空甑倒谁救之，我今一食日还并。
自然忧气损天和，安得康强保天性。

断鹤两翅鸣何哀，絷骥四足气空横。
今朝寒食行野外，绿杨匝岸蒲生迸。
宋玉庭边不见人，轻浪参差鱼动镜。
自嗟孤贱足瑕疵，特见放纵荷宽政。
饮酒宁嫌盏底深，题诗尚倚笔锋劲。
明宵故欲相就醉，有月莫愁当火令。

①原注：张十一院长见示《病中忆花》九篇，寒食日出游夜归，因以投赠。○张十一即功曹署。公与张同自御史贬官，又同为江陵掾，公法曹参军，张功曹参军，元和元年时也。②张在江陵未几，邕管经略使路恕署为判官。

忆昨行和张十一

忆昨夹钟之吕初吹灰，上公礼罢元侯回①。
车载牲牢瓮舁酒，并召宾客延邹枚。
腰金首翠光照耀，丝竹迥发清以哀。
青天白日花草丽，玉斝屡举倾金罍。
张君名声座所属，起舞先醉长松摧。
宿酲未解旧痁作，深室静卧闻风雷。
自期殒命在春序，屈指数日怜婴孩。
危辞苦语感我耳，泪落不掩何漼漼②。
念昔从君渡湘水，大帆夜划穷高桅。
阳山鸟路出临武，驿马拒地驱频隤。
践蛇茹蛊不择死，忽有飞诏从天来。
伾文未揃崖州炽，虽得赦宥恒愁猜。
近者三奸悉破碎，羽窟无底幽黄能。
眼中了了见乡国，知有归日眉方开③。
今君纵署天涯吏，投檄北去何难哉④。

无妄之忧勿药喜，一善自足禳千灾。
头轻目朗肌骨健，古剑新劚磨尘埃。
殃销祸散百福并，从此直至耇与鲐。
嵩山东头伊洛岸，胜事不假须穿栽。
君当先行我待满，沮溺可继穷年推[5]。

①上公，方以为当作社公，叙荆帅裴均罢社而享客也。朱子云：上公即社神也，不必改为社公。②自首至此，叙张与裴帅赛社之宴，酒后卧病。③自“念昔从君”至此，叙与张同贬南荒而俱幸北归。④张在江陵，虽经邕管经略使路恕奏署为判官，而可以辞谢不往，故劝其投檄北去。投檄，犹投绂、投劾之“投”。⑤自“今君纵署”至此，祝张病体康复，将耦耕于嵩山之下。

刘生诗

生名师命其姓刘，自少轩轾非常俦。
弃家如遗来远游，东走梁宋及扬州。
遂凌大江极东陬，洪涛舂天禹穴幽。
越女一笑三年留，南逾横岭入炎州。
青鲸高磨波山浮，怪魅炫曜堆蛟虬。
山獠讙噪猩猩游，毒气烁体黄膏流。
问胡不归良有由，美酒倾水炙肥牛。
妖歌慢舞烂不收，倒心回肠为青眸。
千金邀顾不可酬，乃独遇之尽绸缪。
瞥然一饷成十秋，昔须未生今白头。
五管历遍无贤侯，回望万里还家羞。
阳山穷邑惟猿猴，手持钓竿远相投。
我为罗列陈前修，芟蒿斩蓬利锄耰。
天星回环数才周，文学穰穰囷仓稠。

车轻御良马力优，咄哉识路行勿休，往取将相酬恩仇。

○刘在广南，当有名妓声价甚高而遇刘独厚者。“美酒”二句，刘之冶游也；“倒心”句，倾情于名妓也：“千金”句，声价高也；“绸缪”句，待刘厚也。

郑群赠簟

蕲州笛竹天下知，郑君所宝尤瓌奇。
携来当昼不得卧，一府传看黄琉璃。
体坚色净又藏节，尽眼凝滑无瑕疵。
法曹贫贱众所易，腰腹空大何能为。
自从五月困暑湿，如坐深甑遭蒸炊。
手磨袖拂心语口，慢肤多汗真相宜。
日暮归来独惆怅，有卖直欲倾家资。
谁谓故人知我意，卷送八尺含风漪。
呼奴扫地铺未了，光彩照耀惊童儿。
青蝇侧翅蚤虱避，肃肃疑有青飙吹。
倒身甘寝百疾愈，却愿天日恒炎曦。
明珠青玉不足报，赠子相好无时衰。

丰陵行

羽卫煌煌一百里，晓出都门葬天子。
群臣杂沓驰后先，宫官穰穰来不已。
是时新秋七月初，金神按节炎气除。
清风飘飘轻雨洒，偃蹇旂旆卷以舒。
逾梁下坂笳鼓咽，嵽嵲遂走玄宫闾。
哭声訇天百鸟噪，幽坎昼闭空灵舆。
皇帝孝心深且远，资送礼备无羸馀。

设官置卫锁嫔妓，供养朝夕象平居。
臣闻神道尚清净，三代旧制存诸书。
墓藏庙祭不可乱，欲言非职知何如。

游青龙寺赠崔大补阙①

秋灰初吹季月管，日出卯南晖景短。
友生招我佛寺行，正值万株红叶满。
光华闪壁见神鬼，赫赫炎官张火伞。
然云烧树大实骈，金乌下啄赪虬卵。
魂翻眼倒忘处所，赤气冲融无间断。
有如流传上古时，九轮照烛乾坤旱，
二三道士席其间，灵液屡进颇黎盌。
忽惊颜色变韶稚，却信灵仙非怪诞。
桃源迷路竟茫茫，枣下悲歌徒纂纂。
前年岭隅乡思发，踯躅成山开不算。
去岁羁帆湘水明，霜枫千里随归伴。
猿呼鼯啸鹧鸪啼，侧耳酸肠难濯浣。
思君携手安能得，今者相从敢辞懒。
由来钝騃寡参寻，况是儒官饱闲散。
惟君与我同怀抱，锄去陵谷置平坦。
年少得途未要忙，时清谏疏尤宜罕。
何人有酒身无事，谁家多竹门可款。
须知节候即风寒，幸及亭午犹妍暖。
南山逼冬转清瘦，刻画圭角出崖窾。
当忧复被冰雪埋，汲汲来窥诫迟缓。

①诸本“大”作“群”。崔群，字敦诗，公同年进士也。公元和元年在京师为国子博士时作。详诗意，可见寺在京城南门之东。洪庆善云：诗中

“正值万株红叶满”，谓柿也；“灵液屡进颇黎盌”，谓食柿也。

赠崔立之评事

崔侯文章苦捷敏，高浪驾天输不尽。
曾从关外来上都，随身卷轴车连轸。
朝为百赋犹郁怒，暮作千诗转遒紧。
摇毫掷简自不供，顷刻青红浮海蜃。
才豪气猛易语言，往往蛟螭杂蝼蚓。
知音自古称难遇，世俗乍见那妨哂。
勿嫌法官未登朝，犹胜赤尉长趋尹。
时命虽乖心转壮，技能虚富家逾窘。
念昔尘埃两相逢，争名龃龉持矛楯。
子时专场夸觜距，余始张军严韅靷。
尔来但欲保封疆，莫学庞涓怯孙膑。
窜逐新归厌闻闹，齿发早衰嗟可闵。
频蒙怨句刺弃遗，岂有闲官敢推引。
深藏箧笥时一发，戢戢已多如束笋。
可怜无益费精神，有似黄金掷虚牝。
当今圣人求侍从，拔擢杞梓收楛菌。
东马严徐已奋飞，枚皋即召穷且忍。
复闻王师西讨蜀，霜风洌洌摧朝菌。
走章驰檄在得贤，燕雀纷拏要鹰隼。
窃料二涂必处一，岂比恒人长蠢蠢。
劝君韬养待征招，不用雕琢愁肝肾。
墙根菊花好沽酒，钱帛纵空衣可准。
晖晖檐日暖且鲜，摵摵井梧疏更殒。
高士例须怜曲蘖，丈夫终莫生畦畛。

能来取醉任喧呼，死后贤愚俱泯泯。

送区弘南归

穆昔南征军不归，虫沙猿鹤伏以飞。
汹汹洞庭莽翠微，九疑镵天荒是非。
野有象犀水贝玑，分散百宝人士稀。
我迁于南日周围①，来见者众莫依稀。
爰有区子荧荧晖，观以彝训或从违。
我念前人譬葑菲，落以斧引以纆徽。
虽有不逮驱騑騑，或采于薄渔于矶。
服役不辱言不讥，从我荆州来京畿。
离其母妻绝因依，嗟我道不能自肥。
子虽勤苦终何希，王都观阙双巍巍。
腾蹋众骏事鞍鞿，佩服上色紫与绯。
独子之节可嗟唏，母附书至妻寄衣。
开书拆衣泪痕晞，虽不敕还情庶几。
朝暮盘羞恻庭闱，幽房无人感伊威。
人生此难馀可祈，子去矣时若发机。
蜃沉海底气升霏，彩雉野伏朝扇翚。
处子窈窕王所妃，苟有令德隐不腓。
况今天子铺德威，蔽能者诛荐受禨。
出送抚背我涕挥，行行正直慎脂韦。
业成志树来颀颀，我当为子言天扉。

①贞元十九年冬，公谪阳山，明年冬，弘来，故云“日周围”。

三星行

我生之辰，月宿南斗。牛奋其角，箕张其口。

牛不见服箱，斗不挹酒浆。
箕独有神灵，无时停簸扬。
无善名已闻，无恶声已讙。
名声相乘除，得少失有馀。
三星各在天，什伍东西陈。
嗟汝牛与斗，汝独不能神。

剥啄行

剥剥啄啄，有客至门。我不出应，客去而嗔。
从者语我，子胡为然。我不厌客，困于语言。
欲不出纳，以堙其源。空堂幽幽，有秸有莞。
门以两版，丛书于间。窅窅深堑，其墉甚完。
彼宁可隳，此不可干。从者语我，嗟子诚难。
子虽云尔，其口益蕃。我为子谋，有万其全。
凡今之人，急名与官。子不引去，与为波澜。
虽不开口，虽不开关。变化咀嚼，有鬼有神。
今去不勇，其如后艰。我谢再拜，汝无复云。
往追不及，来不有年。

陆浑山火和皇甫湜用其韵

皇甫补官古贲浑，时当玄冬泽乾源。
山狂谷很相吐吞，风怒不休何轩轩。
摆磨出火以自燔，有声夜中惊莫原。
天跳地踔颠乾坤，赫赫上照穷崖垠。
截然高周烧四垣，神焦鬼烂无逃门，三光弛隳不复暾。
虎熊麋猪逮猴猿，水龙鼍龟鱼与鼋，
鸦鸱鹛鹰雉鹄鹍，燖炰煨爊孰飞奔[①]。

祝融告休酌卑尊②。
错陈齐玫辟华园，芙蓉披猖塞鲜繁③。
千钟万鼓咽耳喧，攒杂啾嚄沸篪埙④，彤幢绛旃紫纛旛⑤。
炎官热属朱冠挥，髹其肉皮通髀臀，颓胸垤腹车掀辕⑥。
缇颜靺股豹两鞬，霞车虹靷日毂幡，丹蕤縓盖绯繙帣⑦。
红帷赤幕罗脤膰，衁池波风肉陵屯⑧。
谽牙巨壑颇黎盆，豆登五山瀛四罇⑨。
熙熙釂酬笑语言，雷公擘山海水翻。
齿牙嚼啮舌腭反，电光䃸䃶赪目暖⑩。
项冥收威避玄根，斥弃舆马背厥孙。
缩身潜喘拳肩跟⑪，君臣相怜加爱恩。
命黑螭侦焚其元，天关悠悠不可援。
梦通上帝血面论，侧身欲进叱于阍。
帝赐九河湔涕痕，又诏巫阳反其魂。
徐命之前问何冤。
火行于冬古所存，我如禁之绝其飧。
女丁妇壬传世婚⑫，一朝结仇奈后昆，时行当反慎藏蹲。
视桃着花可小骞，月及申酉利复怨。
助汝五龙从九鹍，溺厥邑囚之昆仑⑬。
皇甫作诗止睡昏，辞夸出真遂上焚。
要余和增怪又烦，虽欲悔舌不可扪⑭。

①已上浑写野烧之盛。②告休：犹休暇也；卑尊：即客也。《周礼·小司徒》云："使各登其乡之众寡。"《乡大夫》云："率其吏与其众寡。"此云"卑尊"，犹彼云"众寡"耳。③二句陈设。④二句音乐。⑤此句旌旗。⑥此三句众客之衣冠形状。⑦此三句客之仪从。⑧二句祭馔酒食。⑨二句器皿。⑩四句笑语醉态。自"祝融告休"至此，设为祝融宴客，仪卫之盛、宾从之豪、笑语之欢。⑪"拳肩跟"者，谓肩与足跟拳踽相连，极言颛项、

玄冥君臣失势之状。⑫洪曰：丁，火也；壬，水也。火，女也；水，男也。丁女而为妇于壬，故曰“女丁妇壬”。⑬自“火行于冬”至此九句，皆上帝劝慰火神之辞，言不必与火结仇，时至，行将胜之也。⑭自“顼冥收威”至此，皆水火相克相济之说。

和虞部卢四酬翰林钱七赤藤杖歌[1]

赤藤为杖世未窥，台郎始携自滇池。
滇王扫宫避使者，跪进再拜语嗢咿。
绳桥拄过免倾堕，性命造次蒙扶持。
途经百国皆莫识，君臣聚观逐旌麾。
共传滇神出水献，赤龙拔须血淋漓。
又云羲和操火鞭，暝到西极睡所遗。
几重包裹自题署，不以珍怪夸荒夷。
归来捧赠同舍子，浮光照手欲把疑。
空堂昼眠倚牖户，飞电着壁搜蛟螭[2]。
南宫清深禁闱密，唱和有类吹埙篪。
妍辞丽句不可继，见寄聊且慰分司。

①卢四：汀。钱七：徽。②东坡《以铁柱杖寿乐全》诗有句云“欹壁蛟龙护昼眠”，融化此两句而为之也。

感春五首

辛夷高花最先开，青天露坐始此回。
已呼孺人戛鸣瑟，更遣稚子传清杯。
选壮军兴不为用，坐狂朝论无由陪。
如今到死得闲处，还有诗赋歌康哉。

洛阳东风几时来，川波岸柳春全回。

宫门一锁不复启，虽有九陌无尘埃。
策马上桥朝日出，楼阙赤白正崔嵬。
孤吟屡阕莫与和，寸恨至短谁能裁。

春田可耕时已催，王师北讨何当回[1]。
放车载草农事济，战马苦饥谁念哉。
蔡州纳节旧将死[2]，起居谏议联翩来[3]。
朝廷未省有遗策，肯不垂意缾与罍。

①元和四年，讨成德节度使王承宗。②是年，彰义军节度使吴少诚卒。③裴度以河南府功曹召为起居舍人，孟简、孔戣皆为谏议大夫，联翩相继也。

前随杜尹拜表回，笑言溢口何欢咍。
孔丞别我适临汝，风骨峭峻遗尘埃。
音容不接只隔夜，凶讣讵可相寻来[1]。
天公高居鬼神恶，欲保性命诚难哉。

①元和四年，杜兼为河南尹，十一月无疾暴卒。孔戡以卫尉寺丞分司东都，五年正月将浴临汝之阳泉，至其县，遂卒。“凶讣相寻”，谓此。

辛夷花房忽全开，将衰正盛须频来。
清晨辉辉烛霞日，薄暮耿耿和烟埃。
朝明夕暗已足叹，况乃满地成摧颓。
迎繁送谢别有意，谁肯留念少环回。

醉留东野

昔年因读李白杜甫诗，长恨二人不相从。
吾与东野生并世，如何复蹑二子踪。

东野不得官，白首夸龙钟。
韩子稍奸黠，自惭青蒿倚长松。
低头拜东野，愿得终始如駏蛩。
东野不回头，有如寸筳撞钜钟。
吾愿身为云，东野变为龙。
四方上下逐东野，虽有离别无由逢。

李花二首

平旦入西园，梨花数株若矜夸。
旁有一株李，颜色惨惨似含嗟。
问之不肯道所以，独绕百匝至日斜。
忽忆前时经此树，正见芳意初萌芽。
奈何趁酒不省录，不见玉枝攒霜葩。
泫然为汝下雨泪，无由反旆羲和车。
东风来吹不解颜，苍茫夜气生相遮。
冰盘夏荐碧实脆，斥去不御惭其花。

当春天地争奢华，洛阳园苑尤纷拏。
谁将平地万堆雪，剪刻作此连天花。
日光赤色照未好，明月暂入都交加。
夜领张彻投卢仝，乘云共至玉皇家。
长姬香御四罗列，缟裙练帨无等差。
静濯明妆有所奉，顾我未肯置齿牙。
清寒莹骨肝胆醒，一生思虑无由邪。

寄卢仝

玉川先生洛城里，破屋数间而已矣。

一奴长须不裹头，一婢赤脚老无齿。
辛勤奉养十馀人，上有慈亲下妻子。
先生结发憎俗徒，闭门不出动一纪。
至令邻僧乞米送，仆忝县尹能不耻。
俸钱供给公私馀，时致薄少助祭祀。
劝参留守谒大尹，言语才及辄掩耳。
水北山人得名声，去年去作幕下士。
水南山人又继往，鞍马仆从塞闾里。
少室山人索价高，两以谏官征不起。
彼皆刺口论世事，有力未免遭驱使。
先生事业不可量，惟用法律自绳己。
《春秋》三传束高阁，独抱遗经究终始。
往年弄笔嘲同异，怪辞惊众谤不已。
近来自说寻坦涂，犹上虚空跨绿駬。
去岁生儿名添丁，意令与国充耘耔。
国家丁口连四海，岂无农夫亲耒耜。
先生抱才终大用，宰相未许终不仕。
假如不在陈力列，立言垂范亦足恃。
苗裔当蒙十世宥，岂谓贻厥无基阯。
故知忠孝生天性，洁身乱伦安足拟。
昨晚长须来下状，隔墙恶少恶难似。
每骑屋山下窥阚，浑舍惊怕走折趾。
凭依婚媾欺官吏，不信令行能禁止。
先生受屈未曾语，忽此来告良有以。
嗟我身为赤县令，操权不用欲何俟。
立召贼曹呼伍伯，尽取鼠辈尸诸市。
先生又遣长须来，如此处置非所喜。

况又时当长养节，都邑未可猛政理。
先生固是余所畏，度量不敢窥涯涘。
放纵是谁之过欤，效尤戮仆愧前史。
买羊沽酒谢不敏，偶逢明月曜桃李。
先生有意许降临，更遣长须致双鲤。

○元和六年春，公为河南令作。仝闭门不出，时洛阳有留守郑庆馀，有尹李素，仝皆不见。“水北”谓石洪，“水南”谓温造，皆继往河阳幕。“少室”谓李渤。三人者，皆仝所不为也。

酬司门卢四兄云夫院长望秋作

长安雨洗新秋出，极目寒镜开尘函。
终南晓望蹋龙尾，倚天更觉青巉巉。
自知短浅无所补，从事久此穿朝衫。
归来得便即游览，暂似壮马脱重衔。
曲江荷花盖十里，江湖生目思莫缄。
乐游下瞩无远近，绿槐萍合不可芟。
白首寓居谁借问，平地寸步扃云岩。
云夫吾兄有狂气，嗜好与俗殊酸咸。
日来省我不肯去，论诗说赋相諵諵。
望秋一章已惊绝，犹言低抑避谤谗。
若使乘酣骋雄怪，造化何以当镌劖。
嗟我小生值强伴，怯胆变勇神明鉴[1]。
驰空跨谷终未悔，为利而止真贪馋。
高揖群公谢名誉，远追甫白感至諴。
楼头完月不共宿，其奈就缺行攕攕。

①鉴：平声。

谁氏子

非痴非狂谁氏子，去入王屋称道士。
白头老母遮门啼，挽断衫袖留不止。
翠眉新妇年二十，载送还家哭穿市。
或云欲学吹凤笙，所慕灵妃媲萧史。
又云时俗轻寻常，力行险怪取贵仕。
神仙虽然有传说，知者尽知其妄矣。
圣君贤相安可欺，乾死穷山竟何俟。
呜呼余心诚岂弟，愿往教诲究终始。
罚一劝百政之经，不从而诛未晚耳。
谁其友亲能哀怜，写吾此诗持送似。

○吕氏子炅，河南人。元和中，弃其妻，着道士服，谢母曰："当学仙王屋山。"去数月，复出见河南少尹李素。素立之府门，使吏卒脱道士服，给冠带，送付其母。公时为河南令，作此诗，有"愿往教诲""不从而诛"之语，至是素始归之。事见李素墓志。

河南令舍池台

灌池才盈五六丈，筑台不过七八尺。
欲将层级压篱落，未许波澜量斗硕。
规摹虽巧何足夸，景趣不远真可惜。
长令人吏远趋走，已有蛙黾助狼藉。

石鼓歌

张生手持石鼓文，劝我试作石鼓歌。
少陵无人谪仙死，才薄将奈石鼓何。
周纲陵迟四海沸，宣王愤起挥天戈。

大开明堂受朝贺，诸侯剑珮鸣相磨。
蒐于岐阳骋雄俊，万里禽兽皆遮罗。
镌功勒成告万世，凿石作鼓隳嵯峨。
从臣才艺咸第一，拣选撰刻留山阿。
雨淋日炙野火燎，鬼物守护烦撝呵[①]。
公从何处得纸本，毫发尽备无差讹。
辞严义密读难晓，字体不类隶与科。
年深岂免有缺画，快剑斫断生蛟鼍。
鸾翔凤翥众仙下，珊瑚碧树交枝柯。
金绳铁索锁纽壮，古鼎跃水龙腾梭。
陋儒编诗不收入，二雅褊迫无委蛇。
孔子西行不到秦，掎摭星宿遗羲娥[②]。
嗟余好古生苦晚，对此涕泪双滂沱。
忆昔初蒙博士征，其年始改称元和。
故人从军在右辅，为我量度掘臼科。
濯冠沐浴告祭酒，如此至宝存岂多。
毡苞席裹可立致，十鼓只载数骆驼。
荐诸太庙比部鼎，光价岂止百倍过。
圣恩若许留太学，诸生讲解得切磋。
观经鸿都尚填咽，坐见举国来奔波。
剜苔剔藓露节角，安置妥帖平不颇。
大厦深檐与盖覆，经历久远期无佗[③]。
中朝大官老于事，讵肯感激徒媕婀。
牧童敲火牛砺角，谁复着手为摩挲。
日销月铄就埋没，六年西顾空吟哦。
羲之俗书逞姿媚，数纸尚可博白鹅。
继周八代争战罢，无人收拾理则那。

方今太平日无事，柄任儒术崇丘轲。
安能以此上论列，愿借辩口如悬河。
石鼓之歌止于此，呜呼吾意其蹉跎④。

①自“周纲陵迟”至此，叙周宣蒐狩镌功勒石。②自“公从何处”至此，叙拓本之精、文字之古。③自“嗟余好古”至此，议请移鼓于太学。④已上慨移鼓之议不遽施行，恐其无人收拾。

赠刘师服

羡君齿牙牢且洁，大肉硬饼如刀截。
我今呀豁落者多，所存十馀皆兀臲。
匙钞烂饭稳送之，合口软嚼如牛呞。
妻儿恐我生怅望，盘中不饤栗与梨。
只今年才四十五，后日悬知渐莽卤。
朱颜皓颈讶莫亲，此外诸馀谁更数。
忆昔太公仕进初，口含两齿无赢馀。
虞翻十三比岂少，遂自惋恨形于书。
丈夫命存百无害，谁能检点形骸外。
巨缗东钓傥可期，与子共饱鲸鱼鲙。

听颖师弹琴

昵昵儿女语，恩怨相尔汝。
划然变轩昂，勇士赴敌场。
浮云柳絮无根蒂，天地阔远随飞扬。
喧啾百鸟群，忽见孤凤凰。
跻攀分寸不可上，失势一落千丈强。
嗟余有两耳，未省听丝篁。
自闻颖师弹，起坐在一旁。

推手遽止之，湿衣泪滂滂。
颍乎尔诚能，无以冰炭置我肠。

卢郎中云夫寄示送盘谷子诗两章歌以和之

昔寻李愿向盘谷，正见高崖巨壁争开张。
是时新晴天井溢，谁把长剑倚太行。
冲风吹破落天外，飞雨白日洒洛阳①。
东蹈燕川食旷野，有馈木蕨芽满筐。
马头溪深不可厉，借车载过水入箱。
平沙绿浪榜方口，雁鸭飞起穿垂杨。
穷探极览颇恣横，物外日月本不忙②。
归来辛苦欲谁为，坐令再往之计堕眇芒。
闭门长安三日雪，推书扑笔歌慨慷。
旁无壮士遣属和，远忆卢老诗颠狂。
开缄忽睹送归作，字向纸上皆轩昂。
又知李侯竟不顾，方冬独入崔嵬藏③。
我今进退几时决，十年蠢蠢随朝行。
家请官供不报答，无异雀鼠偷太仓。
行抽手版付丞相，不待弹劾还耕桑④。

①天井关之水被风吹洒洛阳，语则诞而情则奇。②已上叙昔至盘谷访李愿事。③已上叙卢寄示诗篇，知李已入山矣。④已上叙己将归耕。

月蚀诗效玉川子作

元和庚寅斗插子，月十四日三更中。
森森万木夜僵立，寒气屃赑顽无风。
月形如白盘，完完上天东。
忽然有物来噉之，不知是何虫。

如何至神物，遭此狼狈凶。
星如散沙出，攒集争强雄。
油灯不照席，是夕吐焰如长虹。
玉川子，涕泗下，中庭独行。
念此日月者，为天之眼睛。
此犹不自保，吾道何由行。
尝闻古老言，疑是虾蟆精。
径圆千里纳女腹，何处养女百丑形。
杷沙脚手钝，谁使女解缘青冥。
黄帝有四目，帝舜重其明。
今天只两目，何故许食使偏盲。
尧呼大水浸十日，不惜万国赤子鱼头生。
女于此时若食日，虽食八九无嚵名。
赤龙黑鸟烧口热，翎鬣倒侧相搪撑。
婪酣大肚遭一饱，饥肠彻死无由鸣。
后时食月罪当死，天罗磕匝何处逃汝形。
玉川子立于庭而言曰：
地行贱臣仝，再拜敢告上天公；
臣有一寸刃，可刳凶蟆肠。
无梯可上天，天阶无由有臣踪。
寄笺东南风，天门西北祈风通。
丁宁附耳莫漏泄，薄命正值飞廉慵。
东方青色龙，牙角何呀呀。
从官百馀座，嚼啜烦官家。
月蚀汝不知，安用为龙窟天河。
赤鸟司南方，尾秃翅觰沙。
月蚀于汝头，汝口开呀呀。

虾蟆掠汝两吻过，忍学省事不以汝觜啄虾蟆。
於菟蹲于西，旗旄卫毵毿。
既从白帝祠，又食于禬礼有加。
忍令月被恶物食，枉于汝口插齿牙。
乌龟怯奸，怕寒缩颈，以殼自遮，
终令夸蛾抉汝出，卜师烧锥钻灼满板如星罗。
此外内外官，琐细不足科。
臣请悉扫除，慎勿许语令啾哗。
并光全耀归我月，盲眼镜净无纤瑕。
弊蛙拘送主府官，帝箸下腹尝其皤。
依前使兔操杵臼，玉阶桂树闲婆娑。
嫦娥还宫室，太阳有室家。
天虽高，耳属地。
感臣赤心，使臣知意。
虽无明言，潜喻厥旨。
有气有形，皆吾赤子。
虽忿大伤，忍杀孩稚。
还女月明，安行于次。
尽释众罪，以蛙磔死。

射训狐

有鸟夜飞名训狐，矜凶挟狡夸自呼。
乘时阴黑止我屋，声势慷慨非常粗。
安然大唤谁畏忌，造作百怪非无须。
聚鬼征妖自朋扇，摆掉栱桷颓墍涂。
慈母抱儿怕入席，那暇更护鸡窠雏。
我念乾坤德泰大，卵此恶物常勤劬。

纵之岂即遽有害，斗柄行拄西南隅。
谁谓停奸计尤剧，意欲唐突羲和乌[①]。
侵更历漏气弥厉，何由侥幸休须臾。
咨余往谢岂得已，候女两眼张睢盱。
枭惊堕梁蛇走窦，一夫斩颈群雏枯。

①斗柄拄西南，谓天将明也；唐突羲和乌，谓侵陵主上也。

短灯檠歌

长檠八尺空自长，短檠二尺便且光。
黄簾绿幕朱户闭，风露气入秋堂凉。
裁衣寄远泪眼暗，搔头频挑移近床。
太学儒生东鲁客，二十辞家来射策。
夜书细字缀语言，两目眵昏头雪白。
此时提携当案前，看书到晓那能眠。
一朝富贵还自恣，长檠高张照珠翠。
吁嗟世事无不然，墙角君看短檠弃。

华山女

街东街西讲佛经，撞钟吹螺闹宫庭。
广张罪福资诱胁，听众狎恰排浮萍。
黄衣道士亦讲说，座下寥落如明星。
华山女儿家奉道，欲驱异教归仙灵。
洗妆拭面着冠帔，白咽红颊长眉青。
遂来升座讲真诀，观门不许人开扃。
不知谁人暗相报，訇然振动如雷霆。
扫除众寺人迹绝，骅骝塞路连辎軿。
观中人满坐观外，后至无地无由听。

抽钗脱钏解环佩，堆金叠玉光青荧。
天门贵人传诏召，六宫愿识师颜形。
玉皇颔首许归去，乘龙驾鹤来青冥。
豪家少年岂知道，来绕百匝脚不停。
云窗雾阁事慌惚，重重翠幔深金屏。
仙梯难攀俗缘重，浪凭青鸟通丁宁。

雪后寄崔二十六丞公

蓝田十月雪塞关，我与南望愁群山。
攒天嵬嵬冻相映，君乃寄命于其间。
秩卑俸薄食口众，岂有酒食开容颜。
殿前群公赐食罢，骅骝蹋路骄且闲。
称多量少鉴裁密，岂念幽桂遗榛菅。
几欲犯严出荐口，气象硉兀未可攀。
归来殒涕掩关卧，心之纷乱谁能删。
诗翁憔悴斸荒棘，清玉刻佩联玦环。
脑脂遮眼卧壮士，大弨挂壁无由弯。
乾坤惠施万物遂，独于数子怀偏悭。
朝欷暮唶不可解，我心安得如石顽。

○崔二十六，斯立也。斯立是时为蓝田县丞。其曰“蓝田十月”，元和十年十月也。孟郊已死，张籍病眼，故有“诗翁”“壮士”之句，有怀立之且念朋友之不振也。

送僧澄观

浮屠西来何施为，扰扰四海争奔驰。
构楼架阁切星汉，夸雄斗丽止者谁。
僧伽后出淮泗上，势到众佛尤恢奇。
越商胡贾脱身罪，珪璧满船宁计资。

清淮无波平如席，栏柱倾扶半天赤。
火烧水转扫地空，突兀便高三百尺。
影沉潭底龙惊遁，当昼无云跨虚碧。
借问经营本何人，道人澄观名籍籍。
愈昔从军大梁下，往来满屋贤豪者。
皆言澄观虽僧徒，公才吏用当今无。
后从徐州辟书至，纷纷过客何由记。
人言澄观乃诗人，一座竞吟诗句新。
向风长叹不可见，我欲收敛加冠巾。
洛阳穷秋厌穷独，丁丁啄门疑啄木。
有僧来访呼使前，伏犀插脑高颊权。
惜哉已老无所及，坐睨神骨空潸然。
临淮太守初到郡，远遣州民送音问。
好奇赏俊直难逢，去去为致思从容。

○澄观建僧伽塔于泗州，诗语详之。公贞元十六年秋在洛阳作。

奉酬卢给事云夫四兄曲江荷花行见寄并呈上钱七兄阁老张十八助教[1]

曲江千顷秋波净，平铺红云盖明镜。
大明宫中给事归，走马来看立不正。
遗我明珠九十六，寒光映骨睡骊目。
我今官闲得婆娑，问言何处芙蓉多？
撑舟昆明度云锦，脚敲两舷叫吴歌。
太白山高三百里，负雪崔嵬插花里。
玉山前却不复来，曲江汀滢水平杯。
我时相思不觉一回首，天门九扇相当开。
上界真人足官府，岂如散仙鞭笞鸾凤终日相追陪。

①卢四名汀，字云夫；钱七名徽，字蔚草；张十八，即籍也。

记　梦

夜梦神官与我言，罗缕道妙角与根。
挈携陬维口澜翻，百二十刻须臾间。
我听其言未云足，舍我先度横山腹。
我徒三人共追之，一人前度安不危。
我亦平行蹋䡾䡵，神完骨蹻脚不掉。
侧身上视溪谷盲，杖撞玉版声彭觥。
神官见我开颜笑，前对一人壮非少。
石坛坡陀可坐卧，我手承颏肘拄座。
隆楼杰阁磊嵬高，天风飘飘吹我过。
壮非少者哦七言，六字常语一字难。
我以指撮白玉丹，行且咀噍行诘盘。
口前截断第二句，绰虐顾我颜不欢。
乃知仙人未贤圣，护短凭愚邀我敬。
我能屈曲自世间，安能从女巢神山。

白香山七古上

五十首

新乐府　并序

序曰：凡九千二百五十二言，断为五十篇，篇无定句，句无定字，系于意，不系于文。首句标其目，卒句显其志，《诗三百》之意也。其辞质而径，欲见之者易谕也；其言直而切，欲闻之者深诫也；其事覈而实，使采之者传信也[1]；其体顺而肆，可以播于乐章歌曲也。总而言之，为君为臣为民、为物为事而作，不为文而作也。

○元和四年为左拾遗时作。①传信：一作有征。

七德舞[1]

美拨乱、陈王业也。

七德舞，七德歌，传自武德至元和。
元和小臣白居易，观舞听歌知乐意，乐终稽首陈其事。
太宗十八举义兵，白旄黄钺定两京。
擒充戮窦四海清，二十有四功业成。
二十有九即帝位，三十有五致太平。
功成理定何神速，速在推心置人腹。
亡卒遗骸散帛收[2]，饥人卖子分金赎[3]。
魏征梦见天子泣[4]，张谨哀闻辰日哭[5]。
怨女三千放出宫[6]，死囚四百来归狱[7]。
剪须烧药赐功臣，李勣呜咽思杀身[8]。
含血吮疮抚战士，思摩奋呼乞效死[9]。
不独善战善乘时[10]，以心感人人心归。
尔来一百九十载，天下至今歌舞之。
歌七德，舞七德，圣人有作垂无极。
岂徒耀神武，岂徒夸圣文，
太宗意在陈王业，王业艰难示子孙。

①原注：武德中，天子始作《秦王破陈乐》，以歌太宗之功业。贞观初，太宗重制《破陈乐舞图》，诏魏征、虞世南等为之歌词，名《七德舞》。自龙朔已后，诏郊庙奏之。②贞观初，诏收天下陈死骸骨，致祭而瘗埋之，

寻又散帛以求之也。③贞观五年大饥，人有鬻男女者。诏出御府金帛尽赎之，还其父母。④天子：一作子夜。魏征疾亟，太宗梦与征别，既寤流涕。是夕征卒。故御制碑文云："昔殷宗得良弼于梦中，今朕失贤臣于觉后。"⑤张公谨卒，太宗为之举哀，有司奏日在辰，阴阳所忌，不可哭，上曰："君臣义重，父子之情也。情发于中，安知辰日！"遂哭之恸。⑥太宗常谓侍臣曰："妇人幽闭深宫，情实可愍，今将出之，任求伉俪。"于是令左丞戴胄、给事中杜正伦，于西门拣多人放归。⑦贞观六年，亲录囚徒死罪者三百九十人，放出归家，令明年秋来就刑，应期毕至，诏悉原之。⑧李勣尝疾，医云得龙须烧灰方可疗之。太宗自剪须，烧灰赐之，服讫而愈。勣叩头泣涕而谢。⑨李思摩尝中弩，太宗亲为吮血。⑩不独：一作则知不独。

法　曲①

美列圣、正华声也。

法曲法曲歌大定，积德重熙有馀庆，永徽之人舞而咏②。
法曲法曲舞霓裳，政和世理音洋洋，开元之人乐且康③。
法曲法曲歌堂堂，堂堂之庆垂无疆，
中宗肃宗复鸿业，唐祚中兴万万叶④。
法曲法曲杂夷歌⑤，夷声邪乱华声和。
以乱干和天宝末，明年胡尘犯宫阙⑥。
乃知法曲本华风，苟能审音与政通。
一从胡曲相参错，不辨兴衰与哀乐。
愿求牙旷正华音，不令夷夏相交侵。

①玄宗杂彝歌，不能无所刺焉。②永徽之时，有贞观遗风，故高宗制《一戎大定》乐曲。③《霓裳羽衣曲》起于开元，盛于天宝也。④永隆元年，太常寺李嗣贞善审音律，能知兴衰，云近者乐府有《堂堂》之曲，"再言之"者，唐祚再兴之兆也。⑤杂：一作合。⑥法曲虽似失雅音，盖诸夏之声也，故历朝行焉。玄宗虽雅好度曲，然未尝使蕃汉杂奏。天宝十三载，始诏诸道调法曲与胡部新声合作，识者深异之。明年冬，而安禄山反。

二王后

明祖宗之意也。

二王后，彼何人，介公酅公为国宾，周武隋文之子孙。
古人有言天下者，非是一人之天下。
周亡天下传于隋，隋人失之唐得之。
唐兴十叶岁二百，介公酅公世为客。
明堂太庙朝享时，引居宾位备威仪。
备威仪，助郊祭，高祖太宗之遗制。
不独兴灭国，不独继绝世；
欲令嗣位守文君，亡国子孙取为戒。

海漫漫

戒求仙也。

海漫漫，直下无底旁无边。
云涛烟浪最深处，人传中有三神山。
山上多生不死药，服之羽化为天仙。
秦皇汉武信此语，方士年年采药去。
蓬莱今古但闻名，烟水茫茫无觅处。
海漫漫，风浩浩，眼穿不见蓬莱岛。
不见蓬莱不敢归，童男丱女舟中老。
徐福文成多诳诞，上元太一虚祈祷。
君看骊山顶上茂陵头，毕竟悲风吹蔓草。
何况玄元圣祖五千言，不言药，不言仙，
不言白日升青天。

立部伎[1]

刺雅乐之替也。

立部伎，鼓笛喧。
双舞剑，跳七丸。袅巨索，掉长竿。
太常部伎有等级，堂上者坐堂下立。
堂上坐部声歌清，堂下立部鼓笛鸣。
笙歌一曲众侧耳[2]，鼓笛万曲无人听。
立部贱，坐部贵。
坐部退为立部伎，击鼓吹笛和杂戏。
立部又退何所任，始就乐悬操雅音。
雅音替坏一至此，长令尔辈调宫徵。
圆丘后土郊祀时，言将此乐感神祇。
欲望凤来百兽舞，何异北辕将适楚。
工师愚贱安足云，太常三卿尔何人。

①原注：太常选坐部伎，无性识者退入立部伎；又选立部伎，绝无性识者退入雅乐部，则雅乐之声可知矣。②曲：一作声。

华原磬[1]

刺乐工非其人也。

华原磬，华原磬，古人不听今人听。
泗滨石，泗滨石，今人不击古人击。
今人古人何不同，用之舍之由乐工。
乐工虽在耳如壁，不分清浊即为聋。
梨园弟子调律吕，知有新声不如古。
古称浮磬出泗滨，立辩致死声感人。

宫悬一听华原石，君心遂亡封疆臣。
果然胡寇从燕起，武臣少肯封疆死。
始知乐与时政通，岂听铿锵而已矣。
磬襄入海去不归，长安市儿为乐师。
华原磬与泗滨石，清浊两音谁得知。

①原注：天宝中，始废泗滨磬，用华原石代之。询之磬人，则曰："故老云：泗滨石下调之不能和，得华原石考之乃和。"由是不改。

上阳人[①]

愍怨旷也。

上阳人，上阳人，红颜暗老白发新。
绿衣监使守宫门，一闭上阳多少春。
玄宗末岁初选入，入时十六今六十。
同时采择百馀人，零落年深残此身。
忆昔吞悲别亲族，扶入车中不教哭。
皆云入内便承恩，脸似芙蓉胸似玉。
未容君王得见面，已被杨妃遥侧目。
妒令潜配上阳宫，一生遂向空房宿。
宿空房[②]，秋夜长，夜长无寐天不明。
耿耿残灯背壁影，萧萧暗雨打窗声。
春日迟，日迟独坐天难暮。
宫莺百啭愁厌闻，梁燕双栖老休妒。
莺归夜去长悄然，春往秋来不计年。
唯向深宫望明月，东西四五百回圆。
今日宫中年最老，大家遥赐尚书号。
小头鞵履窄衣裳，青黛点眉眉细长。
外人不见见应笑，天宝末年时世妆[③]。

上阳人，苦最多。
少亦苦，老亦苦，少苦老苦两如何。
君不见昔时吕向美人赋[4]，又不见今日上阳宫人白发歌。

①“上阳”后，一本有“白发”二字。〇原注：天宝五载已后，杨贵妃专宠，后宫人无复进幸矣。六宫有美色者，辄置别所，上阳是其一也，贞元中尚存焉。②房：旧本皆作床。③世：一作样。④天宝末，有密采艳色者，当时号“花鸟使”，吕向献《美人赋》以讽之。

胡旋女[1]

戒近习也。

胡旋女，胡旋女，心应弦，手应鼓。
弦歌一声双袖举，回雪飘飖转蓬舞[2]。
左旋右转不知疲，千匝万周无已时。
人间物类无可比，奔车轮缓旋风迟。
曲终再拜谢天子，天子为之微启齿。
胡旋女，出康居，徒劳东来万里馀。
中原自有胡旋者，斗妙争能尔不如。
天宝季年时欲变，臣妾人人学圆转。
中有太真外禄山，二人最道能胡旋。
梨花园中册作妃，金鸡障下养为儿。
禄山胡旋迷君眼，兵过黄河疑未反；
贵妃胡旋感君心，死弃马嵬念更深。
从兹地轴天维转，五十年来制不禁。
胡旋女，莫空舞，数唱此歌悟明主。

①原注：天宝末，康居国献之。②雪飘飖：一作风飘飖。

折臂翁[1]

戒边功也。

新丰老翁八十八，头鬓眉须皆似雪。
玄孙扶向店前行，左臂凭肩右臂折[2]。
问翁臂折来几年，兼问致折何因缘。
翁云贯属新丰县，生逢圣代无征战。
惯听梨园歌管声[3]，不识旗枪与弓箭。
无何天宝大征兵，户有三丁点一丁。
点得驱将何处去，五月万里云南行。
闻道云南有泸水，椒花落时瘴烟起。
大军徒涉水如汤，未过十人二三死[4]。
邨南邨北哭声哀[5]，儿别耶娘夫别妻。
皆云前后征蛮者，千万人行无一回。
是时翁年二十四，兵部牒中有名字。
夜深不敢使人知，偷将大石搥折臂[6]。
张弓簸旗俱不堪，从兹使免征云南。
骨碎筋伤非不苦，且图拣退归乡土。
此臂折来六十年，一肢虽废一身全。
至今风雨阴寒夜，直到天明痛不眠。
痛不眠，终不悔，且喜老身今独在。
不然当时泸水头，身死魂孤骨不收。
应作云南望乡鬼，万人冢上哭呦呦[7]。
老人言，君听取。
君不闻，开元宰相宋开府[8]，不赏边功防黩武[9]。
又不闻，天宝宰相杨国忠，欲求恩幸立边功。
边功未立生民怨，请问新丰折臂翁。

①一作《新丰折臂翁》。②左：一作右。右：一作左。③一作“唯听骊宫歌吹声”。④过：一作战。⑤哀：一作悲。⑥偷将：一作自把。⑦云南有万人冢，即鲜于仲通、李密曾覆军之所，今冢犹存。⑧君：一作何。⑨开

元初，突厥数犯边，时天武军牙将郝灵筌出使，因引特勒回鹘部落斩突厥默啜，献首于关下，自谓有不世之功。时宋璟为相，以天子年少好武，恐徼功者生心，痛抑其党，逾年始授郎将。灵筌遂痛哭呕血而死。〇天宝末，杨国忠为相，重构阁罗凤之役，募人讨之，前后发二十馀万众，去无返者。又捉人连枷赴役，天下怨哭，人不聊生，故禄山得乘人心而盗天下。元和初，而折臂翁犹存，因备歌之。

太行路

借夫妇以讽君臣之不终也。

太行之路能摧车，若比君心是坦途[1]。
巫峡之水能覆舟，若比君心是安流。
君心好恶苦不常，好生毛羽恶生疮。
与君结发未五载，岂期牛女为参商。
古称色衰相弃背，当时美人犹怨悔。
何况如今鸾镜中，妾颜未改君心改。
为君熏衣裳，君闻兰麝不馨香。
为君盛容饰，君看珠翠无颜色。
行路难，难重陈。
人生莫作妇人身，百年苦乐由他人。
行路难，难于山，险于水。
不独人家夫与妻，近代君臣亦如此。
君不见，左纳言，右纳史，朝承恩，暮赐死。
行路难，不在水，不在山，只在人情反覆间。

①君心：一作人心。下同。

司天台

引古以儆今也。

司天台，仰观俯察天人际。
羲和死来职事废，官不求贤空取艺。
昔闻西汉元成间，下陵上替谪见天。
北辰微暗少光色，四星煌煌如火赤。
耀芒动角射三台，上台半灭中台坼。
是时非无太史官，眼见心知不敢言。
明朝趋入明光殿，唯奏庆云寿星见。
天文时变两如斯，九重天子不得知，安用台高百尺为。

捕　蝗

刺长吏也。

捕蝗捕蝗谁家子，天热日长饥欲死。
兴元兵久伤阴阳[①]，和气蛊蠹化为蝗。
始至两河及三辅，荐食如蚕飞似雨。
雨飞蚕食千里间，不见青苗空赤土。
河南长吏言忧农，课人昼夜捕蝗虫。
是时粟斗钱三百，蝗虫之价与粟同。
捕蝗捕蝗竟何利，徒使饥民重劳费。
一蝗虽死百蝗来，岂将人力竞天灾。
我闻古之良吏有善政，以政驱蝗蝗出境。
又闻贞观之初道欲昌，文皇仰天吞一蝗。
一人有庆兆民赖，是岁虽蝗不为害[②]。

①久：一作革。②贞观二年，太宗吞蝗虫，事具《贞观实录》。

昆明春[①]

思王泽之广被也。

昆明春，昆明春，春池岸古春流新。
影浸南山青滉瀁，波沉西日红奫沦。
往年因旱灵池竭，龟尾曳涂鱼喣沫。
诏开八水注恩波，千介万鳞同日活。
今来净渌水照天，游鱼鲅鲅莲田田。
洲香杜若抽心短，沙暖鸳鸯铺翅眠。
动植飞沉性皆遂，皇泽如春无不被。
渔者仍丰网罟资，贫人又获菰蒲利。
诏以昆明近帝城，官家不得收其征。
菰蒲无租鱼无税，近水之人感君惠。
感君惠，独何人？
吾闻率土皆王民，远民何疏近何亲。
愿推此惠及天下，无远无近同忻忻[2]。
吴兴山中罢榷茗，鄱阳坑里休税银。
天涯地角无禁利，熙熙同似昆明春。

①贞元中始涨之。②同：一作皆。

城盐州[1]

美圣谟而诮边将也。

城盐州，城盐州，城在五原原上头。
蕃东节度钵阐布，忽见新城当要路。
金鸟飞传赞普闻，建牙传箭集群臣。
君臣赭面有忧色，皆言勿谓唐无人。
自筑盐州十馀载，左衽毡裘不犯塞。
昼牧牛羊夜捉生，长去新城百里外。
诸边急警劳戍人，唯此一道无烟尘。
灵夏潜安谁复辩，秦原暗通何处见。

鄜州驿路好马来，长安药肆黄蓍贱。
城盐州，盐州未城天子忧。
德宗按图自定计，非关将略与庙谋。
吾闻高宗中宗世，北虏猖狂最难制。
韩公创筑受降城，三城鼎峙屯汉兵。
东西亘绝数千里，耳冷不闻胡马声。
如今边将非无策，心笑韩公筑城壁。
相看养寇为身谋，各握强兵固恩泽。
愿分今日边将恩，褒赠韩公封子孙。
谁能将此盐州曲，翻作歌词闻至尊。

①贞元壬申岁，特诏城之。

道州民

美贤臣遇明主也。

道州民，多侏儒，长者不过三尺馀。
市作矮奴年进奉，号为道州任土贡。
任土贡，宁若斯，不闻使人生别离，老翁哭孙母哭儿。
一自阳城来守郡，不进矮奴频诏问。
城云臣按《六典》书，任土贡有不贡无。
道州水土所生者，只有矮民无矮奴。
吾君感悟玺书下，岁贡矮奴宜悉罢。
道州民，老者幼者何欣欣。
父兄子弟始相保，从此得作良人身。
道州民，民到于今受其赐，欲说使君先下泪。
仍恐儿孙忘使君，生男多以阳为字。

驯　犀[1]

感为政之难终也。

驯犀驯犀通天犀，躯貌骇人角骇鸡。
海蛮闻有明天子，驱犀乘传来万里。
一朝得谒大明宫，欢呼拜舞自论功。
五年驯养始堪献，六译语言方得通。
上嘉人兽俱来远，蛮馆四方犀入苑。
秣以瑶蒭锁以金，故乡迢递君门深。
海鸟不知钟鼓乐，池鱼空结江湖心。
驯犀生处南方热，秋无白露冬无雪。
一入上林三四年，又逢今岁苦寒月。
饮冰卧霰苦踡跼，角骨冻伤鳞甲缩[2]。
驯犀死，蛮儿啼，向阙再拜颜色低。
奏乞生归本国去，恐身冻死似驯犀。
君不见，建中初，驯象生还放林邑[3]。
君不见，贞元末，驯犀冻死蛮儿泣。
所嗟建中异贞元，象生犀死何足言。

①贞元丙戌岁，南海进驯犀，诏纳苑中。至十三年冬，大寒，驯犀死矣。〇按：《李绅传》作贞元丙子，且贞元至甲申、乙酉而止，无丙戌年，此注当属传写之误也。②犀有回纹毛如鳞身，项有肉甲。③建中元年，诏尽出苑中驯象，放归南方。

五弦弹

恶郑之夺雅也。

五弦弹，五弦弹，听者倾耳心寥寥。
赵璧知君入骨爱，五弦一一为君调。

第一第二弦索索，秋风拂松疏韵落。
第三第四弦泠泠，夜鹤忆子笼中鸣。
第五弦声最掩抑，陇水冻咽流不得。
五弦并奏君试听，凄凄切切复铮铮。
铁击珊瑚一两曲，冰写玉盘千万声。
铁声杀，冰声寒[①]。
杀身入耳肤血惨，寒气中人肌骨酸。
曲终声尽欲半日，四座相对愁无言。
座中有一远方士，唧唧咨咨声不已。
自叹今朝初得闻，始知孤负平生耳。
唯忧赵璧白发生，老死人间无此声。
远方士，耳听五弦信为美[②]，吾闻正始之音不如是。
正始之音其若何？朱弦疏越清庙歌。
一弹一唱再三叹，曲淡节稀声不多。
融融曳曳召元气，听之不觉心平和。
人情重今多贱古，古琴有弦人不抚。
更从赵璧艺成来，二十五弦不如五。

①今本遗此六字，不联贯矣。②耳：一作尔。

蛮子朝[①]

刺将骄而相备位也。

蛮子朝，泛皮船兮渡绳桥，来自巂州道路遥。
入界先经蜀川过[②]，蜀将收功先表贺。
臣闻云南六诏蛮，东连牂牁西接蕃。
六诏星居初琐碎，合为一诏渐强大。
开元皇帝虽圣神，唯蛮倔强不来宾。
鲜于仲通六万卒，征蛮一阵全军没。

至今西洱河岸边，箭孔刀痕满枯骨[③]。
谁知今日慕华风，不劳一人蛮自通。
诚由陛下休明德，亦赖微臣诱谕功。
德宗省表知如此，笑令中使迎蛮子。
蛮子道从者谁何，摩挲俗羽双隈伽。
清平官持赤藤杖，大将军系金呿嗟[④]。
异牟寻男寻阁劝，特敕召对延英殿。
上心贵在怀远蛮，引临玉座近天颜。
冕旒不垂亲劳徕，赐衣赐食移时对。
移时对，不可得，大臣相看有羡色。
可怜宰相拖紫佩金章，朝日唯闻对一刻。

①贞元末，蜀中始通蛮酋。②川：一作道。③天宝十三载，鲜于仲通统兵六万，讨云南王阁罗凤于西洱河，全军覆殁。④呿嗟：皮带也。

骠国乐[①]

欲王化之先迩后远也。

骠国乐，骠国乐，出自大海西南角。
雍羌之子舒难陀，来献南音奉正朔。
德宗立杖御紫庭，黈纩不塞为尔听。
玉螺一吹椎髻耸，铜鼓一击文身踊。
珠缨炫转星宿摇，花鬘抖擞龙蛇动。
曲终王子启圣人，臣父愿为唐外臣。
左右欢呼何翕习，至尊德广之所及。
须臾百辟诣阁门，俯伏拜表贺至尊。
伏见骠人献新乐，请书国史传子孙。
时有击壤老农父，暗测君心闲独语。
闻君政化甚圣明，欲感人心致太平。

感人在近不在远，太平由实非由声。
观身理国国可济，君如心兮民如体。
体生疾苦心憯凄，民得和平君恺悌。
贞元之民若未安，骠乐虽闻君不欢；
贞元之民苟无病，骠乐不来君亦圣。
骠乐骠乐徒喧喧，不如闻此刍荛言。

①贞元十七年来献之。

缚戎人[①]

达穷民之情也。

缚戎人，缚戎人，耳穿面破驱入秦。
天子矜怜不忍杀，诏徙东南吴与越。
黄衣小使录姓名，领出长安乘递行。
身被金疮面多瘠，扶病徒行日一驿。
朝飧饥渴费杯盘，夜卧腥臊污床席。
忽逢江水忆交河，垂手齐声呜咽歌[②]。
其中一虏语诸虏，尔苦非多我苦多。
同伴行人因借问，欲说喉中气愤愤。
自云乡管本凉原[③]，大历年中没落蕃。
一落蕃中四十载，身着皮裘系毛带[④]。
唯许正朝服汉仪[⑤]，敛衣整巾潜泪垂[⑥]。
誓心密定归乡计，不使蕃中妻子知[⑦]。
暗思幸有残筋骨[⑧]，更恐年衰归不得。
蕃候严兵鸟不飞，脱身冒死奔逃归。
昼伏宵行经大漠，云阴月黑风沙恶。
惊藏青冢寒草疏，偷度黄河夜冰薄。
忽闻汉军鼙鼓声，路旁走出再拜迎。

游骑不听能汉语，将军遂缚作蕃生。
配向江南卑湿地，定无存恤空防备。
念此吞生仰诉天，若为辛苦度残年。
凉原乡井不得见，胡地妻儿虚弃捐。
没蕃被囚思汉土，归汉被劫为蕃虏。
早知如此悔归来，两地宁如一处苦。
缚戎人，戎人之中我苦辛。
自古此冤应未有，汉心汉语吐蕃身。

①元云：近制，西边每擒蕃酋，例皆传置南方，不加剿戮。②声：一作唱。③管：一作贯。④身：一作遣。⑤朝：一作朔。⑥潜：一作双。⑦有李如暹者，蓬子将军之子也，尝没蕃中。自云：蕃法，惟正岁一日许唐人之没蕃者服唐衣冠。由是悲不自胜，遂密定归计也。⑧骨：一作力。

骊宫高

美天子重惜人之财力也。

高高骊山上有宫，朱楼紫殿三四重。
迟迟兮春日，玉甃煖兮温泉溢；
袅袅兮秋风，山蝉鸣兮宫树红。
翠华不来兮岁月久，墙有衣兮瓦有松。
吾君在位已五载，何不一幸于其中①？
西去都门几多地，吾君不游有深意。
一人出兮不容易，六宫从兮百司备。
八十一车千万骑，朝有宴饫暮有赐。
中人之产数百家，未足充君一日费。
吾君休己人不知，不自逸兮不自嬉；
吾君爱人人不识，不伤财兮不伤力②。
骊宫高兮高入云，君之来兮为一身，君之不来兮为万人③。

①于：一作乎。②伤：一作夺。③万人：一本作千万人。

百炼镜

辨皇王鉴也。

百炼镜，镕范非常规，日辰置处灵且奇，
江心波上舟中铸，五月五日日午时。
琼粉金膏磨莹已，化为一月秋潭水。
镜成将献蓬莱宫，扬州长吏手自封[1]。
人间臣妾不合照[2]，背有九五飞天龙。
人人呼为天子镜，我有一言闻太宗。
太宗常以人为镜，鉴古鉴今不鉴容。
四海安危居掌内，百王治乱悬心中。
乃知天子别有镜，不是扬州百炼铜。

①一作“钿函金匣锁几重”。②照：一作用。

青　石

激忠烈也。

青石出自蓝田山，兼车运载来长安。
工人磨琢欲何用，石不能言我代言。
不愿作人家墓前神道碣，坟土未干名已灭。
不愿作官家道旁德政碑，不镌实录镌虚辞。
愿为段氏颜氏碑，雕镂太尉与太师。
刻此两片坚贞质，状彼二人忠烈姿。
义心如石屹不转，死节如石确不移。
如观奋击朱泚日，似见叱呵希烈时。
各于其上题名谥，一置高山一沉水。

陵谷虽迁碑独存，骨化为尘名不死。
长使不忠不烈臣，观碑改节慕为人。
慕为人，劝事君。

两朱阁

刺佛寺寖多也。

两朱阁，南北相对起。
借问何人家，贞元双帝子。
帝子吹箫双得仙，五云飘飘飞上天。
第宅亭台不将去，化为佛寺在人间。
妆阁妓楼何寂静，柳似舞腰池似镜。
花落黄昏悄悄时，不闻鼓吹闻钟磬。
寺门敕榜金字书，尼院佛庭宽有馀。
青苔明月多闲地，比屋齐民无处居。
忆昨平阳宅初置，吞并平人几家地。
仙去双双作梵宫，渐恐人家尽为寺。

西凉伎

刺封疆之臣也。

西凉伎，假面胡人假狮子。
刻木为头丝作尾，金镀眼睛银帖齿。
奋迅毛衣摆双耳，如从流沙来万里。
紫髯深目两胡儿，鼓舞跳梁前致辞。
应似凉州未陷日，安西都护进来时。
须臾云得新消息，安西路绝归不得。
泣向狮子涕双垂，凉州陷没知不知。

狮子回头向西望，哀吼一声观者悲。
贞元边将爱此曲，醉坐笑看看不足。
享宾犒士宴监军[1]，狮子胡儿长在目。
有一征夫年七十，见弄凉州低面泣。
泣罢敛手白将军，主忧臣辱昔所闻。
自从天宝兵戈起，犬戎日夜吞西鄙。
凉州陷来四十年，河陇侵将七千里。
平时安西万里疆，今日边防在凤翔。
缘边空屯十万卒，饱食温衣闲过日。
遗民肠断在凉州，将卒相看无意收。
天子每思常痛惜，将军欲说合惭羞。
奈何仍看西凉伎，取笑资欢无所愧。
纵无智力未能收，忍取西凉弄为戏。

①享：一作娱。

八骏图

诫奇物、惩佚游也。

穆王八骏天马驹，后人爱之写为图。
背如龙兮颈如象[1]，骨竦筋高脂肉壮[2]。
日行万里疾如飞，穆王独乘何所之。
四荒八极踏欲遍，三十二蹄无歇时。
属车轴折趁不及，黄屋草生弃若遗。
瑶池西赴王母宴，七庙经年不亲荐。
璧台南与盛姬游，明堂不复朝诸侯。
《白云》《黄竹》歌声动[3]，一人荒乐万人愁。
周从后稷至文武，积德累功世勤苦。
岂知才及五代孙，心轻王业如灰土。

由来尤物不在大，能荡君心即为害。
文帝却之不肯乘，千里马去汉道兴。
穆王得之不为戒，八骏驹来周室坏。
至今此物世称珍，不知房星之精下为怪。
八骏图，君莫爱。

①象：一作鸟。②壮：一作少。③王母瑶池宴穆天子所歌之曲也。

涧底松

念寒隽也。

有松百尺大十围，生在涧底寒且卑。
涧深山险人路绝，老死不逢工度之。
天子明堂欠梁木，此求彼有两不知。
谁谕苍苍造物意，但与之才不与地。
金张世禄黄宪贤，牛衣寒贱貂蝉贵。
貂蝉与牛衣，高下虽有殊，
高者未必贤，下者未必愚。
君不见，沉沉海底生珊瑚，历历天上种白榆。

牡丹芳

美天子之忧农也。

牡丹芳，牡丹芳，黄金蕊绽红玉房。
千片赤英霞烂烂，百枝绛焰灯煌煌。
照地初开锦绣段，当风不结兰麝囊。
仙人琪树白无色，王母桃花小不香。
宿露轻盈泛紫艳，朝阳照耀生红光。
红紫二色间深浅，向背万态随低昂。

映叶多情隐羞面，卧丛无力含醉妆。
低娇笑容疑掩口，凝思怨人如断肠。
秾姿贵彩信奇绝，杂卉乱花无比方。
石竹金钱何细碎，芙蓉芍药苦寻常。
遂使王公与卿相，游花冠盖日相望。
庳车软舆贵公主，香衫细马豪家郎。
卫公宅静闭东院，西明寺深开北廊。
戏蝶双舞看人久，残莺一声春日长①。
共愁日照芳难驻，仍张帷幕垂阴凉。
花开花落二十日，一城之人皆若狂。
三代以还文胜质，人心重华不重实。
重华直至牡丹芳，其来有渐非今日。
元和天子忧农桑，恤下动天天降祥。
去岁嘉禾生九穗，田中寂寞无人至。
今年瑞麦分两歧，君心独喜无人知。
无人知，可叹息。
我愿暂求造化力，减却牡丹妖艳色。
少回卿士爱花心，同似吾君忧稼穑。

①春：一作娇。

红线毯

忧蚕桑之费也。

红线毯，择茧缫丝清水煮，练丝练线红蓝染。
染为红线红于花，织作披香殿上毯。
披香殿广十丈馀，红线织成可殿铺。
綵丝茸茸香拂拂，线软花虚不胜物。
美人蹋上歌舞来，罗袜绣鞵随步没。

太原毯涩毳缕硬，蜀都褥薄锦花冷。
不如此毯温且柔，年年十月来宣州。
宣州太守加样织，自谓为臣能竭力。
百夫同担进宫中，线厚丝多卷不得。
宣州太守知不知，一丈毯用千两丝①。
地不知寒人要暖，少夺人衣作地衣②。

①一本无“用”字。②贞元中，宣州进开样加丝毯。

杜陵叟

伤农夫之困也。

杜陵叟，杜陵居。岁种薄田一顷馀。
三月无雨旱风起，麦苗不秀多黄死。
九月降霜秋早寒，禾穗未熟皆青干。
长吏明知不申破，急敛暴征求考课。
典桑卖地纳官租，明年衣食将何如？
剥我身上帛，夺我口中粟，
虐人害物即豺狼，何必钩爪锯牙食人肉。
不知何人奏皇帝，帝心恻隐知人弊。
白麻纸上书德音，京畿尽放今年税。
昨日里胥方到门，手持尺牒牓乡村。
十家租税九家毕，虚受吾君蠲免恩。

缭　绫

念女工之劳也。

缭绫缭绫何所似？不似罗绡与纨绮。
应似天台山上明月前①，四十五尺瀑布泉。

中有文章又奇绝，地铺白烟花簇雪。
织者何人衣者谁？越溪寒女汉宫姬。
去年中使宣口敕，天上取样人间织。
织为云外秋雁行，染作江南春水色。
广裁衫袖长制裙，金斗熨波刀剪纹。
异彩奇文相隐映，转侧看花花不定。
昭阳舞人恩正深，春衣一对直千金。
汗沾粉污不再着，曳土踏泥无惜心。
缭绫织成费功绩，莫比寻常缯与帛。
丝细缫多女手疼，扎扎千声不盈尺。
昭阳殿里歌舞人，若见织时应也惜②。

①明月：一作月明。②也：一作合。

卖炭翁

苦宫市也。

卖炭翁，伐薪烧炭南山中。
满面尘灰烟火色，两鬓苍苍十指黑。
卖炭得钱何所营？身上衣裳口中食。
可怜身上衣正单，心忧炭贱愿天寒。
夜来城外一尺雪，晓驾炭车辗冰辙。
牛困人饥日已高，市南门外泥中歇。
两骑翩翩来是谁？黄衣使者白衫儿。
手把文书口称敕，回车叱牛牵向北。
一车炭重千馀斤①，宫使驱将惜不得。
半匹红纱一丈绫，系向牛头充炭直。

①一本无“重”字。

母别子

刺新间旧也。

母别子，子别母，白日无光哭声苦。
关西骠骑大将军，去年破虏新策勋。
敕赐金钱二百万，洛阳迎得如花人。
新人迎来旧人弃，掌上莲花眼中刺。
迎新弃旧未足悲，悲在君家留两儿。
一始扶行一初坐，坐啼行哭牵人衣。
以汝夫妇新嬿婉，使我母子生别离。
不如林中乌与鹊，母不失雏雄伴雌。
应似园中桃李树，花落随风子住枝①。
新人新人听我语，洛阳无限红楼女。
但愿将军重立功，更有新人胜于汝。

①住：一作在。

阴山道①

疾贪虏也。

阴山道，阴山道，纥逻敦肥水泉好。
每至戎人送马时，道傍千里无纤草。
草尽泉枯马病羸，飞龙但印骨与皮。
五十匹缣易一匹，缣去马来无了日。
养无所用去非宜，每岁死伤十六七。
缣丝不足女工苦，疏织短截充匹数。
藕丝蛛网三丈馀，回鹘诉称无用处。
咸安公主号可敦②，远为可汗频奏论③。

元和二年下新敕，内出金帛酬马直。
仍诏江淮马价缣，从此不令疏短织。
合罗将军呼万岁，捧授金银与缣綵。
谁知黠虏启贪心，明年马多来一倍。
缣渐好，马渐多，阴山虏，奈尔何。

①按：李传云：元和二年有诏，悉以金银酬回鹘马价。②可：胡贾反。③可：音克。

时世妆

警将变也。

时世妆，时世妆，出自城中传四方。
时世流行无远近，腮不施朱面无粉。
乌膏注唇唇似泥，双眉画作八字低。
妍媸黑白失本态，妆成尽似含悲啼。
圆鬟无鬓椎髻样，斜红不晕赭面状。
昔闻被发伊川中，幸有见之知有戎。
元和妆梳君记取，髻椎面赭非华风。

李夫人

鉴嬖惑也。

汉武帝初丧李夫人，夫人病时不肯别，死后留得生前恩。
君恩不尽念未已，甘泉殿里令写真。
丹青写出竟何益，不言不笑愁杀人。
又令方士合灵药，玉釜煎炼金炉焚。
九华帐深夜悄悄，返魂香降夫人魂。
夫人之魂在何许？香烟引到焚香处。

既来何苦不须臾，缥缈悠扬还灭去。
去何速兮来何迟，是邪非邪两不知。
翠蛾髣髴平生貌，不似昭阳寝疾时。
魂之不来君心苦，魂之来兮君亦悲。
背灯隔帐不得语，安用暂来还见违。
伤心不独汉武帝，自古及今皆若斯。
君不见穆王三日哭，重璧台前伤盛姬；
又不见太陵一掬泪，马嵬坡下念杨妃。
纵令妍姿艳质化为土，此恨长在无销期。
生亦惑，死亦惑，尤物惑人忘不得。
人非木石皆有情，不如不遇倾城色。

陵园妾

托幽闭喻被谗遭黜也。

陵园妾，颜色如花命如叶。
命如叶薄将奈何？一奉寝宫年月多。
年月多，时光换，春愁秋思知何限。
青丝发落丛鬓疏，红玉肤销系裙缦。
忆昔宫中被妬猜，因谗得罪配陵来。
老母啼呼趁车别，中宫监送锁门回。
山宫一闭无开日，未死此身不令出。
松门到晓月徘徊，柏城尽日风萧瑟。
松门柏城幽闭深，闻蝉听燕感光阴。
眼看菊蕊重阳泪，手把梨花寒食心。
把花掩泪无人见，绿芜墙绕青苔院。
四季徒支妆粉钱，三朝不识君王面。
遥想六宫奉至尊，宣徽雪夜浴堂春。

雨露之恩不及者，犹闻不啻三千人。
我尔君恩何厚薄，愿令轮转直陵园，三岁一来均苦乐。

盐商妇

恶幸人也。

盐商妇，多金帛，不事田农与蚕绩。
南北东西不失家，风水为乡船作宅。
本是扬州小家女，嫁得西江大商客。
绿鬟溜去金钗多，皓腕肥来银钏窄。
前呼苍头后叱婢，问尔因何得如此？
婿作盐商十五年，不属州县属天子。
每年盐利入官时，少入官家多入私。
官家利薄私家厚，盐铁尚书远不如。
何况江头鱼米贱，红脍黄橙香稻饭。
饱食浓妆依柁楼，两朵红腮花欲绽。
盐商妇，有幸嫁盐商，终朝美饭食，终岁好衣裳。
好衣美食来何处？亦须惭愧桑弘羊。
桑弘羊，死已久，不独汉世今亦有。

杏为梁

刺居处僭也。

杏为梁，桂为柱，何人堂室李开府。
碧砌红轩色未干，去年身没今移主。
高其墙，大其门，谁家第宅卢将军。
素泥朱板光未灭，今岁官收赐别人。
开府之堂将军宅，造未成时头已白。

逆旅重居逆旅中，心是主人身是客。
更有愚夫念身后，心虽甚长计非久。
穷奢极丽越规模，付子传孙令保守。
莫教门外过客闻，抚掌回头笑杀君。
君不见，马家宅，尚犹存，宅门题作奉诚园。
君不见，魏家宅，属他人，诏赎赐还五代孙①。
俭存奢失今在目，安用高墙围大屋。

①元和四年，诏特以官钱赎魏征胜业坊中旧宅，以还其孙，用奖忠俭。

井底引银瓶

止淫奔也。

井底引银瓶，银瓶欲上丝绳绝。
石上磨玉簪，玉簪欲成中央折。
瓶沉簪折知奈何？似妾今朝与君别。
忆昔在家为女时，人言举动有殊姿。
婵娟两鬓秋蝉翼，宛转双蛾远山色。
笑随女伴后园中，此时与君未相识。
妾弄青梅依短墙，君骑白马傍垂杨。
墙头马上遥相顾，一见知君即断肠。
知君断肠共君语，君指南山松柏树。
感君松柏化为心，暗合双鬟逐君去。
到君家舍五六年，君家大人频有言。
聘则为妻奔是妾，不堪主祀奉蘋蘩。
终知君家不可住，其奈出门无去处。
岂无父母在高堂？亦有情亲满故乡。
潜来更不通消息，今日悲羞归不得。

为君一日恩，误妾百年身。
寄言痴小人家女，慎勿将身轻许人。

官　牛

讽执政也。

官牛官牛驾官车，浐水岸边驱载沙。
一石沙，几斤重，朝载暮载将何用？
载向五门官道西，绿槐阴下铺沙堤。
昨来新拜右丞相，恐怕泥途污马蹄。
右丞相，马蹄踏沙虽净洁，牛领牵车欲流血。
右丞相，但能济人治国调阴阳，官牛领穿亦无妨。

紫毫笔

诫失职也。

紫毫笔，尖如锥兮利如刀[①]。
江南石上有老兔，吃竹饮泉生紫毫。
宣城工人采为笔，千万毛中选一毫[②]。
毫虽轻，功甚重，管勒工名充岁贡，君兮臣兮勿轻用。
勿轻用，将何如？愿赐东西府御史，愿颁左右台起居。
搦管趋入黄金阙[③]，抽毫立在白玉墀[④]。
臣有奸邪正衙奏，君有动言直笔书。
起居郎，侍御史，尔知紫毫不易致，
每岁宣城进笔时，紫毫之价如金贵。
慎勿空将弹失仪，慎勿空将录制词。

①尖：一作纤。②选：一作拣。③搦：一作握。④墀：一作除。

隋堤柳

悯亡国也。

隋堤柳，岁久年深尽衰朽。
风飘飘兮雨萧萧，三株两株汴河口。
老枝病叶愁杀人，曾经大业年中春。
大业年中炀天子，种柳成行夹流水。
西至黄河东至淮，绿影一千三百里。
大业末年春暮月，柳色如烟絮如雪。
南幸江头恣佚游，应将此树荫龙舟。
紫髯郎将护锦缆，青蛾御史直迷楼。
海内财力此时竭，舟中歌笑何日休？
上荒下困势不久，宗社之危如缀旒。
炀天子，自言福祚长无穷①，岂知皇子封酅公。
龙舟未过彭城阁，义旗已入长安宫。
萧墙祸生人事变，晏驾不得归秦中。
土坟数次何处葬，吴公台下多悲风。
二百年来汴河路，沙草和烟朝复暮。
后王何以鉴前王，请看隋堤亡国树②。

①长：一作垂。②一本“缀旒”下多“炀天子，自言殊无极，岂知明年正朔归”。

草茫茫

惩厚葬也。

草茫茫，土苍苍。
茫茫苍苍在何处？骊山脚下秦皇墓。

墓中下涸二重泉，当时自以为深固。
下流水银象江海，上缀珠光作乌兔。
别为天地于其间，拟将富贵随身去。
一朝盗掘坟陵破，龙椁神堂三月火。
可怜宝玉归人间，暂借泉中买身祸。
奢者狼藉俭者安，一凶一吉在眼前。
凭君回首向南望，汉文葬在灞陵原。

古冢狐

戒艳色也。

古冢狐，妖且老，化为妇人颜色好。
头变云鬟面变妆，大尾曳作长红裳。
徐徐行傍荒邨路，日欲暮时人静处。
或歌或舞或悲啼，翠眉不举花钿低[①]。
忽然一笑千万态，见者十人八九迷。
假色迷人犹若是，真色迷人应过此。
彼真此假俱迷人，人心恶假贵重真。
狐假女妖害犹浅，一朝一夕迷人眼；
女为狐媚害则深[②]，日增月长溺人心。
何况褒妲之色善蛊惑，能丧人家覆人国。
君看为害浅深间，岂将假色同真色。

①钿：一作颜。②则：一作却。

黑潭龙

疾贪吏也。

黑潭水深色如墨，传有神龙人不识。

潭上架屋官立祠，龙不能神人神之[①]。
灾凶水旱与疾疫，乡里皆言龙所为。
家家养豚漉清酒，朝祈暮赛依巫口。
神之来兮风飘飘，纸钱动兮锦伞摇；
神之去兮风亦静，香火灭兮杯盘冷。
肉堆潭岸石，酒泼庙前草，
不知龙神享几多，林鼠山狐长醉饱。
狐何幸，豚何辜，年年杀豚将餧狐。
狐假龙神食豚尽，九重泉底龙知无？

①神：一作异。

天可度

恶诈人也。

天可度，地可量，唯有人心不可防。
但见丹诚赤如血，谁知伪言巧似簧。
劝君掩鼻君莫掩，使君夫妇为参商；
劝君掇蜂君莫掇，使君父子成豺狼。
海底鱼兮天上鸟，高可射兮深可钓。
唯有人心相对时，咫尺之间不能料。
君不见，李义府之辈笑欣欣，笑中有刀潜杀人。
阴阳神变皆可测，不测人间笑是瞋。

秦吉了

哀冤民也。

秦吉了，出南中，彩毛青黑花颈红。
耳聪心慧舌端巧，鸟语人言无不通。

昨日长爪鸢，今朝大觜乌。
鸢捎乳燕一窠覆，乌啄母鸡双眼枯。
鸡号堕地燕惊去，然后拾卵攫其雏。
岂无鹏与鹗，嗉中肉饱不肯搏；
亦有鸾鹤群，闲立飏高如不闻。
秦吉了，人云尔是能言鸟，岂不见鸡燕之冤苦？
吾闻凤皇百鸟主，尔竟不为凤皇之前致一言，
安用噪噪闲言语①！

①噪噪：一作嗦嗦。

鸦九剑

思决壅也。

欧冶子死千年后，精灵暗授张鸦九。
鸦九铸剑吴山中，天与日时神借功。
金铁腾精火翻焰，踊跃求为镆铘剑。
剑成未试十馀年，有客持金买一观。
谁知闭匣长思用，三尺青蛇不肯蟠。
客有心，剑无口，客代剑言告鸦九：
君勿矜我玉可切，君勿夸我钟可刜。
不如持我决浮云，无令漫漫蔽白日。
为君使无私之光及万物，蛰虫昭苏萌草出。

采诗官

监前王乱亡之由也。

采诗官，采诗听歌导人言。
言者无罪闻者诫，下流上通上下泰。

周灭秦兴至隋氏，十代采诗官不置。
郊庙登歌赞君美，乐府艳词悦君意。
若求兴谕规刺言，万句千章无一字。
不是章句无规刺，渐恐朝廷绝讽议。
诤臣杜口为冗员，谏鼓高悬作虚器。
一人负扆常端默，百辟入门皆自媚。
夕郎所贺皆德音，春官每奏唯祥瑞。
君之堂兮千里远，君之门兮九重閟。
君耳唯闻堂上言，君眼不见门前事。
贪吏害民无所忌，奸臣蔽君无所畏。
君不见，厉王胡亥之末年①，群臣有利君无利。
君兮君兮愿听此，欲开壅蔽达人情②，先向歌诗求讽刺。

①胡亥：一作炀帝。②一本作“君兮君兮，若要除贪害、开壅蔽、达人情”。

卷十三　白香山七古下

六十四首

短歌行

曈曈太阳如火色，上行千里下一刻。
出为白昼入为夜，圆转如珠住不得。
住不得，可奈何，为君举酒歌短歌。
歌声苦，词亦苦，四座少年君听取：
今夕未竟明旦催[1]，秋风才住春风回。
人无根蒂时不住，朱颜白日相騕颓。
劝君且强笑一面，劝君复强饮一杯。
人生不得长欢乐，年少须臾老到来。

①旦：一作夕。

生离别

食蘗不易食梅难，蘗能苦兮梅能酸。
未如生别之为难，苦在心兮酸在肝。
晨鸡再鸣残月没，征马连嘶行人出[1]。
回看骨肉哭一声，梅酸蘗苦甘如蜜。
黄河水白黄云秋，行人河边相对愁。
天寒野旷何处宿[2]，棠梨叶战风飕飕。
生离别，生离别，忧从中来无断绝。

忧极心劳血气衰③，未年三十生白发。

①连断：一作嘶风。②野：一作路。③极：一作积。

浩歌行

天长地久无终毕，昨夜今朝又明日。
鬓发苍浪牙齿疏，不觉身年四十七。
前去五十有几年，把镜照面心茫然。
既无长绳系白日，又无大药驻朱颜。
朱颜日渐不如故，青史功名在何处？
欲留年少待富贵，富贵不来年少去。
去复去兮如长河，东流赴海无回波。
贤愚贵贱同归尽，北邙冢墓高嵯峨。
古来如此非独我，未死有酒且高歌。
颜回短命伯夷饿，我今所得亦已多。
功名富贵须待命①，命若不来争奈何②？

①待：一作推。②若：一作苟。

王夫子

王夫子，送君为一尉，东南三千五百里。
道途虽远位虽卑，月俸犹堪活妻子。
男儿口读古人书，束带敛手来从事。
近将徇禄给一家，远则行道佐时理。
行道佐时须待命，委身下位无为耻。
命苟未来且求食，官无卑高及远迩。
男儿上既未能济天下，下又不至饥寒死。
吾观九品至一品，其间气味都相似。
紫绶朱绂青布衫，颜色不同而已矣。

王夫子，别有一事欲劝君，逢酒逢春且欢喜[①]。

①逢酒：一作遇酒。

江南遇天宝乐叟

白头老叟泣且言[①]，禄山未乱入梨园。
能弹琵琶和法曲，多在华清随至尊。
是时天下太平久，年年十月坐朝元。
千官起居环珮合，万国会同车马奔。
金钿照耀石瓮寺，兰麝熏煮温汤源。
贵妃宛转侍君侧，体弱不胜珠翠繁。
冬雪飘飖锦袍暖，春风荡漾霓裳翻。
欢娱未足燕寇至，弓劲马肥胡语喧。
豳土人迁避夷狄，鼎湖龙去哭轩辕。
从此漂沦落南土，万人死尽一身存。
秋风江上浪无限，暮雨舟中酒一樽。
涸鱼久失风波势，枯草曾沾雨露恩。
我自秦来君莫问，骊山渭水如荒村。
新丰树老笼明月，长生殿暗锁春云[②]。
红叶纷纷盖欹瓦，绿苔重重封坏垣。
唯有中官作宫使，每年寒食一开门。

①老：一作病。②春云：一作黄昏。

送张山人归嵩阳

黄云惨惨天微雪，循行坊西鼓声绝。
张生马瘦衣且单，夜扣柴门与我别。
愧君冒寒来别我，为君沽酒张灯火。
酒酣火煖与君言，何事出关又入关[①]？

答云前年偶下山，四十馀月客长安。
长安古来名利地，空手无金行路难。
朝游九城陌，肥马轻车欺杀客；
暮宿五侯门，残茶冷酒愁杀人。
春明门外城高处[②]，直下便是嵩山路[③]。
幸有云泉容此身，明日辞君且归去。

①一作“君何入关又出关”。②城：一作高。③直下：一作门前。

醉后走笔酬刘五主簿长句之赠兼简张太贾二十四先辈昆季

刘兄文高行孤立，十五年前名翕习。
是时相遇在符离，我年二十君三十。
得意忘年心迹亲，寓居同县日知闻。
衡门寂寞朝寻我，古寺萧条暮访君。
朝来暮去多携手，穷巷贫居何所有。
秋灯夜写联句诗，春雪朝倾煖寒酒。
陴湖绿爱白鸥飞，濉水清怜红鲤肥。
偶语闲攀芳树立，相扶醉踏落花归。
张贾弟兄同里巷，乘闲数数来相访。
雨天连宿草堂中，月夜徐行石桥上[①]。
我年渐长忽自惊，镜中冉冉髭须生。
心畏后时同励志，身牵前事各求名。
问我栖栖何所适，乡人荐为鹿鸣客。
二千里别谢交游，三十韵诗慰行役。
出门可怜唯一身，敝裘瘦马入咸秦。
鼕鼕街鼓红尘暗，晚到长安无主人。
二贾二张与余弟，驱车逦迤来相继。

操词握赋为干戈，锋锐森然胜气多。
齐入文场同苦战，五人十载九登科。
二张得隽名居甲，美退争雄重告捷。
棠棣辉荣并桂枝，芝兰芬馥和荆叶。
唯有沅犀屈未伸，握中自谓骇鸡珍。
三年不鸣鸣必大，岂独骇鸡当骇人[②]。
元和运启千年圣，同遇明时余最幸。
始辞秘阁吏王畿，遽列谏垣升禁闱。
蹇步何堪鸣佩玉，衰容不称着朝衣。
阊阖晨开朝百辟，冕旒不动香烟碧。
步登龙尾上虚空，立去天颜无咫尺。
宫花似雪从乘舆，禁月如霜坐直庐。
身贱每惊随内宴，才微常愧草天书[③]。
晚松寒竹新昌第，职居密近门多闭。
日暮银台下直回，故人到门门暂开。
回头下马一相顾，尘土满衣何处来。
敛手炎凉叙未毕，先说旧山今悔出。
岐阳旅宦少欢娱，江左羁游费时日。
赠我一篇行路吟，吟之句句披沙金。
岁月徒催白发貌，泥涂不屈青云心。
谁会茫茫天地意，短才获用长才弃。
我随鹓鹭入烟云，谬上丹墀为近臣。
君同鸾凤栖荆棘，犹着青袍作选人。
惆怅知贤不能荐，徒为出入蓬莱殿。
月惭谏纸二百张，岁愧俸钱三十万。
大抵浮荣何足道，几度相逢即身老。
且倾斗酒慰羁愁，重话符离问旧游。

北巷邻居几家处，东林旧院何人住？
武里郦花落复开，流沟山色应如故。
感此酬君千字诗，醉中分手又何之？
须知通塞寻常事，莫叹浮沉先后时。
慷慨临歧重相勉，殷勤别后加飧饭。
君不见，买臣衣锦还故乡，五十身荣未为晚④。

①已上叙昔年与刘及张、贾兄弟同居符离。②已上叙公与张、贾先后十科，唯刘未得科第。③已上公自叙遭际明时，得官禁近。④已上叙重与刘君相聚，刘有赠诗而公酬之。

和钱员外答卢员外早春独游曲江见寄长句

春来有色闇融融，先到诗情酒思中。
柳岸霏微裛尘雨，杏园淡荡开花风。
闻君独游心郁郁，薄晚新晴骑马出。
醉思诗侣有同年，春叹翰林无暇日。
云夫首倡寒玉音，蔚章继和春搜吟。
此时我亦闭门坐，一日风光三处心。

○自注：云夫、蔚章，同年及第；时予与蔚章同在翰林。

东墟晚歇

凉风冷露萧索天，黄蒿紫菊荒凉田。
绕冢秋花少颜色，细虫小蝶飞翻翻。
中有腾腾独行者，手拄渔竿不骑马。
晚从南涧钓鱼回，歇此墟中白杨下。
褐衣半故白发新，人逢知我是何人。
谁言渭浦栖迟客，曾作甘泉侍从臣。

○自注：时退居渭村。

挽歌词

丹旐何飞扬，素骖亦悲鸣。
晨光照闾巷，輀车俨欲行。
萧条九月天，晚出洛阳城①。
借问送者谁？妻子与弟兄。
苍苍古原上，峨峨开新茔。
含酸一恸哭，异口同哀声。
旧垅转芜绝，新坟日罗列。
春风秋草北邙山②，此地年年生死别。

①一作“哀挽出重城”。②秋草：一作草绿。

山鹧鸪

山鹧鸪，朝朝暮暮啼复啼，啼时露白风凄凄。
黄茅冈头秋月晚，苦竹岭下寒月低。
畬田有粟何不啄，石楠有枝何不栖？
迢迢不缓复不急，楼上舟中声暗入。
梦乡迁客展转卧，抱儿寡妇彷徨立。
山鹧鸪，尔本此乡鸟，
生不辞巢不别群，何苦声声啼到晓？
啼到晓，唯能愁北人，南人惯闻如不闻。

放旅雁

九江十年冬大雪，江水生冰树枝折。
百鸟无食东西飞，中有旅雁声最饥。
雪中啄草冰上宿，翅冷腾空飞动迟。
江童持网捕将去，手携入市生卖之。

我本北人今谴谪，人鸟虽殊同是客。
见此客鸟伤客人，赎汝放汝飞入云。
雁雁汝飞向何处？第一莫飞西北去。
淮西有贼讨未平，百万甲兵久屯聚。
官军贼军相守老，食尽兵穷将及汝。
健儿饥饿射汝吃，拔汝翅翎为箭羽。

○元和十年冬作。

送春归

送春归，三月尽日日暮时。
去年杏园花飞御沟绿，何处送春曲江曲；
今年杜鹃花落子规啼，送春何处西江西。
帝京送春犹怏怏，天涯送春能不加惆怅。
莫惆怅，送春人，
冗员无替五年罢，应须准拟再送浔阳春。
五年炎凉凡十变，安知此身健不健。
好送今年江上春，明年未死还相见。

○元和十一年三月三十日作。

山石榴寄元九

山石榴，一名山踯躅，一名杜鹃花，
杜鹃啼时花扑扑。
九江三月杜鹃来，一声催得一枝开。
江城上佐闲无事，山下劚得厅前栽。
烂漫一栏十八树，根株有数花无数。
千房万叶一时新，嫩紫殷红鲜麹尘。
泪痕裛损胭脂脸，剪刀裁破红绡巾。

谪仙初堕愁在世，姹女新嫁娇泥春[①]。
日射血珠将滴地，风翻火焰欲烧人。
闲折两枝持在手，细看不似人间有。
花中此物是西施，芙蓉芍药皆嫫母。
奇芳绝艳别者谁？通州迁客元拾遗。
拾遗初贬江陵去，去时正值青春暮。
商山秦岭愁杀人，山石榴花红夹路。
题诗报我何所云，苦云色似石榴裙。
当时丛畔唯思我，今日栏前只忆君。
忆君不见坐销落，日西风起红纷纷。

①泥：去声。

画竹歌　并引

协律郎萧悦善画竹，举时无伦。萧亦甚自秘重，有终岁求其一竿一枝而不得者。知予天与好事，忽写一十五竿，惠然见投。予厚其意、高其艺，无以答贶，作歌以报之，凡一百八十六字云。

植物之中竹难写，古今虽画无似者。
萧郎下笔独逼真，丹青以来唯一人。
人画竹身肥拥肿，萧画茎瘦节节竦；
人画竹梢死羸垂，萧画枝活叶叶动。
不根而生从意生，不笋而成由笔成。
野塘水边碕岸侧，森森两丛十五茎。
婵娟不失筠粉态，萧飒尽得风烟情。
举头忽看不似画，低耳静听疑有声。
西丛七茎劲而健，省向天竺寺前石上见；
东丛八茎疏且寒，忆曾湘妃庙里雨中看。

幽姿远思少人别，与君相顾空长叹。
萧郎萧郎老可惜，手颤眼昏头雪色[①]。
自言便是绝笔时，从今此竹尤难得。

①颤：一作战。

真娘墓[①]

真娘墓，虎丘道。
不识真娘镜中面，唯见真娘墓头草。
霜催桃李风折莲，真娘死时犹少年。
脂肤荑手不牢固，世间尤物难留连。
难留连，易消歇，塞北花，江南雪。

①墓在虎丘寺。

长恨歌

汉皇重色思倾国，御宇多年求不得。
杨家有女初长成，养在深闺人未识。
天生丽质难自弃，一朝选在君王侧。
回眸一笑百媚生，六宫粉黛无颜色。
春寒赐浴华清池，温泉水滑洗凝脂。
侍儿扶起娇无力，始是新承恩泽时。
云鬓花颜金步摇[①]，芙蓉帐暖度春宵[②]。
春宵苦短日高起，从此君王不早朝。
承欢侍宴无闲暇[③]，春从春游夜专夜。
后宫佳丽三千人[④]，三千宠爱在一身。
金屋妆成娇侍夜，玉楼宴罢醉和春。
姊妹弟兄皆列土，可怜光彩生门户。
遂令天下父母心，不重生男重生女。

骊宫高处入青云，仙乐风飘处处闻。
缓歌慢舞凝丝竹，尽日君王看不足[5]。
渔阳鞞鼓动地来，惊破霓裳羽衣曲。
九重城阙烟尘生，千乘万骑西南行。
翠华摇摇行复止，西出都门百馀里，
六军不发无奈何，宛转蛾眉马前死。
花钿委地无人收，翠翘金雀玉搔头。
君王掩面救不得，回看血泪相和流。
黄埃散漫风萧索，云栈萦纡登剑阁。
峨嵋山下少人行，旌旗无光日色薄。
蜀江水碧蜀山青，圣主朝朝暮暮情。
行宫见月伤心色，夜雨闻铃肠断声。
天旋日转回龙驭，到此踌躇不能去。
马嵬坡下泥土中[6]，不见玉颜空死处。
君臣相顾尽沾衣，东望都门信马归。
归来池苑皆依旧，太液芙蓉未央柳。
芙蓉如面柳如眉，对此如何不泪垂。
春风桃李花开日[7]，秋雨梧桐叶落时。
西宫南内多秋草，落叶满阶红不扫。
梨园弟子白发新，椒房阿监青娥老。
夕殿萤飞思悄然，孤灯挑尽未成眠[8]。
迟迟钟鼓初长夜，耿耿星河欲曙天。
鸳鸯瓦冷霜华重，翡翠衾寒谁与共[9]。
悠悠生死别经年，魂魄不曾来入梦。
临邛道士鸿都客，能以精诚致魂魄。
为感君王展转思[10]，遂教方士殷勤觅。
排云驭气奔如电，升天入地求之遍。

上穷碧落下黄泉，两处茫茫皆不见。
忽闻海上有仙山，山在虚无缥缈间。
楼阁玲珑五云起[11]，其中绰约多仙子。
中有一人字太真[12]，雪肤花貌参差是。
金阙西厢叩玉扃，转教小玉报双成。
闻道汉家天子使，九华帐里梦魂惊。
揽衣推枕起徘徊，珠箔银屏迤逦开。
云髻半偏新睡觉，花冠不整下堂来。
风吹仙袂飘飖举，犹似霓裳羽衣舞。
玉容寂寞泪阑干，梨花一枝春带雨。
含情凝涕谢君王[13]，一别音容两渺茫。
昭阳殿里恩爱绝，蓬莱宫中日月长。
回头下望人寰处，不见长安见尘雾。
唯将旧物表深情[14]，钿合金钗寄将去。
钗留一股合一扇，钗擘黄金合分钿。
但教心似金钿坚，天上人间会相见。
临别殷勤重寄词，词中有誓两心知。
七月七日长生殿，夜半无人私语时。
在天愿作比翼鸟，在地愿为连理枝。
天长地久有时尽，此恨绵绵无绝期。

①颜：一作冠。②帐暖度春宵：一作帐里暖春宵。③宴：一作寝。④后：一作汉。⑤看：一作听。⑥泥：一作尘。⑦日：一作夜。⑧孤：一作秋。⑨一作“旧枕故衾谁与共”。⑩思：一作恩。⑪阁：一作殿。⑫字太真：一作字玉真，又作名玉妃。⑬涕：一作睇。⑭唯将：一作空持。

长安道

花枝缺处青楼开，艳歌一曲酒一杯。

美人劝我急行乐，自古朱颜不再来。
君不见，外州官客长安道，一回来时一回老。

潜别离

不得哭，潜别离；
不得语，暗相思，两心之外无人知。
深笼夜锁独栖鸟，利剑春断连理枝。
河水虽浊有清日，乌头虽黑有白时。
唯有潜离与暗别，彼此甘心无后期。

隔浦莲

隔浦爱红莲，昨日看犹在。
夜来风吹落，只得一回采。
花开虽有明年期，复愁明年还暂时。

寒食野望吟

丘墟郭门外，寒食谁家哭。
风吹旷野纸钱飞，古墓累累春草绿。
棠梨花映白杨树，尽是死生离别处。
冥漠重泉哭不闻，萧萧暮雨人归去。

琵琶行　并序

元和十年，予左迁九江郡司马。明年秋，送客湓浦口，闻舟中夜弹琵琶者。听其音，铮铮然有京都声。问其人，本长安倡女，尝学琵琶于穆、曹二善才，年长色衰，委身为贾人妇。遂命酒，使快弹数曲。曲罢悯然，自叙少小时欢乐事，今漂沦憔悴，转徙于江湖间。予出官二年，恬然自安；感斯人言，是夕始觉有迁谪意。因为长句，歌以赠之，凡六百一十二言，命曰《琵琶行》。

浔阳江头夜送客，枫叶荻花秋瑟瑟。
主人下马客在船，举酒欲饮无管弦。
醉不成欢惨将别，别时茫茫江浸月。
忽闻水上琵琶声，主人忘归客不发。
寻声暗问弹者谁，琵琶声停欲语迟。
移船相近邀相见，添酒回灯重开宴。
千呼万唤始出来，犹抱琵琶半遮面[①]。
转轴拨弦三两声，未成曲调先有情。
弦弦掩抑声声思，似诉平生不得志[②]。
低眉信手续续弹，说尽心中无限事。
轻拢慢捻抹复挑，初为《霓裳》后《六幺》[③]。
大弦嘈嘈如急雨，小弦切切如私语。
嘈嘈切切错杂弹，大珠小珠落玉盘。
间关莺语花底滑，幽咽泉流水下滩[④]。
水泉冷涩弦疑绝，疑绝不通声暂歇。
别有幽情暗恨生，此时无声胜有声。
银瓶乍破水浆迸，铁骑突出刀枪鸣。
曲终收拨当心画，四弦一声如裂帛。
东船西舫悄无言，唯见江心秋月白。
沉吟放拨插弦中，整顿衣裳起敛容。
自言本是京城女，家在虾蟆陵下住。
十三学得琵琶成，名属教坊第一部。
曲罢曾教善才伏，妆成每被秋娘妒。
五陵年少争缠头，一曲红绡不知数。
钿头银篦击节碎，血色罗裙翻酒污。

今年欢笑复明年，秋月春风等闲度。
弟走从军阿姨死，暮去朝来颜色故。
门前冷落鞍马稀，老大嫁作商人妇。
商人重利轻别离，前月浮梁买茶去。
去来江口守空船，绕船月明江水寒。
夜深忽梦少年事，梦啼妆泪红阑干⑤。
我闻琵琶已叹息，又闻此语重唧唧。
同是天涯沦落人，相逢何必曾相识。
我从去年辞帝京，谪居卧病浔阳城。
浔阳地僻无音乐⑥，终岁不闻丝竹声。
住近湓江地低湿，黄芦苦竹绕宅生。
其间旦暮闻何物？杜鹃啼血猿哀鸣。
春江花朝秋月夜，往往取酒还独倾。
岂无山歌与村笛，呕哑嘲哳难为听。
今夜闻君琵琶语，如听仙乐耳暂明。
莫辞更坐弹一曲，为君翻作《琵琶行》。
感我此言良久立，却坐促弦弦转急。
凄凄不似向前声，满座重闻皆掩泣。
座中泣下谁最多⑦？江州司马青衫湿。

①抱：一作把。②志：一作意。③六幺：一作绿腰。④水：一作冰。滩：一作难。⑤一作“啼妆泪落红阑干”。⑥地僻：一作小处。⑦座：一作就。下：一作泪。

简简吟

苏家小女名简简，芙蓉花腮柳叶眼。
十一把镜学点妆，十二抽针能绣裳。
十三行坐事调品，不肯迷头白地藏。

玲珑云髻生花样，飘飖风袖蔷薇香。
殊姿异态不可状，忽忽转动如有光。
二月繁霜杀桃李，明年欲嫁今年死。
丈人阿母勿悲啼，此女不是凡夫妻。
恐是天仙谪人世，只合人间十三岁。
大都好物不坚牢，彩云易散琉璃脆。

花非花

花非花，雾非雾，夜半来，天明去。
来如春梦几多时，去似朝云无觅处。

醉后狂言酬赠萧殷二协律

馀杭邑客多羁贫，其间甚者萧与殷。
天寒身上犹衣葛，日高甑中未拂尘。
江城山寺十一月，北风吹沙雪纷纷。
宾客不见绨袍惠，黎庶未沾襦袴恩。
此时太守自惭愧，重衣复衾有馀温。
因命染人与针女，先制两裘赠二君。
吴棉细软桂布密，柔如狐腋白似云。
劳将诗书投赠我，如此小惠何足论。
我有大裘君未见，宽广和暖如阳春。
此裘非缯亦非纩，裁以法度絮以仁。
刀尺钝拙制未毕，出亦不独裹一身。
若令在郡得五考，与君展覆杭州人。

夜哭李夷道

逝者绝影响，空庭朝复昏。

家人哀临毕，夜锁寿堂门。
无妻无子何人葬？空见铭旌向月翻。

醉　歌[①]

罢胡琴，掩秦瑟，玲珑再拜歌初毕。
谁道使君不解歌，听唱黄鸡与白日。
黄鸡催晓丑时鸣，白日催年酉时没。
腰间红绶系未稳，镜里朱颜看已失。
玲珑玲珑奈老何，使君歌了汝更歌。

①原注：示妓人商玲珑。

寒食卧病

病逢佳节长叹息，春雨濛濛榆柳色。
羸坐全非旧日容，扶行半是他人力。
喧喧里巷踏青归，笑闭柴门度寒食。

长安早春旅怀

轩车歌吹喧都邑，中有一人向隅立。
夜深明月卷簾愁，日暮青山望乡泣。
风吹新绿草芽折，雨洒轻黄柳条湿。
此生知负少年春，不展愁眉欲三十。

晚秋夜

碧空溶溶月华静，月里愁人弔孤影。
花开残菊傍疏篱，叶下衰桐落寒井。
塞鸿飞急觉秋尽，邻鸡鸣迟知夜永。
凝情不语空所思，风吹白露衣裳冷。

秋　晚

篱菊花稀砌桐落，树阴离离日色薄。
单幕疏簾贫寂寞，凉风冷露秋萧索。
光阴流转忽已晚，颜色凋残不如昨。
莱妻卧病月明时，不捣寒衣空捣药。

谪　居

面瘦头斑四十四，远谪江州为郡吏。
逢时弃置从不才，未老衰羸为何事？
火烧寒涧松为烬，霜降春林花委地。
遭时荣悴一时间，岂是昭昭上天意。

偶然二首

楚怀邪乱灵均直，放弃合宜何恻恻。
汉文明圣贾生贤，谪向长沙堪叹息。
人事多端何足怪，天文至信犹差忒。
月离于毕合滂沱，有时不雨何能测。

火发城头鱼水里，救火竭池鱼失水。
乖龙藏在牛领中，雷击龙来牛枉死。
人道蓍神龟骨圣，试卜鱼牛那至此。
六十四卦七十钻，毕竟不能知所以。

喜山石榴花开[1]

忠州州里今日花，庐山山头去年树。
已怜根损斩新栽，还喜花开依旧数。

赤玉何人小琴轸，红缬谁家合罗袴。
但知烂漫恣情开，莫怕南宾桃李妒。

①自注：去年自庐山移来。

恻恻吟

恻恻复恻恻，逐臣返乡国。
前事难重论，少年不再得。
泥途绛老头斑白，炎瘴灵均面黎黑。
六年不死却归来，道着姓名人不识。

席上答微之

我住浙江西，君去浙江东。
勿言一水隔，便与千里同。
富贵无人劝君酒，今宵为我尽杯中。

苏州李中丞以元日郡斋感怀诗寄微之及予辄依来篇七言八韵走笔奉答兼呈微之

白首馀杭白太守，落魄抛名来已久。
一辞渭北故园春，再把江南新岁酒。
杯前笑歌徒勉强，镜里形容渐衰朽。
领郡惭当潦倒年，邻州喜得平生友。
长州草接松江岸，曲水花连镜湖口。
老去还能痛饮无，春来曾作闲游否？
凭莺传语报李六，倩雁将书与元九。
莫嗟一日日催人，且贵一年年入手。

九日宴集醉题郡楼兼呈周殷二判官

前年九日在馀杭，呼宾命宴虚白堂。
去年九日到东洛，今年九日来吴乡。
两边蓬鬓一时白，三处菊花同为黄。
一日日知添老病[1]，一年年又惜重阳。
江南九月未摇落，柳青蒲绿稻穗香。
姑苏台榭倚苍霭，太湖山水含清光。
可怜假日好天色，公门吏静风景凉。
榜舟鞭马取宾客，扫楼拂席排壶觞。
胡琴铮鏦指拨刺，吴娃美丽眉眼长。
笙歌一曲思凝绝，金钿再拜光低昂。
日脚欲落备灯烛，风头渐高加酒浆。
觥盏滟飞菡萏叶，舞鬟摆落茱萸房。
半酣凭槛起四顾，七堰八门六十坊。
远近高低寺间出，东西南北桥相望。
水道脉分棹鳞次，里闾棋布城册方。
人烟树色无隙罅，十里一片青茫茫。
自问有何才与政，高厅大馆居中央。
铜鱼今乃泽国节，刺史自古吴都王。
郊无戎马郡无事，门有棨戟腰有章。
盛时傥来合惭愧，壮岁忽去还感伤。
从事醒归应不可，使君醉倒亦何妨。
请君停杯听我语，此语真实非虚狂。
五旬已过不为夭，七十为期盖是常。
须知菊酒登高会，从此多无二十场。

①病：一作态。

霓裳羽衣舞歌[①]

我昔元和侍宪皇，曾陪内宴宴昭阳。
千歌万舞不可数[②]，就中最爱霓裳舞。
舞时寒食春风天，玉钩栏下香案前。
案前舞者颜如玉，不着人家俗衣服。
虹裳霞帔步摇冠，钿璎累累珮珊珊。
娉婷似不任罗绮，顾听乐悬行复止。
磬箫筝笛递相搀，击擫弹吹声逦迤[③]。
散序六奏未动衣，阳台宿云慵不飞[④]。
中序擘騞初入拍，秋竹竿裂春冰坼[⑤]。
飘然转旋迴云轻，嫣然纵送游龙惊。
小垂手后柳无力，斜曳裾时云欲生[⑥]。
烟蛾敛略不胜态，风袖低昂如有情。
上元点鬟招萼绿，王母挥袂别飞琼[⑦]。
繁音急节十二遍，跳珠撼玉何铿铮[⑧]。
翔鸾舞了却收翅，唳鹤曲终长引声[⑨]。
当时乍见惊心目，凝视谛听殊未足。
一落人间八九年，耳冷不曾闻此曲。
湓城但听山魈语，巴峡唯闻杜鹃哭[⑩]。
移领钱塘第二年，始有心情问丝竹。
玲珑箜篌谢好筝，陈宠觱栗沈平笙。
清弦脆管纤纤手，教得霓裳一曲成[⑪]。
虚白亭前湖水畔，前后只应三度按。
便除庶子抛却来，闻道如今各星散[⑫]。
今年五月至苏州，朝钟暮角催白头。
贪看案牍常侵夜，不听笙歌直到秋。

秋来无事多闲闷，忽忆霓裳无处问。
闻君部内多乐徒，问有霓裳舞者无。
答云七县十万户，无人知有霓裳舞。
唯寄长歌与我来，题作霓裳羽衣谱。
四幅花笺碧间红，霓裳实录在其中。
千姿万状分明见，恰与昭阳舞者同。
眼前仿佛睹形质，昔日今朝想如一。
疑从魂梦呼召来，似著丹青图写出⑬。
我爱霓裳君合知，发于歌咏形于诗。
君不见，我歌云：惊破霓裳羽衣曲⑭；
又不见，我诗云：曲爱霓裳未拍时⑮。
由来能事皆有主，杨氏创声君造谱⑯。
君言此舞难得人，须是倾城可怜女。
吴妖小玉飞作烟⑰，越艳西施化为土。
娇花巧笑久寂寥，娃馆苎罗空处所。
如君所言诚有是，君试从容听我语。
若求国色始翻传，但恐人间废此舞。
妍蚩优劣宁相远，大都只在人抬举。
李娟张态君莫嫌，亦拟随宜且教取⑱。

①原题注：和微之。②万舞：一作百武。③公自注：凡法曲之初，众乐不齐，唯金石丝竹次第发声，《霓裳》序初亦复如此。④自注：散序六遍无拍，故不舞也。⑤自注：中序始有拍，亦名拍序。⑥自注：四句皆《霓裳舞》之初态。⑦许飞琼、萼绿华，皆女仙也。⑧自注：《霓裳曲》十二遍而终。⑨自注：凡曲将毕，皆声拍促速，唯《霓裳》之末长引一声也。○国藩按：自首至此，叙元和时曾于内宴时见《霓裳舞》。⑩自注：予自江州司马转忠州刺史。⑪自注：自玲珑以下皆杭之妓名。⑫自“当时”至此，叙在杭州时曾教妓学《霓裳舞》。⑬已上叙在苏州以书问元，元以《霓裳谱》答之。⑭《长恨歌》云。⑮《钱塘诗》云。⑯自注：开元中，西京府

节度杨敬述造。⑰夫差女小玉死后，形见于王，其母抱之，霏微若烟雾散空。⑱自注：娟、态，苏妓之名。〇自“我爱”至此，言将取苏妓教之。

小童薛阳陶吹觱篥歌[①]

剪削干芦插寒竹，九孔漏声五音足。
近来吹者谁得名？关璀老死李衮生。
衮今又老谁其嗣？薛氏乐童年十二。
指点之下师授声，含嚼之间天与气。
润州城高霸月明，吟霜思月欲发声。
山头江底何悄悄[②]，猿声不喘鱼龙听。
翕然声作疑管裂，诎然声尽疑刀截。
有时婉软无筋骨[③]，有时顿挫生棱节。
急声圆转促不断，轹轹辚辚似珠贯，
缓声展引长有条，有条直直如笔描。
下声乍坠石沉重，高声忽举云飘萧。
明日公堂陈宴席，主人命乐娱宾客[④]。
碎丝细竹徒纷纷，宫调一声雄出群。
众音覼缕不落道，有如部伍随将军。
嗟尔阳陶方稚齿，下手发声已如此。
若教头白吹不休，但恐声名压关李。

①原题注：和浙西李大夫作。②江：一作水。③婉：一作脆。④客：一作僚。

啄木曲

莫买宝剪刀，虚费千金直。
我有心中愁，知君剪不得。
莫磨解结锥，虚劳人气力。

我有肠中结，知君解不得。
莫染红丝线，徒夸好颜色。
我有双泪珠，知君穿不得。
莫近红炉火，炎气徒相逼。
我有两鬓霜，知君销不得。
刀不能剪心愁，锥不能解肠结，
线不能穿泪珠，火不能销鬓雪。
不如饮此神圣杯，万念千忧一时歇。

题灵岩寺[①]

娃宫屐（屧）廊寻已倾，砚池香径又欲平。
二三月时但草绿，几百年来空月明。
使君虽老颇多思，携觞领妓处处行。
今愁古恨入丝竹，一曲凉州无限情。
直自当时到今日，中间歌吹更无声。

①原注：寺即吴馆娃宫，鸣屧廊、砚池、采香径，遗迹在焉。

日渐长赠周殷二判官

日渐长，春尚早。
墙头半露红萼枝，池岸新铺绿芽草。
蹋草攀枝仰头叹，何人知此春怀抱。
年颜盛壮名未成，官职欲高身已老。
万茎白发真堪恨，一片绯衫何足道。
赖得君来劝一杯，愁开闷破心头好。

花前叹

前岁花前五十二，今岁花前五十五。

岁课年功头发知，从霜成雪君看取①。
几人得老莫自嫌，樊李吴韦尽成土②。
南州桃李北州梅，且喜年年作花主。
花前置酒谁相劝，容坐唱歌满起舞③。
欲散重拈花细看，争知明日无风雨。

①公自注：五年前在杭州有诗云："五十二人头似霜"。②自注：樊绛州宗师、李谏议景伦、吴饶州丹、韦侍郎顗，皆旧往还，相次丧逝。③自注：容、满，皆妓名也。

就花枝

就花枝，移酒海，今朝不醉明朝悔。
且算欢娱逐日来，任他容鬓随年改。
醉翻衫袖抛小令，笑掷骰盘呼大采。
自量气力与心情，三五年间犹得在。

醉题沈子明壁

不爱君池东十丛菊，不爱君池南万竿竹；
爱君簾下唱歌人，色似芙蓉声似玉。
我有《阳关》君未闻，若闻亦应愁杀君。

劝　酒

劝君一杯君莫辞，劝君两杯君莫疑，劝君三杯君始知。
面上今日老昨日，心中醉时胜醒时。
天地迢迢自长久，白兔赤乌相趁走。
身后堆金拄北斗，不如生前一尊酒。
君不见，春明门外天欲明，喧喧歌哭半死生。
游人驻马出不得，白舆紫车争路行。

归去来，头已白，典钱将用买酒吃。

对镜吟

白头老人照镜时，掩镜沉吟吟旧诗。
二十年前一茎白，如今变作满头丝[①]。
吟罢回头索杯酒，醉来屈指数亲知。
老于我者多穷贱，设使身存寒且饥。
少于我者半为土，墓树已抽三五枝。
我今幸得见头白，禄俸不薄官不卑。
眼前有酒心无苦，只合欢娱不合悲。

①自注：余二十年前尝有诗云："白发生一茎，朝来明镜里。勿言一茎少，满头从此始。"今则满头矣。

耳顺吟寄敦诗梦得

三十四十五欲牵，七十八十百病缠。
五十六十却不恶，恬澹清净心安然。
已过爱贪声利后，犹在病羸昏耄前。
未无筋力寻山水，尚有心情听管弦。
闲开新酒常数盏，醉忆旧诗吟一篇。
敦诗梦得且相劝，不用嫌他耳顺年。

忆旧游[①]

忆旧游，旧游安在哉？
旧游之人半白首，旧游之地多苍苔。
江南旧游凡几处，就中最忆吴江隈。
长洲绿苑柳万树，齐云楼春酒一杯。
阊门晓严旗鼓出，皋桥夕闹船舫回。

修蛾慢脸灯下醉，急管繁弦头上催。
六七年前狂烂漫，三千里外思徘徊。
李娟张态一春梦，周五殷三归夜台。
虎丘月色为谁好？娃宫花枝应自开。
赖得刘郎解吟咏，江山气色合归来②。

①寄刘苏州。②自注：娟、态，苏州妓名。周、殷，苏州从事。

答崔宾客晦叔十二月四日见寄

今岁日馀二十六，来岁年登六十二。
尚不能忧眼下身，因何更算人间事。
居士忘筌默默坐，先生枕麹昏昏睡。
早晚相从归醉乡，醉乡去此无多地。

○自注：来篇云："共相呼唤醉归来。"

劝我酒

劝我酒，我不辞。请君歌，歌莫迟。
歌声长，辞亦切，此辞听者堪愁绝。
洛阳女儿面似花，河南大尹头如雪。

除官赴关留赠微之

去年十月半，君来过浙东。
今年五月尽，我发向关中。
两乡默默心相别，一水盈盈路不通。
从此津人应省事，寂寥无复递诗筒。

舒员外游香山寺数日不归兼辱尺书大夸胜事时正值坐衙虑囚之际走笔题长句以赠之

香山石楼倚天开，翠屏壁立波环回。

黄菊繁时好客到，碧云合处佳人来。
酡颜一笑夭桃绽，清吟数声寒玉哀。
轩骑逶迟棹容与，留连三日不能回。
白头老尹府中坐，早衙才退暮衙催。
庭前阶上何所有，累囚成贯案成堆。
岂无池塘长秋草，亦有丝竹生尘埃。
今日清光昨夜月，竟无人来劝一杯。

秋日与张宾客舒著作同游龙门醉中狂歌凡二百三十八字

秋天高高秋光清，秋风袅袅秋虫鸣。
嵩峰馀霞锦绮卷，伊水细浪鳞甲生。
洛阳闲客知无数，少出游山多在城。
商岭老人自追逐，蓬丘逸士相逢迎。
南出鼎门十八里，庄店逦迤桥道平。
不寒不热好时节，鞍马稳快衣衫轻。
并辔踟蹰下西岸，扣舷容与绕中汀。
开怀旷达无所系，触目胜绝不可名。
荷衰欲黄荇犹绿，鱼乐自跃鸥不惊。
翠藻蔓长孔雀尾，彩船橹急寒雁声。
家酝一壶白玉液，野花数把黄金英。
昼游四看西日暮，夜话三及东方明。
暂停杯觞辍吟咏，我有狂言君试听。
丈夫一生有二志，兼济独善难得并。
不能救疗生民病，即须先濯尘土缨。
况吾头白眼已暗，终日戚促何所成。
不如展眉开口笑，龙门醉卧香山行。

履信池樱桃岛上醉后走笔送别舒员外兼寄宗正李卿考功崔郎中

樱桃岛前春，去春花万枝。
忽忆与宗卿闲饮日，又忆与考功狂醉时。
岁晚无花空有叶，风吹满地干重叠。
蹋叶悲秋复忆春，池边树下重殷勤。
今朝一酌临寒水，此地三回别故人。
樱桃花来春千万朵，来春共谁花下坐？
不论崔李上青云，明日舒三亦抛我。

雪中晏起偶咏所怀兼呈张常侍韦庶子皇甫郎中

穷阴苍苍雪雰雰，雪深没胫泥埋轮。
东家典钱归碍夜，南家贳米出凌晨。
我独何者无此弊，复帐重衾暖若春。
怕寒放懒不肯动，日高睡足方频伸。
瓶中有酒炉有炭，瓮中有饭庖有薪。
奴温婢饱身晏起，致兹快活良有因。
上无皋陶伯益廊庙材，的不能匡君辅国活生民；
下无巢父许由箕颍操，又不能食薇饮水自苦辛。
君不见南山悠悠多白云，又不见西京浩浩唯红尘。
红尘闹热白云冷，好于冷热中间安置身。
三年侥幸忝洛尹，两任优稳为商宾。
非贤非愚非智慧，不富不贵不贱贫。
冉冉老去过六十，腾腾闲来经七春。
不知张韦与皇甫，私唤我作何如人。

闲　吟

贫穷汲汲求衣食，富贵营营役心力。
人生不富即贫穷，光阴易过闲难得。
我今幸在穷富间，虽在朝廷不入山。
看雪寻花玩风月，洛阳城里七年闲。

诏　下

昨日诏下去罪人，今日诏下得贤臣。
进退者谁非我事，世间宠辱常纷纷。
我心与世两相忘，时事虽闻如不闻。
但喜今年饱饭吃，洛阳禾稼如秋云。
更倾一尊歌一曲，不独忘世兼忘身。

池上作①

西溪风生竹森森，南潭萍开水沉沉。
丛翠万竿湘岸色，空碧一泊松江心。
浦派萦回误远近，桥岛向背迷登临。
澄澜方丈若万顷，倒影咫尺如千寻。
泛然独游邈然坐，坐念行心思古今。
菟裘不闻有泉沼，西河亦恐无云林。
岂如白翁退老地，树高竹密池塘深。
华亭双鹤白矫矫，太湖四石青岑岑。
眼前尽日更无客，膝上此时惟有琴。
洛阳冠盖自相索，谁肯来此同抽簪。

①自注：西溪、南潭，皆池中胜处也。

咏　史

秦磨利刀斩李斯，齐烧沸鼎烹郦其。
可怜黄绮入商洛，闲卧白云歌《紫芝》。
彼为葅醢几上尽，此作鸾凤天外飞。
去者逍遥来者死，乃知祸福非天为。

○九年十一月作。

哭师皋

南康丹旐引魂回，洛阳篮舁送葬来。
北邙原边草树畔[①]，月苦烟愁夜过半。
妻孥兄弟号一声，十二人肠一时断。
往者何人送者谁？乐天哭别师皋时。
平生分义向人尽，今日哀冤唯我知。
我知何益徒垂泪，篮轝回竿马回辔。
何日重闻埽市歌，谁家收得琵琶妓[②]。
萧萧风树白杨影，苍苍露草青蒿气。
更就坟边哭一声，与君此别终天地。

①草树：一作尹邨。②自注：师皋醉后善歌《埽市词》；又有小妓工琵琶，不知今落在何处。

感旧　并序

故李侍郎杓直，长庆元年春薨；元相公微之，太和六年秋薨；崔侍郎晦叔，太和七年夏薨；刘尚书梦得，会昌二年秋薨。四君子，予之执友也。三十年间，凋零共尽，唯予衰病，至今独存，因咏悲怀，题为《感旧》。

晦叔坟荒草已陈，梦得墓湿土犹新。

微之捐馆将一纪，杓直归丘十二春。
城中虽有故第宅，庭芜园废生荆榛。
箧中亦有旧书札，纸穿字蠹成灰尘。
平生定交取人窄，屈指相知唯五人。
四人先去我在后，一枚蒲柳衰残身。
岂无晚岁新相识，相识面亲心不亲。
人生莫羡苦长命，命长感旧多悲辛。

达哉乐天行

达哉达哉白乐天，分司东都十三年。
七旬才满冠已挂，半禄未及车先悬。
或伴游客春行乐，或随山僧夜坐禅。
二年忘却问家事，门庭多草厨少烟。
庖童朝告盐米尽，侍婢暮诉衣裳穿。
妻孥不悦甥侄闷，而我醉卧方陶然。
起来与尔画生计，薄产处置有后先。
先卖南坊十亩园，次卖东郭五顷田。
然后兼卖所居宅，髣髴获缗二三千。
半与尔充食衣费，半与吾供酒肉钱。
吾今已年七十一，眼昏须白头风眩。
但恐此钱用不尽，即先朝露归夜泉。
未归且住亦不恶，饥餐乐饮安稳眠。
死生无可无不可，达哉达哉白乐天。

苏东坡七古上

七十四首

辛丑十一月十九日既与子由别于郑州西门之外马上赋诗一篇寄之

不饮胡为醉兀兀，此心已逐归鞍发。
归人犹自念庭闱，今我何以慰寂寞？
登高回首坡陇隔，惟见乌帽出复没。
苦寒念尔衣裘薄，独骑瘦马踏残月。
路人行歌居人乐，僮仆怪我苦悽恻。
亦知人生要有别，但恐岁月去飘忽。
寒灯相对记畴昔，夜雨何时听萧瑟①。
君知此意不可忘，慎勿苦爱高官职。

①公自注：尝有“夜雨对床”之言，故云尔。

和子由踏青

东风陌上惊微尘，游人初乐岁华新。
人闲正好路傍饮，麦短未怕游车轮。
城中居人厌城郭，喧阗晓出空四邻。
歌鼓惊山草木动，箪瓢散野乌鸢驯。
何人聚众称道人，遮道卖符色怒瞋。
宜蚕使汝茧如瓮，宜畜使汝羊如麕。

路人未必信此语，强为买服禳新春。
道人得钱径沽酒，醉倒自谓吾符神。

○前八句叙踏青，后八句就道人卖符生波。

和子由蚕市

蜀人衣食常苦艰，蜀人游乐不知还。
千人耕种万人食，一年辛苦一春闲。
闲时尚以蚕为市，共忘辛苦逐欣欢。
去年霜降砍秋荻，今年箔积如连山。
破瓢为轮土为釜，争买不翅金与纨。
忆昔与子皆童丱，年年废书走市观。
市人争夸斗巧智，野人喑哑遭欺谩。
诗来使我感旧事，不悲去国悲流年。

记所见开元寺吴道子画佛灭度以答子由

西方真人谁所见，衣被七宝从双猊。
当时修道颇辛苦，柏生两肘乌巢肩。
初如濛濛隐山玉，渐如濯濯出水莲。
道成一旦就空灭，奔会四海悲人天。
翔禽哀响动林谷，兽鬼踯躅泪迸泉。
庞眉深目彼谁子？绕床弹指性自圆。
隐如寒月堕清昼，空有孤光留故躔。
春游古寺拂尘壁，遗像久此霾香烟。
画师不复写名姓，皆云道子口所传。
纵横固已蔑孙邓，有如巨鳄吞小鲜。
来诗所夸孰与比，安得携挂其旁观。

石鼓歌

冬十二月岁辛丑，我初从政见鲁叟。
旧闻石鼓今见之，文字郁律蛟蛇走。
细观初以指画肚，欲读嗟如箝在口。
韩公好古生已迟，我今况又百年后。
强寻偏傍推点画，时得一二遗八九。
我车既攻马亦同，其鱼维鱮贯之柳[①]。
古器纵横犹识鼎，众星错落仅名斗。
模糊半已似瘢胝，诘曲犹能辨跟肘。
娟娟缺月隐云雾，濯濯嘉禾秀稂莠。
漂流百战偶然存，独立千载谁与友。
上追轩颉相唯诺，下揖冰斯同鷇彀[②]。
忆昔周宣歌鸿雁，当时籀史变蝌蚪。
厌乱人方思圣贤，中兴天为生耆耇。
东征徐卤（虏）阚虓虎，北伏犬戎随指嗾[③]。
象胥杂沓贡狼鹿，方召联翩赐圭卣。
遂因鼓鼙思将帅，岂为考击烦矇瞍。
何人作颂比崧高，万古斯文齐岣嵝。
勋劳至大不矜伐，文武未远犹忠厚。
欲寻年岁无甲乙，岂有名字记谁某[④]。
自从周衰更七国，竟使秦人有九有。
扫除诗书诵法律，投弃俎豆陈鞭杻。
当年何人佐祖龙，上蔡公子牵黄狗。
登山刻石颂功烈，后者无继前者偶。
皆云皇帝巡四国，烹灭强暴救黔首。
六经既已委灰尘，此鼓亦当遭击掊。

传闻九鼎沦泗上，欲使万夫沉水取。
暴君纵欲穷人力，神物义不污秦垢。
是时石鼓何处避，无乃天工令鬼守。
兴亡百变物自闲，富贵一朝名不朽。
细思物理坐叹息，人生安得如汝寿⑤。

①公自注：其词云："我车既攻，我马亦同。"又云："其鱼维何？维鱮维鲤；何以贯之？维杨与柳。"惟此六句可读，馀多不可通。②以上推寻字体。③伏：一作伐。④以上叙石鼓为周宣王时作。⑤以上论鼓不为秦所掊击。

王维吴道子画

何处访吴画？普门与开元；
开元有东塔，摩诘留手痕。
吾观画品中，莫如二子尊。
道子实雄放，浩如海波翻。
当其下手风雨快，笔所未到气已吞。
亭亭双林间，彩晕扶桑暾。
中有至人谈寂灭，悟者悲涕迷者手自扪。
蛮君鬼伯千万万，相排竞进头如鼋。
摩诘本诗老，佩芷袭芳荪。
今观此壁画，亦若其诗清且敦。
祇园弟子尽鹤骨，心如死灰不复温。
门前两丛竹，雪节贯霜根。
交柯乱叶动无数，一一皆可寻其源。
吴生虽妙绝，犹以画工论；
摩诘得之于象外，有如仙翮谢笼樊。
吾观二子皆神俊，又于维也敛衽无间言。

维摩像唐杨惠之塑在天柱寺

昔者子舆病且死，其友子祀往问之。
跰躃鉴井自叹息，造物将安以我为？
今观古塑维摩像，病骨磊嵬如枯龟。
乃知至人外生死，此身变化浮云随。
至人岂不硕且好，身虽未病心已疲。
此叟神完中有恃，谈笑可却千熊罴。
当其在时或问法，俛首无言心自知。
世今遗像兀不语，与昔未死无增亏。
田翁俚妇那肯顾，时有野鼠衔其髭。
见之使人每自失，谁能与结无言师。

秦穆公墓

橐泉在城东，墓在城中无百步。
乃知昔未有此城，秦人以泉识公墓。
昔公生不诛孟明，岂有死之日而忍用其良。
乃知三子殉公意，亦如齐之二子从田横。
古人感一饭，尚能杀其身。
今人不复见此等，乃以所见疑古人。
古人不可望，今人益可伤！

将往终南和子由见寄

人生百年寄鬓须，富贵何啻葭中莩。
惟将翰墨留染濡，绝胜醉倒蛾眉扶。
我今废学如寒竽，久不吹之涩欲无。
岁云暮矣嗟几馀，欲往南溪侣禽鱼。

秋风吹雨凉生肤，夜长耿耿添漏壶。
穷年弄笔衫袖乌，古人有之我愿如。
终朝危坐学僧趺，闭门不出闲履凫。
下视官爵如泥淤，嗟我何为久踟蹰。
岁月岂肯与汝居，仆夫起餐秣吾驹。

二十七日自阳平至斜谷宿于南山中蟠龙寺

横槎晚渡碧涧口，骑马夜入南山谷。
谷中暗水响泷泷，岭上疏星明煜煜。
寺藏岩底千万仞，路转山腰三百曲。
风生饥虎啸空林，月黑惊麏窜修竹。
入门突兀见深殿，照佛青荧有残烛。
愧无酒食待游人，旋斫杉松煮溪蔌。
板阁独眠惊旅枕，木鱼晓动随僧粥。
起观万瓦郁参差，日乱千岩散红绿。
门前商贾负椒荈，山后咫尺连巴蜀。
何时归耕江上田，一夜心逐南飞鹄。

渼陂鱼[①]

霜筠细破为双掩，中有长鱼如卧剑。
紫荇穿腮气惨凄，红鳞照座光磨闪。
携来虽远鬣尚动，烹不待熟指先染。
坐客相看为解颜，香粳饱送如填堑。
早岁尝为荆渚客，黄鱼屡食沙头店。
滨江易采不复珍，盈尺辄弃无乃僭。
自从西征复何有，欲致南烹嗟久欠。
游儵琐细空自腥，乱骨纵横动遭砭。

故人远馈何以报，客俎久空惊忽赡。
东道无辞信使频，西邻幸有庖虀酽。

①公自注：陂在鄠县。

司竹监烧苇园因召都巡检柴贻勖左藏以其徒会猎园下

官园刈苇岁留槎，深冬放火如红霞。
枯槎烧尽有根在，春雨一洗皆萌芽。
黄狐老兔最狡捷，卖侮百兽常矜夸。
年年此厄竟不悟，但爱蒙密争来家。
风回焰卷毛尾爇，欲出已被苍鹰遮[①]。
野人来言此最乐，徒手晓出归满车。
巡边将军在近邑，呼来飒飒从矛叉。
戍兵久闲可小试，战鼓虽冻犹堪挝。
雄心欲搏南涧虎，阵势颇学常山蛇。
霜干火烈声爆野，飞走无路号且呀。
迎人截来砉逢箭，避犬逸去穷投罝。
击鲜走马殊未厌，但恐落日催栖鸦。
弊旗仆鼓坐数获，鞍挂雉兔肩分麚[②]。
主人置酒聚狂客，纷纷醉语晚更哗。
燎毛燔肉不暇割，饮啖直欲追羲娲。
青丘云梦古所咤，与此何啻百倍加。
苦遭谏疏说夷羿，又被赋客嘲淫奢。
岂如闲官走山邑，放旷不与趋朝衙。
农工已毕岁云暮，车骑虽少宾殊佳。
酒酣上马去不告，猎猎霜风吹帽斜[③]。

①自此以上言狐兔岁藏苇中，叙猎之地。②以上正赋猎事。③以上猎罢置酒。

王颐赴建州钱监求诗及草书

我昔识子自武功，寒厅夜语尊酒同。
酒阑烛尽语不尽，倦仆立寐僵屏风。
丁宁劝学不死诀，自言亲受方瞳翁。
嗟予闻道不早悟，醉梦颠倒随盲聋。
迩来忧患苦摧剥，意思萧索如霜蓬，
羡君颜色愈少壮，外慕渐少由中充。
河车挽水灌脑黑，丹砂伏火入颊红。
大梁相逢又东去，但道何日辞樊笼。
未能便乞句漏令，官曹似是锡与铜。
留诗河上慰离别，草书未暇缘匆匆。

石苍舒醉墨堂

人生识字忧患始，姓名粗记可以休。
何用草书夸神速，开卷惝恍令人愁。
我尝好之每自笑，君有此病何能瘳。
自言其中有至乐，适意无异逍遥游。
近者作堂名醉墨，如饮美酒销百忧。
乃知柳子语不妄，病嗜土炭如珍羞。
君于此艺亦云至，堆墙败笔如山丘。
兴来一挥百纸尽，骏马倏忽踏九州。
我书意造本无法，点画信手烦推求。
胡为议论独见假，只字片纸皆藏收。
不减钟张君自足，下方罗赵我亦优。
不须临池更苦学，完取绢素充衾裯。

送安惇秀才失解西归

旧书不厌百回读，熟读深思子自知。
他年名宦恐不免，今日栖迟那可追。
我昔家居断还往，著书不暇窥园葵。
朅来东游慕人爵，弃去旧学从儿嬉。
狂谋谬算百不遂，惟有霜鬓来如期。
故山松柏皆手种，行且拱矣归何时？
万事早知皆有命，十年浪走宁非痴。
与君未可较得失，临别惟有长嗟咨。

送任伋通判黄州兼寄其兄孜①

吾州之豪任公子，少年盛壮日千里。
无媒自进谁识之，有才不用今老矣。
别来十年学不厌，读破万卷诗愈美。
黄州小郡夹溪谷，茅屋数家依竹苇。
知命无忧子何病，见贤不荐谁当耻。
平原老令更可悲，六十青衫贫欲死。
桐乡遗老至今泣，颍川大姓谁能箠。
因君寄声问消息，莫对黄鹂矜爪觜。

①王注：孜时为简州平泉令，字师圣；伋字师中。皆名士，眉人也。东坡谓之大任、小任。兄弟于庆历间登第。

送吕希道知和州①

去年送君守解梁，今年送君守历阳。
年年送人作太守，坐受尘土堆胸肠。
君家联翩三将相，富贵未已今方将。

凤雏骥子生有种，毛骨往往传诸郎。
观君崛郁负奇表，便合剑佩趋明光。
胡为小郡屡奔走，征马未解风帆张。
我生本自便江海，忍耻未去犹彷徨。
无言赠君有长叹，美哉河水空洋洋。

①施注：吕希道，字景纯，河东人，丞相文靖公之孙，翰林侍读学士公绰之子，历知解、和、滁、汝、澶、湖、亳七州。

送文与可出守陵州

壁上墨君不解语，见之尚可消百忧。
而况我友似君者，素节凛凛欺霜秋。
清诗健笔何足数，逍遥齐物追庄周。
夺官遣去不自觉，晓梳脱发谁能收。
江边乱山赤如赭，陵阳正在千山头。
君知远别怀抱恶，时遣墨君解我愁。

送刘道原归觐南康①

晏婴不满六尺长，高节万仞陵首阳。
青衫白发不自叹，富贵在天那得忙。
十年闭户乐幽独，百金购书收散亡。
朅来东观弄丹墨，聊借旧史诛奸强。
孔融不肯下曹操，汲黯本自轻张汤。
虽无尺棰与寸刃，口吻排击含风霜。
自言静中阅世俗，有似不饮观酒狂，
衣中狼藉又屡舞，傍人大笑供千场。
交朋翩翩去略尽，惟我与子犹彷徨。
世人共弃君独厚，岂敢自爱恐子伤。

朝来告别惊何速，归意已逐征鸿翔。
匡庐先生古君子，挂冠两纪鬓未苍。
定将文度置膝上，喜动邻里烹猪羊。
君归为我道名姓，幅巾他日容登堂。

①施注：刘道原，名恕，筠州人。介甫执政，道原在馆阁，欲引置条例司，固辞。是时，介甫权震天下，人不敢忤，而道原愤愤欲与之校，又条陈所更法令不合众心者，至面刺其过。介甫怒变色，道原不以为意。或稠人广坐，对其门生诵言得失，无所避，遂与之绝。此诗端为介甫而发，以孔融、汲黯比道原，曹操、张汤况介甫；又云“虽无尺棰与寸刃，口吻排击含风霜”，益著其面折之实也。

欧阳少师令赋所蓄石屏

何人遗公石屏风，上有水墨希微踪。
不画长林与巨植，独画峨嵋山西雪岭上万岁不长之孤松。
崖崩涧绝可望不可到，孤烟落日相溟濛。
含风偃蹇得真态，刻画始信天有工。
我恐毕宏韦偃死葬虢山下，骨可朽烂心难穷。
神机巧思无所发，化为烟霏沦石中。
古来画师非俗士，摹写物象略与诗人同。
愿公作诗慰不遇，无使二子含愤泣幽宫。

陪欧阳公宴西湖①

谓公方壮鬓似雪，谓公已老光浮颊。
朅来湖上饮美酒，醉后剧谈犹激烈。
湖边草木知著霜，芙蓉晚菊争煌煌。
插花起舞为公寿，公言百岁如风狂。
赤松共游也不恶，谁能忍饥啖仙药。

已将寿夭付天公，彼徒辛苦吾差乐。
城上乌栖暮霭生，银缸画烛照湖明。
不辞歌诗劝公饮，坐无桓伊能抚筝。

①王注：颍州西湖。

泗洲僧伽塔

我昔南行舟系汴，逆风三日沙吹面。
舟人共劝祷灵塔，香火未收旗脚转。
回头顷刻失长桥，却到龟山未朝饭。
至人无心何厚薄，我自怀私欣所便。
耕田欲雨刈欲晴，去得顺风来者怨。
若使人人祷辄遂，造物应须日千变。
我今身世两悠悠，去无所逐来无恋。
得行固愿留不恶，每到有求神亦倦。
退之旧云三百尺，澄观所营今已换。
不嫌俗士污丹梯，一看云山绕淮甸。

十月十六日记所见

风高月暗云水黄，淮阴夜发朝山阳。
山阳晓雾如细雨，炯炯初日寒无光。
云收雾卷已停午，有风北来寒欲僵。
忽惊飞雹穿户牖，迅驶不复容遮防。
市人颠沛百贾乱，疾雷一声如颓墙。
使君来呼晚置酒，坐定已复日照廊。
怳疑所见皆梦寐，百种变怪旋消亡。
共言蛟龙厌旧穴，鱼鳖随徙空陂塘。
愚儒无知守章句，论说黑白推何祥。

惟有主人言可用，天寒欲雪饮此觞。

游金山寺

我家江水初发源，宦游直送江入海。
闻道潮头一丈高，天寒尚有沙痕在。
中泠南畔石盘陀，古来出没随涛波。
试登绝顶望乡国，江南江北青山多。
羁愁畏晚寻归楫，山僧苦留看落日。
微风万顷靴文细，断霞半空鱼尾赤。
是时江月初生魄，二更月落天深黑。
江心似有炬火明，飞焰照山栖鸟惊。
怅然归卧心莫识，非鬼非人竟何物[①]。
江山如此不归山，江神见怪惊我顽。
我谢江神岂得已，有田不归如江水。

①公自注：是夜所见如此。

自金山放船至焦山

金山楼观何耽耽，撞钟击鼓闻淮南。
焦山何有有修竹，采薪汲水僧两三。
云霾浪打人迹绝，时有沙户祈春蚕[①]。
我来金山更留宿，而此不到心怀惭。
同游尽返决独往，赋命穷薄轻江潭。
清晨无风浪自涌，中流歌啸倚半酣。
老僧下山惊客至，迎笑喜作巴人谈[②]。
自言久客忘乡井，只有弥勒为同龛。
困眠得就纸帐暖，饱食未厌山蔬甘。
山林饥卧古亦有，无田不退宁非贪。

展禽虽未三见黜，叔夜自知七不堪。
行当投劾谢簪组，为我佳处留茆庵。

①公自注：吴人谓水中可田者为沙。②公自注：焦山长老，中江人也。

次韵子由柳湖感物

忆昔子美在东屯，数间茅屋苍山根。
嘲吟草木调蛮獠，欲与猿鸟争啾喧。
子今憔悴众所弃，驱马独出无往还。
惟有柳湖万株柳，清阴与子共朝昏。
胡为讥评不少借，生意凌挫难为繁。
柳虽无言不解愠，世俗乍见应怃然。
娇姿共爱春濯濯，岂问空腹修蛇蟠。
朝看浓翠傲炎赫，夜爱疏影摇清圆。
风翻雪阵春絮乱，蠹响啄木秋声坚。
四时盛衰各有态，摇落凄怆惊寒温。
南山孤松积雪底，抱冻不死谁复贤。

送蔡冠卿知饶州[①]

吾观蔡子与人游，掀髯笑语无不可。
平生傥荡不惊俗，临事迂阔乃过我。
横前坑穽众所畏，布路金珠谁不裹。
尔来变化惊何速，昔号刚强今亦颇。
怜君独守廷尉法，晚岁却理鄱阳柂。
莫嗟天骥逐羸牛，欲试良玉须猛火。
世事徐观真梦寐，人生不信长轗轲。
知君决狱有阴功，他日老人酬魏颗。

①施注：冠卿与安石议刑名不合，遂补外，得饶州。公送行，诗意盖

在此。

次韵杨褒早春

穷巷凄凉苦未和，君家庭院得春多。
不辞瘦马骑冲雪，来听佳人唱踏莎。
破恨径须烦麹糵，增年谁复怨羲娥。
良辰乐事古难并，白发青山我亦歌。
细雨郊园聊种菜，冷官门户可张罗。
放朝三日君恩重，睡美不知身在何。

腊日游孤山访惠勤惠思二僧

天欲雪，云满湖，楼台明灭山有无。
水清出石鱼可数[①]，林深无人鸟相呼。
腊日不归对妻孥，名寻道人实自娱。
道人之居在何许？宝云山前路盘纡。
孤山孤绝谁肯庐，道人有道山不孤。
纸窗竹屋深自暖，拥褐坐睡依圆蒲。
天寒路远愁仆夫，整驾催归及未晡。
出山回望云木合，但见野鹘盘浮图。
兹游淡薄欢有馀，到家怳如梦蘧蘧。
作诗火急追亡逋，清景一失后难摹。

①出石：一作石出。

李杞寺丞见和前篇复用元韵答之

兽在薮，鱼在湖，一入池槛归期无。
误随弓旌落尘土，坐使鞭箠环呻呼。
追胥连保罪及孥，百日愁叹一日娱。

白云旧有终老约，朱绶岂合山人纡。
人生何者非蘧庐，故山鹤怨秋猿孤。
何时自驾鹿车去，扫除白发烦菖蒲。
麻鞵短后随猎夫，射弋狐兔供朝晡。
陶潜自作五柳传，潘阆画入三峰图。
吾年凛凛今几馀，知非不去惭卫蘧。
岁荒无术归亡逋，鹄则易画虎难摹。

再　和

东望海，西望湖，山平水远细欲无。
野人疏狂逐渔钓，刺史宽大容歌呼。
君恩饱暖及尔孥，才者不闲拙者娱。
穿岩度岭脚力健，未厌山水相萦纡。
三百六十古精庐，出游无伴篮舆孤。
作诗虽未造藩阈，破闷岂不贤摴蒲。
君才敏赡兼百夫，朝作千篇日未晡。
朅来湖上得佳句，从此不看营丘图。
知君箧椟富有馀，莫惜锦绣赏菅蘧。
穷多斗险谁先逋，赌取名画不用摹。

游灵隐寺得来诗复用前韵

君不见，钱塘湖，钱王壮观今已无。
屋堆黄金斗量珠，运尽不劳折简呼。
四方宦游散其孥，宫阙留与闲人娱。
盛衰哀乐两须臾，何用多忧心郁纡。
溪山处处皆可庐，最爱灵隐飞来孤。
乔松百丈苍髯须，扰扰下笑柳与蒲。

高堂会食罗千夫，撞钟击鼓喧朝晡。
凝香方丈眠氍毹，绝胜絮被缝海图。
清风徐来惊睡馀，遂超羲皇傲几蘧。
归时栖鸦正毕逋，孤烟落日不可摹。

戏子由

宛丘先生长如丘，宛丘学舍小如舟。
常时低头诵经史，忽然欠伸屋打头。
斜风吹帷雨注面，先生不愧旁人羞。
任从饱死笑方朔，肯为雨立求秦优。
眼前勃谿何足道，处置六凿须天游。
读书万卷不读律，致君尧舜知无术。
劝农冠盖闹如云，送老齑盐甘似蜜。
门前万事不挂眼，头虽长低气不屈[①]。
馀杭别驾无功劳，画堂五丈容旂旄。
重楼跨空雨声远，屋多人少风骚骚。
平生所惭今不耻，坐对疲氓更鞭棰。
道逢阳虎呼与言，心知其非口诺唯。
居高志下真何益，气节消缩今无几[②]。
文章小伎安足程，先生别驾旧齐名。
如今衰老俱无用，付与时人分重轻。

①以上戏子由。②以上自嘲。

越州张中舍寿乐堂[①]

青山偃蹇如高人，常时不肯入官府。
高人自与山有素，不待招邀满庭户。
卧龙蟠屈半东州，万室鳞鳞枕其股。

背之不见与无同，狐裘反衣无乃鲁。
张君眼力觑天奥，能遣荆棘化堂宇。
持颐宴坐不出门，收揽奇秀得十五。
才多事少厌闲寂，卧看云烟变风雨。
笋如玉筯椹如簪，强饮且为山作主。
不忧儿辈知此乐，但恐造物怪多取。
春浓睡足午窗明，想见新茶如泼乳。

①施注：熙宁五年，签书公事太子中舍张次山字希元创建。张，建康人，号能吏。

雨中游天竺灵感观音院

蚕欲老，麦半黄，前山后山雨浪浪。
农夫辍耒女废筐，白衣仙人在高堂。

和蔡准郎中见邀游西湖三首

夏潦涨湖深更幽，西风落木芙蓉秋。
飞雪闇天云拂地，新蒲出水柳映洲。
湖上四时看不足，惟有人生飘若浮。
解颜一笑岂易得，主人有酒君应留。
君不见钱塘游宦客，朝推囚，暮决狱，
不因人唤何时休。

城市不识江湖幽，如与蟪蛄语春秋。
试令江湖处城市，却似麋鹿游汀洲。
高人无心无不可，得坎且止乘流浮。
公卿故旧留不得，遇所得意终年留。
君不见抛官彭泽令，琴无弦，巾有酒，

醉欲眠时遣客休。

田间决水鸣幽幽，插秧未遍麦已秋。
相携烧笋苦竹寺，却下踏藕荷花洲。
船头斫鲜细缕缕，船尾吹玉香浮浮。
临风饱食得甘寝，肯使细故胸中留。
君不见壮士憔悴时，饥谋食，渴谋饮，
功名有时无罢休。

游径山

众峰来自天目山，势若骏马奔平川。
中途勒破千里足，金鞭玉镫相回旋。
人言山住水亦住，下有万古蛟龙渊。
道人天眼识王气，结茅宴坐荒山颠。
精诚贯山石为裂，天女下试颜如莲。
寒窗暖足来扑朔，夜钵咒水降蜿蜒。
雪眉老人朝扣门，愿为弟子长参禅。
尔来废兴三百载，奔走吴会输金钱。
飞楼涌殿压山破，朝钟暮鼓惊龙眠。
晴空偶见浮海蜃，落日下数投村鸢。
有生共处覆载内，扰扰膏火同烹煎。
近来愈觉世议隘，每到宽处差安便。
嗟余老矣百事废，却寻旧学心茫然。
问龙乞水归洗眼，欲看细字销残年[①]。

①公自注：龙井水洗病眼有效。

试院煎茶

蟹眼已过鱼眼生，飕飕欲作松风鸣。
蒙茸出磨细珠落，眩转绕瓯飞雪轻。
银缾泻汤夸第二，未识古人煎水意[①]。
君不见，昔时李生好客手自煎，贵从活火发新泉。
又不见，今时潞公煎茶学西蜀，定州花瓷琢红玉。
我今贫病常苦饥，分无玉盌捧蛾眉。
且学公家作茗饮，砖炉石铫行相随。
不用撑肠拄腹文字五千卷，但愿一瓯常及睡足日高时。

①公自注：古语云："煎水不煎茶"。

孙莘老求墨妙亭诗

兰亭茧纸入昭陵，世间遗集犹龙腾。
颜公变法出新意，细筋入骨如秋鹰。
徐家父子亦秀绝，字外出力中藏棱。
峄山传刻典刑在，千载笔法留阳冰。
杜陵评书贵瘦硬，此论未公吾不凭。
短长肥瘦各有态，玉环飞燕谁敢憎[①]。
吴兴太守真好古，购买断缺挥缣缯。
龟趺入坐螭隐壁，空斋昼静闻登登。
奇踪散出走吴越，胜事传说夸友朋。
书来乞诗要自写，为把栗尾书溪藤。
后来视今犹视昔，过眼百世如风灯。
他年刘郎忆贺监，还道同时须服膺。

①以上论书，以下叙莘老作亭。

李公择求黄鹤楼诗因记旧所闻于冯当世者

黄鹤楼前月满川，抱关老卒饥不眠。
夜闻三人笑语言，羽衣着屐响空山，
非鬼非人意其仙，石扉三扣声清圆。
洞中铿鈜落门关，缥缈入石如飞烟。
鸡鸣月落风驭还，迎拜稽首愿执鞭。
汝非其人骨腥膻，黄金乞得重莫肩。
持归包裹敝席毡，夜穿茅屋光射天。
里闾来观已变迁，似石非石铅非铅。
或取而有众忿喧，讼归有司今几年。
无功暴得喜欲颠，神人戏汝真可怜。
愿君为考然不然，此语可信冯公传。

八月十日夜看月有怀子由并崔度贤良

宛丘先生自不饱，更笑老崔穷百巧。
一更相过三更归，古柏阴中看参昴。
去年举君苜蓿盘，夜倾闽酒赤如丹。
今年还看去年月，露冷遥知范叔寒。
典衣自种一顷豆，那知积雨生科斗。
归来四壁草虫鸣，不如王江常饮酒[①]。

①公自注：王江，陈州道人。

催试官考较戏作

八月十五夜，月色随处好。
不择茅檐与市楼，况我官居似蓬岛。
凤咮堂前野橘香，剑潭桥畔秋荷老。

八月十八潮，壮观天下无。
鹍鹏水击三千里，组练长驱十万夫。
红旗青盖互明灭，黑沙白浪相吞屠。
人生会合古难必，此景此行那两得。
愿君闻此添蜡烛，门外白袍如立鹄。

盐官部役戏呈同事兼寄述古

新月照水水欲冰，夜霜穿屋衣生稜。
野庐半与牛羊共，晓鼓却随鸦鹊兴。
夜来履破裘穿缝，红颊曲眉应入梦。
千夫在野口如林，岂不怀归畏嘲弄。
我州贤将知人劳，已酿白酒买豚羔。
耐寒努力归不远，两脚冻硬公须软。

朱寿昌郎中少不知母所在刺血写经
求之五十年去岁得之蜀中以诗贺之

嗟君七岁知念母，怜君壮大心愈苦。
羡君临老得相逢，喜极无言泪如雨。
不羡白衣作三公，不爱白日升青天，
爱君五十着綵服，儿啼却得偿当年。
烹龙为炙玉为酒，鹤发初生千万寿。
金马诏书锦作囊，白藤肩舆簾蹙绣。
感君离合我酸辛，此事今无古或闻。
长陵朅来见大姊，仲孺岂意逢将军。
开皇苦桃空记面，建中天子终不见。
西河郡守谁复讥，颍谷封人羞自荐。
○末引六事作收，别是一种章法。

将之湖州戏赠莘老

徐杭自是山水窟，侧闻吴兴更清绝。
湖中橘林新着霜，溪上苕花正浮雪。
顾诸茶芽白于齿，梅溪木瓜红胜颊。
吴儿脍缕薄欲飞，未去先说馋涎垂。
亦知谢公到郡久，应怪杜牧寻春迟。
鬓丝只好对禅榻，湖亭不用张水嬉。

鸦种麦行

霜林老鸦闲无用，畦东拾麦畦西种。
畦西种得青猗猗，畦东已作牛尾稀。
明年麦熟芒攒槊，农夫未食鸦先啄。
徐行俛仰若自矜，鼓翅跳踉上牛角。
忆昔舜耕历山鸟为耘，如今老鸦种麦更辛勤。
农夫罗拜鸦飞起，劝农使者来行水。

用和人求笔迹韵寄莘老

君不见夷甫开三窟，不如长康号痴绝。
痴人自得终天年，智士死智罪莫雪。
困穷谁要卿料理，举头看山笏拄颊。
野凫翅重自不飞，黄鹤何事两翼垂。
泥中相从岂得久，今我不往行恐迟。
江夏无双应未去，恨无文字相娱嬉①。

①公自注：黄庭坚，莘老婿，能文。

画鱼歌[①]

天寒水落鱼在泥，短钩画水如耕犁。
渚蒲拔折藻荇乱，此意岂复遗鳅鲵。
偶然信手皆虚击，本不辞劳几万一[②]。
一鱼中刃百鱼惊，虾蟹奔忙误跳掷。
渔人养鱼如养雏，插竿贯笠惊鹈鹕。
岂知白挺闹如雨，搅水觅鱼嗟已疏。

①公自注：湖州道上作。施云：画，胡麦切，音义并同“划”。以钩划鱼，今三吴水乡往往有之。②几：同“冀”。

吴中田妇叹[①]

今年粳稻熟苦迟，庶见霜风来几时。
霜风来时雨如泻，杷头出菌镰生衣。
眼枯泪尽雨不尽，忍见黄穗卧青泥。
茅苫一月陇上宿，天晴获稻随车归。
汗流肩赪载入市，价贱乞与如糠粞。
卖牛纳税拆屋炊，虑浅不及明年饥。
官今要钱不要米，西北万里招羌儿。
龚黄满朝人更苦，不如却作河伯妇。

①公自注：和贾收韵。

游道场山何山

道场山顶何山麓，上彻云峰下幽谷。
我从山水窟中来，尚爱此山看不足。
陂湖行尽白漫漫，青山忽作龙蛇盘。
山高无风松自响，误认石齿号惊湍。

山僧不放山泉出，屋底清池照瑶席。
阶前合抱香入云，月里仙人亲手植。
出山回望翠云鬟，碧瓦朱栏缥缈间。
白水田头问行路，小溪深处是何山？
高人读书夜达旦，至今山鹤鸣夜半。
我今废学不归山，山中对酒空三叹。

至秀州赠钱端公安道并寄其弟惠山老①

鸳鸯湖边月如水，孤舟夜榜鸳鸯起。
平明系缆石桥亭，惭愧冒寒髯御史。
结交最晚情独厚，论心无数今有几。
寂寞抱关叹萧生，耆老执戟哀杨子。
怪君颜采却秀发，无乃迁谪反便美。
天公欲困无奈何，世人共抑真疏矣②。
毗陵高山锡无骨，陆子遗味泉冰齿。
贤哉仲氏早拂衣，占断此山长洗耳。
山头望湖光泼眼，山下濯足波生指。
傥容逸少问金堂，记与嵇康留石髓。

①惠山老：一作惠山山人。②已上赠钱安道，以下寄其弟惠山老。

法惠寺横翠阁

朝见吴山横，暮见吴山从。
吴山故多态，转侧为君容。
幽人起朱阁，空洞更无物。
惟有千步冈，东西作簾额。
春来故国归无期，人言秋悲春更悲。
已泛平湖思濯锦，更看横翠忆峨眉。

雕栏能得几时好，不独凭栏人易老。
百年兴废更堪哀，悬知草莽化池台。
游人寻我旧游处，但觅吴山横处来。

往富阳新城李节推先行三日留风水洞见待

春山磔磔鸣春禽，此间不可无我吟。
路长漫漫傍江浦，此间不可无君语。
金鲫池边不见君，追君直过定山村。
路人皆言君未远，骑马少年清且婉。
风岩水穴旧闻名，只隔山溪夜不行。
溪桥晓溜浮梅萼，知君系马岩花落。
出城三日尚逶迟，妻孥怪骂归何时。
世上小儿夸疾走，如君相待今安有。

自普照游二庵

长松吟风晚雨细，东庵半掩西庵闭。
山行尽日不逢人，裛裛野梅香入袂。
居僧笑我恋清景，自厌山深出无计。
我虽爱山亦自笑，独往神伤后难继。
不如西湖饮美酒，红杏碧桃香覆髻。
作诗寄谢采薇翁，本不避人那避世。

月兔茶

环非环，玦非玦，中有迷离玉兔儿，一似佳人裙上月。
月圆还缺缺还圆，此月一缺圆何年。
君不见，斗茶公子不忍斗小团，上有双衔绶带双飞鸾。

薄命佳人

双颊凝酥发抹漆，眼光入簾珠的皪。
故将白练作仙衣，不许红膏污天质。
吴音娇软带儿痴，无限闲愁总未知。
自古佳人多命薄，闭门春尽杨花落。

於潜令刁同年野翁亭

山翁不出山，溪翁长在溪①。
不如野翁来往溪山间，上友麋鹿下凫鹥。
问翁何所乐？三年不去烦推挤。
翁言此间亦有乐，非丝非竹非蛾眉。
山人醉后铁冠落，溪女笑时银栉低。
我来观政问风谣，皆云吠犬足生氂。
但恐此翁一旦舍此去，长使山人索寞溪女啼②。

①公自注：前二令作二翁亭。②公自注：天目山唐道士常冠铁冠。於潜妇女皆插大银栉，长尺许，谓之“蓬沓”。

於潜女

青裙缟袂于潜女，两足如霜不穿屦。
觰沙鬓发丝穿柠，蓬沓障前走风雨。
老濞宫妆传父祖，至今遗民悲故主。
苕溪杨柳初飞絮，照溪画眉渡溪去。
逢郎樵归相媚妩，不信姬姜有齐鲁。

於潜僧绿筠轩

可使食无肉，不可使居无竹。

无肉令人瘦，无竹令人俗。
人瘦尚可肥，俗士不可医。
旁人笑此言，似高还似痴。
若对此君仍大嚼，世间那有扬州鹤。

与临安令宗人同年剧饮

我虽不解饮，把盏欢意足。
试呼白发感秋人，令唱黄鸡催晓曲。
与君登科如隔晨，敝袍霜叶空残绿。
如今莫问老与少，儿子森森如立竹。
黄鸡催晓不须愁，老尽世人非我独。

东阳水乐亭[1]

君不学白公引泾东注渭，五斗黄泥一钟水。
又不学歌舒横行西海头，归来羯鼓打《凉州》。
但向空山石壁下，爱此有声无用之清流。
流泉无弦石无窍，强名水乐人人笑。
惯见山僧已厌听，多情海月空留照。
洞庭不复来轩辕，至今鱼龙舞钧天。
闻道磬襄东入海，遗声恐在海山间。
锵然涧谷含宫徵，节奏未成君独喜。
不须写入《薰风》弦，纵有此声无此耳。

①公自注：为东阳令王都官概作。

宿海会寺

篮舆三日山中行，山中信美少旷平。
下投黄泉上青冥，线路每与猿猱争。

重楼束缚遭涧坑，两股酸哀饥肠鸣。
北渡飞桥踏彭铿，缭垣百步如古城。
大钟横撞千指迎，高堂延客夜不扃。
杉槽漆斛江河倾，本来无垢洗更轻。
倒床鼻息四邻惊，紞如五鼓天未明。
木鱼呼粥亮且清，不闻人声闻履声。

再游径山

老人登山汗如濯，倒床困卧呼不觉。
觉来五鼓日三竿，始信孤云天一握①。
平生未省出艰险，两脚惯曾行荦确。
含晖亭上望东溟，凌霄峰头挹南岳。
共爱丝杉翠丝乱，谁见玉芝红玉琢。
白云何事自来往，明月长圆无晦朔②。
冢上鸡鸣犹忆钦，山前凤舞远征璞。
雪窗驯兔元不死，烟岭孤猿苦难捉。
从来白足傲生死，不怕黄巾把刀槊。
榻上双痕凛然在，剑头一吷何须角③。
嗟我昏顽晚闻道，与世龃龉空多学。
灵水先除眼界花，清诗为洗心源浊。
骚人未要逃竞病，禅老但喜闻剥啄。
此生更得几回来，从今有暇无辞数。

①公自注：古语云："孤云两角，去天一握。"②公自注：山有白云峰、明月庵。③公自注：以上皆山中故事。

送杭州杜戚陈三掾罢官归乡①

秋风摵摵鸣枯蓼，船阁荒村夜悄悄。

正当逐客断肠时，君独歌呼醉连晓。
老夫平生齐得丧，尚恋微官失轻矫。
君今憔悴归无食，五斗未可秋毫小。
君言失意能几时，月啖虾蟆行复皎。
杀人无验中不快，此恨终身恐难了。
徇时所得无几时，随手已遭忧患绕。
期君正似种宿麦，忍饥待食明年麮。

①施注：公《乌台诗话》：熙宁五年，杭州录参杜子方、司户陈珪、司理戚秉道，各为承勘本州姓裴人家女使夏沉香投井及姓裴人女身死不明事。本路提刑陈睦举驳，差秀州通判张若济重勘，决杀夏沉香，三官因此冲替。意陈睦、张若济驳勘不当，致此三人无辜失官。轼作诗送之云“君言失意能几时，月啖虾蟆行复皎”，意取卢仝《月蚀》诗云“传闻古来说，月蚀虾蟆精”。仝意比朝廷为小人所蒙蔽也，轼亦言杜子方等本无罪，为陈睦、张若济蒙蔽朝廷，以冲替逐人，后当感悟牵复云。“徇时所得无几何，随手已遭忧患绕”，意谓张若济不久亦自被劾矣。

胡穆秀才遗古铜器似鼎而小上有两柱可以覆而不蹶以为鼎则不足疑其饮器也胡有诗答之

双耳兽啮环，长唇鹅擘咏。
三趾下锐春蒲短，两柱高张秋菌细。
君看翻覆俯仰间，覆成三角翻两髻。
古书虽满腹，苟有用我亦随世。
嗟君一见呼作鼎，才注升合已漂逝。
不如学鸱夷，尽日盛酒真良计。

〇公自注：有古篆五字，不可识。

和钱安道寄惠建茶

我官于南今几时，尝尽溪茶与山茗。

胸中似记故人面，口不能言心自省。
为君细说我未暇，试评其略差可听。
建溪所产虽不同，一一天与君子性。
森然可爱不可慢，骨清肉腻和且正。
雪花雨脚何足道，啜过始知真味永。
纵复苦硬终可录，汲黯少戆宽饶猛。
草茶无赖空有名，高者妖邪次顽懭。
体轻虽复强浮泛，性滞偏工呕酸冷。
其间绝品岂不佳，张禹纵贤非骨鲠。
葵花玉䭔不易致，道路幽险隔云岭。
谁知使者来自西，开缄磊落收百饼。
嗅香嚼味本非别，透纸自觉光炯炯。
粃糠团凤友小龙，奴隶日注臣双井。
收藏爱惜待佳客，不敢包裹钻权倖。
此诗有味君勿传，空使时人怒生瘿。

和柳子玉喜雪次韵仍呈述古

诗翁爱酒长如渴，缾尽欲沽囊已竭。
灯青火冷不成眠，一夜捻须吟喜雪。
诗成就我觅欢处，我穷正与君髣髴。
曷不走投陈孟公，有酒醉君仍饱德。
琼瑶欲尽天应惜，更遣清光续残月。
安得佳人擢素手，笑捧玉盌两奇绝。
艳歌一曲回阳春，坐使高堂生暖热。

古缠头曲

鹍弦铁拨世无有，乐府旧工惟尚叟。

一生喙硬眼无人，坐此困穷今白首。
翠鬟女子年十七，指法已似呼韩妇。
惊帆渡海风掣回，满面尘沙和泪垢。
青衫不逢湓浦客，红袖漫插曹纲手。
尔来一见哀骀佗，便着臂鞲躬井臼。
我惭贫病百不足，强对黄花饮白酒。
转关濩索动有神，雷辊空堂战窗牖。
四弦一抹拥袂立，再拜十分为我寿。
世人只解锦缠头，与汝作诗传不朽。

大风留金山两日

塔上一铃独自语，明日颠风当断渡。
朝来白浪打苍崖，倒射轩窗作飞雨。
龙骧万斛不敢过，渔艇一叶从掀舞。
细思城市有底忙，却笑蛟龙为谁怒。
无事久留童仆怪，此风聊得妻孥许。
潜山道人独何事，半夜不眠听粥鼓。

无锡道中赋水车

翻翻联联衔尾鸦，荦荦确确蜕骨蛇。
分畴翠浪走云阵，刺水绿针抽稻芽。
洞庭五月欲飞沙，鼍鸣窟中如打衙。
天公不见老翁泣[①]，唤取阿香推雷车。

①翁：一作农。

青牛岭高绝处有小寺人迹罕到

暮归走马沙河塘，炉烟袅袅十里香。

朝行曳杖青牛岭，崖泉咽咽千山静。
君勿笑老僧，耳聋唤不闻，百年俱是可怜人。
明朝且复城中去，白云却在题诗处。

梅圣俞诗中有毛长官者今於潜令国华是也圣俞没十五年而君犹为令捕蝗至其邑作诗戏之

诗翁憔悴老一官，厌见苜蓿堆青盘。
归来羞涩对妻子，自比鲇鱼缘竹竿。
今君滞留生二毛，饱听衙鼓眠黄䌷。
更将嘲笑调朋友，人道猕猴骑土牛。
愿君恰似高常侍，暂为小邑仍刺史。
不愿君为孟浩然，却遭明主故还山。
宦游逢此岁年恶，飞蝗来时半天黑。
羡君封境稻如云，蝗自识人人不识。

卷十四　苏东坡七古中

百三十四首

听贤师琴

大弦春温和且平，小弦廉折亮以清。
平生未识宫与角，但闻牛鸣盎中雉登木。
门前剥啄谁叩门，山僧未闲君勿瞋。
归家且觅千斛水，净洗从前筝笛耳。

赠写真何充秀才

君不见，潞州别驾眼如电，左手挂弓横捻箭；
又不见，雪中骑驴孟浩然，皱眉吟诗肩耸山。
饥寒富贵两安在，空有遗像留人间。
此身常拟同外物，浮云变化无踪迹。
问君何苦写我真，君言好之聊自适。
黄冠野服山家容，意欲置我山岩中。
勋名将相今何限，往写褒公与鄂公。

润州甘露寺弹筝

多景楼上弹神曲，欲断哀弦再三促。
江妃出听雾雨愁，白浪翻空动浮玉[①]。
唤取吾家双凤槽，遣作三峡孤猿号。

与君合奏芳春调，啄木飞来霜树杪。

①公自注：金山名。

虎　儿

旧闻老蚌生明珠，未省老兔生於菟。
老兔自谓月中物，不骑快马骑蟾蜍。
蟾蜍爬沙不肯行，坐令青衫垂白须。
於菟骏猛不类渠，指挥黄熊驾黑貙。
丹砂紫麝不用涂，眼光百步走妖狐。
妖狐莫夸智有馀，不劳摇牙咀尔徒。

铁沟行赠乔太博

城东坡陇何所似，风吹海涛低复起。
城中病守无所为，走马来寻铁沟水。
铁沟水浅不容辀，恰似当年韩与侯。
有鱼无鱼何足道，驾言聊复写我忧。
孤村野店亦何有，欲发狂言须斗酒。
山头落日侧金盆，倒着接䍦搔白首。
忽忆从军年少时，轻裘细马百不知。
臂弓腰箭南山下，追逐长杨射猎儿。
老去同君两憔悴，犯夜醉归人不避。
明年定起故将军，未肯先诛霸陵尉。

苏州姚氏三瑞堂①

君不见，董召南，隐居行义孝且慈。
天公亦恐无人知，故令鸡狗相哺儿，又令韩老为作诗。
尔来三百年，名与淮水东南驰。

此人世不乏，此事亦时有。
枫桥三瑞皆目见，天意宛在虞鳏后。
惟有此诗非昔人，君更往求无价手。

①公自注：姚氏世以孝称。

莫笑银杯小答乔太博

陶潜一县令，独饮仍独醒。
犹将公田二顷五十亩，种秫作酒不种杭。
我今号为二千石，岁酿百石何以醉宾客。
请君莫笑银杯小，尔来岁旱东海窄。
会当拂衣归故丘，作书贷粟监河侯。
万斛船中著美酒，与君一生长拍浮。

送段屯田分得于字

劝农使者古大夫，不惜春衫践泥涂。
王事靡盬君甚劬，奉常客卿虬两须。
东武县令天马驹，泮宫先生非俗儒。
相与野饮四子俱，乐哉此乐城中无。
溪边策杖自携壶，腰笏不烦何易于。
胶西病守老且迂，空斋愁坐纷墨朱。
四十岂不知头颅，畏人不出何其愚。

次韵章传道喜雨①

去年夏旱秋不雨，海畔居民饮咸苦。
今年春暖欲生蝝，地上戢戢多于土。
预忧一旦开两翅，口吻如风那肯吐。
前时渡江入吴越，布阵横空如项羽②。

农夫拱手但垂泣，人力区区固难御。
扑缘鬃毛困牛马，啖啮衣服穿房户。
坐观不救亦何心，秉畀炎火传自古。
荷锄散掘谁敢后，得米济饥还小补。
常山山神信英烈，撝驾雷公诃电母。
应怜郡守老且愚，欲把疮痍手摩抚。
山中归时风色变，中路已觉商羊舞。
夜窗骚骚闹松竹，朝畦泫泫流膏乳。
从来蝗旱必相资，此事吾闻老农语。
庶将积润扫遗孽，收拾丰岁还明主。
县前已窖八千斛[③]，率以一升完一亩。
更看蚕妇过初眠[④]，未用贺客来旁午。
先生笔力吾所畏，蹙踏鲍谢跨徐庾[⑤]。
偶然谈笑得佳篇，便恐流传成乐府。
陋邦一雨何足道，吾君盛德九州普。
中和乐职几时作，试向诸生选何武。

①公自注：祷常山而得。②公自注：去岁钱塘见飞蝗自西北来，极可畏。③公自注：今春及今得蝗子八千馀斛。④公自注：蚕一眠则蝗不复生矣。⑤蹙：同蹴。

惜　花

吉祥寺中锦千堆[①]，前年赏花真盛哉！
道人劝我清明来，腰鼓百面如春雷，打彻《凉州》花自开。
沙河塘上插花回，醉倒不觉吴儿咍，岂知如今双鬓摧。
城西古寺没蒿莱，有僧闭门手自栽，千枝万叶巧剪裁。
就中一丛何所似？马脑槃盛金缕杯。
而我食菜方清斋，对花不饮花应猜。

夜来雨雹如李梅，红残绿暗吁可哀[②]。

①公自注：钱塘花最盛处。②公自注：钱塘吉祥寺花为第一。壬子清明，赏会最盛，金盘綵篮以献于座者五十三人。夜归沙河塘上，观者如山，尔后无复继也。今年，诸家园圃花亦极盛，而龙兴僧房一丛尤奇，但衰病牢落，自无以发兴耳。昨日雨雹如此，花之存者有几？可为叹息也。

寄刘孝叔[①]

君王有意诛骄卤（虏），椎破铜山铸铜虎。
联翩三十七将军，走马西来各开府。
南山伐木作车轴，东海取鼍漫战鼓。
汗流奔走谁敢后，恐乏军兴污质斧。
保甲连村团未遍，方田讼牒纷如雨。
尔来手实降新书，抉剔根株穷脉缕。
诏书恻怛信深厚，吏能浅薄空劳苦。
平生学问止流俗，众里笙竽谁比数。
忽令独奏凤将雏，仓卒欲吹那得谱。
况复连年苦饥馑，剥啮草木啖泥土。
今年雨雪颇应时，又报蝗虫生翅股。
忧来洗盏欲强醉，寂寞虚斋卧空甒。
公厨十日不生烟，更望红裙踏筵舞。
故人屡寄山中信，只有当归无别语。
方将雀鼠偷太仓，未肯衣冠挂神武。
吴兴丈人真得道，平日立朝非小补。
自从四方冠盖闹，归作二浙湖山主。
高踪已自杂渔钓，大隐何曾弃簪组。
去年相从殊未足，问道已许谈其粗[②]。
逝将弃官往卒业，俗缘未尽那得睹。

公家只在霅溪上，上有白云如白羽。
应怜进退苦皇皇，更把安心教初祖。

①施注：刘孝叔名述，神宗时擢侍御史知杂事，数论事凯切。曾与王安石争狱事不合，出知江州，逾岁提举崇禧观。东坡倅杭，与孝叔会虎丘，和其二诗。吴兴六客堂，孝叔其一人也。此诗首言征伐之意。熙宁三年十一月，诏京畿、河北、京东西路置三十七将，将官遂与州郡长吏争衡，故云“联翩三十七将军，走马西来各开府”。又立保甲法，令诸州籍保甲聚民而教之，禁令苛急，往往去为盗，郡县不敢以闻，故云“保甲连村团未遍”。五年，立方田均税法，诏司农以条约并式颁之天下，岁以九月，委令佐分地计量，乃书户帖，连庄帐付之，以为地符，故云“方田讼牒纷如雨”。七年，吕惠卿建手实法，使民自上其家之物产，而官为注籍，奉使者至析秋毫，天下病之，至八年十月乃罢，故曰“尔来手实降新书”云云。又曰“平生学问止流俗”，是时，安石凡议其新政者，皆以“流俗”谓之也。孝叔年七十二卒。绍兴间，录其风节，赠秘阁修撰。②粗：一作祖。

张安道乐全堂

列子御风殊不恶，犹被庄生讥数数。
步兵饮酒中散琴，于此得全非至乐。
乐全居士全于天，维摩丈室空翛然。
平生痛饮今不饮，无琴不独今无弦。
我公天与英雄表，龙章凤姿照鱼鸟。
但令端委坐庙堂，北狄西戎谈笑了。
如今老去苦思归，小字亲书寄我诗。
试问乐全全底事，无全何处更相亏。

和蒋夔寄茶

我生百事常随缘，四方水陆无不便。
扁舟渡江适吴越，三年饮食穷芳鲜。

金齑玉脍饭炊雪，海螯江柱初脱泉。
临风饱食甘寝罢，一瓯花乳浮轻圆。
自从舍舟入东武，沃野便到桑麻川。
剪毛胡羊大如马，谁记鹿角腥盘筵。
厨中烝粟埋饭瓮，大杓更取酸生涎[①]。
柘罗铜碾弃不用，脂麻白土须盆研。
故人犹作旧眼看，谓我好尚如当年。
沙溪北苑强分别，水脚一线争谁先。
清诗两幅寄千里，紫金百饼费万钱。
吟哦烹噍两奇绝，只恐偷乞烦封缠。
老妻稚子不知爱，一半已入姜盐煎。
人生所遇无不可，南北嗜好知谁贤。
死生祸福久不择，更论甘苦争蚩妍。
知君穷旅不自释，因诗寄谢聊相镌。

①施注：《世说》：诸阮饮酒，不复用常杯斟酌，以大瓮盛酒，圜坐相向，大杓更饮之。

薄薄酒二首　并序

胶西先生赵明叔，家贫好饮，不择酒而醉，常云：薄薄酒，胜茶汤；丑丑妇，胜空房。其言虽俚，而近乎达。故推而广之，以补东州之乐府。既又以为未也，复自和一篇，以发览者之一噱云耳。

薄薄酒，胜茶汤。粗粗布，胜无裳。
丑妻恶妾胜空房。
五更待漏靴满霜，不如三伏日高睡足北窗凉。
珠襦玉柙万人相送归北邙，不如悬鹑百结独坐负朝阳。
生前富贵，死后文章，百年瞬息万世忙。

夷齐盗蹠俱亡羊，不如眼前一醉是非忧乐两都忘。

薄薄酒，饮两钟。粗粗布，着两重。
美恶虽异醉暖同，丑妻恶妾寿乃公。
隐居求志义之从，本不计较东华尘土北窗风。
百年虽长要有终，富死未必输生穷。
但恐珠玉留君容，千载不朽遭樊崇。
文章自足欺盲聋，谁使一朝富贵面发红。
达人自达酒何功，世间是非忧乐本来空。

赵郎中见和戏复答之

赵子吟诗如泼水，一挥三百八十字。
奈何效我欲寻医，恰似西施藏白地。
赵子饮酒如淋灰，一年十万八千杯。
若不令君早入务，饮竭东海生黄埃。
我衰临政多缪错，羡君精采如秋鹗。
颇哀老子令日饮，为君坐啸主画诺。

送碧香酒与赵明叔教授

闻君有妇贤且廉，劝君慎勿为楚相。
不羡紫驼分御食，自遣赤脚沽村酿。
嗟君老狂不知愧，更吟丑妇恶嘲谤。
诸生闻语定失笑，冬暖号寒卧无帐。
碧香近出帝子家，鹅儿破壳酥流盎。
不学刘伶独自饮，一壶往助齐眉饷。

赵既见和复次韵答之

长安小吏天所放，日夜歌呼和丞相。
岂知后世有阿瞒，北海樽前捉私酿。
先生未出禁酒国，诗语孤高常近谤。
几回无酒欲沽君，却畏有司书簿帐。
酸寒可笑分一斗，日饮亡何足袁盎。
更将险语压衰翁，只恐自是台无饷。

赵郎中往莒县逾月而归复以一壶遗之仍用前韵

东邻主人游不归，悲歌夜夜闻舂相。
门前人闹马嘶急，一家喜气如春酿。
王事何曾怨独贤，室人岂忍交谪谤。
大儿踉蹡越门限，小儿咿哑语绣帐。
定教舞袖掣《伊》《凉》，更想夜庖鸣瓮盎。
题诗送酒君勿诮，免使退之嘲一饷。

留别释迦院牡丹呈赵倅

春风小院却来时，壁间惟见使君诗。
应问使君何处去，凭花说与春风知。
年年岁岁何穷已，花似今年人老矣。
去年崔护若重来，前度刘郎在千里。

大雪青州道上有怀东武园亭寄孔周翰

超然台上雪，城郭山川两奇绝。
海风吹碎碧琉璃，时见三山白银阙。
盖公堂前雪，绿窗朱户相明灭。

堂中美人雪争妍，粲然一笑玉齿颊。
就中山堂雪更奇，青松怪石乱琼丝。
惟有使君游不归，五更上马愁敛眉。
君不见淮西李侍中，夜入蔡州缚取吴元济；
又不见襄阳孟浩然，长安道上骑驴吟雪诗。
何当闭门饮美酒，无人毁誉河东守。

书韩幹牧马图

南山之下，汧渭之间，想见开元天宝年，
八坊分屯隘秦川，四十万匹如云烟。
骓駓骃骆骊骝騵，白鱼赤兔骍皇䮬，
龙颅凤颈狞且妍，奇姿逸德隐驽顽。
碧眼胡儿手足鲜，岁时剪刷供帝闲。
柘袍临池侍三千，红妆照日光流渊。
楼下玉螭吐清寒，往来蹙踏生飞湍。
众工舐笔和朱铅，先生曹霸弟子韩。
厩马多肉尻脽圆①，肉中画骨夸尤难。
金羁玉勒绣罗鞍，鞭棰刻烙伤天全，不如此图近自然。
平沙细草荒芊绵，惊鸿脱兔争后先。
王良挟策飞上天，何必俯首服短辕。

①脽：音谁。

和李邦直沂山祈雨有应

高田生黄埃，下田生苍耳。
苍耳亦已无，更问麦有几。
蛟龙睡足亦解惭，二麦枯时雨如洗。
不知雨从何处来，但闻吕梁百步声如雷。

试上城南望城北，际天菽粟青成堆。
饥火烧肠作牛吼，不知待得秋成否。
半年不雨坐龙慵，共怨天公不怨龙。
今朝一雨聊自赎，龙神社鬼各言功。
无功日盗太仓谷，嗟我与龙同此责。
劝农使者不汝容，因君作诗先自劾。

和子由与颜长道同游百步洪相地筑亭种柳

平明坐衙不暖席，归来闭閤闲终日。
卧闻客至倒屣迎，两眼蒙笼馀睡色。
城东泗水步可到，路转河洪翻雪白。
安得青丝络骏马，蹙踏飞波柳阴下。
奋身三丈两蹄间，振鬣长鸣身自乾。
少年狂兴久已谢，但忆嘉陵绕剑关。
剑关大道车方轨，君自不去归何难。
山中故人应大笑，筑室种柳何时还？

送颜复兼寄王巩

彭城官居冷如水，谁从我游颜氏子。
我衰且病君亦穷，衰穷相守正其理。
胡为一朝舍我去，轻衫触热行千里？
问君无乃求之欤，答我不然聊尔耳。
京师万事日日新，故人如故今有几？
君知牛行相君宅，扣门但觅王居士。
清诗草圣俱入妙，别后寄我书连纸。
苦恨相思不相见，约我重阳嗅霜蕊。
君归可唤与俱来，未应指目妨进拟。

太一老仙闲不出[1]，踵门问道今时矣。
因行过我路几何，愿君推挽加鞭棰。
吾侪一醉岂易得，买羊酤酒从今始。

①公自注：张安道为中太一宫使，巩安道婿也。

蝎　虎

黄鸡啄蝎如啄黍，窗间守宫称蝎虎。
暗中缴尾伺飞虫，巧捷功夫在腰膂。
跂跂脉脉善缘壁，陋质从来谁比数。
今年岁旱号蜥蜴，狂走儿童闹歌舞。
能衔渠水作冰雹，便向蛟龙觅云雨。
守宫努力搏苍蝇，明年岁旱当求汝。

章质夫寄惠崔徽真

玉钗半脱云垂耳，亭亭芙蓉在秋水。
当时薄命一酸辛，千古华堂奉君子。
水边何处无丽人，近前试看丞相瞋。
不如丹青不解语，世间言语原非真。
知君被恼更愁绝，卷赠老夫惊老拙。
为君援笔赋梅花，未害广平心似铁。

代书答梁先

此身与世真悠悠，苍颜华发谁汝留。
强名太守古徐州，忘归不如楚沐猴。
鲁人岂独不知丘，蹒藉夫子无罪尤。
异哉梁子清而修，不远千里从我游。
瞭然正色悬双眸，世之所驰子独不。

一经通明传节侯，小楷精绝规摹欧①。
我衰废学懒且偷，畏见问事贾长头。
别来红叶黄花秋，夜梦见之起坐愁。
遗我驳石盆与瓯，黑质白章声琳球。
谓言山石生涧沟，追琢尚可王公羞。
感子佳意能无酬，反将木瓜报珍投。
学如富贵在博收②，仰取俯拾无遗筹。
道大如天不可求，修其可见致其幽。
愿子笃实慎勿浮，发愤忘食乐忘忧。

①公自注：梁生学欧阳公书。②贵：一作贾。

河复　并序

熙宁十年秋，河决澶渊，注巨野，入淮泗，自澶魏以北，皆绝流而济。楚大被其害，彭门城下水二丈八尺，七十馀日不退，吏民疲于守御。十月十三日，澶州大风终日，既止，而河流一枝，已复故道。闻之喜甚，庶几可塞乎！乃作《河复》诗，歌之道路，以致民愿而迎神休，盖守土者之志也。

君不见，西汉元光元封间，河决瓠子二十年。
巨野东倾淮泗满，楚人恣食黄河鳣。
万里沙回封禅罢，初遣越巫沉白马。
河公未许人力穷，薪刍万计随流下。
吾君仁圣如帝尧，百神受职河神骄。
帝遣风师下约束，北流夜起澶州桥。
东风吹冻收微渌，神功不用淇园竹，
楚人种麦满河淤，仰看浮槎栖古木。

韩幹马十四匹

二马并驱攒八蹄，二马宛颈鬃尾齐。
一马任前双举后，一马却避长鸣嘶。
老髯奚官骑且顾，前身作马通马语。
后有八匹饮且行，微流赴吻若有声。
前者既济出林鹤，后者欲涉鹤俯啄。
最后一匹马中龙，不嘶不动尾摇风。
韩生画马真是马，苏子作诗如见画。
世无伯乐亦无韩，此诗此画谁当看？

赠写御容妙善师

忆昔射策干先皇，珠簾翠幄分两厢。
紫衣中使下传诏，跪奉冉冉闻天香。
仰观眩晃目生晕，但见晓色开扶桑。
迎阳晚出步就坐，绛纱玉斧光照廊。
野人不识日月角，仿佛尚记重瞳光。
三年归来真一梦，桥山松桧凄风霜。
天容玉色谁敢画，老师古寺昼闭房。
梦中神授心有得，觉来信手笔已忘。
幅巾常服俨不动，孤臣入门涕自滂。
元老侑坐须眉古，虎臣立侍冠剑长。
平生惯写龙凤质，肯顾草间猿与獐。
都人踏破铁门限，黄金白璧空堆床。
尔来摹写亦到我，谓是先帝白发郎。
不须览镜坐自了，明年乞身归故乡。

答吕梁仲屯田

乱山合沓围彭门，官居独在悬水村①。
居民萧条杂麋鹿，小市冷落无鸡豚。
黄河西来初不觉，但讶清泗流奔浑。
夜闻沙岸鸣瓮盎，晓看雪浪浮鹏鹍。
吕梁自古喉吻地，万顷一抹何由吞。
坐观入市卷闾井，吏民走尽馀王尊。
计穷路断欲安造，吟诗破屋愁鸢蹲②。
岁寒霜重水归壑，但见屋瓦留沙痕。
入城相对如梦寐，我亦仅免为鱼鼋。
旋呼歌舞杂诙笑，不惜饮釂空瓶盆。
念君官舍冰雪冷，新诗美酒聊相温。
人生如寄何不乐，任使绛蜡烧黄昏③。
宣房未筑淮泗满，故道堙灭疮痍存。
明年劳苦应更甚，我当畚锸先黥髡。
付君万指伐顽石，千锤雷动苍山根。
高城如铁洪口快，谈笑却扫看崩奔。
农夫掉臂免狼顾，秋谷布野如云屯。
还须更置软脚酒，为君击鼓行金樽④。

①公自注：悬水村，吕梁地名。②以上言河决水盛。③以上水退相慰。④以上言明年塞河。

答孔周翰求书与诗

身闲曷不长闭口，天寒正好深藏手。
吟诗写字有底忙，未脱多生宿尘垢。
不蒙讥诃子厚疾，反更刻画无盐丑。

征西自有家鸡肥，太白应惊饭山瘦。
与君相从知几日，东风待得花开否？
拨弃万事勿复谈，百觚之后那辞酒。

送李公恕赴阙

君才有如切玉刀，见之凛凛寒生毛。
愿随壮士斩蛟蜃，不愿腰间缠绵绦。
用违其才志不展，坐与胥吏同疲劳。
忽然眉上有黄气，吾君渐欲收英髦。
立谈左右俱动色，一语径破千言牢。
我顷分符在东武，脱略万事惟嬉遨。
尽坏屏障通内外，仍呼骑曹为马曹。
君为使者见不问，反更对饮持双螯。
酒酣箕坐语惊众，杂以嘲讽穷诗骚。
世上小儿多忌讳，独能容我真贤豪。
为我买田临汶水，逝将归去诛蓬蒿。
安能终老尘土下，俯仰随人如桔槔。

春　菜

蔓菁宿根已生叶，韭牙戴土拳如蕨。
烂蒸香荠白鱼肥，碎点青蒿凉饼滑。
宿酒初消春睡起，细履幽畦掇芳辣。
茵陈甘菊不负渠，鲙缕堆盘纤手抹。
北方苦寒今未已，雪底波棱如铁甲。
岂如吾蜀富冬蔬，霜叶露芽寒更茁。
久抛松葛犹细事，苦笋江豚那忍说。
明年投劾径须归，莫待齿摇并发脱。

送孔郎中赴陕郊

惊风击面黄沙走，西出崤函脱尘垢。
使君来自古徐州，声震河潼殷关右。
十里长亭闻鼓角，一川秀色明花柳。
北临飞槛卷黄流，南望青山如岘首。
东风吹开锦绣谷，渌水翻动蒲萄酒。
讼庭生草数开樽，过客如云牢闭口。

与梁左藏会饮傅国博家

将军破贼自草檄，论诗说剑俱第一。
彭城老守本虚名，识字劣能欺项籍。
风流别驾贵公子，欲把笙歌暖锋镝。
红旆朝开猛士噪，翠帷暮卷佳人出。
东堂醉卧呼不起，啼鸟落花春寂寂。
试教长笛傍耳根，一声吹裂阶前石。

约公择饮是日大风

先生生长匡庐山，山中读书三十年。
旧闻饮水师颜渊，不知治剧乃所便。
偷儿夜探赤白丸，奋髯忽逢朱子元。
半年群盗诛七百，谁信家书藏九千。
春风无事秋月闲，红妆执乐豪且妍。
紫衫玉带两部全，琵琶一抹四十弦。
客来留饮不计钱，齐人爱公如子产。
儿啼卧路呼不还，我惭山郡空留连。
牙兵部吏笑我寒，邀公饮酒公无难。

约束官奴买花钿，熏衣理鬓夜不眠。
晓来颠风尘暗天，我思其由岂坐悭。
作诗愧谢公笑欢，归来瑟缩愈不安。
要当啖公八百里，豪气一洗儒生酸。

续丽人行　并序

李仲谋家有周昉画背面欠伸内人，极精。戏作此诗。

深宫无人春日长，沉香亭北百花香。
美人睡起薄梳洗，燕舞莺啼空断肠。
画工欲画无穷意，背立东风初破睡。
若教回首却嫣然，阳城下蔡俱风靡。
杜陵饥客眼长寒，蹇驴破帽随金鞍。
隔花临水时一见，只许腰肢背后看。
心醉归来茅屋底，方信人间有西子。
君不见，孟光举案与眉齐，何曾背面伤春啼。

○“心醉”二句拙，“孟光”二句腐。

起伏龙行　并引

徐州城东二十里有石潭，父老云与泗水通，增损清浊，相应不差，时有河鱼出焉。元丰元年春旱，或云置虎头潭中，可以致雷雨。用其说，作《起伏龙行》。

何年白竹千钧弩，射杀南山雪毛虎。
至今颅骨带霜牙，尚作四海毛虫祖。
东方久旱千里赤，三月行人口生土。
碧潭近在古城东，神物所蟠谁敢侮。
上歊苍石拥岩窦，下应清河通水府，

眼光作电走金蛇，鼻息为云擢烟缕。
当年负图传帝命，左右羲轩诏神禹。
尔来怀宝但贪眠，满腹雷霆瘖不吐。
赤龙白虎战明日[①]，倒卷黄河作飞雨。
嗟我岂乐斗两雄，有事径须烦一怒。

①公自注：是月丙辰，明日庚寅。

次韵答刘泾

吟诗莫作秋虫声，天公怪汝钩物情，使汝未老华发生。
芝兰得雨蔚青青，何用自燔以出馨。
细书千纸杂真行，新音百变口如莺。
异义蜂起弟子争，舌翻涛澜卷齐城。
万卷堆胸兀相撑，以病为乐子未惊[①]。
我有至味非煎烹，是中之乐吁难名。
绿槐如山暗广庭，飞虫绕耳细而清。
败席展转卧见经，亦自不嫌翠织成。
意行信足无沟坑，不识五郎呼作卿。
吏民哀我老不明，相戒无复烦鞭刑。
时临泗水照星星，微风不起镜面平。
安得一舟如叶轻，卧闻邮签报水程。
莼羹羊酪不须评，一饱且救饥肠鸣[②]。

①以上嘲刘之苦。②以上叙己之乐。

携妓乐游张山人园

大杏金黄小麦熟，堕巢乳鹊拳新竹。
故将俗物恼幽人，细马红妆满山谷。
提壶劝酒意虽重，杜鹃催归声更速。

酒阑人散却关门，寂历斜阳挂疏木。

和子由送将官梁左藏仲通

雨足谁言春麦短，城坚不怕秋涛卷。
日长惟有睡相宜，半脱纱巾落纨扇。
芳草不锄当户长，珍禽独下无人见。
觉来身世都是梦，坐久枕痕犹着面。
城西忽报故人来，急扫风轩炊麦饭①。
伏波论兵初矍铄，中散谈仙更清远。
南都从事亦学道，不恤肠空夸脑满。
问羊他日到金华，应许相将游阆苑②。

①公自注：徐州所出。②前八句自叙闲适之趣，后八句叙梁来徐，兼忆子由。

次韵秦观秀才见赠秦与孙莘老李公择甚熟将入京应举

夜光明月非所投，逢年遇合百无忧。
将军百战竟不侯，伯郎一斗得凉州。
翘关负重非无力，十年不入纷华域。
故人坐上见君文，谓是古人吁莫测。
新诗说尽万物情，硬黄小字临《黄庭》。
故人已去君未到，空吟河畔草青青。
谁谓他乡各异县，天遣君来破吾愿。
一闻君语识君心，短李髯孙眼中见。
江湖放浪久全真，忽然一鸣惊倒人。
纵横所值无不可，知君不怕新书新。
千金敝帚那堪换，我亦淹留岂长算。
山中既未决同归，我聊尔耳君其漫。

仆曩于长安陈汉卿家见吴道子画佛碎烂可惜其后十馀年复见之于鲜于子骏家则已装背完好子骏以见遗作诗谢之

贵人金多身复闲，争买书画不计钱。
已将铁石充逸少[①]，更补朱繇为道玄[②]。
烟熏屋漏装玉轴，鹿皮苍璧知谁贤。
吴生画佛本神授，梦中化作飞空仙。
觉来落笔不经意，神妙独到秋毫颠。
昔我长安见此画，叹息至宝空潸然。
素丝断续不忍看，已作蝴蝶飞联翩。
君能收拾为补缀，体质散落嗟神全。
志公仿佛见刀尺，修罗天女犹雄妍。
如观老杜飞鸟句，脱字欲补知无缘。
问君乞得良有意，欲将俗眼为洗湔。
贵人一见定羞怍，锦囊千纸何足捐。
不须更用博麻缕，付与一炬随飞烟。

①公自注：法帖大王书中有“殷铁石”字。铁石，梁武帝时人。②公自注：世所收吴道子画，多朱繇笔也。

次韵舒教授寄李公择

草书妙绝吾所兄，真书小低犹抗行。
论文作诗俱不敌，看君谈笑收降旌。
去年逾月方出昼[①]，为君剧饮几濡首。
今年过我虽少留，寂寞陶潜方止酒[②]。
别时流涕揽君须，悬知此欢堕空虚。
松下纵横馀屐齿，门前轣辘想君车。

怪君一身都是德，近之清润沦肌骨。
细思还有可恨时，不许蓝桥见倾国③。

①公自注：予去年留齐月馀。②公自注：此行公择病酒，久不饮。③公自注：公择有婢，名云英，屡欲出，不果。

次韵答舒教授观余所藏墨

异时长笑王会稽，野鹜膻腥污刀几。
暮年却得庾安西，自厌家鸡题六纸。
二子风流冠当代，顾与儿童争愠喜。
秦王十八已龙飞，嗜好晚将蛇蚓比。
我生百事不挂眼，时人缪说云工此。
世间有癖念谁无，倾身障簏尤堪鄙。
一生当着几緉屐，定心肯为微物起。
此墨足支三十年，但恐风霜侵发齿。
非人磨墨墨磨人，缾应未罄罍先耻。
逝将振衣归故国，数亩荒园自锄理。
作书寄君君莫笑，但觅来禽与青李。
一螺点漆便有馀，万灶烧松何处使。
君不见，永宁第中捣龙麝，列屋闲居清且美。
倒晕连眉秀岭浮，双鸦画鬓香云委。
时闻五斛赐蛾绿，不惜千金求獭髓。
闻君此诗当大笑，寒窗冷砚冰生水。

答范淳甫

吾州下邑生刘季，谁数区区张与李。
重瞳遗迹已尘埃，惟有黄楼临泗水①。
而今太守老且寒，侠气不洗儒生酸。

犹胜白门穷吕布，欲将鞍马事曹瞒。

①公自注：郡有听事，俗谓之“霸王厅”，相传不可坐，仆拆之以盖黄楼。

次韵答王定国

每得君诗如得书，宣心写妙书不如。
眼前百种无不有，知君一以诗驱除。
传闻都下十日雨，青泥没马街生鱼。
旧雨来人今不来，悠然独酌卧清虚。
我虽作郡古云乐，山川信美非吾庐。
愿君不废重九约，念此衰冷勤呵嘘。

芙蓉城　并引

世传王回子高与仙人周瑶英游芙蓉城。元丰元年三月，余始识子高，问之，信然。乃作此诗，极其情而归之正，亦变风止乎礼义之意也。[①]

芙蓉城中花冥冥，谁其主者石与丁。
珠簾玉案翡翠屏，云舒霞卷千娉停。
中有一人长眉青，炯如微云淡疏星。
往来三世空炼形，竟坐误读《黄庭经》。
天门夜开飞爽灵，无复白日乘云軿。
俗缘千劫磨不尽，翠被冷落凄馀馨。
因过缑山朝帝廷，夜闻笙箫弭节听。
飘然而来谁使令，皎如明月入窗棂。
忽然而去不可执，寒衾虚幌风泠泠。
仙宫洞房本不扃，梦中同蹑凤皇翎。
径度万里如奔霆，玉楼浮空耸亭亭。

天书云篆谁所铭，绕楼飞步高竛竮。
仙风锵然韵流铃，蘧蘧形开如醉醒。
芳卿寄谢空丁宁，一朝覆水不返瓶，罗巾别泪空荧荧。
春风花开秋叶零，世间罗绮纷膻腥。
此身流浪随沧溟，偶然相值两浮萍。
愿君收视观三庭，勿与嘉谷生蝗螟。
从渠一念三千龄，下作人间尹与邢。

①邵氏长蘅注：胡微之作《王子高芙蓉城传略》云：王回，字子高，虞部员外郎正路之次子。初遇一女，自言周太尉女，语王曰："我于人间嗜欲未尽，缘以冥契，当侍巾帻，是以奉寻，非一朝夕之分也。"又王初见周，惧不敢寝，更深困甚，视窗户掩阒，及入解衣，闻屏帏间有喘息声，乃适。女郎已脱衣而卧。天明，□□□馀香不散。自是，朝去夕至，凡百馀日。又周云"即预朝列"，王曰："朝帝耶?"不言其详。由此倏去不来者数日。忽一夕，梦周道服而至，谓王曰："我居幽僻，君能一往否?"喜而从之，但觉其身飘然，与周同举。须臾，过一岭，及一门，珍禽佳木，清流怪石，殿阁金碧相照。遂与王自东厢门入循廊。至一殿亭，甚雄壮。下有三楼，相视而耸，亦甚雄丽。廊间半开，周忽入，王少留。须臾，周与一女郎至。周曰："三山之事息乎?"曰："虽已息，奈情何?"于是拊掌而去。逡巡，东廊之门启，有女流道装而出者百馀人，立于庭下。俄闻殿上卷簾，有美丈夫一人，朝服凭几，而庭下之女循次而上。少顷，凭几者起，簾复下，诸女流亦复不见。周遂命王登东厢之楼，上有酒具。凭栏纵观，山川清秀。梁上有碑，题曰"碧云"，其字则《真诰》，八龙云篆。王未及下，一女郎复登是楼，年可十五，容色娇媚，亦周之比。周曰："此芳卿也，与我最相爱。"芳卿盖其字耳。梦之明日，周来，王语以梦。周笑曰："芳卿之意甚勤也。"王问何地，周曰："芙蓉城也。"曰："凭几者谁？三山之事何谓?"周皆不对。问芳卿何姓，曰："与我同。"王感其事，作诗遗周云。又虞曹公状其事以奏帝。春花秋月，悽怆悲泣而去。周临别，留诗云："久事屏帏不暂闲，今朝离意尚阑珊。临行惟有相思泪，滴在罗衣一半斑。"○按：《芙蓉城传》，施氏注散入句下，王注录之亦不详。蘅未见全传，又

无他本可校，兹从施氏句注中掇拾出之，未免句字脱落，残阙多有。而先生是诗，大概采用其意，不可略也。乃附著之如此。

送将官梁左藏赴莫州

燕南垂，赵北际，其间不合大如砺。
至今父老哀公孙，蒸土为城铁作门。
城中积谷三百万，猛士如云骄不战。
一旦鼓角鸣地中，帐下美人空掩面。
岂如千骑平时来，笑谭謦欬生风雷。
葛巾羽扇红尘静，投壶雅歌清燕开。
东方健儿虓虎样，泣涕怀思廉耻将。
彭城老守亦凄然，不见君家雪儿唱。

中秋见月寄子由

明月未出群山高，瑞光万丈生白毫。
一杯未尽银阙涌，乱云脱坏如崩涛。
谁为天公洗眸子，应费明河千斛水。
遂令冷看世间人，照我湛然心不起。
西南大星如弹丸，角尾奕奕苍龙蟠。
今宵注眼看不见，更许萤火争清寒。
何人舣舟临古汴，千灯夜作鱼龙变。
曲折无心逐浪花，低昂赴节随歌板[①]。
青荧灭没转前山，浪飐风迴岂复坚。
明月易低人易散，归来呼酒更重看。
堂前月色愈清好，咽咽寒螿鸣露草。
卷簾推户寂无人，窗下伊哑惟楚老[②]。
南都从事莫羞贫，对月题诗有几人。

明朝人事随日出，怳然一梦瑶台客。

①公自注：是夜，贾客舟中放水灯。②公自注：近有一孙，名楚老。

答王巩[1]

汴泗绕吾城，城坚如削铁。
中有李临淮，号令肝胆裂。
古来彭城守，未省怕恶客。
恶客云是谁？祥符相公孙。
是家豪逸生有种[2]，千金一掷颇黎盆。
连车载酒来，不饮外酒嫌其村。
子有千瓶酒，我有万株菊。
任子满头插，团团见花不见目。
醉中插花归，花重压折轴。
问客何所须，客言我爱山。
青山自绕郭，不要买山钱。
此外有黄楼，楼下一河水美哉，
洋洋乎可以疗饥并洗耳，彭城之游乐复乐，
客恶何如主人恶。

①公自注：巩将见过，有诗自谓“恶客”，戏之。②《汉书·外戚传》：“是家轻族人。”“是家”字本之。

九日黄楼作

去年重阳不可说，南城夜半千沤发。
水穿城下作雷鸣，泥满城头飞雨滑。
黄花白酒无人问，日暮归来洗靴袜。
岂知还复有今年，把琖对花容一呷。
莫嫌酒薄红粉陋，终胜泥中千柄锸。

黄楼新成壁未干，清河已落霜初杀。
朝来白露如细雨，南山不见千寻刹。
楼前便作海茫茫，楼下空闻橹鸦轧。
薄寒中人老可畏，热酒烧肠气先压。
烟消日出见渔村，远水鳞鳞山齾齾。
诗人猛士杂龙虎①，楚舞吴歌乱鹅鸭。
一杯相属君勿辞，此景何殊泛清霅。

①公自注：坐客三十馀人，多知名之士。

李思训画长江绝岛图

山苍苍，江茫茫。大孤小孤江中央。
崖崩路绝猿鸟去，惟有乔木搀天长。
客舟何处来，棹歌中流声抑扬。
沙平风软望不到，孤山久与船低昂。
峨峨两烟鬟，晓镜开新妆。
舟中贾客莫漫狂，小姑前年嫁彭郎。

次韵王巩独眠

居士身心如槁木，旅馆孤眠体生粟。
谁能相思琢白玉，服药千朝偿一宿。
天寒日短银灯续，欲往从之车脱轴。
何人吹断参差竹，泗水茫茫鸭头绿。

登云龙山

醉中走上黄茅冈，满冈乱石如群羊。
冈头醉倒石作床，仰看白云天茫茫，歌声落谷秋风长。
路人举首东南望，拍手大笑使君狂。

次韵僧潜见赠

道人胸中水镜清，万象起灭无逃形。
独依古寺种秋菊，要伴骚人餐落英。
人间底处有南北，纷纷鸿雁何曾冥。
闭门坐穴一禅榻，头上岁月空峥嵘。
今年偶出为求法，欲与慧剑加砻砺。
云衲新磨山水出，霜髭不剪儿童惊。
公侯欲识不可得，故知倚市无倾城。
秋风吹梦过淮水，想见橘柚垂空庭。
故人各在天一角，相望落落如晨星。
彭城老守何足顾，枣林桑野相邀迎。
千山不惮荒店远，两脚欲趁飞猱轻。
多生绮语磨不尽，尚有宛转诗人情。
猿吟鹤唳本无意，不知下有行人行。
空阶夜雨自清绝，谁使掩抑啼孤惸。
我欲仙山掇瑶草，倾筐坐叹何时盈。
簿书鞭扑昼填委，煮茗烧栗宜宵征。
乞取摩尼照浊水，共看落月金盆倾。

次韵潜师放鱼

法师说法临泗水，无数天花随麈尾。
劝将净业种西方，莫待梦中呼起起。
哀哉若鱼竟坐口，远愧知几穆生醴。
况逢孟简对卢仝，不怕校人欺子美。
疲民尚作鱼尾赤，数罟未除吾颡泚。
法师自有衣中珠，不用辛苦沙泥底。

百步洪　并引

王定国访余于彭城。一日棹小舟，与颜长道携盼、英、卿三子游泗水，北上圣女山，南下百步洪，吹笛饮酒，乘月而归。余时以事不得往。夜着羽衣，伫立黄楼上，相视而笑，以为李太白死，世间无此乐三百馀年矣。定国既去逾月，复与参寥师放舟洪下，追怀曩游，已为陈迹，喟然而叹，故作二诗。一以遗参寥，一以寄定国，且示颜长道、舒尧文，邀同赋云。

长洪斗落生跳波，轻舟南下如投梭。
水师绝叫凫雁起，乱石一线争磋磨。
有如兔走鹰隼落，骏马下注千丈坡。
断弦离柱箭脱手，飞电过隙珠翻荷。
四山眩转风掠耳，但见流沫生千涡。
崄中得乐虽一快，何异水伯夸秋河。
我生乘化日夜逝，坐觉一念逾新罗。
纷纷争夺醉梦里，岂信荆棘埋铜驼。
觉来俯仰失千劫，回视此水殊委蛇。
君看岸边苍石上，古来篙眼如蜂窠。
但应此心无所住，造物虽驶如吾何。
回船上马各归去，多言譊譊师所呵。

佳人未肯回秋波，幼舆欲语防飞梭。
轻舟弄水买一笑，醉中荡桨肩相磨。
不学长安闾里侠，貂裘夜走胭脂坡。
独将诗句拟鲍谢，涉江共采秋江荷。
不知诗中道何语，但觉两颊生微涡。
我时羽服黄楼上，坐见织女初斜河。

归来笛声满山谷，明月正照金叵罗。
奈何舍我入尘土，扰扰毛群欺卧駞。
不念空斋老病叟，退食谁与同委蛇。
时来洪上看遗迹，忍见屐齿青苔窠。
诗成不觉双泪下，悲吟相对惟羊何。
欲遣佳人寄锦字，夜寒手冷无人呵。

夜过舒尧文戏作

先生堂上霜月苦，弟子读书喧两庑。
推门入室书纵横，蜡纸灯笼晃云母。
先生骨清少眠卧，长夜默坐数更鼓。
耐寒石研欲生冰，得火铜缾如过雨。
郎君欲出先自赞，坐客敛衽谁敢侮。
明朝阮籍过阿戎，应作羲之羡怀祖。

次韵舒尧文祈雪雾猪泉

长笑蛇医一寸腹，衔水吐雹何时足。
苍鹅无罪亦可怜，斩颈横盘不敢哭。
岂知泉下有猪龙，卧枕雷车踏阴轴。
前年太守为旱请，雨点随人如撒菽。
太守归国龙归泉，至今人咏淇园绿。
我今又复罹此旱，凛凛疲民在沟渎。
却寻旧迹叩神泉，坐客仍携王子渊。
看草中和乐职颂，新声妙语慰华颠。
晓来泉上东风急，须上冰珠老蛟泣。
怪词欲逼龙飞起，崄韵不量吾所及。
行看积雪厚埋牛，谁与春工掀百蛰？

此时还复借君诗，馀力汰辀仍贯笠。
挥毫落纸勿言疲，惊龙再起震失匙。

石炭　并引

彭城旧无石炭，元丰元年十二月，始遣人访获于州之西南白土镇之北，冶铁作兵，犀利胜常云。

君不见，前年雨雪行人断，城中居民风裂骭。
湿薪半束抱衾裯，日暮敲门无处换。
岂料山中有遗宝，磊落如豎万车炭。
流膏迸液无人知，阵阵腥风自吹散。
根苗一发浩无际，万人鼓舞千人看。
投泥泼水愈光明，烁玉流金见精悍。
南山栗林渐可息，北山顽矿何劳锻。
为君铸作百炼刀，要斩长鲸为万段。

作书寄王晋卿忽忆前年寒食北城之游走笔为此诗

北城寒食烟火微，落花胡蝶作团飞。
王孙出游乐忘归，门前骢马紫金鞿。
吹笙帐底烟霏霏，行人举头谁敢睎。
扣门狂客君不麾，更遣倾城出翠帷。
书生老眼省见稀，画图但觉周昉肥。
别来春物已再菲，西望不见红日围。
何时东山歌《采薇》，把盏一听金缕衣。

雪　斋[①]

君不见，峨眉山西雪千里，北望成都如井底。
春风百日吹不消，五月行人如冻蚁。

纷纷市人争夺中，谁信言公似赞公。
人间热恼无处洗，故向西斋作雪峰。
我梦扁舟入吴越，长廊静院灯如月。
开门不见人与牛[2]，惟见空庭满山雪。

①公自注：杭僧法言作雪山于斋中。②公自注：言有诗见寄，云“林下闲看水牯牛”。

月夜与客饮杏花下

杏花飞簾散馀春，明月入户寻幽人。
褰衣步月踏花影，炯如流水涵青蘋。
花间置酒清香发，争挽长条落香雪。
山城薄酒不堪饮，劝君且吸杯中月。
洞箫声断月明中，惟忧月落酒杯空。
明朝卷地春风恶，但见绿叶栖残红。

田国博见示石炭诗有铸剑斩佞臣之句次韵答之

楚山铁炭皆奇物，知君欲斫奸邪窟。
属镂无眼不识人，楚国何曾斩无极。
玉川狂直古遗民，救月裁诗语最真。
千里妖蟆一寸铁，地上空愁虮虱臣。

舟中夜起

微风萧萧吹菰蒲，开门看雨月满湖。
舟人水鸟两同梦，大鱼惊窜如奔狐。
夜深人物不相管，我独形影相嬉娱。
暗潮生渚吊寒蚓，落月挂柳看悬蛛。
此生忽忽忧患里，清境过眼能须臾。

鸡鸣钟动百鸟散，船头击鼓还相呼。

次韵秦太虚见戏耳聋

君不见，诗人借车无可载，留得一钱何足赖。
晚年更似杜陵翁，右臂虽存耳先聩。
人将蚁动作牛斗，我觉风雷真一噫。
闻尘扫尽根性空，不须更枕清流派。
大朴初散失浑沌，六凿相攘更胜败。
眼花乱坠酒生风，口业不停诗有债。
君知五蕴皆是贼，人生一病今先差[①]。
但恐此心终未了，不见不闻还是碍。
今君疑我特佯聋，故作嘲诗穷崄怪。
须防额痒出三耳，莫放笔端风雨快。

①差：同瘥，楚懈切。

送刘寺丞赴馀姚

中和堂后石楠树，与君对床听夜雨。
玉笙哀怨不逢人，但见香烟横碧缕。
讴吟思归出无计，坐想蟋蟀空房语。
明朝开锁放观潮，豪气正与潮争怒。
银山动地君不看，独爱清香生云雾。
别来聚散如宿昔，城郭空存鹤飞去。
我老人间万事休，君亦洗心从佛祖。
手香新写法界观，眼净不觑登伽女。
馀姚古县亦何有，龙井白泉甘胜乳。
千金买断顾渚春，似与越人降日注。

王巩清虚堂

清虚堂里王居士，闭眼观身如止水[①]。
水中照见万象空，敢问堂中谁隐几？
吴兴太守老且病，堆案满前长渴睡。
愿君勿笑反自观，梦幻去来殊未已。
长疑安石恐不免，未信犀首终无事。
勿将一念住清虚，居士与我盖同耳。

①身：一作心。

送渊师归径山

我昔尝为径山客，至今诗笔馀山色。
师住此山三十年，妙语应须得山骨。
溪城六月水云蒸，飞蚊猛捷如花鹰。
羡师方丈冰雪冷，兰膏不动长明灯。
山中故人知我至，争来问讯今何似。
为言百事不如人，两眼犹能书细字[①]。

①公自注：径山夏无蚊。余旧诗云："问龙乞水归洗眼，欲看细字销残年。"

与胡祠部游法华山

堤湖欲尽山为界，始见寒泉落高派。
道人未放泉出山，曲折虚堂泻清快。
使君年老尚儿戏，绿棹红船舞澎湃。
一笑翻杯水溅裙，馀欢濯足波生隘。
长松挽天龙起立，苍藤倒谷云崩坏。
仰穿蒙密得清旷，一览震泽吁可怪。

谁云四万八千顷，渺渺东尽日所晒。
归涂十里尽风荷，清唱一声闻《露薤》。
嗟予少小慕真隐，白发青衫天所械。
忽逢佳士与名山，何异枯杨便马疥。
君犹鸾鹤偶飘堕，六翮如云岂长铩。
不将新句纪兹游，恐负山中清净债。

又次前韵赠贾耘老

具区吞灭三州界，浩浩汤汤纳千派。
从来不著万斛船，一苇渔舟恣奔快。
仙坛古洞不可到，空听馀澜鸣湃湃。
今朝偶上法华岭，纵观始觉人寰隘。
山头卧碣吊孤冢，下有至人僵不坏。
空馀白棘网秋虫，无复青莲出幽怪。
我来徙倚长松下，欲掘茯苓亲洗晒。
闻道山中富奇药，往往灵芝杂葵薤。
诗人空腹待黄精，生事只看长柄械[1]。
今年大熟期一饱，食叶微虫真癣疥[2]。
白花半落紫穟香，攘臂欲助磨镰铩。
安得山泉变春酒，与子一洗寻常债。

①公自注：子美诗云："长镵长镵白木柄，我生托子以为命。"②公自注：今岁有小虫食叶，不甚为害。

赵阅道高斋

见公奔走谓公劳，闻公隐退云公高。
公心底处有高下，梦幻去来随所遭。
不知高斋竟何义，此名之设缘吾曹。

公年四十已得道，俗缘未尽馀伊皋。
功名富贵俱逆旅，黄金知系何人袍。
超然已了一大事，挂冠而去真秋毫。
坐看猿猱落罝罔，两手未肯置所操。
乃知贤达与愚陋，岂直相去九牛毛。
长松百尺不自觉，企而羡者蓬与蒿。
我欲赢粮往问道，未应举臂辞卢敖。

过新息留示乡人任师中①

昔年尝羡任夫子，卜居新息临淮水。
怪君便尔忘故乡，稻熟鱼肥信清美。
竹陂雁起天为黑②，桐柏烟横山半紫③。
知君坐受儿女困，悔不先归弄清泚。
尘埃我亦失收身，此行蹭蹬尤可鄙。
寄食方将依白足，附书未免烦黄耳。
往虽不及来有年，诏恩倘许归田里。
却下关山入蔡州，为买乌犍三百尾④。

①公自注：任时知泸州，亦坐事对狱。②公自注：小竹陂在县北。③公自注：桐柏庙在县南。④公自注：黄州出水牛。

定惠院寓居月夜偶出

幽人无事不出门，偶逐东风转良夜。
参差玉宇飞木末，缭绕香烟来月下。
江云有态清自媚，竹露无声浩如泻。
已惊弱柳万丝垂，尚有残梅一枝亚。
清诗独吟还自和，白酒已尽谁能借。
不辞青春忽忽过，但恐欢意年年谢。

自知醉耳爱松风，会拣霜林结茅舍。
浮浮大甑长炊玉，溜溜小槽如压蔗。
饮中真味老更浓，醉里狂言醒可怕。
闭门谢客对妻子，倒冠落佩从嘲骂。

次韵前篇

去年花落在徐州，对月酣歌美清夜。
今年黄州见花发，小院闭门风露下。
万事如花不可期，馀年似酒那禁泻。
忆昔扁舟泝巴峡，落帆樊口高桅亚。
长江衮衮空自流，白发纷纷宁少借。
竟无五亩继沮溺，空有千篇凌鲍谢。
至今归计负云山，未免孤衾眠客舍。
少年辛苦真食蓼，老境安闲如啖蔗。
饥寒未至且安居，忧患已空犹梦怕。
穿花踏月饮村酒，免使醉归官长骂。

安国寺寻春

卧闻百舌呼春风，起寻花柳村村同。
城南古寺修竹合，小房曲槛欹深红。
看花叹老忆年少，对酒思家愁老翁。
病眼不羞云母乱，鬓丝强理茶烟中。
遥知二月王城外，玉仙洪福花如海。
薄罗匀雾盖新妆，快马争风鸣杂珮。
玉川先生真可怜，一生耽酒终无钱。
病过春风九十日，独抱添丁看花发。

寓居定惠院之东杂花满山有海棠一株土人不知贵也

江城地瘴蕃草木，只有名花苦幽独。
嫣然一笑竹篱间，桃李漫山总粗俗。
也知造物有深意，故遣佳人在空谷。
自然富贵出天姿，不待金盘荐华屋。
朱唇得酒晕生脸，翠袖卷纱红映肉。
林深雾暗晓光迟，日暖风轻春睡足。
雨中有泪亦凄怆，月下无人更清淑。
先生食饱无一事，散步逍遥自扪腹。
不问人家与僧舍，拄杖敲门看修竹。
忽逢绝艳照衰朽，叹息无言揩病目。
陋邦何处得此花，无乃好事移西蜀。
寸根千里不易到，衔子飞来定鸿鹄。
天涯流落俱可念，为饮一樽歌此曲。
明朝酒醒还独来，雪落纷纷那忍触。

次韵乐著作野步

老来几不辨西东，秋后霜林且强红。
眼晕见花真是病，耳虚闻蚁定非聪。
酒醒不觉春强半，睡起常惊日过中。
植杖偶逢为黍客，披衣闲咏舞雩风。
仰看落蕊收松粉，俯见新芽摘杞丛。
楚雨还昏云梦泽，吴潮不到武昌宫①。
废兴古郡诗无数，寂寞闲窗易粗通。
解组归来成二老，风流他日与君同。

①公自注：黄州对岸武昌县有孙权故宫。

王齐万秀才寓居武昌县刘郎洑正与伍洲相对伍子胥奔吴所从渡江也

君家稻田冠西蜀，捣玉扬珠三万斛。
塞江流柿起书楼，碧瓦朱栏照山谷。
倾家取乐不论命，散尽黄金如转烛。
惟馀旧书一百车，方舟载入荆江曲。
江上青山亦何有，伍洲遥望刘郎薮。
明朝寒食当过君，请杀耕牛压私酒。
与君饮酒细论文，酒酣访古江之渍。
仲谋公瑾不须弔，一酹波神英烈君。

陈季常自岐亭见访郡中及旧州诸豪争欲邀致之戏作陈孟公诗一首

孟公好饮宁论斗，醉后关门防客走。
不妨闲过左阿君，百谪终为贤太守。
老居闾里自浮沉，笑问松柏何苦心。
忽然载酒从陋巷，为爱扬雄作《酒箴》。
长安富儿求一过，千金寿君君笑唾。
汝家安得客孟公，从来只识陈惊坐。

武昌铜剑歌　并引

供奉官郑文，尝官于武昌。江岸裂，出古铜剑，文得之以遗余。冶铸精巧，非锻冶所成者。

雨馀江清风卷纱，雷公蹑云捕黄蛇。
蛇行空中如狂矢，电光煜煜烧蛇尾。
或投以块铿有声，雷飞上天蛇入水。

水上青山如削铁，神物欲出山自裂。
细看两胁生碧花，犹是西江老蛟血。
苏子得之何所为，蒯缑弹铗咏新诗。
君不见，凌烟功臣长九尺，腰间玉具高拄颐。

石芝　并引

元丰三年五月十一日癸酉夜，梦游何人家。开堂西门，有小园古井，井上皆苍石，石上生紫藤如龙蛇，枝叶如赤箭。主人言，此石芝也。余率尔折食一枝，众皆惊笑。其味如鸡苏而甘。明日，作此诗。

空堂明月清且新，幽人睡息来初匀。
了然非梦亦非觉，有人夜呼祁孔宾。
披衣相从到何许，朱栏碧井开琼户。
忽惊石上堆龙蛇，玉芝紫笋生无数。
锵然敲折青珊瑚，味如蜜藕和鸡苏。
主人相顾一抚掌，满堂坐客皆卢胡。
亦知洞府嘲轻脱，终胜嵇康羡王烈。
神山一合五百年，风吹石髓坚如铁。

与子由同游寒溪西山

散人出入无町畦，朝游湖北暮淮西。
高安酒官虽未上，两脚垂欲穿尘泥。
与君聚散若云雨，共惜此日相提携。
千摇万兀到樊口，一箭放溜先凫鹥。
层层草木暗西岭，浏浏霜雪鸣寒溪。
空山古寺亦何有，归路万顷青玻瓈。
我今漂泊等鸿雁，江南江北无常栖。

幅巾不拟过城市，欲踏径路开新蹊[1]。
却忧别后不忍到，见子行迹空馀凄。
吾侪流落岂天意，自坐迂阔非人挤。
行逢山水辄羞叹，此去未免勤盐齑。
何当一遇李八百，相哀白发分刀圭。

①公自注：路有直入寒溪不过武昌者。

五禽言　并引

梅圣俞尝作《四禽言》。余谪黄州，寓居定惠院。绕舍皆茂林修竹，荒池蒲苇。春夏之交，鸣鸟百族，土人多以其声之似者名之。遂用圣俞体作《五禽言》。

使君向蕲州，更唱蕲州鬼。
我不识使君，宁知使君死。
人生作鬼会不免，使君已老知何晚。

〇公自注：王元之自黄移蕲州，闻啼鸟。问其名，或对曰：此名蕲州鬼。元之恶之，果卒于蕲。

南山昨夜雨，西溪不可渡。
溪边布谷儿，劝我脱破袴。
不辞脱袴溪水寒，水中照见催租瘢。

〇公自注：土人谓布谷为“脱却破袴”。

去年麦不熟，挟弹规我肉。
今年麦上场，处处有残粟。
丰年无象何处寻，听取林间快活吟。

〇公自注：此鸟声云：“麦饭熟，即快活。”

力作力作，蚕丝一百箔。
垅上麦头昂，林间桑子落。
愿侬一箔千两丝，缫丝得蛹饲尔雏。
〇公自注：此鸟声云：“蚕丝一百箔。”

姑恶姑恶，姑不恶，妾命薄。
君不见，东海孝妇死作三年干，不如广汉庞姑去却还。
〇公自注：姑恶，水鸟也。俗云妇以姑虐死，故其声云。

铁拄杖　并引

柳真龄，字安期，闽人也。家宝一铁拄杖，如椰栗木，牙节宛转天成，中空有簧，行辄微响。柳云得之浙中，相传王审知以遗钱镠，镠以赐一僧。柳偶得之，以遗余。作此诗谢之。

柳公手中黑蛇滑，千年老根生乳节。
忽闻铿然爪甲声，四座惊顾知是铁。
含簧腹中迎泉语，迸火石上飞星裂。
公言此物老有神，自昔闽王饷吴越。
不知流落几人手，坐看变灭如春雪。
忽然赠我意安在，两脚未许甘衰歇。
便寻辙迹访崆峒，径渡洞庭探禹穴。
披榛觅药采芝菌，刺虎鏦蛟擉蛇蝎。
会教化作两钱锥，归来见公未华发。
问我铁君无恙否，取出摩挲向公说。

四时词

春云阴阴雪欲落，东风和冷惊簾幙。
渐看远水绿生漪，未放小桃红入萼。

佳人瘦尽雪肤肌，眉敛春愁知为谁？
深院无人剪刀响，应将白纻作春衣。

垂柳阴阴日初永，蔗浆酪粉金盘冷。
簾额低垂紫燕忙，蜜脾已满黄蜂静。
高楼睡起翠眉颦，枕破斜红未肯匀。
玉腕半揎云碧袖，楼前知有断肠人。

新愁旧恨眉生绿，粉汗馀香在蕲竹。
象床素手熨寒衣，烁烁风灯动华屋。
夜香烧罢掩重扃，香雾空濛月满庭。
抱琴转轴无人见，门外空闻裂帛声。

霜叶萧萧鸣屋角，黄昏陡觉罗衾薄。
夜风摇动镇帷犀，酒醒梦回闻雪落。
起来呵手画双鸦，醉脸轻匀衬眼霞。
真态生香谁画得，玉奴纤手嗅梅花。

二　虫

君不见，水马儿，步步逆流水，
大江东流日千里，此虫趯趯长在此。
君不见，鸩滥堆，决起随冲风，
随风一去宿何许，逆风还落蓬蒿中。
二虫愚知俱莫测，江边一笑无人识。

徐使君分新火

临皋亭中一危坐，三见清明改新火。

构中枯木应笑人，钻斫不然谁似我。
黄州使君怜久病，分我五更红一朵。
从来破釜跃江鱼，只有清诗嘲饭颗。
起携蜡炬绕空屋，欲事煎烹无一可。
为公分作无尽灯，照破十方昏暗锁。

蜜酒歌　并引

西蜀道人杨世昌善作蜜酒，绝醇酽。余既得其方，作此歌以遗之。

真珠为浆玉为醴，六月田夫汗流泚。
不如春瓮自生香，蜂为耕耘花作米。
一日小沸鱼吐沫，二日眩转清光活。
三日开瓮香满城，快泻银瓶不须拨。
百钱一斗浓无声，甘露微浊醍醐清。
君不见，南园采花蜂似雨，天教酿酒醉先生。
先生年来穷到骨，问人乞米何曾得。
世间万事真悠悠，蜜蜂大胜监河侯。

又一首答二犹子与王郎见和

脯青苔，炙青蒲。
烂蒸鹅鸭乃瓠壶，煮豆作乳脂为酥。
高烧油烛斟蜜酒，贫家百物初何有。
古来百巧出穷人，搜罗假合乱天真。
诗书与我为麹糵，酝酿老夫成搢绅。
质非文是终难久，脱冠还作扶犁叟。
不如蜜酒无燠寒，冬不加甜夏不酸。
老夫作诗殊少味，爱此三篇如酒美。

封胡羯末已可怜，不知更有王郎子。

次韵孔毅父集古人句见赠五首

羡君戏集他人诗，指呼市人如使儿。
天边鸿鹄不易得，便令作对随家鸡。
退之惊笑子美泣，问君久假何时归。
世间好句世人共，明月自满千家墀。

紫驼之峰人莫识，杂以鸡豚真可惜。
今君坐致五侯鲭，尽是猩唇与熊白。
路旁拾得半段枪，何必开炉铸矛戟。
用之如何在我耳，入手当令君丧魄。

天下几人学杜甫，谁得其皮与其骨？
划如太华当我前，跛牂欲上惊崷崒。
名章俊语纷交衡，无人巧会当时情。
前生子美只君是，信手拈得俱天成。

诗人雕刻闲草木，搜抉肝肾神应哭。
不如默诵千万首，左抽右取谈笑足。
夜吟石鼎声悲秋，可怜好事刘与侯。
何当一醉百不问，我欲眠矣君归休。

膏明兰臭俱自焚，象牙翠羽戕其身。
多言自古为数穷，微中有时堪解纷。
痴人但数羊羔儿，不知何者是左慈。
千章万句卒非我，急走捉君应已迟。

上巳日与二三子携酒出游随所见辄作数句明日集之为诗故词无伦次

薄云霏霏不成雨，杖藜晓入千花坞。
柯丘海棠吾有诗，独笑深林谁敢侮。
三杯卯酒人径醉，一枕春睡日亭午。
竹间老人不读书，留我闭门谁教汝。
出檐聚枳十围大，写真素壁千蛟舞。
东坡作塘今几尺，携酒一劳农工苦。
却寻流水出东门，坏垣古堑花无主。
卧开桃李为谁妍，对立鸡鹊相媚妩。
开樽藉草劝行路，不惜春衫污泥土。
褰裳共过春草亭，扣门却入韩家圃。
辘轳绳断井深碧，秋千索挂人何所。
映簾空复小桃枝，乞浆不见鹰门女。
南山古台临断岸，雪阵翻空迷仰俯。
故人馈我玉叶羹，火冷烟消谁为煮。
崎岖束缊下荒径，娅姹隔花闻好语。
更随落景尽馀樽，却傍孤城得僧宇。
主人劝我洗足眠，倒床不复闻钟鼓。
明朝门外泥一尺，始悟三更雨如许。
平生所向无一遂，兹游何事天不阻。
固知我友不终穷，岂弟君子神所予。

次韵孔毅父久旱已而甚雨三首

饥人一梦饭甑溢，梦中一饱百忧失。
只知梦饱本来空，未悟真饥定何物。

我生无田食破砚，尔来砚枯磨不出。
去年太岁空在西，傍舍壶浆不容乞。
今年旱势复如此，岁晚何以黔吾突。
青天荡荡呼不闻，况欲稽首号泥佛。
瓮中蜥蜴尤可笑，跂跂脉脉何等秩。
阴阳有时雨有数，民是天民天自恤。
我虽穷苦不如人，要亦自是民之一。
形容虽是丧家狗，未肯弭耳争投骨。
倒冠落帻谢朋友，独与蚊雷共圭荜。
故人嗔我不开门，君视我门谁肯屈。
可怜明月如泼水，夜半清光翻我室。
风从南来非雨候，且为疲人洗蒸郁。
褰裳一和快哉谣，未暇饥寒念明日。
○此章专咏久旱。

去年东坡拾瓦砾，自种黄桑三百尺。
今年刈草盖雪堂，日炙风吹面如墨。
平生懒惰今始悔，老大勤农天所直。
沛然例赐三尺雨，造化无心怳难测。
四方上下同一云，甘霔不为龙所隔①。
蓬蒿下湿迎晓来，灯火新凉催夜织。
老夫作罢得甘寝，卧听墙东人响屐。
奔流未已坑谷平，折苇枯荷恣漂溺。
腐儒粗粝支百年，力耕不受众目怜。
破陂漏水不耐旱，人力未至求天全。
会当作塘径千步，横断西北遮山泉。
四邻相率助举杵，人人知我囊无钱。

明年共看决渠雨，饥饱在我宁关天。
谁能伴我田间饮，醉倒惟有支头砖。

①公自注：俗有分龙日。○此章前半喜已得雨，后半将谋作塘。

天公号令不再出，十日愁霖并为一。
君家有田水冒田，我家无田忧入室。
不如西州杨道士，万里随身惟两膝。
沿流不恶泝亦佳，一叶扁舟任飘突。
山芎麦麹都不用，泥行露宿终无疾。
夜来饥肠如转雷，旅愁非酒不可开。
杨生自言识音律，洞箫入手清且哀。
不须更待秋井塌，见人白骨方衔杯。

○此章咏甚雨而及杨道士。○施注：先生为杨道士书一帖云："仆谪居黄冈，绵竹武都山道士杨世昌子京自庐山来过余。其人善画山水，能鼓琴。"又一帖云："十月十五日夜，与杨道士泛舟赤壁，饮醉。夜半，有一鹤自江南来，翅如车轮，嘎然长鸣，掠余舟而西，不知其为何祥也。"按：次毅父韵第三首载西州杨道士凡数联，因此帖知为世昌。诗中又言善吹洞箫，其自庐山从公，盖壬戌之夏《前赤壁赋》云"客有吹洞箫者"，殆是杨也。

孔毅父以诗戒饮酒问买田且乞墨竹次其韵

酒中真复有何好，孟生虽贤未闻道。
醉时万虑一扫空，醒后纷纷如宿草。
一年揩洗见真妄，石女无儿焦谷槁。
此身何异贮酒瓶，满辄予人空自倒。
武昌痛饮岂吾意，性不违人遭客恼。
君家长松十亩阴，借我一庵聊洗心。
我田方寸耕不尽，何用百顷糜千金。

枕书熟睡呼不起，好学怜君工杂拟。
且将墨竹换新诗，润色何须待东里。

任师中挽辞

大任刚烈世无有，疾恶如风朱伯厚。
小任温毅老更文，聪明慈爱小冯君。
两任才行不须说，畴昔并友吾先人。
相看半作晨星没，可怜太白与残月。
大任先去冢未干，小任相继呼不还。
强寄一樽生死别，樽中有泪酒应酸。
贵贱贤愚同尽耳，君家不尽缘贤子。
人间得丧了无凭，只有天公终可倚。

和蔡景繁海州石室

芙蓉仙人旧游处[①]，苍藤翠壁初无路。
戏将桃核裹黄泥，石间散掷如风雨。
坐令空山作锦绣，倚天照海花无数。
花间石室可容车，流苏宝盖窥灵宇。
何年霹雳起神物，玉棺飞出王乔墓。
当时醉卧动千日，至今石缝馀糟醑。
山人一去五十年，花老石空谁作主？
手植数松今偃盖，苍髯白甲低琼户[②]。
我来取酒酹先生，后车仍载胡琴女。
一声冰铁散岩谷，海为澜翻松为舞[③]。
尔来心赏复何人？持节中郎醉无伍。
独临断岸呼出日，红波碧巘相吞吐。
径寻我语觅馀声，拄杖彭铿叩铜鼓。

长篇小字远相寄，一唱三叹神凄楚。
江风海雨入牙颊，似听石室胡琴语[④]。
我今老病不出门，海山岩洞知何许。
门外桃花自开落，床头酒瓮生尘土。
前年开阁放柳枝，今年洗心参佛祖。
梦中旧事时一笑，坐觉俯仰成今古。
愿君不用刻此诗，东海桑田真旦暮。

〇施注：蔡景繁，名承禧。东坡在黄，有《答景繁帖》云："朐山临海石室，信如所谕。前某尝携家一游。时有胡琴婢，就室中作《濩索》《凉州》，凛然有冰车铁马之声。婢去久矣，因公复起一念，若果游此，必有新篇，当破戒奉和也。"又云："海上奇观，恨不与公同游，大篇或可追赋。"景繁往游，既赋诗，坡为属和。前所述，皆指石曼卿，"后车胡琴"云云，皆帖中语意。又"前年开阁"云云，即所谓"婢去久矣，因公复起一念"。用此帖为证，而诗乃粲然。"因公复起一念"，实用陈鸿《长恨传》杨妃语也。①公自注：石曼卿也。②以上叙石曼卿种桃。③以上公自叙尝携家一游，有婢弹胡琴。④以上因蔡寄诗，复念及胡琴婢。

和秦太虚梅花

西湖处士骨应槁，只有此诗君压倒。
东坡先生心已灰，为爱君诗被花恼。
多情立马待黄昏，残雪消迟月出蚤。
江头千树春欲暗，竹外一枝斜更好。
孤山山下醉眠处，点缀裙腰纷不扫。
万里春随逐客来，十年花送佳人老。
去年花开我已病，今年对花还草草。
不知风雨卷春归，收拾馀香还畀昊。

再和潜师

化工未议苏群槁，先同寒梅一倾倒。

江南无雪春瘴生，为散冰花除热恼。
风清月落无人见，洗妆自趁霜钟蚤。
惟有飞来双白鹭，玉羽琼枝斗清好。
吴山道人心似水，眼净尘空无可扫。
故将妙语寄多情，横机欲试东坡老。
东坡习气除未尽，时复长篇书小草。
且撼长条飧落英，忍饥未拟穷呼昊。

生日王郎以诗见庆次其韵并寄茶二十一片

折杨新曲万人趋，独和先生于蔿于。
但信椟藏终自售，岂知盌脱本无橅。
朅从冰叟来游宦，肯伴臞仙亦号儒。
棠棣并为天下士，芙蓉曾到海边郛。
不嫌雾谷霾松柏，终恐虹梁荷栋桴。
高论无穷如锯屑，小诗有味似连珠。
感君生日遥称寿，祝我馀年老不枯。
未办报君青玉案，建溪新饼截云腴。

过江夜行武昌山上闻黄州鼓角

清风弄水月衔山，幽人夜渡吴王岘。
黄州鼓角亦多情，送我南来不辞远。
江南又闻出塞曲，半杂江声作悲健。
谁言万方声一概，鼍愤龙愁为余变。
我记江边枯柳树，未死相逢真识面。
他年一叶泝江来，还吹此曲相迎饯。

自兴国往筠宿石田驿南廿五里野人舍

溪上青山三百叠，快马轻衫来一抹。
倚山修竹有人家，横道清泉知我渴。
芒鞋竹杖自轻软，蒲荐松床亦香滑。
夜深风露满中庭，惟有孤萤自开阖。

将至筠先寄迟适远三犹子

露宿风飧六百里，明朝饮马南江水。
未见丰盈犀角儿，先逢玉雪王郎子。
对床欲作连夜语，念汝还须戴星起。
夜来梦见小於菟，犹是髧髦垂两耳。
忆过济南春未动，三子出迎残雪里。
我时移守古河东，酒肉淋漓浑舍喜。
而今憔悴一羸马，逆旅担夫相汝尔。
出城见我定惊嗟，身健穷愁不须耻。
我为乃翁留十日，掣电一欢何足恃。
惟当火急作新诗，一醉两翁胜酒美。

别子由三首兼别迟

知君念我欲别难，我今此别非他日。
风里杨花虽未定，雨中荷叶终不湿。
三年磨我费百书，一见何止得双璧。
愿君亦莫叹留滞，六十小劫风雨疾。

先君昔爱洛城居，我今亦过嵩山麓。
水南卜宅吾岂敢，试向伊川买修竹。

又闻缑山好泉眼，傍市穿林泻冰玉。
遥想茅轩照水开，两翁相对清如鹄。

两翁归隐非难事，惟要传家好儿子。
忆昔汝翁如汝长，笔头一落三千字。
世人闻此皆大笑，慎勿生儿两翁似。
不知樗栎荐明堂，何似盐车压千里。

郭祥正家醉画竹石壁上郭作诗为谢且遗二古铜剑

空肠得酒芒角出，肝肺槎牙生竹石。
森然欲作不可回，吐向君家雪色壁。
平生好诗仍好画，书墙涴壁长遭骂。
不嗔不骂喜有馀，世间谁复如君者。
一双铜剑秋水光，两首新诗争剑铓。
剑在床头诗在手，不知谁作蛟龙吼。

龙尾砚歌　并引

余旧作《凤咮石砚铭》，其略云："苏子一见名凤咮，坐令龙尾羞牛后。"已而求砚于歙，歙人云："子自有凤咮，何以此为?"盖不能平也。奉议郎方君彦德，有龙尾大砚，奇甚，谓余若能作诗少解前语者，当奉饷。乃作此诗。

黄琮白琥天不惜，顾恐贪夫死怀璧。
君看龙尾岂石材，玉德金声寓于石。
与天作石来几时，与人作砚初不辞。
诗成鲍谢石何与，笔落钟王砚不知。
锦茵玉匣俱尘垢，捣练支床亦何有。
况瞋苏子凤咮铭，戏语相嘲作牛后。

碧天照水风吹云，明窗大几清无尘。
我生天地一闲物，苏子亦是支离人。
粗言细语都不择，春蚓秋蛇随意画。
愿从苏子老东坡，仁者不用生分别。

张近几仲有龙尾子石砚以铜剑易之

我家铜剑如赤蛇，君家石砚苍璧椭而洼。
君持我剑向何许？大明宫里玉佩鸣冲牙。
我得君砚亦安用？雪堂窗下《尔雅》笺虫虾。
二物与人初不异，飘落高下随风花。
蒯缑玉具皆外物，视草草玄无等差。
君不见秦赵城易璧，指图睨柱相矜夸。
又不见二生妾换马，骄鸣啜泣思其家。
不如无情两相与，永以为好譬之桃李与琼华。
○此等为后世恶诗所藉口，最不宜学。

张作诗送砚反剑乃和其诗卒以剑归之

赠君长铗君当歌，每食无鱼叹委蛇。
一朝得见暴公子，櫑具欲与冠争峩。
岂比杜陵贫病叟，终日长镵随短蓑。
斩蛟刺虎老无力，带牛佩犊吏所诃。
故将换砚岂无意，恐君琱琢伤天和。
作诗反剑亦何谓？知君欲以诗相磨。
报章苦恨无好语，试向君砚求馀波。
诗成剑往砚应笑，那将屋漏供悬河。

眉子石砚歌赠胡訚

君不见，成都画手开十眉，横云却月争新奇。
游人指点小颦处，中有渔阳胡马嘶。
又不见，王孙青琐横双碧，肠断浮空远山色。
书生性命何足论，坐费千金买消渴。
尔来丧乱愁天公，谪向君家书砚中。
小窗虚幌相妩媚，令君晓梦生春红。
毗耶居士谈空处，结习已空花不住。
试教天女为磨铅，千偈澜翻无一语。

送沈逵赴广南

嗟我与君皆丙子，四十九年穷不死。
君随幕府战西羌，夜渡冰河斫云垒。
飞尘涨天箭洒甲，归对妻孥真梦耳。
我谪黄冈四五年，孤舟出没烟波里。
故人不复通问讯，疾病饥寒疑死矣。
相逢握手一大笑，白发苍颜略相似。
我方北渡脱重江，君复南行轻万里。
功名如幻何足计，学道有牙真可喜。
句漏丹砂已付君，汝阳瓮盎吾何耻。
君归趁我鸡黍约，买田筑室从今始。

豆　粥

君不见，虖沱流澌车折轴，公孙仓黄奉豆粥。
湿薪破灶自燎衣，饥寒顿解刘文叔。
又不见，金谷敲冰草木春，帐下烹煎皆美人。

萍齑豆粥不传法，咄嗟而办石季伦。
干戈未解身如寄，声色相缠心已醉。
身心颠倒自不知，更识人间有真味。
岂如江头千顷雪色芦，茅檐出没晨烟孤。
地碓舂秔光似玉，沙瓶煮豆软如酥。
我老此身无著处，卖书来问东家住。
卧听鸡鸣粥熟时，蓬头曳履君家去。

秦少游梦发殡而葬之者云是刘发之柩是岁发首荐秦以诗贺之刘泾亦作因次其韵

君看三代士执雉，本以杀身为小补。
居官死职战死绥，梦尸得官真古语。
五行胜己斯为官，官如草木吾如土。
仕而未禄犹宾客，待以纯臣盖非古。
馈焉日献称寡君，岂比公卿相尔汝。
世衰道微士失己，得丧悲欢反其故。
草袍芦棰相妩媚，饮食嬉游事群聚。
曲江船舫月灯毬，是谓舞殡而歌墓。
看花走马到东野，馀子纷纷何足数。
二生年少两豪逸，诗酒不知轩冕苦。
故令将仕梦发棺，劝子勿为官所腐。
涂车刍灵皆假设，着眼细看君勿误。
时来聊复一飞鸣，进隐不须烦伍举。

龟山辩才师

此生念念浮云改，寄语长淮今好在。
故人宴坐虹梁南，新河巧出龟山背。

木鱼呼客振林莽，铁凤横空飞彩绘。
忽惊堂宇变雄深，坐觉风雷生謦欬。
羡师游戏浮沤间，笑我荣枯弹指内。
尝茶看画亦不恶，问法求诗了无碍。
千里孤帆又独来，五年一梦谁相对？
何当来世结香火，永与名山躬井硙。

赠潘谷

潘郎晓踏河阳春，明珠白璧惊市人。
那知望拜马蹄下，胸中一斛泥与尘。
何似墨潘穿破褐，琅琅翠饼敲玄笏。
布衫漆黑手如龟，未害冰壶贮秋月。
世人重耳轻目前，区区张李争媸妍。
一朝入海寻李白，空看人间画墨仙。

蒜山松林中可卜居余欲僦其地地属金山故作此诗与金山元长老

魏王大瓠无人识，种成何翅实五石。
不辞破作两大尊，只忧水浅江湖窄。
我材濩落本无用，虚名惊世终何益。
东方先生好自誉，伯夷子路并为一。
杜陵布衣老且愚，信口自比契与稷。
暮年欲学柳下惠，嗜好酸咸不相入。
金山也是不羁人，蚤岁闻名晚相得。
我醉而嬉欲仙去，傍人笑倒山谓实。
问我此生何所归，笑指浮休百年宅。
蒜山幸有闲田地，招此无家一房客。

蔡景繁官舍小阁

使君不独东南美，典刑尚记先君子。
戏嘲王叟短辕车，肯为徐郎书纸尾。
三年弭节江湖上，千首放怀风月里。
手开西阁坐虚明，目净东溪照清泚。
素琴浊酒容一榻，落霞孤鹜供千里。
大舫何时系门柳，小诗屡欲书窗纸。
文昌新构满鹓鸾，都邑正喧收杞梓。
相逢一醉岂有命，南来寂寞君归矣。

卷十五　苏东坡七古下

百二十首

次韵王定国南迁回见寄

上晕铜花蚀秋水，要须悍石相砻砥。
十年冰蘖战膏粱，万里烟波濯纨绮。
归来诗思转清激，百丈空潭数鲂鲤。
逝将桂浦撷兰荪，不记槐堂收剑履。
却思庾岭今何在，更说彭城真梦耳①。
君知先竭是甘井，我愿得全如苦李。
妄心不复九回肠，至道终当三洗髓。
广陵阳羡何足较②，只有无何真我里。
乐全老子今禅伯③，掣电机锋不容拟。
心通岂复问云何，印可聊须答如是。
相逢为我话留滞，桃花春涨孤舟起。

①公自注：来诗述彭城旧游。②公自注：余买田阳羡，来诗以为不如广陵。③公自注：谓张安道也。定国，其婿。

寄蕲簟与蒲传正

兰溪美箭不成笛，离离玉筋排霜脊。
千沟万缕自生风，入手未开先惨慄。
公家列屋闲蛾眉，珠簾不动花阴移。

雾帐银床初破睡，牙签玉局坐弹棋。
东坡病瘦长羁旅，冻卧饥吟似饥鼠。
倚赖春风洗破衾，一夜雪寒披故絮。
火冷灯青谁复知，孤舟儿女自嘤咿。
皇天何时反炎燠，愧此八尺黄琉璃。
愿君净扫清香阁，卧听风漪声满榻。
习习远从两腋生，请公乘此朝阊阖。

○翻从寒冷时倒映出炎热得簟之妙，亦自昌黎“却愿天日长炎曦”句脱胎。

渔父四首

渔父饮，谁家去，鱼蟹一时分付。
酒无多少醉为期，彼此不论钱数。

渔父醉，蓑衣舞，醉里却寻归路。
轻舟短棹任斜横，醒后不知何处。

渔父醒，春江午，梦断落花飞絮。
酒醒还醉醉还醒，一笑人间今古。

渔父笑，轻鸥举，漠漠一江风雨。
江边骑马是官人，借我孤舟南渡。

观杭州钤辖欧育刀剑战袍

青绫衲衫暖衬甲，红线勒帛光绕胁。
秃襟小袖雕鹘盘，大刀长剑龙蛇柙。
两军鼓噪屋瓦坠，红尘白羽纷相杂。

将军恩重此身轻，笑履锋铓如一插。
书生只肯坐帷幄，谈笑毫端弄生杀。
叫呼击鼓催上竿，猛士应怜小儿黠。
试问黄河夜偷渡，掠面惊沙寒霎霎。
何如大舰日高眠，一枕清风过苕霅。

寄吴德仁兼简陈季常

东坡先生无一钱，十年家火烧凡铅。
黄金可成河可塞，只有霜须无由玄。
龙丘居士亦可怜，谈空说有夜不眠。
忽闻河东师子吼，拄杖落手心茫然。
谁似濮阳公子贤，饮酒食肉自得仙。
平生寓物不留物，在家学得忘家禅。
门前罢亚十顷田，清溪绕屋花连天。
溪堂醉卧呼不醒，落花如雪春风颠。
我游兰溪访清泉，已办布袜青行缠。
稽山不是无贺老，我自兴尽回酒船。
恨君不识颜平原，恨我不识元鲁山。
铜驼陌上会相见，握手一笑三千年。

题王逸少帖

颠张醉素两秃翁，追逐世好称书工。
何曾梦见王与钟，妄自粉饰欺盲聋。
有如市倡抹青红，妖歌嫚舞眩儿童。
谢家夫人淡丰容，萧然自有林下风。
天门荡荡惊跳龙，出林飞鸟一扫空。
为君草书续其终，待我他日不忿忿。

书林逋诗后

吴侬生长湖山曲，呼吸湖光饮山绿。
不论世外隐君子，佣奴贩妇皆冰玉。
先生可是绝俗人，神清骨冷无由俗。
我不识君曾梦见，瞳子瞭然光可烛。
遗篇妙字处处有，步绕西湖看不足。
诗如东野不言寒，书似西台差少肉。
平生高节已难继，将死微言犹可录。
自言不作封禅书，更肯悲吟白头曲[①]。
我笑无人不好事，好作祠堂傍修竹。
不然配食水仙王，一盏寒泉荐秋菊。

①公自注：逋临终诗云："茂陵异日求遗草，犹喜初无封禅书。"

苏子容母陈夫人挽词

苏陈甥舅真冰玉，正始风流起颓俗。
夫人高节称其家，凛凛寒松映修竹。
鸡鸣为善日日新，八十三年如一晨。
岂惟室家宜寿母，实与朝廷生异人。
忘躯徇国乃吾子，三仕何曾知愠喜。
不须拥笏强垂鱼，我视去来皆梦尔。
诵诗相挽真区区，墓碑千字多遗馀。
他年太史取家传，知有班昭续《汉书》。

次韵答贾耘老

五年一梦南司州，饥寒疾病为子忧。
东来六月井无水，仰看古堰横奔牛。

平生管鲍子知我，今日陈蔡谁从丘。
夜航争渡泥水涩，牵挽直欲来瓜州。
自言嗜酒得风痺，故乡不敢居温柔。
定将泛爱救沟壑，衰病不复从前乐。
今年太守真卧龙，笑语炎天出冰雹。
时低九尺苍须髯，过我三间小池阁。
故人改观争来贺，小儿不信犹疑错。
为君置酒饮且哦，草间秋虫亦能歌。
可怜老骥真老矣，无心更秣天山禾。

送杨杰　并序

无为子尝奉使登太山绝顶，鸡一鸣，见日出。又尝以事过华山，重九日饮酒莲华峰上。今乃奉诏与高丽僧统游钱塘。皆以王事而从方外之乐，善哉未曾有也！作是诗以送之。

天门夜上宾出日，万里红波半天赤。
归来平地看跳丸，一点黄金铸秋橘。
太华峰头作重九，天风吹滟黄花酒。
浩歌驰下腰带鞓，醉舞崩崖一挥手。
神游八极万缘虚，下视蚊雷隐污渠。
大千一息八十返，笑厉东海骑鲸鱼。
三韩王子西求法，凿齿弥天两勍敌。
过江风急浪如山，寄语舟人好看客。

〇王注：元祐二年，高丽僧义天，航海间道至明州。传云义天弃王位出家，上疏乞遍历丛林，问法受道。有诏朝奉郎杨杰次公馆伴。所至吴中诸刹，皆迎饯如王臣礼。至金山，僧了元乃床坐受其大展。次公惊问其故，了元曰："义天亦异国僧耳。丛林规绳如是，不可易。"朝廷闻之，以了元知大体。

再过超然台赠太守霍翔

昔饮雩泉别常山，天寒岁在龙蛇间。
山中儿童拍手笑，问我西去何当还。
十年不赴竹马约，扁舟独与鱼蓑闲，
重来父老喜我在，扶挈老幼相遮攀。
当时襁褓皆七尺，而我安得留朱颜。
问今太守为谁欤，护羌充国鬓未斑[①]。
躬持牛酒劳行役，无复杞菊嘲寒悭。
超然置酒寻旧迹，尚有诗赋镵坚顽。
孤云落日在马耳，照耀金碧开烟鬟。
郑淇自古北流水[②]，跳波下濑鸣玦环。
愿公谈笑作石埭，坐使城郭生溪湾。

①公自注：翔自言在熙河作屯田有功。②郑：或作扶。

海市　并序

予闻登州海市旧矣。父老云：常出于春夏，今岁晚不复见矣。予到官五日而去，以不见为恨，祷于海神广德王之庙，明日见焉。乃作此诗。

东方云海空复空，群仙出没空明中。
荡摇浮世坐万象，岂有贝阙藏珠宫。
心知所见皆幻影，敢以耳目烦神工。
岁寒水冷天地闭，为我起蛰鞭鱼龙。
重楼翠阜出霜晓，异事惊倒百岁翁。
人间所得容力取，世外无物谁为雄。
率然有请不我拒，信我人厄非天穷。
潮阳太守南迁归，喜见石廪堆祝融。

自言正直动山鬼，岂知造物哀龙钟。
信眉一笑岂易得，神之报汝亦已丰。
斜阳万里孤鸟没，但见碧海磨青铜。
新诗绮语亦安用，相与变灭随东风。

送戴蒙赴成都玉局观将老焉

拾遗被酒行歌处，野梅官柳西郊路。
闻道华阳版籍中，至今尚有城南杜。
我欲归寻万里桥，水花风叶暮潇潇。
芋魁径尺谁能尽，桤木三年已足烧。
百岁风狂定何有，羡君今作峨眉叟。
纵未家生执戟郎，也应世出埋轮守。
莫欺老病未归身，玉局他年第几人。
会待子猷清兴发，还须雪夜去寻君。

送陈睦知潭州

华清缥眇浮高栋，上有缬林藏石瓮。
一杯此地初识君，千岩夜上同飞鞚。
君时年少面如玉，一饮百觚嫌未痛。
白鹿泉头山月出，寒光泼眼如流汞。
朝元阁上酒醒时，卧听风鸾鸣铁凤。
旧游空在人何处，二十三年真一梦[①]。
我得生还雪髯满，君亦老嫌金带重。
有如社燕与秋鸿，相逢未稳还相送。
洞庭青草渺无际，天柱紫盖森欲动。
湖南万古一长嗟，付与骚人发嘲弄。

①以上述旧游，以下转入潭州。

用前韵答西掖诸公见和

双猊蟠础龙缠栋，金井辘轳鸣晓瓮。
小殿垂簾碧玉钩，大宛立仗青丝鞚。
风驭宾天云雨隔，孤臣忍泪肝肠痛。
羡君意气风生坐，落笔纵横盘走汞。
上樽日日泻黄封，赐茗时时开小凤。
闭门怜我老太玄，给札看君赋云梦。
金奏不知江海眩，木瓜屡费琼瑶重。
岂惟蹇步困追攀，已觉侍史疲奔送。
春还宫柳腰支活，雨入御沟鳞甲动。
借君妙语发春容，顾我风琴不成弄。

送表弟程六知楚州

炯炯明珠照双璧，当年三老苏程石。
里人下道避鸠杖，刺史迎门倒凫舄。
我时与子皆儿童，狂走从人觅梨栗。
健如黄犊不可恃，隙过白驹那暇惜。
醴泉寺古垂橘柚，石头山高暗松栎。
诸孙相逢万里外，一笑未解千忧集。
子方得郡古山阳，老手生风谢刀笔。
我正含毫紫微阁，病眼昏花困书檄。
莫教印绶系馀年，去扫坟墓当有日。
功成头白早归来，共藉梨花作寒食。

○施注：公母成国太夫人程氏，眉山著姓。其侄之才，字正辅，第二；之元字德孺，第六，即楚州也；之邵字懿叔，第七。○三老当谓东坡与程六德孺之祖为二老，又加石氏一老也。诸孙，即指程六及坡自谓耳。前十句叙少时故乡聚处，后十句叙暮年京师送别。

送王伯敭守虢

华山东麓秦遗民，当时依山来避秦。
至今风俗含古意，柔桑渌水招行人。
行人掉臂不回首，争入崤函土囊口①。
惟有使君千里来，欲饮三堂无事酒。
三堂本来一事无，日长睡起闻投壶。
床头砚石开云月，涧底松根斸雪腴。
山棚盗散人安寝，劝买耕牛发陈廪。
归来只作水衡卿，我欲携壶就君饮。

①谓行人争入函谷关而至长安，不肯久留虢州也。

虢国夫人夜游图

佳人自鞚玉花骢，翩如惊燕踏飞龙。
金鞭争道宝钗落，何人先入明光宫。
宫中羯鼓催花柳，玉奴弦索花奴手。
坐中八姨真贵人，走马来看不动尘。
明眸皓齿谁复见，只有丹青馀泪痕。
人间俯仰成今古，吴公台下雷塘路。
当时亦笑张丽华，不知门外韩擒虎。

武昌西山　并引

嘉祐中，翰林学士承旨邓公圣求为武昌令，常游寒溪西山，山中人至今能言之。轼谪居黄冈，与武昌相望，亦常往来溪山间。元祐元年十一月二十九日，考试馆职，与圣求会宿玉堂，偶话旧事。圣求尝作《元次山洼樽铭》，刻之岩石，因为此诗，请圣求同赋，当以遗邑人，使刻之铭侧。

春江渌涨蒲萄醅，武昌官柳知谁栽？
忆从樊口载春酒，步上西山寻野梅。
西山一上五十里，风驾两腋飞崔嵬。
同游困卧九曲岭，褰衣独到吴王台。
中原北望在何许，但见落日低黄埃。
归来解剑亭前路，苍崖半入云涛堆。
浪翁醉处今尚在，石臼杯饮无樽罍[①]。
尔来古意谁复嗣，公有妙语留山隈。
至今好事除草棘，常恐野火烧苍苔。
当时相望不可见，玉堂正对金銮开。
岂知白首同夜直，卧看椽烛高花催。
江边晓梦忽惊断，铜镮玉锁鸣春雷。
山人帐空猿鹤怨，江湖水生鸿雁来。
请公作诗寄父老，往和万壑松风哀。

①杯：一作抔。○前十二句，叙昔在黄州，往来西山。“浪翁”六句，叙邓曾作《洼樽铭》。“当时”六句，叙会宿玉堂。

再用前韵

朱颜发过如春醅，胸中梨枣初未栽。
丹砂未易扫白发，赤松却欲参黄梅。
寒溪本自远公社，白莲翠竹依崔嵬。
当时石泉照金像，神光夜发如五台。
饮泉鉴面得真意，坐视万物皆浮埃。
欲收暮景返田里，远泝江水穷离堆。
还朝岂独羞老病，自叹才尽倾空罍。
诸公渠渠若夏屋，吞吐风月清隅隈。

我如废井久不食，古甃缺落生阴苔。
数诗往复相感发，汲新除旧寒光开。
遥知二月春江阔，雪浪倒卷云峰摧。
石中无声水亦静，云何解转空山雷[①]。
欲就诸公评此语，要识忧喜何从来。
愿求南宗一勺水，往与屈贾湔馀哀。

①公自注：韦应物诗云："水性本云静，石中固无声。如何两相激，雷转空山惊。"

赵令晏崔白大图幅径三丈

扶桑大茧如瓮盎，天女织绡云汉上。
往来不遣凤衔梭，谁能鼓臂投三丈。
人间刀尺不敢裁，丹青付与濠梁崔。
风蒲半折寒雁起，竹间的皪寒江梅。
画堂粉壁翻云幕，十里江天无处著。
好卧元龙百尺楼，笑看江水拍天流。

次韵三舍人省上[①]

纷纷荣瘁何能久，云雨从来翻覆手。
恍如一梦堕枕中，却见三贤起江右[②]。
嗟君妙质皆瑚琏，顾我虚名但箕斗。
明朝冠盖蔚相望，共扈翠辇朝宣光。
武皇已老白云乡，正与群帝骖龙翔，独留杞梓扶明堂。

①公自注：三月二十九日作。明日，驾幸景灵宫。②公自注：曾子开、刘贡父、孔经父，皆江西人。

偶与客饮孔常父见访设席延请忽上马驰去已而有诗戏用其韵答之

扬雄他文不皆奇，犹称观缾居井眉。
酒容法士两小儿，陈遵张竦何曾知。
主人有酒君独辞，蟹螯何不左手持。
岂复见吾横气机，遣人追君君绝驰。
尽力去花君自痴，醍醐与酒同一卮，请君更问文殊师。

次韵子由书李伯时所藏韩幹马

潭潭古屋云幕垂，省中文书如乱丝。
忽见伯时画天马，朔风胡沙生落锥。
天马西来从西极，势与落日争分驰。
龙膺豹股头八尺，奋迅不受人间羁。
元狩虎脊聊可友，开元玉花何足奇。
伯时有道真吏隐，饮啄不羡山梁雌。
丹青弄笔聊尔耳，意在万里谁知之。
幹惟画肉不画骨，而况失实空馀皮。
烦君巧说腹中事，妙语欲遣黄泉知。
君不见，韩生自言无所学，厩马万匹皆吾师。

送宋朝散知彭州迎侍二亲

东来谁迎使君车，知是丈人屋上乌。
丈人今年二毛初，登楼上马不用扶。
使君负弩为前驱，蜀人不复谈相如。
老幼化服一事无，有鞭不施安用蒲。
春波如天涨平湖，鞓红照坐香生肤。

卷鞲上寿白玉壶，公堂登歌凤将雏。
诸孙欢笑争挽须，蜀人画作西湖图。

○施注：宋彭州名构，字成之，成都人。

郭熙画秋山平远

玉堂昼掩春日闲，中有郭熙画春山。
鸣鸠乳燕初睡起，白波青嶂非人间。
离离短幅开平远，漠漠疏林寄秋晚。
恰似江南送客时，中流回头望云巘。
伊川佚老鬓如霜，卧看秋山思洛阳。
为君纸尾作行草，炯如嵩洛浮秋光。
我从公游如一日，不觉青山映黄发。
为画龙门八节滩，待向伊川买泉石。

○公自注：文潞公为跋尾。《图画见闻志》：郭熙，河阳人，工画山水寒林。

赠李道士　并序

驾部员外郎李宗君固，景祐中良吏也。守汉州，有道士尹可元，精练善画，以遗火得罪当死，君缓其狱，会赦获免。时可元八十一，自誓且死，必为李氏子以报。可元既死二十馀年，而君子世昌之妇梦可元入其室，生子曰得柔，小名蜀孙。幼而善画，既长，读庄、老喜之，遂为道士，赐号妙应。事母以孝谨闻。其写真，盖妙绝一时云。

世人只数曹将军，谁知虎头非痴人。
腰间大羽何足道，颊上三毛自有神。
平生狎侮诸公子，戏著幼舆岩石里。
故教世世作黄冠，布袜青鞋弄云水。

千年鼻祖守关门，一念还为李耳孙。
香火旧缘何日尽，丹青馀习至今存。
五十之年初过二，衰颜记我今如此。
他时要指集贤人，知是香山老居士。

次韵米黻二王书跋尾二首

三馆曝书防蠹毁，得见来禽与青李。
秋蛇春蚓久相杂，野鹜家鸡定谁美。
玉函金钥上天来，紫衣敕使亲临启。
纷纶过眼未易识，磊落挂壁空云委。
归来妙意独追求，坐想蓬山二十秋。
怪君何处得此本，上有桓玄寒具油。
巧偷豪夺古来有，一笑谁似痴虎头。
君不见长安永宁里，王家破垣谁复修。
○前八句叙曾在三馆见二王真迹。后八句羡米得此本。

元章作书日千纸，平生自苦谁与美。
画地为饼未必似，要令痴儿出馋水。
锦囊玉轴来无趾，粲然夺真疑圣智。
忍饥看书泪如洗，至今鲁公馀乞米。

九月十五日迩英讲论语终篇赐执政讲读史官燕于东宫又遣中使就赐御书诗各一首臣轼得紫薇花绝句其词云丝纶阁下文章静钟鼓楼中刻漏长独坐黄昏谁是伴紫薇花对紫薇郎翌日各以表谢又进诗一篇臣轼诗云

绣裳画衮云垂地，不作成王剪桐戏。

日高黄伞下西清，风动槐龙舞交翠[①]。
壁中蠹简今千年，漆书科斗光射天。
诸儒不复忧吻燥，东宫赐酒如流泉。
酒酣复拜千金赐，一纸惊鸾回凤字。
苍颜白发便生光，袖有骊珠三十四[②]。
归来车马已喧阗，争看银钩墨色鲜。
人间一日传万口，喜见云章第一篇[③]。
玉堂昼掩文书静，铃索不摇钟漏永。
莫言弄笔数行书，须信时平由主圣。
犬羊散尽沙漠空，捷书夜到甘泉宫。
似闻指挥筑上郡，已觉谈笑无西戎[④]。
文思天子师文母，终闭玉关辞马武。
小臣愿对紫薇花，试草尺书招赞普[⑤]。

①公自注：迩英阁前有双槐，樛然属地如龙形。②公自注：臣所赐书并题目及臣姓名，凡三十四字。③公自注：上前此未尝以御书赐群臣。④公自注：时熙河新获鬼章。是日，泾原复奏，夏贼数十万人遁去。⑤公自注：按唐制，翰林学士带知制诰，许缀中书舍人班。今臣以知制诰待罪禁林，故得以紫薇为故事。

送乔仝寄贺君六首　并序

旧闻靖长官、贺水部，皆唐末五代人，得道不死。章圣皇帝东封，有谒于道左者，其谒云：晋水部员外郎贺亢。再拜而去，上不知也。已而阅谒，见之大惊，物色求之，不可得。天圣初，又使其弟子喻澄者，诣阙进佛道像，直数千万。张公安道与澄游，具得其事。又有乔仝者，少得大风疾，几死。贺使学道，今年八十，益壮盛。人无复见贺者，而仝数见之。元祐二年十二月，仝来京师十许日，予留之，不可，曰：贺以上元期我于蒙山；又曰：吾师尝游密州，识君于常山道上，意若喜君者。作是诗以送之，且作五绝句以寄贺。

君年二十美且都，初得恶疾堕眉须。
红颜白发惊妻孥，览镜自嫌欲弃躯。
结茅穷山啖松腴，路逢逃秦博士卢，
方瞳照野清而矑，再拜未起烦一呼。
觉知此身了非吾，炯然莲花出泥涂。
随师东游渡潍邦，山头见我两轮朱。
岂知仙人混屠沽，尔来八十胸垂胡。
上山如飞瞋人扶，东归有约不敢渝。
新年当参老仙儒，秋风西来下双凫，得枣如瓜分我无？

〇送乔仝七古一首，寄贺亢绝句五首，因题与序并同，故附录于七古中。

生长兵间蚤脱身，晚为元祐太平人。
不惊渤澥桑田变，来看龟蒙漏泽春。

曾谒东封玉辂尘，幅巾短褐亦逡巡。
行宫夜奏空名姓，怅望云霞缥缈人。

垂老区区岂为身，微言一发重千钧。
始知不见高皇帝，正似商山四老人。

旧闻父老晋郎官，已作飞腾变化看。
闻道东蒙有居处，愿供薪水看烧丹。

千古风流贺季真，最怜嗜酒谪仙人。

狂吟醉舞知无益，粟饭藜羹问养神。

次韵黄鲁直画马试院中作

少年鞍马勤远行，卧闻龁草风雨声，见此忽思短策横。
十年髀肉磨欲透，那更陪君作诗瘦，不如芋魁归饭豆。
门前欲嘶御史骢，诏恩三日休老翁，羡君怀中双橘红。

余与李廌方叔相知久矣领贡举事而李不得第愧甚作诗送之

与君相从非一日，笔势翩翩疑可识。
平生漫说古战场，过眼终迷日五色。
我惭不出君大笑，行止皆天子何责。
青袍白纻五千人，知子无怨亦无德。
买羊沽酒谢玉川，为我醉倒春风前。
归家但草凌云赋，我相夫子非臞仙。

和王晋卿送梅花次韵

东坡先生未归时，自种来禽与青李。
五年不踏江头路，梦逐东风泛蘋芷。
江梅山杏为谁容，独笑依依临野水。
此间风物君未识，花浪翻天雪相激。
明年我复在江湖，知君对花三叹息。

庆源宣义王丈以累举得官为洪雅主簿雅州户掾遇吏民如家人人安乐之既谢事居眉之青神瑞草桥放怀自得有书来求红带既以遗之且作诗为戏请黄鲁直秦少游各为赋一首为老人光华

青衫半作霜叶枯，遇民如儿吏如奴。

吏民莫作官长看，我是识字耕田夫。
妻啼儿号刺史怒，时有野人来挽须。
拂衣自注下下考，芋魁饭豆吾岂无。
归来瑞草桥边路，独游还佩平生壶。
慈姥岩前自唤渡，青衣江畔人争扶。
今年蚕市数州集，中有遗民怀袴襦。
邑中之黔相指似，白髯红带老不癯。
我欲西归卜邻舍，隔墙拊掌容歌呼。
不学山王乘驷马，回头空指黄公垆。

次前韵送程六表弟

君家兄弟真连璧，门十朱轮家万石。
竹使犹分刺史符，尚方行赐尚书舄。
前年持节发仓廪，到处卖刀收茧栗。
归来闭口不论功，却走渡江谁复惜。
君才不用如涧松，我老得全犹社栎。
青衫莫厌百僚底，白首上有千薪积。
忆昔江湖一钓舟，无数云山供点笔。
未应偏障西风扇，只恐先移北山檄。
凭君寄谢江南叟，念我空见长安日。
浮江泝蜀有成言，江水在此吾不食。

戏书李伯时画御马好头赤

山西战马饥无肉，夜嚼长秸如嚼竹。
蹄间三丈是徐行，不信天山有坑谷。
岂如厩马好头赤，立仗归来卧斜日。
莫教优孟卜葬地，厚衣薪槱入铜历。

送蹇道士归庐山

物之有知盖恃息，孰居无事使出入。
心无天游室不空，六凿相攘妇争席。
法师逃人入庐山，山中无人自往还。
往者一空还者失，此身正在无还间。
绵绵不绝微风里，内外丹成一弹指。
人间俯仰三千秋，骑鹤归来与子游。

木山　并引

吾先君子尝蓄木山三峰，且为之记与诗。诗人梅二丈圣俞，见而赋之。今三十年矣，而犹子千乘，又得五峰，益奇。因次圣俞韵，使并刻之其侧。

木生不愿回万牛，愿终天年仆沙洲。
时来幸逢河伯秋，掀然见怪推不流。
蓬婆雪岭巧雕锼，蛰虫行蚁为豪酋。
阿咸大胆忽持去，河伯好事不汝尤。
城中古沼浸坤轴，一林瘦竹吾菟裘。
二顷良田不难买，三年桤木行可樵。
会将白发对苍巘，鲁人不厌东家丘。

书王定国所藏烟江叠嶂图[①]

江上愁心千叠山，浮空积翠如云烟。
山邪云邪远莫知，烟空云散山依然。
但见两崖苍苍暗绝谷，中有百道飞来泉。
萦林络石隐复见，下赴谷口为奔川。
川平山开林麓断，小桥野店依山前。

行人稍度乔木外，渔舟一叶江吞天。
使君何从得此本，点缀毫末分清妍。
不知人间何处有此境，径欲往买二顷田。
君不见，武昌樊口幽绝处，东坡先生留五年。
春风摇江天漠漠，暮云卷雨山娟娟。
丹枫翻鸦伴水宿，长松落雪惊醉眠。
桃花流水在人世，武陵岂必皆神仙。
江山清空我尘土，虽有去路寻无缘。
还君此画三叹息，山中故人应有招我归来篇。

①公自注：王晋卿画。〇前十二句状画中胜境。“使君”四句点明题目。“君不见”十二句，言樊口胜境，亦不减于图中之景。

兴隆节侍宴前一日微雪与子由同访王定国
小饮清虚堂定国出数诗皆佳而五言尤奇
子由又言昔与孙巨源同过定国感念存没悲叹久之
夜归稍醒各赋一篇明日朝中以示定国也

天风淅淅飞玉沙，诏恩归沐休早衙。
遥知清虚堂里雪，正似薝蔔林中花。
出门自笑无所诣，呼酒持劝惟君家。
踏冰凌兢战疲马，扣门剥啄惊寒鸦。
羡君五字入诗律，欲与六出争天葩。
头风已倩檄手愈，背痒却得仙爪爬。
银缾泻油浮蚁酒，紫盌铺粟盘龙茶。
幅巾起作《鸜鹆舞》，叠鼓谁掺《渔阳挝》？
九衢灯火杂梦寐，十年聚散空咨嗟。
明朝握手殿门外，共看银阙暾晨霞。

王晋卿作烟江叠嶂图仆赋诗十四韵 晋卿和之语特奇丽因复次韵 不独纪其诗画之美亦为道其出处契阔之故 而终之以不忘在莒之戒亦朋友忠爱之义也

山中举头望日边，长安不见空云烟。
归来长安望山上，时移事改应潸然。
管弦去尽宾客散，惟有马埒编金泉。
渥洼故自千里足，要饱风雪轻山川。
屈居华屋啖枣脯，十年俯仰龙旂前。
却因瘦病出奇骨，盐车之厄宁非天。
风流文采磨不尽，水墨自与诗争妍。
画山何必山中人，田歌自古非知田。
郑虔三绝君有二，笔势挽回三百年。
欲将岩谷乱窈窕，眉峰修嫮夸连娟。
人间何有春一梦，此身将老蚕三眠。
山中幽绝不可久，要作平地家居仙。
能令水石长在眼，非君好我当谁缘。
愿君终不忘在莒，乐时更赋《囚山篇》[1]。

①公自注：柳子厚有《囚山赋》。

东川清丝寄鲁冀州戏赠

鹅溪清丝清如冰，上有千岁交枝藤。
藤生谷底饱风雪，岁晚忽作龙蛇升。
嗟我虽为老侍从，骨寒只受布与缯。
床头锦衾未还客，坐觉芒刺在背膺。
岂如髯卿晚乃贵，福禄正似川方增。

醉中倒着紫绮裘，下有半臂出缥绫。
封题不敢妄裁剪，刀尺自有佳人能。
遥知千骑出清晓，积雪未放浮尘兴。
白须红带柳丝下，老弱空巷人相登。
但放奇纹出领袖，吾髯虽老无人憎。

寄蔡子华

故人送我东来时，手栽荔子待君归。
荔子已丹吾发白，犹作江南未归客。
江南春尽水如天，肠断西湖春水船。
想见青衣江畔路，白鱼紫笋不论钱。
霜髯三老如霜桧，旧交零落今谁辈？
莫从唐举问封侯，但遣麻姑更爬背。

〇蔡子华名褒，眉之青神人。《成都帖》有诗叙云：王十六秀才将归蜀，云子华宣德蔡丈见托求诗。梦中为作四句，觉而成之，以寄子华，仍请以示杨君素、王庆源二老人。元祐五年二月七日。

介亭饯杨杰次公

篮舆西出登山门，嘉与我友寻仙村。
丹青明灭风篁岭，环珮空响桃花源①。
前朝欲上已蜡屐，黑云白雨如倾盆。
今晨积雾卷千里，岂畏触热生病根。
在家头陀无为子，久与青山为弟昆。
孤峰尽处亦何有，西湖镜天江抹坤。
临高挥手谢好住，清风万壑传其言。
风回响答君听取，我亦到处随君轩。

①公自注：郡人谓介亭山下为桃源路。

安州老人食蜜歌

安州老人心似铁，老人心肝小儿舌。
不食五谷惟食蜜，笑指蜜蜂作檀越。
蜜中有诗人不知，千花百草争含姿。
老人咀嚼时一吐，还引世间痴小儿。
小儿得诗如得蜜，蜜中有药治百疾。
正当狂走捉风时，一笑看诗百忧失。
东坡先生取人廉，几人相欢几人嫌。
恰似饮茶甘苦杂，不如食蜜中边甜。
因君寄与双龙饼，镜空一照双龙影。
三吴六月水如汤，老人心似双龙井。

○公自注：赠僧仲殊。施注：僧仲殊，安州人，居钱塘。为诗敏捷立成，而工妙绝人远甚。殊辟谷，常啖蜜。陆务观云：族伯父彦远言，少时识仲殊长老，东坡为作《安州老人食蜜歌》者。一日与数客过之，所食皆蜜也。豆腐、面筋、牛乳之类，皆渍蜜食之，客多不能下箸。惟东坡性亦酷嗜蜜，能与之共饱。崇宁中，忽上堂辞众，是夕闭方丈门自缢死。及火，舍利五色不可胜计。邹忠公为作诗云："逆行天莫测，雉作渎中经。沤灭风前质，莲开火后形。钵盂残蜜白，炉篆冷烟青。空有谁家曲，人间得细听。"彦远又云：殊少为士人，游荡不羁，为妻投毒羹胾中几死，啖蜜而解。医云复食肉则毒发不可疗，遂弃家为浮屠。邹公所谓"谁家曲"者，谓其雅工于乐府词，犹有不羁馀习也。

送张嘉州

少年不愿万户侯，亦不愿识韩荆州。
颇愿身为汉嘉守，载酒时作凌云游。
虚名无用今白首，梦中却到龙泓口。
浮云轩冕何足言，惟有江山难入手。

峨眉山月半轮秋，影入平羌江水流。
谪仙此语谁解道，请君见月时登楼。
笑谈万事真何有，一时付与东岩酒[①]。
归来还受一大钱，好意莫违黄发叟。

①公自注：佛峡人家白酒旧有名。

送江公著知吉州

三吴行尽千山水，犹道桐庐更清美。
岂惟浊世隐狂奴，时平亦出佳公子。
初冠惠文读城旦，晚入奉常陪剑履。
方将华省起弹冠，忽忆钓台归洗耳。
未应良木弃大匠，要使名驹试千里。
奉亲官舍当有择，得郡江南差可喜。
白粲连樯一万艘，红妆执乐三千指。
簿书期会得馀闲，亦念人生行乐耳[①]。

①公自注：二“耳”义不同，故得重用。

与叶淳老侯敦夫张秉道同相视新河秉道有诗次韵二首

君不见，元帅府前罗万戟，涛头未顺千弩射。
至今凤凰山下路，长借一箭开两翼。
我凿西湖还旧观，一眼已尽西南碧。
又将回夺浮山险，千艘夜下无南北。
坐陈三策本人谋，惟留一诺待我画。
老病思归真暂寓，功名如幻终何得。
从来自笑画蛇足，此事何殊食鸡肋。
怜君嗜好更迂阔，得我新诗喜折屐。
江湖粗了我竟归，馀事后来当润色。

一庵闲卧洞霄宫，井有丹砂水长赤。

〇施注：浙江潮自海门东来，势如雷霆，而浮山峙于江中，与鱼浦诸山，犬牙相错，洄洑激射，岁败公私船不可胜计。前知信州侯临，葬亲杭之南荡，往来相视地形，反复讲求，建议自浙江上流地名石门，并山而东，凿为运河，引浙江及溪谷诸水二十二里，以达于江。又并江为岸，凡八里，以达于龙山之大慈浦。自浦北折抵小岭，凿岭六十五丈，以达于古河。浚古河四里，以达于龙山运河，以避浮山之崄。人皆以为便。时公与前转运使叶温叟、转运判官张璹同往按视，如临言，遂奏疏以闻，乞令三省看详支赐钱物，委临监督。而公以是月召还，役竟不成。先是，杭之西湖水涸草生，渐成葑田。公取葑积之湖中为长堤，以通南北，杭人名为苏公堤，故云："我凿西湖还旧观，一眼已尽西南碧。""劝农使者非常人"，谓温叟；"上饶使君更超轶"，谓临也。淳老，温叟字；敦夫，临字。张秉道，乃吴兴六客之一，时客于杭。

荆溪父老愁三害，下斩长蛟本无赖。
平生倔强韩退之，文字犹为鳄鱼戒。
石门之役万金耳，首鼠不为吾已隘。
江湖开塞古有数，两鹄飞来告成坏。
劝农使者非常人，一言已破黎民骇。
上饶使君更超轶，坐睨浮山如累块。
髯张乃我结袜生，诗酒淋漓出狂怪。
我作水衡生作丞，他日归朝同此拜。

棕笋　并引

棕笋状如鱼，剖之得鱼子，味如苦笋而加甘芳。蜀人以馔佛僧，甚贵之，而南方不知也。笋生肤毳中，盖花之方孕者。正二月间可剥取，过此苦涩，不可食矣。取之，无害于木，而宜于饮食。法当蒸熟，所施略与笋同。蜜煮酢浸，可致千里外。今以饷殊长老。

赠君木鱼三百尾，中有鹅黄子鱼子。
夜叉剖瘿欲分甘，箨龙藏头敢言美。
愿随蔬果得自用，勿使山林空老死。
问君何事食木鱼，烹不能鸣固其理。

次韵曹子方运判雪中同游西湖

词源滟滟波头展，清唱一声岩谷满。
未容雪积句先高，岂独湖开心自远。
云山已作歌眉浅，山下碧流清似眼。
尊前侑酒只新诗，何异书鱼餐蠹简。

西湖秋涸东池鱼窘甚因会客呼网师迁之西池
为一笑之乐夜归被酒不能寐戏作放鱼一首

东池浮萍半黏块，裂碧跳青出鱼背。
西池秋水尚涵空，舞阔摇深吹荇带。
吾僚有意为迁居，老守纵馋那忍脍。
纵横争看银刀出，瀺灂初惊玉花碎。
但愁数罟损鳞鬣，未信长堤隔涛濑。
濊濊发发须臾间，圉圉洋洋寻丈外。
安知中无蛟龙种，尚恐或有风云会。
明年春水涨西湖，好去相忘渺淮海。

复次放鱼韵答赵承议陈教授

扰扰万生同大块，枪榆不羡培风背。
青丘已吞云梦芥，黄河复缭天门带。
长讥韩子隘且陋，一饱鲸鱼何足脍。

东坡也是可怜人，披抉泥沙收细碎。
逝将归修八节滩[①]，又欲往钓七里濑。
正似此鱼逃网中，未与造物游数外。
且将新句调二子，湖上秋高风月会。
为君更唤木肠儿，脚扣两舷歌《小海》。

①修：一作休。

六观堂老人草书

物生有象象乃滋，梦幻无根成斯须。
方其梦时了非无，泡影一失俯仰殊。
清露未晞电已徂，此灭灭尽乃真吾。
云如死灰实不枯，逢场作戏三昧俱。
化身为医忘其躯，草书非学聊自娱。
落笔已唤周越奴，苍鼠奋髯饮松腴。
剡藤玉板开雪肤，游龙天飞外人呼，莫作羞涩羊氏姝。

〇公自注：六观，取《金刚经》梦幻等六物也。老人僧了性，精于医而善草书，下笔有远韵，而人莫知贵，故作此诗。

聚星堂雪　并引

元祐六年十一月一日，祷雨张龙公，得小雪，与客会饮聚星堂。忽忆欧阳文忠公作守时，雪中约客赋诗，禁体物语，于艰难中特出奇丽。尔来四十馀年，莫有继者。仆以老门生续公后，虽不足追配先生，而宾客之美，殆不减当时；公之二子，又适在郡，故辄举前令，各赋一篇。

窗前暗响鸣枯叶，龙公试手行初雪。
映空先集疑有无，作态斜飞正愁绝。
众宾起舞风竹乱，老守先醉霜松折。

恨无翠袖点横斜，只有微灯照明灭。
归来尚喜更鼓暗，晨起不待铃索掣。
未嫌长夜作衣棱，却怕初阳生眼缬。
欲浮大白追馀赏，幸有回飙惊落屑。
模糊桧顶独多时，历乱瓦沟裁一瞥。
汝南先贤有故事，醉翁诗话谁续说。
当时号令君听取，白战不许持寸铁。

喜刘景文至

天明小儿更传呼，髯刘已到城南隅。
尺书真是髯手迹，起坐熨眼知有无。
今人不作古人事，今世有此古丈夫。
我闻其来喜欲舞，病自能起不用扶。
江淮旱久尘土恶，朝来清雨濯鬓须。
相看握手两无事，千里一笑无乃迂。
平生所乐在吴会，老死欲葬杭与苏。
过江西来二百日，冷落山水愁吴姝。
新堤旧井各无恙，参寥六一岂念吾。
别后新诗巧摹写，袖中知有钱塘湖。

○前十二句喜刘至；后八句念苏杭旧游，以刘自杭来也。

送欧阳季默赴阙

先生岂止一怀祖，郎君不减王文度。
膝上几日今白须，令我眼中见此父。
汝南相从三晦朔，君去苦早我来暮。
霜风凄紧正脱木，颍水清浅可立鹭。
莫辞白酒泻香泉，已觉扁舟掠新渡。

坐看士衡执别手，更遣梦得出奇句。
郎君可是管库人，乃使騄骥随蹇步。
置之行矣无足道，贤愚岂在遇不遇。

用前韵作雪诗留景文

万松岭上黄千叶，载酒年年踏松雪。
刘郎去后谁复来，花下有人心断绝。
东斋夜坐搜雪句，两手龟坼霜须折。
无情岂亦畏嘲弄，穿簾入户吹灯灭。
纷纷儿女争所似，碧海长鲸君未掣。
朝来云汉接天流，顾我小诗如点缬。
欧阳赵陈在户外，急扫中庭铺木屑。
交游虽似雪柏坚，聚散行作风花瞥。
晴光融作一尺泥，归有何事真无说。
泥干路稳放君去，莫倚马蹄如踣铁。

次前韵送刘景文

白云在天不可呼，明月岂肯留庭隅。
怪君西行八百里，清坐十日一事无。
路人不识呼尚书，但见凛凛雄千夫[①]。
岂知入骨爱诗酒，醉倒正欲蛾眉扶。
一篇向人写肝肺，四海知我霜鬓须[②]。
欧阳赵陈皆我有，岂谓夫子驾复迂。
迩来又见三黜柳，共此暖热餐毡苏。
酒肴酸薄红粉暗，只有颍水清而姝。
一朝寂寞风雨散，对影谁念月与吾[③]。
何时归帆泝江水，春酒一变甘棠湖[④]。

①公自注：君一马两仆，率然相访，逆旅多呼尚书，意谓君都头也。②公自注：君前有诗见寄云："四海共知霜鬓满，重阳曾插菊花无。"③公自注：郡中日与欧阳叔弼、赵景贶、陈履常相从，而景文复至，不数日柳戒之亦见过。宾客之盛，顷所未有。然又数日，叔弼、景文、戒之皆去矣。④公自注：景文近卜居九江，近甘棠湖。

蜡梅一首赠赵景贶

天工点酥作梅花，此有蜡梅禅老家。
蜜蜂采花作黄蜡，取蜡为花亦其物。
天工变化谁得知，我亦儿嬉作小诗。
君不见，万松岭上黄千叶，玉蕊檀心两奇绝。
醉中不觉渡千山，夜闻梅香失醉眠。
归来却梦寻花去，梦里花仙觅奇句。
此间风物属诗人，我老不饮当付君。
君行适吴我适越，笑指西湖作衣钵。

阎立本职贡图

正（贞）观之德表万邦，浩如沧海吞河江。
音容伧狞服奇庞，横绝岭海逾涛泷。
珍禽瑰产争牵扛，名王解辫却盖幢。
粉本遗墨开明窗，我喟而作心未降，魏征封伦恨不双。

次韵王滁州见寄

斯人何似似春雨，歌舞农夫怨行路。
君看永叔与元之，坎轲一生遭口语。
两翁当年鬓未丝，玉堂挥翰手如飞。
教得滁人解吟咏，至今里巷嘲轻肥。

君家联翩尽卿相，独来坐啸溪山上。
笑捐浮利一鸡肋，多取清名几熊掌。
丈夫自重贵难售，两翁今与青山久。
后来太守更风流，要伴前人作诗瘦。
我倦承明苦求出，到处遗踪寻六一。
凭君试与问琅邪，许我来游莫难色。

次韵徐仲车

恶衣恶食诗愈好，恰是霜松啭春鸟。
苍蝇莫乱远鸡声，世上谁知公觉早①。
八年看我走三州②，月自当空水自流。
人间扰扰真蝼蚁，应笑人呼作斗牛。

①知：一作如。②公自注：元丰八年予赴登州，元祐四年赴杭州，今赴扬州，皆见仲车。

在颍州与德麟同治西湖未成改扬州三月十六日湖成德麟有诗见怀次其韵

太山秋毫两无穷，巨细本出相形中。
大千起灭一尘里，未觉杭颍谁雌雄①。
我在钱塘拓湖渌，大堤士女争昌丰。
六桥横绝天汉上，北山始与南屏通。
忽惊二十五万丈，老葑席卷苍云空。
揭来颍尾弄秋色，一水萦带昭灵宫。
坐思吴越不可到，借君月斧修曈昽。
二十四桥亦何有，换此十顷玻瓈风。
雷塘水干禾黍满，宝钗耕出馀鸾龙。
明年诗客来吊古，伴我霜夜号秋虫②。

①公自注：来诗云“与杭争雄”。②公自注：德麟见约来扬寄居，亦有意求扬倅。〇首四句，辨杭颍之雌雄。“我在”六句，叙在杭修堤。“朅来”四句，叙在颍治湖。末六句，叙现官扬州。

再次韵德麟新开西湖

使君不用山鞠穷，饥民自逃泥水中。
欲将百渎起凶岁[①]，免使甑石愁扬雄。
西湖虽小亦西子，萦流作态清而丰。
千夫馀力起三闸，焦陂下与长淮通。
十年憔悴尘土窟，清澜一洗啼痕空。
王孙本自有仙骨，平生宿卫明光宫。
一行作吏人不识，正似云月初朦胧。
时临此水照冰雪，莫遣白发生秋风。
定须却致两黄鹄，新与上帝开濯龙。
湖成君归侍帝侧，灯花已缀钗头虫。

①公自注：予以颍人苦饥，奏乞留黄河夫万人修境内沟洫。诏许之，因以馀力浚治此河。

次韵晁无咎学士相迎

少年独识晁新城，闭门却扫卷旆旌。
胸中自有谈天口，坐却秦军发墨守。
有子不为谋置锥，虹霓吞吐忘寒饥。
端如太史牛马走，严徐不敢连尻脽。
徘回未用疑相待，枉尺知君有家戒。
避人聊复去瀛洲，伴我真能老淮海。
梦中仇池千仞岩，便欲揽我青霞幨。
且须还家与妇计，我本归路连西南。

老人饮酒无人佐，独看红药倾白堕。
每到平山忆醉翁，悬知他日君思我。
路傍小儿笑相逢，齐歌万事转头空。
赖有风流贤别驾，犹堪十里卷春风。

闻林夫当徙灵隐寺寓居戏作灵隐前一首

灵隐前，天竺后，两涧春淙一灵鹫。
不知水从何处来，跳波赴壑如奔雷。
无情有意两莫测，肯向冷泉亭下相萦回。
我在钱塘六百日，山中暂来不暖席。
今君欲作灵隐居，葛衣草屦随僧蔬。
能与冷泉作主一百日，不用二十四考书中书。

送晁美叔发运右司年兄赴阙

我年二十无朋俦，当时四海一子由。
君来叩门如有求，颀然鹤骨清而修。
醉翁遣我从子游，翁如退之蹈轲丘。
尚欲放子出一头①，酒醒梦断四十秋。
病鹤不病骨愈虬，惟有我颜老可羞。
醉翁宾客散九州，几人白发还相收。
我如怀祖拙自谋，正作尚书已过优。
君求会稽实良筹，往看万壑争交流②。

①公自注：嘉祐初，与子由寓兴国浴室。美叔忽见访，云：吾从欧阳公游久矣，公令我来与子定交，谓子必名世，老夫亦须放他出一头地。○按：子由志先生墓亦云。②公自注：美叔方乞越。

送程德林赴真州

君为县令元丰中，吏贪功利以病农。

君欲言之路无从，移书谏臣以自通①。
元丰天子为改容，我时匹马江西东。
问之逆旅言颇同，老人爱君如刘宠，小儿敬君如鲁恭。
尔来明目达四聪，收拾駔骏冀北空。
君为赤令有古风，政声直入明光宫。
天厩如海养群龙，并收其子岂不公②，白沙何必烦此翁。

①公自注：谏臣，蹇受之也。②公自注：君之子祁举制策、文学、行义，为时所称。

召还至都门先寄子由

老身倦马河堤永，踏尽黄榆绿槐影。
荒鸡号月未三更，客梦还家一时顷。
归老江湖无岁月，未填沟壑犹朝请。
黄门殿中春事罢，诏许来迎先出省。
已飞青盖在河梁，定饷黄封兼赐茗。
远来无物可相赠。一昧丰年说淮颍。

近以月石砚屏献子功中书公复以涵星砚献纯父侍讲子功有诗纯父未也复以月石风林屏赠之谨和子功诗并求纯父数句

紫潭出玄云，翳我潭中星。
独有潭上月，倒挂紫翠屏。
我老不看书，默坐养此昏花睛，
时时一开眼，见此云月眼自明。
久知世界一泡影，大小真伪何足评。
笑彼三子欧梅苏，无事自作雪羽争①。
故将屏砚送两范，要使珠璧栖窗棂。

大范忽长谣，语出月胁令人惊[2]。
小范当继之，说破星心如鸡鸣[3]。
床头复一月，下有风林横。
急送小范家，护此涵心泓。
愿从少陵博一句，山木尽与洪涛倾。

①公自注：事见三人诗集。②施注：月胁，用皇甫湜“若穿天心出月胁”语。③施注：孟郊《闻鸡诗》：“似开孤月口，能说落星心。”

次韵范纯父涵心砚月石风林屏诗

月次于房历三星，斗牛不神箕独灵。
簸摇桑榆尽西靡，影落苏子砚与屏。
天工与我两厌事，孰居无事为此形。
与君持橐侍帷幄，同到温室观尧蓂。
自怜太史牛马走，伎等卜祝均倡伶。
欲留衣冠挂神武，便击云水归南溟。
陶泓不称管城沐，醉石可助平泉醒。
故持二物与夫子，欲使妙质留天庭。
但令滋液到枯槁，勿遣光景生晦冥。
上书挂名岂待我，独立自可当雷霆。
我时醉眠风林下，夜与渔火同青荧。
抚物怀人应独叹，作诗寄子谁当听。

次韵吴传正枯木歌

天工水墨自奇绝，瘦竹枯松写残月。
梦回疏影在东窗，惊怪霜枝连夜发。
生成变坏一弹指，乃知造物初无物。
古来画师非俗士，妙想实与诗同出。

龙眠居士本诗人，能使龙池飞霹雳。
君虽不作丹青手，诗眼亦自工识拔。
龙眠胸中有千驷，不独画肉兼画骨。
但当与作少陵诗，或自与君拈秃笔。
东南山水相招呼，万象入我摩尼珠。
尽将书画散朋友，独与长铗归来乎。

○施注：吴传正，名安诗。父充，相神宗。传正元祐中为右司谏，与刘器之同攻蔡确，窜荒服。迁左史，摄西掖，坐草《苏黄门知汝州词》溢美罢去。后为子累，编置湘中。诗中有“龙眠居士本诗人”，指李伯时也。

书晁说之考牧图后

我昔在田间，但知羊与牛。
川平牛背稳，如驾百斛舟。
舟行无人岸自移，我卧读书牛不知。
前有百尾羊，听我鞭声如鼓鼙。
我鞭不妄发，视其后者而鞭之。
泽中草木长，草长病牛羊。
寻山跨坑谷，腾趠筋骨强。
烟蓑雨笠长林下，老去而今空见画。
世间马耳射东风，悔不长作多牛翁。

书丹元子所示李太白真

天人几何同一沤，谪仙非谪乃其游，麾斥八极隘九州。
化为两鸟鸣相酬，一鸣一止三千秋。
开元有道为少留，縻之不可矧肯求。
西望太白横峨岷，眼高四海空无人。
大儿汾阳中令君，小儿天台坐忘身。

平生不识高将军，手污吾足乃敢瞋，作诗一笑君应闻。

雪浪石

太行西来万马屯，势与岱岳争雄尊。
飞狐上党天下脊，半掩落日先黄昏。
削成山东二百郡，气压代北三家村。
千峰石卷矗牙帐，崩崖凿断开土门。
朅来城下作飞石，一炮惊落天骄魂。
承平百年烽燧冷，此物僵卧枯榆根。
画师争摹雪浪势，天工不见雷斧痕。
离堆四面绕江水，坐无蜀士谁与论。
老翁儿戏作飞雨，把酒坐看珠跳盆。
此身自幻孰非梦，故国山水聊心存。

石芝　并引

予尝梦食石芝，作诗记之，今乃真得石芝于海上，子由和前诗见寄。予顷在京师，有凿井得如小儿手以献者，臂指皆具，肤理若生。予闻之隐者，此肉芝也，与子由烹而食之。追记其事，复次前韵。

土中一掌婴儿新，爪指良是肌骨匀。
见之怖走谁敢食，天赐我尔不及宾。
旌阳远游同一许，长史玉斧皆门户。
我家韦布三百年，只有阴功不知数。
跪陈八簋加六瑚，化人视之真块苏。
肉芝烹熟石芝老，笑唾熊掌嚬雕胡。
老蚕作茧何时脱，梦想至人空激烈。
古来大药亦可求，真契当如磁石铁。

鹤　叹

园中有鹤驯可呼，我欲呼之立坐隅。
鹤有难色侧睨予，岂欲臆对如鹏乎。
我生如寄良畸孤，三尺长胫阁瘦躯。
俯啄少许便有馀，何至以身为子娱。
驱之上堂立斯须，投以饼饵视若无。
戛然长鸣乃下趋，难进易退我不如。

送曾仲锡通判如京师

边城岁暮多风雪，强压春醪与君别。
玉帐夜谈霜月苦，铁骑晓出冰河裂。
断蓬飞叶卷黄沙，只有千林鬖髿花。
应为王孙朝上国，珠幢玉节与排衙。
左援公孝右孟博，我居其间啸且诺。
仆夫为我催归来，要与北海春水争先回。

次韵子由清汶老龙珠丹

天公不解防痴龙，玉函宝方出龙宫。
雷霆下索无处避，逃入先生衣袂中。
先生不作金椎袖，玩世徜徉隐屠酒。
夜光明月空自投，一锻何劳纬萧手。
黄门寡好心易足，荆棘不生梨枣熟。
玄珠白璧两无求，无胫金丹来入腹。
区区分别笑乐天，那知空门不是仙。

次韵子由书清汶老所传秦湘二女图

春风消冰失瑶玉，我本无身安有触。
羊生得妇如得风，握手一笑未为辱。
先生室中无天游，佩环何处鸣风瓯。
随魔未必皆魔女，但与分灯遣归去。
胡为写真传世人，更要维摩一转语。
丹元茅茨只三间，太极老人时往还。
点检凡心早除拂，方平神鞭常使物。

子由生日以檀香观音像及新合印香银篆槃为寿一首

旃檀婆律海外芬，西山老脐柏所薰。
香螺脱黡来相群，能结缥缈风中云。
一灯如萤起微焚，何时度尽缪篆纹。
缭绕无穷合复分，绵绵浮空散氤氲。
东坡持是寿卯君，君少与我师皇坟。
旁资老聃释迦文，共厄中年点蝇蚊。
晚遇斯须何足云，君方论道承华勋，
我亦旗鼓严中军，国恩未报敢不勤。
但愿不为世所醺，尔来白发不可耘。
问君何时返乡枌，收拾散亡理放纷。
此心实与香俱焄，闻思大士应已闻。

子由新修汝州龙兴寺吴画壁

丹青久衰工不艺，人物尤难到今世。
每摹市井作公卿，画手悬知是徒隶。
吴生已与不传死，那复典刑留近岁。

人间几处变西方，尽作波涛翻海势。
细观手面分转侧，妙算毫厘得天契。
始知真放本精微，不比狂花生客慧。
似闻遗墨留汝海，古壁蜗涎可垂涕。
力捐金帛扶栋宇，错落浮云卷新霁。
使君坐啸清梦馀，几叠衣纹数衿袂。
他年吊古知有人，姓名聊记东坡弟。

○施注：《韵语阳秋》：汝州龙兴寺吴道子画两壁。一壁作维摩示疾，文殊来问，天女散花；一壁作太子游四门，释迦降魔。笔法奇绝。子由曾施百缣。

六月七日泊金陵阻风得钟山泉公书寄诗为谢

今日江头天色恶，炮车云起风欲作。
独望钟山唤宝公，林间白塔如孤鹤。
宝公骨冷唤不闻，却有老泉来唤人。
电眸虎齿霹雳舌，为予吹散千峰云。
南行万里亦何事，一酌曹溪知水味。
他年若画蒋山图，仍作泉公唤居士。

江西一首

江西山水真吾邦，白沙翠竹石底江。
舟行十里磨九泷，篙声荦确相舂撞。
醉卧欲醒闻淙淙，真欲一口吸老庞。
何人得俊窥鱼矼，举叉绝叫尺鲤双。

秧马歌　并引

过庐陵，见宣德郎致仕曾君安止，出所作《禾谱》，文既温雅，事亦详实，惜其有所缺，不谱农器也。予昔游武昌，见农夫皆骑秧马。以榆枣为腹，欲其滑；以楸桐为背，欲其轻。腹如小舟，昂其首尾；背如覆瓦，以便两髀，雀跃于泥中，系束藁其首以缚秧。日行千畦，较之伛偻而作者，劳佚相绝矣。《史记》："禹乘四载，泥行乘橇。"解者曰，橇形如箕，擿行泥上，岂秧马之类乎？作《秧马歌》一首，附于《禾谱》之末云。

春云濛濛雨凄凄，春秧欲老翠剡齐。
嗟我妇子行水泥，朝分一垅暮千畦。
腰如箜篌首啄鸡，筋烦骨殆声酸嘶。
我有桐马手自提，头尻轩昂腹胁低。
背如覆瓦去角圭，以我两足为四蹄。
耸踊滑汰如凫鹥，纤纤束藁亦可赍。
何用繁缨与月题，却从畦东走畦西。
山城欲闭闻鼓鼙，忽作的卢跃檀溪。
归来挂壁从高栖，了无刍秣饥不啼。
少壮骑汝逮老黧，何曾蹶轶防颠隮[1]。
锦鞯公子朝金闺，笑我一生蹋牛犁，不知自有木駃騠。

①隮：一作挤。

月华寺

天公胡为不自怜，结土融石为铜山。
万人探斫富媪泣，只有金帛资豪奸。
脱身献佛意可料，一瓦坐待千金还。
月华三火岂天意，至今茇舍依榛菅。
僧言此地本龙象，兴废反掌曾何艰。
高岩夜吐金碧气，晓得异石青斓斑。
坑流窟发钱涌地，暮施百镒朝千锾。

此山出宝以自贼，地脉已断天应悭。
我愿铜山化南亩，烂漫黍麦苏惸鳏。
道人修道要底物，破铛煮饭茅三间。

○公自注：寺邻岑水场，施者皆坑户也。百年间，盖三焚矣。

游罗浮山一首示儿子过

人间有此白玉京，罗浮见日鸡一鸣①。
南楼未必齐日观，郁仪自欲朝朱明②。
东坡之师抱朴老，真契久已交前生。
玉堂金马久流落，寸田尺宅今谁耕。
道华亦尝啖一枣③，契虚正欲仇三彭④。
铁桥石柱连空横⑤，杖藜欲趁飞猱轻。
云溪夜逢瘖虎伏⑥，斗坛昼出铜龙吟⑦。
小儿少年有奇志，中宵起坐存《黄庭》。
近者戏作凌云赋，笔势仿佛《离骚经》。
负书从我盍归去，群仙正草《新宫铭》。
汝应奴隶蔡少霞，我亦季孟山玄卿⑧。
还须略报老同叔，赢粮万里寻初平⑨。

①公自注：刘梦得有诗，记罗浮夜半见日事。山不甚高，而夜见日，此可异也。②公自注：山有二石楼，今延祥寺在南楼下，朱明洞在冲虚观后，云是蓬莱第七洞天。③公自注：唐永乐道士侯道华，窃食邓天师药仙去。永乐有无核枣，人不可得，道华独得之。予在岐下，亦尝得食一枚。④公自注：唐僧契虚，遇人导游稚川仙府。真人问曰："汝绝三彭之仇乎？"契虚不能答。⑤公自注：山有铁桥石柱，人罕至者。⑥公自注：山有哑虎巡山。⑦公自注：冲虚观后，有朱真人朝斗坛。近于坛上获铜龙六、铜鱼一。⑧公自注：唐有梦书《新宫铭》者，云紫阳真人山玄卿撰，其略曰："良常西麓，原泽东泄，新宫宏宏，崇轩巘巘。"又有蔡少霞者，梦人遣书碑，略曰："昔乘魚车，今履瑞云，躅空仰涂，绮辂轮囷。"其末题云："五

云书阁吏蔡少霞书”。⑨公自注：子由一字同叔。

寓居合江楼

海上葱昽气佳哉，二江合处朱楼开。
蓬莱方丈应不远，肯为苏子浮江来。
江风初凉睡正美，楼上啼鸦呼我起。
我今身世两相违，西流白日东流水。
楼中老人日清新，天上岂有痴仙人。
三山咫尺不归去，一杯付与罗浮春[①]。

①公自注：予家酿酒名“罗浮春”。

十一月二十六日松风亭下梅花盛开

春风岭上淮南村，昔年梅花曾断魂[①]。
岂知流落复相见，蛮风蜑雨愁黄昏。
长条半落荔枝浦，卧树独秀桄榔园。
岂惟幽光留夜色，直恐冷艳排冬温。
松风亭下荆棘里，两株玉蕊明朝暾。
海南仙云娇堕砌，月下缟衣来叩门。
酒醒梦觉起绕树，妙意有在终无言。
先生独饮勿叹息，幸有落月窥清尊。

〇按《年谱》，先生以绍圣元年十月三日至惠州，寓居嘉祐寺松风亭。①公自注：予昔赴黄州春风岭上，见梅花，有两绝句。明年正月，往岐亭道上，赋诗云：“去年今日关山路，细雨梅花正断魂。”

再用前韵

罗浮山下梅花村，玉雪为骨冰为魂。
纷纷初疑月挂树，耿耿独与参横昏。

先生索居江海上，悄如病鹤栖荒园。
天香国艳肯相顾，知我酒熟诗清温。
蓬莱宫中花鸟使，绿衣倒挂扶桑暾[①]。
抱丛窥我方醉卧，故遣啄木先敲门。
麻姑过君急扫洒，鸟能歌舞花能言。
酒醒人散山寂寂，惟有落蕊粘空樽。

①公自注：岭南珍禽有倒挂子，绿衣红喙，如鹦鹉而小，自海东来，非尘埃中物也。

花落复次前韵

玉妃谪堕烟雨村，先生作诗与招魂。
人间草木非我对，奔月偶挂成幽昏。
暗香入户寻短梦，青子缀枝留小园。
披衣连夜唤客饮，雪肤满地聊相温。
松明照坐愁不睡，井花入腹清而暾。
先生来年六十化，道眼已入不二门。
多情好事馀习气，惜花未忍都无言。
留连一物吾过矣，笑领百罚空罍樽。

追饯正辅表兄至博罗赋诗为别

孤臣南游堕黄菅，君亦何事来牧蛮。
舣舟蜑户龙冈窟，置酒椰叶桄榔间。
高谈已笑衰语陋，杰句尤觉清诗孱。
博罗小县僧舍古，我不忍去君忘还。
君应回望秦与楚，梦涉汉水愁秦关。
我亦坐念高安客，神游黄檗参洞山。
何时旷荡洗瑕谪，与君归驾相追攀。

梨花寒食隔江路，两山遥对双烟鬟。
归耕不用一钱物，惟要两脚飞孱颜。
玉床丹镞记分我，助我金鼎光斓斑。

再用前韵

乐天双鬓如霜菅，始知谢遣素与蛮。
我兄绿发蔚如故，已了梦幻齐人间。
蛾眉劝酒聊尔耳，处仲太忍茂弘孱。
三杯径醉便归卧，海上知复几往还。
连娟《六么》趁蹋鞠，杳眇三叠萦《阳关》。
酒醒梦断何所有？落花流水空青山。
忽惊铙鼓发半夜，明月不许幽人攀。
赠行无物惟一语，莫遣瘴雾侵云鬟。
罗浮道人一倾盖，欲系白日留君颜。
应知我是香案吏，他年许缀蓬莱班。

游博罗香积寺　并引

寺去县七里，三山犬牙，夹道皆美田，麦禾甚茂。寺下溪水，可作碓磨。若筑塘百步，闸而落之，可转两轮、举四杵也。以属县令林抃，使督成之。

二年流落蛙鱼乡，朝来喜见麦吐芒。
东风摇波舞净绿，初日泫露酣娇黄。
汪汪春泥已没膝，剡剡秋谷初分秧。
谁言万里出无友，见此二美喜欲狂。
三山屏拥僧舍小，一溪雷转松阴凉。
要令水力供臼磨，与相地脉增堤防。

霏霏落雪看收面[①]，隐隐叠鼓闻春糠[②]。
散流一啜云子白[③]，炊裂十字琼肌香[④]。
岂惟牢九荐古味[⑤]，要使真一流天浆[⑥]。
诗成捧腹便绝倒，书生说食真膏肓。

①麦也。②禾也。③禾也。④麦也。⑤麦也。公自注：束皙《饼赋》："馒头薄持，起搜牢九。"⑥禾也。○首六句叙麦禾之美。"谁言"六句因见麦、禾、溪水，而谋及臼磨。末八句艳说饱食麦禾之味。

四月十一日初食荔支

南村诸杨北村卢[①]，白华青叶冬不枯。
垂黄缀紫烟雨里，特与荔支为先驱。
海山仙人绛罗襦，红纱中单白玉肤。
不须更待妃子笑，风骨自是倾城姝。
不知天公有意无，遣此尤物生海隅。
云山得伴松桧老，霜雪自困樝梨粗。
先生洗盏酌桂醑，冰盘荐此赪虬珠。
似闻江鳐斫玉柱，更洗河豚烹腹腴[②]。
我生涉世本为口，一官久已轻莼鲈。
人间何者非梦幻，南来万里真良图。

①公自注：谓杨梅、卢橘也。②公自注：予尝谓荔支厚味、高格两绝，果中无比，惟江鳐柱、河豚鱼近之耳。

荔支叹

十里一置飞尘灰，五里一候兵火催。
颠坑仆谷相枕籍，知是荔支龙眼来。
飞车跨山鹘横海，风枝露叶如新采。
宫中美人一破颜，惊尘溅血流千载。

永元荔支来交州，天宝岁贡取之涪。
至今欲食林甫肉，无人举觞酹伯游[①]。
我愿天公怜赤子，莫生尤物为疮痏。
雨顺风调百谷登，民不饥寒为上瑞。
君不见，武夷溪边粟粒芽，前丁后蔡相笼加[②]。
争新买宠各出意，今年斗品充官茶[③]。
吾君所乏岂此物，致养口体何陋邪！
洛阳相君忠孝家，可怜亦进姚黄花[④]。

①公自注：汉永元中，交州进荔支、龙眼，十里一置，五里一候，奔腾死亡，罹猛兽毒虫之害者无数。唐羌字伯游，为林武长，上书言状，和帝罢之。唐天宝中，盖取涪州荔支，自子午谷路进入。②公自注：大小龙茶始于丁晋公，成于蔡君谟。欧阳永叔闻君谟进小龙团，惊叹曰："君谟士人也，何至作此事！"③公自注：今年闽中监司乞进斗茶，许之。④公自注：洛下贡花自钱惟演始。〇后八句因荔支而叹贡茶、贡花之弊。

同正辅表兄游白水山

伟哉造物真豪纵，攫土抟沙为此弄。
擘开翠峡走云雷，截破奔流作潭洞。
因随化人履巨迹，得与仙兄蹑飞鞚。
曳杖不知岩谷深，穿云但觉衣裘重。
坐看惊鸟救霜叶，知有老蛟蟠石瓮。
金沙玉砾粲可数，古镜宝奁寒不动。
念兄独立与世疏，绝境难到惟我共。
永辞角上两蛮触，一洗胸中九云梦。
浮来山高回望失，武陵路绝无人送。
筠篮撷翠爪甲香，素绠分碧银缾冻。
归路霏霏汤谷暗，野堂活活神泉涌。

解衣浴此无垢人，身轻可试云间风。

次韵正辅同游白水山

只知楚越为天涯，不知肝胆非一家。
此身如线自萦绕，左旋右转随缫车。
误抛山林入朝市，平地咫尺千褒斜。
欲从稚川隐罗浮，先与灵运开永嘉。
首参虞舜款韶石，次谒六祖登南华。
仙山一见五色羽①，雪树两摘南枝花。
赤鱼白蟹箸屡下，黄柑绿橘笾常加。
糖霜不待蜀客寄，荔支莫信闽人夸。
恣倾白蜜收五稜，细斸黄土栽三桠②。
朱明洞里得灵草，翩然放杖凌苍霞。
岂无轩车驾熟鹿，亦有鼓吹号寒蛙。
仙人劝酒不用勺，石上自有樽罍窪。
径从此路朝玉阙，千里莫遣毫厘差。
故人日夜望我归，相迎欲到长风沙。
岂知乘槎天女侧，独倚云机看织纱。
世间谁似老兄弟，笃爱不复相疵瑕。
相携行到水穷处，庶几一见留子嗟。
千年枸杞尝夜吠，无数草棘工藏遮。
但令凡心一洗濯，神人仙药不我遐。
山中归来万想灭，岂复回顾双云鸦。

①谓有五色雀曾一至儋耳庭中，公后有《五色雀》诗。②公自注：正辅分人参，归种韶阳。来诗本用“磑”字，惠州无书，不见此字所出，故且从“木”奉和。〇首八句言被尘俗所缠缚，欲为物外之游。“首参”十句，叙自到岭南，备历诸胜。“朱明”八句，言自罗浮游白水。“故人”至

末十四句，有飘逸出世之想。

吾谪海南子由雷州被命即行了不相知至梧乃闻尚在藤也旦夕当追及作此诗示之

九疑联绵属衡湘，苍梧独在天一方。
孤城吹角烟树里，落日未落江苍茫。
幽人拊枕坐叹息，我行忽至舜所藏。
江边父老能说子，白须红颊如君长。
莫嫌琼雷隔云海，圣恩尚许遥相望。
平生学道真实意，岂与穷达俱存亡，
天其以我为箕子，要使此意留要荒。
他年谁作舆地志，海南万古真吾乡。

夜梦　并引

七月十三日，至儋州十馀日矣，澹然无一事。学道未至，静极生愁。夜梦如此，不免以书自怡。

夜梦嬉游童子如，父师检责惊走书。
计功当毕春秋馀，今乃始及桓庄初。
怛然悸寤心不舒，起坐有如挂钩鱼。
我生纷纷婴百缘，气固多习独此偏。
弃书事君四十年，仕不顾留书绕缠[①]。
自视汝与丘孰贤，易韦三绝丘犹然，如我当以犀革编。

①顾：一作愿。

闻子由瘦[①]

五日一见花猪肉，十日一遇黄鸡粥。
土人顿顿食薯芋，荐以熏鼠烧蝙蝠。

旧闻蜜唧尝呕吐，稍近虾蟆缘习俗。
十年京国厌肥羜，日日烝花压红玉。
从来此腹负将军[2]，今者固宜安脱粟。
人言天下无正味，蝍蛆未遽贤麋鹿。
海康别驾复何为，帽宽带落惊僮仆。
相看会作两臞仙，还乡定可骑黄鹄。

①公自注：儋耳至难得肉。②公自注：俗谚云：大将军食饱，扪腹而叹曰："我不负汝。"左右曰："将军固不负此腹，此腹负将军，未尝少出智虑也。"

独　觉

瘴雾三年恬不怪，反畏北风生体疥。
朝来缩颈似寒鸦，焰火生薪聊一快。
红波翻屋春风起，先生默坐春风里。
浮空眼缬散云霞，无数心花发桃李。
翛然独觉午窗明，欲觉犹闻醉鼾声。
回首向来萧瑟处，也无风雨也无晴。

过于海舶得迈寄书酒作诗远和之皆粲然可观子由有书相庆也因用其韵赋一篇并寄诸子侄

我似老牛鞭不动，雨滑泥深四蹄重。
汝如黄犊走却来，海阔山高百程送。
庶几门户有八慈，不恨居邻无二仲。
他年汝曹笏满床，中夜起舞踏破瓮。
会当洗眼看腾跃，莫指痴腹笑空洞。
誉儿虽是两翁癖，积德已自三世种。
岂惟万一许生还，尚恐九十烦珍从。

六子晨耕箪瓢出，众妇夜绩灯火共。
《春秋》古史乃家法，诗笔《离骚》亦时用。
但令文字还照世，粪土腐馀安足梦。

真一酒歌　并引

布算以步五星，不如仰观之捷；吹律以求中声，不如耳齐之审。铅汞以为药，策《易》以候火，不如天造之真也。是故神宅空乐出虚蹋蹢者以气升，孰能推是类以求天造之药乎？于此有物，其名曰真一。远游先生方治此道，不饮不食，而饮此酒、食此药、居此堂。予亦窃其一二，故作真一之歌，其辞曰：

空中细茎插天芒，不生沮泽生陵冈。
涉阅四气更六阳，森然不受螟与蝗。
飞龙御月作秋凉，苍波改色屯云黄。
天旋雷动玉尘香，起搜十裂照坐光。
蹴趺牛噍安且详，动摇天关出琼浆。
壬公飞空丁女藏，三伏遇井了不尝。
酿为真一和而庄，三杯俨如侍君王。
湛然寂照非楚狂，终身不入无功乡。

欧阳晦夫遗接䍦琴枕戏作此诗谢之

携儿过岭今七年，晚涂更着黎衣冠。
白头穿林要藤帽，赤脚渡水须花缦。
不愁故人惊绝倒，但使俚俗相恬安。
见君合浦如梦寐，挽须握手俱汍澜。
妻缝接䍦雾縠细，儿送琴枕冰徽寒。
无弦且寄陶令意，倒载犹作山公看。
我怀汝阴六一老，眉宇秀发如春峦。

羽衣鹤氅古仙伯，岌岌两柱扶霜纨。
至今画像作此服，凛如退之加渥丹。
尔来前辈皆鬼录，我亦带脱巾攲宽。
作诗颇似六一语，往往亦带梅翁酸。

○首六句，自叙至岭南后冠服。“见君”六句，叙送冠、枕。末十句，有怀欧、梅。

韦偃牧马图

神工妙技帝所收，江都曹韩逝莫留。
人间画马唯韦侯，当年为谁扫骅骝。
至今霜蹄踏长楸，圉人困卧沙垅头。
沙苑茫茫蒺藜秋，风鬃雾鬣寒飕飕。
龙种尚与驽骀游，长秸短豆岂我羞。
八銮六辔非马谋，古来西山与东丘。

众妙堂

湛然无观古真人，我独观此众妙门。
夫物芸芸各归根，众中得一道乃存。
道人晨起开东轩，趺坐一醉扶桑暾。
馀光照我玻瓈盆，倒射窗几清而温。
欲收月魄餐日魂，我自日月谁使吞。

虔州景德寺荣师湛然堂

卓然精明念不起，兀然灰槁照不灭。
方定之时慧在定，定慧照寂非两法。
妙湛总持不动尊，默然真入不二门。
语息则默非对语，此话要将《周易》论。

诸方人人把雷电，不容细看真头面。
欲知妙湛与总持，更问江东三语掾。

张竞辰永康所居万卷堂

君家四壁如相如，卷藏天禄吞石渠。
岂惟邺侯三万轴，家有世南行秘书。
儿童拍手笑何事，笑人空腹谈经义。
未许中郎得异书，且与扬雄说奇字。
清江萦出碧玉环，下有老龙千古闲。
知君好事家有酒，化为老人夜扣关。
留侯之孙书满腹，玉函宝方何用读。
濠梁空复五车多，圯上从来一编足。

老翁井

井中老翁误年华，白沙翠石公之家。
公来无踪去无迹，井面团圆水生花。
翁今与世两何与，无事纷纷惊牧竖。
改颜易服与世同，无使世人知有翁。

卷十六　黄山谷七古

百六十五首

送范德孺知庆州[①]

乃翁知国如知兵[②]，塞垣草木识威名。
敌人开户玩处女，掩耳不及惊雷霆。
平生端有活国计，百不一试薶九京。
阿兄两持庆州节[③]，十年麒麟地上行。
潭潭大度如卧虎，边人耕桑长儿女。
折冲千里虽有馀，论道经邦政要渠。
妙年出补父兄处，公自才力应时须。
春风旍旆拥万夫，幕下诸将思草枯。
智名勇功不入眼，可用折箠笞羌胡。

①德孺名纯粹，元丰八年八月除知庆州。山谷以次年春为此诗赠之。②乃翁：谓范文正公。③阿兄：谓忠宣公纯仁也。

次韵李之纯少监惠砚

黄公山下黄鸡秋，持节恤刑曾少休。
小人负弩得开道，扫叶张饮林岩幽[①]。
相传有石非地产，列仙持来自罗浮。
酒酣步出云雨上，南抚方城西嵩丘。
林端乃见石空洞，猛兽奰屃踞上头[②]。

鸟道兔远谋挽致，万牛不动五丁愁。
道家蓬莱见仙伯，我亦洗湔与清流。
探囊赠研颇宜墨，近出黄山非远求。
乃知此山自才美，物欲致用当穷搜。
迷邦故令成器晚，不琢元非匠石羞。

①汝州叶县有黄公山。山谷熙宁间尝为叶县尉，当迎候之纯也。②猛兽㚅屃，借以言石之状。○仙伯，谓李之纯。蓬莱，谓见李于京师也。“与清流”者，山谷以哲宗初除馆职也。黄山，即黄公山，谓前此见石，不知其可为砚材。

次韵子瞻题郭熙画秋山

黄州逐客未赐环，江南江北饱看山。
玉堂卧对郭熙画，发兴已在青林间。
郭熙官画但荒远，短纸曲折开秋晚。
江村烟外雨脚明，归雁行边馀迭巘。
坐思黄甘洞庭霜，恨身不如雁随阳。
熙今头白有眼力，尚能弄笔映窗光。
画取江南好风日，慰此将衰镜中发。
但熙肯画宽作程，十日五日一水石。

咏李伯时摹韩幹三马次苏子由韵简伯时兼寄李德素

太史琐窗云雨垂[①]，试开三马拂蛛丝。
李侯写影韩幹墨，自有笔如沙画锥。
绝尘超日精爽紧，若失其一望路驰。
马官不语臂指挥，乃知仗下非新羁[②]。
吾尝览观在垧马，驽骀成列无权奇。
缅怀胡沙英妙质，一雄可将千万雌。

决非厮养所成就，天骥生驹人得之[3]。
千金市骨今何有，士或不价五羖皮[4]。
李侯画隐百僚底，初不自期人误知。
戏弄丹青聊卒岁，身如阅世老禅师。

①太史：当谓子由作起居郎左史之任。云雨垂：谓如在天上也。②二句言其驯伏如此，必非新自西极来者。③任注：诗意若曰老于中朝之士与来自钓筑者，其英杰之气固自不同，如仗下马与渥洼之骥也。④言五羖皮已自轻其身矣，而今乃有并不须此价者。

次韵子瞻和子由观韩幹马因论伯时画天马

于阗花骢龙八尺，看云不受络头丝。
西河骢作蒲萄锦，双瞳夹镜耳卓锥。
长楸落日试天步，知有四极无由驰。
电行山立气深稳，可耐珠韉白玉羁。
李侯一顾叹绝足，领略古法生新奇。
一日真龙入图画，在坰群雄望风雌。
曹霸弟子沙苑丞，喜作肥马人笑之。
李侯论幹独不耳，妙画骨相遗毛皮。
翰林评书乃如此，贱肥贵瘦渠未知[1]。
况我平生赏神俊[2]，僧中云是道林师。

①翰林：谓东坡也。坡诗云：“少陵评书贵瘦硬，此论未公吾不凭。”言少陵评幹不画骨，李侯亦不以为凭也。②俊：一作骏。

次韵钱穆父赠松扇

银钩玉唾明茧纸[1]，松箑轻凉并送似。
可怜远度帻沟娄[2]，适堪今时褦襶子[3]。
丈人玉立气高寒，三寒持节见神山。

合得安期不死草，使我蝉蜕尘埃间。

①银钩：字也；玉唾：诗也。②帻沟娄：高丽城名。③褦襶：谓不晓事人，山谷以自道也。

戏和文潜谢穆父松扇

猩毛束笔鱼网纸[①]，松柎织扇清相似。
动摇怀袖风雨来，想见僧前落松子。
张侯哦诗松韵寒，六月火云蒸肉山[②]。
持赠小君聊一笑，不须射雉彀黄间[③]。

①山谷有《猩毛笔》诗，盖亦穆父高丽所得。②文潜体肥，故有“肉山”之讥。③黄间：弩名。

次韵王炳之惠玉板纸

王侯须若缘坡竹，哦诗清风起空谷。
古田小笺惠我百[①]，信知溪翁能解玉。
鸣碪千杵动秋山，裹粮万里来辇毂。
儒林丈人有苏公，相如子云再生蜀。
往时翰墨颇横流，此公归来有边幅。
小楷多传乐毅论，高词欲奏《云门曲》。
不持归扫苏公门，乃令小人今拜辱。
去骚甚远文气卑，画虎不成书势俗。
董狐南史一笔无，误掌杀青司记录[②]。
虽然此中有公议，或辱五鼎荣半菽。
愿公进德使见书，不敢求君米千斛。

①古田隶福州。②此二句，山谷时为史官，自谦云尔。

送王郎[①]

酌君以蒲城桑落之酒，泛君以湘累秋菊之英。

赠君以黟川点漆之墨，送君以阳关堕泪之声。
酒浇胸中（次）之磊块，菊制短世之颓龄。
墨以传千古文章之印，歌以写一家兄弟之情。
江山万里头俱白，骨肉十年眼终青。
连床夜语鸡戒晓，书囊无底谈未了。
有功翰墨乃如此，何恨远别音书少。
炊沙作糜终不饱，镂冰文章费工巧。
要须心地收汗马，孔孟行世日杲杲②。
有弟有弟力持家，妇能养姑供珍鲑。
儿大诗书女丝麻，公但读书煮春茶。

①王纯亮字世弼，山谷之妹婿。②任注云：谓道义战胜，胸中开明，乃晓然见圣贤用心处。

送郑彦能宣德知福昌县

往时河北盗横行，白昼驱人取城郭①。
唯闻不犯郑冠氏②，犬卧不惊民气乐。
只今化民作锄耰，田舍老翁百不忧。
铜章去作福昌县，山中读书民有秋。
福昌爱民如父母，当官不扰万事举。
用才之地要得人，眼中虚席十四五。
不知诸公用心许，鲁恭卓茂可人否？

①取：一作入。②冠氏县属大名府，郑由冠氏迁福昌，故称之曰“郑冠氏”，犹称王元之曰“王黄州”，称范德孺曰“范庆州”，称孙贲曰“孙阳翟”耳。

双井茶送子瞻①

人间风日不到处，天上玉堂森宝书。

想见东坡旧居士，挥毫百斛泻明珠。
我家江南摘云腴，落硙霏霏雪不如。
为公唤起黄州梦，独载扁舟向五湖。

①双井，在洪州分宁县，山谷所居也。

和答子瞻

一月空回长者车，报人问疾遣儿书[①]。
翰林贻我东南句[②]，窗前默坐得玄珠。
故园溪友脍腹腴，远包春茗问何如。
玉堂下直长廊静，为君满意说江湖。

①山谷时病目，故云。②东坡《谢山谷馈茶》诗云“明年我欲东南去”，故云。

子瞻以子夏丘明见戏聊复戏答

化工见弹大早计，端为失明能著书。
迩来似天会事发，泪睫见光犹陨珠。
喜公新赐紫琳腴，上清虚皇对久如[①]。
请天还我读书眼，愿载轩辕讫鼎湖[②]。

①对久如：谓奏对久之。《诗笺》曰：烝然犹言久如也。②轩辕：谓神宗，时山谷修《实录》，故云。

省中烹茶怀子瞻用前韵

阁门井不落第二[①]，竟陵谷簾定误书[②]。
思公煮茗共汤鼎，蚯蚓窍生鱼眼珠。
置身九州之上腴，争名焰中沃焚如[③]。
但恐次山胸磊隗，终便酒舫石鱼湖。

①文德殿东上阁门之东有井，绝佳。②陆羽，复州竟陵人，著《茶经》

三篇，以庐山康王谷水簾为天下第一。③谓众人争名于烈焰之中，东坡则以水沃其焚如之焰也。

以双井茶送孔常父

校经同省并门居，无日不闻公读书。
故持茗椀浇舌本，要听六经如贯珠。
心知韵胜舌知腴，何似宝云与真如。
汤饼作魔应午寝，慰公渴梦吞江湖。

常父答诗有煎点径须烦绿珠之句复次韵戏答

小鬟虽丑巧妆梳，扫地如镜能检书。
欲买娉婷供煮茗，我无一斛明月珠。
知公家亦阙扫除，但有文君对相如。
政当为公乞如愿，作笺远寄宫亭湖。

戏呈孔毅父

管城子无食肉相，孔方兄有绝交书。
文章功用不经世，何异丝窠缀露珠。
校书著作频诏除[①]，犹能上车问何如。
忽忆僧床同野饭，梦随秋雁到东湖。

①山谷以元丰八年四月为校书郎，元祐二年正月为著作郎。

谢黄从善司业寄惠山泉[①]

锡谷寒泉椭石俱[②]，并得新诗虿尾书。
急呼烹鼎供茗事，晴江急雨看跳珠。
是功与世涤膻腴，令我屡空常晏如。
安得左轓清颍尾，风炉煮茗卧西湖。

①从善，名降，一名隐。②椭：音妥，圆而长曰椭。椭石所以澄水也。

以团茶洮州绿石研赠无咎文潜

晁子智囊可以括四海，张子笔端可以回万牛。
自我得二士，意气倾九州。
道山延阁委竹帛，清都太微望冕旒。
贝宫胎寒弄明月，天网下罩一日收。
此地要须无不有，紫皇访问富春秋[①]。
晁无咎，赠君越侯所贡苍玉璧，可烹玉尘试春色。
浇君胸中过秦论，斟酌古今来活国。
张文潜，赠君洮州绿石含风漪，能淬笔物利如锥。
请书元祐开皇极，第入思齐访落时[②]。

①元祐元年十二月，试太学录张耒、试太学正晁补之，并为秘书省正字。所谓“道山延阁”，所谓“此地”，并指禁省馆阁言之也。②思齐，指宣仁太后；紫皇及访落，并指哲宗也。

次韵答曹子方杂言[①]

酺池寺[②]，汤饼一斋盂，曲肱懒著书。
骑马天津看逝水，满船风月忆江湖。
往时尽醉冷卿酒[③]，侍儿琵琶春风手。
竹间一夜鸟声春，明朝醉起雪塞门。
当年闻说冷卿客，黄须邺下曹将军。
挽弓石八不好武，读书卧看三峰云。
谁怜相逢十载后，釜里生鱼甑生尘。
冷卿白首大官寺，樽前不复如花人。
曹将军，江湖之上可相忘。
春锄对立双鸳鸯，无机与游不乱行。

何时解缨濯沧浪，唤取张侯来平章④，烹茶煮饼坐僧房。

①曹辅，字子方。②山谷在京寓居此寺。③冷卿：如称祠部为“冷厅”、广文为“冷官”之类，谓光禄卿也；或云冷姓也。④张侯：似是张仲谋。○首五句山谷自叙近状，时持戒律甚严，故有“斋盂”之句。“往时”以下八句，山谷昔在冷宅始知曹之名。“谁怜”四句，叙与曹相遇时曹贫而冷，亦不如昔矣。末七句招曹偕隐。

次韵子瞻武昌西山

漫郎江南酒隐处，古木参天应手栽。
石坳为尊酌花鸟，自许作鼎调盐梅。
平生四海苏太史，酒浇不下胸崔嵬。
黄州副使坐闲散，谏疏无路通银台。
鹦鹉洲前弄明月，江妃起舞袜生埃。
次山醉魂招髣髴，步入寒溪金碧堆。
洗湔尘痕饮嘉客，笑倚武昌江作罍。
谁知文章照今古，野老争席渔争隈。
邓公勒铭留刻画，刳剔银钩洗绿苔。
琢磨十年烟雨晦，摸索一读心眼开。
谪去长沙忧鹏入，归来杞国痛天摧。
玉堂却对邓公直，北门唤仗听风雷。
山川悠远莫浪许，富贵峥嵘今鼎来。
万壑松声如在耳，意不及此文生哀。

○元次山因石颠有窊，因修之以藏酒，命为“洼樽”而铭之。邓圣求在武昌，尝作《元次山洼樽铭》。东坡在玉堂与邓同夜直，话及此事，因作《武昌西山》诗，请邓同赋，山谷和之。○首四句，叙次山作洼樽。“平生四海”以下十二句，叙东坡在黄州寻次山之遗迹。“邓公勒铭”四句叙东坡摩挲邓公之铭。“谪去长沙”至末八句，叙东坡还京，与邓同直玉堂。

谢送碾赐壑源拣芽

鬲云从龙小苍璧[①]，元丰至今人未识。
壑源包贡第一春[②]，缃奁碾香供玉食。
睿思殿东金井栏[③]，甘露荐椀天开颜。
桥山事严庀百局[④]，补衮诸公省中宿。
中人传赐夜未央，雨露恩光照宫烛。
右丞似是李元礼[⑤]，好事风流有泾渭。
肯怜天禄校书郎[⑥]，亲敕家庭遣分似。
春风饱识太官羊[⑦]，不惯腐儒汤饼肠。
搜搅十年灯火读，令我胸中书传香。
已戒应门老马走，客来问字莫载酒。

①熙宁末，神庙有旨下建州制密云龙。②建州茶以北苑壑源为上，沙溪为下。第一春，谓元丰元年。③睿思：神宗便殿也。④桥山：谓作神宗裕陵也。⑤右丞：谓李清臣邦直。⑥校书郎：山谷以元丰八年召为校书郎也。⑦春风：谓茶。

以小团龙及半挺赠无咎并诗用前韵为戏

我持玄圭与苍璧，以暗投人渠不识。
城南穷巷有佳人[①]，不索宾郎常晏食。
赤铜茗椀雨斑斑，银粟翻光解破颜。
上有龙文下棊局[②]，担囊赠君诺已宿。
此物已是元丰春，先皇圣功调玉烛。
晁子胸中开典礼，平生自期莘与渭。
故用浇君磊隗胸，莫令鬓毛雪相似。
曲几团蒲听煮汤，煎成车声绕羊肠。
鸡苏胡麻留渴羌[③]，不应乱我官焙香。

肥如瓠壶鼻雷吼，幸君饮此勿饮酒。

①佳人：谓无咎。②碁局：谓团茶下隐隐有此文，盖篾痕也。③鸡苏、胡麻：俗人煮茶多以此二物杂之。晋有羌人姚馥，但言渴于酒，群辈呼为“渴羌”。

送谢公定作竟陵主簿

谢公文章如虎豹[1]，至今斑斑在儿孙。
竟陵主簿极多闲，万事不理专讨论。
涧松无心古须鬣，天球不琢中粹温。
落笔尘沙百马奔，剧谈风霆九河翻。
胸中恢疏无怨恩，当官持廉庭不烦。
吏民欺公亦可忍，慎勿惊鱼使水浑。
汉滨耆旧今谁存[2]，驷马高盖徒纷纷。
安知四海习凿齿，拄笏看度南山云。

①谢公：谓师厚，公定盖其子也。②竟陵与襄阳皆在汉水之滨。○“四海”句，以习凿齿比公定才行之高。“拄笏”句，以王徽之比公定襟怀之雅。

赠送张叔和

张侯温如邹子律，能令阴谷黍生春。
有齐先君之季女[1]，十年择对无可人。
箕帚扫公堂上尘，家风孝友故相亲。
庙中时荐南涧蘋，儿女衣袴得补纫。
两家俱为白头计，察公与人意甚真。
吏能束缚老奸手，要使鳏寡无颦呻。
但回此光还照己，平生倦学皆日新。
我提养生之四印，君家所有更赠君。

百战百胜不如一忍，万言万当不如一默。
无可简择眼界平，不藏秋毫心地直。
我肱三折得此医，自觉两踵生光辉。
团蒲日静鸟吟时，炉薰一炷试观之。

①埙，字叔和，洛中人，张焘龙图之后，娶山谷季妹。

僧景宗相访寄法王航禅师[1]

抱牍稍退凫鹜行，倦禅时作橐驼坐[2]。
忽忆头陀云外人，闭门作夏与僧过。
一丝不挂鱼脱渊，万古同归蚁旋磨。
山中雨熟瓜芋田，唤取小僧休乞钱。

①自注：智航道人住嵩山法王寺，数遣小僧景宗到都城，因宗还寄之。②王洙避雪佛庙，见一老僧着皂裘，背及肋有白补处。明日视之，乃橐驼也。○首二句，山谷自述近状。三四句，指智航。“一丝”句，谓智航无罣无碍，脱离世网。“万古”句，慨世人为物所牵，如蚁之旋磨。末二句，谓智航能以法力致雨，熟其田园，不须令小僧景宗乞化也。

谢王仲至惠洮州砺石黄玉印材[1]

洮砺发剑虹贯日，印章不琢色蒸栗。
磨砻顽钝印此心，佳人持赠意坚密。
佳人鬟彫文字工，藏书万卷胸次同。
日临天闲豢真龙，新诗得意挟雷风。
我贫无句当二物，看公倒海取明月。

①仲至，名钦臣。

次韵子瞻咏好头赤图

李侯画骨不画肉[1]，笔下马生如破竹。

秦驹虽入天仗图[②]，犹恐真龙在空谷。
精神权奇汗沟赤[③]，有头赤乌能逐日[④]。
安得身为汉都护，三十六城看历历。

①不：一作亦。②仗：一作马。③《铜马相法》曰：汗沟欲深长。④有头：一作自有。

观伯时画马

仪鸾供帐饕虱行，翰林湿薪爆竹声[①]，风簾官烛泪纵横。
木穿石盘未渠透[②]，坐窗不遨令人瘦，贫马百蹟逢一豆。
眼明见此五花骢，径思着鞭随诗翁，城西野桃寻小红。

○元祐三年春，东坡知贡举，山谷与李伯时皆为其属，故试院中作数诗。①仪鸾：司掌奉供帐之事。翰林：司掌供御酒茗汤果及内外筵设。②太极老君与傅先生木钻，使穿一石盘，厚五寸许，积四十七年而石穿，遂得神丹。

记　梦

众真绝妙拥灵君，晓然梦之非纷纭。
窗中远山是眉黛，席上榴花皆舞裙。
借问琵琶得闻否，灵君色庄妓摇手。
两客争棋斧烂柯，一儿坏局君不呵。
杏梁归燕空语多，奈此云窗雾閤何。

○洪驹父《诗话》谓山谷见一贵宗室携妓女游某寺，此篇记其事也。僧惠洪《冷斋诗话》谓山谷昼卧酺池寺，梦与一道士游蓬莱，觉而作此诗。二说未知孰是。

次韵子瞻送李豸[①]

骥子堕地追风日，未试千里谁能识。
习之实录葬皇祖，斯文如女有正色。

今年持橐佐春官，遂失此人难塞责。
虽然一哄有奇耦，博悬于投不在德。
君看巨浸朝百川，此岂有意潢潦前[2]。
愿为雾豹怀文隐，莫爱风蝉蜕骨仙[3]。

①豸，字方叔，东坡知贡举，而豸不第，有诗送之。②二句言其所成者大。③二句劝其不求速化。

次韵子瞻寄眉山王宣义[1]

参军但有四立壁，初无临江千木奴。
白头不用折腰具，桐帽棕鞵称老夫。
沧江鸥鹭野心性，阴壑虎豹雄牙须。
鹔鹴作裘初服在，猩血染带邻翁无。
昨来杜鹃劝归去，更待把酒听提壶。
当今人材不乏使，天上二老须人扶。
儿无饱饭尚勤书，妇无複裈且着襦。
社瓮可漉溪可渔，更问黄鸡肥与癯。
林间醉著人伐木，犹梦官下闻追呼[2]。
万钉围腰莫爱渠，富贵安能润黄垆。

①王淮奇，字庆源，蜀之青神人，东坡叔丈人也。东坡有《王丈求红带》诗。②闻伐木喧噪之声，犹以为追呼也。

听宋宗儒摘阮歌

翰林尚书宋公子[1]，文采风流今尚尔。
自疑耆域是前身，囊中探丸起人死[2]。
貌如千岁枯松枝，落魄酒中无定止。
得钱百万送酒家，一笑不问今馀几。
手挥琵琶送飞鸿，促弦聒醉惊客起。

寒虫催织月笼秋，独雁叫群天拍水。
楚国羁臣放十年，汉宫佳人嫁千里。
深闺洞房语恩怨，紫燕黄鹂韵桃李。
楚狂行歌惊世人，渔父拏舟在葭苇。
问君枯木着朱绳，何能道人意中事？
君言此物传数姓，玄璧庚庚有横理。
闭门三月传国工，身今亲见阮仲容。
我有江南一丘壑，安得与君醉其中，曲肱听君写松风。

①翰林尚书，当是宋景文公。②耆域：天竺高僧也，尝以净水一杯、杨柳一枝，起滕永文之病。

博士王扬休碾密云龙同事十三人饮之戏作

矞云苍璧小盘龙，贡包新样出元丰。
王郎坦腹饭床东，太官分物来妇翁。
棘闱深锁武成宫，谈天进士雕虚空①。
鸣鸠欲雨唤雌雄，南岭北岭宫徵同②。
午窗欲眠视濛濛，喜君开包碾春风，注汤官焙香出笼。
非君灌顶甘露椀，几为谈天干舌本。

①任注：国朝试进士，多在武成王庙。熙丰间，进士高谈性命；元祐初，其习犹在。②二句言程文声调一律也。

答黄冕仲索煎双井并简扬休①

江夏无双乃吾宗，同舍颇似王安丰②。
能浇茗椀湔祓我，风袂欲挹浮丘翁。
吾宗落笔赏幽事，秋月下照澄江空③。
家山鹰爪是小草，敢与好赐云龙同。
不嫌水厄幸来辱，寒泉汤鼎听松风，夜堂朱墨小灯笼④。

惜无纤纤来捧椀，唯倚新诗可传本。

①冕仲，名裳。②王戎封安丰侯，善发谈端，此引以比扬休。③秋月澄江，言诗之清绝如此。④此句不知何指。

再答冕仲

丘壑诗书虽数穷，田园芋栗颇时丰。
小桃源口雨繁红，春溪蒲稗没凫翁[①]。
投身世网梦归去，摘山鼓声雷隐空。
秋堂一笑共灯火，与公草木臭味同。
安用茗浇磊隗胸，他日过饭随家风[②]，买鱼贯柳鸡著笼。
更当力贫开酒椀，走谒邻翁称子本[③]。

①《急就篇》：颜注曰：翁，凫颈毛也。②《汉书·鲍仙传》：俱过宣，一饭去。③称子本：谓称贷于邻家以治具。《韩文》：子本相侔。

戏答陈元舆

平生所闻陈汀州[①]，蝗不入境年屡丰。
东门拜书始识面[②]，鬓发幸未成老翁。
官饔同盘厌腥腻，茶瓯破睡秋堂空。
自言不复蛾眉梦，枯淡颇与小人同[③]。
但忧迎笑花枝红，夜窗冷雨打斜风，秋衣沉水换熏笼。
银屏婉转复婉转，意根难拔如薤本[④]。

○元祐二年八月，陈轩为主客郎中。轩字元舆。①陈汀州：亦犹称“郑冠氏”“孙阳翟”之类。②任注云：东门拜书，当是拜诰于东上阁门。③小人：山谷自谓也。④“迎笑”句，谓少妇也。“夜窗”句，谓寒宵也。“秋衣”句，谓侍妾熏衣也。谓元舆虽甘枯淡，恐有少妇寒宵熏衣，意根复动耳。

再答元舆

君不能入身帝城结子公，又不能击强有如诸葛丰。

法当憔悴百寮底，五十天涯一秃翁。
问君何自今为郎，便殿作赋声摩空？
偶然樽酒相劳苦，牛铎调与黄钟同[①]。
安得朱幡各凭熊，江南楼阁白蘋风，劝归啼鸟晓窗笼。
男儿邂逅功补衮，鸟倦归巢叶归本[②]。

①牛铎，山谷自谓也；黄钟，以比元舆也。②邂逅：谓不期而得之。补衮：谓名位也。言名位仓卒可得，不如不忘其本也。

演　雅

桑蚕作茧自缠裹，蛛蝥结网工遮逻。
燕无居舍经始忙，蝶为风光句引破。
老鸧衔石宿水饮，稚蜂趋衙供蜜课[①]。
鹊传吉语安得闲，鸡催晨兴不敢卧。
气陵千里蝇附骥，枉过一生蚁旋磨。
虱闻汤沸尚血食，雀喜宫成自相贺。
晴天振羽乐蜉蝣，空穴祝儿成蜾蠃。
蛣蜣转丸贱苏合，飞蛾赴烛甘死祸。
井边蠹李螬苦肥，枝头饮露蝉常饿。
天蝼伏隙录人语，射工含沙须影过。
训狐啄屋真行怪，蠨蛸报喜太多可。
鸬鹚密伺鱼虾便，白鹭不禁尘土涴。
络纬何尝省机织，布谷未应勤种播。
五技鼯鼠笑鸠拙，百足马蚿怜鳖跛。
老蚌胎中珠是贼，醯鸡瓮里天几大。
螳螂当辙恃长臂，熠燿宵行矜照火。
提壶犹能劝沽酒，黄口只知贪饭颗[②]。
伯劳饶舌世不问，鹦鹉才言便关锁。

春蛙夏蜩更嘈杂，土蚓壁蟫何碎琐。
江南野水碧于天，中有狎鸥闲似我[3]。

①《唐·食货志》有课户，今犹以赋税为“国课”，此谓蜂以酿蜜为课也。②黄口：小雀也。③狎鸥：一作白鸥。

戏答赵伯充劝莫学书及为席子泽解嘲

平生饮酒不尽味，五鼎馈肉如嚼蜡[1]。
我醉欲眠便遣客，三年窥墙亦面壁[2]。
空馀小来翰墨场，松烟兔颖傍明窗。
偶随儿戏洒墨汁，众人许在崔杜行[3]。
晚学长沙小三昧[4]，幻出万物真成狂。
龙蛇起陆雷破柱，自喜奇观绕绳床。
家人骂笑宁有道，污染黄素败粉墙。
诚不如南邻席明府[5]，蛛网锁砚蜗书梁。
怀中探丸起九死，才术颇似汉太仓。
感君诗句唤梦觉，邯郸初未熟黄粱。
身如朝露无牢强，玩此白驹过隙光。
从此永明书百卷[6]，自公退食一炉香。

①二句言不好饮。②二句言不好色。③崔谓崔瑗，杜谓杜庆。④长沙：僧怀素也，自言得草书三昧。⑤任注：席君盖京师医者，与山谷寓舍相邻，山谷书帖中所谓“席三”，即其人也。⑥杭州永明寺智觉禅师延寿，著《宗镜录》一百卷。

戏书秦少游壁

丁令威，化作辽东白鹤归。
朱颜未改故人非，微服过宋风退飞[1]。
宋父拥篲待来归[2]，谁馈百牢鷫鸹妃[3]。

秦氏乌生八九子[4]，雅乌之兄毕逋尾[5]。
忆炊门牡烹伏雌[6]，未肯增巢令汝栖[7]。
莫愁野雉疏家鸡[8]，但愿主人印累累[9]。

〇任注云：观此诗意，当是少游过南京时有所盼，主翁待少游厚，欲令从归，而其家难之也。①谓少游过宋之南京，今之归德也。②宋父：以喻所盼者之父。③百牢：喻百两之礼。鹳鹆：喻此女也。④秦氏：喻少游之夫人。⑤兄：喻少游之子已长矣。⑥此句喻少游昔年与妻同贫苦。⑦此句喻妻意不欲少游纳妾。⑧此句劝少游妻无怨其夫。⑨言富贵后不妨广置姬妾也。

送少章从翰林苏公馀杭

东南淮海惟扬州，国士无双秦少游。
欲攀天关守九虎，但有笔力回万牛。
文学纵横乃如此，故应当家有季子。
时来谁能力作难，鸿雁行飞入道山。
斑衣儿啼真自乐，从师学道也不恶。
但使新年胜故年，即如常在郎罢前[1]。

①顾况诗曰：隔地绝天，直至黄泉，不得在郎罢前。

便籴王丞送碧香酒用子瞻韵戏赠郑彦能[1]

食贫好饮尝自嘲，日给上尊无骨相[2]。
大农部丞送新酒，碧香窃比主家酿。
应怜坐客竟无毡，更遭长官颇讥谤[3]。
银杯同色试一倾，排遣春寒出帏帐。
浮蛆翁翁杯底滑，坐想康成论泛盎。
重门著关不为君，但备恶客来仇饷。

①王诜晋卿，尚蜀国公主，其家酒名碧香。彦能，名仅。②汉赐丞相上尊酒，言贫者无此骨相，不能邀给赐也。③二句谓王怜山谷，怜其坐则

无毡、出则被谤也。

戏和答禽语

南村北村雨一犁，新妇饷姑翁哺儿。
田中啼鸟自四时，催人脱袴着新衣。
着新替旧亦不恶，去年租重无袴着。

谢景叔惠冬笋雍酥水梨三物

玉人怜我长蔬食，走送厨珍不自尝。
秦牛肥腻酥胜雪，汉苑甘寒梨得霜。
冰底斫春生笋束，豹文解箨馔寒玉。
见他桃李忆故园，馋獠应残遶窗竹。

再答景叔

女三为粲当献王，三珍同盘乃得尝。
甘泉下浇藜苋肠，令我诗句挟风霜。
小人食珍敢取足，都城一饭炊白玉。
赐钱千万民犹饥①，雪后排檐冻银竹②。

①元祐二年十二月，以大雪寒，出钱百万，令开封府赐贫民。②银竹：谓冰柱也。

出城送客过故人东平侯赵景珍墓

朱颜苦留不肯住，白发政尔欺得人。
婵娟去作谁家妾？意气都成一聚尘。
今日牛羊上丘垄，当时近前左右瞋。
花开鸟啼荆棘里，谁与平章作好春。

题也足轩　并序

简州景德寺觉范道人，种竹于所居之东轩。使君杨梦贶题其轩曰“也足”，取古人所谓“但有岁寒心，两三竿也足”者也，仍为之赋诗，余辄次韵。

道人手种两三竹，使君忽来唾珠玉。
不须客赋千首诗，若是当音一夔足。
世人爱处但同流，一丝不挂似太俗。
客来若问有何好①，道人优昙远山绿②。

①若问：一作问我。②昙：一作波。

送石长卿太学秋补

长卿家亦但四壁，文君窥之介如石。
胸中已无少年事，骨气仍有老松格。
汉文新览天下图①，诏山采玉渊献珠。
再三可陈治安策，第一莫上登封书。

①谓徽宗初立也。

次韵黄斌老所画横竹

酒浇胸次不能平，吐出苍竹岁峥嵘。
卧龙偃蹇雷不惊，公与此君俱忘形。
晴窗影落石泓处，松煤浅染饱霜兔。
中安三石使屈蟠，亦恐形全便飞去。

戏咏子舟画两竹两鸜鹆

风晴日暖摇双竹，竹间相语两鸜鹆。
鸜鹆之肉不可肴，人生不材果为福。

子舟之笔利如锥，千变万化皆天机。
未知笔下鸜鹆语，何似梦中蝴蝶飞。

题荣州祖元大师此君轩

王师学琴三十年，响如清夜落涧泉。
满堂洗尽筝琶耳，请师停手恐断弦[①]。
神人传书道人命，死生贵贱如看镜。
晚知直语触憎嫌，深藏幽寺听钟磬[②]。
有酒如渑客满门，不可一日无此君。
当时手栽数寸碧，声挟风雨今连云。
此君倾盖如故旧，骨相奇怪清且秀。
程婴杵臼立孤难[③]，伯夷叔齐采薇瘦[④]。
霜钟堂上弄秋月，微风入弦此君说[⑤]。
公家周彦笔如椽，此君语意当能传。

①四句叙其善鼓琴。②四句叙其善推命。③此句状竹之劲。④此句状竹之瘦。⑤二句因竹而及琴，回顾篇首。

青神县尉厅葺城头旧屋作借景亭
下瞰史家园水竹终日寂然了无人迹又当大木绿荫之间
戏作长句奉呈信孺明府介卿少府[①]

青神县中得两张，爱民财力唯恐伤。
二公身安民乃乐，新葺城头六月凉。
竹铺不涴吴绫袜，东西开轩荫清樾。
当官借景未伤民，恰似凿池取明月[②]。

①尉即张祉。介卿，祉父闾，雅州人，娶山谷之姑，官太常卿。②任注：杜牧之《盆池》诗云“凿破苍苔地，偷他一片天”，此用其意。

戏赠家安国[①]

家侯口吃善著书，常愿执戈王前驱。
朱绂蹉跎晚监郡，吟弄风月思天衢。
二苏平生亲且旧[②]，少年笔砚老桮酒。
但使一气转鸿钧，此老矍铄还冠军。

①安国，字复礼，眉山人，初以武进，后入左选。②二苏：谓东坡、黄门，亦眉人，皆有赠安国之诗。

和王观复洪驹父谒陈无己长句[①]

陈君今古焉不学，清渭无心映泾浊。
汉官旧仪重九鼎[②]，集贤学士见一角[③]。
王侯文采似於菟，洪甥人间汗血驹。
相将问道城南隅，无屋止借船官居。
有书万卷绕四壁，樵苏不爨谈至夕。
主人自是文章伯，邻里颇怪有此客。
食贫各仕天一方[④]，佳人可思不可忘。
河从天来砥柱立[⑤]，爱莫助之涕淋浪。

①王蕃，字观复，沂公之孙，官阆中时常从山谷问学，元符三年自京师改官复入蜀，会山谷于荆州。洪刍，字驹父，山谷之甥也。②谓无己有前辈典刑，足为士林之重。③一角：以无己比麟，谓如学士中之瑞也。④仕：一作在。⑤言无己独立于颓波之间。

王充道送水仙花五十枝欣然会心为之作咏

凌波仙子生尘袜，水上轻盈步微月。
是谁招此断肠魂，种作寒花寄愁绝。
含香体素欲倾城，山礬是弟梅是兄。

坐对真成被花恼，出门一笑大江横。

庭坚以去岁九月至鄂登南楼 叹其制作之美成长句久欲寄远因循至今书呈公悦①

江东湖北行画图，鄂州南楼天下无。
高明广深势抱合，表里江山来画阁。
雪筵披襟夏簟寒，胸吞云梦何足言。
庾公风流冷似铁，谁其继之方公悦。

①公悦，名泽。

题莲华寺

狂卒猝起金坑西，胁从数百马百蹄。
所过州县不敢谁，肩舆虏载三十妻。
伜生有胆无智略，谓河可冯虎可搏。
身膏白刃浮屠前，此乡父老至今怜。

送密老住五峰①

我穿高安过萍乡，七十二渡绕羊肠。
水边林下逢衲子，南北东西古道场。
五峰秀出云雨上，中有宝坊如侧掌。
去与青山作主人，不负法昌老禅将。
栽松种竹是家风，莫嫌斗绝无来往。
但得螺师吞大象，从来美酒无深巷②。

①密老，盖法昌之嗣。②螺师吞大象：法昌《法身颂》中语也。美酒无深巷：古语也，谓酒之美者，虽在深僻之地，人必就沽。山谷之意，以为密老但解法昌宗旨，何患不为人所知哉。

武昌松风阁

依山筑阁见平川，夜阑箕斗插屋椽，我来名之意适然。
老松魁梧数百年，斧斤所赦今参天。
风鸣娲皇五十弦，洗耳不须菩萨泉。
嘉二三子甚好贤，力贫买酒醉此筵。
夜雨鸣廊到晓悬，相看不归卧僧毡。
泉枯石燥复潺湲，山川光辉为我妍。
野僧早饥不能饘，晓见寒溪有炊烟。
东坡道人已沉泉①，张侯何时到眼前②？
钓台惊涛聒昼眠，怡亭看篆蛟龙缠。
安得此身脱拘挛，舟载诸友长周旋。

①山谷以崇宁元年壬午九月至鄂，东坡已于前一年辛巳死矣，故曰“沉泉”。②文潜时谪黄州安置，尚未到黄，故曰“何时到眼前”。

次韵文潜

武昌赤壁弔周郎，寒溪西山寻漫浪。
忽闻天上故人来，呼船凌江不待饷①。
我瞻高明少吐气，君亦欢喜失微恙。
年来鬼祟复三豪②，词林根柢颇摇荡。
天生大材竟何用？只与千古拜图像。
张侯文章殊不病，历险心胆元自壮。
汀州鸿雁未安集，风雪牖户当塞向。
有人出手办兹事，政可隐几穷诸妄③。
经行东坡眠食地，拂拭宝墨生楚怆。
水清石见君所知，此是吾家秘家藏④。

①凌江：即凌云、凌波之类。韩诗：“遂凌大江极东陬。”②任注云：

"三豪"当是东坡先生、范淳夫、秦少游，于是时皆死矣。③二句谓安民修政自有庙堂诸人身任兹责，吾辈政可隐几学道、息诸妄念尔。④二句言贤愚邪正久而自明，犹水清而石自见。

次韵元实病目[①]

道人常恨未灰心，儒士苦爱读书眼[②]。
要须玄览照镜空，莫作白鱼钻蠹简。
阅人朦胧似有味，看字昏涩尤宜懒。
范侯年少百夫雄，言行一一无可柬。
看君眸子当瞭然，乃称胸次常坦坦。
如何有物食明月，泪睫陨珠衣袖满。
金篦刮膜会有时，汤熨取快术诚短。
君不见岳头懒瓒一生禅，鼻涕垂颐渠不管。

①范温字元实，范祖禹淳夫之子，秦少游之婿。②言为道者惟恐心之不灰，为学者惟恐见之不博，各异趣也。

花光仲仁出秦苏诗卷思两国士不可复见开卷绝叹因花光为我作梅数枝及画烟外远山追少游韵记卷末[①]

梦蝶真人貌黄槁，篱落逢花须醉倒[②]。
雅闻花光能画梅，更乞一枝洗烦恼。
扶持爱梅说道理[③]，自许牛头参已早[④]。
长眠橘洲风雨寒[⑤]，今日梅开向谁好？
何况东坡成古丘，不复龙蛇看挥扫。
我向湖南更岭南，系船来近花光老。
叹息斯人不可见，喜我未学霜前草[⑥]。
写尽南枝与北枝，更作千峰倚晴昊。

①仲仁，盖衡州花光山长老。②梦蝶真人：用庄子事。篱落逢花：用

陶潜事，以比秦少游逢花便醉也。③扶持：疑当作“扶杖”。④法融禅师入牛头山幽栖寺，有百鸟衔花之异。⑤少游卒于藤州，其子处度藁殡于潭，故有此句。⑥霜前草，言喜尚未死也。

书磨崖碑后

春风吹船著浯溪，扶藜上读中兴碑。
平生半世看墨本，摩挲石刻鬓成丝。
明皇不作苞桑计，颠倒四海由禄儿。
九庙不守乘舆西，万官已作乌择栖。
抚军监国太子事，何乃趣取大物为。
事有至难天幸尔，上皇跼蹐还京师。
内间张后色可否，外间李父颐指挥。
南内凄凉几苟活，高将军去事尤危①。
臣结春陵二三策，臣甫杜鹃再拜诗。
安知忠臣痛至骨，世上但赏琼琚词。
同来野僧六七辈，亦有文士相追随。
断崖苍藓对立久，冻雨为洗前朝悲。

①张后与李辅国谋徙上皇于西内，高力士从上皇自蜀还，为李辅国所诬，长流巫州。

太平寺慈民阁①

青玻璨盆插千岑，湘江水清无古今。
何处拭目穷表里，太平飞阁暂登临。
朝阳不闻皁盖下，愚溪但有古木阴②。
谁与洗涤怀古恨，坐有佳客非孤斟。

①元注云：晚与曾公衮同登。②元结在零陵寻得岩洞，名曰“朝阳岩”。结为春陵刺史，死已久矣，故曰“不闻皁盖下”。愚溪，怀柳子厚也。

题淡山岩二首①

去城二十五里近，天与隔尽俗子尘。
春蛙秋蝇不到耳，夏凉冬暖总宜人。
岩中清磬僧定起，洞口绿树仙家春。
惜哉次山世未显，不得雄文镵翠珉。

①淡山岩，在永州西南，有岩空洞，可容数千人。

淡山淡姓人安在？征君避秦亦不归①。
石门竹径几时有，琼台瑶室至今疑。
回中明洁坐十客②，亦可呼乐醉舞衣。
阆州城南果何似？永州淡岩天下稀。

①征君：谓周贞实，零陵人，居淡山石室，秦始皇三征不起，遂化为石。②元次山有《大回中》《小回中》诗，言樊水之回洑也，此借用以言岩洞之回环。

明远庵

远公引得陶潜住，美酒沽来饮无数。
我醉欲眠卿且去，只有空瓶同此趣①。
谁知明远似远公，亦欲我行庵上路。
多方挈取瓮头春，大白梨花十分注②。
与君深入逍遥游，了无一物当情素。
道卿道卿归去来③，明远主人今进步。

①渊明好眠，空瓶亦好卧，故曰“同此趣”。②瓮头：初熟酒也。梨花：酒杯样制如此。③元注云：道卿，涪溪僧。

戏答欧阳诚发奉议谢予送茶歌

欧阳子，出阳山，山奇水怪有异气，生此突兀熊豹颜。

饮如江水洞庭野，诗成十手不供写。
老来抱璞向涪翁，东坡元是知音者。
苍龙璧，官焙香，涪翁投赠非世味，自许诗情合得尝。
却思翰林来馈光禄酒，两家冰鉴共寒光①。
予乃安敢比东坡，有如玉盘金叵罗。
直相千万不啻过，爱公好诗又能多。
老夫何有更横戈，奈此于思百战何②。

①欧阳昔年曾为东坡所赏，馈之以酒；兹又与山谷往还，馈之以茶。②欧阳君必多髯，故用宋华元“于思”事。

和范信中寓居崇宁遇雨二首

范侯来寻八桂路，走避俗人如脱兔。
衣囊夜雨寄禅家，行潦升阶漂两屦。
遣闷闷不离眼前，避愁愁已知人处。
庆公忧民苗未立，旻公忧木水推去①。
两禅有意开寿域，岁晚筑室当百堵②。
它时无屋可藏身，且作五里公超雾③。

①庆、旻盖崇宁两禅僧。②徽宗崇宁三年，诏天下置崇宁寺观，为上祈年。③后汉张楷字公超，性好道术，能作五里雾。

当年游侠成都路，黄犬苍鹰伐狐兔。
二十始肯为儒生，行寻丈人奉巾屦。
千江渺然万山阻，抱衣一囊遍处处。
或持剑挂宰上回，亦有酒罂壶中去。
昨来禅榻寄曲肱，上雨傍风破环堵。
何时鲲化北溟波，好在豹隐南山雾。

○已上《内集》。

清江引

江鸥摇荡荻花秋，八十渔翁百不忧。
清晓采莲来荡桨，夕阳收网更横舟。
群儿学渔亦不恶，老妻白头从此乐。
全家醉著蓬底眠，舟在寒沙夜潮落。

○以下《外集》。○嘉祐六年作，时公年十七。

还家呈伯氏

去日樱桃初破花，归来著子如红豆。
四时驱迫少须臾，两鬓飘零成老丑。
永怀往在江南日，原上急难风雨后。
私田苦薄王税多，诸弟号寒诸妹瘦。
扶将白发渡江来，吾二人如左右手。
苟从禄仕我邅回，且慰家贫兄孝友。
强趋手板汝阳城，更责愆期被诃诟[①]。
法官毒螫草自摇，丞相霜威人避走。
贱贫孤远盖如此，此事端于我何有？
一囊粟麦七千钱，五人兄弟二十口。
官如元亮且折腰，心似次山羞曲肘。
北窗书册久不开，筐箧黄尘生锁钮。
何当略得共讨论，况乃雍容把杯酒。
意气敷腴贵壮年，不早计之且衰朽。
安得短船万里随，江风养鱼去作陶朱公。
斑衣奉亲伯与侬，四方上下相依从。
用舍由人不由己，乃是伏辕驹犊耳。

○元注：叶县作。○辛亥，二十七岁。①山谷初到汝州时，镇相富公以到官逾期下吏。

流民叹

朔方频年无好雨，五谷不入虚春秋。
迩来后土中夜震，有似巨鳌复戴三山游。
倾墙摧栋压老弱，冤声未定随洪流。
地文划劙水觱沸，十户八九生鱼头。
稍闻澶渊渡河日，数万河北不知虚几州。
累累襁负襄叶间，问舍无所耕无牛。
初来犹自得旷土，嗟尔后至将何怙？
刺史守令真分忧，明诏哀痛如父母。
庙堂已用伊吕徒，何时眼前见安堵？
疏远之谋未易陈，市上三言或成虎。
祸灾流行固无时，尧汤水旱人不知。
桓侯之疾初无证，扁鹊入秦始治病。
投胶盈掬俟河清，一箪岂能续民命。
虽然犹愿及此春，略讲周公十二政。
风生群口方出奇，老生常谈幸听之。

〇己酉，二十五岁。〇熙宁二年，河北于旱后又遭水灾，流民南渡就食襄叶间。所云“疏远之谋”“老生常谈”者，山谷是时必陈救荒之策也。

次韵答张沙河

张侯堂堂身八尺，老大无机如汉阴。
猛摩虎牙取吞噬，自叹日月不照临。
策名日已污轩冕，逃去未必焚山林。
我评君才甚高妙，孤竹截管空桑琴。
四十未曾成老翁，紫髯垂颐郁森森。

眉宇之间见风雅，蓝田烟雾生球琳。
胸中磈磊政须酒，东观可揽北斗斟。
古人已悲铜雀上，不闻向时清吹音。
百年毁誉付谁定，取醉自可结舌瘖。
使公系腰印如斗，驷马高盖驱骎骎。
亲朋改观婢仆敬，成都男子宁异今。
又言屋底甚县磬，儿婚女嫁取千金。
古来圣贤多不饱，谁能独无父母心。
众雏堕地各有命，强为百草忧春霖。
艾封人子暗目睫，与王同床悔沾襟。
陇鸟入笼左右啄，终日思归碧山岑。
一生能几开口笑，何忍更遣百虑侵。
忽投雄篇写逸兴，仰占乾文动奎参。
自陈使酒尝骂坐，惜予不与朋合簪。
君材蜀锦三千丈，要在刀尺成衣衾。
南朝例有风流癖，楚地俗多词赋淫。
屈原《离骚》岂不好，只今漂骨沧江浔。
政令夷甫开三窟，猎以我道皆成禽。
温恭忠厚神所劳，于鱼得计岂厌深。
丈夫身在要勉力，岂有吾子终陆沉。
鄙人相士盖多矣，勿作蔡泽笑噤吟。
○知邢州沙河县。

古风次韵答初和甫二首

饥思河鲤与河鲂，渴思蔗浆玉盌凉。
冬愿纯绵对阴雪，夏愿绉絺度盛阳。
万端作计身愁苦，一事不谐鬓苍浪。

调笑天街吟海燕，藜羹脱粟非公狂。

○元丰七年甲子，四十岁。

君吟春风花草香，我爱春夜碧月凉。
美人美人隔湘水，其雨其雨怨朝阳。
兰茎盈怀报琼玖，冠缨自洁非沧浪。
道人四十心如水，那得梦为蝴蝶狂。

次韵答和甫卢泉水三首[①]　并序

和甫作《卢泉之水》，不求于古乐府，而规摹暗合，予为和成三叠。自予官河外，罕得逆耳之言于朋友；和甫爱我也，居有药言。吾不欲其思卢泉也，故作其一。父母之邦，有如仲尼、柳下惠而怀安之，以吾之乐双井，知和甫之不忘卢泉也，故作其二。坐进此道者，于物无择，清漳之波，浊河之流，卢泉之水，求其异味而不得也，亲乐之身，安之斯可矣，故作其三。夫三言者虽不同，唯知言者领其不异也。

初侯不能六尺长，少日结交皆老苍。
势利不可更炎凉，解缨从我濯沧浪。
与君论心松柏香，何为独忆卢泉之上多绿杨。
卢泉如练照秋阳，泉上之人犹谤伤。
此邦虽陋有佳士[②]，勿厌风沙吹茫茫。
愿君不负上池水，囊中探丸起人死。

①初虞世，字和甫，工医，居东平府须城县卢泉乡。②当指德平言之。

卢泉之木百尺长，下荫泉色如木苍。
蘋风和雨洒面凉，倒影摇荡天沧浪。
网登锦鳞蒲荇香，何以贯之柳与杨。

古来希价入咸阳，贪功害能相中伤。
君今已出纷争外，但思烟波春淼茫。
奉亲安乐一杯水，卢泉之滨可忘死。

舍后钟梵炉烟长，舍前簾影竹苍苍。
事亲煐席扇枕凉，中有一士鬓苍浪。
同心之言兰麝香，与游者谁似姓杨。
朝发杠渚夕辰阳，怀瑾握瑜只自伤。
东有浊河西清漳，胡为搔头卢泉思茫茫？
清明在躬不在水，此曹狡狯可心死。

赠赵言

饶阳赵方士，眼如九秋鹰。
学书不成不学剑，心术妙解通神明。
医如俯身拾地芥，相如仰面观天星。
自言方术杂鬼怪，万种一贯皆天成。
大梁卜肆倾宾客，二十馀年声籍籍。
得钱满屋不经营，散与世人还寄食。
北门尘土满衣襟，广文直舍官槐阴。
白云劝酒终日醉，红烛围棋清夜深。
大车驷马不回首，强项老翁来见寻[①]。
向人忠信去表襮，可喜政在无机心。
轻谈祸福邀重糈，所在多于竹苇林。
翁言此辈无足听，见叶知根论才性。
飞腾九天沉九泉，自种自收皆在行。
先期出语骇传闻，事至十九中时病。
轮囷离奇惜老大，成器本可千万乘。

自叹轻霜白发新，又去惊动都城人。
都城达官老于事，嫌翁出言不妩媚。
有手莫炙权门火，有口莫辨荆山玉。
吴宫火起燕焚巢，当时卞和斱两足。
千里辞家却入门，三春荣木会归根。
我有江南黄篾舫，与翁长入白鸥群。

①"北门"至此六句，山谷时在北京，他人不顾，而赵言独来相寻访也。

次韵晁补之廖正一赠答诗

晁子抱材耕谷口，世有高贤践台斗。
顷随计吏西入关，关夫数日传车还。
封侯半属妄校尉，射虎猛将犹行间。
无因自致青云上，浪说诸公见嗟赏。
骥伏盐车不称情，轻裘肥马凤凰城。
归来作诗谢同列，句与桃李争春荣。
十年山林廖居士，今随诏书称举子。
文章宏丽学西京，新有诗声似侯喜。
君不见，古来良为知音难，绝弦不为时人弹。
已喜琼枝在我侧，更恨桂树无由攀。
千里风期初不隔，独怜形迹滞河山。

○补之，字无咎；正一，字明略，元丰二年己未同榜。《晁无咎集》云《及第东归将赴调寄李成季》，又云《复用前韵答明略并呈鲁直》。○"顷随"以下七句，俱言其不得志。"轻裘"句，言其登科也。

再次韵呈廖明略

吾观三江五湖口，汤汤谁能议升斗。

物诚有之士则然，晚得廖子喜往还。
学如云梦吞八九，文如壮士开黄间。
十年呻吟江湖上，青枫白鸥付心赏。
未减北郭汉先生，五府交书不到城[①]。
相者举肥骥空老，山中无人桂自荣。
君既不能如钟世美，匦函上书动天子[②]。
且向华阴郡下作参军，要令公怒令公喜。
君不见，晁家乐府可管弦，惜无倾城为一弹。
从军补掾百僚底，九关虎豹何由攀。
男儿身健事未定，且莫著书藏名山。

①后汉汝南廖扶，州郡公府辟召，皆不应，时人号为“北郭先生”。②元丰元年十一月，钟世美以内舍生上书称旨得官。世美盖党附王安石者，山谷此言特戏之耳。

走答明略适尧民来相约奉谒故篇末及之

君不见，生不愿为牛后，宁为鸡口。
吾闻向来得道人，终古不忒如维斗。
希价咸阳诸少年，可推令往挽令还。
俗学风波能自拔，我识廖侯眉宇间。
省庭无人与争长[①]，主司得之如受赏。
东家一笑市尽倾，略无下蔡与阳城。
生珠之水沙砾润，生玉之山草木荣。
观君词章亦如此，谅知躬行有君子。
更约探囊阅旧文，蛛丝灯花助我喜。
贤乐堂前竹影班，好鸟自语莫令弹。
北邻著作相劳苦[②]，整驾谒予邀同攀。
应烦下榻煮茶药，坐待月轮衔屋山。

①唐宋试进士曰省试。韩公诗："下驴入省门。"此云"省庭"，皆指试进士言之。②指尧民也。

答明略并寄无咎

可以忘忧惟有酒，清圣浊贤皆可口。
前日过君饮不多，明日解酲无五斗。
古木清阴丹井栏，夜来凉月屋头还。
论交拨置形骸外，得意相忘樽俎间。
冰壶不可与夏虫飨，秋月不可与俗士赏。
已得樽前两友生，更思一士济阳城[①]。
虽无四至九卿之规画，犹有千秋万岁之真荣。
空名未食太仓米，今作斑衣老莱子。
卿家嗣宗望尔来[②]，不独我闻足音喜。
西风索寞叶初干，长铗归来亦罢弹。
穷巷蓬蒿深一尺，朱门廉陛高难攀。
吾侪相逢置是事，百世之下仰高山。

①两生，谓尧民、明略。一士，谓无咎，时在济州也。②嗣宗，谓尧民为无咎之诸父，以无咎比阮咸也。

再次韵呈明略并寄无咎

夏云凉生土囊口，周鼎汤盘见科斗。
清风古气满眼前，乃是户曹报章还。
只今书生无此语，已在贞元元和间。
一夫鄂鄂独无望，千夫唯唯皆论赏。
野人泣血漫相明，和氏之璧无连城。
参军拄笏看云气，此中安知枯与荣。
我梦浮天波万里，扁舟去作鸱夷子。

两士风流对酒樽，四无人声鸟声喜[①]。
梦回扰扰仍世间，心如伤弓怯虚弹。
不堪市井逐乾没，且愿朋旧相追攀。
寄声小掾笃行李，落日东面空云山。

①元注：忽幻出一梦，梦与二子对酒，奇甚。○“一夫”四句，言举世混浊不清、是非不明，故但当拄笏看云，不问荣枯耳。

再答明略二首

挟策读书计糊口，故人南箕与北斗。
江南江北万重山，千里寄书声不还。
当时朱弦写心曲，果在高山流水间。
枯桐满腹生蛛网，忍向时人觅清赏。
廖侯文字得我惊，五岳纵横守严城。
万夫之下不称屈，定知名满四海非真荣。
富于春秋已如此，他日卜邻长儿子。
一丘各自有林泉，扶将白头亲宴喜。
秋风日暮衣裳单，深巷叶落已如弹。
数来会面复能几，六龙去人不可攀。
短歌溷公更一和，聊乞淮南作小山。

○读书糊口，言不能有为于时也。南箕北斗，言故人各在天一方也。“当时”四句，言良友远别，不复向时人索知音也。

廖侯言如不出口，铨量古今胆如斗。
度越崔张与二班，古风萧萧笔追还。
前日辞家来射策，声名籍甚诸公间。
华阴白云锁千嶂，胜日一谈谁能赏。
君不见，曩时子产识然明，知音郁郁闭佳城。

勿以匣中之明月，计校粪上之朝荣。
我去丘园十年矣，种桑可蚕犊生子。
使年七十今中半，安能朝四暮三浪忧喜。
据席谈经只强颜，不安时论取讥弹。
爱君草木同臭昧，颇似瓜葛相依攀。
我有仙方煮白石，何时期君蓝田山。

次韵谢子高读渊明传

枯木嵌空微暗淡，古器虽在无古弦。
袖中政有南风手，谁为听之谁为传。
风流岂落正始夜，甲子不数义熙前。
一轩黄菊平生事，无酒令人意缺然。

次韵孔著作早行

弃置鉏犁就车马，从来计出古人下。
尘埃好在三尺桐，不疑万世期子野。
明经使者著书郎，风雨乘驿忘夙夜。
回车过门问无恙，何意深巷勤长者。
圣师之后盖多贤，领略世故有馀暇。
白面长身虽不见，好古发愤尚类也。
自然身如警露鹤，每先鸣鸡整初驾。
北行河决所至郡，肃肃王命哀鳏寡。
力排滹沱避城郭，深泽疲民且田舍。
贾生三策藏胸中，羿矢百中不虚舍。
行归定拜关内侯，但赐黄金恐非价。

○但问无恙者，言过家不遑久处也。“何意”句，言更不能过访亲长也。韩文以孔戣之白面长身类孔子，山谷此诗以孔著作之好古发愤类孔子。

史注云：先言“明经使者”，又言“北行河决”，盖比之汉平当也。平当以明经为博士，又以明经《禹贡》使行河。

次韵无咎阎子常携琴入村

士寒饿，古犹今。
向来亦有子桑琴，倚槛啸歌非寓淫。
伯牙山高水深深，万世丘垄一知音。
阎君七弦抱幽独，晁子为之《梁父吟》[①]。
天寒络纬悲向壁，秋高风露声入林。
冷丝枯木拂蛛网，十指乃能写人心。
村村击鼓如鸣鼍，豆田见角谷成螺[②]。
岁丰寒士亦把酒，满眼饤饾梨枣多[③]。
晁家公子屡经过[④]，笑谈与世殊臼科。
文章落落暎晁董，诗句往往妙阴何。
阎夫子，勿谓知人难，使琴抑怨久不和。
明光画开九门肃[⑤]，不令高才牛下歌。

①山谷尝写《梁父吟跋》云：武侯此诗，乃以曹公专国，杀杨修、孔融、荀彧耳。此用《梁父吟》，亦《跋》中之意也。②晋石崇及卫瓘传，皆言饭化为螺。此借用，以言谷已坚栗也。③此四句，咏入村也。④公子：谓晁氏之群从也。⑤画开：疑当作“昼开”。

赠张仲谋[①]

车如鸡栖马如狗，闭门常多出门少。
去天尺五张公子，官居城南池馆好。
健儿快马紫游缰，迎我不知沙路长。
高榆老柳媚寒日，枯荷小鸭冻野航。
津人刺船起应客，遥知故人一水隔。

下马索酒呼三迟，骑奴笑言客竟痴。
向来情义比瓜葛，万事略不置町畦。
追数存亡异忧乐，烛如白虹贯酒卮。
开轩临水弄长笛，吹落残月风凄凄。
城头露下四十刻，破魔惊睡听新诗。
君诗清壮悲节物，政与秋虫同一律。
尔来更觉苦语工，思妇霜碪捣寒月。
朱颜绿发深误人，不似草木长青春。
洁身好贤君自有，今日相看进于旧。
以兹敢倾一杯酒，为太夫人千万寿。

①名询。〇首二句，山谷自言近状也。平日出门极少，今张君遣骑来迎，故往张氏，尽醉极欢。

送薛乐道知郧乡

黄山叶县连墙居，谢公席上对樗蒲。
双鬟女弟如桃李，蚤许归我舍中雏。
平生同忧共安乐，岁晚相望青云衢。
去年樽酒辇毂下，各喜身为反哺乌。
城头归乌尾毕逋，春寒啄雪送行车。
解珮我无明月珠，折柳不对千里驹。
念君胸中极了了，作吏办事犹诗书。
浊酒挽人作年少，关防心地亦时须。
郧乡县古民少讼，但问自己不关渠。
登临一笑双白发，宜城冻笋供行厨。
人生此乐他事无，行李道出汉南都。
寄声诸谢今何如？谢公书堂迷竹坞。
手种竹今青青否？

我思谢公泪成雨，属公去洒穰下土。

○元祐二年丁卯，四十三岁。○首八句，叙昔年交好，重以婚姻，近年同居京师也。"城头"四句，叙送薛出都。史注云"无玉珮以赠送而徒折柳"，与千里驹不相称也。国藩疑"不"字有误，或作"惭对千里驹"耳。"念君"以下九句，论其到官后饮酒奉亲也。"行李"至末六句，嘱其过南阳问讯谢家也。南阳，汉之南都，宋之邓州。山谷继室，南阳谢师厚之女。诸谢，谓公静、公定辈也。

对酒歌答谢公静①

我为北海饮，君作东武吟。
看君平生用意处，潇洒定自知人心。
南阳城边雪三日，愁阴不能分皂白。
摧轮踠蹄泥数尺，城门昼闭眠贾客。
移人僵尸在旦夕，谁能忍饥待食麦。
身忧天下自有人，寒士何者愁填臆。
民生政自不愿材，可乘以车可鞭策。
君不见，海南水沉紫旃檀，碎身百炼金博山。
岂如不蒙斧斤赏，老大绝崖霜雪间。
投身有用祸所集，何况四达之衢井先汲。
昨日青童天上回，手捧玉帝除书来。
一番通籍清都阙，百身书名赤城台。
飞身度世无虚日，怪我袓褐趋尘埃。
顾谓彼童子，此何预人事？
但对金樽即眼开，一杯引人著胜地。
传闻官酒亦自清，径须沽取续吾瓶。
南山朝来似有意，今夜傥放春月明。

①谢师厚二子，愔字公静，悰字公定。○元丰元年戊午，三十四岁。○"南阳城边"十句，言雨雪严寒，小民贫饿可忧，而又以不居其位，忧

亦无益，故作宽解之词也。“青童”之辞，盖言劝以枉尺直寻致身通显者，而答以但当饮酒、诡辞谢之也。

戏赠彦深①

李髯家徒立四壁，未尝一饭能留客。
春寒茅屋交相风，倚墙扪虱读书策。
老妻甘贫能养姑，宁剪髻鬟不典书。
大儿得飧不索鱼，小儿得裤不索襦。
庾郎鲑菜二十七，太常斋日三百馀。
上丁分膰一饱饭，藏神梦诉羊蹴蔬。
世传寒士有食籍，一生当饭百瓮菹。
冥冥主张审如此，附郭小圃宜勤鉏。
葱秧青青葵甲绿，早韭晚菘羹糁熟。
充虚解战赖汤饼，芼以蕣虀与甘菊。
几日怜槐已着花，一心咒笋莫成竹。
群儿笑髯穷百巧，我谓胜人饭重肉；
群儿笑髯不若人，我独爱髯无事贫。
君不见，猛虎即人厌麋鹿，人还寝皮食其肉。
濡需终与豕俱焦，饫肥择甘果非福。
虫蚁无知不足惊，横目之民万物灵。
请食熊蹯楚千乘，立死山壁汉公卿。
李髯作人有佳处，李髯作诗有佳句。
虽无厚禄故人书，门外犹多长者车。
我读扬雄逐贫赋，斯人用意未全疏。

①元注云：李原，字彦深，厚之弟，家居南阳。

和谢公定征南谣

传闻交州初陆梁，东连五溪西氐羌。

军行不断蛮标盾[①]，谋主皆收汉畔亡。
合浦谯门腥血沸[②]，晋兴城下白骨荒[③]。
谋臣异时坐致寇，守臣今日愧苞桑。
已遣戈船下漓水，更分楼船浮豫章。
颇闻师出三鸦路，尽是中屯六丘良。
汉南食麦如食玉，湖南驱人如驱羊。
营平请谷三百万，祁连引兵九千里。
少府私钱不可知，大农计岁今馀几？
土兵蕃马貔虎同，蝮蛇毒草篁竹中。
未论刍粟捐金费，直愁瘴疠连营空。
我思荆州李太守，欲募蛮夷令自攻。
至今民歌尹杀我，州郡择人诚见功。
张乔祝良不难得，谁借前筯开天聪[④]。
诏书哀痛言语切，为民一洗横尸血。
摧锋陷坚赏万户，堑山堙谷穷三穴。
南平旧时颇臣顺，欲献封疆请旌节。
庙谋犹计病中原，岂知一朝更屠灭。
天道从来不争胜，功臣好为可喜说。
交州鸡肋安足贪，汉开九郡劳臣监。
吕嘉不肯佩银印，征侧持戈敌百男。
君不见，往年濒海未郡县，赵佗闭关罢朝献。
老翁窃帝聊自娱，白头抱孙思事汉。
孝文亲遣劳苦书，稽首请去黄屋车。
得一亡十终不忍，太宗之仁千古无。

〇熙宁八年，交趾入寇，陷钦、廉、邕三州。神宗以赵高为招讨使，郭逵为宣抚使，讨平之，而费钱帛甚多，二广之民大困。①标枪、大盾：南蛮所执之军器也。②合浦：廉州也。③晋兴：邕州也。④后汉永和二年，日南徼外蛮反。李固荐张乔、祝良为刺史、太守，募蛮夷自相攻，岭外悉平。

和答梅子明王扬休点密云龙

小壁云龙不入香，元丰龙焙承诏作。
二月尝新官字盏，游丝不到延春阁。
去年曾□减光辉，人间十九人未知。
外家春官小宗伯，分送蓬山裁半璧。
建安瓮盌鹧鸪斑，谷簾水与月共色。
五除试汤饮墨客，泛瓯银粟无水脉。
辟宫邂逅王广文，初观团团破龙纹。
诸公自别淄渑了，兔月葵花不足论。
石硙春芽风雪落，煮浇肺渴初不恶。
河伯来观东海若，鹿逢朱云真折角。
子真云孙唾成珠，庙堂只今用诸儒。
炼成五石补天手，上书致身可亨衢。
顾我赐茶无骨相，他年幸公肯相饷。

〇武英殿聚珍本无此诗。

送刘道纯[①]

五松山下古铜官，邑居褊小水府宽。
民安蒲鱼少嚣讼，簿领未减一丘槃[②]。
胸中峥嵘书万卷，簸弄日月江湖间。
稠人广众自神王，按剑之眼白相看[③]。
老身风浪谙世味，如食橘柚知甘酸。
麒麟图画偶然耳，半枕百年梦邯郸。
平生樽俎宫亭上，涉世忘味皆朱颜[④]。

此时阿翁尚无恙[5]，追啄秀句酬江山。
堂堂今为蜕蝉去，五老偃蹇无往还。
大梁城中笏拄颊，颔髭今成雪点斑。
青云何必出公右，亨衢在天无由攀。
椎鼓转船如病已，梦想楼台落星湾。
子政诸儿喜文史，阿秤亦闻有笔端[6]。
丹徒布衣未可量，诗书且对藜藿盘。
穴中生涯识阴雨，木末牖户知风寒。
我今四壁恋微禄，知公未能长挂冠。

①刘格，字道纯，刘恕道原之弟，为司马温公、苏东坡所知。②道纯时当为铜陵主簿，故云。③谓道纯对众人自神王，而众人则以白眼向之。④皆朱颜：谓长醉不省事也。⑤阿翁：谓刘凝之。⑥子政，谓道原也。诸儿，曰羲仲、曰和叔、曰秤。

次韵子瞻春菜

北方春蔬嚼冰雪，妍暖思采南山蕨。
韭苗水饼姑置之，苦菜黄鸡羹糁滑。
莼丝色紫菰首白[1]，蒌蒿牙甜蔊头辣[2]。
生葅入汤翻手成，芼以姜橙夸缕抹。
惊雷菌子出万钉，白鹅截掌鳖解甲。
琅玕林深未飘箨，软炊香秔煨短茁[3]。
万钱自是宰相事，一饭且从吾党说。
公如端为苦笋归，明日青衫诚可脱。

○熙宁十年丁巳，三十三岁。时东坡在徐州，山谷在大名，始与坡通书问。①菰：与苽同，雕胡也。②蔊：音罕，菜辛辣如火蔊人，故名。③万钉：喻菌子之形。鹅掌、鳖甲：喻菌子之色与味。短茁：笋之初出者。

六舅以诗来觅铜犀用长句持送舅氏学古之馀复味禅说故篇末及之

海牛压纸写银钩，阿雅守之索自收①。
长防玩物败儿性，得归老成散百忧。
先生古心冶金铁，堂堂一角谁能折。
儿言觳觫持赠谁，外家子云乃翁师。
不着鼻绳袖两手，古犀牛儿好看取。

①阿雅，盖山谷之子也。元注云：师奴，僧号。守之，守此故物也。“索自收”者，将据为己有也。

次韵子瞻与舒尧文祷雪雾猪泉倡和

老农年饥望人腹①，想见四溟森雨足。
林回投璧负婴儿，岂闻烹儿翁不哭。
未论万户无炊烟，蛛丝蜗涎经杼轴。
使君闵雪无肉味②，煮饼青蒿下盐菽。
岂云剪爪宜侵肌③，霜不杀草仍故绿。
幽灵屭赑西山雾，牲肥酒香神未渎。
得微往从董父餐④，宁当罪系葛陂渊⑤。
下泽祠官齐博士⑥，暴露致告苍崖颠。
请天行泽不汲汲，尔亦枯鱼过河泣⑦。
生鹅斩颈血未干，风马云车坐相及。
百里旌旗洒玉花，使君义动龙蛇蛰。
老农欢喜有春事，呼儿饭牛理蓑笠。
博士勿叹从公疲⑧，明年麦饭滑流匙。

○元丰元年戊午，三十四岁。①按《说文》：朢字，从臣月，满也；从亡，望其还也。《庄子》“无聚禄以朢人之腹”，谓无禄以满人之腹。当取

“盈满”之义，不取“盼望”之义；当从臣，不从亡。此云“年饥望人腹”，盖误用《庄子》耳。②闵雪：用《穀梁》“闵雨”字。③岂云：犹曰“岂止”。④得微：犹云“得无”也。⑤《后汉》：费长房曰：“东海君有罪，吾前系于葛陂，今出之使作雨。”于是雨立注。⑥齐博士：指舒尧文，时为教授。⑦二句，尧文告龙之词。尔，指龙也。⑧从公，指东坡也。

答王道济寺丞观许道宁山水图

往逢醉许在长安，蛮溪大砚磨松烟。
忽呼绢素翻砚水，久不下笔或经年。
异时踏门闯白首，巾冠欹斜更索酒。
举杯意气欲翻盆，倒卧虚樽将八九。
醉拈枯笔墨淋浪，势若山崩不停手。
数尺江山万里遥，满堂风物冷萧萧。
山僧归寺童子后，渔伯欲渡行人招。
先君笑指溪上宅，鸬鹚白鹭如相识。
许生更拜谢不能，元是天机非笔力。
自言年少眼明时，手挥八幅锦江丝。
赠行卷送张京兆[1]，心知李成是我师。
张公身逐铭旌去，流落不知今主谁。
大梁画肆阅水墨，我君槃礴忘揖客[2]。
蛛丝煤尾意昏昏，几年风动人家壁。
雨雪涔涔满寺庭，四图冷落让丹青。
笑酬肆翁十万钱，卷付骑奴市尽倾。
王丞来观皆失席，指点如见初画日。
四时风物入句图，信知君家有摩诘。
我持此图二十年，眼见绿发皆华颠。
许生缩手入黄泉，众史弄笔摩青天。

君家枯松出老翟，风烟枯枝倚崩石。
蠹穿风物君爱惜，不诬方将有人识。

①史注云：张京兆，疑是张乖崖。②先君、我君：似皆指山谷之父。〇首四句，叙昔在京师见许作画。“异时”至“非笔力”十四句，叙许曾在黄家作画。自“自言”以下至“市尽倾”，叙许自言在蜀画八幅山水，而黄家在汴梁以十万钱购得也。“让丹青”之下，一本云：“往来睥睨谁比数，十万酬之观者惊。客还次第阅春夏，坐见岁序空峥嵘。王丞来观叹啧啧，指点如见初画日。”

听崇德君鼓琴

月明江静寂寥中，大家敛袂抚孤桐。
古人已矣古乐在，仿佛雅颂之遗风。
妙手不易得，善听良独难。
犹如优昙华，时一出世间。
两忘琴意与己意，乃似不着十指弹。
禅心默默三渊静，幽谷清风淡相应。
丝声谁道不如竹，我已忘言得真性。
罢琴窗外月沉江，万籁俱空七弦定。

〇辛亥，二十七岁。〇朝议大夫王之才妻，南昌县君李氏，尚书公择之妹，能临松竹木石等画。山谷有《姨母李夫人墨竹》诗，又有《观崇德君墨竹歌》。

次韵答杨子闻见赠

金盘厌饫五侯鲭，玉壶浇泼郎官清。
长安市上醉不起，左右明妆夺目精。
结交贤豪多杜陵，桃李成蹊卧落英[①]。
黄绶今为白下令[②]，苍颜只使故人惊。
督邮小吏皆趋版，阳春白雪分吞声[③]。

杨君青云贵公子，叹嗟簿领困书生。
赠我新诗甚高妙，泪斑枯笛月边横。
文章不直一杯水，老矣忍与时人争。
江城歌舞聊得醉，但愿数有美酒倾。
莫要朱金缠缚我，陆沈世上贵无名。

①六句叙昔在京师宴游之盛。②元注云：太和县，古白下。③分吞声：犹云“甘吞声”，以其独唱无和，故甘吞声，不复道及也。

答永新宗令寄石耳

饥欲食首山薇，渴欲饮颍川水。
嘉禾令尹清如冰，寄我南山石上耳。
筠笼动浮烟雨姿，瀹汤磨沙光陆离。
竹萌粉饵相发挥，芥姜作辛和味宜。
公庭退食饱下筯，杞菊避席遗萍虀。
雁门天花不复忆，况乃桑鹅与楮鸡。
小人藜羹亦易足，嘉蔬遣饷荷眷私①。
吾闻石耳之生，常在苍崖之绝壁，苔衣石腴风日炙。
扪萝挽葛采万仞，仄足委骨豺虎宅。
佩刀买犊剑买牛，作民父母今得职。
闵仲叔不以口腹累安邑，我其敢用鲑菜烦嘉禾！
愿公不复甘此鼎，免使射利登嵯峨。

①以上赞石耳之佳，以下言不以石耳难得之物累民。

寄张宜父①

建德之国有佳人，明珠为佩玉为衣。
去国三岁阻音徽，所种桃李民爱之。
射阳城边春烂漫，柳暗学宫鸟相唤。

追随裘马多少年，独忍长饥把书卷。
读书万卷不直钱，逐贫不去与忘年。
虎豹文章被禽缚，何如达生自娱乐。

①史注云：张宜父当是建德人，而仕于山阳，时已解去。

高至言筑亭于家圃以奉亲总其观览之富命曰溪亭乞余赋诗余先君之敝庐望高子所筑不过十牛鸣尔故余未尝登临而得其胜处

逸人生长在林泉，更筑亭皋名意在。
明月清风共一家，全以山川为眼界。
鸟度云行阅古今，溪滨木末听竽籁。
老夫平生行乐处，只今许公分一派[①]。

①今：一作令。

彫陂

彫陂之水清且泚，屈为印文三百里。
呼船载过七十馀，褰裳乱流初不记[①]。
竹舆呕哑山径凉，仆姑呼妇声相倚。
篁中犹道泥滑滑，仆夫惨惨耕夫喜。
穷山为吏如漫郎，安能为人作嚆矢。
老僧迎谒喜我来，吾以王事笃行李。
知民虚实应县官[②]，我宁信目不信耳。
僧言生长八十馀，县令未曾身到此。

①元注云：乘舟上十馀渡，徒涉者不可胜记。②“应县官”者，供应公家之赋役也。

上权郡孙承议

公家簿领如鸡栖，私家田园无置锥。

真成忍骂加飧饭，不如江西之水可乐饥。
他人勤拙犹相补，身无功状堪上府。
公诚遣骑束缚归，长随白鸥卧烟雨。

奉答茂衡惠纸长句[①]

阳山老藤截玉肪，乌田翠竹避寒光。
罗侯包赠室生白，明于机上之流黄。
愧无征南虿尾手，为写黄门急就章[②]。
罗侯相见无杂语，苦问沩山有无句。
春草肥牛脱鼻绳，菰蒲野鸭还飞去。
故将藤面乞伽佗[③]，愿草惊蛇起风雨。
长诗脱纸落秋河，要知溪工下手处。
却将冰幅展似君，震旦花开第一祖。

①罗茂衡，太和人。②征南：谓索靖为征南司马。黄门：谓史游也。③梵语伽佗，此言讽诵。

长句谢陈适用惠送吴南雄所赠纸[①]

庐陵政事无全牛，恐是汉时陈太丘。
书记姓名不肯学，得纸无异夏得裘。
琢诗包纸送赠我，自状明月非暗投。
诗句纵横剪宫锦，惜无阿买书银钩。
蛮溪切藤卷盈百，侧厘羞滑茧羞白。
想当鸣杵砧面平，桄榔叶风溪水碧[②]。
千里鹅毛意不轻，瘴衣腥腻北归客。
君侯谦虚不自供，胡不赠世文章伯。
一涔之水容牛蹄，识字有数我自知。
小时双钩学楷法，至今儿子憎家鸡。

虽然嘉惠敢虚辱，煮泥续尾成大轴。
写心与君心莫传，平生落魄不问天。
樽前花底幸好戏，为君绝笔谢风烟。
已无《商颂》猗那手，请续《南华》内外篇。

①陈适用，为庐陵县令，与山谷同时作邑。②桄榔木：广南所出。南雄州亦隶广南。

和答师厚黄连桥坏大木亦为秋雹所碎之作

溪桥乔木下，往岁记经过。
居人指神社，不敢寻斧柯。
青阴百尺蔽白日，乌鹊取意占作窠。
黄泉浸根雨长叶，造物着意固已多。
风摧电打扫地尽①，竟莫知为何谴诃。
独山冷落城东路，不见指名终不磨。

○戊午，三十四岁。①电：一作雹。

上大蒙笼

黄雾冥冥小石门，苔衣草路无人迹。
苦竹参天大石门，虎迒兔蹊聊倚息。
阴风搜林山鬼啸，千丈寒藤绕崩石。
清风源里有人家，牛羊在山亦桑麻。
向来陆梁嫚官府，试呼使前问其故。
衣冠汉仪民父子，吏曹扰之至如此。
穷乡有米无食盐，今日有田无米食①。
但愿官清不爱钱，长养儿孙听驱使。

○乙卯晨起作。元丰五年壬戌，年三十八岁。①史注云："无米食"当作"无食米"。

追忆予泊舟西江事次韵

老大无机如汉阴，白鸟不去相知深。
往事刻舟求坠剑，怀人挥泪着亡簪。
城南鼓罢吹画筒，城北归帆落晚风。
人烟大吠西山麓，鬼火狐鸣春竹丛。

○按：山谷以元丰元六年十二月，移监德平镇。此诗题曰“追忆”，当在已离太和之后。

附李才甫西江泊舟后作

江水冥冥沙石阴，一舸行尽春已深。
浪花绿蔓曳锦带，短芦刺水抽玉簪。
饥鱼未成波面筒，小舫正横溪上风。
清辉濯净远山碧，白鸟飞入苍烟丛。

次韵郭明叔长歌

君不见悬车刘屯田[1]，骑牛涧壑弄潺湲，
八十唇红眼点漆，金钟举酒不留残。
君不见征西徐尚书[2]，为国捐躯矢石间，
龙章凤姿委秋草，天马长辞十二闲。
何如高阳郦生醉落魄，长揖辍洗惊龙颜。
丈夫当年倾意气，安用蚓食而蝎蛀。
古人已作泉下土，风义可想犹斑斑。
郭侯忠信如古人，荐书飞名上九关。
诗书自可老斲轮，智略足以解连环。
铜章屈宰山水县，友声相求不我顽。
鹏翼垂天公直起，燕巢见社身思还[3]。

文思舜禹开言路，即看承诏着豸冠。
尚趋手板事直指，少忍吏道之多艰。
黄花零落一尊酒，别有天地非人寰。

①屯田，名涣，字凝之。欧阳公为赋《庐山高》者。②尚书，徐禧，字德占，分宁人，与山谷同乡，死于永乐之祸，赠吏部尚书，谥忠愍。③“鹏翼”句，指郭；“燕巢”句，山谷自谓也。山谷时自太和还家，故云“见社”。

奉送时中摄东曹狱掾①

公退蒲团坐后亭，短日松风吟万籁。
黄葵紫菊委榛丛，雪梅靓妆欲无对。
遣骑相呼近清樽，言君晓鼓前征旆。
苍崖按辔虎豹号，野水呼船风雨晦。
昨日归来有行色，未曾从容解冠带。
府中夺我同官良，简书趣行将数辈。
王事君今困马鞍，田园我亦思牛背。
安得归舟载月明，鸬鹚白鸥为友生。
一身不是百年物，五湖无边万里行。
欲招蓑笠同云水，念君未可及吾盟。
富于春秋貌突兀，睥睨满世收功名。
参军虽卑狱司命，多由阴德至公卿。
颔颐折頞秦相国，不满三尺齐晏婴。
丈夫身在形骸外，俗眼那能致重轻。

①时中，盖太和同官，将赴庐陵郡城摄事。○首四句，山谷自述近状。“遣骑”句，山谷遣人邀时中来署同饮也。“昨日”句，时中甫自外归，又将赴郡也。

次韵和答孔毅甫[1]

鹏飞鲲化未即逍遥游，龙章凤姿终作广陵散。
溢浦炉边督数钱，故人陆沈心可见。
气与神兵上斗牛，诗如晴雪濯江汉。
把咏公诗阖且开，旁无知音面墙叹。
我今废书迷簿领，鱼蠹笔锋蛛网砚。
六年国子无寸功，犹得江南万家县[2]。
客来欲语谁与同？令人熟寐触屏风。
窃食仰愧冥冥鸿，少年所期如梦中。
江头酒贱樽屡空，南山有田岁不逢。
相思夜半涕无从，千金公亦费屠龙。

①孔平仲，字毅甫，尝为吉倅，时监江州钱监。②六年国子监，谓作北京教授也。万家县，太和也。

更用旧韵寄孔毅甫

鉴中之发蒲柳望秋衰，眼中之人风雨俱星散。
往者托体同青山，健者飘零不相见。
庾公楼上有诗人，平生落笔写河汉。
置驿勤来索我诗，自说中郎识元叹。
我方冻坐酒官曹，为公然薪炙冰砚。
不解穷愁著一书，岂有文章名九县。
奴星结柳送文穷，退倚北窗睡松风。
太阿耿耿截归鸿，夜思龙泉号匣中。
斗柄垂天霜雨空，独雁叫群云万重。
何时握手香炉峰，下看寒泉濯卧龙。

〇溢浦、庾公楼、香炉峰，均指毅父时在江州也。

寄题安福李令爱竹堂

渊明喜种菊，子猷喜种竹。
托物虽自殊，心期俱不俗。
千载得李侯，异世等风流。
为官恐是陶彭泽，爱竹最如王子猷。
寒窗对酒听雨雪，夏簟烹茶卧风月。
小僧知令不凡材，自扫竹根培老节。
富贵于我如浮云，安可一日无此君。
人言爱竹有何好？此中难为俗人道。
我于此物更不疏，一官窘束何由到。

八月十四日夜刀坑口对月奉寄王子难子闻适用[①]

去年对月庐陵郡，醉留歌舞踏金沙。
今年今夕千峰下，新磨古鉴动菱花。
寒藤老木被光景，深山大泽皆龙蛇。
西风为我奏万籁，落叶起舞惊栖鸦。
遥怜城中二三友，风流惯醉玉钗斜。
今夕传杯定何处，应无二十四琵琶。

①元注云：闻郡中数月未尝有燕游。

赠王环中

丹霞不踏长安道，生涯萧条破席帽。
囊中收得劫初铃，夜静月明师子吼。
那伽定后一炉香[①]，牛没马回观六道。
耆域归来日未西，一锄识尽婆娑草。

①梵言那伽，此言龙也。

戏和于寺丞乞王醇老米

君不见，公车待诏老诙谐，几年索米长安街。
君不见，杜陵白头在同谷，夜提长镵掘黄独。
文人古来例寒饿，安得野蚕成茧天雨粟。
王家圭田登几斛，于家买桂炊白玉。

谢文灏元丰上文稿

虎豹文章非一斑，乳雉五色蜃胎寒。
天生材器各有用，相如名独重太山。
风流小谢宣城后，少年如春胆如斗。
裕陵书稿公不朽，持心铁石要长久。

寄朱乐仲

故人昔在国北门[①]，邻舍杖藜对樽酒。
十五馀年乃一逢，黄尘急流语马首。
懒书愧见南飞鸿，君居三十六峰东。
我心想见故人面，晓雨垂虹到望嵩。

①国北门，谓北京大名也。

次韵子瞻书黄庭经尾付蹇道士

琅函绛简蕊珠编，寸田尺宅可蕲仙。
高真接手玉宸前，女丁来谒粲六妍。
金钥闭欲形完坚，万物荡尽正秋天。
使形如是何尘缘，苏李笔墨妙自然。
万灵拱手书已传，传非其人恐飞骞，当付骊龙藏九渊。
蹇侯奉告请周旋，纬萧探手我不眠[①]。

○成都道士蹇拱宸翊之，葆光法师，将归庐山，东坡为书《黄庭经》一卷，李伯时为画经，相赠之。时山谷亦正在史局。①此句疑有误。

送曹子方福建路运判兼简运使张仲谋①

曹侯黄须便弓马，从军赋诗横槊间。
阿瞒文武如兕虎，远孙风气犹斑斑。
昨解弓刀丞太仆，坐看收驹十二闲。
远方不异辇毂下，诏遣中使哀恫瘝。
吾闻斯民病盐策，天有雨露东南干。
谢君论河秉《禹贡》，诘难蜂起安如山。
老郎不作患失计，凛然宜著侍臣冠。
愿公不落谢君后，江湖以南尚少宽。
百城阅人如阅马，翾驾亦要知才难。
盐车之下有绝足，败群勿纵为民残。
官焙荐璧天解颜，瀹汤试春聊加餐。
子鱼通印蚝破山②，不但蕉黄荔子丹。
道逢使者汉郎官③，清溪弭节问平安。
天子命我参卿事，奋髯相对亦可欢。
回波一醉嘲栲栳，山驿官梅破小寒。

①元祐三年九月，太仆寺丞曹辅权，发遣福建路转运判官。②莆阳子鱼名天下，今人必求其大可容印者，谓之“通印子鱼”。③使者：谓张仲谋。

戏赠曹子方家凤儿

拣芽入汤师子吼①，荔子新剥女儿颊。
凤郎但喜风土乐，不解生愁山叠叠。
目如点漆射清扬，归时定自能文章。

莫随闽岭三年语，转却中原万籁簧。

①拣芽：蜡茶名也。〇凤儿当是子方侍婢。末句恐其以闽语而变娇音也。

题韦偃马

韦侯常喜作群马，杜陵诗中如见画。
忽开短卷六马图，想见诗老醉骑驴。
龙眠作马晚更妙，至今似觉韦偃少。
一洗万古凡马空，句法如此今谁工。

和曹子方杂言[①]

正月尾，垂云如覆盂，雁作斜行书。
三十六陂浸烟水，想对西江彭蠡湖。
人言春色浓如酒，不见插秧吴女手。
冷卿小坞颇藏春[②]，张侯官居柳对门[③]。
当风横笛留三弄，烧烛围棋覆九军。
尽是向来行乐事，每见琵琶忆朝云。
只今不举峨眉酒，红牙捍拨网蛛尘。
曹侯束书丞太仆，试说相马犹可人。
照夜白，真乘黄，万马同秣随低昂，一矢射落皂雕双。
张侯犹思在戎行，横山虎北开汉疆。
冷卿智多发苍浪，平刀发硎思一邦。
政成十缀舞红妆，两侯不如曹子方。
朵颐论诗猬毛张，龟藏六用中有光[④]。
何时端能俱过我，扫除北寺读书堂。
菊苗煮饼深注汤，更碾盘龙不入香。

①史注云：曹辅，字子方，为太仆寺丞。《前集》有《次韵答曹子方杂

言》，此篇亦次韵也，而不言次韵，疑是先作此篇，后复窜易，故两存耳。②史注云：《外集》有《冷庭叟诗》，其序云：庭叟有佳侍儿，因早朝而逸去，疑庭叟即冷卿也。③史注云：张侯，谓闽漕张仲谋。《内集·答曹杂言诗》任注，亦指张侯为仲谋。④龟藏：谓首尾及四足凡六，皆藏也。六用，又借用《楞严经》字。

送张材翁赴秦签

金沙酴醾春纵横，提壶栗留催酒行。
公家诸父酌我醉，横笛送晚延月明。
此时诸儿皆秀发，酒间乞书藤纸滑。
北门相见后十年，醉语十不省七八。
吏事衮衮谈赵张，乃是樽前绿发郎。
风悲松丘忽三岁，更觉绿竹能风霜。
去作将军幕下士，犹闻防秋屯虎兕。
只今陛下思保民，所要边头不生事。
短长不登四万日，愚智相去三十里。
百分举酒更若为，千户封侯傥来尔。

送吕知常赴太和丞

我去太和欲朞矣，吕君初得太和官。
邑中亦有文字乐，惜不同君涧谷槃。
观山千尺夜泉落，快阁六月江风寒。
往寻佳境不知处，扫壁觅我题诗看。

○元丰七年甲子。

老杜浣花溪图引

拾遗流落锦官城，故人作尹眼为青。

碧鸡坊西结茅屋，百花潭水濯冠缨。
故衣未补新衣绽，空蟠胸中书万卷。
探道欲度羲皇前，论诗未觉国风远。
干戈峥嵘暗宇县，杜陵韦曲无鸡犬。
老妻稚子且眼前，弟妹飘零不相见。
此公乐易真可人，园翁溪友肯卜邻。
邻家有酒邀皆去，得意鱼鸟来相亲。
浣花江楼散车骑，野墙无主看桃李。
宗文守家宗武扶，落日蹇驴驮醉起。
愿闻解鞍脱兜鍪，老儒不用千户侯。
中原未得平安报，醉里眉攒万国愁。
生绡铺墙粉墨落，平生忠义今寂寞。
儿呼不苏驴失脚，犹恐醒来有新作。
常使诗人拜画图，煎胶续弦千古无。

奉谢刘景文送团茶

刘侯惠我大玄璧，上有雌雄双凤迹。
鹅溪水练落春雪[①]，粟面一杯增目力[②]。
刘侯惠我小玄璧，自裁半璧煮琼糜。
收藏残月惜未碾，直待阿衡来说诗。
绛囊团团馀几璧，因来送我公莫惜。
个中渴羌饱汤饼，鸡苏胡麻煮同吃。

①鹅溪：蜀绢也，以绝细之绢为罗，使茶如雪落也。②粟面：盖茗花也。

谢景文惠浩然所作廷珪墨

廷珪赝墨出苏家，麝煤漆泽纹乌靴[①]。

柳枝瘦龙印香字，十袭一日三摩挲。
刘侯爱我如桃李，挥赠要我书万纸。
不意神禹治水圭，忽然入我怀袖里。
吾不能手抄五车书，亦不能写论付官奴。
便当闭门学水墨，洒作江南骤雨图②。

①苏家：谓苏浩然墨也。用高丽煤杂远烟作之。②李成：营丘人，有《骤雨图》。

赠陈师道

陈侯学诗如学道，又似秋虫噫寒草。
日晏肠鸣不俯眉，得意古人便忘老。
君不见，向来河伯负两河，观海乃知身一蠡。
旅床争席方归去，秋水黏天不自多。
春风吹园动花鸟，霜月入户寒皎皎。
十度欲言九度休，万人丛中一人晓。
贫无置锥人所怜，穷到无锥不属天。
呻吟成声可管弦，能与不能安足言。

戏答仇梦得承制

仇侯能骑矍铄马，席上亦赋竞病诗。
玄冬未雷苍蛇卧，玉山无年天马饥。
三年荷戈对摇落，十倍乞第亦可缚。
何如万骑出河西，捕取弄兵黄口儿①。

①黄口儿：指夏主乾顺方幼也。〇秦少游作《任师中墓表》云：元丰中，朝廷治西南乞第之罪，至于斩将帅、绌监司，两蜀骚然，四年而后定。

和任夫人悟道

夫亡子幼如月魄，摧尽蛾眉作诗客。

二十馀年刮地寒，见儿成人乃禅寂。
万事新新不留故，瘦藤六尺持门户。
烦恼林中即是禅，更向何门觅重悟。

杂言赠罗茂衡

嗟来茂衡，学道如登。
欲与天地为友，欲与日月并行。
万物峥嵘，本由心生。
去子之取舍与爱憎，惟人自缚非天黥。
堕子筋骨，堂堂法窟，九丘四溟，同一眼精。
不改五官之用而透声色，常为万物之宰而无死生。
念子坐幽室，炉香思青冥。
是谓蛰虫欲作吾惊之以雷霆。

渡　河

客行岁晚非远游，河水无情日夜流。
去年排堤注东郡，诏使夺河还此州。
忆昔冬行河梁上，飞雪千里曾冰壮。
人言河源冻彻天，冰底犹闻沸惊浪。

玉京轩[1]

苍山其下向玉京，五城十二楼郁仪结邻常杲杲[2]。
紫云黄雾锁玄关，雷驱不祥电挥扫。
上有千年来归之白鹤，下有万世不凋之瑶草。
野僧云卧对开轩，一钵安巢若飞鸟。
北风卷沙过夜窗，枕底鲸波撼蓬岛。
个中即是地行仙，但使心闲自难老。

①元注云：玉京山在香炉峰下，落星寺僧开轩对之。○元丰三年庚申，三十六岁。②《黄庭经》注云：郁仪，奔日之仙；结邻，奔月之仙。○前六句赋山，后六句赋轩。

宫亭湖

左手作圆右手方，世人机敏便可尔。
一风分送南北舟，斟酌鬼神宜有此。
江津留语同济僧，他日求我于宫亭。
吁嗟人盖自有口，独为栾公不举酒。
栾公千岁湖冥冥，白茅缩酒巫送迎。
朱幡皂盖来托宿，不听灵君专此屋。
雄鸭去随鸥鸟飞，老巫莫歌望翁归。
贝阙珠宫开水府，雨栋风簾岂来处。
平生来往湖上舟，一官四十已包羞[①]。
灵君如愿傥可乞，收此桑榆老故丘[②]。

①山谷以乙酉生，至元丰七年甲子去太和而北行，恰四十岁。②史注引神仙栾巴一事，又引《高僧传》安清一事。山谷似专指栾巴事。

阻水泊舟竹山下

竹山虫鸟朋友语，讨论阴晴怕风雨。
丁宁相教防祸机，草动尘惊忽飞去。
提壶归去意甚真，柳暗花浓亦半春。
北风几日铜官县，欲过五松无主人。

○元丰三年庚申，三十六岁。

别蒋颍叔[①]

金城千里要人豪[②]，理君乱丝须孟劳。

文星合在天东壁，清都紫微醉云璈。
荆溪居士傲轩冕，胸吞云梦如秋毫。
三品衣鱼人仰首③，不见全牛可下刀。
秦川渭水森长戟，方壶蓬莱冠巨鳌。
万钉宝带琱犹席，献纳论思近赭袍。
连营貔虎湛如水，开尽西河拥节旄。
何时出入诸公间，淮湖阅船今二毛④。
凿渠决策与天合⑤，支祈窘束缩怒涛。
衣食京师看上计，陛下文武收英髦。
春风淮月动清鉴，白拂羽扇随轻舠。
下榻见贤倾礼数，后车载士回风骚。
斫鼻于郢，观鱼于濠。
小夫阅人盖多矣，几成季咸三见逃。

①蒋之奇，字颖叔。新法行，屡为福建通判，淮东运副，江西、河北等运副，又为陕西运副，后为淮南转运使，江淮、荆湖等路发运副使。此诗当在蒋为陕西运副时也。②金城千里：谓秦中。③蒋于元丰六年奏计赐三品服。④此句疑有误。⑤蒋在淮南，始凿泗州股渠，以避长淮之险。

书石牛溪旁大石上

郁郁窈窈天官宅，诸峰排霄帝不隔。
六时谒天开关钥，我身金华牧羊客。
羊眠野草我世闲，高真众灵思我还。
石盆之中有甘露，青牛驾我山谷路。

○石牛洞，在三祖山山谷寺之西北。其石状如伏牛，因以为名。初，李伯时画鲁直坐石上，因此号山谷道人，题此诗于石上。

何氏悦亭咏柏

涧底长松风雨寒，冈头老柏颜色悦。

天生草木臭味同，同盛同衰见冰雪。
君莫爱清江百尺船，刀锯来谋岁寒节。
千林无叶草根黄，苍髯龙吟送日月。

薄薄酒二章 并序

苏密州为赵明叔作《薄薄酒》二章，愤世疾邪，其言甚高。以予观赵君之言，近乎知足不辱，有马少游之馀风，故代作二章，以终其意。

薄酒可与忘忧，丑妇可与白头。
徐行不必驷马，称身不必狐裘。
无祸不必受福，甘餐不必食肉。
富贵于我如浮云，小者谴诃大戮辱。
一身畏首复畏尾，门多宾客饱僮仆。
美物必甚恶，厚味生五兵。
匹夫怀璧死，百鬼瞰高明。
丑妇千秋万岁同室，万金良药不如无疾。
薄酒一谈一笑胜茶，万里封侯不如还家。

薄酒终胜饮茶，丑妇不是无家。
醇醪养生等刀锯，深山大泽生龙蛇。
秦时东陵千户食，何如青门五色瓜。
传呼鼓吹拥部曲，何如春雨一池蛙。
性刚太傅促和药，何如羊裘钓烟沙。
绮席象床雕玉枕，重门夜鼓不停挝，
何如一身无四壁，满船明月卧芦花。
吾闻食人之肉，可随以鞭朴之戮；
乘人之车，可加以铁钺之诛。

不如薄酒醉眠牛背上，丑妇自能搔背痒。

岩下放言五首

钓　台

林居野处而贯万事，花落鸟啼而成四时。
物有才德，水为官师。
空明湛群木之影，搏击下诸峰之巇。
游鱼静而知机，君子乐而忘归。

冠鳌台

石生涯于寒藤，藤耆造于崖树。
鳌插翼而成鹏，隘六合而未翥。
我来兮自东，攀桂枝兮容与。
倚嵌岩兮顾同来，谓公等其皆去。

池　亭

水嬉者游鱼，林乐者啼鸟。
志士仁人观其大，薪翁笱妇利其小。
有美一人独燕居万物之表。

博山台

石蕴玙璠，山得其来之泽；
木无牺象，天开不材之祥。
屹金炉之突兀，其山海之来翔。
然以明哲之火，熏以忠信之香。
俯仰一时，非智所及。付与万世，其存者长。

灵椿堂

苍苔古木，相依涧壑之滨；
黄葛女萝，自致风云之上。
人就阴而息迹，鸟投暮而来归。
水影林光，常相助发。溪声斧响，直下称提。

○史注：《文选》陆士衡有《连珠》五十首，山谷效其体，而更其名曰《放言》。○国藩按：《冠鳌台》《池亭》之末不用偶句，《灵椿》之首不用韵语，又不与连珠体相合。此体篇无定句、句无定字，盖杂言之类耳。

题章和甫钓亭放言

斩木开亭，却倚石壁。寒潭百雷，古木千尺。
观鱼乐而相忘，听鸟啼而自得。
去而京洛之间数年，犹常梦崭岩之石。

○元丰六年癸亥。

赠元发弟放言

亏功一篑未成丘山，凿井九阶不次水泽。
行百里者半九十，小狐汔济濡其尾。
故曰时乎时不再来，终终始始是谓君子。

二十八宿歌赠别无咎

虎剥文章犀解角，食未下亢奇祸作。
药材根氐罹斸掘，蜜虫夺房抱饥渴。
有心无心材慧死，人言不如龟曳尾[①]。
卫平哆口无南箕，斗柄指日江使噫[②]。
狐腋牛衣同一燠，高丘无女甘独宿。

虚名挽人受实祸，累棋既危安处我？
室中凝尘散发坐，四壁矗矗见天大。
奎啼（蹄）曲隈取脂泽，娄猪艾豭彼何泽？
倾肠倒胃得相知，贯日食昴终不疑。
古来毕命黄金台，佩君一言等蓍龟[3]。
月没参横惜相违，秋风金井梧桐落。
故人过半在鬼录，柳枝赠君当马策。
岁晏星回观盛德，张弓射雉武且力[4]。
白鸥之翼没江波，抽弦去轸君谓何。

①有心：谓虎、犀与蜜；无心：谓药材，同一死也。②神龟为江使，渔者豫且网得之，宋元王问卫平而知之。见《史记·龟策传》。“无南箕”云者，谓卫平之口更大于南箕也。此二句言神龟以慧而死，与上六句同意。③蓍龟：龟也，谓等蓍龟也。④此二句不知所谓。

寿圣观道士黄至明开小隐轩
太守徐公为题曰快轩庭坚集句咏之

金华牧羊儿[1]，一粒粟中藏世界[2]。
使君从南来[3]，清风明月不用一钱买[4]。
卢鹚杓，鹦鹉杯[5]，一杯一杯复一杯[6]，
玉山自倒非人推[7]。
庐山秀出南斗傍[8]，登高送远形神开。
银河倒挂三百梁[9]，砯崖转石万壑雷[10]。
吟诗作赋北窗里[11]，安得青天化作一张纸。
长鲸白齿若雪山[12]，我愿因之寄千里。

①太白《古风》。②吕洞宾。③《罗敷行》。④太白《襄阳歌》。⑤同上。⑥太白《山中对酌》。⑦《襄阳歌》。⑧太白《庐山谣》。⑨《庐山谣》。⑩太白《蜀道难》。⑪太白《寒夜独酌》。⑫太白《送窦明府》。

再和公择舅氏杂言

外家有金玉我躬之道术，有衣食我家之德心。
使我蝉蜕俗学之市，乌哺仁人之林。
养生事亲汔师古，炊玉爨桂能至今。
岁暮三十裘，食口三百指。
寒不缉江南之落毛，饥不拾狙公之橡子。
平生荆鸡化黄鹄，今日江鸥作樊雉。
人言无忌似牢之，挽入书林觑文字①。
更蒙着鞭翰墨场，赠研水苍珪玉方。
蓬门系马晚色净，茅檐垂虹秋气凉。
湔拂垢面生寒光，汉隶书吕规其阳。
吕翁之冶与天通，不但澄泥烧铅黄。
初疑蛮溪水中骨，不见鸜鹆目突兀。
但见受墨无声松花发，颇似龙尾琢紫烟。
不见罗縠纹粼粼，但见含墨不泄如寒渊。
往在海濒时，晨夕亲几杖。
恪居有官次，遣吏问无恙。
抚摩宝泓置道山，郁郁秀气似舅眉宇间。
其重可以回躁进之首，其温可以解横逆之颜。
乌乎端是万乘器，红丝潭石之际知才难。

①以上感其教养之德，以下专谢其赠研。

奉送周元翁锁吉州司法厅赴礼部试

江南江北木叶黄，五湖归雁天雨霜。
系船溢城秣高马，客丁结束女缝裳。
贡书登名彻未央，不比长卿薄游梁。

南山雾豹出文章，去取公卿易驱羊。
与君初无一日雅，倾盖许子如班扬。
因拘官曹少相见，忽忽岁晚稼涤场。
一杯僚友喜多在，谢守不见空澄江。
澄江如练明橘柚，万峰相倚摩青苍。
暮堂醺醺客被酒，艳歌聒醉烛生光。
椎鼓发船星斗白，明日各在天一方。
寒鸦满枝二乔宅，樽前顾曲忆周郎。
鲈鱼斫脍蔗为浆，恨君不留谁与尝。
殿前春风君射策，汉庭诸公必动色。
故人若问黄初平，将作金华牧羊客。

〇周濂溪二子寿、焘，寿字季老，后改元翁；焘字通老，后改次翁。元翁于元丰五年登第，此诗送其赴礼部试也。

送昌上座归成都

昭觉堂中有道人①，龙吟虎啸随风云。
雨花经席冷如铁，一滕日转十二轮。
宝胜蓬蒿荒小院，埋没醯罗三只眼②。
个是江南五味禅，更往参寻莫担板。

〇崇宁元年壬午，五十八岁。①昭觉寺，在成都。道人，当是圆悟禅师克勤也。崇宁初，归蜀住昭觉寺。②梵语摩醯首罗，此云大自在。

题杜槃涧叟冥鸿亭

少陵杜鸿渐，颇熏知见香。
风流有诸孙，结屋庐山阳。
藉交游侠窟，猎艳少年场。
光怪惊邻里，收身反摧藏。

江湖拍天流，罗网盖稻粱。
安能衎衎饱，遂欲冥冥翔。
畏影走万里，不如就阴凉。
亭东亭西渺烟水，稻田衲子交行李。
古灵庵下倚寒藤，莫向明窗钻故纸。

○元丰六年癸亥，三十九岁。○已上《外集》。

临河道中

村南村北禾黍黄，穿林入坞歧路长。
据鞍梦归在亲侧，弟妹妇女笑两厢。
甥侄跳梁暮堂下，惟我小女始扶床。
屋头扑枣烂盈斗，嬉戏喧争挽衣裳。
觉来去家三百里，一园兔丝花气香。
可怜此物无根本，依草着木浪自芳。
风烟雨露非无力，年年结子飘路傍。
不如归种秋柏实，他日随我到冰霜。

○以下《别集》。

伯时彭蠡春牧图

岳阳楼上春已归，湖中鸿雁拍波飞。
布帆天阔随鸟道，石林风晚吹人衣。
春水初生及马腹，浮滩欲上西山麓。
遥看绝岭秀云松，上有垂萝暗溪谷。
沙眠草啮性不骄，侧身注目鸣相招。
林间瞥过星烁烁，原上独立风萧萧。
君不见，中原真种胡尘没，南行市骨何仓卒。
只收力健载征夫，肯向时危辨奇骨。

即今贡马西北来，东西坊监屯云开。
纷然驽骥同一秣，尔可不忧四蹄脱。

〇元祐三年，秘书省作。

观刘永年团练画角鹰

刘侯才勇世无敌，爱画工夫亦成癖，
弄笔扫成苍角鹰，杀气棱棱动秋色。
爪拳金钩嘴屈铁，万里风云藏劲翮。
兀立槎枒不畏人，眼看青冥有馀力。
霜飞晴空塞草白，云垂四野阴山黑。
此时轩然盍飞去，何乃巑岏立西壁。
只应真骨下人世，不谓雄姿留粉墨。
造次更无高鸟喧，等闲亦恐狐狸吓。
旁观未必穷神妙，乃是天机贯胸臆。
瞻相突兀摩空材，想见其人英武格。
传闻挥毫颇容易，持以与人无甚惜。
物逢真赏世所珍，此画他年恐难得。

〇元祐三年，秘书省作。

戏用题元上人此君轩诗韵奉答周彦公起予之作病眼皆花句不及律书不成字

北道沉霾多历年，喜君占斗斸龙泉。
我学渊明贫至骨，君岂有意师无弦。
潇洒侯王非爵命，道人胸中有水镜。
霜钟堂下月明前，枝枝雪压如悬磬。
敝帚不扫舍人门，如愿不谒青鸿君。
来听道人写风竹，手弄霜钟看白云。

平生窃闻公子旧，今日谁举贾生秀。
未知束帛何当来，但有一筇相依瘦。
欲截老龙吟夜月，无人处为江山说。
中郎解赏柯亭椽，玉局归时君为传。

○元符二年，戎州作。

元师自荣州来追送予于泸之江安绵水驿因复用旧所赋此君轩诗韵赠之并简元师从弟周彦公

岁逢辛巳建中年，诸公起废自林泉。
王师侧闻陛下圣，抱琴欲奏南风弦。
孤臣蒙恩已三命，望尧如日开金镜。
但忧衰疾不敢前，眼见黑花耳闻磬。
岂如道人山绕门，开轩友此岁寒君。
能来作诗赏劲节，家有晓事杨子云。
箨龙森森新间旧，父翁老苍孙子秀。
但知战胜得道肥，莫问无肉令人瘦。
是师胸中抱明月，醉翁不死起自说。
竹影生凉到屋椽，此声可听不可传。

○建中靖国元年，戎州作。

卷十七　王右丞五律

百四首

奉和圣制赐史供奉曲江宴应制

侍从有邹枚，琼筵就水开①。言陪柏梁宴，新下建章来②。
对酒山河满，移舟草树回。天文同丽日，驻景惜行杯。

①就：《唐诗品汇》作向。②下：《文苑英华》作自。

从岐王过杨氏别业应教

杨子谈经所①，淮王载酒过。兴阑啼鸟换②，坐久落花多。
径转回银烛，林开散玉珂。严城时未启，前路拥笙歌③。

①所：《文苑英华》《唐诗正音》《唐诗品汇》俱作处，《万首唐人绝句》《乐府诗集》俱作去。②兴阑：《万首唐人绝句》作醉来。换：《唐诗正音》《唐诗品汇》俱作缓。③拥：一作引。

从岐王夜宴卫家山池应教

座客香貂满，宫娃绮幔张。涧花轻粉色，山月少灯光①。
积翠纱窗暗②，飞泉绣户凉。还将歌舞出，归路莫愁长。

①少：《文苑英华》作吐，非。②暗：《文苑英华》作透。

和尹谏议史馆山池①

云馆接天居②，霓裳侍玉除。春池百子外③，芳树万年馀。

洞有仙人箓，山藏太史书。君恩深汉帝，且莫上空虚[④]。

①尹：《文苑英华》作伊，非。②居：一作灵。③子：一作草，非。④空：一作云。

同崔员外秋宵寓直[①]

建礼高秋夜，承明候晓过。九门寒漏彻，万井曙钟多。
月回藏珠斗，云消出绛河[②]。更惭衰朽质，南陌共鸣珂。

①同：《文苑英华》作和。②消：《文苑英华》作开。

奉和杨驸马六郎秋夜即事

高楼月似霜，秋夜郁金堂。对坐弹卢女，同看舞凤凰。
少儿多送酒，小玉更焚香。结束平阳骑，明朝入建章。

酬虞部苏员外过蓝田别业不见留之作

贫居依谷口，乔木带荒村。石路枉回驾，山家谁候门。
渔舟胶冻浦，猎火烧寒原[①]。惟有白云外，疏钟闻夜猿[②]。

①烧：一作绕。②“闻”字，疑是“间”字之讹。

酬比部杨员外暮宿琴台朝跻书阁率尔见赠之作[①]

旧简拂尘看，鸣琴候月弹[②]。桃源迷汉姓[③]，松树有秦官[④]。
空谷归人少，青山背日寒。羡君栖隐处[⑤]，遥望白云端。

①台：凌本、《文苑英华》俱作堂。〇一作卢照邻诗。②候：《文苑英华》作俟。③源：一作花。④树：顾元纬本、凌本俱作径。⑤栖：凌本作归。

酬严少尹徐舍人见过不遇

公门暇日少，穷巷故人稀。偶值乘篮舆，非关避白衣。
不知炊黍否，谁解扫荆扉。君但倾茶盌，无妨骑马归。

慕容承携素馔见过

纱帽乌皮几，闲居懒赋诗。门看五柳识，年算六身知。
灵寿君王赐，雕胡弟子炊。空劳酒食馔，特底解人颐。

酬慕容上①

行行西陌返，驻幰问车公②。挟毂双官骑，应门五尺僮。
老年如塞北，强起离墙东。为报壶丘子，来人道姓蒙③。

①一作《酬慕容十一》。②幰：刘本、顾可久本俱作炉，非。③"姓"字疑是"住"字之讹。

酬张少府

晚年惟好静①，万事不关心。自顾无长策②，空知返旧林③。
松风吹解带，山月照弹琴。君问穷通理④，渔歌入浦深。

①年：一作来。②长：一作良。③知：《文苑英华》作如。④君：一作若。

喜祖三至留宿

门前洛阳客，下马拂征衣。不枉故人驾，平生多掩扉。
行人返深巷，积雪带馀晖。早岁同袍者，高车何处归？

酬贺四赠葛巾之作

野巾传惠好，兹贶重兼金。嘉此幽栖物，能齐隐吏心①。
早朝方暂挂，晚沐复来簪②。坐觉嚣尘远，思君共入林。

①齐：凌本作高。②复：凌本作更。

寄荆州张丞相

所思竟何在，怅望深荆门。举世无相识，终身思旧恩。

方将与农圃，艺植老丘园。目尽南飞鸟[①]，何由寄一言。

①飞鸟：顾元纬本、凌本俱作无雁。

辋川闲居赠裴秀才迪

寒山转苍翠[①]，秋水日潺湲。倚杖柴门外，临风听暮蝉。
渡头馀落日，墟里上孤烟。复值接舆醉，狂歌五柳前。

①转：顾可久本作积。

冬晚对雪忆胡居士家[①]

寒更传晓箭[②]，清镜览衰颜[③]。隔牖风惊竹，开门雪满山[④]。
洒空深巷静，积素广庭闲。借问袁安舍，翛然尚闭关。

①居：一作处。○一作王劭诗。②一作“寒更催唱晓”。③览：一作减。④门：一作簾。

山居秋暝

空山新雨后，天气晚来秋。明月松间照，清泉石上流。
竹喧归浣女，莲动下渔舟。随意春芳歇，王孙自可留。

终南别业

中岁颇好道，晚家南山陲。兴来每独往，胜事空自知。
行到水穷处，坐看云起时。偶然值林叟，谈笑无还期。

归嵩山作

清川带长薄[①]，车马去闲闲。流水如有意，暮禽相与还[②]。
荒城临古渡，落日满秋山。迢递嵩高下[③]，归来且闭关[④]。

①清：《文苑英华》作晴。②禽：《文苑英华》作云。③高：《文苑英华》作山。④闭：一作掩。

归辋川作

谷口疏钟动，渔樵稍欲稀。悠然远山暮，独向白云归。
菱蔓弱难定，杨花轻易飞。东皋春草色，惆怅掩柴扉。

韦给事山居

幽寻得此地[①]，讵有一人曾。大壑随阶转，群山入户登。
庖厨出深竹，印绶隔垂藤。即事辞轩冕，谁云病未能。

①幽寻：凌本作寻幽。

山居即事

寂寞掩柴扉，苍茫对落晖。鹤巢松树遍[①]，人访筚门稀。
嫩竹含新粉[②]，红莲落故衣。渡头灯火起，处处采菱归。

①树：凌本作径。②嫩：顾元纬本作绿。

终南山[①]

太乙近天都，连山到海隅[②]。白云回望合，青霭入看无。
分野中峰变，阴晴众壑殊。欲投人处宿，隔水问樵夫[③]。

①《文苑英华》作《终山行》。②山：《文苑英华》作天。到：一作接。③水：《文苑英华》作浦。

辋川闲居

一从归白社，不复到青门。时倚檐前树，远看原上村。
青菰临水映[①]，白鸟向山翻。寂寞於陵子，桔槔方灌园。

①映：一作拔。

春园即事

宿雨乘轻屐，春寒着敝袍。开畦分白水，间柳发红桃。

草际成棋局，林端举桔槔。还持绿皮几，日暮隐蓬蒿。

淇上即事田园

屏居淇水上，东野旷无山。日隐桑柘外，河明闾井间。
牧童望村去，猎犬随人还。静者亦何事，荆扉乘昼关。

与卢象集朱家

主人能爱客[①]，终日有逢迎。贳得新丰酒，复闻秦女筝。
柳条疏客舍，槐叶下秋城。语笑且为乐，吾将达此生[②]。

①爱：凌本作对。②达：凌本作适。

过福禅师兰若

岩壑转微径[①]，云林隐法堂。羽人飞奏乐，天女跪焚香[②]。
竹外峰偏曙，藤阴水更凉。欲知禅坐久，行路长春芳。

①《文苑英华》作“岩壑带松径”，一本作“岩壑带茅径”。②天：一本作仙。

黎拾遗昕裴迪见过秋夜对雨之作[①]

促织鸣已急，轻衣行向重[②]。寒灯坐高馆，秋雨闻疏钟。
白法调狂象，玄言问老龙。何人顾蓬径，空愧求羊踪[③]。

①一本“裴”字下多“秀才”二字。②向：刘本作尚。③求：一作牛，误。

晚春严少尹与诸公见过

松菊荒三径，图书共五车。烹葵邀上客，看竹到贫家。
鹊乳先春草，莺啼过落花。自怜黄发暮，一倍惜年华。

过感化寺昙兴上人山院[①]

暮持筇竹杖，相待虎溪头。催客闻山响，归房逐水流。
野花丛发好，谷鸟一声幽。夜坐空林寂[②]，松风直似秋。

①感化：《文苑英华》作化感。②林：顾可久本作村。

夏日过青龙寺谒操禅师

龙钟一老翁，徐步谒禅宫。欲问义心义，遥知空病空。
山河天眼里，世界法身中。莫怪消炎热，能生大地风。

郑果州相遇[①]

丽日照残春[②]，初晴草木新。床前磨镜客[③]，林里灌园人[④]。
五马惊穷巷[⑤]，双童逐老身[⑥]。中厨办粗饭[⑦]，当恕阮家贫[⑧]。

①相：凌本作见。②丽：刘本作斜。③前：顾元纬本、凌本俱作头。④林里：顾元纬本作树下，凌本作花下。⑤惊：《方舆胜览》作过。⑥逐：《方舆胜览》作送。⑦中厨：《文苑英华》作厨中。⑧当恕：《文苑英华》作常恐。

过香积寺

不知香积寺，数里入云峰。古木无人径，深山何处钟[①]。
泉声咽危石，日色冷青松。薄暮空潭曲，安禅制毒龙。

○《文苑英华》以此诗为王昌龄作。①深：《文苑英华》作空。

过崔驸马山池

画楼吹笛妓[①]，金椀酒家胡[②]。锦石称贞女，青松学大夫。
脱貂贯桂酌[③]，射雁与山厨。闻道高阳会，愚公谷正愚。

①画：一作书。②椀：顾元纬本、凌本俱作埒。③酌：顾元纬本、凌本俱作醑。

送李判官赴江东[1]

闻道皇华使，方随皂盖臣。封章通左语，冠冕化文身。
树色分扬子，潮声满富春。遥知辨璧吏，恩到泣珠人。

①江东：一作东江。

送封太守

忽解羊头削，聊驰熊轼幡[1]。扬舲发夏口，按节向吴门。
帆映丹阳郭，枫攒赤岸村[2]。百城多候吏，露冕一何尊。

①轼：顾元纬本、凌本俱作首。②攒：一作藏。

送严秀才还蜀

宁亲为令子[1]，似舅即贤甥。别路经花县，还乡入锦城。
山临青塞断，江向白云平。献赋何时至？明君忆长卿。

①为：《文苑英华》作真。

送张判官判河西

单车曾出塞，报国敢邀勋。见逐张征虏，今思霍冠军。
沙平连白雪，蓬卷入黄云。慷慨倚长剑，高歌一送君。

送岐州源长史归[1]

握手一相送，心悲安可论。秋风正萧索，客散孟尝门。
故驿通槐里，长亭下槿原[2]。征西旧旌节，从此向河源。

①原注：源与余同在崔常侍幕中，时常侍已没。②槿：一作柏。

送张道士归山

先生何处去，王屋访茅君。别妇留丹诀，驱鸡入白云。

人间苦难住，天上复离群。当作辽城鹤，仙歌使尔闻。

同崔兴宗送瑗公[①]

言从石菌阁，新下穆陵关。独向池阳去，白云留故山。
绽衣秋日里，洗钵古松间。一施传心法，惟将戒定还。

①一作《同崔兴宗送衡岳瑗公南归》。

送钱少府还蓝田

草色日向好，桃源人去稀。手持平子赋，目送老莱衣。
每候山樱发，时同海燕归。今年寒食酒，应得返柴扉。

留别钱起

卑栖却得性，每与白云归。徇禄仍怀橘[①]，看山免采薇[②]。
暮禽先去马，新月待开扉。云汉时回首，知音青琐闱。

①仍：凌本作犹。②山：凌本作花。四句一作："别山如昨日，春露已沾衣。采蕨频盈手，看花空厌归。"

送丘为往唐州

宛洛有风尘，君行多苦辛。四愁连汉水，百口寄随人。
槐色阴清昼，杨花惹暮春。朝端肯相送，天子绣衣臣。

送元中丞转运江淮

薄税归天府[①]，轻徭赖使臣。欢沾赐帛老，恩及卷绡人。
去问珠官俗[②]，来经石劫春[③]。东南御亭上，莫使有风尘[④]。

①税：一作赋。②珠：钱集作殊。③凌本作"来看石劫城"。④使：钱集作问。

送崔九兴宗游蜀

送君从此去，转觉故人稀。徒御犹回首，田园方掩扉。
出门当旅食，中路授寒衣。江汉风流地，游人何处归①。

①处：《唐诗纪事》作岁。

送崔兴宗

已恨亲皆远，谁怜友复稀。君王未西顾，游宦尽东归。
塞迥山河净，天长云树微。方同菊花节，相待洛阳扉。

送平淡然判官

不识阳关路，新从定远侯。黄云断春色，画角起边愁①。
瀚海经年别②，交河出塞流。须令外国使③，知饮月支头④。

①起：《唐诗正音》作赴，一作越。②别：顾元纬本、凌本、《文苑英华》俱作到。③须：《文苑英华》作预。④知：一作只，非。

送孙秀才

帝城风日好①，况复建平家。玉枕双文簟②，金盘五色瓜。
山中无鲁酒③，松下饭胡麻。莫厌田家苦④，归期远复赊。

①风：《文苑英华》作春。②文：《文苑英华》《唐诗纪事》俱作纹。③无：《文苑英华》《唐诗纪事》俱作沽。④厌：一作怨。

送刘司直赴安西

绝域阳关道，胡烟与塞尘①。三春时有雁，万里少行人。
苜蓿随天马，蒲桃逐汉臣②。当令外国惧，不敢觅和亲。

①烟：顾元纬本、凌本、《文苑英华》《唐诗品汇》俱作沙。②汉：凌本作使。

送赵都督赴代州得青字

天官动将星，汉地柳条青①。万里鸣刁斗，三军出井陉。
忘身辞凤阙，报国取龙庭。岂学书生辈，窗间老一经②。

①地：顾元纬本、凌本俱作上，一作沚。②间：《文苑英华》作中。老：《唐诗品汇》作著。

送方城韦明府

遥思葭菼际，寥落楚人行。高鸟长淮水，平芜故郢城。
使车听雉乳，县鼓应鸡鸣。若见州从事，无嫌手板迎。

送李员外贤郎

少年何处去，负米上铜梁。借问阿戎父，知为童子郎。
鱼笺请诗赋，橦布作衣裳。薏苡扶衰病，归来幸可将。

送梓州李使君①

万壑树参天，千山响杜鹃②。山中一半雨③，树杪百重泉。
汉女输橦布④，巴人讼芋田。文翁翻教授，不敢倚先贤⑤。

①梓州：《唐诗正音》作东川。②《文苑英华》作“乡音听杜鹃”。③半：二顾本、凌本、《唐诗品汇》俱作夜。④橦：《瀛奎律髓》《唐诗正音》俱作賨。⑤不敢：当是“敢不”之讹。

送张五諲归宣城

五湖千万里，况复五湖西。渔浦南陵郭，人家春谷溪。
欲归江淼淼，未到草凄凄。忆想兰陵镇，可宜猿更啼。

送友人南归

万里春应尽，三江雁亦稀①。连天汉水广，孤客郢城归。

郧国稻苗秀[②]，楚人菰米肥[③]。悬知倚门望，遥识老莱衣。

①亦稀：《文苑英华》作欲飞，非。②郧：顾可久本、《唐诗正音》俱作郎，误。③米：一作菜，《文苑英华》作叶。

送贺遂员外外甥

南国有归舟，荆门泝上流。苍茫葭菼外，云水与昭丘[①]。
樯带城乌去，江连暮雨愁。猿声不可听，莫待楚山秋。

①与：一作同。

送杨长史赴果州[①]

褒斜不容幰，之子去何之[②]。鸟道一千里，猿啼十二时[③]。
官桥祭酒客，山木女郎祠。别后同明月，君应听子规。

①《瀛奎律髓》“长史”下多一“济”字。②去：《方舆胜览》作欲。③啼：《瀛奎律髓》《唐诗正音》《唐诗品汇》俱作声。

送邢桂州

铙吹喧京口，风波下洞庭。赭圻将赤岸，击汰复扬舲。
日落江湖白，潮来天地青。明珠归合浦，应逐使臣星。

送宇文三赴河西充行军司马

横吹杂繁笳[①]，边风卷塞沙。还闻田司马，更逐李轻车。
蒲类成秦地[②]，莎车属汉家[③]。当令犬戎国，朝聘学昆邪。

①吹：《文苑英华》作笛。②类：刘本、顾可久本俱作垒，误。③车：刘本、顾可久本俱作居，误。一本作丘，亦非。

送孙二

郊外谁相送[①]，夫君道术亲。书生邹鲁客，才子洛阳人。

祖席依寒草，行车起暮尘[②]。山川何寂寞[③]，长望泪沾巾。

①《文苑英华》作“郭外谁将送”。②起：《文苑英华》作薄。③何：《文苑英华》作向。

送崔三往密州觐省

南陌去悠悠，东郊不少留。同怀扇枕恋，独念倚门愁[①]。
路绕天山雪，家临海树秋。鲁连功未报，且莫蹈沧洲。

①念：《文苑英华》作解。

送丘为落第归江东

怜君不得意，况复柳条春。为客黄金尽，还家白发新。
五湖三亩宅[①]，万里一归人[②]。知祢不能荐[③]，羞为献纳臣[④]。

①宅：《文苑英华》作地。②归：《文苑英华》作行。③祢：顾元纬本、凌本、《唐诗品汇》俱作尔。④为：顾元纬本、凌本、《唐诗纪事》《唐诗品汇》俱作称，《文苑英华》作看。

汉江临泛[①]

楚塞三湘接，荆门九派通。江流天地外，山色有无中。
郡邑浮前浦，波澜动远空。襄阳好风日[②]，留醉与山翁。

①泛：《瀛奎律髓》作眺。②日：《文苑英华》作月。

登辨觉寺[①]

竹径从初地[②]，莲峰出化城。窗中三楚尽[③]，林外九江平。
软草承趺坐[④]，长松响梵声。空居法云外，观世得无生。

①辨：一作新。②从：《文苑英华》《瀛奎律髓》俱作连。③尽：《文苑英华》作静。④软：《文苑英华》作嫩。

凉州郊外游望

野老才三户，边村少四邻[①]。婆娑依里社，箫鼓赛田神。

洒酒浇刍狗，焚香拜木人。女巫纷屡舞，罗袜自生尘。

①边村：顾元纬本、凌本俱作村边，误。

观　猎[1]

风劲角弓鸣[2]，将军猎渭城。草枯鹰眼疾，雪尽马蹄轻。
忽过新丰市[3]，还归细柳营。回看射鵰处，千里暮云平。

①《唐诗纪事》作《猎骑》。②劲：一作动。③市：《云溪友议》作戍。

春日上方即事[1]

好读高僧传，时看辟谷方。鸠形将刻杖，龟壳用支床。
柳色春山映，梨花夕鸟藏[2]。北窗桃李下，闲坐但焚香[3]。

①方：《文苑英华》作房，误。②梨花：《瀛奎律髓》作花明。③坐：《瀛奎律髓》作步。

泛前陂

秋空自明迥[1]，况复远人间[2]。畅以沙际鹤，兼之云外山。
澄波澹将夕[3]，清月皓方闲。此夜任孤棹，夷犹殊未还。

①自明：一作明月。②间：《文苑英华》作寰。③波：一作陂。

游李山人所居因题屋壁

世上皆如梦[1]，狂来或自歌[2]。问年松树老，有地竹林多[3]。
药倩韩康卖，门容向子过[4]。翻嫌枕席上，无那白云何[5]。

①世上：一作世人，一作世事。②狂：《文苑英华》作往。或：一作止。③林：《文苑英华》作阴。④向：一作尚。⑤那：一作奈。

登河北城楼作

井邑傅岩上，客亭云雾间。高城眺落日，极浦映苍山。

岸火孤舟宿，渔家夕鸟还。寂寥天地暮[①]，心与广川闲。

①暮：凌本作外。

登裴迪秀才小台作

端居不出户，满目望云山[①]。落日鸟边下，秋原人外闲。
遥知远林际，不见此檐间。好客多乘月，应门莫上关。

①望：一作空。

被出济州[①]

微官易得罪，谪去济川阴。执政方持法，明君无此心[②]。
闾阎河润上，井邑海云深。纵有归来日，多愁年鬓侵[③]。

①《河岳英灵集》作《初出济州别城中故人》。②无：一作照。③多：诸本皆作各，《河岳英灵集》《唐诗品汇》俱作多，今从之。

千塔主人

逆旅逢佳节，征帆未可前。窗临汴河水，门渡楚人船。
鸡犬散墟落，桑榆荫远田。所居人不见，枕席生云烟。

使至塞上

单车欲问边，属国过居延[①]。征蓬出汉塞[②]，归雁入胡天。
大漠孤烟直，长河落日圆。萧关逢候骑[③]，都护在燕然。

①《文苑英华》作"衔命辞天阙，单车欲问边"。又，"问"字一作"向"。②蓬：《文苑英华》作鸿。③骑：顾可久本、《唐诗品汇》俱作吏。

晚春闺思[①]

新妆可怜色，落日卷罗帷[②]。炉气清珍簟[③]，墙阴上玉墀。
春虫飞网户，暮雀隐花枝。向晚多愁思，闲窗桃李时。

①《河岳英灵集》作《春闺》。②罗：《河岳英灵集》作簾。③炉：一作淑。

戏题示萧氏外甥

怜尔解临池，渠爷未学诗。老夫何足似，敝宅倘因之。
芦笋穿荷叶[①]，菱花罥雁儿。郄公不易胜，莫着外家欺。

①穿：顾元纬本、凌本俱作藏。

秋夜独坐[①]

独坐悲双鬓，空堂欲二更。雨中山果落，灯下草虫鸣。
白发终难变，黄金不可成。欲知除老病，惟有学无生。

①《唐诗正音》作《冬夜书怀》，误。

待储光羲不至

重门朝已启，起坐听车声。要欲闻清佩，方将出户迎。
晓钟鸣上苑，疏雨过春城。了自不相顾，临堂空复情。

听宫莺

春树绕宫墙，春莺啭曙光[①]。忽惊啼暂断，移处弄还长。
隐叶栖承露，攀花出未央[②]。游人未应返，为此思故乡[③]。

①《文苑英华》作“宫莺次第翔”。②攀：一作排。③《文苑英华》作“为此始思乡”。

早　朝

柳暗百花明，春深五凤城。城乌睥睨晓[①]，宫井辘轳声。
方朔金门侍[②]，班姬玉辇迎。仍闻遣方士，东海访蓬瀛。

①乌：《文苑英华》作鸦。②侍：《文苑英华》作召。

愚公谷三首[1]

愚谷与谁去，唯将黎子同。非须一处住，不那两心空。
宁问春将夏，谁论西复东。不知吾与子，若个是愚公。

①原注：青龙寺内与黎昕戏题。

吾家愚谷里[1]，此谷本来平。虽则行无迹，还能响应声。
不随云色暗，只待日光明。缘底名愚谷，都由愚所成。

①吾：顾可久本作愚。

借问愚公谷，与君聊一寻。不寻翻到谷，此谷不离心。
行处曾无险，看时岂有深。寄言尘世客，何处欲归临。

杂　诗

双燕初命子，五桃初作花[1]。王昌是东舍，宋玉次西家。
小小能织绮，时时出浣纱。亲劳使君问，南陌驻香车。

①初：一作新。作：凌本作结。

过秦皇墓[1]

古墓成苍岭，幽宫象紫台。星辰七曜隔，河汉九泉开。
有海人宁渡，无春雁不回。更闻松韵切，疑是大夫哀。

①秦：《文苑英华》作始。

故太子太师徐公挽歌四首

功德冠群英，弥纶有大名。轩皇用风后，傅说是星精。
就第优遗老，来朝诏不名。留侯常辟谷，何苦不长生。

谋猷为相国，翊赞奉乘舆[①]。剑履升前殿，貂蝉托后车。
齐侯疏土宇，汉室赖图书。僻处留田宅，仍才十顷馀[②]。
①赞：一作戴。乘：《文苑英华》作宸。②顷：《文苑英华》作亩。

旧里趋庭日，新年置酒辰。闻诗鸾渚客，献赋凤楼人。
北阙辞明主，东堂哭大臣。犹思御朱辂，不惜污车茵。

久践中台座，终登上将坛。谁言断车骑[①]，空忆盛衣冠。
风日咸阳惨，笳箫渭水寒。无人当便阙，应罢太师官。
①言：《文苑英华》作将。

故西河郡杜太守挽歌三首

天上去西征，云中护北平。生擒白马将，连破黑鹏城。
忽见刍灵苦[①]，徒闻竹使荣。空留《左氏传》，谁继卜商名？
①苦：顾可久本、《文苑英华》俱作善。

返葬金符守[①]，同归石窌栖。卷衣悲画翟，持翣待鸣鸡。
容卫都人惨，山川驷马嘶。犹闻陇上客，相对哭征西。
①守：刘本、顾可久本俱作字，非。

涂刍去国门，秘器出东园。太守留金印，夫人罢锦轩。
旌旄转衰木，箫鼓上寒原。坟树应西靡，长思魏阙恩。

故南阳夫人樊氏挽歌二首

锦衣馀翟黻[①]，绣毂罢鱼轩。淑女诗长在，夫人法尚存。
凝笳随晓旆，行哭向秋原。归处将何见，谁能返戟门。
①黻：一作茀。

石窌恩荣重，金吾车骑盛。将朝毋赠言，入室还相敬。
叠鼓秋城动，悬旌寒日映。不言长不归，环佩犹将听。

达奚侍郎夫人寇氏挽歌二首

束带将朝日，鸣环映牖辰。能令谏明主①，相劝识贤人②。
遗挂空留壁，回文日覆尘。金蚕将画柳，何处更知春？
①明：一作皇。②劝：《文苑英华》作助。

女史悲彤管，夫人罢锦轩。卜茔古二室①，行哭度千门。
秋日光能澹，寒川波自翻②。一朝成万古，松柏暗平原。
①古：《文苑英华》作瞻。②波：《文苑英华》作浪。

恭懿太子挽歌五首

何悟藏环早，才知拜璧年。翀天王子去，对日圣君怜。
树转宫犹出，笳悲马不前。虽蒙绝驰道，京兆别开阡。

兰殿新恩切，椒宫夕临幽。白云随凤管，明月在龙楼。
人向青山哭，天临渭水愁。鸡鸣常问膳，今恨玉京留。

骑吹凌霜发，旌旗夹格陈。恺容金节护①，册命玉符新。
傅母悲香褓，君家拥画轮。射熊今梦帝，秤象问何人？
①恺：一作礼。

苍舒留帝宠，子晋有仙才。五岁过人智，三天使鹤催。
心悲阳禄馆①，目断望思台。若道长安近，何为更不来？
①阳：一作四，非。

西望昆池阔，东瞻下杜平。山朝豫章馆，树转凤凰城。
五校连旗色，千门叠鼓声。金环如有验，还向画堂生。

孟襄阳五律

百三十八首

与诸子登岘山

人事有代谢，往来成古今。江山留胜迹，我辈复登临。
水落鱼梁浅，天寒梦泽深。羊公碑字在[①]，读罢泪沾襟。

①字：一作尚。

望洞庭湖赠张丞相[①]

八月湖水平，涵虚混太清。气蒸云梦泽，波撼岳阳城[②]。
欲济无舟楫，端居耻圣明。坐观垂钓者[③]，空有羡鱼情[④]。

①一作《临洞庭》。②撼：一作动。③坐观：一作徒怜。者：一作叟。④空：一作徒。

春中喜王九相寻[①]

二月湖水清，家家春鸟鸣。林花扫更落，径草踏还生。
酒伴来相命，开尊共解醒。当杯已入手，歌妓莫停声。

①一题作《晚春》。

岁暮归南山[①]

北阙休上书，南山归敝庐。不才明主弃，多病故人疏[②]。

白发催年老[3]，青阳逼岁除。永怀愁不寐[4]，松月夜窗虚[5]。

①一题作《归故园作》，一作《归终南山》。②多：一作卧。③老：一作去。④寐：一作寝。⑤窗：一作堂。

梅道士水亭

傲吏非凡吏，名流即道流。隐居不可见，高论莫能酬。
水接仙源近，山藏鬼谷幽。再来迷处所，花下问渔舟。

闲园怀苏子

林园虽少事，幽独自多违。向夕开簾坐，庭阴落景微[1]。
鸟过烟树宿[2]，萤傍水轩飞。感念同怀子，京华去不归。

①落景：一作叶落。②过：一作从。

留别王侍御维[1]

寂寂竟何待，朝朝空自归。欲寻芳草去，惜与故人违。
当路谁相假，知音世所稀。只应守索寞[2]，还掩故园扉。

①一无"侍御"字。②索：一作寂。

武陵泛舟

武陵川路狭，前棹入花林。莫测幽源里，仙家信几深。
水回青嶂合，云度绿溪阴。坐听闲猿啸，弥清尘外心。

同曹三御史行泛湖归越

秋入诗人意[1]，巴歌和者稀。泛湖同逸旅[2]，吟会是思归。
白简徒推荐，沧洲已拂衣。杳冥云外去[3]，谁不羡鸿飞。

①意：一作兴。②逸旅：一作旅泊。③外：一作海。

游景空寺兰若[①]

龙象经行处，山腰度石关。屡迷青嶂合，时爱绿萝闲。
宴息花林下，高谈竹屿间。寥寥隔尘事，疑是入鸡山。

①空：一作光。

陪张丞相登嵩阳楼

独步人何在，嵩阳有故楼。岁寒问耆旧，行县拥诸侯。
林莽北弥望[①]，沮漳东会流。客中遇知己，无复越乡忧。

①林：一作泱。

与颜钱塘登障楼望潮作[①]

百里雷声震，鸣弦暂辍弹。府中连骑出，江上待潮观。
照日秋云回[②]，浮天渤澥宽[③]。惊涛来似雪，一坐凛生寒。

①障楼：一作樟亭。②云：一作空。③天：一作云。

题大禹寺义公禅房

义公习禅处[①]，结构依空林[②]。户外一峰秀，阶前群壑深[③]。
夕阳连雨足[④]，空翠落庭阴。看取莲花净，应知不染心[⑤]。

①处：一作寂。②构：一作宇。③群：一作众。④连：一作照。⑤应：一作方。

寻白鹤岩张子容隐居[①]

白鹤青岩畔，幽人有隐居[②]。阶庭空水石，林壑罢樵渔。
岁月青松老，风霜苦竹疏[③]。睹兹怀旧业，回策返吾庐[④]。

①容：一作颜。②隐：一作旧。③疏：一作馀。④回：一作杖，一作携。

九日得新字

初九未成旬[1]，重阳即此晨。登高闻古事[2]，载酒访幽人。
落帽恣欢饮，授衣同试新。茱萸正可佩，折取寄情亲。

①初九：一作九日。②闻古：一作寻故。

除夜乐城逢张少府

云海泛瓯闽[1]，风潮泊岛滨[2]。何知岁除夜，得见故乡亲。
余是乘槎客，君为失路人。平生复能几，一别十馀春。

①泛：一作访。②潮：一作涛。

舟中晓望[1]

挂席东南望，青山水国遥。舳舻争利涉，来往接风潮[2]。
问我今何去[3]？天台访石桥。坐看霞色晓[4]，疑是赤城标。

①晓：一作晚。②接：一作任。③去：一作适。④晓：一作晚。

游精思观回王白云在后

出谷未停午，到家日已曛[1]。回瞻下山路[2]，但见牛羊群。
樵子暗相失，草虫寒不闻。衡门犹未掩，伫立望夫君[3]。

①到：一作至。②下山：一作山下。③望：一作待。

与杭州薛司户登樟亭楼作[1]

水楼一登眺[2]，半出青林高。帟幕英僚敞，芳筵下客叨。
山藏伯禹穴，城压伍胥涛。今日观溟涨，垂纶学钓鳌[3]。

①樟：一作梓。②眺：一作望。③学：一作欲。

寻天台山

吾友太乙子[1]，餐霞卧赤城。欲寻华顶去，不惮恶谿名。

歇马凭云宿，扬帆截海行。高高翠微里，遥见石梁横。

①友：一作爱。

宿立公房

支遁初求道，深公笑买山。何如石岩趣，自入户庭间。

苔涧春泉满，萝轩夜月闲。能令许玄度，吟卧不知还。

寻陈逸人故居[①]

人事一朝尽，荒芜三径休。始闻漳浦卧，奄作岱宗游。

池水犹含墨[②]，风云已落秋[③]。今宵泉壑里[④]，何处觅藏舟？

①陈：一作滕。②含：一作涵。③风：一作山。④宵：一作朝。

姚开府山池

主人新邸第，相国旧池台。馆是招贤辟，楼因教舞开。

轩车人已散，箫管凤初来。今日龙门下，谁知文举才。

夏日浮舟过陈大水亭

水亭凉气多，闲棹晚来过。涧影见松竹，潭香闻芰荷。

野童扶醉舞，山鸟助酣歌。幽赏未云遍，烟光奈夕何。

夏日辨玉法师茅斋

夏日茅斋里，无风坐亦凉。竹林深笋穊[①]，藤架引梢长。

燕觅巢窠处，蜂来造蜜房。物华皆可玩，花蕊四时芳。

①深：一作新。穊：一作稚。

与张折冲游耆阇寺

释子弥天秀，将军武库才。横行塞北尽，独步汉南来。

贝叶传金口，山楼作赋开[①]。因君振嘉藻，江楚气雄哉！

①楼：一作樱。

与白明府游江

故人来自远，邑宰复初临。执手恨为别，同舟无异心。
沿洄洲渚趣，演漾弦歌音。谁识躬耕者[①]，年年《梁甫吟》。

①识：一作为。

游精思题观主山房

误入桃源里，初怜竹径深。方知仙子宅，未有世人寻。
舞鹤过闲砌，飞猿啸密林。渐通玄妙理，深得坐忘心。

寻梅道士[①]

彭泽先生柳，山阴道士鹅。我来从所好，停策汉阴多[②]。
重以观鱼乐[③]，因之鼓枻歌。崔徐迹未朽，千载揖清波。

①一作《寻梅道士张山人》。②汉阴：一作夏云。③观：一作窥。

陪姚使君题惠上人房[①]

带雪梅初暖，含烟柳尚青。来窥童子偈，得听法王经。
会理知无我，观空厌有形。迷心应觉悟，客思未遑宁[②]。

①题下一有“得青字”三字。②未：一作不。

晚春题远上人南亭

给园支遁隐，虚寂养身和[①]。春晚群木秀，间关黄鸟歌[②]。
林栖居士竹，池养右军鹅。炎月北窗下[③]，清风期再过。

①身：一作闲。②间：一作关。③炎：一作花。

人日登南阳驿门亭子怀汉川诸友

朝来登陟处，不似艳阳时。异县殊风物，羁怀多所思。
剪花惊岁早，看柳讶春迟。未有南飞雁，裁书欲寄谁[①]？

①书：一作衣。

游凤林寺西岭

共喜年华好，来游水石间。烟容开远树，春色满幽山。
壶酒朋情洽，琴歌野兴闲。莫愁归路暝，招月伴人还。

陪独孤使君同与萧员外证登万山亭

万山青嶂曲，千骑使君游。神女鸣环珮，仙郎接献酬。
遍观云梦野，自爱江城楼。何必东南守，空传沈隐侯。

赠道士参寥

蜀琴久不弄，玉匣细尘生。丝脆絃将断，金徽色尚荣。
知音徒自惜，聋俗本相轻。不遇钟期听，谁知鸾凤声。

京还赠张维[①]

拂衣何处去[②]，高枕南山南。欲徇五斗禄，其如七不堪。
早朝非晚起[③]，束带异抽簪。因向智者说，游鱼思旧潭。

①张：一作王。②何处去：一作去何处。③晚：一作晏。

题李十四庄兼赠綦母校书

闻君息阴地[①]，东郭柳林间。左右瀍涧水，门庭缑氏山。
抱琴来取醉，垂钓坐乘闲。归客莫相待，寻源殊未还[②]。

①阴：一作荫。②寻：一作缘。

寄赵正字

正字芸香阁，幽人竹素园[①]。经过宛如昨，归卧寂无喧。
高鸟能择木，羝羊漫触藩[②]。物情今已见，从此愿忘言[③]。

①素：一作叶。②漫：一作屡。③从此：一作徒自。愿：一作欲。忘：一作无。

秋登张明府海亭

海亭秋日望，委曲见江山。染翰聊题壁，倾壶一解颜。
欢逢彭泽令，归赏故园间。予亦将琴史，栖迟共取闲。

题融公兰若[①]

精舍买金开[②]，流泉绕砌回。芰荷熏讲席，松柏映香台[③]。
法雨晴飞去[④]，天花昼下来。谈玄殊未已[⑤]，归骑夕阳催。

①一作《题容山主兰若》。②开：一作地。③映：一作绕。④飞：一作霏。⑤一作“一乘谈未了”。

九日龙沙作寄刘大昚虚

龙沙豫章北，九日挂帆过。风俗因时见，湖山发兴多。
客中谁送酒，棹里自成歌。歌竟乘流去，滔滔任夕波。

洞庭湖寄阎九

洞庭秋正阔，余欲泛归船。莫辨荆吴地，唯馀水共天。
渺弥江树没，合沓海潮连[①]。迟尔为舟楫，相将济巨川。

①潮：一作湖。

秋日陪李侍御渡松滋江[①]

南纪西江阔，皇华御史雄。截流宁假楫，挂席自生风。

僚寀争攀鹢，鱼龙亦避骢。坐听白云唱，翻入棹歌中。

①陪：一作和，题上无“秋日”二字。

秦中感秋寄远上人

一丘常欲卧，三径苦无资。北土非吾愿[①]，东林怀我师。
黄金然桂尽，壮志逐年衰。日夕凉风至[②]，闻蝉但益悲。

○一作崔国辅诗。①土：一作上。②日：一作旦。

重酬李少府见赠

养疾衡簷下[①]，由来浩气真。五行将禁火，十步任寻春[②]。
致敬惟桑梓，邀欢即主人[③]。回看后凋色[④]，青翠有松筠。

①簷：一作茅。②任：一作想，又作枉。③主：一作故。④回：一作还。

宿永嘉江寄山阴崔少府国辅

我行穷水国，君使入京华。相去日千里，孤帆天一涯。
卧闻海潮至，起视江月斜。借问同舟客，何时到永嘉？

上巳洛中寄王九迥[①]

卜洛成周地，浮杯上巳筵。斗鸡寒食下，走马射堂前。
垂柳金堤合，平沙翠幕连。不知王逸少，何处会群贤。

①王九迥：一作王迥十九。

闻裴侍御朏自襄州司户除豫州司户因以投寄

故人荆府掾[①]，尚有柏台威。移职自樊衍[②]，芳声闻帝畿。
昔余卧林巷[③]，载酒过柴扉[④]。松菊无时赏[⑤]，乡园欲懒归[⑥]。

①府：一作河。②衍：一作沔。③昔余：一作共子。④过：一作访。⑤时：一作君。⑥欲懒：一作懒欲。归：一作飞。

江上寄山阴崔少府国辅

春堤杨柳发，忆与故人期。草木本无意，荣枯自有时。
山阴定远近，江上日相思。不及兰亭会[①]，空吟祓禊诗。

①会：一作事。

送洗然弟进士举

献策金门去，承欢綵服违。以吾一日长，念尔聚星稀。
昏定须温席，寒多未授衣。桂枝如已擢，是逐雁南飞。

夜泊庐江闻故人在东寺以诗寄之[①]

江路经庐阜，松门入虎溪。闻君寻寂乐，清夜宿招提。
石镜山精怯，禅枝怖鸽栖[②]。一灯如悟道，为照客心迷。

①“东”下一有“林”字。②枝：一作林。

宿桐庐江寄广陵旧游

山暝闻猿愁[①]，沧江急夜流。风鸣两岸叶，月照一孤舟。
建德非吾土，维扬忆旧游。还将两行泪[②]，遥寄海西头。

①闻：一作听。②两：一作数。

南还舟中寄袁太祝

沿泝非便习，风波厌苦辛。忽闻迁谷鸟，来报五陵春[①]。
岭北回征帆[②]，巴东问故人。桃源何处是[③]，游子正迷津。

①五：一作武。②帆：一作棹。③桃：一作花。何处是：一作在何处。

东陂遇雨率尔贻谢南池

田家春事起，丁壮就东陂。殷殷雷声作，森森雨足垂。

海虹晴始见，河柳润初移。予意在耕凿，因君问土宜[①]。

①一作“问君田事宜”。

行至汝坟寄卢征君

行乏憩予驾，依然见汝坟。洛川方罢雪，嵩嶂有残云。
曳曳半空里，明明五色分[①]。聊题一时兴，因寄卢征君。

①明明：一作溶溶。

寄天台道士

海上求仙客，三山望几时。焚香宿华顶，裛露采灵芝。
屡蹑莓苔滑[①]，将寻汗漫期。倘因松子去，长与世人辞。

①蹑：一作践。

和张明府登鹿门作[①]

忽示登高作，能宽旅寓情。弦歌既多暇，山水思微清[②]。
草得风光动[③]，虹因雨气成[④]。谬承巴里和，非敢应同声。

①作：一作山。②微：一作弥。③得：一作色。光：一作先。④气：一作后。

和张三自穰县还途中遇雪

风吹沙海雪，渐作柳园春[①]。宛转随香骑，轻盈伴玉人。
歌疑郢中客，态比洛川神。今日南归楚，双飞似入秦。

①渐：一作来。

岁除夜会乐城张少府宅

畴昔通家好，相知无间然[①]。续明催画烛，守岁接长筵。
旧曲梅花唱，新正柏酒传。客行随处乐，不见度年年。

①知：一作思。

自洛之越

皇皇三十载，书剑两无成。山水寻吴越，风尘厌洛京。
扁舟泛湖海，长揖谢公卿。且乐杯中物①，谁论世上名。

①物：一作酒。

归至郢中

远游经海峤，返棹归山阿。日夕见乔木，乡关在伐柯①。
愁随江路尽，喜入郢门多②。左右看桑土，依然即匪他。

①关：一作园。在：一作成。②喜：一作意。

途中遇晴

已失巴陵雨①，犹逢蜀坂泥。天开斜景遍，山出晚云低。
馀湿犹沾草，残流尚入溪。今宵有明月，乡思远凄凄。

①巴：一作武。一作“已失五陵道”。

夕次蔡阳馆①

日暮马行疾，城荒人住稀。听歌知近楚②，投馆忽如归。
鲁堰田畴广，章陵气色微。明朝拜嘉庆③，须着老莱衣。

①一无“夕次”二字。②知：一作疑。③嘉：一作家。

他乡七夕

他乡逢七夕，旅馆益羁愁。不见穿针妇，空怀故国楼。
绪风初减热，新月始临秋①。谁忍窥河汉，迢迢问斗牛②。

①临：一作登。②问：一作望。

夜泊牛渚趁薛八船不及

星罗牛渚夕，风退鹢舟迟。浦溆尝同宿，烟波忽间之。
榜歌空里失，船火望中疑。明发泛潮海[①]，茫茫何处期。

①潮：一作湖。

晓入南山

嶂气晓氛氲，南山复水云[①]。鹍飞今始见，鸟堕旧来闻。
地接长沙近，江从汨渚分。贾生曾吊屈，予亦痛斯文。

①复：一作没。

夜渡湘水

客舟贪利涉[①]，暗里渡湘川[②]。露气闻芳杜，歌声识采莲[③]。
榜人投岸火，渔子宿潭烟。行旅时相问[④]，浔阳何处边[⑤]。

〇一作崔国辅诗。①舟：一作行。②暗：一作夜。③采：一作暗。④时：一作遥。⑤浔：一作涔。

赴京途中遇雪

迢递秦京道，苍茫岁暮天。穷阴连晦朔，积雪满山川[①]。
落雁迷沙渚，饥乌集野田[②]。客愁空伫立，不见有人烟。

①满：一作遍。②集：一作噪。

宿武阳即事[①]

川暗夕阳尽，孤舟泊岸初。岭猿相叫啸，潭嶂似空虚[②]。
就枕灭明烛，扣舷闻夜渔。鸡鸣问何处，人物是秦馀。

①阳：一作陵。一作《宿武阳川》。②嶂：一作影。

同卢明府饯张郎中除义王府司马海园作

上国山河列[①]，贤王邸第开。故人分职去，潘令宠行来。
冠盖趋梁苑，江湘失楚材[②]。豫愁轩骑动，宾客散池台。

①山：一作星。列：一作裂。②湘：一作山。

途次望乡[①]

客行愁落日，乡思重相催。况在他山外，天寒夕鸟来。
雪深迷郢路，云暗失阳台。可叹凄惶子[②]，高歌谁为媒[③]。

①途次：一作落日。②凄惶：一作栖迟。③高：一作狂，又作劳。

永嘉上浦馆逢张八子容[①]

逆旅相逢处，江村日暮时。众山遥对酒，孤屿共题诗。
廨宇邻蛟室，人烟接岛夷。乡园万馀里[②]，失路一相悲。

①一题作《永嘉浦逢张子容客卿》。②园：一作关。

送张子容进士赴举[①]

夕曛山照灭，送客出柴门。惆怅野中别，殷勤歧路言[②]。
茂林予偃息，乔木尔飞翻。无使谷风诮，须令友道存。

①一作《赴进士举》。②歧路：一作醉后。

送张参明经举兼向泾州省觐

十五綵衣年，承欢慈母前[①]。孝廉因岁贡，怀橘向秦川。
四座推文举，中郎许仲宣。泛舟江上别，谁不仰神仙。

①慈：一作恋。

泝江至武昌

家本洞湖上[①]，岁时归思催。客心徒欲速，江路苦邅回。

残冻因风解，新正度腊开[②]。行看武昌柳，仿佛映楼台。

①湖：一作庭。②正度：一作梅变。

唐城馆中早发寄杨使君

犯霜驱晓驾，数里见唐城。旅馆归心逼，荒村客思盈。
访人留后信，策蹇赴前程。欲识离魂断，长空听雁声。

陪李侍御访聪上人禅居[①]

欣逢柏台友[②]，共谒聪公禅。石室无人到，绳床见虎眠。
阴崖常抱雪，枯涧为生泉。出处虽云异，同欢在法筵。

①一题作《陪柏台友访聪上人》。②友：一作旧。

和张丞相春朝对雪

迎气当春至[①]，承恩喜雪来。润从河汉下[②]，花逼艳阳开。
不睹丰年瑞，焉知燮理才[③]。撒盐如可拟，愿糁和羹梅。

①至：一作立。②下：一作落。③焉：一作安。

送吴宣从事[①]

才有幕中士[②]，宁无塞上勋[③]。汉兵将灭虏，王粲始从军。
旌旆边庭去，山川地脉分。平生一匕首，感激赠夫君。

①一作《送苏六从军》。②士：一作画。③宁：一作而。

送张祥之房陵

我家南渡隐，惯习野人舟。日夕弄清浅，林湍逆上流。
山河据形胜[①]，天地生豪酋。君意在利往[②]，知音期自投[③]。

①山河：一作鄢陵。②往：一作涉。③自：一作暗，又作瞑。

送桓子之郢城过礼

闻君驰綵骑，躞蹀指南荆[1]。为结潘杨好，言过鄢郢城。
摽梅诗已赠，羔雁礼将行。今夜神仙女，应来感梦情。

①南荆：一作荆衡。

早春润州送从弟还乡

兄弟游吴国，庭闱恋楚关。已多新岁感[1]，更饯白眉还。
归泛西江水，离筵北固山。乡园欲有赠，梅柳著先攀[2]。

①感：一作改。②著：一作看。

送告八从军

男儿一片气，何必五车书。好勇方过我，多才便起予。
运筹将入幕，养拙就闲居。正待功名遂，从君继两疏。

送元公之鄂渚寻观主张骖鸾

桃花春水涨，之子忽乘流。岘首辞蛟浦[1]，江中问鹤楼[2]。
赠君青竹杖，送尔白蘋洲。应是神仙子[3]，相期汗漫游[4]。

①首辞：一作下离。②中：一作边。③子：一作辈。④期：一作逢。

岘山饯房琯崔宗之[1]

贵贱平生隔，轩车是日来。青阳一觏止，云路豁然开[2]。
祖道衣冠列，分亭驿骑催。方期九日聚，还待二星回。

①饯：一作赠。②路：一作雾。

送王五昆季省觐

公子恋庭闱，劳歌涉海涯[1]。水乘舟楫去，亲望老莱归。

斜日催乌鸟，清江照綵衣。平生急难意，遥仰鹡鸰飞。

①涯：一作沂。

送崔遏①

片玉来夸楚，治中作主人。江山增润色，词赋动阳春。
别馆当虚敞，离情任吐伸。因声两京旧，谁念卧漳滨。

①遏：一作過，一作易。

送卢少府使入秦

楚关望秦国，相去千里馀。州县勤王事，山河转使车。
祖筵江上列，离恨别前书。愿及芳年赏，娇莺二月初。

送谢录事之越

清旦江天迥，凉风西北吹。白云向吴会，征帆亦相随。
想到耶溪日，应探禹穴奇。仙书倘相示，予在此山陲①。

①此：一作北。

洛中送奚三还扬州

水国无边际，舟行共使风①。羡君从此去，朝夕见乡中。
予亦离家久，南归恨不同。音书若有问，江上会相逢。

①共：一作兴。使：一作便。

送袁十岭南寻弟①

早闻牛渚咏，今见鹡鸰心。羽翼嗟零落，悲鸣别故林。
苍梧白云远，烟水洞庭深。万里独飞去，南风迟尔音。

①“十”下一有“三”字。

永嘉别张子容

旧国余归楚，新年子北征。挂帆愁海路，分手恋朋情。
日夕故园意，汀洲春草生。何时一杯酒，重与季鹰倾。

送袁太祝尉豫章

何幸遇休明，观光来上京。相逢武陵客，独送豫章行。
随牒牵黄绶，离群会墨卿。江南佳丽地，山水旧难名。

都下送辛大之鄂

南国辛居士，言归旧竹林。未逢调鼎用，徒有济川心。
予亦忘机者，田园在汉阴。因君故乡去，遥寄式微吟①。

①遥：一作还。

送席大

惜尔怀其宝，迷邦倦客游。江山历全楚，河洛越成周。
道路疲千里，乡园老一丘。知君命不偶，同病亦同忧。

送贾昇主簿之荆府

奉使推能者，勤王不暂闲。观风随按察，乘骑度荆关。
送别登何处，开筵旧岘山。征轩明日远，空望郢门间。

送王大校书

导漾白嶓冢，东流为汉川。维桑君有意，解缆我开筵。
云雨从兹别，林端意渺然。尺书能不恡，时望鲤鱼传。

游江西留别富阳裴刘二少府[①]

西上游江西[②]，临流恨解携[③]。千山叠成嶂，万水泻为溪[④]。
石浅流难泝[⑤]，藤长险易跻。谁怜问津者[⑥]，岁晏此中迷。

①游江西：一作"浙江西上"。②游：一作浙。③恨：一作愠。④水泻：一作壑合。⑤泝：一作注。⑥者：一作客。

东京留别诸公[①]

吾道昧所适，驱车还向东。主人开旧馆，留客醉新丰。
树绕温泉绿，尘遮晚日红[②]。拂衣从此去，高步蹑华嵩。

①一题作《京还别新丰诸友》。②晚：一作晓。

广陵别薛八[①]

士有不得志，栖栖吴楚间。广陵相遇罢，彭蠡泛舟还。
樯出江中树，波连海上山。风帆明日远，何处更追攀。

①一题作《送友东归》。

临涣裴明府席遇张十一房六[①]

河县柳林边，河桥晚泊船。文叨才子会，官喜故人连[②]。
笑语同今夕，轻肥异往年。晨风理归棹[③]，吴楚各依然。

①一题作《临涣裴赞席遇张十六》。②连：一作怜。③归：一作征。

卢明府早秋宴张郎中海园即事得秋字

邑有弦歌宰，翔鸾狎野鸥[①]。眷言华省旧，暂拂海池游[②]。
郁岛藏深竹，前溪对舞楼。更闻书即事，云物是新秋。

○一作卢象诗。①狎野：一作已狎。②拂：一作滞。

同卢明府早秋夜宴张郎中海亭

侧听弦歌宰，文书游夏徒。故园欣赏竹，为邑幸来苏。
华省曾联事，仙舟复与俱。欲知临泛久，荷露渐成珠。

崔明府宅夜观妓

白日既云暮，朱颜亦已酡。画堂初点烛，金幌半垂罗。
长袖平阳曲，新声子夜歌。从来惯留客，兹夕为谁多。

宴荣二山池①

甲第开金穴②，荣期乐自多。枥嘶支遁马，池养右军鹅。
竹引携琴入③，花邀载酒过④。山公来取醉，时唱接䍦歌。

①一题作《宴荣山人池亭》。②开金穴：一作金张穴。③携：一作稽。④载酒：一作戴客。

夏日与崔二十一同集卫明府宅①

言避一时暑，池亭五月开。喜逢金马客，同饮玉人杯。
舞鹤乘轩至，游鱼拥钓来。座中殊未起，箫管莫相催。

①一题作《宴卫明府宅遇北使》。

清明日宴梅道士房①

林卧愁春尽，开轩览物华②。忽逢青鸟使，邀入赤松家③。
丹灶初开火，仙桃正落花④。童颜若可驻，何惜醉流霞。

①梅：一作张。②开轩：一作褰帷。③入：一作我。④落：一作发。

寒夜张明府宅宴

瑞雪初盈尺，寒宵始半更。列筵邀酒伴，刻烛限诗成。

香炭金炉煖，娇弦玉指清。醉来方欲卧，不觉晓鸡鸣[1]。

①末二句一作“厌厌不觉醉，归路晓霞生”。

和贾主簿弁九日登岘山

楚万重阳日，群公赏宴来。共乘休沐暇，同醉菊花杯。
逸思高秋发，欢情落景催。国人咸寡和，遥愧洛阳才。

宴张别驾新斋

世业传珪组，江城佐股肱。高斋征学问，虚薄滥先登。
讲论陪诸子，文章得旧朋。士元多赏激，衰病恨无能。

李氏园林卧疾

我爱陶家趣，林园无俗情。春雷百卉坼，寒食四邻清。
伏枕嗟公干，归山羡子平[1]。年年百社客，空滞洛阳城。

①山：一作田。

过故人庄

故人具鸡黍，邀我至田家。绿树村边合，青山郭外斜。
开筵面场圃，把酒话桑麻。待到重阳日，还来就菊花。

九日怀襄阳[1]

去国似如昨[2]，倏然经杪秋[3]。岘山不可见[4]，风景令人愁。
谁采篱下菊，应闲池上楼。宜城多美酒[5]，归与葛强游。

①题上一有“途中”二字。②似：一作已。③然：一作焉。④不可：一作望不。⑤多美酒：一作名善酝。

初出关旅亭夜坐怀王大校书

向夕槐烟起，葱茏池馆曛。客中无偶坐，关外惜离群。

烛至萤光灭，荷枯雨滴闻。永怀芸阁友[①]，寂寞滞杨云。

①芸：一作蓬。

李少府与杨九再来[①]

弱岁早登龙，今来喜再逢。如何春月柳，犹忆岁寒松。
烟火临寒食，笙歌达曙钟[②]。喧喧斗鸡道，行乐羡朋从。

①杨：一作王。②达：一作咽。

寻张五回夜园作[①]

闻说庞公隐，移居近洞湖[②]。兴来林是竹，归卧谷名愚。
挂席樵风便，开轩琴月孤。岁寒何用赏，霜落故园芜。

①一无下四字。②洞：一作涧。

张七及辛大见寻南亭醉作[①]

山公能饮酒，居士好弹筝。世外交初得，林中契已并。
纳凉风飒至，逃暑日将倾。便就南亭里，馀尊惜解酲。

①一题作《张七及辛大见访》。

题张野人园庐[①]

与君园庐并，微尚颇亦同。耕钓方自逸，壶觞趣不空。
门无俗士驾，人有上皇风。何处先贤传[②]，惟称庞德公。

①题：一作忆。野：一作逸。②处：一作必。

过景空寺故融公兰若[①]

池上青莲宇，林间白马泉。故人成异物，过客独潸然[②]。
既礼新松塔，还寻旧石筵。平生竹如意，犹挂草堂前。

①空：一作光。一题作《过潜上人旧房》，一作《悼正弘禅师》。②客：

一作憩。

早寒江上有怀[①]

木落雁南度[②]，北风江上寒。我家襄水上[③]，遥隔楚云端[④]。
乡泪客中尽，孤帆天际看[⑤]。迷津欲有问，平海夕漫漫。

①一作《江上思归》。②南：一作初。③襄：一作湘，又作江。上：一作曲。④云：一作山。⑤孤：一作归。际：一作外。

南山下与老圃期种瓜

樵牧南山近，林闾北郭赊。先人留素业，老圃作邻家。
不种千株橘，惟资五色瓜。邵平能就我，开径剪蓬麻[①]。

①剪：一作有。

裴司士员司户见寻[①]

府僚能枉驾[②]，家酝复新开。落日池上酌，清风松下来。
厨人具鸡黍，稚子摘杨梅。谁道山公醉，犹能骑马回。

①士：一作功。户：一作士。一题作《裴司士见访》。②驾：一作顾。

岁除夜有怀[①]

迢递三巴路，羁危万里身。乱山残雪夜，孤烛异乡人。
渐与骨肉远，转于僮仆亲。那堪正飘泊，来日岁华新。

①一题作《除夜》。

伤岘山云表观主[①]

少小学书剑，秦吴多岁年。归来一登眺，陵谷尚依然。
岂意餐霞客，溘随朝露先[②]。因之问闾里，把臂几人全。

①观主：一作上人。②溘：一作忽。

赋得盈盈楼上女

夫婿久离别，青楼空望归。妆成卷簾坐，愁思懒缝衣。
燕子家家入，杨花处处飞。空床难独守，谁为报金徽[1]。

①报：一作解。

春　意[1]

佳人能画眉，妆罢出簾帷。照水空自爱，折花将遗谁。
春情多艳逸，春意倍相思。愁心极杨柳，一种乱如丝。

①一题作《春怨》。

闺　情

一别隔炎凉，君衣忘短长。裁缝无处等，以意忖情量。
畏瘦疑伤窄，防寒更厚装。半啼封裹了，知欲寄谁将。

寒　夜

闺夕绮窗闭，佳人罢缝衣。理琴开宝匣，就枕卧重帏[1]。
夜久灯花落，熏笼香气微。锦衾重自煖，遮莫晓霜飞。

①重：一作罗。

美人分香

艳色本倾城，分香更有情。髻鬟垂欲解，眉黛拂能轻。
舞学平阳态，歌翻子夜声。春风狭斜道，含笑待逢迎。

田家元日

昨夜斗回北，今朝岁起东。我年已强仕，无禄尚忧农。
桑野就耕父[1]，荷锄随牧童。田家占气候，共说此年丰。

①一作“野老就耕去”。

宿杨子津寄润州长山刘隐士

所思在梦寐，欲往大江深。日夕望京口，烟波愁我心。
心驰茅山洞，目极枫树林。不见少微隐，星霜劳夜吟。

送丁大凤进士赴举呈张九龄

吾观《鹪鹩赋》，君负王佐才。惜无金张援，十上空归来。
弃置乡园老，翻飞羽翼摧。故人今在位，歧路莫迟回。

送吴悦游韶阳

五色怜凤雏，南飞适鹧鸪。楚人不相识，何处求椅梧。
去去日千里，茫茫天一隅。安能与斥鷃，决起但枪榆。

送陈七赴西军

吾观非常者，碌碌在目前。君负鸿鹄志，蹉跎书剑年。
一闻边烽动，万里忽争先。余亦赴京国，何当献凯还。

洗然弟竹亭

吾与二三子，平生结交深。俱怀鸿鹄志，共有鹡鸰心。
逸气假豪翰，清风在竹林。远是酒中趣，琴上偶然音。

万山潭

垂钓坐磐石，水清心益闲。鱼行潭树下，猿挂岛藤间。
游女昔解佩，传闻于此山。求之不可得，沿月棹歌还。

涧南即事贻皎上人

敝庐在郭外，素产惟田园。左右林野旷，不闻朝市喧[①]。
钓竿垂北涧，樵唱入南轩。书取幽栖事，将寻静者论[②]。

①朝：一作城。②论：一作言。

晚泊浔阳望庐山[①]

挂席几千里，名山都未逢。泊舟浔阳郭，始见香炉峰。
尝读远公传，永怀尘外踪。东林精舍近，日暮但闻钟。

①一作《望香炉峰》。

李太白五律

百首

赠孟浩然

吾爱孟夫子，风流天下闻。红颜弃轩冕，白首卧松云。
醉月频中圣，迷花不事君。高山安可仰，徒此揖清芬。

见京兆韦参军量移东阳

闻说金华渡，东连五百滩。全胜若耶好，莫道此行难。
猿啸千溪合，松风五月寒。他年一携手，摇艇入新安。

温泉侍从归逢故人

汉帝长杨苑，夸胡羽猎归。子云叨侍从，献赋有光辉。

激赏摇天笔，承恩赐御衣。逢君奏明主，他日共翻飞。

赠郭季鹰

河东郭有道，于世若浮云。盛德无我位，清光独映君。
耻将鸡并食，长与凤为群。一击九千仞，相期凌紫氛。

口号赠杨征君

陶令辞彭泽，梁鸿入会稽。我寻高士传，君与古人齐。
云卧留丹壑，天书降紫泥。不知杨伯起，早晚向关西。

赠升州王使君忠臣

六代帝王国，三吴佳丽城。贤人当重寄，天子借高名。
巨海一边静，长江万里清。应须救赵策，未肯弃侯嬴。

赠崔秋浦三首

吾爱崔秋浦，宛然陶令风。门前五杨柳①，井上二梧桐②。
山鸟下听事，檐花落酒中。怀君未忍去，惆怅意无穷。

①前：一作栽。②上：一作夹。

崔令学陶令①，北窗常昼眠。抱琴时弄月②，取意任无絃。
见客但倾酒，为官不爱钱。东皋多种黍，劝尔早耕田③。

①一作“君似陶彭泽”。②时弄月：一作待秋月。③一作“东皋春事起，种黍早归田”。

河阳花作县，秋浦玉为人。地逐名贤好，风随惠化春。
水从天汉落，山逼画屏新。应念金门客，投沙吊楚臣。

望九华山赠韦青阳仲堪

昔在九江上，遥望九华峰[1]。天河挂绿水，秀出九芙蓉。
我欲一挥手，谁人可相从？君为东道主，于此卧云松。

①望：一作观。

赠柳圆

竹实满秋浦，凤来何苦饥。还同月下鹊，三绕未安枝。
夫子即琼树，倾柯拂羽仪。怀君恋明德，归去日相思。

赠汉阳辅录事

闻君罢官意，我抱汉川湄。借问久疏索，何如听讼时。
天清江月白，心静海鸥知。应念投沙客，空馀吊屈悲。

赠钱征君少阳[1]

白玉一杯酒，绿杨三月时。春风馀几日，两鬓各成丝。
秉烛唯须饮，投竿也未迟。如逢渭川猎，犹可帝王师。

①一作《送赵云卿》。

寄淮南友人

红颜悲旧国，青岁歇芳洲。不待金门诏，空持宝剑游。
海云迷驿道，江月隐乡楼。复作淮南客，因逢桂树留。

沙丘城下寄杜甫

我来竟何事，高卧沙丘城。城边有古树，日夕连秋声。
鲁酒不可醉，齐歌空复情。思君若汶水，浩荡寄南征。

寄少府赵炎当涂

晚登高楼望，木落双江清。寒山饶积翠，秀色连州城。
目送楚云尽，心悲胡雁声。相思不可见，回首故人情。

寄王汉阳

南湖秋月白，王宰夜相邀。锦帐郎官醉，罗衣舞女骄。
笛声喧沔鄂，歌曲上云霄。别后空悲我，相思一水遥。

望汉阳柳色寄王宰

汉阳江上柳，望客引东枝。树树花如雪，纷纷乱若丝。
春风传我意，草木度前知[1]。寄谢弦歌宰，西来定未迟。

①一作“草木发前墀”。

江上寄巴东故人

汉水波浪远，巫山云雨飞。东风吹客梦，西落此中时。
觉后思白帝，佳人与我违。瞿塘饶贾客，音信莫令希。

寄从弟宣州长史昭

尔佐宣城郡，守官清且闲。常夸云月好，邀我敬亭山。
五落洞庭叶，三江游未还。相思不可见，叹息损朱颜。

三山望金陵寄殷淑

三山怀谢朓，水澹望长安[1]。芜没河阳县，秋江正北看。
卢龙霜气冷，鳷鹊月光寒。耿耿忆琼树，天涯寄一欢。

①水澹：一作绿水。

夜别张五

吾多张公子，别酌酣高堂。听歌舞银烛，把酒轻罗霜（裳）。横笛弄秋月，琵琶弹陌桑。龙泉解锦带，为尔倾千觞。

广陵赠别

玉瓶沽美酒，数里送君还。系马垂杨下，衔杯大道间。天边看绿水，海上见青山。兴罢各分袂，何须醉别颜。

别储邕之剡中

借问剡中道，东南指越乡。舟从广陵去，水入会稽长。竹色溪下绿，荷花镜里香。辞君向天姥，拂石卧秋霜。

留别龚处士

龚子栖闲地，都无人世喧。柳深陶令宅，竹暗辟彊园。我去黄牛峡，遥愁白帝猿。赠君卷施草，心断竟何言。

赠别郑判官

窜逐勿复哀，惭君问寒灰。浮云无本意，吹落章华台。远别泪空尽，长愁心已摧。三年吟泽畔，憔悴几时回。

江夏别宋之悌

楚水清若空，遥将碧海通。人分千里外，兴在一杯中。谷鸟吟晴日，江猿啸晚风。平生不下泪，于此泣无穷。

渡荆门送别

渡远荆门外，来从楚国游。山随平野尽，江入大荒流。

月下飞天镜，云生结海楼。仍怜故乡水，万里送行舟。

南陵五松山别荀七

六即颍水荀，何惭许郡宾。相逢太史奏，应是聚贤人。
玉隐且在石，兰枯还见春。俄成万里别，立德贵清真。

南阳送客

斗酒勿与薄，寸心贵不忘。坐惜故人去，偏令游子伤。
离颜怨芳草，春思结垂杨。挥手再三别，临歧空断肠。

送张舍人之江东

张翰江东去，正值秋风时。天清一雁远①，海阔孤帆迟。
白日行欲暮，沧波杳难期②。吴洲好见月③，千里幸相思。

①清：一作晴。②一作“白日行已晚，欲暮杳难期”。③好：一作如。

送族弟凝之滁求婚崔氏

与尔情不浅，忘筌已得鱼。玉台挂宝镜，持此意何如。
坦腹东床下，由来志气疏。遥知向前路，掷果定盈车。

鲁郡东石门送杜二甫

醉别复几日，登临遍池台。何言石门路①，重有金樽开。
秋波落泗水，海色明徂来。飞蓬各自远，且尽林中杯。

①路：一作下。

杭中送裴大泽时赴庐州长史

西江天柱远，东越海门深。去割辞亲恋，行忧报国心。
好风吹落日，流水引长吟。五月披裘者，应知不取金。

送白利登从金吾董将军西征

西羌延国讨，白起佐军威。剑决浮云气，弓弯明月辉。
马行边草绿，旌卷曙霜飞。抗手凛相顾，寒风生铁衣。

送长沙陈太守二首

长沙陈太守，逸气凌青松。英主赐玉马，本是天池龙。
湘水迴九曲，衡山望五峰。荣君按节去，不及远相从①。

①及：一作得。

七郡长沙国，南连湘水滨。定王垂舞袖，地窄不回身。
莫小二千石，当安远俗人。洞庭乡路远，遥羡锦衣春。

送杨山人归嵩山

我有万古宅，嵩阳玉女峰。长留一片月，挂在东溪松。
尔去掇仙草，昌蒲花紫茸①。岁晚或相访，青天骑白龙。

①一作“君行到此峰，餐霞驻衰容”。

送通禅师还南陵隐静寺

我闻隐静寺，山水多奇踪。岩种朗公橘，门深杯渡松。
道人制猛虎，振锡还孤峰。他日南陵下，相期谷口逢。

送友人

青山横北郭，白水绕东城。此地一为别，孤蓬万里征。
浮云游子意，落日故人情。挥手自兹去，萧萧班马鸣。

送　别

斗酒渭城边，垆头醉不眠。梨花千树雪，杨叶万条烟。

惜别倾壶醑，临分赠马鞭。看君颍上去，新月到家圆。

江上送女道士褚三清游南岳

吴江女道士，头戴莲花巾。霓裳不湿雨，特异阳台神。
足下远游履，凌波生素尘。寻仙向南岳，应见魏夫人。

○晋魏舒女，适南阳刘。女在世八十三年，以晋成帝咸和九年白日上升，领上真司命南岳夫人。《灵飞经》亦著其事。

送友人入蜀

见说蚕丛路，崎岖不易行。山从人面起，云傍马头生。
芳树笼秦栈，春流绕蜀城。升沉应已定，不必访君平。

送李青归华阳川

伯阳仙家子，容色如青春。日月秘灵洞，云霞辞世人。
化心养精魄，隐几窅天真。莫作千年别，归来城郭新。

送　别①

水色南天远，舟行若在虚。迁人发佳兴，吾子访闲居。
日落看归鸟，潭澄怜跃鱼②。圣朝思贾谊，应降紫泥书。

①得书字。②怜：一作羡。

送麹十少府

试发清秋兴，因为吴会吟。碧云敛海色，流水折江心。
我有延陵剑，君无陆贾金。艰难此为别，惆怅一何深！

送王孝廉省觐

彭蠡将天合，姑苏在日边。宁亲候海色，欲动孝廉船。

窈窕晴江转，参差远岫连。相思无昼夜，东注似长川。

同吴王送杜秀芝举入京[1]

秀才何翩翩，王许回也贤。暂别庐江守，将游京兆天。
秋山宜落日，秀木出寒烟。欲折一枝桂，还来雁沼前。

①吴王祇，玄宗时为陈留太守，持节河南道节度采访使。子献嗣立。

送梁四归东平

玉壶挈美酒，送别强为欢。大火南星月，长郊北路难。
殷王期负鼎，汶水起垂竿。莫学东山卧，参差老谢安。

江夏送友人

雪点翠云裘，送君黄鹤楼。黄鹤振玉羽，西飞帝王州。
凤无琅玕实，何以赠远游。徘徊相顾影，泪下汉江流。

江夏送张丞

欲别心不忍，临行情更亲。酒倾无限月，客醉几重春。
藉草依流水，攀花赠远人。送君从此去，回首泣迷津。

秋夜与刘砀山泛宴喜亭池

明宰试舟楫，张灯宴华池。文招梁苑客，歌动郢中儿。
月色望不尽，空天交相宜。令人欲泛海，只待长风吹。

观鱼潭

观鱼碧潭上，木落潭水清。日暮紫鳞跃，圆波处处生。
凉烟浮竹尽，秋月照沙明。何必沧浪去，兹焉可濯缨。

侍从游宿温泉宫作

羽林十二将，罗列应星文。霜仗悬秋月，蜺旌卷夜云。
严更千户肃，清乐九天闻。日出瞻佳气，丛丛绕圣君。

春游罗敷潭

行歌入谷口，路尽无人跻。攀崖度绝壑，弄水寻迴溪。
云从石上起，客到花间迷。淹留未尽兴，日落群峰西。

同族侄评事黯游昌禅师山池二首[①]

远公爱康乐，为我开禅关。萧然松石下，何异清凉山。
花将色不染，水与心俱闲。一坐度小劫，观空天地间。

①侄：一作弟。

客来花雨际，秋水落金池。片石塞青锦，疏杨挂绿丝。
高僧拂玉柄，童子献霜梨。惜去爱佳景，烟萝欲暝时。

宴陶家亭子

曲巷幽人宅，高门大士家。池开照胆镜，林吐破颜花。
绿水藏春日，青轩秘晚霞。若闻弦管妙，金谷不能夸。

在水军宴韦司马楼船观妓

摇曳帆在空，清流顺归风[①]。诗因鼓吹发，酒为剑歌雄。
对舞青楼妓，双鬟白玉童。行云且莫去，留醉楚王宫。

①流：一作川。

流夜郎至江夏陪长史叔及薛明府宴兴德寺南阁

绀殿横江上，青山落镜中。岸迴沙不尽，日映水成空。
天乐流香阁[①]，莲舟飏晚风。恭陪竹林宴，留醉与陶公。

①流：一作闻。

登新平楼

去国登兹楼，怀归伤暮秋。天长落日远，水净寒波流。
秦云起岭树，胡雁飞沙洲。苍苍几万里，目极令人愁。

谒老君庙

先君怀圣德，灵庙肃神心。草合人踪断，尘浓鸟迹深。
流沙丹灶灭，关路紫烟沉。独伤千载后，空馀松柏林。

与夏十二登岳阳楼

楼观岳阳尽，川迥洞庭开。雁引愁心去[①]，山衔好月来。
云间逢下榻，天上接行杯。醉后凉风起，吹人舞袖迴。

①一作“雁别秋江去”。

与贾舍人于龙兴寺翦落梧桐枝望灉湖

翦落青梧枝，灉湖坐可窥。雨洗秋山净，林光澹碧滋。
水闲明镜转，云绕画屏移。千古风流事，名贤共此时。

挂席江上待月有怀

待月月未出，望江江自流。倏忽城西郭，青天悬玉钩。
素华难可揽，清景不同游。耿耿金波里，空瞻鳷鹊楼。

秋登宣城谢脁北楼

江城如画里，山晚望晴空。两水夹明镜，双桥落彩虹。人烟寒橘柚[①]，秋色老梧桐。谁念北楼上，临风怀谢公。

①寒：一作空。

过崔八丈水亭

高阁横秀气，清幽并在君。檐飞宛溪水，窗落敬亭云。猿啸风中断，渔歌月里闻。闲随白鸥去，沙上自为群。

太原早秋

岁落众芳歇，时当大火流。霜威出塞早，云色渡河秋。梦绕边城月，心飞故国楼。思归若汾水，无日不悠悠。

宿五松山下荀媪家

我宿五松下，寂寥无所欢。田家秋作苦，邻女夜舂寒。跪进雕胡饭，月光明素盘。令人惭漂母，三谢不能餐。

岘山怀古

访古登岘首，凭高眺襄中。天清远峰出，水落寒沙空。弄珠见游女，醉酒怀山公[①]。感叹发秋兴，长松鸣夜风。

①酒：一作月。

金陵三首

晋家南渡日，此日旧长安。地即帝王宅，山为龙虎盘[①]。金陵空壮观，天堑净波澜[②]。醉客回桡去，吴歌且自欢[③]。

①一作“碧宇楼台满，青山龙虎盘”。②天堑：一作江塞。③一作“谁

云行路难”。

地拥金陵势，城迴江水流[①]。当时百万户，夹道起朱楼。
亡国生春草，离宫没古丘。空馀后湖月，波上对瀛洲。

①江：一作汉。

六代兴亡国，三杯为尔歌。苑方秦地少[①]，山似洛阳多。
古殿吴花草，深宫晋绮罗。并随人事灭，东逝与沧波[②]。

①少：一作小。②与：一作只。

陪宋中丞武昌夜饮怀古

清景南楼夜，风流在武昌。庾公爱秋月，乘兴坐胡床。
龙笛吟寒水，天河落晓霜。我心还不浅，怀古醉馀觞[①]。

①怀古：一作留客。

谢公亭[①]

谢公离别处，风景每生愁。客散青天月，山空碧水流。
池花春映日，窗竹夜鸣秋。今古一相接，长歌怀旧游。

①盖谢朓、范云之所游。

夜泊牛渚怀古[①]

牛渚西江夜，青天无片云。登舟望秋月，空忆谢将军。
余亦能高咏，斯人不可闻。明朝挂帆席[②]，枫叶落纷纷[③]。

①此地即谢尚闻袁宏咏史处。②挂帆席：一作洞庭去。③落：一作正。

对酒醉题屈突明府厅

陶令八十日，长歌归去来。故人建昌宰，借问几时回。

风落吴江雪，纷纷入酒杯。山翁今已醉，舞袖为君开。

月夜听卢子顺弹琴

闲夜坐明月，幽人弹素琴。忽闻悲风调，宛若寒松吟。
白雪乱纤手，渌水清虚心。钟期久已没，世上无知音。

寻雍尊师隐居

群峭碧摩天，逍遥不记年。拨云寻古道，倚树听流泉。
花暖青牛卧①，松高白鹤眠。语来江色暮，独自下寒烟。

①青牛：花叶上青虫也，有两角如蜗牛，故云。

访戴天山道士不遇

犬吠水声中，桃花带雨浓。树深时见鹿，溪午不闻钟。
野竹分青霭，飞泉挂碧峰。无人知所去，愁倚两三松。

对酒忆贺监二首　并序

太子宾客贺公于长安紫极宫一见余，呼余为“谪仙人”，因解金龟换酒为乐。没后，对酒怅然有怀，而作是诗。

四明有狂客，风流贺季真①。长安一相见，呼我谪仙人。
昔好杯中物，翻为松下尘②。金龟换酒处，却忆泪沾巾。

①风流：一作霞衣。②翻：一作今。

狂客归四明，山阴道士迎。敕赐镜湖水，为君台沼荣。
人亡馀故宅，空有荷花生。念此杳如梦，凄然伤我情。

听蜀僧濬弹琴

蜀僧抱绿绮，西下峨眉峰。为我一挥手，如听万壑松。

客心洗流水，馀响入霜钟。不觉碧山暮，秋云暗几重。

题江夏修静寺[①]

我家北海宅，作寺南江滨。空庭无玉树，高殿坐幽人。
书带留青草，琴堂幂素尘[②]。平生种桃李，寂灭不成春。

①此寺是李北海旧宅。②堂：一作台。

题宛溪馆

吾怜宛溪好，百尺照心明[①]。何谢新安水，千寻见底清。
白沙留月色，绿竹助秋声。却笑严湍上，于今独擅名。

①一作“久照心益明”。

观　猎

太守耀清威，乘闲弄晚辉。江沙横猎骑，山火绕行围。
箭逐云鸿落，鹰随月兔飞。不知白日暮，欢赏夜方归。

观胡人吹笛

胡人吹玉笛，一半是秦声。十月吴山晓，梅花落敬亭。
愁闻出塞曲，泪满逐臣缨。却望长安道，空怀恋主情。

宣城哭蒋征君华

敬亭埋玉树，知是蒋征君。果得相如草，仍馀封禅文。
池台空有月，词赋旧凌云。独挂延陵剑，千秋在古坟。

长行宫

月皎昭阳殿，霜清长信宫。天行乘玉辇，飞燕与君同。
更有欢娱处[①]，承恩乐未穷。谁怜团扇妾，独坐怨秋风。

①一作“别有留情处”。

中丞宋公以吴兵三千赴河南军次寻阳脱余之囚参谋幕府因赠之

独坐清天下，专征出海隅。九江皆渡虎，三郡尽还珠。
组练明秋浦，楼船入郢都。风高初选将，月满欲平胡。
杀气横千里，军声动九区。白猿惭剑术，黄石借兵符。
戎虏行当剪，鲸鲵立可诛。自怜非剧孟，何以佐良图。
○以下排律。

春日归山寄孟六浩然

朱绂遗尘境，青山谒梵筵。金绳开觉路，宝筏度迷川。
岭树攒飞栱，岩花覆谷泉。塔形标海日，楼势出江烟。
香气三天下，钟声万壑连。荷秋珠已满，松密盖初圆。
鸟聚疑闻法，龙参若护禅。愧非流水韵，叨入伯牙弦。

送友人寻越中山水

闻道稽山去，偏宜谢客才。千岩泉洒落，万壑树萦回。
东海横秦望，西陵绕越台。湖清霜镜晓，涛白雪山来。
八月枚乘笔，三吴张翰杯。此中多逸兴，早晚向天台。

送窦司马贬宜春

天马白银鞍，亲承明主欢。斗鸡金宫里[①]，射雁碧云端。
堂上罗巾贵，歌钟清夜阑。何言谪南国，拂剑坐长叹。
赵璧为谁点，随珠枉被弹。圣朝多雨露，莫厌此行难。
①宫：一作闺。

金陵送张十一再游东吴

张翰黄花句，风流五百年。谁人今继作，夫子世称贤。
再动游吴棹，还浮入海船。春光白门柳，霞色赤城天。
去国难为别，思归各未旋。空馀贾生泪，相顾共凄然。

送储邕之武昌

黄鹤西楼月，长江万里情。春风三十度，空忆武昌城。
送尔难为别，衔杯惜未倾。湖连张乐地，山逐泛舟行。
诺谓楚人重，诗传谢朓清。沧浪吾有曲，寄入棹歌声。

秋日登扬州西灵塔

宝塔凌苍苍，登攀览四荒。顶高元气合，标出海云长。
万象分空界，三天接画梁。水摇金刹影，日动火珠光。
鸟拂琼檐度，霞连绣栱张。目随征路断，心逐去帆扬。
露浩梧楸白，风摧橘柚黄。玉毫如可见，于此照迷方。

登瓦官阁

晨登瓦官阁，极眺金陵城。钟山对北户，淮水入南荣。
漫漫雨花落，嘈嘈天乐鸣。两廊振法鼓，四角吟风筝①。
杳出霄汉上，仰攀日月行。山空霸气灭，地古寒阴生。
寥廓云海晚，苍茫宫观平。门馀阊阖字，楼识凤凰名。
雷作百山动，神扶万栱倾。灵光何足贵，长此镇吴京。

①吟：一作吹。

过四皓墓

我行至商洛，幽独访神仙。园绮复安在？云萝尚宛然。

荒凉千古迹，芜没四坟连。伊昔炼金鼎，何言闭玉泉？
陇寒惟有月，松古渐无烟。木魅风号去，山精雨啸旋。
《紫芝》高咏罢，青史旧名传。今日并如此，哀哉信可怜。

月夜金陵怀古

苍苍金陵月，空悬帝王州。天文列宿在，霸业大江流[①]。
渌水绝驰道，青松摧古丘。台倾鳷鹊观，宫没凤凰楼。
别殿悲清暑，芳园罢乐游。一闻歌玉树，萧瑟后庭秋[②]。

①霸：一作鼎。②一作“千古不胜愁”。

秋日与张少府楚城韦公藏书高斋作

日下空亭暮，城荒古迹馀。地形连海尽，天影落江虚。
旧赏人虽隔，新知乐未疏。彩云思作赋，丹壁间藏书。
查拥随流叶，萍开出水鱼。夕来秋兴满，回首意何如。

秋夜独坐怀故山

小隐慕安石，远游学子平。天书访江海，云卧起咸京。
入侍瑶池宴，出陪玉辇行。夸胡新赋作[①]，谏猎短书成。
但奉紫霄顾，非邀青史名。庄周空说剑，墨翟耻论兵。
拙薄遂疏绝，归闲事耦耕。顾无苍生望，空爱紫芝荣。
寥落暝霞色，微茫旧壑情。秋山绿萝月，今夕为谁明。

①《长杨赋序》云：“上将大夸胡人以多禽兽。”“夸胡新赋”，盖指此也。

卷十八　杜工部五律上

二百九十七首

登兖州城楼

东郡趋庭日[①]，南楼纵目初。浮云连海岱[②]，平野入青徐。
孤嶂秦碑在，荒城鲁殿馀。从来多古意，临眺独踌躇。

①钱注：甫父闲尝为兖州司马。黄鹤曰：天宝九载改兖州为鲁郡，乾元元年复为兖州。②岱：一作岳。

题张氏隐居二首

之子时相见，邀人晚兴留。霁潭鳣发发[①]，春草鹿呦呦。
杜酒偏劳劝，张梨不外求。前村山路险，归醉每无愁。

○前一首七律另抄。①霁：一作济，非。

刘九法曹郑瑕邱石门宴集

秋水清无底，萧然净客心。掾曹乘逸兴，鞍马去相寻。
能吏逢联璧，华筵直一金。晚来横吹好，泓下亦龙吟。

与任城许主簿游南池

秋水通沟洫，城隅进小船[①]，晚凉看洗马，森木乱鸣蝉。
菱熟经时雨，蒲荒八月天。晨朝降白露，遥忆旧青毡。

①进：一作集。

对雨书怀走邀许主簿[1]

东岳云峰起，溶溶满太虚。震雷翻幕燕，骤雨落河鱼。
座对贤人酒，门听长者车。相邀愧泥泞，骑马到阶除。

①钱本题作《走邀许十一簿公》。

巳上人茅斋

巳公茅屋下，可以赋新诗。枕簟入林僻，茶瓜留客迟。
江莲摇白羽，天棘蔓青丝[1]。空忝许询辈，难酬支遁词。

①蔓：旧作梦。

房兵曹胡马

胡马大宛名，锋棱瘦骨成。竹批双耳峻，风入四蹄轻。
所向无空阔，直堪托死生。骁腾有如此，万里可横行。

画　鹰

素练风霜起，苍鹰画作殊。㧐身思狡兔，侧目似愁胡。
绦镟光堪摘，轩楹势可呼。何当击凡鸟，毛血洒平芜。

过宋员外之问旧庄[1]

宋公旧池馆，零落首阳阿。枉道祗从入，吟诗许更过。
淹留问耆旧，寂寞向山河。更识将军树，悲风日暮多。

①员外季弟执金吾见知于代，故有下句。

天宝初南曹小司寇舅于我太夫人堂下垒[1]土为山一匮[2]盈尺以代彼朽木承诸焚香瓷瓯瓯甚安矣旁植慈竹盖兹数峰嵚岑婵娟宛有尘外数[3]致乃不知兴之所至而作是诗

一匮功盈尺，三峰意出群。望中疑在野，幽处欲生云。
慈竹春阴覆，香炉晓势分。惟南将献寿，佳气日氤氲[4]。

①垒：一作累。②匮：一作篑。③一本无"数"字。○钱注：范阳太君卢氏，审言之继室，天宝三载五月卒于陈留郡之私第，公作墓志。④氤：一作氛。

龙　门

龙门横野断，驿树出城来。气色皇居近，金银佛寺开。
往来时屡改，川陆日悠哉。相阅征途上，生涯尽几回。

夜宴左氏庄

风林纤月落，衣露静琴张[1]。暗水流花径，春星带草堂。
检书烧烛短，看剑引杯长。诗罢闻吴咏，扁舟意不忘。

①静：一作净。

重题郑氏东亭[1]

华亭入翠微，秋日乱清晖[2]。崩石欹山树，晴涟曳水衣[3]。
紫鳞冲岸跃，苍隼护巢归。向晚寻征路，残云傍马飞。

①原注：在新安界。②晖：一作辉。③晴：旧作清。

暂如临邑至䱇山湖亭奉怀李员外率尔成兴

野亭逼湖水，歇马高林间。鼍吼风奔浪，鱼跳日映山。

暂游阻词伯，却望怀青关。霭霭生云雾，惟应促驾还。

冬日有怀李白

寂寞书斋里，终朝独尔思。更寻嘉树传，不忘角弓诗。
裋褐风霜入，还丹日月迟。未因乘兴去，空有鹿门期。

春日忆李白

白也诗无敌，飘然思不群。清新庾开府，俊逸鲍参军。
渭北春天树，江东日暮云。何时一樽酒，重与细论文。

杜位宅守岁

守岁阿戎家[①]，椒盘已颂花。盍簪喧枥马，列炬散林鸦。
四十明朝过，飞腾暮景斜。谁能更拘束，烂醉是生涯。

〇钱笺：杜位，公之从弟。《宰相世系表》：位考功郎中，湖州刺史。《困学纪闻》：位，林甫诸婿也。“四十明朝过”，《年谱》谓天宝十载时，林甫在相位。“盍簪”“列炬”，其炙手之徒欤？又寄位诗：“近闻宽法离新州”，其流贬盖以林甫故，《林甫传》云：诸婿杜位等皆贬官。①戎：一作咸。

李监宅二首[①]

尚觉王孙贵，豪家意颇浓。屏开金孔雀，褥隐绣芙蓉。
且食双鱼美，谁看异味重。门阑多喜色，女婿近乘龙。

①一作《李盐铁》。

华馆春风起，高城烟雾开。杂花分户映，娇燕入簾回。
一见能倾座，虚怀只爱才。盐车虽绊骥，名是汉庭来。

〇钱本无后一首。

送韦书记赴安西

夫子欻通贵，云泥相望悬。白头无籍在，朱绂有哀怜。
书记赴三捷，公车留二年。欲浮江海去，此别意茫然。

奉陪郑驸马韦曲二首

韦曲花无赖，家家恼杀人。绿樽须尽日，白发好禁春。
石角钩衣破，藤梢刺眼新[①]。何时占丛竹，头戴小乌巾。

①刺：音七。

野寺垂杨里，春畦乱水间。美花多映竹，好鸟不归山。
城郭终何事，风尘岂驻颜。谁能共公子，薄暮欲俱还。

陪郑广文游何将军山林十首

不识南塘路，今知第五桥。名园依绿水，野竹上青霄。
谷口旧相得，濠梁同见招。平生为幽兴，未惜马蹄遥。

百顷风潭上，千章夏木清。卑枝低结子，接叶暗巢莺。
鲜鲫银丝鲙，香芹碧涧羹。翻疑柂楼底，晚饭越中行。

万里戎王子[①]，何年别月支？异花来绝域，滋蔓匝清池。
汉使徒空到，神农竟不知。露翻兼雨打，开坼日离披[②]。

①《本草》：日华子云：独活，一名戎王使者。此花当是其类。②日：一作渐。

旁舍连高竹，疏篱带晚花。碾涡深没马[①]，藤蔓曲藏蛇[②]。
词赋工何益[③]，山林迹未赊。尽捻书籍卖，来问尔东家。

①碾涡当是旧时水磨，今碾硙未必尚存，而其涡漩之水，犹深可没马也。②藏：一作垂。③何：一作无。

賸水沧江破[①]，残山碣石开。绿垂风折笋，红绽雨肥梅。
银甲弹筝用，金鱼换酒来。兴移无洒扫，随意坐莓苔。

①賸：同剩。

风磴吹阴雪，云门吼瀑泉。酒醒思卧簟，衣冷欲装绵。
野老来看客，河鱼不取钱。祇疑淳朴处，自有一山川。

棘树寒云色[①]，茵蔯春藕香。脆添生菜美，阴益食单凉。
野鹤清晨出[②]，山精白日藏。石林蟠水府，百里独苍苍。

①钱笺：吴若本注刊作楝。《尔雅》云：梀，赤楝，白者楝。山厄切。注云：赤楝好丛生山中，白楝圆叶而歧，为大木。国藩按：本句云“寒云色”，下云“阴益食单凉”，自当作楝树，非棘树也。②出：一作至。

忆过杨柳渚，走马定昆池。醉把青荷叶，狂遗白接䍦。
刺船思郢客，解水乞吴儿。坐对秦山晚，江湖兴颇随。

床上书连屋，阶前树拂云，将军不好武，稚子总能文。
醒酒微风入，听诗静夜分。絺衣挂萝薜，凉月白纷纷。

幽意忽不惬，归期无奈何。出门流水住[①]，回首白云多。
自笑灯前舞，谁怜醉后歌。只应与朋好，风雨亦来过。

①住：一作注。

重过何氏五首

问讯东桥竹，将军有报书。倒衣还命驾，高枕乃吾庐。

花妥莺捎蝶，溪喧獭趁鱼。重来休沐地，真作野人居。

山雨樽仍在，沙沉榻未移。犬迎曾宿客，鸦护落巢儿。
云薄翠微寺，天清皇子陂。向来幽兴极，步屧过东篱[①]。
①屧：一作屣，一作屐。过：一作到。

落日平台上，春风啜茗时。石栏斜点笔，桐叶坐题诗。
翡翠鸣衣桁，蜻蜓立钓丝。自今幽兴熟，来往亦无期。

颇怪朝参懒，应耽野趣长。雨抛金锁甲，苔卧绿沈枪。
手自移蒲柳，家才足稻粱。看君用幽意，白日到羲皇。

到此应尝陋[①]，相留可判年。蹉跎暮容色[②]，怅望好林泉。
何日沾微禄，归山买薄田。斯游恐不遂，把酒意茫然。
①尝陋：一作常宿。②色：一作鬓。

陪李金吾花下饮

胜地初相引，徐行得自娱。见轻吹鸟毳，随意数花须。
细草偏称坐，香醪懒再沽。醉归应犯夜，可怕李金吾[①]。
①李：张远作执。

陪诸贵公子丈八沟携妓纳凉晚际遇雨二首

落日放船好，轻风生浪迟。竹深留客处，荷净纳凉时。
公子调冰水，佳人雪藕丝。片云头上黑，应是雨催诗。

雨来沾席上，风急打船头[①]。越女红裙湿，燕姬翠黛愁。
缆侵堤柳系，幔卷浪花浮。归路翻萧飒，陂塘五月秋。

①急：一作恶。

与鄠县源大少府宴渼陂得寒字

应为西陂好，金钱罄一餐。饭抄云子白，瓜嚼水精寒。
无计回船下，空愁避酒难。主人情烂漫，持答翠琅玕。

送裴二虬尉永嘉

孤屿亭何处，天涯水气中。故人官就此，绝境与谁同。
隐吏逢梅福，游山忆谢公。扁舟吾已具[①]，把钓待秋风。

①具：一作就。

崔驸马山亭宴集

萧史幽栖地，林间踏凤毛。洑流何处入，乱石闭门高。
客醉挥金碗，诗成得绣袍。清秋多宴会[①]，终日困香醪。

①宴会：一云赏乐。

九日曲江

缀席茱萸好，浮舟菡萏衰。百年秋已半，九日意兼悲。
江水清源曲，荆门此路疑。晚来高兴尽，摇荡菊花期。

寄高三十五书记

叹息高生老，新诗日又多。美名人不及，佳句法如何？
主将收才子，崆峒足凯歌。闻君已朱绂，且得慰蹉跎。

送张二十参军赴蜀州因呈杨五侍御

好去张公子，通家别恨添。两行秦树直，万点蜀山尖。
御史青骢马，参军旧紫髯。皇华吾善处，于汝定无嫌。

赠陈二补阙

世儒多汩没，夫子独声名。献纳开东观，君王问长卿。
皂雕寒始急，天马老能行。自到青冥里，休看白发生。

故武卫将军挽词三首

严警当寒夜，前军落大星。壮夫思敢决，哀诏惜精灵。
王者今无战，书生已勒铭。封侯意疏阔，编简为谁青。

舞剑过人绝，鸣弓射兽能。铦锋行惬顺[①]，猛噬失蹻腾。
赤羽千夫膳，黄河十月冰。横行沙漠外，神速至今称。

①铦：音纤。

哀挽青门去，新阡绛水遥。路人纷雨泣，天意飒风飙。
部曲精仍锐，匈奴气不骄。无由睹雄略，大树日萧萧。

白水明府舅宅喜雨

吾舅政如此，古人谁复过。碧山晴又湿，白水雨添多。
精祷既不昧，欢娱将谓何。汤年旱颇甚，今日醉弦歌。

九日杨奉先会白水崔明府

今日潘怀县，同时陆浚仪。坐开桑落酒，来把菊花枝。
天宇清霜净，公堂宿雾披。晚酣留客舞，凫舄共差池。

官定后戏赠[①]

不作河西尉，凄凉为折腰。老夫怕趋走，率府且逍遥。
耽酒须微禄，狂歌托圣朝。故山归兴尽，回首向风飙。

①时免河西尉为右卫率府兵曹。〇自此以上，皆为天宝未乱以前之诗。

避　地

避地岁时晚，窜身筋骨劳。诗书遂墙壁，奴仆且旌旄。
行在仅闻信，此生随所遭。神尧旧天下，会见出腥臊。
〇此下皆安史乱后之诗。

送灵州李判官

羯胡腥四海，回首一茫茫。血战乾坤赤，氛迷日月黄。
将军专策略，幕府盛才良。近贺中兴主，神兵动朔方。
〇此及上首皆集外诗。

月　夜

今夜鄜州月，闺中只独看。遥怜小儿女，未解忆长安。
香雾云鬟湿，清辉玉臂寒。何时倚虚幌[①]，双照泪痕干。
①时：一作当。

对　雪

战哭多新鬼，愁吟独老翁。乱云低薄暮，急雪舞迴风。
瓢弃樽无绿，炉存火似红。数州消息断，愁坐正书空。

元日寄韦氏妹

近闻韦氏妹，迎在汉钟离。郎伯殊方镇，京华旧国移。
秦城回北斗[①]，郢树发南枝。不见朝正使，啼痕满面垂。
①秦：一作春。〇此至德二载元日作。妹嫁韦氏，即《同谷七歌》所云“有妹有妹在钟离”者也。钟离即今之凤阳府，战国时属楚地。诗中“郢树”句，指妹在楚境也。妇人称其夫曰郎曰伯，《诗》：“自伯之东。”

得舍弟消息二首

近有平阴信，遥怜舍弟存。侧身千里道，寄食一家村。
烽举新酣战，啼垂旧血痕。不知临老日，招得几人魂①。

①人：一作时。

汝懦归无计，吾衰往未期。浪传乌鹊喜，深负鹡鸰诗。
生理何颜面，忧端且岁时。两京三十口，虽在命如丝。

忆幼子

骥子春犹隔，莺歌暖正繁。别离惊节换，聪慧与谁论。
涧水空山道，柴门老树村。忆渠愁只睡①，炙背俯晴轩。

①只：一作即，一作正。

一百五日夜对月

无家对寒食，有泪如金波。斫却月中桂，清光应更多。
仳离放红蕊，想像颦青蛾①。牛女漫愁思，秋期犹渡河。

①颦：旧作嚬。

春　望

国破山河在，城春草木深①。感时花溅泪，恨别鸟惊心。
烽火连三月，家书抵万金。白头搔更短，浑欲不胜簪。

①春：一作荒。

喜达行在所三首

西忆岐阳信，无人遂却回。眼穿当落日，心死著寒灰。
雾树行相引①，连山望忽开②。所亲惊老瘦，辛苦贼中来。

①雾：一作茂。②连山：一作莲峰。

愁思胡笳夕，凄凉汉苑春。生还今日事，问道暂时人。
司隶章初睹，南阳气已新。喜心翻倒极，呜咽泪沾巾。

死去凭谁报，归来始自怜。犹瞻太白雪，喜遇武功天。
影静千官里，心苏七校前。今朝汉社稷，新数中兴年。

月

天上秋期近，人间月影清。入河蟾不没，捣药兔长生。
只益丹心苦，能添白发明。干戈知满地，休照国西营。

哭长生侍御

道为诗书重，名因赋颂雄。礼闱曾擢桂，宪府屡乘骢。
流水生涯尽，浮云世事空。惟馀旧台柏，萧瑟九原中。

奉赠严八阁老

扈圣登黄阁①，明公独妙年。蛟龙得云雨，鵰鹗在秋天。
客礼容疏放，官曹可接联②。新诗句句好，应任老夫传。
①扈圣：一作今日。②可：一作许。

留别贾严二阁老两院遗补诸公得闻字

田园须暂往，戎马惜离群。去远留诗别，愁多任酒醺。
一秋常苦雨，今日始无云。山路时吹角①，那堪处处闻。
○二阁老：贾至、严武也。杜公家寓鄜州，弥年艰窘，诏许自往视，此将北征之时所作。①时：一作晴。

晚行口号

三山不可到，归路晚山稠。落雁浮寒水，饥乌集戍楼。
市朝今日异，丧乱几时休。远愧梁江总，还家尚黑头。

独酌成诗

灯花何太喜，酒绿正相亲。醉里从为客，诗成觉有神。
兵戈犹在眼，儒术岂谋身。苦被微官缚，低头愧野人。

收京三首

仙仗离丹极，妖星照玉除[①]。须为下殿走，不可好楼居。
暂屈汾阳驾，聊飞燕将书。依然七庙略，更与万方初。

①照：一作带。

生意甘衰白，天涯正寂寥。忽闻哀痛诏，又下圣明朝。
羽翼怀商老，文思忆帝尧。叨逢罪己日，沾洒望青霄[①]。

①沾洒：一作洒涕。

汗马收宫阙，春城铲贼壕。赏应歌《杕杜》，归及荐樱桃。
杂虏横戈数，功臣甲第高。万方频送喜，无乃圣躬劳。

奉赠王中允维

中允声名久，如今契阔深。共传收庾信，不比得陈琳。
一病缘明主，三年独此心。穷愁应有作，试诵白头吟。

春宿左省

花隐掖垣暮，啾啾栖鸟过。星临万户动，月傍九霄多。

不寝听金钥[①]，因风想玉珂。明朝有封事，数问夜如何。

①寝：一作寐。钥：一作锁。

晚出左掖

昼刻传呼浅，春旗簇仗齐。退朝花底散，归院柳边迷。
楼雪融城湿，宫云去殿低。避人焚谏草，骑马欲鸡栖。

送贾阁老出汝州

西掖梧桐树，空留一院阴。艰难归故里，去住损春心。
宫殿青门隔，云山紫逻深[①]。人生五马贵，莫受二毛侵。

①钱笺：《寰宇记》：废临汝县在汝州西南六十里，本汉梁县地，唐先天二年割置县，于今县西二十里紫逻川置。

送翰林张司马南海勒碑[①]

冠冕通南极，文章落上台。诏从三殿去，碑到百蛮开。
野馆浓花发，春帆细雨来。不知沧海上[②]，天遣几时回。

①司马：一云学士。○自注：相国制文。②上：一作使。

奉答岑参补阙见赠

窈窕清禁闼，罢朝归不同。君随丞相后，我往日华东[①]。
冉冉柳枝碧，娟娟花蕊红。故人得佳句，独赠白头翁。

①往：一作住，非。钱笺：《雍录》：《唐六典》：宣政殿前有两庑，两廊各有门。其东曰“日华”，日华之东则门下省也，居殿庑之左，故曰“左省”。西廊有门曰“月华”，月华之西即中书省也。凡两省官系衔以“左、右”者，皆分属焉。“罢朝归不同”，言分东西班各归本省也。“君随丞相后”，宰相罢朝，由月华门出而入中书，凡西省官亦随丞相出西也。若左省官，仍自东出，故云“我往日华东”也。

赠毕四曜

才大今诗伯，家贫苦宦卑。饥寒奴仆贱，颜状老翁为。
同调嗟谁惜，论文笑自知。流传江鲍体，相顾免无儿。

端午日赐衣

宫衣亦有名，端午被恩荣。细葛含风软，香罗叠雪轻。
自天题处湿，当暑着来清。意内称长短①，终身荷圣情。

①称：音平，义仄。

酬孟云卿

乐极伤头白，更长爱烛红①。相逢虽衮衮，告别莫匆匆。
但恐天河落，宁辞酒盏空。明朝牵世务，挥泪各西东。

①长：一作深。

至德二载甫自京金光门出间道归凤翔乾元初从左拾遗移华州掾与亲故别因出此门有悲往事

此道昔归顺，西郊胡正烦①。至今犹破胆②，应有未招魂。
近侍归京邑，移官岂至尊③。无才日衰老，驻马望千门。

①正：一作骑。②犹：一作残。③公以至德二载疏救房琯获咎，赖张镐救全之。至次年，出为华州司功，或为当事者所排挤，非肃宗意也，故曰“移官岂至尊”。

独　立

空外一鸷鸟，河间双白鸥。飘飖搏击便，容易往来游。
草露亦多湿，蛛丝仍未收。天机近人事，独立万端忧。

○“草露”喻谗谤污染也，“蛛丝”喻网罗罥挂也；天机虽自淡泊，无奈与人事日日相近，动辄得咎，故因有所见而感叹。

寄高三十五詹事

安稳高詹事，兵戈久索居。时来知宦达[①]，岁晚莫情疏。
天上多鸿雁，池中足鲤鱼。相看过半百，不寄一行书。

①知：一作如。

赠高式颜

昔别是何处，相逢皆老夫。故人还寂寞，削迹共艰虞。
自失论文友，空知卖酒垆。平生飞动意，见尔不能无。

观安西兵过赴关中待命二首

四镇富精锐，摧锋皆绝伦。还闻献士卒，足以静风尘。
老马夜知道，苍鹰饥著人[①]。临危经久战，用急始如神。

①饥：一作秋。

奇兵不在众，万马救中原。谈笑无河北，心肝奉至尊。
孤云随杀气，飞鸟避辕门。竟日留欢乐，城池未觉喧。

观　兵

北庭送壮士，貔虎数尤多。精锐旧无敌，边隅今若何？
妖氛拥白马，元帅待琱戈。莫守邺城下，斩鲸辽海波。

○末二句言不宜老师于邺下，当直取燕蓟贼巢也。

路逢襄阳杨少府入城戏题四韵附[①]呈杨四员外绾

寄语杨员外，山寒少茯苓。归来稍暄暖，当为斸青冥。

翻动神仙窟[②]，封题鸟兽形。兼将老藤杖，扶汝醉初醒。

①一无此四字。②神仙：一作龙蛇。

忆弟二首

丧乱闻吾弟，饥寒傍济州。人稀书不到，兵在见何由。
忆昨狂催走，无时病去忧。即今千种恨，惟共水东流。

且喜河南定，不问邺城围。百战今谁在，三年望汝归。
故园花自发，春日鸟还飞。断绝人烟久，东西消息稀。

得舍弟消息

乱后谁归得，他乡胜故乡。直为心厄苦，久念与存亡[①]。
汝书犹在壁，汝妾已辞房。旧犬知愁恨，垂头傍我床。

①与：一作汝。

不　归

河间尚征伐[①]，汝骨在空城。从弟人皆有，终身恨不平。
数金怜俊迈，总角爱聪明。面上三年土，春风草又生。

①征：一作战。

秦州杂诗二十首

满目悲生事，因人作远游。迟回度陇怯，浩荡及关愁。
水落鱼龙夜，山空鸟鼠秋。西征问烽火，心折此淹留。

秦州城北寺[①]，胜迹隗嚣宫[②]。苔藓山门古，丹青野殿空。
月明垂叶露，云逐度溪风。清渭无情极，愁时独向东。

①城：一作山。②胜迹：一作传是。

州图领同谷[①]，驿道出流沙。降虏兼千帐，居人有万家。
马骄朱汗落[②]，胡舞白题斜[③]。年少临洮子，西来亦自夸。

①同谷在今甘肃阶州之成县境，去秦州约二百里。②朱：一作珠。③题：旧作蹄。

鼓角缘边郡，川原欲夜时。秋听殷地发，风散入云悲。
抱叶寒蝉静，归山独鸟迟。万方声一概，吾道欲何之？

南使宜天马，由来万匹强。浮云连阵没，秋草遍山长。
闻说真龙种，仍残老骕骦。哀鸣思战斗，迥立向苍苍。

城上胡笳奏，山边汉节归。防河赴沧海，奉诏发金微。
士苦形骸黑，林疏鸟兽稀。那堪往来戍，恨解邺城围。

莽莽万重山，孤城石谷间。无风云出塞，不夜月临关。
属国归何晚，楼兰斩未还。烟尘一长望[①]，衰飒正摧颜。

①一：一作独。

闻道寻源使，从天此路回。牵牛去几许，宛马至今来。
一望幽燕隔，何时郡国开？东征健儿尽，羌笛暮吹哀。

今日明人眼，临池好驿亭。丛篁低地碧，高柳半天青。
稠叠多幽事，喧呼阅使星。老夫如有此，不异在郊坰。

云气接昆仑，涔涔塞雨繁。羌童看渭水，使客向河源[①]。
烟火军中幕，牛羊岭上村。所居秋草静，正闭小蓬门。

①使：一作估。

萧萧古塞冷，漠漠秋云低。黄鹄翅垂雨，苍鹰饥啄泥。
蓟门谁自北，汉将独征西。不意书生耳①，临衰厌鼓鞞。
①耳：一作眼。

山头南郭寺①，水号北流泉。老树空庭得，清渠一邑传。
秋花危石底，晚景卧钟边。俛仰悲身世，溪风为飒然。
①南：一作东。

传道东柯谷，深藏数十家。对门藤盖瓦，映竹水穿沙。
瘦地翻宜粟，阳坡可种瓜。船人近相报，但恐失桃花。

万古仇池穴，潜通小有天。神鱼人不见，福地语真传。
近接西南境，长怀十九泉。何当一茅屋①，送老白云边。
①当：一作时。

未暇泛沧海，悠悠兵马间。塞门风落木①，客舍雨连山。
阮籍行多兴，庞公隐不还。东柯遂疏懒，休镊鬓毛斑。
①门风：一作风寒。

东柯好崖谷，不与众峰群。落日邀双鸟，晴天卷片云①。
野人矜险绝②，水竹会平分。采药吾将老，儿童未遣闻。
①卷：吴作养。②矜：一作吟。

边秋阴易夕①，不复辨晨光。檐雨乱淋幔，山云低度墙。
鸬鹚窥浅井，蚯蚓上深堂。车马何萧索，门前百草长。
①夕：一作久。

地僻秋将尽，山高客未归。塞云多断续，边日少光辉。
警急烽常报，传闻檄屡飞。西戎外甥国，何得迕天威！

风林戈未息，鱼海路常难①。候火云峰峻②，悬军暮井干③。
风连西极动，月过北庭寒。故老思飞将，何时议筑坛。

①钱笺：天宝元年，河西节度使王倕奏破吐蕃鱼海及游奕等军。②峰：一作烽。③暮：一作幕。

唐尧真自圣，野老复何知。晒药能无妇，应门亦有儿。
藏书闻禹穴，读记忆仇池。为报鸳行旧，鹪鹩在一枝。

送人从军

弱水应无地，阳关已近天。今君度砂碛，累月断人烟。
好武宁论命，封侯不计年。马寒防失道，雪没锦鞍鞯。

示侄佐①

多病秋风落，君来慰眼前。自闻茅屋趣，只想竹林眠。
满谷山云起，侵篱涧水悬。嗣宗诸子侄，早觉仲容贤。

①原注：佐草堂在东柯谷。

佐还山后寄三首

山晚黄云合，归时恐路迷。涧寒人欲到，林黑鸟应栖①。
野客茅茨小，田家树木低。旧谙疏懒叔，须汝故相携。

①林：一作村。

白露黄粱熟，分张素有期。已应舂得细，颇觉寄来迟。
味岂同金菊，香宜配绿葵。老人他日爱，正想滑流匙。

几道泉浇圃，交横幔落坡[①]。葳蕤秋叶少，隐映野云多。
隔沼连香芰，通林带女萝。甚闻霜薤白，重惠意如何。

①幔落：一作落幔，非。

宿赞公房

杖锡何来此，秋风已飒然。雨荒深院菊，霜倒半池莲。
放逐宁违性，虚空不离禅。相逢成夜宿，陇月向人圆。

秋日阮隐居致薤三十束

隐者柴门内，畦蔬绕舍秋。盈筐承露薤，不待致书求。
束比青刍色，圆齐玉箸头。衰年关鬲冷，味暖复无忧[①]。

①复：一作腹。

从人觅小胡孙许寄

人说南州路，山猿树树悬。举家闻若咳[①]，为寄小如拳。
预哂愁胡面，初调见马鞭。许求聪慧者，童稚捧应癫。

①咳：旧作骇。

遣　怀

愁眼看霜露，寒城菊自花。天风随断柳，客泪堕清笳。
水静楼阴直[①]，山昏塞日斜。夜来归鸟尽，啼杀后栖鸦。

①楼：一作城。

寓　目

一县葡萄熟，秋山苜蓿多。关云常带雨，塞水不成河。
羌女轻烽燧[①]，胡儿掣骆驼[②]。自伤迟暮眼，丧乱饱经过。

①轻：一作摇。②掣：一作制。

野望

清秋望不极，迢递起层阴。远水兼天净，孤城隐雾深。
叶稀风更落，山迥日初沉。独鹤归何晚，昏鸦已满林。

雨晴[①]

天外秋云薄，从西万里风。今朝好晴景，久雨不妨农。
塞柳行疏翠，山梨结小红。胡笳楼上发，一雁入高空。

①一作《秋霁》。

日暮

日落风亦起，城头乌尾讹。黄云高未动，白水已扬波。
羌妇语还笑[①]，胡儿行且歌。将军别换马[②]，夜出拥雕戈。

①笑：一作哭。②换：一作上。

东楼

万里流沙道，西征过此门[①]。但添新战骨[②]，不返旧征魂[③]。
楼角凌风迥，城阴带水昏[④]。传声看驿使，送节向河源。

〇《镜铨》：本题下有"楼跨府城上"五字，钱笺本无之。①此：一作北。②新：一作征。③旧征：一作死生。④水：一作雨。

山寺

野寺残僧少，山园细路高。麝香眠石竹，鹦鹉啄金桃。
乱水通人过，悬崖置屋牢。上方重阁晚，百里见秋毫。

天河

常时任显晦，秋至转分明[①]。纵被微云掩，终能永夜清。

含星动双阙，伴月落边城。牛女年年渡，何曾风浪生。
①转：一作最。

初　月

光细弦欲上[①]，影斜轮未安。微升古塞外，已隐暮云端。
河汉不改色，关山空自寒。庭前有白露，暗满菊花团。
①欲：一作初。

捣　衣

亦知戍不返，秋至拭清砧。已近苦寒月[①]，况经长别心[②]。
宁辞捣衣倦，一寄塞垣深。用尽闺中力，君听空外音。
①苦：一作暮。②经：一作惊。

归　燕

不独避霜雪，其如俦侣稀。四时无失序，八月自知归。
春色岂相访，众雏还识机。故巢傥未毁，会傍主人飞。

促　织

促织甚微细，哀音何动人。草根吟不稳，床下夜相亲。
久客得无泪，故妻难及晨。悲丝与急管[①]，感激异天真。
①丝：一作絃。

萤　火

幸因腐草出，敢近太阳飞。未足临书卷，时能点客衣。
随风隔幔小，带雨傍林微。十月清霜重，飘零何处归。

蒹　葭

摧折不自守，秋风吹若何。暂时花带雪[①]，几处叶沉波。

体弱春苗早[2]，丛长夜露多。江湖后摇落，亦恐岁蹉跎[3]。

①带：一作戴。②苗：一作风。③亦：一作只。

苦竹

青冥亦自守，软弱强扶持。味苦夏虫避，丛卑春鸟疑。
轩墀曾不重，翦伐欲无辞。幸近幽人屋，霜根结在兹。

除架

束薪已零落，瓠叶转萧疏。幸结白花了，宁辞青蔓除。
秋虫声不去，暮雀意何如？寒事今牢落，人生亦有初。

废畦

秋蔬拥霜露，岂敢惜凋残。暮景数枝叶，天风吹汝寒。
绿沾泥滓尽，香与岁时阑。生意春如昨，悲君白玉盘。

夕烽

夕烽来不近，每日报平安。塞上传光小，云边落点残。
照秦通警急，过陇自艰难。闻道蓬莱殿，千门立马看。

秋笛

清商欲尽奏，奏苦血沾衣。他日伤心极，征人白骨归。
相逢恐恨过，故作发声微。不见秋云动，悲风稍稍飞。

空囊

翠柏苦犹食，明霞高可餐。世人共卤莽，吾道属艰难。
不爨井晨冻，无衣床夜寒。囊空恐羞涩，留得一钱看。

病　马

乘尔亦已久，天寒关塞深。尘中老尽力，岁晚病伤心。
毛骨岂殊众，驯良犹至今。物微意不浅，感动一沉吟。

蕃　剑

致此自僻远，又非珠玉装。如何有奇怪，每夜吐光芒。
虎气必腾上①，龙身宁久藏。风尘苦未息，持汝奉明王。

①上：一作趠。

铜　瓶

乱后碧井废，时清瑶殿深。铜瓶未失水，百丈有哀音。
侧想美人意，应悲寒甃沉。蛟龙半缺落，犹得折黄金。

月夜忆舍弟

戍鼓断人行，边秋一雁声①。露从今夜白，月是故乡明。
有弟皆分散，无家问死生。寄书长不达，况乃未休兵。

①边秋：一作秋边。

天末怀李白

凉风起天末，君子意如何？鸿雁几时到，江湖秋水多。
文章憎命达，魑魅喜人过。应共冤魂语，投诗赠汨罗。

所　思①

郑老身仍窜，台州信始传。为农山涧曲，卧病海云边。
世已疏儒素，人犹乞酒钱②。徒劳望牛斗，无计劚龙泉。

①自注：得台州郑司户虔消息。②乞：音气。

即　事

闻道花门破，和亲事却非。人怜汉公主，生得渡河归①。
秋思抛云髻，腰支賸宝衣。群凶犹索战，回首意多违。

①钱笺：乾元二年，回纥从郭子仪战于相州城下，不利，奔于西京。四月，可汗死，其牙官都督等欲以宁国公主殉葬，公主亦依回纥法剺面，大哭，竟以无子得归。八月，诏百官于明凤门外迎之。

送　远

带甲满天地，胡为君远行？亲朋尽一哭，鞍马去孤城。
草木岁月晚，关河霜雪清。别离已昨日，因见古人情①。

①古：一作故。

酬高使君相赠

古寺僧牢落①，空房客寓居②。故人供禄米，邻舍与园蔬。
双树容听法，三车肯载书。草玄吾岂敢，赋或似相如。

○此下皆自秦陇至成都以后之诗。①钱笺：公所居草堂寺，时寓寺中，故高诗云“传道招提客”也。②客：一作得。

王十五司马弟出郭相访遗营草堂赀

客里何迁次，江边正寂寥。肯来寻一老，愁破是今朝。
忧我营茅栋，携钱过野桥。他乡惟表弟，还往莫辞遥。

梅　雨

南京犀浦道①，四月熟黄梅。湛湛长江去，冥冥细雨来。
茅茨疏易湿，云雾密难开。竟日蛟龙喜，盘涡与岸回。

①钱笺：至德二载，以蜀郡为南京。《寰宇记》：犀浦县，周垂拱二年

割成都之西鄙置。杜甫宅地属犀浦县。

江　涨

江涨柴门外，儿童报急流。下床高数尺，倚杖没中洲。
细动迎风燕，轻摇逐浪鸥。渔人萦小楫，容易拔船头[①]。

①拔：一作捩。

为　农

锦里烟尘外，江村八九家。圆荷浮小叶，细麦落轻花[①]。
卜宅从兹老，为农去国赊。远惭句漏令，不得问丹砂。

①落：一作堕。

宾　至

患气经时久，临江卜宅新。喧卑方避俗，疏快颇宜人。
有客过茅宇，呼儿正葛巾。自锄稀菜甲，小摘为情亲。

田　舍

田舍清江曲，柴门古道旁。草深迷市井，地僻懒衣裳。
榉柳枝枝弱[①]，枇杷树树香[②]。鸬鹚西日照，晒翅满渔梁。

①榉：同柜，或作杨。②树树：一作对对。

云　山

京洛云山外，音书静不来。神交作赋客，力尽望乡台。
衰疾江边卧，亲朋日暮回。白鸥元水宿，何事有馀哀。

遣　兴

干戈犹未定，弟妹各何之？拭泪沾襟血，梳头满面丝。

地卑荒野大，天远暮江迟。衰疾那能久，应无见汝期。

遣　愁

养拙蓬为户，茫茫何所开？江通神女馆，地隔望乡台。
渐惜容颜老，无由弟妹来。兵戈与人事，回首一悲哀。

北　邻

明府岂辞满，藏身方告劳。青钱买野竹，白帻岸江皋。
爱酒晋山简，能诗何水曹。时来访老疾，步屧到蓬蒿。

过南邻朱山人水亭

相近竹参差，相过人不知。幽花欹满树，细水曲通池[①]。
归客村非远，残樽席更移。看君多道气，从此数追随。

①细：一作小。曲：一作细。

出　郭

霜露晚凄凄，高天逐望低。远烟盐井上，斜景雪峰西。
故国犹兵马，他乡亦鼓鼙。江城今夜客，还与旧乌啼。

散愁二首

久客宜旋旆，兴王未息戈。蜀星阴见少，江雨夜闻多。
百万传深入，寰区望匪他。司徒下燕赵[①]，收取旧山河。

①司徒：光弼。

闻道并州镇，尚书训士齐[①]。几时通蓟北，当日报关西。
恋阙丹心破，沾衣皓首啼。老魂招不得，归路恐长迷。

①尚书：王思礼。

奉简高三十五使君

当代论才子，如公复几人？骅骝开道路，鹰隼出风尘。
行色秋将晚，交情老更亲。天涯喜相见，披豁对吾真。

和裴迪登新津寺寄王侍郎①

何恨倚山木②，吟诗秋叶黄。蝉声集古寺，鸟影度寒塘。
风物悲游子，登临忆侍郎。老夫贪佛日，随意宿僧房。

①王时牧蜀。②恨：一作限。

村　夜

风色萧萧暮，江头人不行。村舂雨外急，邻火夜深明。
胡羯何多难，樵渔寄此生。中原有兄弟，万里正含情。

西　郊

时出碧鸡坊，西郊向草堂。市桥官柳细，江路野梅香。
傍架齐书帙，看题检药囊①。无人觉来往②，疏懒意何长。

①检：一作减。②觉：一作与。

寄杨五桂州谭①

五岭皆炎热，宜人独桂林。梅花万里外，雪片一冬深。
闻此宽相忆，为邦复好音。江边送孙楚，远附白头吟。

①原注：因州参军段子之任。

寄赠王十将军承俊

将军胆气雄，臂悬两角弓。缠结青骢马，出入锦城中。
时危未授钺，势屈难为功。宾客满堂上，何人高义同。

奉酬李都督表丈早春作

力疾坐清晓，来诗悲早春。转添愁伴客，更觉老随人[①]。
红入桃花嫩，青归柳叶新。望乡应未已，四海尚风尘。

①人：一作身，非。

题新津北桥楼得郊字

望极春城上，开筵近鸟巢。白花檐外朵，青柳槛前梢。
池水观为政，厨烟觉远庖。西川供客眼，偏爱此江郊[①]。

①偏爱：一作惟有。

游修觉寺

野寺江天豁，山扉花竹幽。诗应有神助，吾得及春游。
径石深萦带[①]，川云自去留[②]。禅枝宿众鸟，漂转暮归愁。

①深：一作相。②自：一作晚。

后　游

寺忆曾游处，桥怜再渡时。江山如有待，花柳更无私。
野润烟光薄，沙暄日色迟。客愁全为减，舍此复何之。

遣意二首

啭枝黄鸟近，泛渚白鸥轻。一径野花落，孤村春水生。
衰年催酿黍，细雨更移橙。渐喜交游绝，幽居不用名。

檐影微微落，津流脉脉斜。野船明细火，宿鹭起圆沙[①]。
云掩初弦月，香传小树花。邻人有美酒，稚子夜能赊。

①鹭起：旧作雁聚。

漫成二首

野日荒荒白[①]，春流泯泯清[②]。渚蒲随地有，村径逐门成。
只作披衣惯，常从漉酒生。眼边无俗物，多病也身轻。

①荒荒：一作茫茫。②春：一作江。

江皋已仲春，花下复清晨。仰面贪看鸟，回头错应人。
读书难字过，对酒满壶频。近识峨嵋老，知余懒是真。

春夜喜雨

好雨知时节，当春乃发生。随风潜入夜，润物细无声。
野径云俱黑，江船火独明。晓看红湿处，花重锦宫（官）城。

春　水

三月桃花浪[①]，江流复旧痕。朝来没沙尾，碧色动柴门。
接缕垂芳饵，连筒灌小园。已添无数鸟，争浴故相喧。

①浪：一作水。

江　亭

坦腹江亭暖，长吟野望时。水流心不竞，云在意俱迟。
寂寂春将晚，欣欣物自私。江东犹苦战，回首一颦眉[①]。

①钱本作："故林归未得，排闷强裁诗。"

早　起

春来常早起，幽事颇相关。帖石防隤岸，开林出远山。
一丘藏曲折，缓步有跻攀。童仆来城市，瓶中得酒还。

落　日

落日在簾钩，溪边春事幽。芳菲缘岸圃，樵爨倚滩舟。
啅雀争枝坠，飞虫满院游。浊醪谁造汝，一酌散千忧。

可　惜

花飞有底急，老去愿春迟。可惜欢娱地，都非少壮时。
宽心应是酒，遣兴莫过诗。此意陶潜解，吾生后汝期。

独　酌

步屧深林晚[①]，开樽独酌迟。仰蜂粘落絮[②]，行蚁上枯梨[③]。
薄劣惭真隐，幽偏得自怡。本无轩冕意，不是傲当时。

①步屧：一作倚杖。②絮：一作蕊。③行：户郎切。

徐　步

整履步青芜[①]，荒庭日欲晡。芹泥随燕觜，蕊粉上蜂须[②]。
把酒从衣湿，吟诗信杖扶。敢论才见忌，实有醉如愚。

①履：一作屐，一作屣。②蕊粉：一作花蕊。

寒　食

寒食江村路，风花高下飞。汀烟轻冉冉，竹日净晖晖。
田父要皆去，邻家问不违。地偏相识尽，鸡犬亦忘归[①]。

①归：一作机。

赠别何邕

生死论交地，何由见一人。悲君随燕雀，薄宦走风尘。
绵谷元通汉，沱江不向秦。五陵花满眼，传语故乡春。

石　镜

蜀王将此镜，送死置空山。冥寞怜香骨，提携近玉颜。
众妃无复叹，千骑亦虚还。独有伤心石，埋轮月宇间。

琴　台

茂陵多病后，尚爱卓文君。酒肆人间世，琴台日暮云。
野花留宝靥，蔓草见罗裙。归凤求凰意，寥寥不复闻。

水槛遣心二首

去郭轩楹敞，无村眺望赊。澄江平少岸，幽树晚多花。
细雨鱼儿出，微风燕子斜。城中十万户，此地两三家。

蜀天常夜雨，江槛已朝晴。叶润林塘密，衣干枕席清。
不堪祗老病，何得尚浮名。浅把涓涓酒，深凭送此生。

朝　雨

凉气晓萧萧，江云乱眼飘。风鸢藏近渚①，雨燕集深条。
黄绮终辞汉②，巢由不见尧。草堂樽酒在，幸得过清朝。

①鸢：一作鸳。②辞：一作投。

晚　晴

村晚惊风渡，庭幽过雨霑。夕阳熏细草，江色映疏簾。
书乱谁能帙，杯干自可添。时闻有馀论，未怪老夫潜。

高　柟①

柟树色冥冥，江边一盖青。近根开药圃，接叶制茅亭。

落景阴犹合，微风韵可听。寻常绝醉困，卧此片时醒。

①枏：俗作楠。

恶　树

独绕虚斋径，常持小斧柯。幽阴成颇杂，恶木翦还多。
枸杞因吾有[①]，鸡栖奈汝何[②]。方知不材者，生长漫婆娑。

①因：一作固。②汝：一作尔。

一　室

一室他乡远[①]，空林暮景悬。正愁闻塞笛，独立见江船。
巴蜀来多病，荆蛮去几千[②]。应同王粲宅，留井岘山前。

①远：一作老。②千：一作年。

闻斛斯六官未归

故人南郡去，去索作碑钱。本卖文为活，翻令石倒悬。
荆扉深蔓草，土锉冷疏烟。老罢休无赖，归来看醉眠。

赴青城县出成都寄陶王二少尹

老耻妻孥笑，贫嗟出入劳。客情投异县，诗态忆吾曹。
东郭沧江合，西山白雪高。文章差底病，回首兴滔滔。

野望因过常少仙

野桥齐度马，秋望转幽哉。竹覆青城合，江从灌口来。
入村樵径引，尝果栗皱开[①]。落尽高天日，幽人未遣回。

①皱：一作园。

送裴五赴东川

故人亦流落，高义动乾坤。何日通燕塞，相看老蜀门。

东行应暂别，北望苦销魂。凛凛悲秋意，非君谁与论。

逢唐兴刘主簿弟[①]

分手开元末，连年绝尺书。江山且相见，戎马未安居。
剑外官人冷，关中驿骑疏。轻舟下吴会，主簿意何如？

①钱笺：《寰宇记》：遂州蓬溪县，本汉广汉县地，唐永淳元年置唐兴县，天宝元年改为蓬溪。公此诗及《唐兴县客馆记》，俱循旧名。

敬简王明府

叶县郎官宰，周南太史公。神仙才有数，流落意无穷。
骥病思偏秣，鹰秋怕苦笼[①]。看君用高义，耻与万人同。

①秋：一作愁。

重简王明府

甲子西南异，冬来只薄寒。江云何夜尽[①]，蜀雨几时干？
行李须相问，穷愁岂自宽[②]。君听鸿雁响，恐致稻粱难。

①尽：一作静。②自：一作有。

不　见[①]

不见李生久，佯狂真可哀。世人皆欲杀，吾意独怜才。
敏捷诗千首，飘零酒一杯。匡山读书处，头白好归来。

①自注：近无李白消息。

草堂即事

荒邨建子月，独树老夫家。雾里江船渡[①]，风前径竹斜。
寒鱼依密藻，宿雁聚圆沙[②]。蜀酒禁愁得，无钱何处赊。

①雾：一作雪。②雁：一作鹭。

徐九少尹见过

晚景孤村僻，行军数骑来。交新徒有喜，礼厚愧无才。
赏静怜云竹，忘归步月台。何当看花蕊，欲发照江梅。

范二员外邈吴十侍御郁特枉驾阙展待聊寄此作

暂往比邻去，空闻二妙归。幽栖诚简略，衰白已光辉。
野外贫家远，村中好客稀。论文或不愧，重肯款柴扉。

王竟携酒高亦同过

卧疾荒郊远，通行小径难。故人能领客，携酒重相看。
自愧无鲑菜[①]，空烦卸马鞍。移樽劝山简，头白恐风寒[②]。

〇前有七律一首，题云：王十七侍御抡，许携酒至草堂，奉寄此诗，便请邀高三十五使君同到。故此一首题云《王竟携酒高亦同过》。前诗云："老夫卧稳朝慵起，白屋寒多暖始开。江鹳巧当幽径浴，邻鸡还过短墙来。绣衣屡许携家酝，皂盖能忘折野梅。戏假霜威促山简，须成一醉习池回。"

①鲑：一作虾。②自注：高每云：汝年几不必小于我。故此句戏之。

观作桥成月夜舟中有述还呈李司马

把烛桥成夜，回舟客坐时。天高云去尽，江迥月来迟。
衰谢多扶病，招邀屡有期。异方乘此兴，乐罢不无悲。

〇此题本有七律一首，五律一首，题作《陪李七司马皂江上观造竹桥》云云，此所题者，草堂本也。

得广州张判官叔卿书使还以诗代意

乡关胡骑满[①]，宇宙蜀城偏。忽得炎州信，遥从月峡传。
云深骠骑幕，夜隔孝廉船。却寄双愁眼，相思泪点悬。

①满：一作远。

魏十四侍御就敝庐相别

有客骑骢马，江边问草堂。远寻留药价，惜别倒文场[1]。
入幕旌旗动，归轩锦绣香。时应念衰疾，书疏及沧浪。
①倒：一作到。

赠别郑錬赴襄阳

戎马交驰际，柴门老病身。把君诗过日[1]，念此别惊神。
地阔峨眉晚[2]，天高岘首春。为于耆旧内，试觅姓庞人。
①日：一作目，非。②晚：一作晓。

广州段功曹到得杨五长史谭书功曹却归聊寄此诗

卫青开幕府，杨仆将楼船。汉节梅花外，春城海水边。
铜梁书远及，珠浦使将旋。贫病他乡老，烦君万里传。

送段功曹归广州

南海春天外，功曹几月程[1]。峡云笼树小，湖日落船明[2]。
交趾丹砂重，韶州白葛轻。幸君因旅客，时寄锦官城。
①程：一作行。②落：一作荡。

江头五咏

丁　香

丁香体柔弱，乱结枝犹垫。细叶带浮毛，疏花披素艳。
深栽小斋后，庶近幽人占。晚堕兰麝中，休怀粉身念。

丽　春

百草竞春华，丽春应最胜。少须好颜色[1]，多漫枝条剩。

纷纷桃李枝，处处总能移。如何贵此重[2]？却怕有人知。
①须：晋作顷。好颜色：草堂作颜色好。②晋作“稀如可贵重”。

栀　子

栀子比众木，人间诚未多。于身色有用，与道气伤和[1]。
红取风霜实，青看雨露柯。无情移得汝，贵在映江波。
①伤：一作相，非。

鸂　鶒

故使笼宽织，须知动损毛。看云犹怅望[1]，失水任呼号。
六翮曾经剪，孤飞卒未高[2]。且无鹰隼虑，留滞莫辞劳。
①犹：一作莫，②卒：猝通。

花　鸭

花鸭无泥滓，阶前每缓行[1]。羽毛知独立，黑白太分明。
不觉群心妬，休牵众眼惊。稻粱沾汝在，作意莫先鸣。
①阶前：一作中庭。

畏　人

早花随处发[1]，春鸟异方啼。万里清江上，三年落日低[2]。
畏人成小筑，褊性合幽栖。门径从榛草[3]，无心待马啼。
①处发：一作发处。②年：一作峰。③门径：一作径没。

屏迹三首

用拙存吾道[1]，幽居近物情。桑麻深雨露，燕雀半生成。
村鼓时时急，渔舟个个轻。杖藜从白首，心迹喜双清。
①存：一作诚。

晚起家何事，无营地转幽。竹光团野色，舍影漾江流[①]。
失学从儿懒，长贫任妇愁。百年浑得醉，一月不梳头。
①舍：一作山。

衰颜甘屏迹[①]，幽事供高卧。鸟下竹根行，龟开萍叶过。
年荒酒价乏，日并园蔬课。犹酌甘泉歌[②]，歌长击樽破。
①颜：一作年。②一云“独酌酣且歌”，一云“独酌酌甘泉”。

严公厅宴同咏蜀道画图得空字

日临公馆静，画列地图雄[①]。剑阁星桥北，松州雪岭东。
华夷山不断，吴蜀水相通。兴与烟霞会，清樽幸不空。
①列：一作满。

奉济驿重送严公四韵

远送从此别，青山空复情。几时杯重把，昨夜月同行。
列郡讴歌惜，三朝出入荣。江村独归处[①]，寂寞养残生。
①处：一作去。

题玄武禅师屋壁

何年顾虎头，满壁画沧洲[①]。赤日石林气，青天江海流[②]。
锡飞常近鹤，杯渡不惊鸥。似得庐山路，真随惠远游。
①沧：一作瀛。②海：一作水。

悲　秋

凉风动万里，群盗尚纵横。家远待书日[①]，秋来为客情。
愁窥高鸟过，老逐众人行。始欲投山峡，何由见两京。
①待：一作传。

客　夜

客睡何曾着，秋天不肯明。卷簾残月影，高枕远江声[①]。
计拙无衣食，途穷仗友生。老妻书数纸，应悉未归情。

①远：一作送。

客　亭

秋窗犹曙色，落木更高风[①]。日出寒山外，江流宿雾中。
圣朝无弃物，衰病已成翁[②]。多少残生事，飘零任转蓬。

①高：一作天。②衰：一作老。

九日登梓州城

伊昔黄花酒，如今白发翁。追欢筋力异，望远岁时同。
弟妹悲歌里，乾坤醉眼中[①]。兵戈与关塞，此日意无穷。

①乾坤：一作朝廷。

九日奉寄严大夫

九日应愁思，经时冒险艰。不眠持汉节，何路出巴山？
小驿香醪嫩，重岩细菊斑。遥知簇鞍马，回首白云间。

戏题寄上汉中王三首

西汉亲王子，成都老客星。百年双白鬓，一别五秋萤。
忍断杯中物，只看座右铭。不能随皂盖，自醉逐浮萍。

策杖时能出，王门异昔游。已知嗟不起，未许醉相留。
蜀酒浓无敌，江鱼美可求。终思一酩酊，净扫雁池头。

群盗无归路，衰颜会远方。尚怜诗警策，犹记酒颠狂。
鲁卫弥尊重，徐陈略丧亡。空馀枚叟在，应念早升堂。
○自注：时王在梓州，初至断酒不饮，篇中戏述。

玩月呈汉中王

夜深露气清，江月满江城。浮客转危坐，归舟应独行。
关山同一照[1]，乌鹊自多惊。欲得淮王术[2]，风吹晕已生。

①照：一作点。②钱笺：《淮南子》：画随灰而月晕阙。许慎注曰：有军士相围守则月晕，以芦灰环，阙其一面，则月晕亦阙于上。周王褒《关山月诗》："天寒光转白，风多晕欲生。"庾肩吾《望月诗》："圆随汉东蚌，晕逐淮南灰。"

陪王侍御宴通泉东山野亭

江水东流去，清樽日复斜。异方同宴赏，何处是京华？
亭景临山水，村烟对浦沙。狂歌遇形胜[1]，得醉即为家。
①形：一作于。

舍弟占归草堂检校聊示此诗

久客应吾道，相随独尔来。熟知江路近[1]，频为草堂回。
鹅鸭宜长数，柴荆莫浪开。东林竹影薄，腊月更须栽。
①熟：旧作孰。

春日梓州登楼二首

行路难如此，登楼望欲迷。身无却少壮，迹有但羁栖。
江水流城郭，春风入鼓鞞。双双新燕子，依旧已衔泥。

天畔登楼眼，随春入故园。战场今始定，移柳岂能存[1]。

厌蜀交游冷，思吴胜事繁。应须理舟楫，长啸下荆门。

①岂：一作更。

送司马入京

群盗至今日，先朝忝从臣。叹君能恋主，久客羡归秦。
黄阁长司谏①，丹墀有故人。向来论社稷，为话涕沾巾。

○钱笺本无此诗；《镜铨》本作《巴西闻收京阙送班司马入京二首》；玉几山人本作两题，前题同《镜铨》本，后题同此本。①阁：一作閤。

远　游

贱子何人记，迷方著处家。竹风连野色，江水拥春沙。
种药扶衰病，吟诗解叹嗟。似闻胡骑走，失喜问京华。

郪城西原送李判官兄武判官弟赴成都府

凭高送所亲①，久坐惜芳辰。远水非无浪，他山自有春。
野花随处发，官柳著行新。天际伤愁别，离筵何太频。

①高：一作登。

涪江泛舟送韦班归京得山字

追饯同舟日，伤春一水间①。飘零为客久，衰老羡君还。
花远重重树②，云轻处处山。天涯故人少，更益鬓毛斑。

①春：一作心。②远：一作杂。

泛舟送魏十八仓曹还京因寄岑中允参范郎中季明

迟日深春水，轻舟送别筵。帝乡愁绪外，春色泪痕边。
见酒须相忆，将诗莫浪传。若逢岑与范，为报各衰年①。

①报：一作问。

泛江送客

二月频送客，东津江欲平。烟花山际重，舟楫浪前轻。
泪逐劝杯下，秋连吹笛生。离筵不隔日，那得易为情。

双　燕

旅食惊双燕[1]，衔泥入此堂[2]。应同避燥湿，且复过炎凉。
养子风尘际，来时道路长。今秋天地在，吾亦离殊方。

①惊双：一作双飞。②此：一作北。

百　舌

百舌来何处，重重只报春。知音兼众语，整翮岂多身。
花密藏难见，枝高听转新。过时如发口，君侧有谗人。

登牛头山亭子

路出双林外，亭窥万井中。江城孤照日，春谷远含风[1]。
兵革身将老，关河信不通。犹残数行泪，忍对百花丛。

①春：一作山。

上牛头寺

青山意不尽，衮衮上牛头。无复能拘碍，真成浪出游。
花浓春寺静，竹细野池幽。何处莺啼切，移时独未休。

望牛头寺

牛头见鹤林，梯径绕幽深。春色浮山外，天河宿殿阴。
传灯无白日，布地有黄金。休作狂歌老，回看不住心。

上兜率寺[①]

兜率知名寺，真如会法堂。江山有巴蜀，栋宇自齐梁。
庾信哀虽久，周颙好不忘[②]。白牛车远近，且欲上慈航。
①率：如字。②周：旧作何，误。

望兜率寺

树密当山径，深江隔寺门。霏霏云气动[①]，闪闪浪花翻。
不复知天大，空馀见佛尊。时应清盥罢，随喜给孤园。
①动：一作重。

甘　园

春日清江岸，千甘二顷园。青云羞叶密，白雪避花繁。
结子随边使，开筒近至尊。后于桃李熟，终得献金门。

陪李[①]梓州王阆州苏遂州李果州四使君登惠义寺

春日无人境，虚空不住天。莺花随世界，楼阁倚山巅[②]。
迟暮身何得，登临意惘然。谁能解金印，潇洒共安禅。
①李：旹作章。②倚：一作寄。

数陪李[①]梓州泛江有女乐在诸舫戏为艳曲二首赠李

上客回空骑，佳人满近船。江清歌扇底，野旷舞衣前。
玉袖凌风并[②]，金壶隐浪偏。竞将明媚色，偷眼艳阳天。
①李：旹作章，下同。②凌：一作临。

白日移歌袖[①]，清宵近笛床。翠眉萦度曲，云鬓俨分行。
立马千山暮，回舟一水香。使君自有妇，莫学野鸳鸯。

①褎：同袖。

送何侍御归朝

舟楫诸侯饯，车舆使者归。山花相映发，水鸟自孤飞。
春日垂霜鬓，天隅把绣衣。故人从此去①，寥落寸心违。
○原注：李梓州泛舟筵上作。①去：一作远。

江亭送眉州辛别驾昇之得芜字

柳影含云幕①，江波近酒壶。异方惊会面，终宴惜征途。
沙晚低风蝶，天晴喜浴凫。别离伤老大，意绪日荒芜。
①幕：一作重。

行次盐亭县聊题四韵奉简严遂州蓬州两使君谘议诸昆季

马首见盐亭，高山拥县青。云溪花淡淡①，春郭水泠泠。
全蜀多名士，严家聚德音。长歌意无极，好为老夫听。
①淡淡：一作漠漠。

倚　杖

看花虽郭内①，倚杖即溪边。山县早休市，江桥春聚船②。
狎鸥轻白浪③，归雁喜青天。物色兼生意，凄凉忆去年。
①内：一作外。②聚：一作近。③狎：一作野。

陪王汉州留杜绵州泛房公西湖

旧相恩追后，春池赏不稀。阙庭分未到，舟楫有光辉。
豉化莼丝熟，刀鸣鲙缕飞。使君双皂盖，滩浅正相依。

舟前小鹅儿

鹅儿黄似酒，对酒爱新鹅。引颈瞋船逼①，无行乱眼多。

翅开遭宿雨，力小困沧波。客散层城暮，狐狸奈若何。

①逼：一作过。

送韦郎司直归成都

窜身来蜀地，同病得韦郎。天下兵戈满，江边岁月长。
别筵花欲暮，春日鬓俱苍。为问南溪竹①，抽梢合过墙。

①竹：一作笋。

台上得凉字

改席台能迥①，留门月复光。云霄遗暑湿，山谷进风凉。
老去一杯足，谁怜屡舞长。何烦把官烛，似恼鬓毛苍。

①能：一作为。

章梓州水亭①

城晚通云雾，亭深到芰荷。吏人桥外少，秋水席边多。
近属淮王至，高门蓟子过。荆州爱山简，吾醉亦长歌。

①元注：时汉中王兼道士席谦在会，同用“荷”字韵。

有感五首

将帅蒙恩泽，兵戈有岁年。至今劳圣主，何以报皇天。
白骨新交战，云台旧拓边①。乘槎断消息，无处觅张骞②。

①钱笺：唐自武德以来，开拓边境，地连西域，皆置都督府州县。开元中，置朔方等处节度使以统之。禄山反后数年间，西北数十州相继沦没，尽取河西、陇右之地，自凤翔以西、邠州以北，皆为左衽矣。②钱笺：李之芳被留，次年始放还，故云。

幽蓟馀蛇豕，乾坤尚虎狼。诸侯春不贡，使者日相望。
慎勿吞青海，无劳问越裳。大君先息战，归马华山阳。

○钱笺云：是时史朝义下诸降将奄有幽魏之地，骄恣不贡；代宗懦弱，不能致讨。此诗云“慎勿吞青海，无劳问越裳”，安有节镇之近不修职贡，而顾能从事远略者乎？盖叹之也。“息战”“归马”，谓其不复能用兵，而婉辞以讥之也。

洛下舟车入，天中贡赋均。日闻红粟腐，寒待翠华春。
莫取金汤固，长令宇宙新。不过行俭德，盗贼本王臣。

○钱笺：自吐蕃入寇，车驾东幸，议者劝帝都洛阳，代宗然之。子仪上章奏谏，代宗省表垂涕，亟还京师。其略曰：“东周之地，久陷贼中，宫室焚烧，十不存一。矧其土地狭阨，才数百里，东有成皋，南有二室，险不足恃，适为战场。明明天子，躬俭节用，苟能黜素餐之吏，去冗食之官，抑竖刁、易牙之权，任蘧瑗、史鳝之直，则黎元自理，盗贼自平。中兴之功，旬月可冀。”此诗后四句，正隐括汾阳论奏大意。

丹桂风霜急，青梧日夜凋。由来强干地，未有不臣朝。
受钺亲贤往，卑宫制诏遥。终依古封建，岂独听《箫韶》。

○钱笺：初房琯建分镇讨贼之议，诏曰：“令元子北略朔方，命诸王分守重镇。”诏下，远近相庆，咸思效忠于兴复。禄山抚膺曰：“吾不得天下矣！”肃宗即位，恶琯贬之，用其诸子统师，然皆不出京师，遥制而已。宗藩削弱，藩镇不臣。公追叹朝廷不用琯议，失强干弱枝之义，而有事则仓卒以亲贤授钺也。“丹桂”言王室，“青梧”言宗藩也。“卑宫制诏”，即天宝十五载七月丁卯制置天下之诏也，谓其分封诸王，如禹之与子，故以“卑宫”言之。《壮游》诗“禹功亦命子”，此其证也。落句言不依古封建，而欲坐听《箫韶》，不可得也。公之冒死救琯，岂独以交友之故哉！

胡灭人还乱①，兵残将自疑。登坛名绝假，执玉尔何迟。
领郡辄无色，之官皆有词。愿闻哀痛诏，端拱问疮痍。

①胡：一作盗。○钱笺：李肇《国史补》：开元以前，有事于外则命使臣，否则止。自置八节度、十采访，始有坐而为使。其后名号益广，大抵

生于置兵，盛于专利，普于衔命。于是为使则重，为官则轻。故天宝末，佩印有至四十者；大历中，请俸有至千贯者。宦官内外，悉属之使。旧为权臣所管、州县所理，今属中人者有之。此诗云“登坛名绝假”，谓诸将兼官太多，所谓“坐而为使”也。“领郡辄无色”，州郡皆权臣所管，不能自达，故曰“无色”也。“之官皆有词”，所谓“为使则重，为官则轻”也。《送陵州路使君》诗云：“王室比多难，高官皆武臣。”与此正相发明。东坡谓唐“郡县多不得人，由重内轻外”者，此天宝以前事；以言乎广德之时，则迂矣。

送元二适江左

乱后今相见，秋深复远行。风尘为客日，江海送君情。
晋室丹阳尹，公孙白帝城。经过自爱惜，取次莫论兵①。

①元注：元尝应孙吴科举。

薄　游

淅淅风生砌①，团团日隐墙②。遥空秋雁灭，半岭暮云长。
病叶多先坠，寒花只暂香。巴城添泪眼，今夜复清光③。

①淅淅：一作渐渐。②日：一作月。③清：一作秋。

薄　暮

江水最深地①，山云薄暮时。寒花隐乱草，宿鸟探深枝②。
故国见何日，高秋心苦悲。人生不再好，鬓发自成丝③。

①最深：一作长流。②探：一作择。③自：一作白。

放　船

送客苍溪县，山寒雨不开。直愁骑马滑，故作放舟回。
青惜峰峦过，黄知橘柚来。江流大自在①，坐稳兴悠哉。

①大：一作天。

赠韦赞善别

扶病送君发，自怜犹不归。只应尽客泪，复作掩荆扉。
江汉故人少，音书从此稀。往还二十载，岁晚寸心违。

警　急[①]

才名旧楚将，妙略拥兵机。玉垒虽传檄，松州会解围。
和亲知拙计，公主漫无归。青海今谁得，西戎实饱飞。

①元注：时高公适领西川节度。〇钱笺：至德二载，永王璘反，适因陈江东利害，永王必败。上奇其对，以适为扬州左都督府长史、淮南节度使，故云"旧楚将"。《旧书》：代宗即位，吐蕃陷陇右，渐逼京畿。适练兵于蜀，临吐蕃南境以牵制之。师出无功，而松、维等州寻为蕃兵所陷，以黄门侍郎严武代还。此诗松州未陷时作也。

王　命

汉北豺狼满，巴西道路难。血埋诸将甲，骨断使臣鞍[①]。
牢落新烧栈，苍茫旧筑坛。深怀喻蜀意，恸哭望王官。

①钱笺：广德元年，李之芳等使吐蕃，被留二年方得归。

征　夫

十室几人在，千山空自多。路衢唯见哭，城市不闻歌。
漂梗无安地，衔枚有荷戈。官军未通蜀，吾道竟如何？

西山三首

夷界荒山顶，蕃州积雪边[①]。筑城依白帝[②]，转粟上青天。
蜀将分旗鼓，羌兵助铠鋋[③]。西南背和好，杀气日相缠。

①钱笺：高适疏云："今所界吐蕃城堡，不过平戎以西数城，邈在穷山之巅，垂于险绝之木，运粮于束马之路，坐甲于无人之乡。"李宗谔：《图

经》：维州，南界江城，岷山连岭而西，不知其极，北望高山，积雪如玉，东望成都若井底，一面孤峰，三面临江，是西蜀控吐蕃之要冲。②依：一作连。③助：一作动。

辛苦三城戍，长防万里秋。烟尘侵火井，雨雪闭松州。
风动将军幕，天寒使者裘。漫山贼营垒[1]，回首得无忧？

①贼营：一作成壁。○钱笺：广德元年，吐蕃陷松、维、保三城及云山、新筑二城，高适不能救，于是剑南、西山诸州亦入于吐蕃。

子弟犹深入，关城未解围。蚕崖铁马瘦，灌口米船稀。
辩士安边策，元戎决胜威。今朝乌鹊喜，欲报凯歌归。

对　雨

莽莽天涯雨，江边独立时。不愁巴道路，恐湿汉旌旗。
雪岭防秋急，绳桥战胜迟。西戎甥舅礼，未敢背恩私。

岁　暮

岁暮远为客，边隅还用兵。烟尘犯雪岭，鼓角动江城。
天地日流血，朝庭谁请缨？济时敢爱死，寂寞壮心惊！

送李卿晔

王子思归日，长安已乱兵。沾衣问行在，走马向承明。
暮景巴蜀僻，春风江汉清。晋山虽自弃，魏阙尚含情。

城　上

草满巴西绿，空城白日长[1]。风吹花片片，春动水茫茫[2]。
八骏随天子，群臣从武皇。遥闻出巡狩，早晚遍遐荒。

①空城：一作城空。②春动水：一作春送雨。

江亭王阆州筵饯萧遂州

离亭非旧国，春色是他乡。老畏歌声断[①]，愁随舞曲长。
二天开宠饯，五马烂生光。川路风烟接，俱宜下凤凰。

①断：一作短。

陪王使君晦日泛江就黄家亭子二首

山豁何时断，江平不肯流。稍知花改岸，始验鸟随舟。
结束多红粉，欢娱恨白头。非君爱人客，晦日更添愁。

有径金沙软，无人碧草芳。野畦连蛱蝶，江槛俯鸳鸯。
日晚烟花乱，风生锦绣香。不须吹急管，衰老易悲伤。

泛　江

方舟不用楫，极目总无波。长日容杯酒，深江净绮罗。
乱离还奏乐，飘泊且听歌。故国流清渭，如今花正多。

暮　寒

雾隐平郊树，风寒广岸波。沉沉春色静，惨惨暮寒多。
戍鼓犹长击，林莺遂不歌。忽思高宴会，朱袖拂云和。

游　子

巴蜀愁谁语，吴门兴杳然。九江春草外，三峡暮帆前。
厌就成都卜，休为吏部眠。蓬莱如可到，衰白问群仙。

滕王亭子

寂寞春山路，君王不复行。古墙犹竹色，虚阁自松声。
鸟鹊荒村暮，云霞过客情。尚思歌吹入，千骑拥霓旌[①]。

①拥：一作把。

玉台观[①]

浩劫因王造，平台访古游。彩云萧史驻，文字鲁恭留。
宫阙通群帝，乾坤到十洲。人传有笙鹤，时过北山头。

①元注：滕王造。

卷十九　杜工部五律下

三百四首

渡　江

春江不可渡，二月已风涛。舟楫欹斜疾，鱼龙偃卧高。
渚花张素锦[1]，汀草乱青袍。戏问垂纶客，悠悠见汝曹[2]。

①张：一作兼。②见：一作是。

寄贺兰铦

朝野欢娱后，乾坤震荡中。相随万里日，总作白头翁。
岁晚仍分袂，江边更转蓬。勿云俱异域，饮啄几回同。

别房太尉墓

他乡复行役，驻马别孤坟。近泪无干土，低空有断云[1]。
对棋陪谢傅，把剑觅徐君。唯见林花落，莺啼送客闻。

①低空：一作空山。

自阆州领妻子却赴蜀山行三首

汩汩避群盗，悠悠经十年。不成向南国，复作游西川。
物役水虚照，魂伤山寂然。我生无倚著，尽室畏途边。

长林偃风色，回复意犹迷[1]。衫裛翠微润，马衔青草嘶。

栈悬斜避石[②]，桥断却寻溪。何日干戈尽，飘飘愧老妻。

①复：一作首。②栈：一作径。

行色递隐见，人烟时有无。仆夫穿竹语，稚子入云呼。
转石惊魑魅，抨弓落狖鼯。真供一笑乐，似欲慰穷途。

归　来

客里有所适[①]，归来知路难。开门野鼠走，散帙壁鱼干。
洗杓开新醖[②]，低头着小冠。凭谁给麴蘖，细酌老江干。

①适：一作过。②开：一作斟。

过故斛斯校书庄二首[①]

此老已云没，邻人嗟未休[②]。竟无宣室召，徒有茂林求。
妻子寄他食，园林非昔游。空馀繐帷在[③]，淅淅野风秋。

①自注：老儒艰难，时病于庸蜀，叹其没后，方授一官。②未：一作亦。③馀：一作堂。

燕入非傍舍，鸥归只故池。断桥无复板，卧柳自生枝。
遂有山阳作，多惭鲍叔知。素交零落尽，白首泪双垂。

寄邛州崔录事

邛州崔录事，闻在果园坊。久待无消息，终朝有底忙。
应愁江树远，怯见野亭荒。浩荡风尘外[①]，谁知酒熟香。

①尘：一作烟。外：一作际。

严郑公阶下新松得霑字

弱质岂自负，移根方尔瞻。细声闻玉帐[①]，疏翠近珠簾。

未见紫烟集，虚蒙清露霑。何当一百丈，欹盖拥高檐。

①闻：一作侵。

严郑公宅同咏竹得香字

绿竹半含箨，新梢才出墙。色侵书帙晚，阴过酒樽凉。
雨洗涓涓净，风吹细细香。但令无翦伐，会见拂云长。

军中醉歌寄沈八刘叟

酒渴爱江清，馀甘漱晚汀。软沙欹坐稳，冷石醉眠醒。
野膳随行帐，华音发从伶。数杯君不见，都已遣沉冥[①]。

①都：一作醉。

村　雨

雨声传两夜，寒事飒高秋。揽带看朱绂[①]，开箱睹黑裘。
世情只益睡，盗贼敢忘忧。松菊新沾洗，茅斋慰远游。

①揽：一作挈。

独　坐

悲秋回白首，倚杖背孤城。江敛洲渚出，天虚风物清。
沧溟恨衰谢[①]，朱绂负平生。仰羡黄昏鸟，投林羽翮轻。

①恨：一作服。

倦　夜

竹凉侵卧内，野月满庭隅。重露成涓滴，稀星乍有无。
暗飞萤自照，水宿鸟相呼。万事干戈里，空悲清夜徂。

晚秋陪严郑公摩诃池泛舟得溪字

湍驶风醒酒，船回雾起堤。高城秋自落，杂树晚相迷。

坐触鸳鸯起，巢倾翡翠低。莫须惊白鹭，为伴宿青溪[①]。

①青：一作清。

送舍弟颖赴齐州三首

岷岭南蛮北，徐关东海西。此行何日到，送汝万行啼。
绝域惟高枕，清风独杖藜。危时暂相见，衰白意都迷。

风尘暗不开，汝去几时来？兄弟分离苦，形容老病催。
江通一柱观，日落望乡台。客意长东北，齐州安在哉。

诸姑今海畔[①]，两弟亦山东。去傍干戈觅，来看道路通。
短衣防战地，匹马逐秋风。莫作俱流落，长瞻碣石鸿。

①钱笺：公作《范阳太君卢氏墓志》：审言之女，薛氏所出者，适魏上瑜、裴荣期、卢正均，皆前卒。卢氏所出者，适京兆王佑、会稽贺撝。会稽濒于海也。

怀　旧

地下苏司业，情亲独有君。那因丧乱后，便作死生分。
老罢知明镜，悲来望白云。自从失词伯，不复更论文[①]。

①元注：公前名预，因避御讳，改为源明。

初　冬

垂老戎衣窄，归休寒色深。渔舟上急水，猎火著高林。
日有习池醉，愁来《梁父吟》。干戈未偃息，出处遂何心。

观李固请司马弟山水图三首

易简高人意[①]，匡床竹火炉。寒天留远客，碧海挂新图。

虽对连山好，贪看绝岛孤。群仙不愁思，冉冉下蓬壶。
①易简：一作简易。意：一作体。

方丈浑连水，天台总映云。人间长见画，老去恨空闻[①]。
范蠡舟偏小，王乔鹤不群。此生随万物，何路出尘氛。
①老去：一作身老。

高浪垂翻屋，崩崖欲压床。野桥分子细，沙岸绕微茫。
红浸珊瑚短，青悬薜荔长。浮查并坐得[①]，仙老暂相将。
①并坐得：一作相并坐。

送王侍御往东川放生池祖席

东川诗友合，此赠怯轻为。况复传宗匠，空然惜别离。
梅花交近野，草色向平池。傥忆江边卧，归期愿早知。

正月三日归溪上有作简院内诸公

野外堂依竹，篱边水向城。蚁浮仍腊味，鸥泛已春声。
药许邻人劚，书从稚子擎。白头趋幕府，深觉负平生。

春日江村五首

农务村村急，春流岸岸深。乾坤万里眼，时序百年心。
茅屋还堪赋，桃源自可寻。艰难昧生理[①]，飘泊到如今。
①昧：一作贱。

迢递来三蜀，蹉跎有六年。客身逢故旧，发兴自林泉。
过懒从衣结，频游任履穿。藩篱颇无限[①]，恣意向江天[②]。
①颇无限：一作无限景。②向：一作买。

种竹交加翠，栽桃烂漫红。经心石镜月，到面雪山风。
赤管随王命，银章付老翁。岂知齿牙落，名玷荐贤中。

扶病垂朱绂，归休步紫苔。郊扉存晚计，幕府愧群材。
燕外晴丝卷，鸥边水叶开。邻家送鱼鳖，问我数能来。

群盗哀王粲，中年召贾生。登楼初有作，前席竟为荣。
宅入先贤传，才高处士名。异时怀二子，春日复含情。

春　远

肃肃花絮晚，菲菲红叶轻。日长唯鸟雀，春远独柴荆。
数有关中乱，何曾剑外清。故乡归不得，地入亚夫营。
○自此以上，皆入蜀居成都草堂中，间寓梓州、阆州及再至成都之诗。

承闻故房相公灵榇自阆州启殡归葬东都有作二首

远闻房太尉①，归葬陆浑山。一德兴王后，孤魂久客间。
孔明多故事，安石竟崇班。他日嘉陵泪，仍沾楚水还。
①尉：一作守，非。

丹旐飞飞日，初传发阆州。风尘终不解，江汉忽同流。
剑动亲身匣，书归故国楼。尽哀知有处，为客恐长休。

宴戎州杨使君东楼

胜绝惊身老，情忘发兴奇。座从歌妓密，乐任主人为。
重碧拈春酒①，轻红擘荔枝。楼高欲愁思，横笛未休吹。
○以下皆过戎州、渝州及居云安、夔州之诗。①拈：旧作酤，一作擎。春：一作筒。钱笺：元稹《元日》诗“羞看稚子先拈酒”，白乐天《岁假》

诗“岁酒先拈辞不得”。拈酒，唐人语也；作“酟”，非是。

喜　雨

南国旱无雨，今朝江出云。入空才漠漠，洒迥已纷纷。
巢燕高飞尽，林花润色分。晚来声不绝，应得夜深闻。

渝州候严六侍御不到先下峡

闻道乘骢发，沙边待至今。不知云雨散，虚费短长吟。
山带乌蛮阔，江连白帝深。船经一柱观，留眼共登临。

宴忠州使君侄宅

出守吾家侄，殊方此日欢。自须游阮舍①，不是怕湖滩。
乐助长歌逸②，杯饶旅思宽。昔曾如意舞，牵率强为看。

①舍：一作巷。②逸：一作送。

闻高常侍亡

归朝不相见，蜀使忽传亡。虚历金华省，何殊地下郎。
致君丹槛折，哭友白云长。独步诗名在，只令故旧伤。

○元注：忠州作。

禹　庙

禹庙空山里，秋风落日斜。荒庭垂橘柚，古屋画龙蛇。
云气嘘青壁①，江声走白沙。早知乘四载，疏凿控三巴。

①嘘青：一作生虚。

题忠州龙兴寺所居院壁

忠州三峡内，井邑聚云根。小市常争米，孤城早闭门。

空看过客泪，莫觅主人恩。淹泊仍愁虎[1]，深居赖独园。

①泊：一作薄。

哭严仆射归榇

素幔随流水，归舟返旧京。老亲如宿昔[1]，部曲异平生。
风逆蛟龙匣[2]，天长骠骑营[3]。一哀三峡暮，遗后见君情。

①如：一作知。②逆：一作送。匣：一作雨。③骠：一作票。

旅夜书怀

细草微风岸，危樯独夜舟。星垂平野阔[1]，月涌大江流。
名岂文章著，官应老病休[2]。飘零何所似[3]？天地一沙鸥。

①星垂：俗本作“星随”。②应：一作因，非。③零：一作飘。

云安九日郑十八携酒陪诸公宴

寒花开已尽，菊蕊独盈枝。旧摘人频异，轻香酒暂随。
地偏初衣袂[1]，山拥更登危。万国皆戎马，酣歌泪欲垂。

①袂：同袷。

别常征君

儿扶犹杖策，卧病一秋强。白发少新洗，寒衣宽总长。
故人忧见及，此别泪相忘。各逐萍流转，来书细作行。

长江二首

众水会涪万，瞿塘争一门。朝宗人共挹，盗贼尔谁尊。
孤石隐如马，高萝垂饮猿。归心异波浪，何事即飞翻。

浩浩终不息，乃知东极临。众流归海意，万国奉君心。

色借潇湘阔，声驱滟滪沉[①]。未辞添雾雨，接上过衣襟[②]。

①沉：一作深。②过：一作遇。

怀锦水居止二首

军旅西征僻，风尘战伐多。犹闻蜀父老，不忘舜讴歌。
天险终难立，柴门岂重过[①]。朝朝巫峡水，远逗锦江波[②]。

①谓此生不复能经过成都草堂也。②远逗：一作远远。

万里桥西宅[①]，百花潭北庄。层轩皆面水，老树饱经霜。
雪岭界天白，锦城曛日黄。惜哉形胜地，回首一茫茫。

①西：一作南。

将晓二首

石城除击柝，铁锁欲开关。鼓角悲荒塞，星河落曙山。
巴人常小梗，蜀使动无还。垂老孤帆色，飘飘犯百蛮。

○“巴人”二句应作一气读，谓巴人之往成都者，常被梗阻、不得还归也。

军吏回官烛，舟人自楚歌。寒沙蒙薄雾，落月去清波。
壮惜身名晚，衰惭应接多。归朝日簪笏，筋力定如何。

遣　愤

闻道花门将，论功未尽归。自从收帝里，谁复总戎机。
蜂虿终怀毒，雷霆可震威。莫令鞭血地，再湿汉臣衣。

又　雪

南雪不到地，青崖霑未消。微微向日薄，脉脉去人遥。

冬热鸳鸯病，峡深豺虎骄。愁边有江水，焉得北之朝。

雨

冥冥甲子雨，已度立春时。轻箑烦相向[①]，纤絺恐自疑。
烟添才有色，风引更如丝。直觉巫山暮，兼催宋玉悲。

①烦：一作须。

南　楚

南楚青春异，暄寒早早分。无名江上草，随意岭头云。
正月蜂相见，非时鸟共闻。杖藜妨跃马，不是故离群。

子　规

峡里云安县，江楼翼瓦齐。两边山木合，终日子规啼。
眇眇春风见，萧萧夜色凄[①]。客愁那听此，故作傍人低[②]。

①凄：一作栖。②一作“故傍旅人低”。

船下夔州郭宿雨湿不得上岸别王十二判官

依沙宿舸船，石濑月涓涓。风起春灯乱，江鸣夜雨悬。
晨钟云岸湿[①]，胜地石堂烟[②]。柔橹轻鸥外，含情觉汝贤[③]。

①岸：一作外。②烟：一作偏。③情：一作凄。

移居夔州郭

伏枕云安县，迁居白帝城。春知催柳别，江与放船清。
农事闻人说，山光见鸟情。禹功饶断石，且就土微平。

晓望白帝城盐山[①]

徐步携班杖，看山仰白头。翠深开断壁，红远结飞楼。

日出清江望[2]，暄和散旅愁。春城见松雪，始拟进归舟。

①钱笺：《水经注》：广溪峡，其间三十里，颓岩倚木，厥势殆交。北岸山上有神渊，渊北有白盐崖，高可千馀丈。土人见其高白，因以名之。《方舆胜览》：在城东七十里，崖壁五十馀里，其色炳耀，状若白盐。②清：一作寒。

上白帝城

城峻随天壁，楼高更女墙[1]。江流思夏后，风至忆襄王。
老去闻悲角，人扶报夕阳。公孙初恃险，跃马意何长。

①更：一作望。

滟滪堆

巨石水中央，江寒出水长。沉牛答云雨，如马戒舟航。
天意存倾覆，神功接混茫。干戈连解缆，行止忆垂堂。

忆郑南[1]

郑南伏毒寺，潇洒到江心。石影衔珠阁，泉声带玉琴。
风杉曾曙倚，云峤忆春临。万里苍茫水[2]，龙蛇只自深。

①钱笺：寺名伏毒，在华州郑南县。《刘禹锡别集》云：舅氏牧华州，前后由华觐谒，陪登伏毒寺，曾题诗于梁："今典冯翊，南望三峰，浩然生思"；寄诗云："曾作关中客，频经伏毒岩。晴烟沙苑树，晚日渭川帆"。②苍茫：一作苍浪。水：一作外。

奉寄李十五秘书文嶷二首

避暑云安县，秋风早下来。暂留鱼复浦[1]，同过楚王台。
猿鸟千崖窄，江湖万里开。竹枝歌未好，画舸莫迟回[2]。

①留：一作之。②竹枝歌：巴渝之遗音，惟峡人善唱。

行李千金赠，衣冠八尺身。飞腾知有策，意度不无神。

班秩兼通贵，公侯出异人。玄成负文彩，世业岂沉沦。

热三首

雷霆空霹雳，云雨竟虚无。炎赫衣流汗，低垂气不苏。
乞为寒水玉，愿作冷秋菰。那似儿童岁[①]，风凉出舞雩。

①那：一作何。

瘴云终不灭，泸水复西来。闭户人高卧，归林鸟却回。
峡中都似火，江上只空雷[①]。想见阴宫雪，风门飒沓开[②]。

①空：一作闻。②沓：一作踏。

朱李沉不冷，凋胡炊屡新[①]。将衰骨尽痛，被暍味空频[②]。
歘翕炎蒸景，飘飖征戍人。十年可解甲，为尔一沾巾。

①胡：一作菰。②暍：一作褐，非。

晚　晴

返照斜初彻[①]，浮云薄未归。江虹明远饮，峡雨落馀飞。
凫雁终高去[②]，熊罴觉自肥。秋分客尚在，竹露夕微微[③]。

①返：一作晚。彻：一作散。②雁：一作鹤。③夕：一作久。

雨

万木云深隐，连山雨未开。风扉掩不定，水鸟过仍回[①]。
鲛馆如鸣杼，樵舟岂伐枚。清凉破炎毒，衰意欲登台。

①过：一作去。

白盐山

卓立群峰外，蟠根积水边[①]。他皆任厚地，尔独近高天[②]。

白膀千家邑，青秋万估船[③]。词人取佳句，刻画竟谁传[④]？

①钱笺：《荆州记》曰：三峡之首，北岸有白盐峰，峰下有黄龙滩，水最急，沿泝所忌，故曰“积水边”也。②尔：一作我。③估：一作古，一作里。④谁：一作难。

送十五弟侍御使蜀

喜弟文章进，添予别兴牵。数杯巫峡酒，百丈内江船。
未息豺狼斗，空催犬马年。归朝多便道，搏击望秋天。

中　宵

西阁百寻馀，中宵步绮疏。飞星过水白，落月动沙虚。
择木知幽鸟，潜波想巨鱼。亲朋满天地，兵甲少来书。

不　寐

瞿塘夜水黑，城内改更筹。翳翳月沉雾，辉辉星近楼。
气衰甘少寐。心弱恨容愁[①]。多垒满山谷，桃源无处求[②]。

①容：一作多，一作知。②无：一作何。

中　夜

中夜江山静，危楼望北辰。长为万里客，有愧百年身。
故国风云气，高堂战伐尘。胡雏负恩泽，嗟尔太平人。

垂　白

垂白冯唐老，青秋宋玉悲。江喧长少睡，楼迥独移时。
多难身何补，无家病不辞。甘从千日醉，未许《七哀诗》。

草　阁

草阁临无地，柴扉永不关。鱼龙回夜水，星月动秋山。

久露晴初湿①，高云薄未还。泛舟惭小妇，飘泊损红颜。

①久：一作夕。晴：一作清。

江　月

江月光于水①，高楼思杀人。天边长作客，老去一沾巾。
玉露溥清影②，银河没半轮。谁家挑锦字，烛灭翠眉颦。

①于：一作如。②溥：一作团。

月　圆

孤月当楼满，寒江动夜扉。委波金不定，照席绮逾依。
未缺空山静，高悬列宿稀。故园松桂发，万里共清辉。

宿江边阁

暝色延山径，高斋次水门。薄云岩际宿，孤月浪中翻。
鹳鹤追飞静①，豺狼得食喧。不眠忧战伐，无力正乾坤。

①静：一作尽。

西阁雨望

楼雨沾云幔，山寒著水城①。径添沙面出，湍减石棱生。
菊蕊凄疏放，松林驻远情。滂沱朱槛湿，万客傍檐楹②。

①寒：一作高。②客傍：一作虑倚。

雨四首

微雨不滑道，断云疏复行。紫崖奔处黑，白鸟去边明。
秋日新霑影，寒江旧落声。柴扉临野碓，半湿捣香粳①。

①湿：一作得。

江雨旧无时，天晴忽散丝。暮秋沾物冷，今日过云迟。
上马回休出，看鸥坐不移。高轩当滟滪[①]，润色静书帷。
①高：一作层。

物色岁将晏，天隅人未归。朔风鸣淅淅，寒雨下霏霏。
多病久加饭，衰容新授衣。时危觉凋丧，故旧短书稀。

楚雨石苔滋，京华消息迟。山寒青兕叫，江晚白鸥饥。
神女光钿落，鲛人织杼悲。繁忧不自整，终日洒如丝。

江　上

江上日多雨[①]，萧萧荆楚秋。高风下木叶，永夜揽貂裘[②]。
勋业频看镜，行藏独倚楼。时危思报主，衰谢不能休。
①雨：一作病。②揽：一作挈。

雨　晴

雨时山不改，晴罢峡如新。天路看殊俗，秋江思杀人。
有猿挥泪尽，无犬附书频[①]。故国愁眉外，长歌欲损神。
①附：一作送。

西阁夜

恍惚寒江暮[①]，逶迤白雾昏。山虚风落石，楼静月侵门。
击柝可怜子，无衣何处村。时危关百虑，盗贼尔犹存。
①江：旧作山。

月

四更山吐月，残夜水明楼。尘匣元开镜，风簾自上钩。

兔应疑鹤发，蟾亦恋貂裘。斟酌姮娥寡[1]，天寒奈九秋[2]。

①姮：一作嫦。②奈：一作耐。

西阁三度期大昌严明府同宿不到

问子能来宿，今宜索故要。匣琴虚夜夜，手板自朝朝。
金吼霜钟彻，花催蜡炬销。早凫江槛底，双影漫飘飖。

巫峡敝庐奉赠侍御四舅别之澧朗

江城秋日落，山鬼闭门中。行李淹吾舅，诛茅问老翁。
赤眉犹世乱，青眼只途穷。传语桃源客，人今出处同。

第五弟丰独在江左近三四载寂无消息觅使寄此二首

乱后嗟吾在，羁栖见汝难。草黄骐骥病，沙晚鹡鸰寒[1]。
楚设关城险，吴吞水府宽。十年朝夕泪，衣袖不曾干。

①晚：一作暖。

闻汝依山寺，杭州定越州。风尘淹别日，江汉失清秋。
影著啼猿树，魂飘结蜃楼。明年下春水，东尽白云求。

九日诸人集于林

九日明朝是，相要旧俗非。老翁难早出，贤客幸知归。
旧采黄花剩，新梳白发微。漫看年少乐，忍泪已沾衣。

洞　房

洞房环珮冷，玉殿起秋风。秦地应新月，龙池满旧宫[1]。
系舟今夜远，清漏往时同。万里黄山北，园陵白露中。

①钱笺：《唐·乐志》：龙池乐，玄宗所作也。玄宗龙潜之时，宅在隆

庆坊。宅南坊人所居变为池，望气者亦异焉。玄宗正位，以坊为宫，池水逾大，游漫数里，为此乐以致其祥也。《南部新书》：兴庆宫九龙池，在大同殿古基之南，西对瀛州门，周环数顷，水极深广，北望之渺然，东西微狭。中有龙潭，泉源不竭，虽历冬夏，未尝耗减。

宿 昔

宿昔青门里，蓬莱仗数移。花娇迎杂树，龙喜出平池。
落日留王母，微风倚少儿。宫中行乐秘，少有外人知。

能 画

能画毛延寿，投壶郭舍人。每蒙天一笑，复似物皆春①。
政化平如水，皇明断若神②。时时用抵戏，亦未杂风尘。

①皆：一作初。②明：一作恩。

斗 鸡

斗鸡初赐锦①，舞马既登床②。簾下宫人出，楼前御曲长③。
仙游终一閟，女乐久无香。寂寞骊山道，清秋草木黄。

①钱笺：《东城父老传》：明皇以乙酉生而喜斗鸡，是兆乱之象也。时贾昌为五百小儿长，天子甚爱幸之，金银之赐，日至其家。②既：一作解。钱笺：《明皇杂录》：上每赐宴酺，则御勤政楼，教坊为角觝戏、斗鸡，宫人数百，饰以珠翠，衣以锦绣，自帏中击雷鼓，为《破阵乐》。又令教舞马，四蹄各为左右，分为部目，为某家宠、某家骄。时塞外以善马来贡者，上俾之教习，无不曲尽其妙。因令衣以文绣，络以金铃，饰其鬣间，杂以珠玉，奋首鼓尾，纵横应节。又施三层板床，舞马于上，抃转如飞。或命壮士举榻，马舞于榻上，乐工数十人立于前后左右，皆衣淡黄衫、文玉带。安禄山乱，马散落人间，田承嗣得之。一日，军中大飨，马闻乐而舞，承嗣以为妖而杀之。③曲：一作柳。

历　历

历历开元事，分明在眼前。无端盗贼起，忽已岁时迁。
巫峡西江外，秦城北斗边。为郎从白首，卧病数秋天。

洛　阳

洛阳昔陷没，胡马犯潼关。天子初愁思，都人惨别颜。
清笳去宫阙，翠盖出关山。故老仍流涕，龙髯幸再攀。

骊　山

骊山绝望幸，花萼罢登临①。地下无朝烛，人间有赐金。
鼎湖龙去远，银海雁飞深。万岁蓬莱日，长悬旧羽林②。

①钱笺：郑綮《传信记》：上于东都起五王宅，于上都置花萼楼，盖与诸王为会集宴乐之地。上与诸王靡日不会聚。杜云“花萼罢登临”，盖是时明皇已厌世矣。②钱笺：玄宗用万骑军平韦庶人之难，以登大位。万骑本隶左右羽林，后改为龙武军，与左右羽林为北四门军。

提　封

提封汉天下，万国尚同心。借问悬军守①，何如俭德临。
时征俊乂入，莫虑犬羊侵②。愿戒兵犹火，恩加四海深。

①军：一作车。②莫虑：一作草窃。〇按：此八首，当为一时所作，可作一章读。《洞房》《宿昔》《能画》《斗鸡》四首，追忆开元盛时宫中淫乐之事；《历历》一首，自叹今日在夔凄凉之状；《洛阳》《骊山》二首，弔明皇之不终；《提封》一首，惩前而思所以毖后也。

覆舟二首

巫峡盘涡晓，黔阳贡物秋。丹砂同陨石，翠羽共沉舟。
羁使空斜影，龙居閟积流①。篙工幸不溺，俄顷逐轻鸥。

①居：一作宫。

竹宫时望拜，桂馆或求仙。姹女凌波日，神光照夜年。
徒闻斩蛟剑，无复爨犀船。使者随秋色，迢迢独上天。

送李功曹之荆州充郑侍御判官重赠

曾闻宋玉宅，每欲到荆州。此地生涯晚，遥悲水国秋[①]。
孤城一柱观，落日九江流。使者虽光彩，青枫远自愁。
①悲：一作通。

夜宿西阁晓呈元二十一曹长

城暗更筹急，楼高雨雪微。稍通绡幕霁，远带玉绳稀。
门鹊晨光起[①]，樯乌宿处飞。寒江流甚细，有意待人归。
①起：一作喜。

西阁口号呈元二十一

山木抱云稠，寒空绕上头。雪岩才变石，风幔不依楼。
社稷堪流涕，安危在运筹。看君话王室，感动几销忧。

不离西阁二首

江柳非时发，江花冷色频。地偏应有瘴，腊近已含春。
失学从愚子，无家任老身。不知西阁意，肯别定留人。
○末句言不知西阁之意肯别我乎？抑定留人乎？

西阁从人别，人今亦故亭。江云飘素练，石壁断空青。
沧海先迎日，银河倒列星。平生耽胜事，吁骇始初经。

览镜呈柏中丞

渭水流关内，终南在日边。胆销豺虎窟，泪入犬羊天。
起晚堪从事，行迟更学仙[①]。镜中衰谢色，万一故人怜。

①旧注：凡仕者必早起，起晚矣，尚堪从事乎？学仙者必身轻步疾，行迟矣，更可学仙乎？

陪柏中丞观宴将士二首

极乐三军士，谁知百战场。无私齐绮馔，久坐密金章。
醉客沾鹦鹉，佳人指凤凰。几时来翠节，特地引红妆。

绣段装檐额，金花帖鼓腰。一夫先舞剑，百戏后歌鐎[①]。
江树城孤远，云台使寂寥。汉朝频选将，应拜霍嫖姚。

①鐎：一作樵。

峡口二首

峡口大江间，西南控百蛮。城欹连粉堞，岸断更青山。
开辟当天险，防隅一水关。乱离闻鼓角，秋气动哀颜。

时清关失险，世乱戟如林。去矣英雄事，荒哉割据心。
芦花留客晚，枫树坐猿深。疲苶烦亲故，诸侯数赐金[①]。

①自注：主人柏中丞顷分月俸。

瞿塘两崖

三峡传何处，双崖壮此门。入天犹石色，穿水忽云根。
猱玃须髯古，蛟龙窟宅尊。羲和冬驭近，愁畏日车翻。

送鲜于万州迁巴州

京兆先时杰，琳琅照一门。朝廷偏注意，接近与名藩。
祖帐排舟数，寒江触石喧。看君妙为政，他日有殊恩。

奉送十七舅下邵桂

绝域三冬暮，浮生一病身。感深辞舅氏，别后见何人。
缥缈苍梧帝，推迁孟母邻。昏昏阻云水，侧望苦伤神。

寄杜位

寒日经檐短，穷猿失木悲。峡中为客恨，江上忆君时。
天地身何在[①]，风尘病敢辞。封书两行泪，沾洒裛新诗。

○自注：顷者与位同在故严尚书幕。①在：一作往。

瀼西寒望

水色含群动，朝光切太虚。年侵频怅望[①]，兴远一萧疏。
猿挂时相学，鸥行炯自如。瞿塘春欲至，定卜瀼西居。

①侵：一作终。

江　梅

梅蕊腊前破，梅花年后多。绝知春意好[①]，最奈客愁何。
雪树元同色，江风亦自波。故园不可见，巫岫郁嵯峨。

①好：一作早。

庭　草

楚草经寒碧，庭春入眼浓。旧低收叶举，新掩卷牙重。
步履宜轻过，开筵得屡供。看花随节序，不敢强为容。

鹦鹉[1]

鹦鹉含愁思，聪明忆别离。翠衿浑短尽，红觜漫多知。
未有开笼日，空残旧宿枝。世人怜复损，何用羽毛奇。

①一作《剪羽》。

孤雁

孤雁不饮啄，飞鸣声念群。谁怜一片影，相失万重云。
望断似犹见[1]，哀多如更闻。野鸦无意绪，鸣噪亦纷纷[2]。

①断：一作尽。②亦：一作自。

鸥

江浦寒鸥戏，无他亦自饶。却思翻玉羽，随意点春苗。
雪暗还须浴[1]，风生一任飘。几群沧海上，清影日萧萧。

①浴：一作落。

猿

袅袅啼虚壁，萧萧挂冷枝。艰难人不免，隐见尔如知。
惯习元从众，全生或用奇。前林腾每及，父子莫相离。

麂

永与清溪别，蒙将玉馔俱。无才逐仙隐，不敢恨庖厨。
乱世轻全物，微声及祸枢。衣冠兼盗贼，饕餮用斯须。

鸡

纪德名标五，初鸣度必三。殊方听有异，失次晓无惭。
问俗人情以，充庖尔辈堪。气交亭育际，巫峡漏司南。

黄　鱼

日见巴东峡，黄鱼出浪新。脂膏兼饲犬，长大不容身。
筒桶相沿久，风雷肯为伸[①]。泥沙卷涎沫，回首怪龙鳞。

①伸：一作神。

白　小

白小群分命，天然二寸鱼。细微沾水族，风俗当园蔬。
入肆银花乱，倾筐雪片虚。生成犹拾卵，尽取义何如。

老　病

老病巫山里，稽留楚客中。药残他日裹，花发去年丛。
夜足沾沙雨，春多逆水风。合分双赐笔[①]，犹作一飘蓬。

①钱笺：《汉官仪》：尚书丞郎，月给赤管大笔一双，隃麋墨一枚。

雨

始贺天休雨，还嗟地出雷。骤看浮峡过，密作渡江来。
牛马行无色，蛟龙斗不开。干戈盛阴气，未必自阳台。

晴二首

久雨巫山暗，新晴锦绣文[①]。碧知湖外草，红见海东云。
竟日莺相和，摩霄鹤数群。野花干更落，风处急纷纷。

①文：一作纹。

啼乌争引子，鸣鹤不归林。下食遭泥去，高飞恨久阴。
雨声冲塞尽，日气射江深。回首周南客，驱驰魏阙心。

奉送韦中丞之晋赴湖南

宠渥征黄渐，权宜借寇频。湖南安背水，峡内忆行春。
王室仍多故[1]，苍生倚大臣。还将徐孺榻，处处待高人。

①故：一作难。

别崔潩因寄薛据孟云卿[1]

志士惜妄动，知深难固辞。如何久磨砺，但取不磷缁。
夙夜听忧主，飞腾急济时。荆州遇薛孟[2]，为报欲论诗。

①据：即璩。自注：内弟潩，赴湖南幕职。②遇：一作过。

送王十六判官

客下荆南尽，君今复入舟。买薪犹白帝，鸣橹已沙头[1]。
衡霍生春早，潇湘共海浮。荒林庾信宅，为仗主人留。

①钱笺：吴若本注：江陵吴船至，泊于郭外沙头。《入蜀记》：过白湖抛江至升子铺，日入泊沙市。自公安至此六十里，自此至荆南，陆行十里，舟不复进矣。老杜云“买薪犹白帝，鸣橹已沙头”，又刘梦得云“沙头樯干上，始见春江阔”，皆谓此也。《方舆胜览》：沙头市至江陵城十五里。

王十五前阁会

楚岸收新雨，春台引细风。情人来石上，鲜鲙出江中。
邻舍烦书札，肩舆强老翁。病身虚俊味[1]，何幸饫儿童。

①钱笺：《艺苑雌黄》：杜诗“俊味”亦有来处，《本草》“葫”注云：“此物煮为羹臛，极俊美。”

怀灞上游

怅望东陵道，平生灞上游。春浓停野骑，夜宿敞云楼。
离别人谁在，经过老自休。眼前今古意，江汉一归舟。

熟食日示宗文宗武

消渴游江汉，羁栖尚甲兵。几年逢熟食，万里逼清明。
松柏邙山路[①]，风花白帝城。汝曹催我老，回首泪纵横。

①邙：旧作印，误。钱笺：邙山在偃师县北二里，子美先茔在洛，故有是句。

又示两儿

令节成吾老，他时见汝心。浮生看物变，为恨与年深。
长葛书难得，江州涕不禁。团圆思弟妹，行坐白头吟。

入宅三首

奔峭背赤甲，断崖当白盐。客居愧迁次，春色渐多添。
花亚欲移竹，鸟窥新卷簾。衰年不敢恨，胜概欲相兼。

乱后居难定，春归客未还。水生鱼复浦，云暖麝香山。
半顶梳头白[①]，过眉拄杖斑。相看多使者，一一问函关。

①半：樊作抬。

宋玉归州宅，云通白帝城。吾人淹老病，旅食岂才名。
峡口风常急，江流气不平。只应与儿子，飘转任浮生。

卜　居

归羡辽东鹤，吟同楚执珪。未成游碧海，著处觅丹梯。
云嶂宽江北，春耕破瀼西。桃红客若至，定似昔人迷[①]。

①昔：一作晋。

暮春题瀼西新赁草屋五首

久嗟三峡客，再与暮春期。百舌欲无语，繁花能几时。
谷虚云气薄，波乱日华迟。战伐何由定，哀伤不在兹。

此邦千树橘，不见比封君。养拙干戈际，全生麋鹿群。
畏人江北草，旅食瀼西云。万里巴渝曲，三年实饱闻。

彩云阴复白，锦树晓来青。身世双蓬鬓，乾坤一草亭。
哀歌时自惜，醉舞为谁醒。细雨荷锄立，江猿吟翠屏。

壮年学书剑，他日委泥沙。事主非无禄，浮生即有涯。
高斋依药饵，绝域改春华。丧乱丹心破，王臣未一家。

欲陈济世策，已老尚书郎。未息豺狼斗，空惭鸳鹭行。
时危人事急①，风逆羽毛伤②。落日悲江汉，中宵泪满床。

①急：一作恶。②逆：一作急。

过客相寻

穷老真无事，江山已定居。地幽忘盥栉，客至罢琴书。
挂壁移筐果，呼儿间煮鱼①。时闻系舟楫，及此问吾庐。

①间：一作问。

竖子至

楂梨才缀碧，梅杏半传黄。小子幽园至，轻笼熟柰香。
山风犹满把，野露及新尝。欹枕江湖客①，提携日月长。

①欹枕：一作欲寄。

得舍弟观书自中都已达江陵今兹暮春月末行李合到夔州悲喜相兼团圆可待赋诗即事情见乎词

尔过江陵府[①]，何时到峡州？乱离生有别，聚积病应瘳。
飒飒开啼眼，朝朝上水楼。老身须付托，白骨更何忧。

①过：一作到。

喜观即到复题短篇二首

巫峡千山暗，终南万里春。病中吾见弟，书到汝为人。
意答儿童问，来经战伐新[①]。泊船悲喜后，款款话归秦。

①新：一作尘。

待尔嗔乌鹊，抛书示鹡鸰。枝间喜不去，原上急曾经。
江阁嫌津柳，风帆数驿亭。应谕十年事，捻绝始星星[①]。

①捻：赵作愁。

舍弟观归蓝田迎新妇送示两篇

汝去迎妻子，高秋念却回。即今萤已乱，好与雁同来。
东望西江永[①]，南游北户开。卜居期静处，会有故人杯。

①永：旧作水，误。

楚塞难为别[①]，蓝田莫滞留。衣裳判白露[②]，鞍马信清秋。
满峡重江水，开帆八月舟。此时同一醉，应在仲宣楼。

①别：一作路。②判：平声。

园

仲夏流多水，清晨向小园。碧溪摇艇阔，朱果烂枝繁。

始为江山静，终防市井喧。畦蔬绕茅屋，自足媚盘飧。

归

束带还骑马，东西却渡船。林中才有地，峡外绝无天。
虚白高人静，喧卑俗累牵。他乡阅迟暮[1]，不敢废诗篇。

①阅：一作悦。

闻惠二过东溪特一送

惠子白驹瘦，归溪唯病身。皇天无老眼，空谷滞斯人。
崖蜜松花熟[1]，山杯竹叶新[2]。柴门了无事[3]，黄绮未称臣。

①熟：一作古，一作白。②新：一作春。③无：一作生。

月三首

断续巫山雨，天河此夜新。若无青嶂月，愁杀白头人。
魍魉移深树，虾蟆动半轮[1]。故园当北斗，直想照西秦[2]。

①动：一作没。②想：一作指。

并照巫山出，新窥楚水清。羁栖愁里见，二十四回明。
必验升沉体，如知进退情。不违银汉落，亦伴玉绳横。

万里瞿塘月，春来六上弦。时时开暗室，故故满青天。
爽合风襟静，高当泪脸悬。南飞有乌鹊，夜久落江边。

晨　雨

小雨晨光内，初来叶上闻。雾交才洒地，风折旋随云[1]。
暂起柴荆色，轻沾鸟兽群。麝香山一半，亭午未全分。

①折：一作逆。

夜　雨

小雨夜复密，回风吹早秋。野凉侵闭户，江满带维舟。
通籍恨多病，为郎忝薄游。天寒出巫峡，醉别仲宣楼。

更　题

只应踏初雪，骑马发荆州。直怕巫山雨，真伤白帝秋。
群公苍玉佩，天子翠云裘。同舍晨趋侍，胡为淹此留①。

①淹此留：一作此滞留。

溪　上

峡内淹留客，溪边四五家。古苔生迮地①，秋竹隐疏花。
塞俗人无井，山田饭有沙。西江使船至，时复问京华。

①苔：一作茗。迮：一作湿。

树　间

岑寂双柑树，婆娑一院香。交柯低几杖，垂实碍衣裳。
满岁如松碧，同时待菊黄。几回沾叶露，乘月坐胡床。

白　露

白露团甘子，清晨散马蹄。圃开连石树，船渡入江溪。
凭几看鱼乐，回鞭急鸟栖。渐知秋实美，幽径恐多蹊。

吾　宗

吾宗老孙子，质朴古人风。耕凿安时论，衣冠与世同。
在家常早起，忧国愿年丰。语及君臣际，经书满腹中。

秋日寄题郑监湖上亭三首

碧草违春意，沅湘万里秋。池要山简马，月静庾公楼[①]。
磨灭馀篇翰，平生一钓舟。高唐寒浪减，髣髴识昭丘。

①静：一作净。

新作湖边宅，还闻宾客过。自须开竹径，谁道避云萝。
官序潘生拙，才名贾傅多。舍舟应卜地，邻接意如何。

暂阻蓬莱阁，终为江海人。挥金应物理，拖玉岂吾身。
羹煮秋莼滑，杯凝露菊新[①]。赋诗分气象，佳句莫频频[②]。

①凝：一作迎。②频频：一作辞频。

社日两篇

九农成德业，百社发光辉。报效神如在，馨香旧不违。
南翁巴曲醉，北雁塞声微。尚想东方朔，诙谐割肉归。

陈平亦分肉，太史竟论功。今日江南老，他时渭北童。
欢娱看绝塞，涕泪落秋风。鸳鹭回金阙，谁怜病峡中。

八月十五夜月二首

满目飞明镜，归心折大刀。转蓬行地远，攀桂仰天高。
水路疑霜雪，林栖见羽毛。此时瞻白兔，直欲数秋毫。

稍下巫山峡，犹衔白帝城。气沉全浦暗，轮仄半楼明。
刁斗皆催晓，蟾蜍且自倾[①]。张弓倚残魄，不独汉家营。

①倾：一作情，非。

十六夜玩月

旧挹金波爽，皆传玉露秋。关山随地阔，河汉近人流。
谷口樵归唱，孤城笛起愁。巴童浑不寐[①]，半夜有行舟。

①寐：钱笺本、玉句草堂本作寝。

十七夜对月

秋月仍圆夜，江村独老身。卷簾还照客，倚杖更随人。
光射潜虬动[①]，明翻宿鸟频。茅斋依橘柚，清切露华新。

①虬：同虬。

九月一日过孟十二仓曹十四主簿兄弟

黎杖侵寒露，蓬门起曙烟[①]。力稀经树歇，老困拨书眠。
秋觉追随尽，来因孝友偏。清谈见滋味，尔辈可忘年。

①起：一作启。

孟　氏

孟氏好兄弟，养亲惟小园。承颜胼手足[①]，坐客强盘飧。
负米夕葵外[②]，读书秋树根。卜邻惭近舍，训子学谁门[③]。

①胼：一作胝。②夕：一作寒。③谁：一作先。

孟仓曹步趾领新酒酱二物满器见遗老夫

楚岸通秋屐，胡床面夕畦。籍糟分汁滓，瓮酱落提携。
饭粝添香味，朋来有醉泥。理生那免俗，方法报山妻。

送孟十二仓曹赴东京选

君行别老亲，此去苦家贫。藻镜留连客，江山憔悴人。

秋风楚竹冷，夜雪巩梅春。朝夕高堂念，应宜綵服新。

凭孟仓曹将书览土娄旧庄

平居丧乱后，不到洛阳岑。为历云山问，无辞荆棘深。
北风黄叶下，南浦白头吟。十载江湖客，茫茫迟暮心。

秋野五首

秋野日疏芜[1]，寒江动碧虚。系舟蛮井络，卜宅楚村墟。
枣熟从人打，葵荒欲自锄。盘飧老夫食，分减及溪鱼[2]。

①疏：一作荒。②分：去声。

易识浮生理，难教一物违。水深鱼极乐，林茂鸟知归。
衰老甘贫病，荣华有是非。秋风吹几杖，不厌北山薇。

礼乐攻吾短，山林引兴长。掉头纱帽仄，曝背竹书光。
风落收松子，天寒割蜜房。稀疏小红翠，驻屐近微香。

远岸秋沙白，连山晚照红。潜鳞输骇浪，归翼会高风。
砧响家家发，樵声个个同。飞霜任青女，赐被隔南宫。

身许麒麟画，年衰鸳鹭群。大江秋易盛，空峡夜多闻。
径隐千重石，帆留一片云。儿童解蛮语，不必作参军。

课小竖锄斫舍北果林枝蔓荒秽净讫移床三首

病枕依茅栋，荒锄净果林。背堂资僻远，在野兴清深。
山雉防求敌，江猿应独吟。泄云高不去，隐几亦无心。

众壑生寒早，长林卷雾齐。青虫悬就日，朱果落封泥。
薄俗防人面，全身学马蹄。吟诗重回首，随意葛巾低。

篱弱门何向，沙虚岸只摧。日斜鱼更食，客散鸟还来。
寒水光难定，秋山响易哀。天涯稍曛黑，倚杖独徘徊[1]。
①独：一作更。

季秋苏五弟缨江楼夜宴崔十三评事韦少府侄三首

峡险江惊急，楼高月迥明。一时今夕会，万里故乡情。
星落黄姑渚，秋辞白帝城。老人因酒病，坚坐看君倾。

明月生长好，浮云薄渐遮。悠悠照远塞[1]，悄悄忆京华。
清动杯中物，高随海上槎。不眠瞻白兔，百过落乌纱[2]。
①远：一作边。②纱：仇改作鸦，非。

对月那无酒，登楼况有江。听歌惊白鬓，笑舞拓秋窗。
樽蚁添相续，沙鸥并一双。尽怜君醉倒，更觉片心降。

戏寄崔评事表侄苏五表弟韦大少府诸侄

隐豹深愁雨，潜龙故起云。泥多仍径曲，心醉沮贤群。
忍待江山丽[1]，还披鲍谢文。高楼忆疏豁，秋兴坐氤氲[2]。
①待：一作对。②氤：一作氛。

季秋江村

乔木村墟古，疏篱野蔓悬。素琴将暇日[1]，白首望霜天。
登俎黄甘重，支床锦石圆。远游虽寂寞，难见此山川。
①素：一作清。

小　园

由来巫峡水，本自楚人家。客病留因药，春深买为花。
秋庭风落果，瀼岸雨颓沙。问俗营寒事，将诗待物华。

自瀼西荆扉且移居东屯茅屋四首

白盐危峤北，赤甲古城东。平地一川稳，高山四面同。
烟霜凄野日，秔稻熟天风。人事伤蓬转，吾将守桂丛。

东屯复瀼西，一种住清溪。来往皆茅屋[①]，淹留为稻畦。
市喧宜近利，林僻此无蹊。若访衰翁语，须令剩客迷。

①皆：一作兼。

道北冯都使，高斋见一川。子能渠细石，吾亦沼清泉。
枕带还相似，柴荆即有焉。斫畬应费日，解缆不知年。

牢落西江外，参差北户间。久游巴子国，卧病楚人山。
幽独移佳境，清深隔远关。寒空见鸳鹭，回首忆朝班[①]。

①忆：一作想。

东屯北崦

盗贼浮生困，诛求异俗贫[①]。空村唯见鸟，落日不逢人[②]。
步壑风吹面，看松露滴身。远山回白首，战地有黄尘。

①浮生：杜公自言平生为盗贼所困；异俗：谓所居巴蛮异俗之地，亦多贫民也。②不：一作未。

从驿次草堂复至东屯茅屋二首[①]

峡内归田客[②]，江边借马骑。非寻戴安道，似向习家池。

山险风烟僻[3]，天寒橘柚垂。筑场看敛积，一学楚人为。

①茅屋：一无此二字。②客：一作舍。③山：一作地。僻：一作合。

短景难高卧，衰年强此身[1]。山家蒸栗煖，野饭射麋新。
世路知交薄，门庭畏客频，牧童斯在眼，田父实为邻。

①强：去声。

暂往白帝复还东屯

复作归田去，犹残获稻功。筑场怜穴蚁，拾穗许村童。
落杵光辉白，除芒子粒红[1]。加餐可扶老，仓廪慰飘蓬。

①除：一作殊。

茅堂检校收稻二首

香稻三秋末，平田百顷间。喜无多屋宇，幸不碍云山。
御裌侵寒气，尝新破旅颜。红鲜终日有，玉粒未吾悭。

稻米炊能白，秋葵煮复新。谁云滑易饱，老藉软俱匀。
种幸房州熟，苗同伊阙春。无劳映渠盌，自有色如银。

刈稻了咏怀

稻获空云水，川平对石门。寒风疏草木，旭日散鸡豚[1]。
野哭初闻战，樵歌稍出村。无家问消息，作客信乾坤。

①旭：一作晓。

晚晴吴郎见过北舍

圃畦新雨润，愧子废鉏来。竹杖交头拄，柴扉扫径开[1]。
欲栖群鸟乱，未去小童催。明日重阳酒，相迎自酦醅。

①扫：一作隔。

九日五首

旧日重阳日，传杯不放杯。即今蓬鬓改，但愧菊花开。
北阙心长恋，西江首独回。茱萸赐朝士[1]，难得一枝来。

○第一首七律，第四首五排十二句，未抄；各本俱阙一首。①茱萸：一作萸房。

旧与苏司业[1]，兼随郑广文[2]。采花香泛泛，坐客醉纷纷。
野树欹还倚，秋碪醒却闻。欢娱两冥漠[3]，西北有孤云。

①苏司业：源明。②郑广文：虔。③漠：一作寞。

秋　峡

江涛万古峡，肺气久衰翁。不寐防巴虎，全生狎楚童。
衣裳垂素发，门巷落丹枫。常怪商山老，兼存翊赞功。

秋　清

高秋苏肺气[1]，白发自能梳。药饵憎加减，门庭闷扫除。
杖藜还客拜，爱竹遣儿书。十月江平稳，轻舟进所如。

①肺：一作病。

峡　隘

闻说江陵府，云沙静眇然[1]。白鱼如切玉，朱橘不论钱。
水有远湖树，人今何处船？青山各在眼[2]，却望峡中天。

①静：一作净。②各：一作若。

晓　望

白帝更声尽，阳台曙色分。高峰寒上日[1]，叠岭宿霾云[2]。

地坼江帆隐，天清木叶闻。荆扉对麋鹿，应共尔为群。

①寒：一作初。②宿霾：一作未收。

摇　落

摇落巫山暮，寒江东北流。烟尘多战鼓，风浪少行舟。

鹅费羲之墨，貂馀季子裘。长怀报明主，卧病复高秋。

日　暮

牛羊下来久[①]，各已闭柴门。风月自清夜，江山非故园。

石泉流暗壁，草露滴秋根[②]。头白灯明里，何须花烬繁。

①久：一作夕。②根：一作原。

耳　聋

生年鹖冠子，叹世鹿皮翁。眼复几时暗，耳从前月聋。

猿鸣秋泪缺，雀噪晚愁空。黄落惊山树，呼儿问朔风。

大历二年九月三十日

为客无时了，悲秋向夕终。瘴馀夔子国，霜薄楚王宫。

草敌虚岚翠，花禁冷叶红[①]。年年小摇落，不与故园同。

①叶：一作蕊。

十月一日

有瘴非全歇，为冬亦不难。夜郎溪日暖，白帝峡风寒。

蒸裹如千室，焦糖幸一柈[①]。兹辰南国重，旧俗自相欢。

①糖：一作糟。

孟　冬

殊俗还多事，方冬变所为。破甘霜落爪[①]，尝稻雪翻匙。

巫峡寒都薄，黔溪瘴远随。终然减滩濑，暂喜息蛟螭。

①甘：柑同。

独坐二首

竟日雨冥冥，双崖洗更清。水花寒落岸，山鸟暮过庭。
暖老思燕玉[①]，充饥忆楚萍。胡笳在楼上，哀怨不堪听。

①思：一作须。

白狗斜临北[①]，黄牛更在东。峡云常照夜，江月会兼风。
晒药安垂老，应门试小童。亦知行不逮，苦恨耳多聋。

①钱笺：《水经注》：乡口溪，源出归乡县东南数百里，西北入县，迳狗峡西。峡崖龛中，石隐起有狗形，形状具足，故以狗名峡。《舆地纪胜》：白狗峡，在秭归县东三十里。

闷

瘴疠浮三蜀，风云暗百蛮。卷簾唯白水，隐几亦青山。
猿捷长难见，鸥轻故不还。无钱从滞客，有镜巧催颜。

反照

反照开巫峡，寒空半有无。已低鱼复暗，不尽白盐孤。
荻岸如秋水，松门似画图。牛羊识僮仆，既夕应传呼。

向夕

畎亩孤城外，江村乱水中。深山催短景，乔木易高风。
鹤下云汀近，鸡栖草屋同。琴书散明烛，长夜始堪终。

晚

杖藜寻巷晚，炙背近墙暄。人见幽居僻，吾知拙养尊。

朝廷问府主，耕稼学山村。归翼飞栖定，寒灯亦闭门。

暝

日下四山阴，山庭岚气侵。牛羊归径险，鸟雀聚枝深。
正枕当星剑，收书动玉琴。半扉开烛影，欲掩见清砧。

夜

绝岸风威动，寒房烛影微。岭猿霜外宿，江鸟夜深飞。
独立亲雄剑[①]，哀歌叹短衣。烟尘绕阊阖，白首壮心违。

①立：一作坐。

云

龙以瞿塘会[①]，江依白帝深。终年常起峡，每夜必通林。
收获辞霜渚，分明在夕岑。高斋非一处，秀气豁烦襟。

①以：一作自。

雷

巫峡中宵动，沧江十月雷。龙蛇不成蛰，天地划争回。
却碾空山过，深蟠绝壁来。何须妬云雨，霹雳楚王台。

朝二首

清旭楚宫南，霜空万岭含。野人时独往，云木晓相参。
俊鹘无声过，饥乌下食贪。病身终不动[①]，摇落任江潭。

①“终不动”者，谓鹘与乌皆以晨而动，万物皆静极而动，惟己因病终不动也。

浦帆晨初发[①]，郊扉冷未开。林疏黄叶坠，野静白鸥来。

础润休全湿，云晴欲半回。巫山冬可怪，昨夜有奔雷。

①帆：音泛。

夜二首

白夜月休弦[①]，灯花半委眠。号山无定鹿，落树有惊蝉。

暂忆江东鲙，兼怀雪下船。蛮歌犯星起，空觉在天边。

①白：一作向。

城郭悲笳暮，村墟过翼稀。甲兵年数久，赋敛夜深归。

暗树依岩落，明河绕塞微。斗斜人更望，月细鹊休飞。

戏作俳谐体遣闷二首

异俗吁可怪，斯人难并居。家家养乌鬼[①]，顿顿食黄鱼。

旧识能为态，新知已暗疏。治生且耕凿，只有不关渠。

①钱笺：邵伯温《闻见录》：夔峡之人，岁正月，十百为曹，设牲酒于田间，已而众操兵大噪，谓之养乌鬼。养，去声。长老言，地近乌蛮战场，多与人为厉，用以禳之。沈存中疑少陵诗所自也。疏诗者，乃以鸬鹚别名乌鬼。予往来夔峡间，问其人，如存中之言，鸬鹚亦无别名。《蔡宽夫诗话》云：元微之《江陵》诗："病赛乌称鬼，巫占瓦代龟。"注云："南人染病，则赛乌鬼；楚巫列肆，悉卖龟卜。"则乌鬼之名，自见于此。巴楚间，常有杀人祭鬼者，曰乌野七头神，则乌鬼乃所事神名尔。鸬鹚决非乌鬼，当从元注也。《演繁露》：元微之尝投简阳明洞，有诗云："乡味犹珍蛤，家神爱事乌。"乃知唐俗真有乌鬼也。

西历青羌坂，南留白帝城。於菟侵客恨，粔籹作人情。

瓦卜传神语，畬田费火耕。是非何处定？高枕笑浮生。

○自注：顷岁自秦涉陇，从同谷县出游蜀，留滞于巫山也。

谒真谛寺禅师

兰若山高处，烟霞嶂几重[1]。冻泉依细石，晴雪落长松。
问法看诗妄，观身向酒慵。未能割妻子，卜宅近前峰。

①嶂：一作障。

奉送卿二翁统节度镇军还江陵

火旗还锦缆，白马出江城。嘹唳吟笳发[1]，萧条别浦清。
寒空巫峡曙，落日渭阳情[2]。留滞嗟衰疾，何时见息兵？

①吟：一作鸣。②情：一作明。

送田四弟将军将夔州柏中丞命起居江陵节度使阳城郡王卫公幕

离筵罢多酒，起柁发寒塘[1]。回首中丞座，驰笺异姓王。
燕辞枫树日，雁度麦城霜。定醉山翁酒，遥怜似葛彊。

①柁：旧作地。

玉腕骝[1]

闻说荆南马，尚书玉腕骝。骖驔飘赤汗，跼蹐顾长楸。
胡虏三年入，乾坤一战收。举鞭如有问，欲伴习池游。

①原注：江陵节度卫公马也。

题柏大兄弟山居屋壁二首

叔父朱门贵，郎君玉树高。山居精典籍，文雅涉风骚。
江汉终吾老，云林得尔曹。哀弦绕白雪，未与俗人操。

野屋流寒水，山篱带薄云。静应连虎穴，喧已去人群。

笔架霑窗雨，书签映隙曛。萧萧千里足，个个五花文。

白帝楼

漠漠虚无里，连连睥睨侵。楼光去日远，峡影入江深。
腊破思端绮，春归待一金。去年梅柳意，还欲搅边心。

白帝城楼

江度寒山阁，城高绝塞楼。翠屏宜晚对，白谷会深游。
急急能鸣雁，轻轻不下鸥。夷陵春色起，渐拟放扁舟。

有　叹

壮心久零落，白首寄人间。天下兵常斗，江东客未还。
穷猿号雨雪，老马怯关山①。武德开元际，苍生岂重攀。

①怯：一作泣。

江　涨

江发蛮夷涨，山添雨雪流。大声吹地转，高浪蹴天浮。
鱼鳖为人得，蛟龙不自谋。轻帆好去便，吾道付沧洲。

○自此以上，皆寓居夔州、云安之诗。

人　日

元日到人日，未有不阴时。冰雪莺难至，春寒花较迟。
云随白水落，风振紫山悲。蓬鬓稀疏久，无劳比素丝。

○本题有二首，下一首抄入七律中。○此下皆自夔州出峡至江陵及湖南之诗。

巫山县汾州唐使君十八弟宴别兼诸公携酒乐相送率题小诗留于屋壁

卧病巴东久，今年强作归。故人犹远谪，兹日倍多违。
接宴身兼杖，听歌泪满衣。诸公不相弃，拥别借光辉。

远　游

江阔浮高栋[①]，云长出断山。尘沙连越嶲，风雨暗荆蛮。
雁矫衔芦内，猿啼失木间。敝裘苏季子，历国未知还。

①栋：一作冻。

归　雁

闻道今春雁，南归自广州。见花辞涨海，避雪到罗浮。
是物关兵气，何时免客愁？年年霜露隔，不过五湖秋。

春夜峡州田侍御长史津亭留宴得筵字

北斗三更席，西江万里船。杖藜登水榭，挥翰宿春天。
白发烦多酒，明星惜此筵。始知云雨峡，忽尽下牢边。

泊松滋江亭

纱帽随鸥鸟，扁舟系此亭。江湖深更白，松竹远微青[①]。
一柱全应近，高唐莫再经。今宵南极外，甘作老人星。

①微：一作还。

乘雨入行军六弟宅

曙角凌云乱[①]，春城带雨长。水花分堑弱，巢燕得泥忙。
令弟雄军佐，凡才污省郎。萍漂忍流涕，衰飒近中堂。

①乱：旧作罢。

上巳日徐司录林园宴集

鬓毛垂领白，花蕊亚枝红。欹倒衰年废，招寻令节同。
薄衣临积水[1]，吹面受和风。有喜留攀桂，无劳问转蓬。

①薄：一作荡。

宴胡侍御书堂[1]

江湖春欲暮，墙宇日犹微。闇闇书籍满，轻轻花絮飞。
翰林名有素，墨客兴无违。今夜文星动，吾侪醉不归。

①自注：李尚书之芳、郑秘监审同集。

和江陵宋大少府暮春雨后同诸公及舍弟宴书斋

渥洼汗血种，天上麒麟儿。才士得神秀，书斋闻尔为。
棣华晴雨好，彩服暮春宜。朋酒日欢会，老夫今始知。

暮春陪李尚书李中丞过郑监湖亭泛舟得过字

海内文章伯，湖边意绪多。玉樽移晚兴，桂楫带酣歌。
春日繁鱼鸟，江天足芰荷。郑庄宾客地，衰白远来过。

夏日杨长宁宅送崔侍御常正字入京得深字

醉酒扬雄宅，升堂子贱琴。不堪垂老鬓，还对欲分襟。
天地西江远，星辰北斗深。乌台俯麟阁，长夏白头吟。

江边星月二首

骤雨清秋夜，金波耿玉绳。天河元自白，江浦向来澄[1]。
映物连珠断，缘空一镜升。馀光隐更漏，况乃露华凝。

①浦：一作渚。

江月辞风槛[①]，江星别雾船。鸡鸣还曙色，鹭浴自晴川。
历历竟谁种，悠悠何处圆？客愁殊未已，他夕始相鲜。
①槛：一作缆。

舟月对驿近寺

更深不假烛，月朗自明船。金刹青枫外，朱楼白水边。
城乌啼眇眇，野鹭宿娟娟。皓首江湖客，钩簾独未眠。

舟　中

风餐江柳下，雨卧驿楼边。结缆排鱼网，连樯并米船。
今朝云细薄，昨夜月清圆。飘泊南庭老，只应学水仙。

江　汉

江汉思归客，乾坤一腐儒。片云天共远，永夜月同孤。
落日心犹壮，秋风病欲苏[①]。古来存老马，不必取长途。
①苏：一作疏。

地　隅

江汉山重阻，风云地一隅。年年非故物，处处是穷途。
丧乱秦公子，悲凉楚大夫[①]。平生心已折，行路日荒芜。
①凉：一作秋。

移居公安山馆

南国昼多雾，北风天正寒。路危行木杪，身迥宿云端[①]。
山鬼吹灯灭，厨人语夜阑。鸡鸣问前馆，世乱敢求安。

①迥：一作远。

重　题

涕洒不能收，哭君余白头。儿童相识尽，宇宙此生浮。
江雨铭旌湿，湖风井径秋。还瞻魏太子，宾客减应刘。

○前有《哭李尚书之芳》一首，五排十韵，此曰《重题》，亦仍弔李也。○原注：李公历礼部尚书，薨于太子宾客。

哭李常侍峄二首

一代风流尽，修文地下深。斯人不重见，将老失知音。
短日行梅岭，寒山落桂林[①]。长安若个伴[②]，犹想映貂金。

①山：一作江。②伴：一作畔。

青琐陪双入，铜梁阻一辞。风尘逢我地，江汉哭君时。
次第寻书札，呼儿检赠诗。发挥王子表，不愧史臣词。

○黄鹤注：常侍当是卒于岭南，归葬长安，公逢于江汉间而哭之也。

官亭夕坐戏简颜十少府

南国调寒杵，西江浸日车。客愁连蟋蟀，亭古带蒹葭。
不返青丝鞚，虚烧夜烛花。老翁须地主，细细酌流霞。

公安县怀古

野旷吕蒙营[①]，江深刘备城[②]。寒天催日短，风浪与云平。
洒落君臣契，飞腾战伐名。维舟倚前浦，长啸一含情。

①钱笺：《寰宇记》：公安县有孱陵城。《十三州志》曰吴大帝封吕蒙为孱陵侯，即此地也。《入蜀记》：光孝寺后，有废城仿佛尚存，《图经》谓之吕蒙城。②钱笺：《荆州记》云：刘备败于襄阳，南奔荆州，吴大帝推为左将军、荆州牧，镇油口，即居此城。时人号备为“左公”，故名其城“公

安”也。《水经注》：刘备之奔江陵，使筑而镇之，曹公闻孙权以荆州借备，临书落笔。

宴王使君宅题二首

汉主追韩信，苍生起谢安。吾徒自漂泊，世事各艰难。
逆旅招要近，他乡思绪宽[①]。不才甘朽质，高卧岂泥蟠。

①思：一作意。○首二句，谓韩信被追之际，谢安未起之日，皆泥蟠而未大展其才之时也；若吾徒，则自漂泊耳，自逆旅耳，自朽质耳，岂复泥蟠者比，尚有飞腾变化之时乎？

泛爱容霜鬓，留欢卜夜阑[①]。自吟诗送老，相对酒开颜。
戎马今何地，乡园独旧山[②]。江湖堕清月，酩酊任扶还。

①阑：一作间。②旧：一作在。

公安送李二十九弟晋肃入蜀余下沔鄂

正解柴桑缆，仍看蜀道行。樯乌相背发，塞雁一行鸣。
南纪连铜柱，西江接锦城。凭将百钱卜，漂泊问君平。

久　客

羁旅知交态，淹留见俗情。衰颜聊自哂，小吏最相轻。
去国哀王粲，伤时哭贾生。狐狸何足道，豺虎正纵横。

冬　深[①]

花叶惟天意[②]，江溪共石根。早霞随类影，寒水各依痕。
易下杨朱泪，难招楚客魂。风涛暮不稳，舍棹宿谁门？

①一作《即目》。②惟：从仇本，旧作随。

泊岳阳城下

江国逾千里，山城近百层[①]。岸风翻夕浪，舟雪洒寒灯。
留滞才难尽，艰危气益增。图南未可料，变化有鹍鹏。

①近：一作仅。

缆船苦风戏题四韵奉简郑十三判官泛

楚岸朔风疾，天寒鸧鸹呼。涨沙霾草树，舞雪渡江湖。
吹帽时时落，维舟日日孤。因声置驿外，为觅酒家垆。

登岳阳楼

昔闻洞庭水，今上岳阳楼。吴楚东南坼，乾坤日夜浮。
亲朋无一字，老病有孤舟。戎马关山北，凭轩涕泗流。

陪裴使君登岳阳楼

湖阔兼云雾，楼孤属晚晴。礼加徐孺子，诗接谢宣城。
雪岸丛梅发，春泥百草生。敢违渔父问，从此更南征。

登白马潭

水生春缆没，日出野船开。宿鸟行犹去，丛花笑不来。
人人伤白首，处处接金杯。莫道新知要，南征且未回。

南　征

春岸桃花水，云帆枫树林。偷生长避地，适远更沾襟。
老病南征日，君恩北望心。百年歌自苦，未见有知音。

归　梦

道路时通塞，江山日寂寥。偷生唯一老，伐叛已三朝。
雨急青枫暮，云深黑水遥。梦归归未得，不用楚辞招。

宿青草湖

洞庭犹在目，青草续为名。宿桨依农事，邮签报水程。
寒冰争倚薄，云月递微明。湖雁双双起，人来故北征。

宿白沙驿①

水宿仍馀照，人烟复此亭。驿边沙旧白，湖外草新青。
万象皆春气，孤槎自客星。随波无限月②，的的近南溟。

①原注：初过湖南五里。②月：一作景。

湘夫人祠

肃肃湘妃庙，空墙碧水春。虫书玉佩藓，燕舞翠帷尘。
晚泊登汀树，微馨借渚蘋①。苍梧恨不尽，染泪在丛筠。

①馨借：一作香借。

祠南夕望

百丈牵江色，孤舟泛日斜。兴来犹杖屦，目断更云沙。
山鬼迷春竹，湘娥倚暮花。湖南清绝地，万古一长嗟。

野　望

纳纳乾坤大，行行郡国遥。云山兼五岭，风壤带三苗。
野树侵江阔，春蒲长雪消。扁舟空老去，无补圣明朝。

发潭州

夜醉长沙酒，晓行湘水春。岸花飞送客，樯燕语留人。
贾傅才何有[①]，褚公书绝伦。高名前后事，回首一伤神。
①何：一作未，非。○原注：褚公永徽末放此州。

双枫浦

辍棹青枫浦，双枫旧已摧。自惊衰谢力，不道栋梁材。
浪足浮纱帽，皮须截锦苔。江边地有主，暂借上天回。

入乔口[①]

漠漠旧京远，迟迟归路赊。残年傍水国，落日对春华。
树密早蜂乱，江泥轻燕斜。贾生骨已朽，悽恻近长沙。
①原注：长沙北界。

铜官渚守风

不夜楚帆落，避风湘渚间。水耕先浸草，春火更烧山。
早泊云物晦，逆行波浪悭。飞来双白鹤，过去杳难攀。

衡州送李大夫七丈勉赴广州

斧钺下青冥，楼船过洞庭。北风随爽气，南斗避文星。
日月笼中鸟，乾坤水上萍。王孙丈人行，垂老见飘零。

江阁对雨有怀行营裴二端公

南纪风涛壮[①]，阴晴屡不分。野流行地日，江入度山云。
层阁凭雷殷，长空面水文[②]。雨来铜柱北，应洗伏波军[③]。
①纪：一作极。②文：一作纹。③应：一作竟。

江阁卧病走笔寄呈崔卢两侍御

客子庖厨薄，江楼枕席清。衰年病只瘦，长夏想为情。
滑忆雕胡饭[①]，香闻锦带羹。溜匙兼煖腹，谁欲致杯罂。

①忆：一作喜。

潭州送韦员外迢牧韶州

炎海韶州牧，风流汉署郎。分符先令望，同舍有辉光。
白首多年疾，秋天昨夜凉。洞庭无过雁，书疏莫相忘。

酬韦韶州见寄

养拙江湖外，朝廷记忆疏。深惭长者辙，重得故人书。
白发丝难理，新诗锦不如。虽无南去雁，看取北来鱼。

楼 上

天地空搔首，频抽白玉簪。皇舆三极北，身事五湖南。
恋阙劳肝肺，论材愧杞柟[①]。乱离难自救，终是老湘潭。

①论：一作抡。

晚秋长沙蔡五侍御饮筵送殷六参军归澧州觐省

佳士欣相识，慈颜望远游。甘从投辖饮，肯作置书邮[①]。
高鸟黄云暮，寒蝉碧树秋。湖南冬不雪，吾病得淹留。

①置：当作致。

北 风

北风破南极，朱凤日威垂。洞庭秋欲雪，鸿雁将安归？
十年杀气盛，六合人烟稀。吾慕汉初老，时清犹茹芝。

舟中夜雪有怀卢十四侍御弟

朔风吹桂水，朔雪夜纷纷[①]。暗渡南楼月，寒深北渚云。
烛斜初近见，舟重竟无闻。不识山阴道，听鸡更忆君。
①朔：一作大。

对　雪

北雪犯长沙，胡云冷万家。随风且间叶[①]，带雨不成花。
金错囊垂罄[②]，银壶酒易赊。无人竭浮蚁，有待至昏鸦。
①间：一作开。②垂：一作从。

归雁二首

万里衡阳雁，今年又北归。双双瞻客上，一一背人飞。
云里相呼疾，沙边自宿稀。系书元浪语，愁绝故山薇[①]。
①绝：一作寂。

欲雪违胡地，先花别楚云。却过清渭影，高起洞庭群。
塞北春阴暮，江南日色曛。伤弓流落羽，行断不堪闻。

送赵十七明府之县

连城为宝重，茂宰得才新。山雉迎舟楫，江花报邑人。
论交翻恨晚，卧病却愁春。惠爱南翁悦，馀波及老身。

奉酬寇十侍御锡见寄四韵复寄寇

往别郇瑕地，于今四十年。来簪御府笔，故泊洞庭船。
诗忆伤心处，春深把臂前。南瞻按百越，黄帽待君偏。

暮秋将归秦留别湖南亲友

水阔苍梧野[1]，天高白帝秋。途穷那免哭，身老不禁愁。

大府才能会，诸公德业优。北归冲雨雪，谁悯敝貂裘。

①野：一作晚。

卷二十　杜工部七律

百五十首

郑驸马宅宴洞中

主家阴洞细烟雾，留客夏簟青琅玕。
春酒杯浓琥珀薄，冰浆椀碧玛瑙寒。
误疑茅堂过江麓[1]，已入风磴霾云端。
自是秦楼压郑客，时闻杂珮声珊珊。

○钱注：《唐书》：明皇临晋公主下嫁郑潜曜。潜曜有孝行，广文博士郑虔之侄也。公尝作公主母皇甫淑妃《神道碑》云：甫忝郑庄之宾客，游窦主之园林。①堂：一作屋。

题张氏隐居

春山无伴独相求，伐木丁丁山更幽。
涧道馀寒历冰雪，石门斜日到林丘。
不贪夜识金银气，远害朝看麋鹿游。
乘兴杳然迷出处，对君疑是泛虚舟。

城西陂泛舟

青蛾皓齿在楼船，横笛短箫悲远天。
春风自信牙樯动，迟日徐看锦缆牵。
鱼吹细浪摇歌扇，燕蹴飞花落舞筵。

不有小舟能荡桨，百壶那送酒如泉。

赠田九判官梁丘

崆峒使节上青霄，河陇降王款圣朝①。
宛马总肥春苜蓿②，将军只数汉嫖姚。
陈留阮瑀谁争长，京兆田郎早见招。
麾下赖君才并美③，独能无意向渔樵④。

①钱注：天宝十三载，吐谷浑苏毗王款塞，诏翰至磨环川应接之。②春：一作秦。③美：一作入。④使节、将军：指哥舒翰也，阮瑀、田郎始及梁丘。

赠献纳使起居田舍人澄

献纳司存雨露边①，地分清切任才贤。
舍人退食收封事，宫女开函捧御筵②。
晓漏追趋青琐闼，晴窗点检白云篇。
扬雄更有《河东赋》③，唯待吹嘘送上天。

①边：一作偏。②捧：一作近。③钱注：公既献三赋投延恩匦，又欲奏《封西岳赋》，故云“更有河东赋”也。

送郑十八虔贬台州司户伤其临老陷贼之故阙为面别情见于诗

郑公樗散鬓成丝①，酒后常称老画师。
万里伤心严谴日，百年垂死中兴时。
仓惶已就长途往②，邂逅无端出饯迟。
便与先生应永诀，九重泉路尽交期③。

①成：一作如。②仓惶：一作伶俜。③路：一作下。

腊　日

腊日常年暖尚遥，今年腊日冻全消。

侵陵雪色还萱草，漏泄春光有柳条。
纵酒欲谋良夜醉，归家初散紫宸朝。
口脂面药随恩泽，翠管银罂下九霄。

奉和贾至舍人早朝大明宫

五夜漏声催晓箭，九重春色醉仙桃。
旌旗日暖龙蛇动，宫殿风微燕雀高。
朝罢香烟携满袖，诗成珠玉在挥毫。
欲知世掌丝纶美[1]，池上于今有凤毛。

①公自注：舍人先世曾掌丝纶。

宣政殿退朝晚出左掖

天门日射黄金榜，春殿晴曛赤羽旗。
宫草霏霏承委珮[1]，炉烟细细驻游丝。
云近蓬莱常五色，雪残鳷鹊亦多时。
侍臣缓步归青琐，退食从容出每迟。

①霏霏：一作微微。

紫宸殿退朝口号

户外昭容紫袖垂，双瞻御座引朝仪。
香飘合殿春风转，花覆千官淑景移。
昼漏稀闻高阁报，天颜有喜近臣知。
宫中每出归东省，会送夔龙集凤池。

题省中壁

掖垣竹埤梧十寻[1]，洞门对雪常阴阴[2]。
落花游丝白日静，鸣鸠乳燕青春深。

腐儒衰晚谬通籍，退食迟回违寸心。
衮职曾无一字补，许身愧比双南金。

①埤：音皮。②雪：《正异》作雷。

曲江陪郑八丈南史饮

雀啄江头黄柳花，䴔䴖鸂鶒满晴沙[①]。
自知白发非春事，且尽芳樽恋物华。
近侍即今难浪迹，此身那得更无家。
丈人才力犹强健，岂傍青门学种瓜。

①钱注：《通鉴》：玄宗初年，遣宦者诣江南取䴔䴖、鸂鶒等置苑中。

曲江二首

一片花飞减却春，风飘万点正愁人。
且看欲尽花经眼，莫厌伤多酒入唇。
江上小堂巢翡翠，苑边高冢卧麒麟。
细推物理须行乐，何事浮荣绊此身[①]。

①事：一作用。荣：一作名。

朝回日日典春衣，每日江头尽醉归[①]。
酒债寻常行处有，人生七十古来稀。
穿花蛱蝶深深见[②]，点水蜻蜓款款飞。
传语风光共流转，暂时相赏莫相违。

①日：浦云恐“向”字之讹。②见：一作舞。

曲江对酒

花外江头坐不归，水精春殿转芳微[①]。
桃花细逐杨花落[②]，黄鸟时兼白鸟飞。

纵饮久判人共弃，懒朝真与世相违。
吏情更觉沧洲远，老大徒伤未拂衣[3]。

①春：一作宫。②杨：一作梨。③伤：一作悲。

曲江对雨

城上春云覆苑墙，江亭晚色静年芳。
林花着雨燕支湿[1]，水荇牵风翠带长。
龙武新军深驻辇[2]，芙蓉别殿漫焚香。
何时诏此金钱会，暂醉佳人锦瑟旁。

①支：一作脂。②深：一作经。

因许八奉寄江宁旻上人

不见旻公三十年，封书寄与泪潺湲。
旧来好事今能否，老去新诗谁与传？
棋局动随幽涧竹[1]，袈裟忆上泛湖船。
闻君话我为官在，头白昏昏只醉眠。

①幽：一作寻。

题郑县亭子

郑县亭子涧之滨，户牖凭高发兴新。
云断岳莲临大路，天清宫柳暗长春[1]。
巢边野雀群欺燕，花底山蜂远趁人。
更欲题诗满青竹，晚来幽独恐伤神。

①清：一作晴。宫：一作官。

望　岳

西岳危棱竦处尊[1]，诸峰罗立如儿孙[2]。

安得仙人九节杖，拄到玉女洗头盆。
车箱入谷无归路，箭栝通天有一门[3]。
稍待秋风凉冷后，高寻白帝问真源。

①危棱：一作崚嶒。②如：一作似。③栝：筈通。

九日蓝田崔氏庄

老去悲秋强自宽，兴来今日尽君欢。
羞将短发还吹帽，笑倩旁人为正冠。
蓝水远从千涧落，玉山高并两峰寒。
明年此会知谁健，醉把茱萸仔细看。

崔氏东山草堂

爱汝玉山草堂静，高秋爽气相鲜新。
有时自发钟磬响，落日更见渔樵人。
盘剥白鸦谷口栗，饭煮青泥坊底芹。
何为西庄王给事，柴门空闭锁松筠？

至日遣兴奉寄北省旧阁老两院故人二首

去岁兹晨捧御床，五更三点入鹓行。
欲知趋走伤心地，正想氤氲满眼香。
无路从容陪语笑，有时颠倒着衣裳。
何人却忆穷愁日[1]，愁日愁随一线长。

〇以上皆天宝未乱及乱后为拾遗居秦中之诗。①却：一作错。

忆昨逍遥供奉班，去年今日侍龙颜。
麒麟不动炉烟上，孔雀徐开扇影还。
玉几由来天北极，朱衣只在殿中间[1]。

孤城此日肠堪断，愁对寒云雪满山[2]。

①钱注：《唐·仪卫志》：朝日，殿上设黼扆、蹑席、熏炉、香案，御史大夫领属官至殿西庑，从官朱衣传呼，促百官就班。②雪：一作白。

卜　居

浣花溪水水西头[1]，主人为卜林塘幽。
已知出郭少尘事，更有澄江消客愁。
无数蜻蜓齐上下，一双鸂鶒对沉浮。
东行万里堪乘兴，须向山阴上小舟。

〇此下至蜀居成都及梓州之诗。①溪：一作之。

蜀　相

蜀相祠堂何处寻[1]，锦官城外柏森森。
映阶碧草自春色，隔叶黄鹂空好音。
三顾频烦天下计，两朝开济老臣心。
出师未捷身先死，长使英雄泪满襟。

①蜀相：一作丞相。

有　客

幽栖地僻经过少，老病人扶再拜难。
岂有文章惊海内，漫劳车马驻江干。
竟日淹留佳客坐，百年粗粝腐儒餐。
不嫌野外无供给[1]，乘兴还来看药栏。

①不：一作莫。

狂　夫

万里桥西一草堂，百花潭水即沧浪。

风含翠筱娟娟净[①]，雨裛红蕖冉冉香。
厚禄故人书断绝，恒饥稚子色凄凉。
欲填沟壑唯疏放，自笑狂夫老更狂。

①净：一作静。

江　村

清江一曲抱村流，长夏江村事事幽。
自去自来堂上燕[①]，相亲相近水中鸥。
老妻画纸为棋局，稚子敲针作钓钩。
多病所须惟药物，微躯此外更何求？

①来：一作归。

恨　别

洛城一别四千里[①]，胡骑长驱五六年[②]。
草木变衰行剑外，兵戈阻绝老江边。
思家步月清宵立，忆弟看云白日眠。
闻道河阳近乘胜，司徒急为破幽燕[③]。

①四：一作三。②五六：一作六七。③钱注：乾元元年十月，光弼悉军赴河阳，大破贼众。上元元年，进围怀州，思明求赦，光弼再逐北，即日怀州平。此"河阳乘胜"之事也。当时用兵之失，在于专事河阳，与贼相持，而不为直捣幽燕之举。公诗盖屡言之。尝制郭子仪自朔方直取范阳，还定河北，制下旬日，为鱼朝恩所阻。次年，光弼遂有郎山之败。《散愁》诗"司徒下燕赵"，亦此意也。

野　老

野老篱边江岸回[①]，柴门不正逐江开。
渔人网集澄潭下，贾客船随返照来。
长路关心悲剑阁，片云何事傍琴台[②]。

王师未报收东郡，城阙秋生画角哀[3]。

①边：一作前。②事：一作意。③钱注：东郡，今滑州也。上元二年，令狐彰以滑州归朝。是时犹为思明所据，故云“未收”。

南邻

锦里先生乌角巾，园收芋栗未全贫[1]。
惯看宾客儿童喜，得食阶除鸟雀驯。
秋水才深四五尺[2]，野航恰受两三人。
白沙翠竹江村暮[3]，相送柴门月色新[4]。

①芋：一作茅。②深：一作添。③暮：一作路。④送：一作对。

至后

冬至至后日初长，远在剑南思洛阳。
青袍白马有何意，金谷铜驼非故乡。
梅花欲开不自觉，棣萼一别永相望。
愁极本凭诗遣兴，诗成吟咏转凄凉。

和裴迪登蜀州东亭送客逢早梅相忆见寄

东阁官梅动诗兴，还如何逊在扬州。
此时对雪遥相忆，送客逢春可自由[1]。
幸不折来伤岁暮，若为看去乱乡愁[2]。
江边一树垂垂发，朝夕催人自白头[3]。

①春：一作花。②乡：一作春。③末二句，因裴蜀州东亭之梅，而言己之成都草堂亦有江梅垂发也。

暮登四安寺钟楼寄裴十迪[1]

暮倚高楼对雪峰，僧来不语自鸣钟。

孤城返照红将敛，近市浮烟翠且重。
多病独愁常阒绝，故人相见未从容。
知君苦思缘诗瘦，太向交游万事慵。

①四：一作西。

客　至[①]

舍南舍北皆春水，但见群鸥日日来。
花径不曾缘客扫，蓬门今始为君开。
盘飧市远无兼味，樽酒家贫只旧醅。
肯与邻翁相对饮，隔篱呼取尽馀杯。

①公自注：喜崔明府相过。

江上值水如海势聊短述

为人性僻躭佳句，语不惊人死不休。
老去诗篇浑漫与，春来花鸟莫深愁。
新添水槛供垂钓，故著浮槎替入舟。
焉得思如陶谢手，令渠述作与同游。

进　艇

南京久客耕南亩，北望伤神坐北窗[①]。
昼引老妻乘小艇，晴看稚子浴清江。
俱飞蛱蝶原相逐，并蒂芙蓉本自双。
茗饮蔗浆携所有，瓷罂无谢玉为缸。

①坐：一作卧。

所　思

苦忆荆州醉司马[①]，谪官樽俎定常开[②]。

九江日落醒何处，一柱观头眠几回。
可怜怀抱向人尽，欲问平安无使来。
故凭锦水将双泪，好过瞿塘滟滪堆。

①原注：崔吏部漪。②俎：一作酒。

寄杜位

近闻宽法离新州，想见归怀尚百忧。
逐客虽皆万里去，悲君已是十年流。
干戈况复尘随眼，鬓发还应雪满头。
玉垒题书心绪乱，何时更得曲江游？

○公自注：位京中宅近西曲江，诗尾有述。

送韩十四江东省觐

兵戈不见老莱衣，叹息人间万事非。
我已无家寻弟妹，君今何处访庭闱？
黄牛峡静滩声转[①]，白马江寒树影稀。
此别应须各努力，故乡犹恐未同归。

①转：一作急。

王十七侍御抡许携酒至草堂奉寄此诗便请邀高三十五使君同到

老夫卧稳朝慵起，白屋寒多暖始开。
江鹳巧当幽径浴，邻鸡还过短墙来。
绣衣屡许携家酝，皁盖能忘折野梅。
戏假霜威促山简，须成一醉习池回。

○下一首题云《王竟携酒高亦同过》，另抄于五律中。

陪李七司马皂江上观造竹桥即日成往来之人免冬寒入水聊题短作简李公

伐竹为桥结构同[①]，褰裳不涉往来通。
天寒白鹤归华表，日落青龙见水中。
顾我老非题柱客，知君才是济川功。
合欢却笑千年事，驱石何时到海东？

○此题尚有五律一首，抄于五律中；下有《李司马桥了》一首，抄于七绝中。①竹：一作木。

野　望

西山白雪三城戍[①]，南浦清江万里桥。
海内风尘诸弟隔，天涯涕泪一身遥。
唯将迟暮供多病，未有涓埃答圣朝。
跨马出郊时极目，不堪人事日萧条。

①城：一作奇，非。

堂　成

背郭堂成荫白茅，缘江路熟俯青郊。
桤林碍日吟风叶，笼竹和烟滴露梢。
暂止飞乌将数子，频来语燕定新巢。
旁人错比扬雄宅，懒慢无心作《解嘲》[①]。

①慢：一作惰。

奉酬严公寄题野亭之作

拾遗曾奏数行书，懒性从来水竹居。
奉引滥骑沙苑马，幽栖真钓锦江鱼。

谢安不倦登临费，阮籍焉知礼法疏。
枉沐旌麾出城府[①]，草茅无径欲教锄[②]。

①枉沐：一作何日。②无：一作芜。

严中丞枉驾见过

元戎小队出郊垧，问柳寻花到野亭。
川合东西瞻使节，地分南北任流萍。
扁舟不独如张翰，皂帽还应似管宁[①]。
寂寞江天云雾里，何人道有少微星。

①皂：一作白。还应：一作应兼。

野人送朱樱

西蜀樱桃也自红，野人相赠满筠笼。
数回细写愁仍破，万颗匀圆讶许同。
忆昨赐沾门下省，退朝擎出大明宫。
金盘玉箸无消息，此日尝新任转蓬。

严公仲夏枉驾草堂兼携酒馔得寒字

竹里行厨洗玉盘，花边立马簇金鞍。
非关使者征求急，自识将军礼数宽。
百年地辟柴门迥[①]，五月江深草阁寒。
看弄渔舟移白日，老农何有罄交欢。

①辟：一作僻。

秋　尽

秋尽东行且未回，茅斋寄在少城隈。
篱边老却陶潜菊，江上徒逢袁绍杯。

雪岭独看西日落，剑门犹阻北人来[①]。
不辞万里长为客，怀抱何时得好开。

①阻：一作断。

野 望

金华山北涪水西，仲冬风日始凄凄。
山连越巂蟠三蜀，水散巴渝下五溪。
独鹤不知何事舞，饥乌似欲向人啼。
射洪春酒寒仍绿，极目伤神谁为携[①]。

①极目：一作目极。

闻官军收河南河北

剑外忽传收冀北[①]，初闻涕泪满衣裳。
却看妻子愁何在，漫卷诗书喜欲狂。
白首放歌须纵酒[②]，青春作伴好还乡。
即从巴峡穿巫峡，便下襄阳向洛阳[③]。

○钱注：宝应元年十一月，官军破贼于洛阳，进收东郡，河南平。朝义走河北，李怀仙斩其首以献，河北平。此诗公在剑外闻捷书而作也。①冀：一作蓟。②首：一作日。③公自注：余田园在东京。

送路六侍御入朝

童稚情亲四十年[①]，中间消息两茫然。
更为后会知何地，忽漫相逢是别筵。
不分桃花红胜锦，生憎柳絮白如绵。
剑南春色还无赖，触忤愁人到酒边。

①四：一作三。

涪城县香积寺官阁

寺下春江深不流，山腰官阁迥添愁。
含风翠壁孤云细，背日丹枫万木稠。
小院回廊春寂寂[①]，浴凫飞鹭晚悠悠。
诸天合在藤萝外，昏黑应须到上头。

①春：一作深。

又　送

双峰寂寂对春台，万竹青青送客杯[①]。
细草留连侵坐软，残花怅望近人开。
同舟昨日何由得，并马今朝未拟回。
直到绵州始分首[②]，江边树里共谁来。

〇上有七绝一首，题云《惠义寺园送辛员外》，故此题但云“又送”。
①送：一作照。②首：一作手。

送王十五判官扶侍还黔中得开字

大家东征逐子回[①]，风生洲渚锦帆开。
青青竹笋迎船出，白白江鱼入馔来[②]。
离别不堪无限意，艰危深仗济时才。
黔阳信使应稀少，莫怪频频劝酒杯。

①家：读姑。②白白：作日日，非。

章梓州橘亭饯成都窦少尹得凉字

秋日野亭千橘香，玉杯锦席高云凉。
主人送客何所作[①]，行酒赋诗殊未央。
衰老应为难离别，贤声此去有辉光。

预传籍籍新京尹[2]，青史无劳数赵张。

①作：读做。②尹：一作兆。

九　日

去年登高郪县北，今日重在涪江滨。
苦遭白发不相放，羞见黄花无数新。
世乱郁郁久为客，路难悠悠常傍人。
酒阑却忆十年事，肠断骊山清路尘。

滕王亭子[1]

君王台榭枕巴山，万丈丹梯尚可攀。
春日莺啼修竹里，仙家犬吠白云间。
清江锦石伤心丽，嫩蕊浓花满目斑。
人到如今歌出牧，来游此地不知还。

①公自注：在玉台观内。王调露中为阆州刺史。

玉台观[1]

中天积翠玉台遥，上帝高居绛节朝。
遂有冯夷来击鼓，始知嬴女善吹箫。
江光隐见鼋鼍窟，石势参差乌雀桥。
更肯红颜生羽翼，便应黄发老渔樵。

①公自注：滕王造。

奉寄章十侍御[1]

淮海维扬一俊人，金章紫绶照青春。
指麾能事回天地，训练强兵动鬼神。
湘西不得归关羽[2]，河内犹疑借寇恂[3]。

朝觐从容问幽仄，勿云江汉有垂纶。

①公自注：时初罢梓州刺史、东川留后，将赴朝廷。②湘：一作襄。③疑：一作宜。

奉寄别马巴州[①]

勋业终归马伏波，功曹非复汉萧何[②]。
扁舟系缆沙边久，南国浮云水上多。
独把鱼竿终远去，难随鸟翼一相过。
知君未爱春湖色，兴在骊驹白玉珂。

①公自注：时甫除京兆功曹，在东川。②公自注：甫曾任华州司功。

将赴荆南寄别李剑州

使君高义驱今古，寥落三年坐剑州。
但见文翁能化俗，焉知李广未封侯。
路经滟滪双蓬鬓，天入沧浪一钓舟。
戎马相逢更何日，春风回首仲宣楼。

奉待严大夫[①]

殊方又喜故人来，重镇还须济世才。
常怪偏裨终日待，不知旌节隔年回。
欲辞巴徼啼莺合，远下荆门去鹢催。
身老时危思会面，一生襟抱向谁开[②]。

①钱注：广德二年正月，武以黄门侍郎拜成都尹，充剑南节度使，此云“大夫”，再镇时兼官也，以后称“郑公”。②襟：一作怀。

将赴成都草堂途中有作先寄严郑公五首

得归茅屋赴成都，直为文翁再剖符。

但使闾阎还揖让，敢论松竹久荒芜。
鱼知丙穴由来美，酒忆郫筒不用酤。
五马旧曾谙小径，几回书札待潜夫。

处处青江带白蘋，故园犹得见残春。
雪山斥候无兵马，锦里逢迎有主人。
休怪儿童延俗客，不教鹅鸭恼比邻。
习池未觉风流尽，况复荆州赏更新。

竹寒沙碧浣花溪，橘刺藤梢咫尺迷。
过客径须愁出入，居人不自解东西。
书签药裹封蛛网，野店山桥送马蹄。
肯藉荒庭春草色，先判一饮醉如泥[①]。

①判：同拚。

常苦沙崩损药栏，也从江槛落风湍。
新松恨不高千尺，恶竹应须斩万竿。
生理只凭黄阁老，衰颜欲付紫金丹。
三年奔走空皮骨，信有人间行路难。

锦官城西生事微，乌皮几在还思归。
昔去为忧乱兵入，今来已恐邻人非。
侧身天地更怀古，回首风尘甘息机[①]。
共说总戎云鸟阵，不妨游子芰荷衣。

①甘：一作且。

题桃树

小径升堂旧不斜，五株桃树亦从遮。

高秋总馈贫人实[①]，来岁还舒满眼花。
簾户每宜通乳燕，儿童莫信打慈鸦。
寡妻群盗非今日，天下车书正一家[②]。

①馈：一作餧。②正：一作已。

奉寄高常侍[①]

汶上相逢年颇多，飞腾无那故人何[②]。
总戎楚蜀应全未，方驾曹刘不啻过。
今日朝廷须汲黯，中原将帅忆廉颇。
天涯春色催迟暮，别泪遥添锦水波。

①一作《寄高三十五大夫》。②那：一作奈。

登　楼

花近高楼伤客心，万方多难此登临。
锦江春色来天地[①]，玉垒浮云变古今。
北极朝廷终不改，西山寇盗莫相侵。
可怜后主还祠庙，日暮聊为《梁甫吟》。

①色来：一作水流。

宿　府

清秋幕府井梧寒，独宿江城蜡炬残。
永夜角声悲自语，中天月色好谁看。
风尘荏苒音书绝，关塞萧条行路难。
已忍伶俜十年事，强移栖息一枝安。

院中晚晴怀西郭茅舍

幕府秋风日夜清，淡云疏雨过高城。

叶心朱实看时落，阶面青苔老更生[1]。
复有楼台衔暮景，不劳钟鼓报新晴。
浣花溪里花饶笑，肯信吾兼吏隐名。

①老更：一作先自。

拨　闷

闻道云安麹米春，才倾一盏即醺人。
乘舟取醉非难事，下峡消愁定几巡。
长年三老遥怜汝，棙柂开头捷有神[1]。
已办青钱防雇直，当令美味入吾唇。

①开头：一作鸣铙。

十二月一日三首

今朝腊月春意动，云安县前江可怜。
一声何处送书雁，百丈谁家上濑船[1]。
未将梅蕊惊愁眼，要取椒花媚远天[2]。
明光起草人所羡，肺病几时朝日边。

①濑：一作水。②椒：一作楸。

寒轻市上山烟碧，日满楼前江雾黄。
负盐出井此溪女，打鼓发船何郡郎？
新亭举目风景切，茂林著书消渴长。
春风不愁不烂漫，楚客唯听棹相将。

即看燕子入山扉，岂有黄鹂历翠微。
短短桃花临水岸，轻轻柳絮点人衣。
春来准拟开怀久，老去亲知见面稀。

他日一杯难强进，重嗟筋力故山违。

寄常征君

白水青山空复春，征君晚节傍风尘。
楚妃堂上色殊众，海鹤阶前鸣向人。
万事纠纷犹绝粒，一官羁绊实藏身。
开州入夏知凉冷，不似云安毒热新。

示獠奴阿段

山木苍苍落日曛，竹竿袅袅细泉分。
郡人入夜争馀沥，竖子寻源独不闻[①]。
病渴三更回白首，传声一注湿青云。
曾惊陶侃胡奴异，怪尔常穿虎豹群。

①竖：一作稚。

白帝城最高楼

城尖径仄旌旆愁[①]，独立缥缈之飞楼。
峡坼云霾龙虎卧，江清日抱鼋鼍游。
扶桑西枝对断石[①]，弱水东影随长流。
杖藜叹世者谁子，泣血迸空回白头。

①仄：一作昃。②对：一作封。

峡中览物

曾为掾吏趋三辅，忆在潼关诗兴多。
巫峡忽如瞻华岳，蜀江犹似见黄河。
舟中得病移衾枕，洞口经春长薜萝。
形胜有馀风土恶，几时回首一高歌。

返　照

楚王宫北正黄昏，白帝城西过雨痕。
返照入江翻石壁，归云拥树失山村。
衰年病肺惟高枕，绝塞愁时早闭门。
不可久留豺虎乱，南方实有未招魂。

白　帝

白帝城中云出门①，白帝城下雨倾盆。
高江急峡雷霆斗，古木苍藤日月昏②。
戎马不如归马逸，千家今有百家存③。
哀哀寡妇诛求尽，恸哭秋原何处村。

①城中云出门：一作“城头云若屯”。②古：一作翠。苍：一作长。③千：一作百。百：一作十。

黄　草

黄草峡西船不归，赤甲山下人行稀①。
秦中驿使无消息，蜀道兵戈有是非。
万里秋风吹锦水，谁家别泪湿罗衣。
莫愁剑阁终堪据，闻道松州已被围。

①人行：一作行人。〇钱笺：《通鉴》于代宗广德元年书：吐蕃陷松、维、保三州、茂州。《图经》云：广德二年，吐蕃取陇右。西川节度高适出兵西山，牵制无功，遂亡松、维。黄鹤曰：“秦中驿使”，谓李之芳奉使见留也；“蜀道兵戈”，谓徐知道据剑阁也。当时公在梓阆，非夔州诗也。按：鹤说良是，但又引来瑱、裴茂之战以解首二句，为曲说耳。

诸将五首

汉朝陵墓对南山，胡虏千秋尚入关。

昨日玉鱼蒙葬地，早时金盌出人间。
见愁汗马西戎逼，曾闪朱旗北斗殷。
多少材官守泾渭①，将军且莫破愁颜。

①钱注：泾、渭二水，在长安西北。是春，吐蕃请和，郭子仪以利我不虞，乃遣兵戍奉天，即此地也。

韩公本意筑三城，拟绝天骄拔汉旌。
岂谓尽烦回纥马，翻然远救朔方兵。
胡来不觉潼关隘，龙起犹闻晋水清。
独使至尊忧社稷，诸君何以答升平①！

①钱注：禄山反范阳，河北皆陷，郭子仪以孤军起朔方。贼将诱河曲九府六州部落数万逼行在，子仪以回纥首领葛逻支击走之。回纥太子叶护自将助讨禄山，战于澧上。贼诡伏，将袭我。回纥驰翦其伏，出贼背，夹麾之，贼大败，遂收长安。新店之役，贼陈出轻骑，子仪悉军追掩，贼张两翼包之，官军乱而却回。回纥望见，即逾西岭，从后击，尘且坌，飞矢射贼。贼惊曰："回纥至矣!"遂大败，僵尸相属。官军乘胜，遂收东都。由此观之，汾阳以朔方孤军收复两都，皆赖回纥助顺之力，故曰"岂谓尽烦回纥马"也。肃宗即位日，朝廷草昧，军容单弱，诏子仪、光弼班师赴行在，国威始振，故帝唯依朔方兵为根本。仆固怀恩曰："朔方将士，为先帝中兴主人，是陛下蒙恩故吏。"今曰"翻然远救朔方兵"，故知助顺之功，不独在朔方矣。

洛阳宫殿化为烽，休道秦关百二重。
沧海未全归禹贡，蓟门何处尽尧封。
朝廷衮职虽多预①，天下军储不自供。
稍喜临边王相国，肯销金甲事春农②。

①虽多预：一作谁争补。②钱注：广德二年，王缙同平章事，其年八月，代李光弼都统河南、淮西、山南东道诸节度行营事，兼领东京留守。

岁馀，迁河南副元帅，请减军资钱四十万贯，修东都殿宇。大历三年领幽州、卢龙节度，又兼太原尹、北京留守，充河东军节度。

回首扶桑铜柱标，冥冥氛祲未全消①。
越裳翡翠无消息，南海明珠久寂寥。
殊锡曾为大司马，总戎皆插侍中貂。
炎风朔雪天王地，只在忠良翊圣朝②。

①未：一作不。②良：一作臣。〇钱笺曰：此深戒朝廷不当使中官出将也。杨思勖讨安南五溪，残酷好杀，故越裳不贡。吕太一收珠南海，阻兵作乱，故南海不靖。李辅国以中官拜大司马，所谓"殊锡"也；鱼朝恩等以中官为观军容使，所谓"总戎"也。"炎风朔雪"，皆天王之地，只当精求忠良，以翊圣朝，安得偏信一二中人，据将帅之重任，自取溃偾乎！肃代间，国势衰弱，不复再振，其根本胥在于此。斯岂非忠规切谏，救世之针药与？

锦江春色逐人来，巫峡清秋万壑哀。
正忆往时严仆射，共迎中使望乡台。
主恩前后三持节，军令分明数举杯。
西蜀地形天下险，安危须仗出群材。

夜

露下天高秋水清①，空山独夜旅魂惊。
疏灯自照孤帆宿，新月犹悬双杵鸣。
南菊再逢人卧病，北书不至雁无情②。
步檐倚杖看牛斗，银汉遥应接凤城。

①水：一作气。②至：一作到。

秋兴八首

玉露凋伤枫树林，巫山巫峡气萧森。

江间波浪兼天涌，塞上风云接地阴。
丛菊两开他日泪，孤舟一系故园心。
寒衣处处催刀尺，白帝城高急暮砧。

○按：此八首皆居夔州而怀长安。前三首对夔州景物而增悲秋之感，后五首杂忆长安今昔之事。第四首怀达官第宅，第五首怀宫殿，第六首怀曲江，第七首怀昆明池，第八首怀渼陂也。

夔府孤城落日斜，每依北斗望京华[①]。
听猿实下三声泪，奉使虚随八月槎。
画省香炉违伏枕，山楼粉堞隐悲笳。
请看石上藤萝月，已映洲前芦荻花。

①北：一作南。

千家山郭静朝晖，日日江楼坐翠微。
信宿渔人还泛泛，清秋燕子故飞飞。
匡衡抗疏功名薄，刘向传经心事违。
同学少年多不贱，五陵衣马自轻肥。

闻道长安似弈棋，百年世事不胜悲。
王侯第宅皆新主，文武衣冠异昔时。
直北关山金鼓震，征西车马羽书驰[①]。
鱼龙寂寞秋江冷，故国平居有所思。

①驰：一作迟。

蓬莱宫阙对南山，承露金茎霄汉间。
西望瑶池降王母，东来紫气满函关。
云移雉尾开宫扇，日绕龙鳞识圣颜。

一卧沧江惊岁晚，几回青琐点朝班[①]。

①点：一作照。

瞿塘峡口曲江头，万里风烟接素秋。
花萼夹城通御气，芙蓉小苑入边愁[①]。
朱簾绣柱围黄鹄[②]，锦缆牙樯起白鸥。
回首可怜歌舞地，秦中自古帝王州。

①钱注：《旧唐书》：开元二十年，遣范安及于长安，广花萼楼，筑夹城至芙蓉园。《长安志》：开元二十年，筑夹城入芙蓉园，自大明宫夹东罗城复道，经通化门观，以达南内兴庆宫；次经春明、延喜门，至曲江芙蓉园，而外人不之知也。②鹄：一作鹤。

昆明池水汉时功，武帝旌旗在眼中。
织女机丝虚夜月，石鲸鳞甲动秋风。
波漂菰米沉云黑，露冷莲房堕粉红。
关塞极天唯鸟道，江湖满地一渔翁。

昆吾御宿自逶迤，紫阁峰明入渼陂。
红豆啄馀鹦鹉粒[①]，碧梧栖老凤凰枝。
佳人拾翠春相问，仙侣同舟晚更移。
綵笔昔曾干气象[②]，白头吟望苦低垂。

①红豆：一作香稻。②曾：一作游。

吹　笛

吹笛秋山风月清，谁家巧作断肠声？
风飘律吕相和切，月倚关山几处明。
胡骑中宵堪北走，武陵一曲想南征。

故园杨柳今摇落，何得愁中却尽生。

咏怀古迹五首

支离东北风尘际，漂泊西南天地间。
三峡楼台淹日月，五溪衣服共云山。
羯胡事主终无赖，词客哀时且未还。
庾信生平最萧瑟，暮年诗赋动江关。

○羯胡，以侯景比安禄山。庾信，杜公以自比也。

摇落深知宋玉悲，风流儒雅亦吾师。
怅望千秋一洒泪，萧条异代不同时。
江山故宅空文藻，云雨荒台岂梦思。
最是楚宫俱泯灭，舟人指点到今疑。

群山万壑赴荆门，生长明妃尚有村。
一去紫台连朔漠，独留青冢向黄昏。
画图省识春风面，环珮空归夜月魂。
千载琵琶作胡语，分明怨恨曲中论。

蜀主窥吴幸三峡，崩年亦在永安宫。
翠华想象空山里[①]，玉殿虚无野寺中。
古庙杉松巢水鹤，岁时伏腊走村翁。
武侯祠屋长邻近，一体君臣祭祀同。

①空：一作寒。

诸葛大名垂宇宙，宗臣遗像肃清高。
三分割据纡筹策，万古云霄一羽毛。

伯仲之间见伊吕，指挥若定失萧曹。
运移汉祚终难复，志决身歼军务劳。

阁　夜

岁暮阴阳催短景，天涯霜雪霁寒宵①。
五更鼓角声悲壮，三峡星河影动摇。
野哭几家闻战伐②，夷歌是处起渔樵③。
卧龙跃马终黄土，人事音书漫寂寥④。

①宵：一作霄。②几：一作千。③是：一作几。④漫：一作久。

见王监兵马使说近山有黑白二鹰罗者久取竟未能得王以为毛骨有异他鹰恐腊后春生骞飞避暖劲翮思秋之甚眇不可见请余赋诗二首

云飞玉立尽清秋①，不惜奇毛恣远游。
在野只教心力破②，于人何事网罗求③。
一生自猎知无敌，百中争能耻下鞲。
鹏碍九天须却避，兔藏三窟莫深忧④。

①云：一作雪。②力：一作胆。③于：一作千，非。④藏：一作营。

黑鹰不省人间有①，度海疑从北极来。
正翮抟风超紫塞，玄冬几夜宿阳台。
虞罗自觉虚施巧，春雁同归必见猜。
万里寒空只一日，金眸玉爪不凡材。

①黑：恐当作“异”。〇钱注：张璁曰：王兵马，荆南赵芮公猛将，公尝为赋《二角鹰》诗，言其勇锐相敌，则此亦所以况之也。

冬　至

年年至日长为客，忽忽穷愁泥杀人。

江上形容吾独老，天涯风俗自相亲[1]。
杖藜雪后临丹壑，鸣玉朝来散紫宸。
心折此时无一寸，路迷何处是三秦[2]。

①涯：一作边。②是：一作见。

小　至

天时人事日相催，冬至阳生春又来。
刺绣五纹添弱线[1]，吹葭六管动浮灰[2]。
岸容待腊将舒柳，山意冲寒欲放梅。
云物不殊乡国异，教儿且覆掌中杯。

①刺：音切。纹：一作文。②浮：一作飞。

奉送蜀州柏二别驾将中丞命赴江陵起居卫尚书太夫人因示从弟行军司马位

中丞问俗画熊频，爱弟传书綵鹢新。
迁转五州防御使，起居八座太夫人。
楚宫腊送荆门水，白帝云偷碧海春。
与报惠连诗不惜，知吾斑鬓总如银。

立　春

春日春盘细生菜，忽忆两京全盛时。
盘出高门行白玉，菜传纤手送青丝。
巫峡寒江那对眼，杜陵远客不胜悲。
此身未知归定处，呼儿觅纸一题诗。

愁[1]

江草日日唤愁生，春峡泠泠非世情[2]。

盘涡鹭浴底心性，独树花发自分明。
十年戎马暗南国，异域宾客老孤城。
渭水秦山得见否？人今罢病虎纵横。

①公自注：强戏为吴体。②春：一作巫。

崔评事弟许相迎不到应虑老夫见泥雨怯出必愆期走笔戏简

江阁邀宾许马迎，午时起坐自天明。
浮云不负青春色，细雨何孤白帝城。
身过花间沾湿好，醉于马上往来轻。
虚疑皓首冲泥怯，实少银鞍傍险行。

遣闷戏呈路十九曹长

江浦雷声喧昨夜，春城雨色动微寒。
黄鹂并坐交愁湿，白鹭群飞太剧干。
晚节渐于诗律细，谁家数去酒杯宽。
唯君最爱清狂客，百遍相看意未阑[1]。

①看：一作过。

昼　梦

二月饶睡昏昏然，不独夜短昼分眠。
桃花气暖眼自醉，春渚日落梦相牵。
故乡门巷荆棘底，中原君臣豺虎边。
安得务农息战斗，普天无吏横索钱。

暮　春

卧病拥塞在峡中，潇湘洞庭虚映空。
楚天不断四时雨，巫峡长吹万里风[1]。

沙上草阁柳新闇[②]，城边野池莲欲红。
暮春鸳鹭立洲渚，挟子翻飞还一丛[③]。

①长：一作常。②闇：一作暗。③翻：一作翾。

即　事

暮春三月巫峡长，皛皛行云浮日光。
雷声忽下千峰雨，花气浑如百和香。
黄莺过水翻回去，燕子衔泥湿不妨。
飞阁卷簾图画里，虚无只少对潇湘。

赤　甲

卜居赤甲迁居新，两见巫山楚水春。
炙背可以献天子，美芹由来知野人。
荆州郑薛寄诗近[①]，蜀客郗岑非我邻。
笑接郎中评事饮，病从深酌道吾真[②]。

①诗：一作书。②钱注：永泰三载，相国杜公鸿渐奏授犀浦县令，僚友杜员外甫、岑郎中参、郗舍人昂，闻公摈落，失声咨嗟。郑、薛，即郑审、薛据也。

江雨有怀郑典设

春雨闇闇塞峡中，早晚来自楚王宫。
乱波纷披已打岸，弱云狼藉不禁风。
宠光蕙叶与多碧，点注桃花舒小红。
谷口子真正忆汝，岸高瀼滑限西东[①]。

①滑：一作阔。

雨不绝

鸣雨既过细雨微[①]，映空摇飏如丝飞。

阶前短草泥不乱，院里长条风乍稀。
舞石旋应将乳子[2]，行云莫自湿仙衣。
眼边江舸何匆促[3]，未待安流逆浪归[4]。

①细雨：一作渐细。②钱笺：《水经注》：石燕山，其山有石，绀而状燕，因以名山。其石或大或小，若母子焉。及雷风相薄，则石燕群飞，颉颃如真燕矣。罗君章云：今燕不必复飞也。③促：一作遽。④待：一作得。

滟　滪

滟滪既没孤根深，西来水多愁太阴。
江天漠漠鸟双去，风雨时时龙一吟。
舟人渔子歌回首，估客胡商泪满襟。
寄语舟航恶年少，休翻盐井掷黄金。

季夏送乡弟韶陪黄门从叔朝谒

令弟尚为苍水使，名家莫出杜陵人。
比来相国兼安蜀，归赴朝廷已入秦。
舍舟策马论兵地，拖玉腰金报主身。
莫度清秋吟蟋蟀，早闻黄阁画麒麟[1]。

○公自注：韶比兼开山使，通成都外江下峡舟船。国藩按：诗中云“莫出”者，犹云“无出其右”也。相国，指杜鸿渐以大历二年六月入朝。鸿渐本以黄门侍郎同平章事镇蜀，故称曰“黄门从叔”。①闻：一作开。

七月一日题终明府水楼二首

高栋曾轩已自凉，秋风此日洒衣裳。
翛然欲下阴山雪，不去非无汉署香。
绝壁过云开锦绣，疏枝夹水奏笙簧。
看君宜着王乔履，真赐还疑出尚方[1]。

①公自注：终明府，功曹也，兼摄奉节令，故有此句，伫观奏即真也。

虙子弹琴邑宰日[1]，终军弃繻英妙时。
承家节操尚不泯，为政风流今在兹。
可怜宾客尽倾盖，何处老翁来赋诗。
楚江巫峡半云雨，清簟疏簾看弈棋。

①虙：一作宓。

见萤火

巫山秋夜萤火飞，疏簾巧入坐人衣。
忽惊屋里琴书冷，复乱檐前星宿稀。
却绕井栏添箇箇，偶经花蕊弄辉辉。
沧江白发愁看汝，来岁如今归未归。

送李八秘书赴杜相公幕

青簾白舫益州来，巫峡秋涛天地回。
石出倒听枫叶下，橹摇背指菊花开。
贪趋相府今晨发，恐失佳期后命催。
南极一星朝北斗，五云多处是三台。

简吴郎司法

有客乘舸自忠州，遣骑安置瀼西头。
古堂本买藉疏豁，借汝迁居停宴游。
云石荧荧高叶曙，风江飒飒乱帆秋。
却为姻娅过逢地，许坐曾轩数散愁。

又呈吴郎

堂前扑枣任西邻，无食无儿一妇人。
不为困穷宁有此，只缘恐惧转须亲。
即妨远客虽多事[①]，便插疏篱却甚真[②]。
已诉征求贫到骨，正思戎马泪盈襟。

①妨：一作知。②便：一作使。甚：一作任。

九　日

重阳独酌杯中酒，抱病起登江上台。
竹叶于人既无分，菊花从此不须开。
殊方日落玄猿哭，旧国霜前白雁来。
弟妹萧条各何在[①]，干戈衰谢两相催。

○题共五首，尚有五律二首，五排一首，缺一首。①在：一作往。

登　高

风急天高猿啸哀，渚清沙白鸟飞回。
无边落木萧萧下，不尽长江滚滚来。
万里悲秋常作客，百年多病独登台。
艰难苦恨繁霜鬓，潦倒新亭浊酒杯[①]。

①亭：停通。

覃山人隐居

南极老人自有星，《北山移文》谁勒铭。
征君已去独松菊，哀壑无光留户庭。
予见乱离不得已，子知出处必须经。
高车驷马带倾覆，怅望秋天虚翠屏。

即　事

天畔群山孤草亭，江中风浪雨冥冥。
一双白鱼不受钓，三寸黄甘犹自青。
多病马卿无日起，穷途阮籍几时醒。
未闻细柳散金甲，肠断秦川流浊泾[①]。

①川：一作州，非。

题柏学士茅屋

碧山学士焚银鱼，白马却走深岩居。
古人已用三冬足，年少今开万卷馀。
晴云满户团倾盖，秋水浮阶溜决渠。
富贵必从勤苦得，男儿须读五车书。

舍弟观赴蓝田取妻子到江陵喜寄三首

汝迎妻子达荆州，消息争传解我忧。
鸿雁影来连峡内，鹡鸰飞急到沙头。
峣关险路今虚远，禹凿寒江正稳流。
朱绂即当随綵鹢，青春不假报黄牛。

马度秦山雪正深[①]，北来肌骨苦寒侵。
他乡就我生春色，故国移居见客心。
欢剧提携如意舞[②]，喜多行坐白头吟。
巡檐索共梅花笑，冷蕊疏枝半不禁。

①山：一作关。②欢剧：一作牖欲。

庾信罗含俱有宅，春来秋去作谁家。

短墙若在从残草，乔木如存可假花。
卜筑应同蒋诩径，为园须似邵平瓜。
比年病酒开涓滴[1]，弟劝兄酬何怨嗟。

①病：一作断。

人　日

此日此时人共得，一谈一笑俗相看。
樽前柏叶休随酒，胜里金花巧耐寒。
佩剑冲星聊暂拔，匣琴流水自须弹。
早春重引江湖兴，直道无忧行路难。

〇此题本二首，前一首已抄入五律中。

宇文晁尚书之甥崔彧司业之孙尚书之子重泛郑监前湖

郊扉俗远长幽寂，野水春来更接连。
锦席淹留还出浦，葛巾欹侧未回船。
樽当霞绮轻初散，棹拂荷珠碎却圆。
不但习池归酩酊，君看郑谷去夤缘。

多病执热奉怀李尚书[1]

衰年正苦病侵凌，首夏何须气郁蒸。
大水淼茫炎海接，奇峰硉兀火云升。
思沾道暍黄梅雨，敢望宫恩玉井冰。
不是尚书期不顾，山阴夜雪兴难乘。

①之芳。

江陵节度使阳城郡王新楼成王请严侍御判官赋七字句同作

楼上炎天冰雪生，高飞燕雀贺新成。

碧窗宿雾濛濛湿，朱栱浮云细细轻。
仗钺褰帷瞻具美，投壶散帙有馀清。
自公多暇延参佐，江汉风流万古情。

又作此奉卫王

西北楼成雄楚都，远开山岳散江湖。
二仪清浊还高下，三伏炎蒸定有无。
推毂几年惟镇静，曳裾终日盛文儒。
白头授简焉能赋，愧似相如为大夫。

暮　归

霜黄碧梧白鹤栖，城上击柝复乌啼。
客子入门月皎皎，谁家捣练风凄凄。
南渡桂水缺舟楫，北归晴川多鼓鞞。
年过半百不称意，明日看云还杖藜。

公安送韦二少府匡赞

逍遥公后世多贤，送尔维舟惜此筵。
念我常能数字至[①]，将诗不必万人传。
时危兵革黄尘里，日短江湖白发前。
古往今来皆涕泪，断肠分手各风烟。

①常能：一作能书。

留别公安大易沙门

隐居欲就庐山远，丽藻初逢休上人。
数问舟航留制作，长开箧笥拟精神。
沙村白雪仍含冻，江县红梅已放春。

先蹋垆峰置兰若，徐飞锡杖出风尘。

晓发公安[①]

北城击柝复欲罢，东方明星亦不迟。
邻鸡野哭如昨日，物色生态能几时。
舟楫眇然自此去，江湖远适无前期。
出门转盼已陈迹，药饵扶吾随所之。

①公自注：数月憩息此县。

酬郭十五判官

才微岁晚尚虚名，卧病江湖春复生。
药裹关心诗总废，花枝照眼句还成。
只同燕石能星陨，自得隋珠觉夜明。
乔口橘洲风浪促，惊帆何惜片时程。

赠韦七赞善

乡里衣冠不乏贤，杜陵韦曲未央前。
尔家最近魁三象，时论同归尺五天。
北走关山开雨雪，南游花柳塞云烟。
洞庭春色悲公子，鰕菜忘归范蠡船[①]。

①鰕：一作鲑。范蠡：一作万里。

燕子来舟中作

湖南为客动经春，燕子衔泥两度新。
旧人故园尝识主，如今社日远看人。
可怜处处巢君室[①]，何异飘飘托此身。
暂语船樯还起去，穿花贴水益沾巾[②]。

①君：一作居，非。②贴：一作落。

小寒食舟中作

佳辰强饮食犹寒[1]，隐几萧条戴鹖冠。
春水船如天上坐，老年花似雾中看。
娟娟戏蝶过闲幔，片片轻鸥下急湍。
云白山青万馀里，愁看直北是长安[2]。

①饮：一作饭。②直：一作西。

长沙送李十一[1]

与子避地西康州[2]，洞庭相逢十二秋。
远愧尚方曾赐履，竟非吾土倦登楼。
久存胶漆应难并，一辱泥涂遂晚收。
李杜齐名真忝窃，朔云寒菊倍离忧。

①衔。②钱注：西康州，乃同谷县。武德元年，以县置西康州。

李义山七律

百十七首

锦　瑟

锦瑟无端五十弦，一弦一柱思华年。
庄生晓梦迷蝴蝶，望帝春心托杜鹃。
沧海月明珠有泪，蓝田日暖玉生烟。

此情可待成追忆，只是当时已惘然。

○此篇朱氏定为悼亡之诗。

重过圣女祠

白石岩扉碧藓滋，上清沦谪得归迟。
一春梦雨常飘瓦，尽日灵风不满旗。
萼绿华来无定所，杜兰香去未移时。
玉郎会此通仙籍，忆向天阶问紫芝。

○圣女祠，集中凡三见，程氏以为皆刺当时女道士者。○萼绿华降羊权家，杜兰香数诣张硕，皆以仙女而与男子交际，所以深讥之也。

题僧壁

舍生行道有前踪，乞脑剜身结愿重。
大去便应欺粟颗，小来兼可隐针锋。
蚌胎未满思新桂①，琥珀初成忆旧松②。
若信贝多真实语，三生同听一楼钟。

○集中有《赠田叟》诗，第六句云："交亲得路昧平生。"程氏谓此篇亦是彼诗之意，穷途以求故人，倾身纳交，而弃我如遗；犹之舍生求佛，而卒无所得。①未：一作永。②旧松：似指令狐楚，谓己少时赖以奖借成名。

潭　州

潭州官舍暮楼空，今古无端入望中。
湘泪浅深滋竹色，楚歌重叠怨兰丛。
陶公战舰空滩雨，贾傅承尘破庙风。
目断故园人不至，松醪一醉与谁同。

○大中元年，郑亚廉察桂州，义山为从事。是年，李德裕贬潮州。程氏以为义山经过潭州时，闻德裕之贬而作是诗也。

赠司户刘蕡

江风吹浪动云根，重碇危樯白日昏。
已断燕鸿初起势，更惊骚客后归魂。
汉廷急诏谁先入[①]，楚客高歌自欲翻。
万里相逢欢复泣，凤巢西隔九重门。

○程氏以为义山为桂州判官时，尝自桂林奉使江陵，又使南郡。蕡贬柳州司户，当在此时。或道途舟次相遇，而赠此诗。①诏：一作召。

南　朝

玄武湖中玉漏催，鸡鸣埭口绣襦回。
谁言琼树朝朝见，不及金莲步步来。
敌国军营漂木柹，前朝神庙锁烟煤。
满宫学士皆颜色，江令当年只费才。

送崔珏往西川[①]

年少因何有旅愁，欲为东下更西游。
一条雪浪吼巫峡，千里火云烧益州。
卜肆至今多寂寞，酒垆从古擅风流。
浣花笺纸桃花色，好好题诗咏玉钩。

①崔珏，字梦之，大中进士。

饮席戏赠同舍[①]

洞中屐响省分携，不是花迷客自迷。
珠树重行怜翡翠，玉楼双舞羡鹍鸡。
兰回旧蕊缘屏绿，椒缀新香和壁泥。
唱尽阳关无限叠，半杯松叶冻颇黎。

①同舍：盖妓席惜别者。

令狐八拾遗见招送裴十四归华州[①]

二十中郎未足希[②]，骊驹先自有光辉。
兰亭宴罢方回去，雪夜诗成道韫归。
汉苑风烟吹客梦，云台洞穴接郊扉。
嗟予久抱临邛渴，便欲因君问钓矶。

①令狐八拾遗：绹。②希：一作稀。○二十中郎，用谢万事。郄方回为王羲之妻舅，谢道韫为王凝之妻。裴十四当是携家同行，但不知与令狐氏是何等姻亲耳。

寄令狐学士[①]

秘殿崔嵬拂彩霓，曹司今在殿东西。
赓歌太液翻黄鹄，从猎陈仓获碧鸡。
晓饮岂知金掌迥，夜吟应讶玉绳低。
钧天虽许人间听，阊阖门多梦自迷。

①绹。○《唐书》：绹夜对禁中，烛尽，帝以金莲华炬送还。“夜吟”句，美其恩遇之隆也。

哭刘蕡

上帝深宫闭九阍[①]，巫咸不下问衔冤。
广陵别后春涛隔，湓浦书来秋雨翻。
只有安仁能作诔，何曾宋玉解招魂。
平生风义兼师友，不敢同君哭寝门。

①宫：一作居。○程注：本集诗云：“去年相送地，春色满黄陵。”广陵当为黄陵之讹。

荆门西下

一夕南风一叶危，荆云回望夏云时[1]。
人生岂得轻离别，天意何曾忌崄巇。
骨肉书题安绝徼，蕙兰蹊径失佳期。
洞庭湖阔蛟龙恶，却羡杨朱泣路歧。

①荆云：疑作荆门。

少　年

外戚平羌第一功，生年二十有重封。
直登宣室螭头上，横过甘泉豹尾中。
别馆觉来云雨梦，后门归去蕙兰丛。
灞陵夜猎随田窦，不识寒郊自转蓬。

〇此刺当时勋戚子弟。

药　转

郁金堂北画楼东，换骨神方上药通。
露气暗连青桂苑，风声偏猎紫兰丛。
长筹未必输孙皓，香枣何劳问石崇。
忆事怀人兼得句，翠衾归卧绣簾中。

〇程注云：此篇淫媟之辞，朱竹垞以为“药转”字出道书，“如厕”之义也。

隋　宫

紫泉宫殿锁烟霞，欲取芜城作帝家。
玉玺不缘归日角，锦帆应是到天涯。
于今腐草无萤火，终古垂杨有暮鸦。

地下若逢陈后主，岂宜重问《后庭花》。

〇唐人讳“渊”，紫泉即紫渊，谓长安也。芜城，扬州也。刺隋锁长安之宫殿，而欲家于扬州。

二月二日

二月二日江上行，东风日暖闻吹笙。
花须柳眼各无赖，紫蝶黄蜂俱有情。
万里忆归元亮井，三年从事亚夫营。
新滩莫悟游人意[①]，更作风檐夜雨声[②]。

①滩：一作春。悟：一作讶。②夜雨：一作雨夜。〇程注：“三年从事”，当是随郑亚在岭南。

杜工部蜀中离席[①]

人生何处不离群，世路干戈惜暂分。
雪岭未归天外使，松州犹驻殿前军。
座中醉客延醒客，江上晴云杂雨云。
美酒成都堪送老，当垆仍是卓文君。

①杜：一作辟。朱鹤龄以为拟杜工部之诗《雪岭》《松州》等，俱切老杜肃、代朝事。程梦星以为柳仲郢镇东蜀，辟义山为判官、检校工部郎中。诗作于是时，题当为“辟工部”。国藩按：工部郎中，京朝之官，非幕府之官也，“检校”工部则可，“辟”工部则不可，朱说近之。

梓州罢吟寄同舍

不拣花朝与雪朝，五年从事霍嫖姚[①]。
君缘接座交珠履，我为分行近翠翘。
楚雨含情皆有托，漳滨卧病竟无憀。
长吟远下燕台去，惟有衣香染未销。

①霍嫖姚：喻柳仲郢。

无题二首

凤尾香罗薄几重，碧文圆顶夜深缝。
扇裁月魄羞难掩，车走雷声语未通。
曾是寂寥金烬暗，断无消息石榴红。
斑骓只系垂杨岸，何处西南任好风。

重帏深下莫愁堂，卧后清宵细细长。
神女生涯原是梦，小姑居处本无郎。
风波不信菱枝弱，月露谁教桂叶香。
直道相思了无益，未妨惆怅是清狂。

○二诗言世莫己知，己亦誓不复求知于世。托辞于贞女，以自明其波澜不起之意。

昨　日

昨日紫姑神去也，今朝青鸟使来赊。
未容言语还分散，少得团圆足怨嗟。
二八月轮蟾影破，十三弦柱雁行斜。
平明钟后更何事，笑倚墙边梅树花[①]。

○此冶游惜别之诗。①边：一作匡。

汴上送李郢之苏州[①]

人高诗苦滞夷门，万里梁王有旧园。
烟幌自应怜白纻[②]，月楼谁伴咏黄昏。
露桃涂颊依苔井，风柳夸腰住水村。
苏小小坟今在否，紫兰香径与招魂。

①李郢，字楚望，大中进士，为侍御使。②纻：一作苎。

赠郑说处士

浪迹江湖白发新，浮云一片是吾身。
寒归山观随棋局，暖入汀洲逐钓轮[①]。
越桂留烹张翰鲙，蜀姜供煮陆机莼。
相逢一笑怜疏放，他日扁舟有故人。

①轮：一作纶。

复至裴明府所居

伊人卜筑自幽深，桂巷杉篱不可寻。
柱上雕虫对书字，槽中秣马仰听琴。
求之流辈岂易得，行矣关山方独吟。
赊取松醪一斗酒，与君相伴洒烦襟。

览　古

莫恃金汤忽太平，草间霜露古今情。
空糊赪壤真何益[①]，欲举黄旗竟未成。
长乐瓦飞随水逝，景阳钟堕失天明。
回头一吊箕山客，始信逃尧不为名。

①糊：一作存。

子初郊墅

看山对酒君思我，听鼓离城我访君。
腊雪已添墙下水，斋钟不散槛前云。
阴移竹柏浓还淡，歌杂渔樵断更闻。
亦拟村南买烟舍，子孙相约事耕耘。

〇五律有《子初全溪作》，朱氏、程氏未著子初何人。

汉南书事

西师万众几时回，哀痛天书近已裁。
文吏何曾重刀笔，将军犹自舞轮台。
几时拓土成王道，从古穷兵是祸胎。
陛下好生千万寿，玉楼长御白云杯。

○朱注：大中三年二月，吐蕃三州七关来降。诏泾原等五镇出兵应援，又令百姓开垦三州七关土田，其山南、剑南没蕃州县，亦令收复。四年，发诸道兵讨党项无功，上颇厌用兵。此诗当作于其时。

当句有对

密迩平阳接上兰①，秦楼鸳瓦汉宫盘。
池光不定花光乱，日气初涵露气干。
但觉游蜂饶舞蝶，岂知孤凤忆离鸾。
三星自转三山远，紫府程遥碧落宽。

○此诗朱氏以为讥恩倖之争进，程氏以为刺贵游女冠之作。①迩：一作尔。

井　络

井络天彭一掌中，漫夸天设剑为峰。
阵图东聚燕江口①，边柝西悬雪岭松。
堪叹故君成杜宇，可能先主是真龙。
将来为报奸雄辈，莫向金牛访旧踪②。

①朱云："燕"当作"夔"。口：一作石。○第七句是作意预警奸雄之辈，无恃蜀中之险而图割据也。

写　意

燕雁迢迢隔上林，高秋望断正长吟。

人间路有潼江险，天外山惟玉垒深。
日尚花间留返照，云从城上结层阴。
三年已制思乡泪，更入新年恐不禁。

○程云：此东川佐幕，回思长安之作。

随师东

东征日调万黄金，几竭中原买斗心。
军令未闻诛马谡，捷书惟是报孙歆。
但须鸑鷟巢阿阁，岂假鸱鸮在泮林。
可惜前朝玄菟郡，积骸成莽阵云深。

○朱云：太和元年，命乌重胤等讨李同捷之叛；二年九月，命诸军讨王庭凑，久未成功。每有小胜，则虚张首虏，以邀厚赏。诗中语，正此时事也。潘耕曰：假隋炀帝以讥切，末二句则专指隋事。

宋　玉

何事荆台百万家，惟教宋玉擅才华。
楚辞已不饶唐勒，风赋何曾让景差。
落日渚宫供观阁，开年云梦送烟花。
可怜庾信寻荒径，犹得三朝托后车。

○此诗弔宋玉所以自伤也，当系自桂林奉使江陵时作。

韩同年新居饯韩西迎家室戏赠①

籍籍征西万户侯，新缘贵婿起朱楼。
一名我漫居先甲，千骑君翻在上头。
云路招邀回彩凤，天河迢递笑牵牛。
南朝禁脔无人近，瘦尽琼枝咏《四愁》②。

①朱云：韩同年，即畏之。②枝：或作肢。咏：一作有。○义山与畏

之同为王茂元之婿。玩诗中语，当是畏之成婚后登第，复赴泾原迎家室入京；义山登第，则已聘王氏而尚未成婚耳。

奉和太原公送前杨秀才戴兼招杨正字戎[1]

潼关地接古弘农，万里高飞雁与鸿。
桂树一枝当白日，芸香三代继清风。
仙舟尚惜乖双美，彩服何由得尽同。
谁惮士龙多笑疾，美髭终类晋司空。

①杨敬之，兼太常少卿，二子戎、戴，同日登科。○朱注：太原公，王茂元也。第五句送戴，六句招戎。

圣女祠

松篁台殿蕙香帏，龙护瑶窗凤掩扉。
无质易迷三里雾，不寒长着五铢衣[1]。
人间定有崔罗什，天上应无刘武威。
寄问钗头双白燕，每朝珠馆几时归？

○此亦刺女道士之诗。①五：一作六。

临发崇让宅紫薇[1]

一树浓姿独看来，秋庭暮雨类轻埃。
不先摇落应为有[2]，已欲别离休更开。
桃绶含情依露井，柳绵相忆隔章台。
天涯地角同荣谢，岂要移根上苑栽。

①《西溪丛语》：洛阳崇让坊，有河阳节度使王茂元宅。"临发"者，将由洛阳王宅赴京也。②应为有：一作应有待。

及第东归次灞上却寄同年

芳桂当年各一枝，行期未分压春期。

江鱼朔雁长相忆，秦树嵩云自不知。
下苑经过劳想像，东门送饯又差池。
灞陵柳色无离恨，莫枉长条赠所思[①]。

①枉：一作把。

野　菊

苦竹园南椒坞边，微香冉冉泪涓涓。
已悲节物同寒雁，忍委芳心与暮蝉。
细路独来当此夕，清樽相伴省他年。
紫云新苑移花处[①]，不取霜栽近御筵。

①云：一作微。〇朱氏云：此诗又见孙逖集，题作《咏楼前海石榴》。程氏云：此诗与《九日》诗，词旨皆同。“野菊”命题，即君子在野之叹。国藩按：程氏说是也。义山以官不挂朝籍为恨，故以未尝移栽御筵，不能不致怨于令狐氏耳。

过伊仆射旧宅[①]

朱邸方酬力战功，华筵俄叹逝波穷。
回廊檐断燕飞去，小阁尘凝人语空。
幽泪欲干残菊露，馀香犹入败荷风。
何能更涉泷江去，独立寒流吊楚宫。

①伊慎，兖州人，大历间以军功封南兖郡王，历官检校尚书、右仆射兼右卫子将军。〇末二句，朱氏以为义山时自桂林奉使江陵，故有此语。程氏以为，伊慎立功初在岭南，后在湖襄。愚意当从朱说。

中元作

绛节飘飖宫国来[①]，中元朝拜上清回。
羊权须得金条脱[②]，温峤终虚玉镜台。
曾省惊眠闻雨过，不知迷路为花开。

有娍未抵瀛洲远，青雀如何鸩鸟媒。

①宫：一作空。②须：一作虽。○程云：此中元悼亡之作。首二句，言举国皆作中元，已亦朝拜上清而回。

银河吹笙

怅望银河吹玉笙，楼寒院冷接平明。
重衾幽梦他年断，别树羁雌昨夜惊。
月榭故香因雨发，风簾残烛隔霜清。
不须浪作缑山意，湘瑟秦箫自有情。

○程云：此亦为女冠而作。

与同年李定言曲水闲话戏作

海燕参差沟水流，同君身世属离忧。
相携花下非秦赘，对泣春天类楚囚[①]。
碧草暗侵穿苑路，珠簾不卷枕江楼[②]。
莫惊五胜埋香骨[③]，地下伤春亦白头。

①春天：一作风前。②枕：去声。③惊：一作经。○程云：此由校书郎出补弘农尉时作。

闻　歌

敛笑凝眸意欲歌，高云不动碧嵯峨。
铜台罢望归何处，玉辇忘还事几多。
青冢路边南雁尽，细腰宫里北人过。
此声肠断非今日，香灺灯光奈尔何[①]。

①灺：斜上声。○程氏以此诗为宫妓流落在人间者而作。考唐德宗尝命陆贽草诏，使浑瑊访求奉天所失裹头内人，其事可证。○观“细腰”句，似在江陵时所作。

赠华阳宋真人兼寄清都刘先生

沦谪千年别帝宸，至今犹谢蕊珠人。
但惊茅许同仙籍，不道刘卢是世亲。
玉检赐书迷凤篆，金华归驾冷龙鳞。
不因杖屦逢周史，徐甲何曾有此身。

○此诗朱氏以宋真人为女道士。程氏谓义山以刘比周史，而自比于徐甲，推服至矣。《义山文集》有云“志在玄门”，宋真人必道侣也。

楚　宫

月姊曾逢下彩蟾，倾城消息隔重簾。
已闻佩响知腰细，更辨弦声觉指纤。
暮雨自归山悄悄，秋河不动夜厌厌。
王昌且在墙东住，未必金堂得免嫌。

和友人戏赠二首

东望花楼会不同①，西来双燕信休通。
仙人掌冷三霄露，玉女窗虚五夜风。
翠袖自随凹雪转，烛房寻类外庭空。
殷勤莫使清香透，牢合金鱼锁桂丛。

①会：《英华》作“事”。

迢递青门有几关，柳梢楼角见南山。
明珠可贯须为佩，白璧堪裁且作环。
子夜休歌团扇掩①，新正未破剪刀闲。
猿啼鹤怨终年事②，未抵熏炉一夕间③。

①休：一作欲。②怨：《英华》作“望”。③熏炉：《英华》作“炉香”。

题二首后重有戏赠任秀才

一丈红蔷拥翠筠，罗窗不识绕街尘。
峡中寻觅长逢雨，月里依稀更有人。
虚为错刀留远客，枉缘书札损文鳞。
遥知小阁还斜照，羡杀乌龙卧锦茵。

重有感

玉帐牙旗得上游①，安危须共主君忧。
窦融表已来关右②，陶侃军宜次石头③。
岂有蛟龙愁失水④，更无鹰隼与高秋！
昼号夜哭兼幽显，早晚星关雪涕收。

〇前篇《有感》二首五言排律未抄，专咏甘露之变。①上游，谓茂元在泾原。②谓刘从谏三疏。③谓茂元。④愁：一作曾，一作长。〇文宗太和九年十一月二十一日甘露之变，宦官既杀宰相王涯、贾餗、舒元舆等，时郑注为凤翔节度使，为监军所杀。王茂元在泾原，萧弘在鄜坊，勒兵以备非常。昭义节度使刘从谏三上疏，问王涯等罪名。义山欲茂元入清君侧之奸，故有此诗。

春　雨

怅卧新春白袷衣，白门寥落意多违。
红楼隔雨相望冷，珠箔飘灯独自归。
远路应悲春晼晚，残宵犹得梦依稀。
玉珰缄札何由达，万里云罗一雁飞。

〇此借春雨怀人，而寓君门万里之感。朱云：玉珰缄札，犹今所云侑缄。

楚　宫

湘波如泪色漻漻，楚厉迷魂逐恨遥①。

枫树夜猿愁自断，女萝山鬼语相邀。
空归腐败犹难复，更困腥臊岂易招。
但使故乡三户在，綵丝谁惜惧长蛟。

①厉：一作祢，古通。○宋申锡为宦官所诬，贬开州司马，卒于贬所。开州属山南道，本楚地。程氏以为此诗弔宋申锡而作。

宿晋昌亭闻惊禽①

羁绪鳏鳏夜景侵，高窗不掩见惊禽。
飞来曲渚烟方合，过尽南塘树更深。
胡马嘶和榆塞笛，楚猿吟杂橘村砧。
失群挂木知何限，远隔天涯共此心。

①《长安图经》：自京城启夏门，北入东街，第二坊曰晋昌坊。○末四句言失群之胡马，挂木之楚猿，与此惊禽之心相同，即与义山之羁绪亦同也。

深　宫

金殿销香闭绮栊①，玉壶传点咽铜龙②。
狂飙不惜萝阴薄，清露偏知桂叶浓。
斑竹岭边无限泪，景阳宫里及时钟。
岂知为雨为云处③，只有高唐十二峰。

①销香：《鼓吹》作香销。栊：一作笼。②点：一作响。③处：《鼓吹》作意。○此诗朱氏以为宫怨。

题白石莲花寄楚公①

白石莲花谁所共，六时常捧佛前灯。
空庭苔藓饶霜露，时梦西山老病僧。
大海龙宫无限地，诸天雁塔几多层。
漫夸鹙子真罗汉，不会牛车是上乘。

①《续高僧传》：楚，南闽人，俗姓张氏。初投开元寺昙蔼师，后参黄檗山禅师。

安定城楼

迢递高城百尺楼，绿杨枝外尽汀洲①。
贾生年少虚垂泪②，王粲春来更远游。
永忆江湖归白发，欲回天地入扁舟。
不知腐鼠成滋味，猜意鸳雏竟未休。

○泾州保定郡，本安定郡。此义山在王茂元泾原幕中时作。①外：一作上。②泪：一作涕。

隋宫守岁

消息东郊木帝回，宫中行乐有新梅。
沉香甲煎为庭燎①，玉液琼苏作寿杯。
遥望露盘疑是月，远闻鼍鼓欲惊雷。
昭阳第一倾城客，不踏金莲不肯来。

①煎：去声。○程注：中宗二年十二月晦，敕中书门下与学士、诸王、驸马入阁守岁，设庭燎，置酒奏乐。胡注：隋炀帝淫侈，每除夜，殿前设火山数十，尽沉香木根。每一山，烧沉香数车，香闻数十里。火光暗，则以甲煎沃之，焰起数丈。一夜之间，用沉香二百馀乘，甲煎二百馀石。

利州江潭作①

神剑飞来不易销，碧潭珍重驻兰桡。
自携明月移灯疾，欲就行云散锦遥。
河伯轩窗通贝阙，水宫帷箔卷冰绡。
此时燕脯无人寄，雨满空城蕙叶凋。

①原注：感孕金轮所。○武后自册为金轮皇帝，父士彟为利州都督生后。此诗在利州，咏武后也。三、四句，即潭中之景，寓怀古之意。五、

六、七句，均以龙比武氏。

茂　陵

汉家天马出蒲梢，苜蓿榴花遍近郊。
内苑只知含凤觜①，属车无复插鸡翘。
玉桃偷得怜方朔，金屋修成贮阿娇②。
谁料苏卿老归国，茂陵松柏雨萧萧。

①含：一作衔。②修：一作妆。○朱云：按史，武宗好游猎及武戏，亲受道士赵归真法箓，又宠王才人，欲立为后。此诗全是托讽。

泪

永巷长年怨绮罗，离情终日思风波。
湘江竹上痕无限，岘首碑前洒几多。
人去紫台秋入塞，兵残楚帐夜闻歌。
朝来灞水桥边问，未抵青袍送玉珂。

○前六句，泪凡六种，固已可伤；末二句，以青袍寒士而送玉珂贵客，其泪尤可悲也。

十字水期韦潘侍御同年不至时韦寓居水次故郭汾宁宅①

伊水溅溅相背流，朱栏画阁几人游。
漆灯夜照真无数，蜡炬晨炊竟未休。
顾我有怀同大梦，期君不至更沉忧。
西园碧树今谁主，与近高窗卧听秋。

①宁：一作阳。

流　莺

流莺漂荡复参差，渡陌临流不自持。

巧啭岂能无本意，良辰未必有佳期。
风朝露夜阴晴里，万户千门开闭时。
曾苦伤春不忍听[1]，凤城何处有花枝。

①忍：一作思。○末句亦自恨官不挂朝籍之意。

出关宿盘豆馆对丛芦有感[1]

芦叶梢梢夏景深，邮亭暂欲洒尘襟。
昔年曾是江南客，此日初为关外心。
思子台边风自急，玉娘湖上月应沉。
清声不远行人去。一世荒城伴夜砧。

①盘豆馆，在湖城县西二十里。

和韩录事送宫人入道

星使追还不自由，双童捧上绿琼辀。
九枝灯下朝金殿，三素云中侍玉楼。
凤女颠狂成久别，月娥孀独好同游。
当时若爱韩公子，埋骨成灰恨未休。

○朱云：张籍、王建、戴叔伦、元稹、于鹄、项斯皆有作。

七月二十九日崇让宅宴作

露如微霰下前池，月过回塘万竹悲。
浮世本来多聚散，红蕖何事亦离披。
悠扬归梦惟灯见，濩落生涯独酒知。
岂到白头长只尔，嵩阳松雪有心期。

○程云：集中有《七月二十八日夜与王郑二秀才听雨梦后作》七古一首，叙见知于王茂元，而归结悼亡之意。此诗仅后一日，所言亦复凄惋，疑七月二十八九为义山悼亡之日。

赠从兄阆之

怅望人间万事违，私书幽梦约忘机。
荻花村里鱼标在，石藓庭中鹿迹微。
幽径定携僧共入，寒塘好与月相依。
城中猘犬憎兰佩，莫损幽芳久不归。

○鱼标、鹿迹，言处处有机事、机心也。

行至金牛驿寄兴元渤海尚书[1]

楼上春云水底天，五云章色破巴笺。
诸生个个王恭柳，从事人人庾杲莲。
六曲屏风江雨急，九枝灯檠夜珠圆[2]。
深惭走马金牛路，骤和陈王白玉篇。

①朱云：渤海尚书，高元裕也。②檠：去声。○首二句，忆渤海公所居之胜景，而写入诗笺，以寄义山。

筹笔驿

猿鸟犹疑畏简书[1]，风云常为护储胥。
徒令上将挥神笔，终见降王走传车。
管乐有才真不忝[2]，关张无命欲何如[3]？
他年锦里经祠庙，梁父吟成恨有馀。

①猿：一作鱼。②真：朱本作终。③欲：一作复。

即　日

一岁林花即日休，江间亭下怅淹留[1]。
重吟细把真无奈，已落犹开未放愁。
山色正来衔小苑，春阴只欲傍高楼。

金鞍忽散银壶漏[②]，更醉谁家白玉钩。

①间：一作门。②漏：一作滴。

九成宫

十二层城阆苑西，平时避暑拂虹霓。
云随夏后双龙尾，风逐周王八骏蹄[①]。
吴岳晓光连翠巘，甘泉晚景上丹梯。
荔枝卢橘沾恩幸，鸾鹊天书湿紫泥[②]。

①骏：一作马。②送荔枝者而被天书恩幸，亦“一骑红尘妃子笑”之意。

咏　史

历览前贤国与家，成由勤俭破由奢。
何须琥珀方为枕，岂得真珠始是车[①]。
运去不逢青海马，力穷难拔蜀山蛇。
几人曾预南薰曲，终古苍梧哭翠华。

①得真：一作待珍。〇此篇朱氏以为因文宗而发。按：三、四句咏文宗之俭，如史所称，衣必三浣是也。五句以马喻贤才，伤时无良臣也。六句以蛇喻宦官，盘结而不能去也。末句言己为文宗开成二年进士，曾与众仙同咏《霓裳》也。

无　题

昨夜星辰昨夜风，画楼西畔桂堂东[①]。
身无彩凤双飞翼，心有灵犀一点通。
隔座送钩春酒暖，分曹射覆蜡灯红。
嗟余听鼓应官去，走马兰台类断蓬[②]。

〇本二首，其二七绝，未抄。①楼：一作堂。②断：一作转。〇此篇程注以为出秘书省调弘农尉时所作。三、四句，出为外吏而不忘禁省也。五、六句，言省垣朋游之乐。末句“兰台”，朱氏以为义山为王茂元所辟得侍御史事。

无题二首

来是空言去绝踪，月斜楼上五更钟。
梦为远别啼难唤，书被催成墨未浓。
蜡照半笼金翡翠，麝熏微度绣芙蓉。
刘郎已恨蓬山远，更隔蓬山一万重。

飒飒东风细雨来，芙蓉塘外有轻雷。
金蟾啮锁烧香入，玉虎牵丝汲井回。
贾氏窥簾韩掾少，宓妃留枕魏王才。
春心莫共花争发，一寸相思一寸灰。

〇此二诗，程氏以为在王茂元幕府时作。本四首，第三首五律，第四首七古，未抄。

赴职梓潼留别畏之员外同年

佳兆联翩遇凤凰，雕文羽帐紫金床。
桂花香处同高第，柿叶翻时独悼亡。
乌鹊失栖长不定，鸳鸯何事自相将。
京华庸蜀三千里，送到咸阳见夕阳。

〇畏之名瞻，韩偓之父，开成二年与义山同年进士。〇时韩留京师。按：前四句，似韩与义山同时娶妻、同年登第，而义山旋即悼亡。朱云义山与畏之为僚婿，意或然与？

王十二兄与畏之员外相访见招小饮时予以悼亡日近不去因寄

谢傅门庭旧未行，今朝歌管属檀郎。
更无人处簾垂地，欲拂尘时簟竟床。

嵇氏幼男犹可悯，左家娇女岂能忘。
秋霖腹疾俱难遣[①]，万里西风夜正长。

○朱云：王十二必茂元之子，义山娶茂元女，疑所悼即王氏也。①秋：一作愁。○首句义山自谓；檀郎谓韩也。

曲　池

日下繁香不自持，月中流艳与谁期。
迎忧急鼓疏钟断，分隔休灯灭烛时。
张盖欲判江滟滟[①]，回头更望柳丝丝。
从来此地黄昏散，未信河梁是别离。

①判：拚同。○此似冶游惜别之诗。

留赠畏之[①]

清时无事奏明光，不遣当关报蚤霜。
中禁词臣寻引领，左川归客自回肠。
郎君下笔惊鹦鹉，侍女吹笙弄凤凰。
空寄大罗天上事[②]，众仙同日咏霓裳。

①原注：时将赴梓潼，遇韩朝回。○三首，有七绝二首未抄。②寄：一云当作“记”。○程云：此必将赴梓潼，往谒畏之，值其朝回而不一见，故有慨乎言之耳。朱云：左川即东川。愚按：此必自东川奉使入京一次，故自称曰“归客”，与前留别畏之诗非一时也。

无　题

相见时难别亦难，东风无力百花残。
春蚕到死丝方尽，蜡炬成灰泪始干。
晓镜但愁云鬓改，夜吟应觉月光寒。
蓬山此处无多路，青鸟殷勤为探看。

○程云：此诗似邂逅有力者，望其援引入朝而作。

碧城三首

碧城十二曲阑干，犀辟尘埃玉辟寒。
阆苑有书多附鹤，女床无树不栖鸾。
星沉海底当窗见，雨过河源隔座看。
若是晓珠明又定，一生长对水晶盘。

对影闻声已可怜，玉池荷叶正田田。
不逢萧史休回首，莫见洪崖又拍肩。
紫凤放娇衔楚佩，赤鳞狂舞拨湘絃。
鄂君怅望舟中夜，绣被焚香独自眠。

七夕来时先有期，洞房簾箔至今垂。
玉轮顾兔初生魄，铁网珊瑚未有枝。
检与神方教驻景[①]，收将凤纸写相思。
武皇内传分明在，莫道人间总不知。

①景：音影。〇《居易录》引胡震亨云：唐公主多自请出家，与二教人媟近。义山同时，如文安、浔阳、平恩、邵阳、永嘉、永安、义昌、安康诸主，皆丐为道士，筑观于外。史即不言他丑，颇著微词。《碧城》三首，盖刺之也。

对雪二首[①]

寒气先侵玉女扉，清光旋透省郎闱。
梅花大庾岭头发，柳絮章台街里飞。
欲舞定随曹植马，有情应湿谢庄衣。
龙山万里无多远，留待行人二月归。

①原注：时欲之东。

旋扑珠簾过粉墙，轻于柳絮重于霜。
已随江令夸琼树，又入卢家妒玉堂。
侵夜可能争桂魄，忍寒应欲试梅妆。
关河冻合东西路，肠断斑骓送陆郎。

蜂

小苑华池烂漫通，后门前槛思无穷。
宓妃腰细才胜露，赵后身轻欲倚风。
红壁寂寥崖蜜尽，碧簾迢递雾巢空。
青陵粉蝶休离恨，长定相逢二月中。

辛未七夕

恐是仙家好别离，故教迢递作佳期。
由来碧落银河畔，可要金风玉露时。
清漏渐移相望久，微云未接过来迟。
岂能无意酬乌鹊，惟与蜘蛛乞巧丝。

玉　山

玉山高与阆风齐，玉水清流不贮泥。
何处更求回日驭，此中兼有上天梯。
珠容百斛龙休睡，桐覆千寻凤要栖。
闻道神仙有才子，赤箫吹罢好相携。

〇程注：此诗亦望恩干进之意。国藩按：此人盖居势要而有才望者。三、四句，皆就山取譬。山能回日驭，谓其能回天眷也；山有上天梯，谓其接引甚易也。神仙，言其居要地；才子，言其负时望也。

牡　丹

锦帷初卷卫夫人，绣被犹堆越鄂君。

垂手乱翻雕玉佩，招腰争舞郁金裙[①]。
石家蜡烛何曾剪，荀令香炉可待熏。
我是梦中传彩笔，欲书花叶寄朝云。

○程云：此艳诗也。以其人为国色，故以牡丹喻之。①招：朱云当作“折”。○首句原注：《典略》云：夫子见南子在锦帏之中。

一　片

一片非烟隔九枝，蓬峦仙仗俨云旗。
天泉水暖龙吟细，露畹春多凤舞迟。
榆荚散来星斗转，桂花寻去月轮移。
人间桑海朝朝变，莫遣佳期更后期。

○程氏以此为幽期密约之诗。国藩按：此当致书友人，求为京朝一官，如陈咸致书于陈汤，“得入帝城，死不恨”也。前四句，言帝城风景可望而不可即。后四句，言春去秋来，日月易逝，时事变迁，无使我更失望也。

酬崔八蚤梅有赠兼示之作

知访寒梅过野塘，久留金勒为回肠。
谢郎衣袖初翻雪，荀令熏炉更换香。
何处拂胸资蝶粉，几时涂额藉蜂黄。
维摩一室虽多病，亦要天花作道场。

○程云：此酬崔八挟妓之诗。崔八者，东川同幕之崔福也。义山在东川，清修梵行，不染情缘，故崔诗有“梵王宫地罗含宅，赖许时时听法来”之句。

促　漏

促漏遥钟动静闻，报章重叠杳难分[①]。
舞鸾镜匣收残黛，睡鸭香炉换夕熏。
归去定知还向月[②]，梦来何处更为云。

南塘渐暖蒲堪结，两两鸳鸯护水纹。

①杳：一作字。②定：一作岂。○此诗高棅以为拟深宫怨女而作。程氏以为托词于闺情，亦怨令狐綯之不见答耳。

马　嵬

海外徒闻更九州，他生未卜此生休。
空闻虎旅传宵柝，无复鸡人报晓筹。
此日六军同驻马，当时七夕笑牵牛。
如何四纪为天子，不及卢家有莫愁。

○本二首，其一七绝，未抄。

可　叹

幸会东城宴未回，年华忧共水相催。
梁家宅里秦宫入，赵后楼中赤凤来。
冰簟且眠金镂枕，琼筵不醉玉交杯。
宓妃愁坐芝田馆，用尽陈王八斗才。

○此诗程氏以为叹彼姝所遭非耦。起句、结句，盖曾与义山目成而不及乱也。愚谓此亦刺戚里之为女道士者。

富平少侯

七国三边未到忧，十三身袭富平侯。
不收金弹抛林外，却惜银床在井头。
彩树转灯珠错落，绣檀回枕玉雕锼。
当关不报侵晨客，新得佳人字莫愁。

○此亦讥勋戚子弟。

赠赵协律晳

俱识孙公与谢公，二年歌哭处还同①。

已叨邹马声华末，更共刘卢族望通。
南省恩深宾馆在，东山事往妓楼空。
不堪岁暮相逢地，我欲西征君又东。

①还：一作皆。〇第四句原注：愚与赵俱出今吏部相公门下，又同为故尚书安平公所知，复皆是安平公表侄。按：吏部相公，令狐楚也，时为当路所轧，置之散地，故曰“宾馆徒在”。安平公，崔戎也，以太和八年六月卒，故曰“妓楼已空”。

正月崇让宅[①]

密锁重关掩绿苔，廊深阁迥此徘徊。
先知风起月含晕，尚自露寒花未开。
蝙拂帘旌终展转，鼠翻窗网小惊猜。
背灯独共馀香语[②]，不觉犹歌《起夜来》[③]。

①王茂元故宅。②共：一作立。③起夜：一作夜起。柳恽有《起夜来》曲。

曲　江

望断平时翠辇过，空闻子夜鬼悲歌。
金舆不返倾城色，玉殿犹分下苑波。
死忆华亭闻唳鹤，老忧王室泣铜驼。
天荒地变心虽折，若比伤春意未多。

〇太和九年正月，郑注言秦中有灾，宜兴土工厌之，乃兴曲江之役。是年十一月，因甘露之变，遂罢曲江亭馆。此诗所以慨也。按：“天荒地变”，王室之公忧也；“伤春”，义山之私戚也，当别有感耳。

柳

江南江北雪初消，漠漠轻黄惹嫩条。
灞岸已攀行客手，楚宫先骋舞姬腰。

清明带雨临官道，晚日含风拂野桥。
如线如丝正牵恨，王孙归路一何遥。

九　日

曾共山翁把酒时[1]，霜天白菊绕阶墀。
十年泉下无人问[2]，九日樽前有所思。
不学汉臣栽苜蓿，空教楚客咏江蓠。
郎君官贵施行马，东阁无因再得窥[3]。

①时：一作卮。②人问：一作消息。③阁：一作閤。

赠司勋杜十三员外

杜牧司勋字牧之，清秋一首杜秋诗[1]。
前身应是梁江总，名总还曾字总持。
心铁已从干镆利，鬓丝休叹雪霜垂。
汉江远吊西江水，羊祜韦丹尽有碑[2]。

①秋：一作陵，误。②原注：时杜奉诏撰韦碑。

天平公座中呈令狐令公时蔡京在坐京曾为僧徒故有第五句

罢执霓旌上醮坛，慢妆娇树水晶盘。
更深欲诉蛾眉敛，衣薄临醒玉艳寒。
白足禅僧思败道，青袍御史拟休官。
虽然同是将军客，不敢公然子细看。

题道静院院在中条山故王颜中丞所置虢州刺史舍官居此今写真存焉

紫府丹成化鹤群，青松手植变龙文。
壶中别有仙家日，岭上犹多隐士云。

独座遗芳成故事，褰帷旧貌似元君。
自怜筑室灵山下，徒望朝岚与夕曛。

○程云：此退居永乐时作。

题小松[①]

怜君孤秀植庭中，细叶轻阴满座风。
桃李盛时虽寂寞，雪霜多后始青葱。
一年几变枯荣事[②]，百尺方资柱石功。
为谢西园车马客，定悲摇落尽成空。

①松：一作柏。②变：一作度。

行次昭应县道上送户部李郎中充昭义攻讨[①]

将军大旆扫狂童，诏选名贤赞武功。
暂逐虎牙临故绛，远含鸡舌过新丰。
鱼游沸鼎知无日，鸟覆危巢岂待风。
早勒勋庸燕石上，伫光纶綍汉庭中。

①程注：《唐书·百官志》，天下兵马元帅、副元帅、都统、副都统以下官属，只有行军长史、行军司马等官，不闻别有"攻讨"也。再按《百官志》：招讨幕职，长史从三品，司马从四品。然则李郎中所充，当是行军司马，再上亦不过长史。题下当有"行军长史""行军司马"等字，殆亦脱之耳。

水　斋

多病欣依有道邦，南塘晏起想秋江。
卷簾飞燕还拂水，开户暗虫犹打窗。
更阅前题已披卷[①]，仍斟昨夜未开缸。
谁人为报故交道，莫惜鲤鱼时一双。

①题：一作头，非。

奉同诸公题河中任中丞新创河亭四韵之作[①]

万里谁能访十洲，新亭云构压中流。
河鲛纵玩难为室，海蜃遥惊耻化楼。
左右名山穷远目，东西大道锁轻舟。
独留巧思传千古，长与蒲津作胜游。

①程云：文集有任侍御宪，中丞或即任宪。

过故府中武威公交城旧庄感事[①]

信陵亭馆接郊畿，幽象遥通晋水祠。
日落高门喧燕雀，风飘大树撼熊罴[②]。
新蒲似笔思投日，芳草如茵忆吐时。
山下祇今黄绢字[③]，泪痕犹堕六州儿。

①朱云：武威公，王茂元也。交城县属太原府，隋分晋阳县置。②撼：一作感。③祇：音支，一作只。

赠田叟

荷蓧衰翁似有情，相逢携手绕村行。
烧畬晓映远山色，伐树暝传深谷声。
鸥鸟忘机翻浃洽，交亲得路昧平生。
抚躬道直诚感激，在野无贤心自惊。

○程云：此借忘机之田叟，形排挤之故人。

赠别前蔚州契苾使君[①]

何年部落到阴陵，奕世勤王国史称[②]。
夜掩牙旗千帐雪，朝飞羽骑一河冰。
蕃儿襁负来青冢，狄女壶浆出白登。

日晚鹖鹅泉畔猎，路人遥识郅都鹰[3]。

①原注：使君远祖，国初功臣也。《唐书》：契苾何力内附，以功封凉国公。②奕：一作三。③识：一作认。

和人题真娘墓

虎丘山下剑池边，长遣游人叹逝川。
罥树断丝悲舞席，出云清梵想歌筵。
柳眉空吐效颦叶，榆荚还飞买笑钱。
一自香魂招不得，只应江上独婵娟。

○原注：真娘，吴中乐妓，墓在虎丘山下寺中。

人日即事

文王喻复今朝是，子晋吹笙此日同。
舜格有苗旬太远，周称流火月难穷。
镂金作胜传荆俗，剪綵为人起晋风。
独想道衡诗思苦，离家恨得二年中。

春日寄怀

世间荣乐重逡巡，我独丘园坐四春。
纵使有花兼有月，可堪无酒又无人？
青袍似草年年定，白发如丝日日新。
欲逐风波千万里，未知何路到龙津。

○程云：此大中元年作，义山自会昌四年移居永乐，至此凡四年也。此后，遂出应郑亚之聘矣。

和刘评事永乐闲居见寄

白社幽闲君暂居，青云器业我全疏。

看封谏草归鸾掖，尚贲衡门待鹤书。
莲耸碧峰关路近，荷翻翠扇水堂虚。
自探典籍忘名利，欹枕时惊落蠹鱼。

和马郎中移白菊见示

陶诗只采黄金实，郢曲新传白雪英。
素色不同篱下发，繁花疑自月中生。
浮杯小摘开云母，带露全移缀水精。
偏称含香五字客，从兹得地始芳荣。

喜闻太原同院崔侍御台拜兼寄在台三二同年之什

鹏鱼何事遇屯同，云水升沉一会中。
刘放未归鸡树老，邹阳新去兔园空。
寂寥我对先生柳，赫奕君乘御史骢。
若向南台见莺友，为传垂翅度春风。

○程云：此亦退居太原时作。

无　题

万里风波一叶舟，忆归初罢更夷犹。
碧江地没元相引，黄鹤沙边亦少留。
益德冤魂终报主，阿童高义镇横秋。
人生岂得长无谓，怀古思乡共白头。

○程云：观起句、结句，所谓“初罢”者，乃大中年间梓州府罢、将归郑州之时也。

回中牡丹为雨所败二首[①]

下苑他年未可追，西州今日忽相期。

水亭暮雨寒犹在，罗荐春香暖不知。
舞蝶殷勤收落蕊，佳人惆怅卧遥帷。
章台街里芳菲伴，且问宫腰损几枝？

①回中在安定高平，其中有宫。

浪笑榴花不及春，先期零落更愁人。
玉盘迸泪伤心数，锦瑟惊弦破梦频。
万里重阴非旧圃，一年生意属流尘。
前溪舞罢君回顾，并觉今朝粉态新。

○程云：此二首乃叹长安故妓流落回中者，“牡丹”特借喻耳。

杜牧之七律

五十五首

长安杂题长句六首

觚棱金碧照山高，万国珪璋捧赭袍。
舐笔和铅欺贾马，赞功论道鄙萧曹。
东南楼日珠簾卷，西北天宛玉厄豪[①]。
四海一家无一事，将军携镜泣霜毛。

①原注：《诗》曰“鞗革金厄”，盖小环。

晴云似絮惹低空[①]，紫陌微微弄袖风。
韩嫣金丸莎覆绿，许公鞯汗杏粘红。

烟生窈窕深东第[2]，轮撼流苏下北宫。
自笑苦无楼护智，可怜铅椠竟何功。

①似：一作如。②窈窕：一作窅窱。○“韩嫣”四句，言勋戚豪家之盛。末二句，言不游权贵之门也。

雨晴九陌铺江练，岚嫩千峰叠海涛。
南苑草芳眠锦雉，夹城云暖下霓旄。
少年羁络青纹玉[1]，游女花簪紫蒂桃。
江碧柳深人尽醉，一瓢颜巷日空高。

①纹：一作文。○此首言方春景物之丽，士女冶游之盛，而己甘陋巷寂寞也。

束带谬趋文石陛，有章曾拜皁囊封。
期严无奈睡留癖，势窘犹为酒泥慵。
偷钓侯家池上雨，醉吟隋寺日沉钟。
九原可作吾谁与，师友瑯琊邴曼容。

○“期严”四句，自言疏慵，不宜于从公，有嵇康“七不堪”之意。

洪河清渭天地浚，太白终南地轴横。
祥云辉映汉宫紫，春光绣画秦川明。
草妒佳人钿朵色，风回公子玉衔声。
六飞南幸芙蓉苑，十里飘香入夹城。

丰貂长组金张辈，驷马文衣许史家。
白鹿原头回猎骑，紫云楼下醉江花。
九重树影连清汉，万寿山光学翠华。
谁识大君谦让德[1]，一毫名利斗蛙蟆。

①原注：圣上不受徽号。

河　湟

元载相公曾借箸，宪宗皇帝亦留神。
旋见衣冠就东市，忽遗弓剑不西巡。
牧羊驱马虽戎服，白发丹心尽汉臣。
唯有凉州歌舞曲，流传天下乐闲人。

李给事中敏

一章缄拜皂囊中[①]，懔懔朝廷有古风[②]。
元礼去归缑氏学[③]，江充来见犬台宫[④]。
纷纭白昼惊千古，鈇锧朱殷总一空[⑤]。
曲突徙薪人不会，海边今作钓鱼翁。

○本二首，其二五律，未录。①拜：一作报。②懔懔：一作慄慄。③缑：一作纶。原注：李膺退罢归缑氏，教授生徒。给事论郑注，告满归颍阳。④原注：郑注对于浴室。⑤鈇锧：一作铁锁。○《唐书·李中敏传》：太和六年大旱，中敏以司门员外郎上言，请斩郑注，以快忠臣之魂。帝不省，中敏以病告归。注诛，中敏被诏，累迁给事中。又谏仇士良不应荫子，为士良所怒，由是复弃官去。

今皇帝陛下一诏征兵不日功集
河湟诸郡次第归降臣获睹圣功辄献歌咏

捷书皆应睿谋期[①]，十万曾无一镞遗。
汉武惭夸朔方地，周宣休道太原师[②]。
威加塞外寒来早，恩入河源冻合迟。
听取满城歌舞曲，凉州声韵喜参差[③]。

①睿：一作运。②周宣：一作宣王。③喜：一作远。

奉和白相公圣德和平致兹休运岁终功就
合咏盛明呈上三相公长句四韵

行看腊破好年光，万寿南山对未央。
黠戛可汗修职贡，文思天子复河湟。
应须日驭西巡狩，不假星弧北射狼。
吉甫裁诗歌盛业，一篇江汉美宣王。

〇宣宗大中二年，收复河湟，白敏中进诗，同时马植、魏扶、崔铉皆进诗。三相公，谓马、魏、崔也。“圣德和平”四句，盖白公题中语。

闻庆州赵纵使君与党项战中箭身死辄书长句

将军独乘铁骢马，榆溪战中金仆姑。
死绥却是古来有，骁将自惊今日无。
青史文章争点笔，朱门歌舞笑捐躯。
谁知我亦轻生者，不得君王丈二殳。

街西长句

碧池新涨浴娇鸦，分锁长安富贵家①。
游骑偶同人斗酒，名园相倚杏交花。
银秋騕褭嘶宛马，绣鞅璁珑走钿车。
一曲将军何处笛，连云芳草日初斜②。

①分：一作深。②草：一作树。

李侍郎于阳羡里富有泉石牧亦于阳羡粗有薄产
叙旧述怀因献长句四韵

冥鸿不下非无意，塞马归来是偶然。
紫绶公卿今放旷，白头郎吏尚留连。

终南山下抛泉洞，阳羡溪中买钓船。
欲与明公操杖履，愿闻休去是何年。

赠李处士长句四韵

玉函怪牒锁灵篆，紫洞香风吹碧桃。
老翁四目牙爪利，掷火万里精神高。
霭霭祥云随步武，累累秋冢叹蓬蒿。
三山朝去应非久，姹女当窗绣羽袍。

送国棋王逢

王子纹楸一路饶，最宜檐雨竹萧萧。
羸形暗去春泉长，拔势横来野火烧①。
守道还如周柱史②，鏖兵不羡霍嫖姚。
浮生七十更万日③，与子期于局上销。

①拔：一作猛。②柱史：一作伏柱。③浮生：一作得年。〇牧之是时年四十二三，若得至七十，犹有万日。

道一大尹存之学士庭美学士简于圣明自致霄汉皆与舍弟昔年还往牧支离穷悴窃于一麾书美歌诗兼自言志因成长句四韵呈上三君子

九金神鼎重丘山，五玉诸侯杂珮环。
星座通霄狼鬣暗，戍楼吹笛虎牙闲①。
斗间紫气龙埋狱，天上洪炉帝铸颜。
若念西河旧交友②，鱼符应许出函关。

①笛：一作角。②河：一作湖。

洛阳长句二首

草色人心相与闲，是非名利有无间。

桥横落照虹堪画，树锁千门鸟自还。
芝盖不来云杳杳，仙舟何处水潺潺。
君王谦让泥金事，苍翠空高万岁山。

天汉东穿白玉京，日华浮动翠光生。
桥边游女珮环委，波底上阳金碧明。
月锁名园孤鹤唳，川酣秋梦凿龙声。
连昌绣岭行宫在，玉辇何时父老迎。

洛中监察病假满送韦楚老拾遗归朝[①]

洛桥风暖细翻衣，春引仙官去玉墀。
独鹤初冲太虚日，九牛新落一毛时。
行开教化期君是，卧病神祇祷我知。
十载丈夫堪耻处，朱云犹掉直言旂。

①韦寿朋，字楚老。

故洛阳城有感

一片宫墙当道危，行人为尔去迟迟。
毕圭苑里秋风后，平乐馆前斜日时。
锢党岂能留汉鼎[①]，清谈空解识胡儿。
千烧万战坤灵死，惨惨终年鸟雀悲。

①锢：一作钩。

润州二首

向吴亭东千里秋[①]，放歌曾作昔年游。
青苔寺里无马迹[②]，绿水桥边多酒楼。
大抵南朝皆旷达，可怜东晋最风流。

月明更想桓伊在，一笛闻吹出塞愁。

①向：一作句。②马：一作鸟。

谢朓诗中佳丽地，夫差传里水犀军。
城高铁瓮横强弩[1]，柳暗朱楼多梦云。
画角爱飘江北去，钓歌长向月中闻。
扬州尘土试回首，不惜千金借与君。

①原注：润州城，孙权筑，号为“铁瓮”。

西江怀古[1]

上吞巴汉控潇湘，怒似连山净镜光。
魏帝缝囊真戏剧，苻坚投箠更荒唐。
千秋钓艇歌明月[2]，万里沙鸥弄夕阳。
范蠡清尘何寂寞，好风唯属往来商。

①注家谓楚人指蜀江为西江，谓从西而下也。愚按诗中魏帝、苻坚等语，殊不似指蜀中者。六朝、隋、唐皆以金陵为江东，历阳为江西，厥后，豫章郡夺江西之名，而历阳等处不甚称江西矣。此西江，或指历阳乌江言之。②艇：一作舸。

题宣州开元寺水阁阁下宛溪夹溪居人

六朝文物草连空，天淡云闲今古同[1]。
鸟去鸟来山色里，人歌人哭水声中。
深秋簾幕千家雨，落日楼台一笛风。
惆怅无因见范蠡[2]，参差烟树五湖东。

①闲：冯本作开。②见：一作逢。

宣州送裴坦判官往舒州时牧欲赴官归京

日暖泥融雪半销，行人芳草马声骄[1]。

九华山路云遮寺，清弋江村柳拂桥。
君意如鸿高的的，我心悬旆正摇摇。
同来不得同归去，故国逢春一寂寥[2]。

①行人：一作人行。②一：一作正。

自宣城赴官上京

潇洒江湖十过秋，酒杯无日不淹留[1]。
谢公城畔溪惊梦，苏小门前柳拂头。
千里云山何处好，几人襟韵一生休？
尘冠挂却知闲事，终拟蹉跎访旧游[2]。

①淹：一作迟。淹留：一作封侯。②拟：一作把。

登池州九峰楼寄张祜

百感中来不自由，角声孤起夕阳楼。
碧山终日思无尽，芳草何年恨即休[1]。
睫在眼前长不见[2]，道非身外更何求[3]。
谁人得似张公子，千首诗轻万户侯。

①即：一作始。②长：一作犹。③更：一作欲。

齐安郡晚秋[1]

柳岸风来影渐疏，使君家似野人居。
云容水态还堪赏，啸志歌怀亦自如。
雨暗残灯棋散后[2]，酒醒孤枕雁来初。
可怜赤壁争雄渡，唯有蓑翁坐钓鱼。

①黄州黄冈县。②散后：一作欲散。

九日齐安登高[1]

江涵秋影雁初飞，与客携壶上翠微。

尘世难逢开口笑，菊花须插满头归。
但将酩酊酬佳节，不用登临叹落晖[2]。
古往今来只如此，牛山何必泪沾衣[3]。

①齐安：一作齐山。②叹：一作恨。③泪：一作独。

池州李使君没后十一日处州新命始到后见归妓感而成诗

缙云新命诏初行，才是孤魂寿器成[1]。
黄壤不知新雨露，粉书空换旧铭旌[2]。
巨卿哭处云空断[3]，阿鹜归来月正明[4]。
多少四年遗爱事，乡闾生子李为名[5]。

①寿器：一作受气。②空：一作唯。③用《后汉书·范式传》。④用《魏志·朱建平传》。⑤《后汉书·任延传》：为九真太守，民无嫁娶礼法，延移书属县，使省禄以助聘。同时相娶者二千馀人。其产子者咸曰："使我有是子者，任君也。"多名其子为任。

见刘秀才与池州妓别

远风南浦万重波，未似生离别恨多。
楚管能吹柳花怨，吴姬争唱竹枝歌。
金钗横处绿云堕，玉筯凝时红粉和。
待得枚皋相见日，自应妆镜笑蹉跎。

即　事

因思上党三年战，闲咏周公《七月》诗。
竹帛未闻书死节，丹青空见画灵旗。
萧条井邑如鱼尾，早晚干戈识虎皮。
莫笑一麾东下计，满江秋浪碧参差。

○黄州作。

寄李起居四韵

楚女梅簪白雪姿，前溪碧水冻醪时。
云罍心凸知难捧，凤管簧寒不受吹。
南国剑眸能盼眄，侍臣香袖爱僛垂。
自怜穷律穷途客，正怯孤灯一局棋[①]。

①怯：一作劫。

八月十二日得替后移居霅溪馆因题长句四韵

万家相庆喜秋成，处处楼台歌板声。
千载鹤归犹有恨，一年人住岂无情[①]。
夜凉溪馆留僧话，风定苏潭看月生。
景物登临闲始见，愿为闲客此闲行。

①冯注：牧之于大中四年七月至湖州，五年八月得替，恰及一年。

柳长句

日落水流西复东，春光不尽柳何穷。
巫蛾庙里低含雨，宋玉宅前斜带风[①]。
莫将榆荚共争翠[②]，深感杏花相映红[③]。
灞上汉南千万树，几人游宦别离中。

①宅：一作门。②莫将：一云不嫌。③感杏：一云与桃。

早　雁

金河秋半虏弦开，云外惊飞四散哀[①]。
仙掌月明孤影过，长门灯暗数声来。
须知胡骑纷纷在[②]，岂逐春风一一回。
莫厌潇湘少人处[③]，水多菰米岸莓苔。

①雁为虏弦所惊而来，落想奇警，辞亦足以达之。②一作“虽随胡马翩翩去”。③莫厌：一作好是。

送刘秀才归江陵

彩服鲜华觐渚宫，鲈鱼新熟别江东。
刘郎浦夜侵船月[①]，宋玉亭春弄袖风[②]。
落落精神终有立[③]，飘飘才思杳无穷。
谁人世上为金口，借取明时一荐雄。

①刘郎浦，在石首县。②弄：一作满。③终：一作将。

湖南正初招李郢秀才[①]

行乐及时时已晚，对酒当歌歌不成。
千里暮山重叠翠，一溪寒水浅深清。
高人以饮为忙事，浮世除诗尽强名。
看著白蘋芽欲吐，雪舟相访胜闲行。

①李郢，字楚望，大中进士，长安人，唐末避乱岭表。冯注云：李郢有《和湖州杜员外冬至日白蘋洲见忆》诗，与牧之此诗用韵并同，此“湖南”，当是“湖州”之误。

怀钟陵旧游四首[①]

一谒征南最少年，虞卿双璧截肪鲜。
歌谣千里春长暖，丝管高台月正圆。
玉帐军筹罗俊彦，绛帷环珮立神仙。
陆公馀德机云在，如我酬恩合执鞭。

①汉之豫章郡，隋改为县，唐改钟陵县，后改南昌县。○征南，指沈传师也，传师太和元年卒，子枢、询皆登进士第，询历清显至礼部侍郎，故以机、云比之。

滕阁中春绮席开，柘枝蛮鼓殷晴雷。
垂楼万幕青云合，破浪千帆阵马来。
未掘双龙牛斗气，高悬一榻栋梁材。
连巴控越知何事①，珠翠沉檀处处堆。

①事：一作有。

十顷平湖堤柳合，岸秋兰芷绿纤纤。
一声明月采莲女，四面朱楼卷画簾。
白鹭烟分光的的，微涟风定翠湉湉①。
斜晖更落西山影，千步虹桥气象兼。

①冯注云：字书无“湉”字。《广韵》：湉，徒兼切，水声。疑此“湉”字即“湉”也。

控压平江十万家，秋来江静镜新磨。
城头晚鼓雷霆后，桥上游人笑语多。
日落汀痕千里色，月当楼午一声歌。
昔年行乐秾桃畔，醉与龙沙拣蜀罗①。

①冯注：《通典》：南昌有龙沙。《水经注》：龙沙，沙甚洁白，高峻而陁，有龙形。国藩按：此诗之意，谓沙之白细，就中可拣出蜀罗也，以比就红粉队中拣选绝色，盖携妓夜游之诗。

商山麻涧

云光岚彩四面合，柔柔垂柳十馀家①。
雉飞鹿过芳草远，牛巷鸡埘春日斜。
秀眉老父对樽酒，蒨袖女儿簪野花。
征车自念尘土计，惆怅溪边书细沙。

①柔柔：一作柔桑。

商山富水驿[①]

益戆由来未觉贤，终须南去弔湘川。
当时物议朱云小，后代声华白日悬。
邪佞每思当面唾，清贫长欠一杯钱。
驿名不合轻移改，留警朝天者惕然。

①水：一作春。原注：驿本名与阳谏议城同姓名，因此改为富水驿。

题武关

碧溪留我武关东，一笑怀王迹自穷。
郑袖娇娆酣似醉，屈原憔悴去如蓬。
山墙谷堑依然在，弱吐强吞定已空。
今日圣神家四海，戍旗长卷夕阳中。

咏歌圣德远怀天宝因题关亭长句四韵

圣敬文思业太平[①]，海寰天下唱歌行。
秋来气势洪河壮，霜后精神泰华狞[②]。
广德者强朝万国[③]，用贤无敌是长城。
君王若悟治安论，安史何人敢弄兵。

①宣宗徽号曰“圣敬文思和武光孝皇帝”。②狞：一作宁。③者：一作有。

寄浙东韩乂评事

一笑五云溪上舟[①]，跳丸日月十经秋。
鬓衰酒减欲谁泥，迹辱魂惭好自尤。
梦寐几回迷蛱蝶，文章应广畔牢愁。
无穷尘土无聊事，不得清言解不休。

①会稽若耶溪，徐浩改为五云溪。

书怀寄中朝往还[①]

平生自许少尘埃，为吏尘中势自回[②]。
朱绂久惭官借与，白题还叹老将来[③]。
须知世路难轻进，岂是君门不大开。
霄汉几多同学伴，可怜头角尽卿材。

①往还：犹云“旧游”。②回：犹云“变易”也。③题：一作头。

初春雨中舟次和州横江裴使君见迎李赵二秀才同来因书四韵兼寄江南许浑先辈

芳草渡头微雨时，万株杨柳拂波垂。
蒲根水暖雁初浴，梅径香寒蜂未知。
辞客倚风迎暗淡，使君回马湿旌旗。
江南仲蔚多情调，怅望春阴几首诗[①]。

①春：一作青。〇辞客指李、赵，使君谓裴，仲蔚指许也。

寄澧州张舍人笛

发匀肉好生春岭，截玉钻星寄使君。
檀的染时痕半月，落梅飘处响穿云。
楼中威凤倾冠听，沙上惊鸿掠水分[①]。
遥想紫泥封诏罢，夜深应隔禁墙闻。

①沙上：冯作海上。

酬张祜处士见寄长句四韵

七子论诗谁似公，曹刘须在指挥中。
荐衡昔日知文举[①]，乞火无人作蒯通[②]。
北极楼台长挂梦，西江波浪远吞空。

可怜故国三千里，虚唱歌词满六宫③。

①知：冯作推。原注：令狐相公曾表荐处士。②无：一作何。③原注：处士诗："故国三千里，深宫二十年。一声河满子，双泪落君前。"冯注：《唐摭言》：张祜深为令狐文公所知，公镇天平日，自草荐表，令以新旧格诗三百篇进请，宣付中书门下。祜至京师，方属元江夏偃仰内廷，上因召问祜之辞藻上下。稹对曰："张祜雕虫小技，壮夫耻而不为者。或奖激之，恐变陛下风教。"上颔之，遂寂寞而归。

寄宣州郑谏议

大夫官重醉江东，潇洒名儒振古风。
文石陛前辞圣主，碧云天外作冥鸿。
五言宁谢颜光禄，百岁须齐卫武公。
再拜宜同丈人行①，过庭交分有无同②。

①同：一作为。②无：一作谁。有无同：冯本作"有无中"，非也。

寄题甘露寺北轩

曾向蓬莱宫里行①，北轩阑槛最留情。
孤高堪弄桓伊笛，缥缈宜闻子晋笙。
天接海门秋水色，烟笼隋苑暮钟声②。
他年会着荷衣去，不向山僧说姓名③。

①向：一作上。②隋：一作鹿。③说：一作道。

题青云馆①

虬蟠千仞剧羊肠，天府由来百二强。
四皓有芝轻汉祖，张仪无地与怀王。
云连帐影萝阴合，枕绕泉声客梦凉。
深处会容高尚者，水苗三顷百株桑。

①在商洛县。

正初奉酬歙州刺史邢群

翠岩千尺倚溪斜，曾得严光作钓家。
越嶂远分丁字水，腊梅迟见二年花。
明时刀尺君须用，幽应田园我有涯。
一壑风烟阳羡里，解龟休去路非赊。

○按：《外集》中尚有七律二十四首，以余辨之，皆非牧之诗也，故不录。冯注本《别集》中又有七律二首，《补遗》中又有七律六首，均未抄。

传统文化修养丛书

十八家诗钞（上）

【清】曾国藩　纂
乔继堂　编

上海科学技术文献出版社
Shanghai Scientific and Technological Literature Press

总目录

上册目录

卷 一

卷　二

卷 三

卷 四

卷　五

卷 六

卷七

卷　八

卷　九

卷　十

卷十一

卷一　曹子建五古

五十五首

箜篌引①

置酒高殿上，亲友从我游。中厨办丰膳，烹羊宰肥牛。
秦筝何慷慨，齐瑟和且柔。阳阿奏奇舞，京洛出名讴。
乐饮过三爵，缓带倾庶羞。主称千金寿，宾奉万年酬。
久要不可忘，薄终义所尤。谦谦君子德，磬折欲何求。
惊风飘白日，光景驰西流。盛时不可再，百年忽我遒。
生存华屋处，零落归山丘。先民谁不死，知命复何忧。

①《乐府诗集》题曰《黄雀行》。〇气势。〇此篇言盛时难恃，乐不可极，其末归于知命而无忧也。

薤露行①

天地无穷极，阴阳转相因。人居一世间，忽若风吹尘。
愿得展功勤，输力于明君。怀此王佐才，慷慨独不群。
鳞介尊神龙，走兽宗麒麟。虫兽犹知德，何况于士人。
孔氏删诗书，王业粲已分。骋我径寸翰，流藻垂华芬。

①《乐府解题》云：曹植拟《薤露行》为《天地》。国藩按：《薤露》《蒿里》，并丧歌也，亦谓之挽歌。

惟汉行①

太极定二仪，清浊始以形。三光照八极，天道甚著明。

为人立君长，欲以遂其生。行仁章以瑞，变故诫骄盈。
神高而听卑，报若响应声。明主敬细微，三季瞢天经。
二皇称至化，盛哉唐虞廷。禹汤继厥德，周亦致太平。
在昔怀帝京，日昃不敢宁。济济在公朝，万载驰其名。

①魏武帝《薤露》诗云："惟汉二十世，所任诚不良。"○此篇下有《平陵东》，以长短句近七古，不录。

鰕䱇篇①

鰕䱇游潢潦，不知江海流。燕雀戏藩柴，安识鸿鹄游。
世士此诚明，大德固无俦。驾言登五岳，然后小陵丘。
俯观上路人，势利惟是谋。雠高念皇家，远怀柔九州。
抚剑而雷音，猛气纵横浮。泛泊徒嗷嗷，谁知壮士忧。

①一曰《鰕鳝篇》。《乐府解题》云：曹植拟《长歌行》为《鰕䱇》。国藩按：《乐府解题》谓《长歌行》者，以芳华不久，当努力行乐，无至老大乃伤悲也。此则有远志，而思立功于世者，殊与《长歌行》不类。

吁嗟篇①

吁嗟此转蓬，居世何独然。长去本根逝，宿夜无休闲。
东西经七陌，南北越九阡。卒遇回风起，吹我入云间。
自谓终天路，忽然下沉渊。惊飙接我出，故归彼中田。
当南而更北，谓东而反西。宕宕当何依，忽亡而复存。
飘飖周八泽，连翩历五山。流转无恒处，谁知吾苦艰。
愿为中林草，秋随野火燔。糜灭岂不痛，愿与根荄连。

①《选诗拾遗》作《瑟调·飞蓬篇》。《乐府解题》云：曹植拟《苦寒行》为《吁嗟》。《魏志》云：植每欲求别见，独谈及时政，幸冀试用，终不能得。时法制待藩国峻迫，植十一年而三徙都，常汲汲无欢。○情韵。

豫章行二首①

穷达难豫图，祸福信亦然。虞舜不逢尧，耕耘处中田。

太公未遭文，渔钓终渭川。不见鲁孔丘，穷困陈蔡间。
周公下白屋，天下称其贤。

①《乐府解题》云：曹植拟《豫章行》为《穷达》。〇言贤才得知己而用之，则达、则福；无知己而弃之，则穷、则祸。

鸳鸯自朋亲，不若比翼连。他人虽同盟，骨肉天性然。
周公穆康叔，管蔡则流言。子臧让千乘，季札慕其贤。

蒲生行浮萍篇[①]

浮萍寄清水，随风东西流。结发辞严亲，来为君子仇。
恪勤在朝夕，无端获罪尤。在昔蒙恩惠，和乐如瑟琴。
何意今摧颓，旷若商与参。茱萸自有芳，不若桂与兰。
新人虽可爱，无若故所欢。行云有反期，君恩傥中还。
慊慊仰天叹，愁心将何愬。日月不恒处，人生忽若寓。
悲风来入怀，泪下如垂露。发箧造裳衣，裁缝纨与素。

①《塘上行》，或以为魏武帝所作，或以为文帝妻甄后所作。叹以谗诉见弃。此篇之意亦同。〇此下有《日苦短篇》《丹霞蔽日行》，以长短句近七古，未录。

野田黄雀行[①]

高树多悲风，海水扬其波。利剑不在掌，结友何须多。
不见篱间雀，见鹞自投罗。罗家得雀喜，少年见雀悲。
拔剑捎罗网，黄雀得飞飞。飞飞摩苍天，来下谢少年。

①《乐府诗集》，此章与前《箜篌引》，并题曰《野田黄雀行》，而辞意少异。

门有万里客[①]

门有万里客，问君何乡人。褰裳起从之，果得心所亲。

挽裳对我泣，太息前自陈。本是朔方士，今为吴越民。
行行将复行，去去适西秦。

①《门有车马客》，其客多叙市朝迁变、朋旧凋落之事。此《门有万里客》，其客自叙行役之苦。

泰山梁甫行

八方各异气，千里殊风雨。剧哉边海民，寄身于草野。
妻子象禽兽，行止依林阻。柴门何萧条，狐兔翔我宇。

怨歌行①

为君既不易，为臣良独难。忠信事不显，乃有见疑患。
周公佐成王，金縢功不刊。推心辅王室，二叔反流言。
待辠居东国，泣涕常流连。皇灵大动变，震雷风且寒。
拔树偃秋稼，天威不可干。素服开金縢，感悟求其端。
公旦事既显，成王乃哀叹。吾欲竟此曲，此曲悲且长。
今日乐相乐，别后莫相忘。

①《伎录》《乐府解题》作古辞，郭茂倩《乐府》作曹植。○子建盖以周公自喻。

名都篇①

名都多妖女，京洛出少年。宝剑值千金，被服丽且鲜。
斗鸡东郊道，走马长楸间。驰骋未能半，双兔过我前。
揽弓捷鸣镝，长驱上南山。左挽因右发，一纵两禽连。
馀巧未及展，仰手接飞鸢。观者咸称善，众工归我妍。
归来宴平乐，美酒斗十千。脍鲤臇胎鰕，炮鳖炙熊蹯②。
鸣俦啸匹侣，列坐竟长筵。连翩击鞠壤，巧捷惟万端。
白日西南驰，光景不可攀。云散还城邑，清晨复来还。

①《歌录》云:《名都》《美女》《白马》,并《齐瑟行》也,皆以首句名篇。《乐府诗集》曰:以刺时人骑射之妙、游骋之乐,而无忧国之心也。②炮:一作寒。〇气势。

当欲游南山行

东海广且深,由卑下百川。五岳虽高大,不逆垢与尘。
良木不十围,洪条无所因。长者能博爱,天下寄其身。
大匠无弃材,船车用不均。锥刀各异能,何所独却前。
嘉善而矜愚,大圣亦同然。仁者各寿考,四坐咸万年。

美女篇

美女妖且闲,采桑歧路间。柔条纷冉冉,落叶何翩翩。
攘袖见素手,皓腕约金环。头上金爵钗,腰佩翠琅玕。
明珠交玉体,珊瑚间木难。罗衣何飘飖,轻裾随风还。
顾盼遗光彩,长啸气若兰。行徒用息驾,休者以忘餐。
借问女安居,乃在城南端。青楼临大路,高门结重关。
容华耀朝日,谁不希令颜。媒氏何所营,玉帛不时安。
佳人慕高义,求贤良独难。众人徒嗷嗷,安知彼所观。
盛年处房室,中夜起长叹。

〇气势。〇美女如此容华,而安于义命,不轻于求遇合,以喻士不求苟达也。

白马篇

白马饰金羁,连翩西北驰。借问谁家子?幽并游侠儿。
少小去乡邑,扬声沙漠垂。宿昔秉良弓,楛矢何参差。
按弦破左的,右发摧月支。仰手接飞猱,俯身散马蹄。
狡捷过猴猿,勇剽若豹螭。边城多警急,胡虏数迁移。

羽檄从北来，厉马登高堤。长驱蹈匈奴，左顾陵鲜卑。
弃身锋刃端，性命安可怀。父母且不顾，何言子与妻。
名编壮士籍，不得中顾私。捐躯赴国难，视死忽如归。
〇气势。〇此亦《求自试表》中之意。

升天行二首[①]

乘蹻追术士，远之蓬莱山。灵液飞素波，兰桂上参天。
玄豹游其下，翔鹍戏其颠。乘风忽登举，仿佛见众仙。

①《乐府解题》云：曹植又有《上仙箓》与《神游》《五游》《龙欲升天》等篇，皆伤人世不永，俗情险艰，当求神仙翱翔六合之外，与《飞龙》《仙人》《远游篇》《前缓声歌》同意。

扶桑之所出，乃在朝阳溪。中心陵苍昊，布叶盖天涯。
日出登东干，既夕没西枝。愿得纡阳辔，回日使东驰。

五游篇

九州不足步，愿得凌云翔。逍遥八纮外，游目历遐荒。
披我丹霞衣，袭我素霓裳。华盖纷晻蔼，六龙仰天骧。
曜灵未移景，倏忽造昊苍。阊阖启丹扉，双阙曜朱光。
徘徊文昌殿，登陟太微堂。上帝休西棂，群后集东厢。
带我琼瑶佩，漱我沆瀣浆。踟蹰玩灵芝，徙倚弄华芳。
王子奉仙药，羡门进奇方。服食享遐纪，延寿保无疆。

远游篇[①]

远游临四海，俯仰观洪波。大鱼若曲陵，承浪相经过。
灵鳌戴方丈，神岳俨嵯峨。仙人翔其隅，玉女戏其阿。
琼蕊可疗饥，仰首吸朝霞。昆仑本吾宅，中州非我家。

将归谒东父，一举超流沙。鼓翼舞时风，长啸激清歌。
金石固易敝，日月同光华。齐年与天地，万乘安足多。

①《楚词·远游》章云：悲时俗之迫厄兮，愿轻举而远游。质菲薄而无因兮，焉托乘而上浮。王逸云：《远游》者，屈原之所作也。屈原履方直之行，不容于世，困于谗佞，无所告诉，乃思与仙人俱游戏，周历天地，无所不至焉。

仙人篇①

仙人揽六著，对博太山隅。湘娥抚琴瑟，秦女吹笙竽。
玉樽盈桂酒，河伯献神鱼。四海一何局，九州安所如。
韩终与王乔，要我于天衢。万里不足步，轻举凌太虚。
飞腾逾景云，高风吹我躯。回驾观紫微，与帝合灵符。
阊阖自嵯峨，双阙万丈馀。玉树扶道生，白虎夹门枢，
驱风游四海，东过王母庐。俯观五岳间，人生如寄居。
潜光养羽翼，进趣且徐徐。不见昔轩辕，升龙出鼎湖。
徘徊九天下，与尔长相须。

①《乐府广题》云：秦始皇三十六年，使博士为《仙真人》诗，游行天下，令乐人歌之。曹植《仙人篇》曰“仙人揽六著”，言人生如寄，当养羽翼，徘徊九天，以从韩终、王乔于天衢也。齐陆瑜又有《仙人揽六著》篇，盖出于此。

斗鸡篇①

游目极妙伎，清听厌宫商。主人寂无为，众宾进乐方。
长筵坐戏客，斗鸡观闲房。群雄正翕赫，双翅自飞扬。
挥羽激清风，悍目发朱光。觜落轻毛散，严距往往伤。
长鸣入青云，扇翼独翱翔。愿蒙狸膏助，常得擅此场。

①《春秋左氏传》云：季、郈之鸡斗，季氏介其鸡，郈氏为之金距。杜预云：捣介子播其羽也，或云以胶沙播之，为介鸡。《邺都故事》云：魏

明帝大和中，筑斗鸡台。赵王石虎，亦以芥羽漆砂斗鸡于此。故曹植诗云“斗鸡东郊道，走马长楸间”是也。

盘石篇

盘石山巅石①，飘飖涧底蓬。我本太山人，何为客淮东。
蒹葭弥斥土，林木无分重。岸岩若崩缺，湖水何汹汹。
蚌蛤被滨涯，光彩如锦虹。高彼凌云霄，浮气象螭龙。
鲸脊若丘陵，须若山上松。呼吸吞船欐，澎濞戏中鸿。
方舟寻高价，珍宝丽以通。一举必千里，乘飔举帆幢。
经危履险阻，未知命所钟。常恐沉黄垆，下与鼋鳖同。
南极苍梧野，游眄穷九江。中夜指参辰，欲师当定从。
仰天长太息，思想怀故邦。乘桴何所志，吁嗟我孔公。

①盘石山巅石：上“石”字有误，当用连绵字，与“飘飖”字对。○诗意大抵言生于帝王之家，处于风波之地，常有性命之忧。

驱车篇

驱车掸驽马，东到奉高城。神哉彼太山，五岳专其名。
隆高贯云霓，嵯峨出太清。周流二六堠，间置十二亭。
上有涌醴泉，玉石扬华英。东北望吴野，西眺观日精。
魂神所系属，逝者感斯征。王者以归天，效厥元功成。
历代无不遵，礼记有品程。探策或长短，唯德享利贞。
封者七十帝，轩皇元独灵。飧霞漱沆瀣，毛羽被身形。
发举蹈虚廓，径廷升窈冥。同寿东父年，旷代永长生。

○此亦轻举远游之意。

种葛篇

种葛南山下，葛藟自成阴。与君初婚时，结发恩义深。

欢爱在枕席，夙昔同衣衾。窃慕棠棣篇，好乐和瑟琴。
行年将晚暮，佳人怀异心。恩纪旷不接[①]，我情遂抑沉。
出门当何顾，徘徊步北林。下有交颈兽，仰见双栖禽。
攀枝长叹息，泪下沾罗襟。良马知我悲，延颈代我吟。
昔为同池鱼，今为商与参。往古皆欢遇，我独困于今。
弃置委天命，悠悠安可任。

①恩纪旷不接：谓己见疏于文帝，犹妇见弃于其夫也。

弃妇篇

石榴植前庭，绿叶摇缥青。丹华灼烈烈，璀彩有光荣。
光荣晔流离，可以处淑灵。有鸟飞来集，拊翼以悲鸣。
悲鸣夫何为，丹华实不成。拊心长叹息，无子当归宁。
有子月经天，无子若流星。天月相终始，流星没无精。
栖迟失所宜，下与瓦石并。忧怀从中来，叹息通鸡鸣。
反侧不能寐，逍遥于前庭。踟蹰还入房，肃肃帷幕声。
搴帷更摄带，抚弦调鸣筝。慷慨有馀音，要妙悲且清。
收泪长叹息，何以负神灵。招摇待霜露。何必春夏成。
晚获为良实，愿君且安宁。

〇子建见疏于文帝，屡迁国邑，有才而不见用，自嗟屏逐之臣，故以弃妇自喻。

公讌诗[①]

公子敬爱客，终宴不知疲。清夜游西园，飞盖相追随。
明月澄清影，列宿正参差。秋兰被长坂，朱华冒绿池。
潜鱼跃清波，好鸟鸣高枝。神飙接丹毂，轻辇随风移。
飘飖放志意，千古长若斯。

①此在邺宫与兄丕宴饮，时武帝在，故称丕为公子。〇工律。

赠徐幹[1]

惊风飘白日，忽然归西山。圆景光未满，众星灿以繁。
志士荣世业，小人亦不闲。聊且夜行游，游彼双阙间。
文昌郁云兴[2]，迎风高中天[3]。春鸠鸣飞栋，流猋激棂轩。
顾念蓬室士[4]，贫贱诚足怜。薇藿弗充虚，皮褐犹不全。
慷慨有悲心，兴文自成篇。宝弃怨何人，和氏有其愆。
弹冠俟知己，知己谁不然？良田无晚岁，膏泽多丰年。
亮怀璠玙美，积久德逾宣。亲交义在敦，申章复何言。

①刘良云：子建与徐幹俱不见用，有怨刺之意，故为此诗。②文昌：殿名。③迎风：观名。④蓬室士：指幹。〇情韵。〇和氏，植自喻，谓己有献宝之责，而己亦遭刖也。知己，植自指，谓徐幹俟己，而己之冠亦被敝弃也。

赠丁仪[1]

初秋凉气发，庭树微销落。凝霜依玉除，清风飘飞阁。
朝云不归山，霖雨成川泽。黍稷委畴陇，农夫安所获？
在贵多忘贱，为恩谁能博！狐白足御冬，焉念无衣客？
思慕延陵子，宝剑非所惜。子其宁尔心，亲交义不薄[2]。

①李善云：与都亭侯丁翼，今云“仪”，误也。《魏略》曰：丁仪，字正礼，太祖辟为掾。②吕向云：《魏志》：仪有文才，子建赠以此诗，有怨刺之意。〇情韵。〇首四句，赋景物。“朝云”四句，喻用才则民被其泽，弃才则国无所获。“在贵”四句，讥时之贵臣，不以荐贤下士为意。末四句，自矢不弃良友。

赠王粲

端坐苦愁思，揽衣起西游。树木发春华，清池激长流。
中有孤鸳鸯，哀鸣求匹俦。我愿执此鸟，惜哉无轻舟。

欲归忘故道，顾望但怀愁。悲风鸣我侧，羲和逝不留。
重阴润万物，何惧泽不周。谁令君多念，自使怀百忧。

○情韵。○鸳鸯喻粲。“我愿”二句，喻己思引粲而无良会。“重阴”句，喻太祖。王粲最为太祖所重，故末四句云尔。

又赠丁仪王粲[①]

从军度函谷，驱马过西京。山岑高无极，泾渭扬浊清。
壮哉帝王居，佳丽殊百城。员阙出浮云，承露概泰清。
皇佐扬天惠，四海无交兵。权家虽爱胜，全国为令名。
君子在末位，不能歌德声。丁生怨在朝，王子欢自营。
欢怨非贞则，中和诚可经[②]。

①《集》云：答丁敬礼、王仲宣。善云：翼字敬礼，“仪”，误也。②从军，谓建安三十年曹公西征张鲁。皇佐，指魏太祖。权家，谓兵法之权谋家也。君子，谓丁、王也。丁时为太子掾，位卑，故曰“怨在朝”；王时免官在家，故曰“欢自营”。欢、怨，皆有所不平，故勖之以中和。

赠丁翼[①]

嘉宾填城阙，丰膳出中厨。吾与二三子，曲宴此城隅。
秦筝发西气，齐瑟扬东讴。肴来不虚归，觞至反无馀。
我岂狎异人，朋友与我俱。大国多良材，譬海出明珠。
君子义休偫，小人德无储[②]。积善有馀庆，荣枯立可须。
滔荡固大节，时俗多所拘。君子通大道，无愿为世儒。

①《文士传》云：翼字敬礼，仪之弟也，为黄门侍郎。②偫，待也，一曰“具”也。储，谓蓄积之，以待无也。休偫，谓美而有馀也。

赠白马王彪七首[①]

序曰：黄初四年正月，白马王、任城王与余俱朝京师，会节气。到洛阳，任城王薨。至七月，与白马王还国。后有司以二王归蕃，道路宜异宿止，意每恨之。盖以大别在数日，是用自剖，与王辞焉。愤而成篇。

谒帝承明庐，逝将归旧疆②。清晨发皇邑，日夕过首阳③。
伊洛广且深，欲济川无梁。泛舟越洪涛，怨彼东路长。
顾瞻恋城阙，引领情内伤。

①《集》云：于圈城作。《魏志》云：楚王彪，字朱虎，初封白马王，后徙封楚；任城王彰，字子文，并武帝子。彰建安中为北中郎将，伐乌丸有功，文帝黄初三年为任城王，四年朝京，不即得见，忿怒暴薨。○《艺苑卮言》云：子建《谒帝承明庐》《明月照高楼》，子桓《西北有浮云》《秋风萧瑟》，非邺中诸子可及，仲宣、公幹，远在下风。吾每至《谒帝》一章，便数十过不可了，悲婉宏壮，情事理境，无所不有。又云：陈思王《赠白马王彪》诗，全法《大雅·文王之什》体，以故首二章不相承耳；后人不知，合而为一者，良可笑也。②旧疆：鄄城也。③首阳：在洛阳城东北二十里。○情韵。

太谷何寥廓，山树郁苍苍。霖雨泥我涂，流潦浩纵横。
中逵绝无轨，改辙登高冈。修坂造云日，我马玄以黄。
○情韵。

玄黄犹能进，我思郁以纡。郁纡将何念，亲爱在离居。
本图相与偕，中更不克俱。鸱枭鸣衡轭，豺狼当路衢。
苍蝇间白黑，谗巧令亲疏。欲还绝无蹊，揽辔止踟蹰。
○情韵。

踟蹰亦何留，相思无终极。秋风发微凉，寒蝉鸣我侧。
原野何萧条，白日忽西匿。归鸟赴乔林，翩翩厉羽翼。
孤兽走索群，衔草不遑食。感物伤我怀，抚心长太息。
○情韵。

太息将何为，天命与我违。奈何念同生，一往形不归。
孤魂翔故域，灵柩寄京师。存者忽复过，亡没身自衰。
人生处一世，去若朝露晞。年在桑榆间，影响不能追。
自顾非金石，咄唶令心悲。

○情韵。○同生，指任城王彰。桑榆，以日之将落，喻人之将老。影响虽捷，尚不如将逝之年光，其去更速也。

心悲动我神，弃置莫复陈。丈夫志四海，万里犹比邻。
恩爱苟不亏，在远分日亲。何必同衾帱，然后展殷勤。
忧思成疾疢，无乃儿女仁。仓卒骨肉情，能不怀苦辛。

○情韵。

苦辛何虑思，天命信可疑。虚无求列仙，松子久吾欺。
变故在斯须，百年谁能持[①]。离别永无会，执手将何时。
王其爱玉体，俱享黄发期。收泪即长路，援笔从此辞。

①言有司逼迫太甚，时虞不测之祸，变生斯须间事耳，谁能保百年哉！○情韵。

送应氏诗二首[①]

步登北邙阪，遥望洛阳山。洛阳何寂寞，宫室尽烧焚。
垣墙皆顿擗，荆棘上参天。不见旧耆老，但睹新少年。
侧足无行径，荒畴不复田。游子久不归，不识陌与阡。
中野何萧条，千里无人烟。念我平常居，气结不能言。

①刘良云：送璩、玚兄弟。时董卓迁献帝于西京，洛阳被烧，故多言荒芜之事。○情韵。

清时难屡得，嘉会不可常。天地无终极，人命若朝霜。

愿得展燕婉，我友之朔方。亲昵并集送，置酒此河阳。
中馈岂独薄，宾饮不尽觞。爱至望苦深，岂不愧中肠。
山川阻且远，别促会日长。愿为比翼鸟，施翮起高翔。
○情韵。

三良诗[①]

功名不可为，忠义我所安。秦穆先下世，三臣皆自残。
生时等荣乐，既没同忧患。谁言捐躯易，杀身诚独难。
揽涕登君墓，临穴仰天叹。长夜何冥冥，一往不复还。
黄鸟为悲鸣，哀哉伤肺肝。

①《左传》云：秦伯任好卒，以子车氏三子奄息、仲行、鍼虎为殉，皆秦之良也。诗人作《黄鸟》以哀之。刘良云：植被文帝责黜，意者自悔不从武帝，而作是诗。

游仙诗[①]

人生不满百，戚戚少欢娱。意欲奋六翮，排雾凌紫虚。
蝉蜕同松乔，翻迹登鼎湖。翱翔九天上，骋辔远行游。
东观扶桑曜，西临弱水流。北极玄天渚，南翔陟丹丘。
①此亦《升天行》《五游篇》《远游篇》《仙人篇》等作之旨。

杂诗六首[①]

高台多悲风，朝日照北林。之子在万里，江湖迥且深。
方舟安可极，离思故难任。孤雁飞南游，过庭长哀吟。
翘思慕远人[②]，愿欲托遗音。形影忽不见，翩翩伤我心。

①李善云：此六篇，并别京已后在鄄城思乡而作。②之子、远人，当有所专指之人，若徐幹之类。○识度。○《易·小过》：飞鸟遗之音。谓欲托之寄音信于故乡也，转瞬而雁之形影已不见矣。

转蓬离本根，飘飖随长风。何意回飙举，吹我入云中。
高高上无极，天路安可穷。类此游客子，捐躯远从戎。
毛褐不掩形，薇藿常不充。去去莫复道，沉忧令人老。
○识度。○转蓬、游子，似皆子建以自喻者；本根，指京师也。

西北有织妇，绮缟何缤纷。明晨秉机杼，日昃不成文。
太息终长夜，悲啸入青云。妾身守空闺，良人行从军。
自期三年归，今已历九春。飞鸟绕树翔，嗷嗷鸣索群。
愿为南流景，驰光见我君。
○识度。○良人、我君，皆喻思君之意。

南国有佳人，容华若桃李。朝游江北岸，夕宿潇湘沚。
时俗薄朱颜，谁为发皓齿。俯仰岁将暮，荣耀难久恃。
○识度。○此首自惜有才，而不得及时见用也。

仆夫早严驾，吾将远行游。远行欲何之？吴国为我仇。
将骋万里途，东路安足由？江介多悲风，淮泗驰急流。
愿欲一轻济，惜哉无方舟。闲居非吾志，甘心赴国忧。
○识度。○此即《求自试表》愿“身分蜀境，首悬吴阙”之意。

飞观百馀尺，临牖御棂轩。远望周千里，朝夕见平原。
烈士多悲心，小人媮自闲。国雠亮不塞，甘心思丧元。
拊剑西南望，思欲赴太山。弦急悲声发，聆我慷慨言。
○识度。○此亦《求自试表》之意。

闺　情[1]

揽衣出中闺，逍遥步两楹。闲房何寂寞，绿草被阶庭。

空室自生风，百鸟翩南征。春思安可忘，忧戚与我并。
佳人在远道，妾身单且茕。欢会难再遇，芝兰不重荣。
人皆弃旧爱，君岂若平生。寄松为女萝，依水如浮萍。
赍身奉衿带，朝夕不堕倾。傥终顾盼恩，永副我中情。

①一作《杂诗》。○此亦与《弃妇篇》相近。

七哀诗①

明月照高楼，流光正徘徊。上有愁思妇，悲叹有馀哀。
借问叹者谁，言是荡子妻。君行逾十年，孤妾常独栖。
君若清路尘，妾若浊水泥。浮沉各异势，会合何时谐。
愿为西南风，长逝入君怀。君怀良不开，贱妾当何依？

①《玉台》作《杂诗》。○情韵。国藩按：《乐府诗集》所载，又有一首晋乐所奏，凡二十八句，较本辞多十二句。

情　诗①

微阴翳阳景，清风飘我衣。游鱼潜绿水，翔鸟薄天飞。
眇眇客行士，遥役不得归。始出严霜结，今来白露晞。
游子叹黍离，处者歌式微。慷慨对嘉宾，凄怆内伤悲。

①《玉台》作《杂诗》。○此代述久役不归之情。“游鱼”二句，言得所也；“眇眇”二句，言不如鱼鸟也。

喜雨诗

天覆何弥广，苞育此群生。弃之必憔悴，惠之则滋荣。
庆云从北来，郁述西南征。时雨中夜降，长雷周我庭。
嘉种盈青壤，登秋必有成。

七步诗①

煮豆持作羹，漉豉以为汁。萁向釜中然，豆在釜中泣。

本是同根生，相煎何太急。

①本集不载。《世说新语》云：文帝尝令东阿王七步中作诗，不成者行大法，王应声便为诗，帝有惭色。

失　题[①]

双鹤俱遨游，相失东海旁。雄飞窜北朔，雌惊赴南湘。

弃我交颈欢，离别各异方。不惜万里道，但恐天网张。

①见《艺文·鹤部》。

《乐府诗集》有《桂之树》一首，长短句，《当墙欲高行》长短句，《当事君行》长短句，《当车已驾行》长短句；《妾薄命》二首，一六言、一杂言；《苦思行》一首长短句，《飞龙篇》一首四言，与《平陵东》《日苦短》《丹霞蔽日行》，皆以非五言古，未抄。

阮嗣宗五古

八十二首

咏怀八十二首

颜延年云：阮公身事乱朝，常恐遇祸，因兹咏怀，虽志在讥刺，而文多隐避，百代之下，难以情测，故粗明大意，略其幽旨也。《诗统》云：阮集传之既久，颇存讹阙，校录者往往肆为补缀，作者之旨，淆乱甚焉。今以诸本参校，其义稍优。○按《文选》录《咏怀》诗十七首，近人陈氏沆《诗比兴笺》录《咏怀》诗三十八首。今于旧注节抄一二，陈氏说节抄十之六七。其前人论说所未及，国藩间有窥测，亦附书焉。尚有数首，义不可通，遂阙所疑，以俟达者。

夜中不能寐，起坐弹鸣琴。薄帷鉴明月，清风吹我衿。
孤鸿号外野，翔鸟鸣北林。徘徊将何见，忧思独伤心。
○识度。

二妃游江滨，逍遥顺风翔。交甫怀环珮，婉娈有芬芳。
猗靡情欢爱，千载不相忘。倾城迷下蔡，容好结中肠。
感激生忧思，萱草树兰房。膏沐为谁施，其雨怨朝阳。
如何金石交，一旦更离伤。

○识度。○陈沆曰：司马父子隐谲险诈，奸而不雄，《咏怀》诗中多以妾妇讥之。

嘉树下成蹊，东园桃与李。秋风吹飞藿，零落从此始。
繁华有憔悴，堂上生荆杞。驱马舍之去，去上西山趾。
一身不自保，何况恋妻子。凝霜被野草，岁暮亦云已。

○识度。○陈沆曰：司马懿尽录魏王公，置于邺。嘉树零落，繁华憔悴，皆宗枝翦除之喻也。

天马出西北，由来从东道。春秋非有托，富贵焉常保。
清露被皋兰，凝霜沾野草。朝为媚少年，夕暮成丑老。
自非王子晋，谁能常美好。

○识度。○陈沆云：马出西极，由东道主人引之使来。司马氏本人臣，由魏帝致之使盛。少年倏老，喻魏之全盛倏衰也。马即典午之姓。

平生少年时，轻薄好弦歌。西游咸阳中，赵李相经过。
娱乐未终极，白日忽蹉跎。驱马复来归，反顾望三河。
黄金百镒尽，资用常苦多。北临太行道，失路将如何。

○识度。○《丹铅馀录》云：阮籍《咏怀》诗“西游咸阳市，赵李相经过”，颜延年以为赵飞燕、李夫人；刘会孟谓“安知非实有此人，不必求其谁何也”。详诗意，咸阳赵李，谓游侠近侍之俦。《汉·谷永传》：“小臣赵李，从微贱贵宠，成帝常与微行。”籍用赵李，字正出此。若如颜延年之说，赵飞燕、李夫人岂可言“经过”？如刘会孟言，当时实有此人，唐王维诗亦有“日夜经过赵李家”，岂唐时亦实有此人乎？乃知读书不详考深思，虽如延年之博学，会孟之精鉴，亦不免失之，况下此者耶！《诗话补遗》云：按《汉书》，乃赵季、李款。陈沆以首四句比魏之盛时，“白日蹉跎”比明帝之崩，“失路”比国家之失权。

昔闻东陵瓜，近在青门外。连畛距阡陌，子母相钩带。
五色曜朝日，嘉宾四面会。膏火自煎熬，多财为患害。
布衣可终身，宠禄岂足赖。

○识度。○此首阮公以邵平自比。“膏火”二句，亦讥趋附权势者。

炎暑惟兹夏，三旬将欲移。芳树垂绿叶，青云自逶迤。
四时更代谢，日月递参差。徘徊空堂上，忉怛莫我知。
愿睹卒欢好，不见悲别离。

○识度。○魏甘露五年六月甲寅，司马昭立常道乡公，在月之三日。陈沆谓此诗即指此事。“三旬将欲移”云者，谓恐三旬即移秋节也。“愿睹卒欢好”云者，恐其复为齐王芳、高贵乡公之续也。

灼灼西隤日，馀光照我衣。迴风吹四壁，寒鸟相因依。
周周尚衔羽，蛩蛩亦念饥。如何当路子，磬折忘所归。
岂为夸誉名，憔悴使心悲。宁与燕雀翔，不随黄鹄飞。
黄鹄游四海，中路将安归。

○识度。○陈沆以“磬折、忘归”为讥党附司马氏者，未知然否。至谓末四句为阮公自命之词，鉴黄鹄之失路，宁燕雀以卑栖，则深得本指矣。

步出上东门，北望首阳岑。下有采薇士，上有嘉树林。

良辰在何许，凝霜沾衣襟。寒风振山冈，玄云起重阴。
鸣雁飞南征，鶗鴂发哀音。素质游商声，悽怆伤我心。

○识度。○首四句，阮公以伯夷自况，鶗鴂似亦刺趋时附势之小人。

北里多奇舞，濮上有微音。轻薄闲游子，俯仰乍浮沉。
捷径从狭路，僶俛趋荒淫。焉见王子乔，乘云翔邓林。
独有延年术，可以慰我心。

○识度。○陈沆谓此章讥党附司马氏者。愚谓前六句似讥邓扬、何晏之徒，后四句则自况之语，言虽不能避世高举，犹可全生远害耳。

湛湛长江水，上有枫树林。皋兰被径路，青骊逝骎骎。
远望令人悲，春气感我心。三楚多秀士，朝云进荒淫。
朱华振芬芳，高蔡相追寻。一为黄雀哀，泪下谁能禁。

○识度。○陈沆云：楚襄比魏明帝，蔡灵侯比曹爽；“朱华芬芳”谓私取才人为伎乐，“高蔡追寻”谓兄弟数出宴游；公子挟弹规黄雀，比曹爽为司马懿所图。

昔日繁华子，安陵与龙阳。夭夭桃李花，灼灼有辉光。
悦怿若九春，磬折似秋霜。流眄发姿媚，言笑吐芬芳。
携手等欢爱，宿夕同衣裳。愿为双飞鸟，比翼共翱翔。
丹青著明誓，永世不相忘。

○识度。○旧说：安陵、龙阳，以色事楚、魏之主，尚尽忠如此，而晋文王蒙厚恩于魏，乃不能竭其股肱，而将行篡夺，所以深刺之也。○陈沆以丹青明誓，指司马懿受魏文帝、明帝两世托孤寄命之重，不应背之。

登高临四野，北望青山阿。松柏翳冈岑，飞鸟鸣相过。
感慨怀辛酸，怨毒常苦多。李公悲东门，苏子狭三河。
求仁自得仁，岂复叹咨嗟。

〇识度。〇陈沆谓此章讥党附司马氏者，如钟会、成济之徒，终亦不得其死也。〇“求仁得仁”，犹云“求祸得祸”，苏、李之诛死，自取之耳。

开秋兆凉气，蟋蟀鸣床帷。感物怀殷忧，悄悄令心悲。
多言焉所告，繁辞将诉谁。微风吹罗袂，明月耀清晖。
晨鸡鸣高树，命驾起旋归。

〇识度。〇旧说：晨鸡，知时者；旋归，将返山林以避世也。

昔年十四五，志尚好书诗。被褐怀珠玉，颜闵相与期。
开轩临四野，登高望所思。丘墓蔽山冈，万代同一时。
千秋万岁后，荣名安所之？乃悟羡门子，噭噭令自嗤。

〇识度。〇此首自述其抗志自修，遁世无闷。“千秋”二句，言荣名不足称；“羡门”二句，言长生不足慕，但求有自修之实耳。

徘徊蓬池上，还顾望大梁。绿水扬洪波，旷野莽茫茫。
走兽交横驰，飞鸟相随翔。是时鹑火中，日月正相望。
朔风厉严寒，阴气下微霜。羁旅无俦匹，俯仰怀哀伤。
小人计其功，君子道其常。岂惜终憔悴，咏言著斯章。

〇识度。〇陈沆曰：大梁，指魏也。《左传》：晋伐虢，卜偃曰：克之，其九月、十月之交乎？鹑火中，必是时也。嘉平六年，九月甲戌，司马师废帝为齐王，乃十九日。十月庚寅，立高贵乡公，正九月、十月之交，“鹑火中”之时也。司马师先定谋，而后白太后，其在九月十五日“日月相望”时乎？

独坐空堂上，谁可与欢者。出门临永路，不见行车马。
登高望九州，悠悠分旷野。孤鸟西北飞，离兽东南下。
日暮思亲友，晤言用自写。

〇识度。〇陈沆曰：悼国无人也。我瞻四方，蹙蹙靡所骋，途穷能无恸乎！孤鸟、离兽，士不西走蜀，则南走吴耳。

悬车在西南，羲和将欲倾。流光耀四海，忽忽至夕冥。
朝为咸池晖，濛汜受其荣。岂知穷达士[①]，一死不再生。
视彼桃李花，谁能久荧荧。君子在何许，旷世未合并[②]。
瞻仰景山松，可以慰吾情。

①知：《集》作放。②旷世：一作叹息。○首四句言魏祚将倾。“朝为”二句，指前此被魏之恩泽者。“岂知”六句，言夏侯之属云亡，殉国之人未见。“景山松”似有所指之人，可信其劲节不改者。

西方有佳人，皎若白日光。被服纤罗衣，左右佩双璜。
修容耀姿美，顺风振微芳。登高眺所思，举袂当朝阳[①]。
寄颜云霄间，挥袖凌虚翔。飘飖恍惚中，流眄顾我旁。
悦怿未交接，晤言用感伤。

①当：《集》作向。

杨朱泣路歧，墨子悲染丝。揖让长离别，飘飖难与期。
岂徒燕婉情，存亡诚有之。萧索人所悲，祸衅不可辞。
赵女媚中山，谦柔愈见欺。嗟嗟涂上士，何用自保持。

○陈沆以此首与《二妃游江滨》《昔日繁华子》二章，同类并观，皆以妾妇讥司马氏也。国藩按：歧路、染丝，言变迁不定、翻覆无常，不特燕婉之情如此，即国之存亡，亦不过一反覆间耳。

于心怀寸阴，羲阳将欲冥。挥袂抚长剑，仰观浮云征。
云间有玄鹤[①]，抗志扬哀声。一飞冲青天，旷世不再鸣。
岂与鹑鷃游，连翩戏中庭。

①玄鹤：阮公自况之词。○京师曹氏家藏阮步兵诗一卷，唐人所书，与世所传多异。其一篇云：“放心怀寸阴，羲和将欲冥。挥袂抚长剑，仰观

浮云行。云间有立鹄，抗首扬哀声。一飞冲青天，强世不再鸣。安与鹑鷃游，翩翩戏中庭。”孔宗翰亦有本，与此多同。

夏后乘灵舆，夸父为邓林。存亡从变化，日月有浮沉。
凤凰鸣参差，伶伦发其音。王子好箫管，世世相追寻。
谁言不可见，青鸟明我心。

东南有射山，汾水出其阳。六龙服气舆，云盖切天纲[①]。
仙者四五人，逍遥晏兰房。寝息一纯和，呼吸成露霜。
沐浴丹渊中，照耀日月光。岂安通灵台，游瀁去高翔。

①切：一作覆。

殷忧令志结，怵惕常若惊。逍遥未终晏，朱阳忽西倾。
蟋蟀在户牖，蟪蛄号中庭。心肠未相好，谁云谅我情。
愿为云间鸟，千里一哀鸣。三芝延瀛洲，远游可长生。

拔剑临白刃，安能相中伤。但畏工言子，称我三江旁。
飞泉流玉山，悬车栖扶桑。日月径千里，素风发微霜。
势路有穷达，咨嗟安可长？

朝登洪坡颠，日夕望西山。荆棘被原野，群鸟飞翩翩。
鸾鹥时栖宿[①]，性命有自然。建木谁能近，射干复婵娟。
不见林中葛，延蔓相勾连。

①时：《集》作特。

周郑天下交，街術当三河。妖冶闲都子，焕耀何芬葩。
玄鬓发朱颜[①]，睇眄有光华。倾城思一顾，遗视来相夸。

愿为三春游，朝阳忽蹉跎。盛衰在须臾，离别将如何。

①发：一作照。

若花耀西海[①]，扶桑翳瀛洲。日月经天涂，明暗不相雠[②]。
穷达自有常，得失又何求。岂效路上童，携手共遨游。
阴阳有变化，谁云沉不浮。朱鳖跃飞泉，夜飞过吴洲。
俯仰运天地，再抚四海流。系累名利场，驽骏同一辀。
岂若遗耳目，升遐去殷忧。

①花：一作木；西：一作四。②雠：《集》作侔。〇首四句谓日往月来，月往日来，互有屈伸，不相雠怨；人生有达即有穷，有得即有失，又何怨哉！“岂效”二句，言不学世上小儿，营营干求。朱鳖，阮公以之自况，亦远游遗世之意。

昔余游大梁，登于黄华颠。共工宅玄冥，高台造青天。
幽荒邈悠悠，凄怆怀所怜。所怜者谁子，明察自照妍[①]。
应龙沉冀州，妖女不得眠。肆侈凌世俗[②]，岂云永厥年。

①自照妍：一作应自然。②侈：一作伎。〇《诗话补遗》云：阮籍诗“昔余游大梁，登于黄华颠”，“应龙沉冀州，妖女不得眠”。按《战国策》：赵武灵西至河，登黄华之上，梦处女鼓瑟歌诗，因纳吴广女姓嬴孟姚。其先七世，而兆于简子之梦，及入宫而夺嫡乱国，岂非妖女乎？张平子《应问》曰：女魃北而应龙翔。合而观之，可见其微意。盖当是时，魏明帝郭后、毛后妒宠相杀，正类武灵王事，故隐语怪说，亦《春秋》定、哀多微辞意也。陈沆曰：大梁，魏也。女魃处共工之台，主旱，以比司马氏。应龙沉冀州之野，主雨，以比玄、爽、晏、范之俦，矜智自负，奢侈荒宴，自取败亡也。

驱马出门去，意欲远征行。征行安所如，背弃夸与名。
夸名不在己，但愿适中情。单帷蔽皎日，高榭隔微声。

谗邪使交疏，浮云令昼冥。燕婉同衣裳，一顾倾人城。
从容在一时，繁华不再荣。晨朝奄复暮，不见所欢形。
黄鸟东南飞，寄言谢友生。

驾言发魏都，南向望吹台。箫管有遗音，梁王安在哉？
战士食糟糠，贤者处蒿莱。歌舞曲未终，秦兵已复来。
夹林非吾有，朱宫生尘埃。军败华阳下，身竟为土灰。

〇《文昌杂录》云：《东京记》：天清寺繁台，梁孝王按歌吹之台。阮公诗云："驾言发魏都，南向望吹台。箫管有馀音，梁王安在哉。"后有繁氏居其侧里，人呼为"繁台"。陈沆云：魏都，即指曹魏也。明帝末年，歌舞荒淫，不知求贤讲武，以致亡国。

朝阳不再盛，白日忽西幽。去此若俯仰，如何似九秋。
人生若尘露，天道邈悠悠。齐景升丘山，涕泗纷交流。
孔圣临长川，惜逝忽若浮。去者余不及，来者吾不留。
愿登太华山，上与松子游。渔父知世患，乘流泛轻舟。

〇识度。〇此亦汲汲自修之意。

一日复一夕，一夕复一朝。颜色改平常，精神自损消。
胸中怀汤火，变化故相招。万事无穷极[1]，知谋苦不饶。
但恐须臾间，魂气随风飘。终身履薄冰，谁知我心焦。

①极：一作理。〇识度。〇司马师尝谓阮嗣宗至慎，每与言终日，言至玄远，未尝臧否人物。

一日复一朝，一昏复一晨。容色改平常，精神自飘沦。
临觞多哀楚，思我故时人。对酒不能言，凄怆怀酸辛。
愿耕东皋阳，谁与守其真。愁苦在一时，高行伤微身。

曲直何所为，龙蛇为我邻[①]。

①《扬雄传》云：君子得时则大行，不得时则龙蛇。龙蛇者，一曲一直，一伸一屈。如危行，伸也；言孙，即屈也。此诗畏高行之见伤，必言孙以自屈，龙蛇之道也。

世务何缤纷，人道苦不遑。壮年以时逝，朝露待太阳。
愿揽羲和辔，白日不移光。天阶路殊绝，云汉邈无梁。
濯发旸谷滨，远游昆岳旁。登彼列仙岨，采此秋兰芳。
时路乌足争，太极可翱翔。

○“愿揽”二句，有鲁阳挥戈驻景之意，“白日不移光”云者，欲使魏祚不遽移于晋也。“天阶”二句，言手无斧柯，无路可以回天也。

谁言万事艰，逍遥可终生[①]。临堂翳华树，悠悠念无形。
彷徨思亲友，倏忽复至冥。寄言东飞鸟，可用慰我情。

①逍遥：《庄子》篇名。○无形，言无生之始也。庄子溯其始，而本无形；非徒无形也，而本无生。翳华树，日中时也；至冥，则夕矣。

嘉时在今辰，零雨洒尘埃[①]。临路望所思，日夕复不来。
人情有感慨，荡漾焉能排。挥涕怀哀伤，辛酸谁语哉！

①零雨：似当作灵雨。○天之道，阴求阳，阳求阴，气也；人之道，男求女，女求男，情也。古人以不遇为不偶，《诗》《骚》之称美人，皆求君、求友也。此诗之望所思，亦求友之意，似有所指。言天时既嘉，道路无尘，而美人不来，能无感慨？

炎光延万里，洪州荡湍濑。弯弓挂扶桑，长剑倚天外。
泰山成砥砺，黄河为裳带。视彼庄周子，荣枯何足赖。
捐身弃中野，乌鸢作患害。岂若雄杰士，功名从此大。

○此首有屈原《远游》之意，高举出世之想。

壮士何慷慨，志欲威八荒。驱车远行役，受命念自忘。
良弓挟乌号，明甲有精光。临难不顾生，身死魂飞扬。
岂为全躯士，效命争战场。忠为百世荣，义使令名彰。
垂声谢后世，气节故有常。

○此首似指王凌、诸葛诞、毌丘俭之徒。

混元生两仪，四象运衡玑。曒日布炎精，素月垂景晖。
晷度有昭回，哀哉人命微。飘若风尘逝，忽若庆云晞。
修龄适余愿，光宠非己威。安期步天路，松子与世违。
焉得凌霄翼，飘飖登云湄。嗟哉尼父志，何为居九夷。

○陈沆曰："光宠非己威"，谓赵孟能贱之也。方欲延龄世外，遗身霄路，即尼父居九夷，且非所慕，况肯希当世之宠荣乎？

天网弥四野，六翮掩不舒。随波纷纶客①，泛泛若浮凫②。
生命无期度，朝夕有不虞。列仙停修龄，养志在冲虚。
飘飖云日间，邈与世路殊。荣名非己宝，声色焉足娱。
采药无旋返，神仙志不符。逼此良可惑，令我久踌躇。

①客：《集》作落。②浮凫：一作凫翳。○首四句谓晋氏网罗人才，庸庸者皆见录用。"生命无期度"以下，阮公自喻其游于世网之外。

王业须良辅，建功俟英雄。元凯康哉美，多士颂声隆。
阴阳有舛错，日月不常融。天时有否泰，人事多盈冲。
园绮遁南岳，伯阳隐西戎。保身念道真，宠耀焉足崇。
人谁不善始，尠能克厥终。休哉上世士，万载垂清风。

○首四句，言魏三祖时，多良辅贤士。"阴阳"四句，指齐王芳以后之事。"园绮"八句，阮公以自喻也。上世士，即园、绮、伯阳之伦。

鸿鹄相随飞，飞飞适荒裔。双翮临长风，须臾万里逝。
朝餐琅玕实，夕宿丹山际。抗身青云中，网罗孰能制。
岂与乡曲士，携手共言誓。

○此首亦远游遗世之念。

俦物终始殊，修短各异方。琅玕生高山，芝英曜朱堂。
荧荧桃李花，成蹊将夭伤。焉敢希千术，三春表微光。
自非凌风树，憔悴乌有常①。

①乌：一作要。○“焉敢”二句，当有误字。凌风树，亦阮公以自况者，有托根霄汉、终古不凋之意。

幽兰不可佩，朱草为谁荣。修竹隐山阴，射干临增城。
葛藟延幽谷，绵绵瓜瓞生。乐极消灵神，哀深伤人情。
竟知忧无益，岂若归太清。

○“幽兰”四句，喻当世之贤士。“葛藟”二句，喻当世之在势者。

鸴鸠飞桑榆，海鸟运天池。岂不识宏大，羽翼不相宜。
招摇安可翔，不若栖树枝。下集蓬艾间，上游园圃篱。
但尔亦自足，用子为追随①。

①子：指鸴鸠。○此首《艺文类聚》所载与今本不同，而义意近优。观李善《文选注》江文通拟《咏怀》诗所引与《艺文》同，亦一证也。今从《艺文》定正。国藩按：此首似以鸴鸠自比，以明不慕高位、不贪远图之意。

生命辰安在，忧戚涕沾襟。高鸟翔山冈，燕雀栖下林。
青云蔽前庭，素琴凄我心。崇山有鸣鹤，岂可相追寻。

鸣鸠嬉庭树，焦明游浮云。焉见孤翔鸟，翩翩无匹群。

死生自然理，消散何缤纷。

○《汉魏诗集》合前为一首。国藩按：《上林赋》注：焦明，似凤，西方之鸟也。此与鸣鸠并举，殊觉不伦。末二句与前四句尤为不伦，疑后人所附益也。

步游三衡旁，惆怅念所思。岂为今朝见，恍惚诚有之。
泽中生乔松，万世未可期[①]。高鸟摩天飞，凌云共游嬉。
岂有孤行士，垂涕悲故时。

①未：一作安。○乔松，冀有国祯扶魏祚于将倾者。高鸟，自喻其遗世外也。末二句谓有伯夷之心，而不学伯夷之迹也。

清露为凝霜，华草成蒿莱。谁云君子贤，明达安可能。
乘云招松乔，呼噏永矣哉！

○明达，似指一死生、齐彭殇者言之。

丹心失恩泽，重德丧所宜。善言焉可长，慈惠未易施。
不见南飞燕，羽翼正差池。高子怨新诗，三闾悼乖离。
何为混沌氏，倏忽体貌隳。

○首四句，言曹氏施厚泽于司马，而遭其反噬。末二句，言司马氏机智可怖。

十日出旸谷，弭节驰万里，经天耀四海，倏忽潜濛汜。
谁言焱炎久，游没可行俟。逝者岂长生，亦去荆与杞。
千载犹崇朝，一餐聊自已[①]。是非得失间，焉足相讥理。
计利知术穷，哀情遽能止[②]。

①聊自已：一作百金子。②遽：一作克。○陈沆曰：此达观自遣也。白日经天，有时沦没。运无常隆，理有终极。汉灭魏兴，不旋踵而魏蹙，则将来典午之熸替，亦行可俟也。

自然有成理，生死道无常。智巧万端出，大要不易方。
如何夸毘子，作色怀骄肠。乘轩驱良马，凭几向膏粱。
被服纤罗衣，深榭设闲房。不见日夕华，翩翩飞路旁。

〇识度。〇“大要不易方”云者，谓贫富贵贱、死生祸福，皆有自然之理，虽智巧万端，不能逃出范围之外。末二句，言花有荣、必有落，人有盛、必有衰也。

夸谈快愤懑，情慵发烦心[1]。西北登不周，东南望邓林。
旷野弥九州，崇山抗高岑。一餐度万世，千岁再浮沉。
谁云玉石同，泪下不可禁。

①情：一作惰。〇前八句，有远游遗世之志。末二句，言己虽生于浊世，岂其玉石不分，随众人之混混，而昧于时代之变迁邪？

人言愿延年，延年欲焉之？黄鹄呼子安，千秋未可期。
独坐山岩中，恻怆怀所思。王子亦何好，猗靡相携持。
悦怿犹今辰，计校在一时。置此明朝事，日夕将见欺。

〇陈沆曰：此与《王子十五作》一章，“王子”皆指少帝也。此少帝谋讨司马师时所作。“计校在一时”，安危系此一举也。国藩按：“日夕将见欺”，似用季平子日入慝作事。

贵贱在天命，穷达自有时。婉娈邪佞子，随利来相欺。
孤恩损惠施，但为谗夫嗤。鹡鸰鸣云中，载飞靡所期。
焉知倾侧士，一旦不可持。

〇鹡鸰且飞且鸣。《诗·小雅》及东方朔《答客难》，皆以喻汲汲自修之士。此则似讥汲汲附势之人。

惊风振四野，回云荫堂隅。床帷为谁设，几杖为谁扶？

虽非明君子，岂闇桑与榆。世有此聋瞶，芒芒将焉如。
翩翩从风飞，悠悠去故居。离靡玉山下，遗弃毁与誉。

〇首四句，有时移势异、举目山河之感。“翩翩”二句，言时移势殊，我亦遗世远举，不效世之聋瞶，贪恋禄位，茫然不知玉步之已改也。

危冠切浮云，长剑出天外。细故何足虑，高度跨一世。
非子为我御[1]，逍遥游荒裔。顾谢西王母，吾将从此逝。
岂与蓬户士，弹琴诵言誓。

①非子：秦之先世。〇此首亦有高举遗世之意。末二句似讥拘守礼法之士。

河上有丈人，纬萧弃明珠。甘彼藜藿食，乐是蓬蒿庐。
岂效缤纷子，良马骋龙舆。朝生衢路傍，夕瘗横術隅。
欢笑不终宴，俯仰复欷歔。鉴兹二三者，愤懑从此舒。

〇识度。〇二三者，似亦刺魏臣而二心于晋，旋盛旋败者。

儒者通六艺[1]，立志不可干。违礼不为动，非法不肯言。
渴饮清泉流，饥食天一箪。岁时无以祀，衣服常苦寒。
屣履咏南风，缊袍笑华轩。信道守诗书，义不受一餐。
烈烈褒贬辞，老氏用长叹。

①艺：一作义。〇识度。〇陈沆曰：此叹汉党锢，诸儒危行而不言孙，故章末以老规儒也，乌用月旦之评、清流之目哉！

少年学击刺[1]，妙伎过曲城。英风捷云霓，超世发奇声。
挥剑临沙漠，饮马九野坰。旗帜何翩翩，但闻金鼓鸣。
军旅令人悲，烈烈有哀情。念我平常时，悔恨从此生。

①刺：《集》作剑。〇少年欲从军立功，而晚节悔恨者，念仇敌不在吴、蜀，而在堂廉之间也。

平昼整衣冠，思见客与宾。宾客者谁子，倏忽若飞尘。
裳衣佩云气，言语究灵神。须臾相背弃，何时见斯人。

〇此首或指孙登、嵇康之流。

多虑令志散，寂寞使心忧。翱翔观陂泽[①]，抚剑登轻舟。
但愿长闲暇，后岁复来游。

①陂：一作彼。〇此首自述其韬精匿志、观物自怡之素。

朝出上东门，遥望首阳基。松柏郁森沉，鹂黄相与嬉。
逍遥九曲间，徘徊欲何之。念我平居时，郁然思妖姬。

〇首二句与第九首相似，而“基”字不如“岑”字之稳。末句“思妖姬”，语尤不伦，疑非阮公诗，后人附益之耳。

王子十五年，游衍伊洛滨。朱颜茂春华，辩慧怀清真。
焉见浮丘公，举手谢诗人。轻荡易恍惚，飘飖弃其身。
飞飞鸣且翔，挥翼且酸辛。

〇陈沆曰：此言明帝不能辨司马懿之奸，轻以爱子付托也。以王子晋比曹芳，以浮丘比司马懿。

塞门不可出[①]，海水焉可浮。朱明不相见，奄昧独无侯。
持瓜思东陵，黄雀诚独羞。失势在须臾，带剑上吾丘。
悼彼桑林子，涕下自交流。假乘汧渭间，鞍马去行游。

①塞：一作寒。〇《丹铅馀录》云：汉武帝崩后，忽见形谓陵令薛平曰：“我虽失势，犹为汝君，奈何令吏卒上吾陵磨剑乎？”因不见。推陵旁，果有方石，可以为砺，吏卒尝盗磨刀剑。霍光欲斩之，张安世曰：“神道茫昧，不宜为法。”故阮公《咏怀》诗曰：“失势在须臾，带剑上吾丘。”陈沆氏以“失势”二句，为刺背魏附晋之辈，未知然否。

洪生资制度，被服正有常。尊卑设次序，事物齐纪纲。
容饰整颜色，磬折执圭璋。堂上置玄酒，室中盛稻粱。
外厉贞素谈，户内灭芬芳。放口从衷出，复说道义方。
委曲周旋仪，姿态愁我肠。

○此首似讥司马懿厚貌深情，善自厉饰。

北临乾昧溪，西行游少任。遥顾望天津，骀荡乐我心。
绮靡存亡门，一游不再寻。倘遇晨风鸟，飞驾出南林[①]。
漭瀁瑶光中，忽忽肆荒淫。休息宴清都，超世又谁禁[②]。

①南：一作东。②一作“起坐复谁禁”。

人知结交易，交友诚独难。险路多疑惑，明珠未可干。
彼求飨太牢，我欲并一餐。损益在怨毒[①]，咄咄复何言。

①在：疑当作生。○“明珠”句，似用邹阳明珠暗投之意，“干”即“投”也。并一餐，即并日而食也。将损彼之有馀，益我之不足，而怨毒已生，言公道不可持也。

有悲则有情，无悲亦无思[①]。苟非婴网罟，何必万里畿。
翔风拂重霄，庆云招所晞。灰心寄枯宅，曷顾人间姿。
始得忘我难，焉知嘿自遗。

①《集》作“无情亦无悲”。

木槿荣丘墓，煌煌有光色。白日颓林中，翩翩零路侧。
蟋蟀吟户牖，蟪蛄鸣荆棘。蜉蝣玩三朝，采采修羽翼。
衣裳为谁施，俛仰自收拭。生命几何时，慷慨各努力。

○此首有冉冉将老、修名不立之感。

修涂驰轩车，长川载轻舟。性命岂自然，势路有所繇。
高名令志惑，重利使心忧。亲昵怀反侧，骨肉还相雠。
更希毁珠玉，可用登遨游。

○首四句，刺驰骛于名利之途者。势路有所由，谓赵孟能贱之也。“更希”句，即毁方瓦合、俭德避难之意。末句疑有误字。

横術有奇士，黄骏服其箱。朝起瀛洲野，日夕宿明光。
再抚四海外，羽翼自飞扬。去置世上事，岂足愁我肠。
一去长离绝，千岁复相望。

○去置：疑当作“弃置”。前六句，似刺贾充、钟会之徒。

猗欤上世士，恬淡志安贫。季叶道陵迟，驰骛纷垢尘。
宁子岂不类，扬歌谁肯殉[1]。栖栖非我偶，皇皇非已伦。
咄嗟荣辱事，去来味道真。道真信可娱，清洁存精神。
巢由抗高节，从此适河滨。

①殉：一作询。○识度。○“宁子”二句，谓宁戚非全不知道者，而饭牛之歌果为何事，而肯以身殉之也？薄宁戚而慕巢由，阮公之志事著矣。咄嗟，犹“须臾”也，言荣来辱去、辱来荣去，不过须臾间事，吾但味吾道真而已。

梁东有芳草，一朝再三荣。色容艳姿美，光华耀倾城。
岂为明哲士，妖蛊谄媚生。轻薄在一时，安知百世名。
路端便娟子，但恐日月倾。焉见冥灵木，悠悠竟无形。

秋驾安可学，东野穷路旁。纶深鱼渊潜，矰设鸟高翔。
泛泛乘轻舟，演漾靡所望。吹嘘谁以益，江湖相捐忘。
都冶难为颜，修容是我常。兹年在松乔，恍惚诚未央。

○秋驾，作“税驾”者，误。《庄子·逸篇》：尹儒学御，三年而无所得，夜梦受秋驾，明日往朝师，师曰："今将教子以秋驾。"注曰：秋驾，法驾也。国藩按："秋驾"二句，言有才者终至蹉跌，东野稷马力已竭，事见《庄子》。

咄嗟行至老，僶俛常若忧。临川羡洪波，同始异支流。
百年何足忧，但恐怨与雠。雠怨者谁子，耳目还相羞。
声色为胡越，人情自逼遒。招彼玄通士，去来归羡游。

○此首谓死不足忧，但恐有平生亲好迫之，死于非命。"同始异支流"，谓少年相好之人，中道异趣也。雠怨非他人，乃平生亲昵、朝夕闻见之人，一旦异趣，谈笑之际，睇睐之间，已成胡越。此有忧生之叹矣。末句疑有误字。

昔有神仙士，乃处射山阿。乘云御飞龙，嘘噏叽琼华。
可闻不可见，慷慨叹咨嗟。自伤非畴类，愁苦来相加。
下学而上达，忽忽将如何。

○叽：音机，小食也。终身履冰，下学上达，皆嗣宗吃紧为人处。

林中有奇鸟，自言是凤皇。清朝饮醴泉，日夕栖山冈。
高鸣彻九州，延颈望八荒。适逢商风起，羽翼自摧藏。
一去昆仑西，何时复回翔？但恨处非立，怆悢使心伤。

○凤皇，阮公自况也。"处非立"三字，疑有误。

出门望佳人，佳人岂在兹。三山招松乔，万世谁与期？
存亡有长短[1]，慷慨将焉知。忽忽朝日隤，行行将何之？
不见入秋草，摧折在今时。

①亡：一作日。○望佳人而不见，招松乔而不来，将抱孤芳而长逝耳。

昔有神仙者，羡门及松乔。噏习九阳间，升近叽云霄。

人生乐长久，百世自言辽。白日陨隅谷，一夕不再朝。
岂若遗世物，登明遂飘飖。

墓前荧荧者，木槿耀朱华。荣好未终朝，车飙陨其葩。
岂若西山草，琅玕与丹禾。垂影临增城，馀光照九阿。
宁微少年子，日夕难咨嗟。

○此与四十四首、七十一首，语意重复，别无精义，疑亦后人附益之也。

卷二 陶渊明五古

百十四首

形影神三首 并序

贵贱贤愚，莫不营营以惜生，斯甚惑焉。故极陈形影之苦，言神辨自然以释之。好事君子，共取其心焉。

形赠影

天地长不没，山川无改时。草木得常理，霜露荣悴之。
谓人最灵智，独复不如兹。适见在世中，奄去靡归期。
奚觉无一人，亲识岂相思。但馀平生物，举目情凄洏。
我无腾化术，必尔不复疑。愿君取吾言，得酒莫苟辞。

影答形

存生不可言，卫生每苦拙。诚愿游昆华，邈然兹道绝。
与子相遇来，未尝异悲悦。憩荫若暂乖，止日终不别。
此同既难常，黯尔俱时灭。身没名亦尽，念之五情热。
立善有遗爱，胡为不自竭。酒云能消忧，方此讵不劣。

神 释

大钧无私力，万理自森着。人为三才中，岂不以我故。
与君虽异物，生而相依附。结托善恶同，安得不相语。

三皇大圣人，今复在何处。彭祖爱永年[1]，欲留不得住。
老少同一死，贤愚无复数。日醉或能忘，将非促龄具。
立善常所欣，谁当为汝誉。甚念伤吾生，正宜委运去。
纵浪大化中，不喜亦不惧。应尽便须尽，无复独多虑。

①爱：一作寿，非。〇“日醉”二句，辨形赠影之言；“立善”二句，辨影答形之言。

九日闲居　并序

余闲居爱重九之名，秋菊盈园，而持醪靡由，空服九华，寄怀于言。

世短意常多，斯人乐久生。日月依辰至，举俗爱其名。
露凄暄风息，气彻天象明。往燕无遗影，来雁有馀声。
酒能祛百虑，菊解制颓龄[1]。如何蓬庐士，空视时运倾。
尘爵耻虚罍，寒华徒自荣。敛襟独闲谣，缅焉起深情。
栖迟固多娱，淹留岂无成。

①解：一作为。〇时运倾，指易代之事。淹留无成，骚人语也。今反之，谓事业则无所成，于道德岂无成耶？

归园田居五首

少无适俗韵，性本爱丘山。误落尘网中，一去三十年。
羁鸟恋旧林，池鱼思故渊。开荒南野际[1]，守拙归园田。
方宅十馀亩，草屋八九间。榆柳荫后檐[2]，桃李罗堂前。
暧暧远人村，依依墟里烟。狗吠深巷中，鸡鸣桑树巅。
户庭无尘杂，虚室有馀闲。久在樊笼里，复得返自然。

①野：一作亩。②檐：一作园。〇识度。

野外罕人事，穷巷寡轮鞅。白日掩荆扉，虚室绝尘想[1]。

时复墟曲中[②]，披草共来往[③]。相见无杂言，但道桑麻长。
桑麻日已长，我土日已广。常恐霜霰至，零落同草莽。
①虚室：一作对酒。②曲中：一作里人。③草：一作衣。○识度。

种豆南山下，草盛豆苗稀。晨兴理荒秽，带月荷锄归。
道狭草木长，夕露沾我衣。衣沾不足惜，但使愿无违。
○识度。○东坡云：以夕露沾衣之故，而违其所愿者多矣。

久去山泽游，浪莽林野娱。试携子侄辈，披榛步荒墟。
徘徊丘垅间，依依昔人居。井灶有遗处，桑竹残朽株[①]。
借问采薪者，此人皆焉如。薪者向我言，死没无复馀。
一世异朝市，此语真不虚。人生似幻化，终当归空无[②]。
①一作"树木残根株"。②空：一作虚。○识度。

怅恨独策还，崎岖历榛曲。山涧清且浅，可以濯吾足[①]。
漉我新熟酒，只鸡招近属[②]。日入空中暗，荆薪代明烛。
欢来苦夕短，已复至天旭。
①可：一作遇。②属：一作局。○识度。

游斜川　并序

辛丑正月五日，天气澄和，风物闲美，与二三邻曲同游斜川。临长流，望曾城。鲂鲤跃鳞于将夕，水鸥乘和以翻飞。彼南阜者，名实旧矣，不复乃为嗟叹。若夫曾城，旁无依接，独秀中皋。遥想灵山，有爱嘉名。欣对不足，率尔赋诗。悲日月之遂往，悼吾年之不留。各疏年纪乡里，以记其时日[①]。

开岁倏五十[②]，吾生行归休。念之动中怀，及辰为兹游。
气和天惟澄，班坐依远流。弱湍驰文鲂，闲谷矫鸣鸥。

迥泽散游目，缅然睇曾丘。虽微九重秀，顾瞻无匹俦。
提壶接宾侣，引满更献酬。未知从今去，当复如此不？
中肠纵遥情[3]，忘彼千载忧。且极今朝乐，明日非所求。

①《淮南子》：昆仑山有曾城九重。陶公因目中所见之曾城，而遥想昆仑之曾城。观上文“临长流，望曾城”句，当是斜川有山名曾城，故爱其嘉名与昆仑同耳。骆庭芝云：曾城，落星寺也。然云“独秀中皋”，则是指山，非指寺矣。②十：一作日。③中肠：一作中觞，犹大谢诗之“中饮”，即酒半也。

示周续之祖企谢景夷三郎[1]

负痾颓檐下，终日无一欣。药石有时闲，念我意中人。
相去不寻常[2]，道路邈何因[3]。周生述孔业，祖谢响然臻[4]。
道丧向千载，今朝复斯闻。马队非讲肄，校书亦已勤。
老夫有所爱，思与尔为邻。愿言诲诸子，从我颍水滨。

①时三人皆讲礼校书。②言不近也。③何：一作无。④《荐祢表》：群士响臻。

乞　食

饥来驱我去，不知竟何之。行行至斯里，叩门拙言辞。
主人解余意，遗赠岂虚来。谈谐终日夕，觞至辄倾杯。
情欣新知欢，兴言遂赋诗。感子漂母惠，愧我非韩才。
衔戢知何谢，冥报以相贻。

诸人共游周家墓柏下

今日天气佳，清吹与鸣弹。感彼柏下人，安得不为欢。
清歌散新声，绿酒开芳颜。未知明日事，余襟良已殚。

怨诗楚调示庞主簿邓治中[1]

天道幽且远，鬼神茫昧然。结发念善事，僶俛六九年。

弱冠逢世阻，始室丧其偏。炎火屡焚如，螟蜮恣中田。
风雨纵横至，收敛不盈廛。夏日抱长饥[2]，寒夜无被眠。
造夕思鸡鸣，及晨愿乌迁。在己何怨天，离忧凄目前。
吁嗟身后名，于我若浮烟。慷慨独悲歌，钟期信为贤。

①《古今乐录》载：《怨诗》始于卞和，继以班婕妤，盖伤不见知之意。此篇之末，亦伤世无知己也。②抱长：一作长抱。

答庞参军　有序

三复来贶，欲罢不能。自尔邻曲，冬春再交，款然良对，忽成旧游。俗谚云“数面成亲旧”，况情过此者乎！人事好乖，便当语离。杨公所叹[1]，岂惟长悲。吾抱疾多年，不复为文，本既不丰[2]，复老病继之，辄依周孔往复之义，且为别后相思之资。

相知何必旧，倾盖定前言。有客赏我趣，每每顾林园。
谈谐无俗调，所说圣人篇。或有数斗酒，闲饮自欢然。
我实幽居士，无复东西缘。物新人惟旧，弱毫多所宣。
情通万里外，形迹滞江山。君其爱体素，来会在何年！

①杨公：杨永也。②本既不丰，谓素癯瘠也。

五月旦作和戴主簿

虚舟纵逸棹，回复遂无穷[1]。发岁若俯仰，星纪奄将中。
明两萃时物[2]，北林荣且丰。神渊写时雨，晨色奏景风。
既来孰不去，人理固有终。居常待其尽，曲肱岂伤冲。
迁化或夷险，肆志无窊隆。即事如已高，何必升华嵩。

①“回复”者，去复来、来复去也。②一作“南窗罕悴物”。○《史记·律书》：景风者，居南方。

连雨独饮

运生会归尽，终古谓之然。世间有松乔，于今定何间？
故老赠余酒，乃言饮得仙。试酌百情远，重觞忽忘天。
天岂去此哉，任真无所先。云鹤有奇翼，八表须臾还。
自我抱兹独，僶俛四十年。形骸久已化，心在复何言。
○识度。

移居二首

昔欲居南村，非为卜其宅。闻多素心人，乐与数晨夕。
怀此颇有年，今日从兹役。敝庐何必广，取足蔽床席。
邻曲时时来，抗言谈在昔。奇文共欣赏，疑义相与析。
○识度。

春秋多佳日，登高赋新诗。过门更相呼，有酒斟酌之。
农务各自归，闲暇辄相思。相思则披衣①，言笑无厌时。
此理将不胜，无为忽去兹。衣食当须几②，力耕不吾欺。

①起往相访也。②几：一作起。○识度。○“此理”二句，言此乐不可胜，无为舍而去之也。

和刘柴桑

山泽久相招，胡事乃踌躇。直为亲旧故，未忍言索居。
良辰入奇怀，挈杖还西庐。荒涂无归人，时时见废墟。
茅茨已就治，新畴复应畲。谷风转凄薄，春醪解饥劬。
弱女虽非男，慰情良胜无。栖栖世中事，岁月共相疏。
耕织称其用，过此奚所须。去去百年外，身名同翳如。

酬刘柴桑

穷居寡人用，时忘四运周。空庭多落叶[①]，慨然已知秋。
新葵郁北牖，嘉穟眷南畴[②]。今我不为乐，知有来岁不？
命室携童弱，良日登远游。

①空：一作门。②眷：一作养。

和郭主簿二首

霭霭堂前林，中夏贮清阴。凯风因时来，回飙开我襟。
息交逝开卧，坐起弄书琴[①]。园蔬有馀滋，旧谷犹储今。
营己良有极，过足非所钦。舂秫作美酒，酒熟吾自斟。
弱子戏我侧，学语未成音。此事真复乐，聊用忘华簪。
遥遥望白云，怀古一何深。

①一作“息交游闲业，卧起弄书琴”。

和泽周三春，清凉素秋节[①]。露凝无游氛，天高风景澈。
陵岑耸逸峰，遥瞻皆奇绝。芳菊开林耀，青松冠岩列。
怀此贞秀姿，卓为霜下杰。衔觞念幽人，千载抚尔诀。
检素不获展，厌厌竟良月。

①素：一作华。

于王抚军座送客[①]

秋日凄且厉，百卉具已腓。爰以履霜节，登高饯将归。
寒气冒山泽，游云倏无依。洲渚思缅邈，风水互乖违。
瞻夕欣良宴，离言聿云悲。晨鸟暮来还，悬车敛馀辉[②]。
逝止判殊路[③]，旋驾怅迟迟。目送回舟远，情随万化遗。

①王弘为抚军将军、江州刺史，庾登之为西阳太守，时被征还京；谢

瞻为豫章太守，时将赴郡。王抚军于溢浦饯之，或邀陶公预宴。②《淮南子》：日至悲泉，是谓悬车。③逝：一作游。

与殷晋安别[①]　有序

殷先作晋安南府长史掾，因居浔阳，后作太尉[②]参军，移家东下，作此以赠。

游好非久长，一遇尽殷勤。信宿酬清话，益复知为亲。
去岁家南里，薄作少时邻。负杖肆游从，淹留忘宵晨。
语默自殊势，亦知当乖分。未谓事已及，兴言在兹春。
飘飘西来风，悠悠东去云。山川千里外，言笑难为因。
良才不隐世[③]，江湖多贱贫[④]。脱有经过便，念来存故人。

①殷景仁，名铁。②刘裕。③指殷。④陶公自指。

赠羊长史[①]　有序

左军羊长史衔使秦川，作此与之。

愚生三季后，慨然念黄虞。得知千载上，政赖古人书。
贤圣留馀迹，事事在中都。岂忘游心目，关河不可逾。
九域甫已一，逝将理舟舆。闻君当先迈，负痾不获俱。
路若经商山，为我少踌躇。多谢绮与角，精爽今何如。
紫芝谁复采，深色久应芜。驷马无贯患，贫贱有交娱。
清谣结心曲，人乖运见疏。拥怀累代下，言尽意不舒。

①羊名松龄。○识度。○刘裕破秦以后，霸业已盛，玉步将更，故前者思游中都，而九域未一；今者九域已一，而世代将故，但当从绮角游耳。驷马不贯，忧患贫贱，或多欢娱，亦公之素志也。

岁暮和张常侍

市朝凄旧人，骤骥感悲泉。明旦非今日，岁暮余何言。

素颜敛光润，白发一已繁。阔哉秦穆谈，膂力岂未愆。
向夕长风起，寒云没西山。洌洌气遂严，纷纷飞鸟还。
民生鲜常在，矧伊愁苦缠。屡阙清酤至，无以乐当年。
穷通靡攸虑，憔悴由化迁。抚己有深怀，履运增慨然。

和胡西曹示顾贼曹

蕤宾五月中，清朝起南飔。不驶亦不迟，飘飘吹我衣。
重云蔽白日，闲雨纷微微。流目视西园，晔晔荣紫葵。
于今甚可爱，奈何当复衰[①]。感物愿及时，每恨靡所挥。
悠悠待秋稼，寥落将赊迟。逸想不可淹，猖狂独长悲。

①一作“当乐行复衰”。

悲从弟仲德

衔哀过旧宅，悲泪应心零。借问为谁悲？怀人在九冥。
礼服名群从，恩爱若同生。门前执手时，何意尔先倾。
在数竟未免，为山不及成。慈母沉哀疚，二胤才数龄。
双位委空馆，朝夕无哭声。流尘集虚坐，宿草旅前庭。
阶除旷游迹，园林独馀情。翳然乘化去，终天不复形。
迟迟将回步，恻恻悲襟盈[①]。

①悲襟：一作钤涕。

始作镇军参军经曲阿[①]

弱龄寄事外，委怀在琴书。被褐欣自得，屡空常晏如。
时来苟冥会[②]，婉娈憩通衢[③]。投策命晨装，暂与田园疏。
眇眇孤舟逝，绵绵归思纡。我行岂不遥，登陟千里馀。
目倦川涂异，心念山泽居。望云惭高鸟，临水愧游鱼。
真想初在襟，谁谓形迹拘。聊且凭化迁，终返班生庐。

①宋武帝行镇军将军，陶公参其军事。②谓无心遇之也，观一“苟”字，明其为适然相值，非有意就此参军也。③婉娈：一作踠辔。〇识度。

庚子岁五月中从都还阻风于规林二首

行行循归路，计日望旧居。一欣侍温颜，再喜见友于。
鼓棹路崎曲，指景限西隅。江山岂不险，归子念前涂。
凯风负我心，戢枻守穷湖。高莽眇无界，夏木独森疏。
谁言客舟远，近瞻百里馀。延目识南岭，空叹将焉如！

自古叹行役，我今始知之。山川一何旷，巽坎难与期[①]。
崩浪聒天响，长风无息时。久游恋所生，如何淹在兹。
静念园林好，人间良可辞。当年讵有几，纵心复何疑。

①巽，顺也；坎，险也。或曰：巽，风也；坎，水也。

辛丑岁七月赴假还江陵夜行涂口

闲居三十载，遂与尘事冥。诗书敦宿好，林园无俗情。
如何舍此去，遥遥至南荆。叩枻新秋月，临流别友生。
凉风起将夕，夜景湛虚明。昭昭天宇阔，皛皛川上平。
怀役不遑寐，中宵尚孤征。商歌非吾事[①]，依依在耦耕。
投冠旋旧墟，不为好爵萦。养真衡茅下，庶以善自名。

①《淮南子》曰：宁戚商歌车下，桓公慨然而悟。许慎曰：宁戚，卫人，闻齐桓公兴霸，无因自达，将车自往。商，秋声也。

癸卯岁始春怀古田舍二首

在昔闻南亩，当年竟未践。屡空既有人，春兴岂自免。
夙晨装吾驾，启涂情已缅。鸟弄欢新节，泠风送馀善[①]。
寒竹被荒蹊[②]，地为罕人远[③]。是以植杖翁，悠然不复返。

即理愧通识，所保讵乃浅[④]。

①一作“鸟弄新节冷，风送馀寒善”。②竹：一作草。③罕：一作幽。④乃：一作成。

先师有遗训，忧道不忧贫。瞻望邈难逮，转欲志长勤。
秉耒欢时务，解颜劝农人。平畴交远风，良苗亦怀新。
虽未量岁功，即事多所欣。耕种有时息，行者无问津。
日入相与归，壶浆劳近邻。长吟掩柴门，聊为陇亩民。

癸卯岁十二月中作与从弟敬远

寝迹衡门下，邈与世相绝。顾盼莫谁知，荆扉昼常闭[①]。
凄凄岁暮风，翳翳经夕雪[②]。倾耳无希声，在目皓已洁。
劲气侵襟袖，箪瓢谢屡设。萧索空宇中，了无一可悦。
历览千载书，时时见遗烈。高操非所攀，谬得固穷节[③]。
平津苟不由，栖迟讵为拙。寄意一言外，兹契谁能别。

①闭：必结切。②夕：一作月。③谬：一作深。〇“平津”二句，言苟不慕公孙弘之丞相封侯，则栖迟山林，亦未为拙也。不由，谓不由其道也。

乙巳岁三月为建威参军使都经钱溪

我不践斯境，岁月好已积。晨夕看山川，事事悉如昔。
微雨洗高林，清飙矫云翮。眷彼品物存，义风都未隔。
伊余何为者，勉励从兹役。一形似有制[①]，素襟不可易。
园田日梦想，安得久离析。终怀在归舟[②]，谅哉宜霜柏[③]。

①“一”字似有误。②归：一作壑。③宜：一作负。〇赵泉山曰：此诗大旨，庆遇先帝光复大业，不失旧物也。

还旧居[1]

畴昔家上京，六载去还归[2]。今日始复来，恻怆多所悲。
阡陌不移旧，邑屋或时非。履历周故居，邻老罕复遗。
步步寻往迹，有处特依依。流幻百年中，寒暑日相推。
常恐大化尽，气力不及衰。拨置且莫念，一觞聊可挥。

①《南康志》：近城五里，地名上京，亦有渊明故居。②六：一作十。

戊申岁六月中遇火

草庐寄穷巷，甘以辞华轩。正夏长风急，林室顿烧燔。
一宅无遗宇，舫舟荫门前。迢迢新秋夕，亭亭月将圆。
果菜始复生，惊鸟尚未还。中宵竚遥念，一盼周九天。
总发抱孤介[1]，奄出四十年。形迹凭化往，灵府长独闲。
贞刚自有质，玉石乃非坚。仰想东户时，馀粮宿中田。
鼓腹无所思，朝起暮归眠。既已不遇兹，且遂灌我园。

①介：一作念。

己酉岁九月九日

靡靡秋已夕，凄凄风露交。蔓草不复荣，园木空自凋。
清气澄馀滓，杳然天界高。哀蝉无留响[1]，丛雁鸣云霄[2]。
万化相寻绎，人生岂不劳。从古皆有没，念之中心焦。
何以称我情，浊酒且自陶。千载非所知，聊以永今朝。

①留：一作归。②丛：一作燕。

庚戌岁九月中于西田获早稻

人生归有道，衣食固其端。孰是都不营，而以求自安。
开春理常业，岁功聊可观。晨出肆微勤，日入负耒还。

山中饶霜露，风气亦先寒。田家岂不苦，弗获辞此难。
四体诚乃疲，庶无异患干。盥濯息檐下，斗酒散襟颜[1]。
遥遥沮溺心，千载乃相关。但愿长如此，躬耕非所叹。

①襟：一作劬。○识度。

丙辰岁八月中于下潠田舍获

贫居依稼穑[1]，戮力东林隈。不言春作苦，常恐负所怀。
司田眷有秋，寄声与我谐。饥者欢初饱，束带候鸣鸡。
扬楫越平湖，泛随清壑回。郁郁荒山里，猿声闲且哀。
悲风爱静夜[2]，林鸟喜晨开。曰余作此来，三四星火颓。
姿年逝已老，其事未云乖。遥谢荷蓧翁，聊得从君栖。

①依：一作事。②静夜：一作夜静。

责　子[1]

白发被两鬓，肌肤不复实。虽有五男儿，总不好纸笔。
阿舒已二八，懒惰故无匹。阿宣行志学，而不爱文术。
雍端年十三，不识六与七。通子垂九龄，但觅梨与栗。
天运苟如此，且进杯中物。

①舒俨，宣俟，雍份，端佚，通佟，凡五人。舒、宣、雍、端、通，皆小名。○识度。

有会而作　并序

旧谷既没，新谷未登。颇为老农，而值年灾，日月尚悠，为患未已。登岁之功，既不可希，朝夕所资，烟火裁通。旬日已来，始念饥乏。岁云夕矣，慨然永怀。今我不述，后生何闻哉。

弱年逢家乏，老至更长饥。菽麦实所羡，孰敢慕甘肥。

惄如亚九饭，当暑厌寒衣。岁月将欲暮，如何辛苦悲。
常善粥者心，深恨蒙袂非。嗟来何足吝，徒没空自遗。
斯滥岂彼志，固穷夙所归。馁也已矣夫，在昔余多师。

蜡　日

风雪送馀运，无妨时已和。梅柳夹门植，一条有佳花。
我唱尔言得，酒中适何多。未能明多少，章山有奇歌。

饮酒二十首　有序

余闲居寡欢，兼比夜已长，偶有名酒，无夕不饮，顾影独尽，忽焉复醉。既醉之后，辄题数句自娱，纸墨遂多，辞无诠次，聊命故人书之，以为欢笑尔。

衰荣无定在，彼此更共之。邵生瓜田中，宁似东陵时。
寒暑有代谢，人道每如兹。达人解其会[①]，逝将不复疑。
忽与一觞酒，日夕欢相持[②]。

①会：一作趣。②相：一作自。○识度。

积善云有报，夷叔在西山[①]。善恶苟不应，何事空立言。
九十行带索，饥寒况当年。不赖固穷节，百世当谁传。

①在：一作饥。○荣启期事见《列子》，至于九十犹不免行而带索，则自少壮至老，当年之饥寒不可胜述矣。

道丧向千载，人人惜其情。有酒不肯饮，但顾世间名。
所以贵我身，岂不在一生。一生复能几，倏如流电惊。
鼎鼎百年内，持此欲何成。

栖栖失群鸟，日暮犹独飞。徘徊无定止，夜夜声转悲。

厉响思清晨，远去何所依[1]。因值孤生松，敛翮遥来归。
劲风无荣木，此荫独不衰。托身已得所，千载不相违。

①一作“厉响思清远，去来何依依”。○识度。○赵泉山曰：此诗讥切殷景仁、颜延年辈附丽于宋。

结庐在人境，而无车马喧。问君何能尔，心远地自偏。
采菊东篱下，悠然见南山。山气日夕佳，飞鸟相与还。
此中有真意，欲辩已忘言。

○识度。○此首《文选》录入《杂诗》中。

行止千万端，谁知非与是。是非苟相形，雷同共誉毁。
三季多此事，达士似不尔。咄咄俗中愚，且当从黄绮。

○汤东涧曰：此篇言季世出处不齐，士皆以乘时自奋为贤，吾知从黄、绮而已。

秋菊有佳色，裛露掇其英。泛此忘忧物，远我遗世情。
一觞虽独进，杯尽壶自倾。日入群动息，归鸟趋林鸣。
啸傲东轩下，聊复得此生。

○识度。○此首《文选》录入《杂诗》中。

青松在东园，众草没其姿。凝霜殄异类，卓然见高枝。
连林人不觉，独树众乃奇。提壶挂寒柯，远望时复为。
吾生梦幻间，何事绁尘羁。

○识度。

清晨闻叩门，倒裳往自开。问子为谁欤，田父有好怀。
壶浆远见候，疑我与时乖。褴缕茅檐下，未足为高栖。

一世皆尚同，愿君汩其泥。深感父老言，禀气寡所谐。
纡辔诚可学，违己讵非迷。且共欢此饮，吾驾不可回。
○识度。

在昔曾远游，直去东海隅。道路迴且长，风波阻中涂[①]。
此行谁使然，似为饥所驱。倾身营一饱，少许便有馀。
恐此非名计，息驾归闲居。
①阻：一作起。○识度。○赵泉山曰：此篇述其为贫而仕。

颜生称为仁，荣公归有道。屡空不获年，长饥至于老。
虽留身后名，一生亦枯槁。死去何所知，称心固为好。
客养千金躯[①]，临化消其宝。裸葬何必恶，人当解意表。
①客：一作各。○识度。○归，犹“称”也。《论语》“天下归仁焉”，称其仁也；曹植诗“众工归我妍”，称其妍也。此“归”字与上句“称”字，对举互见。

长公曾一仕[①]，壮节忽失时。杜门不复出，终身与世辞。
仲理归大泽[②]，高风始在兹[③]。一往便当已，何为复狐疑。
去去当奚道，世俗久相欺。摆落悠悠谈，请从余所之。
①长公：张挚也。②仲理：杨伦也。③在：一作如。

有客常同止，取舍邈异境。一士长独醉，一夫终年醒。
醒醉还相笑，发言各不领。规规一何愚，兀傲差若颖。
寄言酣中客，日没烛当炳[①]。
①独何炳：一作烛可炳。○晋宋间以同居为“同止”，两人同居，一醉一醒，渊明以醒者规规为愚，而醉者傲兀差颖耳。

故人赏我趣，挈壶相与至。班荆坐松下，数斟已复醉。

父老杂乱言，觞酌失行次。不觉知有我，安知物为贵。
悠悠迷所留，酒中有深味。

贫士乏人工，灌木荒余宅。班班有翔鸟，寂寂无行迹。
宇宙何悠悠①，人生少至百。岁月相从过②，鬓边早已白。
若不委穷达，素抱深可惜。

①何悠悠：一作一何悠。②从过：一作催逼。

少年罕人事，游好在六经。行行向不惑，淹留遂无成①。
竟抱穷苦节，饥寒饱所更。敝庐交悲风，荒草没前庭。
披褐守长夜，晨鸡不肯鸣。孟公不在兹，终以翳吾情②。

①遂：一作自。②孟公：陈遵也。

幽兰生前庭，含薰待清风。清风脱然至，见别萧艾中。
行行失故路，任道或能通。觉悟当念还，鸟尽废良弓。

○鸟尽弓藏，汤东涧以为借昔人去国之语，喻己归田之志。

子云性嗜酒，家贫无由得。时赖好事人，载醪祛所惑。
觞来为之尽，是咨无不塞。有时不肯言，岂不在伐国。
仁者用其心，何尝失显默。

○识度。○末句用柳下惠事，盖以扬雄、柳下自比。陶公与亲旧亦好纵言畅论，但不言禅代事耳。

畴昔苦长饥，投耒去学仕。将养不得节，冻馁固缠己①。
是时向立年，志意多所耻。遂尽介然分，拂衣归田里②。
冉冉星气流，亭亭复一纪。世路廓悠悠，杨朱所以止。
虽无挥金事，浊酒聊可恃。

①固：一作故。②拂衣：一作终死。○彭泽之归，在义熙元年，此云“复一纪”，则赋此《饮酒》，当是义熙十二三年间。

羲农去我久，举世少复真。汲汲鲁中叟，弥缝使其淳。
凤鸟虽不至，礼乐暂得新。洙泗辍微响，漂流逮狂秦。
诗书复何罪，一朝成灰尘。区区诸老翁，为事诚殷勤。
如何绝世下，六籍无一亲。终日驰车走，不见所问津。
若复不快饮，空负头上巾。但恨多谬误，君当恕醉人。

○识度。

止 酒

居止次城邑，逍遥自闲止。坐止高荫下，步止荜门里。
好味止园葵，大欢止稚子。平生不止酒，止酒情无喜。
暮止不安寝，晨止不能起。日日欲止之，营卫止不理。
徒知止不乐，未信止利己[①]。始觉止为善，今朝终止矣。
从此一止去，将止扶桑涘。清颜止宿容，奚止千万祀。

①信：一作知。○首六句，“止”字俱不贴酒说；末三句，“止”字亦不贴酒。

述 酒[①]

重离照南陆，鸣鸟声相闻[②]。秋草虽未黄，融风火已分。
素砾皛修渚，南岳无馀云[③]。豫章抗高门，重华固灵坟[④]。
流泪抱中叹，倾耳听司晨[⑤]。神州献佳粟，西灵为我驯[⑥]。
诸梁董师旅，芈胜丧其身[⑦]。山阳归下国，成名犹不勤[⑧]。
卜生善斯牧，安乐不为君[⑨]。平生去旧京，峡口纳遗薰。
双陵甫云育，三趾显奇文。王子爱清吹，日中翔河汾。
朱公练九齿，闲居离世纷[⑩]。峨峨西岭内，偃息常所亲。

天容自永固，彭殇非等伦[11]。

①旧注：仪狄造酒，杜康润色之。○刘裕以毒酒一罂授张伟，使酖恭帝，继又令兵人逾垣进药，王不肯饮，遂掩杀之。国藩按：汤文清公汉注《述酒》诗，定为廋词隐语，盖恭帝哀诗，兹摘抄一二。吴师道补汤之说，亦附抄之。②司马氏出重黎之后，以离为黎，故为错乱也。③修渚：指长江，即江左也。此二句言气数衰谢。○已上言晋室南渡，国虽未亡，而势已分裂矣。④刘裕初封豫章王。“重华”谓恭帝禅宋也。⑤因恭帝之弑，故流泪长叹而达曙。⑥义熙十四年，巩县人献嘉禾。“西灵”当作“四灵”，裕受禅文有“四灵效征”之语。⑦叶公杀白公胜，喻裕翦宗室之有才望者。⑧《谥法》：不勤成名曰灵。○二句以魏降汉献为山阳公而卒弑之，喻裕废帝为零陵王而卒弑之也。⑨安乐公，盖以刘禅比恭帝。⑩“卜生”句、“平生”八句，不甚可解，汤公之说亦不可通。⑪西岭：当指恭帝所葬之地，谓偃息丘山，天容自固，岂与寻常之寿夭并论哉！

拟古九首

荣荣窗下兰，密密堂前柳。初与君别时，不谓行当久。
出门万里客，中道逢嘉友。未言心相醉，不在接杯酒。
兰枯柳亦衰，遂令此言负[1]。多谢诸少年，相知不忠厚[2]。
意气倾人命，离隔复何有？

①一作“时没身还朽”。②忠：一作相。○陈沆曰：渊明初辞义熙之辟，亦谓时未可以仕耳，岂图大命遽倾，终古永诀哉！

辞家夙严驾，当往志无终。问君今何行，非商复非戎。
闻有田子泰，节义为士雄。斯人久已死，乡里习其风。
生有高世名，既没传无穷。不学狂驰子[1]，直在百年中。

①狂：一作驱。○田畴，字子泰，事刘虞，虞为公孙瓒所害，誓为报仇，不遂。陶公盖以畴自比。

仲春遘时雨，始雷发东隅。众蛰各潜骇，草木从横舒[1]。
翩翩新来燕，双双入我庐。先巢故尚在，相将还旧居。
自从分别来，门庭日荒芜。我心固匪石，君情定何如？

①横：一作此。○陈沆曰：旧巢尚存，主人安在，燕独何心，忍恋新而忘旧耶？

迢迢百尺楼，分明望四荒。暮作归云宅，朝为飞鸟堂。
山河满目中，平原转茫茫[1]。古时功名士，慷慨争此场。
一旦百岁后，相与还北邙。松柏为人伐，高坟互低昂。
颓基无遗主，游魂在何方？荣华诚足贵，亦复可怜伤！

①转：毛作独。○识度。○陈沆曰：山河、功名、战争、慷慨，谓平定燕秦之人也。

东方有一士，被服常不完。三旬九遇食，十年着一冠。
辛苦无此比，常有好容颜。我欲观其人，晨去越河关。
青松夹路生，白云宿檐端。知我故来意，取琴为我弹。
上弦惊《别鹤》，下弦操《孤鸾》。愿留就君住，从今至岁寒。

○识度。○陈沆曰：此渊明自咏。

苍苍谷中树，冬夏常如兹。年年见霜雪，谁谓不知时。
厌闻世上语，结友到临淄。稷下多谈士，指彼决吾疑。
装束既有日，已与家人辞。行行停出门，还坐更自思。
不怨道里长，但畏人我欺。万一不合意，永为世笑嗤[1]。
伊怀难具道，为君作此诗。

①嗤：一作之。○稷下决疑，亦詹尹问卜之类。渊明不仕之志久定，姑托为访卜稷下之辞耳。

日暮天无云，春风扇微和。佳人美清夜，达曙酣且歌。
歌竟长叹息，持此感人多。皎皎云间月，灼灼叶中华。
岂无一时好，不久当如何。
○识度。○前六句，公自咏。后四句，叹趋时附势之人。

少时壮且厉，抚剑独行游。谁言行游近，张掖至幽州。
饥食首阳薇，渴饮易水流。不见相知人，惟见古时丘。
路边两高坟，伯牙与庄周。此士难再得，吾行欲何求。
○首阳、易水，伯牙、庄周，陶公之志事可见矣。

种桑长江边，三年望当采。枝条始欲茂，忽值山河改。
柯叶自摧折，根株浮沧海。春蚕既无食，寒衣欲谁待。
本不植高原，今日复何悔。
○识度。○两晋立国，本无苞桑之固，干宝论之详矣。末二句，似追咎谋国者之不臧。

杂诗十二首

人生无根蒂，飘如陌上尘。分散逐风转，此已非常身。
落地为兄弟[①]，何必骨肉亲。得欢当作乐，斗酒聚比邻。
盛年不重来，一日难再晨。及时当勉励，岁月不待人。
①落地为：一作流落成。○落地为兄弟，言随处相逢皆兄弟也。

白日沦西河，素月出东岭。遥遥万里辉，荡荡空中景。
风来入房户，夜中枕席冷。气变悟时易，不眠知夕永。
欲言无予和，挥杯劝孤影。日月掷人去，有志不获骋。
念此怀悲凄，终晓不能静。

荣华难久居，盛衰不可量。昔为三春蕖，今作秋莲房。
严霜结野草，枯悴未遽央。日月还复周[1]，我去不再阳。
眷眷往昔时，忆此断人肠。

①还复周：一作有环周。○此篇亦感兴亡之意。

丈夫志四海，我愿不知老。亲戚共一处，子孙还相保。
觞弦肆朝日，樽中酒不燥。缓带尽欢娱，起晚眠常早。
孰若当世士，冰炭满怀抱。百年归丘垄，用此空名道。

○“不知老”句贯下六句，谓自少至老，只在一丘一壑之中，与亲戚子孙相聚，正与“四海”句相反。末四句，谓死后纵有空名，而生前冰炭满怀，已不胜其苦矣。

忆我少壮时，无乐自欣豫。猛志逸四海，骞翮思远翥。
荏苒岁月颓，此心稍已去。值欢无复娱，每每多忧虑。
气力渐衰损，转觉日不如。壑舟无须臾，引我不得住。
前途当几许，未知止泊处。古人惜寸阴，念此使人惧。

昔闻长者言，掩耳每不喜。奈何五十年，忽已亲此事。
求我盛年欢，一毫无复意。去去转欲远，此生难再值[1]。
倾家持作乐[2]，竟此岁月驶。有子不留金，何用身后置。

①难：一作岂。②持：一作时。

日月不肯迟，四时相催迫。寒风拂枯条，落叶掩长陌。
弱质与运颓，玄鬓早已白。素标插人头，前涂渐就窄。
家为逆旅舍，我如当去客。去去欲何之，南山有旧宅。

○素发在头，若标识然。前涂渐窄，犹云来日渐短也。

代耕本非望[1]，所业在田桑。躬亲未曾替，寒馁常糟糠。
岂期过满腹，但愿饱粳粮。御冬足大布，粗絺以应阳。
政尔不能得，哀哉亦可伤。人皆尽获宜，拙生失其方。
理也可奈何，且为陶一觞。

①代耕，禄也。○既失其方，则寒馁乃其理也。

遥遥从羁役，一心处两端。掩泪泛东逝，顺流追时迁。
日没星与昴，势翳西山巅。萧条隔天涯，惆怅念常飡。
慷慨思南归，路遐无由缘。关梁难亏替，绝音寄斯篇。

○渊明未尝有远行之役，似因故国已亡，譬若远行在外，无家可归，托为之辞。后二首，亦有行役之感，不甚可解。

闲居执荡志，时驶不可稽。驱役无停息，轩裳逝东崖。
沉阴拟薰麝，寒气激我怀。岁月有常御，我来淹已弥。
慷慨忆绸缪，此情久已离。荏苒经十载，暂为人所羁。
庭宇翳馀木，倏忽日月亏。

我行未云远，回顾惨风凉。春燕应节起，高飞拂尘梁。
边雁悲无所，代谢归北乡。离鹍鸣清池，涉暑经秋霜。
愁人难为辞，遥遥春夜长。

枭枭松标岩，婉娈柔童子。年始三五间，乔柯何可倚[1]。
养色含津气，粲然有心理。

①一作“柯条何滓滓”，又作“华柯真可寄”。○东坡和陶诗无此篇。

咏贫士七首

万族各有托，孤云独无依。暧暧空中灭，何时见馀晖。

朝霞开宿雾，众鸟相与飞。迟迟出林翮，未夕复来归[1]。
量力守故辙，岂不寒与饥。知音苟不存，已矣何所悲。

①复来归：一作已复归。○识度。○云见而随灭，鸟出而复归，皆喻己之甘守故辙、早赋归来也。汤东涧曰：孤云倦翮，以喻举世皆乘风云，而己独无攀缘飞翻之意，宁忍饥寒，以守志节，纵无知此意者，亦不足悲也。

凄厉岁云暮，拥褐曝前轩[1]。南圃无遗秀，枯条盈北园。
倾壶绝馀沥，窥灶不见烟。诗书塞座外，日昃不遑研。
闲居非陈厄，窃有愠见言。何以慰吾怀，赖古多此贤。

①拥：一作短。○识度。

荣叟老带索，欣然方弹琴。原生纳决履，情歌唱商音[1]。
重华去我久，贫士世相寻。敝襟不掩肘，藜羹常乏斟。
岂忘袭轻裘，苟得非所钦。赐也徒能辩，乃不见吾心。

①商：一作高。○识度。

安贫守贱者，自古有黔娄。好爵吾不荣，厚馈吾不酬。
一旦寿命尽，敝服仍不周[1]。岂不知其极，非道故无忧。
从来将千载，未复见斯俦。朝与仁义生，夕死复何求。

①敝服仍：一作敝覆乃。○识度。

袁安困积雪，邈然不可干。阮公见钱入，即日弃其官。
刍藁有常温，采莒足朝飧。岂不实辛苦，所惧非饥寒。
贫富常交战，道胜无戚颜[1]。至德冠邦闾，清节映西关。

①戚：一作厚。

仲蔚爱穷居，绕宅生蒿蓬。翳然绝交游，赋诗颇能工。

举世无知者[①]，止有一刘龚。此士胡独然，实由罕所同。
介焉安其业，所乐非穷通。人事固以拙，聊得长相从。

①者：一作音。〇《庄子》：古之得道者，穷亦乐，通亦乐，所乐非穷通也。

昔在黄子廉，弹冠佐名州。一朝辞吏归，清贫略难俦。
年饥感仁妻，泣涕向我流。丈夫虽有志，固为儿女忧。
惠孙一晤叹，腆赠竟莫酬。谁云固穷难，邈哉此前修。

〇《黄盖传》云：南阳太守黄子廉之后也。

咏二疏

大象转四时，功成者自去。借问衰周来，几人得其趣？
游目汉廷中，二疏复此举。高啸返旧居，长揖储君傅。
饯送倾皇朝，华轩盈道路。离别情所悲，馀荣何足顾。
事胜感行人，贤哉岂常誉。厌厌闾里欢，所营非近务。
促席延故老，挥觞道平素。问金终寄心，清言晓未悟。
放意乐馀年，遑惜身后虑。谁云其人亡，久而道弥著。

〇汤东涧曰：二疏取其归，三良与主同死，荆轲为主报仇，皆托古以自见云。

咏三良

弹冠乘通津，但惧时我遗。服勤尽岁月，常恐功愈微。
忠情谬获露，遂为君所私。出则陪文舆，入必侍丹帷。
箴规向已从，计议初无亏。一朝长逝后，愿言同此归。
厚恩固难忘，君命安可违。临穴罔迟疑，投义志攸希。
荆棘笼高坟，黄鸟声正悲。良人不可赎，泫然沾我衣。

咏荆轲

燕丹善养士，志在报强嬴。招集百夫良，岁暮得荆卿。
君子死知己，提剑出燕京。素骥鸣广陌，慷慨送我行。
雄发指危冠，猛气冲长缨。饮饯易水上，四座列群英。
渐离击悲筑，宋意唱高声。萧萧哀风逝，淡淡寒波生。
商音更流涕，羽奏壮士惊。心知去不归，且有后世名。
登车何时顾，飞盖入秦庭。凌厉越万里，逶迤过千城。
图穷事自至，豪主正怔营。惜哉剑术疏，奇功遂不成。
其人虽已没，千载有馀情①。

①一作“斯人久已没，千载有深情”。〇《淮南子》：高渐离、宋意为击筑而歌于易水之上。

读山海经十三首

孟夏草木长，绕屋树扶疏。众鸟欣有托，吾亦爱吾庐。
既耕亦已种，时还读我书。穷巷隔深辙，颇回故人车。
欢言酌春酒，摘我园中蔬。微雨从东来，好风与之俱。
泛览周王传，流观山海图。俯仰终宇宙，不乐复何如。

〇识度。〇《周穆天子传》者，太康二年，汲县民发古冢所获书也。

玉台凌霞秀①，王母怡妙颜。天地共俱生，不知几何年。
灵化无穷已，馆宇非一山。高酣发新谣，宁效俗中言。

①台：一作堂。〇《山海经》云：玉山，王母所居。郭璞注云：王母亦有离宫别馆，不专住一山也。〇《穆天子传》：西王母宴穆王于瑶池之上，为天子谣曰云云。

迢递槐江岭，是谓玄圃丘。西南望昆墟①，光气难与俦。

亭亭明轩照，落落清瑶流。恨不及周穆，托乘一来游。

①墟：一作仑。〇《西山经》：槐江之山，其上多琅玕，实惟帝之玄圃。南望昆仑，其光熊熊，其气魂魂，爰有淫流，其清洛洛。瑶流，即淫流也。

丹木生何许，乃在峚山阳。黄花复朱实，食之寿命长。
白玉凝素液，瑾瑜发奇光。岂伊君子宝，见重我轩黄。

〇峚音密。《山海经》云：峚山上多丹木，黄华而赤实。丹水出焉。其中多白玉，是有玉膏，黄帝是食是飨。

翩翩三青鸟，毛色奇可怜。朝为王母使，暮归三危山。
我欲因此鸟，具向王母言。在世无所须，惟酒与长年。

〇《山海经》云：三青鸟，主为西王母取食。又曰：三危之山，三青鸟居之。

逍遥芜皋上，杳然望扶木。洪柯百万寻，森散覆旸谷。
灵人侍丹池，朝朝为日浴。神景一登天，何幽不见烛。

〇《东山经》：芜皋之山，东望榑木。《海外东经》：旸谷上有扶桑，十日所浴。

粲粲三珠树，寄生赤水阴。亭亭凌风桂，八榦共成林。
灵凤抚云舞，神鸾调玉音。虽非世上宝，爰得王母心。

〇《山经》云：三珠树，生赤水上。桂林八树，在番隅东。八树而成林，言其大也。䍃民之国，鸾鸟自歌，凤鸟自舞。

自古皆有没，何人得灵长。不死复不老，万岁如平常。
赤泉给我饮，员丘足我粮。方与三辰游，寿考岂渠央。

〇《山经》云：不死民，在交胫国东。其人黑色，寿不死。

夸父诞宏志，乃与日竞走。俱至虞渊下，似若无胜负。
神力既殊妙，倾河焉足有。馀迹寄邓林，功竟在身后。

精卫衔微木，将以填沧海。刑天舞干戚，猛志故常在。
同物既无虑，化去不复悔。徒设在昔心，良晨讵可待。
〇《山经》云：精卫，炎帝之少女，名曰女娃。游于东海，溺而不返。常衔西山之木石，以堙东海。刑天，兽名也，口中好衔干戚而舞。

巨猾肆威暴，钦䲹违帝旨。窫窳强能变，祖江遂独死。
明明上天鉴，为恶不可履。长枯固已剧，鵕鹗岂足恃。

鵃鹅见城邑[1]，其国有放士。念彼怀王世，当时数来止。
青丘有奇鸟，自言独见尔。本为迷者生，不以喻君子。
①鵃鹅：当作鸱鸩。

岩岩显朝市，帝者慎用才。何以废共鲧，重华为之来。
仲父献诚言，姜公乃见猜。临没告饥渴，当复何及哉。
〇鲧窃帝之息壤，以堙洪水，帝令祝融杀之羽丘。仲父请去竖刁三子，齐桓公不听。

拟挽歌辞三首

有生必有死，早终非命促。昨暮同为人，今旦在鬼录。
魂气散何之，枯形寄空木。娇儿索父啼，良友抚我哭。
得失不复知，是非安能觉。千秋万岁后，谁知荣与辱。
但恨在世时，饮酒不得足。

在昔无酒饮，今旦湛空觞[1]。春醪生浮蚁，何时更能尝。
肴案盈我前，亲旧哭我旁。欲语口无音，欲视眼无光。
昔在高堂寝，今宿荒草乡。一朝出门去，归来夜未央。

①旦：一作但。

荒草何茫茫，白杨亦萧萧，严霜九月中，送我出远郊。
四面无人居，高坟正嶕峣。马为仰天鸣，风为自萧条[1]。
幽室一已闭，千年不复朝。千年不复朝，贤达无奈何。
向来相送人，各自还其家。亲戚或馀悲，他人亦已歌。
死去何所道，托体同山阿。

①一作“鸟为动哀鸣，林为结风飙”。

桃花源诗　并记

晋太元中，武陵人捕鱼为业。缘溪行，忘路之远近。忽逢桃花林，夹岸数百步，中无杂树，芳草鲜美，落英缤纷。渔人甚异之，复前行，欲穷其林。林尽水源，便得一山。山有小口，仿佛若有光，便舍船，从口入。初极狭，才通人。复行数十步，豁然开朗，土地平旷，屋舍俨然，有良田美池桑竹之属，阡陌相通，鸡犬相闻。其中往来种作，男女衣着，悉如外人。黄发垂髫，并怡然自乐。见渔人，乃大惊。问所从来，具答之。便要还家，设酒杀鸡作食。村中闻有此人，咸来问讯。自云先世避秦时乱，率妻子邑人，来此绝境，不复出焉，遂与外人间隔。问今是何世，乃不知有汉，无论魏晋。此人一一为具言所闻，皆叹惋。馀人各复延至家，皆出酒食。停数日，辞去。此中人语云：“不足为外人道也。”既出，得其船，便扶向路[1]，处处志之。及郡下，诣太守，说如此。太守即遣人随其往，寻向所志，遂迷，不复得路。南阳刘子骥，高尚士也，闻之，欣然规往[2]，未果，寻病终。后遂无问津者。

嬴氏乱天纪，贤者避其世。黄绮之商山，伊人亦云逝。
往迹浸复湮，来径遂芜废。相命肆农耕，日入从所憩。
桑竹垂馀荫，菽稷随时艺。春蚕收长丝，秋熟靡王税。
荒路暧交通，鸡犬互鸣吠。俎豆犹古法，衣裳无新制。
童孺纵行歌，斑白欢游诣。草荣识节和，木衰知风厉。
虽无纪历志，四时自成岁。怡然有馀乐，于何劳智慧。
奇踪隐五百，一朝敞神界。淳薄既异源，旋复还幽蔽。
借问游方士，焉测尘嚣外。愿言蹑轻风，高举寻吾契。

①扶：一作于。②一本有“游焉”二字。

谢康乐五古

六十五首

述祖德诗二首

序曰：太元中，王父龛定淮南，负荷世业，尊主隆人。逮贤相徂谢，君子道消，拂衣蕃岳，考卜东山。事同乐生之时，志期范蠡之举。

达人贵自我，高情属天云。兼抱济物性，而不婴垢氛。
段生藩魏国，展季救鲁人。弦高犒晋师[1]，仲连却秦军。
临组不肯緤，对珪宁肯分。惠物辞所赏，励志故绝人。
苕苕历千载，遥遥播清尘。清尘竟谁嗣，明哲垂经纶[2]。

委讲缀道论，改服康世屯。屯难既云康，尊主隆斯民。

①暱：旧作晋。《吕氏春秋》载，秦三帅对弦高之言曰：暱之道也迷惑，陷入大国之地。高诱注曰：暱，国名也。②明哲：指祖玄也。〇工律。

中原昔丧乱，丧乱岂解已。崩腾永嘉末，逼迫太元始[①]。
河外无反正，江介有蹶圮。万邦咸震慑，横流赖君子。
拯溺由道情，龛暴资神理。秦赵欣来苏，燕魏迟文轨。
贤相谢世运，远图因事止。高揖七州外，拂衣五湖里。
随山疏浚潭，傍岩艺枌梓。遗情舍尘物，贞观丘壑美。

①永嘉，怀帝年号；太元，孝武年号。〇工律。〇河外，谓洛阳，西晋一失，不复反正也；江介，谓金陵，东晋疆宇日蹶也。贤相，谓祖玄也。舜分十二州，东晋时有其七，故曰七州。

九日从宋公戏马台集送孔令[①]

季秋边朔苦，旅雁违霜雪。凄凄阳卉腓，皎皎寒潭絜[②]。
良辰感圣心，云旗兴暮节。鸣葭戾朱宫，兰卮献时哲。
饯宴光有孚，和乐隆所缺。在宥天下理，吹万群方悦。
归客遂海隅，脱冠谢朝列。弭棹薄枉渚，指景待乐阕。
河流有急澜，浮骖无缓辙。岂伊川途念，宿心愧将别。
彼美丘园道，喟焉伤薄劣。

①武帝为宋公，在彭城，九日出项羽戏马台。〇孔靖，字季恭，宋台初建，以为尚书令，让不受，辞谢东归，高祖饯之，百僚咸赋诗。②絜：同洁。〇时哲、归客，皆指孔令也。《毛诗序》曰：《鹿鸣》废，则和乐缺矣。此云“隆所缺”，谓尚有《鹿鸣》之意。孔以养素为荣，而己以恋位为辱，故云“愧将别”。

从游京口北固应诏

玉玺戒诚信，黄屋示崇高。事为名教用，道以神理超。

昔闻汾水游，今见尘外镳。鸣笳发春渚，税銮登山椒。
张组眺倒景[①]，列筵瞩归潮。远岩映兰薄，白日丽江皋。
原隰荑绿柳，墟囿散红桃。皇心美阳泽，万象咸光昭。
顾己枉维絷，抚志惭场苗。工拙各所宜，终以反林巢。
曾是萦旧想，览物奏长谣。

①《吴都赋》：张组帷，构流苏。○玉玺、黄屋二事，皆因辨名教而立之，等威也；若道，则有超乎二事之外者矣。

永初三年七月十六日之郡初发都[①]

述职期阑暑，理棹变金素。秋岸澄夕阴，火旻团朝露。
辛苦谁为情，游子值颓暮。爱似庄念昔，久敬曾存故[②]。
如何怀土心，持此谢远度。李牧愧长袖，郤克惭躧步[③]。
良时不见遗，丑状不成恶。曰余亦支离，依方早有慕[④]。
生幸休明世，亲蒙英达顾[⑤]。空班赵氏璧，徒乖魏王瓠[⑥]。
从来渐二纪，始得傍归路[⑦]。将穷山海迹，永绝赏心悟。

①沈约《宋书》：高祖永初三年五月崩，少帝即位，出灵运为永嘉郡守。少帝犹未改元，故云永初。②《庄子》：夫越之流人，去国旬月，见所尝见于国中喜；及期年也，见似人而喜矣。《韩诗外传》：曾子曰：少而学，长而忘之，一费也。事君有功，轻而负之，二费也。久友交而中绝，三费也。③《战国策》：李牧至，赵王使韩苍数之曰：“王觞将军，将军为寿，捍匕首，当死。”牧曰：“身大臂短，不能及地，故使工人为木杖以接手，上若弗信，请视之。”《左传》：郤克征会于齐，顷公帷妇人，使观之。郤子登，妇人笑于房。④《庄子》：支离疏者，颐隐于齐，肩高于顶，会撮指天，五管在上，两髀为胁。又，子桑户死，孟子反、子琴张或鼓琴，相和而歌。孔子曰：“彼游方之外者也。”⑤英达，谓庐陵王也。⑥《庄子》：魏王贻我大瓠之种，我树之成而实五石。以盛水浆，其坚不自举。剖以为瓢，则瓠落而无所容。非不枵然大矣，吾为其无用掊之。⑦灵运之永嘉，必涂经始宁，故宅及祖父丘墓皆在始宁，故曰“傍归路”。始宁，今上虞也。

邻里相送至方山

祇役出皇邑，相期憩瓯越。解缆及流潮，怀旧不能发。
析析就衰林，皎皎明秋月。含情易为盈，遇物难可歇。
积痾谢生虑，寡欲罕所阙。资此永幽栖，岂伊年岁别。
各勉日新志，音尘慰寂蔑。

○资寡欲之理，为幽栖之道，岂止年岁之别，将有终焉之志。

过始宁墅[1]

束发怀耿介，逐物遂推迁。违志似如昨，二纪及兹年。
缁磷谢清旷，疲苶惭贞坚。拙疾相倚薄，还得静者便。
剖竹守沧海[2]，枉帆过旧山[3]。山行穷登顿，水涉尽洄沿。
岩峭岭稠叠，洲萦渚连绵。白云抱幽石，绿筱媚清涟。
葺宇临迴江，筑观基曾巅。挥手告乡曲，三载期归旋。
且为树枌槚，无令孤愿言。

①沈约《宋书》：灵运父祖并葬始宁县，并有故宅及墅，遂修营旧业，及幽居之美。《水经注》曰：始宁县西，本上虞之南乡也。②守永嘉。③过始宁。○工律。

富春渚

宵济渔浦潭，旦及富春郭。定山缅云雾，赤亭无淹薄。
溯流触惊急，临圻阻参错。亮乏伯昏分，险过吕梁壑[1]。
洊至宜便习，兼山贵止托。平生协幽期，沦踬困微弱。
久露干禄请，始果远游诺。宿心渐申写，万事俱零落。
怀抱既昭旷，外物徒龙蠖[2]。

①《列子》：伯昏无人临百仞之泉，背逡巡，足二分垂在外，揖御寇而进。御寇伏地，汗流至踵。无人曰："至人上窥青天，下潜黄泉，神气不

变。今汝殆矣。”又孔子观于吕梁，悬水三十仞，流沫三十里，鼋鼍鱼鳖不能游也。②“徒龙蠖”云者，听其或屈或伸，于己心了若无与也。

七里濑

羁心积秋晨，晨积展游眺。孤客伤逝湍，徒旅苦奔峭。
石浅水潺湲，日落山照曜。荒林纷沃若，哀禽相明啸。
遭物悼迁斥，存期得要妙①。既秉上皇心②，岂屑末代诮。
目睹严子濑，相属任公钓③。谁谓古今殊，异代可同调。

①物，外物也。期，襟期也。②心：五臣作情。○《庄子》：监照下土，天下载之，此谓上皇。③《庄子》：任公子为大钩巨纶，五千牿辖以为饵，投竿东海，期年不得鱼。已而得大鱼，淛河以东，苍梧以北，莫不厌若鱼也。

晚出西射堂①

步出西城门②，遥望城西岑。连障叠巘崿，青翠杳深沉。
晓霜枫叶丹，夕薰岚气阴。节往戚不浅，感来念已深。
羁雌恋旧侣，迷鸟怀故林。含情尚劳爱，如何离赏心③。
抚镜华缁鬓，揽带缓促衿。安排徒空言，幽独赖鸣琴。

①永嘉郡射堂。②城：《集》作掖。③言鸟含情尚知劳爱，况乎人而离于赏心也。

登池上楼①

潜虬媚幽姿，飞鸿响远音。薄霄愧云浮，栖川怍渊沉。
进德智所拙，退耕力不任。徇禄反穷海，卧痾对空林。
衾枕昧节候，褰开暂窥临。倾耳聆波澜，举目眺岖嵚。
初景革绪风，新阳改故阴②。池塘生春草，园柳变鸣禽。
祁祁伤豳歌，萋萋感楚吟。索居易永久，离群难处心。
持操岂独古，无闷征在今。

①永嘉郡池上楼。②《神农本草》曰：春夏为阳，秋冬为阴。〇虬以深潜而葆真，鸿以高飞而远害。今以婴俗网，故有愧虬、鸿也。

游南亭[①]

时竟夕澄霁，云归日西驰。密林含馀清，远峰隐半规。
久痗昏垫苦，旅馆眺郊岐。泽兰渐被径，芙蓉始发池。
未厌青春好，已观朱明移。戚戚感物叹，星星白发垂。
药饵情所止，衰疾忽在斯。逝将候秋水，息景堰旧岩。
我志谁与亮，赏心惟良知。

①永嘉郡南亭。

游赤石进帆海[①]

首夏犹清和，芳草亦未歇。水宿淹晨暮，阴霞屡兴没。
周览倦瀛壖，况乃凌穷发。川后时安流，天吴静不发。
扬帆采石华，挂席拾海月。溟涨无端倪，虚舟有超越。
仲连轻齐组[②]，子牟眷魏阙[③]。矜名道不足，适己物可忽。
请附任公言，终然谢天伐。

①永宁、安固二县中路，东南便是赤石，又枕海。②明海上之可悦。③言虽悦海上，仍不忘朝廷。〇工律。

登江中孤屿[①]

江南倦历览，江北旷周旋。怀新道转迥，寻异景不延。
乱流趋正绝，孤屿媚中川。云日相辉映，空水共澄鲜。
表灵物莫赏，蕴真谁为传。想象昆山姿，缅邈区中缘。
始信安期术，得尽养生年。

①永嘉江也。〇工律。

登永嘉绿嶂山诗

裹粮杖轻策，怀迟上幽室。行源径转远，距陆情未毕。
澹潋结寒姿，团栾润霜质。涧委水屡迷，林迥岩逾密。
眷西谓初月，顾东宜落日。践夕奄昏曙[1]，蔽翳皆周悉。
蛊上贵不事，履二美贞吉。幽人常坦步，高尚邈难匹。
颐阿竟何端，寂寂寄抱一。恬如既已交，缮性自此出。

①践：一作残。

郡东山望溟海诗[1]

开春献初岁，白日出悠悠。荡志将愉乐，瞰海庶忘忧。
策马步兰皋，绁控息椒丘。采蕙遵大薄，搴若履长洲。
白花皜阳林，紫虈晔春流[2]。非徒不弭忘，览物情弥遒。
萱苏始无慰，寂寞终可求。

①一作《东山望海》。②虈：一作翘。

游岭门山诗

西京谁修政，龚汲称良吏。君子岂定所，清尘虑不嗣。
早莅建德乡，民怀虞芮意。海岸常寥寥，空馆盈清思。
协以上冬月，晨游肆所喜。千圻邈不同，万岭状皆异。
威摧三山峭，瀄汩两江驶[1]。渔舟岂安流，樵拾谢西芘。
人生谁云乐，贵不屈所志。

①威摧、瀄汩，皆叠韵连绵字。

石室山诗

清旦索幽异，放舟越坰郊。莓莓兰渚急，藐藐苔岭高。
石室冠林陬，飞泉发山椒。虚泛径千载，峥嵘非一朝。

乡村绝闻见，樵苏限风霄。微戎无远览，总笄羡升乔。
灵域久韬隐，如与心赏交。合欢不容言，摘芳弄寒条。

登上戍石鼓山诗

旅人心长久，忧忧自相接。故乡路遥远，川陆不可涉。
汩汩莫与娱，发春托登蹑。欢愿既无并，戚虑庶有协[①]。
极目睐左阔，回顾眺右狭。日末涧增波，云生岭逾叠。
白芷竞新苕，绿蘋齐初叶。摘芳芳靡谖，愉乐乐不燮。
佳期缅无像，骋望谁云惬。

①协：一作怯。

行田登海口盘屿山

羁苦孰云慰，观海藉朝风。莫辨洪波极，谁知大壑东。
依稀采菱歌，髣髴含嚬容。遨游碧沙渚，游衍丹山峰。

白石岩下径行田

小邑居易贫，灾年民无生。知浅惧不周，爱深忧在情。
旧业横海外，芜秽积颓龄。饥馑不可久，甘心务经营。
千顷带远堤，万里泻长汀，洲流涓浍合，连统塍埒并。
虽非楚宫化，荒阙亦黎明。虽非郑白渠，每岁望东京。
天鉴傥不孤，来兹验微诚。

斋中读书

昔余游京华，未尝废丘壑。矧乃归山川，心迹双寂寞。
虚馆绝诤讼，空庭来鸟雀。卧疾丰暇豫，翰墨时间作。
怀抱观古今，寝食展戏谑。既笑沮溺苦，又哂子云阁。
执戟亦以疲，耕稼岂云乐。万事难并欢，达生幸可托。

○工律。

命学士讲书

卧病同淮阳，宰邑旷武城。弦歌愧言子，清净谢汲生。
古人不可攀，何以报恩荣。时往岁易周，聿来政无成。
曾是展余心，招学讲群经。铄金既云刃，凝土亦能型。
望尔志尚隆，远嗣竹箭声。敢谓荀氏训，且布兰陵情[①]。
待罪岂久期，礼乐俟贤明。

①布：一作有。

种桑诗

诗人陈条柯，亦有美攘剔。前修为谁故，后事资纺绩。
常佩知方诫，愧微富教益。浮阳骛嘉月，艺桑迨闲隙。
疏栏发近郛，长行达广埸。旷流始毖泉，湎涂犹跬迹。
俾此将长成，慰我海外役。

初去郡

彭薛裁知耻，贡公未遗荣[①]。或可优贪竞，岂足称达生。
伊余秉微尚，拙讷谢浮名。庐园当栖岩，卑位代躬耕。
顾己虽自许，心迹犹未并。无庸方周任[②]，有疾像长卿。
毕娶类尚子，薄游似邴生。恭承古人意，促装返柴荆。
牵丝及元兴，解龟在景平[③]。负心二十载，于今废将迎。
理棹遄还期，遵渚骛修坰。溯溪终水涉，登岭始山行。
野旷沙岸净，天高秋月明。憩石挹飞泉，攀林搴落英。
战胜臞者肥，鉴止流归停[④]。即是羲唐化，获我击壤情[⑤]。

①《汉书》：王莽秉政专权，彭宣上书乞骸骨。又，薛广德为御史大夫，乞骸骨。班固述曰：广德当宣，近于知耻。又，贡禹为光禄大夫，上

书乞骸骨，钟会有《遗荣赋》。②方：《选》作妨。③牵丝，初仕；解龟，去官也。臧荣绪《晋书》曰：安帝即位，改元曰元兴。灵运初为琅邪王行军参军。沈约《宋书》曰：少帝即位，改元曰景平。应璩诗："不悟牵朱丝，三署来相寻。"《汉书》：黄金印龟纽。④《韩子》：子夏曰："吾入见先王之义，则荣之；出见富贵，又荣之。二者战于胸臆，故臞。今见先王之义战胜，故肥也。"《文子》：莫监于流潦，而监于止水。⑤情：一作声。

田南树园激流植援

樵隐俱在山，由来事不同。不同非一事，养痾亦园中①。
中园屏氛杂②，清旷招远风。卜室倚北阜，启扉面南江。
激涧代汲井③，插槿当列墉④。群木既罗户⑤，众山亦当窗。
靡迤趋下田⑥，迢递瞰高峰。寡欲不期劳，即事罕人功。
唯开蒋生径，永怀求羊踪。赏心不可忘，妙善冀能同。

①樵者在山，隐者亦在山。老圃在园，吾之养痾亦在园，所以在园者，亦不同，故曰"不同非一事"。②中园：一作园中。③激流。④植援。⑤树园。⑥田南。○首尾两押同韵。

石壁精舍还湖中作

昏旦变气候，山水含清晖。清晖能娱人，游子憺忘归①。
出谷日尚早，入舟阳已微。林壑敛暝色，云霞收夕霏。
芰荷迭映蔚，蒲稗相因依。披拂趋南径，愉悦偃东扉。
虑澹物自轻，意惬理无违。寄言摄生客，试用此道推。

①憺：安也。○工律。

登石门最高顶

晨策寻绝壁，夕息在山栖。疏峰抗高馆，对岭临迴溪。
长林罗户穴①，积石拥阶基。连岩觉路塞，密竹使径迷。
来人忘新術，去子惑故蹊。活活夕流驶，噭噭夜猿啼。

沉冥岂别理，守道自不携。心契九秋榦，目玩三春荑。
居常以待终，处顺故安排。惜无同怀客，共登青云梯。
①穴：一作庭。

石门新营所住四面高山回溪石濑茂林修竹

跻险筑幽居，披云卧石门。苔滑谁能步，葛弱岂可扪。
袅袅秋风过，萋萋春草繁。美人游不还，佳期何由敦。
芳尘凝瑶席，清醑满金尊。洞庭空波澜，桂枝徒攀翻。
结念属霄汉，孤景莫与谖。俯濯石下潭，仰看条上猿。
早闻夕飙急，晚见朝日暾。岩倾光难保，林深响易奔。
感往虑有复，理来情无存。庶持乘日车[①]，得以慰营魂。
匪为众人说，冀与智者论。
①日车：《选》作日用。

于南山往北山经湖中瞻眺

朝旦发阳岩[①]，景落憩阴峰[②]。舍舟眺回渚[③]，停策倚茂松。
侧径既窈窕，环舟亦玲珑。俯视乔木杪，仰聆大壑灇[④]。
石横水分流，林密蹊绝踪。解作竟何感，升长皆丰容[⑤]。
初篁包绿箨，新蒲含紫茸。海鸥戏春岸，天鸡弄和风[⑥]。
抚化心无厌，览物眷弥重。不惜去人远，但恨莫与同。
孤游非精叹，赏废理谁通。
①南。②北。③经湖中。④灇，与“潨”同。毛苌曰：潨，水会也。⑤解作、升长，用二卦名。⑥瞻眺所见。

从斤竹涧越岭溪行

猿鸣诚知曙，谷幽光未显。岩下云方合，花上露犹泫。
逶迤傍隈隩[①]，迢递陟陉岘[②]。过涧既厉急，登栈亦陵缅。

川渚屡径复[③]，乘流玩回转。蘋萍泛沉深，菰蒲冒清浅。
企石挹飞泉，攀林摘叶卷。想见山阿人，薜萝若在眼。
握兰勤徒结，折麻心莫展。情用赏为美，事昧竟难辨。
观此遗物虑，一悟得所遣。

①涧。②岭。③溪行。〇工律。

过白岸亭诗

拂衣遵沙垣，缓步入蓬屋。近涧涓密石，远山映疏木。
空翠难强名，渔钓易为曲。援萝聆青岩，春心自相属。
交交止栩黄，呦呦食苹鹿。伤彼人百哀，嘉尔承筐乐。
荣悴迭去来，穷通成休戚。未若长疏散，万事恒抱朴。

夜宿石门诗[①]

朝搴苑中兰，畏波霜下歇。暝还云际宿，美此石上月。
鸟鸣识夜栖，木落知风发。异音同至听，殊响俱清越。
妙物莫为赏，芳醑谁与伐。美人竟不来，阳阿徒晞发。

①《拾遗》作《石门岩上宿》。

南楼中望所迟客

杳杳日西颓，漫漫长路迫。登楼为谁思，临江迟来客。
与我别所期，期在三五夕。圆景早已满，佳人殊未适[①]。
即事怨睽携，感物方凄戚。孟夏非长夜，晦明如岁隔。
瑶华未堪折，兰若已屡摘。路阻莫赠问，云何未离析。
搔首访行人，引领冀良觌。

①殊：五臣作犹。

庐陵王墓下作[①]

晓月发云阳，落日次朱方。含凄泛广川，洒泪眺连冈。

眷言怀君子，沉痛切中肠。道消绝愤懑，运开申悲凉。
神期恒若存，德音初不忘。徂谢易永久，松柏森已行。
延州协心许[②]，楚老惜兰芳[③]。解剑竟何及，抚坟徒自伤。
平生疑若人，通蔽互相妨[④]。理感深情恸，定非识所将[⑤]。
脆促良可哀，夭枉特兼常[⑥]。一随往化灭，安用空名扬。
举身泣已沥，长叹不成章。

①宋武帝子义真为庐陵王，聪敏好文，常与灵运往来。会少帝失德，议废立，次在庐陵。徐羡之等奏，废庐陵为庶人，旋杀之。因迁灵运。后知无罪，召还。文帝问曰："南来何所制作?"对曰："过庐陵墓作一篇。"②《新序》：延陵季子聘晋，带宝剑过徐君，徐君色欲之，已心许矣。反，则徐君死，于是以剑挂徐君墓而去。③《汉书》：龚胜，楚人也。胜卒，有老父弔曰："薰以香自烧，资以明自销，龚生竟夭天年，非吾徒也。"④若人，谓延州及楚老也。桓子《新论》曰：汉高祖功侔汤武，及病，归之天命，误矣。此必通人而蔽者也。⑤已上八句，言向疑吴札、楚老为情所蔽，今己亦因情至而过恸，虽有识亦不能自将也。将，犹"持"也。《汉书》：张竦曰："效子者难将。"⑥兼常：犹云"倍常"。〇工律。

还旧园作见颜范二中书[①]

辞满岂多秩，谢病不待年。偶与张邴合[②]，久欲还东山。
圣灵昔回眷[③]，微尚不及宣[④]。何意冲飙激，烈火纵炎烟。
焚玉发昆峰，馀燎遂见迁[⑤]。投沙理既迫，如邛愿亦愆[⑥]。
长与欢爱别，永绝平生缘。浮舟千仞壑，总辔万寻巅。
流沫不足险，石林岂为艰。闽中安可处，日夜念归旋。
事踬两如直[⑦]，心惬三避贤[⑧]。托身青云上，栖岩挹飞泉。
盛明荡氛昏，贞休康屯邅[⑨]。殊方感成贷，微物豫采甄[⑩]。
感深操不固，质弱易扳缠。曾是反昔园，语往实款然[⑪]。
曩基即先筑，故池不更穿。果木有旧行，壤石无远延。
虽非休憩地，聊取永日闲。卫生自有经，息阴谢所牵。

夫子照清素，投怀授往篇。

①颜延之、范泰也。②张良、邴汉也。③谓宋高祖。④谓归隐之志未遽宣陈也。⑤沈约《宋书》：少帝即位，权在大臣，灵运非毁执政，徐羡之等患之，出为永嘉太守。⑥投沙，以贾谊自况；如邛，以司马相如自况也。⑦言愧不似史鱼两如矢之直也。⑧言慕孙叔敖三去相之贤也。两如、三避，歇后语，究未稳惬。⑨指宋武帝。⑩谓己昔蒙召用。⑪款然：疑当作欲然。

酬从弟惠连[1]

寝瘵谢人徒，灭迹入云峰。岩壑寓耳目，欢爱隔音容。
永绝赏心望，长怀莫与同。末路值令弟，开颜披心胸。

①惠连有《西陵遇风献康乐》诗，见本集。○首章喜惠连之来会。

心胸既云披，意得咸在兹。凌涧寻我室，散帙问所知。
夕虑晓月流，朝忌曛日驰。晤对无厌歇，聚散成分离。

○次章喜其聚而虑其离。

分离别西川，回景归东山。别时悲已甚，别后情更延。
倾想迟嘉音，果枉济江篇。辛勤风浪事，款曲洲渚言。

○三章叙别后得其来诗。

洲渚既淹时，风波子行迟。务协华京想，讵存空谷期。
犹复惠来章，只足搅余思。傥若果归言，其陶暮春时。

暮春虽未交，仲春善游遨。山桃发红萼，野蕨渐紫苞。
嘤鸣已悦豫，幽居犹郁陶。梦寐伫归舟，释我吝与劳。

登临海峤初发疆中作与从弟惠连可见羊何其和之[1]

杪秋寻远山，山远行不近。与子别山阿，含酸赴修畛。

中流袂就判，欲去情不忍。顾望脰未悁[②]，汀曲舟已隐。

①《集》作《登临海峤与从弟惠连一首》。②陆彦声诗曰："相思心既劳，相望脰亦悁。"《说文》曰：痟，疲也，与"悁"通。

隐汀绝望舟，骛棹逐惊流[①]。欲抑一生欢，并奔千里游。
日落当栖薄，系缆临江楼。岂惟夕情敛，忆尔共淹留。

①逐：一作逾。

淹留昔时欢，复增今日叹。兹情已分虑，况乃协悲端。
秋泉鸣北涧，哀猿响南峦。戚戚新别心，凄凄久念攒。

攒念攻别心，旦发清溪阴。暝投剡中宿，明登天姥岑。
高高入云霓，还期那可寻。傥遇浮丘公，长绝子徽音。

初发石首城[①]

白圭尚可磨，斯言易为缁。虽抱中孚爻，犹劳贝锦诗。
寸心若不亮，微命察如丝。日月垂光景[②]，成贷遂兼兹[③]。
出宿薄京畿，晨装抟曾飔[④]。重经平生别，再与朋知辞[⑤]。
故山日已远，风波岂还时。迢迢万里帆，茫茫终何之。
游当罗浮行，息必庐霍期。越海陵三山，游湘历九嶷。
钦圣若旦暮，怀贤亦凄其。皎皎明发心，不为岁寒欺。

①沈约《宋书》：灵运陈疾东归，会稽太守孟顗表其有异志。灵运驰往京都，诣阙上表，太祖知其见诬，不罪也，以为临川内史。②指宋太祖。③贷：施也。既贷其性命，又予以官职，故曰"兼兹"。④曾飔：犹层飙也。"抟"字用《庄子》"抟扶摇羊角"字。⑤前之永嘉，今适临川，故曰"再与朋知辞"。

入东道路诗

整驾辞金门，命旅惟诘朝。怀居顾归云，指涂泝行飙。

属值清明节，荣华感和韶。陵隰繁绿杞，墟囿粲红桃。
鷕鷕翚方雊，纤纤麦垂苗。隐轸邑里密，缅邈江海辽。
满目皆古事，心赏贵所高。鲁连谢千金，延州权去朝。
行路既经见，愿言寄吟谣。

道路忆山中

采菱调易急，江南歌不缓。楚人心音绝，越客肠今断。
断绝虽殊念，俱为归虑款。存乡尔思积，忆山我愤懑[①]。
追寻栖息时，偃卧任纵诞。得性非外求，自已为谁纂[②]。
不怨秋夕长，常苦夏日短[③]。濯流激浮湍，息阴倚密竿[④]。
怀故叵新欢，含悲忘春暖。凄凄明月吹，恻恻广陵散。
殷勤诉危柱，慷慨命促管。

①越客，灵运自谓。楚人，指屈原。“存乡”句亦指屈原。②已，止也。纂，继也。《庄子》曰：“夫吹万不同，而使之自已也。”言情已止矣，不解因何复纂也。③常：一作恒。④竿：协古旦切。

入彭蠡湖口

客游倦水宿，风潮难具论。洲岛骤回合，圻岸屡崩奔。
乘月听哀狖，浥露馥芳荪。春晚绿野秀，岩高白云屯，
千念集日夜，万感盈朝昏。攀岩照石镜，牵叶入松门。
三江事多往，九派理空存。灵物合珍怪，异人秘精魂。
金膏灭明光，水碧缀流温[①]。徒作千里曲，弦绝念弥敦。

①缀：五臣作辍。

入华子冈是麻源第三谷

南州实炎德，大树陵寒山。铜陵映碧涧，石磴泻红泉。
既枉隐沦客，亦栖肥遁贤。险径无测度，天路非術阡。

遂登群峰首，邈若升云烟[①]。羽人绝仿佛，丹丘徒空筌。
图牒复磨灭，碑版谁闻传。莫辨百代后，安知千载前。
且申独往意，乘月弄潺湲。恒充俄顷用，岂为古今然。

①升：《艺文类聚》作腾。

登归濑三瀑布望两溪

我行乘日垂，放舟候月圆。沫江免风涛，涉清弄漪涟。
积石竦两溪，飞泉倒三山。亦既穷登陟，荒蔼横目前。
窥岩不睹景，披林岂见天。阳乌尚倾翰，幽篁未为遭。
退寻平常时，安知巢穴难。风雨非攸悋，拥志谁与宣。
傥有同枝条，此日即千年。

初往新安桐庐口

絺绤虽凄其，授衣尚未至。感节良已深，怀古亦云思[①]。
不有千里棹，孰申百代意。远协固子心，遥得许生计。
既及泠风善，又即秋水驶。江山共开旷[②]，云日相照媚。
景夕群物清，对玩咸可熹。

①亦云：一作徒役。②开：一作闲。

拟魏太子邺中集诗八首　并序

建安末，余时在邺宫，朝游夕宴，究欢愉之极。天下良辰、美景、赏心、乐事，四者难并，今昆弟友朋，二三诸彦，共尽之矣。古来此娱，书籍未见。何者？楚襄王时，有宋玉、唐、景，梁孝王时，有邹、枚、严、马，游者美矣，而其主不文。汉武帝徐乐诸才，备应对之能，而雄猜多忌，岂获晤言之适？不诬方将，庶必贤于今日尔。岁月如流，零落将尽，撰文怀人，感往增怆！其辞曰：

魏太子

百川赴巨海，众星环北辰。照灼烂清汉，遥裔起长津。
天地中横溃，家王拯生民[①]。区宇既荡涤，群英必来臻。
忝此钦贤性，由来常怀仁。况值众君子，倾心隆日新。
七物靡浮说，析理实敷陈。罗缕岂阙辞，窈窕究天人。
澄觞满金罍，连榻设华茵。急弦动飞听，清歌拂梁尘。
莫言相遇易[②]，此欢信可珍。

①王：五臣作皇。②莫：善作何。○工律。

王　粲

家本秦川贵公子孙，遭乱流寓，自伤情多。

幽厉昔崩乱，桓灵今板荡。伊洛说燎烟，函崤没无像[①]。
整装辞秦川，秣马赴楚壤[②]。沮漳自可美，客心非外奖。
常叹诗人言，式微何由往。上宰奉皇灵[③]，侯伯咸宗长。
云骑乱汉南，宛郢皆扫荡[④]。排雾属盛明，披云对清朗。
庆泰欲重叠，公子特先赏。不谓息肩愿，一旦值明两。
并载游邺京，方舟泛河广。绸缪清宴娱，寂寥梁栋响。
既作长夜饮，岂顾乘日养。

①像：五臣作象。②粲至荆州也。③指魏武帝。④宛：善作纪，谓平荆表也。○工律。

陈　琳

袁本初书记之士，故述丧乱事多。

皇汉逢迍邅，天下遭氛慝。董氏沦关西，袁家拥河北。
单民易周章，窘身就羁勒。岂意事乖己，永怀恋故国。

相公实勤王[①]，信能定蝥贼。复睹东郡辉，重见汉朝则。
馀生幸已多，矧乃值明德[②]。爱客不告疲，馀宴遗景刻。
夜听极星烂[③]，朝游穷曛黑。哀哇动梁埃，急觞荡幽默。
且尽一日娱，莫知古来惑。

①指魏武帝。②指魏文也。③烂：五臣作阑。○工律。

徐　幹

少无宦情，有箕颍之心事，故仕世多素辞。

伊昔家临淄，提携弄齐瑟。置酒饮胶东，淹留憩高密。
此欢谓可终，外物始难毕。摇荡箕濮情，穷年迫忧栗。
末涂幸休明，栖集建薄质。已免负薪苦，仍游椒兰室。
清论事究万，美话信非一。行觞奏悲歌，永夜系白日。
华屋非蓬居，时髦岂余匹。中饮顾昔心，怅焉若有失。

①系：五臣作继。○工律。○《说苑》：晋灵公欲杀赵宣孟而饮之酒。宣孟知之，中饮而出。国藩按：中饮，犹曰酒半也。郑注《天官·小宰》“中字别之”，《三国志·周瑜传》“中江举帆”，两“中”字与“中饮”略同。

刘　桢

卓荦偏人，而文最有气，所得颇经奇。

贫居晏里闬，少小长东平。河兖当冲要，沦飘薄许京。
广川无逆流，招纳厕群英。北渡黎阳津，南登宛郢城[①]。
既览古今事，颇得治乱情。欢友相解达，敷奏究平生。
矧荷明哲顾，知深觉命轻。朝游牛羊下，暮坐括揭鸣。
终岁非一日，传卮弄清声。辰事既难谐，欢愿如今并。
唯羡肃肃翰，缤纷戾高冥。

①宛：善作纪。○工律。○括揭鸣，疑当作埘揭鸣。揭，与桀音义同。埘揭鸣，即鸡鸣，谓晨也。朝游则至于夕，暮坐则达于晨也。

应　玚

汝颍之上，流离世故，颇有飘薄之叹。

嗷嗷云中雁，举翮自委羽。求凉弱水湄，违寒长沙渚。
顾我梁川时[①]，缓步集颍许。一旦逢世难，沦薄恒羁旅。
天下昔未定，托身早得所。官渡厕一卒，乌林预艰阻。
晚节值众贤，会同庇天宇。列坐荫华榱，金樽盈清醑。
始奏延露曲，继以阑夕语。调笑辄酬答，嘲谑无惭沮。
倾躯无遑虑，在心良已叙。

①梁：五臣作原。○工律。

阮　瑀

管书记之任，故有优渥之言。

河洲多沙尘，风悲黄云起。金羁相驰逐，联翩何穷已。
庆云惠优渥，微薄攀多士。念昔渤海时，南皮戏清沚。
今复河曲游，鸣葭泛兰汜。躧步陵丹梯，并坐侍君子。
妍谈既愉心，哀音信睦耳[①]。倾酤系芳醑，酌言岂终始。
自从食萍来，惟见今日美。

①音：一作弄。○工律。

平原侯植

公子不及世事，但美遨游，然颇有忧生之嗟。

朝游登凤阁，日暮集华沼。倾柯引弱枝，攀条摘蕙草。
徙倚穷骋望，目极尽所讨。西顾太行山，北眺邯郸道。
平衢修且直，白杨信袅袅。副君命饮宴[①]，欢娱写怀抱。
良游匪昼夜，岂云晚与早。众宾悉精妙，清辞洒兰藻[②]。

哀音下回鹄，馀哇彻清昊。中山不知醉，饮德方觉饱。
愿以黄发期，养生念将老。

①谓文帝也。②兰藻：五臣作兰蒲。〇工律。

石壁立招提精舍

四城有顿踬，三世无极已。浮欢昧眼前，沉照贯终始。
壮龄缓前期，颓年迫暮齿。挥霍梦幻顷，飘忽风电起。
良缘迨未谢，时逝不可俟。敬拟灵鹫山，尚想祇洹轨。
绝溜飞庭前，高林映窗里。禅室栖空观，讲宇析妙理。

过瞿溪山僧

迎旭凌绝嶝，映泫归溆浦。钻燧断山木，掩岸墐（墐）石户。
结架非丹甍，藉田资宿莽。同游息心客，暧然若可睹。
清霄飏浮烟，空林响法鼓。忘怀狎鸥鲦，摄生驯兕虎。
望岑眷灵鹫，延心念净土。若乘四等观，永拔三界苦。

七夕咏牛女

火逝首秋节，新明弦月夕。月弦光照户，秋首风入隙。
凌峰步曾崖[1]，凭云肆遥脉。徙倚西北庭，竦踊东南觌。
纨绮无报章，河汉有骏轭。

①曾：《艺文》作岑。

彭城宫中直感岁暮

草草眷徂物，契契矜岁殚。楚艳起行戚，吴趋绝归欢。
修带缓旧裳，素鬓改朱颜。晚暮悲独坐，鸣鶗歇春兰。

会吟行

六引缓清唱，三调伫繁音。列筵皆静寂，咸共聆会吟。

会吟自有初，请从文命敷。敷绩壶冀始，刊木至江汜。
列宿炳天文，负海横地理。连峰竞千仞，背流各百里。
滮池溉粳稻，轻云暖松杞。两京愧佳丽，三都岂能似。
层台指中天，高墉积崇雉。飞燕跃广途，鹢首戏清沚。
肆呈窈窕容，路曜便娟子。自来弥年代，贤达不可纪。
勾践善废兴，越叟识行止。范蠡出江湖，梅福入城市。
东方就旅逸，梁鸿去桑梓。牵缀书土风，辞殚意未已。

《乐府诗集》有《燕歌行》二首七古各十二句，《鞠歌行》一首七古，《善哉行》一首四言，《陇西行》一首四言，《顺东西门行》一首长短句，《上留田行》一首九言，皆以非五古未抄外，五言中有《泰山吟》一首八句，《君子有所思行》二十句，《悲哉行》一首二十句，《缓歌行》一首八句，《苦寒行》一首六句，《豫章行》一首六句，《折杨柳行》二首一十四句、一十二句，皆未选。

卷三　鲍明远五古

百三十一首

采　桑[①]

季春梅始落，工女事蚕作。采桑淇洧间，还戏上宫阁。
早蒲时结阴，晚篁初解箨。蔼蔼雾满闺，融融景盈幕。
乳燕逐草虫，巢蜂拾花萼。是节最暄妍，佳服又新烁。
绵叹对迥涂[②]，扬歌弄场藿。抽琴试抒思，荐佩果成托。
承君郢中美，服义久心诺。卫风古愉艳，郑俗旧浮薄。
灵愿悲渡湘，宓赋笑瀍洛。盛明难重来，渊意为谁涸。
君其且调絃，桂酒妾行酌。

①《陌上桑》本秦罗敷拒绝挑者之辞，《乐府解题》谓《采桑》亦出于《陌上桑》。国藩按：《陌上桑》谓夫不在而拒人，此则似与夫同处者。②绵：《玉台》作敛。

代蒿里行

同尽无贵贱，殊愿有穷伸。驰波催永夜，零露逼短晨。
结我幽山驾[①]，去此满堂亲。虚容遗剑佩，实貌戢衣巾。
斗酒安可酌，尺书谁复陈。年代稍推远，怀抱日幽沦。
人生良可剧，天道与何人。赍我长恨意，归为狐兔尘。

①结：一作驱。

代挽歌

独处重冥下，忆昔登高台。傲岸平生中，不为物所裁。
埏门只复闭，白蚁相将来。生时芳兰体，小虫今为灾。
玄鬓无复根，枯髅依青苔。忆昔好饮酒，素盘进青梅。
彭韩及廉蔺，畴昔已成灰。壮士皆死尽，馀人安在哉。

○气势。

代东门行[①]

伤禽恶弦惊，倦客恶离声。离声断客情，宾御皆涕零。
涕零心断绝，将去复还诀。一息不相知，何况异乡别。
遥遥征驾远，杳杳白日晚。居人掩闺卧，行子夜中饭。
野风吹草木，行子心肠断。食梅常苦酸，衣葛常苦寒。
丝竹徒满座，忧人不解颜。长歌欲自慰，弥起长恨端。

①《乐府解题》曰：古辞《出东门》，言士有贫不安其居者，拔剑欲去，妻子牵衣留之，愿共餔糜，不求富贵。若鲍照之诗，则但伤离别而已。○气势。

代放歌行[①]

蓼虫避葵堇，习苦不言非。小人自龌龊，安知旷士怀。
鸡鸣洛城里，禁门平旦开。冠盖纵横至，车骑四方来。
素带曳长飙，华缨结远埃。日中安能止，钟鸣犹未归。
夷世不可逢，贤君信爱才。明虑自天断，不受外嫌猜。
一言分珪爵，片善辞草莱。岂伊白璧赐，将起黄金台。
今君有何疚，临路独迟回。

①《放歌行》一曰《孤儿行》，一曰《孤子生行》，言孤儿为兄嫂所苦，难与久居也。鲍照此诗，则言荣利之场不宜轻入也。○气势。○首四句，以

蓼虫之习苦，喻世之习于荣利膴仕，沉溺而不反者。“鸡鸣”八句，极言荣利之场，众所共趋。“夷世”十句，盖反言以见意：向使君非爱才，嫌猜不断，则不能不临路迟回矣。

代陈思王京洛篇二首[①]

凤楼十二重，四户八绮窗。绣桷金莲花，桂柱玉盘龙。
珠簾无隔露，罗幌不胜风。宝帐三千所，为尔一朝容。
扬芬紫烟上，垂彩绿云中。春吹回白日，霜高落塞鸿。
但惧秋尘起，盛爱逐衰蓬。坐视青苔满，卧对锦筵空。
琴瑟纵横散，舞衣不复缝。古来共歇薄，君意岂独浓。
惟见双黄鹄，千里一相从。

①《玉台》作《煌煌京洛行》。〇气势。〇“春吹”两句，言时移事异，盛极必衰。

南游偃师县，斜上霸陵东。回瞻龙首堞，遥望德阳宫。
重门远照耀，天阁复穹隆。城傍疑复道，树里识松风。
黄河入洛水，丹泉绕射熊。夜轮悬素魄，朝天荡碧空。
秋霜晓驱雁，春雨暗成虹。曲阳造甲第，高安还禁中。
刘苍归作相，窦宪出临戎。此时车马合，兹晨冠盖通。
谁知两京盛，欢宴遂无穷。

代门有车马客行[①]

门有车马客，问客何乡士。捷步往相讯，果得旧邻里。
凄凄声中情，慊慊增下俚。语昔有故悲，论今无新喜。
清晨相访慰，日暮不能已。欢戚竞寻绪，谈调何终止。
辞端竟未究，忽唱分途始。前悲尚未弭，后感方复起。
嘶声盈我口，谈言在君耳。手迹可传心，愿尔笃行李[②]。

①《门有车马客》皆言问讯其客，备叙市朝迁变、亲友凋落之意也。鲍诗则并叙此客旋又别去。②笃行李：犹云“珍重道涂”。

代棹歌行

羁客离婴时，飘飖无定所。昔秋寓江界，兹春客河浒。
往戢于役身，愿言永怀楚。泠泠鯈疏潭，邕邕雁循渚。
飂戾长风振，摇曳高帆举。惊波无留连，舟人不踌伫。

代白头吟①

直如朱丝绳，清如玉壶冰。何惭宿昔意，猜恨坐相仍。
人情贱恩旧，世议逐衰兴。毫发一为瑕，丘山不可胜。
食苗实硕鼠，点白信苍蝇。凫鹄远成美，薪刍前见陵②。
申黜褒女进，班去赵姬升。周王日沦惑，汉帝益嗟称。
心赏犹难恃，貌恭岂易凭。古来共如此，非君独抚膺。

①《乐府解题》曰：鲍照、张正见、虞世南《白头吟》，皆自伤清直芬馥，而遭铄金玷玉之谤，君恩以薄。②《韩诗外传》：田饶谓鲁哀公曰：“鸡有五德，君食之者，以其所从来近也。黄鹄一举千里，君贵之者，以其所从来远也。”《史记》：汲黯谓武帝曰：“陛下用群臣如积薪，后来者居上。”○气势。

代东武吟①

主人且勿喧，贱子歌一言。仆本寒乡士，出身蒙汉恩。
始随张校尉②，占募到河源③。后逐李轻车④，追虏穷塞垣。
密涂亘万里，宁岁犹七奔⑤。肌力尽鞍甲，心思历凉温。
将军既下世，部曲亦罕存。时事一朝异，孤绩谁复论。
少壮辞家去，穷老还入门。腰镰刈葵藿，倚杖牧鸡豚。
昔如鞲上鹰，今似槛中猿。徒结千载恨，空负百年怨。
弃席思君幄，疲马恋君轩。愿垂晋主惠，不愧田子魂。

①《东武吟》，伤时移事异、荣华徂谢也。此专言苦战老将，伤时事之移易。②张骞也。③占：一作召。④李蔡也。⑤密：近也。近涂犹万里，则远者可知；宁岁犹七奔，则多事时可知。〇气势。〇《韩子》：晋文公至河，令曰："笾豆捐之，席蓐损之。"舅犯闻之，哭，文公乃止。《韩诗外传》：田子方出，见老马于道，曰："少尽其力，老弃其身，仁者不为也。"束帛而赎之。

代别鹤操①

双鹤俱起时，徘徊沧海间。长弄若天汉，轻躯似云悬。
幽客时结侣，提携游三山。青缴凌瑶台，丹罗笼紫烟。
海上悲风急，三山多云雾。散乱一相失，惊孤不得住。
缅然日月驰，远矣绝音仪。有愿而不遂，无怨以生离。
鹿鸣在深草，蝉鸣隐高枝。心自有所存②，旁人那得知。

①《古今注》曰：《别鹤操》，商陵牧子所作也。娶妻五年，无子，父兄将为之改娶，其妻中夜起，倚户而悲啸，牧子援琴作歌。②存：一作怀。

代出自蓟北门行①

羽檄起边亭，烽火入咸阳。征骑屯广武，分兵救朔方。
严秋筋竿劲，虏阵精且强。天子按剑怒，使者遥相望。
雁行缘石径，鱼贯度飞梁。箫鼓流汉思，旌甲被胡霜。
疾风冲塞起，沙砾自飘扬。马毛缩如猬，角弓不可张。
时危见臣节，世乱识忠良。投躯报明主，身死为国殇。

①《出自蓟北门行》大致与《从军行》同，而兼言燕蓟风物，此则并及忠节矣。〇气势。

代陆平原君子有所思行①

西上登雀台，东下望云阙。层阁肃天居，驰道直如发。
绣甍结飞霞，璇题纳行月。筑山拟蓬壶，穿池类溟渤。

选色遍齐岱，征声匝邛越。陈钟陪夕宴，笙歌待明发。
年貌不可还，身意会盈歇。蚁壤漏山阿[②]，丝泪毁金骨。
器恶含满欹，物忌厚生没。智哉众多士，服理辨昭晰。

①《乐府解题》曰：《君子有所思行》，陆机、鲍照、沈约之辞，皆言雕室丽色，不足为久欢；宴安酖毒，满盈所宜敬忌。②阿：善作河。

代悲哉行

羁人感淑节，缘感欲回辙。我行讵几时，华实骤舒结。
睹实情有悲，瞻华意无悦。览物怀同志，如何复乖别。
翩翩翔禽罗，关关鸣鸟列。翔鸣尚俦偶，所叹独乖绝。

代陈思王白马篇

白马骍角弓，鸣鞭乘北风。要途问边急，杂虏入云中。
闭壁自往夏，清野径还冬。侨装多阙绝，旅服少裁缝。
埋身守汉境[①]，沉命对胡封[②]。薄暮塞云起，飞沙被远松。
含悲望两都，楚歌登四墉。丈夫设计误，怀恨逐边戎。
弃别中国爱[③]，邀冀胡马功。去来今何道，卑贱生所钟。
但令塞上儿，知我独为雄。

①境：一作节。②埋身、沉命，皆坚志赴敌之意。③弃：一作罢。

代升天行[①]

家世宅关辅，胜带宦王城。备闻十帝事，委曲两都情。
倦见物兴衰，骤睹俗屯平。翩翻若回掌，恍惚似朝荣。
穷途悔短计，晚志重长生[②]。从师入远岳，结友事仙灵。
五图发金记[③]，九钥隐丹经[④]。风餐委松宿，云卧恣天行。
冠霞登綵阁，解玉饮椒庭。暂游越万里，少别数千龄[⑤]。
凤台无还驾，箫管有遗声[⑥]。何当与汝曹，啄腐共吞腥。

①《升天行》本求仙之意，而此诗“穷途”二句，似亦讥学仙者。②重：一作爱。③图：一作芝。④道书有《五岳真形图金记》，谓金丹书也。钥者，藏书之钥，丹有九转，故曰九钥也。⑤少：一作近。⑥《列仙传》：萧史者，善吹箫，秦穆公以女弄玉妻之，为作凤台，夫妇止其上，一日随凤飞去。

松柏篇　并序

余患脚上气四十馀日。知旧先借《傅玄集》，以余病剧，遂见还。开帙，适见乐府诗《龟鹤篇》，于危病中见长逝词，恻然酸怀。抱如此重病，弥时不差，呼吸乏喘，举目悲矣。火药间阙而拟之。

松柏受命独，历代长不衰。人生浮且脆，鴥若晨风悲。
东海迸逝川，西山导落晖。南廓悦籍短[①]，蒿里收永归。
谅无畴昔时，百病起尽期。志士惜牛刀，忍勉自疗治。
倾家行药事，颠沛去迎医。徒备火石苦，奄至不得辞。
龟龄安可获，岱宗限已迫。睿圣不得留，为善何所益。
舍此赤县居，就彼黄垆宅。永离九原亲，长与三辰隔。
属纩生望尽，阖棺世业埋。事痛存人心，恨结亡者怀，
祖葬既云及，圹遂亦已开。室族内外哭，亲疏同共哀。
外姻远近至，名列通夜台。扶舆出殡宫，低徊恋庭室。
天地有尽期，我去无还日。居者今已尽，人事从此毕。
火歇烟既没，形销声亦灭。鬼神来依我，生人永辞诀。
大暮杳悠悠，长夜无时节。郁湮重冥下，烦冤难具说。
安寝委沉寞，恋恋念平生。事业有馀结，刊述未及成。
资储无担石，儿女皆孩婴。一朝放舍去，万恨缠我情。
追忆世上事，束教已自拘。明发靡怡愈，夕归多忧虞。
辙闲晨径荒，辍宴式酒濡。知今瞑目苦，恨失尔时娱。

遥遥远民居，独埋深壤中。墓前人迹灭，冢上草日丰。
空林响鸣蜩，高松结悲风。长寐无觉期，谁知逝者穷。
生存处交广，连榻舒华茵。已没一何苦，楛哉不容身。
昔日平居时，晨夕对六亲。今日奄奈何，一见无谐因。
礼席有降杀，三龄速过隙。几筵就收撤，室宇改畴昔。
行女游归途[2]，仕子复王役。家世本平常，独有亡者剧。
时祀望归来，四节静茔丘。孝子抚坟号，父兮知来不。
欲还心依恋，欲见绝无由。烦冤荒陇侧，肝心尽崩抽。

①廓：一作郊。②行女：已嫁之女。

代苦热行

赤阪横西阻，火山赫南威。身热头且痛，马坠魂来归。
汤泉发云潭，焦烟起石圻。日月有恒昏，雨露未尝晞。
丹蛇逾百尺，玄蜂盈十围。含沙射流影，吹蛊病行晖。
瘴气昼熏体，菵露夜沾衣[1]。饥猿莫下食，晨禽不敢飞。
毒泾尚多死，度泸宁具腓。生躯蹈死地，昌志登祸机。
戈船荣既薄，伏波食亦微。爵轻君尚惜，士重安可希[2]。

①菵：草名，有毒，其上露，触之，肉即溃烂。②《韩诗外传》：宋燕相齐，罢，召客与赴诸侯，皆伏不对。田饶曰："君纨素锦绣，从风而敝，士曾不得缘衣。夫财者君所轻，死者士所重，君不能用所轻，欲使士用重乎？"〇前言苦热瘴毒，末言从军死地，劳多而赏薄。

代朗月行

朗月出东山，照我绮窗前。窗中多佳人，被服妖且妍。
靓妆坐帷里，当户弄清弦。鬓夺卫女迅，体绝飞燕先。
为君歌一曲，当作朗月篇。酒至颜自解，声和心亦宣。
千金何足重，所存意气间。

代堂上歌行

四坐且莫喧，听我堂上歌。昔仕京洛时，高门临长河。
出入重宫里，结友曹与何。车马相驰逐，宾朋好容华。
阳春孟春月，朝光散流霞。轻步逐芳风，言笑弄丹葩。
晖晖朱颜酡，纷纷织女梭。满堂皆美人，目成对湘娥。
虽谢侍君闲，明妆带绮罗。筝笛更谈吹，高唱好相和。
万曲不关心，一曲动情多。欲知情厚薄，更听此声过。

代结客少年场行①

骢马金络头，锦带佩吴钩。失意杯酒间，白刃起相雠。
追兵一旦至，负剑远行游。去乡三十载，复得还旧丘。
升高临四关，表里望皇州。九衢平若水，双阙似云浮。
扶宫罗将相，夹道列王侯。日中市朝满，车马若川流。
击钟陈鼎食，方驾自相求。今我独何为，坎壈怀百忧。

①《结客少年场》本言轻生重义、慷慨以立功名者，此则兼言晚节坎壈之状。○气势。

扶风歌

昨辞金华殿，今次雁门县。寝卧握秦戈，栖息抱越箭。
忍悲别亲知，行泣随征传。寒烟空徘徊，朝日乍舒卷。

代少年时至衰老行

忆昔少年时，驰逐好名晨。结友多贵门，出入富儿邻。
绮罗艳华风，车马自扬尘。歌唱青齐女，弹筝燕赵人。
好酒多芳气，肴味厌时新。今日每相念，此事邈无因。
寄语后生子，作乐当及春。

代阳春登荆山行

旦登荆山头，崎岖道难游。早行犯霜露，苔滑不可留。
极眺入云表，穷目尽帝州。方都列万室，层城带高楼。
奕奕朱轩驰，纷纷缟衣流。日氛映山浦，暄雾逐风收。
花木乱平原，桑柘绵平畴。攀条弄紫茎，藉露折芳柔。
遇物虽成趣，念者不解忧。且共倾春酒，长歌登山丘。

代贫贱苦愁行

湮没虽死悲，贫苦即生剧。长叹至天晓，愁苦穷日夕。
盛颜当少歇，鬓发先老白。亲友四面绝，朋知断三益。
空庭惭树萱，药饵愧过客。贫年忘日时，黯颜就人惜。
俄顷不相酬，恧怩面已赤。或以一金恨，便成百年隙。
心为千条计，事未见一获。运圮津涂塞，遂转死沟洫。
以此穷百年，不如还窀穸。

代边居行

少年远京阳，遥遥万里行。陋巷绝人径，茅屋摧山冈。
不睹车马迹，但见麋鹿场。长松何落落，丘陇无复行。
边地无高木，萧萧多白杨。盛年日月书，一去万恨长。
悠悠世中人，争此锥刀忙。不忆贫贱时，富贵辄相忘。
纷纷徒满目，何关慨予伤。不如一亩中，高会挹清浆。
遇乐便作乐，莫使候朝光。

代邽街行①

伫立出门衢，遥望转蓬飞。蓬去旧根在，连翩逝不归。
念我舍乡俗，亲好久乖违。慷慨怀长想，惆怅恋音徽。

人生随事变，迁化焉可祈。百年难必果，千虑易盈亏。

①一作《去邪行》。

萧史曲

萧史爱长年，嬴女惜童颜。火粒愿排弃，霞雾好登攀。
龙飞逸天路，凤起入秦关。身去长不返，箫声时往还。

侍宴覆舟山二首

息雨清上郊，开云照中县。游轩越丹居，晖烛集凉殿。
凌高跻飞楹，追焱起流宴。松苑含灵群，岩庭藏物变。
明辉烁神都，丽气冠华甸。目远幽情周，醴洽深恩遍。

繁霜飞玉闼，爱景丽皇州。清跸戒驰路，羽盖伫宣游。
神居既崇盛，岧崄信环周。礼俗托德声，昌会溢民讴。
惭无胜化质，谬从云雨游。

从拜陵登京岘

孟冬十月交，杀盛阴欲终。风烈无劲草，寒甚有凋松。
军井冰昼结，士马毡夜重。晨登岘山首，霜雪凝未通。
息鞍循陇上，支剑望云峰。表里观地险，升降究天容。
东岳覆如砺，瀛海安足穷。伤哉长永矣，驰光不再中。
衰贱谢远愿，疲老还旧邦。深德竟何报，徒令田陌空。

蒜山被始兴王命作

暮冬霜朔严，地闭泉不流。玄武藏木阴，丹鸟还养羞。
劳农泽既周，役车时亦休。高薄符好蒨，藻驾及时游。
鹿苑岂淹睇，兔园不足留。升峤眺日轨，临迥望沧洲。

云生玉堂里，风靡银台陬。陂石类星悬，屿木似烟浮。形胜信天府，珍宝丽皇州。白日回清景，芳艳洽欢柔。参差出寒吹，飕戾江上讴。王德爱文雅，飞翰洒鸣球。美哉物会昌，衣道服光猷。

登庐山

悬装乱水区，薄旅次山楹。千岩盛阻积，万壑势回萦。巃嵸高昔貌，纷乱袭前名。洞涧窥地脉，耸树隐天经。松磴上迷密，云窦下纵横。阴冰实夏结，炎树信冬荣。嘈囋晨鹍思，叫啸夜猿清。深崖伏化迹，穷岫閟长灵。乘此乐山性，重以远游情。方跻羽人途，永与烟雾并。

登庐山望石门

访世失隐沦，从山异灵士。明发振云冠，升峤远栖趾。高岑隔半天，长崖断千里。氛雾承星辰，潭壑洞江汜。崭绝类虎牙，巑岏象熊耳。埋冰或百年，韬树必千祀。鸡鸣清涧中，猿啸白云里。瑶波逐穴开，霞石触峰起。回互非一形，参差悉相似。倾听凤管宾，缅望钓龙子。松桂盈膝前，如何秽城市。

从登香炉峰

辞宗盛荆梦，登歌美凫绎。徒收杞梓饶，曾非羽人宅。罗景蔼云扃，沾光扈龙策。御风亲列涂，乘山穷禹迹。含啸对雾岑，延萝倚峰壁。青冥摇烟树，穹跨负天石。霜崖灭土膏，金涧测泉脉。旋渊抱星汉，乳窦通海碧。谷馆驾鸿人，岩栖咀丹客。殊物藏珍怪，奇心隐仙籍。高世伏音华，绵古遁精魄。萧瑟生哀听，参差远惊觌。

惭无献赋才，洗污奉毫帛。

从庾中郎游园山石室

荒涂趣山楹，云崖隐灵室。冈涧纷萦抱，林障杳重密。
昏昏磴路深，活活梁水疾。幽隅秉昼烛，地牖窥朝日。
怪石似龙章，瑕壁丽锦质。洞庭安可穷，漏井终不溢。
沉空绝景声，崩危坐惊慄。神化岂有方，妙象竟无述。
至哉炼玉人，处此长自毕。

登翻车岘

高山绝云霓，深谷断无光。昼夜沦雾雨，冬夏结寒霜。
淖坂既马领，碛路又羊肠。畏涂疑旅人，忌辙覆行箱。
升岑望原陆，四眺极川梁。游子思故居，离客迟新乡。
新知有客慰，追故游子伤。

登黄鹤矶

木叶江渡寒，雁还风送秋。临流断商弦，瞰川悲棹讴。
适郢无东辕，还夏有西浮①。三崖隐丹磴，九派引沧流。
泪行感湘别，弄珠怀汉游。岂伊药饵泰，得夺旅人忧。

①还：《艺文》作过。

登云阳九里埭

宿心不复归，流年抱衰疾。既成云雨人，悲绪终不一。
徒忆江南声，空录齐后瑟。方绝萦紘思，岂见绕梁日。

自砺山东望震泽

澜漫潭洞波，合沓崿嶂云。涨岛远不测，冈涧近难分。

幽篁愁暮见，思鸟伤夕闻。以此藉沉痾，栖迹别人群。
结言非尽书，有念岂敷文。

三日游南苑

采蘋及华月，追节逐芳云。腾蒨溢林疏，丽日晔山文。
清潭圆翠会，花薄绿绮纹。合樽遽景斜，折荣洿组芬。

赠故人马子乔六首

踯躅城上羊，攀隅食玄草。俱共日月辉，昏明独何早。
夕风飘野箨，飞尘被长道。亲爱难重陈，怀忧坐空老。

寒灰灭更然，夕华晨更鲜。春冰虽暂改，冬水复还坚。
佳人舍我去，赏爱长绝缘。欢至不留日，感物辄伤年。

松生陇坂上，百尺下无枝。东南望河尾，西北隐昆崖。
野风振山籁，朋鸟夜惊离。悲凉贯年节，葱翠恒若斯。
安得草木心，不怨寒暑移。

种橘南池上，种杏北池中。池北既少露，池南又多风。
早寒逼晚岁，衰恨满秋容。湘滨有灵鸟，其字曰鸣鸿。
一掟缯缴痛，长别远无双。

皎如川上鹄，赫似握中丹。宿心谁不欺，明白古所难。
凭楹观皓月，洒酒荡忧颜。永念生平意，穷光不忍还。
淹留徒攀桂，延伫空结兰。

双剑将离别，先在匣中鸣。烟雨交将夕，从此遂分形。

雌沉吴江里[①]，雄飞入楚城。吴江深无底，楚关有崇扃。
一为天地别，岂直限幽明。神物终不隔，千祀傥还并。
①里：《玉台》作水。

答　客

幽居属有念，合意未连词。会客从外来，问君何所思。
澄神自惆怅，嘿虑久回疑。谓宾少安席，方为子陈之。
我以荜门士，负学谢前基。爱赏好偏越，放纵少矜持。
专求遂性乐，不计缉名期。欢至独斟酒，忧来辄赋诗。
声交稍希歇，此意更坚滋。浮生急驰电，物道险絃丝。
深忧寡情谬，进伏两暌时。愿赐卜身要，得免后贤嗤。
○对客自陈素抱，而终问之，亦屈原卜居之旨。

和王丞

限生归有穷，长意无已年[①]。秋心日迴绝，春思坐连绵。
衔协旷古愿，斟酌高代贤。遁迹俱浮海，采药共还山。
夜听横石波，朝望宿岩烟。明涧子沿越，飞萝予萦牵。
性好必齐遂，迹幽非妄传。灭志身世表，藏名琴酒间。
①意：一作忆。

日落望江赠荀丞

旅人乏愉乐，薄暮增思深。日落岭云归，延颈望江阴。
乱流灇大壑，长雾匝高林。林际无穷极，云边不可寻。
惟见独飞鸟，千里一扬音。推其感物情，则知游子心。
君居帝京内，高会日挥金。岂念慕群客，咨嗟恋景沉。
○情韵。

秋日示休上人

枯桑叶易零，疲客心易惊。今兹亦何早，已闻络纬鸣。
回风灭且起，卷蓬息复征。怆怆簟上寒，凄凄帐里清。
物色延暮思，霜露逼朝荣。临堂观秋草，东西望楚城。
百物方萧瑟，坐叹从此生。

答休上人

酒出野田稻，菊生高冈草。味貌复何奇，能令君倾倒。
玉碗徒自羞，为君慨此秋。金盖覆牙柈，何为心独愁。

吴兴黄浦亭庾中郎别

风起洲渚寒，云上日无辉。连山眇烟雾，长波迥难依。
旅雁方南过，浮客未西归。已经江海别，复与亲眷违。
奔景易有穷，离袖安可挥。欢觞为悲酌，歌服成泣衣。
温念终不渝，藻志远存追。役人多牵滞，顾路惭奋飞。
昧心附远翰，炯言藏佩韦。

与伍侍郎别

民生如野鹿，知爱不知命。饮龁具攒聚，翘陆欻惊迸。
伤我慕类心，感尔食苹性。漫漫鄢郢途，渺渺淮海径。
子无金石质，吾有犬马病。忧乐安可言，离会孰能定。
钦哉慎所宜，砥德乃为盛。贫游不可忘，久交念敦敬。

送别王宣城

发郢流楚思，涉淇兴卫情。既逢青春献，复值白蘋生。
广望周千里，江郊蔼微明。举爵自惆怅，歌管为谁清。

颍阴腾前藻，淮阳流昔声。树道慕高华，属路伫深馨。

送从弟道秀别

参差生密念，踯躅行思悲。悲思恋光景，密念盈岁时[①]。
岁时多阻折，光景乏安怡。以此苦风情，日夜惊悬旗。
登山临朝日，扬袂别所思。浸淫旦潮广，澜漫宿云滋。
天阴惧先发，路远常早辞。篇诗后相忆，杯酒今无持。
游子苦行役，冀会非远期。

①盈：一作弥。

赠傅都曹别

轻鸿戏江潭，孤雁集洲沚。邂逅两相亲，缘念共无已。
风雨好东西，一隔顿万里。追忆栖宿时，声容满心耳。
落日川渚寒，愁云绕天起。短翮不能翔，徘徊烟雾里。

和傅大农与僚故别

绝节无缓响，伤雁有哀音。非同年岁意，谁共别离心[①]。
伊昔谬通涂，冠屣预人林。浮江望南岳，登潮窥海阴。
孰谓游居浅，慕美久相深。萋萋春草秀，嘤嘤喜候禽。
辰物尽明茂，尊盛独幽沉。之子安所适，我方栖旧岑。
坠欢岂更接，明爱邈难寻。

①共：一作异。

送盛侍郎饯候亭

沾霜袭冠带，驱驾越城闉。北临出塞道，南望入乡津。
高墉宿寒雾，平野起秋尘。君为坐堂子，我乃负羁人。
欣悲岂等志，甘苦诚异身。结涕园中草，憔悴悲此春。

与荀中书别

劳舟厌长浪，疲旆倦行风。连翩感孤志，契阔伤贱躬。
亲交笃离爱，眷恋置酒终。敷文勉征念，发藻慰愁容。
思君吟涉洧，抚己谣渡江。惭无黄鹤翅，安得久相从。
愿遂宿知意，不使旧山空。

从过旧宫

肃装属云旅，奉軺承末涂。严恭履桑梓，加敬览枌榆。
灵命蕴川渎，帝宝伏篇图。虎变由石纽，龙翔自鼎湖。
功冠生民始，道妙神器初。宫陛留前制，歌思溢今衢。
馀祥见云物，遗像存陶渔。泉流信清泌，原野实甘荼。
岂伊爱酆鄗，天险兼上腴。东秦邦北门，非亲谁克居。
仁声日月懋，惠泽云雨敷。卢令美何歇，唐风久不渝。
微臣逢世庆，征赋备人徒。空费行苇德。采束谢生刍。

从临海王上荆初发新渚

客行有苦乐，但问客何行[①]。扳龙不待翼，附骥绝尘冥。
梁珪分楚牧，羽鹢指全荆。云舻掩江汜，千里被连旌。
戾戾旦风遒，嘈嘈晨鼓鸣。收缆辞帝郊，扬棹发皇京。
狐兔怀窟志，犬马恋主情。抚襟同太息，相顾俱涕零。
奉役涂未启，思归思已盈。

①袭王粲《从军行》调。

还都道中三首

悦怿遂还心，踊跃贪至勤。鸣鸡戒征路，暮息落日分。
急流腾飞沫，回风起江濆。孤兽夜啼侣，离鸿噪霜群。

物哀心交横，声切思纷纭。叹慨诉同旅，美人无相闻。

风急讯湾浦，装高偃樯舳。夕听江上波，远极千里目。
寒律惊穷蹊，爽气起乔木。隐隐日没岫，瑟瑟风发谷。
鸟还暮林喧，潮上冰结洑。夜分霜下凄，悲端出遥陆。
愁来攒入怀，羁心苦独宿。

久宦迷远川，川广每多惧。薄止闾边亭，关历险程路。
霡霂冥隅岫，濛昧江上雾。时凉籁争吹，流洊浪奔趣[①]。
恻马增愁起，搔首东南顾。茫然荒野中，举目皆凛素。
回风扬江泌，寒鸟栖动树。太息终晨漏，企我归飙遇。
①趣：一作注。

上浔阳还都道中

昨夜宿南陵，今旦入芦洲。客行惜日月，崩波不可留。
侵星赴早路，毕景逐前俦。鳞鳞夕云起，猎猎晚风遒[①]。
腾沙郁黄雾，翻浪扬白鸥。登舻眺淮甸，掩泣望荆流。
绝目尽平原，时见远烟浮。倏忽坐还合，俄思甚兼秋。
未尝违户庭，安能千里游。谁令乏古节，贻此越乡忧。
①晚：一作晓。

还都至三山望石头城

泉源安首流，川末澄远波。晨光被水族，晓气歇林阿。
两江皎平迥，三山郁骈罗。南帆望越峤，北榜指齐河。
关扃绕天邑，襟带抱尊华。长城非壑崄，峻岨似荆芽。
攒楼贯白日，摛堞隐丹霞。征夫喜观国，游子迟见家。
流连入京引，踯躅望乡歌。弥前叹景促，逾近勸路多。

偕萃犹如兹，弘易将谓何。

还都口号

分壤蕃帝华，列正蔼皇宫。礼宴及时暇，朝奏因岁通。
维舟歇金景，结棹俟昌风。钲歌首寒物，归吹践开冬。
阴沉烟塞合，萧瑟凉海空。驰霜急归节，幽云惨天容。
旌鼓贯玄涂，羽鹢被长江。君王迟京国，游子思乡邦。
恩世共渝洽，身愿两扳逢。勉哉河济客，勤尔尺波功。

行京口至竹里

高歌危且竦，锋石横復仄。複涧隐松声，重崖伏云色。
冰闭寒方壮，风动鸟倾翼。斯志逢凋严，孤游值曛逼。
兼涂无憩鞍，半菽不遑食。君子树令名，细人效命力。
不见长河水，清浊俱不息。

发后渚

江上气早寒，仲秋始霜雪。从军乏衣粮，方冬与家别。
萧条背乡心，凄怆清渚发。凉埃晦平皋，飞潮隐修樾。
孤光独徘徊，空烟视升灭。涂随前峰远，意逐后云结。
华志分驰年，韶颜惨惊节。推琴三起叹，声为君断绝。

岐阳守风

差池玉绳高，掩蔼瑶井没。广岸屯宿阴，悬岩栖归月。
役人喜先驰，军令申早发。洲迥风正悲，江寒雾未歇。
飞云日东西，别鹤方楚越。尘衣孰挥浣，蓬思乱光发。

发长松遇雪

土牛既送寒，冥陆方浃驰。振风摇地局，封雪满空枝。

江渠合为陆，天野浩无涯。饮泉冻马骨，斲冰伤役疲。
昆明岂不惨，黍谷宁可吹。

咏　史

五都矜财雄，三川养声利。百金不市死，明经有高位。
京城十二衢，飞甍各鳞次。任子彫华缨，游客竦轻辔。
明星晨未晞，轩盖已云至。宾御纷飒沓，鞍马光照地。
寒暑在一时[①]，繁华及春媚。君平独寂寞，身世两相弃。

①所好生毛羽，所恶成疮痏，势利所在，变态须臾，故曰“寒暑在一时”。○气势。

蜀四贤咏[①]

渤澥水浴凫，春山玉抵鹊。皇汉方盛明，群龙满阶阁。
君平因世闲，得还守寂寞。闭簾注道德，开卦述天爵。
相如达生旨，能屯复能跃。陵令无人事，毫墨时洒落。
褒气有逸伦，雅缋信炳博。如令圣纳贤，金珰易羁络。
良遮神明游，岂伊覃思作。《玄经》不期赏，虫篆忧散乐。
首路或参差，投驾均远托。身表既非我，生内任丰薄。

①司马相如，王褒，严君平，扬雄。

拟　古

鲁客事楚王，怀金袭丹素。既荷主人恩，又蒙令尹顾。
日晏罢朝归，鞍马塞衢路。宗党生光辉，宾仆远倾慕。
富贵人所欲，道德亦何惧。南国有儒生，迷方独沦误。
伐木清江湄，设置守毚兔。

○气势。○自伤不遇，不如鲁客之宦成名遂。

十五讽诗书，篇翰靡不通。弱冠参多士，飞步游秦宫。
侧睹君子论，预见古人风。两说穷舌端，五车摧笔锋。
羞当白璧贶，耻受聊城功。晚节从世务，乘障远和戎。
解佩袭犀渠，卷帙奉卢弓。始愿力不及，安知今所终。

○气势。○前十句，以舌端、笔锋跌宕自喜；“晚节”四句，仅以和戎见长，悼本志之变化。末二句，言今之事已异于昔之志，则后之遇当又异于今之事矣。

幽并重骑射，少年好驰逐。毡带佩双鞬，象弧插雕服。
兽肥春草短，飞鞚越平陆。朝游雁门上，暮还楼烦宿。
石梁有馀劲，惊雀无全目①。汉虏方未和，边城屡翻覆。
留我一白羽，将以分虎竹。

①《阚子》：宋景公使工人为弓，九年乃成。公登虎圈之台而射之，矢逾西霜山，其馀力益劲，犹饮羽于石梁。《帝王世纪》：帝羿与吴贺射雀，贺曰：“射其左目。”羿误中右目，仰首而愧。○气势。○志在立功边郡。

凿井北陵隈，百丈不及泉。生事本澜漫，何用独精坚。
幼壮重寸阴，衰暮及轻年。放驾息朝歌，提爵止中山。
日夕登城隅，周回视洛川。街衢积冻草，城郭宿寒烟。
繁华悉何在，宫阙久崩填。空谤齐景非，徒称夷叔贤。
○气势。

伊昔不治业，倦游观五都。海岱饶壮士，蒙泗多宿儒。
结发起跃马，垂白对讲书。呼我升上席，陈觯发瓢壶。
管仲死已久，墓在西北隅。后面崔嵬者，桓公旧冢庐。
君来诚既晚，不睹崇明初。玉琬徒见传，交友义渐疏。

束薪幽篁里，刈黍寒涧阴。朔风伤我肌，号鸟惊思心。
岁暮井赋讫，程课相追寻。田租送函谷，兽藁输上林。
河渭冰未开，关陇雪正深。笞击官有罚，呵辱吏见侵。
不谓乘轩意，伏枥还至今。

河畔草未黄，胡雁已矫翼，秋蛩扶户吟，寒妇成夜织。
去岁征人还，流传旧相识。闻君上陇时，东望久叹息。
宿昔改衣带，朝旦异容色①。念此忧如何，夜长愁更多。
明镜尘匣中，瑶琴生网罗。

①朝旦：《玉台》作旦暮。

蜀汉多奇山，仰望与云平。阴崖积夏雪，阳谷散秋荣。
朝朝见云归，夜夜闻猿鸣。忧人本自悲，孤客易伤情。
临堂设樽酒，留酌思平生。石以坚为性，君勿轻素诚。

绍古辞七首

橘生湘水侧，菲陋人莫传。逢君金华宴，得在玉几前。
三川穷名利，京洛富妖妍。恩荣难久恃，隆宠易衰偏。
观席妾凄怆，睹翰君泫然。徒抱忠孝志，犹为葑菲迁。

昔与君别时，蚕妾初献丝。何言年月驶，寒衣已捣治。
绦绣多废乱，篇帛久尘缁。离心壮为剧，飞念如悬旗。
石席我不爽，德音君勿欺。

瑟瑟凉海风，竦竦寒山木。纷纷羁思盈，慊慊夜絃促。
访言山海路，千里歌别鹄。絃绝空咨嗟，形音谁赏录。
辛苦异人状，美貌改如玉。徒畜巧言鸟，不解心款曲。

孤鸿散江屿，连翩遵渚飞。含嘶衡桂浦，驰顾河朔畿。
攒攒劲秋木，昭昭净冬晖。窗前涤欢爵，帐里缝舞衣。
芳岁犹自可，日夜望君归。

凭楹玩夜月，迥眺出谷云。还山路已远，往海不及群。
徘徊清淮汭，顾慕广江濆。物情乖喜歇，守操古难闻。
三越丰少姿，容态倾动君。

开黛睹容颜[①]，临镜访遥涂。君子事河源，弥祀阙还书。
春风扫地起，飞尘生绮疏。文袿为谁设，罗帐空卷舒。
不怨身孤寂，但念星隐隅。

①容：一作朝。

暖岁节物早，万萌迎春达。春风夜嫕娟，春雾朝晻霭。
软兰叶可采，柔桑条易捋。怨咽对风景，闷瞀守闺闼。
天赋愁民命，舍生但契阔。忧来无行伍，历乱如覃葛[①]。

①《诗》："女子善怀，亦各有行。"似为明远此句之所本。

学　古

北风十二月，雪下如乱巾。实是愁苦节，惆怅忆情亲[①]。
会以两少妾，同是洛阳人。嬛绵好眉目，闲丽美腰身。
凝肤皎若雪，明净色如神。骄爱生盼瞩，馨媚起朱唇。
衿服杂缇缋，首饰乱琼珍。调弦俱起舞，为我唱梁尘。
人生贵得意，怀愿待君申。幸值严冬暮，幽夜方未晨。
齐衿久两设，角枕已双陈。愿君早休息，留歌待二春。

①忆：一作别。

古　辞

容华不待年，何为客游梁。九月寒阴合，悲风断君肠。
叹息空房妇，幽思坐自伤。劳心结远路，惆怅独未央。

拟青青陵上柏

涓涓乱江泉，绵绵横海烟。浮生旅昭世，空事叹华年。
书翰幸闲暇，我酌子萦紘。飞镳出荆路，骛服指秦川。
渭滨富皇居，鳞馆匝河山。舆童唱秉椒，棹女歌采莲。
孚愉鸾阁上，窈窕凤楹前。娱生信非谬，安用求多贤。

学刘公幹体五首

欲宦乏王事，结主远恩私。为身不为名，散书徒满帷。
连冰上冬月，披雪拾园葵。圣灵烛区外，小臣良见遗。

曀曀寒野雾，苍苍阴山柏。树迥雾萦集，山寒野风急。
岁物尽沦伤，孤贞为谁立。赖树自能贞，不计迹幽涩。

胡风吹朔雪，千里度龙山。集君瑶台上，飞舞两楹前。
兹晨自为美，当避艳阳天。艳阳桃李节，皎洁不成妍。
○以朔雪自比其岁寒皎洁之性。以桃李比侧媚之子希世取宠者。兹晨，冬也；艳阳天，春也。

荷生渌泉中，碧叶齐如规。回风荡流雾，珠水逐条垂。
彪炳此金塘，藻耀君王池。不愁世赏绝，但畏盛明移。
○《艺文》作张华。

白日正中时，天下共明光。北园有细草，当昼正含霜。
衰荣顿如此，何用独芬芳。抽琴为尔歌，弦断不成章。

拟阮公夜中不能寐

漏分不能卧，酌酒乱繁忧。惠气凭夜清，素景缘隟流。
鸣鹤时一闻，千里绝无俦。伫立为谁久，寂寞空自愁。

学陶彭泽体①

长忧非生意，短愿不须多。但使尊酒满，朋旧数相过。
秋风七八月，清露润绮罗。提瑟当户坐，叹息望天河。
保此无倾动，宁复滞风波。

①奉和王义兴。

白　云

探灵喜解骨，测化善腾天。情高不恋俗，厌世乐寻仙。
炼金宿明馆，屑玉止瑶渊。风歌出林阙，龙驾戾蓬山。
凌岩采三露，攀鸿戏五烟。昭昭景临霞，汤汤风媚泉。
命娥双月际，要媛两星间。飞虹眺卷河，泛雾弄轻絃。
笛声谢广宾，神道不复传。一逐白云去。千龄犹未旋。

○此亦轻举远游之意。

临川王服竟还田里

送旧礼有终，事君惭懦薄。税驾罢朝衣，归志愿巢壑。
寻思邈无报，退命愧天爵。舍耨将十龄，还得守场藿，
道经盈竹笥，农书满尘阁。怆怆秋风生，戚戚寒纬作。
丰雾粲草华，高月丽云崿。屏迹勤躬稼，衰疾倚芝药。
顾此谢人群，岂直止商洛。

行药至城东桥

鸡鸣关吏起，伐鼓早通晨。严车临迥陌，延瞰历城闉。
蔓草缘高隅，修杨夹广津。迅风首旦发，平路塞飞尘。
扰扰游宦子，营营市井人。怀金近从利，抚剑远辞亲。
争先万里涂，各事百年身。开芳及稚节，含采吝惊春[1]。
尊贤永照灼，孤贱长隐沦。容华坐销歇，端为谁苦辛。

①二句以草喻人也。吝，惜也。草始而开芳，既而含彩。草极茂则有惊春之象，盛极则必衰，故可惜也。○此诗亦感春之属。前十四句，言众人争名争利，扰扰不休。末四句，言容华销歇，不胜感叹。

园中秋散

负疾固无豫，晨衿怅已单。气交蓬门疏，风数园草残。
荒墟半晚色，幽庭怜夕寒。既悲月户清，复切夜虫酸。
流枕商声苦，骚杀年志阑。临歌不知调，发兴谁与欢。
倘结絃上情，岂孤林下弹。

观圃人艺植

善贾笑蚕渔，巧宦贱农牧。远养遍关市，深利穷海陆。
乘轺实金羁，当垆信珠服。居无逸身伎，安得坐粱肉。
徒承属生幸，政缓吏平睦。春畦及耘艺，秋场早芟筑。
泽阅既繁高，山荣又登熟。抱锸垅上餐，结茅野中宿。
空识已尚淳，宁知俗翻覆。

遇铜山掘黄精

土肪闼中经，水芝韬内策[1]。宝饵缓童年，命药驻衰历。
矧蓄终古情，重拾烟雾迹。羊角栖断云，榼口流溢石。

铜溪昼森沉，乳窦夜涓滴。既类风门磴，复像天井壁。
蹀蹀寒叶离，灇灇秋水积。松色随野深，月露依草白。
空守江海思，岂怀梁郑客。得仁古无怨，顺道今何惜。

①策：一作籍。

见卖玉器者　并序

见卖玉器者，或人欲买，疑其是珉，不肯成市。聊作此诗，以戏买者。

泾渭不可杂，珉玉当早分。子实旧楚客，蒙俗谬前闻。
安知理孚采，岂识质明温。我方历上国，从洛入函辕。
扬光十贵室，驰誉四豪门。奇声振朝邑，高价服乡村。
宁能与尔曹，瑜瑕稍辨论。

怀楚人

哀乐生有端，离会起无因。去事难重念，恍惚似如神。
属期眇已远，后遇邈无辰。驰风扫遥路，轻罗含夕尘。
思君成首疾，欲息眉不伸。

梦归乡①

衔泪出郭门，抚剑无人逵。沙风暗空起②，离心眷乡畿。
夜分就孤枕，梦想暂言归。孀妇当户叹，缫丝复鸣机③。
慊款论久别，相将还绮闱。历历檐下凉，胧胧帷里晖。
刈兰争芬芳，采菊竞葳蕤。开奁夺香苏，探袖解缨徽。
梦中长路近，觉后大江违。惊起空叹息，恍惚神魂飞。
白水漫浩浩，高山壮巍巍。波澜异往复，风霜改荣衰。
此土非吾土，慷慨当告谁。

①《玉台》作《梦还诗》。②空：《玉台》作塞。③缫丝：《外编》作搔首。

春　羁

征人叹道遐，去乡愒路迩。佳期每无从，淮阳非尺咫。
春日起游心，劳情出徙倚。岫远云烟绵，谷屈泉靡迤。
风起花四散，露浓条旖旎。暄妍正在兹，摧抑多嗟思。
嘶声名边坚[①]，岂我箱中纸。染翰饷君琴，新声忆解子。
①名：一作召。

岁暮悲

霜露迭濡润，草木互荣落。日夜改运周，今悲复如昨。
昼色苦沉阴，白雪夜回薄。皎洁冒霜雁，飘扬出风鹤。
天寒多颜苦，妍容逐丹壑。丝罥千里心，独宿乏然诺。
岁暮美人还，寒壶与谁酌。

在江陵叹年伤老

五难未易夷，三命戒渊抱。方瞳起松髓，赪发疑桂脑。
役生良自休，大患安足保。开簾窥景夕，备属云物好。
翻翻燕弄风，袅袅柳垂道。池渎乱蘋萍，园楥美花草。
节如惊灰异，零落就衰老。

夜听妓

夜来坐几时，银汉倾露落。澄沧入闺景，葳蕤被园藿。
丝管感暮情，哀音绕梁作。芳盛不可恒，及岁共为乐。
天明坐当散，琴酒驶絃酌。
○原二首。次首七言四句，未录。

玩月城西门廨中

始出西南楼，纤纤如玉钩。末映东北墀，娟娟似娥眉。

娥眉蔽珠栊，玉钩隔锁窗。三五二八时，千里与君同。
夜移衡汉落，徘徊帷户中[①]。归华先委露，别叶早辞风。
客游厌苦辛，仕子倦飘尘。休浣自公日，宴慰及私辰[②]。
蜀琴抽白雪，郢曲发阳春[③]。肴乾酒未阕，金壶启夕沦。
回轩驻轻盖，留酌待情人。

①户：《玉台》作幌。②《选》注：《方言》曰：慰，居也。③发：《玉台》作绕。

喜 雨[①]

营社达群阴，屯云掩积阳[②]。河井起龙蒸，日魄敛游光。
簇云飞泉室，震风沉羽乡。升雰浃地维，倾润泻天潢。
平洒周海岳，曲潦溢川庄。惊雷鸣桂渚，回涓流玉堂。
珍木抽翠条，炎卉擢朱芳。关市欣九赋，京廪开万箱。
无谢尧为君，何用知柏皇。

①奉敕作。②屯云：《艺文》作连宫。

苦 雨

连阴积浇灌，滂沱下霖乱。沉云日夕昏，骤雨淫朝旦。
蹊泞走兽稀，林寒鸟归晏。密雾冥下溪，聚云屯高岸。
野雀无所依，群鸡聚空馆。川梁日已广，怀人邈渺漫。
徒酌相思酒，空急促明弹。

咏白雪

白珪诚自白，不如雪光妍。工随物动气，能逐势方圆。
无妨玉颜媚，不夺素缯鲜。投心障苦节，隐迹避荣年。
兰焚石既断，何用恃芳坚。

三　日

气暄动思心，柳青起春怀。时艳怜花药，服净俛登台。
提壶野中饮，爱心烟未开。露色染春草，泉源洁冰苔。
泥泥濡露条，袅袅承风栽。凫雏掇苦荠，黄鸟衔樱梅。
解衿欣景预，临流竞覆杯。美人竟何在，浮心空自摧。

咏　秋

秋兰徒晚绿，流风渐不亲。飘我垂罳幕，惊此梁上尘。
沉阴安可久，丰景将遂沦。何由忽灵化，暂见别离人。

秋　夕

虑涕拥心用，夜默发思机。幽闺溢凉吹，闲庭满清晖。
紫兰花已歇，青梧叶方稀。江上凄海戾，汉曲惊朔霏。
发斑悟壮晚，物谢知岁微。临宵嗟独对，抚赏怨情违。
踌躇空明月，惆怅徒深帷。

秋夜二首

夜久膏既竭，启明旦未央。环情倦始复，空闺起晨装。
幸承天光转，曲影入幽堂。徘徊集通隟，宛转烛回梁。
帷风自卷舒，簾露视成行。岁役急穷晏，生虑备温凉。
丝纨夙染濯，绵绵夜裁张。冬雪旦夕至，公子乏衣裳。
华心爱零落，非直惜容光。愿君剪众志，且共覆前觞。

遁迹避纷喧，货农栖寂寞。荒径驰野鼠，空庭聚山雀。
既远人世欢，还赖泉卉乐。折柳樊场圃，贞绠汲潭壑。
霁旦见云峰，风夜闻海鹤。江介早寒来，白露先秋落。

麻垄方结叶，瓜田已扫箨。倾辉忽西下，回景思华幕。
攀萝席中轩，临觞不能酌。终古自多恨，幽悲共沦铄。

和王护军秋夕

散漫秋云远，萧萧霜月寒。惊飙西北起，孤雁夜往还。
开轩当户牖，取琴试一弹。停歌不能和，终曲久辛酸。
金气方劲杀，隆阳微且单。泉涸甘井竭，节徙芳岁残。
生事各多少，谁共知易难？投章心蕴结，千里途轻纨。
愿托孤老暇，觞思暂开餐。

和王义兴七夕

宵月向掩扉，夜雾方当白。寒机思孀妇，秋堂泣征客。
匹命无单年，偶影有双夕。暂交金石心，须臾云雨隔。

冬　至

舟迁庄甚笑，水流孔急叹。景移风度改，日至晷回换。
眇眇负霜鹤，皎皎带云雁。长河结瓓玕，层冰如玉岸。
哀哀古老容，惨颜愁岁晏。催促时节过，逼迫聚离散。
美人还未央，鸣筝谁与弹。

冬　日

严风乱山起，白日欲还次。曛雾蔽穷天，夕阴晦寒地。
烟霾有氛氲，精光无明异。风急野田空，饥禽稍相弃。
含生共通闭，怀贤敦为利。天窥苟平圆，宁得已偏媚。
泻海有归潮，衰容不还稚。君今且安歌，无念老方至。

望　水

刷鬓垂秋日，登高观水长。千涧无别源，万壑共一广。
流驶巨石转，湍回急沫上。苕苕岭岸高，照照寒洲爽。
东归难忖测。日逝谁与赏。临川忆古事，目孱千载想。
河伯自矜大，海若沈渺莽。

望孤石

江南多暖谷，杂树茂寒峰。朱华抱白雪，阳条熙朔风。
蚌节流绮藻，辉石乱烟虹。泄云去无极，驰波往不穷。
啸歌清漏毕，徘徊朝景终。浮生会当几，欢酌每盈衷。

山行见孤桐

桐生丛石里，根孤地寒阴。上倚崩岸势，下带洞阿深。
奔泉冬激射，雾雨夏霖霪。未霜叶已肃，不风条自吟。
昏明积苦思，昼夜叫哀禽。弃妾望掩泪，逐臣对抚心。
虽以慰单危，悲凉不可任。幸愿见雕斫，为君堂上琴。

咏双燕二首

双燕戏云崖，羽翰始差池。出入南闺里，经过北堂陲。
意欲巢君幕，层楹不可窥。沉吟芳岁晚，徘徊韶景移。
悲歌辞旧爱，衔泪觅新知。

可怜雪中燕，旦去暮来归。自知羽翅弱，不与鹄争飞。
寄声谢飞鹄，往事子毛衣。琐心诚贫薄，叵吝节荣衰。
阴山饶苦雾，危节多劲威。岂但避霜雪，当儆野人机。

《文选》尚有《数诗》一首五言。《乐府诗集》尚有《梅花落》一首五七言，《王昭君》一首五言四句，《吴歌》三首五言四句，《采菱歌》七首五言四句，《淮南王》一首长短句，《白纻歌》六首七言七句，《雉朝飞操》一首三言七言，《幽兰》五首五言四句，《北风行》一首长短句，《春日行》一首七言三言，《鸣雁行》一首七言六句，《空城雀》一首四言五言，《行路难》十九首七言长短句，《夜坐吟》一首长短句，《中兴歌》十首五言四句。

谢玄晖五古

百十八首

隋王鼓吹曲十首

齐永明八年，谢朓奉镇西隋王教，于荆州道中作。《钧天》以上三曲颂帝功，《校猎》以上三曲颂藩德。

元会曲

二仪启昌历，三阳应庆期。珪贽纷成序，鞮译憬来思。
分阶艳组练，充庭罗翠旗。觞流白日下，吹溢景云滋。
天仪穆藻殿，万宇寿皇基。

郊祀曲

六宗禋配岳，五畤奠甘泉。整跸游九阙，清箫开八埏。
锵锵玉銮动，溶溶金障旋，郊宫光已属，升柴礼既虔。
福响灵之集，南岳固斯年。

钧天曲

高宴颢天台，置酒迎风观。笙镛礼百神，钟石动云汉。瑶堂琴瑟惊，绮席舞衣散。威凤来参差，玄鹤起凌乱。已庆明庭乐，讵惭南风弹。

入朝曲

江南佳丽地，金陵帝王州。逶迤带绿水，迢递起朱楼。飞甍夹驰道，垂杨荫御沟。凝笳翼高盖，叠鼓送华辀。献纳云台表，功名良可收。

出藩曲

云枝紫微内，分组承明阿。飞艎遡极浦，旌节出关河。渺渺苍山色，沉沉寒水波。铙音巴渝曲，箫鼓盛唐歌。夫君迈惟德，江汉仰清和。

校猎曲

凝霜冬十月，杀盛凉飙哀。原泽旷千里，腾骑纷往来。平罝望烟合，烈火从风回。殪兽华容浦，张乐荆山台。虞人昔有谕，明明时戒哉。

从戎曲

选旅辞轘轩，弭节赴河源。日起霜戈照，风回连骑翻。红尘朝夜合，黄沙万里昏。寥戾清笳转，萧条边马烦。自勉辍耕愿，征役去何言。

送远曲

北梁辞欢宴，南浦送佳人。方衢控龙马，平路骋朱轮。琼筵妙舞绝，桂席羽觞陈。白云丘陵远，山川时未因。一为清吹激，潺湲伤别巾。

登山曲

天明开秀崿，澜光媚碧堤。风荡飘莺乱，云行芳树低。暮春春服美，游驾凌丹梯。升峤既小鲁，登峦且怅齐。王孙尚游衍，蕙草正萋萋。

泛水曲

玉露沾翠叶，金风鸣素枝。罢游平乐苑，泛鹢昆明池。旌旗散容裔，箫管吹参差。日晚厌遵渚，采菱赠清漪。百年如流水，寸心宁共知。

江上曲

易阳春草出，踟蹰日已暮。莲叶尚田田，淇水不可渡。愿子淹桂舟，时同千里路。千里既相许，桂舟复容与。江上可采菱，清歌共南楚。

蒲生行

蒲生广湖边，托身洪波侧。春露惠我泽，秋霜缛我色。根叶从风浪，常恐不永植。摄生各有命，岂云智与力。安得游云上，与尔同羽翼。

咏邯郸才人嫁为厮养卒妇

生平宫阁里，出入侍丹墀。开笥方罗縠，窥镜比蛾眉。
初别意未解，去久日生悲。憔悴不自识，娇羞馀故姿。
梦中忽仿佛，犹言承燕私。

鼓吹曲二首同沈右率诸公赋

芳 树[①]

早玩华池阴，复影沧洲樾[②]。椅柅芳若斯，葳蕤纷可结。
霜下桂枝销，怨与飞蓬折。不厕玉盘滋，谁怜终委绝。

①《乐府解题》曰：古词中有“妒人之子愁杀人”“君有他心，乐不可禁”。若齐王融、谢朓之作，但言时暮众芳歇绝而已。②樾：一作鼓。

临高台

千里常思归，登台临绮翼。才见孤鸟还，未辨连山极。
四面动清风，朝衣起寒色。谁知倦游者，嗟此故乡忆。

同赋杂曲名[①]

秋竹曲

嫚娟绮窗北，结根未参差。从风既袅袅，映日颇离离。
欲求枣下吹，问（别）有江南枝。但能凌白雪，贞心荫曲池。

①时为宣城守。檀秀才、江朝请、陶功曹、朱孝廉同赋。

曲池水

缓步遵莓渚，披衿待蕙风。芙蕖舞轻带，苞笋出芳丛。
浮云自西北，江海思无穷。鸟去能传响，见我绿琴中。

铜雀台同谢谘议赋[①]

繐帷飘井干，樽酒若平生。郁郁西陵树，讵闻歌吹声。
芳襟染泪迹，婵娟空复情。玉座犹寂寞，况乃妾身轻。

①谘议名璟。《乐府诗集》题曰《铜雀妓》。○情韵。

游　山

托养因支离，乘间遂疲蹇。语默良未寻，得丧云谁辨。
幸莅山水都，复值清冬缅。凌岩必千仞，寻壑将万转。
坚崿既崚嶒，回流复宛澶。杳杳云窦深，渊渊石溜浅。
旁眺郁篻簩，还望森柟楩。荒隩被葴莎，崩壁带苔藓。
鼯狖叫层嵁，鸥凫戏沙衍。触赏聊自观，即趣咸已展。
经目惜所遇，前路欣方践。无言蕙草歇，留垣芳可搴。
尚子时未归，邴生思自免。永志昔所钦，胜迹今能选。
寄言赏心客，得性良为善。

游敬亭山

兹山亘百里，合沓与云齐。隐沦既已托，灵异居然栖。
上干蔽白日，下属带回谿。交藤荒且蔓，樛枝耸复低。
独鹤方朝唳，饥鼯此夜啼。渫云已漫漫，夕雨亦凄凄。
我行虽纡阻，兼得寻幽蹊。缘源殊未极，归径窅如迷。
要欲追奇趣，即此凌丹梯。皇恩竟已矣，兹理庶无睽。

○工律。

将游湘水寻句溪

既从陵阳钓，挂鳞骖赤螭。方寻桂水源，谒帝苍山垂。
辰哉且未会，乘景弄清漪。瑟汩泻长淀，潺湲赴两歧。

轻蘋上靡靡，杂石下离离。寒草分花映，戏鲔乘空移。兴以暮秋月，清霜落素枝。鱼鸟余方玩，缨緌君自縻。及兹畅怀抱，山川长若斯。

游东田①

戚戚苦无悰，携手共行乐。寻云陟累榭，随山望菌阁。远树暖阡阡，生烟纷漠漠。鱼戏新荷动，鸟散馀花落。不对芳春酒，还望青山郭。

①朓有庄在钟山，东游还作。

答王世子

飞雪天上来，飘聚绳枢外。苍云暗九重，北风吹万籁。有酒招亲朋，思与清颜会。熊席惟尔安，羔裘岂吾带。公子不垂堂，谁肯怜萧艾。

答张齐兴

荆山嵸百里，汉广流无极。北驰星斗正，南望朝云色。川隰同幽快，冠冕异今昔。子肃两岐功，我滞三冬职。谁知京洛念，仿佛昆山侧。向夕登城壕，潜地隐复直。地迥闻遥蝉，天长望归翼。清文忽景丽，思泉纷宝饰。勿言修路阻，勉子康衢力。曾厓寂且寥，归轸逝言陟。

暂使下都夜发新林至京邑赠西府同僚①

大江流日夜，客心悲未央。徒念关山近，终知返路长。秋河曙耿耿，寒渚夜苍苍。引领见京室，宫雉正相望。金波丽鳷鹊，玉绳低建章。驱车鼎门外，思见昭丘阳②。驰晖不可接，何况隔两乡。风云有鸟路，江汉限无梁。

常恐鹰隼击，时菊委严霜。寄言罻罗者，寥廓已高翔。

①萧子显《齐书》曰：谢朓为隋王子隆文学。子隆在荆州，好辞赋，数集僚友；朓以才文，尤被赏爱。长史王秀之以朓年少相动，密以启闻，世祖敕朓可还都。朓道中为诗，以寄西府。②成王定鼎于郏鄏，其南门名“定鼎门”。此借用以指建康之南门。昭丘指荆州。○情韵。

酬晋安王德元①

梢梢枝早劲，涂涂露晚晞。南中荣橘柚，宁知鸿雁飞。
拂雾朝青阁，日旰坐彤闱。怅望一途阻，参差百虑依。
春草秋更绿，公子未西归。谁能久京洛，缁尘染素衣。

①晋安郡，太康三年置，即今之泉州也。

郡内高斋闲望答吕法曹①

结构何迢递，旷望极高深。窗中列远岫，庭际俯乔林。
日出众鸟散，山暝孤猿吟。已有池上酌，复此风中琴。
非君美无度，孰为劳寸心。惠而能好我，问以瑶华音。
若遗金门步②，见就玉山岑。

①郡，宣城郡也。吕僧珍为齐王法曹。②“若”字有“倘能”之意。○工律。

在郡卧病呈沈尚书

淮阳股肱守，高卧犹在兹。况复南山曲，何异幽栖时。
连阴盛农节，籉笠聚东菑。高阁常昼掩，荒阶少诤辞。
珍簟清夏室，轻扇动凉飔。嘉鲂聊可荐，绿蚁方独持。
夏李沈朱实，秋藕折轻丝。良辰竟何许，夙昔梦佳期。
坐啸徒可积，为邦岁已朞。弦歌终莫取，抚枕令自嗤。

○工律。

别王丞僧孺[①]

首夏犹清和，馀春满郊甸。花树杂为锦，月池皎如练。
如何当此时，别离言与宴。留杂已郁纡，行舟亦遥衍。
非君不见思，所悲思不见。

①《古文苑》作王融。〇工律。

同羁夜集

积念隔炎凉，骧言始今夕。已对浊尊酒，复此故乡客。
霜月始流砌，寒蛸早吟隙。幸藉京华游，边城宴良席。
樵采咸共同，荆莎聊可藉。恐君城阙人，安能久松柏。

新亭渚别范零陵云

洞庭张乐地，潇湘帝子游。云去苍梧野，水还江汉流[①]。
停骖我怅望，辍棹子夷犹。广平听方籍，茂陵将见求[②]。
心事俱已矣，江上徒离忧。

①洞庭、潇湘，皆范赴零陵经过之道，苍梧则更在零陵之南，故曰“云去”。零陵之水，必须由江汉、金陵以东入于海，故曰“水还”。②言范同广平，而声听方向籍已，当居茂陵之下，将于彼而见求。王隐《晋书》曰：郑袤字林叔，为中郎散骑常侍。会广平太守缺，宣帝谓袤曰：“贤叔大匠浑垂，称于平阳，魏郡蒙化。且卢子家、王子邕继踵此郡，欲使世不乏贤，故复相屈。”在郡，先以德化，善为条教，百姓爱之。郑玄《毛诗笺》曰：方，向也。《汉书》曰：司马相如既病免，家居茂陵。〇情韵。

忝役湘州与宣城吏民别

弱龄倦簪履，薄晚忝华奥。闲沃尽地区，山泉谐所好。
幸遇昌化穆，淳俗罕惊暴。四时从偃息，三省无侵冒。
下车遽暄席[①]，纡服始黔灶。荣辱未遑敷，德礼何由导。

汩徂奉南岳，兼秩典邦号。疲马方云驱，铅刀安可操。
遗惠良寂寞，恩灵亦匪报。桂水日悠悠，结言幸相劳。
吐纳贻尔和，穷通勖所蹈。

①暄席，即暖席也。后世所讥虬户、铣溪，亦此类耳。

怀故人

芳洲有杜若，可以赠佳期。望望忽超远，何由见所思。
行行未千里，山川已间之。离居方岁月，故人不在兹。
清风动簾夜，孤月照窗时。安得同携手，酌酒赋新诗。

始之宣城郡

下帷阙章句，高谈愧名理。疏散谢公卿，萧条依掾史。
簪发逢嘉会，教义承君子。心迹苦未并，忧欢将十祀。
幸沾云雨庆，方辔参多士。振鹭徒追飞，群龙难隶齿。
烹鲜止贪竞，共治属廉耻。伊余昧损益，何用祇千里。
解剑北宫朝，息驾南川涘。宁希广平咏，聊慕华阴市。
弃置宛洛游，多谢金门里。招招漾轻楫，行行趋岩趾。
江海虽未从，山林于此始。

之宣城郡出新林浦向板桥

江路西南永，归流东北骛。天际识归舟，云中辨江树。
旅思倦摇摇，孤游昔已屡。既欢怀禄情，复协沧洲趣。
嚣尘自兹隔，赏心于此遇。虽无玄豹姿，终隐南山雾。

○情韵。

休沐重还丹阳道中

薄游第从告，思闲愿罢归。还邛歌赋似，休汝车骑非。

灞池不可别，伊川难重违。汀葭稍靡靡，江菼复依依。田鹄远相叫，沙鸨忽争飞。云端楚山见，林表吴岫微。试与征徒望，乡泪尽沾衣。赖此盈樽酒，含景望芳菲。问我劳何事，沾沐仰清徽。志狭轻轩冕，恩甚恋闺闱。岁华春有酒，初服偃郊扉。

京路夜发

扰扰整夜装，肃肃戒徂两。晓星正寥落，晨光复泱漭。犹沾馀露团，稍见朝霞上。故乡邈已敻，山川修且广。文奏方盈前，怀人去心赏。敕躬每跼蹐，瞻恩惟震荡。行矣倦路长，无由税归鞅。

晚登三山还望京邑

灞涘望长安，河阳视京县[①]。白日丽飞甍，参差皆可见。馀霞散成绮，澄江静如练。喧鸟覆春洲，杂英满芳甸。去矣方滞淫，怀哉罢欢宴。佳期怅何许，泪下如流霰。有情知望乡，谁能鬒不变。

①以灞陵、河阳比三山，以长安、洛阳比石头城。〇情韵。

始出尚书省[①]

惟昔逢休明，十载朝云陛。既通金闺籍，复酌琼筵醴。宸景厌昭临，昏风沦继体。纷虹乱朝日，浊河秽清济。防口犹宽政，餐荼更如荠。英衮畅人谋，文明固天启。青精翼紫軑，黄旗映朱邸。还睹司隶章，复见东都礼。中区咸已泰，轻生谅昭洒[②]。趋事辞宫阙，载笔陪旌棨。邑里向疏芜，寒流自清泚。衰柳尚沉沉，凝露方泥泥。零落悲友朋，欢娱燕兄弟。既秉丹石心，宁流素丝涕。

因此得萧散，垂竿深涧底。

①朓兼尚书殿中郎。高宗辅政，以朓为谘议领记室，故出尚书省也。②洒：音洗。○逢休明，谓齐武帝时也。“宸景”句，谓武帝崩也。“继体”句，指郁林王昭业也。“英衮”二句，谓明帝废郁林王、海陵王而即位也。明帝即高宗也。“轻生”似朓自称之辞，犹自称“微生”“小生”也。辞宫阙，出尚书省也。陪旌荣，为谘议领记室也。

直中书省

紫殿肃阴阴，彤庭赫弘敞。风动万年枝，日华承露掌。
玲珑结绮钱，深沉映朱网。红药当阶翻，苍苔依砌上。
兹言翔凤池，鸣珮多清响。信美非吾室，中园思偃仰。
朋情以郁陶，春物方骀荡。安得凌风翰，聊恣山泉赏。

○工律。

观朝雨

朔风吹飞雨，萧条江上来。既洒百常观，复集九成台。
空濛如薄雾，散漫似轻埃。平明振衣坐，重门犹未开。
耳目暂无扰，怀古信悠哉。戢翼希骧首，乘流畏曝鳃。
动息无兼遂，歧路多徘徊。方同战胜者，去剪北山莱。

○识度。

宣城郡内登望

借问下车日，匪直望舒圆。寒城一以眺，平楚正苍然。
山积陵阳阻，溪流春谷泉。威纡距遥甸，巉岩带远天。
切切阴风暮，桑柘起寒烟。怅望心已极，惝恍魂屡迁。
结发倦为旅，平生早事边。谁规鼎食盛，宁要狐白鲜。
方弃汝南诺，言税辽东田。

○识度。○《续汉书》曰：汝南太守南阳宗资任用范滂。时人谣曰：

“汝南太守范孟博，南阳宗资主画诺。”《魏志》曰：管宁闻公孙度令行海外，遂至辽东。皇甫谧《高士传》曰：人或牛暴宁田者，宁为牵牛饲之，其人大惭。

冬日晚郡事隙

案牍时闲暇，偶坐观卉木。飒飒满池荷，翛翛荫窗竹。
檐隙自周流，房栊闲且肃。苍翠望寒山，峥嵘瞰平陆。
已惕暮归心，复伤千里目。风霜旦夕甚，蕙草无芬馥。
云谁美笙簧，孰是厌邁轴。愿言税逸驾，临潭饵秋菊。

高斋视事

馀雪映青山，寒雾开白日。暖暖江村见，离离海树出。
披衣就清盥，凭轩方秉笔。列俎归单味，连驾止容膝。
空为大国忧，纷诡谅非一。安得扫荒径，锁吾愁与疾。

冬绪羁怀示萧谘议虞田曹刘江二常侍

去国怀丘园，入远滞城阙。寒灯耿宵梦，清镜悲晓发。
风草不留霜，冰池共如月。寂寞此闲帷，琴尊任所对。
客念坐婵媛，年华稍菴薆。夙慕云泽游，共奉荆台绩。
一听春莺喧，再视秋鸿没。疲骖良易返，恩波不可越。
谁慕临淄鼎，常希茂陵渴。依隐幸自从，求心果芜昧。
方轸归与愿，故山芝未歇。

落日怅望

昧旦多纷喧，日晏未遑舍。落日馀清阴，高枕东窗下。
寒槐渐如束，秋菊行当把。借问此何时，凉风怀朔马。
已伤归慕客，复思离居者。情嗜幸非多，案牍偏为寡。

既乏琅琊政，方憩洛阳社。

赛敬亭山庙喜雨

夕帐怀椒糈，蠲景洁膋芗。登秋虽未献，望岁伫年祥。
潭渊深可厉，狭邪车未方。朦胧度绝限，出没见林堂。
秉玉朝群帝，樽桂迎东皇。排云接虬盖，蔽日下霓裳。
会舞纷瑶席，安歌绕凤梁。百味芬绮帐，四座沾羽觞。
福被延民泽，乐极思故乡。登山骋归望，原雨晦茫茫。
胡宁昧千里，解珮拂山庄。

赋贫民田

假遇非将迎①，靖共延殊庆②。中岁历三台，旬月典邦政。
曾是共治情，敢忘恤贫病。将无富教礼，孰有知方性。
敦本抑工商，均业省兼并。察壤见泉脉，觇星视农正。
黍稷缘高殖，穲稌即卑盛③。旧埒新塍分，青苗白水映。
遥树匝清阴，连山周远净。即此风云佳，孤觞聊可命。
既微三载道，庶藉两歧咏。俾尔仓廪实，余从谷口郑。

①假遇：一作佳誉。②靖共：一作静拱。③穲：一作秔。

移病还园示亲属

疲策倦人世，敛性就幽蓬。停琴伫凉月，灭烛听归鸿。
凉薰乘暮晰，秋华临夜空。叶低知露密，岩断识云重。
折荷葺寒袂，开镜眄衰容。海暮腾清气，河关秘栖冲。
烟衡时未歇，芝兰去相从。

〇工律。

治　宅

结宇夕阴街，荒幽横九曲。迢递南川阳，迤逦西山足。
辟馆临秋风，敞窗望寒旭。风碎池中荷，霜翦江南菉。
既无东都金，且税东皋粟。

秋夜讲解

四缘去谁肇，七识习未央。沉沉倒营魄，苦荫蹙愁肠。
琴瑟徒烂漫，姱容空满堂。春颜遽几日，秋垄终茫茫。
孰云济沉溺，假愿托津梁。惠唱摛泉涌，妙演发金相。
空有定无执，宾实固相忘。自来乘首夏，及此申暮霜。
云物清晨景，衣巾引夕凉。风振蕉蓬裂，霜下梧楸伤[①]。
六龙且无借，三相宁久长。何时接灵应，及子同舟航。

①一作"露下梧桐伤"。

春　思

茹溪发春水，阰山起朝日。兰色望已同，萍际转如一。
巢燕声上下，黄鸟弄俦匹。边郊阻游衍，故人盈契阔。
梦寐借假簧，思归赖倚瑟。幽念渐郁陶，山楹永为室。

秋　夜

秋夜促织鸣，南邻捣衣急。思君隔九重，夜夜空伫立。
北窗轻幔垂，西户月光入。何知白露下，坐视阶前湿。
谁能长分居，秋尽冬复及。

和何议曹郊游二首

春心澹容与，挟戈步中林。朝光映红萼，微风吹好音。

江垂得清赏[1]，山际果幽寻。未尝远离别，知此惬归心。
流泝终靡已，嗟行方至今。

①江垂：犹云“江边”。

江皋倦游客，薄暮怀归者。扬舲浮大川，怅望至日下。
蘼靡青莎被，潺湲石流泻。寄语持筌簧，舒忧愿自假。
归途岂难涉，翻同江上夏。

和刘西曹望海台

沧波不可望，望极与天平。往往孤山映，处处春云生。
差池远雁没，飒沓群凫惊。嚣尘及簿领，弃舍出重城。
临川徒可羡，结网庶时营。

和宋记室省中

落日飞鸟远，忧来不可及。竹树澄远阴，云霞成异色。
怀归欲乘电，瞻言思解翼。清扬婉禁居，秘此文墨职。
无叹阻琴尊，相从伊水侧。

和王著作融八公山

二别阻汉坻，双峤望河澳，兹岭复巑岏，分区奠淮服。
东限琅玡台，西距孟诸陆。阡眠起杂树，檀栾荫修竹。
日隐涧疑空，云聚岫如复。出没眺栖雉，远近送春目。
戎州昔乱华，素景沦伊谷。阽危赖宗衮，微管寄明牧。
长蛇固能翦，奔鲸自此曝。道峻芳尘流，业遥年运倏。
平生仰令图，吁嗟命不淑。浩荡别亲知，连翩戒征轴。
再远馆娃宫，两去河阳谷。风烟四时犯，霜雨朝夜沐。
春秀良已凋，秋场庶能筑。

〇工律。〇《周礼》曰：正东曰青州，其薮曰孟渚。亦在八公山之东，而云“西”者，避上文耳。素景，晋也；伊谷，洛阳也。沦者，谓怀愍陷于贼庭。宗衮，指谢安；明牧，指谢玄。“春秀”句，谓年华已逝；“秋场”句，谓终当归田。

和伏武昌登孙权故城[1]

炎灵遗剑玺，当涂骇龙战。圣期缺中壤，霸功兴宇县。
鹊起登吴山，凤翔凌楚甸。衿带穷岩险，帷帟尽谋选。
北拒溺骖镳[2]，西龛收组练[3]。江海既无波，俯仰流英眄。
衮冕类禋郊，卜揆崇离殿[4]。钓台临讲阅，樊山开广宴。
文物共葳蕤，声明且葱蒨。三光厌分景，书轨欲同荐。
参差世祀忽，寂寞市朝变。舞馆识馀基，歌梁想遗啭。
故林衰木平，荒池秋草遍。雄图怅若兹，茂宰深遐睠[5]。
幽客滞江皋[6]，从赏乖缨弁。清卮阻献酬，良书限闻见。
幸藉芳音多，承风采馀绚。于役倘有期，鄂渚同游衍。

①伏曼容为武昌太守。②谓周瑜破曹操于赤壁。③谓陆逊破刘备于西陵。④卜揆：用《诗》“卜云其吉，揆之以日”，指吴相宅于武昌也。⑤指伏曼容。⑥朓自谓也。〇工律。

夏始和刘孱陵

威仰弛苍郊，龙曜表皇隰。春色卷遥甸，炎光丽近邑。
白蘋望已骋，湘荷纷可袭。徒愿尺波旋，终怜寸景戢。
对窗斜日过，洞幌鲜飙入。浮云去欲穷，暮鸟飞相及。
柔翰缜芳尘，清源非易揖。迴江难绝济，云谁畅伫立。
良宰劭夜渔，出入事朝汲。积羽余既赏，更赋子盈粒。
椅梧何必零，归来共栖集。

新治北窗和何从事

国小暇日多，民淳纷务屏。辟牖期清旷，开簾候风景。

泱泱日照溪，团团云去岭。岧峣兰橑峻，骈阗石路整。
池北树如浮，竹外山犹影。自来弥弦望，及君临箕颍。
清文蔚且咏，微言超已领。不见城濠侧，思君朝夕顷。
回舟方在辰，何以慰延颈。

和王主簿季哲怨情

掖庭聘绝国，长门失欢宴。相逢咏蘼芜，辞宠悲团扇。
花丛乱数蝶，风簾入双燕。徒使春带赊，坐惜红妆变。
生平一顾重，宿昔千金贱。故人心尚尔，故人心不见。

和徐都曹出新亭渚[①]

宛洛佳遨游，春色满皇州。结轸清郊路，回瞰苍江流。
日华川上动，风光草际浮。桃李成蹊径，桑榆荫道周。
东都已俶载，言归望绿畴。

①徐名勉。〇工律。

和刘中书[①]

昔余侍君子，历此游荆汉。山川隔旧赏，朋僚多雨散。
图南矫风翮，曾非息短翰。移疾覯新篇，披衣起渊玩。
惆怅怀昔践，仿佛得殊观。赪紫共彬驳，云锦相凌乱。
奔星上未穷，惊雷下将半。回潮渍崩树，轮囷轧倾岸。
岩筱或傍翻，石菌无修干。澄澄明浦媚，衍衍清风烂。
江潭良在目，怀贤兴累叹。岁暮不我期，淹留绝岩畔。

①刘名绘，有《入琵琶峡望积布矶》诗。

赠王主簿二首

日落窗中坐，红妆好颜色。舞衣襞未缝，流黄覆不织。

蜻蛉草际飞，游蜂花上食。一遇长相思，愿寄连翩翼。

清吹要碧玉，调弦命绿珠。轻歌急绮带，含笑解罗襦。
馀曲讵几许，高驾且踟蹰。徘徊韶景暮[①]，惟有洛城隅。
①韶景暮：一作怜暮景。

和萧中庶直石头[①]

九河亘积岨，三嵕郁旁眺。皇州总地德，迴江款岩徼，
井干赩苍林，云甍蔽层峤。川霞旦上薄，山光晚馀照。
翔集乱归燕，虹蜺纷引曜。君子奉神略，瞰迥凭重峭。
弹冠已籍甚，升车益英妙。功存汉册书，荣并周庭燎。
汲疾移偃息，董园倚谈笑。麾旆一悠悠，谦姿光且劭。
宴嘉多暇日，兴文起渊调。曰余厕鳞羽，灭景从渔钓。
泽渥资投分，逢迎典待诏。咏沼邈含毫，专城空坐啸。
徒惭皇览揆，终延曲士诮。方追隐沦诀，偶解金丹要。
若偶巫咸招，帝阍良可叫。
①萧衍，梁武帝也。

奉和竟陵王同沈右率过刘先生墓[①]

嘉树因枝条，琢玉良可宝。若人陵曲台，垂帷茂渊道。
善诱宗学原，鸣钟霁幽抱。仁风沮宛洛，清徽夜何早。
岁晚结松阴，平原乱秋草。不有至言扬，终滞西山老。
①竟陵王，萧子良也。刘先生，刘瓛也。

和王长史卧病[①]

岬岫款崇崖，派别朝洪河。兔园文雅盛，章台冠盖多。
渊襟眷睿岳，夔赞动畛歌。顾影惭騑服，载笔旅江沱。

缟衣分可献，琴言暖已和。青皋向还色，春润视生波。
岩垂变好鸟[2]，松上改陈萝。日与岁眇邈，归恨积蹉跎[3]。
愿缉吴山杜，宁袂楚池荷。清风岂孤劭，功遂怀曾阿。
勿药良有畅，荏苒芳未过。幸留清樽味，言藉故田莎。

①王名秀之。②垂，犹“际”也。③积：一作稍。

和江丞北戍琅邪城[1]

春城丽白日，阿阁跨层楼。苍江忽渺渺，驱马复悠悠。
京洛多尘雾，淮济未安流。岂不思抚剑，惜哉无轻舟。
夫君良自勉，岁暮勿淹留。

①江丞名孝嗣。

和沈祭酒行园[1]

清维左长薄，荒径隐高蓬。回潮且夕上，寒渠左右通。
霜畦纷绮错，秋町郁蒙茸。环梨悬已紫，珠榴折且红。
君有栖心地，伊我欢既同。何用甘泉侧，玉树望青葱。

①沈约。

奉和隋王殿下十六首[1]

玄冬寂修夜，天围静且开。亭皋霜气怆，松宇清风来。
高琴时以思，幽人多感怀。幸藉汾阳想，岭首正徘徊。

①隋郡王萧子隆。

高秋夜方静，神居肃且深。闲阶涂广路，凉宇澄月阴。
婵娟影池竹，疏芜散风林。渊情协爽节，咏言兴德音。
闇道空已积，干直愧蓬心。

怆怆绪风兴，祁祁族云布。严气集高轩，稠阴结寒树。
日月谬论思，朝夕承清豫。徒藉小山文，空揖章台赋。

星回夜未艾，洞房凝远情。云阴满池榭，中月悬高城。
乔木含风雾，行雁飞且鸣。平台盛文雅，西园富群英。
芳庆良永矣，君王嗣德声。眷此伊洛咏，载怀汾水情。
顾己非丽则，恭惠奉仁明。观淄咏已失，怃然愧簪缨。

肃景游清都，修簪侍兰室。异榭疏远风，广庭丽朝日。
穆穆神仪静，愔愔道言密。一餐系灵表，无吝科年历。

神心遗魏阙，中想顾汾阳。肃景怀辰豫，捐玦翦山杨。
时惟清夏始，云景暖含芳。月阴洞野色，日华丽池光。
草合亭皋远，霞生川路长。端坐闻鹤引，静瑟怆复伤。
怀哉泉石思，歌咏郁琼相。春塘多迭驾，言从伊与商。
衮职眷英览，独善伊何忘。愿辍东都远，弘道侍云梁。

清房洞已静，闲风伊夜来。云生树阴远，轩广月容开。
宴私移烛饮，游赏藉琴台。风猷冠淄郧，衽舄愧唐枚。

方池含积水，明月流皎镜。规荷承日泫，彫鳞与风泳。
上善叶渊心，止川测动性。幸是方春来，侧点游濠盛。

浮云西北起，飞来下高堂。合散轻帷表，飘舞桂台阳。
遥阶收委羽，平地如夜光。眷言金玉照，顾惭兰蕙芳。

睿心重离析，歧路清江隈。四面寒飙举，千里白云来。

川长别管思，地迥翻旗回。还顾昭阳阙，超远章华台。
置酒巫山日，为君停玉杯。

桂楼飞绝限，超远向江歧。轻寒霁广甸，微风散清漪。
连连绝雁举，渺渺青烟移。严城乱芸草，霜塘凋素枝。
气爽深遥瞩，豫永聊停曦。即已终可悦，盈樽且若斯。

炎光缺风雅，宗霸拯时沦。龙德待云雾，令图方再晨。
岁远荒城思，霜华宿草陈。英威遽如是，徘徊歧路人。

念深冲照广，业阐清化玄。端仪穆金殿，敷教藻琼筵。
船湛轻帷蔼，磬转芳风旋。卷辔栖道树，方津棹法舷。
归兴凭大造，昭涂良易筌。

分悲玉瑟断，别绪金樽倾。风入芳帷散，缸华兰殿明。
想折中园草，共知千里情。行云故乡色，赠此一离声。

年华豫已涤，夜艾赏方融。新萍时合水，弱草未胜风。
闺幽瑟易响，台迥月难中。春物广馀照，兰萱佩未穷。

连漪映馀雪，严城限深雾。清寒起洞门，东风急池树。
神居望已肃，徘徊举冲趣。栖归如迟咏，丘山不可屡。

和纪参军服散得益

金液称九转，西山歌五色。炼质乃排云，濯景终不测。
云英亦可饵，且驻羲和力。能令长卿卧，暂故遇真识。

和王中丞闻琴

凉风吹月露，圆景动清阴。蕙风入怀抱，闻君此夜琴。
萧瑟满林听，轻鸣响涧音。无为澹容与，蹉跎江海心。

将发石头上烽火楼

徘徊恋京邑，踯躅躧曾阿。陵高迟关近，眺迥风云多。
荆吴阻山岫，江海含澜波。归飞无羽翼，其如离别何。

望三湖

积水照赪霞，高台望归翼。平原周远近，连汀见纡直。
葳蕤向春秀，芸黄共秋色。薄暮伤哉人，婵媛复何极。

送江水曹还远馆

高馆临荒途，清川带长陌。上有流思人，怀旧望归客。
塘边草杂红，树际花犹白。日暮有重城，何由尽离席。

送江兵曹檀主簿朱孝廉还上国

方舟泛春渚，携手趋上京。安知暮归客，讵忆山中情。
香风蕊上发，好鸟叶间鸣。挥袂送君已，独此夜琴声。

临溪送别

怅望南浦时，徙倚北梁步。叶上凉风初，日隐轻霞暮。
荒城迥易阴，秋溪广难渡。沫泣岂徒然，君子行多露。

后斋迥望

高轩瞰四野，临牖眺襟带。望山白云里，望水平原外。

夏木转成帷，秋荷渐如盖。巩洛常睠然，摇心似悬旆。

与江水曹至干滨戏[①]

山中上芳月，故人清樽赏。远山翠百重，回流映千丈。
花枝聚如雪，芜丝散犹网[②]。别后能相思，何嗟异封壤。

①《玉台》作《别江水曹》。②一作“垂藤散似网”。

答沈右率诸君饯别

春夜别清樽，江潭复为客。叹息东流水，如何故乡陌。
重树日芬蒀，芳洲转如积。望望荆台下，归梦相思夕。

离夜同江丞王常侍作

玉绳隐高树，斜汉耿层台。离堂华烛尽，别幌清琴哀。
翻潮尚知限，客思耿难裁。山川不可梦，况乃故人杯。

祀敬亭山庙

翦削兼太华，峥嵘跨玄圃。贝阙眡阿宫，薜帷阴网户。
参差时未来，徘徊望洋浦。椒糈若馨香，无绝传终古。

出下馆[①]

麦候始清和，凉雨销炎燠。红莲摇弱荇，丹藤绕新竹。
物色盈怀抱，方驾娱耳目。零落既难留，何用存华屋。

①一作《夏日》。

落日同何仪曹煦

参差复殿影，氛氲绮罗杂。风入天渊池，芰荷摇复合。
远听雀声聚，回望树阴沓。一赏桂尊前，宁伤蓬鬓飒。

夜听妓二首

琼闺钏响闻，瑶席芳尘满。要取洛阳人，共命江南管。
情多舞态迟，意倾歌弄缓。知君密见亲，寸心传玉盌。

上客光四座，佳丽值千金。挂钗报缨绝，堕珥答琴心。
蛾眉已共笑，清香复入襟。欢乐夜方静，翠帐垂沉沉。

咏蔷薇

低枝讵胜叶，轻香幸自通。发萼初攒紫，馀采尚霏红。
新花对白日，故蕊逐行风。参差不俱曜，谁肯盼微丛。

咏　蒲

离离水上蒲，结水散为珠。间厕秋菡萏，出入春凫雏。
初萌实雕俎，暮蕊杂椒涂。所悲塘上曲，遂铄黄金躯。

咏兔丝

轻丝既难理，细缕竟无织。烂漫已万条，连绵复一色。
安根不可知，萦心终不测。所贵能卷舒，伊用蓬生直。

游东堂咏桐

孤桐北窗外，高枝百尺馀。叶生既婀娜，叶落更扶疏。
无华复无实，何以赠离居。裁为圭与瑞，足可命参墟。

杂咏三首

镜　台

玲珑类丹槛，苕亭似玄阙。对风悬清冰，垂龙挂明月。

照粉拂红妆，插花理云发。玉颜徒自见，常谓君情歇。

灯

发翠斜汉里，蓄宝宕山峰。抽茎类仙掌，衔光似烛龙。
飞蛾再三绕，轻花四五重。孤对相思夕，空照舞衣缝。

烛

杏梁宾未散，桂宫明欲沉。暖色轻帷里，低光照宝琴。
徘徊云髻影，灼烁绮疏金。恨君秋月夜，遗我洞房阴。

同咏乐器得琴①

洞庭风雨干，龙门生死枝。雕刻纷布濩，冲响郁清危。
春风摇蕙草，秋月满华池。是时操别鹤，淫淫客泪垂。

①同王融、沈约。

同咏坐上玩器得乌皮隐几①

蟠木生附枝，刻削岂无施。取则龙文鼎，三趾献光仪。
勿言素韦洁，白沙尚推移。曲躬奉微用，聊承终宴疲。

①同沈约。

同咏坐上所见一物得席①

本生潮汐池，落景照参差。汀洲蔽杜若，幽渚夺江蓠。
遇君时采撷，玉座奉金卮。但愿罗衣拂，无使素尘弥。

①同王融、虞炎、柳恽等。

咏竹火笼①

庭雪乱如花，井冰粲成玉。因炎入貂袖，怀温奉芳褥。

体密用宜通，文邪性非曲。本自江南墟，嬡娟修且绿。
暂承君玉指，请谢阳春旭。
①同沈约。

咏　风

徘徊登红萼，葳蕤动绿葹。垂杨低复举，新萍合且离。
步檐行袖靡，当户思襟披。高响飘歌吹，相思子未知。
时拂孤鸾镜，星鬓视参差。

咏　竹

窗前一丛竹，青翠独言奇。南条交北叶，新笋杂故枝。
月光疏已密，风来起复垂。青扈飞不碍，黄口得相窥。
但恨从风箨，根株长别离。

咏落梅

新叶初冉冉，初蕊新菲菲。逢君后园燕，相随巧笑归。
亲劳君玉指，摘以赠南威。用持插云髻，翡翠比光辉。
日暮长零落，君恩不可追。

咏墙北栀子

有美当阶树，霜露未能移。金蕡发朱采，映日以离离。
幸赖夕阳下，馀景及西枝。还思照绿水，君阶无曲池。
馀荣未能已，晚实犹见奇。复留倾筐德，君恩信未赀。

《乐府诗集》有《齐雩祭乐歌》八首，三、四、五言及七言、九言；《有所思》五言四句；《玉阶怨》五言四句；《王孙游》五言四句；《永明乐》十首，五言四句；均未抄。

卷四　李太白五古上

二百九首

古风五十九首

大雅久不作，吾衰竟谁陈。王风委蔓草，战国多荆榛。
龙虎相啖食，兵戈逮狂秦。正声何微茫，哀怨起骚人。
扬马激颓波，开流荡无垠。废兴虽万变，宪章亦已沦。
自从建安来①，绮丽不足珍。圣代复元古，垂衣贵清真。
群才属休明，乘运共跃鳞。文质相炳焕，众星罗秋旻。
我志在删述，重辉映千春②。希圣如有立，绝笔于获麟。

①自从：一作蹉跎。②重：一作垂。

蟾蜍薄太清，蚀此瑶台月。圆光亏中天，金魄遂沦没。
䗖蝀入紫微，大明夷朝晖。浮云隔两曜，万象昏阴霏。
萧萧长门宫，昔是今已非。桂蠹花不实，天霜下严威。
沉叹终永夕，感我涕沾衣①。

①“蟾蜍”句暗指杨妃。“䗖蝀”句指禄山陷京师。两曜，谓玄宗在蜀，肃宗在灵武。

秦皇扫六合，虎视何雄哉。挥剑抉浮云，诸侯尽西来。
明断自天启①，大略驾群才。收兵铸金人，函谷正东开。
铭功会稽岭，骋望琅琊台。刑徒七十万，起土骊山隈。

尚采不死药，茫然使心哀[②]。连弩射海鱼，长鲸正崔嵬。
頞鼻象五岳，扬波喷云雷。鬐鬣蔽青天，何由睹蓬莱。
徐市载秦女，楼船几时回。但见三泉下，金棺葬寒灰。

①一作“雄图发英断”。②心：一作人。

风飞九千仞，五章备彩珍。衔书且虚归，空入周与秦。
横绝历四海，所居未得邻。吾营紫河车，千载落风尘。
药物秘海岳，采铅青溪滨。时登大楼山，举首望仙真。
羽驾灭去影，飙车绝回轮。尚恐丹液迟，志愿不及申。
徒霜镜中发，羞彼鹤上人。桃李何处开，此花非我春。
唯应清都境，长与韩众亲。

太白何苍苍，星辰上森列。去天三百里，邈尔与世绝。
中有绿发翁，披云卧松雪[①]。不笑亦不语，冥栖在岩穴。
我来逢真人，长跪问宝诀。粲然忽自哂[②]，授以炼药说。
铭骨传其语，竦身已电灭。仰望不可及，苍然五情热。
吾将营丹砂，永与世人别。

①披云：一作千春。②忽自哂：一作启玉齿。

代马不思越，越禽不恋燕。情性有所习，土风固其然。
昔别雁门关，今戍龙庭前。惊沙乱海日，飞雪迷胡天。
虮虱生虎鹖[①]，心魂逐旌旃。苦战功不赏，忠诚难可宣。
谁怜李飞将，白首没三边。

①《上林赋》：“蒙鹖苏，绔白虎。”盖画鹖苏以为冠，画白虎以为袴也。此云“虮虱生虎鹖”，盖虮虱生于衣裤之上也。

客有鹤上仙，飞飞凌太清。扬言碧云里，自道安期名。

两两白玉童，双吹紫鸾笙，去影忽不见，回风送天声。
举首远望之[①]，飘然若流星。愿餐金光草，寿与天齐倾[②]。

①此句一作“我欲一问之”。②全诗一作：“五鹤西北来，飞飞凌太清。仙人绿云上，自道安期名。两两白玉童，双吹紫鸾笙。飘然下倒景，倏忽无留形。遗我金光草，服之四体轻。将随赤松去，对博坐蓬瀛。”

庄周梦蝴蝶，蝴蝶为庄周。一体更变易，万事良悠悠。
乃知蓬莱水[①]，复作清浅流。青门种瓜人，旧日东陵侯。
富贵固如此[②]，营营何所求。

①乃：一作那。②固：一作苟。

齐有倜傥生，鲁连特高妙。明月出海底，一朝开光曜。
却秦振英声，后世仰末照。意轻千金赠，顾向平原笑。
吾亦澹荡人，拂衣可同调。

黄河走东溟，白日落西海。逝川与流光，飘忽不相待。
春容舍我去，秋发已衰改。人生非寒松，年貌岂长在[①]。
吾当乘云螭，吸景驻光彩[②]。

①年貌：一作颜色。②一作“谁能学天飞，三秀与君采”。

松柏本孤直，难为桃李颜。昭昭严子陵，垂钓沧波间。
身将客星隐，心与浮云闲。长揖万乘君，还归富春山。
清风洒六合，邈然不可攀。使我长叹息，冥栖岩石间。

君平既弃世，世亦弃君平。观变穷太易，探玄化群生。
寂寞缀道论[①]，空簾闭幽情[②]。驺虞不虚来[③]，鸑鷟有时鸣。
安知天汉上，白日悬高名。海客去已久，谁人测沉冥[④]。

①道论：一作真道。②情：一作清。③虚：一作复。④人：一作能。〇君平、驺虞、鸑鷟，皆太白以自比。

胡关饶风沙，萧索竟终古[1]。岁落秋草黄，登高望戎虏。
荒城空大漠，边邑无遗堵。白骨横千霜，嵯峨蔽榛莽。
借问谁陵虐，天骄毒威武。赫怒我圣皇，劳师事鼙鼓。
阳和变杀气，发卒骚中土。三十六万人，哀哀泪如雨。
且悲就行役，安得营农圃。不见征戍儿，岂知关山苦[2]。
李牧今不在[3]，边人饲豺虎。

①索：一作飒。②一本此下添“争锋徒死节，秉钺皆庸竖。战士涂蒿莱，将军获圭组”四句。③一作“卫霍今不在”。

燕昭延郭隗，遂筑黄金台。剧辛方赵至[1]，邹衍复齐来。
奈何青云士，弃我如尘埃。珠玉买歌笑，糟糠养贤才。
方知黄鹤举，千里独徘徊。

①至：一作往。

金华牧羊儿，乃是紫烟客。我愿从之游，未去发已白。
不知繁华子[1]，扰扰何所迫。昆山採琼蕊[2]，可以炼精魄。

①繁华：一作朱颜。②蕊：一作蕤。

天津三月时，千门桃与李。朝为断肠花，暮逐东流水。
前水复后水[1]，古今相续流。新人非旧人[2]，年年桥上游。
鸡鸣海色动，谒帝罗公侯。月落西上阳[3]，馀辉半城楼。
衣冠照云日，朝下散皇州。鞍马如飞龙，黄金络马头。
行人皆辟易，志气横嵩丘。入门上高堂，列鼎错珍羞。
香风引赵舞，清管随齐讴。七十紫鸳鸯，双双戏庭幽。

行乐争昼夜，自言度千秋。功成身不退，自古多愆尤。
黄犬空叹息，绿珠成衅仇。何如鸱夷子，散发棹扁舟[4]。

①复：一作非。②新：一作今。③西上阳：一作上阳西。④棹：一作弄。

西上莲花山[1]，迢迢见明星。素手把芙蓉，虚步蹑太清。
霓裳曳广带，飘拂升天行。邀我登云台，高揖卫叔卿。
恍恍与之去，驾鸿凌紫冥。俯视洛阳川，茫茫走胡兵。
流血涂野草，豺狼尽冠缨。

①上：一作岳。

昔我游齐都，登华不注峰。兹山何峻秀，绿翠如芙蓉。
萧飒古仙人，了知是赤松。借予一白鹿，自挟两青龙。
含笑凌倒景，欣然愿相从。

泣与亲友别，欲语再三咽。勖君青松心，努力保霜雪。
世路多险艰，白日欺红颜。分首各千里，去去何时还。

在世复几时，倏如飘风度。空闻紫金经，白首愁相误。
抚己忽自笑，沉吟为谁故。名利徒煎熬，安得闲余步。
终留赤玉舄，东上蓬山路[1]。秦帝如我求，苍苍但烟雾。

①山：一作莱。〇此首亦志在学仙。

郢客吟白雪，遗响飞青天。徒劳歌此曲，举世谁为传。
试为巴人唱，和者乃数千。吞声何足道，叹息空凄然。

〇此首言曲高和寡。

秦水别陇首，幽咽多悲声。胡马顾朔雪，躞蹀长嘶鸣。
感物动我心，缅然含归情。昔视秋蛾飞，今见春蚕生。
袅袅桑枯叶[①]，萋萋柳垂荣。急节谢流水，羁心摇悬旌。
挥涕且复去，恻怆何时平。

①枯：一作结。〇此首有倦游思归、落叶粪根之意。

秋露白如玉，团团下庭绿。我行忽见之，寒早悲岁促。
生犹鸟过目，胡乃自结束。景公一何愚，牛山泪相续。
物苦不知足，登陇又望蜀[①]。人心若波澜，世路有屈曲[②]。
三万六千日，夜夜当秉烛。

①登：一作得。②有：一作多。〇此首悲年光之迅驶。

大车扬飞尘，亭午暗阡陌。中贵多黄金，连云开甲宅。
路逢斗鸡者，冠盖何辉赫。鼻息干虹蜺，行人皆怵惕。
世无洗耳翁，谁知尧与跖。

世路日交丧，浇风散淳源。不采芳桂枝，反栖恶木根。
所以桃李树，吐花竟不言。大运有兴没，群动争飞奔。
归来广成子，去入无穷门。

碧荷生幽泉，朝日艳且鲜。秋花冒绿水，密叶罗青烟。
秀色空绝世，馨香谁为传。坐看飞霜满，凋此红芳年。
结根未得所，愿托华池边。

燕赵有秀色，绮楼青云端。眉目艳皎月，一笑倾城欢。
常恐碧草晚，坐泣秋风寒。纤手怨玉琴，清晨起长叹。
焉得偶君子，共乘双飞鸾。

〇美女求偶，皆喻贤才求主，不独此首为然，亦不独公诗为然。

容颜若飞电，时景如飘风。草绿霜已白，日西月复东。
华鬓不耐秋，飒然成衰蓬。古来圣贤人，一一谁成功。
君子变猿鹤，小人为沙虫。不及广成子，乘云驾轻鸿。
〇此首亦伤时光之易逝。

三季分战国，七雄成乱麻。王风何怨怒，世道终纷拏。
至人洞元象，高举凌紫霞。仲尼亦浮海[1]，吾祖之流沙。
圣贤共沦没，临歧胡咄嗟。
①亦：一作欲。〇此首亦欲高举出世。

玄风变太古，道丧无时还。扰扰季叶人[1]，鸡鸣趋四关。
但识金马门，谁知蓬莱山[2]。白首死罗绮，笑歌无休闲[3]。
绿酒哂丹液，青娥凋素颜[4]。大儒挥金椎，琢之诗礼间[5]。
苍苍三珠树，冥目焉能攀。
①季叶：一作市井。②谁：一作讵。③休：一作时。④一作“萋萋千金骨，风尘凋素颜”。⑤琢之：一作发冢。〇“大儒”二句，用《庄子》“儒以诗礼发冢”事。

璧遗镐池公，明年祖龙死。秦人相谓曰，吾属可去矣。
一往桃花源，千春隔流水。

蓐收肃金气，西陆弦海月。秋蝉号阶轩，感物忧不歇。
良辰竟何许，大运有沦忽。天寒悲风生，夜久众星没。
恻恻不忍言，哀歌达明发。
〇此首亦感时节之早谢。

北溟有巨鱼，身长数千里。仰喷三山雪，横吞百川水。
凭凌随海运，烜赫因风起。吾观摩天飞，九万方未已。
〇此首自况，即赋《大鹏》之意也。

羽檄如流星，虎符合专城。喧呼救边急，群鸟皆夜鸣。
白日曜紫微，三公运权衡。天地皆得一，澹然四海清。
借问此何为，答言楚征兵[1]。渡泸及五月，将赴云南征。
怯卒非战士，炎方难远行。长号别严亲，日月惨光晶。
泣尽继以血，心摧两无声。困兽当猛虎，穷鱼饵奔鲸。
千去不一回，投躯岂全生。如何舞干戚，一使有苗平。
①楚征兵：一作征楚兵。〇此首似讽天宝末征兵讨阁罗凤，即白太傅《新丰折臂翁》之诗意。

丑女来效颦，还家惊四邻。寿陵失本步，笑杀邯郸人。
一曲斐然子[1]，雕虫丧天真。棘刺造沐猴，三年费精神。
功成无所用，楚楚且华身[2]。大雅思文王，颂声久崩沦。
安得郢中质，一挥成风斤[3]。
①一曲：一作东西。②华：一作荣。③一作"承风一运斤"。〇此首刺当时文士之以雕饰夺天真者，即第一首"绮丽不足珍"之意。

抱玉入楚国，见疑古所闻。良宝终见弃，徒劳三献君。
直木忌先伐，芳兰哀自焚。盈满天所损，沉冥道为群。
东海泛碧水[1]，西关乘紫云。鲁连及柱史，可以蹑清芬。
①水：一作流。〇此首戒怀才者不宜自炫，宜以老子、鲁连为法。

燕臣昔恸哭，五月飞秋霜。庶女号苍天，震风击齐堂。
精诚有所感，造化为悲伤[1]。浮云蔽紫闼，白日难回光。

群沙秽明珠，众草凌孤芳。古来共叹息，流泪空沾裳。

①一本此下添："而我竟何辜，远身金殿旁。"○前六句言积诚可以回天，后六句言众口可以铄金，理有定而事无定，反复感叹。

孤兰生幽园，众草共芜没。虽照阳春晖，复悲高秋月。
飞霜早淅沥，绿艳恐休歇。若无清风吹，香气为谁发。

○此首喻贤才处幽谷，须有汲引之者。

登高望四海，天地何漫漫。霜被群物秋，风飘大荒寒。
荣华东流水，万事皆波澜。白日掩徂晖，浮云无定端。
梧桐巢燕雀，枳棘栖鸳鸯。且复归去来，剑歌行路难[①]。

①行：一作悲。○一本自第四句后云："杀气落乔木，浮云蔽层峦。孤凤鸣天霓，遗声何辛酸。游人悲旧国，抚心亦盘桓。倚剑歌所思，曲终涕洄澜。"○此首言万事反复，波澜千变。

凤饥不啄粟，所食唯琅玕。焉能与群鸡，蹙促争一餐[①]。
朝鸣昆丘树，夕饮砥柱湍。归飞海路远，独宿天霜寒。
幸遇王子晋，结交青云端。怀恩未得报，感别空长叹。

①蹙：一作刺。○此首亦自况之词。

朝弄紫泥海[①]，夕披丹霞裳。挥手折若木，拂此西日光。
云卧游八极[②]，玉颜已千霜。飘飘入无倪，稽首祈上皇。
呼我游太素，玉杯赐琼浆。一餐历万岁，何用还故乡。
永随长风去，天外恣飘扬。

①一作"朝驾碧鸾车"。②卧：一作举。○此首即屈子《远游》之意。

摇裔双白鸥，鸣飞沧江流。宜与海人狎，岂伊云鹤俦。
郑客西入关，行行未能已。白马华山君，相逢平原里。

寄影宿沙月，沿芳戏春洲。吾亦洗心者，忘机从尔游。

周穆八荒意，汉皇万乘尊。淫乐心不极，雄豪安足论。
西海宴王母，北宫邀上元。瑶水闻遗歌，玉杯竟空言。
灵迹成蔓草，徒悲千载魂。

〇此即郭景纯所讥“燕昭无灵气，汉武非仙才”之意。

绿萝纷葳蕤，缭绕松柏枝。草木有所托，岁寒尚不移。
奈何夭桃色，坐叹葑菲诗。玉颜艳红彩，云发非素丝。
君子恩已毕，贱妾将何为。

〇此叹华士不能久荣。

八荒驰惊飙，万物尽凋落。浮云蔽颓阳，洪波振大壑。
龙凤脱网罟，飘飖将安托。去去乘白驹，空山咏场藿。

〇此首志在高举出世，亦自况之诗。

一百四十年，国容何赫然。隐隐五凤楼，峨峨横三川。
王侯象星月，宾客如云烟①。斗鸡金宫里②，蹴踘瑶台边③。
举动摇白日，指挥回青天。当涂何翕忽，失路长弃捐。
独有扬执戟，闭关草《太玄》。

①一本首六句云：“帝京信佳丽，国容何赫然。剑戟拥九关，歌钟沸三川。蓬莱象天构，珠翠夸云仙。”②宫：一作城。③一作“走马兰台边”。〇此叹承平时权门之盛，今已衰歇。

桃花开东园，含笑夸白日。偶蒙春风荣，生此艳阳质①。
岂无佳人色，但恐花不实。宛转龙火飞，零落早相失。
讵知南山松，独立自萧瑟。

①生：一作矜。○末二句自况，即陶公“凝霜珍异类，卓然见高枝”之意。

秦皇按宝剑，赫怒振威神。逐日巡海右，驱石驾沧津。
征卒空九宇，作桥伤万人。但求蓬岛药，岂思农鳸春。
力尽功不赡，千载为悲辛。

美人出南国，灼灼芙蓉姿。皓齿终不发，芳心空自持。
由来紫宫女，共妬青蛾眉。归去潇湘沚，沉吟何足悲。

宋国梧台东，野人得燕石[①]。夸作天下珍，却哂赵王璧。
赵璧无缁磷，燕石非贞真。流俗多错误，岂知玉与珉。
①一作“宋人枉千金，去国买燕石”。

殷后乱天纪，楚怀亦已昏。夷羊满中野，绿葹盈高门。
比干谏而死，屈平窜湘源。虎口何婉娈，女颜空婵娟。
彭咸久伦没，此意与谁论。

青春流惊湍，朱明骤回薄[①]。不忍看秋蓬，飘扬竟何托。
光风灭兰蕙，白露洒葵藿[②]。美人不我期，草木日零落。
①明：一作火。②洒葵藿：一作委萧藿。○此首亦岁不我与之意。

战国何纷纷，兵戈乱浮云。赵倚两虎斗，晋为六卿分。
奸臣欲窃位，树党自相群。果然田成子，一旦弑齐君。

倚剑登高台，悠悠送春目。苍榛蔽层丘，琼草隐深谷。
凤凰鸣西海，欲集无珍木。鸴斯得匹居[①]，蒿下盈万族。

晋风日已颓，穷途方恸哭[②]。

①匹：一作所。居：一作栖。②一本首四句以下云："翩翩众鸟飞，翱翔在珍木。群花亦便娟，荣耀非一族。归来怆途穷，日暮还恸哭。"

齐瑟弹东吟[①]，秦弦弄西音。慷慨动颜魄，使人成荒淫。
彼女佞邪子，婉娈来相寻。一笑双白璧，再歌千黄金。
珍色不贵道，讵惜飞光沉。安识紫霞客，瑶台鸣玉琴[②]。

①弹：一作挥。②玉：一作素。

越客采明珠，提携出南隅。清辉照海月，美价倾鸿都[①]。
献君君按剑，怀宝空长吁。鱼目复相哂，寸心增烦纡。

①鸿：一作皇。

羽族禀万化，小大各有依。啁啁亦何辜，六翮掩不挥。
愿衔众禽翼，一向黄河飞。飞者莫我顾，叹息将安归。

我行巫山渚，寻古登阳台。天空彩云灭，地远清风来。
神女去已久，襄王安在哉。荒淫竟沦没，樵牧徒悲哀。

恻恻泣路歧，哀哀悲素丝。路歧有南北，素丝易变移[①]。
谷风刺轻薄，交道方崄巇。斗酒强然诺，寸心终自疑。
张陈竟火灭，萧朱亦星离。众鸟集荣柯，穷鱼守空池[②]。
嗟嗟失欢客，勤问何所规[③]。

①易：一作有。一本下添："万事固如此，人生无定期。田窦相倾夺，宾客互盈亏。世涂多翻复，交道方崄巇。""斗酒"以下同。②空：一作枯。③规：一作悲，又作窥。〇此首即翟公署门之意，老杜《贫交行》亦同此慨。

侠客行[①]

赵客缦胡缨，吴钩霜雪明。银鞍照白马，飒沓如流星。
十步杀一人，千里不留行。事了拂衣去，深藏身与名。
闲过信陵饮，脱剑膝前横[②]。将炙啖朱亥，持觞劝侯嬴。
三杯吐然诺，五岳倒为轻。眼花耳热后，意气素霓生。
救赵挥金槌，邯郸先震惊。千秋二壮士，烜赫大梁城。
纵死侠骨香，不惭世上英。谁能书阁下，白首《太玄经》。

①杂曲歌辞。以下乐府。②前：一作上。

关山月[①]

明月出天山，苍茫云海间。长风几万里，吹度玉门关。
汉下白登道，胡窥青海湾。由来征战地，不见有人还。
戍客望边色[②]，思归多苦颜。高楼当此夜，叹息未应闲[③]。

①横吹曲辞。〇《乐府解题》曰：《关山月》，伤离别也。郭曰：相和曲有《度关山》，亦此类也。②色：一作邑。③闲：一作还。

结客少年场行[①]

紫燕黄金瞳，啾啾摇绿鬃[②]。平明相驰逐，结客洛门东。
少年学剑术，凌轹白猿公。珠袍曳锦带，匕首插吴鸿。
由来万夫勇，挟此英雄风。托交从剧孟，买醉入新丰。
笑尽一杯酒，杀人都市中。羞道易水寒，从令日贯虹[③]。
燕丹事不立，虚没秦帝宫。武阳死灰人，安可与成功。

①杂曲歌辞。〇曹植《结客篇》曰："结客少年场，报怨洛北邙。"《乐府解题》曰：《结客少年场行》，言轻生重义，慷慨以立功名也。②啾啾：一作稜稜。③从：一作徒。

长干行[1]二首

妾发初覆额，折花门前剧。郎骑竹马来，绕床弄青梅。
同居长干里，两小无嫌猜。十四为君妇，羞颜未尝开。
低头向暗壁，千唤不一回。十五始展眉，愿同尘与灰。
常存抱柱信，岂上望夫台[2]。十六君远行，瞿塘滟预堆。
五月不可触，猿声天上哀。门前迟行迹[3]，一一生绿苔[4]。
苔深不能扫，落叶秋风早。八月蝴蝶来[5]，双飞西园草。
感此伤妾心，坐愁红颜老。早晚下三巴，预将书报家。
相迎不道远，直至长风沙。

①杂曲歌辞。②岂：一作耻。③迟：一作旧。④绿：一作苍。⑤来：一作黄。

忆妾深闺里[1]，烟尘不曾识。嫁与长干人，沙头候风色。
五月南风兴，思君下巴陵。八月西风起，想君发扬子。
去来悲如何，见少别离多。湘潭几日到，妾梦越风波。
昨夜狂风度，吹折江头树。淼淼暗无边，行人在何处。
北客至王公[2]，朱衣满汀中[3]。日暮来投宿，数朝不肯东。
自怜十五馀，颜色桃李红。那作商人妇，愁水复愁风。

①妾：一作昔。②至：一作真。③汀：一作江。二句一作“北客浮云骢，经过新市中”。

古朗月行[1]

小时不识月，呼作白玉盘。又疑瑶台镜，飞在青云端。
仙人垂两足，桂树作团圆[2]。白兔捣药成，问言谁与餐。
蟾蜍蚀圆影，天明夜已残[3]。羿昔落九乌，天人清且安。
阴精此沦惑，去去不足观。忧来其如何，恻怆摧心肝。

①杂曲歌辞。②作：一作何。③天：一作大。〇“蟾蜍蚀影”“阴精沦惑”等句，似亦讽谗谄蔽明之意。

上之回[①]

三十六离宫，楼台与天通。阁道步行月，美人愁烟空。
恩疏宠不及，桃李伤春风。淫乐意何极，金舆向回中。
万乘出黄道，千旗扬彩虹。前军细柳北，后骑甘泉东。
岂问渭川老，宁邀襄野童。但慕瑶池宴[②]，归来乐未穷[③]。

①鼓吹曲辞。〇汉武帝元封四年冬十月，行幸雍祠五畤，通回中道，遂北出萧关。沈建《乐府广题》曰：汉曲皆美当时之事。②但慕：一作秋暮。③渭川老，文王访贤也；襄野童，黄帝问道也；瑶池宴，穆王佚游也。末四句似有所讽。

独不见[①]

白马谁家子，黄龙边塞儿。天山三丈雪，岂是远行时。
春蕙忽秋草，莎鸡鸣曲池。风催寒梭响，月入霜闺悲。
忆与君别年，种桃齐蛾眉。桃今百馀尺，花落成枯枝。
终然独不见，流泪空自知。

①杂曲歌辞。郭集录者七家。《乐府解题》曰：《独不见》，伤思而不得见也。

妾薄命[①]

汉帝重阿娇[②]，贮之黄金屋。咳唾落九天，随风生珠玉。
宠极爱还歇，妒深情却疏。长门一步地，不肯暂回车。
雨落不上天，水复重难收[③]。君情与妾意[④]，各自东西流。
昔日芙蓉花，今成断根草[⑤]。以色事他人，能得几时好。

①杂曲歌辞。郭集录者十七家。②重：一作宠。③重难收：一作难重收。④情：一作恩。⑤断根草：一作素秋草。

幽州胡马客歌[①]

幽州胡马客，绿眼虎皮冠。笑拂两只剑，万人不可干。
弯弓若转月，白雁落云端。双双掉鞭行，游猎向楼兰。
出门不顾后，报国死何难。天骄五单于，狼戾好凶残。
牛马散北海，割鲜若虎餐。虽居燕支山，不道朔雪寒。
妇女马上笑，颜如赪玉盘。翻飞射鸟兽，花月醉雕鞍。
旄头四光芒，争战如蜂攒。白刃洒赤血，流沙为之丹。
名将古谁是，疲兵良可叹。何时天狼灭，父子得闲安。

①横吹曲辞。

门有车马客行[①]

门有车马宾[②]，金鞍曜朱轮。谓从丹霄落[③]，乃是故乡亲。
呼儿扫中堂，坐客论悲辛。对酒两不饮，停觞泪盈巾。
叹我万里游，飘飖三十春。空谈霸王略，紫绶不挂身。
雄剑藏玉匣，阴符生素尘。廓落无所合，流离湘水滨。
借问宗党间，多为泉下人。生苦百战役，死托万鬼邻。
北风扬胡沙，埋翳周与秦。大运且如此，苍穹宁匪仁。
恻怆竟何道，存亡任大钧。

①相和歌辞。郭集录者六家。《古今乐录》曰：王僧虔《技录》云：《门有车马客行》，歌东阿王置酒一篇。《乐府解题》曰：曹植等《门有车马客行》，皆言问讯其客，或得故旧乡里，或驾自京师，备叙市朝迁谢、亲友凋丧之意也。曹植又有《门有万里客》，亦与此同。国藩按：此题皆言问讯其客，备叙市朝迁变、亲友凋丧之意。②宾：一作客。③丹：一作云。○“北风”二句，言两京俱陷，借古题以伤时事。

君子有所思行[①]

紫阁连终南，青冥天倪色。凭崖望咸阳，宫阙罗北极。

万井惊画出，九衢如弦直。渭水清银河，横天流不息。
朝野盛文物，衣冠何翕艳。厩马散连山，军容威绝域。
伊皋运元化，卫霍输筋力。歌钟乐未休，荣去老还逼。
圆光过满缺，太阳移中昃。不散东海金，何争西晖匿。
无作牛山悲，恻怆泪沾臆。

①杂曲歌辞。郭集录者六家。《乐府解题》曰：《君子有所思行》，其旨言雕室丽色，不足为久欢；晏安酖毒，满盈所宜敬忌，与《君子行》异也。

东海有勇妇[①]

梁山感杞妻，恸哭为之倾。金石忽暂开，都由激深情。
东海有勇妇，何惭苏子卿。学剑越处子，超腾若流星。
捐躯报夫仇，万死不顾生。白刃曜素雪，苍天感精诚。
十步两跃跃[②]，三呼一交兵。斩首掉国门，蹴踏五藏行。
豁此伉俪愤，粲然大义明。北海李使君，飞章奏天庭。
舍罪警风俗，流芳播沧瀛。志在列女籍，竹帛已光荣。
淳于免诏狱，汉主为缇萦。津妾一棹歌，脱父于严刑。
十子若不肖，不如一女英。豫让斩空衣，有心竟无成。
要离杀庆忌，壮夫素所轻。妻子亦何辜，焚之买虚声。
岂如东海妇，事立独扬名。

①代《关中有贞女》。勇，又作贤。〇舞曲歌辞。按：魏《鼙舞五曲》中，一曰《关中有贤女》，太白作此代之。②跃：一作跳。

黄葛篇[①]

黄葛生洛溪，黄花自绵幂。青烟蔓长条，缭绕几百尺。
闺人费素手，采缉作絺绤。缝为绝国衣，远寄日南客。
苍梧大火落，暑服莫轻掷。此物虽过时，是妾手中迹。

①新乐府辞。

白马篇[1]

龙马花雪毛，金鞍五陵豪。秋霜切玉剑，落日明珠袍。
斗鸡事万乘，轩盖一何高。弓摧宜山虎，手接太山猱。
酒后竞风采，三杯弄宝刀。杀人如剪草，剧孟同游遨。
发愤去函谷，从军向临洮。叱咤经百战[2]，匈奴尽波涛[3]。
归来使酒气，未肯拜萧曹[4]。羞入原宪室，荒径隐蓬蒿。

①杂曲歌辞。郭集录者十家。按：《白马篇》言人当立功立事，尽力为国，不可念私也。鲍照、沈约之作，则言边塞征战之事。②经百战：一作万战场。③涛：一作逃。④拜：一作下。

怨歌行[1]

十五入汉宫，花颜笑春红[2]。君王选玉色，侍寝金屏中[3]。
荐枕娇夕月，卷衣恋春风[4]。宁知赵飞燕，夺宠恨无穷。
沉忧能伤人，绿鬓成霜蓬。一朝不得意，世事徒为空[5]。
鹔鹴换美酒，舞衣罢雕龙。寒苦不忍言，为君奏丝桐。
肠断弦亦绝，悲心夜忡忡。

①一作《长安见内人出嫁，令予代为怨歌行》。○相和歌辞。郭集录者七家。②笑：一作如。③金：一作锦。④春：一作香。⑤徒：一作信。

塞下曲[1]六首

五月天山雪，无花只有寒。笛中闻折柳，春色未曾看。
晓战随金鼓，宵眠抱玉鞍。愿将腰下剑，直为斩楼兰。

①新乐府辞。郭集录者二十二家。

天兵下北荒，胡马欲南饮。横戈从百战，直为衔恩甚。
握雪海上餐，拂沙陇头寝。何当破月氏，然后方高枕。

骏马如风飙，鸣鞭出渭桥。弯弓辞汉月，插羽破天骄。
阵解星芒尽，营空海雾销。功成画麟阁，独有霍嫖姚。

白马黄金塞，云砂绕梦思。那堪愁苦节，远忆边城儿。
萤飞秋窗满，月度霜闺迟。摧残梧桐叶，萧飒沙棠枝。
无时独不见，泪流空自知。

塞虏乘秋下，天兵出汉家。将军分虎竹，战士卧龙沙。
边月随弓影，胡霜拂剑花。玉关殊未入，少妇莫长嗟。
烽火动沙漠，连照甘泉云。汉皇按剑起，还召李将军。
兵气天上合①，鼓声陇底闻。横行负勇气，一战静妖氛。

①兵：一作杀。

塞上曲①三首

大汉无中策，匈奴犯渭桥。五原秋草绿，胡马一何骄。

①新乐府辞。郭集录者九家。

命将征西极，横行阴山侧。燕支落汉家，妇女无花色。

转战渡黄河，休兵乐事多。萧条清万里，瀚海寂无波。

玉阶怨①

玉阶生白露，夜久侵罗袜。却下水精簾，玲珑望秋月。

①相和歌辞。郭集录者三家。

襄阳曲①四首

襄阳行乐处，歌舞白铜鞮。江城回绿水，花月使人迷。

①杂歌谣辞。

山公醉酒时，酩酊襄阳下[①]。头上白接䍦，倒着还骑马。
①襄：一作高。

岘山临汉江，水绿沙如雪[①]。上有堕泪碑，青苔久磨灭。
①一作“水色如霜雪”。

且醉习家池，莫看堕泪碑。山公欲上马，笑杀襄阳儿。

大堤曲[①]

汉水临襄阳[②]，花开大堤暖。佳期大堤下，泪向南云满。
春风复无情，吹我梦魂散。不见眼中人，天长音信断。
①清商曲辞。郭集选者四家。②临：一作横。

宫中行乐词[①]八首

小小生金屋，盈盈在紫微。山花插宝髻，石竹绣罗衣。
每出深宫里，常随步辇归。只愁歌舞散[②]，化作彩云飞。
①奉诏作。○近代曲辞。②散：一作罢。

柳色黄金嫩，梨花白雪香。玉楼巢翡翠[①]，珠殿锁鸳鸯。
选妓随雕辇[②]，征歌出洞房。宫中谁第一，飞燕在昭阳。
①巢：一作关。②雕：一作朝。

卢橘为秦树，蒲桃出汉宫[①]。烟花宜落日，丝管醉春风。
笛奏龙鸣水[②]，箫吟凤下空[③]。君王多乐事，何必向回中[④]。
①出：一作是。②鸣：一作吟。③吟：一作鸣。④向：一作在。句一作“还与万方同”。

玉树春归日①，金宫乐事多。后庭朝未入，轻辇夜相过。
笑出花间语，娇来烛下歌。莫教明月去，留著醉姮娥。

①树：一作殿。日：一作好。

绣户香风暖，沙窗曙色新。宫花争笑日，池草暗生春。
绿树闻歌鸟，青楼见舞人。昭阳桃李月，罗绮自相亲①。

①自：一作坐。

今日明光里，还须结伴游。春风开紫殿，天乐下珠楼。
艳舞全知巧，娇歌半欲羞。更怜花月夜，宫女笑藏钩。

寒雪梅中尽，春风柳上归。宫莺娇欲醉，檐燕语还飞。
迟日明歌席，新花艳舞衣。晚来移綵仗，行乐好光辉。

水绿南薰殿，花红北阙楼。莺歌闻太液，凤吹绕廉洲。
素女鸣珠佩，天人弄綵毬。今朝风日好，宜入未央游。

鼓吹入朝曲①

金陵控海浦，绿水带吴京。铙歌列骑吹，飒沓引公卿。
搥钟速严妆，伐鼓启重城。天子凭玉案，剑履若云行。
日出照万户，簪裾烂明星。朝罢沐浴闲，遨游阆风亭。
济济双阙下，欢娱乐恩荣。

①鼓吹曲辞。

秦女休行①

西门秦氏女，秀色如琼花。手挥白杨刀，清昼杀仇家。

罗袖洒赤血，英声凌紫霞。直上西山去，关吏相邀遮。
婿为燕国王，身被诏狱加。犯刑若履虎，不畏落爪牙。
素颈未及断，摧眉伏泥沙。金鸡忽放赦，大辟得宽赊。
何惭聂政姊，万古共惊嗟。

①古词。魏朝协律都尉左延年所作，今拟之。○杂曲歌辞。按：左延年辞，言秦女休为燕王妇，为宗报仇，杀人都市，遇赦得免。傅玄辞，言庞娥为父报仇杀人，以烈义称。太白此辞，拟左延年，但左、傅俱用长短句，太白但用五言，为小异耳。

秦女卷衣①

天子居未央，妾来卷衣裳。顾无紫宫宠，敢拂黄金床。
水至亦不去，熊来尚可当。微身捧日月，飘若萤火光。
愿君采葑菲，无以下体妨。

①杂曲歌辞。○《乐府解题》曰：《秦王卷衣》，言咸阳春景及宫阙之美，秦王卷衣以赠所欢也。唐李白有《秦女卷衣》。

东武吟①

好古笑流俗，素闻贤达风。方希佐明主，长揖辞成功。
白日在高天，回光烛微躬。恭承凤凰诏，欻起云萝中。
清切紫霄迥，优游丹禁通。君王赐颜色，声价凌烟虹。
乘舆拥翠盖，扈从金城东。宝马丽绝景，锦衣入新丰。
倚岩望松雪，对酒鸣丝桐。因学扬子云，献赋甘泉宫。
天书美片善，清芬播无穷。归来入咸阳，谈笑皆王公。
一朝去金马，飘落成飞蓬。宾友日疏散，玉樽亦已空。
才力独可倚②，不惭世上雄。闲作东武吟，曲尽情未终。
书此谢知己，吾寻黄绮翁③。

①一作《出金门后书怀留别翰林诸公》。○相和歌辞。郭集录者四家。按：《东武吟》，伤时移事异、荣华徂谢也。②倚：一作恃。③一作“扁舟

寻钓翁”。

邯郸才人嫁为厮养卒妇[①]

妾本丛台女，扬娥入丹阙。自倚颜如花，宁知有凋歇。
一辞玉阶下，去若朝云没。每忆邯郸城，深宫梦秋月。
君王不可见，惆怅至明发。

①杂曲歌辞。郭集录者二家。

出自蓟北门行[①]

虏阵横北荒，胡星曜精芒。羽书速惊电，烽火昼连光。
虎竹救边急，戎车森已行。明主不安席，按剑心飞扬。
推毂出猛将，连旗登战场。兵威冲绝漠，杀气凌穹苍。
列卒赤山下[②]，开营紫塞旁。孟冬风沙紧，旌旗飒凋伤[③]。
画角悲海月，征衣卷天霜。挥刃斩楼兰，弯弓射贤王。
单于一平荡，种落自奔亡。收功报天子，行歌归咸阳[④]。

①杂曲歌辞。郭集录者四家。○《乐府解题》曰：《出自蓟北门行》，其大致与《从军行》同，而兼言燕蓟风物，及突骑勇悍之状。②卒：一作阵。③旗：一作旆。④行歌：一作歌舞。

洛阳陌[①]

白玉谁家郎，回车渡天津。看花东陌上，惊动洛阳人。

①横吹曲辞。

北上行[①]

北上何所苦？北上缘太行。磴道盘且峻，巉岩凌穹苍。
马足蹶侧石，车轮摧高冈。沙尘接幽州，烽火连朔方。
杀气毒剑戟，严风裂衣裳。奔鲸夹黄河，凿齿屯洛阳。

前行无归日，返顾思旧乡。惨戚冰雪里，悲号绝中肠。
尺布不掩体，皮肤剧枯桑。汲水涧谷阻，采薪垄坂长。
猛虎又掉尾，磨牙皓秋霜。草木不可餐，饥饮零露浆。
叹此北上苦，停骖为之伤。何日王道平，开颜睹天光。

①相和歌辞。〇《乐府解题》曰：魏武帝《苦寒行》，备言冰雪溪谷之苦，其后或谓之《北上行》，盖因武帝辞而拟之也。

短歌行[①]

白日何短短，百年苦易满。苍穹浩茫茫，万劫太极长。
麻姑垂两鬓，一半已成霜。天公见玉女，大笑亿千场。
吾欲揽六龙，回车挂扶桑。北斗酌美酒，劝龙各一觞。
富贵非所愿，为人驻颓光[②]。

①相和歌辞。郭集录者十七家。〇魏武帝《短歌行》，有身世多忧、汲汲求贤之意。各家多及时行乐之意。②为：一作与。颓：一作颜，又作流。

空城雀[①]

嗷嗷空城雀，身计何戚促。本与鷦鹩群，不随凤凰族。
提携四黄口，饮乳未尝足。食君糠秕馀，常恐乌鸢逐。
耻涉太行险，羞营覆车粟。天命有定端，守分绝所欲。

①杂曲歌辞。郭集录者六家。〇按：《空城雀》自鲍照以下，皆有含辛茹苦、守分安命之意。

发白马[①]

将军发白马，旌节渡黄河。箫鼓聒川岳，沧溟涌涛波[②]。
武安有震瓦，易水无寒歌。铁骑若雪山，饮流涸滹沱。
扬兵猎月窟，转战略朝那。倚剑登燕然，边峰列嵯峨。
萧条万里外，耕作五原多。一扫清大漠，包虎戢金戈。

①杂曲歌辞。郭集录者二家。〇郭云：卫国曹邑有白马津，郦生云“守白马之津”是也。发白马，谓征戍而发兵于此也。②涛：一作洪。

陌上桑[①]

美女渭桥东[②]，春还事蚕作[③]。五马飞如花[④]，青丝结金络。
不知谁家子，调笑来相谑。妾本秦罗敷，玉颜艳名都。
绿条映素手，采桑向城隅。使君且不顾，况复论秋胡。
寒螀爱碧草，鸣凤栖青梧。托心自有处，但怪旁人愚。
徒令白日暮，高驾空踟蹰。

①相和歌辞。郭集录者十家。〇郭注：一曰《艳歌罗敷行》。《古今乐录》曰：《陌上桑》，歌瑟调，古辞《艳歌罗敷行》“日出东南隅”篇。崔豹《古今注》曰：《陌上桑》者，出秦氏女子。秦氏，邯郸人，有女名罗敷，为邑人千乘王仁妻。王仁后为赵王家令，罗敷出采桑于陌上，赵王登台，见而悦之，因置酒欲夺焉。罗敷巧弹筝，乃作《陌上桑》之歌以自明，赵王乃止。《乐府解题》曰：古辞言罗敷采桑，为使君所邀，盛夸其夫为侍中郎以拒之，与前说不同。若陆机《扶桑升朝晖》，但歌美人好合，与古词始同而末异。又有《采桑曲》，亦出于此。②一作“美女缃绮衣”，又作游女。③春还：又作还来。④飞如花：一作如花飞，又作如飞龙。

枯鱼过河泣[①]

白龙常改服，偶被豫且制。谁使尔为鱼，徒为诉天帝。
作书报鲸鲵，勿恃风涛势。涛落归泥沙，翻遭蝼蚁噬。
万乘慎出入，柏人以为诫[②]。

①杂曲歌辞。郭集录古词一首，太白一首，皆以慎出入为诫。②诫：一作识。按：柏人，用汉高祖过赵事。

丁都护歌[①]

云阳上征去，两岸饶商贾。吴牛喘月时，拖船一何苦。

水浊不可饮，壶浆半成土。一唱都护歌，心摧泪如雨。
万人系磐石，无由达江浒。君看石芒砀，掩泪悲千古。

①都护：一作督护。○清商曲辞。郭集录者三家，一曰《阿督护歌》。《宋书·乐志》曰：《督护歌》者，彭城内史徐逵之为鲁轨所杀，宋高祖使府内直督护丁旿收敛殡埋之。逵之妻，高祖长女也，呼旿至阁下，自问殓送之事。每问，辄叹息曰："丁督护！"其声哀切。后人因其声，广其曲焉。《唐书·乐志》曰：《丁督护》，晋宋间曲也。今歌是宋武帝所制云。

相逢行[①]二首

朝骑五花马，谒帝出银台。秀色谁家子，云车珠箔开[②]。
金鞭遥指点，玉勒近迟回。夹毂相借问，疑从天上来[③]。
邀入青绮门，当歌共衔杯[④]。衔杯映歌扇，似月云中见。
相见不得亲[⑤]，不如不相见。相见情已深，未语可知心。
胡为守空闺，孤眠愁锦衾。锦衾与罗帏，缠绵会有时。
春风正澹荡，暮雨来何迟[⑥]。愿因三青鸟，更报长相思。
光景不待人，须臾发成丝。当年失行乐，老去徒伤悲。
持此道密意，无令旷佳期。

①一云《有赠》。○相和歌辞。郭集录者六家。一曰《相逢狭路间行》，一曰《长安有狭斜行》。《乐府解题》曰：古词文意与《鸡鸣曲》同。晋陆机《长安狭斜行》云："伊洛有歧路，歧路交朱轮。"则言世路险狭邪僻，正直之士无所措手足矣。唐李贺有《难忘曲》，亦出于此。②车：一作中。③疑：一作知。一本更添："怜肠愁欲断，斜日复相催。下车何轻盈，飘然似落梅。"④一作"娇羞初解珮，语笑共衔杯"。⑤得：一作相。⑥一作"春风正纠结，青鸟来何迟"。

相逢红尘内，高揖黄金鞭。万户垂杨里，君家阿那边。

千里思[①]

李陵没胡沙，苏武还汉家。迢迢五原关，朔雪乱边花[②]。

一去隔绝国，思归但长嗟。鸿雁向西北，因书报天涯[3]。

①一作《千里曲》。〇杂曲歌辞。郭集录者三家。②一作“愁见雪如花”。③因：一作飞。

树中草[1]

鸟衔野田草，误入枯桑里。客土植危根，逢春犹不死。
草木虽无情，因依尚可生。如何同枝叶，各自有枯荣。

①杂曲歌辞。郭集录者三家。

君马黄[1]

君马黄，我马白。马色虽不同，人心本无隔。
共作游冶盘，双行洛阳陌。长剑既照曜，高冠何赩赫。
各有千金裘，俱为五侯客。猛虎落陷穽，壮夫时屈厄。
相知在急难，独好亦何益[2]。

①鼓吹曲辞。郭集录者三家。②亦：一作知。

拟　古

融融白玉辉，映我青蛾眉。宝镜似空水，落花如风吹。
出门望同子，荡漾不可期。安得黄鹤羽，一报佳人知。

折杨柳[1]

垂杨拂绿水[2]，摇艳东风年[3]。花明玉关雪，叶暖金窗烟。
美人结长想，对此心凄然。攀条折春色，远寄龙庭前[4]。

①横吹曲辞。郭集录者二十三家。〇《唐书·乐志》曰：梁乐府有《胡吹歌》云：“上马不捉鞭，反拗杨柳枝。下马吹横笛，愁杀行客儿。”此歌辞元出北国，即鼓角横吹曲《折杨柳》是也。《宋书·五行志》曰：晋太康末，京洛为《折杨柳》之歌，其曲有兵革苦辛之辞。按：古乐府又有《小折杨柳》，相和大曲有《折杨柳行》，清商四曲有《月节折杨柳歌》十三

曲，与此不同。②垂杨：一作杨柳。③摇艳：一作艳裔。④龙庭前：一作龙沙边。

凤凰曲[①]

嬴女吹玉箫，吟弄天上春。青鸾不独去，更有携手人。
影灭彩云断，遗声落西秦。

①清商曲辞。

少年子[①]

青云少年子，挟弹章台左。鞍马四边开，突如流星过。
金丸落飞鸟，夜入琼楼卧。夷齐是何人，独守西山饿。

①杂曲歌辞。郭集录者四家。

紫骝马[①]

紫骝行且嘶[②]，双翻碧玉蹄。临流不肯渡，似惜锦障泥。
白雪关山远[③]，黄云海戍迷。挥鞭万里去，安得念春闺[④]。

①横吹曲辞。郭集录者十四家。〇按：郭集以《紫骝马》为从军久戍怀归而作，此诗末二句反之，语愈沉痛。②行：一作骄。③山：一作城。④安：一作何。念：一作恋。

少年行[①]

击筑饮美酒，剑歌易水湄。经过燕太子，结托并州儿。
少年负壮气，奋烈自有时。因声鲁句践，争情勿相欺[②]。

①杂曲歌辞。②情：一作搏。

豫章行[①]

胡风吹代马[②]，北拥鲁阳关。吴兵照海雪，西讨何时还。
半渡上辽津，黄云惨无颜。老母与子别，呼天野草间。

白马绕旌旗[3]，悲鸣相追攀。白杨秋月苦，早落豫章山。
本为休明人，斩虏素不闲。岂惜战斗死，为君扫凶顽。
精感石没羽，岂云惮险艰。楼船若鲸飞，波荡落星湾。
此曲不可奏，三军鬓成斑。

①相和歌辞。郭集录者九家。〇按：《豫章行》，陆机、谢灵运之作，言寿短景驰，容华不久；傅玄之作，言尽力于人，终以华落见弃。太白此作，则似从军之词。②一作“燕人攒赤羽”。③白马：一作白鸟。

沐浴子[1]

沐芳莫弹冠，浴兰莫振衣。处世忌太洁，至人贵藏晖。
沧浪有钓叟，吾与尔同归。

①杂曲歌辞。郭集录者二家。

高句骊[1]

金花折风帽，白马小迟回。翩翩舞广袖，似鸟海东来。

①杂曲歌辞。

静夜思[1]

床前看月光，疑是地上霜。举头望山月，低头思故乡。

①新乐府辞。

渌水曲[1]

渌水明秋日，南湖采白蘋。荷花娇欲语，愁杀荡舟人。

①琴曲歌辞。

凤台曲[1]

尝闻秦帝女，传得凤凰声。是日逢仙子，当时别有情。
人吹彩箫去，天借绿云迎。心在身不返[2]，空馀弄玉名。

①清商曲辞。郭集录者二家。②心：一作曲。

从军行[①]

从军玉门道，逐虏金微山。笛奏梅花曲，刀开明月环。
鼓声鸣海上，兵气拥云间。愿斩单于首，长驱静铁关。
①相和歌辞。郭集录者十九家。〇附七言一首。

百战沙场碎铁衣，城南已合数重围。突营射杀呼延将，
独领残兵千骑归。

秋思[①]二首

春阳如昨日，碧树鸣黄鹂。芜然蕙草暮，飒尔凉风吹。
天秋木叶下，月冷莎鸡悲。坐愁群芳歇，白露凋华滋。
①琴曲歌辞。

阏氏黄叶落，妾望白登台。海上碧云断[①]，单于秋色来[②]。
胡兵沙塞合，汉使玉关回。征客无归日，空悲蕙草摧。
①海上：一作月出。②单于：一作蝉声。

春　思

燕草如碧丝，秦桑低绿枝。当君怀归日，是妾断肠时。
春风不相识，何事入罗帏。

子夜吴歌[①]四首

秦地罗敷女，采桑绿水边。素手青条上，红妆白日鲜。
蚕饥妾欲去，五马莫留连。
①清商曲辞。〇春。

镜湖三百里，菡萏发荷花。五月西施采，人看隘若耶。
回舟不待月，归去越王家。
○夏。

长安一片月，万户捣衣声。秋风吹不尽，总是玉关情。
何日平胡虏，良人罢远征。
○秋。

明朝驿使发，一夜絮征袍。素手抽针冷，那堪把剪刀。
裁缝寄远道，几日到临洮。
○冬。

对酒①二首

松子栖金华，安期入蓬海。此人古之仙，羽化竟何在。
浮生速流电，倏忽变光彩。天地无凋换，容颜有迁改。
对酒不肯饮，含情欲谁待。

①相和歌辞。郭集录者八家。○按：魏武帝赋《对酒》，其旨言王者德泽广被，政理民和，万物咸遂；范云以下，则言但当及时为乐。

劝君莫拒杯，春风笑人来。桃李如旧识，倾花向我开。
流莺啼碧树，明月窥金罍。昨来朱颜子，今日白发催。
棘生石虎殿，鹿走姑苏台。自古帝王宅，城阙闭黄埃。
君若不饮酒，昔人安在哉。

估客乐①

海客乘天风，将船远行役。譬如云中鸟，一去无踪迹。

①清商曲辞。

去妇词

古来有弃妇，弃妇有归处。今日妾辞君，辞君遣何去。
本家零落尽，恸哭来时路。忆昔未嫁君，闻君却周旋。
绮罗锦绣段，有赠黄金千。十五许嫁君，二十移所天。
自从结发日未几[①]，离君缅山川。家家尽欢喜，孤妾长自怜。
幽闺多怨思，盛色无十年。相思苦循环，枕席生流泉。
流泉咽不扫，独梦关山道。及此见君归，君归妾已老。
物华恶衰贱，新宠方妍好。掩泪出故房，伤心剧秋草。
自妾为君妻，君东妾在西。罗帷到晓恨，玉貌一生啼。
自从离别久，不觉尘埃厚。常嫌玳瑁孤，犹羡鸳鸯偶。
岁华逐霜霰，贱妾何能久。寒沼落芙蓉，秋风散杨柳。
以此顦顇颜，空持旧物还。馀生欲何寄，谁肯相牵攀。
君恩既断绝，相见何年月。悔倾连理杯，虚作同心结。
女萝附青松，贵欲相依投。浮萍失绿水，教作若为流。
不叹君弃妾，自叹妾缘业。忆昔初嫁君，小姑才倚床。
今日妾辞君，小姑如妾长。回头语小姑，莫嫁如兄夫。

①按："自从"二字疑衍，通首皆五言，不应著此一七字句。○按：此顾况《弃妇辞》也，后人窜入太白集中。

长歌行[①]

桃李得日开，荣华照当年。东风动百物，草木尽欲言。
枯枝无丑叶，涸水吐清泉。大力运天地，羲和无停鞭。
功名不早著，竹帛将何宣。桃李务青春，谁能贯白日。
富贵与神仙，蹉跎成两失。金石犹销铄，风霜无久质。
畏落日月后，强欢歌与酒。秋霜不惜人，倏忽侵蒲柳。

①相和歌辞。郭集录者十家。○按：《长歌行》，言人当努力为乐，无

至老大乃伤悲也。〇已上乐府。

南都行[①]

南都信佳丽，武阙横西关。白水真人居，万商罗鄽闤。
高楼对紫陌，甲第连青山。此地多英豪，邈然不可攀。
陶朱与五羖，名播天壤间。丽华秀玉色，汉女娇朱颜。
清歌遏流云，艳舞有馀闲。遨游盛宛洛，冠盖随风还。
走马红阳城，呼鹰白河湾。谁识卧龙客，长吟愁鬓斑。

①以下歌吟。

玉真仙人词

玉真之真人[①]，时往太华峰[②]。清晨鸣天鼓，飙歘腾双龙。
弄电不辍手，行云本无踪。几时入少室，王母应相逢。

①真人：一作仙人。②时往：一作西上。

清溪行[①]

清溪清我心，水色异诸水。借问新安江，见底何如此？
人行明镜中，鸟度屏风里。向晚猩猩啼，空悲远游子。

①宣城。一作《宣州青溪》。

历阳壮士勤将军名思齐歌　并序

历阳壮士勤将军，神力出于百夫。则天太后召见奇之，授游击将军，赐锦袍玉带，朝野荣之。后拜横南将军。大臣慕义结十友，即燕公张说、馆陶公郭元振为首。余壮之，遂作诗。

太古历阳郡，化为洪川在。江山犹郁盘，龙虎秘光彩。
蓄泄数千载，风云何霮䨴。特生勤将军，神力百夫倍。

古　意

君为女萝草，妾作兔丝花。轻条不自引，为逐春风斜。
百丈托远松，缠绵成一家。谁言会面易，各在青山崖。
女萝发馨香，兔丝断人肠。枝枝相纠结，叶叶竟飘扬。
生子不知根，因谁共芬芳。中巢双翡翠，上宿紫鸳鸯。
君识二草心，海潮亦可量。

○已上歌吟。

赠从兄襄阳少府皓[①]

结发未识事，所交尽豪雄。却秦不受赏，击晋宁为功[②]。
托身白刃里，杀人红尘中。当朝揖高义，举止钦英风。
小节岂足言，退耕舂陵东。归来无产业，生事如转蓬。
一朝狐裘敝[③]，百镒黄金空。弹剑徒激昂，出门悲路穷。
吾兄青云士，然诺闻诸公。所以陈片言，片言贵情通。
棣华傥不接，甘与秋草同。

①皓：一作晤。○以下投赠。②击晋：一作救赵。③狐：一作乌。

赠张公洲革处士

列子居郑圃，不将众庶分。革侯遁南浦，常恐楚人闻。
抱瓮灌秋蔬，心闲游天云。每将瓜田叟，耕种汉水滨[①]。
时登张公洲，入兽不乱群。井无桔槔事，门绝刺绣文。
长揖二千石，远辞百里君。斯为真隐者，吾党慕清芬。

①滨：一作濆。

淮海对雪赠傅霭[①]

朔雪落吴天[②]，从风渡溟渤。海树成阳春[③]，江沙皓明月。

飘飖四荒外，想象千花发。瑶草生阶墀，玉尘散庭阙。
兴从剡溪起，思绕梁山发。寄君郢中歌，曲罢心断绝④。

①一作《淮南对雪赠孟浩然》。②吴：一作潮。③树：一作木。④一云："剡溪兴空在，郢路歌未歇。寄君梁父吟，曲尽心断绝。"

赠徐安宜

白田见楚老，歌咏徐安宜。制锦不择地，操刀良在兹。
清风动百里，惠化闻京师。浮人若云归，耕种满郊岐。
川光净麦陇，日色明桑枝。讼息但长啸，宾来或解颐。
青槐拂户牖，白水流园池①。游子滞安邑，怀恩未忍辞。
翳君树桃李，岁晚托深期。

①白：一作碧。〇浮人，犹流水也。游子，太白自谓也。

赠任城卢主簿潜①

海鸟知天风，窜身鲁门东。临觞不能饮，矫翼思凌空。
钟鼓不为乐，烟霜谁与同。归飞未忍去，流泪谢鸳鸿。

①鲁中。〇海鸟，太白以自喻也。

早秋赠裴十七仲堪

远海动风色，吹愁落天涯①。南星变大火，热气馀丹霞。
光景不可回，六龙转天车。荆人泣美玉，鲁叟悲匏瓜。
功业若梦里②，抚琴发长嗟③。裴生信英迈④，崛起多才华。
历抵海岱豪，结交鲁朱家⑤。良图竟未展，意欲飞丹砂。
破产且救人，遗身不为家。复携两少女⑥，艳色惊荷花。
双歌入青云，但惜白日斜。穷溟出宝贝⑦，大泽饶龙蛇。
明主傥见收⑧，烟霄路非赊。知飞万里道，勿使岁寒差⑨。

①愁：一作秋。②里：一作中。③抚：一作推。〇以上十句，太白自

咏也。④信：一作实。⑤一作“历游赵魏豪，结交列如麻”。⑥女：一作妾。⑦穷：一作沧。⑧位：一作必。⑨一作“时命若有会，归应炼丹砂”。

赠范金乡二首

君子枉清眄，不知东走迷。离家未几月，络纬鸣中闺。
桃李君不言，攀花愿成蹊。那能吐芳信，惠好相招携。
我有结绿珍，久藏浊水泥。时人弃此物，乃与燕珉齐[①]。
拂拭欲赠之，申眉路无梯。辽东惭白豕，楚客羞山鸡。
徒有献芹心，终流泣玉啼[②]。只应自索漠，留舌示山妻。

①珉：一作石。②玉：一作血。

范宰不买名，絃歌对前楹。为邦默自化，日觉冰壶清。
百里鸡犬静，千庐机杼鸣。浮人少荡析，爱客多逢迎。
游子睹嘉政，因之听颂声。

〇前一首自述，次首颂范。观“枉清眄”“相招携”等句，似范有书邀太白东游也。“桃李”二句，谓纵无书信，人犹愿攀附而来。“那能”二句，言况复有书相招也。

赠瑕丘王少府

皎皎鸾凤姿，飘飘神仙气。梅生亦何事，来作南昌尉。
清风佐鸣琴，寂寞道为贵[①]。一见过所闻，操持难与群。
毫挥鲁邑讼，目送瀛洲云。我隐屠钓下，尔当玉石分。
无由接高论，空此仰清芬。

①道为贵：一作为谁贵。

赠丹阳横山周处士惟长

周子横山隐，开门临城隅。连峰入户牖，胜概凌方壶。

时枉白纻词，放歌丹阳湖。水色傲溟渤，川光秀菰蒲。
当其得意时，心与天壤俱。闲云随舒卷，安识身有无。
抱石耻献玉，沉泉笑探珠。羽化如可作，相携上清都[①]。

①一作“携手上清都”。

玉真公主别馆苦雨赠卫尉张卿二首[①]

愁坐金张馆，繁阴书不开。空烟送雨色，萧飒望中来。
翳翳昏垫苦，沉沉忧恨催。清秋何以慰，白酒盈吾杯。
吟咏思管乐，此人已成灰。独酌聊自勉，谁贵经纶才。
弹剑谢公子，无鱼良可哀。

①长安。

苦雨思白日，浮云何由卷。稷卨和天人，阴阳仍骄蹇。
秋霖剧倒井，昏雾横绝巘。欲往咫尺涂，遂成山川限。
潀潀奔溜泻，浩浩惊波转。泥沙塞中途，牛马不可辨。
饥从漂母食，闲缀羽林简[①]。园家逢秋蔬，藜藿不满眼。
蟏蛸结思幽，蟋蟀伤褊浅。厨灶无青烟，刀机生绿藓。
投箸解鹔鹴，换酒醉北堂。丹徒布衣者，慷慨未可量。
何时黄金盘，一斛荐槟榔。功成拂衣去，摇裔沧洲旁。

①林：一作陵。曝囊书于羽陵，出《穆天子传》。○前路备陈苦雨愁寂之状，末八句自露英雄振奋之概。

赠韦秘书子春

谷口郑子真，躬耕在岩石。高名动京师，天下皆籍籍。
其人竟不起，云卧从所适。苟无济世心，独善亦何益。
惟君家世者，偃息逢休明。谈天信浩荡，说剑纷纵横。
谢公不徒然，起来为苍生。秘书何寂寂，无乃羁豪英。

且复归碧山，安能恋金阙。旧宅樵渔地，蓬蒿已应没。
却顾女几峰①，胡颜见云月。徒为风尘苦，一官已白发。
气同万里合，访我来琼都。披云睹青天，扪虱话良图。
留侯将绮季，出处未云殊。终与安社稷，功成立五湖。

①女几山，在河南府宜阳县。韦秘书此时当暂归山中，行将复出也。○首八句论贤者宜济世，不宜高隐。“惟君”八句言韦门地甚盛，不宜久于秘书。“且复”八句叙韦暂归山中。末八句叙两人交谊。

赠韦侍御黄裳二首

太华生长松，亭亭凌霜雪。天与百尺高，岂为微飙折。
桃李卖摇艳，路人行且迷。春光扫地尽，碧叶成黄泥。
愿君学长松，慎勿作桃李。受屈不改心，然后知君子。

见君乘骢马，知上太山道。此地果摧轮，全身以为宝。
我如丰年玉，弃置秋田草。但勖冰壶心，无为叹衰老。

赠薛校书

我有吴趋曲，无人知此音。姑苏成蔓草，麋鹿空悲吟。
未夸观涛作，空郁钓鳌心。举手谢东海，虚行归故林。

赠何七判官昌浩

有时忽惆怅，匡坐至夜分。平明空啸咤，思欲解世纷。
心随长风去，吹散万里云。羞作济南生，九十诵古文。
不然拂剑起，沙漠收奇勋。老死田陌间，何因扬清芬。
夫子今管乐，英才冠三军。终与同出处，岂将沮溺群。

○五字句中跌宕乃尔。

读诸葛武侯传书怀赠长安崔少府叔封昆季

汉道昔云季，群雄方战争。霸图各未立，割据资豪英。
赤伏起颓运，卧龙得孔明。当其南阳时，陇亩躬自耕。
鱼水三顾合，风云四海生。武侯立岷蜀，壮士吞咸京。
何人先见许，但有崔州平。余亦草间人[①]，颇怀拯物情。
晚途值子玉，华发同衰荣。托意在经济，结交为弟兄。
无令管与鲍，千载独知名。

①人：一作士。○用崔州平影入少府，针线痕迹宛尔可寻。

赠崔侍御

黄河三尺鲤，本在孟津居。点额不成龙，归来伴凡鱼[①]。
故人东海客，一见借吹嘘。风涛傥相因，更欲凌昆墟。
何当赤草使，再往召相如[②]。

①伴：一作作。②杨齐贤本无末二句，似以无之为是；如有此二句，“赤草使”必有误字。

赠参寥子

白鹤飞天书，南荆访高士。五云在岘山，果得参寥子。
骯髒辞故园，昂藏入君门。天子分玉帛，百官接话言。
毫墨时洒落，探元有奇作。著论穷天人，千春秘麟阁。
长揖不受官，拂衣归林峦。余亦去金马，藤萝同所欢。
相思在何处，桂树青云端。

赠饶阳张司务璲[①]

朝饮苍梧泉，夕栖碧海烟。宁知鸾凤意，远托椅桐前。
慕蔺岂曩古，攀嵇是当年。愧非黄石老，安识子房贤。

功业嗟落日，容华弃徂川。一语已道意，三山期著鞭。
蹉跎人间世，寥落壶中天。独见游物祖，探元穷化先。
何当共携手，相与排冥筌[2]。

①燕魏太原。②冥：一作置。

赠清漳明府侄

我李百万叶，柯条布中州。天开青云器，日为苍生忧。
小邑且割鸡，大刀伫烹牛。雷声动四境，惠与清漳流。
弦歌咏唐尧，脱落隐簪组。心和得天真，风俗由太古[1]。
牛羊散阡陌，夜寝不扃户。问此何以然，贤人宰吾土。
举邑树桃李，垂阴亦流芬。河堤绕绿水，桑柘连青云。
赵女不冶容，提笼昼成群。缫丝鸣机杼，百里声相闻。
讼息鸟下阶，高卧披道帙。蒲鞭挂檐枝，示耻无扑抶。
琴清月当户，人寂风入室。长啸无一言，陶然上皇逸。
白玉壶冰水，壶中见底清。清光洞毫发，皎洁照群情。
赵北美佳政，燕南播高名。过客览行谣，因之颂德声[2]。

①由：一作独。②颂德声：一作得颂声。

赠临洺县令皓弟[1]

陶令去彭泽，茫然元古心。大音自成曲，但奏无弦琴。
钓水路非遥，连鳌意何深。终期龙伯国，与余相招寻。

①时被讼停官。

邺中赠王大劝入高凤石门山幽居

一身竟无托，远与孤蓬征。千里失所依，复将落叶并。
中途偶良朋，问我将何行。欲献济时策，此心谁见明。
君王制六合，海塞无交兵。壮士伏草间，沉忧乱纵横。

飘飘不得意，昨发南都城。紫燕枥上嘶，青萍匣中鸣。
投躯寄天下，长啸寻豪英。耻学琅邪人，龙蟠事躬耕。
富贵吾自取，建功及春荣。我愿执尔手，尔当达我情。
相知同一己，岂唯弟与兄。抱子弄白云，琴歌发清声。
临别意难尽，各希存令名。

赠卢征君昆弟[①]

明主访贤逸，云泉今已空。二卢竟不起，万乘高其风。
河上喜相得，壶中趣每同。沧州即此地，观化游无穷。
木落海水清，鳌背睹方蓬。与君弄倒影，携手凌星虹。

①卢名鸿，字颢然。

赠新平少年[①]

韩信在淮阴，少年相欺凌。屈体若无骨，壮心有所凭。
一遭龙颜君，啸咤从此兴。千金答漂母，万古共嗟称。
而我竟胡为[②]，寒苦坐相仍。长风入短袂，内手如怀冰[③]。
故友不相恤，新交宁见矜。摧残槛中虎，羁绁韝上鹰。
何时腾风云，搏击申所能[④]。

①平：一作丰。②胡：一作何。③内：一作两。④搏击申所能，亦有李广斩霸陵尉之意。太白千古英豪，度量亦殊不广。

赠崔侍御

长剑一杯酒，男儿方寸心。洛阳因剧孟，托宿话胸襟[①]。
但仰山岳秀，不知江海深。长安复携手，再顾重千金。
君乃輶轩佐，余叨翰墨林。高风摧秀木，惊弹落虚禽。
不取回舟兴，而来命驾寻。扶摇应借便[②]，桃李愿成阴。
笑吐张仪舌，愁为庄舄吟。谁怜明月夜，肠断听秋砧。

①托：一作访。②便：一作力。

赠嵩山焦炼师[1] 并序

嵩丘有神人焦炼师者，不知何许妇人也。又云生于齐梁，时其年貌可称五六十。常胎息绝谷，居少室庐，游行若飞，倏忽万里。世或传其入东海，登蓬莱，竟不能测其往也。余访道少室，尽登三十六峰，闻风有寄，洒翰遥赠。

二室凌青天[2]，三花含紫烟[3]。中有蓬海客，宛疑麻姑仙。
道在喧莫染，迹高想已绵。时餐金鹅药[4]，屡读青苔篇。
八极恣游憩，九垓长周旋。下瓢酌颍水，舞鹤来伊川。
还归空山上，独拂秋霞眠。萝月挂朝镜，松风鸣夜弦。
潜光隐嵩岳，炼魄栖云幄。霓衣何飘飘[5]，凤吹转绵邈[6]。
愿同西王母，下顾东方朔。紫书傥可传，冥骨誓相学[7]。

①洛阳。②凌：一作倚。③含：一作明。紫：一作绿。④金鹅药：一作金蛾蕊。⑤飘飘：一作葳蕤。⑥凤吹：一作羽驾。⑦冥：一作铭。

秋日炼药院镊白发赠元六兄林宗

木落识岁秋，瓶水知天寒。桂枝日已绿，拂雪凌云端。
弱龄接光景，矫翼攀鸿鸾。投分三十载，荣枯同所欢。
长吁望青云，镊白坐相看。秋颜入晓镜，壮发凋危冠。
穷与鲍生贾，饥从漂母餐。时来极天人，道在岂吟叹。
乐毅方适赵，苏秦初说韩。卷舒固在我，何事空摧残。

书情赠蔡舍人雄[1]

尝高谢太傅[2]，携妓东山门。楚舞醉碧云，吴歌断青猿。
暂因苍生起，谈笑定黎元。余亦爱此人，丹霄冀飞翻。
遭逢圣明主，敢进兴亡言。娥眉积谗妒，鱼目嗤玙璠。

白璧竟何辜[3]，青蝇遂成冤。一朝去京国，十载客梁园。
猛犬吠九关，杀人愤精魂。皇穹雪天枉，白日开氛昏。
泰阶得夔龙，桃李满中原。倒海索明月，凌山采芳荪。
愧无横草功，虚负雨露恩。迹谢云台阁，心随天马辕。
夫子王佐才，而今复谁论[4]。曾飙振六翮，不日思腾骞。
我纵五湖棹，烟涛恣崩奔。梦钓子陵湍，英风缅犹存。
徒希客星隐，弱植不足援。千里一回首，万里一长歌。
黄鹤不复来，清风愁奈何。舟浮潇湘月[5]，山倒洞庭波。
投汨笑古人，临濠得天和。闲时田亩中，搔背牧鸡鹅。
别离解相访，应在武陵多。

①梁宋。②一作“尝闻谢安石”。③竟何辜：一作本无瑕。④论：疑当作伦。⑤一作“江横罗刹石”。○首八句，自叙夙有用世之志。“遭逢”十句，叙被谗去国。“皇穹”十句，叙谗谤得雪，再被恩宠。“夫子”四句，颂蔡将得志乘时。“我纵”四句至末，自述邈然高蹈之志。

忆襄阳旧游赠济阴马少府巨

昔为大堤客，曾上山公楼。开窗碧嶂满，拂镜沧江流。
高冠佩雄剑，长揖韩荆州。此地别夫子，今来思旧游。
朱颜君未老，白发我先秋。壮志恐蹉跎，功名若云浮[1]。
归心结远梦，落日悬春愁。空思羊叔子，堕泪岘山头[2]。

①一作“有意未得言，怀贤若沉忧”。②一作“何时共携手，更醉岘山头”。

访道安陵遇盖寰为予造真箓临别留赠

清水见白石，仙人识青童。安陵盖夫子，十岁与天通。
悬河与微言，谈论安可穷。能令二千石，抚背惊神聪。
挥毫赠新诗，高价掩山东。至今平原客，感激慕清风。

学道北海仙，传书蕊珠宫。丹田了玉阙，白日思云空。
为我草真箓，天人惭妙工。七元洞豁落，八角辉星虹。
三灾荡璇玑，蛟龙翼微躬。举手谢天地，虚无齐始终。
黄金献高堂，答荷难克充。下笑世上士，沉魂北罗酆。
昔日万乘坟，今成一科蓬。赠言若可重，实此轻华嵩。

赠郎中崔宗之①

胡鹰拂海翼②，翱翔鸣素秋。惊云辞沙朔，飘荡迷河洲③。
有如飞蓬人④，去逐万里游⑤。登高望浮云，髣髴如旧丘。
日从海旁没，水向天边流。长啸倚孤剑，目极心悠悠。
岁晏归去来，富贵安所求。仲尼七十说，历聘莫见收。
鲁连逃千金，珪组岂可酬⑥。时哉苟不会，草木为我俦。
希君同携手，长往南山幽。

①金陵。②鹰：一作雁。③一作“胡鹰度日边，两龙天地秋。哀鸣沙塞寒，风雪迷河洲”。④有：一作乃。⑤去逐：一作一去。⑥岂可：一作不足。

赠崔谘议

騄骥本天马，素非伏枥驹。长嘶向清风①，倏忽凌九区。
何言西北至，却是东南隅。世道有翻覆，前期难预图②。
希君一剪拂③，犹可骋中衢。

①向：一作起。②期：一作程，又作途。③一：一作前，又作相。剪拂：一作拂便。

赠别从甥高五

鱼目高太山，不如一玙璠。贤甥即明月，声价动天门。
能成吾宅相，不减魏阳元。自顾寡筹略，功名安所存。

五木思一掷，如绳系穷猿。枥中骏马空，堂上醉人喧。
黄金久已罄，为报故交恩。闻君陇西行，使我惊心魂。
与尔共飘飖，雪天各飞翻。江水流或卷，此心难具论。
贫家羞好客，语拙觉辞繁。三朝空错莫，对饭却惭冤。
自笑我非夫，生事多契阔。蓄积万古愤，向谁得开豁。
天地一浮云，此身乃毫末。忽见无端倪，太虚可苞括。
去去何足道，临歧空复愁。肝胆不楚越，山河亦衾帱。
云龙若相从，明主会见收。成功解相访，溪水桃花流。

〇三朝，谓岁朝、月朝、日朝，即正月元旦也，见《汉书·谷永传》。观“贫家羞好客”六句，盖高五至公家辞别，而公愧款接不能丰腆耳。

赠裴司马

翡翠黄金缕，绣成歌舞衣。若无云间月，谁可比光辉。
秀色一如此，多为众女讥。君恩移昔爱，失宠秋风归。
愁苦不窥邻，泣上流黄机。天寒素手冷，夜长烛复微。
十日不满匹，鬓蓬乱若丝。犹是可怜人，容华世中稀。
向君发皓齿，顾我莫相违。

〇通首皆用比体。“愁苦不窥邻”，于人无怨也。“泣上流黄机”，反身修德也。“天寒”四句，动心忍性也。“容华世中稀”，增益其所不能也。

叙旧赠江阳宰陆调

太伯让天下，仲雍扬波涛。清风荡万古，迹与星辰高。
开吴食东溟，陆氏世英髦。多君秉古节，岳立冠人曹。
风流少年时，京洛事游遨。腰间延陵剑，玉带明珠袍。
我昔斗鸡徒，连延武陵豪。邀遮相组织，呵嚇来煎熬。
君开万丛人，鞍马皆辟易。告急清宪台，脱余北门厄。
间宰江阳邑，剪棘树兰芳[①]。城门何肃穆，五月飞秋霜。

好鸟集珍木，高才列华堂。时从府中归，丝管俨成行。
但苦隔远道，无由共唧觞。江北荷花开，江南杨梅熟。
正好饮酒时，怀贤在心目。挂席候海色，当风下长川。
多酤新丰醁，满载剡溪船。中途不遇人，直到尔门前。
大笑同一醉，取乐平生年。

①一本自“陆氏世英髦”以下云：“夫子时峻季，岳立冠人曹。风流少年时，京洛事游遨。骖騑红阳燕，玉剑明珠袍。一诺许他人，千金双错刀。满堂青云士，望美期丹霄。我昔北门厄，摧如一枝蒿。有虎挟鸡徒，连延五陵豪。邀遮来组织，呵嚇相煎熬。君披万人丛，脱我如貔牢。此耻竟未刷，且食绥山桃。非天雨文章，所祖托风骚。苍蓬老壮发，长策未逢遭。别君几何时，君无相思否。鸣琴坐高楼，绿水净窗牖。政成闻雅颂，人吏皆拱手。投刃有馀地，回车摄江阳。错杂非易理，先威挫豪强。”下与此同。

赠从孙义兴宰铭①

天子思茂宰，天枝得英才。朗然清秋月，独出映吴台。
落笔生绮绣，操刀振风雷。蠖屈虽百里，鹏骞望三台。
退食无外事，琴堂向山开。绿水寂以闲，白云有时来。
河阳富奇藻，彭泽纵名杯。所恨不见之，犹如仰昭回。
元恶昔滔天，疲人散幽草。惊川无恬鳞，举邑罕遗老。
誓雪会稽耻，将奔武陵道。亚相素所重，投刃应桑林。
独坐伤激扬，神融一开襟。弦歌欣再理，和乐醉人心。
蠹政除害马，倾巢有归禽。壶浆候君来，聚舞共讴吟。
农夫弃蓑笠，蚕女堕缨簪。欢笑相拜贺，则知惠爱深。
历职吾所闻，称贤尔为最。化洽一邦上，名驰三江外。
峻节冠云霄，通方堪远大。能文变风俗，好客留轩盖。
他日一来游，因之严光濑。

①亚相李公重之以能政，中丞李公免罢以移官。〇元恶，谓安史之乱。

疲人，即疲民也，因避讳而作“人”。应桑林，用《庄子》庖丁解牛合于桑林之舞事，谓李铭与亚相投契，如响斯应也。

草创大还赠柳官迪

天地为橐籥，周流行太易。造化合元符，交构腾精魄。
自然成妙用，熟知其指的。罗络四季间，绵微一无隙。
日月更出没，双光岂云只。姹女乘河车，黄金充辕轭。
执枢相管辖，摧伏伤羽翮。朱鸟张炎威，白虎守本宅。
相煎成苦老，消铄凝津液。仿佛明窗尘，死灰词至寂。
铸冶入赤色，十二周律历。赫然称大还，与道本无隔。
白日可抚弄，清都在咫尺。北酆落死名，南斗上生籍。
抑予是何者，身在方士格。才术信纵横，世途自轻掷。
吾求仙弃俗，君晓损胜益。不向金阙游，思为玉皇客。
鸾车速风电，龙骑无鞭策。一举上九天，相携同所适。

赠崔司户文昆季

双珠出海底，俱是连城珍。明月两特达，馀辉照傍人。
英声振名都，高价动殊邻。岂伊箕山故，特以风期亲。
惟昔不自媒①，担簦西入秦。攀龙九天上，别忝岁星臣。
布衣侍丹墀，密勿草丝纶。才微惠渥重，谗巧生缁磷。
一去已十年，今来复盈旬。清霜入晓鬓，白露生衣巾。
侧见绿水亭②，开门列华茵。千金散义士，四座无凡宾。
欲折月中桂③，持为寒者薪④。路旁已窃笑，天路将何因。
垂恩傥秋山，报德有微身。

①以下自述。②谓崔。③指崔。④自谓。

赠溧阳宋少府陟

李斯未相秦，且逐东门兔。宋玉事襄王，能为《高唐赋》。

常闻渌水曲，忽此相逢遇。扫洒青天开，豁然披云雾。
葳蕤紫鸾鸣，巢在昆山树。惊风西北吹，飞落南溟去。
早怀经济策，特受龙颜顾。白玉栖青蝇，君臣忽行路。
人生感分义，贵欲呈丹素。何日清中原，相期廓天步。

○首四句，以李、宋二姓引入。“尝闻”四句，喜相见而披豁情愫也。“葳蕤”四句，指宋由京而至江南。“早怀”四句，自叙遭谗失志。末四句，叙投分之意。

戏赠郑溧阳

陶令日日醉，不知五柳春。素琴本无弦，漉酒用葛巾。
清风北窗下，自谓羲皇人。何时到溧里[①]，一见平生亲。

①溧：一作栗。

赠僧崖公

昔在朗陵东，学禅白眉空。大地了镜彻，回旋寄轮风。
揽披造化力，持为我神通。晚谒太山君，亲见日没云。
中夜卧山月[①]，拂衣逃人群。授余金仙道，旷劫未始闻。
冥机发天光，独朗谢垢氛。虚舟不系物，观化游江濆。
江濆遇同声，道崖乃僧英。说法动海岳，游方化公卿。
手秉玉麈尾，如登白楼亭。微言注百川，亹亹信可听。
一风鼓群有，万籁各自鸣。启开七窗牖，托宿掣雷霆。
自云历天台，搏壁摄翠屏。凌兢石桥去，恍惚入青冥。
昔往今来归，绝景无不经。何日更携手，乘杯向蓬瀛。

①一作“夜卧雪上月”。

游溧阳北湖亭望瓦屋山怀古赠同旅[①]

朝登北湖亭，遥望瓦屋山。天清白露下，始觉秋风还[②]。

游子托主人，仰观眉睫间。日色送飞鸿[③]，邈然不可攀。
长吁相劝勉，何事来吴关。闻有贞义女，振穷溧水湾。
清光了在眼，白日如披颜。高坟六七墩，崒兀栖猛虎。
遗迹翳九泉，芳名动千古。子胥昔乞食，此女倾壶浆。
运开展宿愤，入楚鞭平王。凛冽天地间，闻名若怀霜。
壮夫或未达，十步九太行。与君拂衣去，万里同翱翔。

①一作《赠孟浩然》。②觉：一作知。③日：一作目。

赠秋浦柳少府

秋浦旧萧索，公庭人吏稀。因君树桃李，此地忽芳菲。
摇笔望白云，开簾当翠微。时来引山月，纵酒酣清辉。
而我爱夫子，淹留未忍归。

宿清溪主人

夜到清溪宿，主人碧岩里。檐楹挂星斗，枕席响风水。
月落西山时，啾啾夜猿起。

赠王判官时余归隐居庐山屏风叠[①]

昔别黄鹤楼，蹉跎淮海秋。俱飘零落叶，各散洞庭流。
中年不相见，蹭蹬游吴越。何处我思君，天台绿萝月。
会稽风月好，却绕剡溪回。云山海上出，人物镜中来。
一度浙江北，十年醉楚台。荆门倒屈宋，梁苑倾邹枚。
苦笑我夸诞。知音安在哉。大盗割鸿沟，如风扫秋叶。
吾非济代人，且隐屏风叠。中夜天中望，忆君思见君。
明朝拂衣去，永与海鸥群。

①寻阳。

在水军宴赠幕府诸侍御[1]

月化五白龙[2]，翻飞凌九天。胡沙惊北海，电扫洛阳川。
虏箭雨宫阙，皇舆成播迁。英王受庙略[3]，秉钺清南边。
云旗卷海雪，金戟罗江烟。聚散百万人，弛张在一贤。
霜台降群彦，水国奉戎旃。绣服开宴语，天人借楼船。
如登黄金台，遥谒紫霞仙。卷身编蓬下，冥机四十年。
宁知草间人，腰下有龙泉。浮云在一决，誓欲清幽燕。
愿与四座公，静谈金匮篇。齐心戴朝恩，不惜微躯捐。
所冀旄头灭，功成追鲁连。

①永王军中。②白：一作百。③英王，即永王璘也。

赠武十七谔　并序

门人武谔，深于义者也[1]。质木沉悍，慕要离之风。潜钓川海，不数数于世间事。闻中原作难，西来访余，余爱子伯禽在鲁，许将冒胡兵以致之。酒酣感激，援笔而赠。

马如一匹练，明日过吴门。乃是要离客，西来欲报恩。
笑开燕匕首，拂拭竟无言。狄犬吠清洛，天津成塞垣。
爱子隔东鲁，空悲断肠猿。林回弃白璧，千里阻同奔。
君为我致之，轻赍涉淮源。精诚合天道，不愧远游魂[2]。

①义：一作诗。②远游魂：一作邓攸魂。

赠张相镐二首[1]

神器难窃弄，天狼窥紫宸。六龙迁白日[1]，四海暗胡尘[3]。
昊穹降元宰，君子方经纶。澹然养浩气，欻起持天钧。
秀骨象山岳，英谋合鬼神。佐汉解鸿门，兴唐思退身[4]。
拥旄秉金钺，伐鼓乘朱轮。虎将如雷霆[5]，总戎向东巡。

诸侯拜马首，猛士骑鲸鳞。泽被鱼鸟悦，令行草木春。
圣智不失时[⑥]，建功及良辰。丑虏安足纪，可贻帼与巾。
倒泻溟海珠，尽为入幕珍。冯异献赤伏，邓生欻来臻。
庶同昆阳举，再睹汉仪新。昔为管将鲍，中奔吴隔秦。
一生欲报主，百代期荣亲。其事竟不就，哀哉难重陈。
卧病古松滋，苍山空四邻。风云激壮志，枯槁惊常伦。
闻君自天来，目张气益振。亚夫得剧孟，敌国空无人[⑦]。
扪虱对桓公，愿得论悲辛。大块方噫气，何辞鼓青蘋。
斯言傥不合，归老汉江滨。

①时逃难，病在宿松山作。后一首亦作《书怀重寄张相公》。②迁：一作驾。③四海：一作九洛。④兴唐：一作功成。句一作“生唐为后身”。⑤霆：一作电。⑥圣智：一作逢圣。⑦敌：一作七。空：一作定。〇“昔为管将鲍”以下，皆自述也。

本家陇西人[①]，先为汉边将[②]。功略盖天地，名飞青云上。
苦战竟不侯，当年颇惆怅。世传崆峒勇，气激金风壮。
英烈遗厥孙，百代神犹王。十五观奇书，作赋凌相如。
龙颜惠殊宠，麟阁凭天居[③]。晚途未云已，蹭蹬遭谗毁。
想象晋末时，崩腾胡尘起。衣冠陷锋镝，戎虏盈朝市[④]。
石勒窥神州，刘聪劫天子。抚剑夜吟啸，雄心日千里。
誓欲斩鲸鲵，澄清洛阳水。六合洒霖雨[⑤]，万物无凋枯[⑥]。
我挥一杯水，自笑何区区。因人耻成事，贵欲决良图。
灭虏不言功，飘然陟蓬壶[⑦]。唯有安期舄，留之沧海隅。

①本家：一作家本。②自叙家世本出李广。③一作“侍从承明庐”。④一作“荆棘生朝市”。⑤六合：一作三台。⑥万物：一作六合。⑦陟：一作向。〇“想象”六句，借晋事以喻明皇幸蜀。

赠闾丘宿松

阮籍为太守，乘驴上东平。剖竹十日间，一朝风化清。
偶来拂衣去，谁测主人情。夫子理宿松，浮云知古城。
扫地物莽然，秋来百草生。飞鸟还旧巢，迁人返躬耕。
何惭宓子贱，不减陶渊明。吾知千载后，却掩二贤名。

狱中上崔相涣①

胡马渡洛水，血流征战场。千门闭秋景，万姓危朝霜。
贤相燮元气，再欣海县康。台庭有夔龙，列宿粲成行。
羽翼三光圣，发辉两太阳。应念覆盆下，雪泣拜天光。

①寻阳。○太白坐永王璘事系寻阳狱，宣抚大使涣与御史中丞宋若思验治，以为罪薄宜贯。

系寻阳上崔相涣二首①

邯郸四十万，同日陷长平。能回造化笔，或冀一人生。

①此题又有一首，“虚传一片雨”云云，非上崔相之诗，今不抄。

毛遂不堕井，曾参宁杀人①。虚言误公子，投杼惑慈亲。
白璧双明月，方知一玉真。

①宁：一作不。○毛遂、曾参，皆有两人同名，事见《西京杂记》。太白引此以自比其遭谗之枉。

赠刘都使

东平刘公幹，南国秀馀芳。一鸣即朱绂，五十佩银章。
饮冰事戎幕，衣锦华水乡。铜官几万人，诤讼清玉堂。
吐言贵珠玉，落笔回风霜。而我谢明主，衔哀投夜郎。

归家酒债多，门客粲成行。高谈满四座，一日倾千觞。
所求竟无绪，裘马欲摧藏。主人若不顾，明发钓沧浪。
〇此向刘都使借贷之诗，下语极有斟酌。

赠常侍御

安石在东山，无心济天下。一起振横流，功成复萧洒。
大贤有舒卷，李叶轻风雅。匡复属何人，君为知音者。
传闻武安将，气振长平瓦。燕赵期洗清，周秦保宗社。
登朝若有言，为访南迁贾。
〇周、秦，谓东京、西京，时尚未收复也。

赠易秀才

少年解长剑，投赠即分离。何不断犀象，精光暗往时。
蹉跎君自惜，窜逐我因谁。地远虞翻老，秋深宋玉悲。
空摧芳桂色，不屈古松姿。感激平生意，劳歌寄此辞。

经乱离后天恩流夜郎忆旧游书怀赠江夏韦太守良宰[1]

天上白玉京，十二楼五城。仙人抚我顶，结发受长生。
误逐世间乐，颇穷理乱情。九十六圣君，浮云挂空名。
天地赌一掷，未能忘战争。试涉霸王略，将期轩冕荣。
时命乃大谬，弃之海上行。学剑翻自哂，为文竟何成。
剑非万人敌，文窃四海声。儿戏不足道，五噫出西京。
临当欲去时，慷慨泪沾缨。叹君倜傥才，标举冠群英。
开筵引祖帐，慰此远徂征。鞍马若浮云，送余骠骑亭。
歌钟不尽意，白日落昆明[2]。十月到幽州，戈鋋若罗星。
君王弃北海，扫地借长鲸。呼吸走百川，燕然可摧倾。
心知不得意[3]，却欲栖蓬瀛。弯弧惧天狼，挟矢不敢张。

揽涕黄金台，呼天哭昭王。无人贵骏骨，绿耳空腾骧。
乐毅傥再生，于今亦奔亡。蹉跎不得意[4]，驱马过贵乡。
逢君听弦歌，肃穆坐华堂。百里独太古，陶然卧羲皇。
征乐昌乐馆，开筵列壶觞。贤豪间青娥，对烛俨成行。
醉舞纷绮席，清歌绕飞梁。欢娱未终朝，秩满归咸阳[5]。
祖道拥万人，供帐遥相望。一别隔千里，荣枯异炎凉[6]。
炎凉几度改，九土中横溃。汉甲连胡兵，沙尘暗云海。
草木摇杀气，星辰无光彩。白骨成丘山，苍生竟何罪。
函关壮帝居，国命悬哥舒。长戟三十万，开门纳凶渠。
公卿如犬羊，忠谠醢与菹。二圣出游豫，两京遂丘墟[7]。
帝子许专征，秉旄控强楚。节制非桓文，军师拥熊虎。
人心失去就，贼势腾风雨。惟君固房陵，诚节冠终古。
仆卧香炉顶，餐霞漱瑶泉。门开九江转，枕下五湖连。
半夜水军来，寻阳满旌旃。空名实自误，迫胁上楼船。
徒赐五百金，弃之若浮烟。辞官不受赏，翻谪夜郎天。
夜郎万里道，西上令人老。扫荡六合清，仍为负霜草。
日月无偏照，何由诉苍昊[8]。良牧称神明，深仁恤交道。
一忝青云客，三登黄鹤楼。顾惭祢处士，虚对鹦鹉洲。
樊山霸气尽，寥落天地秋[9]。江带蛾眉雪，横穿三峡流。
万舸此中来，连帆过扬州。送此万里目，旷然散我愁[10]。
纱窗倚天开，水树绿如发[11]。窥日畏衔山[12]。促酒喜见月。
吴娃与越艳，窈窕夸铅红。呼来上云梯，含笑出簾栊。
对客小垂手，罗衣舞春风。宾跪请休息，主人情未极。
览君荆山作，江鲍堪动色。清水出芙蓉，天然去雕饰[13]。
逸兴横素襟，无时不招寻。朱门拥虎士[14]，列戟何森森。
翦凿竹石开，萦流涨清深。登楼坐水阁[15]，吐论多英音[16]。
片辞贵白璧，一诺轻黄金。谓我不愧君，青鸟明丹心[17]。

五色云间鹊，飞鸣天上来。传闻赦书至，却放夜郎回。
暖气变寒谷，炎烟生死灰。君登凤池去，勿弃贾生才。
桀犬尚吠尧，匈奴笑千秋。中夜四五叹，常为大国忧。
旌旆夹两山，黄河当中流。连鸡不得进，饮马空夷犹。
安得羿善射，一箭落旄头⑱。

①江夏、岳阳。②以上自叙少时以谪仙之才，讲匡时之略，曾承韦太守饯别于长安。③意：一作语。④蹉跎：一作苍茫。⑤秩满：一作解印。⑥已上自叙薄游燕齐，知禄山之必反，而未敢言；又与韦相见于昌乐，亲见韦秩满归朝之事。⑦已上叙安史之乱。⑧已上叙永王璘东巡，已因迫胁赐金而获罪。⑨一作“彤襜冠白笔，爽气凌清秋”。⑩我：一作烦。⑪一作“水绿树如发”。⑫日：一作光。⑬已上叙至江夏后，韦太守顾遇之厚，并赞其诗句之工。⑭门：一作旌。⑮楼：一作台。坐：一作入。⑯英：一作奇。⑰鸟：一作鸾。⑱已上叙与韦绸缪日久，得闻赦书，仍思见用于世，破贼立功。

江夏使君叔席上赠史郎中

凤凰丹禁里，衔出紫泥书。昔放三湘去，今还万死馀。
仙郎久为别，客舍问何如。涸辙思流水，浮云失旧居。
多惭华省贵，不以逐臣疏。复如竹林下，而陪芳宴初。
希君生羽翼，一化北溟鱼。

流夜郎半道承恩放还兼欣克复之美书怀示息秀才

黄口为人罗，白龙乃鱼服。得罪岂怨天，以愚陷网目。
鲸鲵未翦灭，豺狼屡翻覆。悲作楚地囚，何因秦庭哭。
遭逢二明主，前后两迁逐。去国愁夜郎，投身窜荒谷。
半道云屯蒙，旷如鸟出笼。遥欣克服美，光武安可同。
天子巡剑阁，储皇守扶风。扬袂正北辰，开襟揽群雄。
胡兵出月窟，雷破关之东。左扫因右拂，旋收洛阳宫。

回舆入咸京，席卷六合通。叱咤开帝业[①]，手成天地功。
大驾还长安，两日忽再中。一朝让宝位，剑玺传无穷。
愧无秋毫力，谁念矍铄翁。弋者何所慕，高飞仰冥鸿。
弃剑学丹砂，临炉双玉童。寄言息夫子，岁晚陟方蓬。

①业：一作宇。

卷五　李太白五古中

百五十三首

博平郑太守自庐山千里相寻入江夏北市门见访却之武陵立马赠别

大梁贵公子，气盖苍梧云。若无三千客，谁道信陵君。
救赵复存魏，英威天下闻。邯郸能屈节，访博从毛薛。
夷门得隐论，而与侯生亲。仍要鼓刀者，乃是袖锤人。
好士不尽心，何能保其身。多君重然诺，意气遥相托。
五马入市门，金鞍照城郭。都忘虎竹贵，且与荷衣乐。
去去桃花源，何时见归轩。相思无终极，肠断朗江猿[①]。

①江：一作陵。

赠王汉阳

天落白玉棺[①]，王乔辞叶县。一去未千年，汉阳复相见。
犹乘飞凫舄，尚识仙人面。鬓发何青青，童颜皎如练。
吾曾弄海水，清浅嗟三变。果惬麻姑言，时光速流电。
与君数杯酒，可以穷欢宴。白云归去来，何事坐交战。

①一作“天上堕玉棺”。

赠别舍人弟台卿之江南

去国客行远，还山秋梦长。梧桐落金井，一叶飞银床。

觉罢把朝镜，鬓毛飒已霜。良图委蔓草，古貌成枯桑。
欲道心下事，时人疑夜光。因为洞庭叶，飘落之潇湘[①]。
令弟经济士[②]，谪居我何伤[③]。潜虬隐尺水[④]，著论谈兴亡。
玄遇王子乔，口传不死方。入洞过天地，登真朝玉皇。
吾将抚尔背，挥手遂翱翔[⑤]。

①一作“流浪至潇湘”。②士：一作才。③一作“出则见我伤”。④尺：一作斗。⑤一作“携手凌苍苍”。

赠卢司户

秋色无远近，出门尽寒山。白云遥相识，待我苍梧间。
借问卢躭鹤，西飞几岁还[①]。

①卢耽，广州人，为州治中，少学仙术，身能奋飞，尝化为白鹤，参与朝列。

醉后赠王历阳

书秃千兔毫，诗裁两牛腰。笔踪起龙虎，舞袖拂云霄。
双歌二胡姬[①]，更奏远清朝[②]。举酒挑朔雪，从君不相饶。

○历阳。①歌：一作寄。②奏：一作唱。

赠历阳褚司马时此公为稚子舞

北堂千万寿，侍奉有光辉。先同稚子舞，更着老莱衣。
因为小儿啼，醉倒月下归。人间无此乐，此乐世中希。

赠宣城宇文太守兼呈崔侍御

白若白鹭鲜，清如清唳蝉。受气有本性，不为外物迁。
饮水箕山上，食雪首阳巅。回车避朝歌，掩口去盗泉。
岧峣广成子，倜傥鲁仲连。卓绝二公外，丹心无间然[①]。

昔攀六龙飞，今作百炼铅。怀恩欲报主，投佩向北燕。
弯弓绿弦开，满月不惮坚。闲骑骏马猎，一射两虎穿。
回旋若流光，转背落双鸢。胡虏三叹息，兼知五兵权。
铮铮突云将，却掩我之妍。多逢剿绝儿，先着祖生鞭。
据鞍空矍铄，壮志竟谁宣②。蹉跎复来归，忧恨坐相煎。
无风难破浪，失计长江边。危苦惜颓光，金波忽三圆。
时游敬亭上，闲听松风眠。或弄宛溪月，虚舟信洄沿。
颜公三十万，尽付酒家钱。兴发每取之，聊向醉中仙。
过此无一事，静谈秋水篇③。君从九卿来，水国有丰年。
鱼盐满市井，布帛如云烟。下马不作威，冰壶照清川。
霜眉邑中叟，皆美太守贤。时时慰风俗，往往出东田。
竹马数小儿，拜迎白鹿前。含笑问使君，日晚可回旋④。
遂归池上酌⑤，掩抑清风弦。曾标横浮云⑥，下抚谢朓肩。
楼高碧海出，树古青萝悬⑦。光禄紫霞杯，伊昔忝相传。
良图扫沙漠，别梦绕旌旃。富贵日或疏，愿言杳无缘。
登龙有直道，倚玉阻芳筵。敢献绕朝策，思同郭泰船。
何言一水浅，似隔九重天。崔生何傲岸，纵酒复谈玄。
身为名公子，英才苦迍邅。鸣凤托高梧，凌风何翩翩。
安知慕群客，弹剑拂秋莲⑧。

○宣城。①已上太白自叙高洁之性。②已上自叙平生有灭胡之壮志。③已上自叙功名不遂，薄游江南，留连宣城之状。④日：一作早。⑤遂：一作还。⑥横浮云：一作游云端。⑦已上颂宇文太守之贤。⑧秋：一作青。已上叙己与宇文交谊，兼及崔侍御。

赠宣城赵太守悦

赵得宝符盛，山河功业存。三千堂上客，出入拥平原。
六国扬清风，英声何喧喧。大贤茂远业，虎竹光南藩。

错落千丈松，虬龙盘古根。枝下无俗草，所植唯兰荪[①]。
忆在南阳时，始承国士恩。公为柱下史，脱绣归田园。
伊昔簪白笔，幽都逐游魂。持斧佐三军，霜清天北门。
差池宰两邑，鹗立重飞翻。焚香入兰台，起草多芳言。
夔龙一顾重，矫翼凌翔鹓。赤县扬雷声，强项闻至尊。
惊飙摧秀木，迹屈道弥敦。出牧历三郡，所居猛兽奔[②]。
迁入同卫鹤，谬上懿公轩。自笑东郭履，侧惭狐白温。
闲吟步竹石，精义忘朝昏。颇颔成丑士，风云何足论。
猕猴骑土牛，羸马夹双辕。愿借羲和景，为人照覆盆。
溟海不震荡，何由纵鹏鲲。所期要津日，倜傥假腾骞[③]。

①已上叙赵世胄之盛。②已上叙昔相见之早，并颂太守之贤。③已上谢赵款接之厚，仍冀其汲引也。

赠从弟宣州长史昭

淮南望江南[①]，千里碧山对。我行倦过之[②]，半落青天外。
宗英佐雄郡，水陆相控带。长川豁中流，千里泻吴会。
君心亦如此，包纳无小大。摇笔起风霜，推诚结仁爱。
讼庭垂桃李，宾馆罗轩盖。何意苍梧云，飘然忽相会。
才将圣不偶，命与时俱背。独立山海间，空老圣明代。
知音不易得，抚剑增感慨。当结九万期，中途莫先退。

①南：一作北。②倦：一作尽。

书怀赠南陵常赞府

岁星入汉年，方朔见明主。调笑当时人，中天谢云雨。
一去麒麟阁，遂将朝市乖。故交不过门，秋草日上阶。
当时何特达，独与我心谐。置酒凌歊台，欢娱未曾歇。
歌动白纻山，舞回天门月。问我心中事，为君前致辞。

君看我才能，何似鲁仲尼。大圣犹不遇，小儒安足悲。
云南五月中，频丧渡泸师。毒草杀汉马，张兵夺秦旗。
至今西二河[①]，流血拥僵尸。将无七擒略，鲁女惜园葵。
咸阳天地枢，累岁人不足。虽有数斗玉，不如一盘粟。
赖得契宰衡，持钧慰风俗。自顾无所用，辞家方未归。
霜惊壮士发，泪满逐臣衣。以此不安席，蹉跎身世违。
终当灭卫谤，不受鲁人讥。

①二：当作洱。

于五松山赠南陵常赞府

为草当作兰，为木当作松。兰秋香风远，松寒不改容。
松兰相因依，萧艾徒丰茸。鸡与鸡并食，鸾与鸾同枝。
拣珠去沙砾，但有珠相随。远客投名贤，真堪写怀抱。
若惜方寸心，待谁可倾倒。虞卿弃赵相，便与魏齐行。
海上五百人，同日死田横。当时不好贤，岂传千古名。
愿君同心人，于我少留情。寂寂还寂寂，出门迷所适。
长剑归乎来[①]，秋风思归客。

①归乎来：一作歌归来。

自梁园至敬亭山见会公谈陵阳山水兼期同游因有此赠

我随秋风来，瑶草恐衰歇。中途寡名山，安得弄云月。
渡江如昨日，黄叶向人飞。敬亭惬素尚，弭棹流清辉。
冰谷明且秀，陵峦抱江城。粲粲吴与史，衣冠耀天京。
水国饶英奇，潜光卧幽草。会公真名僧，所在即为宝。
开堂振白拂，高论横青云。雪山扫粉壁，墨客多新文。
为余话幽栖，且述陵阳美。天开白龙潭，月映清秋水。
黄山望石柱，突兀谁开张[①]。黄鹤久不来，子安在苍茫。

东南焉可穷，山鸟绝飞处[②]。稠叠千万峰，相连入云去。
闻此期振策，归来空闭关。相思如明月，可望不可攀。
何当移白足，早晚凌苍山。且寄一书札，令余解愁颜。

〇宣州作。①一作“白柱插星汉，西崖谁开张”。②一作“猿狖绝行处”。〇子明、子安，俱于陵阳得仙。黄鹤栖于园，即子安之仙迹也。

赠友人三首

兰生不当户，别是闲庭草。夙被霜露欺，红荣已先老。
谬接瑶华枝，结根君王池。顾无馨香美，叨沐清风吹。
馀芳若可佩，卒岁长相随。

袖中赵匕首，买自徐夫人。玉匣闭霜雪，经燕复历秦。
其事竟不捷，沦落归沙尘。持此愿投赠，与君同急难[①]。
荆卿一去后，壮士多摧残。长号易水上，为我扬波澜。
凿井当及泉，张帆当济川。廉夫唯重义，骏马不劳鞭。
人生贵相知，何必金与钱。

①急难：一作岁寒。

慢世薄功业，非无胸中画。谑浪万古贤，以为儿童剧。
立产如广费，匡君怀长策。但苦山北寒，谁知道南宅。
岁酒上逐风，霜鬓两边白。蜀主思孔明，晋家望安石。
时来列五鼎，谈笑期一掷。虎伏避胡尘，渔歌游海滨。
敝裘耻妻嫂，长剑托交亲。夫子秉家义，群公难与邻。
莫持西江水，空许东溟臣。他日青云去，黄金报主人。

陈情赠友人

延陵有宝剑，价重千黄金。观风历上国，暗许故人深。

归来挂坟松，万古知其心。懦夫感达节，壮气激素衿。
鲍生荐夷吾，一举致齐相。斯人无良朋，岂有青云望。
临财不苟取，推分固辞让。后世称其贤，英风邈难尚。
论交但若此，有道孰云丧。多君骋逸藻，掩映当时人。
舒文振颓波，秉德冠彝伦。卜居乃此地，共井为比邻。
清琴弄云月，美酒娱冬春。薄德中见捐，忽之如遗尘。
英豪未豹变，自古多艰辛。他人纵以疏，君意宜独亲。
奈何成离居，相去复几许。飘风吹云霓，蔽目不得语。
投珠冀有报，按剑恐相拒。所思采芳兰，欲赠隔荆渚[①]。
沉忧心若醉，积恨泪如雨。愿假东壁辉，馀光照贫女。

①荆：一作修。

赠从弟洌

楚人不识凤，重价求山鸡[①]。献主昔云是，今来方觉迷。
自居漆园北，久别咸阳西。风飘落日去，节变流莺啼。
桃李寒未开，幽关岂来蹊。逢君发花萼，若与青云齐。
及此桑叶绿，春蚕起中闺。日出拨谷鸣，田家拥锄犁。
顾余乏尺土，东作谁相携。傅说降霖雨，公输造云梯。
羌戎事未息，君子悲涂泥。报国有长策，成功羞执珪。
无由谒明主，杖策还蓬藜。他年尔相访，知我在磻溪。

①重：一作高。

赠闾丘处士

贤人有素业，乃在沙塘陂。竹影扫秋月，荷衣落古池。
闲读山海经，散帙卧遥帷。且耽田家乐，遂旷林中期[①]。
野酌劝芳酒，园蔬烹露葵。如能树桃李，为我结茅茨。

①旷：一作广。

赠宣州灵源寺冲濬公

敬亭白云气，秀色连苍梧。下映双溪水，如天落镜湖。
此中积龙象，独许濬公殊。风韵逸江左，文章动海隅。
观心同水月[①]，解领得明珠。今日逢支遁，高谈出有无。

①观：一作了。

赠僧朝美

水客凌洪波，长鲸涌溟海。百川随龙舟，嘘吸竟安在。
中有不死者，探得明月珠。高价倾宇宙，馀辉照江湖。
苞卷金缕褐，萧然若空无。谁人识此宝，窃笑有狂夫。
了心何言说，各勉黄金躯。

赠僧行融

梁有汤惠休，常从鲍照游。峨眉史怀一，独映陈公出。
卓绝二道人，结交凤与麟。行融亦俊发，吾知有英骨。
海若不隐珠，骊龙吐明月。大海乘虚舟，随波任安流。
赋诗旃檀阁，纵酒鹦鹉洲。待我适东越，相携上白楼。

赠黄山胡公求白鹇　并序

闻黄山胡公有双白鹇，盖是家鸡所伏，自小驯狎，了无惊猜。以其名呼之，皆就掌取食。然此鸟耿介，尤难畜之。余平生酷好，竟莫能致，而胡公辄赠于我，唯求一诗，闻之欣然。适会宿意，因援笔三叫，文不加点，以赠之。

请以双白璧，买君双白鹇。白鹇白如锦，白雪耻容颜。
照影玉潭里，刷毛琪树间。夜栖寒月静，朝步落花闲。
我愿得此鸟，玩之坐碧山。胡公能辍赠，笼寄野人还。

登敬亭山南望怀古赠窦主簿

敬亭一回首，目尽天南端。仙者五六人，常闻此游盘。
溪流琴高水，石耸麻姑坛。白龙降陵阳，黄鹤呼子安。
羽化骑日月，云行翼鸳鸾。下视宇宙间，四溟皆波澜。
决绝目下事，从之复何难。百岁落半途，前期浩漫漫。
强食不成味，清晨起长叹。愿随子明去，炼火烧金丹。

经乱后将避地剡中留赠崔宣城

双鹅飞洛阳，五马渡江徼。何意上东门，胡雏更长啸。
中原走豺虎，烈火焚宗庙。太白昼经天，颓阳掩馀照。
王城皆荡覆，世路成奔峭。四海望长安，颦眉寡西笑。
苍生疑落叶，白骨空相吊。连兵似雪山，破敌谁能料。
我垂北溟翼，且学南山豹。崔子贤主人，欢娱每相召。
胡床紫玉笛，却坐青云叫。杨花满州城，置酒同临眺。
忽思剡溪去，水石远清妙。雪昼天地明，风开湖山貌。
闷为洛生咏，醉发吴越调。赤霞动金光，日足森海峤。
独散万古意，闲垂一溪钓。猿近天上啼，人移月边棹。
无以墨绶苦，来求丹砂要。华发长折腰，将贻陶公诮。

献从叔当涂宰阳冰

金镜霾六国，亡新乱天经。焉知高光起，自有羽翼生。
萧曹安屼屼，耿贾摧欃枪。吾家有季父，杰出圣代英。
虽无三台位，不借四豪名。激昂风云气，终协龙虎精。
弱冠燕赵来，贤彦多逢迎。鲁连擅谈笑，季布折公卿。
遥知礼数绝，常恐不合并。惕想结宵梦，素心久已冥。
顾惭青云器，谬奉玉樽倾。山阳五百年，绿竹忽再荣。

高歌振林木，大笑喧雷霆。落笔洒篆文，崩云使人惊。
吐辞又炳焕，五色罗华星。秀句满江国，高才掞天庭。
宰邑艰难时，浮云空古城。居人若薙草，扫地无纤茎。
惠泽及飞走，农夫尽归耕。广汉水万里，长流玉琴声。
雅颂播吴越，还如太阶平。小子别金陵，来时白下亭。
群凤怜客鸟，差池相哀鸣。各拔五色毛，意重太山轻。
赠微所费广，斗水浇长鲸。弹剑歌苦寒，严风起前楹。
月衔天门晓，霜落牛渚清。长叹即归路，临川空屏营。

○当涂。○首六句以萧、曹、耿、贾，引起阳冰，不甚精切。“浮云”三句，言邑中艰难瘠苦。○已上投赠。

安陆白兆山桃花岩寄刘侍御绾

云卧三十年，好闲复爱仙。蓬壶虽冥绝，鸾鹤心悠然。
归来桃花岩，得憩云窗眠[①]。对岭人共语，饮潭猿相连。
时升翠微上，邈若罗浮巅。两岑抱空壑，一嶂横西天。
树杂日易隐，崖倾月难圆。芳草换野色，飞萝摇春烟。
入远构石室，选幽开山田。独此林下意，杳无区中缘。
永辞霜台客[②]，千载方来旋。

○安陆。一作《春归桃花岩贻许侍御》。○以下寄怀。①一本云：“幼采紫房谈，早爱沧溟仙。心迹颇相误，世事空徂迁。归来丹岩曲，得憩青霞眠。”②霜台客：一作绣衣客。○此等诗，似谢宣城。

淮南卧病书怀寄蜀中赵征君蕤

吴会一浮云，飘如远行客[①]。功业莫从就，岁光屡奔迫。
良图俄弃捐，衰疾乃绵剧。古琴藏虚匣，长剑挂空壁。
楚怀奏钟仪，越吟比庄舄[②]。国门遥天外，乡路远山隔。
朝忆相如台，夜梦子云宅。旅情初结缉[③]，秋气方寂历。

风入松下清，露出草间白。故人不在此[④]，而我谁与适[⑤]。
寄书西飞鸿，赠尔慰离析。

〇淮南。①一作"万里无主人，一身独为客"。②一作"卧来恨已久，兴发思逾积"。③初结缉：一作如结骨。④不在此：一作不可见。⑤而我：一作幽梦。

寄弄月溪吴山人

尝闻庞德公，家住洞湖水。终身栖鹿门，不入襄阳市。
夫君弄明月，灭景清淮里。高踪邈难追，可与古人比。
清扬杳莫睹，白云空望美。待我辞人间，携手访松子。

秋山寄卫尉张卿及王征君

何以折相赠，白花青桂枝。月华若夜雪，见此令人思。
虽然剡溪兴，不异山阴时。明发怀二子，空吟招隐诗。

〇会稽。

望终南山寄紫阁隐者

出门见南山，引领意无限。秀色难为名，苍翠日在眼。
有时白云起，天际自舒卷。心中与之然，托兴每不浅。
何当造幽人，灭迹栖绝巘。

〇长安。

夕霁杜陵登楼寄韦繇

浮阳灭霁景，万物生秋容。登楼送远目，伏槛观群峰。
原野旷超缅，关河纷错重。清辉映竹日[①]，翠色明云松。
蹈海寄遐想，还山迷旧踪。徒然迫晚暮，未果谐心胸。
结桂空伫立，折麻恨莫从[②]。思君达永夜，长乐闻疏钟。

①竹日：一作水竹。②一作“采菊竟谁举，游兰恨莫从”。

秋夜宿龙门香山寺奉寄王方城十七丈奉国莹上人从弟幼成令问

朝发汝海东，暮栖龙门中。水寒夕波急，木落秋山空。
望极九霄迥，赏幽万壑通。目皓沙上月，心清松下风①。
玉斗生纲户②，银河耿花宫。兴在趣方逸，欢馀情未终③。
凤驾忆王子，虎溪怀远公。桂枝坐萧瑟④，棣华不复同。
流恨寄伊水⑤，盈盈焉可穷。

〇洛阳。①下：一作里。②生：一作横。③一作“咫尺世喧隔，微冥真理融”。④萧瑟：一作销歇。⑤恨：一作浪。

闻丹丘子于城北山营石门幽居中有高凤遗迹仆离群远怀亦有栖遁之志因叙旧以寄之

春华沧江月①，秋色碧海云。离居盈寒暑，对此长思君。
思君楚水南，望君淮山北。梦魂虽飞来，会面不可得。
畴昔在嵩阳，同衾卧羲皇。绿萝笑簪绂，丹壑贱岩廊。
晚途各分析，乘兴任所适。仆在雁门关，君为峨眉客。
心悬万里外，影滞两乡隔。长剑复归来，相逢洛阳陌。
陌上何喧喧，都令心意烦。迷津觉路失，托势随风翻。
以兹谢朝列，长啸归故园。故园恣闲逸，求古散缥帙。
久欲入名山②，婚嫁殊未毕。人生信多故，世事岂惟一。
念此忧如焚，怅然若有失。闻君卧石门，宿昔契弥敦。
方从桂树隐，不羡桃花源。高凤起遐旷，幽人迹复存。
松风清瑶瑟，溪月湛芳樽。安居偶佳赏，丹心期此论。

①华：一作弄。②入：一作寻。〇叙嵩阳一会，旋别向雁门；洛阳一会，旋别向故园。脉络分明，而行间一种跌宕飘逸之气，独迈群贤。

淮阴书怀寄王宗成一首

沙墩至梁苑，二十五长亭。大舶夹双橹，中流鹅鹳鸣。
云天扫空碧，川岳涵馀清。飞凫从西来，适与佳兴并。
眷言王乔舄，婉娈故人情。复此亲懿会，而增交道荣。
沿洄且不定，飘忽怅徂征。暝投淮阴宿，欣得漂母迎。
斗酒烹黄鸡，一餐感素诚。予为楚壮士，不是鲁诸生。
有德必报之，千金耻为轻。缅书羁孤意，远寄棹歌声。

○再至淮南。一作王宋城。○前十二句，言昔在梁苑与王相会聚。后十二句，叙近至淮阴心怀。

月夜江行寄崔员外宗之

飘飖江风起，萧飒海树秋。登舻美清夜，挂席移轻舟。
月随碧山转，水合清天流。杳如星河上[1]，但觉云林幽。
归路方浩浩，徂川去悠悠。徒悲蕙草歇，复听菱歌愁。
岸曲迷后浦，沙明瞰前洲。怀君不可见，望远增离忧。

①如：一作然。

宿白鹭洲寄杨江宁

朝别朱雀门，暮栖白鹭洲。波光摇海月[1]，星影入城楼。
望美金陵宰，如思琼树忧。徒令魂作梦，翻觉夜成秋。
绿水解人意，为余西北流。因声玉琴里，荡漾寄君愁。

①波：一作沙。

新林浦阻风寄友人[1]

潮水定可信，天风难与期。清晨西北转，薄暮东南吹。
以此难挂席，佳期益相思[2]。海月破圆景[3]，菰蒋生绿池。

昨日北湖梅，开花已满枝[④]。今朝白门柳[⑤]，夹道垂青丝。
岁物忽如此，我来定几时[⑥]。纷纷江上雪，草草客中悲。
明发新林浦[⑦]，空吟谢朓诗。

①一云《金陵阻风雪书怀寄杨江宁》。②一本云："以此难挂席，洄沿颇淹迟。使索金陵书，又叨贤宰知。弦歌止过客，惠化闻京师。"③圆：一作团。④一作"昨日北湖花，初开未满枝"。⑤朝：一作看。⑥定：一作复。⑦新林浦：一作板桥浦。

北山独酌寄韦六

巢父将许由，未闻买山隐。道存迹自高，何惮去人近。
纷吾下兹岭，地闲喧亦泯。门横群岫开，水凿众泉引。
屏高而在云，窦深莫能准。川光昼昏凝，林气夕凄紧。
于焉摘朱果，兼得养玄牝。坐月观宝书，拂霜弄瑶轸。
倾壶事幽酌，顾影还独尽。念君风尘游，傲尔令自哂[①]。
①一作"安知世上人，名利空蠢蠢"。

寄东鲁二稚子

吴地桑叶绿，吴蚕已三眠。我家寄东鲁，谁种龟阴田。
春事已不及，江行复茫然。南风吹归心，飞堕酒楼前。
楼东一株桃，枝叶拂青烟。此树我所种，别来向三年。
桃今与楼齐，我行尚未旋。娇女字平阳，折花倚桃边。
折花不见我，泪下如流泉。小儿名伯禽，与姊亦齐肩。
双行桃树下，抚背复谁怜。念此失次第，肝肠日忧煎。
裂素写远意，因之汶阳川。
〇在金陵作。

独酌清溪江石上寄权昭夷

我携一樽酒，独上江祖石。自从天地开，更长几千尺。

举杯向天笑，天回日西照。永愿坐此石，长垂严陵钓。
寄谢山中人，可与尔同调。
○秋浦。

禅房怀友人岑伦南游罗浮兼泛桂海自春徂秋不返仆旅江外书情寄之

婵娟罗浮月，摇艳桂水云。美人竟独往，而我安能群。
一朝语笑隔，万里欢情分。沉吟彩霞没，梦寐琼芳歇。
归鸿度三湘，游子在百越。边尘染衣剑，白日凋华发[①]。
春气变楚关，秋声落吴山。草木结悲绪，风沙凄苦颜。
朅来已永久，颓思如循环。飘飘限江裔，想象空留滞。
离忧每醉心，别泪徒盈袂。坐愁青天末，出望黄云蔽[②]。
目极何悠悠，梅花南岭头。空长灭征鸟，水阔无还舟。
宝剑终难托，金囊非易求。归来倘有问，桂树山之幽[③]。
○寻阳。①已上叙岑在岭南。②已上叙己在寻阳。③已上叙怀想之殷。

下寻阳城泛彭蠡寄黄判官

浪动灌婴井，寻阳江上风[①]。开帆入天镜，直向彭湖东。
落景转疏雨，晴云散远空。名山发佳兴[②]，清赏亦何穷。
石镜挂遥月，香炉灭彩虹[③]。相思俱对此，举目与君同。
①寻阳：一作吾知。②一作“返景照疏雨，轻烟散远空。中流得佳兴”。③一作“瀑布洒青壁，遥山挂彩虹”。

书情寄从弟邠州长史昭

自笑客行久，我行定几时。绿杨已可折，攀取最长枝。
翩翩弄春色[①]，延伫寄相思。谁言贵此物，意愿重琼蕤[②]。
昨梦见惠连，朝吟谢公诗。东风引碧草，不觉生华池。

临玩忽云夕，杜鹃夜鸣悲。怀君芳岁歇，庭树落红滋。

①翩翩：一作翻翻。②愿：一作厚。

寄上吴王三首

淮王爱八公，携手绿云中。小子忝枝叶，亦攀丹桂丛。
谬以词赋重，而将枚马同。何日背淮水，东之观土风。

坐啸庐江静，闲闻进玉觞。去时无一物，东壁挂胡床。

英明庐江守，声誉广平籍。扫洒黄金台，招邀青云客。
客曾与天通，出入清禁中。襄王怜宋玉，愿入兰台宫。

流夜郎永华寺寄寻阳群官

朝别凌烟楼，贤豪满行舟。暝投永华寺，宾散予独醉。
愿绝九江流，添成万行泪。写意寄庐岳，何当来此地。
天命有所悬，安得苦愁思。

〇流夜郎。

流夜郎至西塞驿寄裴隐

扬帆借天风，水驿苦不缓。平明及西塞，已先投沙伴。
回峦引群峰，横蹙楚山断。砅冲万壑会，震沓百川满。
龙怪潜溟波，候时救炎旱。我行望雷雨，安得霑枯散。
鸟去天路长，人悲春光短。空将泽畔吟，寄尔江南管。

〇上峡。

江夏寄汉阳辅录事

谁道此水广，狭如一匹练。江夏黄鹤楼，青山汉阳县。

大语犹可闻，故人难可见。君草陈琳檄，我书鲁连箭。
报国有壮心，龙颜不回眷。西飞精卫鸟，东海何由填。
鼓角徒悲鸣，楼船习征战。抽剑步霜月，夜行空庭遍。
长呼结浮云，埋没顾荣扇。他日观军容，投壶接高宴。

江上寄元六林宗

霜落江始寒，枫叶绿未脱。客行悲清秋，永路苦不达。
沧波眇川汜，白日隐天末。停棹依林峦，惊猿相叫聒。
夜分河汉转，起视溟涨阔。凉风何萧萧，河水鸣活活。
浦沙净如洗，海月明可掇。兰交空怀思，琼树讵解渴。
勖哉沧洲心，岁晚庶不夺。幽赏颇自得，兴远与谁豁。

宣城九日闻崔四侍御与宇文太守游敬亭余时登响山不同此赏醉后寄崔侍御二首

九日茱萸熟，插鬓伤早白。登高望山海，满目悲古昔。
远访投沙人，因为逃名客。故交竟谁在，独有崔亭伯。
重阳不相知，载酒任所适。手持一枝菊，调笑二千石。
日暮岸帻归，传呼隘阡陌。彤襜双白鹿，宾从何辉赫。
夫子在其间，遂成云霄隔。良辰与美景，两地方虚掷。
晚从南峰归，萝月下水壁。却登郡楼望，松色寒转碧。
咫尺不可亲[①]，弃我如遗舄。

①咫尺：一作望美。

九卿天上落，五马道傍来。列戟朱门晓，褰帷碧嶂开。
登高望远海，召客得英才。紫丝欢情洽，黄花逸兴催。
山从图上见，溪即镜中回[①]。遥羡重阳作，应歌戏马台。

①即：一作向。○此首本五言排律，附抄入五古中。

泾溪南蓝山下有落星潭可以卜筑余泊舟石上寄何判官昌浩

蓝岑竦天壁，突兀如鲸额。奔蹙横澄潭，势吞落星石。
沙带秋月明，水摇寒山碧。佳境宜缓棹，清辉能留客。
恨君阻欢游，使我自惊惕。所期俱卜筑，结茅炼金液。

早过漆林渡寄万巨

西经大蓝山，南来漆林渡。水色倒空青，林烟横积素。
漏流昔吞翕，沓浪竞奔注。潭落天上星，龙开水中雾。
巉岩注公栅，突兀陈焦墓。岭峭纷上干，川明屡回顾。
因思万夫子，解渴同琼树。何日睹清光，相欢咏佳句。

游敬亭寄崔侍御①

我家敬亭下，辄继谢公作②。相去数百年，风期宛如昨。
登高素秋月③，下望青山郭。府中鸿鹭群④，饮啄自鸣跃。
夫子虽蹭蹬，瑶台雪中鹤。独立窥浮云，其心在寥廓。
时来一顾我，笑饭葵与藿⑤。世路如秋风，相逢尽萧索。
腰间玉具剑，意许无遗诺⑥。壮士不可轻⑦，相期在云阁⑧。

①一本作《登古城望府中奉寄崔侍御》。其不同处，悉重出。②一作“我登谢公楼，辄继敬亭作”。③一作“高城素秋日”。④一作“俯视鸳鹭群”。⑤一作“时来顾我笑，一饭与葵藿”。⑥一作“愿为经冬柏，不逐天霜落”。⑦轻：一作疏。⑧一作“相随集云阁”。

自金陵泝流过白壁山玩月达天门寄句容王主簿

沧江泝流归，白璧见秋月。秋月照白璧，皓如山阴雪。
幽人停宵征，贾客忘早发。进帆天门山，回首牛渚没。

川长信风来，日出宿雾歇。故人在咫尺，新赏成胡越[①]。
寄君青兰花，惠好庶不绝。

①“新赏”句，谓虽有新赏，而隔绝不得与同，咫尺万里如胡越也。○已上寄怀。

秋日鲁郡尧祠亭上宴别杜补阙范侍御

我觉秋兴逸，谁云秋兴悲。山将落日去，水与晴空宜。
鲁酒白玉壶，送行驻金羁。歇鞍憩古木，解带挂横枝。
歌鼓川上亭，曲度神飙吹[①]。云归碧海夕，雁没青天时。
相失各万里，茫然空尔思。

○鲁中。○以下留别。①一本无“歌鼓川上亭，曲度神飙吹”十字，却添“南歌忆郢客，东转见齐姬。清波忽澹荡，白雪纷逶迤。一隔范杜游，此欢各弃遗”三韵。

留别鲁颂

谁道泰山高，下却鲁连节。谁云秦军众，摧却鲁连舌。
独立天地间，清风洒兰雪。夫子还倜傥，攻文继前烈。
错落石上松，无为秋霜折。赠言镂宝刀，千岁庶不灭。

留别曹南群官之江南

我昔钓白龙，放龙溪水傍。道成本欲去，挥手凌苍苍。
时来不关人，谈笑游轩皇。献纳少成事，归休辞建章。
十年罢西笑，览镜如秋霜。闭剑琉璃匣，炼丹紫翠房。
身佩豁落图，腰垂虎盘囊。仙人借彩凤，志在穷遐荒。
恋子四五人，徘徊未翱翔。东流送白日，骤歌兰蕙芳。
仙宫两无从，人间久摧藏。范蠡脱勾践，屈平去怀王。
飘飖紫霞心，流浪忆江乡。愁为万里别，复此一衔觞。

淮水帝王州，金陵绕丹阳。楼台照海色，衣马摇川光。
及此北望君，相思泪成行。朝云落梦渚，瑶草空高唐。
帝子隔洞庭，青枫满潇湘。怀归路绵邈，览古情凄凉。
登岳眺百川，杳然万恨长。却恋峨眉去，弄景偶骑羊。

留别王司马嵩

鲁连卖谈笑，岂是顾千金。陶朱虽相越，本有五湖心。
余亦南阳子，时为梁甫吟。苍山容偃蹇，白日惜颓侵。
愿一佐明主，功成还旧林。西来何所为，孤剑托知音。
鸟爱碧山远①，鱼游沧海深。呼鹰过上蔡，卖畚向嵩岑。
他日闲相访，丘中有素琴。

①一作“凤集碧梧秀”。

还山留别金门知己①

好古笑流俗，素闻贤达风。方希佐明主，长揖辞成功。
白日在青天，回光瞩微躬②。恭承凤凰诏，欻起云罗中③。
清切紫霄迥，优游丹禁通。君王赐颜色，声价凌烟虹。
乘舆拥翠盖，扈从金城东。宝马骤绝景④，锦衣入新丰。
倚岩望松雪，对酒鸣丝桐。方学扬子云⑤，献赋甘泉宫。
天书美片善，清芳播无穷⑥。归来入咸阳，谈笑皆王公。
一朝去金马，飘落成飞蓬。宾友日疏散⑦，玉樽亦已空⑧。
长才犹可倚⑨，不惭世上雄。闲来东武吟，曲尽情未终。
书此谢知己，扁舟寻钓翁⑩。

①一本云《出金门后书怀留别翰林诸公》。②瞩：一作照。③云罗：一作藤萝。④骤：一作丽。⑤方：一作因。⑥芳：一作芬。⑦友：一作从。⑧亦：一作寻。⑨长才：一作才力。⑩扁舟：一作沧波。

魏郡别苏少府因北游

魏都接燕赵，美女夸芙蓉。淇水流碧玉，舟车日奔冲。
青楼夹两岸，万室喧歌钟。天下称豪贵①，游此每相逢②。
洛阳苏季子，剑戟森词锋。六印虽未佩③，轩车若飞龙。
黄金数百镒，白璧有几双。散尽空掉臂，高歌赋还邛④。
合从又连横，其意未可封。落拓乃如此，何人不相从⑤。
远别隔两河，云山杳千重⑥。何时更杯酒，再得论心胸。

①称豪贵：一作豪贵游。②游此：一作此中。③一作“说赵复过秦”。④还：一作临。⑤何：一作谁。⑥一作“云天满愁容”。

留别西河刘少府

秋发已种种①，所为竟无成。闲倾鲁壶酒，笑对刘公荣②。
谓我是方朔，人间落岁星。白衣千万乘，何事去天庭。
君亦不得意，高歌羡鸿冥。世人若醯鸡，安可识梅生。
虽为刀笔吏，缅怀在赤城。余亦如流萍，随波乐休明。
自有两少妾，双骑骏马行。东山春酒绿，归隐谢浮名。

①秋：一作我。②阮籍与王戎饮酒，不与刘公荣，谓其相知甚深，无所疑忌也。

颍阳别元丹丘之淮阳

吾将元夫子，异姓为天伦。本无轩裳契，素以烟霞亲。
尝恨迫世网，铭意俱未伸。松柏虽寒苦，羞逐桃李春。
悠悠世朝间，玉颜日缁磷。所共重山岳，所得轻埃尘。
精魄渐芜秽，衰老相凭因。我有锦囊诀，可以持君身。
当餐黄金药，去为紫阳亭。万事难并立，百年犹崇晨。
别尔东南去，悠悠多悲辛。前志庶不易，远途期所遵。

已矣归去来，白云飞天津。

○河南。

留别广陵诸公

忆昔作少年，结交赵与燕。金羁络骏马，锦带横龙泉。
寸心无疑事，所向非徒然。晚节觉此疏，猎精草《太玄》。
空名束壮士，薄俗弃高贤。中回圣明顾，挥翰凌云烟。
骑虎不敢下，攀龙忽堕天。还家守清真，孤洁励秋蝉。
炼丹费火石，采药穷山川。卧海不关人，租税辽东田。
乘兴忽复起，棹我溪中船。临醉谢葛强，山公欲倒鞭。
狂歌自此别，垂钓沧浪前。

○淮南。○一作《留别邯郸故人》。

感时留别从兄徐王延年从弟延陵[1]

天籁何参差，噫然大块吹。玄元包橐籥，紫气何逶迤[2]。
七叶运皇化，千龄光本枝。仙风生指树，《大雅》歌螽斯。
诸王若鸾虬，肃穆列藩维[3]。哲兄锡茅土，圣代含荣滋。
九卿领徐方，七步继陈思。伊昔全盛日，雄豪动京师。
冠剑朝凤阙，楼船侍龙池。鼓钟出朱邸，金翠照丹墀。
君王一顾眄，选色献蛾眉。列戟十八年，未曾辄迁移。
大臣小喑呜，谪窜天南陲。长沙不足舞，贝锦且成诗。
佐郡浙江西，病闲绝趋驰。阶轩日苔藓，鸟雀噪檐帷。
时乘平肩舆，出入畏人知。北宅聊偃憩，欢愉恤惸嫠。
羞言梁苑地，烜赫耀旌旗[4]。兄弟八九人，吴秦各分离。
大贤达机兆，岂独虑安危。小子谢麟阁，雁行忝肩随。
令弟字延陵，凤毛出天姿。清英神仙骨，芬馥茝兰蕤。
梦得春草句，将非惠连谁。深心紫河车，与我特相宜。

金膏犹罔象，玉液尚磷缁。伏枕寄宾馆，宛同清漳湄。
药物多见馈，珍羞亦兼之。谁道溟渤深，犹言浅恩慈[5]。
鸣蝉游子意，促织念归期。骄阳何火赫，海水铄龙龟。
百川尽凋枯，舟楫阁中逵。策马摇凉月，通宵出郊歧。
泣别目眷眷，伤心步迟迟。愿言保明德，王室伫清夷。
掺袂何所道，援毫投此辞[6]。

①延年：一作延平。②逶迤：一作融怡。③已上叙李氏本老子贵胄，至唐而宗支蕃衍。④已上叙徐王事。⑤已上叙延陵与己交契之厚。⑥已上述留别之意，时方枯旱也。

留别金陵诸公

海水昔飞动，三龙纷战争[1]。钟山危波澜，倾侧骇奔鲸。
黄旗一扫荡，割壤开吴京。六代更霸王，遗迹见都城[2]。
至今秦淮间，礼乐秀群英。地扇邹鲁学，诗腾颜谢名[3]。
五月金陵西，祖余白下亭。欲寻庐峰顶，先绕汉水行。
香炉紫烟灭，瀑布落太清。若攀星辰去，挥手缅含情。

○金陵。①谓魏、蜀、吴。②一作“遗都见空城”。③已上赋金陵。

金陵白下亭留别

驿亭三杨树，正当白下门。吴烟暝长条，汉水啮古根。
向来送行处，回首阻笑言。别后若见之，为余一攀翻。

窜夜郎于乌江留别宗十六璟[1]

君家全盛日，台鼎何陆离。斩鳌翼娲皇，炼石补天维。
一回日月顾，三入凤凰池。失势青门傍，种瓜复几时。
犹会旧宾客，三千光路歧。皇恩雪愤懑，松柏含荣滋。
我非东床人，令姊忝齐眉。浪迹未出世，空名动京师。

适遭云罗解，翻谪夜郎悲[2]。拙妻莫邪剑，及此二龙随。
惭君湍波苦，千里远从之。白帝晓猿断，黄牛过客迟。
遥瞻明月峡，西去益相思。

①疑“乌江”及“宗”字误。②谪：一作遣。

将游衡岳过汉阳双松亭留别族弟浮屠谈皓

秦欺赵氏璧，却入邯郸宫。本是楚家玉，还来荆山中。
符彩照沧溟，清辉凌白虹。青蝇一相点，流落此时同。
卓绝道门秀，谈玄乃支公。延萝结幽居，剪竹绕芳丛。
凉花拂户牖，天籁鸣虚空[1]。忆我初来时，蒲萄开景风。
今兹大火落，秋叶黄梧桐。水色梦沅湘，长沙去何穷。
寄书访衡峤，但与南飞鸿。

①籁：一作乐。

留别贾舍人至二首

大梁白云起，飘飖来南洲。徘徊苍梧野，十见罗浮秋。
鳌抉山海倾，四溟扬洪流。意欲托孤凤，从之摩天游。
凤苦道路难，翱翔还昆丘。不肯衔我去，哀鸣惭不周。
远客谢主人，明珠难暗投。拂拭倚天剑，西登岳阳楼。
长啸万里风，扫清胸中忧。谁念刘越石，化为绕指柔。

秋风吹胡霜，凋此檐下芳。折芳怨岁晚，离别凄以伤。
谬攀青琐贤，延我于此堂。君为长沙客，我独之夜郎。
劝此一杯酒，岂惟道路长。割珠两分赠，寸心贵不忘。
何必儿女仁，相看泪成行。

闻李太尉大举秦兵百万出征东南懦夫请缨冀申一割之用半道病还留别金陵崔侍御十九韵

秦出天下兵，蹴踏燕赵倾。黄河饮马竭，赤羽连天明。
太尉杖旄钺，云旗绕彭城。三军受号令，千里肃雷霆。
函谷绝飞鸟，武关拥连营。意在斩巨鳌，何论脍长鲸[1]。
恨无左车略，多愧鲁连生。拂剑照严霜，雕戈鬘胡缨。
愿雪会稽耻，将期报恩荣。半道谢病还，无因东南征[2]。
亚夫未见顾，剧孟阻先行。天夺壮士心，长吁别吴京。
金陵遇太守，倒履欣逢迎[3]。群公咸祖饯，四座罗朝英。
初发临沧观，醉栖征虏亭。旧国见秋月，长江流寒声。
帝车信回转[4]，河汉纵复横。孤凤向西海，飞鸿辞北溟。
因之出寥廓，挥手谢公卿。

〇复至金陵。①脍长鲸：一作鲵与鲸。②因：一作由。③欣：一作相。④车：一作居。

别韦少府

西出苍龙门，南登白鹿原。欲寻南山皓[1]，犹恋汉皇恩。
水国远行迈，仙经深讨论。洗心句溪月，清耳敬亭猿。
筑室在人境，闭关无世喧。多君枉高驾，赠我以微言。
交乃意气合，道因风雅存。别离有相思，瑶瑟与金樽。

〇宣州。①南：一作商。〇已上留别。

赠别王山人归布山

王子析道论，微言破秋毫。还归布山隐，兴入天云高。
尔去安可迟，瑶草恐衰歇。我心亦怀归，屡梦松上月。

傲然遂独往，长啸开岩扉。林壑久已芜，石道生蔷薇。
愿言弄笙鹤，岁晚来相依。
○以下送别。

送王屋山人魏万还王屋

王屋山人魏万云：自嵩宋沿吴相送，数千里不遇，乘兴游台、越，经永嘉，观谢公石门，后于广陵相见。美其爱文好古，浪迹方外，因述其行而赠是诗[①]。

仙人东方生，浩荡弄云海。沛然乘天游，独往失所在[②]。
魏侯继大名，本家聊摄城。卷舒入元化[③]，迹与古贤并。
十三弄文史，挥笔如振绮。辩折田巴生，心齐鲁连子。
西涉清洛源，颇惊人世喧。采秀卧王屋，因窥洞天门[④]。
朅来游嵩峰，羽容何双双。朝携月光子，暮宿玉女窗。
鬼谷上窈窕，龙潭下奔潨[⑤]。东浮汴河水，访我三千里[⑥]。
逸兴满吴云，飘飖浙江汜[⑦]。挥手杭越间，樟亭望潮还。
涛卷海门石，雪横天际山。白马走素车，雷奔骇心颜[⑧]。
遥闻会稽美，一弄耶溪水[⑨]。万壑与千岩，峥嵘镜湖里。
秀色不可名，清辉满江城。人游月边去，舟在空中行。
此中久延伫。入剡寻王许[⑩]。笑读曹娥碑，沉吟黄绢语[⑪]。
天台连四明，日入向国清[⑫]。五峰转月色，百里行松声。
灵溪恣沿越，华顶殊超忽。石梁横青天，侧足履半月[⑬]。
眷然思永嘉[⑭]，不惮海路赊。挂席历海峤，回瞻赤城霞。
赤城渐微没，孤屿前峣兀。水续万古流，亭空千霜月[⑮]。
缙云川谷难，石门最可观。瀑布挂北斗，莫穷此水端。
喷壁洒素雪，空濛生昼寒。却寻恶溪去，宁惧恶溪恶。
咆哮七十滩，水石相喷薄。路创李北海[⑯]，岩开谢康乐[⑰]。
松风和猿声，搜索连洞壑[⑱]。径出梅花桥[⑲]，双溪纳归潮。

落帆金华岸，赤松若可招。沈约八咏楼，城西孤岹峣。
岹峣四荒外，旷野群川会。云卷天地开，波连浙西大⑳。
乱流新安口，北指严光濑。钓台碧云中，邈与苍梧对㉑。
稍稍来吴都，徘徊上姑苏。烟绵横九疑，漭荡见五湖㉒。
目极心更远，悲歌但长吁㉓。回桡楚江滨㉔，挥策扬子津。
身着日本裘㉕，昂藏出风尘。五月造我语，知非儓儗人㉖。
相逢乐无限，水石日在眼。徒干五诸侯，不致百金产。
吾友扬子云，弦歌播清芬。虽为江宁宰，好与山公群。
乘兴但一行，且知我爱君。君来几何时，仙台应有期。
东窗绿玉树，定长三五枝。至今天坛人㉗，当笑尔归迟。
我苦惜远别，茫然使心悲。黄河若不断，白首长相思。

①一作“见王屋山魏万云：自嵩历兖，游梁入吴，计程三千里，相访不遇，因下江东，寻诸名山，往复百越，后于广陵一面，遂乘兴共过金陵。美此公爱奇好古，独往物表，因述其行，遂有此赠”。②一作“东方不辞家，独访紫泥海。时人少相逢，往往失所在”。③入元化：一作杂仙隐。④已上叙魏万邈然独往，高卧王屋。⑤游嵩山。⑥游汴宋。⑦游吴下。⑧游浙观潮。⑨一弄：一作且度。⑩王许：谓王羲之、许迈也。⑪游会稽。⑫僧惠虚居天台国清寺，与同侣游山，独过石桥，得见仙迹。⑬游天台。⑭眷：一作忽。⑮游永嘉。⑯李公邕昔为括州，开此岭路。⑰恶溪有康乐题诗。一作“岭路始北海，岩诗题康乐”。⑱游石门观瀑布。⑲径出：一作岸接。⑳游金华。㉑游严州。㉒漭荡：一作荡漭。㉓还过苏州。㉔大江自三峡以下直至濡须口，皆楚境也，故称曰楚江。㉕裘则朝卿所赠日本布为之。㉖张揖注相如《大人赋》曰：“儓儗，不前也。”㉗至：一作如。

送当涂赵少府赴长芦

我来扬都市，送客回轻舠。因夸吴太子，便睹广陵涛。
仙尉赵家玉，英风凌四豪。维舟至长芦，目送烟云高。
摇扇对酒楼，持袂把蟹螯。前途倘相思，登岳一长谣。

送友人游梅湖

送君游梅湖，应见梅花发。有使寄我来，无令红芳歇。
暂行新林浦，定醉金陵月。莫惜一雁书，音尘坐胡越。

送崔十二游天竺寺

还闻天竺寺，梦想怀东越。每年海树霜，桂子落秋月。
送君游此地，已属流芳歇。待我来岁行，相随浮溟渤。

送杨山人归天台

客有思天台，东行路超忽。涛落浙江秋，沙明浦阳月。
今游方厌楚，昨梦先归越。且尽秉烛欢，无辞凌晨发。
我家小阮贤，剖竹赤城边。诗人多见重，官烛未曾然。
兴引登山屐，情催泛海船。石桥如可度，携手弄云烟。

送温处士归黄山白鹅峰旧居

黄山四千仞，三十二莲峰。丹崖夹石柱，菡萏金芙蓉。
伊昔升绝顶，下窥天目松。仙人炼玉处，羽化留馀踪。
亦闻温白雪①，独往今相逢。采秀辞五岳，攀岩历万重。
归休白鹅岭，渴饮丹沙井。凤吹我时来，云车尔当整。
去去陵阳东，行行芳桂丛。回溪十六度，碧嶂尽晴空。
他日还相访，乘桥蹑彩虹。

①雪：一作云。〇首八句自叙曾游黄山。“亦闻”六句，叙温归白鹅峰。“凤吹”八句，送温去而又约相访也。

送方士赵叟之东平

长桑晚洞视，五藏无全牛。赵叟得秘诀，还从方士游。

西过获麟台，为我弔孔丘。念别复怀古，潸然空泪流。

○首句用扁鹊遇长桑君事。

送韩准裴政孔巢父还山[1]

猎客张兔罝，不能挂龙虎。所以青云人，高歌在岩户[2]。
韩生信英彦[3]，裴子含清真，孔侯复秀出，俱与云霞亲。
峻节凌远松，同衾卧盘石。斧冰漱寒泉，三子同二屐[4]。
时时或乘兴，往往云无心[5]。出山揖牧伯，长啸轻衣簪。
昨宵梦里还，云弄竹溪月。今晨鲁东门，帐饮与君别。
雪崖滑去马，萝径迷归人。相思若烟草，历乱无冬春。

①政：一作正。○鲁中。②歌：一作卧。③英：一作豪。④同：一作传。⑤往往：一作去去。

送杨少府赴选

大国置衡镜，准平天地心。群贤无邪人，朗鉴穷清深。
吾君咏南风，衮冕弹鸣琴。时泰多美士，京国会缨簪。
山苗落涧底，幽松出高岑。夫子有盛才，主司得球琳。
流水非郑曲，前行遇知音。衣工剪绮绣，一误伤千金。
何惜刀尺馀，不裁寒女衾。我非弹冠者，感别但开襟。
空谷无白驹，贤人岂悲吟。大道安弃物，时来或招寻。
尔见山吏部，当应无陆沉。

○首十句言吏部选政之平。"山苗"二句，用左思"郁郁涧底松，离离山上苗"之诗，而反其意。"夫子"四句，送其赴选之正文也。"衣工"句以下，太白亦有用世之志，冀时有山公者甄拔及之耳。

鲁郡尧祠送吴五之琅琊

尧没三千岁，青松古庙存。送行奠桂酒，拜舞清心魂。

日色促归人，连歌倒芳樽。马嘶俱醉起，分手更何言。

金乡送韦八之西京

客自长安来，还归长安去。狂风吹我心[1]，西挂咸阳树。
此情不可道[2]，此别何时遇。望望不见君，连山起烟雾。

①狂：一作秋。②道：一作论。

送薛九被谗去鲁

宋人不辨玉，鲁贱东家丘。我笑薛夫子[1]，胡为两地游。
黄金消众口，白璧竟难投。梧桐生蒺藜，绿竹乏佳实。
凤皇宿谁家，遂与群鸡匹。田家养老马[2]，穷士归其门。
蛾眉笑躄者，宾客去平原。却斩美人首，三千还骏奔。
毛公一挺剑，楚赵两相存。孟尝习狡兔[3]，三窟赖冯谖。
信陵夺兵符，为用侯生言[4]。春申一何愚，刎首为李园。
贤哉四公子，抚掌黄泉里。借问笑何人，笑人不好士。
尔去且勿喧[5]，桃花竟何言。沙丘无漂母，谁肯饭王孙。

①一作“而我笑夫子”。②田：一作方。③习：一作悦。④一作“朱生击晋鄙，为感信陵恩”。⑤喧：一作论。

送族弟凝至晏堌单父三十里

雪满原野白，戎装出盘游。挥鞭布猎骑，四顾登高丘。
兔起马足间，苍鹰下平畴。喧呼相驰逐，取乐销人忧。
舍此戒禽荒，征声列齐讴。鸣鸡发晏堌，别雁惊涞沟。
西行有东音，寄与长河流。

○金乡、单县等处，村庄多名“堌”者，如今日定陶之冉堌，巨野之龙堌，皆巨镇也。其字亦作“固”。《通鉴》有薄旬固。涞水，在单县西南。

鲁城北郭曲腰桑下送张子还嵩阳

送别枯桑下，凋叶落半空。我行懵道远，尔独知天风。
谁念张仲蔚，还依蒿与蓬。何时一杯酒，更与李膺同。

送鲁郡刘长史迁弘农长史

鲁国一杯水，难容横海鳞。仲尼且不敬，况乃寻常人。
白玉换斗粟，黄金买尺薪。闲门木叶下，始觉秋非春。
闻君向西迁，地即鼎湖邻。宝镜匣苍藓，丹经埋素尘。
轩后上天时，攀龙遗小臣①。及此留惠爱，庶几风化淳。
鲁缟如白烟，五缣不成束。临行赠贫交，一尺重山岳。
相国齐晏子，赠行不及言。托阴当树李，忘忧当树萱。
他日见张禄，绨袍怀旧恩。

①遗：一作唯。

送族弟单父主簿凝摄宋城主簿至郭南月桥却回栖霞山留饮赠之

吾家青萍剑，操割有馀闲。往来纠二邑，此去何时还。
鞍马月桥南，光辉歧路间。贤豪相追饯，却到栖霞山。
群花散芳园，斗酒开离颜。乐酣相顾起，征马无由攀。

鲁郡尧祠送张十四游河北

猛虎伏尺草，虽藏难蔽身。有如张公子，骯髒在风尘。
岂无横腰剑，屈彼淮阴人。击筑向北燕，燕歌易水滨。
归来太山上，当与尔为邻。

送张遥之寿阳幕府

寿阳信天险，天险横荆关。苻坚百万众，遥阻八公山。
不假筑长城，大贤在其间。战夫若熊虎，破敌有馀闲。
张子勇且英，少轻卫霍孱。投躯紫髯将，千里望风颜。
勖尔效才略，功成衣锦还。

送裴十八图南归嵩山二首

何处可为别，长安青绮门。胡姬招素手，延客醉金樽[①]。
临当上马时，我独与君言[②]。风吹芳兰折[③]，日没鸟雀喧。
举手指飞鸿，此情难具论。同归无早晚，颍水有清源。

①延：一作留。②独：一作因。③吹：一作惊。○“风吹”句谓贤人遭谗毁，“日没”句谓小人鸣得意。

君思颍水绿，忽复归嵩岑。归时莫洗耳，为我洗其心。
洗心得真情，洗耳徒买名。谢公终一起，相与济苍生。

送于十八应四子举落第还嵩山

吾祖吹橐籥[①]，天人信森罗。归根复太素，群动熙元和。
炎炎四真人，摛辩若涛波。交流无时寂，杨墨日成科。
夫子闻洛诵，夸才才故多。为金好踊跃，久客方蹉跎。
道可东卖之，五宝溢山河。劝君还嵩丘，开酌眄庭柯。
三花如未落，乘兴一来过。

①吾祖：谓老聃。

送梁公昌从信安王北征

入幕推英选，捐书事远戎。高谈百战术，郁作万夫雄。

起舞莲华剑，行歌明月宫。将飞天地阵，兵出塞垣通。
祖席留丹景，征麾拂彩虹。旋应献凯入，麟阁伫深功。

送张秀才从军

六驳食猛虎，耻从驽马群。一朝长鸣去，矫若龙行云。
壮士怀远略，志存解世纷。周粟犹不顾，齐珪安肯分。
抱剑辞高堂，将投霍冠军。长策扫河洛，宁亲归汝坟。
当令千古后，麟阁著奇勋。

送崔度还吴度故人礼部员外国辅之子

幽燕沙雪地，万里尽黄云。朝吹归秋雁，南飞日几群。
中有孤凤雏，哀鸣九天闻。我乃重此鸟，彩章五色分。
胡为杂凡禽，鸡鹜轻贱君。举手捧尔足，疾心若火焚。
拂羽泪满面，送之吴江濆。去影忽不见，踌躇日将曛。
○幽燕。

送侯十一

朱亥已击晋，侯嬴尚隐身。时无魏公子，岂贵抱关人。
余亦不火食，游梁同在陈。空馀湛卢剑，赠尔托交亲。
○梁宋。

鲁中送二从弟赴举之西京

鲁客尚西笑，君门若梦中。霜凋逐臣发，日忆明光宫。
复羡二龙去，才华冠世雄。平衢骋高足，逸翰凌长风。
舞袖访秋月，歌筵闻早鸿。送君日千里，良会何由同。
○再至鲁中。○一作《送族弟锽》。

送纪秀才游越

海水不满眼，观涛难称心。即知蓬莱石，却是巨鳌簪。
送尔游华顶，令余发舄吟。仙人居射的，道士住山阴。
禹穴寻溪入，云门阴岭深。绿萝秋月夜，相忆在鸣琴。

送杨燕之东鲁

关西杨伯起，汉日旧称贤。四代三公族，清风播人天。
夫子华阴居，开门对玉莲。何事历衡霍，云帆今始还。
君坐稍解颜，为我歌此篇①。我固侯门士，谬登圣主筵。
一辞金华殿，蹭蹬长江边。二子鲁门东，别来已经年。
因君此中去，不觉泪如泉。

①我：一作君。

送蔡山人

我本不弃世，世人自弃我。一乘无倪舟，八极纵远柁。
燕客期跃马，唐生安敢讥。采珠勿惊龙，大道可暗归。
故山有松月，迟尔玩清晖。

送殷淑三首

海水不可解，连江夜为潮。俄然浦屿阔，岸去酒船遥。
惜别耐取醉，鸣榔且长谣。天明尔当去，应有便风飘。

白鹭洲前月，天明送客回。青龙山后日，早出海云来。
流水无情去，征帆逐吹开。相看不忍别，更进手中杯。

痛饮龙筇下，灯青月复寒。醉歌惊白鹭，半夜起沙滩。

送岑征君归鸣皋山

岑公相门子，雅望归安石。奕世皆夔龙，中台竟三折[①]。
至人达机兆，高揖九州伯。奈何天地间，而作隐沦客。
贵道皆全真[②]，潜辉卧幽邻[③]。探元入窅默，观化游无垠。
光武有天下，严陵为故人。虽登洛阳殿，不屈巢由身。
余亦谢明主，今称偃蹇臣。登高览万古，思与广成邻。
蹈海宁受赏，还山非问津。西来一摇扇[④]，共拂元规尘。

①竟：一作有。②皆：一作能。③邻：一作鳞。④西来：一作终期。

送范山人归太山

鲁客抱白鸡[①]，别余往太山。初行若片雪[②]，杳在青崖间。
高高至天门，海日近可攀[③]。云生望不及，此去何时还。

①鸡：一作鹤。②雪：一作云。③海日：一作日观。

送张秀才谒高中丞　并序

余时系寻阳狱中，正读《留侯传》。秀才张孟熊蕴灭胡之策，将之广陵谒高中丞。余喜子房之风，感激于斯人，因作是诗以送之。

秦帝沦玉镜[①]，留侯降氛氲。感激黄石老，经过沧海君。
壮士挥金槌，报雠六合闻。智勇冠终古，萧陈难与群。
两龙争斗时，天地动风云。酒酣舞长剑[②]，仓卒解汉纷。
宇宙初倒悬，鸿沟势将分。英谋信奇绝，夫子扬清芬[③]。
胡月入紫微，三光乱天文。高公镇淮海，谈笑廓妖氛。
采尔幕中画，戡难光殊勋。我无燕霜感，玉石俱烧焚。
但洒一行泪，临歧竟何云。

○寻阳。①一作“六雄灭金虎”。②酒酣：一作纵横。③一作“夫子称卓绝，超然继清芬”。

寻阳送弟昌峒鄱阳司马作

桑落洲渚连，沧江无云烟。寻阳非剡水，忽见子猷船。
了见欲相近，来迟杳若仙。人乘海上月，帆落湖中天。
一睹无二诺，朝欢更胜昨。尔则吾惠连，吾非尔康乐。
朱绂白银章，上官佐鄱阳。松门拂中道，石镜回清光。
摇扇及于越，水亭风气凉。与尔期此亭，期在秋月满。
时过或未来，两乡心已断。吴山对楚岸，彭蠡当中州。
相思定如此，有穷尽年愁。

饯校书叔云

少年费白日，歌笑矜朱颜。不知忽已老，喜见春风还。
惜别且为欢，徘徊桃李间。看花饮美酒，听鸟临晴山。
向晚竹林寂，无人空闭关。

洞庭醉后送绛州吕使君杲流澧州

昔别若梦中，天涯忽相逢。洞庭破秋月，纵酒开愁容。
赠剑刻玉字，延平两蛟龙。送君不尽意，书及雁回峰。
○江夏。

送赵判官赴黔府中丞叔幕

廓落青云心，结交黄金尽。富贵翻相忘，令人忽自哂。
蹭蹬鬓毛斑，盛时难再还。巨源咄石生，何事马蹄间[①]。
绿萝长不厌，却欲还东山。君为鲁曾子，拜揖高堂里。
叔继赵平原，偏承明主恩。风霜推独坐[②]，旌节镇雄藩。
虎士秉金钺，蛾眉开玉樽。才高幕下去，义重林中言。

水宿五溪月，霜啼三峡猿。东风春草绿，江上候归轩。

①山涛字巨源，解河阳从事，与石鉴共宿，夜起蹴鉴共语。鉴答云云，涛曰："咄，石生！无事马蹄间邪！"投传而去。未二年，果有曹爽之事。②推：一作催。

送郗昂谪巴中

瑶草寒不死，移植沧江滨。东风洒雨露，会入天地春[1]。
予若洞庭叶，随波送逐臣。思归未可得，书此谢情人。

①地：一作池。

送二季之江东

初发强中作，题诗与惠连[1]。多惭一日长，不及二龙贤。
西塞当中路，南风欲进船。云峰出远海，帆影挂清川。
禹穴藏书地，匡山种杏田。此行俱有适，迟尔早归旋。

①谢灵运有《登临海峤初发强中作与从弟惠连见羊何共和之》诗。

江西送友人之罗浮

桂水分五岭，衡山朝九疑。乡关渺安西，流浪将何之？
素色愁明湖，秋渚晦寒姿。畴昔紫芳意[1]，已过黄发期。
君王纵疏散，云壑借巢夷[2]。尔去之罗浮，我还憩峨眉。
中阔道万里，霞月遥相思。如寻楚狂子，琼树有芳枝。

○南昌。①李善注江淹诗曰："紫芳，紫芝也。"②二句太白自谓供奉翰林不合，诏赐金还山也。

宣城送刘副使入秦

君即刘越石，雄豪冠当时。凄清横吹曲，慷慨扶风词。
虎啸俟腾跃，鸡鸣遭乱离。千金市骏马，万里逐王师。

结交楼烦将，侍从羽林儿。统兵捍吴越，豺虎不敢窥。
大勋竟莫叙，已过秋风吹[①]。秉钺有季公，凛然负英姿。
寄深且戎幕，望重必台司。感激一然诺，纵横两无疑。
伏奏归北阙，鸣驺忽西驰。列将咸出祖，英寮惜分离。
斗酒满四筵，歌笑宛溪湄。君携东山妓，我咏北门诗。
贵贱交不易，恐伤园中葵。昔赠紫骝驹，今倾白玉卮。
同欢万斛酒，未足解相思。此别又千里[②]，秦吴眇天涯。
月明关山苦，水剧陇头悲。借问几时还，春风入黄池。
无令长相思，折断绿杨枝。

①已过秋风吹：言事过之后，略无形迹，犹如浮云之过太虚，如东风之射马耳也。②一作“此外别千里”。

泾川送族弟錞[①]

泾川三百里，若邪羞见之。锦石照碧山，两边白鹭鸶。
佳境千万曲，客行先歇时。上有琴高水，下有陵阳祠。
仙人不见我，明月空相知。问我何事来，卢敖结幽期。
蓬山振雄笔，绣服挥清词。江湖发秀色，草木含荣滋。
置酒送惠连，吾家称白眉。愧无海峤作，敢阙河梁诗[②]。
见尔复几朝，俄然告将离。中流漾綵鹢，列岸丛金羁。
叹息苍梧凤，分栖琼树枝。清晨各飞去，飘落天南陲。
望极落日尽，秋深暝猿悲。寄情与流水，但有长相思。

①时卢校书草序，常侍御为诗。②海峤：用灵运事；河梁，用苏李事。

五松山送殷淑

秀色发江左，风流奈若何。仲文了不还[①]，独立扬清波。
载酒五松山，颓然白云歌。中天度落月，万里遥相过。
抚酒惜此月，流光畏蹉跎。明日别离去，连峰郁嵯峨。

①仲文了不还：犹云仲文去已久也。

送崔氏昆季之金陵[①]

放歌倚东楼[②]，行子期晓发。秋风渡江来，吹落山上月。
主人出美酒，灭烛延清光。二崔向金陵，安得不尽觞。
水客弄归棹，云帆卷轻霜。扁舟敬亭下，五两先飘扬。
峡石入水花，碧流日更长。思君无岁月，西笑阻河梁。

①一作《秋夜崔八丈水亭送崔二》。②放：一作吴。

登黄山凌歊台送族弟溧阳尉济充泛舟赴华阴[①]

鸾乃凤之族，翱翔紫云霓。文章辉五色[②]，双在琼树栖。
一朝各飞去，凤与鸾俱啼。炎赫五月中，朱曦烁河堤。
尔从泛舟役，使我心魂凄。秦地无草木，南云喧鼓鼙。
君王减玉膳，早起思鸣鸡。漕引救关辅，疲人免涂泥。
宰相作霖雨，农夫得耕犁。静者伏草间[③]，群才满金闺。
空手无壮士，穷居使人低[④]。送君登黄山，长啸倚天梯[⑤]。
小舟若凫雁，大舟若鲸鲵。开帆散长风，舒卷与云齐。
日入牛渚晦，苍然夕烟迷。相思在何所[⑥]，杳在洛阳西。

①充：一作统。〇当涂。②辉：一作耀。③静者伏草间：公自谓也。④“空手”二句，极言处贫约者不得自伸。⑤倚：一作上。⑥在何所：一作定何许。〇已上送别。

酬谈少府

一尉居倏忽，梅生有仙骨[①]。三事或可羞，匈奴哂千秋[②]。
壮心屈黄绶，浪迹寄沧洲。昨观荆岘作，如从云汉游。
老夫当暮矣，蹀足惧骅骝。

〇襄汉。〇以下酬答。①梅生：即福。②千秋：田千秋也。

五月东鲁行答汶上翁

五月梅始黄[①]，蚕凋桑柘空。鲁人重织作，机杼鸣簾栊。
顾余不及仕，学剑来山东。举鞭访前涂，获笑汶上翁。
下愚忽壮士[②]，未足论穷通。我以一箭书，能取聊城功。
终然不受赏，羞与时人同。西归去直道，落日昏阴虹。
此去尔勿言[③]，甘心如转蓬。

○鲁中。①梅始黄：一作禾黍绿。②下愚：一作宵人。③此：一作我。

答长安崔少府叔封游终南翠微寺太宗皇帝金沙泉见寄

河伯见海若，傲然夸秋水。小物暗远图，宁知通方士[①]。
多君紫霄意，独往苍山里。地古寒云深[②]，岩高长风起。
初登翠微岭，复憩金沙泉。践苔朝霜滑，弄波夕月圆。
饮彼石下流[③]，结萝宿溪烟。鼎湖梦绿水，龙驾空茫然[④]。
早行子午间[⑤]，却登山路远[⑥]。拂琴听霜猿，灭烛乃星饭。
人烟无明异，鸟道绝往返。攀崖倒青天[⑦]，下视白日晚。
既过石门隐[⑧]，还唱石潭歌[⑨]。涉云搴紫芳[⑩]，濯缨想清波[⑪]。
此人不可见[⑫]，此地君自过。为余谢风泉，其如幽意何。

○长安。①一作“宁识通方理”。②云：一作雪。③流：一作潭。④空：一作何。⑤间：一作开，又作峰。⑥一作“却叹山路远”，又作“颇识关路远”。⑦倒青天：一作到青山。⑧过：一作遇。⑨唱：一作闻。⑩搴紫芳：一作采紫茎。⑪想：一作掬。⑫此：一作斯。

酬崔五郎中

朔云横高天，万里起秋色。壮士心飞扬，落日空叹息。
长啸出原野，凛然寒风生。幸遭圣明时，功业犹未成。
奈何怀良图，郁悒独愁坐[①]。杖策寻英豪，立谈乃知我。

崔公生民秀，缅邈青云姿。制作参造化，托讽含神祇。
海岳尚可倾，吐诺终不移。是时霜飙寒，逸兴临华池。
起舞拂长剑，四座皆扬眉。因得穷欢情，赠我以新诗。
又结汗漫期，九垓远相待。举身憩蓬壶，濯足弄沧海。
从此凌倒景，一去无时还。朝游明光宫，暮入阊阖关。
但得长把袂，何必嵩丘山。

①独愁坐：一作空独坐。

以诗代书答元丹丘

青鸟海上来[①]，今朝发何处？口衔云锦字[②]，与我复飞去。
鸟去凌紫烟，书留绮窗前。开缄方一笑[③]，乃是故人传。
故人深相勖，忆我劳心曲。离居在咸阳，三见秦草绿。
置书双袂间，引领不暂闲。长望杳难见[④]，浮云横远山。

①鸟：一作乌。②字：一作书。③方：一作时。④望：一作叹。

金门答苏秀才

君还石门日，朱火始改木。春草如有情，山中尚含绿。
折芳愧遥忆，永路当自勖。远见故人心，平生以此足。
巨海纳百川，麟阁多才贤。献书入金阙，酌醴奉琼筵。
屡忝白云唱，恭闻黄竹篇。恩光照拙薄，云汉希腾迁。
铭鼎倘云遂，扁舟方渺然。我留在金门，不去卧丹壑。
未果三山期，遥欣一丘乐。玄珠寄罔象，赤水非寥廓。
愿狎东海鸥，共营西山药。栖岩君寂灭，处世余龙蠖。
良辰不同赏，永日应闲居。鸟吟檐间树，花落窗下书。
缘溪见绿筱，隔岫窥红蕖。采薇行笑歌，眷我情何已。
月出石镜间，松鸣风琴里。得心自虚妙，外物空颓靡。
身世如两忘，从君老烟水。

酬坊州王司马与阎正字对雪见赠

游子东南来，自宛适京国。飘然无心云，倏忽复西北。
访戴昔未偶，寻嵇此相得。愁颜发新欢，终宴叙前识。
阎公汉庭旧，沉郁富才力。价重铜龙楼，声高重门侧。
宁期此相遇，华馆陪游息。积雪明远峰，寒城冱春色。
主人苍生望，假我青云翼。风水如见资，投竿佐皇极。
○陕右。

酬张卿夜宿南陵见赠

月出鲁城东，明如天上雪。鲁女惊莎鸡，鸣机应秋节。
当君相思夜，火落金风高。河汉挂户牖，欲济无轻舠。
我昔辞林丘，云龙忽相见。客星动太微，朝去洛阳殿。
尔来得茂彦，七叶仕汉馀。身为下邳客，家有圯桥书。
傅说未梦时，终当起岩野。万古骑辰星，光辉照天下。
与君各未遇，长策委蒿莱。宝刀隐玉匣，锈涩空莓苔。
遂令世上愚，轻我土与灰。一朝攀龙去，蛙黾安在哉。
故山定有酒，与尔倾金罍。

酬岑勋见寻就元丹丘对酒相待以诗见招

黄鹤东南来，寄书写心曲。倚松开其缄，忆我肠断续。
不以千里遥，命驾来相招。中逢元丹丘，登岭宴碧霄。
对酒忽思我，长啸临清飙。蹇余未相知，茫茫绿云垂。
俄然素书及，解此长渴饥。策马望山月，途穷造阶墀。
喜兹一会面，若睹琼树枝。忆君我远来，我欢方速至。
开颜酌美酒，乐极忽成醉。我情既不浅，君意方亦深。
相知两相得，一顾轻千金。且向山客笑，与君论素心。

答从弟幼成过西园见赠

一身自潇洒，万物何嚣喧。拙薄谢明时，栖闲归故园。
二季过旧壑，四邻驰华轩。衣剑照松宇，宾徒光石门。
山童荐珍果，野老开芳罇。上陈樵渔事，下叙农圃言。
昨来荷花满，今见兰苕繁。一笑复一歌，不知夕景昏。
醉罢同所乐，此情难具论。

酬王补阙惠翼庄庙宋丞泚赠别

学道三十春，自言羲皇人。轩盖宛若梦，云松长相亲。
偶将二公合，复与三山邻。喜结海上契，自为天外宾。
鸾翮我先铩，龙性君莫驯。朴散不尚古，时讹皆失真。
勿踏荒溪波，朅来浩然津①。薜带何辞楚，桃源堪避秦。
世迫且离别，心在期隐沦。酬赠非炯戒，永言铭佩绅。

①荒溪波、浩然津，皆太白所命之名；犹庄子称“建德之国”“无何有之乡”耳。

酬裴侍御对雨感时见赠

雨色秋来寒，风严清江爽。孤高绣衣人，潇洒青霞赏。
平生多感激，忠义非外奖。祸连积怨生，事及徂川往。
楚邦有壮士，鄢郢翻扫荡。申包哭秦庭，泣血将安仰。
鞭尸辱已及，堂上罗宿莽。颇似今之人，蟊贼陷忠谠。
渺然一水隔，何由税归鞅。日夕听猿愁，怀贤盈梦想。
○金陵。

玩月金陵城西孙楚酒楼达曙歌吹日晚乘醉着紫绮裘乌纱巾与酒客数人棹歌秦淮往石头访崔四侍御

昨玩西城月，青天垂玉钩。朝沽金陵酒，歌吹孙楚楼。
忽忆绣衣人，乘船往石头。草裹乌纱巾，倒披紫绮裘。
两岸拍手笑，疑是王子猷。酒客十数公，崩腾醉中流。
谑浪掉海客，喧呼傲阳侯。半道逢吴姬，卷簾出揶歈。
我忆君到此，不知狂与羞。月下一见君，三杯便回桡。
舍舟共连袂，行上南渡桥。兴发歌渌水，秦客为之摇[①]。
鸡鸣复相招，清宴逸云霄。赠我数百字，字字凌风飙。
系之衣裘上，相忆每长谣。

①摇：一作讴。

江上答崔宣城

太华三芙蓉，明星玉女峰。寻仙下西岳，陶令忽相逢。
问我将何事，湍波历几重。貂裘非季子，鹤氅似王恭。
谬忝燕台召，而陪郭隗踪。水流知入海，云去或从龙。
树绕芦洲月，山鸣鹊镇钟。还期如可访，台岭荫长松。

答族侄僧中孚赠玉泉仙人掌茶　并序

余闻荆州玉泉寺近清溪诸山，山洞往往有乳窟，窟中多玉泉交流。中有白蝙蝠[①]，大如鸦。按仙经，蝙蝠一名仙鼠，千岁之后，体白如雪[②]，栖则倒悬，盖饮乳水而长生也。其水边处处有茗草罗生，枝叶如碧玉，唯玉泉真公常采而饮之，年八十馀岁，颜色如桃花，而此茗清香滑熟异于他者，所以能还童振枯，壮人寿也[③]。余游金陵，见宗僧中孚，示余茶数十片，拳然重叠，其状如手，号为“仙人掌茶”，盖新出乎玉泉之山，旷古未觌。因持之见遗，兼赠诗要余答之，遂有此作。后之高僧大隐，知仙人掌茶发乎中孚禅子及青莲居士李白也。

常闻玉泉山，山洞多乳窟。仙鼠如白鸦，倒悬深溪月[4]。
茗生此中石，玉泉流不歇。根柯洒芳津，采服润肌骨。
楚老卷绿叶，枝枝相接连。曝成仙人掌，似拍洪崖肩。
举世未见之，其名定谁传。宗英乃禅伯，投赠有佳篇。
清镜烛无盐，顾惭西子妍。朝坐有馀兴，长吟播诸天。

①有：一作见。②雪：一作银。③壮：一作扶。④深：一作清。

酬裴侍御留岫师弹琴见寄

君同鲍明远，邀彼休上人。鼓琴乱白雪，秋变江上春。
瑶草绿未衰，攀翻寄情亲。相思两不见，流泪空盈巾。

张相公出镇荆州寻除太子詹事余时流夜郎行至江夏与张公相去千里公因太府丞王昔使车寄罗衣二事及五月五日赠余诗余答以此诗

张衡殊不乐，应有《四愁诗》。惭君锦绣段，赠我慰相思。
鸿鹄复矫翼，凤皇忆故池。荣乐一如此，商山老紫芝。

○流夜郎至江夏。

答裴侍御先行至石头驿以书见招期月满泛洞庭

君至石头驿，寄书黄鹤楼。开缄识远意，速此南行舟。
风水无定准，湍波或滞留[1]。忆昨新月生[2]，西檐若琼钩。
今来何所似，破镜悬清秋。恨不三五明，平湖泛澄流。
此欢竟莫遂，狂杀王子猷。巴陵定近远，持赠何人忧。

①或：一作成。②新：一作初。○石头驿，在嘉鱼之上、白螺矶之下，

去岳州百五十里。公时在江夏，裴以月之初三四至石头驿，约公速行，将以十五同泛洞庭，公至石头时，当已过十五矣。原注称石头驿在金陵，失之矣。

答高山人兼呈权顾二侯

虹霓掩天光，哲后起康济。应运生夔龙，开元扫氛翳。
太微廓金镜，端拱清遐裔。轻尘集嵩岳，虚点盛明意。
谬挥紫泥诏，献纳青云际。谗惑英主心，恩疏佞臣计。
彷徨庭阙下，叹息光阴逝。未作仲宣诗，先流贾生涕。
挂帆秋江上，不为云罗制。山海向东倾，百川无尽势。
我于鸱夷子，相去千馀岁。运阔英达稀，同风遥执袂。
登舻望远水，忽见沧浪枻。高士何处来，虚舟眇安系。
衣貌本淳古，文章多佳丽。延引故乡人，风义未沦替。
顾侯达语默，权子识通蔽。曾是无心云，俱为此留滞。
双萍易飘转，独鹤思凌厉。明晨去潇湘，共谒苍梧帝。

至陵阳山登天柱石酬韩侍御见招隐黄山

韩众骑白鹿，西往华山中。玉女千馀人，相随在云空。
见我传秘诀，精诚与天通。何意到陵阳，游目送飞鸿。
天子昔避狄，与君亦乘骢。拥兵五陵下，长策遏胡戎。
时泰解绣衣，脱身若飞蓬。鸾凤翻翕翼，啄粟坐樊笼。
海鹤一笑之，思归向辽东。黄山过石柱，巘崿上攒丛。
因巢翠玉树，忽见浮丘公。又引王子乔，吹笙舞松风。
朗咏紫霞篇，请开蕊珠宫。步纲绕碧落，倚树招青童。
何日可携手，遗形入无穷。

酬崔十五见招

尔有鸟迹书，相招琴溪饮。手迹尺素中，如天落云锦。

读罢向空笑，疑君在我前。长吟字不灭，怀袖且三年。
○已上酬答。

游南阳白水登石激作

朝涉白水源，暂与人俗疏。岛屿佳境色，江天涵清虚。
目送去海云，心闲游川鱼。长歌尽落日，乘月归田庐。
○襄阳。○以下游宴。

游南阳清泠泉

惜彼落日暮，爱此寒泉清。西耀逐水流，荡漾游子情。
空歌望云月，曲尽长松声。

寻鲁城北范居士失道落苍耳中见范置酒摘苍耳作

雁度秋色远，日静无云时。客心不自得，浩漫将何之？
忽忆范野人，闲园养幽姿。茫然起逸兴，但恐行来迟。
城壕失往路，马首迷荒陂。不惜翠云裘，遂为苍耳欺。
入门且一笑，把臂君为谁。酒客爱秋蔬，山盘荐霜梨。
他筵不下箸，此席忘朝饥。酸枣垂北郭，寒瓜蔓东篱。
还倾四五酌，自咏猛虎词[①]。近作十日欢，远为千载期。
风流自簸荡，谑浪偏相宜。酣来上马去，却笑高阳池。
○鲁中。①古来《猛虎行》多言不以艰险变节，太白之《猛虎行》，则自伤不遇耳。

秋猎孟诸夜归置酒单父东楼观妓

倾晖速短炬，走海无停川。冀餐圆丘草，欲以还颓年。
此事不可得，微生若浮烟。俊发跨名驹，雕弓控鸣弦。
鹰豪鲁草白，狐兔多肥鲜。邀遮相驰逐，遂出城东田。

一扫四野空，喧呼鞍马前。归来献所获，炮炙宜霜天。
出舞两美人，飘飖若云仙。留欢不知疲，清晓方来旋。

游太山六首①

四月上太山，石平御道开。六龙过万壑，涧谷随萦回。
马迹绕碧峰，于今满清苔。飞流洒绝巘，水急松声哀②。
北眺崿嶂奇，倾崖向东摧。洞门闭石扇，地底兴云雷。
登高望蓬瀛，想像金箓台。天门一长啸，万里清风来。
玉女四五人，飘飖下九垓。含笑引素手，遗我流霞杯。
稽首再拜之，自愧非仙才。旷然小宇宙，弃世何悠哉。

①一作《天宝元年四月从故御道上太山》。②急：一作色。

清晓骑白鹿，直上天门山。山际逢羽人，方瞳好容颜。
扪萝欲就语，却掩青云关。遗我鸟迹书，飘然落岩间。
其字乃上古，读之了不闲。感此三叹息，从师方未还。

平明登日观，举手开云关。精神四飞扬，如出天地间。
黄河从西来，窈窕入远山。凭崖览八极，目尽长空闲。
偶然值青童，绿发双云鬟。笑我晚学仙，蹉跎凋朱颜。
踌躇忽不见，浩荡难追攀。

清斋三千日，裂素写道经。吟诵有所得，众神卫我形。
云行信长风，飒若羽翼生。攀崖上日观，伏槛窥东溟。
海色动远山，天鸡已先鸣。银台出倒景，白浪翻长鲸。
安得不死药，高飞向蓬瀛。

日观东北倾，两崖夹双石。海水落眼前，天光摇空碧。

千峰争攒聚，万壑绝凌历。缅彼鹤上仙，去无云中迹。
长松入霄汉，远望不盈尺。山花异人间，五月雪中白。
终当遇安期，于此炼玉液。

朝饮王母池，暝投天门阙。独抱绿绮琴，夜行青山月。
山明月露白，夜静松风歇。仙人游碧峰，处处笙歌发。
寂听娱清辉，玉真连翠微。想象鸾凤舞，飘飖龙虎衣。
扪天摘匏瓜，恍惚不忆归。举手弄清浅，误攀织女机。
明晨坐相失，但见五云飞。

与从侄杭州刺史良游天竺寺

挂席凌蓬丘，观涛憩樟楼。三山动逸兴，五马同遨游。
天竺森在眼，松门飒惊秋。览云测变化，弄水穷清幽。
叠嶂隔遥海，当轩写归流。诗成傲云月，佳趣满吴州。
○吴中。

卷六　李太白五古下

百九十八首

同友人舟行游台越作

楚臣伤江枫，谢客拾海月。怀沙去潇湘，挂席泛溟渤。
蹇予访前迹，独往造穷发。古人不可攀，去若浮云没。
愿言弄倒景，从此炼真骨。华顶窥绝冥，蓬壶望超忽。
不知青春度，但怪绿芳歇。空持钓鳌心，从此谢魏阙。

下终南山过斛斯山人宿置酒

暮从碧山下，山月随人归。却顾所来径，苍苍横翠微。
相携及田家，童稚开荆扉①。绿竹入幽径，青萝拂行衣。
欢言得所憩，美酒聊共挥。长歌吟松风，曲尽河星稀。
我醉君复乐，陶然共忘机。

○长安。①童稚：一作稚子。

朝下过卢郎中叙旧游

君登金华省，我入银台门。幸遇圣明主，俱承云雨恩。
复此休浣时，闲为畴昔言。却话山海事，宛然林壑存。
明湖思晓月，叠嶂忆清猿。何由返初服，田野醉芳樽。

邯郸南亭观妓

歌鼓燕赵儿[①]，魏姝弄鸣丝。粉色艳月彩，舞袖拂花枝[②]。
把酒领美人[③]，请歌邯郸词。清筝何缭绕，度曲绿云垂。
平原君安在，科斗生古池。座客三千人，于今知有谁。
我辈不作乐，但为后代悲。

〇燕赵。①鼓：一作妓。②袖：一作衫。③领：一作顾。

春陪商州裴使君游石娥溪

裴公有仙标，拔俗数千丈。澹荡沧洲云，飘飖紫霞想。
剖竹商洛间，政成心已闲。萧条出世表，冥寂闭玄关。
我来属芳节，解榻时相悦。褰帷对云峰，扬袂指松雪。
趞出东城边，遂游西岩前。横天耸翠壁，喷壑鸣红泉。
寻幽殊未歇，爱此春光发。溪傍饶名花，石上有好月。
命驾归去来，露华生绿苔。淹留惜将晚，复听清猿哀。
清猿断人肠，游子思故乡。明发首东路，此欢焉可忘。

〇时欲东归，遂有此赠。

春日陪杨江宁及诸官宴北湖感古作

昔闻颜光禄，攀龙宴京湖[①]。楼船入天镜，帐殿开云衢。
君王歌大风，如乐丰沛都。延年献嘉作，邈与诗人俱。
我来不及此，独立钟山孤。杨宰穆清飙[②]，芳声腾海隅。
英寮满四座，粲若琼林敷。鹢首弄倒景，蛾眉掇明珠。
新弦綵梨园[③]，古舞娇吴歈。曲度绕云汉[④]，听者皆欢娱。
鸡栖何嘈嘈，沿月沸笙竽[⑤]。古之帝宫苑，今乃人樵苏。
感此劝一觞，愿君覆瓢壶。荣盛当作乐[⑥]，无令后贤吁。

〇金陵。①京：一作重，又作明。②飙：一作风。③彩：一作来。

④云：一作清。⑤沿：一作江。⑥荣盛：一作盛时。

宴郑参卿山池

尔恐碧草晚，我畏朱颜移。愁看杨花飞，置酒正相宜。
歌声送落日，舞影迴清池。今夕不尽杯，留欢更邀谁。

游谢氏山亭

沦老卧江海，再欢天地清。病闲久寂寞，岁物徒芬荣。
借君西池游，聊以散我情。扫雪松下去，扪萝石道行。
谢公池塘上，春草飒已生①。花枝拂人来，山鸟向我鸣。
田家有美酒，落日与之倾。醉罢弄归月，遥欣稚子迎。

①草：一作风。

金陵凤凰台置酒

置酒延落景，金陵凤凰台。长波写万古，心与云俱开。
借问往昔时，凤凰为谁来。凤凰去已久，正当今日回。
明君越羲轩，天老坐三台①。豪士无所用，弹弦醉金罍。
东风吹山花，安可不尽杯。六帝没幽草，深宫冥绿苔。
置酒勿复道，歌钟但相催。

①天老力牧，黄帝之相。

秋浦清溪雪夜对酒客有唱鹧鸪者

披君貂襜褕①，对君白玉壶。雪花酒上灭，顿觉夜寒无。
客有桂阳至，能吟山鹧鸪。清风动窗竹，越鸟起相呼。
持此足为乐，何烦笙与竽。

○秋浦。①君：一作我。

与周刚青溪玉镜潭宴别[1]

康乐上官去，永嘉游石门。江亭有孤屿，千载迹犹存。
我来憩秋浦，三入桃陂源。千峰照积雪[2]，万壑尽啼猿。
兴与谢公合，文因周子论。扫崖去落叶，席月开金樽。
溪当大楼南，溪水正南奔。迴作玉镜潭，澄明洗心魂。
此中得佳境，可以绝嚣喧。清夜方归来，酣歌出平原[3]。
别后经此地，为予谢兰荪。

①潭在秋浦桃树陂下，予新名此潭。②照：一作点。③酣：一作莲。

游秋浦白笴陂二首

何处夜行好，月明白笴陂。山光摇积雪，猿影挂寒枝。
但恐佳景晚，小令归棹移。人来有清兴，及此有相思。

白笴夜长啸，爽然溪谷寒。鱼龙动陂水，处处生波澜。
天借一明月，飞来碧云端。故乡不可见，肠断正西看。

泛沔州城南郎官湖　并序

乾元岁秋八月，白迁于夜郎，遇故人尚书郎张谓出使夏口，沔州牧杜公、汉阳宰王公觞于江城之南湖，乐天下之再平也。方夜，水月如练，清光可掇。张公殊有胜概，四望超然，乃顾白曰："此湖古来贤豪游者非一，而枉践佳景，寂寥无闻。夫子可为我标之嘉名，以传不朽。"白因举酒酹水，号之曰"郎官湖"，亦犹郑圃之有仆射陂也。席上文士辅翼、岑静以为知言，乃命赋诗纪事，刻石湖侧，将与大别山共相磨灭焉。

张公多逸兴，共泛沔城隅。当时秋月好，不减武昌都。
四座醉清光，为欢古来无。郎官爱此水，因号郎官湖。

风流若未减，名与此山俱。

夜泛洞庭寻裴侍御清酌

日晚湘水绿，孤舟无端倪。明湖涨秋月，独泛巴陵西。
遇憩裴逸人，岩居陵丹梯。抱琴出深竹，为我弹鹍鸡。
曲尽酒亦倾，北窗醉如泥。人生且行乐，何必组与珪。

与南陵常赞府游五松山①

安石泛溟渤，独啸长风还。逸韵动海上，高情出人间。
灵异可并迹，澹然与世闲。我来五松下，置酒穷跻攀。
征古绝遗老，因名五松山。五松何清幽，胜境美沃洲。
萧飒鸣洞壑，终年风雨秋。响入百泉去，听如三峡流。
剪竹扫天花，且从傲吏游。龙堂若可憩，吾欲归精修。

①山在南陵铜井西五里，有古精舍。

宣城清溪①

清溪胜桐庐，水木有佳色。山貌日高古，石容天倾侧。
彩鸟昔未名，白猿初相识。不见同怀人，对之空叹息。

①一作“入清溪山”。

游水西简郑明府

天宫水西寺，云锦照东郭。清湍鸣迴溪，绿竹绕飞阁。
凉风日潇洒，幽客时憩泊。五月思貂裘，谓言秋霜落。
石萝引古蔓，岸笋开新箨。吟玩空复情，相思尔佳作。
郑公诗人秀，逸韵宏寥廓。何当一来游，惬我雪山诺。

九日登山

渊明归去来，不与世相逐。为无杯中物，遂偶本州牧。

因招白衣人，笑酌黄花菊。我来不得意，虚过重阳时。
题舆何俊发[①]，遂结城南期。筑土接响山，俯临宛水湄。
胡人叫玉笛，越女弹霜丝。自作英王胄，斯乐不可窥。
赤鲤涌琴高，白龟道冰夷。灵仙如仿佛，奠酹遥相知。
古来登高人，今复几人在？沧洲违宿诺，明日犹可待。
连山似惊波，合沓出溟海。扬袂挥四座，酩酊安所知。
齐歌送清觞，起舞乱参差。宾随落叶散，帽逐秋风吹。
别后登此台，愿言长相思。

①周景为豫州刺史，辟陈蕃为别驾不就，景题别驾舆曰“陈仲举”。

九　日

今日云景好，水绿秋山明。携壶酌流霞，搴菊泛寒荣。
地远松石古，风扬弦管清。窥觞照欢颜，独笑还自倾。
落帽醉山月，空歌怀友生。

陪族叔当涂宰游化城寺升公清风亭

化城若化出，金牓天宫开。疑是海上云，飞空结楼台。
升公湖上秀[①]，粲然有辩才。济人不利己，立俗无嫌猜。
了见水中月，青莲出尘埃。闲居清风亭，左右清风来。
当暑阴广殿，太阳为徘徊。茗酌待幽客，珍盘荐雕梅。
飞文何洒落，万象为之摧。季父拥鸣琴，德声布云雷。
虽游道林室，亦举陶潜杯[②]。清乐动诸天，长松自吟哀。
留欢若可尽，劫石乃成灰。

①上：一作中。②亦：一作不。○已上游宴。

登锦城散花楼

日照锦城头，朝光散花楼。金窗夹绣户，珠箔悬琼钩。

飞梯绿云中，极目散我忧[①]。暮雨向三峡，春江绕双流。今来一登望，如上九天游。

○蜀中。○以下登览。①忧：一作愁。

登峨眉山

蜀国多仙山，峨眉邈难匹。周流试登览，绝怪安可悉。青冥倚天开，彩错疑画出。泠然紫霞赏，果得锦囊术。云间吟琼箫，石上弄宝瑟。平生有微尚，欢笑自此毕。烟容如在颜，尘累忽相失。倘逢骑羊子，携手凌白日。

大庭库

朝登大庭库，云物何苍然。莫辨陈郑火，空霾邹鲁烟。我来寻梓慎，观化入寥天。古木翔气多，松风如五弦。帝图终冥没，叹息满山川。

○鲁中。

登单父陶少府半月台

陶公有逸兴，不与常人俱。筑台像半月，迥向高城隅[①]。置酒望白云，商飙起寒梧[②]。秋山入远海，桑柘罗平芜。水色绿且明[③]，令人思镜湖。终当过江去，爱此暂踟蹰。

①向：一作出。②商：一作高。③明：一作清。

天台晓望

天台邻四明，华顶高百越[①]。门标赤城霞，楼栖沧岛月。凭高远登览，直下见溟渤。云垂大鹏翻，波动巨鳌没。风潮争汹涌，神怪何翕忽。观奇迹无倪，好道心不歇。攀条摘朱实，服药炼金骨。安得生羽毛，千春卧蓬阙。

○吴中。①华顶峰，在天台县东北六十里。

早望海霞边

四明三千里，朝起赤城霞。日出红光散，分辉照雪崖。
一餐咽琼液，五内发金沙。举手何所待，青龙白虎车。

焦山杳望松寥山

石壁望松寥，宛然在碧霄。安得五彩虹，架天作长桥。
仙人如爱我，举手来相招。

登太白峰

西上太白峰，夕阳穷登攀。太白与我语，为我开天关。
愿乘泠风去，直出浮云间。举手可近月，前行若无山。
一别武功去，何时复更还。

登邯郸洪波台置酒观发兵

我把两赤羽，来游燕赵间。天狼正可射，感激无时闲。
观兵洪波台，倚剑望玉关。请缨不系越，且向燕然山。
风引龙虎旗，歌钟昔追攀[①]。击筑落高月，投壶破愁颜。
遥知百战胜，定扫鬼方还。

○燕赵。○时将游蓟门。①昔：一作忆。

登广武古战场怀古

秦鹿奔野草，逐之若飞蓬。项王气盖世，紫电明双瞳。
呼吸八千人，横行起江东。赤精斩白帝，叱咤入关中。
两龙不并跃，五纬与天同。楚灭无英图，汉兴有来功。
按剑清八极，归酣歌大风。伊昔临广武，连兵决雌雄。

分我一杯羹，太皇乃汝翁。战争有古迹，壁垒颓层穹。
猛虎吟洞壑，饥鹰鸣秋空。翔云列晓阵，杀气赫长虹。
拨乱属豪圣，俗儒安可通。沉湎呼竖子，狂言非至公。
抚掌黄河曲，嗤嗤阮嗣宗。

登金陵冶城西北谢安墩①

晋室昔横溃，永嘉遂南奔。沙尘何茫茫，龙虎斗朝昏。
胡马风汉草②，天骄蹙中原。哲匠感颓运，云鹏忽飞翻。
组练照楚国，旌旗连海门。西秦百万众，戈甲如云屯。
投鞭可填江，一扫不足论③。皇运有反正，丑虏无遗魂。
谈笑遏横流，苍生望斯存。冶城访古迹④，犹有谢安墩。
凭览周地险，高标绝人喧。想像东山姿，缅怀右军言。
梧桐识佳树，蕙草留芳根。白鹭映春洲，青龙见朝暾。
地古云物在，台倾禾黍繁。我来酌清波，于此树名园。
功成拂衣去，归入武陵源⑤。

①自注：此墩即晋太傅谢安与右军王羲之同登，超然有高世之志。余将营园其上，故作是诗。②马牛其风，谓奔逸也。胡马奔至汉地，因曰“风汉草”。③一作“投策可填江，一朝为我吞”。④一作“至今冶城隅”。⑤归入：一作长啸。〇首十句，叙元帝中兴都金陵。“西秦”八句，叙谢安破秦兵事。“冶城”句以下，述登览之怀。

登梅冈望金陵赠族侄高座寺僧中孚

钟山抱金陵，霸气昔腾发。天开帝王居①，海色照宫阙。
群峰如逐鹿，奔走相驰突。江水九道来，云端遥明没。
时迁大运去，龙虎势休歇。我来属天清，登览穷楚越。
吾宗挺禅伯，特秀鸾凤骨②。众星罗青天，朗者独有月。
冥居顺生理，草木不翦伐。烟窗引蔷薇，石壁老野蕨。

吴风谢安屐，白足傲履袜。几宿一下山[3]，萧然忘干谒。
谈经演金偈，降鹤舞海雪。时闻天香来，了与世事绝。
佳游不可得，春去惜远别。赋诗留岩屏，千载庶不灭。

①天：一作神。②一作“吾宗道门秀，特异鸾凤骨”。③一下山：一作下山来。

望庐山瀑布

西登香炉峰，南见瀑布水[1]。挂流二百丈[2]，喷壑数十里。
欻如飞电来[3]，隐若白虹起。初惊河汉落[4]，半洒云天里[5]。
仰观势转雄，壮哉造化功。海风吹不断，江月照还空[6]。
空中乱潈射，左右洗青壁。飞珠散轻霞，流沫沸穹石。
而我游名山，对之心益闲。无论漱琼液，且得洗尘颜。
且偕宿所好，永愿辞人间[7]。

○寻阳。○附七言一首。①见：一作望。②三百丈：一作三千匹。③电：一作练。④河汉：一作银河。⑤一作“半泻金潭里”。⑥江：一作山。⑦一作“集谱宿所好，永不归人间”。

日照香炉生紫烟，遥看瀑布挂长川。
飞流直下三千尺，疑是银河落九天。

○一本题云《望庐山香炉峰瀑布》，曰：“庐山上与星斗连，日照香炉生紫烟”，下两句同。

江上望皖公山

奇峰出奇云，秀木含秀气。清宴皖公山，巉绝称人意。
独游沧江上，终日淡无味。但爱兹岭高，何由讨灵异。
默然遥相许，欲往心莫遂。待吾还丹成，投迹归此地。

○宿松。

望黄鹤山

东望黄鹤山，雄雄半空出。四面生白云，中峰倚红日。
岩峦行穹跨，峰嶂亦冥密。颇闻列仙人，于此学飞术。
一朝向蓬海，千载空石室。金灶生烟埃，玉潭秘清谧。
地古遗草木，庭寒老芝术。蹇余羡攀跻，因欲保闲逸。
观奇遍诸岳，兹岭不可匹。结心寄青松，永悟客情毕。
○江夏、岳阳。

九日登巴陵置酒望洞庭水军①

九日天气清，登高无秋云。造化辟川岳，了然楚汉分。
长风鼓横波，合沓蹙龙文。忆昔传游豫，楼船壮横汾。
今兹讨鲸鲵，旌旆何缤纷。白羽落酒樽，洞庭罗三军。
黄花不掇手，战鼓遥相闻。剑舞转颓阳，当时日停曛。
酣歌激壮士，可以摧妖氛。龌龊东篱下，渊明不足群②。

①时贼逼华容县。②杜公讥四皓为局促，太白讥渊明为龌龊，自是诗人一时豪语，非定论也。东坡极称“局促商山芝”为杜公杰句，过矣。若谓其辞虽讥之，其意实钦之，乃为窥见古人深处耳。

秋登巴陵望洞庭

清晨登巴陵，周览无不极。明湖映天光，彻底见秋色。
秋色何苍然，际海俱澄鲜。山青灭远树，水绿无寒烟。
来帆出江中，去鸟向日边。风清长沙浦，霜空云梦田。
瞻光惜颓发，阅水悲徂年。北渚既荡漾，东流自潺湲。
郢人唱《白雪》，越女歌《采莲》。听此更肠断，凭崖泪如泉。

登巴陵开元寺西阁赠衡岳僧方外

衡岳有开士，五峰秀真骨。见君万里心，海水照秋月。

大臣南溟去，问道皆请谒。洒以甘露言，清凉润肌发。
明湖落天镜，香阁凌银阙。登眺餐惠风，新花期启发。

金陵望汉江

汉江迴万里，派作九龙盘。横溃豁中国，崔嵬飞迅湍。
六帝沦亡后，三吴不足观。我君混区宇，垂拱众流安。
今日任公子，沧浪罢钓竿。

登敬亭北二小山余时客逢崔侍御并登此地

送客谢亭北，逢君纵酒还。屈盘戏白马，大笑上青山。
回鞭指长安，西日落秦关。帝乡三千里，杳在碧云间。
〇已上登览。

安州应城玉女汤作

神女殁幽境，汤池流大川。阴阳结炎炭，造化开灵泉。
地底烁朱火，沙傍歊素烟。沸珠跃晴月，皎镜涵空天。
气浮兰芳满，色涨桃花然。精览万殊入，潜行七泽连。
愈疾功莫尚，变盈道乃全。濯缨掬清泚，晞发弄潺湲。
散下楚王国，分浇宋玉田。可以奉巡幸，奈何隔穷偏。
独随朝宗水，赴海输微涓。
〇安州。〇以下行役。

之广陵宿常二南郭幽居

绿水接柴门，有如桃花源。忘忧或假草，满院罗丛萱。
暝色湖上来，微雨飞南轩。故人宿茅宇，夕鸟归杨园。
还惜诗酒别，深为江海言。明朝广陵道，独忆此倾樽。
〇淮南。

郢门秋怀

郢门一为客，巴月三成弦。朔风正摇落，行子愁归旋。
杳杳山外日，茫茫江上天。人迷洞庭水，雁度潇湘烟。
清旷偕夙好，缁磷及此年。百龄何荡漾，万化相推迁。
空谒苍梧帝，徒寻溟海仙。已闻蓬岳浅，岂见三桃圆。
倚剑增浩叹，扪襟还自怜。终当游五湖，濯足沧浪泉。
○荆州、江夏、岳阳。

荆门浮舟望蜀江

春水月峡来，浮舟望安极。正见桃花流，依然锦江色。
江色绿且明，茫茫与天平。逶迤巴山尽，摇曳楚云行。
雪照聚沙雁，花飞出谷莺。芳洲却已转，碧树森森迎。
流目浦烟夕，扬帆海月生。江陵识遥火，应到渚宫城。

上三峡

巫山夹青天，巴水流若兹。巴水忽可尽，青天无到时。
三朝上黄牛，三暮行太迟。三朝又三暮，不觉鬓成丝。

自巴东舟行经瞿塘峡登巫山最高峰晚还题壁

江行几千里，海月十五圆。始经瞿塘峡，遂步巫山巅。
巫山高不穷，巴国尽所历。日边攀垂萝，霞外倚穹石。
飞步凌绝顶，极目无纤烟。却顾失丹壑，仰观临青天。
青天若可扪，银汉去安在。望云知苍梧，记水辨瀛海。
周游孤光晚，历览幽意多。积雪照空谷，悲风鸣森柯。
归途行欲曛，佳趣尚未歇。江寒早啼猿，松暝已吐月。
月色何悠悠，清猿响啾啾。辞山不忍听，挥策还孤舟。

江行寄远

刳木出吴楚，危槎百馀尺。疾风吹片帆，日暮千里隔。
别时酒犹在，已为异乡客，思君不可得，愁见江水碧。

下泾县陵阳溪至涩滩

涩滩鸣嘈嘈，两山足猿猱。白波若卷雪，侧石不容舠。
渔人与舟人，撑折万张篙。

下陵阳沿高溪三门六刺滩

三门横峻滩，六刺走波澜。石惊虎伏起，水状龙萦盘。
何惭七里濑，使我欲垂竿。

宿鰕湖

鸡鸣发黄山，暝投鰕湖宿。白雨映寒山，森森似银竹。
提携采铅客，结荷水边沐。半夜四天开，星河烂人目。
明晨大楼去，冈陇多屈伏。当与持斧翁，前溪伐云木。
〇已上行役。

西　施

西施越溪女，出自苎萝山。秀色掩今古，荷花羞玉颜。
浣纱弄碧水，自与清波闲。皓齿信难开，沉吟碧云间。
勾践征绝艳，扬蛾入吴关。提携馆娃宫，杳渺讵可攀。
一破夫差国，千秋竟不还。
〇吴越。〇以下怀友。

王右军

右军本清真，潇洒在风尘。山阴遇羽客，要此好鹅宾。
扫素写道经，笔精妙入神。书罢笼鹅去，何曾别主人。

上元夫人

上元谁夫人，偏得王母娇。嵯峨三角髻，馀发散垂腰。
裘披青毛锦，身着赤霜袍。手提嬴女儿，闲与凤吹箫。
眉语两自笑，忽然随风飘。

○上元夫人，道君弟子也，尝与西王母俱降于汉宫，事见《汉武内传》。嬴女，秦穆公女弄玉也，喜吹箫作凤鸣。

商山四皓

白发四老人，昂藏南山侧。偃卧松雪间，冥翳不可识。
云窗拂青霭，石壁横翠色。龙虎方战争，于焉自休息。
秦人失金镜，汉祖升紫极。阴虹浊太阳，前星遂沦匿。
一行佐明两，欻起生羽翼。功成身不居，舒卷在胸臆。
窅冥合元化，茫昧信难测。飞声塞天衢，万古仰遗迹。

自广平乘醉走马六十里至邯郸登城楼览古书怀

醉骑白花骆[①]，西去邯郸城。扬鞭动柳色，写鞚春风生。
入郭登高楼，山川与云平。深宫翳绿草[②]，万事伤人情。
相如章华巅，猛气折秦嬴。两虎不可斗，廉公终负荆。
提携袴中儿，杵臼及程婴。空孤献白刃[③]，必死耀丹诚。
平原三千客，谈笑尽豪英。毛君能颖脱，二国且同盟。
皆为黄泉土，使我涕纵横。磊磊石子冈，萧萧白杨声。
诸贤没此地[④]，碑版有残铭。太古共今时，由来互衰荣。

伤哉何足道，感激仰空名[⑤]。赵俗爱长剑，文儒少逢迎。
闲从博陵游[⑥]，帐饮雪朝酲[⑦]。歌酣易水动，鼓震丛台倾。
日落把烛归，凌晨向燕京。方陈五饵策，一使胡尘清。

○燕赵。①骆：一作马。②一作“雄都半古冢”。③一作“立孤就白刃”。④诸贤：一作贤豪。⑤空：一作虚。⑥陵：一作徒。⑦雪朝酲：一作雪中醒。○相如、廉颇，程婴、杵臼，平原、毛颖，三端乃赵事之最大者。

苏　武

苏武在匈奴，十年持汉节。白雁上林飞，空传一书札。
牧羊边地苦，落日归心绝。渴饮月窟冰，饥餐天上雪。
东还沙塞远，北怆河梁别。泣把李陵衣，相看泪成血。

经下邳圯桥怀张子房

子房未虎啸，破产不为家。沧海得壮士，椎秦博浪沙。
报韩虽不成，天地皆振动。潜匿游下邳，岂曰非智勇。
我来圯桥上，怀古钦英风。唯见碧流水，曾无黄石公。
叹息此人去，萧条徐泗空。

○淮泗。

秋夜板桥浦泛月独酌怀谢朓

天上何所有，迢迢白玉绳。斜低建章阙，耿耿对金陵。
汉水旧如练，霜江夜清澄。长川泻落月，洲渚晓寒凝。
独酌板桥浦，古人谁可征。玄晖难再得，洒酒气填膺。

金陵新亭

金陵风景好，豪士集新亭。举目山河异，偏伤周顗情。
四座楚囚悲，不忧社稷倾。王公何慷慨，千载仰雄名。

过彭蠡湖

谢公入彭蠡，因此游松门。余方窥石镜，兼得穷江源。
前赏迹可见，后来道空存。而欲继风雅，岂唯清心魂。
云海方助兴，波涛何足论。青嶂忆遥月，绿萝鸣愁猿。
水碧或可采，金膏秘莫言。余将振衣去，羽化出嚣烦。
○浔阳。

望鹦鹉洲悲祢衡

魏帝营八极，蚁观一祢衡。黄祖斗筲人，杀之受恶名。
吴江赋鹦鹉，落笔超群英。锵锵振金玉，句句欲飞鸣。
鸷鹗啄孤凤，千春伤我情。五岳起方寸，隐然讵可平。
才高竟何施，寡识冒天刑。至今芳洲上，兰蕙不忍生。

宿巫山下

昨夜巫山下，猿声梦里长。桃花飞绿水，三月下瞿塘。
雨色风吹去，南行拂楚王。高丘怀宋玉，访古一沾裳。
○巫峡。

金陵白杨十字巷

白杨十字巷，北夹湖沟道。不见吴时人，空生唐年草。
天地有反复，宫城尽倾倒。六帝馀古丘，樵苏泣遗老。

经南陵题五松山[①]

圣达有去就，潜光愚其德。鱼与龙同池，龙去鱼不测。
当时板筑辈，岂知傅说情。一朝和殷人[②]，光气为列星。
伊尹生空桑，捐庖佐皇极。桐宫放太甲，摄政无愧色。

三年帝道明，委质终辅翼。旷哉至人心，万古可为则。
时命或大谬，仲尼将奈何[③]。鸾凤忽覆巢，麒麟不来过。
龟山蔽鲁国，有斧且无柯。归去来，归去来[④]，宵济越洪波。

①一作《南陵五松山感时赠别》，山在铜坑村五里。②和：一作雨。③将：一作其。④一作“归来归去来”。

姑熟十咏

姑熟溪[①]

爱此溪水闲，乘流兴无极。漾楫怕鸥惊，垂竿待鱼食。
波翻晓霞影，岸叠春山色。何处浣纱人，红颜未相识。

①溪至芜湖县东北流至太平入江。

丹阳湖[①]

湖与元气连，风波浩难止。天外贾客归，云间片帆起。
龟游莲叶上，鸟宿芦花里。少女棹轻舟，歌声逐流水。

①湖在当涂县东南七十里。

谢公宅[①]

青山日将暝，寂寞谢公宅。竹里无人声，池中虚月白。
荒庭衰草遍，废井苍苔积。唯有清风闲，时时起泉石。

①谢朓宅在当涂城东青山。

陵歊台[①]

旷望登古台，台高极人目。叠嶂列远空，杂花间平陆。
闲云入窗牖，野翠生松竹。欲览碑上文，苔侵岂堪读。

①台在当涂城北黄山，宋武帝尝登此台，且建离宫。

桓公井[①]

桓公名已古，废井曾未竭。石甃冷苍苔，寒泉湛孤月。
秋来桐暂落，春至桃还发。路远人罕窥，谁能见清澈。

①桓温井在当涂东五里白纻山上。

慈姥竹[①]

野竹攒石生，含烟映江岛。翠色落波深，虚声带寒早。
龙吟曾未听，凤曲吹应好。不学蒲柳凋，贞心常自保。

①当涂西北四十五里有慈姥山，山上出竹，堪为箫管。

望夫山[①]

写望临碧空，怨情感离别。江草不知愁，岩花但争发。
云山万里隔，音信千里绝。春去秋复来，相思几时歇。

①望夫石在当涂，正当和州郡楼。昔有妇登此山，望夫化为石。

牛渚矶[①]

绝壁临巨川，连峰势相向。乱石流洑间，回波自成浪。
但惊群木秀，莫测精灵状。更听猿夜啼，忧心醉江上。

①牛渚矶与和州横江渡相对。昔有人潜行，云此处通洞庭，旁达无底。

灵墟山[①]

丁令辞世人，拂衣向仙路。伏炼九丹成，方随五云去。
松萝蔽幽洞，桃杏深隐处。不知曾化鹤，辽海归几度。

①灵墟山在当涂南十里。

天门山[①]

迥出江上山，双峰自相对。岸映松色寒，石分浪花碎。

参差远天际，缥缈晴霞外。落日舟去遥，回首沉青霭。

①天门山在当涂西南三十里，东曰博望，西曰天门，即今之东西梁山也。〇已上怀古。

与元丹丘方城寺谈玄作

茫茫大梦中，唯我独先觉。腾转风火来，假合作容貌。
灭除昏疑尽，领略入精要。澄虑观此身，因得通寂照。
朗悟前后际，始知金仙妙。幸逢禅居人，酌玉坐相召。
彼我俱若丧，云山岂殊调。清风生虚空，明月见谈笑。
怡然青莲宫，永愿恣游眺。

〇蜀中。〇一作《仙城山寺》。〇以下闲适。

寻高凤石门山中元丹丘

寻幽无前期，乘兴不觉远。苍崖渺难涉，白日忽欲晚。
未穷三四山，已历千万转。寂寂闻猿愁，行行见云收。
高松上好月，空谷宜清秋。溪深古雪在，石断寒泉流。
峰峦秀中天，登眺不可尽。丹丘遥相呼，顾我忽而哂。
遂造穷谷间，始知静者闲。留欢达永夜，清晓方言还。

〇楚汉。

安州般若寺水阁纳凉喜遇薛员外乂

翛然金园赏，远近含晴光。楼台成海气，草木皆天香。
忽逢青云士，共解丹霞裳。水退池上热，风生松下凉。
吞讨破万象，搴窥临众芳。而我遗有漏，与君用无方。
心垢都已灭，永言题禅房。

〇安州。

月下独酌四首

花间一壶酒，独酌无相亲。举杯邀明月，对影成三人。
月既不解饮，影徒随我身。暂伴月将影，行乐须及春。
我歌月徘徊，我舞影凌乱。醒时同交欢，醉后各分散。
永结无情游，相期邈云汉。
○长安。

天若不爱酒，酒星不在天；地若不爱酒，地应无酒泉。
天地既爱酒，爱酒不愧天。已闻清比圣，复道浊如贤。
贤圣既已饮，何必求神仙。三杯通大道，一斗合自然。
但得醉中趣，勿为醒者传。

三月咸阳时①，千花昼如锦②。谁能春独愁，对此径须饮。
穷通与修短，造化夙所禀。一樽齐死生，万事固难审。
醉后失天地，兀然就孤枕。不知有吾身，此乐最为甚。
①时：一作城。②一作“好鸟吟清风，落花散如锦”；又作“园鸟语成歌，庭花笑如锦”。

穷愁千万端①，美酒三百杯②。愁多酒虽少，酒倾愁不来。
所以知酒圣③，酒酣心自开。辞粟卧首阳④，屡空饥颜回⑤。
当代不乐饮，虚名安用哉。蟹螯即金液，糟丘是蓬莱。
且须饮美酒，乘月醉高台。
①千万端：一作有千端。②三百杯：一作唯数杯。③酒圣：一作圣贤。④卧首阳：一作饿伯夷。⑤饥：一作悲。

春归终南山松龙旧隐

我来南山阳，事事不异昔。却寻溪中水，还望岩下石。

蔷薇缘东窗，女萝绕北壁。别来能几日，草木长数尺。
且复命酒樽，独酌陶永夕。

冬夜醉宿龙门觉起言志

醉来脱宝剑，旅憩高堂眠。中夜忽惊觉，起立明灯前。
开轩聊直望，晓雪河冰壮。哀哀歌苦寒，郁郁独惆怅。
傅说版筑臣，李斯鹰犬人。飙起匡社稷，宁复长艰辛。
而我胡为者，叹息龙门下。富贵未可期，殷忧向谁写。
去去泪满襟，举声梁甫吟。青云当自致，何必求知音。
○洛阳。

寻山僧不遇作

石径入丹壑，松门闭青苔。闲阶有鸟迹，禅室无人开。
窥窗见白拂，挂壁生尘埃。使我空叹息，欲去仍徘徊。
香云隔山起，花雨从天来。已有空乐好，况闻青猿哀。
了然绝世事，此地方悠哉。
○金陵。

过汪氏别业二首

游山谁可游，子明与浮丘。叠岭碍河汉，连峰横斗牛。
汪生面北阜，池馆清且幽。我来感意气，搥炰列珍羞。
扫石待归月，开池涨寒流。酒酣益爽气，为乐不知秋。

畴昔未识君，知君好贤才。随山起馆宇，凿石营池台。
大火五月中，景风从南来。数枝石榴发，一丈荷花开。
恨不当此时，相过醉金罍。我行值木落，月苦清猿哀。
永夜达五更，吴歈送琼杯。酒酣欲起舞，四座歌相催。

日出远海明，轩车且徘徊。更游龙潭去，枕石拂莓苔。

待酒不至

玉壶系青丝，沽酒来何迟。山花向我笑，正好衔杯时。
晚酌东窗下，流莺复在兹。春风与醉客，今日乃相宜。

独　酌

春草如有意，罗生玉堂阴。东风吹愁来，白发坐相侵。
独酌劝孤影，闲歌面芳林。长松尔何知①，萧瑟为谁吟。
手舞石上月，膝横花间琴。过此一壶外，悠悠非我心②。

①尔何知：一作本无情。②一本云："春草变绿野，新莺有佳音。落日不尽欢，恐为愁所侵。独酌劝孤影，闲歌面芳林。清风寻空来，碧松与共吟。手舞石上月，膝横花下琴。过此一壶外，悠悠非我心。"

友人会宿

涤荡千古愁，留连百壶饮。良宵宜清淡，皓月未能寝。
醉来卧空山，天地即衾枕。

春日独酌二首

东风扇淑气，水木荣春晖。白日照绿草，落花散且飞。
孤云还空山，众鸟各已归。彼物皆有托，吾生独无依。
对此石上月，长歌醉芳菲。

我有紫霞想，缅怀沧洲间。且对一壶酒，澹然万事闲。
横琴倚高松，把酒望远山。长空去鸟没，落日孤云还。
但悲光景晚，宿昔成秋颜。

金陵江上遇蓬池隐者①

心爱名山游，身随名山远。罗浮麻姑台，此去或未返。
遇君蓬池隐，就我石上饭。空言不成欢，强笑惜日晚。
绿水向雁关，黄云蔽龙山。叹息两客鸟，徘徊吴越间。
一语一执手，留流夜将久。解我紫绮裘，且换金陵酒。
酒来笑复歌，兴酣乐事多。水影弄月色，清光奈愁何。
明晨挂帆席，离恨满沧波。

①自注：时于落星石上以紫绮裘换酒为欢。

日夕山中忽然有怀

久卧名山云①，遂为名山客②。山深云更好，赏弄终日夕。
月衔楼间峰，泉漱阶下石。素心自此得，真趣非外借。
鼯啼桂方秋，风灭籁归寂。缅思洪崖术，欲往沧海隔③。
云车来何迟，抚己空叹息。

○庐山。①名：一作青。②名：一作青。③海：一作岛。

春日醉起言志

处世若大梦，胡为劳其生。所以终日醉，颓然卧前楹。
觉来眄庭前，一鸟花间鸣。借问此何时，春风语流莺。
感之欲叹息，对酒还自倾。浩歌待明月，曲尽已忘情。

庐山东林寺夜怀

我寻青莲宇，独往谢城阙。霜清东林钟，水白虎溪月。
天香生虚空，天乐鸣不歇。宴坐寂不动，大千入毫发。
湛然冥真心，旷劫断出没。

对　酒

劝君莫拒杯，春风笑人来。桃李如旧识，倾花向我开。
流莺啼碧树，明月窥金罍。昨来朱颜子，今日白发催。
棘生石虎殿，鹿走姑苏台。自古帝王宅，城阙闭黄埃。
君若不饮酒，昔人安在哉！

嘲王历阳不肯饮酒

地白风色寒，雪花大如手。笑杀陶渊明，不饮杯中酒。
浪抚一张琴，虚栽五株柳。空负头上巾，吾于尔何有？
○历阳。○已上闲适。

忆崔郎中宗之游南阳遗吾孔子琴抚之潸然感旧

昔在南阳城，唯餐独山蕨。忆与崔宗之，白水弄素月。
时过菊潭上，纵酒无休歇。泛此黄金花，颓然清歌发。
一朝摧玉树，生死殊飘忽。留我孔子琴，琴存人已没。
谁传《广陵散》，但哭邙山骨。泉户何时明，长归狐兔窟。
○以下怀思。

望月有怀

清泉映疏松，不知几千古，寒月摇轻波，流光入窗户。
对此空长吟，思君意何深。无因见安道，兴尽愁人心。

春滞沅湘有怀山中

沅湘春色还，风暖烟草绿。古之伤心人，于此肠断续。
予非怀沙客，但美采菱曲。所愿归东山，寸心于此足。

落日忆山中

雨后烟景绿，晴天散馀霞。东风随春归，发我枝上花。
花落时欲暮，见此令人嗟。愿游名山去，学道飞丹砂。

忆秋浦桃花旧游时窜夜郎

桃花春水生，白石今出没。摇荡女萝枝，半挂青天月。
不知旧行径，初拳几枝蕨。三载夜郎还，于兹炼金骨。

○已上怀思。

越中秋怀

越水绕碧山，周回数千里。乃是天镜中，分明画相似[①]。
爱此从冥搜，永怀临湍游[②]。一为沧波客，十见红蕖秋。
观涛壮天险，望海令人愁。路遐迫西照，岁晚悲东流。
何必探禹穴，誓将归蓬丘。不然五湖上，亦可乘扁舟。

○以下感遇。①一本首四句云："蹈海思仲连，游山慕康乐。攀云穷千峰，弄水涉万壑。"下同。②临湍游：一作林湍幽。

效古二首

朝入天苑中，谒帝蓬莱宫。青山映辇道，碧树摇烟空。
谬题金闺籍，得与银台通。待诏奉明主，抽毫颂清风。
归时落日晚，躞蹀浮云骢。人马本无意，飞驰自豪雄。
入门紫鸳鸯，金井双梧桐。清歌弦古曲，美酒沽新丰。
快意且为乐，列筵坐群公。光景不可留，生世如转蓬。
早达胜晚遇，羞比垂钓翁。

○此太白因晚节穷困，回忆昔年遇主宠荣之时。末二句反言之。凡寓言，类多迷离其辞。

自古有秀色，西施与东邻。蛾眉不可妒，况乃效其颦。
所以尹婕妤，羞见邢夫人。低头不出气，塞默少精神。
寄语无盐子，如君何足珍。
〇此哂妒己谣诼者都无才望，皆碌碌庸流耳。

感遇二首

宝剑双蛟龙，雪花照芙蓉。精光射天地，电腾不可冲。
一去别金匣，飞沉失相从。风胡殁已久[①]，所以潜其锋。
吴水深万丈，楚山邈千重。雌雄终不隔，神物会当逢。
①风胡：一作圣人。

咸阳二三月，百鸟鸣花枝[①]。玉剑谁家子，西秦豪侠儿[②]。
日暮醉酒归，白马骄且驰。意气人所仰[③]，游冶方及时。
子云不晓事，晚献《长杨》词。赋达身已老，草玄鬓若丝。
投阁良可叹，但为此辈嗤。
①一作“宫柳黄金枝”。②一作“绿帻谁家子，卖珠轻薄儿”。③仰：一作倾。

拟古十二首

青天何历历，明星白如石。黄姑与织女，相去不盈尺。
银河无鹊桥，非时将安适。闺人理纨素，游子悲行役。
瓶冰知冬寒，霜露欺远客。客似秋叶飞，飘飖不言归。
别后罗带长，愁宽去时衣。乘月托宵梦，因之寄金微。
〇此托为思妇望征夫之辞。

高楼入青天，下有白玉堂。明月看欲堕，当窗悬清光。
遥夜一美人，罗衣沾秋霜。含情弄柔瑟，弹作《陌上桑》。

弦声何激烈，风卷绕飞梁。行人皆踯躅，栖鸟去回翔。
但写妾意苦，莫辞此曲伤。愿逢同心者，飞作紫鸳鸯。
〇此托为贞妇不二心之辞。《陌上桑》，罗敷作以自明其心者。

长绳难系日，自古共悲辛。黄金高北斗，不惜买阳春。
石火无留光，还如世中人。即事已如梦，后来我谁身。
提壶莫辞贫，取酒会四邻。仙人殊恍惚，未若醉中真。
〇此托为痛饮者及时行乐之意。

清都绿玉树，灼烁瑶台春。攀花弄秀色，远赠天仙人。
香风送紫蕊，直到扶桑津。耻掇世上艳，所贵心之珍。
相思传一笑，聊欲示情亲。
〇此香草以诒美人之意。

今日风日好，明日恐不如。春风笑于人，何乃愁自居。
吹箫舞彩凤，酌醴鲙神鱼。千金买一醉，取乐不求馀。
达士遗天地，东门有二疏。愚夫同瓦石，有才知卷舒。
无事坐悲苦，块然涸辙鱼。
〇此卷舒自由、坦怀行乐之意。

运速天地闭，胡风结飞霜。百草死冬月，六龙颓西荒。
太白出东方，彗星扬精光。鸳鸯非越鸟，何为眷南翔。
惟昔鹰将犬，今为侯与王。得水成蛟龙，争池夺凤皇。
北斗不酌酒，南箕空簸扬。
〇此首指安史之乱。“六龙颓西荒”，喻明皇幸蜀也。“鸳鸯”二句，太白自喻在江南为永王所污染也。“惟昔”二句，谓诸将不过鹰犬之材，忽跻侯王之尊也。

世路今太行，回车竟何托。万族皆凋枯，遂无少可乐。
旷野多白骨，幽魂共销铄。荣贵当及时，春华宜照灼。
人非昆山玉，安得长璀错。身没期不朽，荣名在麟阁。
○此首言仕途险巇，非己所可干，当立名于身后耳。

月色不可扫，客愁不可道。玉露生秋衣，流萤飞百草。
日月终销毁，天地同枯槁。蟪蛄啼青松，安见此树老。
金丹宁误俗，昧者难精讨。尔非千岁翁，多恨去世早。
饮酒入玉壶，藏身以为宝。
○此首欲饮酒学仙，以遣愁思。

生者为过客，死者为归人。天地一逆旅，同悲万古尘。
月兔空捣药，扶桑已成薪[①]。白骨寂无言，青松岂知春。
前后更叹息，浮荣何足珍。
①已成：一作以为。○此与十九首中之《回车驾言迈》《去者日以疏》二首同意。

仙人骑彩凤，昨下阆风岑。海水三清浅，桃源一见寻。
遗我绿玉杯，兼之紫琼琴。杯以倾美酒，琴以闲素心。
二物非世有，何论珠与金。琴弹松里风，杯劝天上月。
风月长相知，世人何倏忽。

涉江弄秋水，爱此荷花鲜。攀荷弄其珠，荡漾不成圆。
佳期彩云重，欲赠隔远天。相思无由见，怅望凉风前。
○此亦采芳以诒美人之辞。

去去复去去，辞君还忆君。汉水既殊流，楚山亦此分。

人生难称意，岂得长为群。越燕喜海日，燕鸿思朔云。
别久容华晚，琅玕不能饭。日落知天昏，梦长觉道远。
望夫登高山，化石竟不返。

○此亦托为贞妇思夫之辞。

感兴八首

瑶姬天帝女，精彩化朝云。宛转入梦宵，无心向楚君。
锦衾抱秋月，绮席空兰芬。茫昧竟谁测，虚传宋玉文。

洛浦有宓妃，飘飖云争飞。轻云拂素月，了可见清辉。
解珮欲西走，含情讵相违。香尘动罗袜，绿水不沾衣。
陈王徒作赋，神女岂同归。好色伤大雅，多为世所讥。

裂素持作书，将寄万里怀。眷眷待远信，竟岁无人来。
征鸿务从阳，又不为我栖。委之在深箧，蠹鱼坏其题。
何如投水中，流落他人开。不惜他人开，但恐生是非。

芙蓉娇绿波，桃李夸白日。偶蒙春风荣，生此艳阳质。
岂无佳人色，但恐花不多。宛转龙火飞，零落互相失。
讵知凌寒松，千载长守一。

十五游神仙，仙游未曾歇。吹笙吟松风，泛瑟窥海月。
西山玉童子，使我炼金骨。欲逐黄鹤飞，相呼向蓬阙。

西国有美女，结楼青云端。蛾眉艳晓月，一笑倾城欢。
高节夺明主，炯心如凝丹。常恐彩色晚，不为人所观。
安得配君子，共成双飞鸾。

朅来荆山客，谁为珉玉分？良宝绝见弃，虚持三献君。
直木忌先伐，芬兰哀自焚。盈满天所损，沉冥道所群。
东海有碧水，西山多白云。鲁连及夷齐，可以蹑清芬。

嘉谷隐丰草，草深苗且稀。农夫既不异，孤穗将安归。
常恐委畴陇，忽与秋蓬飞。乌得荐宗庙，为君生光辉。

寓言三首

周公负斧扆，成王何夔夔。武王昔不豫，剪爪投河湄。
贤圣遇谗慝，不免人君疑。天风拔大木，禾黍咸伤萎。
管蔡扇苍蝇，公赋《鸱鸮》诗。金縢若不启，忠信谁明之。

遥裔双彩凤，婉娈三青禽。往还瑶台里，鸣舞玉山岑。
以欢秦娥意，复得王母心。驱驱精卫鸟，衔木空长吟。

长安春色归，先入青门道。绿杨不自持，从风欲倾倒。
海燕还秦宫，双飞入簾栊。相思不可见，托梦辽城东。

秋夕旅怀

凉风度秋海，吹我乡思飞。连山去无际，流水何时归。
日夕浮云色，心断明月晖。芳草歇柔艳，白露催寒衣。
梦长银汉落，觉罢天星稀。含叹想旧国，泣下谁能挥。

感遇四首

吾爱王子晋，得道伊洛滨。金骨既不毁，玉颜长自春。
可怜浮丘公，猗靡与情亲。举手白日间，分明谢时人。

二仙去已远，梦想空殷勤。

可叹东篱菊，茎疏叶且微。虽言异兰蕙，亦自有芳菲。
未泛盈樽酒，徒沾清露辉。当荣君不采，飘落欲何依。

昔余闻嫦娥，窃药驻云发。不自娇玉颜，方希炼金骨。
飞去身莫返，含笑坐明月。紫宫夸蛾眉，随手会凋歇。

宋玉事楚王，立身本高洁。巫山赋彩云，郢路歌白雪。
举国莫能和，巴人皆卷舌。一惑登徒言，恩情遂中绝。
○已上感遇。

翰林读书言怀呈集贤院内诸学士

晨趋紫禁中，夕待金门诏。观书散遗帙，探古穷至妙。
片言苟会心，掩卷忽而笑。青蝇易相点，白雪难同调。
本是疏散人，屡贻褊促诮。云天属清朗，林壑忆游眺。
或时清风来，闲倚栏下啸[①]。严光桐庐溪，谢客临海峤。
功成谢人君[②]，从此一投钓。
○长安。○以下写怀。①栏：一作檐。②君：一作间。

寻阳紫极宫感秋作

何处闻秋声，翛翛北窗竹。回薄万古心，揽之不盈掬。
静坐观众妙，浩然媚幽独。白云南山来，就我檐下宿。
懒从唐生决，羞访季主卜。四十九年非，一往不可复。
野情转萧散，世道有翻覆。陶令归去来，田家酒应熟。

江上秋怀

餐霞卧旧壑，散发谢远游。山蝉号枯桑，始复知天秋。

朔雁别海裔，越燕辞江楼。飒飒风卷沙，茫茫雾萦洲。
黄云结暮色，白水扬寒流。恻怆心自悲，潺湲泪难收。
蘅兰方萧瑟，长叹令人愁。

秋夕书怀[①]

北风吹海雁，南度落寒声。感此潇湘客，凄其流浪情。
海怀结沧洲[②]，霞想遥赤城[③]。始探蓬壶事[④]，旋觉天地轻。
澹然吟高秋，闲卧瞻太清。萝月掩空幕[⑤]，松霜皓前楹[⑥]。
灭见息群动，猎微穷至精。桃花有源水，可以保吾生。

①一作《秋日南游书怀》。②一作“远心飞苍梧”。③霞：一作遐。遥：一作游。④一作“始采蓬壶术”。⑤掩：一作隐。⑥霜皓：一作云散。

避地司空原言怀

南风昔不竞，豪圣思经纶。刘琨与祖逖，起舞鸡鸣晨。
虽有匡济心，终为乐祸人。我则异于是，潜光皖水滨。
卜筑司空原，北将天柱邻。雪霁万里月，云开九江春。
俟乎太阶平，然后托微身。倾家事金鼎，年貌何长新。
所愿得此道，终然保清真。弄景奔日驭，攀星戏河津。
一随王乔去，长年玉天宾。

○舒州。

南奔书怀[①]

遥夜何漫漫[②]，空歌白石烂。宁戚未匡齐，陈平终佐汉。
欃枪扫河洛，直割鸿沟半。历数方未迁，云雷屡多难。
天人秉旄钺，虎竹光藩翰。侍笔黄金台，传觞青玉案。
不因秋风起，自有思归叹。主将动谗疑，王师忽离叛。
自来白沙上[③]，鼓噪丹阳岸。宾御如浮云，从风各消散。

舟中指可掬，城上骸争爨。草草出近关，行行昧前算。
南奔剧星火，北寇无涯畔。顾乏七宝鞭，留连道边玩。
太白夜食昴，长虹日中贯。秦赵兴天兵，茫茫九州乱。
感遇明主恩④，颇高祖逖言。过江誓流水，志在清中原。
拔剑击前柱，悲歌难重论。

①一作《自丹阳南奔道中作》。②何漫漫：一作何时旦。③一作“兵罗沧海上”。④遇：一作结。

荆州贼乱临洞庭言怀作

修蛇横洞庭，吞象临江岛。积骨成巴陵，遗言闻楚老。
水穷三苗国，地窄三湘道。岁晏天峥嵘，时危人枯槁。
思归阻丧乱，去国伤怀抱。郢路方丘墟，章华亦倾倒。
风悲猿啸苦，木落鸿飞早。日隐西赤沙，月明东城草。
关河望已绝，氛雾行当扫。长叫天可闻，吾将问苍昊。

览镜书怀

得道无古今，失道还衰老。自笑镜中人，白发如霜草。
扪心空叹息，问影何枯槁。桃李竟何言，终成南山皓。

江南春怀

青春几何时，黄鸟鸣不歇。天涯失乡路①，江外老华发。
心飞秦塞云，影滞楚关月。身世殊烂漫，田园久芜没。
岁晏何所从，长歌谢金阙。

①乡：一作归。〇已上写怀。

鲁东门观刈蒲

鲁国寒事早，初霜刈渚蒲。挥镰若转月，拂水生连珠。

此草最可珍，何必贵龙须。织作玉床席，欣承清夜娱。罗衣能再拂，不畏素尘芜。
○鲁中。○以下咏物。

咏邻女东窗海石榴

鲁女东窗下，海榴世所稀。珊瑚映绿水，未足比光辉。清香随风发，落日好鸟归。愿为东南枝，低举拂罗衣。无由一攀折，引领望金扉。

南轩松

南轩有孤松，柯叶自绵幂。清风无闲时，潇洒终日夕。阴生古苔绿，色染秋烟碧。何当凌云霄，直上数千尺。

求崔山人百丈崖瀑布图

百丈素崖裂，四山丹壁开。龙潭中喷射，昼夜生风雷。但见瀑泉落，如潀云汉来。闻君写真图，岛屿备萦回。石黛刷幽草，曾青泽古苔。幽缄傥相传，何必向天台。

见野草中有名白头翁者

醉入田家去，行歌荒野中。如何青草里，亦有白头翁。折取对明镜，宛将衰鬓同。微芳似相诮，流恨向东风。

莹禅师房观山海图

真僧闭精宇，灭迹含达观。列嶂图云山，攒峰入霄汉。丹崖森在目，清昼疑卷幔。蓬壶来轩窗，瀛海入几案。烟涛争喷薄，岛屿相凌乱。征帆飘空中，瀑水洒天半。峥嵘若可陟，想像徒盈叹。杳与真心冥，遂谐静者玩。

如登赤城里，揭涉沧洲畔。即事能娱人，从兹得萧散。

咏桂二首

园花笑芳年，池草艳春色。犹不如槿花，婵娟玉阶侧。
芬荣何夭促，零落在瞬息。岂若琼树枝，终岁长翕赩。

世人种桃李，多在金张门。攀折争捷径，及此春风暄。
一朝天霜下，荣耀难久存。安知南山桂，绿叶垂芳根。
清阴亦可托，何惜树君园。

宣城长史弟昭赠余琴溪中双舞鹤诗以见志

令弟佐宣城，赠余琴溪鹤。谓言天涯雪，忽向窗前落。
白玉为毛衣，黄金不肯博。当风振六翮，对舞临山阁。
愿我如有情，长鸣似相托。何当驾此物，与尔腾寥廓。
〇已上咏物。

题随州紫阳先生壁

神农好长生，风俗久已成。复闻紫阳客，早署丹台名。
喘息餐妙气，步虚吟真声。道与古仙合，心将元化并。
楼疑出蓬海，鹤似飞玉京。松雪窗外晓，池水阶下明。
忽耽笙歌乐，顿失轩冕情。终愿惠金液，提携凌太清。
〇以下题咏。

题元丹丘山居

故人栖东山，自爱丘壑美。青春卧空林，白日犹不起。
松风清襟袖，石潭洗心耳。羡君无纷喧，高枕碧霞里。

题元丹丘颍阳山居　并序

丹丘家于颍阳，新卜别业。其地北倚马岭，连峰嵩丘；南瞻鹿台，极目汝海。云岩映郁，有佳致焉。白从之游，故有此作。

仙游度颍水，访隐同元君。忽遗苍生望，独与洪崖群。
卜地初晦迹，兴言且成文。却顾北山断，前瞻南岭分。
遥通汝海月，不隔嵩丘云。之子合逸趣，而我钦清芬。
举迹倚松石，谈笑迷朝曛。终愿狎青鸟，拂衣栖江濆。

题瓜洲新河饯族叔舍人贲

齐公凿新河，万古流不绝。丰功利生人，天地同朽灭。
两桥对双阁，芳树有行列。爱此如甘棠，谁云敢攀折。
吴关倚此固，天险自兹设。海水落斗门，潮平见沙汭。
我行送季父，弭棹徒流悦。杨花满江来，疑是龙山雪。
惜此林下兴，怆为山阳别。瞻望清路尘，归来空寂蔑。

洗脚亭

白道向姑熟，洪亭临道旁。前有吴时井，下有五丈床。
樵女洗素足，行人歇金装。西望白鹭洲，芦花似朝霜。
送君此时去，回首泪成行。

题金陵王处士水亭①

王子耽玄言，贤豪多在门。好鹅寻道士，爱竹啸名园。
树色老荒苑②，池光荡华轩。此堂见明月，更忆陆平原。
扫地青玉簟，为余置金樽。醉罢欲归去③，花枝宿鸟喧。
何时复来此，再得洗嚣烦④。

①此亭盖齐朝南苑，又是陆机故宅。②老：一作秀。③罢：一作后。④再：一作更。

题嵩山逸人元丹丘山居　并序

白久在庐霍，元公近游嵩山，故交深情，出处无间，岳信频及，许为主人，欣然适会本意。当冀长往不返，欲便举家就之，兼书共游，因有此赠。

家本紫云山，道风未沦落。况怀丹丘志，冲赏归寂寞。
揭来游闽荒，扪涉穷禹凿。夤缘泛潮海，偃蹇陟庐霍。
凭雷蹑天窗，弄景憩霞阁。且欣登眺美，颇惬隐沦诺。
三山旷幽期，四岳聊所托。故人契嵩颍，高义炳丹雘。
灭迹遗纷嚣，终言本峰壑。自矜林湍好，不羡市朝乐。
偶与真意并，顿觉世情薄。尔能折芳桂，吾亦采兰若。
拙妻好乘鸾，娇女爱飞鹤。提携访神仙，从此炼金药。

嘲鲁儒

鲁叟谈五经，白发死章句。问以经济策，茫如坠烟雾。
足著远游履，首戴方头巾。缓步从直道，未行先起尘。
秦家丞相府，不重褒衣人。君非叔孙通，与我本殊伦。
时事且未达，归耕汶水滨。

惧　谗

二桃杀三士，讵假剑如霜。众女妬蛾眉，双花竞春芳。
魏姝信郑袖，掩袂对怀王。一惑巧言子，朱颜成死伤[①]。
行将泣团扇，戚戚愁人肠。

①死：一作损。

平虏将军妻

平虏将军妇，入门二十年。君心自不悦，妾宠岂得专。
出解床前帐，行吟道上篇。古人不唾井，莫忘昔缠绵。

嵩山采菖蒲者

神人多古貌，双耳下垂肩。嵩岳逢汉武，疑是九疑仙。
我来采菖蒲，服食可延年。言终忽不见，灭影入云烟。
喻帝竟莫悟，终归茂陵田①。

①张齐贤曰：此篇是咏仙人王兴诗，语乃隐括其传中事。

金陵听韩侍御吹笛

韩公吹玉笛，倜傥流英音。风吹绕钟山，万壑皆龙吟。
王子停凤管，师襄掩瑶琴。馀响渡江去，天涯安可寻。

白田马上闻莺

黄鹂啄紫椹，五月鸣桑枝。我行不记日，误作阳春时。
蚕老客未归，白田已缫丝①。驱马又前去，扪心空自悲②。

①一作“吴人欲蚕丝”。②悲：一作嗤。

杂　诗

白日与明月，昼夜尚不闲①。况尔悠悠人，安得久世间。
传闻海水上，乃有蓬莱山。玉树生绿叶，灵仙每登攀。
一食驻玄发，再食留红颜。吾欲从此去，去之无时还。

①尚：一作常。○已上题咏。

寄远十二首

三鸟别王母，衔书来见过。肠断若剪弦，其如愁思何。

遥知玉窗里，纤手弄云和。奏曲有深意，青松交女萝。
写水落井中，同泉岂殊波。秦心与楚恨，皎皎为谁多[①]。
○以下闺情。①写水：即泻水也，本鲍明远“泻水置平地”。“写水”四句，谓彼此两地同一相思，未知情恨孰多耳。

青楼何所在，乃在碧云中。宝镜挂秋水[①]，罗衣轻春风。
新妆坐落日，怅望金屏空[②]。念此送短书[③]，愿因双飞鸿[④]。
①水：一作月。②金：一作锦。③念此：一作剪綵。④因：一作向。

本作一行书，殷勤道相忆。一行复一行，满纸情何极。
瑶台有黄鹤，为报青楼人。朱颜凋落尽，白发一何新。
自知未应还[①]，离居经三春[②]。桃李今若为，当窗发光彩。
莫使香风飘，留与红芳待[③]。
①还：一作老。②居：一作君。③与：一作取。

玉箸落春镜[①]，坐愁湖阳水。闻与阴丽华[②]，风烟接邻里。
青春已复过，白日忽相催。但恐荷花晚[③]，令人意已摧。
相思不惜梦，日夜向阳台。
①春：一作清。②闻：一作且。③荷：一作飞。

远忆巫山阳，花明绿江暖。踌躇未得往，泪向南云满。
春风复无情，吹我梦魂断。不见眼中人，天长音信短。

阳台隔楚水[①]，春草生黄河[②]。相思无日夜，浩荡若流波。
流波向海去，欲见终无因[③]。遥将一点泪，远寄如花人。
①阳台：一作阴云。②一作“转蓬落渭河”。③一作“定绕珠江滨”。

昔在春陵东[1]，君居汉江岛。百里望花光，往来成白道[2]。
一为云雨别，此地生秋草。秋草秋蛾飞，相思愁落晖。
何由一相见，灭烛解罗衣[3]。

①昔：一作妾。②一作“日日采蘼芜，上山成白道”。③一本“晖”下添：“昔时携手去，今时流泪归。遥知不得意，玉箸点罗衣。”

忆昨东园桃李红碧枝，与君此时初别离。
金瓶落井无消息，令人行叹复坐思。
坐思行叹成楚越，春风玉颜畏销歇。
碧窗纷纷下落花，青楼寂寂空明灭。
两不见，但相思。空留锦字表心素，至今缄愁不忍窥。

长短春草绿，缘门如有情。卷葹心独苦，抽却死还生。
睹物知妾意，希君种后庭。闲时当采掇，念此莫相轻。

鲁缟如玉霜，笔题月支书[1]。寄书白鹦鹉，西海慰离居。
行数虽不多，字字有委曲。天末如见之，开缄泪相续。
千里若在眼，万里若在心。相思千万里，一书值千金。

①笔：一作剪。

美人在时花满堂，美人去后馀空床。
床中绣被卷不寝[1]，至今三载闻馀香[2]。
香亦竟不灭，人亦竟不来。相思黄叶尽[3]，白露湿青苔。

①卷不寝：一作更不卷。②闻馀香：一作犹闻香。③尽：一作落。○此首一作“赠远”。

爱君芙蓉婵娟之艳色，若可餐兮难再得。

怜君冰玉清炯之明心，情不极兮意已深。
朝共琅玕之绮食[1]，夜同鸳鸯之锦衾。恩情婉娈忽为别，
使人莫错乱愁心。乱愁心，涕如雪。寒灯厌梦魂欲绝，
觉来相思生白发，盈盈汉水若可越，可惜凌波步罗袜。
美人美人兮归去来，莫作朝云飞阳台。

①琅玕，玉也，谓玉食也。○第八首及末二首均长短句，附录。

代赠远[1]

妾本洛阳人，狂夫幽燕客。渴饮易水波，由来多感激。
胡马西北驰，香鬃摇绿丝。鸣鞭从此去，逐虏荡边陲。
昔去有好言，不言久离别。燕支多美女，走马轻风雪。
见此不记人，恩情云雨绝。啼流玉箸尽，坐恨金闺切。
织锦作短书，肠随回文结。相思欲有寄，恐君不见察。
焚之扬其灰，手迹自此灭。

①一作《寄远》。

闺　情

流水去绝国，浮云辞故关。水或恋前浦，云犹归旧山。
恨君流沙去[1]，弃妾渔阳间。玉箸夜垂流[2]，双双落朱颜。
黄鸟坐相悲，绿杨谁更攀。织锦心草草，挑灯泪斑斑。
窥镜不自识，况乃狂夫还。

①流：一作龙。②夜垂：一作日夜。

代别情人

清水本不动，桃花发岸傍。桃花弄水色，波荡摇春光。
我悦子容艳，子倾我文章。风吹绿琴去，曲度紫鸳鸯。
昔作一水鱼，今成两枝鸟。哀哀长鸡鸣，夜夜达五晓。

起折相思树，归赠知寸心。覆水不可收，行云难重寻。
天涯有度鸟，莫绝瑶华音。

代秋情

几日相别离，门前生穞葵[1]。寒蝉聒梧桐，日夕长鸣悲。
白露湿萤火，清霜零兔丝。空掩紫罗袂[2]，长啼无尽时。
①穞：自生稻。②一作“空闺掩罗袂”。

湖边采莲妇

小姑织白纻，未解将人语。大嫂采芙蓉，溪湖千万重。
长兄行不在，莫使外人逢。愿学秋胡妇，贞心比古松。

学古思边

衔悲上陇首，肠断不见君。流水若有情，幽哀从此分。
苍茫愁边色，惆怅落日曛。山外接远天，天际忽有云。
白雁从中来，飞鸣苦难闻。足系一书札，寄言叹离群。
离群心断绝，十见花成雪。胡地无春晖，征人行不归。
相思杳如梦，珠泪湿罗衣。

折荷有赠

涉江玩秋水，爱此红蕖鲜。攀荷弄其珠，荡漾不成圆。
佳人彩云里，欲赠隔远天。相思无因见，怅望凉风前。
○按：此与《拟古》第十一首大同小异。

秋浦寄内

我今寻阳去，辞家千里馀。结荷见水宿，却寄大雷书。
虽不同辛苦，怆离各自居。我自入秋浦，三年北信疏。

红颜愁落尽，白发不能除。有客自梁苑，手携五色鱼。
开鱼得锦字，归问我何如。江山虽道阻，意合不为殊。

自代内赠

宝刀截流水，无有断绝时。妾意逐君行，缠绵亦如之。
别来门前草，春尽秋转碧。扫尽还更生，萋萋两行迹。
鸣凤始相得，雄惊雌各飞。游云落何山？一往不见归。
估客发大楼[①]，知君在秋浦。梁苑空锦衾，阳台梦行雨。
妾家三作相，失势去西秦。犹有旧歌管，凄清闻四邻。
曲度入紫云，啼无眼中人。女弟争笑弄，悲羞泪盈巾。
妾似井底桃，开花向谁笑？君如天上月，不肯一回照。
窥镜不自识，别多憔悴深。安得秦吉了，为人道寸心。

①大楼：一作东海。

秋浦感主人归燕寄内

霜朽楚关木，始知杀气严。寥寥金天廓，婉婉绿红潜。
胡燕别主人，双双语前檐。三飞四回顾，欲去复相瞻。
岂不恋华屋，终然谢珠簾。我不及此鸟，远行岁已淹。
寄书道中叹，泪下不能缄。

送内寻庐山女道士李腾空二首

君寻腾空子，应到碧山家。水舂云母碓，风扫石楠花。
若恋幽居好，相邀弄紫霞。

多君相门女，学道爱神仙。素手掬青霭，罗衣曳紫烟。
一往屏风叠，乘鸾着玉鞭[①]。

①着玉鞭：一作不着鞭。

在寻阳非所寄内

闻难知痛哭，行啼入府中。多君同蔡琰，流泪请曹公。知登吴章岭[①]，昔与死无分。崎岖行石道，外折入青云。相见若悲叹，哀声那可闻。

①吴章岭，去寻阳城四十五里，岭南即今南康府也。〇已上闺情。

自溧水道哭王炎三首

白杨双行行，白马悲路傍。晨兴见晓月，更似发云阳。溧水通吴关，逝川去未央。故人万化尽，闭骨茅山冈。天上坠玉棺，泉中掩龙章。名飞日月上，义与风云翔。逸气竟莫展，英图俄夭伤。楚国一老人，来嗟龚胜亡。有言不可道，雪泣惜兰芳。

〇宣州作。〇以下哀伤。

王公希代宝，弃世一何早。弔死不及哀，殡宫已秋草。悲来欲脱剑，挂向何枝好？哭向茅山虽未摧，
一生泪尽丹阳道。

王家碧瑶树，一树忽先摧。海内故人泣，天涯弔鹤来。未成霖雨用，先夭济川材。一罢广陵散，鸣琴更不开。

卷七　杜工部五古上

百六十八首

奉赠韦左丞丈二十二韵

纨袴不饿死，儒冠多误身。丈人试静听，贱子请具陈。
甫昔少年日①，早充观国宾。读书破万卷，下笔如有神。
赋料扬雄敌，诗看子建亲。李邕求识面，王翰愿卜邻②。
自谓颇挺出③，立登要路津。致君尧舜上，再使风俗淳。
此意竟萧条，行歌非隐沦。骑驴三十载，旅食京华春。
朝扣富儿门，暮随肥马尘。残杯与冷炙，到处潜悲辛。
主上顷见征，欻然欲求伸。青冥却垂翅，蹭蹬无纵鳞。
甚愧丈人厚，甚知丈人真。每于百僚上，猥诵佳句新。
窃笑贡公喜，难甘原宪贫。焉能心怏怏，只是走踆踆。
今欲东入海，即将西去秦。尚怜终南山，回首清渭滨。
常拟报一饭，况怀辞大臣。白鸥没浩荡④，万里谁能驯。

○以下皆天宝未乱以前之诗。①少：一作妙。②卜：陈作为。③出：一作生。④没：宋作波。

送高三十五书记①

崆峒小麦熟，且愿休王师②。请公问主将，焉用穷荒为？
饥鹰未饱肉，侧翅随人飞。高生跨鞍马，有似幽并儿③。
脱身簿尉中，始与捶楚辞。借问今何官，触热向武威。

答云一书记[4]，所愧国士知。人实不易知，更须慎其仪[5]。
十年出幕府，自可持旌麾[6]。此行既特达，足以慰所思[7]。
男儿功名遂，亦在老大时[8]。常恨结欢浅，各在天一涯。
又如参与商，惨惨中肠悲。惊风吹鸿鹄[9]，不得相追随。
黄尘翳沙漠，念子何当归[10]。边城有馀力，早寄从军诗。

①《旧书》：适解褐汴州封丘尉，非其好也，乃去位，客游河右。河西节度哥舒翰见而异之，表为左骁卫兵曹，充翰府掌书记，从翰入朝，盛称之于上前。《通鉴》：天宝十三载五月，哥舒翰奏前封丘尉高适掌书记。②且：一作吾。③幽并：一作并州。④云：一作言。⑤更：一作尤。仪：一作宜。⑥麾：一作旗。⑦一作“亦足慰远思”。⑧大：唐佐切。《夜归》诗“明星当空大”，同。⑨吹：一作飘。⑩当：一作时。○“王师”句、“穷荒”句、“慎仪”二句，皆不满于哥舒之辞。

赠李白

二年客东都，所历厌机巧。野人对膻腥，蔬食常不饱。
岂无青精饭，使我颜色好。苦乏大药资[1]，山林迹如扫。
李侯金闺彦，脱身事幽讨。亦有梁宋游，方期拾瑶草。

①大：一作买。

游龙门奉先寺

已从招提游，更宿招提境。阴壑生虚籁[1]，月林散清影。
天阙象纬逼[2]，云卧衣裳冷。欲觉闻晨钟，令人发深省。

①虚：一作灵。②阙：一作阔，荆又作阅，蔡兴宗《考异》作窥。

望　岳

岱宗夫如何，齐鲁青未了。造化钟神秀，阴阳割昏晓。
荡胸生层云，决眦入归鸟。会当凌绝顶，一览众山小。

陪李北海宴历下亭[①]

东藩驻皂盖，北渚凌青荷[②]。海内此亭古[③]，济南名士多。
云山已发兴，玉珮仍当歌。修竹不受暑，交流空涌波。
蕴真惬所遇，落日将如何。贵贱俱物役，从公难重过。

①时邑人蹇处士等在坐，李公序。②青荷：一作清河。③内：一作右。

赠卫八处士

人生不相见，动如参与商。今夕复何夕，共此灯烛光[①]。
少壮能几时，鬓发各已苍。访旧半为鬼，惊呼热中肠。
焉知二十载，重上君子堂。昔别君未婚，儿女忽成行。
怡然敬父执，问我来何方。问答乃未已[②]，儿女罗酒浆[③]。
夜雨剪春韭，新炊间黄粱[④]。主称会面难，一举累十觞[⑤]。
十觞亦不醉[⑥]，感子故意长。明日隔山岳，世事两茫茫。

①一云"共宿此烛光"。②乃未已：陈浩然作"未及已"。③儿女：一作驱儿。④新：一作晨。⑤累：一作蒙。⑥十觞：一作百觞；醉：一作辞。

苦雨奉寄陇西公兼呈王征士[①]

今秋乃淫雨，仲月来寒风。群木水光下，万象云气中[②]。
所思碍行潦，九里信不通。悄悄素浐路，迢迢天汉东。
愿腾六尺马[③]，背若孤征鸿。划见公子面[④]，超然欢笑同。
奋飞既胡越，局促伤樊笼[⑤]。一饭四五起，凭轩心力穷。
嘉蔬没溷浊，时菊碎榛丛。鹰隼亦屈猛，乌鸢何所蒙。
式瞻北邻居，取适南巷翁。挂席钓川涨，焉知清兴终。

①陇西公，即汉中王瑀；征士，琅琊王澈。②象：一作家。③马：一作驹。④公：一作君。⑤"奋飞"句，言为雨所阻，咫尺千里，不能奋飞，若胡越之相隔也。

同诸公登慈恩寺塔[1]

高标跨苍天[2]，烈风无时休。自非旷士怀[3]，登兹翻百忧。
方知象教力，足可追冥搜[4]。仰穿龙蛇窟，始出枝撑幽[5]。
七星在北户[6]，河汉声西流。羲和鞭白日，少昊行清秋。
秦山忽破碎，泾渭不可求。俯视但一气，焉能辨皇州。
回首叫虞舜，苍梧云正愁。惜哉瑶池饮[7]，日晏昆仑丘。
黄鹄去不息，哀鸣何所投。君看随阳雁，各有稻粱谋。

①时高适、薛据先有此作。②天：一作穹。③旷：一作壮。④足：一作立。⑤出：一作惊。⑥北户：一作户北。⑦饮：一作燕。○昔贤谓以王母比杨妃，瑶池日晏比淫乐忘返，在杜公之意或有之。至谓虞舜苍梧，以二妃不从比杨妃之从游；又谓黄鹄比贤人远引，阳雁比小人怀禄，则失之凿矣。黄鹄盖公以自喻，谓己有大志而卒无所遇，不如碌碌者多得温饱耳。

示从孙济

平明跨驴出，未知适谁门。权门多噂㗳，且复寻诸孙。
诸孙贫无事，宅舍如荒村。堂前自生竹，堂后自生萱。
萱草秋已死，竹枝霜不蕃[1]。淘米少汲水，汲多井水浑。
刈葵莫放手，放手伤葵根。阿翁懒惰久，觉儿行步奔。
所来为宗族[2]，亦不为盘飧。小人利口实，薄俗难可论[3]。
勿受外嫌猜，同姓古所敦。

①蕃：一作翻。②来：一作求。③可：一作具。

九日寄岑参

出门复入门，两脚但如旧[1]。所向泥活活[2]，思君令人瘦。
沉吟坐西轩[3]，饮食错昏昼[4]。寸步曲江头，难为一相就。
吁嗟呼苍生[5]，稼穑不可救。安得诛云师，畴能补天漏。

大明韬日月，旷野号禽兽。君子强逶迤，小人困驰骤。
维南有崇山，恐与川浸溜[6]。是节东篱菊[7]，纷披为谁秀。
岑生多新诗[8]，性亦嗜醇酎。采采黄金花，何由满衣袖。

①两：陈作雨。②活活：一作浩浩。③西：一作秋。句一云“冷卧西窗下”。④饮：一作饭。⑤呼：一作乎。⑥恐：一作漭。⑦节：一作时。⑧诗：一作语。

渼陂西南台

高台面苍陂，六月风日冷。蒹葭离披去，天水相与永。
怀新目似击，接要心已领。仿像识鲛人，空蒙辨鱼艇。
错磨终南翠，颠倒白阁影。嶒崒增光辉，乘陵惜俄顷。
劳生愧严郑，外物慕张邴。世复轻骅骝，吾甘杂蛙黾。
知归俗可忽，取适事莫并[1]。身退岂待官，老来苦便静[2]。
况资菱芡足，庶结茅茨迥。从此具扁舟，弥年逐清景。

①适：一作足。②便：平声。

戏简郑广文兼呈苏司业[1]

广文到官舍，系马堂阶下[2]。醉则骑马归[3]，颇遭官长骂。
才名四十年[4]，坐客寒无毡。赖有苏司业[5]，时时与酒钱[6]。

①郑广文：虔。苏司业：源明。②系：一作置。③则：一作即。④四：一作三。⑤赖：一作近。⑥与：一作乞。

夏日李公见访[1]

远林暑气薄，公子过我游。贫居类村坞，僻近城南楼。
旁舍颇淳朴，所愿亦易求[2]。隔屋唤西家，借问有酒不。
墙头过浊醪，展席俯长流。清风左右至，客意已惊秋。
巢多众鸟斗[3]，叶密鸣蝉稠。苦道此物聒[4]，孰谓吾庐幽[5]。

水花晚色静[6]，庶足充淹留。预恐樽中尽，更起为君谋。

①李公：一作李家令。李时为太子家令。黄鹤曰：按宗室世系表，当是李炎。②愿：樊、陈并作须。③斗：一作喧。④道：一作遭。⑤谓：陈作语。⑥静：樊作净。

奉同郭给事汤东灵湫作

东山气鸿濛，宫殿居上头。君来必十月，树羽临九州。
阴火煮玉泉，喷薄涨岩幽。有时浴赤日，光抱空中楼。
阆风入辙迹，旷原延冥搜[1]。沸天万乘动[2]，观水百丈湫。
幽灵斯可佳[3]，王命官属休。初闻龙用壮，擘石摧林丘。
中夜窟宅改，移因风雨秋。倒悬瑶池影，屈注苍江流。
味如甘露浆，挥弄滑且柔。翠旗淡偃蹇，云车纷少留。
箫鼓荡四溟，异香泱漭浮。鲛人献微绡，曾祝沉豪牛。
百祥奔盛明，古先莫能俦。坡陀金虾蟆，出见盖有由。
至尊顾之笑，王母不肯收[4]。复归虚无底，化作长黄虬[5]。
飘飘青琐郎[6]，文采珊瑚钩。浩歌《渌水》曲，清绝听者愁。

①旷：一作广。原：一作野。②沸：一作拂。③幽灵：一云灵湫。斯：一作新。佳：一作怪。④肯：一作遣。⑤长黄虬：一云龙与虬。⑥飘飘：一作飘飖。○首十四句，叙玄宗常以十月幸骊山汤泉。“初闻”以下十六句，叙龙移湫之事。“坡陀”以下六句，钱笺以为指安禄山入朝之事，似未必然。末四句，言郭给事有诗也。

夜听许十损诵诗爱而有作[1]

许生五台宾，业白出石壁。余亦师粲可，身犹缚禅寂。
何阶子方便，谬引为匹敌。离索晚相逢，包蒙欣有击。
诵诗浑游衍[2]，四座皆辟易[3]。应手看捶钩，清心听鸣镝。
精微穿溟涬，飞动摧霹雳。陶谢不枝梧，风骚共推激[4]。
紫燕自超诣，翠驳谁翦剔。君意人莫知，人间夜寥阒。

①许十损：一本作许十一，一本作许十，无“损”字。②浑：一作混。③皆：一作俱。④枝梧：谓格格不入，互相撑拄，不相投契也。《汉书·朱云传》“连拄五鹿君”，拄，即枝梧不相让之意。不枝梧，则谓契合矣。

自京赴奉先县咏怀五百字

杜陵有布衣，老大意转拙。许身一何愚，窃比稷与契。
居然成濩落，白首甘契阔[1]。盖棺事则已，此志常觊豁。
穷年忧黎元，叹息肠内热。取笑同学翁，浩歌弥激烈。
非无江海志，萧洒送日月。生逢尧舜君[2]，不忍便永诀。
当今廊庙具，构厦岂云缺？葵藿倾太阳，物性固莫夺[3]。
顾惟蝼蚁辈，但自求其穴。胡为慕大鲸，辄拟偃溟渤。
以兹悟生理，独耻事干谒。兀兀遂至今，忍为尘埃没。
终愧巢与由，未能易其节。沉饮聊自适[4]，放歌颇愁绝。
岁暮百草零，疾风高冈裂。天衢阴峥嵘，客子中夜发。
霜严衣带断，指直不得结[5]。凌晨过骊山，御榻在嵽嵲。
蚩尤塞寒空，蹴踏崖谷滑。瑶池气郁律，羽林相摩戛。
君臣留欢娱[6]，乐动殷樛嶱[7]。赐浴皆长缨，与宴非短褐[8]。
彤庭所分帛，本自寒女出。鞭挞其夫家，聚敛贡城阙。
圣人筐篚恩，实欲邦国活[9]。臣如忽至理，君岂弃此物。
多士盈朝廷，仁者宜战栗。况闻内金盘，尽在卫霍室。
中堂舞神仙[10]，烟雾散玉质[11]。暖客貂鼠裘[12]，悲管逐清瑟。
劝客驼蹄羹，霜橙压香橘。朱门酒肉臭，路有冻死骨。
枯荣咫尺异，惆怅难再述。北辕就泾渭，官渡又改辙。
群冰从西下[13]，极目高崒兀。疑是崆峒来，恐触天柱折。
河梁幸未坼，枝撑声窸窣。行旅相攀援，川广不可越[14]。
老妻寄异县[15]，十口隔风雪。谁能久不顾，庶往共饥渴。
入门闻号咷，幼子饥已卒。吾宁舍一哀，里巷亦呜咽[16]。

所愧为人父，无食致夭折。岂知秋未登⑰，贫窭有仓卒。
生常免租税⑱，名不隶征伐。抚迹犹酸辛⑲，平民固骚屑。
默思失业徒，因念远戍卒。忧端齐终南⑳，澒洞不可掇。

○天宝十四载十一月初作。①甘：一作苦。②尧舜君：一云尧为君。③莫：一作难。④适：一作遣。⑤得：一作能。⑥君臣：一作圣君。⑦樛嵑：荆作樛葛。⑧宴：一作谋。⑨欲：一作愿。⑩舞：一作有。⑪散：一作蒙。⑫客：一云蒙。⑬冰：一作水。⑭不：一作且。⑮寄：荆作既。⑯亦：陈作犹。⑰未：一作禾。⑱常：一作当。⑲犹：一作独。⑳齐：一作际。○自首至“颇愁绝”，自述生平大志劲节。自“岁暮”至“难再述”，因过骊山而叹君臣欢娱，忧其荒淫兆乱。自“北辕”至末，叙泾渭改道至奉先，及到家情事。此诗作于天宝十四载十一月，而安禄山即于是月叛乱。诗中极咎君臣欢娱，岌岌有乱离之忧，或禄山反叛已略有所闻耶？

白水县崔少府十九翁高斋三十韵

客从南县来，浩荡无与适。旅食白日长，况当朱炎赫。
高斋坐林杪，信宿游衍阒。清晨陪跻攀，傲睨俯峭壁。
崇冈相枕带，旷野怀咫尺①。始知贤主人，赠此遣愁寂。
危阶根青冥，曾冰生淅沥。上有无心云，下有欲落石。
泉声闻复急②，动静随所击③。鸟呼藏其身，有似惧弹射。
吏隐道情性④，兹焉其窟宅。白水见舅氏，诸翁乃仙伯。
杖藜长松阴，作尉穷谷僻。为我炊雕胡，逍遥展良觌。
坐久风颇愁⑤，晚来山更碧。相对十丈蛟，欻翻盘涡坼。
何得空里雷，殷殷寻地脉。烟氛蔼崷崒⑥，魍魉森惨戚。
昆仑崆峒颠，回首如不隔⑦。前轩颓反照⑧，巉绝华岳赤。
兵气涨林峦，川光杂锋镝。知是相公军，铁马云雾积⑨。
玉觞淡无味，羯奴岂强敌。长歌激屋梁，泪下流衽席。
人生半哀乐，天地有顺逆。慨彼高国夫，休明备征狄⑩。
猛将纷填委，庙谋蓄长策。东郊何时开，带甲且来释⑪。

欲告清宴罢[12]，难拒幽明迫。三叹酒食旁，何由似平昔。

〇天宝十五载五月作。〇此下皆安禄山既乱以后之诗。①怀：一作回，一作迥。②急：一作息。③击：一作激。④道：陈作适，一作通。⑤愁：一作怒。⑥氛：一作气。崤：一作蓄。⑦如：一作知。⑧颓：一作摧。⑨雾：一作烟。⑩狄：一作敌。⑪来：荆作未。⑫罢：一作疲。〇是时安禄山已陷东都，而关中无恙，故因见华岳，而言林峦皆有兵气、川光亦杂锋镝也。"相公军"，谓哥舒翰守潼关之师也。

三川观水涨二十韵

我经华原来，不复见平陆。北上唯土山，连天走穷谷。
火云无时出[1]，飞电常在目。自多穷岫雨，行潦相豗蹙。
蓊匌川气黄[2]，群流会空曲。清晨望高浪，忽谓阴崖踣[3]。
恐泥窜蛟龙，登危聚麋鹿。枯查卷拔树，礧磈共充塞。
声吹鬼神下，势阅人代速。不有万穴归，何以尊四渎。
及观泉源涨，反惧江海覆。漂沙折岸去[4]，漱壑松柏秃。
乘陵破山门[5]，回斡裂地轴[6]。交洛赴洪河，及关岂信宿。
应沉数州没，如听万室哭。秽浊殊未清，风涛怒犹蓄。
何时通舟车，阴气不黪黩[7]。浮生有荡汩，吾道正羁束。
人寰难容身，石壁滑侧足。云雷此不已[8]，艰险路更跼。
普天无川梁，欲济愿水缩。因悲中林士，未脱众鱼腹。
举头向苍天，安得骑鸿鹄？

〇天宝十五载七月中避寇时作。①无时出：一云出无时。②蓊：乌红切。匌：音溘。③踣：音匐。④岸去：一作去岸。⑤陵：陈作凌。⑥裂：一作倒。⑦不：一云亦。⑧此：一作屯。

大云寺赞公房四首

心在水精域，衣沾春雨时。洞门尽徐步，深院果幽期。
到扉开复闭[1]，撞钟斋及兹。醍醐长发性，饮食过扶衰[2]。

把臂有多日，开怀无愧辞。黄鹂度结构[③]，紫鸽下罘罳[④]。
愚意会所适[⑤]，花边行自迟。汤休起我病，微笑索题诗。

①到：一作倒。扉：一作屣，又作履。②饮：一作饭。③鹂：一作莺。④罘罳：一云芳菲。⑤愚：一作芳。

细软青丝履，光明白氎巾。深藏供老宿，取用及吾身。
自顾转无趣，交情何尚新。道林才不世，惠远德过人。
雨泻暮檐竹，风吹青井芹[①]。天阴对图画，最觉润龙鳞。

①青：一作春。

灯影照无睡，心清闻妙香。夜深殿突兀，风动金锒铛。
天黑闭春院，地清栖暗芳。玉绳回断绝，铁凤森翱翔。
梵放时出寺，残钟仍殷床。明朝在沃野，苦见尘沙黄[①]。

①时西郊逆贼拒官军未已。

童儿汲井华，惯捷瓶上手[①]。沾洒不濡地，扫除似无帚。
明霞烂复阁[②]，霁雾搴高牖。侧塞被径花，飘飖委墀柳[③]。
艰难世事迫，隐遁佳期后。晤语契深心，那能总钳口。
奉辞还杖策，暂别终回首。泱泱泥污人，听听国多狗。
既未免羁绊[④]，时来憩奔走。近公如白雪，执热烦何有。

①惯捷：《海录》作惯健。上：一作在。②明：一作晨。③墀：一作阶。④绊：一作寓。

晦日寻崔戢李封[①]

朝光入瓮牖，宴寝惊敝裘。起行视天宇，春气渐和柔。
兴来不暇懒[②]，今晨梳我头。出门无所待，徒步觉自由[③]。
杖藜复恣意，免值公与侯。晚定崔李交，会心真罕俦。

每过得酒倾，二宅可淹留。喜结仁里欢，况因令节求。
李生园欲荒，旧竹颇修修[4]。引客看扫除，随时成献酬。
崔侯初筵色，已畏空尊愁。未知天下士，至性有此不[5]？
草牙既青出，蜂声亦暖游。思见农器陈，何当甲兵休。
上古葛天民，不贻黄屋忧[6]。至今阮籍等，熟醉为身谋。
威凤高其翔[7]，长鲸吞九州。地轴为之翻，百川皆乱流。
当歌欲一放，泪下恐莫收。浊醪有妙理，庶用慰沉浮[8]。

①晦日：谓正月晦日。②兴来：一云得兴，一云乘兴。③徒：一作徙。④旧：一作有。⑤至：一作志。⑥屋：一作漪。⑦高其翔：一云自高翔。⑧用：一云与。○“阮籍等”，即公自指并指崔、李等也。“熟醉”句、“高其翔”句，皆谓只谋一身之乐，不恤天下之忧也。“长鲸”三句，指今日天下之乱。

雨过苏端[1]

鸡鸣风雨交[2]，久旱云亦好。杖藜入春泥，无食起我早。
诸家忆所历，一饭迹便扫[3]。苏侯得数过，欢喜每倾倒。
也复可怜人，呼儿具梨枣。浊醪必在眼，尽醉摅怀抱。
红稠屋角花，碧委墙隅草[4]。亲宾纵谈谑[5]，喧闹畏衰老[6]。
况蒙霈泽垂，粮粒或自保。妻孥隔军垒，拨弃不拟道。

①端置酒。②雨：一云雲。③饭：一作饱。④委：一作秀。⑤纵：一作绝。⑥畏：一作慰。

喜　晴[1]

皇天久不雨，既雨晴亦佳。出郭眺西郊，肃肃春增华[2]。
青荧陵陂麦，窈窕桃李花[3]。春夏各有实，我饥岂无涯。
干戈虽横放，惨淡斗龙蛇。甘泽不犹愈，且耕今未赊。
丈夫则带甲，妇女终在家。力难及黍稷，得种菜与麻。

千载商山芝，往者东门瓜。其人骨已朽[4]，此道谁疵瑕。
英贤遇坎坷，远引蟠泥沙。顾惭昧所适，回首白日斜。
汉阴有鹿门，沧海有灵查[5]。焉能学众口，咄咄空咨嗟[6]。

①一云《喜雨》。②肃肃：一作萧萧。③李：一作杏。④朽：一作灭。⑤灵：一作云。⑥空：一作同。

送率府程录事还乡[1]

鄙夫行衰谢，抱病昏妄集[2]。常时往还人，记一不识十。
程侯晚相遇，与语才杰立。熏然耳目开，颇觉聪明入。
千载得鲍叔，末契有所及。意钟老柏青[3]，义动修蛇蛰。
若人可数见，慰我垂白泣。告别无淹晷，百忧复相袭。
内愧突不黔，庶羞以赒给[4]。素丝挈长鱼，碧酒随玉粒。
途穷见交态，世梗悲路涩。东风吹春冰，泱莽后土湿[5]。
念君惜羽翮，既饱更思戢。莫作翻云鹘，闻呼向禽急。

①程携酒馔相就取别。②妄：一作忘。③钟：一作中。④庶羞以：一云庶明似。⑤莽：草堂本作漭。

述怀一首

去年潼关破，妻子隔绝久。今夏草木长，脱身得西走。
麻鞋见天子，衣袖露两肘。朝廷慜生还，亲故伤老丑。
涕泪授拾遗，流离主恩厚。柴门虽得去，未忍即开口。
寄书问三川，不知家在否。比闻同罹祸，杀戮到鸡狗。
山中漏茅屋，谁复依户牖。摧颓苍松根，地冷骨未朽。
几人全性命，尽室岂相偶。嵚岑猛虎场[1]，郁结回我首。
自寄一封书，今已十月后。反畏消息来，寸心亦何有。
汉运初中兴，生平老耽酒。沉思欢会处，恐作穷独叟[2]。

○此以下，自贼中窜归凤翔作。①岑：一作崟。②独：一作途。

送长孙九侍御赴武威判官

骢马新凿蹄，银鞍被来好。绣衣黄白郎，骑向交河道。
问君适万里，取别何草草？天子忧凉州，严程到须早。
去秋群胡反，不得无电扫。此行收遗甿①，风俗方再造。
族父领元戎②，名声国中老。夺我同官良，飘飖按城堡。
使我不能餐，令我恶怀抱。若人才思阔，溟涨浸绝岛③。
尊前失诗流，塞上得国宝。皇天悲送远，云雨白浩浩。
东郊尚烽火，朝野色枯槁。西极柱亦倾④，如何正穹昊。

①收：陈作牧。②钱注：至德二载五月，以武部侍郎杜鸿渐为河西节度使。③浸：一作漫。④钱注：禄山乱，吐蕃乘隙暴掠。至德初，嶲州及武威等诸城入屯石堡。

送樊二十三侍御赴汉中判官

威弧不能弦，自尔无宁岁。川谷血横流，豺狼沸相噬。
天子从北来，长驱振凋敝。顿兵岐梁下，却跨沙漠裔。
二京陷未收，四极我得制。萧索汉水清，缅通淮湖税。
使者纷星散，王纲尚旒缀。南伯从事贤，君行立谈际。
生知七曜历①，手画三军势。冰雪净聪明，雷霆走精锐。
幕府辍谏官，朝廷无此例②。至尊方旰食，仗尔布嘉惠。
补阙暮征入，柱史晨征憩③。正当艰难时，实藉长久计。
回风吹独树，白日照执袂。恸哭苍烟根，山门万重闭④。
居人莽牢落，游子方迢递。徘徊悲生离，局促老一世。
陶唐歌遗民，后汉更列帝⑤。恨无匡复姿⑥，聊欲从此逝。

①生：一作坐。②此：一作比。③樊作“补阙入柱史，晨征固多憩”。④重：一作里。⑤列：一作别。⑥姿：一作资。

送从弟亚赴西安判官[1]

南风作秋声，杀气薄炎炽。盛夏鹰隼击，时危异人至。
令弟草中来，苍然请论事[2]。诏书引上殿，奋舌动天意。
兵法五十家，尔腹为箧笥。应对如转丸，疏通略文字。
经纶皆新语，足以正神器。宗庙尚为灰，君臣俱下泪[3]。
崆峒地无轴，青海天轩轾[4]。西极最疮痍，连山暗烽燧。
帝曰大布衣，藉卿佐元帅。坐看清流沙，所以子奉使。
归当再前席，适远非历试[5]。须存武威郡，为画长久计。
孤峰石戴驿，快马金缠辔。黄羊饫不膻，芦酒多还醉[6]。
踊跃常人情，惨淡苦士志。安边敌何有，反正计始遂。
吾闻驾鼓车，不合用骐骥。龙吟回其头，夹辅待所致。

①西安：一云河西。②然：一作茫。③俱：一作皆。④青海：浩然本作清海。⑤历：一作虚。⑥芦：一作鲁。

送韦十六评事充同谷郡防御判官

昔没贼中时，潜与子同游。今归行在所，王事有去留。
偪侧兵马间，主忧急良筹。子虽躯干小，老气横九州[1]。
挺身艰难际，张目视寇仇。朝廷壮其节，奉诏令参谋。
銮舆驻凤翔，同谷为咽喉。西扼弱水道，南镇枹罕陬[2]。
此邦承平日，剽劫吏所羞。况乃胡未灭，控带莽悠悠。
府中韦使君，道足示怀柔。令侄才俊茂，二美又何求。
受词太白脚，走马仇池头。古色沙土裂[3]，积阴雪云稠[4]。
羌父豪猪靴[5]，羌儿青兕裘[6]。吹角向月窟，苍山旌旗愁[7]。
鸟惊出死树，龙怒拔老湫。古来无人境，今代横戈矛。
伤哉文儒士，愤激驰林丘。中原正格斗，后会何缘由。
百年赋定命，岂料沉与浮。且复恋良友，握手步道周。

论兵远壑净，亦可纵冥搜。题诗得秀句，札翰时相投。

①老：一作志。②枹罕：一作氐羌。③色：一作邑。④雪云：一作霜雪。句一作“积雪阴云稠”。⑤靴：一云帽。⑥晋作“汉兵黑貂裘”。⑦苍山：一作山苍。

塞芦子

五城何迢迢，迢迢隔河水。边兵尽东征，城内空荆杞。
思明割怀卫，秀岩西未已。回略大荒来[①]，崤函盖虚尔。
延州秦北户，关防犹可倚。焉得一万人，疾驱塞芦子？
岐有薛大夫[②]，旁制山贼起。近闻昆戎徒，为退三百里。
芦关扼两寇，深意实在此。谁能叫帝阍[③]，胡行速如鬼。

①来：一作东。②岐：一作顷。③能：晋作敢。○“扼两寇”者，谓东扼高、史等窥太原之寇，西则扼昆戎之寇。“塞”者，所以遮塞而扼守之也。钱氏谓塞芦关而入，直捣长安，殊非。“塞”字之义，亦非诗旨。杜公以书生谈兵，未必有当于事理。然公之意，以延州为秦之北户，在长安之背，扼此两寇，则长安或可收复耳。末言“胡行速如鬼”，言我不疾驱塞之，胡将连行而入，则长安之守益固、援益厚，不复可克矣。

彭衙行

忆昔避贼初，北走经险艰。夜深彭衙道[①]，月照白水山。
尽室久徒步，逢人多厚颜。参差谷鸟吟[②]，不见游子还。
痴女饥咬我，啼畏虎狼闻[③]。怀中掩其口，反侧声愈嗔。
小儿强解事，故索苦李餐。一旬半雷雨，泥泞相牵攀。
既无御雨备，径滑衣又寒。有时经契阔[④]，竟日数里间。
野果充糇粮，卑枝成屋椽。早行石上水，暮宿天边烟。
少留周家洼[⑤]，欲出芦子关。故人有孙宰，高义薄曾云。
延客已曛黑，张灯启重门。暖汤濯我足，剪纸招我魂。
从此出妻孥，相视涕阑干。众雏烂漫睡，唤起沾盘飧。

誓将与夫子，永结为弟昆。遂空所坐堂，安居奉我欢。
谁肯艰难际，豁达露心肝。别来岁月周，羯胡仍构患。
何当有翅翔，飞去堕尔前。

①道：一作门。②吟：一作鸣。③虎狼：一作猛虎。④经：一作最。⑤周：晋作固，一作同。

北　征

皇帝二载秋，闰八月初吉。杜子将北征，苍茫问家室。
维时遭艰虞[①]，朝野少暇日。顾惭恩私被，诏许归蓬荜。
拜辞诣阙下[②]，怵惕久未出。虽乏谏诤姿，恐君有遗失。
君诚中兴主，经纬固密勿。东胡反未已，臣甫愤所切。
挥涕恋行在，道途犹恍惚[③]。乾坤含疮痍[④]，忧虞何时毕[⑤]！
靡靡逾阡陌，人烟渺萧瑟[⑥]。所遇多被伤，呻吟更流血。
回首凤翔县，旌旗晚明灭。前登寒山重，屡得饮马窟。
邠郊入地底，泾水中荡潏。猛虎立我前，苍崖吼时裂。
菊垂今秋花，石戴古车辙[⑦]。青云动高兴，幽事亦可悦。
山果多琐细，罗生杂橡栗。或红如丹砂，或黑如点漆。
雨露之所濡，甘苦齐结实[⑧]。缅思桃源内，益叹身世拙。
坡陀望鄜畤，岩谷互出没。我行已水滨，我仆犹木末。
鸱鸟鸣黄桑[⑨]，野鼠拱乱穴。夜深经战场[⑩]，寒月照白骨。
潼关百万师，往者散何卒[⑪]。遂令半秦民，残害为异物[⑫]。
况我堕胡尘[⑬]，及归尽华发。经年至茆屋，妻子衣百结。
恸哭松声回[⑭]，悲泉共幽咽[⑮]。平生所娇儿，颜色白胜雪。
见耶背面啼，垢腻脚不袜。床前两小女，补绽才过膝。
海图坼波涛，旧绣移曲折。天吴及紫凤，颠倒在裋褐[⑯]。
老夫情怀恶，呕泄卧数日[⑰]。那无囊中帛[⑱]，救汝寒凛慄。
粉黛亦解苞，衾裯稍罗列。瘦妻面复光，痴女头自栉。

学母无不为，晓妆随手抹。移时施朱铅，狼藉画眉阔。
生还对童稚，似欲忘饥渴。问事竞挽须，谁能即瞋喝。
翻思在贼愁，甘受杂乱聒。新归且慰意，生理焉得说[19]。
至尊尚蒙尘，几日休练卒，仰观天色改[20]，坐觉妖气豁[21]。
阴风西北来，惨淡随回鹘[22]。其王愿助顺，其俗喜驰突[23]。
送兵五千人，驱马一万匹。此辈少为贵，四方服勇决。
所用皆鹰腾，破敌过箭疾[24]。圣心颇虚伫，时议气欲夺。
伊洛指掌收，西京不足拔。官军请深入，蓄锐何俱发[25]。
此举开青徐，旋瞻略恒碣。昊天积霜露，正气有肃杀。
祸转亡胡岁，势成擒胡月。胡命其能久，皇纲未宜绝[26]。
忆昨狼狈初，事与古先别。奸臣竟菹醢，同恶随荡析。
不闻夏殷衰[27]，中自诛褒妲。周汉获再兴，宣光果明哲。
桓桓陈将军，仗钺奋忠烈。微尔人尽非，于今国犹活。
凄凉大同殿，寂寞白兽闼。都人望翠华，佳气向金阙。
园陵固有神，扫洒数不缺。煌煌太宗业，树立甚宏达[28]。

○归至凤翔，墨制放往鄜州作。①虞：一作危。②拜：一作奉。阙下：一云阁门。③途：一作路。④含：陈浩然本作“合”。⑤以上将归而恋阙，不忍遽去。⑥瑟：一作索。⑦戴：一作带，一作载。⑧苦：一作酸。⑨鸟：一作枭。⑩深：一作中。⑪散：一作败。⑫以上叙述途次所见景物。⑬堕：一作随。⑭回：一作迴。⑮幽：一作鸣。⑯裋：一作短。⑰一云“数日卧呕泄”。⑱无：一作能。⑲说：一作脱。○以上叙到家后情形。⑳观：一作看。㉑坐：一作旁。气：一作氛。㉒回鹘：一作胡纥。㉓喜：一作善。㉔过：一作如。㉕何：一作可。㉖以上回忆至尊在凤翔，而忧回纥不可恃。㉗夏殷：当作殷周。㉘以上追颂戡乱之功，而极抒望治之怀。

得舍弟消息

风吹紫荆树，色与春庭暮。花落辞故枝，风回返无处。
骨肉恩书重，漂泊难相遇。犹有泪成河，经天复东注。

玉华宫

溪迴松风长[①]，苍鼠窜古瓦。不知何王殿，遗构绝壁下。
阴房鬼火青，坏道哀湍泻。万籁真笙竽[②]，秋色正潇洒[③]。
美人为黄土，况乃粉黛假。当时侍金舆，故物独石马。
忧来藉草坐，浩歌泪盈把。冉冉征途间，谁是长年者？

①迴：一作廻。②笙竽：一作竽瑟。③色：一作气，一作光。正：一作极。

九成宫

苍山入百里，崖断如杵臼。曾宫凭风迴[①]，岌嶪土囊口。
立神扶栋梁[②]，凿翠开户牖。其阳产灵芝，其阴宿牛斗。
纷披长松倒[③]，揭櫱怪石走。哀猿啼一声，客泪迸林薮。
荒哉隋家帝，制此今颓朽。向使国不亡，焉为巨唐有。
虽无新增修，尚置官居守。巡非瑶水远，迹是雕墙后。
我行属时危[④]，仰望嗟叹久。天王守太白[⑤]，驻马更搔首[⑥]。

①迴：一作廻。②梁：一作宇。③披：一作抉。倒：一作侧。④行：一作来。⑤守：晋、晁并作狩。赵云：守，音狩。⑥搔：一作回。

羌村三首

峥嵘赤云西，日脚下平地。柴门鸟雀噪，归客千里至[①]。
妻孥怪我在，惊定还拭泪。世乱遭飘荡，生还偶然遂。
邻人满墙头，感叹亦歔欷。夜阑更秉烛，相对如梦寐。

①归客：一云客子。

晚岁迫偷生，还家少欢趣。娇儿不离膝，畏我复却去。
忆昔好追凉[①]，故绕池边树。萧萧北风劲，抚事煎百虑。

赖知禾黍收[2]，已觉糟床注。如今足斟酌，且用慰迟暮。

①好：一作多。②禾黍：一作黍秫，一作黍稌。

群鸡正乱叫[1]，客至鸡斗争。驱鸡上树木，始闻扣柴荆。
父老四五人，问我久远行。手中各有携，倾榼浊复清。
苦辞酒味薄[2]，黍地无人耕。兵革既未息，儿童尽东征[3]。
请为父老歌，艰难愧深情[4]。歌罢仰天叹，四座泪纵横。

①正：一作忽。②苦：一作莫。③童：一作郎。④深：一作馀。

送李校书二十六韵

代北有豪鹰，生子毛尽赤。渥洼骐骥儿[1]，尤异是龙脊[2]。
李舟名父子，清峻流辈伯[3]。人间好少年[4]，不必须白皙。
十五富文史，十八足宾客，十九授校书，二十声辉赫[5]。
众中每一见，使我潜动魄。自恐二男儿，辛勤养无益。
乾元元年春[6]，万姓始安宅。舟也衣綵衣，告我欲远适。
倚门固有望，敛衽就行役。南登吟白华，已见楚山碧。
蔼蔼咸阳都，冠盖日云积[7]。何时太夫人，堂上会亲戚。
汝翁草明光，天子正前席。归期岂烂漫，别意终感激。
顾我蓬屋姿，谬通金闺籍[8]。小来习性懒，晚节慵转剧[9]。
每愁悔吝作，如觉天地窄。羡君齿发新，行已能夕惕。
临岐意颇切，对酒不能吃。回身视绿野，惨淡如荒泽。
老雁春忍饥[10]，哀号待枯麦。时哉高飞燕，绚练新羽翮。
长云湿褒斜，汉水饶巨石。无令轩车迟，衰疾悲夙昔。

①儿：一作种。②龙：一作虎。③流：樊作时。④少：一作妙。⑤辉：樊作烜。⑥元：一作二。⑦日云：一作已如。⑧闺：一作门。⑨节：一作岁。⑩春忍：陈作忍春。

留花门

北门天骄子[①]，饱肉气勇决。高秋马肥健，挟矢射汉月。
自古以为患，诗人厌薄伐，修德使其来，羁縻固不绝。
胡为倾国至，出入暗金阙。中原有驱除，隐忍用此物。
公主歌黄鹄，君王指白日。连云屯左辅，百里见积雪。
长戟鸟休飞，哀笳曙幽咽[②]。田家最恐惧，麦倒桑枝折。
沙苑临清渭，泉香草丰洁。渡河不用船，千骑常撇烈[③]。
胡尘逾太行，杂种抵京室。花门既须留，原野转萧瑟。

①北门：一作北方，一作花门。②曙：一作晓。③撇烈：一云灭没，《正异》作撇捩。

义　鹘[①]

阴崖有苍鹰[②]，养子黑柏颠。白蛇登其巢，吞噬恣朝餐[③]。
雄飞远求食，雌者鸣辛酸。力强不可制，黄口无半存。
其父从西归[④]，翻身入长烟。斯须领健鹘，痛愤寄所宣[⑤]。
斗上捩孤影，噭哮来九天[⑥]。修鳞脱远枝，巨颡坼老拳。
高空得蹭蹬，短草辞蜿蜒[⑦]。折尾能一掉[⑧]，饱肠皆已穿[⑨]。
生虽灭众雏，死亦垂千年。物情有报复，快意贵目前。
兹实鸷鸟最，急难心炯然[⑩]。功成失所往[⑪]，用舍何其贤。
近经潏水湄，此事樵夫传。飘萧觉素发，凛欲冲儒冠[⑫]。
人生许与分，只在顾盼间[⑬]。聊为义鹘行，用激壮士肝[⑭]。

①宋刻诸本皆曰《义鹘行》，惟吴若本无“行”字。②苍：一作二。③噬：一作之。恣：一作资。④归：一作来。⑤痛愤：一云愤懑，一云冤愤。⑥噭哮：一作无声。⑦短：一作茂。⑧掉：一作摆。⑨皆：一作今。已：一作以。皆已，一云“已皆”。⑩炯：一作皎。⑪往：一作在。⑫欲：一作烈，一作若。⑬只在：一云亦存。⑭用：一作永。

画鹤行[1]

高堂见生鹘[2]，飒爽动秋骨。初惊无拘挛[3]，何得立突兀。
乃知画师妙，功括造化窟[4]。写作神俊姿[5]，充君眼中物。
乌鹊满樛枝，轩然恐其出。侧脑看青霄，宁为众禽没。
长翮如刀剑，人寰可超越。乾坤空峥嵘，粉墨且萧瑟。
缅思云沙际[6]，自有烟雾质。吾今意何伤，顾步独纡郁。

①一作《画雕》。②生：一作老。③挛：一作卷。④功：一作巧。⑤作：一作此。⑥思：一作想。

新安吏

客行新安道，喧呼闻点兵。借问新安吏，县小更无丁。
府帖昨夜下[1]，次选中男行。中男绝短小，何以守王城？
肥男有母送，瘦男独伶俜。白水暮东流，青山犹哭声[2]。
莫自使眼枯，收汝泪纵横。眼枯即见骨，天地终无情。
我军取相州[3]，日夕望其平。岂意贼难料，归军星散营。
就粮近故垒，练卒依旧京。掘壕不到水，牧马役亦轻。
况乃王师顺，抚养甚分明。送行勿泣血，仆射如父兄。

○收京后作。虽收两京，贼犹充斥。①帖：一作符。夜：一作日。②犹：一作闻。③取：一作至。

潼关吏

士卒何草草，筑城潼关道。大城铁不如，小城万丈馀。
借问潼关吏，修关还备胡[1]。要我下马行，为我指山隅。
连云列战格，飞鸟不能逾。胡来但自守，岂复忧西都。
丈人视要处[2]，窄狭容单车。艰难奋长戟，万古用一夫[3]。
哀哉桃林战，百万化为鱼。请嘱防关将，慎勿学哥舒[4]。

①修关：一作筑城。②丈：一作大。③万：吴本作千。④勿：一作莫。

石壕吏

暮投石壕村，有吏夜捉人。老翁逾墙走，老妇出门看[①]。
吏呼一何怒，妇啼一何苦！听妇前致词：三男邺城戍。
一男附书至[②]，二男新战死。存者且偷生[③]，死者长已矣。
室中更无人，惟有乳下孙[④]。有孙母未去[⑤]，出入无完裙[⑥]。
老妪力虽衰，请从吏夜归。急应河阳役，犹得备晨炊。
夜久语声绝，如闻泣幽咽。天明登前途，独与老翁别。

①苏润公本作“老妇出看门”。②至：一作到。③存：一作在。且：一作是。④惟：《文粹》作所。⑤陈浩然本作“孙有母未去”。⑥入：一作更。二句一云“孙母未便出，见吏无完裙”。

新婚别

兔丝附蓬麻，引蔓故不长[①]。嫁女与征夫，不如弃路旁。
结发为妻子[②]，席不暖君床。暮婚晨告别，无乃太匆忙！
君行虽不远[③]，守边赴河阳[④]。妾身未分明，何以拜姑嫜？
父母养我时，日夜令我藏。生女有所归，鸡狗亦得将[⑤]。
君今往死地[⑥]，沉痛迫中肠。誓欲随君去[⑦]，形势反苍黄。
勿为新婚念，努力事戎行。妇人在军中，兵气恐不扬。
自嗟贫家女，久致罗襦裳。罗襦不复施，对君洗红妆。
仰视百鸟飞，大小必双翔。人事多错迕[⑧]，与君永相望。

①故：一作固。②妻子：樊作子妻。③虽：一作既。④赴：一作戍。⑤狗：一作犬。⑥陈浩然本：君今死生地。草堂本：君生往死地。⑦去：一作往。⑧事：一作生。

垂老别

四郊未宁静，垂老不得安[①]。子孙阵亡尽，焉用身独完？

投杖出门去，同行为辛酸。幸有牙齿存[②]，所悲骨髓干[③]。
男儿既介胄，长揖别上官。老妻卧路啼，岁暮衣裳单。
孰知是死别，且复伤其寒。此去必不归，还闻劝加餐。
土门壁甚坚，杏园度亦难。势异邺城下，纵死时犹宽[④]。
人生有离合，岂择衰老端[⑤]？忆昔少壮日，迟回竟长叹。
万国尽征戍[⑥]，烽火被冈峦。积尸草木腥，流血川原丹。
何乡为乐土，安敢尚盘桓？弃绝蓬室居，塌然摧肺肝。

①老：一作死。②存：一作好。③髓：一作肉。④犹：晋作独。⑤老：一作盛。⑥征戍：一云东征。

无家别

寂寞天宝后，园庐但蒿藜。我里百馀家[①]，世乱各东西。
存者无消息，死者为尘泥[②]。贱子因阵败，归来寻旧蹊[③]。
久行见空巷[④]，日瘦气惨凄。但对狐与狸，竖毛怒我啼。
四邻何所有？一二老寡妻。宿鸟恋本枝，安辞且穷栖。
方春独荷锄，日暮还灌畦。县吏知我至，召令习鼓鞞。
虽从本州役，内顾无所携。近行只一身，远去终转迷。
家乡既荡尽，远近理亦齐。永痛长病母，五年委沟溪。
生我不得力，终身两酸嘶。人生无家别，何以为烝黎！

①百：一作万。②为：一作委。③旧：一作故。④巷：一作室。

夏日叹

夏日出东北，陵天经中街[①]。朱光彻厚地，郁蒸何由开？
上苍久无雷，无乃号令乖。雨降不濡物，良田起黄埃。
飞鸟苦热死，池鱼涸其泥。万人尚流冗，举目唯蒿莱。
至今大河北，化作虎与豺[②]。浩荡想幽蓟，王师安在哉？
对食不能餐，我心殊未谐。眇然贞观初，难与数子偕。

①陵天经：晋作经天陵。②化：一作尽。

夏夜叹

永日不可暮，炎蒸毒我肠[①]。安得万里风，飘飖吹我裳。
昊天出华月，茂林延疏光。仲夏苦夜短，开轩纳微凉。
虚明见纤毫，羽虫亦飞扬。物情无巨细，自适固其常。
念彼荷戈士，穷年守边疆。何由一洗濯，执热互相望。
竟夕击刁斗，喧声连万方。青紫虽被体，不如早还乡。
北城悲笳发，鹳鹤号且翔。况复烦促倦，激烈思时康。
①我：一作中。

立秋后题

日月不相饶，节序昨夜隔。玄蝉无停号，秋燕已如客。
平生独往愿，惆怅年半百。罢官亦由人，何事拘形役。

贻阮隐居[①]

陈留风俗衰，人物世不数。塞上得阮生，迥继先父祖。
贫知静者性，自益毛发古[②]。车马入邻家，蓬蒿翳环堵。
清诗近道要，识子用心苦[③]。寻我草径微，褰裳踏寒雨。
更议居远村，避喧甘猛虎。足明箕颍客，荣贵如粪土。
①阮隐居：昉。②自：晋作白。③子：一作字。

遣兴三首

下马古战场，四顾但茫然。风悲浮云去，黄叶坠我前[①]。
朽骨穴蝼蚁，又为蔓草缠。故老行叹息，今人尚开边。
汉虏互胜负[②]，封疆不常全。安得廉耻将[③]，三军同晏眠。
①坠：一作堕。②胜负：樊作失约。③耻：一作颇。

高秋登塞山[①]，南望马邑州。降虏东击胡，壮健尽不留。
穹庐莽牢落，上有行云愁。老弱哭道路，愿闻甲兵休。
邺中事反复[②]，死人积如丘。诸将已茅土，载驱谁与谋？

①塞：一作寒。②事反复：一云“何萧条”。

丰年孰云迟[①]，甘泽不在早。耕田秋雨足，禾黍已映道。
春苗九月交，颜色同日老。劝汝衡门士，勿悲尚枯槁。
时来展材力，先后无丑好。但讶鹿皮翁，忘机对芳草[②]。

①孰：一云既，一云亦。②芳：一作荒。○“时来”二句，谓天下多事，但展材力，早晚皆可致富贵也。“鹿皮”二句，公以自况，谓不思乘时自奋于功名，但忘机观物耳。

昔　游

昔谒华盖君，深求洞宫脚[①]。玉棺已上天，白日亦寂寞[②]。
暮升艮岑顶[③]，巾几犹未却。弟子四五人，入来泪俱落。
余时游名山，发轫在远壑。良觌违夙愿，含凄向寥廓[④]。
林昏罢幽磬，竟夜伏石阁。王乔下天坛，微月映皓鹤。
晨溪向虚驶，归径行已昨。岂辞青鞋胝，怅望金匕药[⑤]。
东蒙赴旧隐，尚忆同志乐。休事董先生[⑥]，于今独萧索。
胡为客关塞，道意久衰薄。妻子亦何人，丹砂负前诺。
虽悲鬒发变[⑦]，未忧筋力弱。扶藜望清秋[⑧]，有兴入庐霍。

①陈作“绿袍昆玉脚”。②寂：一作冥。③岑：晋作峰。④凄：晋作悽。⑤怅望：一云惆怅。⑥休：一作伏。⑦鬒发变：一云须发变。⑧扶：一作杖。

幽　人

孤云亦群游，神物有所归。麟凤在赤霄[①]，何当一来仪[②]。

往与惠荀辈[3]，中年沧洲期。天高无消息，弃我忽若遗。
内惧非道流，幽人见瑕疵。洪涛隐语笑，鼓枻蓬莱池。
崔嵬扶桑日，照曜珊瑚枝。风帆倚翠盖[4]，暮把东皇衣。
咽嗽元和津，所思烟霞微[5]。知名未足称，局促商山芝。
五湖复浩荡，岁暮有馀悲。

①麟：一作灵。②当：一作常。③荀：一作询。④盖：一作巘。⑤霞：一作雾。〇此游仙诗之类。“洪涛”以下八句，自思一旦飘然长往，造此境界，以自适其适。“知名”二句，谓不欲学四皓留名于世也。“五湖”二句，自叹束缚尘中，不能出世也。

佳　人

绝代有佳人，幽居在空谷[1]。自云良家子，零落依草木。
关中昔丧败[2]，兄弟遭杀戮。官高何足论，不得收骨肉。
世情恶衰歇，万事随转烛。夫婿轻薄儿，新人已如玉[3]。
合昏尚知时，鸳鸯不独宿。但见新人笑，那闻旧人哭。
在山泉水清，出山泉水浊。侍婢卖珠回，牵萝补茅屋。
摘花不插发[4]，采柏动盈掬[5]。天寒翠袖薄，日暮倚修竹。

①空：一作山。②败：一作乱。③已：一作美。④发：一作髻，晋作鬓。⑤掬：一作握。〇此诗不可解。当有一贤者，曾居高位，后遭屏弃，公敬慕而伤悼之，故作诗以叹美之耳。“关中丧败”四句，当是实赋其事。前后皆以美人喻贤者，迷离其辞，使人骤难寻求，与阮公《咏怀》诗相近。“在山”句，谓贤人之隐居未仕者；“出山”句，谓贤人已仕而因事为时所弃，则爱怜之者少矣。如李陵、房琯，虽为史迁与杜公所重，而终不为时论所许，亦“出山泉浊”之类也。

赤谷西崦人家

跻险不见喧[1]，出郊已清目。溪回日气暖，径转山田熟。
鸟雀依茅茨，藩篱带松菊。如行武陵暮，欲问桃花宿[2]。

①喧：荆作宣，一作安。②花：一作源。

西枝村寻置草堂地夜宿赞公土室二首

出郭眄细岑，披榛得微路。溪行一流水，曲折方屡渡。
赞公汤休徒，好静心迹素。昨枉霞上作，盛论岩中趣。
怡然共携手，恣意同远步。扪萝涩先登，陟巘眩反顾。
要求阳冈暖，苦陟阴岭沍[①]。惆怅老大藤，沉吟屈蟠树。
卜居意未展，杖策回且暮。层巅馀落日[②]，草蔓已多露。
①陟：晋作步。②巅：一作天。

天寒鸟已归，月出人更静[①]。土室延白光，松门耿疏影。
跻攀倦日短，语乐寄夜永。明然林中薪，暗汲石底井[②]。
大师京国旧，德业天机秉。从来支许游，兴趣江湖迥。
数奇谪关塞，道广存箕颍。何知戎马间，复接尘事屏？
幽寻岂一路，远色有诸岭。晨光稍朦胧，更越西南顶。
①人：晋作山。更：一作已。②底：一作泉。

寄赞上人

一昨陪锡杖，卜邻南山幽。年侵腰脚衰，未便阴崖秋。
重冈北面起，竟日阳光留。茅屋买兼土[①]，斯焉心所求。
近闻西枝西，有谷杉黍稠。亭午颇和暖，石田又足收[②]。
当期塞雨干[③]，宿昔齿疾瘳。徘徊虎穴上，面势龙泓头。
柴荆具茶茗，径路通林丘[④]。与子成二老，来往亦风流。
①买：一作置。②石：一作沙。③塞：一作寒。④径：一作遥。

太平寺泉眼

招提凭高冈，疏散连草莽。出泉枯柳根，汲引岁月古。

石间见海眼[1]，天畔萦水府。广深丈尺间，宴息敢轻侮。
青白二小蛇，幽姿可时睹。如丝气或上，烂漫为云雨。
山头到山下，凿井不尽土。取供十方僧，香美胜牛乳。
北风起寒文，弱藻舒翠缕[2]。明涵客衣净，细荡林影趣。
何当宅下流，馀润通药圃。三春湿黄精，一食生毛羽。

①间：亦作门。②舒：一作胜。

梦李白二首

死别已吞声，生别常恻恻。江南瘴疠地，逐客无清息[1]。
故人入我梦，明我长相忆。恐非平生魂，路远不可测[2]。
魂来枫叶青[3]，魂返关塞黑[4]。君今在罗网，何以有羽翼[5]？
落月满屋梁，犹疑照颜色[6]。水深波浪阔，无使蛟龙得。

①逐：一作远。②远：一作迷。③叶：一作林。④魂：一作梦。⑤以：一作似。⑥照：樊作见。

浮云终日行，游子久不至。三夜频梦君，情亲见君意。
告归常局促，苦道来不易。江湖多风波[1]，舟楫恐失坠。
出门搔白首，若负平生志[2]。冠盖满京华，斯人独憔悴。
孰云网恢恢，将老身反累[3]。千秋万岁名，寂寞身后事。

①多风波：一云秋多风。②若：一作苦。③身：一作才。

有怀台州郑十八司户[1]

天台隔三江[2]，风浪无晨暮。郑公纵得归，老病不识路。
昔如水上鸥[3]，今如罝中兔[4]。性命由他人，悲辛但狂顾。
山鬼独一脚，蝮蛇长如树。呼号傍孤城，岁月谁与度？
从来御魑魅，多为才名误[5]。夫子嵇阮流，更被时俗恶[6]。
海隅微小吏，眼暗发垂素。黄帽映青袍[7]，非供折腰具。

平生一杯酒，见我故人遇。相望无所成，乾坤莽回互。

①郑十八司户：虔。②三江：一云江海。③水：一作江，晋作天。④如：樊作为。⑤为：一作被。⑥被：晋作遭。⑦黄帽映：一云鸠杖近。

遣兴五首

蛰龙三冬卧，老鹤万里心。昔时贤俊人，未遇犹视今。
嵇康不得死[①]，孔明有知音。又如垅底松，用舍在所寻。
大哉霜雪干，岁久为枯林。

①不得死：一云且不死。

昔者庞德公[①]，未曾入州府。襄阳耆旧间，处士节独苦[②]。
岂无济时策[③]，终竟畏罗罟[④]。林茂鸟有归，水深鱼知聚。
举家依鹿门[⑤]，刘表焉得取。

①昔者：一作在昔。②独：一作犹。③策：一作术。④一作“终岁畏罪罟”。⑤依：一作隐。

我今日夜忧，诸弟各异方。不知死与生，何况道路长。
避寇一分散，饥寒永相望。岂无柴门归[①]，欲出畏虎狼。
仰看云中雁，禽鸟亦有行。

①归：一作扫。

蓬生非无根，漂荡随高风。天寒落万里，不复归本丛。
客子念故宅，三年门巷空。怅望但烽火，戎车满关东。
生涯能几何？常在羁旅中。

昔在洛阳时，亲友相追攀。送客东郊道，遨游宿南山。
烟尘阻长河，树羽成皋间。回首载酒地，岂无一日还。

丈夫贵壮健，惨戚非朱颜。

遣兴五首

朔风飘胡雁，惨淡带沙砾。长林何萧萧，秋草萋更碧。
北里富薰天，高楼夜吹笛。焉知南邻客，九月犹絺绤。

长陵锐头儿，出猎待明发。骍弓金爪镝[1]，白马蹴微雪。
未知所驰逐，但见暮光灭。归来悬两狼，门户有旌节。
①骍：一作觪。

漆有用而割，膏以明自煎。兰摧白露下，桂折秋风前。
府中罗旧尹，沙道尚依然。赫赫萧京兆，今为时所怜。

猛虎凭其威，往往遭急缚。雷吼徒咆哮，枝撑已在脚。
忽看皮寝处，无复睛闪烁。人有甚于斯，足以劝元恶[1]。
①劝：一作戒。

朝逢富家葬，前后皆辉光[1]。共指亲戚大，缌麻百夫行。
送者各有死，不须羡其强。君看束练去[2]，亦得归山冈。
①皆：一作见。②练：一作缚。

遣兴五首

天用莫如龙，有时系扶桑。顿辔海徒涌，神人身更长。
性命苟不存，英雄徒自强。吞声勿复道，真宰意茫茫。

地用莫如马，无良复谁记。此日千里鸣，追风可君意。
君看渥洼种，态与驽骀异。不杂蹄啮间[1]，逍遥有能事。

①杂：一作在。

陶潜避俗翁，未必能达道。观其著诗集，颇亦憾枯槁。
达生岂是足，默识盖不早。有子贤与愚，何其挂怀抱。

贺公雅吴语，在位常清狂。上疏乞骸骨，黄冠归故乡。
爽气不可致，斯人今则亡。山阴一茅宇，江海日凄凉[①]。
①江：一作淮。

吾怜孟浩然，裋褐即长夜。赋诗何必多，往往凌鲍谢。
清江空旧鱼[①]，春雨馀甘蔗。每望东南云，令人几悲咤。
①空旧鱼：一作旧鱼美，一作旧美鱼。

前出塞九首

国藩按：钱笺谓《前出塞》为征秦陇之兵赴交河而作，刺主上穷兵开边。其说近是。谓《后出塞》为征东都之兵赴蓟门而作，讥禄山逆节已萌，而人主不悟。其说尚有未当。两诗皆公在秦州追忆前事而作。《前出塞》追咎天宝间征兵开边，《后出塞》追咎至德间征兵赴蓟以讨安史。"坐见幽州骑"二句，则所忆者乃安史已破两京以后之事，非忆未乱以前之事也。

戚戚去故里，悠悠赴交河。公家有程期，亡命婴祸罗。
君已富土境，开边一何多。弃绝父母恩，吞声行负戈。

出门日已远，不受徒旅欺。骨肉恩岂断，男儿死无时。
走马脱辔头，手中挑青丝。捷下万仞冈[①]，俯身试搴旗。
①仞：一作丈。

磨刀呜咽水，水赤刃伤手。欲轻肠断声，心绪乱已久。
丈夫誓许国，愤惋复何有。功名图麒麟，战骨当速朽。

送徒既有长，远戍亦有身。生死向前去，不劳吏怒瞋。
路逢相识人，附书与六亲。哀哉两决绝，不复同苦辛[①]。

①同：一作问。

迢迢万馀里，领我赴三军。军中异苦乐，主将宁尽闻？
隔河见胡骑，倏忽数百群。我始为奴仆，几时树功勋！

挽弓当挽强，用箭当用长。射人先射马，擒贼先擒王。
杀人亦有限，列国自有疆[①]。苟能制侵陵，岂在多杀伤。

①列：一作立。

驱马天雨雪，军行入高山。径危抱寒石，指落曾冰间。
已去汉月远，何时筑城还？浮云暮南征，可望不可攀。

单于寇我垒，百里风尘昏。雄剑四五动，彼军为我奔。
虏其名王归，系颈授辕门。潜身备行列，一胜何足论。

从军十年馀，能无分寸功？众人贵苟得，欲语羞雷同。
中原有斗争，况在狄与戎。丈夫四方志，安可辞固穷[①]。

①固：一作困。

后出塞五首

男儿生世间，及壮当封侯。战伐有功业，焉能守旧丘。
召募赴蓟门，军动不可留。千金买马鞭[①]，百金装刀头。

闾里送我行，亲戚拥道周。斑白居上列，酒酣进庶羞。
少年别有赠，含笑看吴钩。

①鞭：一作鞍。

朝进东门营，暮上河阳桥。落日照大旗，马鸣风萧萧。
平沙列万幕，部伍各见招。中天悬明月，令严夜寂寥。
悲笳数声动，壮士惨不骄。借问大将谁，恐是霍嫖姚。

古人重守边，今人重高勋[①]。岂知英雄主，出师亘长云。
六合已一家，四夷且孤军。遂使貔虎士，奋身勇所闻。
拔剑击大荒，日收胡马群。誓开玄冥北，持以奉吾君。

①人：一作日。

献凯日继踵，两蕃静无虞。渔阳豪侠地，击鼓吹笙竽。
云帆转辽海，粳稻来东吴。越罗与楚练，照耀舆台躯。
主将位益崇，气骄凌上都。边人不敢议，议者死路衢。

我本良家子，出师亦多门。将骄益愁思，身贵不足论。
跃马二十年，恐辜明主恩。坐见幽州骑，长驱河洛昏。
中夜间道归，故里但空村。恶名幸脱免，穷老无儿孙。

别赞上人

百川日东流，客去亦不息。我生苦漂荡[①]，何时有终极。
赞公释门老，放逐来上国。还为世尘婴，颇带顦顇色。
杨枝晨在手，豆子雨已熟。是身如浮云，安可限南北。
异县逢旧友[②]，初忻写胸臆。天长关塞寒[③]，岁暮饥冻逼[④]。
野风吹征衣，欲别向曛黑[⑤]。马嘶思故枥[⑥]，归鸟尽敛翼。

古来聚散地，宿昔长荆棘。相看俱衰年，出处各努力。

①苦：一作若。②友：一作交。③寒：一作远。④冻：一作寒。⑤曛：一作昏。⑥嘶：一作鸣。

万丈潭

青溪合冥漠[1]，神物有显晦。龙依积水蟠，窟压万丈内。
跼步凌垠堮，侧身下烟霭。前临洪涛宽，却立苍石大。
山危一径尽，崖绝两壁对。削成根虚无，倒影垂澹瀩[2]。
黑如湾澴底[3]，清见光炯碎。孤云倒来深[4]，飞鸟不在外。
高罗成帷幄[5]，寒木累旌旆。远川曲通流，嵌窦潜泄濑。
造幽无人境，发兴自我辈。告归遗恨多，将老斯游最。
闭藏修鳞蛰，出入巨石碍[6]。何事暑天过[7]，怪意风雨会[8]。

○同谷县作。按：此下皆由秦州赴同谷，旋赴剑南及居蜀以后之诗。①合：赵鸿刻作含。②瀩：赵作澍。③如：陈作为，黄作知。④云：《方舆》作峰。⑤帷：一作帐。⑥石：赵作爪。⑦事：赵作当。暑：一作炎。⑧雨：一作云。

两当县吴十侍御江上宅

寒城朝烟澹，山谷落叶赤。阴风千里来，吹汝江上宅。
鹍鸡号枉渚，日色傍阡陌。借问持斧翁，几年长沙客？
哀哀失木狖，矫矫避弓翮。亦知故乡乐，未敢思宿昔。
昔在凤翔都，共通金闺籍[1]。天子犹蒙尘，东郊暗长戟。
兵家忌间谍，此辈常接迹。台中领举劾，君必慎剖析。
不忍杀无辜，所以分白黑。上官权许与，失意见迁斥[2]。
仲尼甘旅人，向子识损益。朝廷非不知，闭口休叹息[3]。
余时忝诤臣，丹陛实咫尺。相看受狼狈，至死难塞责。
行迈心多违，出门无与适。于公负明义，惆怅头更白。

①闺：一作门。②吴君因论贼谍宜分别真伪、酌予原有而见黜。叙事雅洁，极不易学。③樊本，“仲尼”一联在“朝廷”一联下。

发秦州

我衰更懒拙，生事不自谋。无食问乐土，无衣思南州。
汉源十月交，天气凉如秋。草木未黄落，况闻山水幽[①]。
栗亭名更佳，下有良田畴。充肠多薯蓣，崖蜜亦易求。
密竹复冬笋，清池可方舟。虽伤旅寓远[②]，庶遂平生游。
此邦俯要冲，实恐人事稠。应接非本性，登临未销忧。
溪谷无异石，塞田始微收。岂复慰老夫[③]，惘然难久留[④]。
日色隐孤戍，乌啼满城头。中宵驱车去，饮马寒塘流。
磊落星月高，苍茫云雾浮。大哉乾坤内，吾道长悠悠。

○乾元二年自秦州赴同谷县纪行十二首。①水：一作东。②伤：一作云。③夫：一作大。④惘：一作炯。

赤　谷

天寒霜雪繁，游子有所之。岂但岁月暮，重来未有期。
晨发赤谷亭，险艰方自兹。乱石无改辙，我车已载脂。
山深苦多风，落日童稚饥。悄然村墟迥，烟火何由追。
贫病转零落[①]，故乡不可思。常恐死道路，永为高人嗤。

①零落：一云飘零。

铁堂峡

山风吹游子，缥缈乘险绝。硖形藏堂隍，壁色立积铁[①]。
径摩穹苍蟠，石与厚地裂。修纤无垠竹[②]，嵌空太始雪[③]。
威迟哀壑底，徒旅惨不悦[④]。水寒长冰横，我马骨正折。
生涯抵弧矢，盗贼殊未灭。飘蓬逾三年，回首肝肺热。

①积：荆作精。②垠：一作限。③空：一作孔。④一作“徒怀松柏悦”。

盐　井

卤中草木白，青者官盐烟。官作既有程，煮盐烟在川。
汲井岁榾榾[①]，出车日连连。自公斗三百，转致斛六千。
君子慎止足，小人苦喧阗。我何良叹嗟，物理固自然[②]。

①榾榾：草堂本云当作“搰搰”。②固自然：一云亦固然。

寒　硖

行迈日悄悄，山谷势多端。云门转绝岸，积阻霾天寒。
寒硖不可度，我实衣裳单[①]。况当仲冬交，泝沿增波澜。
野人寻烟语，行子傍水餐。此生免荷殳，未敢辞路难。

①实：一作贫。

法镜寺

身危适他州，勉强终劳苦。神伤山行深，愁破崖寺古。
婵娟碧鲜净，萧槭寒箨聚。回回山根水[①]，冉冉松上雨。
泄云蒙清晨，初日翳复吐。朱甍半光炯，户牖粲可数。
拄策忘前期[②]，出萝已亭午。冥冥子规叫，微径不复取[③]。

①回回：一作洄洄。山：一作石。②拄：一作枉。③复：一作敢。

青阳峡

塞外苦厌山，南行道弥恶[①]。冈峦相经亘，云水气参错。
林迥峡角来，天窄壁面削[②]。磎西五里石，奋怒向我落。
仰看日车侧，俯恐坤轴弱。魑魅啸有风[③]，霜霰浩漠漠。
昨忆逾陇坂[④]，高秋视吴岳。东笑莲华卑，北知崆峒薄。
超然侔壮观，已谓殷寥廓[⑤]。突兀犹趁人，及兹叹冥寞。

①行道：一云登道。②窄：一作穿。③有：一作狂。④昨忆：一作忆昨。⑤殷：一作隐。〇末八句谓登陇坂时，气象寥廓，眼界已为之一旷矣；不意兹山又突兀趁人，信造物之冥寞难测也。

龙门镇

细泉及轻冰，沮洳栈道湿。不辞辛苦行，迫此短景急[①]。
石门雪云隘[②]，古镇峰峦集。旌竿暮惨淡，风水白刃涩。
胡马屯成皋，防虞此何及。嗟尔远戍人，山寒夜中泣。

①迫：一作迨。②雪云：一作云雷。隘：一作溢。

石　龛

熊罴咆我东，虎豹号我西。我后鬼长啸，我前狨又啼。
天寒昏无日，山远道路迷。驱车石龛下，仲冬见虹霓。
伐竹者谁子[①]？悲歌上云梯[②]。为官采美箭，五岁供梁齐。
若云直竿尽[③]，无以充提携[④]。奈何渔阳骑，飒飒惊烝黎。

①竹：一作木。②上：一作抱。③竿：一作笴。④充：一作应。

积草岭

连峰积长阴，白日递隐见。飕飕林响交，惨惨石状变。
山分积草岭[①]，路异明水县。旅泊吾道穷[②]，衰年岁时倦。
卜居尚百里，休驾投诸彦。邑有佳主人，情如已会面。
来书语绝妙，远客惊深眷。食蕨不愿馀，茅茨眼中见。

①分：一作外。②穷：一作东。

泥功山

朝行青泥上，暮在青泥中。泥泞非一时[①]，版筑劳人功。
不畏道途永[②]，乃将汩没同[③]。白马为铁骊，小儿成老翁。

哀猿透却坠[④]，死鹿力所穷。寄语北来人，后来莫匆匆。

①泞：一作穽。②途：一作路。③乃将：一云反将，一云及此。④猿：一作猱。

凤凰台[①]

亭亭凤凰台，北对西康州。西伯今寂寞，凤声亦悠悠。
山峻路绝踪，石林气高浮。安得万丈梯，为君上上头。
恐有无母雏，饥寒日啾啾[②]。我能剖心出[③]，饮啄慰孤愁。
心以当竹实，炯然无外求[④]。血以当醴泉，岂徒比清流。
所重王者瑞，敢辞微命休。坐看彩翮长[⑤]，举意八极周[⑥]。
自天衔瑞图[⑦]，飞下十二楼。图以奉至尊[⑧]，凤以垂鸿猷。
再光中兴业，一洗苍生忧。深衷正为此[⑨]，群盗何淹留？

①山峻，不至高顶。②啾啾：一云啁啾。③心出：《方舆胜览》作心血。④无：《方舆》作忘。⑤长：一作举。⑥举：一作纵。⑦瑞图：一作图谶。⑧奉：一作献。⑨正：《方舆》作止。

发同谷县

贤有不黔突，圣有不暖席。况我饥愚人[①]，焉能尚安宅？
始来兹山中，休驾喜地僻[②]。奈何迫物累，一岁四行役[③]。
忡忡去绝境，杳杳更远适。停骖龙潭云，回首白崖石[④]。
临歧别数子，握手泪再滴。交情无旧深[⑤]，穷老多惨戚。
平生懒拙意，偶值栖遁迹。去住与愿违，仰惭林间翮。

〇乾元二年十二月一日自陇右赴剑南纪行。①人：一作夫。②喜：一作嘉。③夏发华州，冬离秦州，十二月发同谷。④白：一作虎。⑤一作“虽无旧深知”，一作“虽旧情深知”。

木皮岭

首路栗亭西，尚想凤凰村。季冬携童稚[①]，辛苦赴蜀门。

南登木皮岭，艰险不易论。汗流被我体，祈寒为之暄。
远岫争辅佐，千岩自崩奔。始知五岳外，别有他山尊[②]。
仰干塞大明[③]，俯入裂厚坤。再闻虎豹斗，屡跼风水昏。
高有废阁道，摧折如短辕[④]。下有冬青林，石上走长根。
西崖特秀发，焕若灵芝繁。润聚金碧气，清无沙土痕。
忆观昆仑图[⑤]，目击玄圃存。对此欲何适，默伤垂老魂。

①童：一作幼。②别：一作更。有：一作见。③干：一作看。④短：一作断。⑤图：一作墟。

白沙渡

畏途随长江，渡口欲绝岸。差池上舟楫，杳窕入云汉。
天寒荒野外，日暮中流半。我马向北嘶，山猿饮相唤。
水清石礌礌，沙白滩漫漫。迥然洗愁辛[①]，多病一疏散。
高壁抵嵚崟[②]，洪涛越凌乱。临风独回首，揽辔复三叹。

①迥：一作翛。②崟：一作岑。

水会渡[①]

山行有常程，中夜尚未安。微月没已久，崖倾路何难。
大江动我前[②]，汹若溟渤宽。篙师暗理楫，歌笑轻波澜。
霜浓木石滑，风急手足寒[③]。入舟已千忧，陟巘仍万盘。
回眺积水外[④]，始知众星干。远游令人瘦，衰疾惭加餐。

①一云“水回渡”。②动：一作当。③急：一作烈，一作冽。④水：一作石。

飞仙阁

土门山行窄[①]，微径缘秋毫[②]。栈云阑干峻，梯石结构牢。
万壑欹疏林，积阴带奔涛。寒日外淡泊，长风中怒号。

歇鞍在地底，始觉所历高。往来杂坐卧，人马同疲劳。
浮生有定分，饥饱岂可逃。叹息谓妻子，我何随汝曹[3]。
①土：一作出。②一云“径微上秋毫”。③汝：一作尔。

五　盘

五盘虽云险，山色佳有馀。仰凌栈道细[1]，俯映江木疏。
地僻无网罟，水清反多鱼。好鸟不妄飞，野人半巢居。
喜见淳朴俗，坦然心神舒。东郊尚格斗，巨猾何时除？
故乡有弟妹，流落随丘墟。成都万事好[2]，岂若归吾庐。
①道：一作阁。②好：一作在。

龙门阁

清江下龙门，绝壁无尺土。长风驾高浪[1]，浩浩自太古。
危途中萦盘[2]，仰望垂线缕。滑石欹谁凿，浮梁袅相拄。
目眩陨杂花，头风吹过雨[3]。百年不敢料，一坠那得取。
饱闻经瞿塘[4]，足见度大庾。终身历艰险，恐惧从此数。
①高：一作白。②中萦盘：一作萦盘道。③吹过雨：一云过飞雨。④闻：一作知。

石柜阁

季冬日已长[1]，山晚半天赤。蜀道多早花，江间饶奇石，
石柜曾波上，临墟荡高壁。清晖回群鸥，暝色带远客。
羁栖负幽意，感叹向绝迹。信甘孱懦婴，不独冻馁迫。
优游谢康乐，放浪陶彭泽。吾衰未自安[2]，谢尔性所适[3]。
①季冬：一作冬季。②安：一作由。③所：一作有。

桔柏渡

清冥寒江渡，驾竹为长桥。竿湿烟漠漠[1]，江永风萧萧[2]。

连笮动袅娜，征衣飒飘飖。急流鸨鹢散，绝岸鼋鼍骄。
西辕自兹异，东逝不可要。高通荆门路，阔会沧海潮。
孤光隐顾眄，游子怅寂寥。无以洗心胸，前登但山椒。

①笮湿烟：一云竹笮湿。②永：一作水。

剑　门

惟天有设险，剑门天下壮[1]。连山抱西南，石角皆北向。
两崖崇墉倚，刻画城郭状。一夫怒临关[2]，百万未可傍[3]。
珠玉走中原[4]，岷峨气凄怆。三皇五帝前，鸡犬各相放[5]。
后王尚柔远，职贡道已丧。至今英雄人，高视见霸王。
并吞与割据，极力不相让。吾将罪真宰，意欲铲叠嶂。
恐此复偶然，临风默惆怅[6]。

①门：一作阁。②关：一作门。③傍：一作仰。④珠玉：陈作玉帛。⑤相：一作自。⑥默：一作黯。

鹿头山

鹿头何亭亭，是日慰饥渴。连山西南断，俯见千里豁。
游子出京华，剑门不可越。及兹险阻尽，始喜原野阔。
殊方昔三分，霸气曾间发。天下今一家，云端失双阙。
悠然想扬马，继起名硉兀。有文令人伤[1]，何处埋尔骨？
纡馀脂膏地，惨澹豪侠窟。仗钺非老臣，宣风岂专达。
冀公柱石姿，论道邦国活。斯人亦何幸，公镇逾岁月[2]。

①文：一作才。②仆射裴冀公冕。国藩按：登鹿头山，则成都沃野千里，如在目前，故云“始喜原野阔”“俯见千里豁”。

成都府

翳翳桑榆日，照我征衣裳。我行山川异，忽在天一方。

但逢新人民，未卜见故乡。大江东流去[①]，游子去日长[②]。
曾城填华屋，季冬树木苍。喧然名都会，吹箫间笙簧[③]。
信美无与适，侧身望川梁。鸟雀夜各归，中原杳茫茫。
初月出不高，众星尚争光。自古有羁旅，我何苦哀伤？

①东流去：一作从东来。②去日：一作日月。③间：一作奏。

赠蜀僧闾丘师兄[①]

大师铜梁秀，籍籍名家孙。呜呼先博士，炳灵精气奔。
惟昔武皇后[②]，临轩御乾坤。多士尽儒冠，墨客蔼云屯。
当时上紫殿，不独卿相尊。世传闾丘笔，峻极逾昆仑[③]。
凤藏丹霄暮[④]，龙去白水浑[⑤]。青荧雪岭东，碑碣旧制存。
斯文散都邑，高价越玙璠。晚看作者意，妙绝与谁论。
吾祖诗冠古，同年蒙主恩。豫章夹日月，岁久空深根。
小子思疏阔，岂能达词门。穷愁一挥泪[⑥]，相遇即诸昆。
我住锦官城，兄居祇树园。地近慰旅愁，往来当丘樊。
天涯歇滞雨，粳稻卧不翻。漂然薄游倦，始与道侣敦[⑦]。
景晏步修廊，而无车马喧。夜阑接软语[⑧]，落月如金盆。
漠漠世界黑[⑨]，驱驱争夺繁。惟有摩尼珠，可照浊水源。

①太常博士均之孙。②惟：一云往。③逾：樊作侔。④暮：一作穴。⑤去：一作出。⑥愁：一作秋。⑦始：晋作如。侣：一作旅。⑧一作“夜言词常软”。⑨黑：一作空。〇“呜呼先博士”以下十六句，均咏闾丘均。“晚看作者”二句，指僧也。“不独卿相尊”者，谓主上亦重之也。

泛　溪

落景下高堂，进舟泛回溪。谁谓筑居小，未尽乔木西。
远郊信荒僻，秋色有馀凄。练练峰上雪，纤纤云表霓。
童戏左右岸[①]，罟弋毕提携。翻倒荷芰乱，指挥径路迷。

得鱼已割鳞，采藕不洗泥。人情逐鲜美，物贱事已暌[2]。
吾村霭暝姿，异舍鸡亦栖。萧条欲何适，出处庶可齐。
衣上见新月，霜中登故畦。浊醪初自熟，东城多鼓鼙。

①一云"儿童戏左右"。②已：一云迹。

病　柏

有柏生崇冈，童童状车盖[1]。偃蹇龙虎姿，主当风云会。
神明依正直，故老多再拜。岂知千年根，中路颜色坏。
出非不得地，蟠据亦高大。岁寒忽无凭[2]，日夜柯叶改[3]。
丹凤领九雏，哀鸣翔其外。鸱鸮志意满，养子穿穴内[4]。
客从何乡来，伫立久吁怪。静求元精理[5]，浩荡难倚赖。

①车：一作青。②凭：一作用。③改：一云碎。④穴：一云窟。⑤元精：一云无根。

病　橘

群橘少生意[1]，虽多亦奚为。惜哉结实小[2]，酸涩如棠梨。
剖之尽蠹虫[3]，采掇爽其宜[4]。纷然不适口，岂只存其皮。
萧萧半死叶，未忍别故枝[5]。玄冬霜雪积，况乃回风吹。
尝闻蓬莱殿，罗列潇湘姿。此物岁不稔，玉食失光辉[6]。
寇盗尚凭陵，当君减膳时。汝病是天意，吾诠罪有司[7]。
忆昔南海使[8]，奔腾献荔支。百马死山谷，到今耆旧悲。

①群：一作伊。②小：一作少。③剖：一作割。④其：一作所。⑤未忍：一作匆匆。⑥失：一作少。⑦诠：一作愁。⑧南：一作闻。

枯　棕

蜀门多棕榈[1]，高者十八九。其皮割剥甚，虽众亦易朽。
徒布如云叶[2]，青黄岁寒后。交横集斧斤，凋丧先蒲柳。

伤时苦军乏，一物官尽取。嗟尔江汉人，生成复何有？
有同枯棕木，使我沉叹久。死者即已休，生者何自守[3]。
啾啾黄雀啅，侧见寒蓬走。念尔形影干[4]，摧残没藜莠。

①棕：一作栟。②布：一作有。③何：一作能。④形影干：一作枯形影。

枯　楠

楩楠枯峥嵘，乡党皆莫记。不知几百岁，惨惨无生意。
上枝摩皇天[1]，下根蟠厚地。巨围雷霆坼，万孔虫蚁萃。
冻雨落流胶，冲风夺佳气。白鹄遂不来，天鸡为愁思。
犹含栋梁具，无复霄汉志[2]。良工古昔少，识者出涕泪。
种榆水中央，长成何容易。截承金露盘，袅袅不自畏。

①皇：一作苍。②霄汉：一作云霄。

大　雨

西蜀冬不雪，春农尚嗷嗷。上天回哀眷，朱夏云郁陶[1]。
执热乃沸鼎，纤絺成缊袍。风雷飒万里，霈泽施蓬蒿。
敢辞茅苇漏，已喜黍豆高。三日无行人，二江声怒号[2]。
流恶邑里清，矧兹远江皋。荒庭步鹳鹤，隐几望波涛。
沉痾聚药饵，顿忘所进劳。则知润物功，可以贷不毛。
阴色静垅亩，劝耕自官曹。四邻耒耜出[3]，何必吾家操。

①朱：一作清。②二：一作大。③耒耜出：一作出耒耜。

溪　涨

当时浣花桥，溪水才尺馀。白石明可把[1]，水中有行车。
秋夏忽泛溢，岂惟入吾庐[2]。蛟龙亦狼狈，况是鳖与鱼。
兹晨已半落，归路跬步疏。马嘶未敢动，前有深填淤。
青青屋东麻，散乱床上书。不意远山雨[3]，夜来复何如。

我游都市间，晚憩必村墟。乃知久行客，终日思其居。

①石：一作日。②惟：一作伊。③意：一作知。

戏赠友二首

元年建巳月，郎有焦校书。自夸足膂力，能骑生马驹。
一朝被马踏，唇裂板齿无。壮心不肯已，欲得东擒胡。

元年建巳月，官有王司直。马惊折左臂，骨折面如墨。
驽骀漫深泥[①]，何不避雨色。劝君休叹憾，未必不为福。

①漫：一作慢，深：陈浩然本作染。

遭田父泥饮美严中丞

步屧随春风，村村自花柳。田翁逼社日，邀我尝春酒。
酒酣夸新尹，畜眼未见有。回头指大男，渠是弓弩手。
名在飞骑籍，长番岁时久。前日放营农，辛苦救衰朽。
差科死则已，誓不举家走。今年大作社，拾遗能住否？
叫妇开大瓶，盆中为吾取。感此气扬扬，须知风化首。
语多虽杂乱，说尹终在口。朝来偶然出，自卯将及酉。
久客惜人情，如何拒邻叟？高声索果栗，欲起时被肘。
指挥过无礼，未觉村野丑。月出遮我留，仍嗔问升斗。

喜　雨

春旱天地昏，日色赤如血。农事都已休[①]，兵戈况骚屑。
巴人困军须，恸哭厚土热。沧江夜来雨，真宰罪一雪。
谷根小苏息[②]，沴气终不灭。何由见宁岁，解我忧思结。
峥嵘群山云[③]，交会未断绝。安得鞭雷公，滂沱洗吴越[④]。

①已：樊作未。②小：一作少。③群：一作东。④时闻浙右多盗贼。

述古三首

赤骥顿长缨，非无万里姿。悲鸣泪至地，为问驭者谁？
凤凰从东来①，何意复高飞？竹花不结实，念子忍朝饥。
古时君臣合，可以物理推。贤人识定分，进退固其宜②。

①东：一作天。②退：一作用。固：一作因。

市人日中集，于利竞锥刀。置膏烈火上，哀哀自煎熬。
农人望岁稔，相率除蓬蒿。所务谷为本①，邪赢无乃劳。
舜举十六相，身尊道何高。秦时任商鞅，法令如牛毛。

①谷：一作农。

汉光得天下，祚永固有开。岂惟高祖圣，功自萧曹来。
经纶中兴业，何代无长才。吾慕寇邓勋，济时信良哉。
耿贾亦宗臣，羽翼共裴徊。休运终四百，图画在云台。

冬到金华山观因得故拾遗陈公学堂遗迹

涪右众山内，金华紫崔嵬。上有蔚蓝天，垂光抱琼台。
系舟接绝壁，策杖穷萦回。四顾俯层巅，淡然川谷开。
雪岭日色死①，霜鸿有馀哀。焚香玉女跪，雾里仙人来。
陈公读书堂，石柱仄青苔。悲风为我起，激烈伤雄才。

①色：一作光。

陈拾遗故宅

拾遗平昔居，大屋尚修椽①。悠扬荒山日②，惨淡故园烟③。
位下曷足伤，所贵者圣贤。有才继《骚》《雅》，哲匠不比肩。
公生扬马后，名与日月悬。同游英俊人，多秉辅佐权。

彦昭超玉价[4]，郭振起通泉[5]。到今素壁滑，洒翰银钩连。
盛事会一时，此堂岂千年。终古立忠义，感遇有遗编。

①屋：一作宅。②悠扬：一作悠悠。③惨淡：一作崔崒。园：一作国。④超：一作赵。⑤振：晋作震。

谒文公上方

野寺隐乔木，山僧高下居。石门日色异，绛气横扶疏。
窈窕入风磴[1]，长萝纷卷舒。庭前猛虎卧，遂得文公庐。
俯视万家邑，烟尘对阶除。吾师雨花外，不下十年馀。
长者自布金，禅龛只晏如。大珠脱玷翳[2]，白月当空虚[3]。
甫也南北人，芜蔓少耘锄。久遭诗酒污，何事忝簪裾。
王侯与蝼蚁，同尽随丘墟。愿闻第一义，回向心地初。
金篦刮眼膜，价重百车渠。无生有汲引，兹理傥吹嘘。

①窈：晋作窅。②大：亦作火。③月：一作日。

奉赠射洪李四丈[1]

丈人屋上乌，人好乌亦好。人生意气豁，不在相逢早。
南京乱初定，所向邑枯槁[2]。游子无根株，茅斋付秋草。
东征下月峡，挂席穷海岛。万里须十金，妻孥未相保。
苍茫风尘际，蹭蹬骐麟老。志士怀感伤，心胸已倾倒。

①李四丈：明甫。②邑：一作色。

早发射洪县南途中作

将老忧贫窭，筋力岂能及。征途乃侵星[1]，得使诸病入。
鄙人寡道气，在困无独立。俶装逐徒旅，达曙凌险涩。
寒日出雾迟，清江转山急。仆夫行不进，驽马若维絷。
汀洲稍疏散，风景开怏悒[2]。空慰所尚怀，终非曩游集。

衰颜偶一破，胜事难屡挹[③]。茫然阮籍途，更洒杨朱泣。

①乃：吴作后，一作复。②怏：一云悁。③难屡：一云皆空。

通泉驿南去通泉县十五里山水作

溪行衣自湿，亭午气始散。冬温蚊蚋在[①]，人远凫鸭乱。
登顿生曾阴，欹倾出高岸。驿楼衰柳侧，县郭轻烟畔，
一川何绮丽，尽目穷壮观[②]。山色远寂寞，江光夕滋漫。
伤时愧孔父[③]，去国同王粲。我生若飘零，所历有嗟叹。

①在：一作集。②目：一作日。③伤：一作知。

过郭代公故宅

豪俊初未遇，其迹或脱略。代公尉通泉，放意何自若。
及夫登衮冕，真气森喷薄[①]。磊落见异人，岂伊常情度。
定策神龙后，宫中翕清廓。俄顷辨尊亲，指挥存顾托。
群公有惭色[②]，王室无削弱。迥出名臣上，丹青照台阁。
我行得遗迹[③]，池馆皆疏凿。壮公临事断，顾步涕横落[④]。
高咏《宝剑篇》，神交付冥漠。

①一本此下有："精魄凛如在，所历终萧索。"真气：国藩按：钱笺本、玉句草堂本皆作"直气"。②有：一作见。③迹：一作址。④草堂本"精魄凛如在"一联在此下。

观薛稷少保书画壁

少保有古风，得之陕郊篇。惜哉功名忤，但见书画传。
我游梓州东，遗迹涪江边。画藏青莲界，书入金榜悬。
仰看垂露姿，不崩亦不骞。郁郁三大字，蛟龙岌相缠。
又挥西方变，发地扶屋椽。惨淡壁飞动，到今色未填。
此行叠壮观，郭薛俱才贤。不知百载后，谁复来通泉。

通泉县署屋壁后薛少保画鹤

薛公十一鹤，皆写青田真。画色久欲尽，苍然犹出尘。
低昂各有意，磊落如长人。佳此志气远，岂惟粉墨新。
万里不以力，群游森会神。威迟白凤态，非是仓鹒邻。
高堂未倾覆，常得慰嘉宾①。曝露墙壁外，终嗟风雨频。
赤霄有真骨，耻饮洿池津。冥冥任所往，脱略谁能驯。

①常：一作幸。

陪章留后惠义寺饯嘉州崔都督赴州

中军待上官，令肃事有恒。前驱入宝地，祖帐飘金绳。
南陌既留欢①，兹山亦深登。清闻树杪磬，远谒云端僧。
回策匪新岸②，所攀仍旧藤。耳激洞门飙，目存寒谷冰。
出尘閟轨躅，毕景遗炎蒸。永愿坐长夏，将衰栖大乘。
羁旅惜宴会，艰难怀友朋。劳生共几何，离憾兼相仍。

①陌：一作伯。②岸：樊作崖。

将适吴楚留别章使君留后兼幕府诸公得柳字

我来入蜀门①，岁月亦已久。岂唯长儿童，自觉成老丑。
常恐性坦率，失身为杯酒。近辞痛饮徒，折节万夫后②。
昔如纵壑鱼③，今如丧家狗。既无游方恋，行止复何有。
相逢半新故，取别随薄厚。不意青草湖，扁舟落吾手。
眷眷章梓州，开筵俯高柳。楼前出骑马，帐下罗宾友。
健儿簸红旗，此乐或难朽④。日车隐昆仑，鸟雀噪户牖。
波涛未足畏⑤，三峡徒雷吼，所忧盗贼多，重见衣冠走。
中原消息断，黄屋今安否？终作适荆蛮，安排用庄叟。
随云拜东皇，挂席上南斗。有使即寄书，无使长回首。

①我：一作甫。②夫：一作人。③如：樊作若。④或：一作儿。⑤畏：一作慰。〇自首至“扁舟落吾手”，自叙居蜀已久，将赴吴楚。“眷眷”八句，叙饮饯。末十二句，叙别意。

山　寺①

野寺根石壁②，诸龛遍崔嵬。前佛不复辨，百身一莓苔。
虽有古殿存③，世尊亦尘埃。如闻龙象泣，足令信者哀。
使君骑紫马，捧拥从西来。树羽静千里，临江久徘徊。
山僧衣蓝缕，告诉栋梁摧。公为顾宾徒④，咄嗟檀施开。
吾知多罗树，却倚莲华台。诸天必欢喜，鬼神无嫌猜。
以兹抚士卒，孰曰非周才。穷子失净处，高人忧祸胎。
岁晏风破肉，荒林寒可回，思量入道苦⑤，自哂同婴孩。

①得开字，章留后同游。②根：一作限。③虽：一作唯。④顾：一作领。徒：荆作从。⑤入：一作人。

棕拂子

棕拂且薄陋，岂知身效能。不堪代白羽，有足除苍蝇①。
荧荧金错刀，擢擢朱丝绳。非独颜色好，亦用顾盼称②。
吾老抱疾病，家贫卧炎蒸。咂肤倦扑灭，赖尔甘服膺。
物微世竞弃，义在谁肯征。三岁清秋至，未敢阙缄縢。

①苍：一作青。②用：晋作由。

寄题江外草堂

我生性放诞，雅欲逃自然。嗜酒爱风竹①，卜居必林泉②。
遭乱到蜀江，卧痾遣所便③。诛茅初一亩，广地方连延④。
经营上元始，断手宝应年。敢谋土木丽，自觉面势坚⑤。
台亭随高下⑥，敞豁当清川。虽有会心侣⑦，数能同钓船。

干戈未偃息，安得酣歌眠。蛟龙无定窟，黄鹄摩苍天。
古来达士志[⑧]，宁受外物牵。顾惟鲁钝姿，岂识悔吝先。
偶携老妻去，惨淡凌风烟。事迹无固必，幽贞愧双全。
尚念四小松，蔓草易拘缠[⑨]。霜骨不甚长，永为邻里怜。

〇梓州作，寄成都故居。①风：一作修。②必：一作此。③遣：晋作遗。④方：一作必。⑤坚：一作贤。⑥台亭：一作亭台。⑦虽：樊作惟。⑧达士志：一作贤达士。⑨易：一作已。〇自首至“数能同钓船”，谓至成都经营草堂，数年乃成。自“干戈未偃息”以下，谓因乱至梓州，远离草堂，思忆之也。

送韦讽上阆州录事参军

国步犹艰难，兵革未衰息。万方哀嗷嗷[①]，十载供军食[②]。
庶官务割剥，不暇忧反侧。诛求何多门，贤者贵为德[③]。
韦生富春秋，洞澈有清识。操持纲纪地，喜见朱丝直。
当令豪夺吏[④]，自此无颜色。必若救疮痍，先应去蝥贼。
挥泪临大江，高天意凄恻。行行树佳政，慰我深相忆。

①哀：一作尚。②载：一作年。③晋作“贤俊愧为力”。④当令：晋作因循。

阆州东楼筵奉送十一舅往青城县得昏字

曾城有高楼[①]，制古丹雘存。迢迢百馀尺，豁达开四门。
虽有车马客[②]，而无人世喧。游目俯大江，列筵慰别魂。
是时秋冬交，节往颜色昏。天寒鸟兽休[③]，霜露在草根。
今我送舅氏，万感集清樽。岂伊山川间，回首盗贼繁。
高贤意不暇，王命久崩奔。临风欲恸哭，声出已复吞。

①楼：旧作会。②有：一作会。③休：一作伏。

南　池

峥嵘巴阆间，所向尽山谷。安知有苍池？万顷浸坤轴。

呀然阆城南，枕带巴江腹[1]。芰荷入异县，粳稻共比屋。
皇天不无意，美利戒止足。高田失西成，此物颇丰熟。
清源多众鱼，远岸富乔木。独叹枫香林，春时好颜色。
南有汉王祠[2]，终朝走巫祝。歌舞散灵衣，荒哉旧风俗。
高堂亦明王[3]，魂魄犹正直。不应空陂上，缥缈亲酒食。
淫祀自古昔，非唯一川渎。干戈浩茫茫，地僻伤极目。
平生江海兴[4]，遭乱身局促。驻马问渔舟，踌躇慰羁束。

①枕：一作控。②王：晋作主。③堂：一作皇。④江海：一作溟渤。〇自首至“富乔木”，叙南池景物。自“独叹”至“一川渎”，叙汉主淫祀。末六句，唱叹作收。

赠别贺兰铦

黄雀饱野粟，群飞动荆榛。今君抱何憾，寂寞向时人。
老骥倦骧首，苍鹰愁易驯[1]。高贤世未识，固合婴饥贫。
国步初返正，乾坤尚风尘。悲歌鬓发白，远赴湘吴春。
我恋岷下芋，君思千里莼。生离与死别，自古鼻酸辛。

①苍：一作饥。

别唐十五诫因寄礼部贾侍郎

九载一相逢，百年能几何。复为万里别，送子山之阿。
白鹤久同林，潜鱼本同河。未知栖集期，衰老强高歌。
歌罢两凄恻，六龙忽蹉跎。相视发皓白，况难驻羲和。
胡星坠燕地，汉将仍横戈。萧条四海内，人少豺虎多。
少人慎莫投，多虎信所过。饥有易子食，兽犹畏虞罗。
子负经济才，天门郁嵯峨。飘飖适东周，来往若崩波[1]。
南宫吾故人，白马金盘陀。雄笔映千古，见贤心靡他[2]。
念子善师事，岁寒守旧柯。为吾谢贾公，病肺卧江沱。

①若：一作亦。②靡：一作匪。

草　堂

昔我去草堂，蛮夷塞成都；今我归草堂，成都适无虞[①]。
请陈初乱时，反复乃须臾[②]。大将赴朝廷，群小起异图。
中宵斩白马，盟歃气已粗。西取邛南兵，北断剑阁隅。
布衣数十人，亦拥专城居。其势不两大，始闻蕃汉殊。
西卒却倒戈，贼臣互相诛。焉知肘腋祸，自及枭獍徒。
义士皆痛愤，纪纲乱相逾。一国实三公，万人欲为鱼。
唱和作威福，孰肯辨无辜[③]。眼前列杻械，背后吹笙竽。
谈笑行杀戮，溅血满长衢[④]。到今用钺地，风雨闻号呼。
鬼妾与鬼马[⑤]，色悲充尔娱。国家法令在，此又足惊吁。
贱子且奔走，三年望东吴。弧矢暗江海，难为游五湖。
不忍竟舍此，复来薙榛芜。入门四松在，步屟万竹疏[⑥]。
旧犬喜我归，低徊入衣裾[⑦]。邻舍喜我归，沽酒携胡芦[⑧]。
大官喜我来，遣骑问所须。城郭喜我来[⑨]，宾客隘村墟[⑩]。
天下尚未宁，健儿胜腐儒。飘飖风尘际[⑪]，何地置老夫[⑫]。
于时见疣赘[⑬]，骨髓幸未枯。饮啄愧残生，食薇不敢馀。

①成：一作此。②须臾：一作斯须。③肯：一作能。④溅：一作流。⑤鬼：一作人。⑥屟：一作堞。⑦衣：旧作我。⑧携胡芦：一云提榼壶。⑨喜：一作知。⑩隘：一作溢。⑪飘飖：一作飘飘。⑫置：一作致。⑬见：一作是。○自“请陈丧乱初”，至“自及枭獍徒”，叙宝应元年严武入朝，徐知道反，旋为其下李忠厚所杀也。自“义士皆痛愤”，至“此又足惊吁”，叙徐逆虽诛，而成都无主，纪纲大乱，诛杀无辜。但所谓“一国三公”者，不知指何人耳。自“贱子且奔走”以下，叙广德二年严武再来镇蜀，公自梓州复还成都。

四　松

四松初移时，大抵三尺强。别来复三载[①]，离立如人长。

会看根不拔，莫计枝凋伤。幽色幸秀发[2]，疏柯亦昂藏[3]。
所插小藩篱，本亦有堤防。终然振拨损[4]，得恡千叶黄[5]。
敢为故林主，黎庶犹未康。避贼今始归，春草满空堂。
览物叹衰谢，及兹慰凄凉。清风为我起，洒面若微霜。
足以送老姿[6]，聊待偃盖张[7]。我生无根蒂[8]，配尔亦茫茫[9]。
有情且赋诗，事迹可两忘[10]。勿矜千载后，惨淡蟠穹苍。

①载：一作岁。②幸：一作会。③亦：一作已。④振：直根切。⑤恡：一作愧。⑥一作“足为送老资”。⑦待：一作将。⑧蒂：一作蒂。⑨尔：一作汝。⑩可两：一作两可。

水　槛

苍江多风飙，云雨昼夜飞。茅轩驾巨浪，焉得不低垂。
游子久在外，门户无人持。高岸尚如谷[1]，何伤浮柱攲。
扶颠有劝诫，恐贻识者嗤。既殊大厦倾，可以一木支。
临川视万里，何必栏槛为。人生感故物，慷慨有馀悲。

①如：一作为。

破　船

平生江海心，宿昔具扁舟。岂惟清溪上，日傍柴门游。
苍皇避乱兵，缅邈怀旧丘。邻人亦已非，野竹独修修。
船舷不重扣，埋没已经秋。仰看西飞翼，不愧东逝流。
故者或可掘，新者亦易求。所悲数奔窜，白屋难久留。

营　屋

我有阴江竹，能令朱夏寒。阴通积水内，高入浮云端。
甚疑鬼物凭[1]，不顾剪伐残。东偏若面势，户牖永可安。
爱惜已六载，兹晨去千竿[2]。萧萧见白日，汹汹闻奔湍。

度堂匪华丽，养拙异考槃。草茅虽薙葺，衰疾方少宽。
洗然顺所适，此足代加餐。寂无斤斧响，庶遂憩息欢。

①甚：一作如。②不顾：疑当作“不愿”，谓前此甚好此竹，爱惜六载，不愿伐之；兹晨将营屋，乃伐去千竿耳。

除　草[1]

草有害于人，曾何生阻修。其毒甚蜂虿，其多弥道周。
清晨步前林，江色未散忧。芒刺在我眼，焉能待高秋。
霜露一沾凝[2]，蕙叶亦难留。荷锄先童稚，日入仍讨求。
转致水中央，岂无双钓舟。顽根易滋蔓，敢使依旧丘。
自兹藩篱旷[3]，更觉松竹幽。芟夷不可阙，疾恶信如仇。

①吴若本注：去蘩草也。蘩，音潜，山韭。②露：一作雪。凝：一作衣。③兹：一作移。

扬　旗[1]

江雨飒长夏[2]，府中有馀清。我公会宾客，肃肃有异声。
初筵阅军装，罗列照广庭。庭空六马入[3]，駊騀扬旗旌[4]。
回回偃飞盖，熠熠迸流星。来缠风飙急[5]，去擘山岳倾。
材归俯身尽，妙取略地平。虹霓就掌握，舒卷随人轻。
三州陷犬戎，但见西岭青。公来练猛士，欲夺天边城。
此堂不易升，庸蜀日已宁。吾徒且加餐，休食蛮与荆。

①二年夏六月，成都尹严公置酒公堂，观骑士试新旗帜。②江：一作风。③六：一作四。④旗：一作旆。⑤缠：一作冲。

太子张舍人遗织成褥段

客从西北来，遗我翠织成[1]。开缄风涛涌，中有掉尾鲸。
逶迤罗水族，琐细不足名。客云充君褥，承君终宴荣。

空堂魑魅走[②]，高枕形神清。领客珍重意，顾我非公卿。
留之惧不祥，施之混柴荆。服饰定尊卑，大哉万古程。
今我一贱老，裋褐更无营[③]。煌煌珠宫物，寝处祸所婴[④]。
叹息当路子，干戈尚纵横。掌握有权柄，衣马自肥轻[⑤]。
李鼎死岐阳，实以骄贵盈。来瑱赐自尽，气豪直阻兵[⑥]。
皆闻黄金多[⑦]，坐见悔吝生。奈何田舍翁，受此厚贶情。
锦鲸卷还客，始觉心和平。振我粗席尘，愧客茹藜羹[⑧]。

①翠：一作细。②魑魅：一作魍魉。③裋：一作短。④婴：一作萦。⑤自：一云已。⑥直：一作真。⑦皆闻：一作昔闻。⑧茹：一作饭。国藩按：叙事得雄直之气，韩公五古多学此等。

别蔡十四著作

贾生恸哭后，寥落无其人。安知蔡夫子，高义迈等伦。
献书谒皇帝，志已清风尘。流涕洒丹极，万乘为酸辛。
天地则创痍，朝廷当正臣[①]。异才复间出，周道日惟新。
使蜀见知己，别颜始一伸。主人薨城府，扶榇归咸秦。
巴道此相逢，会我病江滨。忆念凤翔都，聚散俄十春。
我衰不足道，但愿子意陈[②]。稍令社稷安，自契鱼水亲。
我虽消渴甚，敢忘帝力勤。尚思未朽骨，复睹耕桑民。
积水驾三峡，浮龙倚长津[③]。扬舲洪涛间，仗子济物身。
鞍马下秦塞，王城通北辰。玄甲聚不散，兵久食恐贫。
穷谷无粟帛，使者来相因。若凭南辕吏[④]，书札到天垠。

〇自此以上，公自陇至蜀，久居成都草堂，中间曾至青城、新津，曾居梓州、阆州，仍归成都草堂之诗。①当：一作多。②意：一作音。③长津：一云轮囷。④凭：一云逢。吏：陈作使。

卷八　杜工部五古下

九十五首

杜　鹃

西川有杜鹃，东川无杜鹃。涪万无杜鹃，云安有杜鹃。
我昔游锦城，结庐锦水边。有竹一顷馀，乔木上参天。
杜鹃暮春至，哀哀叫其间。我见常再拜，重是古帝魂。
生子百鸟巢，百鸟不敢瞋[①]。仍为喂其子，礼若奉至尊。
鸿雁及羔羊，有礼太古前。行飞与跪乳，识序如知恩[②]。
圣贤古法则[③]，付与后世传。君看禽鸟情，犹解事杜鹃。
今忽暮春间，值我病经年。身病不能拜，泪下如迸泉。

○自此以下，严武卒后公去成都，至戎州、渝州、忠州，暨寓居云安、夔州之诗。①瞋：一作喧。②如：一作又。③古：一作吾。○黄鹤本载旧本题注云："上皇幸蜀还，肃宗用李辅国谋，迁之西内，上皇悒悒而崩。此诗感是而作。"钱笺以是说为然。国藩按：望帝禅位于开明，而自隐于西山，与明皇幸蜀而内禅于肃宗，其事略同。此诗及《杜鹃行》皆为上皇而作，殆近之矣。

客　居

客居所居堂，前江后山根。下堑万寻岸，苍涛郁飞翻。
葱青众木梢，邪竖杂石痕。子规昼夜啼，壮士敛精魂。
峡开四千里，水合数百源。人虎相半居，相伤终两存。

蜀麻久不来，吴盐拥荆门。西南失大将[1]，商旅自星奔。
今又降元戎，已闻动行轩。舟子候利涉，亦凭节制尊。
我在路中央，生理不得论。卧愁病脚废，徐步视小园。
短畦带碧草，怅望思王孙。凤随其皇去，篱雀暮喧繁。
览物想故国，十年别荒村。日暮归几翼，北林空自昏。
安得覆八溟，为君洗乾坤。稷契易为力，犬戎何足吞。
儒生老无成，臣子忧四番。箧中有旧笔，情至时复援。

①钱笺：永泰元年闰十月，郭英乂为崔旰所杀，蜀中大乱。大历元年二月，以杜鸿渐为山南西道剑南东西川副元帅。

客　堂

忆昨离少城，而今异楚蜀。舍舟复深山，窅窕一林麓。
栖泊云安县，消中内相毒。旧疾廿载来[1]，衰年得无足[2]。
死为殊方鬼，头白免短促。老马终望云，南雁意在北。
别家长儿女，欲起惭筋力。客堂叙节改，具物对羁束。
石暄蕨芽紫，渚秀芦笋绿。巴莺纷未稀[3]，徼麦早向熟。
悠悠日动江，漠漠春辞木。台郎选才俊，自顾亦已极。
前辈声名人，埋没何所得。居然绾章绂，受性本幽独。
平生憩息地，必种数竿竹。事业只浊醪，营葺但草屋。
上公有记者，累奏资薄禄。主忧岂济时，身远弥旷职。
循文庙算正[4]，献可天衢直。尚想趋朝廷，毫发裨社稷。
形骸今若是，进退委行色。

①载：一作战，一作再。②得无足：一作得弱足，一作弱无足。③莺：一作稼。④循：鲍作脩。

石砚诗[1]

平公今诗伯，秀发吾所羡。奉使三峡中，长啸得石砚，巨璞禹凿馀，异状君独见。其滑乃波涛，其光或雷电。
联坳各尽墨，多水递隐见。挥洒容数人，十手可对面。
比公头上冠，贞质未为贱。当公赋佳句，况得终清宴。
公含起草姿，不远明光殿。致于丹青地，知汝随顾盼。
①平侍御者。

水阁朝霁奉简严云安[①]

东城抱春岑，江阁邻石面。崔嵬晨云白，朝旭射芳甸[②]。
雨槛卧花丛，风床展书卷[③]。钩簾宿鹭起，丸药流莺啭。
呼婢取酒壶，续儿诵文选。晚交严明府，矧此数相见。
①严云安：一作"云安严明府"。②旭：一作日。③展书卷：一作展轻幔。

赠郑十八贲

温温士君子，令人怀抱尽。灵芝冠众芳，安得阙亲近。
遭乱意不归，窜身迹非隐。细人尚姑息，吾子色愈谨。
高怀见物理，识者安肯哂。卑飞欲何待？捷径应未忍。
示我百篇文，诗家一标准。羁离交屈宋，牢落值颜闵。
水陆迷畏途[①]，药饵驻修轸。古人日已远，青史字不泯。
步趾咏唐虞，追随饭葵堇。数杯资好事，异味烦县尹。
心虽在朝谒，力与愿矛盾。抱病排金门，衰容岂为敏。
①畏：一作长。

三韵三篇

高马勿唾面[①]，长鱼无损鳞。辱马马毛焦，困鱼鱼有神。
君看磊落士，不肯易其身。
①唾：一作捶。

荡荡万斛船，影若扬白虹。起樯必椎牛，挂席集众功。
自非风动天，莫置大水中。

烈士恶多门[①]，小人自同调。名利苟可取，杀身傍权要。
何当官曹清，尔辈堪一笑。

①烈：一作列。

郑典设自施州归

吾怜荥阳秀，冒暑初有适。名贤慎所出[①]，不肯妄行役。
旅兹殊俗远[②]，竟以屡空迫。南谒裴施州，气合无险僻。
攀援悬根木，登顿入天石[③]。青山自一川，城郭洗忧戚。
听子话此邦，令我心悦怿。其俗则纯朴[④]，不知有主客。
温温诸侯门，礼亦如古昔。敕厨倍常羞，杯盘颇狼藉。
时虽属丧乱，事贵赏匹敌[⑤]。中宵惬良会，裴郑非远戚。
群书一万卷，博涉供务隙。他日辱银钩，森疏见矛戟。
倒屣喜旋归，画地求所历[⑥]。乃闻风土质，又重田畴辟。
刺史似寇恂，列郡宜竞惜[⑦]。北风吹瘴疠，羸老思散策。
渚拂蒹葭塞[⑧]，峤穿萝茑幂。此身仗儿仆，高兴潜有激。
孟冬方首路，强饭取崖壁。叹尔疲驽骀，汗沟血不赤。
终然备外饰，驾驭何所益。我有平肩舆，前途犹准的。
翩翩入鸟道，庶脱蹉跌厄。

①所出：一作出处。②远：一作还。③天：草堂、陈浩然并作“矢”。④则：一作甚。⑤赏：一作当。⑥求：一作来。⑦惜：一作借，音迹。○以上叙郑自施州归，以下叙公亦思南行也。⑧塞：一作寒。

柴　门

孤舟登瀼西[①]，回首望两崖。东城干旱天，其气如焚柴。

长影没窈窕，馀光散唅呀。大江蟠嵌根，归海成一家。
下冲割坤轴，竦壁攒镆铘。萧飒洒秋色，氛昏霾日车[2]。
峡门自此始[3]，最窄容浮查。禹功翊造化，疏凿就欹斜。
巨渠决太古，众水为长蛇。风烟渺吴蜀，舟楫通盐麻。
我今远游子，飘转混泥沙。万物附本性，约身不愿奢[4]。
茅栋盖一床，清池有馀花。浊醪与脱粟，在眼无咨嗟。
山荒人民少，地僻日夕佳。贫病固其常[5]，富贵任生涯。
老于干戈际，宅幸蓬荜遮。石乱上云气，杉清延月华[6]。
赏妍又分外，理惬夫何夸。足了垂百年，敢居高士差。
书此豁平昔，回首犹暮霞。

①孤：一作泛。②氛：一作气。③峡：一作硖。④约：一云处。身：一作性。愿：一作欲。⑤病：一作贱。⑥清：晋作青。月：一作日。

贻华阳柳少府

系马乔木间，问人野寺门。柳侯披衣笑[1]，见我颜色温。
并坐石下堂[2]，俯视大江奔。火云洗月露，绝壁上朝暾。
自非晓相访，触热生病根。南方六七月，出入异中原。
老少多暍死，汗逾水浆翻。俊才得之子，筋力不辞烦。
指挥当世事，语及戎马存。涕泪溅我裳[3]，悲气排帝阍。
郁陶抱长策，义仗知者论。吾衰卧江汉，但愧识玙璠。
文章一小技，于道未为尊。起予幸斑白，因是托子孙。
俱客古信州，结庐依毁垣。相去四五里，径微山叶繁。
时危挹佳士，况免军旅喧。醉从赵女舞，歌鼓秦人盆。
子壮顾我伤，我欢兼泪痕。馀生如过鸟，故里今空村。

①笑：晋作啸。②石下堂：一云堂下石，一云石堂下。③涕泪：一作流涕。

雷

大旱山岳燋，密云复无雨[1]。南方瘴疠地，罹此农事苦。

封内必舞雩，峡中喧击鼓。真龙竟寂寞，土梗空俯偻。
吁嗟公私病，税敛缺不补。故老仰面啼，疮痍向谁数。
暴尪或前闻，鞭巫非稽古。请先偃甲兵，处分听人主。
万邦但各业，一物休尽取。水旱其数然[2]，尧汤免亲睹。
上天铄金石，群盗乱豺虎。二者存一端，愆阳不犹愈。
昨宵殷其雷，风过齐万弩。复吹霾翳散，虚觉神灵聚。
气喝肠胃融，汗滋衣裳污[3]。吾衰尤拙计[4]，失望筑场圃。

①复无雨，一云覆如雨。②其数然：一云数至然。③污：一云腐。④拙计：一云计拙。

火

楚山经月火，大旱则斯举。旧俗烧蛟龙[1]，惊惶致雷雨。
爆嵌魑魅泣，崩冻岚阴昈。罗落沸百泓，根源皆万古[2]。
青林一灰烬，云气无处所。入夜殊赫然，新秋照牛女。
风吹巨焰作，河棹腾烟柱[3]。势欲焚昆仑，光弥焮洲渚。
腥至焦长蛇，声吼缠猛虎[4]。神物已高飞，不见石与土[5]。
尔宁要谤讟，凭此近荧侮。薄关长吏忧，甚昧至精主。
远迁谁扑灭，将恐及环堵。流汗卧江亭，更深气如缕。

①蛟：一作蛇。②万：一作太。③棹：一作淡。腾：一作胜。④声吼：一云吼争。⑤不：一作只。

七月三日亭午已后较热退晚加小凉稳睡有诗因论壮年乐事戏呈元二十一曹长

今兹商用事，馀热亦已末。衰年旅炎方，生意从此活。
亭午减汗流，北邻耐人聒。晚风爽乌匼，筋力苏摧折。
闭目逾十旬，大江不止渴。退藏憾雨师，健步闻旱魃[1]。
园蔬抱金玉，无以供采掇。密云虽聚散，徂暑终衰歇[2]。

前圣慎焚巫，武王亲救暍。阴阳相主客，时序递回斡。
洒落唯清秋，昏霾一空阔。萧萧紫塞雁，南向欲行列。
欻思红颜日，霜露冻阶闼。胡马挟雕弓，鸣弦不虚发。
长鈚逐狡兔[3]，突羽当满月。惆怅白头吟，萧条游侠窟。
临轩望山阁，缥缈安可越。高人炼丹砂，未念将朽骨。
少壮迹颇疏，欢娱曾倏忽。杖藜风尘际，老丑难翦拂。
吾子得神仙，本是池中物。贱夫美一睡，烦促婴词笔。

①闻：一作供。②终：一作经。③逐：一作及。○“欻思”以下八句，盖公回思少年时清秋射猎之乐。公他日有诗，所谓“放荡齐赵间，裘马颇清狂。春歌丛台上，冬猎青丘旁”者也。

牵牛织女

牵牛出河西，织女处其东。万古永相望，七夕谁见同？
神光意难候[1]，此事终蒙胧。飒然精灵合，何必秋遂通。
亭亭新妆立，龙驾具曾空[2]。世人亦为尔，祈请走儿童。
称家随丰俭，白屋达公宫。膳夫翊堂殿，鸣玉凄房栊。
曝衣遍天下，曳月扬微风。蛛丝小人态，曲缀瓜果中[3]。
初筵裛重露，日出甘所终[4]。嗟汝未嫁女，秉心郁忡忡。
防身动如律，竭力机杼中。虽无姑舅事，敢昧织作功。
明明君臣契，咫尺或未容。义无弃礼法，恩始夫妇恭。
小大有佳期，戒之在至公。方圆苟龃龉，丈夫多英雄[5]。

①光：一作仙。意：一作竟。②空：一作穹。③缀：一作掇。④终：一作从。⑤一云“勿替丈夫雄”。○末句不可解。

毒热寄简崔评事十六弟

大署运金气[1]，荆扬不知秋。林下有塌翼，水中无行舟。
千室但扫地，闭关人事休。老夫转不乐[2]，旅次兼百忧。

蝮蛇暮偃蹇，空床难暗投。炎宵恶明烛，况乃怀旧丘。
开襟仰内弟，执热露白头。束带负芒刺，接居成阻修。
何当清霜飞，会子临江楼。载闻大易义，讽兴诗家流③。
蕴藉异时辈，检身非苟求。皇皇使臣体，信是德业优。
楚材择杞梓，汉苑归骅骝。短章达我心，理为识者筹④。

①暑：一作火。②夫：一作大。③兴：一作咏。④为：一作待。○“空床难暗投”云者，谓蝮蛇出于床间，不敢于暮暗投身寝卧也；而执烛入室，又恶其炎热。种种可憎，况乃心怀故乡乎？公诗拙处往往如此，不可学也。

殿中杨监见示张旭草书图

斯人已云亡，草圣秘难得。乃兹烦见示，满目一凄恻。
悲风生微绡，万里起古色。锵锵鸣玉动，落落群松直。
连山蟠其间，溟涬与笔力。有练实先书，临池真尽墨。
俊拔为之主，暮年思转极。未知张王后，谁并百代则。
呜呼东吴精，逸气感清识。杨公拂箧笥，舒卷忘寝食。
念昔挥毫端，不独观酒德。

杨监又出画鹰十二扇

近时冯绍正，能画鸷鸟样。明公出此图，无乃传其状。
殊姿各独立，清绝心有向①。疾禁千里马，气敌万人将。
忆昔骊山宫，冬移含元仗。天寒大羽猎，此物神俱王。
当时无凡材，百中皆用壮。粉墨形似间，识者一惆怅。
干戈少暇日，真骨老崖嶂。为君除狡兔，会是翻鞲上②。

①向：一作尚。②翻：一作飞。

送殿中杨监赴蜀见相公

去水绝还波，曳云无定姿。人生在世间，聚散亦暂时。

离别重相逢，偶然岂定期。送子清秋暮，风物长年悲。
豪俊贵勋业，邦家频出师。相公镇梁益，军事无孑遗。
解榻再见今，用才复择谁。况子已高位，为郡得固辞。
难拒供给费，慎哀渔夺私。干戈未甚息，纪纲正所持。
泛舟巨石横，登陆草露滋。山门日易久[①]，当念居者思。

①久：一云夕。

赠李十五丈别

峡人鸟兽居，其室附层巅。下临不测江，中有万里船。
多病纷倚薄，少留改岁年。绝域谁慰怀，开颜喜名贤。
孤陋忝末亲，等级敢比肩。人生意颇合[①]，相与襟袂连。
一日两遣仆，三日一共筵。扬论展寸心，壮笔过飞泉。
玄成美价存，子山旧业传[②]。不闻八尺躯，常受众目怜。
且为辛苦行，盖被生事牵。北回白帝棹，南入黔阳天。
汧公制方隅，迥出诸侯先。封内如太古，时危独萧然。
清高金茎露[③]，正直朱丝弦。昔在尧四岳，今之黄颍川。
于迈恨不同，所思无由宣。山深水增波，解榻秋露悬。
客游虽云久，主要月再圆[④]。晨集风渚亭，醉操云峤篇。
丈夫贵知己，欢罢念归旋。

①颇：一作气。②李十五之父当有名位于时，故以韦贤、庾肩吾比之。③金茎露：一作金掌露，一作金茎掌。④主要：陈作亦思。

西阁曝日

凛冽倦玄冬，负暄嗜飞阁。羲和流德泽，颛顼愧倚薄。
毛发具自和[①]，肌肤潜沃若。太阳信深仁，衰气欻有托。
欹倾烦注眼，容易收病脚。流离木杪猿[②]，翩跹山颠鹤。
用知苦聚散[③]，哀乐日已作[④]。即事会赋诗，人生忽如昨[⑤]。

古来遭丧乱，贤圣尽萧索。胡为将暮年，忧世心力弱。

①和：一作私。②流离：或作浏漓。杪：一作梢。③用：刊作朋。④日已作：一作亦已昨。⑤昨：一作错。

课伐木　并序

课隶人伯夷、幸秀[1]、信行等入谷斩阴木，人日四根止。维条伊枚，正直挺然。晨征暮返，委积庭内。我有藩篱，是缺是补，载伐篆簜，伊仗支持[2]，则旅次于小安。山有虎，知禁。若恃爪牙之利，必昏黑樘突[3]。夔人屋壁，列树白菊[4]，镘为墙，实以竹，示式遏。为与虎近，混沦乎无良。宾客忧害马之徒[5]，苟活为幸，可嘿息已。作诗示宗武诵[6]。

长夏无所为，客居课奴仆[7]。清晨饭其腹[8]，持斧入白谷。
青冥曾巅后，十里斩阴木。人肩四根已，亭午下山麓。
尚闻丁丁声，功课日各足。苍皮成委积[9]，素节相照烛。
藉汝跨小篱，当仗苦虚竹[10]。空荒咆熊罴，乳兽待人肉。
不示知禁情，岂惟干戈哭。城中贤府主，处贵如白屋。
萧萧理体净，蜂虿不敢毒。虎穴连里闾，堤防旧风俗。
泊舟沧江岸，久客慎所触。舍西崖峤壮，雷雨蔚含蓄。
墙宇资屡修，衰年怯幽独。尔曹轻执热，为我忍烦促。
秋光近青岑，季月当泛菊。报之以微寒，共给酒一斛。

①幸：一作辛。②仗：一作杖。③樘：晋作撑，一作搪。④列：一作例。菊：一作蓟。⑤忧：一作齿。⑥武：一作文。⑦奴：一作童。⑧腹：一作阳。⑨委积：吴本作积委。⑩仗：一云杖，一云材。苦：一云若。

园人送瓜

江间虽炎瘴，瓜熟亦不早。柏公镇夔国，滞务兹一扫[1]。
食新先战士，共少及溪老[2]。倾筐蒲鸽青，满眼颜色好。

竹竿接嵌窦，引注来鸟道。沉浮乱水玉，爱惜如芝草。
落刃嚼冰霜，开怀慰枯槁。许以秋蒂除，仍看小童抱[③]。
东陵迹芜绝[④]，楚汉休征讨。园人非故侯，种此何草草。

①兹：一作资。②溪：一作穷。③童：一作儿。④陵：一作溪。

信行远修水筒

汝性不茹荤，清静仆夫内。秉心识本源[①]，于事少滞碍。
云端水筒坼，林表山石碎。触热藉子修，通流与厨会。
往来四十里，荒险崖谷大。日曛惊未餐[②]，貌赤愧相对。
浮瓜供老病，裂饼尝所爱。于斯答恭谨，足以殊殿最。
讵要方士符，何假将军盖[③]。行诸直如笔，用意崎岖外。

①本：一作根。②餐：一作食。③盖：高丽本作佩。

槐叶冷淘

青青高槐叶，采掇付中厨。新面来近市，汁滓宛相俱。
入鼎资过熟，加餐愁欲无。碧鲜俱照箸，香饭兼苞芦。
经齿冷如雪，劝人投此珠[①]。愿随金騕褭，走置锦屠苏[②]。
路远思恐泥，兴深终不渝。献芹则小小，荐藻明区区。
万里露寒殿，开冰清玉壶。君王纳凉晚，此味亦时须。

①此：一作比。②屠苏：又作廜廯。

行官张望补稻畦水归

东屯大江北[①]，百顷平若案。六月青稻多，千畦碧泉乱。
插秧适云已，引溜加溉灌。更仆往方塘，决渠当断岸。
公私各地著，浸润无天旱。主守问家臣，分明见溪伴[②]。
芊芊炯翠羽，剡剡生银汉[③]。鸥鸟镜里来，关山雪边看。
秋菰成黑米，精凿传白粲[④]。玉粒足晨炊，红鲜任霞散。

终然添旅食，作苦期壮观。遗穗及众多，我仓戒滋蔓。

①江北：一云大江。②明：一作朋。伴：一作畔。③生：一作向。④凿：一作縠。传：一作傅。

催宗文树鸡栅

吾衰怯行迈，旅次展崩迫。愈风传乌鸡，秋卵方漫吃。
自春生成者，随母向百翮。驱趁制不禁，喧呼山腰宅。
课奴杀青竹，终日憎赤帻[1]。踏藉盘案翻，塞蹊使之隔。
墙东有隙地[2]，可以树高栅。避热时来归[3]，问儿所为迹。
织笼曹其内，令入不得掷。稀间可突过[4]，觜爪还污席。
我宽蝼蚁遭，彼免狐貉厄。应宜各长幼，自此均勍敌。
笼栅念有修，近身见损益[5]。明明领处分，一一当剖析。
不昧风雨晨，乱离减忧戚。其流则凡鸟，其气心匪石。
倚赖穷岁晏，拨烦去冰释[6]。未似尸乡翁，拘留盖阡陌。

①憎：一作增，晋作帽。②有隙：晋作闲散。③来：晋作未。④可：一作若。⑤见：一作知。⑥去：一作及。

园官送菜　并序

园官送菜把，本数日阙。矧苦苣、马齿，掩乎嘉蔬。伤小人妒害君子，菜不足道也。比而作诗。

清晨蒙菜把[1]，常荷地主恩。守者愆实数，略有其名存。
苦苣刺如针，马齿叶亦繁。青青嘉蔬色，埋没在中园[2]。
园吏未足怪，世事固堪论。呜呼战伐久，荆棘暗长原。
乃知苦苣辈，倾夺蕙草根。小人塞道路，为态何喧喧。
又如马齿盛，气拥葵荏昏。点染不易虞，丝麻杂罗纨。
一经器物内[3]，永挂粗刺痕。志士采紫芝，放歌避戎轩。
畦丁负笼至，感动百虑端。

①蒙：一作送。②在：晋作自。③器：一作气。

上后园山脚

朱夏热所婴，清旭步北林[①]。小园背高冈，挽葛上崎崟。
旷望延驻目，飘飖散疏襟。潜鳞恨水壮[②]，去翼依云深。
勿谓地无疆，劣于山有阴。石榞遍天下，水陆兼浮沉。
自我登陇首，十年经碧岑。剑门来巫峡，薄倚浩至今。
故园暗戎马，骨肉失追寻。时危无消息，老去多归心。
志士惜白日，久客藉黄金。敢为苏门啸，庶作《梁父吟》。

①旭：亦作日。②水：一作川。

驱竖子摘苍耳

江上秋已分，林中瘴犹剧[①]。畦丁告劳苦，无以供日夕。
蓬莠独不焦[②]，野蔬暗泉石。卷耳况疗风，童儿且时摘[③]。
侵星驱之去[④]，烂漫任远适。放筐亭午际[⑤]，洗剥相蒙幂。
登床半生熟，下箸还小益。加点瓜薤间，依稀橘奴迹[⑥]。
乱世诛求急，黎民糠籺窄。饱食复何心，荒哉膏粱客。
富家厨肉臭，战地骸骨白。寄语恶少年，黄金休且掷。

①林：一作村。②独：一作犹。③一云“童仆先时摘”。④侵星：疑当作“侵晨”。⑤亭：一作当。⑥橘：一作木。

秋行官张望督促东渚耗稻向毕清晨遣女奴阿稽竖子阿段往问[①]

东渚雨今足，伫闻粳稻香。上天无偏颇，蒲稗各自长。
人情见非类，田家戒其荒。功夫竞搰搰，除草置岸旁。
谷者命之本，客居安可忘。青春具所务，勤垦免乱常。
吴牛力容易，并驱动莫当[②]。丰苗亦已概，云水照方塘。

有生固蔓延，静一资堤防。督领不无人，提携颇在纲[3]。
荆扬风土暖，肃肃候微霜。尚恐主守疏，用心未甚臧。
清朝遣婢仆，寄语喻崇冈。西成聚必散，不独陵我仓。
岂要仁里誉，感此乱世忙。北风吹蒹葭，蟋蟀近中堂。
荏苒百工休，郁纡迟暮伤。

①耗：一作刈。②驱：去声。动莫当：一云纷游扬。③携：一作挈。

阻雨不得归瀼西甘林

三伏适已过，骄阳化为霖。欲归瀼西宅，阻此江浦深。
坏舟百板坼，峻岸复万寻。篙工初一弃，恐泥劳寸心。
伫立东城隅[1]，怅望高飞禽。草堂乱玄圃，不隔昆仑岑。
昏浑衣裳外，旷绝同层阴。园甘长成时，三寸如黄金。
诸侯旧上计，厥贡倾千林。邦人不足重，所迫豪吏侵。
客居暂封殖，日夜偶瑶琴。虚徐五株态，侧塞烦胸襟。
焉得辍两足[2]，杖藜出岖嵚。条流数翠实，偃息归碧浔。
拂拭乌皮几，喜闻樵牧音。令儿快搔背，脱我头上簪。

①伫：一作倚。②得：一作能。两：一作雨。

雨

峡云行清晓，烟雾相徘徊。风吹苍江树[1]，雨洒石壁来。
凄凄生馀寒，殷殷兼出雷[2]。白谷变气候，朱炎安在哉？
高鸟湿不下，居人门未开。楚宫久已灭，幽珮为谁哀。
侍臣书王梦，赋有冠古才。冥冥翠龙驾，多自巫山台。

①树：晦庵作去。②出：一作山。

雨二首

青山淡无姿，白露谁能数。片片水上云，萧萧沙中雨。

殊俗状巢居，曾台俯风渚。佳客适万里，沉思情延伫。
挂帆远色外，惊浪满吴楚。久阴蛟螭出，寇盗复几许[①]。
①寇盗：一作冠盖。

空山中宵阴，微冷先枕席。回风起清曙[①]，万象萋已碧。
落落出岫云，浑浑倚天石。日假何道行，雨含长江白。
连樯荆州船，有士荷矛戟。南防草镇惨，沾湿赴远役。
群盗下辟山，总戎备强敌。水深云光廓，鸣橹各有适。
渔艇息悠悠[②]，夷歌负樵客。留滞一老翁，书时记朝夕。
①曙：一作晓。②息：一作自。

晚登瀼上堂

故跻瀼岸高，颇免崖石拥。开襟野堂豁，系马林花动。
雉堞粉如云，山田麦无垄。春气晚更生，江流静犹涌。
四序婴我怀，群盗久相踵。黎民困逆节，天子渴垂拱。
所思注东北，深峡转修耸。衰老自成病，郎官未为冗。
凄其望吕葛，不复梦周孔。济世数向时，斯人各枯冢。
楚星南天黑，蜀月西雾重。安得随鸟翎，迫此惧将恐。

又上后园山脚

昔我游山东，忆戏东岳阳。穷秋立日观，矫首望八荒[①]。
朱崖著毫发，碧海吹衣裳。蓐收困用事，玄冥蔚强梁。
逝水自朝宗，镇名各其方。平原独憔悴，农力废耕桑。
非关风露凋[②]，曾是戍役伤。于时国用富，足以守边疆。
朝廷任猛将，远夺戎马场。到今事反复，故老泪万行。
龟蒙不复见，况乃怀旧乡[③]。肺萎属久战，骨出热中肠。
忧来杖匣剑，更上林北冈。瘴毒猿鸟落，峡干南日黄。

秋风亦已起，江汉始如汤。登高欲有往，荡析川无梁。
哀彼远征人，去家死路旁。不及祖父茔，累累冢相当。
①八：一云北。②非关：一作北关。③旧：一作故。

雨

山雨不作泥，江云薄为雾。晴飞半岭鹤，风乱平沙树。
明灭洲景微，隐见岩姿露。拘闷出门游，旷绝经目趣。
消中日伏枕，卧久尘及屦。岂无平肩舆，莫辨望乡路。
兵戈浩未息，蛇虺反相顾。悠悠边月破，郁郁流年度。
针灸阻朋曹，糠籺对童孺。一命须屈色，新知渐成故。
穷荒益自卑，飘泊欲谁诉。尪羸愁应接，俄顷恐违迕[1]。
浮俗何万端，幽人有独步[2]。庞公竟独往，尚子终罕遇。
宿留洞庭秋，天寒潇湘素。杖策可入舟，送此齿发暮。
①违：一作危。②独：吴作高。

甘　林

舍舟越西冈，入林解我衣。青刍适马性，好鸟知人归。
晨光映远岫，夕露见日晞。迟暮少寝食，清旷喜荆扉。
经过倦俗态，在野无所违[1]。试问甘藜藿，未肯羡轻肥。
喧静不同科，出处各天机。勿矜朱门是，陋此白屋非。
明朝步邻里，长老可以依。时危赋敛数，脱粟为尔挥。
相携行豆田，秋花霭菲菲。子实不得吃，货市送王畿。
尽添军旅用，迫此公家威。主人长跪问，戎马何时稀？
我衰易悲伤，屈指数贼围。劝其死王命，慎莫远奋飞。
①所：一云或。

雨

行云递崇高，飞雨霭而至。潺潺石间溜，汩汩松上驶。

亢阳乘秋热，百谷皆已弃[①]。皇天德泽降，焦卷有生意。
前雨伤卒暴，今雨喜容易。不可无雷霆，间作鼓增气。
佳声达中宵，所望时一致。清霜九月天，仿佛见滞穗。
郊扉及我私[②]，我圃日苍翠。恨无抱瓮力，庶减临江费[③]。

①皆：一作亦。②我私：一作栽耘。③吴若本注：峡内无井，取江水吃。

种莴苣　并序

既雨已秋，堂下理小畦，隔种一两席许莴苣，向二旬矣。而苣不甲坼，伊人苋青青[①]。伤时君子或晚得微禄，轗轲不进。因作此诗。

阴阳一错乱[②]，骄蹇不复理。枯旱于其中，炎方惨如毁。
植物半蹉跎，嘉生将已矣。云雷欻奔命，师伯集所使。
指麾赤白日，澒洞青光起[③]。雨声先已风[④]，散足尽西靡。
山泉落沧江，霹雳犹在耳。终朝纡飒沓，信宿罢潇洒。
堂下可以畦，呼童对经始。苣兮蔬之常，随事蓺其子。
破块数席间，荷锄功易止。两旬不甲坼，空惜埋泥滓。
野苋迷汝来，宗生实于此。此辈岂无秋，亦蒙寒露委。
翻然出地速，滋蔓户庭毁。因知邪干正，掩抑至没齿
贤良虽得禄，守道不封己。拥塞败芝兰，众多盛荆杞。
中园陷萧艾，老圃永为耻。登于白玉盘，藉以如霞绮。
苋也无所施，胡颜入筐篚。

①伊人：一作独野。②错：一作屯。③青光：一作云色。④已：晋作以。

暇日小园散病将种秋菜督勒耕牛兼书触目

不爱入州府，畏人嫌我真。及乎归茅宇[①]，旁舍未曾瞋。
老病忌拘束[②]，应接丧精神。江村意自放[③]，林木心所欣。
秋耕属地湿，山雨近甚匀。冬菁饭之半，牛力晚来新[④]。

深耕种数亩，未甚后四邻。嘉蔬既不一，名数颇具陈。
荆巫非苦寒，采撷接青春[5]。飞来两白鹤，暮啄泥中芹。
雄者左翮垂，损伤已露筋[6]。一步再流血，尚经矰缴勤[7]。
三步六号叫，志屈悲哀频。鸾凤不相待，侧颈诉高旻。
杖藜俯沙渚，为汝鼻酸辛。

①一云“及归在茅屋”。②忌：一作恐。③自：一作日。④晚：一作晓。⑤以上叙散病种秋菜之事，以下书触目也。⑥露：一作及。⑦经：一作惊。

八哀诗　并序

伤时盗贼未息，兴起王公、李公，叹旧怀贤，终于张相国。八公前后存没，遂不诠次焉。

赠司空王公思礼[1]

司空出东夷，童稚刷劲翮。追随燕蓟儿，颖锐物不隔[2]。
服事哥舒翰，意无流沙碛[3]。未甚拔行间，犬戎大充斥。
短小精悍姿，屹然强寇敌。贯穿百万众，出入由咫尺。
马鞍悬将首，甲外控鸣镝。洗剑青海水，刻铭天山石。
九曲非外蕃[4]，其王转深壁。飞兔不近驾，鸷鸟资远击。
晓达兵家流，饱闻《春秋》癖。胸襟日沉静，肃肃自有适[5]。
潼关初溃散，万乘犹辟易。偏裨无所施，元帅见手格[6]。
太子入朔方，至尊狩梁益。胡马缠伊洛，中原气甚逆。
肃宗登宝位，塞望势敦迫[7]。公时徒步至，请罪将厚责[8]。
际会清河公，间道传玉册。天王拜跪毕，谠议果冰释。
翠华卷飞雪[9]，熊虎亘阡陌。屯兵凤凰山，帐殿泾渭辟。
金城贼咽喉[10]，诏镇雄所扼。禁暴清无双[11]，爽气春淅沥。
巷有从公歌，野多青青麦。及夫哭庙后，复领太原役[12]。

恐惧禄位高，怅望王土窄。不得见清时，呜呼就窀穸。
永系五湖舟[13]，悲甚田横客。千秋汾晋间，事与云水白。
昔观文苑传，岂述廉蔺绩[14]。嗟嗟邓大夫[15]，士卒终倒戟[16]。

①高丽人。②锐：一作脱。③意无：晋作气无。④钱笺：拔石堡城，除右金吾卫将军。十二载，翰征九曲，思礼后期，欲引斩之，续使命释之。思礼徐言曰："斩则斩，却唤何物。"⑤肃肃：晋作萧萧。⑥钱笺：《安禄山事迹》：翰至关津驿，火拔归仁帅诸将叩马请降禄山。翰欲下马，遂以毛绳于马腹连缚其脚，控辔出驿。翰怒，握鞭自筑其喉，又被夺鞭，拢马就乾祐，送于洛阳。⑦迫：一作逼。⑧钱笺：潼关失守，西赴行在。思礼与吕崇贲、李承光并引于纛下，责以不能坚守，并从军令。或救之可收后效，遂斩承光，而释思礼、崇贲。《新书》云：宰相房琯谏，以为可收后效，遂独斩承光。《安禄山事迹》：十六日，玄宗幸蜀，十七日至金城宿。是夜王思礼自潼关至，始知哥舒翰被擒。以思礼为河西陇右节度使，即令赴镇。旧、新二《书》，记思礼纛下被释，与公诗合。而《通鉴》载思礼自潼关至，在次马嵬驿之前，又云即授节度使，恐当有误。⑨卷飞雪：一云飞雪中。⑩钱笺：《寰宇记》：景龙四年，送金城公主至始平县，因为金城。至德二载，复为兴平。思礼为关内节度使，镇此。黄鹤以为河西之金城，谬矣。⑪清：一作靖，一作静。⑫钱笺：从广平王收西京，领兵先入清宫，迁兵部尚书。霍国公李光弼镇河阳，以思礼为太原尹、北京留守、河东节度使，贮军粮百万，器械精锐，寻加守司空。自武德以来，三公不居宰辅，惟思礼而已。⑬永：一作空。⑭绩：一作迹。⑮嗟嗟：晋作诺诺。⑯钱笺：思礼薨，管崇嗣代为太原尹、北京留守。数月，召景山代崇嗣。思礼立法严整，士卒不敢犯。景山以文吏见称，至太原，以镇抚纲纪为己任，检复军吏隐没者。军众愤怒，遂杀景山。

故司徒李公光弼[1]

司徒天宝末，北收晋阳甲[2]。胡骑攻吾城[3]，愁寂意不惬。
人安若泰山，蓟北断右胁。朔方气乃苏[4]，黎首见帝业。
二宫泣西郊，九庙起颓压。未散河阳卒[5]，思明伪臣妾。

复自碣石来，火焚乾坤猎。高视笑禄山，公又大献捷[6]。
异王册崇勋，小敌信所怯。拥兵镇河汴[7]，千里初妥帖。
青蝇纷营营[8]，风雨秋一叶。内省未入朝，死泪终映睫。
大屋去高栋，长城扫遗堞。平生白羽扇，零落蛟龙匣。
雅望与英姿[9]，恻怆槐里接[10]。三军晦光彩，烈士痛稠叠。
直笔在史臣，将来洗箱箧。吾思哭孤冢，南纪阻归楫。
扶颠永萧条，未济失利涉。疲苶竟何人，洒涕巴东峡。

①广德二年七月卒。②钱笺：禄山之乱，命郭子仪为朔方节度，收兵河西。玄宗眷求良将，委以河北、河东之事，以问子仪。子仪荐光弼堪当阃寄。以光弼为云中太守，充河东节度副使。潼关失守，授户部尚书，兼太原尹、北京留守。史思明等四伪帅率众十万馀攻太原，拒守五十馀日。伺其怠，出击，大破之，斩首七万馀级。③胡：一作犷。④乃：一作多。⑤钱笺：思明杀庆绪，即伪位，破洛阳。光弼率军赴河阳，大破贼众，斩万馀级，生擒八千馀人，收怀州。思明来救，逆击于泌水之上，又败之。遂拔怀州，生擒安太清、周挚、杨希文等，送于阙下。进爵临淮郡王。颜鲁公《神道碑》：乾元二年冬，十月甲申，贼将周挚悉河北之众，萃于河阳城北；思明以河南之众，顿于河阳南城之南。南北夹攻，表里受敌。公设奇，分锐袭其虚而大破挚军，擒其大将徐璜玉。挚仅以身免。思明心悸气索，烟火不举者三日。官军大振。⑥大献捷：一云献大捷。⑦钱笺：《谭宾录》：光弼之未至河南也，田神功平刘展后，逗留于阳府，尚衡、殷仲卿相攻于兖郓，来瑱旅拒而还襄阳。朝廷患之。及光弼自河中入朝，复拜太尉，出镇临淮。至徐州，史朝义退走，田神功遽归河南。尚衡、殷仲卿、来瑱皆惧其威名，相继赴阙。吐蕃犯都，上手诏追光弼率众赴长安。光弼与程元振不协，迁延不至。初，光弼御军严肃，天下服其威名。及惧朝恩之害，不敢入朝，田神功等诸军皆不受其制，因此不得志，愧耻成疾，薨于徐州。《神道碑》：遂趣徐州，因召田神功与同寝宿，以宋州之难告。祖道郊外，俾先饮，以宠之。分麾下隶于其将乔岫，仍令兵马使郝庭玉与岫犄角而击之。贼遂一战而走。上在陕州，以公兼东都留守。制书未下，久待命于徐州。将赴中都，属痢疾增剧，公知不起，使使赍表奉辞。广德二年七月，

薨于官舍。将吏问以后事，公曰："吾久在军中，不得就养，今为不孝子矣，夫复何言!"⑧纷：一作徒。⑨与：晋作叹。⑩钱笺：《长安志》：槐里故城，即犬丘城，在兴平县东南一十里，即《汉书》所谓"槐里环堤"者也。《神道碑》：窆公于富平县先茔之东。铭曰"渭水川上，檀山路旁"，檀山在县西北四十里。汉武帝墓在槐里之茂陵，卫青、霍去病［墓］去茂陵不三里。光弼葬在冯翊，犹卫、霍之接近槐里，故曰"恻怆槐里接"。

赠左仆射郑国公严公武①

郑公瑚琏器，华岳金天晶。昔在童子日，已闻老成名。
嶷然大贤后，复见秀骨清。开口取将相，小心事友生。
阅书百纸尽②，落笔四座惊。历职匪父任，嫉邪常力争。
汉仪尚整肃，胡骑忽纵横。飞传自河陇，逢人问公卿。
不知万乘出③，雪涕风悲鸣。受词剑阁道，谒帝萧关城④。
寂寞云台仗，飘飖沙塞旌。江山少使者，笳鼓凝皇情。
壮士血相视⑤，忠臣气不平⑥。密论贞观体，挥发岐阳征。
感激动四极，联翩收二京。西郊牛酒再⑦，原庙丹青明，
匡汲俄宠辱，卫霍竟哀荣。四登会府地，三掌华阳兵。
京兆空柳色⑧，尚书无履声。群乌自朝夕，白马休横行。
诸葛蜀人爱，文翁儒化成。公来雪山重，公去雪山轻。
记室得何逊，韬钤延子荆。四郊失壁垒，虚馆开逢迎。
堂上指图画⑨，军中吹玉笙。岂无成都酒，忧国只细倾。
时观锦水钓，问俗终相并。意待犬戎灭，人藏红粟盈。
以兹报主愿，庶或裨世程⑩。炯炯一心在，沉沉二竖婴。
颜回竟短折，贾谊徒忠贞。飞旐出江汉，孤舟转荆衡。
虚无马融笛⑪，怅望龙骧茔。空馀老宾客，身上愧簪缨。

①永泰元年卒。②纸：一云氏。③万乘：一作乘舆。④武自剑阁，受玄宗之命，谒肃宗于灵武，亦与房琯、张镐相同。⑤视：一作见。⑥不：一作未。⑦再：一作至。⑧色：一作市。⑨图：一作书。⑩或：一作获。

⑪虚无：旧本作虚为，时本作虚横。“横”字盖公自况也。

赠太子太师汝阳郡王琎[1]

汝阳让帝子，眉宇真天人。虬髯似太宗，色映塞外春[2]。
往者开元中，主恩视遇频。出入独非时，礼毕见群臣。
爱其谨洁极，倍此骨肉亲。从容听朝后[3]，或在风雪晨。
忽思格猛兽，苑囿腾清尘。羽旗动若一，万马肃駪駪。
诏王来射雁，拜命已挺身。箭出飞鞚内，上又回翠麟[4]。
翻然紫塞翮，下拂明月轮。胡人虽获多，天笑不为新。
王每中一物，手自与金银。袖中谏猎书，扣马久上陈。
竟无衔橛虞，圣聪矧多仁[5]。官免供给费，水有在藻鳞。
匪唯帝老大，皆是王忠勤。晚年务置醴，门引申白宾。
道大容无能，永怀侍芳茵。好学尚贞烈，义形必沾巾
挥翰绮绣扬，篇什若有神。川广不可泝，墓久狐兔邻。
宛彼汉中郡，文雅见天伦。何以开我悲[6]，泛舟俱远津。
温温昔风味，少壮已书绅。旧游易磨灭，衰谢增酸辛[7]。

①天宝九载卒。②塞外：一作寒夜。③听：一作退。④又：一作人。⑤聪：一作慈。⑥开：一作慰。⑦增：一作多。

赠秘书监江夏李公邕

长啸宇宙间，高才日陵替[1]。古人不可见，前辈复谁继。
忆昔李公存，词林有根柢。声华当健笔，洒落富清制。
风流散金石，追琢山岳锐。情穷造化理，学贯天人际[2]。
干谒走其门，碑版照四裔。各满深望还，森然起凡例。
萧萧白杨路，洞彻宝珠惠[3]。龙宫塔庙涌[4]，浩劫浮云卫[5]。
宗儒俎豆事，故吏去思计。眄睐已皆虚，跋涉曾不泥。
向来映当时，岂独劝后世[6]。丰屋珊瑚钩，骐驎织成罽。

紫骝随剑几，义取无虚岁。分宅脱骖间，感激怀未济。
众归赒给美，摆落多藏秽[⑦]。独步四十年，风听九皋唳[⑧]。
呜呼江夏姿，竟掩宣尼袂[⑨]。往者武后朝，引用多宠嬖。
否臧太常议[⑩]，面折二张势[⑪]。衰俗凛生风，拂荡秋旻霁。
忠贞负冤恨[⑫]，宫阙深旒缀。放逐早联翩[⑬]，低垂困炎厉。
日斜鵩鸟入，魂断苍梧帝。荣枯走不暇[⑭]，星驾无安税。
几分汉廷竹，夙拥文侯篲。终悲洛阳狱[⑮]，事近小臣敝[⑯]。
祸阶初负谤，易力何深哜[⑰]。伊昔临淄亭，酒酣托末契。
重叙东都别，朝阴改轩砌。论文到崔苏，指尽流水逝[⑱]。
近伏盈川雄[⑲]，未甘特进丽[⑳]。是非张相国[㉑]，相扼一危脆。
争名古岂然，键捷欻不闭[㉒]。例及吾家诗[㉓]，旷怀扫氛翳。
慷慨嗣真作[㉔]，咨嗟玉山桂。钟律俨高悬，鲲鲸喷迢遰[㉕]。
坡陀青州血，芜没汶阳瘗。哀赠竟萧条，恩波延揭厉。
子孙存如线，旧客舟凝滞。君臣尚论兵，将帅接燕蓟。
朗咏六公篇[㉖]，忧来豁蒙蔽[㉗]。

①陵：一作沦。②以上浑赞其才与学，以下至“竟掩宣尼袂”，叙其多作碑，鬻文获财。③洞彻：晋作泂辙。④涌：卞作踊。⑤云：一作空。⑥独：一作特。⑦藏：晋作赃。⑧钱笺：《唐诗纪事》：邕知名长安中，死天宝初，四十年间可谓独步矣。累献词赋，甚称玄宗旨。后因上计，中使临索其新文。以文章彻天听，故有“九皋鹤唳”之句。《朝野佥载》：李邕文章、书翰、正直、辞辨、义、烈皆过人，时谓“六绝”。⑨以下至“易力何深哜”，叙其风骨峻嶒，劲直获罪。⑩钱笺：太常博士李处直议韦巨源，谥曰昭，邕再驳之。⑪二：晋作三。○钱笺：召拜左拾遗。御史中丞宋璟奏：“侍臣张昌宗兄弟有不顺之言，请付法推断。”则天初不应，邕在陛下进曰：“璟言事关社稷，望陛下可其奏。”则天色稍解，始允璟所请。孔璋书曰：“往者张易之用权，人畏其口，而邕折其角；韦氏恃势，言出祸应，而邕挫其锋。”颜鲁公《宋文贞碑》：张易之、昌宗兄弟，席宠胁权，天下侧目。公危冠入奏，奋不顾身。天后失色，仓皇欲起。拾遗李邕奏曰：“陛下坐则

天下安，起则天下危。”遂俱摄诣台庭，立切责。二竖股栗气索，不敢仰视。自朝至于日昃，敕使驰救之。⑫冤：晋作怨。⑬钱笺：邕始以与张柬之善，贬雷州。玄宗初，又贬崖州。召还，为姚崇所嫉，贬括州，征为陈州。玄宗东封回，邕于汴州谒见，累献词赋，颇自矜衒。张说甚恶之。发陈州赃事，抵死。孔璋上书，请代邕死。贬钦州，累转括、淄、滑三州刺史。天宝初，为汲郡、北海二太守。⑭荣：一作策。⑮钱笺：邕与柳勣马匹。及勣下狱，吉温令勣引邕，议及休咎，词状连引。敕刑部员外郎祁顺之、监察御吏罗希奭驰往，就郡决杀之。年七十馀。《后汉·蔡邕传》：下邕，质于洛阳狱。邕集曰：“以辛卯诏书收邕，送洛阳诏狱。”⑯敝：一作弊。⑰以下公自叙获交于李公，而记录其论文之语。⑱指：晋作推。⑲杨炯。⑳李峤。㉑燕公说。㉒键捷：《英华》作关键。㉓例：一作倒。㉔钱笺：杜审言有《和李大夫嗣真奉使存抚河东》诗。㉕以下十句，盖哀之也。㉖张、桓等五王洎狄相六公。钱笺：赵明诚《金石录》：唐《六公诗》，李邕撰，胡履灵书。余初读《八哀诗》，恨不见其诗。晚得石本，其文词高古，真一代佳作也。六公者，五王各为一章，狄丞相为一章。董逌《书跋》云：李北海《六公咏》，今《泰和集》中虽有诗而无其姓名。又其说一章，不尽或遗。余见荆州《六公咏》石刻，文既不刓，故得尽存，可以序载于此。五王皆狄公所进，故邕叹其成大功者六人。诗尤奇伟，豪气激发，如见断鳌立极，时至今读之，令人想望风采，宜老杜有云。余见邕他文，亦不若是壮厉警拔，殆感愤而作，故气激于内，而横放于外者也。序言邕为荆州，今新、旧《书》皆不书。㉗“论文”以下，述李公评论诸家之文。“是非张相国”，谓李于张之文有褒有贬，因此两贤相厄，李为张所排挤。“键”犹“机”也，谓李之机锋警捷，一发不能自闭也。“例及吾家诗”四句，谓李评论杜审言之诗，赏其嗣真之作，比之玉山之桂也。“钟律”句，赞李论文法律之细。“鲲鲸”句，赞李才力之大。

故秘书少监武功苏公源明

武功少也孤，徒步客徐兖[①]。读书东岳中，十载考坟典。
时下莱芜郭，忍饥浮云巘。负米晚为身，每食脸必泫。

夜字照爇薪，垢衣生碧藓[2]。庶以勤苦志，报兹劬劳显[3]。
学蔚醇儒姿，文包旧史善。洒落辞幽人[4]，归来潜京辇。
射君东堂策[5]，宗匠集精选。制可题未干[6]，乙科已大阐[7]。
文章日自负，吏禄亦累践[8]。晨趋阊阖内，足踏宿昔趼。
一麾出守还，黄屋朔风卷。不暇陪八骏，虏庭悲所遣。
平生满樽酒，断此朋知展。忧愤病二秋，有恨石可转[9]。
肃宗复社稷，得无逆顺辨。范晔顾其儿，李斯忆黄犬。
秘书茂松意[10]，溟涨本末浅。青荧芙蓉剑，犀兕岂独剸。
反为后辈亵，予实若怀缅。煌煌斋房芝，事绝万手搴。
垂之俟来者，正始征劝勉。不要悬黄金[11]，胡为投乳䴵[12]。
结交三十载，吾与谁游衍。荥阳复冥寞，罪罟已横罥[13]。
呜呼子逝日，始泰则终蹇[14]。长安米万钱，凋丧尽馀喘。
战伐何当解，归帆阻清沔。尚缠漳水疾，永负蒿里饯。

①客：一作寓。②生：一作带。③显：一作愿。④落：一作泪。⑤鲁作“射策君东堂”。⑥制可题：一作制题墨。⑦乙科：一作休声。⑧吏禄：晋作掾吏。⑨石：一作不。⑩《文苑英华》云：“秘书茂松色，屡扈祠坛墠。前后百卷文，枕藉皆禁脔。篆刻扬雄流，溟涨本末浅。”王仲正本：屡扈作再从，篆刻作制作。⑪要：一作恶。⑫乳：一作乱。⑬罥：音泫。⑭则：晋作即。〇蔡梦弼以肃宗得两京，辨别逆顺，诸署伪官者皆伏诛，故有“范晔”“李斯”之句；独源明以临难不变其节，得知制诰，故有“茂松”之况云云。国藩按：肃宗收京之后，污伪职者以六等定罪，殊不类范晔、李斯之事，不知公诗竟何指也？又“虏庭悲所遣”句，似苏公曾奉命出使虏中，谕贼使反正而不效者。“胡为投乳䴵”句，似苏公曾撄权奸之怒，摧折以死者。其事均不可考，诗旨亦难尽明。

故著作郎贬台州司户荥阳郑公虔

鶢鶋至鲁门，不识钟鼓飨。孔翠望赤霄，愁思雕笼养[1]。
荥阳冠众儒，早闻名公赏。地崇士大夫，况乃气精爽[2]。

天然生知姿，学立游夏上。神农极阙漏，黄石愧师长。
药纂西极名[3]，兵流指诸掌[4]。贯穿无遗恨，荟蕞何技痒。
圭臬星经奥，虫篆丹青广。子云窥未遍，方朔谐太枉。
神翰顾不一，体变钟兼两。文传天下口，大字犹在牓。
昔献书画图，新诗亦俱往。沧洲动玉陛，宣鹤误一响[5]。
三绝自御题，四方尤所仰。嗜酒益疏放，弹琴视天壤。
形骸实土木，亲近唯几杖。未曾寄官曹[6]，突兀倚书幌。
晚就芸香阁，胡尘昏坱莽。反覆归圣朝，点染无涤荡。
老蒙台州掾，泛泛浙江桨[7]。履穿四明雪，饥拾楢溪橡。
空闻紫芝歌，不见杏坛丈。天长眺东南，秋色馀魍魉。
别离惨至今，斑白徒怀曩。春深秦山秀[8]，叶坠清渭朗。
剧谈王侯门，野税林下鞅。操纸终夕酣，时物集遐想[9]。
词场竟疏阔，平昔滥吹奖[10]。百年见存没，牢落吾安放[11]。
萧条阮咸在，出处同世网。他日访江楼，含凄述飘荡。

①思：一作入。②往者公在疾，苏许公颋位尊望重，素未相识，早爱才名，躬自抚问，后结忘年之契，远迩嘉之。③极：一作域。④公著《荟蕞》等诸书之外，又撰《胡本草》七卷。⑤宣：一作寡。⑥寄：鲁作记。⑦泛泛：《英华》作遐泛。⑧秦：一作泰。⑨“春深”六句，追忆昔在长安，与虔宴游之乐，所谓“怀曩”也。⑩吹：晋作咨。⑪放：一作仿。○原注：著作与秘书监郑君审，篇翰齐价，谪江陵，故有“阮咸”“江楼”之句。

故右仆射相国[1]张公九龄[2]

相国生南纪，金璞无留矿。仙鹤下人间，独立霜毛整。
矫然江海思[3]，复与云路永。寂寞想上阶[4]，未遑等箕颍。
上君白玉堂，倚君金华省。碣石岁峥嵘[5]，天地日蛙黾[6]。
退食吟大庭，何心记榛梗[7]。骨惊畏曩哲，鬒变负人境[8]。

虽蒙换蝉冠，右地恧多幸。敢忘二疏归[9]，痛迫苏耽井。
紫绶映暮年[10]，荆州谢所领。庾公兴不浅，黄霸镇每静。
宾客引调同，讽咏在务屏。诗罢地有馀[11]，篇终语清省。
一阳发阴管，淑气含公鼎。乃知君子心，用才文章境。
散帙起翠螭，倚薄巫庐并。绮丽玄晖拥，笺诔任昉骋。
自我一家则[12]，未缺只字警。千秋沧海南，名系朱鸟影。
归老守故林，恋阙悄延颈[13]。波涛良史笔，芜绝大庾岭。
向时礼数隔，制作难上请。再读徐孺碑，犹思理烟艇。

①《英华》有“曲江”二字。②开元二十八年七月卒。③海：一作汉。④上：一作玉。⑤碣石：一作竭力。⑥地：一作池。⑦记：一作托。⑧鬓：一作鬓。⑨忘：一作志。⑩紫绶：一作金紫。⑪一云“诗地能有馀”。⑫我：一作成。则：一作削。⑬悄：一作尝。〇自“寂寞”至“讽咏”句，叙张公仕宦出处，虽一生翱翔云路，而不忘江海之思也。“碣石”句，指禄山；“天池”句，指李林甫。二人者，乃张公之榛梗也。自“诗罢地有馀”至“未缺”句，叙张公诗文之美。

写怀二首

劳生共乾坤，何处异风俗。冉冉自趋竞，行行见羁束。
无贵贱不悲，无富贫亦足。万古一骸骨，邻家递歌哭。
鄙夫到巫峡，三岁如转烛。全命甘留滞，忘情任荣辱。
朝班及暮齿，日给还脱粟。编蓬石城东，采药山北谷[1]。
用心霜雪间，不必条蔓绿。非关故安排，曾是顺幽独。
达士如弦直，小人似钩曲。曲直我不知，负暄候樵牧。

①北：一作林。

夜深坐南轩，明月照我膝。惊风翻河汉，梁栋已出日[1]。
群生各一宿，飞动自俦匹。吾亦驱其儿，营营为私实[2]。
天寒行旅稀，岁暮日月疾。荣名忽中人[3]，世乱如虮虱。

古者三皇前，满腹志愿毕。胡为有结绳，陷此胶与漆。
祸首燧人氏，厉阶董狐笔。君看灯烛张，转使飞蛾密。
放神八极外，俯仰俱萧瑟。终契如往还④，得匪合仙术⑤。

①已出日：一作日已出。②实：晋作室。③忽：一云惑。④一云“终然契真如”。⑤一作“归匪金仙术”。

往　在

往在西京日①，胡来满彤宫②。中宵焚九庙，云汉为之红。
解瓦飞十里，繐帷纷曾空③。疚心惜木主，一一灰悲风。
合昏排铁骑，清旭散锦幪④。贼臣表逆节⑤，相贺以成功。
是时妃嫔戮，连为粪土丛。当宁陷玉座，白间剥画虫。
不知二圣处，私泣百岁翁。车驾既云还，楹桷欻穹崇。
故老复涕泗，祠堂树椅桐。宏壮不如初，已见帝力雄。
前春礼郊庙，祀事亲圣躬。微躯忝近臣，景从陪群公。
登阶捧玉册，峨冕耿金钟⑥。侍祠恧先露⑦，掖垣迩濯龙。
天子惟孝孙，五云起九重。镜奁换粉黛，翠羽犹葱胧。
前者厌羯胡，后来遭犬戎。俎豆腐膻肉⑧，罘罳行角弓。
安得自西极，申命空山东。尽驱诣阙下，士庶塞关中。
主将晓逆顺，元元归始终。一朝自罪己⑨，万里车书通。
锋镝供锄犁，征戍听所从。冗官各复业，土著还力农。
君臣节俭足，朝野欢呼同⑩。中兴似国初⑪，继体如太宗。
端拱纳谏诤，和风日冲融。赤墀樱桃枝，隐映银丝笼。
千春荐陵寝，永永垂无穷。京都不再火，泾渭开愁容。
归号故松柏，老去苦飘蓬。

①日：一作时。②彤：一作丹。③纷：一作粉。④幪：一作幪。⑤节：晋作帅。⑥耿：一作聆。⑦露：一作霑。⑧腐：一作脔。⑨自罪己：一云罪己已。⑩呼：一作娱。⑪似：一作比。○自首至“私泣百岁翁”，叙述禄

山陷京、焚毁宗庙之事。自“车驾既云还”至“罘罳行角弓”，述肃宗收京、重修宙祀，而以末四句叙吐蕃再毁宗庙之事。自“安得自西极”至末，悬想中兴致治之盛，而以结二句自抒不得还乡之悲。豪迈苍凉之气，跌宕变幻之节，皆臻绝诣。

昔　游

昔者与高李[①]，晚登单父台[②]。寒芜际碣石，万里风云来。
桑柘叶如雨，飞藿去徘徊[③]。清霜大泽冻，禽兽有馀哀。
是时仓廪实，洞达寰区开[④]。猛士思灭胡，将帅望三台。
君王无所惜，驾驭英雄材。幽燕盛用武，供给亦劳哉。
吴门转粟帛，泛海陵蓬莱。肉食三十万[⑤]，猎射起黄埃。
隔河忆长眺，青岁已摧颓。不及少年日，无复故人杯。
赋诗独流涕，乱世想贤才。有能市骏骨[⑥]，莫恨少龙媒。
商山议得失，蜀主脱嫌猜。吕尚封国邑[⑦]，傅说已盐梅。
景晏楚山深，水鹤去低回。庞公任本性，携子卧苍苔。

①高、李：适、白。②晚：一作同。③去：一作共。④区：一作瀛。⑤三：一作四。⑥有：一作君。⑦国邑：一云内国。〇自“是时仓廪实”至“起黄埃”，指安禄山酿乱之由。“思灭胡”，谓禄山讨奚、契丹也。“望三台”，谓禄山领范阳节度使求平章事也。“隔河”云者，杜公时游单父，在黄河之南，禄山领范阳，在黄河之北，当日见禄山之烦费骄贵，隔河长眺，不胜感叹，至今犹忆之也。

壮　游

往昔十四五[①]，出游翰墨场[②]。斯文崔魏徒[③]，以我似班扬[④]。
七龄思即壮，开口咏凤凰。九龄书大字，有作成一囊。
性豪业嗜酒，嫉恶怀刚肠。脱略小时辈[⑤]，结交皆老苍。
饮酣视八极，俗物都茫茫[⑥]。东去姑苏台，已具浮海航。
到今有遗恨，不得穷扶桑。王谢风流远，阖庐丘墓荒。

剑池石壁仄，长洲荷芰香。嵯峨阊门北，清庙映回塘⑦。
每趋吴太伯，抚事泪浪浪。枕戈忆句践，渡浙想秦皇，
蒸鱼闻匕首，除道哂要章。越女天下白，鉴湖五月凉。
剡溪蕴秀异，欲罢不能忘。归帆拂天姥，中岁贡旧乡。
气劘屈贾垒，目短曹刘墙⑧。忤下考功第，独辞京尹堂。
放荡齐赵间，裘马颇清狂。春歌丛台上，冬猎青丘旁。
呼鹰皂枥林⑨，逐兽云雪冈。射飞曾纵鞚，引臂落鹙鸧⑩。
苏侯据鞍喜⑪，忽如携葛强⑫。快意八九年，西归到咸阳。
许与必词伯，赏游实贤王⑬。曳裾置醴地，奏赋入明光。
天子废食召，群公会轩裳。脱身无所爱⑭，痛饮信行藏。
黑貂不免敝⑮，斑鬓兀称觞。杜曲晚耆旧⑯，四郊多白杨。
坐深乡党敬，日觉死生忙⑰。朱门任倾夺⑱，赤族迭罹殃。
国马竭粟豆，官鸡输稻粱。举隅见烦费，引古惜兴亡⑲。
河朔风尘起，岷山行幸长。两宫各警跸，万里遥相望。
崆峒杀气黑，少海旌旗黄。禹功亦命子，涿鹿亲戎行。
翠华拥英岳⑳，螭虎啖豺狼。爪牙一不中，胡兵更陆梁。
大军载草草㉑，凋瘵满膏肓。备员窃补衮，忧愤心飞扬。
上感九庙焚㉒，下悯万民疮㉓。斯时伏青蒲，廷争守御床。
君辱敢爱死，赫怒幸无伤。圣哲体仁恕，宇县复小康。
哭庙灰烬中，鼻酸朝未央㉔。小臣议论绝，老病客殊方。
郁郁苦不展，羽翮困低昂。秋风动哀壑，碧蕙捐微芳㉕。
之推避赏从，渔父濯沧浪。荣华敌勋业，岁暮有严霜。
吾观鸱夷子，才格出寻常。群凶逆未定，侧伫英俊翔㉖。

①昔：一作者。②游：一作入。③崔郑州尚，魏豫州启心。④似：一作比。⑤略：一作落。⑥以上述少年意气之盛。⑦回：一作池。⑧目：一作日。⑨皂：一作紫。枥：一作栎。⑩引：一作跋。⑪监门胄曹苏预。⑫以上叙历游吴越齐赵。⑬赏：一作贵。⑭爱：一作受。⑮不：一作宁。

⑯晚：一作换。⑰日：一作自。⑱任：一作务。⑲以上叙至京师，豪气渐衰，时事渐变。⑳英：一作吴。㉑大：一作天。㉒焚：一作毁。㉓万民：一作苍生。㉔以上叙禄山乱后，肃宗至凤翔，公以拾遗谏争获罪。㉕捐：一作损。㉖以上述暮年客蜀。

遣　怀

昔我游宋中，惟梁孝王都。名今陈留亚，剧则贝魏俱。
邑中九万家，高栋照通衢。舟车半天下，主客多欢娱。
白刃雠不义，黄金倾有无。杀人红尘里，报答在斯须。
忆与高李辈[①]，论交入酒垆。两公壮藻思，得我色敷腴。
气酣登吹台[②]，怀古视平芜。芒砀云一去，雁鹜空相呼。
先帝正好武，寰海未凋枯。猛将收西域，长戟破林胡。
百万攻一城，献捷不云输。组练弃如泥，尺土负百夫[③]。
拓境功未已，元和辞大炉。乱离朋友尽，合沓岁月徂。
吾衰将焉托，存没再呜呼。萧条益堪愧，独在天一隅[④]。
乘黄已去矣，凡马徒区区。不复见颜鲍，系舟卧荆巫。
临殁吐更食，常恐违抚孤。

①高、李：适、白。②吹：一作文。③负：一作胜。④二句一云："萧条病益甚，块独天一隅。"

同元使君春陵行　并序

览道州元使君结《春陵行》兼《贼退后示官吏作》二首，志之曰：当天子分忧之地，效汉官良吏之目[①]。今盗贼未息，知民疾苦，得结辈十数公，落落然参错天下为邦伯，万物吐气[②]，天下少安可得矣[③]。不意复见比兴体制，微婉顿挫之词。感而有诗，增诸卷轴，简知我者，不必寄元[④]。

遭乱发尽白[⑤]，转衰病相婴[⑥]。沉绵盗贼际，狼狈江汉行。

叹时药力薄，为客羸瘵成。吾人诗家秀[7]，博采世上名。
粲粲元道州，前圣畏后生。观乎舂陵作，欻见俊哲情。
复览贼退篇，结也实国桢。贾谊昔流恸，匡衡常引经。
道州忧黎庶[8]，词气浩纵横。两章对秋月[9]，一字偕华星[10]。
致君唐虞际，纯朴忆大庭[11]。何时降玺书，用尔为丹青。
狱讼永衰息，岂唯偃甲兵。凄恻念诛求，薄敛近休明。
乃知正人意，不苟飞长缨。凉飙振南岳，之子宠若惊。
色阻金印大[12]，兴含沧浪清[13]。我多长卿病，日夕思朝廷。
肺枯渴太甚，漂泊公孙城。呼儿具纸笔，隐几临轩楹。
作诗呻吟内，墨淡字欹倾。感彼危苦词，庶几知者听。

①官：旧作朝。②物吐：晋作姓壮。③少：一作小。矣：一作已。④元：晋作云。⑤尽：一作遽。⑥婴：一作萦。⑦秀：一作流。⑧忧：一作哀。⑨月：一作水。⑩偕：一作皆。⑪忆：一作意。⑫阻：晋作沮。⑬浪：一作溟。

览柏中允兼子侄数人除官制词
因述父子兄弟四美载歌丝纶

纷然丧乱际，见此忠孝门。蜀中寇亦甚，柏氏功弥存。
深诚补王室，戮力自元昆。三止锦江沸，独清玉垒昏。
高名入竹帛，新渥照乾坤。子弟先卒伍，芝兰叠玙璠。
同心注师律，洒血在戎轩。丝纶实具载，绂冕已殊恩。
奉公举骨肉，诛叛经寒温[1]。金甲雪犹冻，朱旗尘不翻。
每闻战场说，欻激懦气奔。圣主国多盗，贤臣官则尊。
方当节钺用，必绝祲沴根。吾病日回首，云台谁再论？
作歌挹盛事，推毂期孤骞。

①温：一作暄。

听杨氏歌

佳人绝代歌，独立发皓齿。满堂惨不乐，响下清虚里[①]。
江城带数月，况乃清夜起。老夫悲暮年，壮士泪如水。
玉杯久寂寞，金管迷宫徵。勿云听者疲，愚智心尽死。
古来杰出士[②]，岂待一知己。吾闻昔秦青，倾侧天下耳。

①清虚里：一作浮云里。②士：一作事。

奉酬薛十二丈判官见赠

忽忽峡中睡，悲风方一醒[①]。西来有好鸟，为我下青冥。
羽毛净白雪[②]，惨淡飞云汀。既蒙主人顾，举翮唳孤亭。
持以比佳士，及此慰扬舲。清文动哀玉，见道发新硎。
欲学鸱夷子，待勒燕山铭。谁重断蛇剑[③]，致君君未听。
志在麒麟阁，无事云母屏。卓氏近新寡，豪家朱门扃[④]。
相如才调逸，银汉会双星。客来洗粉黛，日暮拾流萤。
不是无膏火，劝郎勤六经。老夫自汲涧，野水日泠泠。
我叹黑头白，君看银印青。卧病识山鬼，为农知地形。
谁矜坐锦帐，苦厌食鱼腥。东西两岸坼[⑤]，横水注沧溟[⑥]。
碧色忽惆怅[⑦]，风雷搜百灵。空中右白虎[⑧]，赤节引娉婷。
自云帝里女[⑨]，噀雨凤凰翎。襄王薄行迹，莫学冷如丁[⑩]。
千秋一拭泪，梦觉有微馨。人生相感动，金石两青荧。
丈人但安坐，休辨渭与泾。龙蛇尚格斗，洒血暗郊坰。
吾闻聪明主，治国用轻刑[⑪]。销兵铸农器，今古岁方宁。
文王日俭德[⑫]，俊乂始盈庭。荣华贵少壮，岂食楚江萍。

①风：一作秋。②净：一作尽。③一云“国重斩邪剑”。④门：一作户。⑤两岸坼：晋作岸两坼。⑥横：一作积。⑦忽：一作苦。⑧右：一作有。⑨里：一作季。⑩丁：一作冰。⑪治：一作活。⑫文：一作天。

别李义

神尧十八子，十七王其门。道国洎舒国①，督唯亲弟昆②。
中外贵贱殊，余亦忝诸孙③。丈人嗣三叶④，之子白玉温。
道国继德业，请从丈人论。丈人领宗卿⑤，肃穆古制敦。
先朝纳谏诤，直气横乾坤。子建文笔壮，河间经术存。
尔克富诗礼，骨清虑不喧。洗然遇知己，谈论淮湖奔。
忆昔初见时，小穤绣芳荪⑥。长成忽会面，慰我久疾魂。
三峡春冬交，江山云雾昏。正宜且聚集，恨此当离樽。
莫怪执杯迟，我衰涕唾烦。重问子何之，西上岷江源。
愿子少干谒，蜀都足戎轩。误失将帅意，不如亲故恩。
少年早归来，梅花已飞翻。努力慎风水，岂惟数盘飧。
猛虎卧在岸，蛟螭出无痕。王子自爱惜，老夫困石根。
生别古所嗟，发声为尔吞。

①洎：一作及。②督：一作实。③钱笺：道王元庆，高祖第十六子；舒王元明，第十八子。赵云："详味诗意，则李义道国之裔孙，而公则舒国后裔之外孙也。"旧注云，公自言杜、李同出陶唐氏，是何梦语？《祭外祖祖母文》曰："纪国则夫人之门，而舒国则府君之外父。"外父者，即外王父也。公为舒国外孙之外孙，故云"余亦忝诸孙"，赵注未详。④三叶：一作王业。⑤钱笺：道王元庆，麟德元年薨，谥曰孝。子临淮王诱嗣；次子询。询子微，神龙初封为嗣道王；景云元年，宗正卿，卒。子鍊，开元二十五年袭封嗣道王，广德中官至宗正卿。公诗所谓"丈人嗣三叶"者，微也。《困学纪闻》云"义盖微之子"，是也。《宗室世系表》微下不载义，偶失之耳。⑥穤：一作孺。

送高司直寻封阆州

丹雀衔书来，暮栖何乡树？骅骝事天子，辛苦在道路。
司直非冗官，荒山甚无趣。借问泛舟人，胡为入云雾？

与子姻娅间，既亲亦有故。万里长江边，邂逅一相遇。
长卿消渴再，公幹沉绵屡。清谈慰老夫，开卷得佳句。
时见文章士，欣然淡情素[①]。伏枕闻别离，畴能忍漂寓。
良会苦短促，溪行水奔注。熊罴咆空林，游子慎驰骛。
西谒巴中侯，艰险如跬步。主人不世才，先帝常特顾。
拔为天军佐，崇大王法度。淮海生清风，南翁尚思慕。
公宫造广厦，木石乃无数。初闻伐松柏，犹卧天一柱。
我瘦书不成[②]，成字读亦误[③]。为我问故人，劳心练征戍。

①淡：一作谈。②瘦：一作病。③读：一作字。

赠苏四徯

异县昔同游，各云厌转蓬。别离已五年，尚在行李中。
戎马日衰息，乘舆安九重。有才何栖栖，将老委所穷。
为郎未为贱，其奈疾病攻。子何面黧黑，不得豁心胸。
巴蜀倦剽掠[①]，下愚成土风。幽蓟已削平，荒徼尚弯弓。
斯人脱身来，岂非吾道东。乾坤虽宽大，所适装囊空。
肉食哂菜色，少壮欺老翁。况乃主客间，古来偪侧同。
君今下荆扬，独帆如飞鸿。二州豪侠场，人马皆自雄。
一请甘饥寒，再请甘养蒙。

①掠：一作劫。

寄薛三郎中[①]

人生无贤愚，飘飖若埃尘。自非得神仙，谁免危其身。
与子俱白头，役役常苦辛。虽为尚书郎，不及村野人。
忆昔村野人，其乐难具陈。蔼蔼桑麻交，公侯为等伦。
天未厌戎马，我辈本常贫。子尚客荆州，我亦滞江滨。
峡中一卧病，疟疠终冬春。春复加肺气，此病盖有因。

早岁与苏郑，痛饮情相亲。二公化为土，嗜酒不失真。
余今委修短，岂得恨命屯。闻子心甚壮，所过信席珍。
上马不用扶，每扶必怒瞋[2]。赋诗宾客间，挥洒动八垠。
乃知盖代手，才力老益神。青草洞庭湖，东浮沧海漘。
君山可避暑，况足采白蘋。子岂无扁舟，往复江汉津。
我未下瞿塘，空念禹功勤。听说松门峡，吐药揽衣巾。
高秋却束带，鼓枻视青旻。凤池日澄碧，济济多士新。
余病不能起，健者勿逡巡。上有明哲君，下有行化臣。

①薛三郎中：据。②每：一作忽。

宿青溪驿奉怀张员外十五兄之绪

漾舟千山内，日入泊枉渚。我生本飘飘，今复在何许？
石根青枫林，猿鸟聚俦侣。月明游子静，畏虎不得语。
中夜怀友朋，乾坤此深阻。浩荡前后间，佳期付荆楚。

○自此以下，自蜀入楚，居松陵、公安及至湖南之诗。

敬寄族弟唐十八使君[1]

与君陶唐后，盛族多其人。圣贤冠史籍，枝派罗源津。
在今气磊落，巧伪莫敢亲。介立实吾弟，济时肯杀身。
物白讳受玷，行高无污真。得罪永泰末，放之五溪滨。
鸾凤有铩翮，先儒曾抱麟。雷霆劈长松，骨大却生筋。
一失不足伤，念子孰自珍。泊舟楚宫岸，恋阙浩酸辛。
除名配清江，厥土巫峡邻。登陆将首途，笔札枉所申。
归朝跼病肺，叙旧思重陈。春风洪涛壮，谷转颇弥旬。
我能泛中流，搪突鼍獭瞋。长年已省柁，慰此贞良臣。

①唐十八流配施州，在夷陵舍舟登陆，时有书与公，公寄此诗酬之。

北　风

北风破南极，朱凤日威垂[①]。洞庭秋欲雪，鸿雁将安归？
十年杀气盛，六合人烟稀。吾慕汉初老，时清犹茹芝。

①威：一作低。

客　从

客从南溟来，遗我泉客珠。珠中有隐字，欲辨不成书。
缄之箧笥久，以俟公家须。开视化为血，哀今征敛无。

白　马

白马东北来，空鞍贯双箭。可怜马上郎，意气今谁见？
近时主将戮，中夜商於战[①]。丧乱死多门，呜呼泪如霰。

①商：一作伤。

别董颋

穷冬急风水，逆浪开帆难。士子甘旨阙，不知道里寒。
有求彼乐土，南适小长安。到我舟楫去[①]，觉君衣裳单。
素闻赵公节，兼尽宾主欢。已结门庐望[②]，无令霜雪残。
老夫缆亦解，脱粟朝未餐。飘荡兵甲际，几时怀抱宽？
汉阳颇宁静，岘首试考槃。当念着白帽[③]，采薇青云端。

①到：刊作别。②庐：一作闾。③帽：一作褐。〇钱笺：鹤曰：诗云“急风”“逆浪”，盖董自岳阳泝汉水而之邓也。又云“老夫缆亦解”，公是时亦有适潭之期矣。

送重表侄王砅评事使南海[①]

我之曾祖姑[②]，尔之高祖母。尔祖未显时，归为尚书妇[③]。

隋朝大业末，房杜俱交友。长者来在门，荒年自糊口。
家贫无供给，客位但箕帚。俄顷羞颇珍[4]，寂寥人散后。
入怪鬓发空，吁嗟为之久。自陈剪髻鬟，鬻市充杯酒[5]。
上云天下乱，宜与英俊厚。向窃窥数公，经纶亦俱有。
次问最少年，虬髯十八九。子等成大名。皆因此人手。
下云风云合，龙虎一吟吼。愿展丈夫雄，得辞儿女丑。
秦王时在坐，真气惊户牖。及乎贞观初，尚书践台斗。
夫人常肩舆，上殿称万寿。六宫师柔顺，法则化妃后。
至尊均嫂叔，盛事垂不朽[6]。凤雏无凡毛，五色非尔曹。
往者胡作逆，乾坤沸嗷嗷。吾客左冯翊，尔家同遁逃。
争夺至徒步，块独委蓬蒿。逗留热尔肠，十里却呼号。
自下所骑马，右持腰间刀。左牵紫游缰，飞走使我高。
苟活到今日，寸心铭佩牢。乱离又聚散，宿夕恨滔滔。
水花笑白首，春草随青袍。廷评近要津，节制收英髦。
北驱汉阳传，南泛上泷舠。家声肯坠地，利器当秋毫。
番禺亲贤领，筹运神功操。大夫出卢宋[7]，宝贝休脂膏。
洞主降接武，海胡舶千艘。我欲就丹砂，跋涉觉身劳。
安能陷异土，有志乘鲸鳌。或骖鸾腾天，聊作鹤鸣皋[8]。

①砯：力制切。《说文》引《诗》：深则砯。②祖：吴作老。③王珪也。④羞颇珍：一作颇羞珍。⑤杯：一作沽。⑥以上述祖姑国初识英雄事，以下叙砯昔日避乱之情、今兹送别之感。⑦钱笺：大历四年，李勉除广州刺史，兼岭南节度、观察使，番禺贼帅冯崇道、桂州叛将朱济时阻洞为乱，遣将招讨，悉斩之，五岭平。前后西域舶泛海至者，岁才四五。勉性廉洁，舶来都不检阅，故末年至者四十馀。代归至石门，停舟，悉搜家人所贮南货犀象诸物，投之江中。耆老以为可继前朝宋璟、卢奂、李朝隐之徒。人吏诣阙，请立碑，代宗许之。诗所谓"亲贤大夫"者，谓李勉也。梦弼以为并指王砯，失之远矣。⑧聊：樊作不。

咏怀二首

人生贵是男，丈夫重天机。未达善一身，得志行所为。
嗟余竟坎坷，将老逢艰危。胡雏逼神器，逆节同所归。
河雒化为血，公侯草间啼[①]。西京复陷没，翠盖蒙尘飞。
万姓悲赤子，两宫弃紫微。倏忽向二纪，奸雄多是非。
本朝再树立，未及贞观时。日给在军储，上官督有司。
高贤迫形势，岂暇相扶持。疲苶苟怀策，栖屑无所施。
先王实罪己，愁痛正为兹。岁月不我与，蹉跎病于斯。
夜看酆城气，回首蛟龙池。齿发已自料，意深陈苦词。

①侯：一作卿。○督有司以供军储，取民之财，多有不堪问者。“高贤”二句，如今日厘金局之类，虽贤者亦知其病民，而不能遽去。“疲苶”二句，杜公自叹，有策而不得施也。

邦危坏法则，圣远益愁慕。飘飖桂水游，怅望苍梧暮。
潜鱼不衔钩，走鹿无反顾。皦皦幽旷心，拳拳异平素。
衣食相拘阂，朋知限流寓。风涛上春沙，千里侵江树[①]。
逆行少吉日[②]，时节空复度。井灶任尘埃，舟航烦数具。
牵缠加老病，琐细隘俗务。万古一死生，胡为足名数。
多忧污桃源，拙计泥铜柱。未辞炎瘴毒，摆落跛涉惧。
虎狼窥中原，焉得所历住。葛洪及许靖，避世常此路。
贤愚诚等差，自爱各驰骛。羸瘠且如何，魄夺针灸屡。
拥滞僮仆慵，稽留篙师怒。终当挂帆席，天意难告诉。
南为祝融客，勉强亲杖屦。结托老人星，罗浮展衰步。

①千：一作十。侵：刊作浸。②少：陈作值。○公盖有意为岭表交广之游，既而不果。

送顾八分文学适洪吉州

中郎石经后，八分盖憔悴。顾侯运炉锤，笔力破馀地。
昔在开元中，韩蔡同赑屃[①]。玄宗妙其书，是以数子至。
御札早流传，揄扬非造次。三人并入直，恩泽各不二。
顾于韩蔡内，辨眼工小字。分日示诸王[②]，钩深法更秘。
文学与我游，萧疏外声利。追随二十载，浩荡长安醉。
高歌卿相宅，文翰飞省寺。视我扬马间，白首不相弃。
骅骝入穷巷，必脱黄金辔。一论朋友难，迟暮敢失坠。
古来事反复，相见横涕泗。向者玉珂人，谁是青云器？
才尽伤形体[③]，病渴污官位。故旧独依然，时危话颠踬。
我甘多病老，子负忧世志。胡为困衣食，颜色少称遂。
远作辛苦行，顺从众多意。舟楫无根蒂，蛟鼍好为祟。
况兼水贼繁，特戒风飙驶。崩腾戎马际[④]，往往杀长吏。
子干东诸侯，劝勉防纵恣[⑤]。邦以民为本，鱼饥费香饵。
请哀疮痍深，告诉皇华使。使臣精所择，进德知历试。
恻隐诛求情，固应贤愚异。列士恶苟得[⑥]，俊杰思自致。
赠子《猛虎行》，出郊载酸鼻。

①韩、蔡：韩择木，蔡有邻。②示：《英华》作侍。③体：一作骸。④际：一作险。⑤劝：一作勤。⑥列：一作烈。○自首至“钩深法更秘”句，赞其八分之工。自“文学与我游”至“时危话颠踬”句，叙前后交谊之厚。“我甘多病老”至末，送别也。

上水遣怀

我衰太平时，身病戎马后。蹭蹬多拙为，安得不皓首。
驱驰四海内，童稚日糊口。但遇新少年，少逢旧亲友。
低颜下色地，故人知善诱。后生血气豪，举动见老丑。

穷迫挫曩怀，常如中风走。一纪出西蜀，于今向南斗。
孤舟乱春华①，暮齿依蒲柳。冥冥九疑葬，圣者骨亦朽②。
蹉跎陶唐人，鞭挞日月久。中间屈贾辈，谗毁竟自取。
郁没二悲魂③，萧条犹在否？峭崒清湘石，逆行杂林薮。
篙工密逞巧，气若酣杯酒。歌讴互激远④，回斡明授受。
善知应触类⑤，各借颖脱手。古来经济才，何事独罕有。
苍苍众色晚，熊挂玄蛇吼。黄罴在树颠，正为群虎守。
羸骸将何适？履险颜益厚。庶与达者论，吞声混瑕垢。

①华：一作草。②亦：一作已。③没：樊作悒。④远：樊作越。⑤善：一作盖。

遣遇

磬折辞主人，开帆驾洪涛。春水满南国，朱崖云日高。
舟子废寝食，飘风争所操。我行匪利涉，谢尔从者劳。
石间采蕨女，鬻菜输官曹①。丈夫死百役，暮返空村号。
闻见事略同，刻剥及锥刀。贵人岂不仁，视汝如莠蒿。
索钱多门户，丧乱纷嗷嗷。奈何黠吏徒，渔夺成逋逃。
自喜遂生理，花时甘緼袍②。

①菜：一作市。②甘：刊作贯。

解忧

减米散同舟，路难思共济。向来云涛盘，众力亦不细。
呀坑瞥眼过①，飞橹本无蒂。得失瞬息间，致远宜恐泥。
百虑视安危，分明曩贤计。兹理庶可广，拳拳期勿替。

①坑：一作帆，一作吭。

宿凿石浦

早宿宾从劳，仲春江山丽。飘风过无时，舟楫敢不系①。

回塘淡暮色，日没众星嘒。缺月殊未生，青灯死分翳。穷途多俊异，乱世少恩惠。鄙夫亦放荡，草草频卒岁[②]。斯文忧患馀，圣哲垂《彖》《系》。

①敢不：一作不敢。②卒：樊作年。

早　行

歌哭俱在晓，行迈有期程。孤舟似昨日，闻见同一声。飞鸟数求食[①]，潜鱼亦独惊[②]。前王作网罟，设法害生成。碧藻非不茂，高帆终日征。干戈未揖让[③]，崩迫开其情[④]。

①数：一作散。②亦：一作向。③未：一作异。④开：樊作阙。

过津口

南岳自兹近，湘流东逝深。和风引桂楫，春日涨云岑。回首过津口，而多枫树林。白鱼困密网，黄鸟喧嘉音。物微限通塞，恻隐仁者心。瓮馀不尽酒，膝有无声琴。圣贤两寂寞，眇眇独开襟。

次空灵岸

沄沄逆素浪，落落展清眺。幸有舟楫迟，得尽所历妙。空灵霞石峻，枫栝隐奔峭[①]。青春犹无私[②]，白日亦偏照[③]。可使营吾居[④]，终焉托长啸。毒瘴未足忧，兵戈满边徼。向者留遗恨，耻为达人诮。回帆觊赏筵，佳处领其要。

①栝：一作枯。②无：一作有。③亦：一作已。④居：一作屋。

宿花石戍

午辞空灵岑，夕得花石戍。岸疏开辟水[①]，木杂今古树。地蒸南风盛，春热西日暮。四序本平分，气候何回互。

茫茫天造间，理乱岂恒数。系舟盘藤轮，策杖古樵路。
罢人不在村，野圃泉自注。柴扉虽芜没，农器尚牢固。
山东残逆气，吴楚守王度。谁能扣君门，下令减征赋。

①水：一作山。〇罢人：即疲民也。罢与疲同；民字避讳，改作人。《周礼》曰："以嘉石平疲民。"《西征赋》："牧疲民于西夏。"《文选》亦因避讳作"疲人"。

早　发

有求常百虑，斯文亦吾病。以兹朋故多，穷老驱驰并。
早行篙师怠，席挂风不正。昔人戒垂堂，今则奚奔命。
涛翻黑蛟跃，日出黄雾映。烦促瘴岂侵，颓倚睡未醒[1]。
仆夫问盥栉，暮颜腼青镜[2]。随意簪葛巾，仰惭林花盛。
侧闻夜来寇，幸喜囊中净。艰危作远客，干请伤直性。
薇蕨饿首阳，粟马资历聘。贱子欲适从，疑误此二柄。

①未：一作还。②颜：一作未。

次晚洲

参错云石稠，坡陀风涛壮。晚洲适知名，秀色固异状。
棹经垂猿把，身在度鸟上。摆浪散帙妨，危沙折花当。
羁离暂愉悦，羸老反惆怅。中原未解兵，吾得终疏放。

望　岳

南岳配朱鸟，秩礼自百王。欻吸领地灵，鸿洞半炎方[1]。
邦家用祀典，在德非馨香。巡守何寂寥，有虞今则亡。
洎吾隘世网[2]，行迈越潇湘。渴日绝壁出，漾舟清光旁。
祝融五峰尊[3]，峰峰次低昂。紫盖独不朝，争长嶪相望。
恭闻魏夫人，群仙夹翱翔。有时五峰气，散风如飞霜。

牵迫限修途④，未暇杖崇冈。归来觊命驾，沐浴休玉堂。
三叹问府主，曷以赞我皇。牲璧忍衰俗⑤，神其思降祥。

①鸿：一作澒。②洎：一作泪。③五：一作三。④限：一作恨。⑤忍：一作感。

湘江宴饯裴二端公赴道州

白日照舟师，朱旗散广川。群公饯南伯，肃肃秩初筵。
鄙人奉末眷，佩服自早年。义均骨肉地，怀抱罄所宣。
盛名富事业，无取愧高贤。不以丧乱婴，保爱金石坚。
计拙百寮下，气苏君子前。会合苦不久，哀乐本相缠。
交游飒向尽，宿昔浩茫然。促觞激百虑，掩抑泪潺湲。
热云集曛黑①，缺月未生天。白团为我破，华烛蟠长烟。
鸹鹖催明星②，解袂从此旋。上请减兵甲，下请安井田。
永念病渴老，附书远山巅。

①集曛黑：一作初集黑。②鸹鹖：一作鹖鴂，一作鸹鸧。

奉送魏六丈佑少府之交广

贤豪赞经纶，功成空名垂。子孙不振耀①，历代皆有之。
郑公四叶孙，长大常苦饥。众中见毛骨，犹是麒麟儿。
磊落贞观事，致君朴直词。家声盖六合，行色何其微。
遇我苍梧阴②，忽惊会面稀。议论有馀地，公侯来未迟。
虚思黄金贵③，自笑青云期。长卿久病渴，武帝元同时。
季子黑貂敝，得无妻嫂欺。尚为诸侯客，独屈州县卑。
南游炎海甸，浩荡从此辞。穷途仗神道，世乱轻土宜。
解帆岁云暮，可与春风归。出入朱门家，华屋刻蛟螭。
玉食亚王者，乐张游子悲。侍婢艳倾城，绡绮轻雾霏④。
掌中琥珀钟，行酒双逶迤。新欢继明烛，梁栋星辰飞。

两情顾盼合，珠碧赠于斯。上贵见肝胆，下贵不相疑[5]。
心事披写间，气酣达所为[6]。错挥铁如意，莫避珊瑚枝。
始兼逸迈兴[7]，终慎宾主仪。戎马暗天宇，呜呼生别离。

①一云“子孙没不振”。②阴：一作野。③贵：一作遗。④轻：一作烟。⑤相：一作见。⑥达：一作远。⑦兼：一作无。

别张十三建封

尝读唐实录，国家草昧初。刘裴建首义，龙见尚踌躇。
秦王拨乱姿，一剑总兵符。汾晋为丰沛，暴隋竟涤除。
宗臣则庙食，后祀何疏芜。彭城英雄种，宜膺将相图。
尔惟外曾孙，倜傥汗血驹。眼中万少年，用意尽崎岖。
相逢长沙亭，乍问绪业馀。乃吾故人子[1]，童丱联居诸。
挥手洒衰泪，仰看八尺躯。内外名家流，风神荡江湖。
范云堪晚友[2]，嵇绍自不孤。择材征南幕，湖落回鲸鱼[3]。
载感贾生恸，复闻乐毅书。主忧急盗贼，师老荒京都。
旧丘岂税驾，大厦倾宜扶。君臣各有分，管葛本时须。
虽当霰雪严，未觉栝柏枯。高义在云台，嘶鸣望天衢。
羽人扫碧海，功业竟何如。

①钱笺：张建封，兖州人。父玠，少豪侠。安禄山反，令伪将李庭伟率番兵胁下城邑，玠率乡豪集兵杀之。太守韩择木方遣使奏闻，玠流荡江南，不言其功。公父为兖州司马，当以趋庭之日，与玠游也。②晚：晋作结。③湖：一作潮。

奉赠李八丈判官[1]

我丈时英特，宗枝神尧后。珊瑚市则无，騄骥人得有。
早年见标格，秀气冲星斗。事业富清机，官曹正独守。
顷来树嘉政，皆已传众口。艰难体贵安，冗长吾敢取。

区区犹历试，炯炯更持久。讨论实解颐，操割纷应手。
箧书积讽谏，宫阙限奔走。入幕未展材[2]，秉钧孰为偶。
所亲问淹泊，泛爱惜衰朽[3]。垂白乱南翁[4]，委身希北叟。
真成穷辙鲋，或似丧家狗。秋枯洞庭石，风飒长沙柳。
高兴激荆衡，知音为回首。

①李八丈判官：曛。②材：一作怀。③此句言李待己之厚，以下即自叹其穷老也。④乱：一作辞。

苏大侍御访江浦赋八韵纪异　并序

苏大侍御涣，静者也，旅于江侧，凡是不交州府之客[1]，人事都绝久矣。肩舆江浦，忽访老夫舟楫。已而茶酒内，余请诵近诗，肯吟数首，才力素壮，词句动人。接对明日，忆其涌思雷出，书箧几杖之外，殷殷留金石声。赋八韵记异，亦见老夫倾倒于苏至矣。

庞公不浪出，苏氏今有之。再闻诵新作，突过黄初诗。
乾坤几反覆[2]，扬马宜同时。今晨清镜中，胜食斋房芝。
余发喜却变，白间生黑丝[3]。昨夜舟火灭[4]，湘娥簾外悲。
百灵未敢散[5]，风破寒江迟[6]。

①凡：一作乃。②几：一云洎。③生：一作添。④昨：一作永。灭：一作接。⑤未敢：刊作永夜。⑥破：一作波。〇钱笺：《南部新书》：苏涣本不平者，善放白弩，巴中号为弩跖，賨人患之。比壮年后，自知非，变节从学，乡赋擢第，累迁至侍御史，佐湖南幕。崔瓘中丞遇害，遂逾岭扇动哥舒晃，跋扈交广作变，伏诛。有变律诗十九首上广帅李公。唐人谓涣诗长于讽刺，得陈拾遗一鳞半甲。余观其词气颉颃如此，固可见其胸中矣。子美逆旅相遇，美其能诗，又以庞公比之，此过情之誉也。权德舆《南兖郡王伊慎神道碑》：大历中，岭南裨将哥舒晃作乱，晃谋主苏涣，屯据要害，诏公讨之。明年十月，斩晃、涣泔溪，揭其首以殉。

题衡山县文宣王庙新学堂呈陆宰

旄头彗紫微，无复俎豆事。金甲相排荡，青衿一憔悴。
呜呼已十年，儒服弊于地。征夫不遑息，学者沦素志。
我行洞庭野，欻得文翁肆。侁侁胄子行，若风舞雩至。
周室宜中兴，孔门未应弃。是以资雅才，涣然立新意。
衡山虽小邑，首唱恢大义。因见县尹心，根源旧宫閟。
讲堂非曩构，大屋加涂塈。下可容百人，墙隅亦深邃。
何必三千徒，始压戎马气。林木在庭户，密干叠苍翠。
有井朱夏时，辘轳冻阶戺。耳闻读书声，杀伐灾仿佛。
故国延归望，衰颜减愁思。南纪改波澜[1]，西河共风味。
采诗倦跋涉，载笔尚可记[2]。高歌激宇宙，凡百慎失坠。

①改：陈作收。②尚可记：一云常记异。

入衡州[1]

兵革自久远，兴衰看帝王。汉仪甚照耀，胡马何猖狂。
老将一失律，清边生战场。君臣忍瑕垢，河岳空金汤。
重镇如割据，轻权绝纪纲。军州体不一，宽猛性所将。
嗟彼苦节士[2]，素于圆凿方。寡妻从为郡，兀者安堵墙。
凋敝惜邦本，哀矜存事常。旌麾非其任，府库实过防。
恕己独在此[3]，多忧增内伤。偏裨限酒肉，卒伍单衣裳。
元恶迷是似，聚谋泄康庄[4]。竟流帐下血，大降湖南殃。
烈火发中夜，高烟焦上苍。至今分粟帛，杀气吹沅湘。
福善理颠倒，明征天莽茫。销魂避飞镝，累足穿豺狼。
隐忍枳棘刺，迁延胝趼疮。远归儿侍侧，犹乳女在旁。
久客幸脱免，暮年渐激昂。萧条向水陆，汩没随鱼商。
报主身已老，入朝病见妨。悠悠委薄俗，郁郁回刚肠。

参错走洲渚，春容转林篁，片帆左郴岸，通郭前衡阳。
华表云鸟埤，名园花草香。旗亭壮邑屋，烽橹蟠城隍。
中有古刺史，盛才冠岩廊，扶颠待柱石，独坐飞风霜。
昨者间琼树，高谈随羽觞。无论再缱绻，已是安苍黄。
剧孟七国畏，马卿四赋良。门阑苏生在[5]，勇锐白起强。
问罪富形势[6]，凯歌悬否臧。氛埃期必扫，蚊蚋焉能当。
橘井旧地宅[7]，仙山引舟航。此行厌暑雨，厥土闻清凉。
诸舅剖符近，开缄书札光[8]。频繁命屡及，磊落字百行。
江总外家养，谢安乘兴长。下流匪珠玉，择木羞鸾凰。
我师嵇叔夜，世贤张子房。柴荆寄乐土，鹏路观翱翔。

①钱笺：大历五年二月，潭州刺史崔瓘为其兵马使臧玠所杀。玠据潭州为乱，湖南将王国良因之而反，公避地入衡州。②钱笺：瓘以士行闻，莅职清谨，选潭州刺史，政在简肃，恭守礼法。将吏自经时艰，久不奉法，多不便之。大历五年四月，会月给粮储，兵马使臧玠与判官达奚觏忿争，觏曰："今幸无事。"玠曰："有事何逃？"厉色而去。是夜，玠遂构乱，犯州城，以杀觏为名。瓘遑遽走，逢玠兵至，遂遇害。③恕：刊作怒。④谋：一作谍。⑤苏生：侍御涣。⑥澧州刺史杨子琳、道州刺史裴虬、衡州刺史杨济，各出兵讨玠。⑦橘：一作繘。⑧钱笺：鲁訔曰：橘井在郴州。诸舅，谓崔伟，前有《送二十三舅录事之摄郴州》诗，公将往依焉。○首十二句，言唐自安史之乱，纪纲一失，兵端遂多。自"嗟彼苦节士"至"明征天莽茫"句，叙潭州刺史崔瓘清谨守法，将吏多不便之，兵马使臧玠为乱，瓘遂遇害。自"销魂避锋镝"至"通郭前衡阳"句，叙避乱入衡州。自"华表云鸟埤"至"蚊蚋焉能当"句，叙衡州刺史杨济及其客苏涣讨贼必胜。自"橘井旧地"至末，言将往郴州，依其舅崔伟及其掾张劝。

舟中苦热遣怀奉呈杨中丞通简台省诸公

愧为湖外客，看此戎马乱。中夜混黎甿，脱身亦奔窜[1]。
平生方寸心，反掌帐下难[2]。呜呼杀贤良，不叱白刃散。

吾非丈夫特，没齿埋冰炭。耻以风病辞，胡然泊湘岸。
入舟虽苦热，垢腻可溉灌。痛彼道边人，形骸改昏旦。
中丞连帅职，封内权得按。身当问罪先，县实诸侯半。
士卒既辑睦，启行促精悍。似闻上游兵，稍逼长沙馆。
邻好彼克修，天机自明断。南图卷云水，北拱戴霄汉。
美名光史臣，长策何壮观。驱驰数公子，咸愿同伐叛。
声节哀有馀，夫何激衰懦。偏裨表三上，卤莽同一贯。
始谋谁其间，回首增愤惋[③]。宗英李公端[④]，守职甚叨焕。
变通迫胁地，谋画焉得算。王室不肯微，凶徒略无惮。
此流须卒斩，神器资强干。扣寂豁烦襟，皇天照嗟叹。

①遇臧玠之乱入衡州。②掌：一作当。③钱笺：《通鉴》：臧玠之乱，澧州刺史杨子琳起兵讨之，取赂而还。初，崔旰杀郭英乂，子琳起兵讨旰，杜鸿渐各授官以和解之。及子琳攻旰败还，纵兵涪、夔，卫伯玉请于朝，以为峡州团练使。及臧玠杀崔瓘，子琳声言问罪，取赂而还。公诗所谓“偏裨表三上，卤莽同一贯。始谋谁其间，回首增愤惋”者，合前后三叛言之也。“始谋”盖追论鸿渐、伯玉，故曰“回首增愤惋”。唐藩镇有事，俱用偏裨上表，假众论以胁制朝廷也。④钱笺：梦弼曰：谓李勉也。按：是时勉在广州，方招讨番禺贼帅及桂州叛将，未闻起兵讨臧玠也。

聂耒阳以仆阻水书致酒肉疗饥荒江诗得代怀兴尽本韵至县呈聂令陆路去方田驿四十里舟行一日时属江涨泊于方田

耒阳驰尺素，见访荒江眇。义士烈女家，风流吾贤绍。
昨见狄相孙，许公人伦表。前期翰林后[①]，屈迹县邑小。
知我碍湍涛，半旬获浩淼[②]。麾下杀元戎[③]，湖边有飞旐。
孤舟增郁郁，僻路殊悄悄。侧惊猿猱捷，仰羡鹳鹤矫。
礼过宰肥羊，愁当置清醥。人非西喻蜀，兴在北坑赵。
方行郴岸静，未话长沙扰。崔师乞已至，澧卒用矜少。

问罪消息真，开颜憩亭沼[4]。

①期：刊作朝。②渼：《玉篇》以沼切。《上林赋》：浩渼演漾。③指臧玠杀崔瓘事。④闻崔侍御潩乞师于洪府，师已至袁州北；杨中丞琳问罪，将士自澧上达长沙矣。

卷九　韩昌黎五古

百四十二首

南山诗

吾闻京城南，兹维群山囿。东西两际海，巨细难悉究。
山经及地志，茫昧非受授。团辞试提挈，挂一念万漏。
欲休谅不能，粗叙所经觏。尝升崇丘望，戢戢见相凑。
晴明出棱角，缕脉碎分绣。蒸岚相澒洞，表里忽通透。
无风自飘簸，融液煦柔茂。横云时平凝，点点露数岫。
天空浮修眉，浓绿画新就。孤撑有巉绝，海浴褰鹏噣[①]。
春阳潜沮洳，濯濯吐深秀。岩峦虽崒峍，软弱类含酎。
夏炎百木盛，阴郁增埋覆。神灵日歊歔，云气争结构。
秋霜嘉刻轹，磔卓立癯瘦。参差相叠重，刚耿陵宇宙。
冬行虽幽墨，冰雪工琢镂。新曦照危峨，亿丈恒高袤。
明昏无停态，顷刻异状候[②]。西南雄太白，突起莫间簉。
藩都配德运，分宅占丁戊。逍遥越坤位，诋讦陷乾窦。
空虚寒兢兢，风气较搜漱。朱维方烧日，阴霰纵腾糅。
昆明大池北，去觌偶晴昼。绵联穷俯视，倒侧困清沤。
微澜动水面，踊跃躁猱狖。惊呼惜破碎，仰喜呀不仆[③]。
前寻径杜墅，坌蔽毕原陋。崎岖上轩昂，始得观览富。
行行将遂穷，岭陆烦互走。勃然思坼裂，拥掩难恕宥。
巨灵与夸娥，远贾期必售。还疑造物意，固护蓄精祐。

力虽能排斡，雷电怯呵垢。攀缘脱手足，蹭蹬抵积甃。
茫如试矫首，堛塞生怐愗。威容丧萧爽，近新迷远旧。
拘官计日月，欲进不可又[④]。因缘窥其湫，凝湛閟阴噣[⑤]。
鱼虾可俯掇，神物安敢寇。林柯有脱叶，欲堕鸟惊救。
争衔弯环飞，投弃急哺鷇。旋归道回睨，达枿壮复奏。
吁嗟信奇怪，峙质能化贸。前年遭谴谪，探历得邂逅。
初从蓝田入，顾眄劳颈脰。时天晦大雪，泪目苦矇瞀。
峻涂拖长冰，直上若悬溜。褰衣步推马，颠蹶退且复。
苍黄忘遐睎，所瞩才左右。杉篁咤蒲苏，杲耀攒介胄。
专心忆平道，脱险逾避臭。昨来逢清霁，宿愿忻始副。
峥嵘跻冢顶，倏闪杂鼯鼬。前低划开阔，烂漫堆众皱。
或连若相从，或蹙若相斗。或妥若弭伏，或竦若惊雊。
或散若瓦解，或赴若辐辏。或翩若船游，或决若马骤。
或背若相恶，或向若相佑。或乱若抽笋，或嵲若注灸。
或错若绘画，或缭若篆籀。或罗若星离，或蓊若云逗。
或浮若波涛，或碎若锄耨。或如贲育伦，赌胜勇前购。
先强势已出，后钝瞋謯譳。或如帝王尊，丛集朝贱幼。
虽亲不亵狎，虽远不悖谬。或如临食案，肴核纷饤饾。
又如游九原，坟墓包椁柩。或累若盆罂，或揭若甑豆。
或覆若曝鳖，或颓若寝兽。或蜿若藏龙，或翼若搏鹫。
或齐若友朋，或随若先后。或迸若流落，或顾若宿留。
或戾若仇雠，或密若婚媾。或俨若峨冠，或翻若舞袖。
或屹若战阵，或围若蒐狩。或靡然东注，或偃然北首。
或如火熺焰，或若气饙馏。或行而不辍，或遗而不收。
或斜而不倚，或弛而不彀。或赤若秃鬝，或熏若柴槱。
或如龟坼兆，或若卦分繇。或前横若剥，或后断若姤。
延延离又属，夬夬叛还遘。喁喁鱼闯萍，落落月经宿。

阊阊树墙垣，巘巘架库厩。参参削剑戟，焕焕衔莹琇。
敷敷花披萼，闟闟屋摧霤。悠悠舒而安，兀兀狂以狃。
超超出犹奔，蠢蠢骇不懋[6]。大哉立天地，经纪肖营腠。
厥初孰开张，僶俛谁劝侑。创兹朴而巧，戮力忍劳疚。
得非施斧斤，无乃假诅咒。鸿荒竟无传，功大莫酬僦。
尝闻于祠官，芬苾降歆嗅。斐然作歌诗，惟用赞报酭。

①旧注：已上叙南山大概。②旧注：已上叙四时变态。③旧注：已上言南山方隅连亘之所。国藩按：清沤为微澜所破碎，故猱狖躁而惊呼，呀而不仆。此述昆明池所见也。④恶群峰之拥塞，思得如巨灵、夸蛾者擘开而坼裂之。以雷电不为先驱，终不能劈，遂有攀援蹭蹬之困。⑤罶：音嗅。⑥旧注：已上并序其经历所见之状。○“西南”十句，赋太白山也；“昆明”八句，赋昆明池也。“前寻”下二十二句，言从杜陵入山，因群峰之拥掩塥塞，不得登绝顶而穷览也。“因缘”以下十二句，因观龙湫而书所见也。“前年”以下十二句，谓谪阳山时曾经此山，不暇穷探极览也。“昨来”以下至“蠢蠢骇不懋”，谓此次始得穷观变态。前此游太白、游昆明池、游杜陵、游龙湫，本非一次，即谪贬时亦尝经过南山，俱不如此次之畅心悦目耳。

谢自然诗[1]

果州南充县，寒女谢自然。童騃无所识，但闻有神仙。
轻生学其术，乃在金泉山。繁华荣慕绝，父母慈爱捐。
凝心感魑魅，慌惚难具言。一朝坐空室，云雾生其间。
如聆笙竽韵，来自冥冥天。白日变幽晦，萧萧风景寒。
檐楹暂明灭，五色光属联。观者徒倾骇，踯躅讵敢前。
须臾自轻举，飘若风中烟。茫茫八纮大，影响无由缘。
里胥上其事，郡守惊且叹。驱车领官吏，甿俗争相先。
入门无所见，冠屦同蜕蝉。皆云神仙事，灼灼信可传[2]。
余闻古夏后，象物知神奸。山林民可入，魍魉莫逢旃。

逶迤不复振，后世恣欺谩。幽明纷杂乱，人鬼更相残。
秦皇虽笃好，汉武洪其源。自从二主来，此祸竟连连。
木石生怪变，狐狸骋妖患。莫能尽性命，安得更长延。
人生处万类，知识最为贤。奈何不自信，反欲从物迁。
往者不可悔，孤魂抱深冤。来者犹可诫，余言岂空文。
人生有常理，男女各有伦。寒衣及饥食，在纺绩耕耘。
下以保子孙，上以奉君亲。苟异于此道，皆为弃其身。
噫乎彼寒女，永托异物群。感伤遂成诗，昧者宜书绅。

①果州谢真人上升在金泉山，贞元十年十一月十二日辰时，白昼轻举。时郡守李坚以闻，有赐诏褒谕。谓所部之中灵仙表异，玄风益振，至道弥彰。其诏今尚有石刻在焉。公排释老、斥异端，故诗有所不取。②已上叙谢自然白昼轻举事，以下论神仙事不足信。

秋怀诗十一首

窗前两好树，众叶光薿薿。秋风一披拂，策策鸣不已。
微灯照空床，夜半偏入耳。愁忧无端来，感叹成坐起。
天明视颜色，与故不相似。羲和驱日月，疾急不可恃。
浮生虽多涂，趋死惟一轨。胡为浪自苦，得酒且欢喜。

○此首因闻脱叶秋声而生感。

白露下百草，萧兰共雕悴。青青四墙下，已复生满地。
寒蝉暂寂寞，蟋蟀鸣自恣。运行无穷期，禀受气苦异。
适时各得所，松柏不必贵。

○此首言四时运行，百物虽有早晚长短贵贱之不同，要皆禀气自然，不足异也。

彼时何卒卒，我志何曼曼。犀首空好饮，廉颇尚能饭。

学堂日无事，驱马适所愿。茫茫出门路，欲去聊自劝。
归还阅书史，文字浩千万。陈迹竟谁寻，贱嗜非贵献。
丈夫意有在，女子乃多怨。

○此首言己之所嗜与时异趣，虽举世不好而无怨也。

秋气日恻恻，秋空日凌凌。上无枝上蜩，下无盘中蝇。
岂不感时节，耳目去所憎。清晓卷书坐，南山见高棱。

其下澄湫水，有蛟寒可罾。惜哉不得往，岂谓吾无能。
离离挂空悲，戚戚抱虚警。露泫秋树高，虫吊寒夜永。
敛退就新懦，趋营悼前猛。归愚识夷涂，汲古得修绠。
名浮犹有耻，味薄真自幸。庶几遗悔尤，即此是幽屏。

○此首即陶公“今是昨非”之意，若新有所悟者，以浮名为耻，以薄味为幸，知道之言也。

今晨不成起，端坐尽日景。虫鸣室幽幽，月吐窗冏冏。
丧怀若迷方，浮念剧含梗。尘埃慵伺候，文字浪驰骋。
尚须勉其顽，王事有朝请。

○此首本思遗世高举，不复愿伺候于尘埃之中，而为生事所累，尚须黾勉以从王事也。

秋夜不可晨，秋日若易暗。我无汲汲志，何以有此憾。
寒鸡空在栖，缺月烦屡瞰。有琴具徽弦，再鼓听愈淡。
古声久埋灭，无由见真滥。低心逐时趋，苦勉只能暂。
有如乘风船，一纵不可缆。不如觑文字，丹铅事点勘。
岂必求赢馀，所要石与甔。

○此首言本不能逐时趋，因石甔谋生之故，难遽舍去，与上首之指略同。

卷卷落地叶，随风走前轩。鸣声若有意，颠倒相追奔。
空堂黄昏暮，我坐默不言。童子自外至，吹灯当我前。
问我我不应，馈我我不餐。退坐西壁下，读诗尽数编。
作者非今士，相去时已千。其言有感触，使我复凄酸。
顾谓汝童子，置书且安眠。丈夫属有念，事业无穷年。

○此首因落叶而感触生平之志事，甚远且大。

霜风侵梧桐，众叶着树干。空阶一片下，琤若摧琅玕。
谓是夜气灭，望舒霣其团。青冥无依倚，飞辙危难安。
惊起出户视，倚楹久汍澜。忧愁费晷景，日月如跳丸。
迷复不计远，为君驻尘鞍。

○此首因叶落而疑为月霣，志士固有非常之感触也。

暮暗来客去，群嚣各收声。悠悠偃宵寂，亹亹抱秋明。
世累忽进虑，外忧遂侵诚。强怀张不满，弱念缺已盈。
诘屈避语穽，冥茫触心兵。败虞千金弃，得比寸草荣。
知耻足为勇，晏然谁汝令。

○此首因世途崄巇，动触陷穽，思委蛇以逐时趋，而此心终以为耻，不敢自违其本志也。强怀，本志也；弱念，时趋也；诘曲，时趋也；冥茫，本志也。

鲜鲜霜中菊，既晚何用好。扬扬弄芳蝶，尔生还不早。
运穷两值遇，婉娈死相保。西风蛰龙蛇，众木日凋槁。
由来命分尔，泯灭岂足道。

○此首有安贫知命、至死不变、确乎不拔之意。

赴江陵途中寄赠王二十补阙李十一拾遗李二十六员外翰林三学士

孤臣昔放逐，血泣追愆尤。汗漫不省识，恍如乘桴浮。
或自疑上疏，上疏岂其由。是年京师旱，田亩少所收。
上怜民无食，征赋半已休。有司恤经费，未免烦征求。
富者既云急，贫者固已流。传闻闾里间，赤子弃渠沟。
持男易斗粟，掉臂莫肯酬。我时出衢路，饿者何其稠。
亲逢道边死，伫立久咿嚘。归舍不能食，有如鱼中钩。
适会除御史，诚当得言秋。拜疏移閤门，为忠宁自谋。
上陈人疾苦，无令绝其喉。下陈畿甸内，根本理宜优。
积雪验丰熟，幸宽待蚕麰。天子恻然感，司空叹绸缪。
谓言郎施设，乃反迁炎州。同官尽才俊，偏善柳与刘。
或虑语言泄，传之落冤雠。二子不宜尔，将疑断还不。
中使临门遣，顷刻不得留。病妹卧床褥，分知隔明幽。
悲啼乞就别，百请不颔头。弱妻抱稚子，出拜忘惭羞。
僶俛不回顾，行行诣连州[①]。朝为青云士，暮作白首囚。
商山季冬月，冰冻绝行辀。春风洞庭浪，出没惊孤舟。
逾岭到所任，低颜奉君侯。酸寒何足道，随事生疮疣。
远地触途异，吏民似猿猴。生狞多忿很，辞舌纷嘲啁。
白日屋檐下，双鸣斗鸺鹠。有蛇类两首，有蛊群飞游。
穷冬或摇扇，盛夏或重裘。飓起最可畏，訇哮簸陵丘。
雷霆助光怪，气象难比侔。疠疫忽潜遘，十家无一瘳。
猜嫌动置毒，对案辄怀愁[②]。前日遇恩赦，私心喜还忧。
果然又羁縶，不得归锄耰。此府雄且大，腾凌尽戈矛。
栖栖法曹掾，何处事卑陬。生平企仁义，所学皆孔周。
早知大理官，不列三后俦。何况亲犴狱，敲搒发奸偷。

悬知失事势，恐自罹罝罘。湘水清且急，凉风日修修。
胡为首归路，旅泊尚夷犹[3]。昨者京使至，嗣皇传冕旒。
赫然下明诏，首罪诛共吺[4]。复闻颠夭辈，峨冠进鸿畴。
班行再肃穆，璜珮鸣琅璆。伫继贞观烈，边封脱兜鍪，
三贤推侍从，卓荦倾枚邹。高议参造化，清文焕皇猷。
协心辅齐圣，政理同毛輶。《小雅》咏鸣鹿，食苹贵呦呦。
遗风邈不嗣，岂忆尝同裯。失志早衰换，前期拟蜉蝣。
自从齿牙缺，始慕舌为柔。因疾鼻又塞，渐能等薰莸。
深思罢官去，毕命依松楸。空怀焉能果，但见岁已遒。
殷汤闵禽兽，解网祝蛛蝥。雷焕掘宝剑，冤氛销斗牛。
兹道诚可尚，谁能借前筹。殷勤谢吾友，明月非暗投[5]。

①以上因上疏而贬连州。②以上道途及连州之苦。③以上叙顺宗即位大赦，公量移江陵法曹。④吺：成作兜。吺，古文兜字。⑤以上宪宗即位，朝政清明，有望于三贤之借筹援引。

暮行河堤上

暮行河堤上，四顾不见人。衰草际黄云，感叹愁我神。
夜归孤舟卧，展转空及晨。谋计竟何就，嗟嗟世与身。

夜　歌

静夜有清光，闲堂仍独息。念身幸无恨，志气方自得。
乐哉何所忧，所忧非我力。

重云一首李观疾赠之

天行失其度，阴气来干阳。重云闭白日，炎燠成寒凉。
小人但咨怨，君子惟忧伤。饮食为减少，身体岂宁康。
此志诚足贵，惧非职所当。藜羹尚如此，肉食安可尝。

穷冬百草死，幽桂乃芬芳。且况天地间，大运自有常。
劝君善饮食，鸾凤本高翔。

江汉一首答孟郊

江汉虽云广，乘舟渡无艰。流沙信难行，马足常往还。
凄风结冲波，狐裘能御寒。终宵处幽室，华烛光烂烂。
苟能行忠信，可以居夷蛮。嗟余与夫子，此义每所敦。
何为复见赠，缱绻在不谖。

〇王褒云：有其具者易其备。舟、马、裘、烛，皆御物之具也；忠信，履险之具也。韩公与其徒党，固常常以自立相勖矣。

长安交游者一首赠孟郊

长安交游者，贫富各有徒。亲朋相过时，亦各有以娱。
陋室有文史，高门有笙竽。何能辨荣悴，且欲分贤愚。

岐山下二首

谁谓我有耳，不闻凤皇鸣。朅来岐山下，日暮边鸿惊。

丹穴五色羽，其名为凤皇。昔周有盛德，此鸟鸣高冈。
和声随祥风，窅窕相飘扬。闻者亦何事，但知时俗康。
自从公旦死，千载閟其光。吾君亦勤理，迟尔一来翔。

北极一首赠李观

北极有羁羽，南溟有沉鳞。川原浩浩隔，影响两无因。
风云一朝会，变化成一身。谁言道里远，感激疾如神。
我年二十五，求友昧其人。哀歌西京市，乃与夫子亲。
所尚苟同趋，贤愚岂异伦。方为金石姿，万世无缁磷。

无为儿女态，憔悴悲贱贫。

此日足可惜一首赠张籍

此日足可惜，此酒不足尝。舍酒去相语，共分一日光。
念昔未知子，孟君自南方。自矜有所得，言子有文章。
我名属相府[①]，欲往不得行。思之不可见，百端在中肠。
维时月魄死，冬日朝在房。驱驰公事退，闻子适及城。
命车载之至，引坐于中堂。开怀听其说，往往副所望。
孔丘殁已远，仁义路久荒。纷纷百家起，诡怪相披猖。
长老守所闻，后生习为常。少知诚难得，纯粹古已亡。
譬彼植园木，有根易为长。留之不遣去，馆置城西旁。
岁时未云几，浩浩观湖江。众夫指之笑，谓我知不明。
儿童畏雷电，鱼鳖惊夜光。州家举进士，选试缪所当[②]。
驰辞对我策，章句何炜煌。相公朝服立，工席歌《鹿鸣》。
礼终乐亦阕，相拜送于庭。之子去须臾，赫赫留盛名。
窃喜复窃叹，谅知有所成[③]。人事安可恒，奄忽令我伤。
闻子高第日，正从相公丧[④]。哀情逢吉语，惝恍难为双。
暮宿偃师西，徒展转在床。夜闻汴州乱[⑤]，绕壁行彷徨。
我时留妻子，仓卒不及将。相见不复期，零落甘所丁。
娇女未绝乳，念之不能忘。忽如在我所，耳若闻啼声。
中途安得返，一日不可更。俄有东来说，我家免罹殃。
乘船下汴水，东去趋彭城。从丧朝至洛，还走不及停。
假道经盟津，出入行涧冈。日西入军门，羸马颠且僵。
主人愿少留[⑥]，延入陈壶觞。卑贱不敢辞，忽忽心如狂。
饮食岂知味，丝竹徒轰轰。平明脱身去，决若惊凫翔[⑦]。
黄昏次汜水，欲过无舟航。号呼久乃至，夜济十里黄。
中流上滩潭[⑧]，沙水不可详。惊波暗合沓，星宿争翻芒，辕马蹢躅鸣，左右泣仆童。甲午憩时门，临泉窥斗龙。
东西出陈许，陂泽平茫茫。道边草木花，红紫相低昂。
百里不逢人，角角雄雉鸣[9]。行行二月暮，乃及徐南疆。
下马步堤岸，上船拜吾兄。谁云经艰难，百口无夭殇。
仆射南阳公，宅我睢水阳[10]。箧中有馀衣，盎中有馀粮。
闭门读书史，窗户忽已凉[11]。日念子来游，子岂知我情[12]。
别离未为久，辛苦多所经。对食每不饱，共言无倦听。
连延三十日，晨坐达五更。我友二三子，宦游在西京。
东野窥禹穴，李翱观涛江。萧条千万里，会合安可逢。
淮之水舒舒，楚山直丛丛。子又舍我去，我怀焉所穷[13]。
男儿不再壮，百岁如风狂。高爵尚可求，无为守一乡。

〇籍字文昌，吴郡人，尝为公所荐送。贞元十五年，公时在徐，籍往谒公。未几辞去，公惜焉，故作是诗以送之。①公仕董晋幕府。②汴州举进士，公为考官，试反舌无声诗，籍中等。③以上籍与公相见于汴州，籍中进士。④贞元十五年，高郢知举，籍登第。是岁二月，晋卒，公护其丧行。⑤二月乙酉，宣武军乱，杀留侯陆长源。⑥时李元为河阳节度，“主人”谓元也。⑦以上公送董晋之丧至洛，中途闻汴州乱，至洛东还，将赴徐州，中间一谒李元于河阳。由洛赴徐，本应行黄河之南，是时或因汴州之乱，避行河北欤？⑧潬：音但。⑨角：音谷。⑩二月末，公至徐州。徐泗濠节度使张建封以公为节度推官。睢，水名，在徐州。公与孟东野书云“主人与余有故，居余符离睢水上”，即此也。⑪以上由河阳经汜水、陈、许，而至徐州。⑫谓望其来，而籍竟来也。⑬以上叙籍来月馀而又别。

幽　怀

幽怀不能写，行此春江浔。适与佳节会，士女竞光阴。
凝妆耀洲渚，繁吹荡人心。间关林中鸟，亦知和为音。
岂无一樽酒，自酌还自吟。但悲时易失，四序迭相侵。
我歌君子行，视古犹视今。

君子法天运

君子法天运，四时可前知。小人惟所遇，寒暑不可期。
利害有常势，取舍无定姿。焉能使我心，皎皎远忧疑。

落叶送陈羽

落叶不更息，断蓬无复归。飘飖终自异，邂逅暂相依。
悄悄深夜语，悠悠寒月辉。谁云少年别，流泪各沾衣。

归彭城

天下兵又动，太平竟何时！訏谟者谁子，无乃失所宜？
前年关中旱，闾井多死饥；去岁东郡水，生民为流尸。
上天不虚应，祸福各有随。我欲进短策，无由至彤墀。
刳肝以为纸，沥血以书辞。上言陈尧舜，下言引龙夔。
言词多感激，文字少葳蕤。一读已自怪，再寻良自疑。
食芹虽云美，献御固已痴。缄封在骨髓，耿耿空自奇。
昨者到京师，屡陪高车驰。周行多俊异，议论无瑕疵。
见待颇异礼，未能去毛皮[①]。到口不敢吐，徐徐俟其巇。
归来戎马间，惊顾似羁雌。连日或不语，终朝见相欺。
乘闲辄骑马，茫茫诣空陂。遇酒即酩酊，君知我为谁。

①谓不能披肝沥胆，豁露天真，犹今谚云“客气”也。

醉　后

煌煌东方星，奈此众客醉。初喧或忿争，中静杂嘲戏。
淋漓身上衣，颠倒笔下字。人生如此少，酒贱且勤置。

醉赠张秘书

人皆劝我酒，我若耳不闻。今日到君家，呼酒持劝君。
为此座上客，及余各能文。君诗多态度，蔼蔼春空云。
东野动惊俗，天葩吐奇芬。张籍学古淡，轩鹤避鸡群。
阿买不识字，颇知书八分。诗成使之写，亦足张吾军。
所以欲得酒，为文俟其醺。酒味既冷冽，酒气又氛氲。
性情渐浩浩，谐笑方云云。此诚得酒意，馀外徒缤纷。
长安众富儿，盘馔罗膻荤。不解文字饮，惟能醉红裙。
虽得一饷乐，有如聚飞蚊。今我及数子，固无莸与薰。
险语破鬼胆，高词媲皇坟。至宝不雕琢，神功谢锄耘。
方今向太平，元凯承华勋。吾徒幸无事，庶以穷朝曛。

同冠峡

南方二月半，春物亦已少。维舟山水间，晨坐听百鸟。
宿云尚含姿，朝日忽升晓，羁旅感和鸣，囚拘念轻矫。
潺湲泪久迸，诘曲思增绕。行矣且无然，盖棺事乃了。

送惠师

惠师浮屠者，乃是不羁人。十五爱山水，超然谢朋亲。
脱冠剪头发，飞步遗踪尘。发迹入四明，梯空上秋旻。
遂登天台望，众壑皆嶙峋。夜宿最高顶，举头看星辰。
光芒相照烛，南北争罗陈。兹地绝翔走，自然严且神。
微风吹木石，澎湃闻韶钧。夜半起下视，溟波衔日轮。
鱼龙惊踊跃，叫啸成悲辛。怪气或紫赤，敲磨共轮囷。
金鸦既腾翥，六合俄清新[1]。常闻禹穴奇，东去窥瓯闽。
越俗不好古，流传失其真。幽踪邈难得，圣路嗟长堙。

回临浙江涛，屹起高峨岷。壮志死不息，千年如隔晨。
是非竟何有，弃去非吾伦[2]。凌江诣庐岳，浩荡极游巡。
崔崒没云表，陂陀浸湖沦。是时雨初霁，悬瀑垂天绅。
前年往罗浮，步戛南海漘。大哉阳德盛，荣茂恒留春。
鹏骞堕长翮，鲸戏侧修鳞[3]。自来连州寺，曾未造城闉。
日携青云客，探胜穷崖滨。太守邀不去，群官请徒频。
囊无一金资，翻谓富者贫[4]。昨日忽不见，我令访其邻。
奔波自追及，把手问所因。顾我却兴叹，君宁异于民。
离合自古然，辞别安足珍。吾闻九疑好，夙志今欲伸。
斑竹啼舜妇，清湘沉楚臣。衡山与洞庭，此固道所循。
寻嵩方抵洛，历华遂之秦。浮游靡定处，偶往即通津[5]。
吾言子当去，子道非吾遵。江鱼不池活，野鸟难笼驯。
吾非西方教，怜子狂且醇。吾嫉惰游者，怜子愚且谆。
去矣各异趣，何为浪沾巾[6]。

①自“遂登天台”至此，叙天台观日出。②已上叙会稽观禹穴，浙江观潮。③已上叙江州观庐山，南海观罗浮。④已上叙惠至连州，遍游诸胜。⑤已上叙惠别韩公之辞。⑥已上韩公送惠之辞。

送灵师

佛法入中国，尔来六百年。齐民逃赋役，高士著幽禅。
官吏不之制，纷纷听其然。耕桑日失隶，朝署时遗贤。
灵师皇甫姓，胤胄本蝉联。少小涉书史，早能缀文篇。
中间不得意，失迹成延迁。逸志不拘教，轩腾断牵挛[1]。
围棋斗白黑，生死随机权。六博在一掷，枭卢叱回旋。
战诗谁与敌，浩汗横戈鋋。饮酒尽百盏，嘲谐思逾鲜。
有时醉花月，高唱清且绵。四座咸寂默，杳如奏湘弦[2]。
寻胜不惮险，黔江屡洄沿。瞿塘五六月，惊电让归船。

怒水忽中裂，千寻堕幽泉。环回势益急，仰见团团天。
投身岂得计，性命甘徒捐。浪沫涌翻浦，漂浮再生全。
同行二十人，魂骨俱坑填。灵师不挂怀，冒涉道转延。
开忠二州牧，诗赋时多传。失职不把笔，珠玑为君编。
强留费日月，密席罗婵娟[3]。昨者至林邑，使君数开筵。
逐客三四公，盈怀赠兰荃。湖游泛漭沆，溪宴驻潺湲。
别语不许出，行裾动遭牵。邻州竞招请，书札何翩翩[4]。
十月下桂岭，乘寒恣窥缘。落落王员外[5]，争迎获其先。
自从入宾馆，占吝久能专。吾徒颇携被，接宿穷欢妍。
听说两京事，分明皆眼前。纵横杂谣俗，琐屑咸罗穿。
材调真可惜，朱丹在磨研。方将敛之道，且欲冠其颠[6]。
韶阳李太守，高步凌云烟。得客辄忘食，开囊乞缯钱。
手持南曹叙，字重青瑶镌。古气参《彖》《系》，高标摧《太玄》。
维舟事干谒，披读头风痊。还如旧相识，倾壶畅幽悁。
以此复留滞，归骖几时鞭[7]。

〇此诗贞元十九年复在连州阳山作也。云“王员外”者，仲舒也。仲舒时亦谪连州司户。见《宴喜亭记》。①首八句，论佛法为世大害。“灵师”八句，叙其少时事。“轩腾”句，谓其弃俗而为僧也。②已上叙其博弈诗酒之能。③已上叙其游黔、蜀，及在瞿塘落水得生事。④已上叙游林邑。⑤谓王仲舒自户部员外郎贬为连州司户。⑥已上叙其在连州久聚。⑦已上叙其由连至韶。

县斋有怀

少小尚奇伟，平生足悲咤。犹嫌子夏儒，肯学樊迟稼。
事业窥皋稷，文章蔑曹谢。濯缨起江湖，缀珮杂兰麝。
悠悠指长道，去去策高驾。谁为倾国媒，自许连城价。
初随计吏贡，屡入泽宫射。虽免十上劳，何能一战霸[1]。

人情忌殊异，世路多权诈。蹉跎颜遂低，摧折气愈下。
冶长信非罪，侯生或遭骂。怀书出皇都，衔泪渡清灞。
身将老寂寞，志欲死闲暇。朝食不盈肠，冬衣才掩髂。
军书既频召，戎马乃连跨。大梁从相公，彭域赴仆射。
弓箭围狐兔，丝竹罗酒炙[②]。两府变荒凉，三年就休假[③]。
求官去东洛[④]，犯雪过西华。尘埃紫陌春，风雨灵台夜。
名声荷朋友，援引乏姻娅。虽陪彤庭臣，讵纵青冥靶。
寒空耸危阙，晓色曜修架。捐躯辰在丁[⑤]，铩翮时方禇[⑥]。
投荒诚职分，领邑幸宽赦[⑦]。湖波翻日车，岭石坼天罅。
毒雾恒熏昼，炎风每烧夏。雷威固已加，飓势仍相借。
气象杳难测，声音吁可怕。夷言听未惯，越俗循犹乍。
指摘两憎嫌，睢盱互猜讶。只缘恩未报，岂谓生足藉[⑧]。
嗣皇新继明，率土日流化。惟思涤瑕垢，长去事桑柘。
劚嵩开云扃，压颍抗风榭。禾麦种满地，梨枣栽绕舍。
儿童稍长成，雀鼠得驱吓。官租日输纳，村酒时邀迓。
闲爱老农愚，归弄小女姹。如今便可尔，何用毕婚嫁[⑨]。

○此诗阳山县斋作。贞元十九年，公以言事出至是；二十一年，顺宗即位而作是诗，"嗣皇新继明"，谓顺宗也。①公自贞元八年中进士第，贡于京师，至贞元十年，屡试博学宏词不中。○已上叙少年中进士、试宏博时事。②炙：之夜切，即炙字。③已上叙出都从董晋、张建封幕事。④公自贞元十六年张建封薨归洛阳，至十九年，始除监察御史。⑤贞元十九年十二月，公以监察御史上"天旱人饥"疏，贬阳山令。辰在丁，谓上疏之日也。⑥禇：音乍。⑦已上叙为御史上疏被谪事。⑧已上叙道途及阳山之苦。⑨已上思得赦宥而归故土。

合江亭[①]

红亭枕湘江，蒸水会其左。瞰临眇空阔，绿净不可唾。
维昔经营初，邦君实王佐。剪林迁神祠，买地费家货。

梁栋宏可爱，结构丽匪过。伊人去轩腾，兹宇遂颓挫。
老郎来何暮，高唱久乃和。树兰盈九畹，栽竹逾万个。
长绠汲沧浪，幽蹊下坎坷。波涛夜俯听，云树朝对卧。
初如遗宦情，终乃最郡课。人生诚无几，事往悲岂奈。
萧条绵岁时，契阔继庸懦。胜事谁复论，丑声日已播。
中丞黜凶邪，天子闵穷饿。君侯至之初，闾里自相贺。
淹滞乐闲旷，勤苦劝慵惰。为余扫尘阶，命乐醉众座。
穷秋感平分，新月怜半破。愿书岩上石，勿使泥尘涴。

①一作《题合江亭寄刺史邹君》。○邹君，逸其名。亭，故相齐映所作，故曰“维昔经营初，邦君实王佐”。前刺史元澄无政，廉使中丞杨公凭奏黜之，遂用邹公。其曰“中丞黜凶邪”，指此意也。公永贞元年七月初自阳山量移江陵道衡山，诗所以作。○“邦君”指齐映，初建此亭者也。“老郎”，继齐而树兰栽竹者也。“庸懦”指元澄，被杨凭劾去者也。“君侯”指邹君，款接韩公者也。邹君逸其名，老郎并逸其姓。

陪杜侍御游湘西两寺独宿有题一首因献杨常侍

长沙千里平，胜地犹在险。况当江阔处，斗起势匪渐。
深林高玲珑，青山上琬琰。路穷台殿辟，佛事焕且俨。
剖竹走泉源，开廊架崖广[①]。是时秋之残，暑气尚未敛。
群行忘后先，朋息弃拘检。客堂喜空凉，华榻有清簟。
涧蔬煮蒿芹，水果剥菱芡。伊余夙所慕，陪赏亦云忝[②]。
幸逢车马归，独宿门不掩。山楼黑无月，渔火灿星点。
夜风一何喧，杉桧屡磨飐。犹疑在波涛，怵惕梦成魇。
静思屈原沉，远忆贾谊贬。椒兰争妒忌，绛灌共谗谄。
谁令悲生肠，坐使泪盈脸。翻飞乏羽翼，指摘困瑕玷[③]。
珥貂藩维重，政化类分陕。礼贤道何优，奉己事苦俭。
大度栋方隆，巨川楫行剡。经营诚少暇，游宴固已歉。

旅程愧淹留，徂岁嗟荏苒。平生每多感，柔翰遇频染。
展转岭猿鸣，曙灯青睒睒[④]。

○此自阳山北还过潭作，永贞元年秋也。湘西寺在潭州。杨常侍，凭也，时为潭州刺史、湘西观察使云。①《说文》：因岩为屋曰广。②已上叙陪杜侍御同游。③以上叙独宿。④已上颂杨常侍。

岳阳楼别窦司直

洞庭九州间，厥大谁与让。南汇群崖水，北注何奔放。
潴为七百里，吞纳各殊状。自古澄不清，环混无归向。
炎风日搜搅，幽怪多冗长。轩然大波起，宇宙隘而妨。
巍峨拔嵩华，腾踔较健壮。声音一何宏，轰輵车万两。
犹疑帝轩辕，张乐就空旷。蛟螭露笋簴，缟练吹组帐。
鬼神非人世，节奏颇跌碭。阳施见夸丽，阴闭感凄怆[①]。
朝过宜春口，极北缺堤障。夜缆巴陵洲，丛芮才可傍。
星河尽涵泳，俯仰迷下上。馀澜怒不已，喧聒鸣甇盎。
明登岳阳楼，辉焕朝日亮。飞廉戢其威，清晏息纤纩。
泓澄湛凝绿，物影巧相况。江豚时出戏，惊波忽荡瀁。
时当冬之孟[②]，隙窍缩寒涨。前临指近岸，侧坐眇难望。
涤濯神魂醒，幽怀舒以畅[③]。主人孩童旧，握手乍忻怅。
怜我窜逐归，相见得无恙。开筵交履舄，烂漫倒家酿。
杯行无留停，高柱送清唱。中盘进橙栗，投掷倾脯酱。
欢穷悲心生，婉娈不能忘。念昔始读书，志欲干霸王。
屠龙破千金，为艺亦云亢。爱才不择行，触事得谗谤。
前年出官由，此祸最无妄。公卿采虚名，擢拜识天仗。
奸猜畏弹射，斥逐恣欺诳。新恩移府庭，逼侧厕诸将。
于嗟苦驽缓，但惧失宜当。追思南渡时，鱼腹甘所葬。
严程迫风帆，劈箭入高浪。颠沉在须臾，忠鲠谁复谅。

生还真可喜，克己自惩创。庶从今日后，粗识得与丧。
事多改前好，趣有获新尚。誓耕十亩田，不取万乘相。
细君知蚕织，稚子已能饷。行当挂其冠，生死君一访④。

○窦司直，名庠，字胄卿。韩皋镇武昌，辟庠幕府，陟大理司直，权领岳州。公自阳山移江陵法曹，道出岳阳楼，作此诗，永贞元年冬十月也。刘禹锡有和篇，足成六十韵，见刘集。①自"轩然大波"至此，状其洪涛壮观。②公永贞元年十月至岳州。③自"朝过宜春"至此，状其风息波恬。④公于窦氏兄弟最为契好，故于欢宴之馀，追忆前事，言之沉痛。

送文畅师北游

昔在四门馆，晨有僧来谒。自言本吴人，少小学城阙。
已穷佛根源，粗识事輗軏。挛拘屈吾真，戒辖思远发。
荐绅秉笔徒，声誉耀前阀。从求送行诗，屡造忍颠蹶。
今成十馀卷，浩汗罗斧钺。先生閟穷巷，未得窥剞劂。
又闻识大道，何路补剠刖①。出其囊中文，满听实清越。
谓僧当少安，草序颇排讦。上论古之初，所以施赏罚。
下开迷惑胸，窐豁劚株橛。僧时不听莹，若饮水救暍。
风尘一出门，时日多如发②。三年窜荒岭，守县坐深樾。
征租聚异物，诡制怛巾袜。幽穷共谁与，思想甚含哕。
昨来得京官，照壁喜见蝎。况逢旧亲识，无不比鹣蟨。
长安多门户，吊庆少休歇。而能勤来过，重惠安可揭③。
当今圣政初，恩泽完摵猕。胡为不自暇，飘戾逐鹍鹰。
仆射领北门④，威德厌胡羯。相公镇幽都⑤，竹帛烂勋伐。
酒场舞闺姝，猎骑围边月。开张箧中宝，自可得津筏。
从兹富裘马，宁复茹藜蕨。余期报恩后，谢病老耕垡。
庇身指蓬茅，逞志纵猃猲。僧还相访来，山药煮可掘⑥。

①自"自言本吴人"至此，皆述文畅在四门馆之言。②已上叙从前作

送文畅序赠别之事。③已上叙贬阳山及回京再见文畅。④谓田季安为魏博节度使。⑤谓刘济为幽州节度。⑥已上送文畅北游，而自拟归耕。

答张彻

辱赠不知报，我歌尔其聆。首叙始识面，次言后分形。
道途绵万里，日月垂十龄①。浚郊避兵乱，睢岸连门停。
肝胆一古剑，波涛两浮萍。渍墨窜旧史，磨丹注前经。
义苑手秘宝，文堂耳惊霆。暄晨蹑露舄，暑夕眠风棂。
结友子让抗，请师我惭丁。初味犹啖蔗，遂通斯建瓴。
搜奇日有富，嗜善心无宁。石梁平侹侹，沙水光泠泠。
乘枯摘野艳，沉细抽潜腥。游寺去陟巘，寻径返穿汀。
缘云竹竦竦，失路麻冥冥。淫潦忽翻野，平芜眇开溟。
防泄堑夜塞，惧冲城昼扃②。及去事戎辔③，相逢宴军伶。
觥秋纵兀兀，猎旦驰駉駉。从赋始分手④，朝京忽同舲。
急时促暗棹，恋月留虚亭。毕事驱传马，安居守窗萤。
梅花灞水别，宫烛骊山醒。省选逮投足，乡宾尚摧翎⑤。
尘祛又一掺，泪眥还双荧⑥。洛邑得休告，华山穷绝陉。
倚岩睨海浪，引袖拂天星。日驾此回辖，金神所司刑。
泉绅拖修白，石剑攒高青。磴藓滋拳跼，梯飙飐伶俜。
悔狂已咋指，垂诫仍镌铭⑦。峨豸忝备列，伏蒲愧分泾。
微诚慕横草，琐力摧撞筳。叠雪走商岭，飞波航洞庭。
下险疑堕井，守官类拘囹。荒餐茹獠蛊，幽梦感湘灵。
刺史肃蓍蔡，吏人沸蝗螟。点缀簿上字，趋跄閤前铃。
赖其饱山水，得以娱瞻听。紫树雕斐亹，碧流滴玲珑。
映波铺远锦，插地列长屏。愁狖酸骨死，怪花醉魂馨。
潜苞绛实坼，幽乳翠毛零⑧。赦行五百里，月变三十蓂。
渐阶群振鹭，入学诲螟蛉。苹甘谢鸣鹿，罍满惭罄瓶。

冏冏抱瑚琏，飞飞联鹬鸰。鱼鬣欲脱背，虬光先照硎。
岂独出丑类，方当动朝廷。勤来得晤语，勿惮宿寒厅[⑨]。

①谓自贞元十二年丙子至是元和改元丙戌，十年也。②自“肝胆一古剑”至此，皆叙贞元十五年睢岸连居，与张彻相从之乐。③公先居睢水，久之，建封以为节度推官。④谓彻赴举试也。⑤谓彻下第也。彻后元和四年始登第。⑥已上叙其以徐州从事朝正京师，与彻同行之事。“尘袪”二句，公先出京，彻后出京，又与途中相见而再别也。⑦公尝过华山，登绝顶，发狂痛哭，遗书为诫。见《国史补》。○已上叙登华山事。⑧已上叙为御史上疏贬阳山事。⑨已上叙入为国子博士，因答彻诗。

荐　士

周诗三百篇，雅丽理训诰。曾经圣人手，议论安敢到。
五言出汉时，苏李首更号。东都渐弥漫，派别百川导。
建安能者七，卓荦变风操。逶迤抵晋宋，气象日凋耗。
中间数鲍谢，比近最清奥。齐梁及陈隋，众作等蝉噪。
搜春摘花卉，沿袭伤剽盗。国朝盛文章，子昂始高蹈。
勃兴得李杜，万类困陵暴。后来相继生，亦各臻阃奥。
有穷者孟郊，受材实雄骜。冥观洞古今，象外逐幽好。
横空盘硬语，妥帖力排奡。敷柔肆纡馀，奋猛卷海潦。
荣华肖天秀，捷疾逾响报。行身践规矩，甘辱耻媚灶。
孟轲分邪正，眸子看瞭眊。杳然粹而清，可以镇浮躁。
酸寒溧阳尉，五十几何耄。孜孜营甘旨，辛苦久所冒。
俗流知者谁，指注竞嘲慠。圣皇索遗逸，髦士日登造。
庙堂有贤相，爱遇均覆焘。况承归与张[①]，二公迭嗟悼。
青冥送吹嘘，强箭射鲁缟。胡为久无成，使以归期告。
霜风破佳菊，嘉节迫吹帽。念将决焉去，感物增恋嫪。
彼微水中荇，尚烦左右芼。鲁侯国至小，庙鼎犹纳郜。

幸当择珉玉，宁有弃珪瑁。悠悠我之思，扰扰风中纛。
上言愧无路，日夜惟心祷。鹤翎不天生，变化在啄菢。
通波非难图，尺地易可漕。善善不汲汲，后时徒悔懊。
救死具八珍，不如一箪犒。微诗公勿诮，恺悌神所劳。

○孟东野贞元十一年进士，为溧阳尉。时郑馀庆尹河南，公作是诗以荐之，郑辟为水陆运从事。此诗作于郊为尉后、辟从事前欤？观公铭郊墓，谓郑公尹河南，既辟从事，后以节领兴元，复奏为参谋，皆公一时之荐也。①谓郊尝为归登、张建封所知。

喜侯喜至赠张籍张彻

昔我在南时，数君长在念。摇摇不可止，讽咏日喁噞。
如以膏濯衣，每渍垢逾染；又如心中疾，针石非所砭。
常思得游处，至死无倦厌。地遐物奇怪，水镜涵石剑。
荒花穷漫乱，幽兽工腾闪。碍目不忍窥，忽忽坐昏垫。
逢神多所祝，岂忘灵即验。依依梦归路，历历想行店。
今者诚自幸，所怀无一欠。孟生去虽索，侯氏来还歉。
欹眠听新诗，屋角月艳艳。杂作承间骋，交惊舌互舚。
缤纷指瑕疵，拒捍阻城堑。以余经摧挫，固请发铅椠。
居然妄推让，见谓爇天焰。比疏语徒妍，悚息不敢占。
呼奴具盘飧，饤饾鱼菜赡。人生但如此，朱紫安足僭。

驽骥

驽骀诚龌龊，市者何其稠。力小苦易制，价微良易酬。
渴饮一斗水，饥食一束刍。嘶鸣当大路，志气若有馀。
骐骥生绝域，自矜无匹俦。牵驱入市门，行者不为留。
借问价几何，黄金比嵩丘。借问行几何，咫尺视九州。
饥食玉山禾，渴饮醴泉流。问谁能为御，旷世不可求。

惟昔穆天子，乘之极遐游。王良执其辔，造父挟其辀。
因言天外事，茫惚使人愁。驽骀谓骐骥，饿死余尔羞。
有能必见用，有德必见收。孰云时与命，通塞皆自由。
骐骥不敢言，低徊但垂头。人皆劣骐骥，共以驽骀优。
喟余独兴叹，才命不同谋。寄诗同心子，为我商声讴。

出　门

长安百万家，出门无所之。岂敢尚幽独，与世实参差。
古人虽已死，书上有其辞。开卷读且想，千载若相期。
出门各有道，我道方未夷。且于此中息，天命不吾欺。

烽　火

登高望烽火，谁谓塞尘飞。王城富且乐，曷不事光辉。
勿言日已暮，相见恐行稀。愿君熟念此，秉烛夜中归。
我歌宁自感，乃独泪沾衣。

龊　龊

龊龊当世士，所忧在饥寒。但见贱者悲，不闻贵者叹。
大贤事业异，远抱非俗观。报国心皎洁，念时涕汍澜。
妖姬坐左右，柔指发哀弹。酒肴虽日陈，感激宁为欢。
秋阴欺白日，泥潦不少干。河堤决东郡，老弱随惊湍。
天意固有属，谁能诘其端。愿辱太守荐，得充谏诤官。
排云叫阊阖，披腹呈琅玕。致君岂无术，自进诚独难。

〇贞元十五年，郑滑大水。公十六年自京师归彭城诗云“去岁东郡水”，而此诗亦云“河堤决东郡，老弱随惊湍”，诗意皆相似，大抵言当世士龊龊，无能为国虑者。

洞庭湖阻风赠张十一署

十月阴气盛，北风无时休。苍茫洞庭岸，与子维双舟。
雾雨晦争泄，波涛怒相投。犬鸡断四听，粮绝谁与谋。
相去不容步，险如碍山丘。清谈可以饱，梦想接无由。
男女喧左右，饥啼但啾啾。非怀北归兴，何用胜羁愁。
云外有白日，寒光自悠悠。能令暂开霁，过是吾无求。

青青水中蒲三首

青青水中蒲，下有一双鱼。君今上陇去，我在与谁居。

青青水中蒲，长在水中居。寄语浮萍草，相随我不如。

青青水中蒲，叶短不出水。妇人不下堂，行子在万里。

〇按：《乐府》亦作三首，盖兴寄也。当是妇人思夫之意。《文选》古乐府《饮马长城窟行》有“青青河畔草”，《长歌行》有“青青园中葵”，其大意与此相类。

孟东野失子　并序

东野连产三子，不数日辄失之。几老，念无后以悲。其友人昌黎韩愈惧其伤也，推天假其命以喻之。

失子将何尤，吾将上尤天。女实主下人，与夺一何偏。
彼于女何有，乃令蕃且延。此独何罪辜，生死旬日间。
上呼无时闻，滴地泪到泉。地祇为之悲，瑟缩久不安。
乃呼大灵龟，骑云款天门。问天主下人，薄厚胡不均。
天曰天地人，由来不相关。吾悬日与月，吾系星与辰。
日月相噬啮，星辰踣而颠。吾不女之罪，知非女由因。

且物各有分，孰能使之然。有子与无子，祸福未可原。
鱼子满母腹，一一欲谁怜。细腰不自乳，举族长孤鳏。
鸱枭啄母脑，母死子始翻。蝮蛇生子时，坼裂肠与肝。
好子虽云好，未还恩与勤。恶子不可说，鸱枭蝮蛇然。
有子且勿喜，无子固勿叹。上圣不待教，贤闻语而迁。
下愚闻语惑，虽教无由悛。大灵顿头受，即日以命还。
地祇谓大灵，女往告其人。东野夜得梦，有夫玄衣巾。
闯然入其户，三称天之言。再拜谢玄夫，收悲以欢欣。

县斋读书

出宰山水县，读书松桂林。萧条捐末事，邂逅得初心。
哀狖醒俗耳，清泉洁尘襟。诗成有共赋，酒熟无孤斟。
青竹时默钓，白云日幽寻。南方本多毒，北客恒惧侵。
谪谴甘自守，滞留愧难任。投章类缟带，伫答逾兼金。
○贞元二十年，在阳山县斋作。

新　竹

笋添南阶竹，日日成清閟。缥节已储霜，黄苞犹掩翠。
出栏抽五六，当户罗三四。高标陵秋严，贞色夺春媚。
稀生巧补林，并出疑争地。纵横乍依行，烂漫忽无次。
风枝未飘吹，露粉先涵泪。何人可携玩，清景空瞪视。

晚　菊

少年饮酒时，踊跃见菊花。今来不复饮，每见恒咨嗟。
伫立摘满手，行行把归家。此时无与语，弃置奈悲何。

落　齿

去年落一牙，今年落一齿。俄然落六七，落势殊未已。
馀存皆动摇，尽落应始止。忆初落一时，但念豁可耻。
及至落二三，始忧衰即死。每一将落时，懔懔恒在已。
叉牙妨食物，颠倒怯漱水。终焉舍我落，意与崩山比。
今来落既熟，见落空相似。馀存二十馀，次第知落矣。
倘常岁落一，自足支两纪。如其落并空，与渐亦同指。
人言齿之落，寿命理难恃。我言生有涯，长短俱死尔。
人言齿之豁，左右惊谛视。我言庄周云，木雁各有喜。
语讹默固好，嚼废软还美。因歌遂成诗，持用诧妻子。

哭杨兵部凝陆歙州参

人皆期七十，才半岂蹉跎。并出知已泪，自然白发多。
晨兴为谁恸，还坐久滂沱。论文与晤语，已矣可如何。

〇公生大历戊申，至是贞元十九年癸未，则年三十有六矣，岂非七十之半乎？

苦　寒

四时各平分，一气不可兼。隆寒夺春序，颛顼固不廉。
太昊弛维纲，畏避但守谦。遂令黄泉下，萌芽夭句尖。
草木不复抽，百味失苦甜。凶飙搅宇宙，铓刃甚割砭。
日月虽云尊，不能活乌蟾。羲和送日出，恇怯频窥觇。
炎帝持祝融，呵嘘不相炎。而我当此时，恩光何由沾。
肌肤生鳞甲，衣被如刀镰。气寒鼻莫齅，血动指不拈。
浊醪沸入喉，口角如衔钳。将持匕箸食，触指如排签。
侵炉不觉暖，炽炭屡已添。探汤无所益，何况纩与缣。

虎豹僵穴中，蛟螭死幽潜。荧惑丧躔次，六龙冰脱髯。
芒砀大包内，生类恐尽歼。啾啾窗间雀，不知已微纤。
举头仰天鸣，所愿晷刻淹。不如弹射死，却得亲炰燖。
鸾皇苟不存，尔周不在占。其馀蠢动俦，俱死谁恩嫌。
伊我称最灵，不能女覆苫。悲哀激愤叹，五藏难安恬。
中宵倚墙立，淫泪何渐渐。天王哀无辜，惠我下顾瞻。
褰旒去耳纩[1]，调和进梅盐。贤能日登御，黜彼傲与憸。
生风吹死气，豁达如褰帘。悬乳零落堕，晨光入前檐。
雪霜顿销释，土脉膏且黏。岂徒兰蕙荣，施及艾与蒹。
日萼行铄铄，风条生襜襜。天乎苟其能，吾死意亦厌。

〇公此诗意盖有所讽，犹讼风伯之吹云而雨不得作也。谓隆寒夺春序而肆其寒，犹权臣之用事；太昊之畏避，则犹当国者畏权臣、取充位而已。其下反覆所言，无易此意。其末谓“天王哀无辜”，则望人主进贤退不肖，使恩泽下流，施及草木。其爱君忧民之意，具见于此。按《韦渠牟传》：自陆贽免，德宗不复委权于下，宰相充位行文书而已。所倚信者，裴延龄、李齐运、王绍、李实、韦执谊与渠牟等，其权倖人主。此诗所以讽也。时贾耽、齐抗之徒当国，公为四门博士。贞元十九年春作。①旒垂目，纩塞耳。褰旒去纩，谓明目达聪也。

崔十六少府摄伊阳以诗及书见投因酬三十韵

崔君初来时，相识颇未惯。但闻赤县尉，不比博士慢。
赁屋得连墙，往来忻莫间。我时亦新居，触事苦难办。
蔬飧要同吃，破袄谁来绽。谓言安堵后，贷借更何患。
不知孤遗多，举族仰薄宦。有时来朝餐，得米日已晏。
隔墙闻欢呼，众口极鹅雁。前计顿乖张，居然见真赝。
娇儿好眉眼，袴脚冻两骭。捧书随诸兄，累累两角丱。
冬惟茹寒齑，秋始识瓜瓣。问之不言饥，饫若厌刍豢。
才名三十年，久合居给谏。白头趋走里，闭口绝谤讪。

府公旧同袍，拔擢宰山涧。寄诗杂诙俳，有类说鹏鷃。
上言酒味酸，冬衣竟未擐，下言人吏稀，惟足彪与虦。
又言致猪鹿，此语乃善幻。三年国子师，肠肚习藜苋。
况住洛之涯，鲂鳟可罩汕[①]。肯效屠门嚼，久嫌弋者篡。
谋拙日焦拳，活计似锄刬。男寒涩诗书，妻瘦剩腰襻。
为官不事职，厥罪在欺谩。行当自劾去，渔钓老葭薍。
岁穷寒气骄，冰雪滑磴栈。音问难屡通，何由觌青盼。

①按：崔诗必言将以猪鹿野鲜饷公，公诗辞之。"善幻"，犹云"善戏"。《汉书·西域传》有"善眩"之语，颜注云：眩读与幻同。住洛之涯，公时以国子博士分教东都，谓但食藜苋鲂鳟，不劳致猪鹿异味也。

送侯参谋赴河中幕

忆昔初及第，各以少年称。君颐始生须，我齿清如冰。
尔时心气壮，百事谓已能。一别讵几何，忽如隔晨兴。
我齿豁可鄙，君颜老可憎。相逢风尘中，相亲迭嗟矜。
幸同学省官，末路再得朋。东司绝教授，游宴以为恒。
秋渔荫密树，夜博然明灯。雪径抵樵叟，风廊折谈僧。
陆浑桃花间，有汤沸如蒸。三月崧少步，踯躅红千层。
洲沙厌晚坐，岭壁穷晨升。沉冥不计日，为乐不可胜。
迁满一已异，乖离坐难凭。行行事结束，人马何蹻腾。
感激生胆勇，从军岂尝曾。洸洸司徒公[①]，天子爪与肱。
提师十万馀，四海钦风棱。河北兵未进，蔡州帅新薨。
曷不请扫除，活彼黎与烝。鄙夫诚怯弱，受恩愧徒宏。
犹思脱儒冠，弃死取先登。又欲面言事，上书求招征。
侵官固非是，妄作谴可惩。惟当待责免，耕劚归沟塍。
今君得所附，势若脱鞲鹰。檄笔无与让，幕谋职其膺。
收绩开史牒，翰飞逐溟鹏。男儿贵立事，流景不可乘。

岁老阴沴作，云颓雪翻崩，别袪拂洛水，征车转崤陵。
勤勤酒不进，勉勉恨已仍。送君出门归，愁肠若牵绳。
默坐念语笑，痴如遇寒蝇。策马谁可适，晤言谁为应。
席尘惜不扫，残尊对空凝。信知后会时，日月屡环絙。
生期理行役，欢绪绝难承。寄书惟在频，无吝简与缯。

○侯继时从王锷辟。继与公同举贞元八年进士；元和四年又同官学省，公博士，继助教。六月，公分司东都，而继参河中幕。此诗是年冬作也。①元和三年九月，以淮南节度使王锷检校司徒为河中尹、河中晋绛慈隰节度使。司徒公，王锷也。四年冬，辟继为府从事。

东都遇春

少年气真狂，有意与春竞。行逢二三月，九州花相映。
川原晓服鲜，桃李晨妆靓。荒乘不知疲，醉死岂辞病。
饮啖惟所便，文章倚豪横。尔来曾几时，白发忽满镜。
旧游喜乖张，新辈足嘲评[①]。心肠一变化，羞见时节盛。
得闲无所作，贵欲辞视听。深居疑避仇，默卧如当暝。
朝曦入牖来，鸟唤昏不醒。为生鄙计算，盐米告屡罄。
坐疲都忘起，冠侧懒复正。幸蒙东都官，获离机与穽[②]。
乖慵遭傲僻，渐染生弊性。既去焉能追，有来犹莫骋。
有船魏王池，往往纵孤泳。水容与天色，此处皆绿净。
岸树共纷披，渚牙相纬经[③]。怀归苦不果，即事取幽迸。
贪求匪名利，所得亦已并。悠悠度朝昏，落落捐季孟。
群公一何贤，上戴天子圣。谋谟收禹绩，四面出雄劲。
转输非不勤，稽逋有军令。在庭百执事，奉职各祗敬。
我独胡为哉，坐与亿兆庆。譬如笼中鸟，仰给活性命。
为诗告友生，负愧终究竟。

①评：音病。②公时分教东都。生李习之状公行云：“自江陵掾入为国

子博士，宰相有爱公文者，将以文学职处公。有争先者谮公，公恐及难，遂求分司东都。”此公所以有“获离机阱”之语。③经：音径。

酬裴十六功曹巡府西驿涂中见寄

相公罢论道[1]，聿至活东人。御史坐言事，作吏府中尘[2]。
遂令河南治，今古无俦伦。四海日富庶，道途隘蹄轮。
府西三百里，候馆同鱼鳞。相公谓御史，劳子去自巡。
是时山水秋，光景何鲜新。哀鸿鸣清耳，宿雾褰高旻。
遗我行旅诗，轩轩有风神。譬如黄金盘，照耀荆璞真。
我来亦已幸，事贤友其仁。持竿洛水侧，孤坐屡穷辰。
多才自劳苦，无用只因循。辞免期匪远，行行及山春。

①相公，郑馀庆也。元和元年罢相，出为河南尹。②御史，裴度也。元和初，度密疏论权倖忤旨，出为河南府功曹。

燕河南府秀才

吾皇绍祖烈，天下再太平。诏下诸郡国，岁贡乡曲英。
元和五年冬，房公尹东京。功曹上言公，是月当登名。
乃选二十县，试官得鸿生。群儒负己材，相贺简择精。
怒起簸羽翮，引吭吐铿轰。此都自周公，文章继名声。
自非绝殊尤，难使耳目惊。今者遭震薄，不能出声鸣。
鄙夫忝县尹，愧慄难为情。惟求文章写，不敢妬与争。
还家敕妻儿，具此煎炰烹。柿红蒲萄紫，肴果相扶檠。
芳茶出蜀门，好酒浓且清。何能充欢燕，庶以露厥诚。
昨闻诏书下，权公作邦桢。文人得其职，文道当大行。
阴风搅短日，冷雨涩不晴。勉哉戒徒驭，家国迟子荣。

○据诗云“元和五年冬，房公尹东京”，房公者，房式也，时为河南尹。公时为河南令，故曰“忝县尹”。权德舆时为宰相，故曰“作邦桢”云。

送李翱

广州万里途，山重江逶迤。行行何时到，谁能定归期。
揖我出门去，颜色异恒时。虽云有追送，足迹绝自兹。
人生一世间，不自张与施。譬如浮江木，纵横岂自知。
宁怀别时苦，勿作别后思。

○翱，字习之，陇西人。贞元十六年娶公兄弇之女。元和三年四月乙亥，户部侍郎杨於陵出为广州刺史、岭南节度使，表翱佐其府。四年正月己酉，翱自东都旌善坊以妻子上船于漕，乙未去东都。公与石洪假舟送之，丁酉同登嵩山，题姓名纪别，故有此诗。

送石处士赴河阳幕

长把种树书，人云避世士。忽骑将军马，自号报恩子。
风云入壮怀，泉石别幽耳。巨鹿师欲老，常山险犹恃①。
岂惟彼相忧，固是吾徒耻。去去事方急，酒行可以起。

①常山镇，州今为真定府。元和四年，节度使王承宗反，诏中人吐突承璀以兵讨之，无功，遂赦王承宗。

送湖南李正字归

长沙入楚深，洞庭值秋晚。人随鸿雁少，江共蒹葭远。
历历余所经，悠悠子当返。孤游怀耿介，旅宿梦婉娩。
风土稍殊音，鱼虾日异饭。亲交俱在此，谁与同息偃。

辛卯年雪

元和六年春，寒气不肯归。河南二月末，雪花一尺围。
崩腾相排拶，龙凤交横飞。波涛何飘扬，天风吹幡旗。
白帝盛羽卫，鬖髿振裳衣。白霓先启途，从以万玉妃。

翕翕陵厚载，哗哗弄阴机。生平未曾见，何暇议是非。
或云丰年祥，饱食可庶几。善祷吾所慕，谁言寸诚微。

招扬之罘

柏生两石间，万岁终不大。野马不识人，难以驾车盖。
柏移就平地，马羁入厩中[①]。马思自由悲，柏有伤根容。
伤根柏不死，千丈日以至。马悲罢还乐，振迅矜鞍辔。
之罘南山来，文字得我惊。馆置使读书，日有求归声。
我令之罘归，失得柏与马。之罘别我去，计出柏马下。
我自之罘归，入门思而悲。之罘别我去，能不思我为。
洒扫县中居，引水经竹间。嚣哗所不及，何异山中闲。
前陈百家书，食有肉与鱼。先王遗文章，缀缉实在余。
《礼》称独学陋，《易》贵不远复。作诗招之罘，晨夕抱饥渴。

①柏移平地，谓去荒陋之邦，而渐染雅化；马入厩中，谓去覂驾之习，而范我驰驱，皆裁成之罘之意。

送无本师归范阳

无本于为文，身大不及胆。吾尝示之难，勇往无不敢。
蛟龙弄角牙，造次欲手揽。众鬼囚大幽，下觑袭玄窞。
天阳熙四海，注视首不颔[①]。鲸鹏相摩窣，两举快一啖。
夫岂能必然，固已谢黯黮。狂词肆滂葩，低昂见舒惨。
奸穷怪变得，往往造平淡。蜂蝉碎锦缬，绿池披菡萏。
芝英擢荒蓁，孤翮起连菼。家住幽都远，未识气先感。
来寻吾何能，无殊嗜昌歜。始见洛阳春，桃枝缀红糁。
遂来长安里，时卦转习坎。老懒无斗心，久不事铅椠。
欲以金帛酬，举室常颇颔。念当委我去，霜雪刻以憯。
狞飙搅空冲，天地与顿撼。勉率吐歌诗，慰女别后览。

①颔：李本作鎮。《说文》：鎮，低头也。《列子》：巧夫鎮其颐。

双鸟诗

双鸟海外来，飞飞到中州。一鸟落城市，一鸟集岩幽[1]。
不得相伴鸣，尔来三千秋。两鸟各闭口，万象衔口头。
春风卷地起，百鸟皆飘浮。两鸟忽相逢，百日鸣不休。
有耳聒皆聋，有口反自羞。百舌旧饶声，从此恒低头。
得病不呻唤，泯默至死休。雷公告天公，百物须膏油。
自从两鸟鸣，聒乱雷声收。鬼神怕嘲咏。造化皆停留。
草木有微情，挑抉示九州。虫鼠诚微物，不堪苦诛求。
不停两鸟鸣，百物皆生愁。不停两鸟鸣，自此无春秋。
不停两鸟鸣，日月难旋辀。不停两鸟鸣，大法失九畴。
周公不为公，孔丘不为丘。天公怪两鸟，各捉一处囚。
百虫与百鸟，然后鸣啾啾。两鸟既别处，闭声省愆尤。
朝食千头龙，暮食千头牛。朝饮河生尘，暮饮海绝流。
还当三千秋，更起鸣相酬。

①朱子以双鸟指己与孟郊而作。“落城市”者，己也；“集岩幽”者，孟也。《韵语阳秋》已有此说。

题炭谷湫祠堂

万物都阳明，幽暗鬼所寰。嗟龙独何智，出入人鬼间。
不知谁为助，若执造化关。厌处平地水，巢居插天山。
列峰若攒指，石盂仰环环。巨灵高其捧，保此一掬悭。
森沉固含蓄，本以储阴奸。鱼鳖蒙拥护，群嬉傲天顽。
翾翾栖托禽，飞飞一何闲。祠堂像侔真，擢玉纡烟鬟。
群怪俨伺候，恩威在其颜。我来日正中，悚惕思先还。
寄立尺寸地，敢言来途艰。吁无吹毛刃，血此牛蹄殷[1]。

至令乘水旱，鼓舞寡与鳏。林丛镇冥冥，穷年无由删。
妍英杂艳实，星琐黄朱班。石级皆险滑，颠跻莫牵攀。
龙区雏众碎，付与宿已颁。弃去可奈何，吾其死茅菅。

①退之刚正傲岸，不信神道。如《衡山诗》则曰“神纵欲福难为功”，《纪梦诗》则曰“乃知神人未贤圣”，此诗则曰“血此牛蹄殷”，皆凛凛有生气。

送陆畅归江南

举举江南子，名以能诗闻。一来取高第，官佐东宫军。
迎妇丞相府，夸映秀士群。鸾鸣桂树间，观者何缤纷。
人事喜颠倒，旦夕异所云。萧萧青云干，遂逐荆棘焚。
岁晚鸿雁过，乡思见新文。践此秦关雪，家彼吴洲云。
悲啼上车女，骨肉不可分[①]。感慨都门别，丈夫酒方醺。
我实门下士，力薄蚋与蚊。受恩不即报，永负湘中坟[②]。

〇畅字达夫，尝著《蜀道易》诗，元和元年进士，董溪婿也。溪，丞相董晋第二子，贬死湘中，事见《墓志》。公尝佐董晋幕。①按：董晋家洛阳，观“悲啼上车女”句，陆自董府携妇归吴，而公在洛时送之也。②《墓志》云：溪除名徙死湘中，明年有诏，令许归葬。元和八年葬河南。此云“湘中坟”，盖公作此诗时尚藁葬湘中也。

送进士刘师服东归

猛虎落槛穽，坐食如孤豚。丈夫在富贵，岂必守一门。
公心有勇气，公口有直言。奈何任埋没，不自求腾轩。
仆本亦进士，颇尝究根源。由来骨鲠材，喜被软弱吞。
低头受侮笑，隐忍硉兀冤。泥雨城东路，夏槐作云屯。
还家虽阙短，指日亲晨飧。携持令名归，自足贻家尊。
时节不可玩，亲交可攀援。勉来取金紫，勿久休中园。

嘲鲁连子

鲁连细而黠，有似黄鹞子。田巴兀老苍，怜汝矜爪觜。
开端要惊人，雄跨吾厌矣。高拱禅鸿声，若缀一杯水。
独称唐虞贤，顾未知之耳。

○按：此当有与公争名者，而公甘以名让之。禅，让也；鸿声，大名也。

赠张籍

吾老著读书，馀事不挂眼。有儿虽甚怜，教示不免简。
君来好呼出，踉跄越门限。惧其无所知，见则先愧赧。
昨因有缘事，上马插手版。留君住厅食，使立侍盘盏。
薄暮归见君，迎我笑而莞。指渠相贺言，此是万金产。
吾爱其风骨，粹美无可拣。试将诗义授，如以肉贯弗。
开祛露毫末，自得高蹇嵼。我身蹈丘轲，爵位不早绾。
固宜长有人，文章绍编划①。感荷君子德，恍若乘朽栈。
召令吐所记，解摘了瑟僩。顾视窗壁间，亲戚竞觇矕。
喜气排寒冬，逼耳鸣睍睆。如今更谁恨，便可耕灞浐。

①自“此是万金产”至此句，皆张籍之辞。“我身”疑当作“君身”，盖籍称公不应我之也。

调张籍

李杜文章在，光焰万丈长。不知群儿愚，那用故谤伤。
蚍蜉撼大树，可笑不自量。伊我生其后，举颈遥相望。
夜梦多见之，昼思反微茫。徒观斧凿痕，不瞩治水航。
想当施手时，巨刃磨天扬。垠崖划崩豁，乾坤摆雷硠。
惟此两夫子，家居率荒凉。帝欲长吟哦，故遣起且僵。

剪翎送笼中，使看百鸟翔。平生千万篇，金薤垂琳琅。
仙官敕六丁，雷电下取将。流落人间者，太山一豪芒。
我愿生两翅，捕逐出八荒。精诚忽交通，百怪入我肠。
刺手拔鲸牙，举瓢酌天浆。腾身跨汗漫，不著织女襄。
顾语地上友，经营无太忙。乞君飞霞珮，与我高颉颃。

寄皇甫湜

敲门惊昼睡，问报睦州吏。手把一封书，上有皇甫字。
坼书放床头，涕与泪垂四。昏昏还就枕，惘惘梦相值。
悲哉无奇术，安得生两翅。

病中赠张十八

中虚得暴下，避冷卧北窗。不蹋晓鼓朝，安眠听逄逄。
籍也处闾里，抱能未施邦。文章自娱戏，金石日击撞。
龙文百斛鼎，笔力可独扛。谈舌久不掉，非君亮谁双。
扶几导之言，曲节初摐摐。半涂喜开凿，派别失大江。
吾欲盈其气，不令见麾幢。牛羊满田野，解旆束空杠。
倾樽与斟酌，四壁堆罂缸。玄帷隔雪风，照炉钉明釭[①]。
夜阑纵捭阖，哆口疏眉厖。势侔高阳翁，坐约齐横降。
连日挟所有，形躯顿胮肛。将归乃徐谓，子言得无哤。
回军与角逐，斫树收穷庞。雌声吐款要，酒壶缀羊腔。
君乃昆仑渠，籍乃岭头泷。譬如蚁垤微，讵可陵崆峣。
幸愿终赐之，斩拔枿与桩。从此识归处，东流水淙淙。

①钉：音定。

杂　诗

古史散左右，诗书置后前。岂殊蠹书虫，生死文字间。

古道自愚蠢，古言自包缠。当今固殊古，谁与为欣欢。
独携无言子，共升昆仑颠。长风飘襟裾，遂起飞高圆。
下视禹九州，一尘集豪端。遨嬉未云几，下已亿万年。
向者夸夺子，万坟厌其巅。惜哉抱所见，白黑未及分。
慷慨为悲咤，泪如九河翻。指摘相告语，虽还今谁亲。
翩然下大荒，披发骑骐驎。

寄崔二十六立之

西城员外丞，心迹两屈奇。往岁战词赋，不将势力随。
下驴入省门，左右惊纷披。傲兀坐试席，深丛见孤罴。
文如翻水成，初不用意为。四座各低面，不敢捩眼窥。
升阶揖侍郎，归舍日未欹。佳句喧众口，考官敢瑕疵。
连年收科第，若摘颔底髭。回首卿相位，通途无他歧。
岂论校书郎，袍笏光参差。童稚见称说，祝身得如斯。
侪辈妒且热，喘如竹筒吹。老妇愿嫁女，约不论财赀。
老翁不量分，累月笞其儿。搅搅争附托，无人角雄雌[①]。
由来人间事，翻覆不可知。安有巢中鷇，插翅飞天陲。
驹麛著爪牙[②]，猛虎借与皮。汝头有缰系，汝脚有索縻。
陷身泥沟间，谁复禀指撝。不脱吏部选，可见偶与奇。
又作朝士贬，得非命所施。客居京城中，十日营一炊。
逼迫走巴蛮，恩爱座上离。昨来汉水头，始得完孤羁。
桁挂新衣裳，盎弃食残糜。苟无饥寒苦，那用分高卑[③]。
怜我还好古，宦途同险巇。每旬遗我书，竟岁无差池。
新篇奚其思，风幡肆逶迤。又论诸毛功，劈水看蛟螭。
雷电生睒睗，角鬣相撑披[④]。属我感穷景，抱华不能摛。
倡来和相报，愧叹俾我疵。又寄百尺綵，绯红相盛衰。
巧能喻其诚，深浅抽肝脾。开展放我侧，方餐涕垂匙。

朋交日凋谢，存者逐利移。子宁独迷误，缀缀意益弥。
举头庭树豁，狂飙卷寒曦。迢递山水隔，何由应埙篪。
别来就十年，君马记騧骊。长女当及事，谁助出帨缡。
诸男皆秀朗，几能守家规。文字锐气在，辉辉见旌麾。
摧肠与戚容，能复持酒卮。我虽未耋老，发秃骨力羸。
所馀十九齿，飘飖尽浮危。玄花著两眼，视物隔褷褵。
燕席谢不诣，游鞍悬莫骑。敦敦凭书案[⑤]，譬彼鸟黏黐[⑥]。
且吾闻之师，不以物自隳。孤豚眠粪壤，不慕太庙牺。
君看一时人，几辈先腾驰。过半黑头死，阴虫食枯骴。
欢华不满眼，咎责塞两仪。观名计之利，讵足相陪裨。
仁者耻贪冒，受禄量所宜。无能食国惠，岂异哀癃罢。
久欲辞谢去，休令众睢睢。况又婴疹疾，宁保躯不赀。
不能前死罢，内实惭神祇。旧籍在东都，茅屋枳棘篱。
还归非无指，灞渭扬春澌。生兮耕吾疆，死也埋吾陂。
文书自传道，不仗史笔垂。夫子固吾党，新恩释衔羁。
去来伊洛上，相待全罴箄[⑦]。我有双饮盏，其银得朱提。
黄金涂物象，雕镌妙工倕。乃令千里鲸，幺麽微螽斯。
犹能争明月，摆掉出渺弥。野草花叶细，不辨薋菉葹。
绵绵相纠结，状似环城陴。四隅芙蓉树，擢艳皆猗猗[⑧]。
鲸以兴君身，失所逢百罹。月以喻夫道，黾勉励莫亏。
草木明覆载，妍丑齐荣萎。愿君恒御之，行止杂燧觿。
异日期对举，当如合分支[⑨]。

①自“往岁战词赋”至此，叙崔技能之高，科名之震。②鷇，鸟子；驹，马子；麛，鹿子。皆喻新少年不得自由，处处为世法所束缚。③自“由来人间事”至此，叙崔登科后仕宦不遂，所如不偶。④诸毛，方氏以为笔也，朱子以为必是为《毛颖传》而发。国藩按：韩公《毛颖传》，柳州曾赞叹之，崔之来书及诗，当亦赞《毛颖传》之奇伟。蛟螭、雷电等，或即

来诗中语耶？⑤敦敦，即“敦彼独宿”之敦，谓痴坐不动也。《贾捐之传》中有所谓“颛颛”者，义亦略同。⑥自“怜我还好古”至此，叙与崔交谊之厚。⑦自“且吾闻之师”至此，言名位不足恋，当以文章传后，约崔同归偕隐。⑧鲸、月、草、花、芙蓉，皆盏上所画者。⑨自“我有双饮盏”至此，叙其以双盏之一遗崔，所以报百尺綵也。

孟生诗

孟生江海士，古貌又古心。尝读古人书，谓言古犹今。
作诗三百首，窅默咸池音。骑驴到京国，欲和薰风琴。
岂识天子居，九重郁沉沉。一门百夫守，无籍不可寻。
晶光荡相射，旗戟翩以森。迁延乍却走，惊怪靡自任。
举头看白日，泣涕下沾襟。朅来游公卿，莫肯低华簪。
谅非轩冕族，应对多差参。萍蓬风波急，桑榆日月侵。
奈何从进士，此路转岖嵚。异质忌处群，孤芳难寄林。
谁怜松桂性，竞爱桃李阴。朝悲辞树叶，夕感归巢禽。
顾我多慷慨，穷檐时见临。清宵静相对，发白聆苦吟。
采兰起幽念，眇然望东南。秦吴修且阻，两地无数金。
我论徐方牧，好古天下钦。竹实凤所食，德馨神所歆。
求观众丘小，必上泰山岑。求观众流细，必泛沧溟深。
子其听我言，可以当所箴。既获则思返，无为久滞淫。
卞和试三献，期子在秋碪。

将归赠孟东野房蜀客[①]

君门不可入，势利互相推。借问读书客，胡为在京师？
举头未能对，闭眼聊自思。倏忽十六年，终朝苦寒饥。
宦途竟寥落，鬓发坐差池。颍水清且寂，箕山坦而夷。
如今便当去，咄咄无自疑。

①蜀客名次卿。

答孟郊

规模背时利，文字觑天巧。人皆饮酒肉，子独不得饱。
才春思已乱，始秋悲又搅。朝餐动及午，夜讽恒至卯。
名声暂膻腥，肠肚镇煎熘。古心虽自鞭，世路终难拗。
弱拒喜张臂，猛拏闲缩爪。见倒谁肯扶，从嗔我须咬。

从　仕

居闲食不足，从仕力难任。两事皆害性，一生恒苦心。
黄昏归私室，惆怅起叹音。弃置人间世，古来非独今。

送刘师服

夏半阴气始，淅然云景秋。蝉声入客耳，惊起不可留。
草草具盘馔，不待酒献酬。士生为名累，有似鱼中钩。
赍财入市卖，贵者恒难售。岂不畏颠顿，为功忌中休。
勉哉耘其业，以待岁晚收。

符读书城南[①]

木之就规矩，在梓匠轮舆。人之能为人，由腹有诗书。
诗书勤乃有，不勤腹空虚。欲知学之力，贤愚同一初。
由其不能学，所入遂异闾。两家各生子，提孩巧相如。
少长聚嬉戏，不殊同队鱼。年至十二三，头角稍相疏。
二十渐乖张，清沟映污渠。三十骨骼成，乃一龙一猪。
飞黄腾踏去，不能顾蟾蜍。一为马前卒，鞭背生虫蛆。
一为公与相，潭潭府中居。问之何因尔，学与不学欤。
金璧虽重宝，费用难贮储。学问藏之身，身在则有馀。

君子与小人，不系父母且[2]。不见公与相，起身自犁鉏。
不见三公后，寒饥出无驴。文章岂不贵，经训乃菑畬。
潢潦无根源，朝满夕已除。人不通古今，马牛而襟裾。
行身陷不义，况望多名誉。时秋积雨霁，新凉入郊墟。
灯火稍可亲，简编可卷舒。岂不旦夕念，为尔惜居诸。
恩义有相夺，作诗劝踌躇。

①城南，公别墅。符，公之子。孟东野有《喜符郎》诗，有《游城南韩氏庄》之作。按公墓铭及登科记，公之子曰昶，登长庆四年进士第，符岂昶之小字耶？②《诗》："悠悠昊天，曰父母且。"且，语助也。

示　爽

宣城去京国，里数逾三千。念汝欲别我，解装具盘筵。
日昏不能散，起坐相引牵。冬夜岂不长，达旦灯烛然。
座中悉亲故，谁肯舍汝眠。念汝将一身，西来曾几年。
名科掩众俊，州考居吏前。今从府公召，府公又时贤。
时辈千百人，孰不谓汝妍。汝来江南近，里闾故依然。
昔日同戏儿，看汝立路边。人生但如此，其实亦可怜。
吾老世味薄，因循致留连。强颜班行内，何实非罪愆。
才短难自力，惧终莫洗湔。临分不汝诳，有路即归田。

〇"汝来江南近"二句不可解。韩公本贯在河内之修武，又曾迁居洛阳，爽自江南赴长安，二处皆其经过之地。或谓其过河内、洛阳，与里闾相近，二句作一句读耶？不然，则上句有讹误耶？公作女拏铭，云"归骨于河南之河阳韩氏墓"，是河阳亦可以河南称之。洛阳则自古久称河南。妄意此句当作"河南近"，笺以俟博闻君子。

人日城南登高

初正候才兆，涉七气已弄。霭霭野浮阳，晖晖水披冻。
圣朝身不废，佳节古所用。亲交既许来，子侄亦可从。

盘蔬冬春杂，樽酒清浊共。令征前事为，觞咏新诗送。
扶杖凌圯阯，刺船犯枯葑。恋池群鸭回，释峤孤云纵。
人生本坦荡，谁使妄倥偬。直指桃李阑，幽寻宁止重。

病　鸱

屋东恶水沟，有鸱堕鸣悲。青泥掩两翅，拍拍不得离。
群童叫相召，瓦砾争先之。计校生平事，杀却理亦宜。
夺攘不愧耻，饱满盘天嬉。晴日占光景，高风送追随。
遂凌紫凤群，肯顾鸿鹄卑。今者运命穷，遭逢巧丸儿。
中汝要害处，汝能不得施。于吾乃何有，不忍乘其危。
丐汝将死命，浴以清水池。朝餐辍鱼肉，暝宿防狐狸。
自知无以致，蒙德久犹疑。饱入深竹丛，饥来傍阶基。
亮无责报心，固以听所为。昨日有气力，飞跳弄藩篱。
今晨忽径去，曾不报我知。侥幸非汝福，天衢汝休窥。
京城事弹射，竖子岂易欺。勿讳泥坑辱，泥坑乃良规。

读皇甫湜公安园池诗书其后

晋人目二子，其犹吹一吷。区区自其下，顾肯挂牙舌。
《春秋》书王法，不诛其人身。尔雅注虫鱼，定非磊落人。
湜也困公安，不自闲穷年。枉智思掎摭，粪壤污秽岂有臧。
诚不如两忘，但以一概量。我有一池水，蒲苇生其间。
虫鱼沸相嚼，日夜不得闲。我初往观之，其后益不观。
观之乱我意，不如不观完。用将济诸人，舍得业孔颜。
百年讵几时，君子不可闲。

○古本只如此。一本“不自闲”下有“其闲”字，“粪壤”下有“间”字。蜀本“间”字下有“粪壤多”字，“岂”字下有“必”字，“有”字下有“否”字。又一本无“必”字、“否”字，而“臧”字下有“不臧”字。

谢本“穷年”作“至闲”，而注云：近本增足八字，不知所校之自，语浅俗，非韩文。胡元任云“我有一池”已下当为别篇，恐或然也。

路傍堠

堆堆路傍堠，一双复一只。迎我出秦关，送我入楚泽。
千以高山遮，万以远水隔。吾君勤听治，照与日月敌。
臣愚幸可哀，臣罪庶可释。何当迎送归，缘路高历历。

食曲河驿

晨及曲河驿，凄然自伤情。群乌巢庭树，乳雀飞檐楹。
而我抱重罪，孑孑万里程。亲戚顿乖角，图史弃纵横。
下负明义重，上孤朝命荣。杀身谅无补，何用答生成。
○驿在商、邓之间。公之潮州，自蓝田关入商陵将过邓州而作。

过南阳

南阳郭门外，桑下麦青青。行子去未已，春鸠鸣不停。
秦商邈既远，湖海浩将经。孰忍生以戚，吾其寄馀龄。

泷　吏

南行逾六旬，始下昌乐泷。险恶不可状，船石相舂撞。
往问泷头吏，潮州尚几里，行当何时到，土风复何似？
泷吏垂手笑：官何问之愚。譬官居京邑，何由知东吴？
东吴游宦乡，官知自有由。潮州底处所，有罪乃窜流。
侬幸无负犯，何由到而知。官今行自到，那遽妄问为。
不虞卒见困，汗出愧且骇。吏曰聊戏官，侬尝使往罢。
岭南大抵同，官去道苦辽。下此三千里，有州始名潮。
恶溪瘴毒聚，雷电常汹汹。鳄鱼大如船，牙眼怖杀侬。

州南数十里，有海无天地。飓风有时作，掀簸真差事。
圣人于天下，于物无不容。比闻此州囚，亦有生还侬。
官无嫌此州，固罪人所徙。官当明时来，事不待说委。
官不自谨慎，宜即引分往。胡为此水边，神色久憹慌。
瓶大瓶罂小，所任自有宜。官何不自量，满溢以取斯。
工农虽小人，事业各有守。不知官在朝，有益国家不？
得无虱其间，不武亦不文。仁义饰其躬，巧奸败群伦。
叩头谢吏言，始惭今更羞。历官二十馀，国恩并未酬。
凡吏之所诃，嗟实颇有之。不即金木诛，敢不识恩私。
潮州虽去远，虽恶不可过。于身实已多，敢不持自贺。

赠别元十八协律六首[①]

知识久去眼，吾行其既远。瞢瞢莫訾省，默默但寝饭。
子兮何为者，冠珮立宪宪。何氏之从学，兰蕙已满畹。
于何玩其光，以至岁向晚。治惟尚和同，无俟于謇謇。
或师绝学贤，不以艺自挽。子兮独如何，能自媚婉娩。
金石出声音，宫室发关楗。何人识章甫，而知骏蹄踠[②]。
惜乎吾无居，不得留息偃。临当背面时，裁诗示缱绻。

①元十八，盖将裴行立之命，以书及药物劳公于途次者。②章甫适越，不为时用；骏蹄历险，或致蹉跌，二端皆公以自喻者。识、知二字，即谓元能知之亮之也。

英英桂林伯[①]，实维文武特。远劳从事贤，来吊逐臣色。
南裔多山海，道里屡纡直。风波无程期，所忧动不测。
子行诚艰难，我去未穷极。临别且何言，有泪不可拭。
吾友柳子厚，其人艺且贤。吾未识子时，已览赠子篇[②]。
寤寐想风采，于今已三年。不意流窜路，旬日同食眠。

所闻昔已多，所得今过前。如何又须别，使我抱悁悁。

①裴行立元和十二年以御史中丞为桂管观察使。伯，侯伯也。②《子厚集》有《送元十八南游序》。公尝有书与子厚，谓见送元生序，“已览赠子篇”，盖谓是也。

势要情所重，排斥则埃尘。骨肉未免然，又况四海人。
嶷嶷桂林伯，矫矫义勇身。生平所未识，待我逾交亲。
遗我数幅书，继以药物珍。药物防瘴疠，书劝养形神。
不知四罪地，岂有再起辰。穷途致感激，肝胆还轮囷。

读书患不多，思义患不明。患足已不学，既学患不行。
子今四美具，实大华亦荣。王官不可阙，未宜后诸生。
嗟我摈南海，无由助飞鸣。

寄书龙城守[①]，君骥何时秣。峡山逢飓风，雷电助撞捽。
乘潮簸扶胥，近岸指一发。两岩虽云牢，木石互飞发。
屯门虽云高，亦映波浪没。余罪不足惜，子生未宜忽。
胡为不忍别，感谢情至骨。

①柳子厚时守柳州。龙城，柳州也。

初南食贻元十八协律

鲎实如惠文，骨眼相负行。蚝相粘为山，百十各自生。
蒲鱼尾如蛇，口眼不相营。蛤即是虾蟆，同实浪异名。
章举马甲柱，斗以怪自呈。其馀数十种，莫不可叹惊。
我来御魑魅，自宜味南烹。调以咸与酸，芼以椒与橙。
腥臊始发越，咀吞面汗骍。惟蛇旧所识，实惮口眼狞。
开笼听其去，郁屈尚不平。卖尔非我罪，不屠岂非情。

不祈灵珠报，幸无嫌怨并。聊歌以记之，又以告同行。

宿曾江口示侄孙湘二首

云昏水奔流，天水漭相围。三江灭无口，其谁识涯圻。
暮宿投民村。高处水半扉。犬鸡俱上屋，不复走与飞。
篙舟入其家，暝闻屋中唏。问知岁常然，哀此为生微。
海风吹寒晴，波扬众星辉。仰视北斗高，不知路所归。

舟行亡故道，屈曲高林间。林间无所有，奔流但潺潺。
嗟我亦拙谋，致身落南蛮。茫然失所诣，无路何能还。

答柳柳州食虾蟆

虾蟆虽水居，水特变形貌。强号为蛙蛤，于实无所校。
虽然两股长，其奈脊皴皰。跳踯虽云高，意不离泞淖。
鸣声相呼和，无理只取闹。周公所不堪，洒灰垂典教。
我弃愁海滨，恒愿眠不觉。叵堪朋类多，沸耳作惊爆。
端能败笙磬，仍工乱学校。虽蒙句践礼，竟不闻报效。
大战元鼎年，孰强孰败桡。居然当鼎味，岂不辱钓罩。
余初不下喉，近亦能稍稍。常惧染蛮夷，失平生好乐。
而君复何为，甘食比豢豹。猎较务同俗，全身斯为孝。
哀哉思虑深，未见许回棹。

别赵子

我迁于揭阳，君先揭阳居。揭阳去京华，其里万有馀。
不谓小郭中，有子可与娱。心平而行高，两通诗与书。
婆娑海水南，簸弄明月珠。及我迁宜春[1]，意欲携以俱。
摆头笑且言，我岂不足欤。又奚为于北，往来以纷如。

海中诸山中，幽子颇不无。相期风涛观，已久不可渝。
又尝疑龙虾，果谁雄牙须。蚌蠃鱼鳖虫，瞿瞿以狙狙。
识一已忘十，大同细自殊。欲一穷究之，时岁屡谢除。
今子南且北，岂非亦有图。人心未尝同，不可一理区。
宜各从所务，未用相贤愚。

①元和十四年七月己丑，宪宗上尊号，大赦天下。十二月二十四日，公自潮州量移袁州郡，即宜春郡也。

除官赴阙至江州寄鄂岳李大夫①

盆城去鄂渚，风便一日耳。不枉故人书，无因帆江水。
故人辞礼闱，旌节镇江圻②。而我窜逐者，龙钟初得归。
别来已三岁，望望长迢递。咫尺不相闻，平生那可计。
我齿落且尽，君鬓白几何？年皆过半百，来日苦无多。
少年乐新知，衰暮思故友。譬如亲骨肉，宁免相可不。
我昔实愚蠢，不能降色辞。子犯亦有言，臣犹自知之。
公其务贯过，我亦请改事。桑榆倘可收，愿寄相思字。

①谓李程也。〇元和十五年九月，公自袁州召拜国子祭酒，行次盆城作。②《旧史》：程元和十三年四月拜礼部侍郎，六月出为鄂州刺史、鄂岳观察使。程自礼闱出镇明矣。

南山有高树行赠李宗闵

南山有高树，花叶何衰衰。上有凤皇巢，凤皇乳且栖。
四旁多长枝，群鸟所托依。黄鹄据其高，众鸟接其卑。
不知何山鸟，羽毛有光辉。飞飞择所处，正得众所希。
上承凤皇恩，自期永不衰。中与黄鹄群，不自隐其私。
下视众鸟群，汝徒竟何为。不知挟丸子，心默有所规。
弹汝枝叶间，汝翅不觉摧。或言由黄鹄，黄鹄岂有之。

慎勿猜众鸟，众鸟不足猜。无人语凤皇，汝屈安得知。
黄鹄得汝去，婆娑弄毛衣。前汝下视鸟，各议汝瑕疵。
汝岂无朋匹？有口莫肯开。汝落蒿艾间，几时复能飞？
哀哀故山友，中夜思汝悲。路远翅翎短，不得持汝归。

猛虎行

猛虎虽云恶，亦各有匹侪。群行深谷间，百兽望风低。
身食黄熊父，子食赤豹麛。择肉于熊豹，肯视兔与狸。
正昼当谷眠，眼有百步威。自矜无当对，气性纵以乖。
朝怒杀其子，暮还食其妃。匹侪四散走，猛虎还孤栖。
狐鸣门两旁，乌鹊从噪之。出逐猴入居，虎不知所归。
谁云猛虎恶，中路正悲啼。豹来衔其尾，熊来攫其颐。
猛虎死不辞，但惭前所为。虎坐无助死，况如汝细微。
故当结以信，亲当结以私。亲故且不保，人谁信汝为。

山南郑相公樊员外酬答为诗其末咸有见及语樊封以示愈依赋十四韵以献

梁维西南屏，山厉水刻屈。禀生肖剿刚，难谐在民物。
荥公鼎轴老[①]，烹斡力健倔。帝咨汝予往，牙纛前坌坲。
威风挟惠气，盖壤两劘拂。茫漫华黑间，指画变恍欻。
诚既富而美，章汇霍炳蔚。日延讲大训，龟判错衮黻。
樊子坐宾署，演孔刮老佛。金舂撼玉应，厥臭剧蕙郁。
遗我一言重，跽受惕斋慄。辞悭义卓阔，呀豁疚掊掘。
如新去耵聍，雷霆逼飓䬃。缀此岂为训，俚言绍庄屈。

①郑馀庆封荥阳郡公。

奉和武相公镇蜀时咏使宅韦太尉所养孔雀[①]

穆穆鸾凤友，何年来止兹。飘零失故态，隔绝抱长思。
翠角高独耸，金华焕相差。坐蒙恩顾重，毕命守阶墀。

①武元衡、韦皋也。诸本无“奉”字。〇元衡以八年三月召还秉政，其诗镇蜀时作，公诗则召还后追和也。

感春三首

偶坐藤树下，暮春下旬间。藤阴已可庇，落蕊还漫漫。
亹亹新叶大，珑珑晚花干。青天高寥寥，两蝶飞翻翻。
时节适当尔，怀悲自无端。

黄黄芜菁花，桃李事已退。狂风簸枯榆，狼藉九衢内。
春序一如此，汝颜安足赖。谁能驾飞车，相从观海外。

晨游百花林，朱朱兼白白。柳枝弱而细，悬树垂百尺。
左右同来人，金紫贵显剧。娇童为我歌，哀响跨筝笛。
艳姬蹋筵舞，清眸刺剑戟。心怀平生友，莫一在燕席。
死者长眇芒，生者困乖隔。少年真可喜，老大百无益。

早赴街西行香赠卢李二中舍人[①]

天街东西异，祗命遂成游。月明御沟晓，蝉吟堤树秋。
老僧情不薄，僻寺境还幽。寂寥二三子，归骑得相收。

①卢汀、李逢吉。

晚寄张十八助教周郎博士[①]

日薄风景旷，出归偃前檐。晴云如擘絮，新月似磨镰。

田野兴偶动，衣冠情久厌。吾生可携手，叹息岁将淹。

①张籍、周况也。籍字文昌，时为国子助教。况娶礼部侍郎韩云卿之孙、开封尉俞之女，盖公之从婿，时为四门博士。

题张十八所居

君居泥沟上，沟浊萍青青。蛙欢桥未扫，蝉嘒门长扃。
名秩后千品，诗文齐六经。端来问奇字，为我讲声形。

奉和钱七兄曹长盆池所植

翻翻江浦荷，而今生在此。擢擢菰叶长，芳根复谁徙。
露涵两鲜翠，风荡相磨倚。但取主人知，谁言盆盎是。

南内朝贺归呈同官

薄云蔽秋曦，清雨不成泥。罢贺南内衙，归凉晓凄凄。
绿槐十二街，涣散驰轮蹄，余惟戆书生，孤身无所赍。
三黜竟不去，致官九列齐。岂惟一身荣，佩玉冠簪犀。
滉荡天门高，著籍朝厥妻。文才不如人，行又无町畦。
问之朝廷事，略不知东西。况于经籍深，岂究端与倪。
君恩太山重，不见酬稗稊。所职事无多，又不自提撕。
明庭集孔鸾，曷取于凫鹥。树以松与柏，不宜间蒿藜。
婉娈自媚好，几时不见挤。贪食以忘躯，尠不调盐醯[①]。
法吏多少年，磨淬出角圭。将举汝愆尤，以为己阶梯。
收身归关东，期不到死迷。

①调盐醯，似寓韩、彭菹醢之意。

朝　归

峨峨进贤冠，耿耿水苍珮。服章岂不好，不与德相对。

顾影听其声，赪颜汗渐背。进乏犬鸡效，又不勇自退。
坐食取其肥，无堪等聋聩。长风吹天墟，秋日万里晒。
抵暮但昏眠，不成歌慷慨。

杂诗四首

朝蝇不须驱，暮蚊不可拍。蝇蚊满八区，可尽与相格。
得时能几时，与汝恣啖咋。凉风九月到，扫不见踪迹。

鹊鸣声楂楂，乌噪声擭擭。争斗庭宇间，持身博弹射。
黄鹄能忍饥，两翅久不擘。苍苍云海路，岁晚将无获。

截橑为欂栌，斲楹以为椽。束蒿以代之，小大不相权。
虽无风雨灾，得不覆且颠？解辔弃骐骥，蹇驴鞭使前。
昆仑高万里，岁尽道苦邅。停车卧轮下，绝意于神仙。

雀鸣朝营食，鸠鸣暮觅群。独有知时鹤，虽鸣不缘身。
喑蝉终不鸣，有抱不列陈。蛙黾鸣无谓，閤閤只乱人。

读东方朔杂事

严严王母宫，下维万仙家。噫欠为飘风，濯手大雨沱。
方朔乃竖子，骄不加禁诃。偷入雷电室，輷輘掉狂车。
王母闻以笑，卫官助呀呀。不知万万人，生身埋泥沙。
簸顿五山踣，流漂八维蹉。曰吾儿可憎，奈此狡狯何。
方朔闻不喜，褫身络蛟蛇。瞻相北斗柄，两手自相挼。
群仙急乃言，百犯庸不科。向观睥睨处，事在不可赦[①]。
欲不布露言，外口实喧哗。王母不得已，颜嚬口赍嗟。
颔头可其奏，送以紫玉珂。方朔不惩创，挟恩更矜夸。

诋欺刘天子，正昼溺殿衙。一旦不辞诀，摄身凌苍霞。

①赦：音奢。

谴疟鬼

屑屑水帝魂，谢谢无馀辉。如何不肖子，尚奋疟鬼威。
乘秋作寒热，翁妪所骂讥。求食欧泄间，不知臭秽非。
医师加百毒，熏灌无停机。灸师施艾炷，酷若猎火围。
诅师毒口牙，舌作霹雳飞。符师弄刀笔，丹墨交横挥。
咨汝之胄出，门户何巍巍。祖轩而父顼，未沫于前徽。
不修其操行，贱薄似汝稀。岂不忝厥祖，腼然不知归。
湛湛江水清，归居安汝妃。清波为裳衣，白石为门畿。
呼吸明月光，手掉芙蓉旂。降集随九歌，饮芳而食菲。
赠汝以好辞，出汝去莫违。

○《汉旧仪》：颛顼氏有三子，生而亡去，为疫鬼。一居江水，是为疟鬼。此诗首云“屑屑水帝魂，谢谢无馀辉”，末云“湛湛江水清，归居安汝妃”者，此也。与前诗皆有所讽，当是元和十三年为刑部侍郎时作。

示　儿

始我来京师，止携一束书。辛勤三十年，以有此屋庐。
此屋岂为华，于我自有馀。中堂高且新，四时登牢蔬。
前荣馔宾亲，冠婚之所于。庭内无所有，高树八九株。
有藤娄络之，春华夏阴敷。东堂坐见山，云风相吹嘘。
松果连南亭，外有瓜芋区。西偏屋不多，槐榆翳空虚。
山鸟旦夕鸣，有类涧谷居。主妇治北堂，膳服适戚疏。
恩封高平君，子孙从朝裾。开门问谁来，无非卿大夫。
不知官高卑，玉带悬金鱼。问客之所为，峨冠讲唐虞。
酒食罢无为，棋槊以相娱。凡此座中人，十九持钧枢。

又问谁与频，莫与张樊如。来过亦无事，考评道精粗。
跹跹媚学子，墙屏日有徒。以能问不能，其蔽岂可祛。
嗟我不修饰，事与庸人俱。安能坐如此，比肩于朝儒。
诗以示儿曹，其无迷厥初。

庭　楸

庭楸止五株，共生十步间。各有藤绕之，上各相钩联。
下叶各垂地，树颠各云连。朝日出其东，我常坐西偏。
夕日在其西，我常坐东边。当昼日在上，我在中央间。
仰视何青青，上不见纤穿。朝暮无日时，我且八九旋。
濯濯晨露香，明珠何联联。夜月来照之，茜茜自生烟。
我已自顽钝，重遭五楸牵。客来尚不见，肯到权门前。
权门众所趋，有客动百千。九牛亡一毛，未在多少间。
往既无可顾，不往自可怜。

玩月喜张十八员外以王六秘书至

前夕虽十五，月长未满规。君来晤我时，风露渺无涯。
浮云散白石，天宇开青池。孤质不自私，中天为君施。
玩玩夜遂久，亭亭曙将披。况当今夕圆，又以嘉客随。
惜无酒食乐，但用歌嘲为。

和李相公摄事南郊览物兴怀呈一二知旧①

灿灿辰角曙，亭亭寒露朝。川原共澄映，云日还浮飘。
上宰严祀事，清途振华镳。圆丘峻且坦，前对南山标。
村树黄复绿，中田稼何饶。顾瞻想岩谷，兴叹倦尘嚣。
惟彼颠瞑者，去公岂不辽。为仁朝自治，用静兵以销。
勿惮吐捉勤，可歌风雨调。圣贤相遇少，功德今宣昭。

①李逢吉也。当是长庆二年再相后作。

和裴仆射相公假山十一韵[①]

公乎真爱山，看山旦连夕。犹嫌山在眼，不得著脚历。
枉语山中人，匄我涧侧石。有来应公须，归必载金帛。
当轩乍骈罗，随势忽开坼。有洞若神𠜱，有岩类天划。
终朝岩洞间，歌鼓燕宾戚。孰谓衡霍期，近在王侯宅。
傅氏筑已卑，磻溪钓何激，逍遥功德下，不与事相摭。
乐我盛明朝，于焉傲今昔。

①裴，谓裴度也。度为李逢吉所间，长庆二年六月罢相为尚书左仆射。公有此和篇及感恩言志与朝回见寄之作。

与张十八同效阮步兵一日复一夕

一日复一日，一朝复一朝。只见有不如，不见有所超。
食作前日味，事作前日调。不知久不死，悯悯尚谁要。
富贵自絷拘，贫贱亦煎焦。俯仰未得所，一世已解镳。
譬如笼中鹤，六翮无所摇。譬如兔得蹄，安用东西跳。
还看古人书，复举前人瓢。未知所究竟，且作新诗谣。

送诸葛觉往随州读书

邺侯家多书，插架三万轴。一一悬牙签，新若手未触。
为人强记览，过眼不再读。伟哉群圣文，磊落载其腹。
行年馀五十，出守数已六。京邑有旧庐，不容久食宿。
台阁多官员，无地寄一足。我虽官在朝，气势日局缩。
屡为丞相言，虽恳不见录。送行过浐水，东望不转目。
今子从之游，学问得所欲。入海观龙鱼，矫翮逐黄鹄。
勉为新诗章，月寄三四幅。

南溪始泛三首

榜舟南山下，上上不得返。幽事随去多，孰能量近远。
阴沉过连树，藏昂抵横坂。石粗肆磨砺，波恶厌牵挽。
或倚偏岸渔，竟就平洲饭。点点暮雨飘，梢梢新月偃。
馀年懔无几，休日怆已晚。自是病使然，非由取高蹇。

南溪亦清驶，而无楫与舟。山农惊见之，随我观不休。
不惟儿童辈，或有杖白头。馈我笼中瓜，劝我此淹留。
我云以病归，此已颇自由，幸有用馀俸，置居在西畴。
囷仓米谷满，未有旦夕忧。上去无得得，下来亦悠悠。
但恐烦里闾，时有缓急投。愿为同社人，鸡豚燕春秋。

足弱不能步，自宜收朝迹。羸形甫舆致，佳观安可掷。
即此南坂下，久闻有水石。拕舟入其间，溪流正清激。
随波吾未能，峻濑乍可刺。鹭起若导吾，前飞数十尺。
亭亭柳带沙，团团松冠壁。归时还尽夜，谁谓非事役。

城南联句

竹影金琐碎，郊 泉音玉淙琤。瑠璃剪木叶，愈 翡翠开园英。
流滑随仄步，郊 搜寻得深行。遥岑出寸碧，愈 远目增双明。
干穟纷拄地，郊 化虫枯挶茎。木腐或垂耳，愈 草珠竞骈睛。
浮虚有新劚，郊 摧扤饶孤撑。囚飞粘网动，愈 盗啅接弹惊。
脱实自开坼，郊 牵柔谁绕萦。礼鼠拱而立，愈 骇牛躅且鸣。
蔬甲喜临社，郊 田毛乐宽征。露萤不自暖，愈 冻蝶尚思轻。
宿羽有先晓，郊 食鳞时半横。菱翻紫角利，愈 荷折碧圆倾。
楚腻鳣鲔乱，郊 獠羞螺蟹并。桑蠖见虚指，愈 穴狸闻斗狞。

逗翳翅相筑[1]，郊 摆幽尾交搒[2]。蔓涎角出缩[3]，愈 树啄头敲铿[4]。
修箭裹金饵[5]，郊 群鲜沸池羹[6]。岸壳坼玄兆[7]，愈 野麰渐丰萌[8]。
窑烟幂疏岛，郊 沙篆印迴平[9]。痒肌遭蚝刺，愈 啾耳闻鸡生。
奇虑恣回转，郊 遐睎纵逢迎。巅林戢远睫，愈 缥气夷空情。
归迹归不得，郊 舍心舍还争。灵麻撮狗虱[10]，愈 村稚啼禽猩[11]。
红皱晒檐瓦[12]，郊 黄团系门衡[13]。得隽蝇虎健，愈 相残雀豹趟。
束枯樵指秃，郊 刈熟担肩赪。涩旋皮卷脔[14]，愈 苦开腹彭亨。
机舂潺湲力[15]，郊 吹簸飘飖精。赛馔木盘簇，愈 靸妖藤索絣[16]。
荒学五六卷，郊 古藏四三茔。里儒拳足拜，愈 土怪闪眸侦。
蹄道补复破，郊 丝窠扫还成。暮堂蝙蝠沸，愈 破灶伊威盈。
追此讯前主，郊 答云皆冢卿。败壁剥寒月，愈 折篁啸遗笙。
袿熏霏霏在，郊 綦迹微微呈。剑石犹竦槛，愈 兽材尚挐楹。
宝唾拾未尽，郊 玉啼堕犹鎗。窗绡疑閟艳，愈 妆烛已销檠。
绿发抽珉甃[17]，郊 青肤耸瑶桢[18]。白蛾飞舞地，愈 幽蠹落书棚[19]。
惟昔集嘉咏，郊 吐芳类鸣嘤。窥奇摘海异，愈 恣韵激天鲸。
肠胃绕万象，郊 精神驱五兵。蜀雄李杜拔，愈 岳力雷车轰。
大句斡玄造，郊 高言札霄峥。芒端转寒燠，愈 神助溢杯觥。
巨细各乘运，郊 湍洄亦腾声。凌花咀粉蕊，愈 削缕穿珠樱。
绮语洗晴雪，郊 娇辞弄雏莺。酣欢杂弁珥，愈 繁价流金琼。
菡萏写江调，郊 萎蕤缀蓝瑛[20]。庖霜脍玄鲫，愈 淅玉炊香粳。
朝馔已百态，郊 春醪又千名。哀匏蹙驶景，愈 冽唱凝馀晶[21]。
解魄不自主，郊 痺肌坐空瞠。扳援贱蹊绝，愈 炫耀仙选更。
藁巧竞采笑，郊 骈鲜互探婴。桑变忽芜蔓，愈 樟裁浪登丁。
霞斗讵能极，郊 风期谁复赓[22]。皋区扶帝壤，愈 瑰蕴郁天京。
祥色被文彦，郊 良才插杉柽。隐伏饶气象，愈 兴潜示堆坑。
擘华露神物，郊 拥终储地祯[23]。訏谟壮缔始，愈 辅弼登阶清。
坌秀恣填塞，郊 呀灵滀渟澄。益大联汉魏，愈 肇初迈周嬴。

积照涵德镜，郊 传经俪金籝。食家行鼎鼐，愈 宠族饫弓旌。
奕制尽从赐，郊 殊私得逾程[24]。飞桥上架汉，愈 缭岸俯规瀛。
潇碧远输委[25]，郊 湖嵌费携擎[26]。萄苜从大漠，愈 枫槠至南荆。
嘉植鲜危朽，郊 膏理易滋荣。悬长巧纽翠，愈 象曲善攒珩。
鱼口星浮没，郊 马毛锦斑骍。五方乱风土，愈 百种分鉏耕。
葩蘖相妒出，郊 菲茸共舒晴。类招臻倜诡，愈 翼萃伏衿缨。
危望跨飞动，郊 冥升蹑登闳[27]。春游轹靃靡，愈 彩伴飒娑婹。
遗灿飘的皪，郊 淑颜洞精诚。娇应如在寤，愈 颓意若含酲。
鹓毳翔衣带，郊 鹅肪截佩璜。文升相照灼，愈 武胜屠欃枪。
割锦不酬价，郊 构云有高营[28]。通波牣鳞介，愈 疏畹富萧蘅。
买养驯孔翠，郊 远苞树蕉栟。鸿头排刺芡，愈 鹄鶍攒瑰橙[29]。
骛广杂良牧，郊 蒙休赖先盟。罢旄奉环卫，愈 守封践忠贞。
战服脱明介，郊 朝冠飘彩纮。爵勋逮僮隶，愈 簪笏自怀绷。
乳下秀嶷嶷，郊 椒蕃泣喤喤。貌鉴清溢匣，愈 眸光寒发硎。
馆儒养经史，郊 缀戚觞孙甥。考钟馈肴核，愈 戛鼓侑牢牲。
飞膳自北下，郊 函珍极东烹。如瓜煮大卵，愈 比线茹芳菁。
海岳错口腹，郊 赵燕锡媌娙。一笑释仇恨，愈 百金交弟兄。
货至貊戎市，郊 呼传鹦鹆令。顺居无鬼瞰，愈 抑声免官评[30]。
杀候肆凌翦，郊 笼原匝罝纮。羽空颠雉鷃，愈 血路迸狐麖。
折足去踸踔，郊 蹩髻怒霊鬤。跃犬疾翥鸟，愈 呀鹰甚饥虻。
算蹄计功赏，郊 裂脑擒摚振。猛弊牛马乐，愈 妖残枭鸹惸。
窟穷尚瞋视，郊 箭出方惊抨。连箱载已实，愈 碍辙弃仍赢。
喘觑锋刃点，郊 困冲株桥盲。扫净豁旷旷，愈 骋遥略苹苹。
馋欃饱活脔，郊 恶嚼吽腥鲭[31]。岁律及郊至，愈 古音命韶韺。
旗旆流日月，郊 帐庐扶栋甍。磊落奠鸿璧，愈 参差席香薆。
玄祇祉兆姓，郊 黑秬饛丰盛。庆流蠲瘥疠，愈 威畅捐輶軿。
灵燔望高冋，郊 龙驾闻敲鼱。是惟礼之盛，愈 永用表其宏。

德孕厚生植，郊 恩熙完刖剠[32]。宅土尽华族，愈 运田间强甿。
荫庾森岭桧，郊 啄场翙祥鵬。畦肥剪韭薤，愈 陶固收盆罂。
利养积馀健，郊 孝思事严祊。掘云破嵽嵲，愈 采月漉坳泓。
寺砌上明镜，郊 僧盂敲晓钲。泥像对骋怪，愈 铁钟孤舂锽。
瘿颈闹鸠鸽，郊 蜿垣乱蛷蝾。葚黑老蚕蠋，愈 麦黄韵鹂鹒。
韶曙迟胜赏，郊 贤朋戒先庚。驰门填偪仄，愈 竞墅辗砯砰。
碎缬红满杏，郊 稠凝碧浮饧。蹙绳觑娥婺[33]，愈 斗草撷玑珵。
粉汗泽广额，郊 金星堕连璎。鼻偷困淑郁，愈 眼剽强盯䁝[34]。
是节饱颜色，郊 兹疆称都城。书饶罄鱼茧，愈 纪圣播琴筝。
奚必事远觌，郊 无端逐羁伧。将身亲魍魅，愈 浮迹侣鸥鹊。
腥味空奠屈，郊 天年徒羡彭。惊魂见蛇蚓，愈 触嗅值虾蟛。
幸得履中气，郊 忝从拂天枨。归私暂休暇，愈 驱明出庠黉。
鲜意竦轻畅，郊 连辉照琼莹。陶暄逐风乙，愈 跃视舞晴蜻。
足胜自多诣，郊 心贪敌无勍。始知乐名教，愈 何用苦拘儜。
毕景任诗趣，郊 焉能守铿铿。愈

①鸟也。②蛇类。③蜗牛也。④啄木鸟也。⑤竹也。⑥鱼也。⑦虫壳也。⑧麦也。⑨“平”者，地之平处也，如华山有青柯平、种药平之类。⑩胡麻状如狗虱。⑪儿啼如猩猩。⑫果也。⑬瓜也。⑭卷脔：不舒放也，见《庄子》。⑮水碓也。⑯自首至此，杂叙城南所见景物。⑰绿发：细草也。⑱青肤，苔也。⑲自“荒学五六卷”至此，叙荒郊茔域凄凉之状。⑳萎蕤：玉竹也。蓝瑛：蓝田之玉也。㉑馀晶：日光也。凝：犹遏也。谓其声能遏日光，使不动也。㉒自“惟昔集嘉咏”至此，言城南乃昔日文人词客游咏宴集之地，今无复往时云霞之兴、风期之盛也。㉓此上土壤。㉔此上人才。㉕潇碧：竹也。㉖湖嵌：石也。㉗此上物产。㉘此上冶游。㉙自“皋区扶帝壤”至此，历叙土壤之美，因及人才之俊，物产之富，冶游之盛。㉚自“骛广杂良牧”至此，叙簪缨世族之豪横。㉛自“杀候肆凌翦”至此，叙射猎之乐。㉜自“岁律及郊至”至此，叙郊祀之礼。㉝蹙绳觑娥婺，盖美女为秋千戏者，亦游寺所见也。㉞自“宅土尽华族”至此，

叙民居寺宇之丽，因及游寺之人。

会合联句

离别言无期，会合意弥重。籍 病添儿女恋，老丧丈夫勇。愈
剑心知未死，诗思犹孤耸。郊 愁去剧箭飞，讙来若泉涌。彻
析言多新贯，摅抱无昔壅。籍 念难须勤追，悔易勿轻踵[①]。愈
吟巴山荦峃，说楚波堆垄。郊 马辞虎豹怒，舟出蛟鼍恐。彻
狂鲸时孤轩，幽狖杂百种。愈 瘴衣常腥腻，蛮器多疏冗。籍
剥苔吊斑林[②]，角饭饵沉冢[③]。愈 忽尔衔远命，归欤舞新宠。郊
鬼窟脱幽妖，天居觌清拱。愈 京游步方振，谪梦意犹恟[④]。籍
诗书夸旧知，酒食接新奉。愈 嘉言写清越，愈病失肬肿。郊
夏阴偶高庇，宵魄接虚拥。愈 雪弦寂寂听，茗碗纤纤捧。郊
驰辉烛浮萤，幽响泄潜蛩。愈 诗老独何心，江疾有馀尰。郊
我家本瀍谷，有地介皋巩。休迹忆沈冥，峨冠慚阘𦩍。愈
升朝高辔逸，振物群听悚。徒言濯幽泌，谁与薙荒茸。籍
朝绅郁青绿，马饰曜珪珙。国雠未销铄，我志荡邛陇。郊
君才诚倜傥，时论方汹溶。格言多彪蔚，悬解无梏拲。
张生得渊源，寒色拔山冢。坚如撞群金，眇若抽独蛹。愈
伊余何所拟，跛鳖讵能踊。块然堕岳石，飘尔罥巢氄。郊
龙旆垂天卫，云韶凝禁甬。君胡眠安然，朝鼓声汹汹。愈

①谓念往时之艰难，悔出言之轻易也。②二妃也。③屈原也。④自“念难须勤追”至此，叙韩公以言事谪贬阳山，还朝为国子博士。郊、籍、彻三人，皆在弟子之列，诗意仍以韩公为主。

斗鸡联句

大鸡昂然来，小鸡竦而待。愈 峥嵘颠盛气，洗刷凝鲜彩。郊
高行若矜豪，侧睨如伺殆。愈 精光目相射，剑戟心独在。郊

既取冠为胄，复以距为镦。天时得清寒，地利挟爽垲。愈
磔毛各噤瘁，怒瘿争碨磊。俄膺忽尔低，植立瞥而改。郊
腷膊战声喧，缤翻落羽皠。中休事未决，小挫势益倍。愈
妬肠务生敌，贼性专相醢。裂血失鸣声，啄殷甚饥馁。郊
对起何急惊，随旋诚巧绐。毒手饱李阳，神槌困朱亥。愈
恻心我以仁，碎首尔何罪。独胜事有然，旁惊汗流浼。郊
知雄心动颜，怯负愁看贿。争观云填道，助叫波翻海。愈
事爪深难解[1]，瞋睛时未怠。一喷一醒然，再接再砺乃。郊
头垂碎丹砂，翼搨拖锦綵。连轩尚贾馀，清厉比归凯。愈
选俊感收毛，受恩惭始隗。英心甘斗死，义肉耻庖宰。
君看斗鸡篇，短韵有可采。郊

①《汉书·蒯通传》：事刃公之腹中。《考工记》"菑蚤不齵"注：菑，声如截。泰山平原人谓树立物为菑。《管子》云：傳戟十万；又云：春有以剚耜。然则傳、剚、菑三字音义皆同，皆谓物之深入而植立也。

纳凉联句

递啸取遥风，微微近秋朔。郊 金柔气尚低，火老候愈浊。
熙熙炎光流，竦竦高云擢。愈 闪红惊蚴虬，凝赤耸山岳。
目林恐焚烧，耳井忆瀺灂。仰惧失交泰，非时结冰雹。
化邓渴且多，奔河诚已悫。暍道者谁子，叩商者何乐。
洗矣得滂沱，感然鸣鸑鷟。嘉愿苟未从，前心空缅邈。
清砌千回坐，冷环再三握。烦怀却醒醒，高意还卓卓。郊
龙沉剧煮鳞，牛喘甚焚角。蝉烦鸣转喝，乌噪饥不啄。
昼蝇食案繁，宵蚋肌血渥。单絺厌已褫，长箑倦还捉[1]。
幸兹得佳朋，于此荫华桷。青荧文簟施，淡澉甘瓜濯。
大壁旷凝净，古画奇驳荦。凄如葅寒门，皓若攒玉璞。
扫宽延鲜飙，汲冷积香瀹。篚实摘林珍，盘肴馈禽鷇。

空堂喜淹留，贫馔羞龌龊。愈 殷勤相劝勉，左右加砻斫。
贾勇发霜硎，争前曜冰槊。微然草根响，先被诗情觉。
感衰悲旧改，工异逞新皃。谁言摈朋老，犹自将心学。
危檐不敢凭，朽机惧倾扑。青云路难近，黄鹤足仍鋜。
未能饮渊泉，立滞叫芳药。郊 与子昔睽离，嗟余苦屯剥。
直道败邪径，拙谋伤巧诼。炎湖度氛氲，热石行荦硞。
痟饥夏尤甚，疟渴秋更数。君颜不可觌，君手无由搦。
今来沐新恩，庶见返鸿朴。儒庠恣游息，圣籍饱商榷。
危行无低徊，正言免咿喔。车马获同驱，酒醪欣共欶[2]。
惟忧弃菅蒯，敢望侍帷幄。此志且何如，希君为追琢。愈

①以上皆叙烦热之状，以下乃叙纳凉之事。②欶：音朔。

秋雨联句

万木声号呼，百川气交会。郊 庭翻树离合，牖变景明蔼。愈
漻沔殊未终，飞浮亦云泰。郊 牵怀到空山，属听迩惊濑。愈
檐垂白练直，渠涨清湘大。郊 甘津泽祥禾，伏润肥荒艾。愈
主人吟有欢，客子歌无奈。郊 侵阳日沉玄，剥节风搜兑。愈
块圠游峡喧，飕飗卧江汰。郊 微飘来枕前，高洒自天外。愈
萤穴何迫迮，蝉枝扫鸣哕。郊 檖菊茂新芳[1]，径兰销晚馤。愈
地镜时昏晓，池星竞漂沛。郊 讙呶寻一声，灌注咽群籁。愈
儒宫烟火湿，市舍煎熬忲。郊 卧冷空避门，衣寒屡循带。愈
水怒已倒流，阴繁恐凝害。郊 忧鱼思舟楫，感禹勤畎浍。愈
怀襄信可畏，疏决须有赖。郊 筮命或冯蓍，下晴将问蔡。愈
庭商忽惊舞，墉崇亦亲酹。郊 氛醨稍疏映，雺乱还拥荟[2]。
阴旌时摎流，帝鼓镇訇磕[3]。枣圃落青玑，瓜畦烂文贝。
贫薪不烛灶，富粟空填廥。愈 秦俗动言利，鲁儒欲何丐[4]。
深路倒羸骖，弱途拥行轪。毛羽皆遭冻，离褷不能翙。

翻浪洗虚空，倾涛败藏盖。郊 吾人犹在陈，僮仆诚自邻。
因思征蜀士，未免湿戎旆。安得发商飙，廓然吹宿霭。
白日悬大野，幽泥化轻壒。战场暂一干，贼肉行可脍。愈
搜心思有效，抽策期称最。岂惟虑收获，亦以救颠沛。郊
禽情初啸俦，础色微收霈。庶几谐我愿，遂止无已太。愈

①椶：或作园。②醺：薄也。"氛醺"句谓云气稍薄，"雺乱"句谓云气如旋又拥塞也。③阴旌：谓云气如旌旆。摎流：犹周流也。帝鼓：谓雷。④鲁儒：二公以鲁两生自比也。以秦人好言利，故鲁儒无可丐贷。

征蜀联句

日王忿违慠，有命事诛拔。蜀险豁关防，秦师纵横猾。愈
风旗匝地扬，雷鼓轰天杀。竹兵彼皴脆，铁刃我枪䥈。郊
刑神咤犛旄，阴焰飐犀札。翻霓纷偃蹇，塞野澒坱圠。
生狞竞掣跌，痴突争填轧。渴斗信飏呶，啖奸何噢嗗。郊
更呼相簸荡，交斫双缺齾。火发激铓腥，血漂腾足滑。愈
飞猱无整阵，翩鹘有邪戛。江倒沸鲸鲲，山摇溃貙貏。郊
中离分二三，外变迷七八。逆颈尽徽索，仇头恣髟鬝。
怒须犹鬡鬤，断臂仍瓢𤬏。愈 石潜设奇伏，穴觑骋精察。
中矢类妖獌，跳锋状惊豽。踢翻聚林岭，斗起成埃圿。郊
旆亡多空杠，轴折鲜联辖。剟肤浃疮痍，败面碎剠刮。
浑奔肆狂勦，捷窜脱趫黠。岩钩踔狙猿，水漉杂鳣蜡。
投奔闹硠礚[1]，填隍傶偿傄。愈 强睛死不闭，犷眼困逾眡。
爇堞熇歊熺，抉门呀拗闑[2]。天刀封未坼，酋胆慑前揠。
跧梁排郁缩，闯窦揳窟窡。迫胁闻杂驱，咿呦叫冤㔸。郊
穷区指清夷，凶部坐雕铩。邛文裁斐亹，巴艳收婠妠。
椎肥牛呼牟，载实驼鸣閵。圣灵闵顽嚚，焘养均草薒。
下书遏雄虓[3]，解罪弔挛瞎。愈 战血时销洗，剑霜夜清刮。

汉栈罢嚣阗[4]，獠江息澎汎。戍寒绝朝乘，刀暗歇宵詧。
始去杏飞蜂，及归柳嘶蛰。庙献繁馘级，乐声洞椌楬。郊
台图焕丹玄，郊告俨匏秸。念齿慰黴黧，视伤悼瘢痆。
休输任讹寝，报力厚麸秳。公欢钟晨撞，室宴丝晓抆。
盉盂酬酒醪，箱箧馈巾帓。小臣昧戎经，维用赞勋劼。愈

①奅：与炮同，《广韵》：军战石也。碚礨者，奅石之声。②爇堞：烧其城也。抉门：启其门也。熇歊：焚城之声，叠韵字。呀拗：门辟之状，双声字。③遏雄虓，令将帅无多杀也。④"汉栈罢嚣阗"者，谓自秦至蜀，征人渐少，不甚嚣阗也。

同宿联句

自从别君来，远出遭巧谮。愈 班班落春泪，浩浩浮秋浸。郊
毛奇睹象犀，羽怪见鹏鸩。愈 朝行多危栈，夜卧饶惊枕。郊
生荣今分逾，死弃昔情任。愈 鹓行参绮陌，鸡唱闻清禁。郊
山晴指高标，槐密鹜长荫。愈 直辞一以荐，巧舌千皆舚[1]。郊
匡鼎惟说诗，桓谭不读谶。愈 逸韵何嘈嗽，高名俟沽赁。郊
纷葩欢屡填，旷朗忧早渗。愈 为君开酒肠，颠倒舞相饮。郊
曦光霁曙物，景曜铄宵祲。愈 儒门虽大启，奸首不敢闯。
义泉虽至近，盗索不敢沁。清琴试一挥，白鹤叫相喑。
欲知心同乐，双茧抽作纴。郊

①《说文》：舚，牛舌病也。

雨中寄孟刑部几道联句

秋潦淹辙迹，高居限参拜。愈 耿耿蓄良思，遥遥仰佳话。郊
一晨长隔岁，百步远殊界。愈 商听饶清耸，闷怀空抑噫。郊
美君知道腴，逸步谢天械。愈 吟馨铄纷杂，抱照莹疑怪。郊
撞宏声不掉，输邈澜逾杀。愈 檐泻碎江喧，街流浅溪迈。郊

念初相遭逢，幸免因媒介。祛烦类决痈，惬兴剧爬疥。
研文较幽玄，呼博骋雄快。今君轺方驰，伊我羽已铩。
温存感惠深，琢切奉明诫。愈 迨兹更凝情，暂阻若婴瘵。
欲知相从尽，灵珀拾纤芥。欲知相益多，神药销宿惫。
德符仙山岸，永立难欹坏。气涵秋天河，有朗无惊湃。
祥凤遗蒿鷃，云韶掩夷靺。争名求鹄徒，腾口甚蝉喝。
未来声已赫，始鼓敌前败。斗场再鸣先，遐路一飞届。
东野继奇躅，修纶悬众犗[①]。穿空细丘垤，照日陋菅蒯。愈
小生何足道，积慎如触虿。愔愔抱所诺，翼翼自申戒。
圣书空勘读，盗食敢求嘬。惟当骑款段，岂望觌珪玠。
弱操愧筠杉，微芳比萧薤。何以验高明，柔中有刚夬。郊

①犗：音戒。

远游联句[①]

别肠车轮转，一日一万周。郊 离思春水泮，澜漫不可收。愈
驰光忽以迫，飞辔谁能留。郊 取之讵灼灼，此去信悠悠。翱
楚客宿江上，夜魂栖浪头。晓日生远岸，水芳缀孤舟。
村饮泊好木，野蔬拾新柔。独含凄凄别，中结郁郁愁。
人忆旧行乐，鸟吟新得俦。郊 灵瑟时窅窅，雾猿夜啾啾。
愤涛气尚盛，恨竹泪空幽。长怀绝无已，多感良自尤。
即路涉献岁，归期眇凉秋。两欢日牢落，孤悲坐绸缪。愈
观怪忽荡漾，叩奇独冥搜。海鲸吞明月，浪岛没大沤。
我有一寸钩，欲钓千丈流。良知忽然远，壮志郁无抽。郊
魍魅暂出没，蛟螭互蟠蟉。昌言拜舜禹，举颿凌斗牛。
怀糈馈贤屈，乘桴追圣丘。飘然天外步，岂肯区中囚。愈
楚些待谁弔，贾辞缄恨投。翳明弗可晓，秘魂安所求。
气毒放逐域，蓼杂芳菲畴。当春忽凄凉，不枯亦飕飗。

貉谣众猥欸，巴语相咿嚘。默誓去外俗，嘉愿还中州。
江生行既乐，躬辇自相劉[2]。饮醇趣明代，味腥谢荒陬。郊
驰深鼓利楫，趋险惊蜚艘。系石沉靳尚，开弓射鹏吺。
路暗执屏翳，波惊戮阳侯。广泛信缥眇，高行恣浮游。
外患萧萧去，中悒稍稍瘳。振衣造云阙，跪坐陈清猷。
德风变谗巧，仁气销戈矛。名声照四海，淑问无时休。
归哉孟夫子，归去无夷犹。愈

①远游，送东野之江南也。公尝有《送东野序》，云“东野之役于江南”。此所谓“远游”者，亦其时欤？公与东野共三十九韵，李翱惟一联，莫知其故。习之之诗见于世者，此而已，大率诗非其所长也。刘贡父云：唐时文人，李习之不能为诗。“联句”云云，殊无可取。○远游名篇，祖屈原也。相如《大人赋》，由《远游》发也。自后刘向《九叹》，曹子建乐府，皆有《远游》篇。然屈原、相如，则兼四方上下而言之。公联此诗以送东野，所叙只江南事。大抵事意与《大人赋》《九叹》相同，读者宜详味之。②劉：音留。

晚秋郾城夜会联句

从军古云乐，谈笑青油幕。灯明夜观棋，月暗秋城柝[1]。正封
羁客方寂历，惊乌时落泊。语阑壮气衰，酒醒寒砧作[2]。愈
遇主贵陈力，夷凶匪兼弱。百牢犒舆师，千户购首恶。正封
平生耻论兵，末暮不轻诺。徒然感恩义，谁复论勋爵。愈
多士被沾污，小夷施毒蠚。何当铸剑戟，相与归台阁。正封
室妇叹鸣鹳，家人祝喜鹊。终朝考蓍龟，何日亲烝礿。愈
间使断津梁，潜军索林薄。红尘羽书靖，大水沙囊涸。正封
铭山子所工，插羽余何怍。未足烦刀俎，只应输管钥。愈
雨矢逐天狼，电矛驱海若。灵诛固无纵，力战谁敢却。正封
峨峨云梯翔，赫赫火箭著。连空隳雉堞，照夜焚城廓。愈
军门宣一令，庙算建三略。雷鼓揭千枪，浮桥交万笮。

蹂野马云腾，映原旗火铄。疲氓坠将拯，残虏狂可缚。愈
摧锋若貙兕，超乘如猱玃。逢掖服翻惭，漫胡缨可愕。正封
星殒闻雊雉，师兴随唳鹤。虎豹贪犬牛，鹰鹯憎鸟雀。愈
烧陂除积聚，灌垒失依托。凭轼谕昏迷，执殳征暴虐。正封
仓空战卒饥，月黑探兵错。凶徒更蹈藉，逆族相啖嚼。愈
轴轳亘淮泗，旆旌连夏鄂。大野纵氐羌，长河浴騧骆。正封
东西竞角逐，远近施矰缴。人怨童聚谣，天殃鬼行疟。愈
汉刑支郡黜，周制闲田削。侯社退无功，鬼薪惩不恪。正封
余虽司斧锧，情本尚迁謇。且待献俘囚，终当返耕获。愈
稾街陈鈇钺，桃塞兴钱镈。地理画封疆，天文扫寥廓。正封
天子悯疮痍，将军禁卤掠。策勋封龙頟，归兽获麟脚。愈
诘诛敬王怒，给复哀民瘼。泽发解兜牟，酡颜倾凿落[3]。正封
安存惟恐晚，洗雪不论昨。暮乌已安巢，春蚕看满箔。愈
声明动朝阙，光宠耀京洛。旁午降丝纶，中坚拥鼓铎。正封
密坐列珠翠，高门涂粉雘。跛朝贺书飞，塞路归鞍跃。愈
魏阙横云汉，秦关束岩崿。拜迎罗橐鞬，问遗结囊橐。正封
江淮永清晏，宇宙重开拓。是日号升平，此年名作噩。愈
洪赦方下究，武飙亦旁魄。南据定蛮陬，北攫空朔漠。正封
儒生惬教化，武士猛刺斫。吾相两优游，他人双落莫。愈
印从负鼎佩，门为登坛凿。再入更显严，九迁弥謇谔。正封
宾筵尽孤赵，导骑多卫霍。国史擅芬芳，宫娃分绰约。愈
丹掖列鹓鹭，洪炉衣狐貉。摛文挥月毫，讲剑淬霜锷。正封
命衣备藻火，赐乐兼拊搏。两厢铺氍毹，五鼎调勺药。愈
带垂苍玉佩，辔蹙黄金络。诱接谓登龙，趋驰状倾藿。正封
青娥翳长袖，红颊吹鸣籥。傥不忍辛勤，何由恣欢谑。愈
惟当早贵富，岂得暂寂寞。但掷雇笑金，仍祈却老药。正封
殁庙配鐏斝，生堂合馨鑮[4]。安行庇松篁，高卧枕莞蒻。愈

洗沐恣兰芷，割烹厌脾臄。喜颜非忸怩，达志无陨获[5]。正封
诙谐酒席展，慷慨戎装着。斩马祭旄纛，炰羔礼芒屩。愈
山多离隐豹，野有求伸蠖。推选阅群材，荐延搜一鹗。正封
左右供谄誉，亲交献谀噱。名声载揄扬，权势实熏灼。愈
道旧生感激，当歌发酬酢。群孙轻绮纨，下客丰醴酪。正封
穷天贡賝异，匝海赐酺醵。作乐鼓还搥，从禽弓何彍。愈
取欢移日饮，求胜通宵博。五白气争呼，六奇心运度。正封
恩泽诚布濩，嚚顽已《箫》《勺》。告成上云亭，考古垂矩矱。愈
前堂清夜吹，东第良晨酌。池莲折秋房，院竹翻夏箨。正封
五狩朝恒岱，三畋宿杨柞。农书乍讨论，马法长悬格。愈
雪下收新息，阳生过京索。尔牛时寝讹，我仆或歌咢。正封
帝载弥天地，臣辞劣萤爝。为诗安能详，庶用存糟粕。愈

〇元和十二年七月，以裴度守门下侍郎同平章事充淮西宣慰处置使，以韩愈兼御史中丞充行军司马，以李正封兼侍御史为判官，从度出征。诏以郾城为行蔡州治所。此篇公与正封作于郾城，凡百馀韵。东野死后，公所与联句者，惟此可见耳。洪庆善曰：旧本注云，正封上中丞，中丞即退之；愈奉院长，院长即正封也。其称王、卢，缪矣。按：郾城今颍昌府。①上中丞。②奉院长。③凿落：饮器。白乐天诗："银杯倾凿落。"④《尔雅》：大磬谓之馨，大钟谓之镛，注亦名鏄。⑤自"再入更显严"至此，皆叙裴相破贼还京后迁官宴客之事，似非事前所作之诗。而篇末"雪下收新息"，亦非事前语，岂在郾城时作此诗，还朝后更润色之耶？

卷十　李太白七古

百五十七首

远别离[1]

远别离，古有黄（皇）英之二女。
乃在洞庭之南，潇湘之浦。
海水直下万里深，谁人不言此离苦？
日惨惨兮云冥冥，猩猩啼烟兮鬼啸雨。
我纵言之将何补？
皇穹窃恐不照余之忠诚，雷凭凭兮欲吼怒。
尧舜当之亦禅禹。
君失臣兮龙为鱼，权归臣兮鼠变虎。
或云尧幽囚，舜野死。
九疑联绵皆相似，重瞳孤坟竟何是？
帝子泣兮绿云间，随风波兮去无还。
恸哭兮远望，见苍梧之深山。
苍梧山崩湘水绝，竹上之泪乃可灭。

①杂曲歌辞。

公无渡河[1]

黄河西来决昆仑，咆哮万里触龙门。
波滔天，尧咨嗟。

大禹理百川，儿啼不窥家。
杀湍堙洪水，九州始蚕麻。
其害乃去，茫然风沙。
被发之叟狂而痴，清晨径流欲奚为[②]。
旁人不惜妻止之，公无渡河苦渡之。
虎可搏，河难冯，公果溺死流海湄。
有长鲸白齿若雪山，公乎公乎挂骨于其间。
箜篌所悲竟不还。

①相和歌辞。○《乐府诗集·箜篌引》序云：《箜篌引》，一曰《公无渡河》。崔豹《古今注》曰：《箜篌引》者，朝鲜津卒霍里子高妻丽玉所作也。子高晨起刺船，有一白首狂夫，被发提壶，乱流而渡，其妻随而止之，不及，遂堕河而死。于是援箜篌而歌曰："公无渡河，公竟渡河。堕河而死，当奈公何!"声甚凄惨。曲终，亦投河而死。子高还，以语丽玉。丽玉伤之，乃引箜篌而写其声，闻者莫不堕泪饮泣。丽玉以其曲传邻女丽容，名曰《箜篌引》。又有《箜篌谣》，不详所起，大略言结交当有终始，与此异也。②径：一作临。

蜀道难[①]

噫吁嚱，危乎高哉!
蜀道之难难于上青天。
蚕丛及鱼凫，开国何茫然。
尔来四万八千岁，不与秦塞通人烟[②]。
西当太白有鸟道，何以横绝峨眉巅[③]。
地崩山摧壮士死，然后天梯石栈方钩连[④]。
上有六龙回日之高标[⑤]，下有冲波逆折之回川。
黄鹤之飞尚不得[⑥]，猿猱欲度愁攀缘。
青泥何盘盘，百步九折萦岩峦。
扪参历井仰胁息，以手抚膺坐长叹。

问君西游何时还，畏途巉岩不可攀。
但见悲鸟号古木，雄飞雌从绕林间。
又闻子规啼夜月，愁空山。
蜀道之难，难于上青天，使人听此凋朱颜。
连峰去天不盈尺[7]，枯松倒挂倚绝壁。
飞湍暴流争喧豗，砯崖转石万壑雷。
其崄也若此，嗟尔远道之人胡为乎来哉！
剑阁峥嵘而崔嵬。
一夫当关，万人莫开[8]。
所守或匪亲[9]，化为狼与豺。
朝避猛虎，夕避长蛇。
磨牙吮血，杀人如麻。
锦城虽云乐，不如早还家。
蜀道之难，难于上青天，侧身西望长咨嗟。

①自注：讽章仇兼琼也。〇相和歌辞。国藩按：《乐府解题》曰：《蜀道难》备言铜梁玉垒之阻，与《蜀国弦》颇同。《尚书谈录》曰：李白作《蜀道难》以罪严武，后陆畅作《蜀道易》以颂韦皋，而公所自注则曰“讽章仇兼琼”，或故乱其词耶？②不：一作乃。③何：一作可。④方：一作相。⑤六龙回日之高标：一作“横河断海之浮云”。⑥得：一作过。⑦去天不盈尺：一作“入烟几千尺”。⑧人：一作夫。⑨亲：一作人。

梁甫吟[1]

长啸《梁甫吟》，何时见阳春。
君不见，朝歌屠叟辞棘津，八十西来钓渭滨。
宁羞白发照渌水，逢时壮气思经纶[2]。
广张三千六百钩[3]，风期暗与文王亲。
大贤虎变愚不测，当年颇似寻常人。

君不见，高阳酒徒起草中，长揖山东隆准公。
入门开说骋雄辩[4]，两女辍洗来趋风。
东下齐城七十二，指麾楚汉如旋蓬。
狂客落拓尚如此[5]，何况壮士当群雄。
我欲攀龙见明主，雷公砰訇震天鼓。
帝旁投壶多玉女。
三时大笑开电光，倏烁晦冥起风雨。
阊阖九门不可通，以额叩关阍者怒。
白日不照吾精诚，杞国无事忧天倾。
猰貐磨牙竞人肉，驺虞不折生草茎。
手接飞猱搏彫虎，侧足焦原未言苦。
智者可卷愚者豪，世人见我轻鸿毛。
力排南山三壮士，齐相杀之费二桃。
吴楚弄兵无剧孟，亚夫咍尔为徒劳。
梁甫吟，声正悲。
张公两龙剑，神器合有时。
风云感会起屠钓，大人岘屼当安之。

①相和歌辞。国藩按：李勉《琴说》言：曾子思其父母，撰《梁甫吟》。郭茂倩谓《梁甫吟》者，言人死葬此山，亦葬歌也。诸葛武侯之《梁甫吟》，似弔贤士之冤死。太白此诗，则抱才而专俟际会之时。②壮：一作吐。③钩：一作钓。④入门开说：一作"一开游说"。⑤客：一作生。

乌夜啼[1]

黄云城边乌欲栖，归飞哑哑枝上啼。
机中织锦秦川女[2]，碧纱如烟隔窗语。
停梭怅然忆远人[3]，独宿孤房泪如雨[4]。

①清商曲辞。国藩按：郭集所引《唐书·乐志》《教坊记》，皆云宋彭

城王义康闻乌夜啼，被赦而作此曲。今郭集所录诸诗，殊无及赦事者。②一作“闺中织妇秦家女”。③然：一作望。怅然忆远人：一作“问人忆故夫”。④独宿空房：一作“独宿空堂”，一作“知在流沙”。二句一作“停梭向人问故夫，知在关西泪如雨”。

乌栖曲①

姑苏台上乌栖时，吴王宫里醉西施。
吴歌楚舞欢未毕，青山犹衔半边日。
银箭金壶漏水多②，起看秋月坠江波，
东方渐高奈乐何③！

①清商曲辞。②银箭金壶：一作“金壶丁丁”。③乐：一作尔。

战城南①

去年战，桑乾源。今年战，葱河道。
洗兵条支海上波，放马天山雪中草。
万里长征战，三军尽衰老。
匈奴以杀戮为耕作，古来唯见白骨黄沙田。
秦家筑城备胡处，汉家还有烽火然。
烽火然不息，征战无已时②。
野战格斗死，败马号鸣向天悲。
乌鸢啄人肠，衔飞上挂枯树枝③。
士卒涂草莽，将军空尔为。
乃知兵者是凶器，圣人不得已而用之④。

①鼓吹曲辞，汉铙歌。②征战：一作长征。③枯树枝：一作上枯枝。④人：一作君。

将进酒①

君不见，黄河之水天上来，奔流到海不复回。

君不见，高堂明镜悲白发，朝如青丝暮成雪[②]。
人生得意须尽欢，莫使金樽空对月。
天生我材必有用[③]，千金散尽还复来[④]。
烹羊宰牛且为乐，会须一饮三百杯。
岑夫子，丹丘生，进酒君莫停[⑤]。
与君歌一曲，请君为我倾耳听。
钟鼓馔玉不足贵[⑥]，但愿长醉不用醒[⑦]。
古来圣贤皆寂寞[⑧]，唯有饮者留其名。
陈王昔时宴平乐[⑨]，斗酒十千恣欢谑。
主人何为言少钱，径须沽酒对君酌[⑩]。
五花马，千金裘，呼儿将出换美酒，
与尔同销万古愁。

①一作“惜空樽酒”。〇鼓吹曲辞，汉铙歌。②成：一作如。③用：一作开。又云“天生我身必有财”；又作“天生吾徒有俊材”。④千：一作黄。⑤一作“将进酒，杯莫停”。⑥一作“玉帛岂足贵”。⑦用：一作复。⑧寂寞：一作死尽。⑨时：一作日。⑩一作“且须沽酒共君酌”。

行行且游猎篇[①]

边城儿，生平不读一字书，但知游猎夸轻趫。
胡马秋肥宜白草，骑来蹑影何矜骄[②]。
金鞭拂雪挥鸣鞘，半酣呼鹰出远郊。
弓弯满月不虚发[③]，双鸧迸落连飞髇。
海边观者皆辟易，猛气英风振沙碛。
儒生不及游侠人，白首垂帷复何益。

①杂曲歌辞。〇郭集作《行行游且猎篇》。《乐府解题》曰：梁刘孝威《游猎篇》备言游行射猎之事，亦谓之《行行游且猎篇》。②何矜骄：一作可怜骄。③弓弯：一作弯弧。

飞龙引二首[1]

黄帝铸鼎于荆山，炼丹砂。
丹砂成黄金，骑龙飞去太上家。
云愁海思令人嗟。
宫中彩女颜如花，飘然挥手凌紫霞。
从风纵体登銮车[2]。
登銮车，侍轩辕，遨游青天中，其乐不可言。

①琴曲歌辞。郭集录者二家。②銮：一作鸾。

鼎湖流水清且闲。
轩辕去时有弓剑，古人传道留其间。
后宫婵娟多花颜。
乘鸾飞烟亦不还，骑龙攀天造天关。
造天关，闻天语。屯云河车载玉女。
载玉女，过紫皇，紫皇乃赐白兔所捣之药方。
后天而老凋三光。
下视瑶池见王母，蛾眉萧飒如秋霜。

天马歌[1]

天马来出月支窟，背为虎文龙翼骨。
嘶青云，振绿发，兰筋权奇走灭没。
腾昆仑，历西极，四足无一蹶。
鸡鸣刷燕晡秣越，神行电迈蹑恍惚。
天马呼，飞龙趋[2]，目明长庚臆双凫，
尾如流星首渴乌，口喷红光汗沟珠。
曾陪时龙跃天衢，羁金络月照星都[3]。

逸气稜稜凌九区，白璧如山谁敢沽。
回头笑紫燕，但觉尔辈愚。
天马奔，恋君轩。駷跃惊矫浮云翻。
万里足踯躅，遥瞻阊阖门。
不逢寒风子，谁采逸景孙。
白云在青天，丘陵远崔嵬。
盐车上峻坂，倒行逆施畏日晚。
伯乐翦拂中道遗，少尽其力老弃之。
愿逢田子方，恻然为我思④。
虽有玉山禾，不能疗苦肌⑤。
严霜五月凋桂枝，伏枥衔冤摧两眉。
请君赎献穆天子，犹堪弄影舞瑶池。

①郊庙歌辞，汉郊祀歌中题。②龙：一作黄。③星：一作皇。④思：一作悲。⑤苦：一作我。

行路难三首①

金罇清酒斗十千，玉盘珍羞直万钱。
停杯投箸不能食，拔剑四顾心茫然。
欲渡黄河冰塞川，将登太行雪暗天②。
闲来垂钓坐溪上③，忽复乘舟梦日边。
行路难，行路难，多歧路，今安在？
长风破浪会有时，直挂云帆济沧海。

①第三首一作“古兴”。○杂曲歌辞。《乐府解题》曰：《行路难》，备言世路艰难及离别悲伤之意。②暗天：一作满山。③坐：一作碧。

大道如青天，我独不得出。
羞逐长安社中儿，赤鸡白狗赌梨栗①。

弹剑作歌奏苦声，曳裾王门不称情。
淮阴市井笑韩信，汉朝公卿忌贾生。
君不见，昔时燕家重郭隗，拥篲折节无嫌猜。
剧辛乐毅感恩分，输肝剖胆效英才[2]。
昭王白骨萦蔓草，谁人更扫黄金台？
行路难，归去来！

①狗：一作雉。②英：一作俊。

有耳莫洗颍川水，有口莫食首阳蕨。
含光混世贵无名，何用孤高比云月。
吾观自古贤达人，功成不退皆殒身。
子胥既弃吴江上，屈原终投湘水滨。
陆机雄才岂自保，李斯税驾苦不早。
华亭鹤唳讵可闻，上蔡苍鹰何足道。
君不见，吴中张翰称达生，秋风忽忆江东行。
且乐生前一杯酒，何须身后千载名。

长相思[1]

长相思，在长安。
络纬秋啼金井栏，微霜凄凄簟色寒[2]。
孤灯不明思欲绝[3]，卷帷望月空长叹。
美人如花隔云端[4]。
上有青冥之高天，下有渌水之波澜。
天长路远魂飞苦，梦魂不到关山难。
长相思，摧心肝。

①杂曲歌辞。○郭集：《古诗》曰："客从远方来，遗我一书札。上言长相思，下言久离别。"李陵诗曰："行人难久留，各言长相思。"苏武诗

曰："生当复来归，死当长相思。""长"者久远之辞，言行人久戍，寄书以遗所思也。《古诗》又曰："客从远方来，遗我一端绮。文采双鸳鸯，裁为合欢被。著以长相思，缘以结不解。"谓被中著绵，以致相思绵绵之意，故曰"长相思"也。又有《千里思》，与此相类。②微：一作凝。③明：一作寐，又作眠。④美人如花：一作"佳期迢迢"。

日色已尽花含烟，月明欲素愁不眠。
赵瑟初停凤凰柱，蜀琴欲奏鸳鸯弦。
此曲有意无人传，愿随春风寄燕然。
忆君迢迢隔青天。
昔日横波目，今成流泪泉。
不信妾肠断，归来看取明镜前。

美人在时花满堂，美人去后空馀床。
床中绣被卷不寝，至今三载犹闻香。
香亦竟不灭，人亦竟不来。
相思黄叶落，白露点青苔。

上留田[①]

行至上留田，孤坟何峥嵘。
积此万古恨，春草不复生。
悲风四边来，肠断白杨声。
借问谁家地，埋没蒿里茔。
古老向余言，言是上留田。
蓬科马鬣今已平。
昔之弟死兄不葬，他人于此举铭旌。
一鸟死，百鸟鸣；一兽走，百兽惊。

桓山之禽别离苦[2]，欲去回翔不能征。
田氏仓卒骨肉分，青天白日摧紫荆。
交让之木本同形，东枝顦顇西枝荣。
无心之物尚如此，参商胡乃寻天兵。
孤竹延陵，让国扬名。高风缅邈，颓波激清。
尺布之谣，塞耳不能听。

①相和歌辞。○郭集：《古今乐录》曰：王僧虔《技录》有《上留田行》，今不歌。崔豹《古今注》曰：上留田，地名也。人有父母死不字其孤弟者，邻人为其弟作悲歌，以风其兄，故曰《上留田》。《乐府广题》曰：盖汉世人也。云："里中有啼儿，似类亲父子。回车问啼儿，慷慨不可止。"②桓：一作常。

春日行[1]

深宫高楼入紫清，金作蛟龙盘绣楹[2]。
佳人当窗弄白日，弦将手语弹鸣筝。
春风吹落君王耳，此曲乃是升天行。
因出天池泛蓬瀛，楼船蹙沓波浪惊。
三千双蛾献歌笑，挝钟考鼓宫殿倾。万姓聚舞歌太平。
我无为，人自宁。
三十六帝欲相迎，仙人飘翩下云軿。
帝不去，留镐京。
安能为轩辕，独往入窅冥。
小臣拜献南山寿，陛下万古垂鸿名。

①杂曲歌辞。○鲍照《春日泛》言春日泛舟饮酒，张籍《春日行》言春日入园赏花。太白此诗，言泛舟而不愿学仙。②盘绣楹：一作绣作楹。

前有樽酒行[1]二首

春风东来忽相过，金樽渌酒生微波。

落花纷纷稍觉多，美人欲醉朱颜酡。
青轩桃李能几何，流光欺人忽蹉跎。
君起舞，日西夕[2]。
当年意气不肯倾，白发如丝叹何益[3]。

①杂曲歌辞。〇郭集作《前有一樽酒行》。此题郭集录者四家，大抵及时行乐之意。②西：一作将。③发如：一作首垂。

琴奏龙门之绿桐，玉壶美酒清若空。
催弦拂柱与君饮，看朱成碧颜始红[1]。
胡姬貌如花，当垆笑春风。
笑春风，舞罗衣。君今不醉欲安归。

①一作"眼白看杯颜色红"。

夜坐吟[1]

冬夜夜寒觉夜长，沉吟久坐坐北堂。
冰合井泉月入闺，金缸青凝照悲啼。
金缸灭，啼转多。掩妾泪，听君歌。
歌有声，妾有情。情声合，两无违。
一语不入意，从君万曲梁尘飞。

①杂曲歌辞。郭集录者三家。

野田黄雀行[1]

游莫逐炎洲翠，栖莫近吴宫燕。
吴宫火起焚尔窠，炎洲逐翠遭网罗。
萧条两翅蓬蒿下，纵有鹰鹯奈若何[2]。

①相和歌辞。〇郭集：《古今乐录》曰：王僧虔《技录》有《野田黄雀行》，今不歌。《乐府解题》曰：晋乐奏东阿王"置酒高殿上"。始言丰膳乐

饮，盛宾主之献酬；中言欢极而悲，嗟盛时不再；终言归于知命而无忧也。《箜篌引》亦用此曲。按：汉鼓吹铙歌亦有《黄雀行》，不知与此同否。②若：一作尔。

箜篌谣①

攀天莫登龙，走山莫骑虎。
贵贱结交心不移，唯有严陵及光武。
周公称大圣，管蔡宁相容。
汉谣一斗粟，不与淮南舂。
兄弟尚路人②，吾心安所从。
他人方寸间，山海几千重。
轻言托朋友，对面九疑峰。
多花必早落，桃李不如松。
管鲍久已死，何人继其踪。

①《续古词》亦曰“引”。国藩按：此六字必非太白所注，失之远矣。郭云：《箜篌谣》，不详所起，大略言结交当有终始，与《公无渡河》之称《箜篌引》者迥异。②路人：一作行路。

雉朝飞①

麦陇青青三月时，白雉朝飞挟两雌。
锦衣绮翼何离褷，犊牧采薪感之悲。
春天和，白日暖。
啄食饮泉勇气满，争雄斗死绣颈断。
雉子班奏急管弦，心倾美酒尽玉碗。
枯杨枯杨尔生荑，我独七十而孤栖。
弹弦写恨意不尽，瞑目归黄泥。

①琴曲歌辞。○郭集录者七家。国藩按：《雉朝飞》，齐宣王时，处士泯宣年五十无妻，出见雉雌雄相随而作。

上云乐[①]

金天之西，白日所没。康老胡雏，生彼月窟。
巉岩容仪，戌削风骨。
碧玉炅炅双目瞳，黄金拳拳两鬓红。
华盖垂下睫，嵩岳临上唇。
不睹谲诡貌，岂知造化神。
大道是文康之严父，元气乃文康之老亲。
抚顶弄盘古，推车转天轮。
云见日月初生时，铸冶火精与水银。
阳乌未出谷，顾兔半藏身。
女娲戏黄土，团作愚下人。
散在六合间，蒙蒙若沙尘。
生死了不尽，谁明此胡是仙真。
西海栽若木，东溟植扶桑。
别来几多时，枝叶万里长。
中国有七圣，半路颓鸿荒。
陛下应运起，龙飞入咸阳。
赤眉立盆子，白水兴汉光。
叱咤四海动，洪涛为簸扬。
举足蹋紫微，天关自开张。
老胡感至德，东来进仙倡。
五色师子，九苞凤凰，是老胡鸡犬，鸣舞飞帝乡。
淋漓飒沓，进退成行。
能胡歌，献汉酒。跪双膝，并两肘。
散花指天举素手。
拜龙颜，献圣寿。北斗戾，南山摧。

天子九九八十一万岁，长倾万岁杯[2]。

①老胡文康词。或云范云及周舍所作，今拟之。○清商曲辞。郭集录者四家。②岁：一作年。

夷则格上白鸠拂舞辞[1]

铿鸣钟，考朗鼓。歌白鸠，引拂舞。
白鸠之白谁与邻，霜衣雪襟诚可珍。
含哺七子能平均，食不咽，性安驯[2]。
首农政，鸣阳春。
天子刻玉杖，镂形赐耆人。
白鹭亦白非纯真[3]，外洁其色心匪仁。
阙五德，无司晨，胡为啄我葭下之紫鳞。
鹰鹯鵰鹗，贪而好杀。
凤凰虽大圣，不愿以为臣。

①舞曲歌辞。○《古今乐录》曰：鞞、铎、巾、拂四舞，梁并夷则格钟磬鸠拂和。故白拟之为《夷则格上白鸠拂舞辞》云。②安：一作可。③鹭：一作鹰。

日出入行[1]

日出东方隈，似从地底来。
历天又复入西海，六龙所舍安在哉？
其始与终古不息[2]，人非元气，安得与之久徘徊？
草不谢荣于春风，木不怨落于秋天。
谁挥鞭策驱四运，万物兴歇皆自然。
羲和羲和，汝奚汩没于荒淫之波。
鲁阳何德，驻景挥戈？
逆道违天，矫诬实多。

吾将囊括大块，浩然与溟涬同科！

①相和歌辞。〇郭集作《日出东南隅行》，录者十三家。②一作“其行终古不休息”。

胡无人①

严风吹霜海草凋，筋干精坚胡马骄。
汉家战士三十万，将军兼领霍嫖姚②。
流星白羽腰间插，剑花秋莲光出匣。
天兵照雪下玉关，虏箭如沙射金甲。
云龙风虎尽交回③，太白入月敌可摧。
敌可摧，旄头灭，履胡之肠涉胡血，
悬胡青天上，埋胡紫塞旁。
胡无人，汉道昌，陛下之寿三千霜。
但歌大风云飞扬，安用猛士兮守四方。

①相和歌辞。〇郭集录者五家，大约皆努力破胡之意。②兼领：一作谁家。③尽：一作昼。

北风行①

烛龙栖寒门，光耀犹旦开。
日月照之何不及此②，唯有北风号怒天上来。
燕山雪花大如席，片片吹落轩辕台。
幽州思妇十二月，停歌罢笑双蛾摧。
倚门望行人，念君长城苦寒良可哀。
别时提剑救边去，遗此虎文金鞞靫。
中有一双白羽箭，蜘蛛结网生尘埃。
箭空在，人今战死不复回。
不忍见此物，焚之已成灰③。

黄河捧土尚可塞，北风雨雪恨难裁[4]。

①杂曲歌辞。○鲍照及太白皆言北风雨雪而行人不归。②一作“日月之阳不及此”。③已成：一作以为。④裁：一作哉。

独漉篇[1]

独漉水中泥，水浊不见月。
不见月尚可，水深行人没。
越鸟从南来，胡雁亦北度。
我欲弯弓向天射，惜其中道失归路。
落叶别树，飘零随风。客无所托，悲与此同。
罗帏舒卷，似有人开。明月直入，无心可猜。
雄剑挂壁，时时龙鸣。不断犀象，羞涩苔生。
国耻未雪，何由成名。神鹰梦泽，不顾鸱鸢。
为君一击，搏鹏九天。

①舞曲歌辞。

登高丘而望远海[1]

登高丘，望远海。六鳌骨已霜，三山流安在？
扶桑半摧折，白日沉光彩。
银台金阙如梦中，秦皇汉武空相待。
精卫费木石，鼋鼍无所凭。
君不见，骊山茂陵尽灰灭，牧羊之子来攀登。
盗贼劫宝玉，精灵竟何能？
穷兵黩武今如此，鼎湖飞龙安可乘？

①相和歌辞。

阳春歌[1]

长安白日照春空，绿杨结烟桑袅风[2]。

披香殿前花始红，流芳发色绣户中。
绣户中，相经过。
飞燕皇后轻身舞，紫宫夫人绝世歌。
圣君三万六千日，岁岁年年奈乐何。

①清商曲辞。○郭集录者六家。②桑：一作垂。

杨叛儿[①]

君歌杨叛儿，妾劝新丰酒。
何许最关人？乌啼白门柳。
乌啼隐杨花，君醉留妾家。
博山炉中沉香火，双烟一气凌紫霞。

①清商曲辞。○郭集录者四家。郭集：《唐书·乐志》曰：《杨伴儿》本童谣歌也，齐隆昌时女巫之子曰杨旻，少时随母入内，及长为何后宠。童谣云："杨婆儿，共戏来所欢。"语讹遂成"杨伴儿"。《古今乐录》曰：杨叛儿，送声云，叛儿教侬，不复相思。

双燕离[①]

双燕复双燕，双飞令人羡。
玉楼珠阁不独栖，金窗绣户常相见。
柏梁失火去，因入吴王宫。
吴宫又焚荡，雏尽巢一空。
憔悴一身在，孀雌忆故雄。
双飞难再得，伤我寸心中。

①琴曲歌辞。○郭集录者三家。

山人劝酒[①]

苍苍云松，落落绮皓。

春风尔来为阿谁，胡蝶忽然满芳草。
秀眉霜雪桃花貌，青髓绿发长美好。
称是秦时避世人，劝酒相欢不知老。
各守兔鹿志[2]，耻随龙虎争。
欻起佐太子[3]，汉皇乃复惊。
顾谓戚夫人，彼翁羽翼成。
归来商山下，泛若云无情。
举觞酹巢由，洗耳何独清[4]。
浩歌望嵩岳，意气还相倾[5]。

①琴曲歌辞。②兔：一作麋。③佐：一作安。④独：一作太。⑤还：一作遥。

于阗采花[1]

于阗采花人，自言花相似。
明妃一朝西入胡，胡中美女多羞死。
乃知汉地多名姝，胡中无花可方比。
丹青能令丑者妍，无盐翻在深宫里。
自古妬蛾眉，胡沙埋皓齿。

①杂曲歌辞。○郭集录者二家。

鞠歌行[1]

玉不自言如桃李，鱼目笑之卞和耻。
楚国青蝇何太多，连城白璧遭谗毁。
荆山长号泣血人，忠臣死为刖足鬼。
听曲知宁戚，夷吾因小妻。
秦穆五羊皮，买死百里奚。
洗拂青云上，当时贱如泥。

朝歌鼓刀叟，虎变蟠溪中。
一举钓六合，遂荒营丘东。
平生渭水曲，谁识此老翁。
奈何今之人，双目送飞鸿。

①相和歌辞。○郭集录者四家。按：《鞠歌行》言知己难逢之意。郭集：《古今乐录》曰：王僧虔《技录》：平调又有《鞠歌行》，今无歌者。陆机序曰：按汉宫阁有含章鞠室、灵芝鞠室。后汉马防第宅卜临道，连阁通池，鞠城弥于街路。鞠歌将谓此也？又东阿王诗"连骑击壤"，或谓蹙鞠乎？三言、七言。虽奇宝名器，不遇知己，终不见重；愿逢知己，以托意焉。

幽涧泉[①]

拂彼白石，弹吾素琴。幽涧愀兮流泉深。
善手明徽，高张清心。寂历似千古，松飕飗兮万寻。
中见愁猿弔影而危处兮，叫秋木而长吟。
客有哀时失志而听者，泪淋浪以沾襟。
乃缉商缀羽，潺湲成音。
吾但写声发愤于妙指，殊不知此曲之古今。
幽涧泉，鸣深林。

①琴曲歌辞。

王昭君[①]二首

汉家秦地月，流影照明妃[②]。
一上玉关道，天涯去不归。
汉月还从东海出[③]，明妃西嫁无来日。
燕支长寒雪作花，娥眉憔悴没胡沙。
生乏黄金枉图画，死留青冢使人嗟。

①一作《昭君怨》。○相和歌辞。郭集录者二十一家。②照：一作送。③海：一作方。

昭君拂玉鞍，上马啼红颊。
今日汉宫人，明朝胡地妾。

中山孺子妾歌[①]

中山孺子妾，特以色见珍。
虽不如延年妹，亦是当时绝世人。
桃李出深井，花艳惊上春。
一贵复一贱，关天岂由身。
芙蓉老秋霜，团扇羞网尘。
戚姬髡剪入舂市，万古共悲辛。

①杂歌谣辞。○郭集：《汉书》曰：诏赐中山靖王子哙及孺子妾冰、未央才人歌诗四篇。如淳曰：孺子，幼少称。孺子妾，宫人也。颜师古曰：孺子，王妾之有品号者。妾，王之众妾也。冰，其名。才人，天子内官。按：此谓以歌诗赐中山王及孺子妾、未央才人等尔。累言之，故云“及”也。而陆厥作歌，乃谓之中山孺子妾，失之远矣。《艺文志》又曰：《临江王》及《愁思节士》歌诗四篇，《李夫人》及《幸贵人》歌诗三篇，亦皆累辞也。国藩按：如郭之说，则靖王子哙也，孺子妾冰也，未央才人也，三者平列。陆厥及太白词皆失之，然则古词之郢书燕说者亦多矣。

荆州乐[①]

白帝城边足风波，瞿塘五月谁敢过。
荆州麦熟茧成蛾，缲丝忆君头绪多。
拨谷飞鸣奈妾何。

①杂曲歌辞。○郭云：《荆州乐》盖出于清商曲之《江陵乐》。荆州即江陵也。又有《纪南歌》，亦出于此。

设辟邪伎鼓吹雉子班曲辞[①]

辟邪伎作鼓吹惊，雉子班之奏曲成。

喔咿振迅欲飞鸣。扇锦翼，雄风生。
双雌同饮啄，趫悍谁能争。
乍向草中耿介死，不求黄金笼下生。
天地至广大，何惜遂物情[2]。
善卷让天子，务光亦逃名。
所贵旷士怀，朗然合太清。

①鼓吹曲辞。○郭集录者四家。鼓吹曲皆军中之乐。②“耿介死”四句，亦烈士报国之志也。

古有所思[1]

我思仙人[2]，乃在碧海之东隅。
海寒多天风，白波连山倒蓬壶[3]。
长鲸喷涌不可涉，抚心茫茫泪如珠。
西来青鸟东飞去，愿寄一书谢麻姑。

①鼓吹曲辞。○郭集录者二十四家，大抵皆思妇之词。②仙：一作佳。③山：一作天。

久别离[1]

别来几春未还家，玉窗五见樱桃花。
况有锦字书，开缄使人嗟[2]。
至此肠断彼心绝，云鬟绿鬓罢揽结。
愁如回飙乱白雪。
去年寄书报阳台，今年寄书重相催。
胡为东风为我吹行云，使西来。
待来竟不来，落花寂寂委青苔。

①杂曲歌辞。○郭集与《远别离》《长别离》为类。②使：一作令。

采莲曲[①]

若耶溪傍采莲女，笑隔荷花共人语。
日照新妆水底明。风飘香袖空中举。
岸上谁家游冶郎，三三五五映垂杨。
紫骝嘶入落花去，见此踟蹰空断肠。

①清商曲辞。〇郭集录者二十二家。

白头吟[①]

锦水东流碧，波荡双鸳鸯。
雄巢汉宫树，雌弄秦草芳。
相如去蜀谒武帝，赤车驷马生辉光。
一朝再览《大人》作，万乘忽欲凌云翔。
闻道阿娇失恩宠，千金买赋要君王。
相如不忆贫贱日，官高金多聘私室。
茂陵姝子皆见求，文君欢爱从此毕。
泪如双泉水，行堕紫罗襟。
五起鸡三唱，清晨白头吟。
长吁不整绿云鬓，仰诉青天哀怨深。
城崩杞梁妻，谁道土无心。
东流不作西归水，落花辞枝羞故林。
头上玉燕钗，是妾嫁时物。
赠君表相思，罗袖幸时拂。
莫卷龙须席，从他生网丝；
且留琥珀枕，还有梦来时。
鹔鹴裘在锦屏上，自君一挂无由披[②]。
妾有秦楼镜，照心胜照井。

愿持照新人，双对可怜影。
覆水却收不满杯，相如还谢文君回。
古来得意不相负，只今唯有青陵台。

①相和歌辞。○郭集录者六家。郭集：《古今乐录》曰：王僧虔《技录》曰：《白头吟》，行歌，古“皑如山上雪”篇。《西京杂记》曰：司马相如将聘茂陵人女为妾，卓文君作《白头吟》以自绝，相如乃止。《乐府解题》曰：古辞云：“皑如山上雪，皎若云间月。”又云：“愿得一心人，白头不相离。”始言良人有两意，故来与之相决绝；次言别于沟水之上，叙其本情；终言“男儿重意气，何用钱刀为”。若宋鲍照“直如朱丝绳”，陈张正见“平生怀直道”，唐虞世南“气如幽径兰”，皆自伤清直芬馥，而遭铄金玷玉之谤，君恩以薄，与古文近焉。一说云：《白头吟》，疾人相知以新间旧，不能至于白首，故以为名。唐元稹又有《决绝词》，亦出于此。②由：一作人。

临江王节士歌①

洞庭白波木叶稀，燕雁始入吴云飞。
吴云寒，燕雁苦，风号沙宿潇湘浦。
节士感秋泪如雨。
白日当天心，照之可以事明主。
壮士愤②，雄风生③。安得倚天剑，跨海斩长鲸。

①《汉书·艺文志》云：《临江王》及《愁思节士》歌诗四篇。是《临江王》也，《愁思节士》也，二者平列，陆厥及太白之词皆失之。庾信赋云“临江王有愁思之歌”，亦失之矣。②士：一作气。③雄：一作寒。

司马将军歌①

狂风吹古月，窃弄章华台。
北落明星动光彩，南征猛将如云雷②。
手中电曳倚天剑③，直斩长鲸海水开。

我见楼船壮心目，颇似龙骧下三蜀。
扬兵习战张虎旗，江中白浪如银屋。
身居玉帐临河魁，紫髯若戟冠崔嵬。
细柳开营揖天子，始知灞上为婴孩。
羌笛横吹阿亸回，向月楼中吹落梅。
将军自起舞长剑，壮士呼声动九垓。
功成献凯见明主，丹青画像麒麟台。

①代陇上健儿陈安。按：刘曜之将平先破陈安于陇上，安部下为《陇上歌》。太白作此拟之而无悲伤，壮士战死之意未详何说。②一作“南方有事将军来”。③电曳：一作曳电。

君道曲①

大君若天覆，广运无不至。
轩后爪牙常先太山稽，如心之使臂。
小白鸿翼于夷吾，刘葛鱼水本无二。
土扶可成墙，积德为厚地。

①梁之雅歌有五篇，今作一章。〇清商曲辞。

结袜子①

燕南壮士吴门豪，筑中置铅鱼隐刀。
感君恩重许君命，太山一掷轻鸿毛。

①杂曲歌辞。〇按《汉书》：王生使张释之结袜，而释之名愈重。太白此辞，大抵言感恩之重，而以命相许也。

白纻辞三首①

扬清歌②，发皓齿，北方佳人东邻子。
且吟白纻停绿水，长袖拂面为君起。

寒云夜卷霜海空，胡风吹天飘塞鸿。
玉颜满堂乐未终，馆娃日落歌吹濛。

①舞曲歌辞。○郭集《白纻曲》《白纻歌》《白纻辞》录者共十四家。②歌：一作音。

月寒江清夜沉沉，美人一笑千黄金。
垂罗舞縠扬哀音，郢中白雪且莫吟，子夜吴歌动君心。
动君心，冀君赏。
愿作天池双鸳鸯，一朝飞去青云上。

吴刀剪綵缝舞衣[1]，明妆丽服夺春辉，扬眉转袖若雪飞。
倾城独立世所稀，激楚结风醉忘归。
高堂月落烛已微，玉钗挂缨君莫违。

①綵：一作绮。

鸣雁行[1]

胡雁鸣，辞燕山。昨发委羽朝度关。
一一衔芦枝，南飞散落天地间。
连行接翼往复还。
客居烟波寄湘吴，凌霜触雪毛体枯。
畏逢矰缴惊相呼，闻弦虚坠良可吁。
君更弹射何为乎！

①杂曲歌辞。○郭集录者六家。

凤笙篇

仙人十五爱吹笙，学得昆丘彩凤鸣。
始闻炼气飡金液，复道朝天赴玉京。

玉京迢迢几千里，凤笙去去无穷已。
欲叹离声发绛唇，更嗟别调流纤指。
此时惜别讵堪闻，此地相看未忍分。
重吟真曲和清吹，却奏仙歌响绿云。
绿云紫气向函关，访道应寻缑氏山。
莫学吹笙王子晋，一遇浮丘断不还。

清平调词三首

云想衣裳花想容，春风拂槛露华浓。
若非群玉山头见，会向瑶台月下逢。

一枝红艳露凝香，云雨巫山枉断肠。
借问汉宫谁得似？可怜飞燕倚新妆。

名花倾国两相欢，长得君王带笑看。
解释春风无限恨，沉香亭北倚阑干。

白鼻騧[①]

银鞍白鼻騧[②]，绿地障泥锦。
细雨春风花落时[③]，挥鞭直就胡姬饮。

①横吹曲辞。〇郭集录者二家。②银：一作金。③一作“春风细雨花落时”。

猛虎行[①]

朝作猛虎行，暮作猛虎吟[②]。
肠断非关陇头水，泪下不为雍门琴。
旌旗缤纷两河道[③]，战鼓惊山欲倾倒。

秦人半作燕地囚，胡马翻衔洛阳草。
一输一失关下兵，朝降夕叛幽蓟城。
巨鳌未斩海水动，鱼龙奔走安得宁。
颇似楚汉时，翻覆无定止。
朝过博浪沙，暮入淮阴市。
张良未遇韩信贫，刘项存亡在两臣。
暂到下邳受兵略，来投漂母作主人。
贤哲栖栖古如此，今时亦弃青云士。
有策不敢犯龙鳞，窜身南国避胡尘。
宝书玉剑挂高阁，金鞍骏马散故人。
昨日方为宣城客，掣铃交通二千石。
有时六博快壮心④，绕床三匝呼一掷。
楚人每道张旭奇，心藏风云世莫知。
三吴邦伯皆顾眄⑤，四海雄侠两追随⑥。
萧曹曾作沛中吏，攀龙附凤当有时。
溧阳酒楼三月春，杨花茫茫愁杀人⑦。
胡雏绿眼吹玉笛，吴歌白纻飞梁尘。
丈夫相见且为乐⑧，槌牛挝鼓会众宾。
我从此去钓东海，得鱼笑寄情相亲。

①行：一作吟。〇相和歌辞。郭集录者十家。国藩按：《猛虎行》多言不以艰险改节，太白此诗则自伤不遇耳。②一作“行亦猛虎吟，坐亦猛虎吟”。③旍旌：一作旌旗。④快壮心：一作快寸心。⑤皆：一作多。⑥两追随：一作皆相推。⑦茫茫：一作漠漠。⑧相见：一作到处。〇“旍旌”以下八句，叙述安史之乱。“颇似楚汉时”以下十句，借张、韩以自喻。“有策不敢犯龙鳞”以下，则自叙其落魄不偶。宣城、溧阳，皆其所经之地也。

少年行二首[①]

五陵年少金市东，银鞍白马度春风。
落花踏尽游何处，笑入胡姬酒肆中。

君不见，淮南少年游侠客，白日毬猎夜拥掷。
呼卢百万终不惜，报仇千里如咫尺。
少年游侠好经过，浑身装束皆绮罗。
兰蕙相随喧妓女，风光去处满笙歌。
骄矜自言不可有，侠士堂中养来久。
好鞍好马乞与人，十千五千旋沽酒。
赤心用尽为知己，黄金不惜栽桃李。
桃李栽来几度春，一回花落一回新。
府县尽为门下客，王侯皆是平交人。
男儿百年且乐命，何须徇书受贫病。
男儿百年且荣身，何须徇节甘风尘。
衣冠半是征战士，穷儒浪作林泉民。
遮莫枝根长百丈，不如当代多还往。
遮莫亲姻连帝城，不如当身自簪缨。
看取富贵眼前者，何用悠悠身后名。

①杂曲歌辞。○郭集录者十四家。

捣衣篇

闺里佳人年十馀，颦蛾对影恨离居。
忽逢江上春归燕，衔得云中尺素书。
玉手开缄长叹息，狂夫犹戍交河北。
万里交河水北流，愿为双鸟泛中洲。

君边云拥青丝骑，妾处苔生红粉楼。
楼上春风日将歇，谁能揽镜看愁发。
晓吹员管随落花，夜捣戍衣向明月。
明月高高刻漏长，真珠簾箔掩兰堂。
横垂宝幄同心结，半拂琼筵苏合香。
琼筵宝幄连枝锦，灯烛荧荧照孤寝。
有使凭将金剪刀，为君留下相思枕。
摘尽庭兰不见君，红巾拭泪坐氤氲。
明年若更征边塞，愿作阳台一段云。

○以上乐府。

襄阳歌

落日欲没岘山西，倒著接䍦花下迷[①]。
襄阳小儿齐拍手，拦街争唱白铜鞮。
傍人借问笑何事，笑杀山公醉似泥。
鸬鹚杓，鹦鹉杯，百年三万六千日，一日须倾三百杯。
遥看汉水鸭头绿，恰似蒲萄初酦醅。
此江若变作春酒，垒麹便筑糟丘台。
千金骏马换少妾，醉坐雕鞍歌落梅。
车傍侧挂一壶酒，凤笙龙管行相催。
咸阳市中叹黄犬，何如月下倾金罍。
君不见，晋朝羊公一片古碑材，龟头剥落生莓苔。
泪亦不能为之堕，心亦不能为之哀。
谁能忧彼身后事，金凫银鸭葬死灰。
清风朗月不用一钱买，玉山自倒非人推。
舒州杓，力士铛[②]，李白与尔同死生[③]。
襄王云雨今安在，江水东流猿夜声。

①倒著接䍦：一作“行客辞归”。②一作“黄金爵，白玉瓶”。③李白：一作酒仙。

江上吟[1]

木兰之枻沙棠舟，玉箫金管坐两头。
美酒樽中置千斛[2]，载妓随波任去留。
仙人有待乘黄鹤，海客无心随白鸥。
屈平词赋悬日月，楚王台榭空山丘。
兴酣落笔摇五岳，诗成啸傲凌沧洲。
功名富贵若长在，汉水亦应西北流。

①一作《江上游》。②樽：一作当。

侍从宜春苑奉诏赋龙池柳色初青听新莺百啭歌

东风已绿瀛洲草，紫殿红楼觉春好。
池南柳色半青青，萦烟袅娜拂绮城。
垂丝百尺挂雕楹，上有好鸟相和鸣。
间关早得春风情。
春风卷入碧云去，千门万户皆春声。
是时君王在镐京，五云垂晖耀紫清。
仗出金宫随日转，天回玉辇绕花行。
始向蓬莱看舞鹤，还过茝若听新莺。
新莺飞绕上林苑，愿入箫韶杂凤笙。

○长安。

玉壶吟

烈士击玉壶，壮心惜暮年。
三杯拂剑舞秋月，忽然高咏涕泗涟[1]。

凤凰初下紫泥诏，谒帝称觞登御筵。
揄扬九重万乘主，谑浪赤墀青琐贤。
朝天数换飞龙马，敕赐珊瑚白玉鞭。
世人不识东方朔，大隐金门是谪仙。
西施宜笑复宜颦，丑女效之徒集身。
君王虽爱蛾眉好，无奈宫中妒杀人。

①一作“三杯拂剑舞，秋月忽高悬”。○“凤凰”以下八句，皆自赞之词。“西施”四句，伤不遇也。○此间有《笑歌行》《悲歌行》二首未抄，实非太白诗也。郭茂倩以《悲歌行》录入杂曲歌辞，以《笑歌行》录入新乐府辞，不知有何区别，殆亦强作解事，不辨其为赝作耳。

幽歌行上新平长史兄粲

豳谷稍稍振庭柯，泾水浩浩扬湍波。
哀鸿酸嘶暮声急，愁云苍惨寒气多。
忆昨去家此为客，荷花初红柳阴碧。
中宵出饮三百杯，明朝归揖二千石。
宁知流寓变光辉，胡霜萧飒绕客衣。
寒灰寂寞竟谁暖，落叶飘扬何处归。
吾兄行乐穷曛旭，满堂有美颜如玉。
赵女长歌入彩云，燕姬醉舞娇红烛。
狐裘兽炭酌流霞，壮士悲吟宁见嗟。
前荣后枯相翻覆，何惜馀光及棣华。

○陕西。

西岳云台歌送丹丘子

西岳峥嵘何壮哉，黄河如丝天际来。
黄河万里触山动，盘涡毂转秦地雷。

荣光休气纷五彩，千年一清圣人在。
巨灵咆哮擘两山，洪波喷流射东海①。
三峰却立如欲摧，翠崖丹谷高掌开。
白帝精光运元气，石作莲花云作台。
云台阁道连窈冥②，中有不死丹丘生。
明星玉女备洒扫，麻姑搔背指爪轻。
我皇手把天地户，丹丘谈天与天语。
九重出入生光辉，东求蓬莱复西归。
玉浆倘惠故人饮，骑二茅龙上天飞。

①喷流射东海：一作箭射流东海。②连窈冥：一作人不到。

元丹丘歌

元丹丘，爱神仙①。
朝饮颍川之清流，暮还嵩岑之紫烟。三十六峰长周旋。
长周旋，蹑星虹。
身骑飞龙耳生风，横河跨海与天通。我知尔游心无穷。

①爱：一作好。

扶风豪士歌

洛阳三月飞胡沙，洛阳城中人怨嗟。
天津流水波赤血，白骨相撑如乱麻。
我亦东奔向吴国①，浮云四塞道路赊。
东方日出啼早鸦，城门人开扫落花。
梧桐杨柳拂金井，来醉扶风豪士家。
扶风豪士天下奇，意气相倾山可移。
作人不倚将军势，饮酒岂顾尚书期。
雕盘绮食会众客，吴歌赵舞香风吹。

原尝春陵六国时，开心写意君所知。
堂中各有三千士，明日报恩知是谁。
抚长剑，一扬眉，清水白石何离离。
脱吾帽，向君笑。饮君酒，为君吟。
张良未逐赤松去，桥边黄石知我心。

①东奔向吴国：一作“来奔溧溪上”。〇“洛阳三月”四句，言安禄山破东京。“我亦东奔”四句，自叙避乱来吴，因至扶风豪士之家。扶风豪士，当亦秦人而同时避乱于吴者。“扶风豪士天下奇”以下十句，专赞其豪侠奇伟。“抚长剑”以下九句，自述其高怀逸志。

同族弟金城尉叔卿烛照山水壁画歌[①]

高堂粉壁图蓬瀛，烛前一见沧洲清。
洪波汹涌山峥嵘，皎若丹丘隔海望赤城。
光中乍喜岚气灭，谓逢山阴晴后雪。
回溪碧流寂无喧，又如秦人月下窥花源。
了然不觉清心魂，只将叠嶂鸣秋猿。
与君对此欢未歇，放歌行吟达明发。
却顾海客扬云帆，便欲因之向溟渤。

①叔：一作升。

白毫子歌

淮南小山白毫子，乃在淮南小山里。
夜卧松下雪，朝餐石中髓。
小山连绵向山开[①]，碧峰巉岩渌水回。
余配白毫子，独酌流霞杯。
拂花弄琴坐青苔，绿萝树下春风来。
南窗萧飒松声起，凭崖一听清心耳。

可得见，未得亲[2]。
八公携手五云去，空馀桂树愁杀人。

①连：一作联。②未：一作不。

梁园吟[1]

我浮黄河去京关[2]，挂席欲进波连山[3]。
天长水阔厌远涉，访古始及平台间。
平台为客忧思多，对酒遂作梁园歌[4]。
却忆蓬池阮公咏，因吟渌水扬洪波。
洪波浩荡迷旧国，路远西归安可得。
人生达命岂假愁，且饮美酒登高楼。
平头奴子摇大扇，五月不热疑清秋[5]。
玉盘杨梅为君设[6]，吴盐如花皎白雪[7]。
持盐把酒但饮之，莫学夷齐事高洁[8]。
昔人豪贤信陵君，今人耕种信陵坟。
荒城虚照碧山月[9]，古木尽入苍梧云。
梁王宫阙今安在[10]，枚马先归不相待。
舞影歌声散渌池，空馀汴水东流海。
沉吟此事泪满衣，黄金买醉未能归[11]。
连呼五白行六博[12]，分曹赌酒酣驰晖[13]。
歌且谣，意方远。
东山高卧时起来[14]，欲济苍生未应晚。

①一作《梁园醉酒歌》。〇玩诗指，盖公泝黄河而西赴长安，过梁园时怀古而作也；不知定在何时，或禄山未乱以前耳。②浮：一作乘。河：一作云。③进：一作往。④对酒：一作醉来。⑤疑：一作如。⑥玉：一作素。杨：一作青。⑦白：一作如。⑧一作“何用孤高比云月”，又作“咄咄书空字还灭”。⑨虚：一作远。⑩宫阙：一作宾客。⑪未能：一作莫言。⑫行：

一作投。⑬酣：一作看。⑭时：一作忽，又作还。

鸣皋歌送岑征君[①]

若有人兮思鸣皋，阻积雪兮心烦劳。
洪河凌兢不可以径度，冰龙鳞兮难容舠。
邈仙山之峻极兮[②]，闻天籁之嘈嘈。
霜崖缟皓以合沓兮，若长风扇海[③]，涌沧溟之波涛。
玄猿绿罴，舔舕岌危[④]；
咆柯振石，骇胆慄魄，群呼而相号。
峰峥嵘以路绝，挂星辰于岩嶅。
送君之归兮，动鸣皋之新作。
交鼓吹兮弹丝，觞清泠之池阁。
君不行兮何待，若返顾之黄鹤。
扫梁园之群英，振大雅于东洛。
巾征轩兮历阻折，寻幽居兮越巘崿。
盘白石兮坐素月，琴松风兮寂万壑[⑤]。
望不见兮心氛氲，萝冥冥兮霰纷纷。
水横洞以下绿，波小声而上闻。
虎啸谷而生风，龙藏溪而吐云。
冥鹤清唳[⑥]，饥鼯嚬呻。
块独处此幽默兮，愀空山而愁人[⑦]。
鸡聚族以争食，凤孤飞而无邻。
蝘蜓嘲龙，鱼目混珍。嫫母衣锦，西施负薪。
若使巢由桎梏于轩冕兮，亦奚异乎夔龙蹩躠于风尘。
哭何苦而救楚，笑何夸而却秦。
吾诚不能学二子，沽名矫节以耀世兮，
固将弃天地而遗身。

白鸥兮飞来，长与君兮相亲。

①时梁园三尺雪，在清泠池作。②仙山：一作神仙。③风：一作虹。④岌：一作崟。⑤寂：一作升。⑥冥：一作寡。⑦愀：一作啼。而：一作兮。

鸣皋歌奉饯从翁清归五崖山居

昨忆鸣皋梦里还，手弄素月清潭间。
觉时枕席非碧山，侧身西望阻秦关。
麒麟阁上春还早，著书却忆伊阳好。
青松来风吹石道，绿萝飞花覆烟草。
我家仙公爱清真，才雄草圣凌古人。
欲卧鸣皋绝世尘。
鸣皋微茫在何处，五崖峡水横樵路[①]。
身披翠云裘，袖拂紫烟去[②]。
去时应过嵩少间，相思为折三花树。

①峡：一作溪。②烟：一作云。○鸣皋山，在河南府陆浑县，故曰“伊阳”。公此时与从翁俱在梁园，故从翁归鸣皋，应由嵩少经过也。

僧伽歌

真僧法号号僧伽，有时与我论三车。
问言诵咒几千遍，口道恒河沙复沙。
此僧本住南天竺，为法头陀来此国。
戒得长天秋月明，心如世上青莲色。
意清净，貌棱棱。亦不减，亦不增。
瓶里千年舍利骨，手中万岁胡孙藤。
嗟予落泊江淮久，罕遇真僧说空有。
一言忏尽波罗夷，再礼浑除犯轻垢。

白云歌送刘十六归山

楚山秦山皆白云，白云处处长随君。
长随君，君入楚山里，云亦随君渡湘水。
湘水上，女萝衣，白云堪卧君早归。

金陵歌送别范宣

石头巉岩如虎踞，凌波欲过沧江去。
钟山龙盘走势来，秀色横分历阳树。
四十馀帝三百秋，功名事迹随东流。
白马小儿谁家子，泰清之岁来关囚[①]。
金陵昔时何壮哉，席卷英豪天下来。
冠盖散为烟雾尽，金舆玉座成寒灰。
扣剑悲吟空咄嗟，梁陈白骨乱如麻。
天子龙沉景阳井，谁歌玉树后庭花。
此地伤心不能道，目下离离长春草[②]。
送尔长江万里心，他年来访南山皓。

○金陵。①一作“白马金鞍谁家子，吹唇虎啸凤皇楼”。②目：一作日。

劳劳亭歌[①]

金陵劳劳送客堂，蔓草离离生道旁。
古情不尽东流水，此地悲风愁白杨。
我乘素舸同康乐，朗咏清川飞夜霜。
昔闻牛渚吟五章，今来何谢袁家郎。
苦竹寒声动秋月，独宿空簾归梦长。

①在江宁县南十五里，古送别之所，一名临沧观。○既以康乐自比，

又以袁宏自比，但恨无邂逅相知如谢尚者，致寂寂独宿空簾耳。

金陕城西楼月下

金陵夜寂凉风发①，独上高楼望吴越②。
白云映水摇空城③，白露垂珠滴秋月④。
月下沉吟久不归⑤，古来相接眼中稀⑥。
解道澄江净如练，令人长忆谢玄晖⑦。

①寂：一作静。②高：一作西。③空：一作秋。④垂珠滴秋月：一作沾衣湿秋月。⑤沉：一作长。⑥来：一作今。⑦长：一作还。

东山吟①

携妓东土山，怅然悲谢安。
我妓今朝如花月，他妓古坟荒草寒。
白鸡梦后五百岁②，洒酒浇君同所欢。
酣来自作青海舞，秋风吹落紫绮冠。
彼亦一时，此亦一肘，浩浩洪流之咏何必奇③。

①东山去江宁城三十五里，晋谢安携妓之所。一云《醉过谢安东山》。②五：一作三。谢安尝梦见白鸡，后太岁在酉而卒。③之：一作高。“浩浩洪流，带我邦畿”，稽康诗也。太白之意，谓不恋恋于王畿耳。

当涂赵炎少府粉图山水歌

峨眉高出西极天，罗浮直与南溟连。
名工绎思挥彩笔，驱山走海置眼前。
满堂空翠如可扫，赤城霞气苍梧烟。
洞庭潇湘意渺瀰，三江七泽情洄沿。
惊涛汹涌向何处，孤舟一去迷归年。
征帆不动亦不旋，飘如随风落天边。

心摇目断兴难尽，几时可到三山巅？
西峰峥嵘喷流泉，横石蹙水波潺湲。
东崖合沓蔽轻雾，深林杂树空芊绵。
此中冥昧失昼夜，隐机寂听无鸣蝉。
长松之下列羽客，对坐不语南昌仙。
南昌仙人赵夫子，妙年历落青云士。
讼庭无事罗众宾，杳然如在丹青里①。
五色粉图安足珍，真山可以全吾身。
若待功成拂衣去，武陵桃花笑杀人。

①青：一作霄。

峨眉山月歌送蜀僧晏入中京

我在巴东三峡时，西看明月忆峨眉。
月出峨眉照沧海①，与人万里长相随。
黄鹤楼前月华白，此中忽见峨眉客。
峨眉山月还送君，风吹西到长安陌。
长安大道横九天，峨眉山月照秦川。
黄金师子承高座，白玉麈尾谈重玄。
我似浮云滞吴越，君逢圣主游丹阙。
一振高名满帝都，归时还弄峨眉月②。

①月出峨眉：一作峨眉山月。②时：一作来。○观“黄鹤楼前”二句，太白时在江夏见僧晏也。“我滞吴越”句，当指前事言之耳。

赤壁歌送别①

二龙争战决雌雄，赤壁楼船扫地空。
烈火张天照云海，周瑜于此破曹公。
君去沧江望澄碧②，鲸鲵唐突留馀迹。

一一书来报故人，我欲因之壮心魄[3]。

①江夏。②望：一作弄。③因：一作观。

江夏行

忆昔娇小姿，春心亦自持。
为言嫁夫婿，得免长相思。
谁知嫁商贾，令人却愁苦。
自从为夫妻，何曾在乡土。
去年下扬州，相送黄鹤楼。
眼看帆去远，心逐江水流。
只言期一载，谁谓历三秋。
使妾肠欲断，恨君情悠悠。
东家西舍同时发，北去南来不逾月。
未知行李游何方，作个音书能断绝。
适来往南浦，欲问西江船。
正见当垆女，红妆二八年。
一种为人妻，独自多悲凄。
对镜便垂泪，逢人只欲啼。
不如轻薄儿，旦暮长追随。
悔作商人妇，青春长别离。
如今正好同欢乐，君去容华谁得知。

怀仙歌

一鹤东飞过沧海，放心散漫知何在。
仙人浩歌望我来，应攀玉树长相待。
尧舜之事不足惊，自馀嚣嚣真可轻。
巨鳌莫载三山去，吾欲蓬莱顶上行[1]。

①吾：一作我。

酬殷佐明见赠五云裘歌[①]

我吟谢朓诗上语，朔风飒飒吹飞雨。
谢朓已没青山空，后来继之有殷公。
粉图珍裘五云色，晔如晴天散彩虹。
文章彪炳光陆离，应是素娥玉女之所为。
轻如松花落金粉，浓似苔锦含碧滋。
远山积翠横海岛，残霞霏丹映江草。
凝毫采掇花露容，几年功成夺天造。
故人赠我我不违，著令山水含晴晖[②]。
顿惊谢康乐，诗兴生我衣。
襟前林壑敛暝色，袖上烟霞收夕霏。
群仙长叹惊此物，千崖万岭相萦郁。
身骑白鹿行飘飖，手翳紫芝笑披拂。
相如不足夸鹔鹴，王恭鹤氅安可方。
瑶台雪花数千点，片片吹落春风香。
为君持此凌苍苍，上朝三十六玉皇。
下窥夫子不可及，矫手相思空断肠。

①谢朓宅在当涂青山下。②晴晖：一作清辉。

临路歌

大鹏飞兮振八裔，中天摧兮力不济。
馀风激兮万世，游扶桑兮挂石袂。
后人得之传此，仲尼亡乎谁为出涕。

草书歌行

少年上人号怀素，草书天下称独步。

墨池飞出北溟鱼，笔锋杀尽中山兔。
八月九月天气凉，酒徒词客满高堂。
笺麻素绢排数箱，宣州石砚墨色光。
吾师醉后倚绳床，须臾扫尽数千张。
飘风骤雨惊飒飒，落花飞雪何茫茫。
起来向壁不停手，一行数字大如斗。
怳怳如闻神鬼惊，时时只见龙蛇走。
左盘右旋如惊电，状同楚汉相攻战。
湖南七郡凡几家，家家屏幛书题遍。
王逸少，张伯英，古来几许浪得名。
张颠老死不足数，我师此义不师古。
古来万事贵天生，何必要公孙大娘浑脱舞。

山鹧鸪词

苦竹岭头秋月辉，苦竹南枝鹧鸪飞。
嫁得燕山胡雁婿，欲衔我向雁门归。
山鸡翟雉来相劝，南禽多被北禽欺。
紫塞严霜如剑戟，苍梧欲巢难背违。
我心誓死不能去，哀鸣惊叫泪沾衣。

和卢侍御通塘曲

君夸通塘好，通塘胜耶溪。
通塘在何处？宛在寻阳西。
青萝袅袅拂烟树，白鹇处处聚沙堤。
石门中断平湖出，百丈金潭照云日。
何处沧浪垂钓翁，鼓棹渔歌趣非一。
相逢不相识，出没绕通塘。

浦边清水明素足，别有浣纱吴女郎。
行尽绿潭潭转幽，疑是武陵春碧流。
秦人鸡犬桃花里，将比通塘渠见羞。
通塘不忍别，十去九迟回。
偶逢佳境心已醉，忽有一鸟从天来。
月出青山送行子，四边苦竹秋声起。
长吟白雪望星河，双垂两足扬素波。
梁鸿德耀会稽日，宁知此中乐事多。

○结句似与起句相应。言会稽虽有耶溪，尚不如寻阳之通塘；会稽之梁、孟，尚不如寻阳之卢侍御也。

赠郭将军

将军少年出武威，入掌银台护紫微。
平明拂剑朝天去，薄暮垂鞭醉酒归。
爱子临风吹玉笛，美人腾月舞罗衣①。
畴昔雄豪如梦里，相逢且欲醉春辉②。

①腾：一作向，又作娇。②一云："今日相逢俱失路，何年灞上弄春辉。"

驾去温泉宫后赠杨山人

少年落拓楚汉间，风尘萧瑟多苦颜。
自言介蚕竟谁许①，长吁莫错还闭关。
一朝君王垂拂拭，剖心输丹雪胸臆。
忽逢白日回景光，直上青云生羽翼。
幸陪鸾辇出鸿都，身骑飞龙天马驹。
王公大人借颜色，金章紫绶来相趋。
当时结交何纷纷，片言道合唯有君。

待吾尽节报明主，然后相携卧白云[2]。

①介虿：一作管葛。②然后相携：一作携手沧洲。

赠裴十四

朝见裴叔则，朗如行玉山。
黄河落天走东海，万里写入胸怀间。
身骑白鼋不敢度，金高南山买君顾。
徘徊六合无相知，飘若浮云且西去。

上李邕

大鹏一日同风起，抟摇直上九万里。
假令风歇时下来，犹能搊却沧溟水。
世人见我恒殊调，见余大言皆冷笑。
宣父犹能畏后生，丈夫未可轻年少。

述德兼陈情上哥舒大夫

天为国家孕英才，森森矛戟拥灵台。
浩荡深谋喷江海，纵横逸气走风雷。
丈夫立身有如此，一呼三军皆披靡。
卫青漫作大将军，白起真成一竖子。

走笔赠独孤驸马

都尉朝天跃马归，香风吹人花乱飞。
银鞍紫鞚照云日，左顾右盼生光辉。
是时仆在金门里，待诏公车谒天子。
长揖蒙垂国士恩，壮心剖出酬知己。
一别蹉跎朝市间，青云之交不可攀。

傥其公子重回顾，何必侯嬴长抱关。

〇此间有杂言《用投丹阳知己兼奉宣慰判官》一首，几不可句读，不复抄之。

醉后赠从甥高镇

马上相逢揖马鞭，客中相见客中怜。
欲邀击筑悲歌饮，正值倾家无酒钱。
江东风光不借人，枉杀落花空自春。
黄金逐手快意尽，昨日破产今朝贫。
丈夫何事空啸傲，不如烧却头上巾。
君为进士不得进，我被秋霜生旅鬓。
时清不及英豪人，三尺童儿唾廉蔺。
匣中盘却装鲭鱼，闲在腰间未用渠。
且将换酒与君醉，醉归托宿吴鳟诸。

赠潘侍御论钱少阳

绣衣柱史何昂藏，铁冠白笔横秋霜。
三军论事多引纳，阶前虎士罗干将。
虽无二十五老者，且有一翁钱少阳。
眉如松雪齐四皓，调笑可以安储皇。
君能礼此最下士，九州拭目瞻清光。

流夜郎赠辛判官

昔在长安醉花柳，五侯七贵同杯酒。
气岸遥凌豪士前，风流肯落他人后[①]。
夫子红颜我少年，章台走马著金鞭。
文章献纳麒麟殿，歌舞淹留玳瑁筵。

与君自谓长如此，宁知草动风尘起。
函谷忽惊胡马来，秦宫桃李向胡开。
我愁远谪夜郎去，何日金鸡放赦回。

○流夜郎。①他：一作谁，又作诸。

江上赠窦长史

汉求季布鲁朱家，楚逐伍胥去章华。
万里南迁夜郎国，三年归及长风沙，
闻道青云贵公子，锦帆游弈西江水。
人疑天上坐楼船，水净霞明两重绮。
相约相期何太深，棹歌摇艇月中寻。
不同珠履三千客，别欲论交一片心。

赠汉阳辅录事

鹦鹉洲横汉阳渡，水引寒烟没江树。
南浦登楼不见君，君今罢官在何处。
汉口双鱼白锦鳞，令传尺素报情人。
其中字数无多少，只是相思秋复春。

江夏赠韦南陵冰

胡骄马惊沙尘起，胡雏饮马天津水。
君为张掖近酒泉，我窜三巴九千里。
天地再新法令宽，夜郎迁客带霜寒。
西忆故人不可见，东风吹梦到长安。
宁期此地忽相遇，惊喜茫如堕烟雾。
玉箫金管喧四筵，苦心不得申一句[1]。
昨日绣衣倾绿樽[2]，病如桃李竟何言。

昔骑天子大宛马，今乘款段诸侯门。
赖遇南平豁方寸[3]，复兼夫子持清论。
有似山开万里云，四望青天解人闷。
人闷还心闷，苦辛长苦辛。
愁来饮酒二千石，寒灰重暖生阳春。
山公醉后能骑马，别是风流贤主人。
头陀云月多僧气[4]，山水何曾称人意。
不然鸣笳按鼓戏沧流[5]，呼取江南女儿歌棹讴。
我且为君捶碎黄鹤楼，君亦为吾倒却鹦鹉洲。
赤壁争雄如梦里，且须歌舞宽离忧。

①一：一作长。〇以上喜迁谪后相遇。②绣衣：当即指潘侍御。③南平：指从弟之遥也。④头陀寺在鄂州，宋大明五年建。⑤然：一作能。

赠从弟南平太守之遥[1]

少年不作意，落拓无安居。
愿随任公子，欲钓吞舟鱼。
常时饮酒逐风景，壮心遂与功名疏。
兰生谷底人不锄，云在高山空卷舒。
汉家天子驰驷马，赤车蜀道迎相如。
天门九重谒圣人，龙颜一解四海春。
彤庭左右呼万岁，拜贺明主收沉沦。
翰林秉笔回英眄，麟阁峥嵘谁可见。
承恩初入银台门[2]，著书独在金銮殿。
龙驹雕镫白玉鞍，象床绮食黄金盘[3]。
当时笑我微贱者，却来请谒为交欢。
一朝谢病游江海，畴昔相知几人在。
前门长揖后门关，今日结交明日改。

爱君山岳心不移，随君云雾迷所为。
梦得池塘生春草，使我长价登楼诗。
别后遥传临海作，可见羊何共和之④。

①时因饮酒过度贬武陵，后诗故赠。②一作“承恩侍从甘泉宫”。③食：一作席。④谢灵运与从弟惠连、东海何长瑜、颍川荀雍、太山羊璇为四友。

对雪醉后赠王历阳

有身莫犯飞龙鳞，有手莫辫猛虎须。
君看昔日汝南市，白头仙人隐玉壶。
子猷闻风动窗竹，相邀共醉杯中绿。
历阳何异山阴时，白雪飞花乱人目。
君家有酒我何愁，客多乐酣秉烛游。
谢尚自能鸜鹆舞，相如免脱鹔鹴裘。
清晨兴罢过江去①，他日西看却月楼②。

①兴罢：一作鼓棹。②一作“千里相思明月楼”。

春日独坐寄郑明府

燕麦青青游子悲，河堤弱柳郁金枝。
长条一拂春风去，尽日飘扬无定时。
我在河南别离久，那堪对此当窗牖。
情人道来竟不来，何人共醉新丰酒。

寄王屋山人孟大融

我昔东海上，劳山餐紫霞。
亲见安期公，食枣大如瓜。
中年谒汉主，不惬还归家。

朱颜谢春晖，白发见生涯。
所期就金液，飞步登云车。
愿随夫子天坛上，闲与仙人扫落花。

忆旧游寄谯郡元参军

忆昔洛阳董糟丘，为余天津桥南造酒楼。
黄金白璧买歌笑，一醉累月轻王侯。
海内贤豪青云客，就中与君心莫逆①。
回山转海不作难，倾情倒意无所惜。
我向淮南攀桂枝，君留洛北愁梦思②。
不忍别，还相随。
相随迢迢访仙城，三十六曲水回萦。
一溪初入千花明，万壑度尽松风声。
银鞍金络到平地，汉东太守来相迎。
紫阳之真人，邀我吹玉笙。
飧霞楼上动仙乐，嘈然宛似鸾凤鸣。
袖长管催欲轻举，汉中太守醉起舞③。
手持锦袍覆我身，我醉横眠枕其股④。
当筵意气凌九霄，星离雨散不终朝，分飞楚关山水遥。
余既还山寻故巢，君亦归家度渭桥。
君家严君勇貔虎，作尹并州遏戎虏。
五月相呼度太行，摧轮不道羊肠苦。
行来北凉岁月深，感君贵义轻黄金。
琼杯绮食青玉案，使我醉饱无归心。
时时出向城西曲，晋祠流水如碧玉。
浮舟弄水箫鼓鸣，微波龙鳞莎草绿。
兴来携妓恣经过，其若杨花似雪何。

红妆欲醉宜斜日⑤，百尺清潭写翠娥。
翠娥婵娟初月辉，美人更唱舞罗衣。
清风吹歌入空去，歌曲自绕行云飞⑥。
此时行乐难再遇⑦，西游因献《长杨赋》。
北阙青云不可期，东山白首还归去⑧。
渭桥南头一遇君⑨，酇台之北又离群⑩。
问余别恨今多少，落花春暮争纷纷⑪。
言亦不可尽⑫，情亦不可极⑬，
呼儿长跪缄此辞，寄君千里遥相忆。

〇金陵。①就中与君：一作与君一见。②以上洛阳相会，旋即相别。③一作“汉东太守醮歌舞”。④以上汉阳相会，旋又相别。⑤红：一作鲜。宜斜日：一作如花落。⑥以上晋州相会，旋又相别。⑦行：一作欢。⑧首：一作发。⑨渭桥南头：一作涡水桥南。⑩以上关中相会，旋又相别。四会四别，统名曰“忆旧游”。⑪一作“莺飞求友满芳树，落花送客何纷纷”。⑫言：一作情。⑬情：一作言。

寄韦南陵冰余江上乘兴访之遇寻颜尚书笑有此赠

南船正东风，北船来自缓。
江上相逢借问君，语笑未了风吹断①。
闻君携妓访情人，应为尚书不顾身。
堂上珠履三千客，瓮中百斛金陵春。
恨我阻此乐，淹留楚江滨②。
月色醉远客，山花开欲然。
春风狂杀人，一日剧三年。
乘兴嫌太迟，焚却子猷船。
梦见五柳枝，已堪挂马鞭。
何日到彭泽，长歌陶令前③。

①笑：一作声。②楚：一作此。③长：一作狂。

庐山谣寄卢侍御虚舟

我本楚狂人，凤歌笑孔丘[①]。
手持绿玉杖[②]，朝别黄鹤楼。
五岳寻仙不辞远，一生好入名山游。
庐山秀出南斗傍，屏风九叠云锦张，影落明湖青黛光。
金阙前开二峰帐，银河倒挂三石梁[③]。
香炉瀑布遥相望，回崖沓嶂崚苍苍[④]。
翠影红霞映朝日[⑤]，鸟飞不到吴天长。
登高壮观天地间，大江茫茫去不还。
黄云万里动风色，白波九道流雪山。
好为庐山谣，兴因庐山发。
闲窥石镜清我心，谢公行处苍苔没[⑥]。
早服还丹无世情，琴心三叠道初成。
遥见仙人彩云里，手把芙蓉朝玉京。
先期汗漫九垓上，愿接卢敖游太清。

①笑：一本作哭。②杖：一作枝。③挂：一作泻。④崚：一作何。⑤映朝日：一作照千里。⑥一作“绿萝开处悬明月”。

自汉阳病酒归寄王明府

去岁左迁夜郎道，琉璃砚水长枯槁。
今年敕放巫山阳，蛟龙笔翰生辉光。
圣主还听《子虚赋》，相如却欲论文章。
愿扫鹦鹉洲，与君醉百场。
啸起白云飞七泽，歌吟绿水动三湘。
莫惜连船沽美酒，千金一掷买春芳。

○回江夏。

早春寄王汉阳

闻道春还未相识，走傍寒梅访消息。
昨夜东风入武阳[1]，陌头杨柳黄金色。
碧水浩浩云茫茫，美人不来空断肠。
预拂青山一片石，与君连日醉壶觞。

①阳：一作昌。

泾溪东亭寄郑少府谔

我游东亭不见君，沙上行将白鹭群。
白鹭闲时散飞去，又如雪点青山云。
欲往泾溪不辞远，龙门蹙波虎眼转。
杜鹃花开春已阑，归向陵阳钓鱼晚。

○宣城。

梦游天姥吟留别[1]

海客谈瀛洲，烟涛微茫信难求[2]。
越人语天姥[3]，云霓明灭或可睹[4]。
天姥连天向天横，势拔五岳掩赤城。
天台四万八千丈，对此欲倒东南倾[5]。
我欲因之梦吴越[6]，一夜飞度镜湖月。
湖月照我影，送我至剡溪。
谢公宿处今尚在，绿水荡漾清猿啼。
脚著谢公屐，身登青云梯。
半壁见海日，空中闻天鸡。
千岩万转路不定，迷花倚石忽已暝。

熊咆龙吟殷岩泉，慄深林兮惊层巅。
云青青兮欲雨⑦，水澹澹兮生烟。
列缺霹雳，丘峦崩摧。洞天石扇⑧，訇然中开⑨。
青冥浩荡不见底，日月照耀金银台。
霓为衣兮风为马，云之君兮纷纷而来下。
虎鼓瑟兮鸾回车，仙之人兮列如麻。
忽魂悸以魄动，怳惊起而长嗟。
惟觉时之枕席，失向来之烟霞。
世间行乐亦如此，古来万事东流水。
别君去兮何时还，且放白鹿青崖间，须行即骑访名山。
安能摧眉折腰事权贵，使我不得开心颜。

①一作《别东鲁诸公》。②微茫：一作瀰漫。③语：一作道。④或：一作安。⑤欲：一作绝。⑥因之：一作冥搜。⑦云：一作枫。⑧扇：一作扉。⑨中：一作而。

留别于十一兄逖裴十三游塞垣

太公渭川水，李斯上蔡门。
钓周猎秦安黎元，小鱼鵕兔何足言。
天张云卷有时节，吾徒莫叹羝触藩。
于公白首大梁野，使人怅望何可论。
既知朱亥为壮士，且愿束心秋毫里。
秦赵虎争血中原，当去抱关救公子。
裴生览千古，龙鸾炳天章。
悲吟雨雪动林木①，放书辍剑思高堂②。
劝尔一杯酒，拂尔裘上霜。
尔为我楚舞，吾为尔楚歌。
且探虎穴向沙漠，鸣鞭走马凌黄河。

耻作易水别，临歧泪滂沱。

①悲：一作高。②思：一作悲。

金陵酒肆留别

白门柳花满店香[①]，吴姬压酒唤客尝。
金陵子弟来相送，欲行不行各尽觞。
请君问取东流水，别意与之谁短长。

①满：一作酒。

南陵别儿童入京[①]

白酒新熟山中归[②]，黄鸡啄黍秋正肥。
呼童烹鸡酌白酒，儿女歌笑牵人衣。
高歌取醉欲自慰，起舞落日争光辉。
游说万乘苦不早，著鞭跨马涉远道。
会稽愚妇轻买臣，余亦辞家西入秦[③]。
仰天大笑出门去，我辈岂是蓬蒿人。

①一云《古意》。②新：一作初。③西：一作方。

别山僧

何处名僧到水西，乘舟弄舟宿泾溪[①]。
平明别我上山去，手携金策踏云梯。
腾身转觉三天近，举足回看万岭低。
谑浪肯居支遁下，风流还与远公齐。
此度别离何日见，相思一夜暝猿啼。

〇泾县作。①舟：一作杯。

鲁郡尧祠送窦明府薄华还西京

朝策犁眉騧，举鞭力不堪。
强扶愁疾向何处，角巾微服尧祠南①。
长杨扫地不见日，石门喷作金沙潭。
笑夸故人指绝境②，山光水色青于蓝。
庙中往往来击鼓，尧本无心尔何苦。
门前长跪双石人，有女如花日歌舞。
银鞭绣毂往复回，簸林蹶石鸣风雷。
远烟空翠时明灭，白鸥历乱长飞雪。
红泥亭子赤栏干③，碧流环转青锦湍。
深沉百丈洞海底，那知不有蛟龙盘④。
君不见，绿珠潭水流东海，绿珠红粉沉光彩⑤。
绿珠楼下花满园，今日曾无一枝在。
昨夜秋声阊阖来，洞庭木落骚人哀。
遂将三五少年辈，登高送远形神开⑥。
生前一笑轻九鼎，魏武何悲铜雀台。
我歌白云倚窗牖⑦，尔闻其声但挥手。
长风吹月渡海来，遥劝仙人一杯酒。
酒中乐酣宵向分，举觞酹尧尧可闻。
何不令皋繇拥篲横八极⑧，直上青天挥浮云⑨。
高阳小饮真琐琐，山公酩酊何如我。
竹林七子去道赊，兰亭雄笔安足夸⑩。
尧祠笑杀五湖水⑪，至今憔悴空荷花。
尔向西秦我东越，暂向瀛洲访金阙。
蓝田太白若可期，为余扫洒石上月。

〇时久病初起作。①服：一作步。②笑夸故人：一作笑谑伯明。③赤：

一作朱。④以上均叙尧祠风景。以下诙诡跌宕，变化离合，不可方物矣。⑤一作“白首同归翳光彩”。⑥送远：一作远望。⑦依窗牖：一作大开口。⑧繇：一作陶。⑨挥：一作扫。⑩赊：远也，谓竹林诸子去道甚远也。四句评贬古人之豪饮嘉宴不足尚也。⑪五：一作镜。

单父东楼秋夜送族弟沉之秦时凝弟在席①

尔从咸阳来，问我何劳苦。
沐猴而冠不足言，身骑土牛滞东鲁。
沉弟欲行凝弟留，孤飞一雁秦云秋。
坐来黄叶落四五，北斗已挂西城楼②。
丝桐感人弦亦绝③，满堂送客皆惜别。
卷簾见月清兴来，疑是山阴夜中雪。
明日斗酒别，惆怅清路尘。
遥望长安日，不见长安人。
长安宫阙九天上，此地曾经为近臣。
一朝复一朝，白发心不改。
屈平憔悴滞江潭，亭伯流离放辽海。
折翮翻飞随转蓬④，闻弦虚坠下霜空。
圣朝久弃青云士，他日谁怜张长公⑤。

①秦：一作西京。②已：一作稍。③亦：一作已。④一作“翼短天长去不穷”。⑤一作“谁肯相思张长公”。○自“长安宫阙”至末，皆太白自伤曾为近臣，有流落天涯之感。

灞陵行送别

送君灞陵亭，灞水流浩浩。
上有无花之古树，下有伤心之春草。
我向秦人问路歧，云是王粲南登之古道。
古道连绵走西京，紫关落日浮云生。

正当今夕断肠处，骊歌愁绝不忍听。

〇长安。

送羽林陶将军

将军出使拥楼船，江上旌旗拂紫烟。
万里横戈探虎穴，三杯拔剑舞龙泉。
莫道词人无胆气，临行将赠绕朝鞭。

送程刘二侍御兼独孤判官赴安西幕府

安西幕府多才雄，喧喧唯道三数公。
绣衣貂裘明积雪，飞书走檄如飘风。
朝辞明主出紫宫，银鞍送别金城空。
天外飞霜下葱海，火旗云马生光彩。
胡塞尘清计日归，汉家草绿遥相待。

同王昌龄送族弟襄归桂阳①

尔家何在潇湘川，青莎白石长江边。
昨梦江花照江日，几枝正发东窗前。
觉来欲往心悠然，魂随越鸟飞南天。
秦云连山海相接，桂水横烟不可涉。
送君此去令人愁，风帆茫茫隔河洲。
春潭琼草绿可折，西寄长安明月楼。

①一作《同王昌龄崔国辅送李舟归郴州》。

送　别

寻阳五溪水，沿洄直入巫山里。
胜境由来人共传，君到南中自称美。

送君别有八月秋，飒飒芦花复益愁。
云帆望远不相见，日暮长江空自流。

送族弟绾从军安西[1]

汉家兵马乘北风，鼓行而西破犬戎[2]。
尔随汉将出门去[3]，翦虏若草收奇功。
君王按剑望边色，旄头已落胡天空。
匈奴系颈数应尽，明年应入蒲桃宫[4]。

①绾：一作琯。②而：一作向。③尔随汉将：一作尔挥长剑。④应：一作驱。

送祝八之江东赋得浣纱石[1]

西施越溪女，明艳光云海。
未入吴王宫殿时[2]，浣纱古石今犹在[3]。
桃李新开映古查[4]，菖蒲犹短出平沙。
昔时红粉照流水，今日青苔覆落花。
君去西秦适东越，碧山青江几超忽。
若到天涯思故人，浣纱石上窥明月。

①峡西。②未：一作来。③古石：一作石古。④古：一作杏。

送萧三十一之鲁中兼问稚子伯禽

六月南风吹白沙，吴牛喘月气成霞。
水国郁蒸不可处[1]，时炎道远无行车。
夫子如何涉江路，云帆袅袅金陵去。
高堂倚门望伯鱼，鲁中正是趋庭处。
我家寄在沙丘傍，三年不归空断肠。
君行既识伯禽子，应驾小车骑白羊。

①郁：一作歊。

白云歌送友人

楚山秦山多白云，白云处处长随君。
君今还入楚山里，云亦随君渡湘水。
水上女萝衣白云，早卧早行君早起。

送舍弟

吾家白额驹，远别临东道。
他日相思一梦君，应得池塘生春草。

与诸公送陈郎将归衡阳　并序

仲尼旅人，文王明夷，苟非其时，圣贤低眉。况仆之不肖者，而迁逐枯槁，固非其宜。朝心不开，暮发尽白，而登高送远，使人增愁。陈郎将义风凛然，英思逸发；来下曹城之榻，去邀才子之诗；动清兴于中流，泛素波而径去。诸公仰望不及，连章祖之。序惭起予，辄冠名贤之首；作者嗤我，乃为抚掌之资乎？

衡山苍苍入紫冥，下看南极老人星。
回飙吹散五峰雪，往往飞花落洞庭。
气清岳秀有如此，郎将一家拖金紫。
门前食客乱浮云，世人皆比孟尝君。
江上送行无白璧，临歧惆怅若为分。

宣州谢朓楼饯别校书叔云①

弃我去者，昨日之日不可留；乱我心者，今日之日多烦忧。
长风万里送秋雁，对此可以酣高楼。

蓬莱文章建安骨，中间小谢又清发。
俱怀逸兴壮思飞，欲上青天揽明月[②]。
抽刀断水水更流，举杯消愁愁更愁[③]。
人生在世不称意[④]，明朝散发弄扁舟[⑤]。

①一作《陪侍御叔华登楼歌》。②天：一作云。③更：一作复。④人生：一作男儿。⑤散发弄扁舟：一作“举棹还沧洲”。

酬宇文少府见赠桃竹书筒

桃竹书筒绮绣文，良工巧妙称绝群。
灵心圆映三江月，彩质叠成五色云。
中藏宝诀峨眉去，千里提携长忆君。

早秋单父南楼酬窦公衡

白露见日灭，红颜随霜凋。
别君若俯仰，春芳辞秋条。
太山嵯峨夏云在，疑是白波涨东海。
散为飞雨川上来，遥帷却卷清浮埃。
知君独坐青轩下，此时结念同怀者。
我闭南楼著道书，幽簾清寂若仙居。
曾无好事来相访，赖尔高文一起予。

酬张司马赠墨

上党碧松烟，夷陵丹沙末。
兰麝凝珍黑，精光乃堪掇。
黄头奴子双鸦还，锦囊养之怀袖间。
今日赠余兰亭去，兴来洒笔会稽山。

○吴中。

酬中都小吏携斗酒双鱼于逆旅见赠①

鲁酒若琥珀②，汶鱼紫锦鳞。
山东豪吏有俊气，手携此物赠远人③。
意气相倾两相顾，斗酒双鱼表情素。
酒来我饮之，鲙作别离处。
双鳃呀呷鳍鬣张，跋剌银盘欲飞去。
呼儿拂几霜刃挥，红肥花落白雪霏。
为君下箸一餐饱④，醉著金鞭上马归⑤。

①齐鲁。②若琥珀：一作琥珀色。③携：一作持。④饱：一作罢。⑤上：一作走。

答王十二寒夜独酌有怀

昨夜吴中雪，子猷佳兴发。
万里浮云卷碧山，青天中道流孤月。
孤月苍浪河汉清，北斗错落长庚明。
怀余对酒夜霜白，玉床金井冰峥嵘。
人生飘忽百年内，且须酣畅万古情。
君不能狸膏金距学斗鸡，坐令鼻息吹虹霓。
君不能学哥舒，横行青海夜带刀，西屠石堡取紫袍。
吟诗作赋北窗里，万言不直一杯水。
世人闻此皆掉头①，有如东风射马耳。
鱼目亦笑我，请与明月同②。
骅骝拳跼不能食，蹇驴得志鸣春风。
折杨黄花合流俗，晋君听琴枉清角。
巴人谁肯和阳春③，楚地由来贱奇璞。
黄金散尽交不成，白首为儒身被轻。

一谈一笑失颜色，苍蝇贝锦喧谤声。
曾参岂是杀人者，谗言三及慈母惊。
与君论心握君手，荣辱于余亦何有。
孔圣犹闻伤凤麟，董龙更是何鸡狗。
一生傲岸若不谐，恩疏媒劳志多乖。
严陵高揖汉天子，何必长剑拄颐事玉阶。
达亦不足贵，穷亦不足悲。
韩信羞将绛灌比，祢衡耻逐屠沽儿。
君不见，李北海，英风豪气今何在！
君不见，裴尚书，土坟三尺蒿棘居[④]。
少年早欲五湖去，见此弥将钟鼎疏。

○再入吴中。①此：一作之。②请：一作谓。③巴：一作儿。④棘：一作下。

醉后答丁十八以诗讥予捶碎黄鹤楼

黄鹤楼高已捶碎，黄鹤仙人无所依。
黄鹤上天诉玉帝，却放黄鹤江南归。
神明太守再雕饰，新图粉壁还芳菲。
一州笑我为狂客，少年往往来相讥。
君平簾下谁家子，云是辽东丁令威。
作诗掉我惊逸兴，白云绕笔窗前飞。
待取明朝酒醒罢，与君烂漫寻春晖。

答杜秀才五松山见赠[①]

昔献《长杨赋》，天开云雨欢。
当时待诏承明里，皆道扬雄才可观。
敕赐飞龙二天马，黄金络头白玉鞍。

浮云蔽日去不返，总为秋风摧紫兰。
角巾东出商山道，采秀行歌咏芝草。
路逢园绮笑向人，而君解来一何好。
闻道金陵龙虎盘，还同谢朓望长安。
千峰夹水向秋浦，五松名山当夏寒。
铜井炎炉歊九天②，赫如铸鼎荆山前。
陶公矍铄呵赤电，回禄睢盱扬紫烟。
此中岂是久留处，便欲烧丹从列仙。
爱听松风且高卧，飕飗吹尽炎氛过。
登崖独立望九州，阳春欲奏谁相和。
闻君往年游锦城，章仇尚书倒屣迎。
飞笺络绎奏明主，天书降问回恩荣。
骯髒不能就珪组，至今空扬高蹈名。
夫子工文绝世奇，五松新作天下推。
吾非谢尚邀彦伯，异代风流各一时。
一时相逢乐在今，袖拂白云开素琴，弹为三峡流泉音。
从兹一别武陵去，去后桃花春水深。

①五松山，南陵铜坑西五六里。○宣城。②秋浦有铜有银，南陵有铜官冶，即梅根冶也。

携妓登梁王栖霞山孟氏桃园中

碧草已满地，与柳梅争春。
谢公自有东山妓，金屏笑坐如花人。
今日非昨日，明日还复来。
白发对绿酒，强歌心已摧。
君不见，梁王池上月，昔照梁王樽酒中。
梁王已去明月在，黄鹂愁醉啼春风。

分明感激眼前事，莫惜醉卧桃园东。

把酒问月[①]

青天有月来几时，我今停杯一问之。
人攀明月不可得，月行却与人相随。
皎如飞镜临丹阙，绿烟灭尽清晖发。
但见宵从海上来，宁知晓向云间没。
白兔捣药秋复春，姮娥孤栖与谁邻？
今人不见古时月，今月曾经照古人。
古人今人若流水，共看明月皆如此。
唯愿当歌对酒时，月光长照金罇里。

①自注：故人贾淳令余问之。

下途归石门旧居

吴山高，越水清，握手无言伤别情。
将欲辞君挂帆去，离魂不散烟郊树。
此心郁怅谁能论，有愧叨承国士恩。
云物共倾三月酒，岁时同饯五侯门。
羡君素书常满案，含丹照白霞色烂。
余尝学道穷冥筌，梦中往往游仙山。
何当脱屣谢时去，壶中别有日月天。
俛仰人间易凋朽，炉峰五云在轩牖。
惜别愁窥玉女窗，归来笑把洪崖手。
隐居寺，隐居山，陶公炼液栖其间。
灵神闭气昔登攀，恬然但觉心绪闲。
数人不知几甲子，昨来犹带冰霜颜。
我离虽则岁物改，如今了然识所在。

别君莫道不尽欢，悬知乐客遥相待。
石门流水遍桃花，我亦曾到秦人家。
不知何处得鸡豕，就中仍见繁桑麻。
翛然远与世事间，装鸾驾鹤又服远。
何必长从七贵游，劳生徒聚万金产。
挹君去，长相思，云游雨散从此辞。
欲知怅别心易苦，向暮春风杨柳丝。
○吴中。

夜泊黄山闻殷十四吴吟

昨夜谁为吴会吟，风生万壑振空林。
龙惊不敢水中卧，猿啸时闻岩下音。
我宿黄山碧溪月，听之却罢松间琴。
朝来果是沧洲逸，酤酒提盘饭霜栗。
半酣更发江海声，客愁顿向杯中失。

观博平王志安少府山水粉图

粉壁为空天，丹青状江海。
游云不知归，日见白鸥在。
博平真人王志安，沉吟至此愿挂冠。
松溪石磴带秋色，愁客思归生晓寒。

观元丹丘坐巫山屏风

昔游三峡见巫山，见画巫山宛相似。
疑是天边十二峰，飞入君家彩屏里。
寒松萧飒如有声，阳台微茫如有情。
锦衾瑶席何寂寂，楚王神女徒盈盈。

高咫尺，如千里，翠屏丹崖粲如绮。
苍苍远树围荆门，历历行舟泛巴水。
水石潺湲万壑分，烟光草色俱氲氛。
溪花笑日何年发，江客听猿几岁闻。
使人对此心缅邈，疑入嵩丘梦彩云。

暖　酒

热暖将来宾铁文，暂时不动聚白云。
拨却白云见青天，掇头里许便乘仙。

对　酒

蒲萄酒，金叵罗，吴姬十五细马驮。
青黛画眉红锦靴，道字不正娇唱歌。
玳瑁筵中怀里醉，芙蓉帐底奈君何。

怨　情

新人如花虽可宠，故人似玉由来重。
花性飘扬不自持，玉心皎洁终不移。
故人昔新今尚故，还见新人有故时。
请看陈后黄金屋，寂寂珠帘生网丝。

思　边[①]

去年何时君别妾，南园绿草飞蝴蝶。
今岁何时妾忆君，西山白雪暗秦云。
玉关去此三千里，欲寄音书那可闻。

①一作《春怨》。

代美人愁镜

美人赠此龙盘之宝镜，烛我金缕之罗衣。
时将红袖拂明月，为惜普照之馀辉。
影中金鹊飞不灭，台下青鸾思独绝。
藁砧一别若箭弦，去有日，来无年。
狂风吹却妾心断，玉筯并堕菱花前。

示金陵子[①]

金陵城东谁家子[②]，窃听琴声碧窗里[③]。
落花一片天上来，随人直渡西江水。
楚歌吴语娇不成，似能未能最有情。
谢公正要东山妓，携手林泉处处行。

①一作《金陵子词》。②谁家子：一作金陵子。③碧：一作夜。

卷十一 杜工部七古

百四十六首

玄都坛歌[①]

故人昔隐东蒙峰，已佩含景苍精龙。
故人今居子午谷，独在阴崖结茅屋[②]。
屋前太古玄都坛，青石漠漠常风寒。
子规夜啼山竹裂，王母昼下云旗翻[③]。
知君此计成长往[④]，芝草琅玕日应长。
铁锁高垂不可攀，致身福地何萧爽。

①原注：寄元逸人。〇此下皆天宝未乱以前之诗。②在：一作并。结：一作白。③翻：一作蟠。④成：或作诚。

今夕行

今夕何夕岁云徂，更长烛明不可孤。
咸阳客舍一事无，相与博塞为欢娱[①]。
冯陵大叫呼五白，袒跣不肯成枭卢[②]。
英雄有时亦如此，邂逅岂即非良图。
君莫笑，刘毅从来布衣愿，家无儋石输百万。

〇原注：自齐、赵西归至咸阳作。①博塞：一云赌博。②卢：一作牟。

贫交行

翻手作云覆手雨，纷纷轻薄何须数。

君不见管鲍贫时交，此道今人弃如土。

兵车行

车辚辚，马萧萧，行人弓箭各在腰。
耶娘妻子走相送，尘埃不见咸阳桥。
牵衣顿足拦道哭①，哭声直上干云霄。
道傍过者问行人，行人但云点行频。
或从十五北防河，便至四十西营田。
去时里正与裹头，归来头白还戍边。
边亭流血成海水②，武皇开边意未已③。
君不闻，汉家山东二百州，千村万落生荆杞。
纵有健妇把锄犁，禾生陇亩无东西。
况复秦兵耐苦战，被驱不异犬与鸡。
长者虽有问，役夫敢申恨？
且如今年冬，未休关西卒④。
县官急索租⑤，租税从何出？
信知生男恶，反是生女好。
生女犹是嫁比邻⑥，生男埋没随百草⑦。
君不见，青海头，古来白骨无人收。
新鬼烦冤旧鬼哭，天阴雨湿声啾啾⑧。

①拦：一作桥。②亭：一作庭。③武：一作我。④关：一作陇。三句一云："役夫心益愤。如今纵得休，还为陇西卒。"⑤草堂本作"县官云急索"。⑥是：一作得。⑦男：一作儿。⑧声：一作悲。

高都护骢马行

安西都护胡青骢，声价欻然来向东。
此马临阵久无敌，与人一心成大功。

功成惠养随所致，飘飘远自流沙至。
雄姿未受伏枥恩，猛气犹思战场利。
腕促蹄高如踣铁，交河几蹴曾冰裂。
五花散作云满身，万里方看汗流血。
长安壮儿不敢骑，走过掣电倾城知。
青丝络头为君老，何由却出横门道。

天育骠骑歌

吾闻天子之马走千里，今之画图无乃是。
是何意态雄且杰，骏尾萧梢朔风起①。
毛为绿缥两耳黄，眼有紫焰双瞳方。
矫矫龙性合变化②，卓立天骨森开张。
伊昔太仆张景顺，监牧攻驹阅清峻③。
遂令大奴守天育④，别养骥子怜神俊。
当时四十万匹马，张公叹其才尽下。
故独写真传世人，见之座右久更新。
年多物化空形影，呜呼健步无由骋。
如今岂无騕褭与骅骝，时无王良伯乐死即休。

①骏：一作鬃。②矫矫：一作矫然。矫矫龙性：一云“矫龙性逸”。合：草堂本云：东坡书作含。③监牧攻驹：一云“考牧攻驹”，一云“考牧神驹”。④守：一作字。

白丝行

缫丝须长不须白，越罗蜀锦金粟尺。
象床玉手乱殷红①，万草千花动凝碧。
已悲素质随时染②，裂下鸣机色相射。
美人细意熨帖平，裁缝灭尽针线迹。

春天衣着为君舞，蛱蝶飞来黄鹂语。
落絮游丝亦有情，随风照日宜轻举[3]。
香汗轻尘污颜色[4]，开新合故置何许[5]？
君不见才士汲引难[6]，恐惧弃捐忍羁旅。

①象：一作牙。②染：一作改。③宜：一作疑。④一云“香汗清尘似微污”，又云“香汗清尘污不着”，陈浩然本一云“香汗清尘似颜色”。⑤何：一作相。⑥才：一作志。○首六句言白丝之美，自喻其材质。“美人”六句言制衣之精，自喻其技能。末四句言污坏弃置，自喻其不见珍于时。

秋雨叹三首

雨中百草秋烂死，阶下决明颜色鲜。
著叶满枝翠羽盖，开花无数黄金钱。
凉风萧萧吹汝急，恐汝后时难独立。
堂上书生空白头，临风三嗅馨香泣。

阑风长雨秋纷纷[1]，四海八方同一云[2]。
去马来牛不复辨，浊泾清渭何当分？
禾头生耳黍穗黑[3]，农夫田妇无消息[4]。
城中斗米换衾裯[5]，相许宁论两相值。

①阑：一作兰。长：去声，一作伏，荆公作仗。阑风长雨：一作东风细雨。②四海：一云万里。③禾：一作木。④妇：一作父。⑤换：一作抱。

长安布衣谁比数？反锁衡门守环堵。
老夫不出长蓬蒿，稚子无忧走风雨[1]。
雨声飕飕催早寒，胡雁翅湿高飞难。
寒来未曾见白日[2]，泥污后土何时干[3]？

①走：读作凑。②曾：陈浩然本作省。③后：一作厚。

叹庭前甘菊花

檐前甘菊移时晚[1]，青蕊重阳不堪摘。
明日萧条醉尽醒[2]，残花烂漫开何益。
篱边野外多众芳，采撷细琐升中堂。
念兹空长大枝叶，结根失所缠风霜[3]。

①檐：一作阶，一作庭。②醉尽醒：一作尽醉醒。③缠：一作埋。

醉时歌[1]

诸公衮衮登台省[2]，广文先生官独冷。
甲第纷纷厌粱肉，广文先生饭不足。
先生有道出羲皇，先生有才过屈宋[3]。
德尊一代常坎轲[4]，名垂万古知何用。
杜陵野客人更嗤[5]，被褐短窄鬓如丝[6]。
日籴太仓五升米[7]，时赴郑老同襟期。
得钱即相觅，沽酒不复疑，
忘形到尔汝，痛饮真吾师[8]。
清夜沉沉动容酌，灯前细雨檐花落[9]。
但觉高歌有鬼神[10]，焉知饿死填沟壑？
相如逸材亲涤器，子云识字终投阁。
先生早赋归去来，石田茅屋荒苍苔。
儒术于我何有哉？孔丘盗跖俱尘埃。
不须闻此意惨怆，生前相遇且衔杯。

①原注：赠广文馆博士郑虔。②台：一作华。③有才：一作所谈，一作所该，一作所抱。有才过屈宋：一云“有才或屈宋”。④轲：一作壈。⑤更：一作见。⑥窄：一作穴。⑦太：一作泰。⑧真：一作直。⑨一作“檐前细雨灯花落”。⑩有：一作感。

醉歌行[①]

陆机二十作《文赋》，汝更小年能缀文。
总角草书又神速，世上儿子徒纷纷。
骅骝作驹已汗血，鸷鸟举翮连青云。
词源倒流三峡水[②]，笔阵独扫千人军。
只今年才十六七[③]，射策君门期第一。
旧穿杨叶真自知，暂蹶霜蹄未为失。
偶然擢秀非难取，会是排风有毛质。
汝身已见唾成珠[④]，汝伯何由发如漆？
春风潃沱秦东亭[⑤]，渚蒲芽白水荇青。
风吹客衣日杲杲，树搅离思花冥冥。
酒尽沙头双玉瓶，众宾皆醉我独醒[⑥]。
乃知贫贱别更苦，吞声踯躅涕泪零。

①原注：别从侄勤落第归。②源：一作赋。③年：浩然本作生。④已：一作即。⑤淡沱：草堂本作浑沲。沲，徒可切。⑥皆：一作已。

送孔巢父谢病归游江东兼呈李白

巢父掉头不肯住，东将入海随烟雾。
诗卷长留天地间，钓竿欲拂珊瑚树[①]。
深山大泽龙蛇远，春寒野阴风景暮[②]。
蓬莱织女回云车，指点虚无是征路[③]。
自是君身有仙骨，世人那得知其故。
惜君只欲苦死留，富贵何如草头露？
蔡侯静者意有馀，清夜置酒临前除。
罢琴惆怅月照席，几岁寄我空中书？
南寻禹穴见李白，道甫问讯今何如。

①珊瑚：一云三珠。②一云“花繁草青春日暮”。③是征路：一作引归路。

饮中八仙歌

知章骑马似乘船，眼花落井水底眠。
汝阳三斗始朝天，道逢曲车口流涎，恨不移封向酒泉。
左相日兴费万钱，饮如长鲸吸百川，衔杯乐圣称世贤[①]。
宗之潇洒美少年，举觞白眼望青天，皎如玉树临风前。
苏晋长斋绣佛前，醉中往往爱逃禅。
李白一斗诗百篇，长安市上酒家眠，
天子呼来不上船，自称臣是酒中仙。
张旭三杯草圣传，脱帽露顶王公前，挥毫落纸如云烟。
焦遂五斗方卓然，高谈雄辩惊四筵。

①世：邵刊作避。

曲江三章章五句

曲江萧条秋气高，菱荷枯折随风涛，游子空嗟垂二毛。
白石素沙亦相荡，哀鸿独叫求其曹。

即事非今亦非古，长歌激越梢林莽，比屋豪华固难数。
吾人甘作心似灰，弟侄何伤泪如雨？

自断此身休问天，杜曲幸有桑麻田，故将移住南山边。
短衣匹马随李广，看射猛虎终残年。

丽人行

三月三日天气新，长安水边多丽人。

态浓意远淑且真，肌理细腻骨肉匀。
绣罗衣裳照暮春①，蹙金孔雀银麒麟。
头上何所有？翠微㔩叶垂鬓唇②。
背后何所见？珠压腰衱稳称身③。
就中云幕椒房亲，赐名大国虢与秦。
紫驼之峰出翠釜④，水精之盘行素鳞。
犀箸厌饫久未下，銮刀缕切空纷纶。
黄门飞鞚不动尘，御厨络绎送八珍。
箫鼓哀吟感鬼神⑤，宾从杂遝实要津。
后来鞍马何逡巡？当轩下马入锦茵。
杨花雪落覆白蘋⑥，青鸟飞去衔红巾。
炙手可热势绝伦，慎莫近前丞相嗔⑦。

①绣：一作画。②㔩：乌合反，一作匌。③杨慎曰：古本“称身”下有“足下何所著，红蕖罗袜穿镫银”。遍考宋刻本并无，知杨氏伪托也，今削正。④峰：一作珍。⑤鼓：一作管。⑥覆：音副。⑦近：一作向。

乐游园歌①

乐游古园崒森爽②，烟绵碧草萋萋长。
公子华筵势最高，秦川对酒平如掌。
长生木瓢示真率，更调鞍马狂欢赏。
青春波浪芙蓉园，白日雷霆夹城仗③。
阊阖晴开詄荡荡，曲江翠幕排银牓。
拂水低徊舞袖翻，缘云清切歌声上。
却忆年年人醉时，只今未醉已先悲。
数茎白发那抛得，百罚深杯亦不辞。
圣朝亦知贱士丑④，一物自荷皇天慈⑤。
此身饮罢无归处，独立苍茫自咏诗。

①原注：晦日贺兰杨长史筵醉中作。②崒：一作萃。③夹：一作甲。④亦：一作已。⑤自：一作但。慈：一作私。

渼陂行

岑参兄弟皆好奇，携我远来游渼陂。
天地黤惨忽异色，波涛万顷堆琉璃，
琉璃汗漫泛舟入，事殊兴极忧思集。
鼍作鲸吞不复知，恶风白浪何嗟及！
主人锦帆相为开，舟子喜甚无氛埃。
凫鹥散乱棹讴发，丝管啁啾空翠来。
沉竿续蔓深莫测，菱叶荷花静如拭[①]。
宛在中流渤海清，下归无极终南黑[②]。
半陂已南纯浸山，动影袅窕冲融间。
船舷暝戛云际寺，水面月出蓝田关。
此时骊龙亦吐珠，冯夷击鼓群龙趋。
湘妃汉女出歌舞，金支翠旗光有无。
咫尺但愁雷南至，苍茫不晓神灵意。
少壮几时奈老何，向来哀乐何其多。

①静：一作净。②下归无极：一云“下临无地”。

沙苑行

君不见，左辅白沙如白水[①]，缭以周墙百馀里。
龙媒昔是渥洼生，汗血今称献于此。
苑中騋牝三千匹，丰草青青寒不死。
食之豪健西域无[②]，每岁攻驹冠边鄙[③]。
王有虎臣司苑门，八门天厩皆云屯。
骕骦一骨独当御，春秋二时归至尊[④]。

至尊内外马盈亿[5]，伏枥在垧空大存。
逸群绝足信殊杰，倜傥权奇难具论。
累累塠阜藏奔突，往往坡陀纵超越。
角壮翻同麋鹿游[6]，浮深簸荡鼋鼍窟。
泉出巨鱼长比人[7]，丹砂作尾黄金鳞。
岂知异物同精气，虽未成龙亦有神。

①如白水：一作白如水。②西域无：一云腾西域。③攻：一作收，一作牧。④归：一作朝。⑤鲍作“内外马数将盈亿”。⑥同：一作腾。⑦泉：一作海。

骢马行[1]

邓公马癖人共知，初得花骢大宛种。
夙昔传闻思一见，牵来左右神皆竦。
雄姿逸态何崷崒，顾影骄嘶自矜宠。
隅目青荧夹镜悬，肉骏碨磊连钱动[2]。
朝来久试华轩下[3]，未觉千金满高价。
赤汗微生白雪毛，银鞍却覆香罗帕。
卿家旧赐公取之[4]，天厩真龙此其亚。
昼洗须腾泾渭深，朝趋可刷幽并夜[5]。
吾闻良骥老始成，此马数年人更惊。
岂有四蹄疾于鸟，不与八骏俱先鸣。
时俗造次那得致，云雾晦冥方降精。
近闻下诏喧都邑，肯使骐驎地上行[6]。

①自注：太常梁卿敕赐马也，李邓公爱而有之，命甫制诗。②骏：荆作鬃。③久：草堂作少。④取之：一云能取，一云有之。⑤朝：荆作夕，一作晨。⑥肯使：一作知有。

去矣行

君不见鞲上鹰，一饱则飞掣。
焉能作堂上燕，衔泥附炎热。
野人旷荡无腼颜，岂可久在王侯间？
未试囊中餐玉法，明朝且入蓝田山。

奉先刘少府新画山水障歌[1]

堂上不合生枫树，怪底江山起烟雾[2]。
闻君扫却赤县图，乘兴遣画沧洲趣。
画师亦无数，好手不可遇。
对此融心神，知君重毫素。
岂但祁岳与郑虔，笔迹远过杨契丹。
得非玄圃裂[3]，无乃潇湘翻。
悄然坐我天姥下，耳边已似闻清猿。
反思前夜风雨急，乃是蒲城鬼神入[4]。
元气淋漓障犹湿，真宰上诉天应泣。
野亭春还杂花远，渔翁暝踏孤舟立。
沧浪水深青溟阔[5]，欹岸侧岛秋毫末[6]。
不见湘妃鼓瑟时，至今斑竹临江活。
刘侯天机精，爱画入骨髓。
自有两儿郎，挥洒亦莫比。
大儿聪明到，能添老树巅崖里；
小儿心孔开，貌得山僧及童子[7]。
若耶溪，云门寺，吾独胡为在泥滓？青鞋布袜从此始。

①《英华》题云《新画山水障歌奉先尉刘单宅作》。②江山：一作山川。③裂：一作坼。④乃：一作恐。蒲：一作满。⑤《英华》云“沧浪之

水深且阔”。⑥欹岸侧岛：《英华》云“欹峰侧岸”。⑦貌：音邈。

悲陈陶[1]

孟冬十郡良家子，血作陈陶泽中水。
野旷天清无战声，四万义军同日死。
群胡归来血洗箭，仍唱胡歌饮都市。
都人回面向北啼，日夜更望官军至[2]。

①钱笺：至德元载十月，房琯请为兵马元帅收复西京。辛丑，与贼将安守忠战于咸阳县之陈涛斜，官军败绩。时琯用春秋车战之法，以车二千乘，马步夹之。既战，贼顺风扬尘鼓噪，牛皆震骇，因缚刍纵火焚之，人畜挠败，为所杀伤者四万馀人，存者数千而已。《雍录》：陈涛斜在咸阳。李晟自东渭桥移军西上，与李怀光会于陈涛斜是也。未战陈涛斜时，琯已先至便桥据要，既败，又为中人所促，并与南军而败，人事失之也。〇以下皆天宝十五载以后乱离之诗。②一云“前后官军苦如此”。

悲青坂

我军青坂在东门，天寒饮马太白窟。
黄头奚儿日向西，数骑弯弓敢驰突。
山雪河冰野萧瑟[1]，青是烽烟白人骨[2]。
焉得附书与我军，忍待明年莫仓卒。

〇钱笺：癸卯，琯又率南军即战，复败。东坡曰：琯既败，犹欲持重有所伺，而中人邢延恩等促战，仓皇失据，遂及于败。故后篇云：“安得附书与我军，忍待明年莫仓卒。”青坂，地名，未详。陈涛斜，在咸阳。房琯师次便桥，便桥在咸阳西南十里，架渭水上，则青坂去陈涛、便桥当不远。①野：樊作晚，《乐府》作已。瑟：一作飒。②烽：一作人。

哀江头

少陵野老吞声哭，春日潜行曲江曲。

江头宫殿锁千门，细柳新蒲为谁绿？
忆昔霓旌下南苑，苑中万物生颜色。
昭阳殿里第一人，同辇随君侍君侧。
辇前才人带弓箭①，白马嚼啮黄金勒②。
翻身向天仰射云③，一箭正坠双飞翼④。
明眸皓齿今何在？血污游魂归不得。
清渭东流剑阁深，去住彼此无消息。
人生有情泪沾臆，江水江花岂终极⑤。
黄昏胡骑尘满城，欲往城南忘南北⑥。

①才：一作词。②嚼：一作噍。③天：一作空。④箭：《考异》作笑，蔡君谟作发。⑤水：一作草。⑥忘南北：一云“望城北”。国藩按：《哀江头》，弔杨妃也。“忆昔”八句，极叙昔年贵宠奢丽。“明眸”四句，叙贵妃缢死，明皇入蜀，生死去住，彼此心伤。末四句言其悲感。

哀王孙

长安城头头白乌①，夜飞延秋门上呼，
又向人家啄大屋②，屋底达官走避胡。
金鞭断折九马死，骨肉不待同驰驱③。
腰下宝玦青珊瑚，可怜王孙泣路隅。
问之不肯道姓名，但道困苦乞为奴。
已经百日窜荆棘，身上无有完肌肤。
高帝子孙尽龙准，龙种自与常人殊。
豺狼在邑龙在野，王孙善保千金躯。
不敢长语临交衢，且为王孙立斯须。
昨夜东风吹血腥④，东来橐驼满旧都⑤。
朔方健儿好身手，昔何勇锐今何愚。
窃闻天子已传位，圣德北服南单于。

花门剺面请雪耻，慎勿出口他人狙[6]。
哀哉王孙慎勿疏，五陵佳气无时无。

①头白乌：樊作多白乌。②向：一作来。③待：一作得。④东：一作春。⑤橐：一作骆。⑥狙：一作徂。

苏端薛复筵简薛华醉歌

文章有骨交有道，端复得之名誉早。
爱客满堂尽豪翰[1]，开筵上日思芳草[2]。
安得健步移远梅，乱插繁花向晴昊。
千里犹残旧冰雪，百壶且试开怀抱。
垂老恶闻战鼓悲，急觞为缓忧心捣[3]。
少年努力纵谈笑，看我形容亦枯槁。
坐中薛华善醉歌[4]，歌辞自作风格老。
近来海内为长句[5]，汝与山东李白好。
何刘沈谢力未工，才兼鲍照愈绝倒。
诸生颇尽新知乐，万事终伤不自保。
气酣日落西风来，愿吹野水添金杯[6]。
如渑之酒巧快意，亦知穷愁安在哉[7]。
忽忆雨时秋井塌，古人白骨生青苔，如何不饮令心哀。

①翰：一作杰。②日：一作月。③急：一作羽。④善：一作能。⑤为：一作无。⑥添：一作注。⑦亦知：荆作不知。亦知穷愁：《英华》作未知穷达。

徒步归行

明公壮年值时危，经济实藉英雄姿，
国之社稷今若是，武定祸乱非公谁。
凤翔千官且饱饭，衣马不能复轻肥。

青袍朝士最困者，白头拾遗徒步归。
人生交契无老少，论交何必先同调[1]。
妻子山中哭向天，须公枥上追风骠。

○原注：赠李特进。○自凤翔赴鄜州途经邠州作。①交：一作心。

偪仄行赠毕曜[1]

偪仄何偪仄，我居巷南子巷北。
可恨邻里间，十日不一见颜色。
自从官马送还官，行路难行涩如棘。
我贫无乘非无足，昔者相过今不得。
实不是爱微躯[2]，又非关足无力。
徒步翻愁官长怒，此心炯炯君应识。
晓来急雨春风颠，睡美不闻钟鼓传。
东家蹇驴许借我，泥滑不敢骑朝天。
已令急请会通籍[3]，男儿信命绝可怜[4]。
焉能终日心拳拳，忆君诵诗神凛然。
辛夷始花亦已落[5]，况我与子非壮年，
街头酒价常苦贵，方外酒徒稀醉眠。
速宜相就饮一斗[6]，恰有三百青铜钱。

①一云《偲偲行》，篇中亦作偲偲。《英华》作《赠毕四曜》。②不是：一作未敢。爱微躯：一作慵相访。③一云“已令把牒还请假”。④信：一作性。⑤亦：一作又。⑥速宜：一作径须。

洗兵马[1]

中兴诸将收山东，捷书日报清昼同[2]。
河广传闻一苇过，胡危命在破竹中。
只残邺城不日得，独任朔方无限功。

京师皆骑汗血马，回纥餧肉葡萄宫。
已喜皇威清海岱，常思仙仗过崆峒。
三年笛里关山月，万国兵前草木风。
成王功大心转小，郭相谋深古来少③。
司徒清鉴悬明镜，尚书气与秋天杳。
二三豪俊为时出，整顿乾坤济时了。
东走无复忆鲈鱼，南飞觉有安巢鸟。
青春复随冠冕入，紫禁正耐烟花绕④。
鹤禁通宵凤辇备，鸡鸣问寝龙楼晓。
攀龙附凤势莫当⑤，天下尽化为侯王。
汝等岂知蒙帝力，时来不得夸身强。
关中既留萧丞相，幕下复用张子房。
张公一生江海客，身长九尺须眉苍。
征起适遇风云会，扶颠始知筹策良。
青袍白马更何有，后汉今周喜再昌。
寸地尺天皆入贡，奇祥异瑞争来送。
不知何国致白环，复道诸山得银瓮。
隐士休歌《紫芝曲》，词人解撰《河清颂》⑥。
田家望望惜雨干，布谷处处催春种。
淇上健儿归莫懒，城南思妇愁多梦。
安得壮士挽天河，净洗甲兵长不用。

①原注：收京后作。②日：荆作夜，又作夕。③谋深：一作谋犹，一作深谋。④禁：吴本作驾。⑤势：一作世。⑥解：《西溪丛语》：善本作角。河清：一云清河。〇按：钱笺谓此诗刺肃宗而作，句句指摘，虽未必尽然，然“成王”六句系指收京者乃二三豪杰，非灵武之从臣也，“鹤禁”二句讥肃宗之有亏子道，“攀龙”四句讥灵武诸臣之骤贵，皆诗旨之显而易见者。

病后遇王倚饮赠歌[1]

麟角凤觜世莫识[2]，煎胶续弦奇自见。
尚看王生抱此怀，在于甫也何由羡。
且遇王生慰畴昔，素知贱子甘贫贱。
酷见冻馁不足耻，多病沉年苦无健。
王生怪我颜色恶，答云伏枕艰难遍。
疟疠三秋孰可忍，寒热百日相交战。
头白眼暗坐有胝，肉黄皮皱命如线。
惟生哀我未平复，惟我力致美肴膳。
遣人向市赊香粳，唤妇出房亲自馔。
长安冬菹酸且绿，金城土酥静如练。
兼求富豪且割鲜[3]，密沽斗酒谐终宴。
故人情义晚谁似[4]，令我手脚轻欲漩[5]。
老马为驹信不虚[6]，当时得意况深眷。
但使残年饱吃饭，只愿无事常相见。

①遇：一作过。②麟角：一作鳞鱼。识：一作辨。③富豪：一作畜豕。④义：一作味。⑤漩：一作旋。⑥信：一作总。

湖城东遇孟云卿复归刘颢宅宿宴饮散因为醉歌[1]

疾风吹尘暗河县，行子隔手不相见。
湖城城南一开眼[2]，驻马偶识云卿面。
向非刘颢为地主，懒回鞭辔成高宴[3]。
刘侯叹我携客来[4]，置酒张灯促华馔。
且将款曲终今夕[5]，休语艰难尚酣战[6]。
照室红炉促曙光[7]，萦窗素月垂文练[8]。
天开地裂长安陌[9]，寒尽春生洛阳殿[10]。

岂知驱车复同轨，可惜刻漏随更箭。
人生会合不可常，庭树鸡鸣泪如线[11]。

①蔡本题上有“冬末以事之东都”七字。②南：一作东。③成高：一作城南。④叹：一作欢。⑤终今夕：一云经今夕。⑥语：一作话。⑦促曙光：《英华》作簇曙花。⑧文：一作秋。⑨陌：一作春。⑩寒尽春生：一作紫陌春寒。⑪线：一作霰。

阌乡姜七少府设鲙戏赠长歌

姜侯设鲙当严冬，昨日今日皆天风。
河冻未渔不易得[1]，凿冰恐侵河伯宫。
饔人受鱼鲛人手，洗鱼磨刀鱼眼红。
无声细下飞碎雪[2]，有骨已剁觜春葱。
偏劝腹腴愧年少，软炊香饭缘老翁[3]。
落砧何曾白纸湿，放箸未觉金盘空。
新欢便饱姜侯德，清觞异味情屡极。
东归贪路自觉难[4]，欲别上马身无力。
可怜为人好心事，于我见子真颜色。
不恨我衰子贵时，怅望且为今相忆。

①未渔：一云取鱼，一云美鱼。②碎：一作素。③饭：一作粳。④贪：一作贫。

戏赠阌乡秦少公短歌[1]

去年行宫当太白[2]，朝回君是同舍客。
同心不减骨肉亲，每语见许文章伯。
今日时清两京道，相逢苦觉人情好。
昨夜邀欢乐更无，多才依旧能潦倒。

①少公：陈浩然本作翁，草堂作少府。②当：一作守。

李鄠县丈人胡马行

丈人骏马名胡骝，前年避胡过金牛[①]。
回鞭却走见天子，朝饮汉水暮灵州。
自矜胡骝奇绝代，乘出千人万人爱。
一闻说尽急难材，转益愁向驽骀辈。
头上锐耳批秋竹，脚下高蹄削寒玉。
始知神龙别有种，不比俗马空多肉[②]。
洛阳大道时再清，累日喜得俱东行。
凤臆龙鬐未易识[③]，侧身注目长风生。

①胡：一作贼。②俗：一作凡。③龙鬐：一作龙鳞。

瘦马行[①]

东郊瘦马使我伤[②]，骨骼硉兀如堵墙[③]。
绊之欲动转欹侧，此岂有意仍腾骧。
细看六印带官字[④]，众道三军遗路旁[⑤]。
皮干剥落杂泥滓[⑥]，毛暗萧条连雪霜。
去岁奔波逐馀寇，骅骝不惯不得将。
士卒多骑内厩马，惆怅恐是病乘黄。
当时历块误一蹶，委弃非汝能周防[⑦]。
见人惨淡若哀诉，失主错莫无晶光。
天寒远放雁为伴[⑧]，日暮不收乌啄疮[⑨]。
谁家且养愿终惠，更试明年春草长。

①《英华》作《老马》。②瘦：亦作老。③骼：一作骸。④六：一作火，非。⑤三：一作官。⑥杂：一作尽。⑦能：一作难。⑧伴：一作侣。⑨不：一作未。

早秋苦热堆案相仍[1]

七月六日苦炎蒸[2]，对食暂餐还不能。
每愁夜中自足蝎[3]，况乃秋后转多蝇[4]。
束带发狂欲大叫，簿书何急来相仍。
南望青松架短壑[5]，安得赤脚踏层冰[6]。

①原注：时任华州司功。②蒸：一作热。③每：一作常。中：一作来。④况：一作仍。转：一作复。⑤短：一作绝。⑥得：一作能。

乾元中寓居同谷县作歌七首

有客有客字子美，白头乱发垂过耳[1]。
岁拾橡栗随狙公，天寒日暮山谷里。
中原无书归不得[2]，手脚冻皴皮肉死。
呜呼一歌兮歌已哀[3]，悲风为我从天来[4]。

○以上皆自秦入蜀后之诗。①乱：一作短。过：一作两。②书：一作主。③已：一作独。④天：一作东。

长镵长镵白木柄，我生托子以为命。
黄精无苗山雪盛[1]，短衣数挽不掩胫。
此时与子空归来[2]，男呻女吟四壁静。
呜呼二歌兮歌始放，邻里为我色惆怅[3]。

①精：一作独。②空：一作同。③邻：一作闾。

有弟有弟在远方[1]，三人各瘦何人强？
生别展转不相见，胡尘暗天道路长。
东飞駕鹅后鹙鸧，安得送我置汝旁。
呜呼三歌兮歌三发，汝归何处收兄骨[2]？

①在远方：一作各一方。②收：一作取。

有妹有妹在钟离，良人早殁诸孤痴。
长淮浪高蛟龙怒，十年不见来何时[1]。
扁舟欲往箭满眼，杳杳南国多旌旗。
呜呼四歌兮歌四奏，林猿为我啼清昼。

①时：一作迟。

四山多风溪水急，寒雨飒飒枯树湿[1]。
黄蒿古城云不开，白狐跳梁黄狐立[2]。
我生何为在穷谷？中夜起坐万感集。
呜呼五歌兮歌正长，魂招不来归故乡。

①雨：一作风。枯树：一云树枝。②白：一作玄。

南有龙兮在山湫，古木巃嵸枝相樛。
木叶黄落龙正蛰，蝮蛇东来水上游。
我行怪此安敢出[1]，拔剑欲斩且复休。
呜呼六歌兮歌思迟，溪壑为我回春姿。

①安：一作寒。

男儿生不成名身已老，三年饥走荒山道[1]。
长安卿相多少年，富贵应须致身早。
山中儒生旧相识，但话宿昔伤怀抱。
呜呼七歌兮悄终曲，仰视皇天白日速。

①三：一作十。

石笋行

君不见益州城西门，陌上石笋双高蹲[1]。

古来相传是海眼，苔藓蚀尽波涛痕[②]。
雨多往往得瑟瑟[③]，此事恍惚难明论。
恐是昔时卿相墓[④]，立石为表今仍存。
惜哉俗态好蒙蔽，亦如小臣媚至尊。
政化错迕失大体，坐看倾危受厚恩。
嗟尔石笋擅虚名，后来未识犹骏奔。
安得壮士掷天外，使人不疑见本根。

①陌：一作街。②蚀：旧作食。③多：一作来。④墓：一作冢。

石犀行

君不见秦时蜀太守，刻石立作三犀牛[①]。
自古虽有厌胜法，天生江水向东流[②]。
蜀人矜夸一千载，泛滥不近张仪楼。
今年灌口损户口[③]，此事或恐为神羞。
终藉堤防出众力[④]，高拥木石当清秋。
先王作法皆正道，诡怪何得参人谋。
嗟尔三犀不经济，缺讹只与长川逝。
但见元气常调和[⑤]，自免洪涛恣凋瘵。
安得壮士提天纲，再平水土犀奔茫[⑥]。

①草堂本注云：当作五犀牛。②向：一作须。③灌口：一作灌注。④终藉：草堂作修筑。⑤常：一作相。⑥奔：一作苍。〇两诗皆前六句立案，后半乃讥议之。《石笋》则议其不实，《石犀》则议其无益。赵氏以为《石笋》讥李辅国，恐未必然。

杜鹃行

君不见昔日蜀天子，化作杜鹃似老乌。
寄巢生子不自啄，群鸟至今与哺雏。

虽同君臣有旧礼，骨肉满眼身羁孤。
业工窜伏深树里，四月五月偏号呼。
其声哀痛口流血，所诉何事常区区？
尔岂摧残始发愤[1]，羞带羽翮伤形愚。
苍天变化谁料得，万事反覆何所无？
万事反覆何所无，岂忆当殿群臣趋。

①始：晋作如。○此诗钱笺以为哀上皇迁居西内，幽郁孤寂之状，似为得之。

题壁画马歌[1]

韦侯别我有所适，知我怜君画无敌[2]。
戏拈秃笔扫骅骝[3]，叹见骐驎出东壁。
一匹龁草一匹嘶，坐看千里当霜蹄。
时危安得真致此，与人同生亦同死。

①原注：韦偃画。○陈浩然、草堂本作《题壁上韦偃画马歌》。②君：一作渠。③戏：陈浩然本作试。

戏题画山水图歌[1]

十日画一水，五日画一石。
能事不受相促迫，王宰始肯留真迹。
壮哉昆仑方壶图[2]，挂君高堂之素壁。
巴陵洞庭日本东，赤岸水与银河通[3]，中有云气随飞龙。
舟人渔子入浦溆，山木尽亚洪涛风[4]。
尤工远势古莫比，咫尺应须论万里[5]。
焉得并州快剪刀，剪取吴松半江水。

①原注：王宰画。宰丹青绝伦。②壶：一作丈。③赤：一作南。④亚：一作带。⑤论：一作千，一作行。

题李尊师松树障子歌

老夫清晨梳白头，玄都道士来相访。
握发呼儿延入户[①]，手提新画青松障。
障子松林静杳冥，凭轩忽若无丹青。
阴崖却承霜雪干[②]，偃盖反走虬龙形。
老夫平生好奇古，对此兴与精灵聚。
已知仙客意相亲，更觉良工心独苦。
松下丈人巾屦同，偶坐似是商山翁[③]。
怅望聊歌紫芝曲[④]，时危惨淡来悲风。

①发：一作手。②雪：一云露，一云雾。③似：一作自。商：一作南。④怅望：一作惆怅。

戏为双松图歌[①]

天下几人画古松[②]，毕宏已老韦偃少。
绝笔长风起纤末，满堂动色嗟神妙。
两株惨裂苔藓皮，屈铁交错回高枝。
白摧朽骨龙虎死，黑入太阴雷雨垂。
松根胡僧憩寂寞，庞眉皓首无住著。
偏袒右肩露双脚，叶里松子僧前落。
韦侯韦侯数相见，我有一匹好东绢[③]。
重之不减锦绣段，已令拂拭光凌乱，请公放笔为直干。

①原注：韦偃画。②松：一作树。③东：一作素。

投简成华两县诸子

赤县官曹拥材杰，软裘快马当冰雪。
长安苦寒谁独悲[①]？杜陵野老骨欲折。

南山豆苗早荒秽，青门瓜地新冻裂。
乡里儿童项领成，朝廷故旧礼数绝。
自然弃掷与时异，况乃疏顽临事拙。
饥卧动即向一旬，敝裘何啻联百结。
君不见空墙日色晚，此老无声泪垂血。

①安：一作夜。○韩公学杜，与此等最相似。

徐卿二子歌

君不见，徐卿二子生绝奇，感应吉梦相追随。
孔子释氏亲抱送，并是天上麒麟儿。
大儿九龄色清彻，秋水为神玉为骨。
小儿五岁气食牛，满堂宾客皆回头。
吾知徐公百不忧，积善衮衮生公侯。
丈夫生儿有如此二雏者，名位岂肯卑微休①。

①一云“异时名位岂肯卑微休”。

丈人山

自为青城客，不唾青城地。
为爱丈人山，丹梯近幽意。
丈人祠西佳气浓，缘云拟住最高峰。
扫除白发黄精在，君看他时冰雪容。

百忧集行

忆年十五心尚孩，健如黄犊走复来。
庭前八月梨枣熟，一日上树能千回。
即今倏忽已五十①，坐卧只多少行立。
强将笑语供主人，悲见生涯百忧集。

入门依旧四壁空，老妻睹我颜色同。
痴儿未知父子礼，叫怒索饭啼门东。

①一作“即今年才五六十”。

戏作花卿歌[①]

成都猛将有花卿，学语小儿知姓名。
用如快鹘风火生，见贼唯多身始轻。
绵州副使著柘黄，我卿扫除即日平。
子章髑髅血模糊，手提掷还崔大夫。
李侯重有此节度，人道我卿绝世无[②]。
既称绝世无，天子何不唤取守京都？

①吴若本注：题下谓段子璋反东川，李奂走成都，崔光远讨平之时事也。崔大夫谓光远，子章即子璋。李侯疑即奂，尝领东川，以子璋乱出奔，及平，复得之镇，故云“重有此节度”也。②世：一作代。

入奏行[①]

窦侍御，骥之子，凤之雏。
年未三十忠义俱，骨鲠绝代无。
炯如一段清冰出万壑，置在迎风寒露之玉壶。
蔗浆归厨金盌冻，洗涤烦热足以宁君躯。
政用疏通合典则[②]，戚联豪贵耽文儒。
兵革未息人未苏，天子亦念西南隅。
吐蕃凭陵气颇粗，窦氏检察应时须[③]。
运粮绳桥壮士喜，斩木火井穷猿呼。
八州刺史思一战，三城守边却可图。
此行入奏计未小，密奉圣旨恩宜殊[④]。
绣衣春当霄汉立[⑤]，綵服日向庭闱趋[⑥]。

省郎京尹必俯拾[7]，江花未落还成都。
江花未落还成都[8]，肯访浣花老翁无[9]？
为君酤酒满眼酤[10]，与奴白饭马青刍。

①一作《入奏行赠西山检察使窦侍御》。②政：一作整。③应时须：樊作才能俱。④宜：一作应。⑤春当：一云飘飘。⑥日向：一云粲粲。○樊本此下有“开济人所仰，飞腾正时须”。⑦俯拾：一云相付。⑧此句一云“还成都多暇”。⑨一云“公来肯访浣花老”。⑩二句一云“携酒肯访浣花老，为君着衫捋髭须”。

楠树为风雨所拔叹[1]

倚江楠树草堂前，故老相传二百年[2]。
诛茅卜居总为此，五月仿佛闻寒蝉。
东南飘风动地至，江翻石走流云气。
干排雷雨犹力争[3]，根断泉源岂天意。
沧波老树性所爱[4]，浦上童童一青盖。
野客频留惧雪霜，行人下过听竽籁。
虎倒龙颠委榛棘[5]，泪痕血点垂胸臆。
我有新诗何处吟？草堂自此无颜色。

①楠：一作高。②故：一作古。③干：晋作斡。④沧波：一云苍茫。⑤榛：樊作荆。

茅屋为秋风所破歌

八月秋高风怒号，卷我屋上三重茅。
茅飞渡江洒江郊[1]，高者挂罥长林梢，下者飘转沉塘坳。
南村群童欺我老无力，忍能对面为盗贼。
公然抱茅入竹去，唇焦口燥呼不得，归来倚杖自叹息。
俄顷风定云墨色，秋天漠漠向昏黑。

布衾多年冷似铁[2]，骄儿恶卧踏里裂。
床床屋漏无干处，雨脚如麻未断绝。
自经丧乱少睡眠，长夜沾湿何由彻？
安得广厦千万间，大庇天下寒士俱欢颜，
风雨不动安如山。
呜呼！何时眼前突兀见此屋，吾庐独破受冻死亦足[3]！

①洒：一作满。②似：一作像。③死：一作意。

渔　阳

渔阳突骑犹精锐，赫赫雍王都节制[1]。
猛将飘然恐后时，本朝不入非高计。
禄山北筑雄武城，旧防败走归其营。
系书请问燕耆旧，今日何须十万兵。

①都：一作前。

黄河二首

黄河北岸海西军，椎鼓鸣钟天下闻。
铁马长鸣不知数[1]，胡人高鼻动成群。

①知：一作如。

黄河西岸是吾蜀[1]，欲须供给家无粟。
愿驱众庶戴君王，混一车书弃金玉。

①吾：一作故。

天边行

天边老人归未得，日暮东临大江哭。
陇右河源不种田，胡骑羌兵入巴蜀。

洪涛滔天风拔木，前飞秃鹙后鸿鹄[①]。
九度附书向洛阳，十年骨肉无消息。

①鸿：一作黄。

大麦行

大麦干枯小麦黄，妇女行泣夫走藏[①]。
东至集壁西梁洋[②]，问谁腰镰胡与羌。
岂无蜀兵三千人[③]，部领辛苦江山长[④]。
安得如鸟有羽翅，托身白云还故乡。

①女：一作人。②钱笺：四州皆属山南西道。宝应元年建卯月，羌浑奴剌寇梁州；建辰月，党项奴剌寇洋州。此诗当是宝应元年作。③三千人：一云千人去。④部：一作簿。

苦战行

苦战身死马将军，自云伏波之子孙。
干戈未定失壮士，使我叹恨伤精魂。
去年江南讨狂贼[①]，临江把臂难再得。
别时孤云今不飞，时独看云泪横臆。

①江南：《英华》作南行。

去秋行

去秋涪江木落时，臂枪走马谁家儿[①]？
到今不知白骨处，部曲有去皆无归。
遂州城中汉节在，遂州城外巴人稀。
战场冤魂每夜哭，空令野营猛士悲。

①枪：一作苍。

观打鱼歌

绵州江水之东津[①]，鲂鱼鱍鱍色胜银。
渔人漾舟沉大网，截江一拥数百鳞。
众鱼常才尽却弃，赤鲤腾出如有神。
潜龙无声老蛟怒，回风飒飒吹沙尘[②]。
饔子左右挥霜刀，鲙飞金盘白雪高。
徐州秃尾不足忆[③]，汉阴槎头远遁逃。
鲂鱼肥美知第一，既饱欢娱亦萧瑟。
君不见朝来割素鬐，咫尺波涛永相失。

①之：一作水。②回：晋作西。③忆：一作惜。

又观打鱼

苍江渔子清晨集，设网提纲万鱼急[①]。
能者操舟疾若风，撑突波涛挺叉入。
小鱼脱漏不可记[②]，半死半生犹戢戢。
大鱼伤损皆垂头，屈强泥沙有时立[③]。
东津观鱼已再来，主人罢鲙还倾杯。
日暮蛟龙改窟穴，山根鳣鲔随云雷。
干戈兵革斗未止[④]，凤凰麒麟安在哉？
吾徒胡为纵此乐，暴殄天物圣所哀！

①万：一作取。②记：一作纪。③泥沙：一作沙头。④一云“干戈格斗尚未已”。

越王楼歌

绵州州府何磊落，显庆年中越王作。
孤城西北起高楼，碧瓦朱甍照城郭。

楼下长江百丈清，山头落日半轮明。
君王旧迹今人赏，转见千秋万古情。

海棕行

左绵公馆清江濆，海棕一株高入云。
龙鳞犀甲相错落，苍棱白皮十抱文。
自是众木乱纷纷[1]，海棕焉知身出群。
移栽北辰不可得，时有西域胡僧识。

①自：一作但。

姜楚公画角鹰歌

楚公画鹰鹰带角，杀气森森到幽朔[1]。
观者贪愁掣臂飞[2]，画师不是无心学。
此鹰写真在左绵，却嗟真骨遂虚传。
梁间燕雀休惊怕，亦未抟空上九天。

①森森：一作森如。②贪愁：旧作徒惊。臂：一作壁。

相从歌赠严二别驾[1]

我行入东川，十步一回首。
成都乱罢气萧飒[2]，浣花草堂亦何有。
梓中豪俊大者谁[3]？本州从事知名久。
把臂开樽饮我酒，酒酣击剑蛟龙吼。
乌帽拂尘青螺粟[4]，紫衣将炙绯衣走。
铜盘烧蜡光吐日，夜如何其初促膝。
黄昏始扣主人门，谁谓俄倾胶在漆[5]？
万事尽付形骸外，百年未见欢娱毕[6]。
神倾意豁真佳士，久客多忧今愈疾。

高视乾坤又可愁⑦，一躯交态同悠悠⑧。
垂老遇君未恨晚，似君须向古人求。

①一云《严别驾相从歌》。②飒：一作瑟，一作索。③中：一作州。俊：一作贵。④螺：一作骡。⑤俄倾：晋作我顷。⑥见：一作及。⑦可：一作何。⑧同：一作真。

光禄坂行

山行落日下绝壁，西望千山万山赤①。
树枝有鸟乱鸣时②，暝色无人独归客。
马惊不忧深谷坠，草动只怕长弓射。
安得更似开元中，道路即今多拥隔③。

①山：一作水。②鸣：一作栖。③多：一作何。

陪王侍御同登东山最高顶宴姚通泉晚携酒泛江

姚公美政谁与俦？不减昔时陈太丘。
邑中上客有柱史，多暇日陪骢马游。
东山高顶罗珍羞，下顾城郭销我忧。
清江白日落欲尽，复携美人登綵舟。
笛声愤怨哀中流①，妙舞逶迤夜未休。
灯前往往大鱼出，听曲低昂如有求。
三更风起寒浪涌，取乐喧呼觉船重。
满空星河光破碎，四座宾客色不动。
请公临深莫相违②，回船罢酒上马归。
人生欢会岂有极？无使霜过沾人衣③。

①怨：一作怒。②深：一作江。③过：一作露。

春日戏题恼郝使君兄

使君意气凌青霄，忆昨欢娱常见招。

细马时鸣金騕褭，佳人屡出董娇娆。
东流江水西飞燕，可惜春光不相见。
愿携王赵两红颜，再骋肌肤如素练。
通泉百里近梓州，请公一来开我愁[①]。
舞处重看花满面，尊前还有锦缠头。

①请：一作诸。

短歌行[①]

王郎酒酣拔剑斫地歌莫哀，我能拔尔抑塞磊落之奇才。
豫樟翻风白日动，鲸鱼跋浪沧溟开。
且脱佩剑休徘徊！
西得诸侯棹锦水，欲向何门趿珠履[②]？
仲宣楼头春色深[③]，青眼高歌望吾子。
眼中之人吾老矣！

①原注：赠王郎司直。②趿：吴作飒。③色：一作已。○瓌玮顿挫，跌宕票姚，可谓空前绝后。

短歌行[①]

前者途中一相见，人事经年记君面。
后生相动何寂寥[②]，君有长才不贫贱。
君今起柁春江流，余亦沙边具小舟。
幸为达书贤府主，江花未尽会江楼。

①原注：送祁录事归合州因寄苏使君。○草堂本作邛州录事。②动：一作劝。

桃竹杖引[①]

江心蟠石生桃竹[②]，苍波喷浸尺度足。

斩根削皮如紫玉，江妃水仙惜不得。
梓潼使君开一束[3]，满堂宾客皆叹息。
怜我老病赠两茎，出入爪甲铿有声。
老夫复欲东南征，乘涛鼓枻白帝城[4]。
路幽必为鬼神夺，拔剑或与蛟龙争[5]。
重为告曰：杖兮杖兮，
尔之生也甚正直，慎勿见水踊跃学变化为龙。
使我不得尔之扶持，灭迹于君山湖上之青峰。
噫！风尘澒洞兮豺虎咬人，忽失双杖兮吾将曷从？

①赠章留后。②心：一作上。③君：一作者。④枻：一作棹。⑤拔：一作杖。

韦讽录事宅观曹将军画马图

国初已来画鞍马，神妙独数江都王[1]。
将军得名三十载[2]，人间又见真乘黄。
曾貌先帝照夜白[3]，龙池十日飞霹雳。
内府殷红玛瑙盘[4]，婕妤传诏才人索。
盘赐将军拜舞归，轻纨细绮相追飞[5]。
贵戚权门得笔迹，始觉屏障生光辉。
昔日太宗拳毛䯄[6]，近时郭家师子花[7]。
今之新图有二马[8]，复令识者久叹嗟。
此皆骑战一敌万，缟素漠漠开风沙。
其馀七匹亦殊绝，迥若寒空动烟雪。
霜蹄蹴踏长楸间，马官厮养森成列。
可怜九马争神骏，顾视清高气深稳。
借问苦心爱者谁？后有韦讽前支遁。
忆昔巡幸新丰宫，翠华拂天来向东。

腾骧磊落三万匹，皆与此图筋骨同。
自从献宝朝河宗，无复射蛟江水中。
君不见，金粟堆前松柏里，龙媒去尽鸟呼风⑨。

①钱笺：《名画记》：江都王绪，霍王元轨之子，太宗皇帝犹子也。多才艺，善书，画鞍马擅名。垂拱中，官至金州刺史。②三：樊作四。③《明皇杂录》：上所乘马有玉花骢、照夜白。《画鉴》：曹霸《人马图》，红衣美髯奚官牵玉面骍，绿衣阉官牵照夜白。④盌：一作盘。⑤飞：一作随。⑥《金石录》：太宗六马，其一曰拳毛騧，黄马黑喙，平刘黑闼时所乘。⑦《杜阳杂编》：代宗自陕还，命以御马九花虬并紫玉鞭辔以赐郭子仪。九花虬，即范阳节度使李怀仙所贡也，额高九寸，毛拳如鳞，以身被九花文号“九花虬”。亦有师子骢，皆其类。《天中记》载：杜诗“师子花”，即九花虬也。⑧新：一作画。⑨《旧书》：明皇亲拜五陵，至睿宗桥陵，见金粟山冈有龙蟠虎踞之势，复近先茔，谓侍臣曰：“吾千秋后，宜葬此地。”《长安志》：明皇泰陵，在蒲城东北三十里金粟山。

丹青引①

将军魏武之子孙，于今为庶为清门。
英雄割据虽已矣②，文彩风流犹尚存③。
学书初学卫夫人，但恨无过王右军④。
丹青不知老将至，富贵于我如浮云。
开元之中常引见⑤，承恩数上南薰殿。
凌烟功臣少颜色，将军下笔开生面。
良相头上进贤冠，猛将腰间大羽箭。
褒公鄂公毛发动，英姿飒爽来酣战⑥。
先帝天马玉花骢⑦，画工如山貌不同。
是日牵来赤墀下，迥立阊阖生长风⑧。
诏谓将军拂绢素，意匠惨淡经营中。
斯须九重真龙出，一洗万古凡马空。

玉花却在御榻上，榻上庭前屹相向。
至尊含笑催赐金，圉人太仆皆惆怅。
弟子韩幹早入室，亦能画马穷殊相[9]。
幹惟画肉不画骨，忍使骅骝气凋丧。
将军画善盖有神[10]，必逢佳士亦写真[11]。
即今飘泊干戈际，屡貌寻常行路人。
途穷反遭俗眼白，世上未有如公贫。
但看古来盛名下，终日坎壈缠其身。

①原注：赠曹将军霸。②虽：一作皆。③犹：荆作今。④无：晋作未。⑤中：一作年。⑥飒爽：一作飒飒。来：樊作犹。⑦天：一作御。⑧迥：一作敻。⑨相：一作状。⑩画：一作尽。善：一作妙。⑪必：一作偶。○首八句赞其书画，“开元”八句叙其画凌烟功臣，“先帝”十六句叙其画马，末八句叙其写真。

严氏溪放歌行

天下甲马未尽销[1]，岂免沟壑常漂漂。
剑南岁月不可度，边头公卿仍独骄[2]。
费心姑息是一役，肥肉大酒徒相要。
呜呼古人已粪土，独觉志士甘渔樵。
况我飘转无定所，终日慽慽忍羁旅。
秋宿霜溪素月高[3]，喜得与子长夜语。
东游西还力实倦，从此将身更何许？
知子松根长茯苓，迟暮有意来同煮。

①甲：晋作兵。②仍独骄：樊作何其骄。③宿：樊作夜。霜：一作清。

发阆中

前有毒蛇后猛虎，溪行尽日无村坞。

江风萧萧云拂地，山木惨惨天欲雨。
女病妻忧归意速[1]，秋花锦石谁复数[2]？
别家三月一得书[3]，避地何时免愁苦？

①速：一作急。②复：樊作能。③得书：一作书来。

寄韩谏议

今我不乐思岳阳，身欲奋飞病在床。
美人娟娟隔秋水，濯足洞庭望八荒。
鸿飞冥冥日月白，青枫叶赤天雨霜[1]。
玉京群帝集北斗，或骑骐驎翳凤皇。
芙蓉旌旗烟雾乐[2]，影动倒景摇潇湘。
星宫之君醉琼浆，羽人稀少不在旁。
似闻昨者赤松子，恐是汉代韩张良。
昔随刘氏定长安，帷幄未改神惨伤。
国家成败吾岂敢，色难腥腐餐风香[3]。
周南留滞古所惜[4]，南极老人应寿昌。
美人胡为隔秋水，焉得置之贡玉堂？

○钱笺：程嘉燧曰此诗盖为李泌而作，余考之，是也。按史及家传，泌从肃宗于灵武，既立大功，而幸臣李辅国害其能，因表乞游衡岳，优诏许之，山居累年。代宗即位，累有颁赐，号“天柱峰中岳先生”，无几征入翰林。公此诗，盖当邺侯隐衡山之时，劝勉韩谏议，欲其贡置之玉堂也。安刘帷幄，在玄肃之代，舍泌其谁？韩谏议旧本名注。余考韩休之子汝，上元中为谏议大夫，有学尚，风韵高雅，当即其人，“注”字盖传写之误。①雨：一作飞。②旗：一作旄。③风：一作枫。④所：一作莫。○按《邺侯外传》：平生多遇异人，颇修真仙之术。此诗“玉京”以下六句，盖隐约指其事。“似闻”四句，指邺侯于玄肃间有定社稷之功。“国家”二句，言己虽位卑而不忍不言。“周南”句，杜公自指；“南极”句，仍指邺侯耳。

忆昔二首

忆昔先皇巡朔方，千乘万骑入咸阳。
阴山骄子汗血马，长驱东胡胡走藏。
邺城反复不足怪，关中小儿坏纪纲。
张后不乐上为忙，至今今上犹拨乱，劳身焦思补四方。
我昔近侍叨奉引，出兵整肃不可当①。
为留猛士守未央②，致使岐雍防西羌。
犬戎直来坐御床，百官跣足随天王。
愿见北地傅介子，老儒不用尚书郎。

①出兵：一作兵出。当：一作忘。②钱注：东坡曰："为留猛士守未央"，谓夺郭子仪兵柄，留宿卫也。代宗即位，子仪自河南入朝，程元振数谮之，子仪请解副元帅节度使留京师。广德元年十月，吐蕃入寇，上出幸陕州，子仪收复京师，十二月驾回长安。

忆昔开元全盛日，小邑犹藏万家室。
稻米流脂粟米白，公私仓廪俱丰实。
九州道路无豺虎①，远行不劳吉日出。
齐纨鲁缟车班班，男耕女桑不相失。
宫中圣人奏《云门》，天下朋友皆胶漆。
百馀年间未灾变，叔孙礼乐萧何律。
岂闻一绢直万钱？有田种谷今流血。
洛阳宫殿烧焚尽，宗庙新除狐兔穴。
伤心不忍问耆旧，复恐初从乱离说。
小臣鲁钝无所能，朝廷记识蒙禄秩。
周宣中兴望我皇，洒血江汉身衰疾②。

①虎：晋作狼。②血：一作泪。身：荆作长。

冬狩行①

君不见，东川节度兵马雄，校猎亦似观成功。
夜发猛士三千人，清晨合围步骤同。
禽兽已毙十七八，杀声落日回苍穹。
幕前生致九青兕，馲驼礨峞垂玄熊。
东西南北百里间，髣髴蹴踏寒山空。
有鸟名鸜鹆，力不能高飞逐走蓬，
肉味不足登鼎俎，何为见羁虞罗中？
春蒐冬狩侯得同②，使君五马一马骢。
况今摄行大将权，号令颇有前贤风。
飘然时危一老翁，十年厌见旌旗红。
喜君士卒甚整肃，为我回辔擒西戎。
草中狐兔尽何益？天子不在咸阳宫。
朝廷虽无幽王祸，得不哀痛尘再蒙。
呜呼，得不哀痛尘再蒙！

①原注：时梓州刺史章彝兼侍御史留后东川。○《旧书·严武传》：上皇诏以剑两川合为一道，是时已废东川节度使，故章以刺史领留后事。诗云“东川节度”，则循其旧称也。时代宗幸陕，诏征天下兵，无一人应者，故公感激言之。②侯：一作候。

自　平

自平宫中吕太一①，收珠南海千馀日。
近供生犀翡翠稀，复恐征戎干戈密②。
蛮溪豪族小动摇③，世封刺史非时朝④。
蓬莱殿前诸主将⑤，才如伏波不得骄。

①宫中：一作中宫，一作中官。②戎：一作戍。③小：一作出。④时：

一作常。⑤前：一作里。

释　闷

四海十年不解兵，犬戎也复临咸京①。
失道非关出襄野，扬鞭忽是过胡城②。
豺狼塞路人断绝，烽火照夜尸纵横。
天子亦应厌奔走，群公固合思升平。
但恐诛求不改辙，闻道嬖孽能全生③。
江边老翁错料事，眼暗不见风尘清。

①戎：一作羊。②胡：晋作湖。③能：一作今。〇按：湖城在今阌乡，即汉之湖县、后魏之湖城县也。代宗由长安幸陕，必过湖城。钱笺引晋元帝至湖阴事，失之矣。

阆山歌

阆州城东灵山白①，阆州城北玉台碧②。
松浮欲尽不尽云，江动将崩未崩石。
那知根无鬼神会，已觉气与嵩华敌。
中原格斗且未归，应结茅斋看青壁③。

①灵：一作雪。②台：一作壶。③看：一作着。句一作“应着茅斋向青壁”。

阆水歌

嘉陵江色何所似①？石黛碧玉相因依。
正怜日破浪花出②，更复春从沙际归。
巴童荡桨欹侧过，水鸡衔鱼来去飞。
阆中胜事可肠断，阆州城南天下稀。

①色：一作山。②浪花：一云阆山。

三绝句

前年渝州杀刺史[①]，今年开州杀刺史。
群盗相随剧虎狼，食人更肯留妻子。

①前：一作去。

二十一家同入蜀，唯残一人出骆谷。
自说二女啮臂时，回头却向秦云哭。

殿前兵马虽骁雄，纵暴略与羌浑同。
闻道杀人汉水上，妇女多在官军中。

莫相疑行

男儿生无所成头皓白[①]，牙齿欲落真可惜。
忆献三赋蓬莱宫，自怪一日声辉赫[②]。
集贤学士如堵墙，观我落笔中书堂。
往时文彩动人主，此日饥寒趋路旁[③]。
晚将末契托年少[④]，当面输心背面笑[⑤]。
寄谢悠悠世上儿，不争好恶莫相疑[⑥]。

①樊作“男儿一生无成头皓白”。②辉：一作煇，荆作烜。③此：《文粹》作今。④《文粹》作“晚将末节契年少”。⑤输：一作论。⑥不：一作莫。

青　丝

青丝白马谁家子？粗豪且逐风尘起。
不闻汉主放妃嫔，近静潼关扫蜂蚁。
殿前兵马破汝时，十月即为齑粉期。

未如面缚归金阙[①]，万一皇恩下玉墀。

①如：一作知。

近　闻

近闻犬戎远遁逃，牧马不敢侵临洮。
渭水逶迤白日净，陇山萧瑟秋云高。
崆峒五原亦无事，北庭数有关中使。
似闻赞普更求亲，舅甥和好应难弃。

〇钱注：永泰元年，子仪与回纥定约，请击吐蕃为效。上停亲征，京师解严。是年，仆固名臣及党项帅皆来降。次年二月，命杨济修好于吐蕃，吐蕃遣首领论泣钦陵来朝。此诗盖记其事也。

蚕谷行

天下郡国向万城，无有一城无甲兵。
焉得铸甲作农器，一寸荒田牛得耕。
牛尽耕[①]，蚕亦成，
不劳烈士泪滂沱，男谷女丝行复歌。

①牛尽耕：一有“田”字。

折槛行

呜呼房魏不复见，秦王学士时难羡。
青衿胄子困泥涂，白马将军若雷电。
千载少似朱云人，至今折槛空嶙峋。
娄公不语宋公语，尚忆先皇容直臣。

〇自此以上，皆自秦入蜀，居成都草堂，中间至青神、新津暨居梓州、阆州，旋又归居成都之诗。〇钱笺：大历初国子监释奠，鱼朝恩率六军诸将往听讲，子弟皆服朱紫为诸生，遂以朝恩判国子监事，故曰“青衿胄子困泥涂，白马将军若雷电”。

引　水

月峡瞿塘云作顶，乱石峥嵘俗无井。
云安沽水奴仆悲，鱼复移居心力省。
白帝城西万竹蟠，接筒引水喉不干。
人生留滞生理难，斗水何直百忧宽。

○自此以下，严武卒后公去成都，东下寓居云安、夔州之诗。

古柏行

孔明庙前有老柏①，柯如青铜根如石。
霜皮溜雨四十围②，黛色参天二千尺。
君臣已与时际会，树木犹为人爱惜。
云来气接巫峡长，月出寒通雪山白。
忆昨路绕锦亭东③，先主武侯同閟宫。
崔嵬枝干郊原古，窈窕丹青户牖空。
落落盘踞虽得地，冥冥孤高多烈风。
扶持自是神明力，正直原因造化功。
大厦如倾要梁栋，万牛回首丘山重。
不露文章世已惊，未辞翦伐谁能送？
苦心岂免容蝼蚁，香叶终经宿鸾凤④。
志士幽人莫怨嗟⑤，古来材大难为用。

①前：一作阶。②霜：一作苍。雨：一作水。③亭：一作城。④香：一作密。终：一作曾。经：一作惊。⑤嗟：一作伤。

缚鸡行

小奴缚鸡向市卖，鸡被缚急响喧争。
家中厌鸡食虫蚁，不知鸡卖还遭烹。

虫鸡于人何厚薄，吾叱奴人解其缚。
鸡虫得失无了时，注目寒江倚山阁。

负薪行

夔州处女发半华，四十五十无夫家。
更遭丧乱嫁不售，一生抱恨堪咨嗟①。
土风坐男使女立，应当门户女出入②。
十犹八九负薪归③，卖薪得钱应供给④。
至老双鬟只垂颈⑤，野花山叶银钗并。
筋力登危集市门，死生射利兼盐井。
面妆首饰杂啼痕，地褊衣寒困石根。
若道巫山女粗丑，何得此有昭君村？

①堪：一作长。②应：一作男。应当门户：一作应门当户。③犹：一作有。④应：一作当。⑤鬟：一作镮。

最能行

峡中丈夫绝轻死，少在公门多在水。
富豪有钱驾大舸，贫穷取给行艓子。
小儿学问止论语，大儿结束随商旅。
欹帆侧舵入波涛，撇漩捎濆无险阻。
朝发白帝暮江陵，顷来目击信有征。
瞿塘漫天虎须怒①，归州长年行最能②。
此乡之人气量窄③，误竞南风疏北客。
若道土无英俊才④，何得山有屈原宅？

①须：一作眼。②行：一作与。③气：一作器。④土：一作士。

寄裴施州

廊庙之具裴施州，宿昔一逢无此流①。

金钟大镛在东序，冰壶玉衡悬清秋[②]。
自从相遇感多病[③]，三岁为客宽边愁。
尧有四岳明至理，汉二千石真分忧。
几度寄书白盐北，苦寒赠我青羔裘[④]。
霜霄回光避锦袖，龙蛇动箧蟠银钩[⑤]。
紫衣使者辞复命[⑥]，再拜故人谢佳政。
将老已失子孙忧，后来况接才华盛[⑦]。

①此：一作比。②衡：《英华》作珩。③感：晋作减。④羔：一作丝。⑤龙蛇：刊作蛟龙。⑥辞：一作辟。⑦《英华》此句下有“遥忆书楼碧池映”七字。

可　叹

天上浮云如白衣[①]，斯须改变如苍狗。
古往今来共一时，人生万事无不有。
近者抉眼去其夫[②]，河东女儿身姓柳。
丈夫正色动引经，酆城客子王季友。
群书万卷常暗诵，《孝经》一通看在手。
贫穷老瘦家卖屐[③]，好事就之为携酒。
豫章太守高帝孙，引为宾客敬颇久。
闻道三年未曾语[④]，小心恐惧闭其口。
太守得之更不疑，人生反覆看亦丑。
明月无瑕岂容易，紫气郁郁犹冲斗。
时危可仗真豪俊，二人得置君侧否？
太守顷者领山南，邦人思之比父母。
王生早曾拜颜色，高山之外皆培塿。
用为羲和天为成，用平水土地为厚。
王也论道阻江湖，李也丞疑旷前后。

死为星辰终不灭，致君尧舜焉肯朽。
吾辈碌碌饱饭行，风后力牧长回首。

①如：一作似。②夫：陈作眯。③屐：一作履。④闻：一作问。

观公孙大娘弟子舞剑器行　并序

大历二年十月十九日，夔州府别驾元持宅[①]，见临颍李十二娘舞剑器，壮其蔚跂。问其所师[②]，曰："余公孙大娘弟子也。"开元三载[③]，余尚童稚，记于郾城观公孙氏舞剑器浑脱，浏漓顿挫，独出冠时。自高头宜春、梨园二伎坊内人[④]，洎外供奉，晓是舞者，圣文神武皇帝初，公孙一人而已。玉貌锦衣，况余白首。今兹弟子，亦匪盛颜。既辨其由来，知波澜莫二，抚事慷慨，聊为《剑器行》。往者吴人张旭善草书书帖，数常于邺县见公孙大娘舞《西河剑器》[⑤]，自此草书长进，豪荡感激，即公孙可知矣。

昔有佳人公孙氏，一舞剑器动四方。
观者如山色沮丧，天地为之久低昂。
㸌如羿射九日落[⑥]，矫如群帝骖龙翔。
来如雷霆收震怒[⑦]，罢如江海凝清光。
绛唇珠袖两寂寞，况有弟子传芬芳[⑧]。
临颍美人在白帝，妙舞此曲神扬扬。
与余问答既有以，感时抚事增惋伤。
先帝侍女八千人[⑨]，公孙剑器初第一。
五十年间似反掌，风尘倾动昏王室[⑩]。
梨园子弟散如烟，女乐馀姿映寒日。
金粟堆南木已拱，瞿塘石城草萧瑟[⑪]。
玳筵急管曲复终，乐极哀来月东出。
老夫不知其所往，足茧荒山转愁疾[⑫]。

①持：一作特。②一本此下有“答”字。③一作五载。时公年六岁。公七龄思即壮，六岁观剑似无不可。诗云“五十年间似反掌”，自开元五年至是年，凡五十一年，草堂注云“疑作十二载”，误也。④伎：一作教。⑤�：一作叶。⑥熇：音酷。⑦来：一作未。⑧况：一作晚。⑨帝：一作皇。⑩倾动：一作澒洞。⑪草：一作暮。⑫疾：一作寂。

李潮八分小篆歌

苍颉鸟迹既茫昧，字体变化如浮云。
陈仓石鼓又已讹[①]，大小二篆生八分。
秦有李斯汉蔡邕，中间作者寂不闻。
峄山之碑野火焚，枣木传刻肥失真。
苦县光和尚骨立，书贵瘦硬方通神[②]。
惜哉李蔡不复得[③]，吾甥李潮下笔亲。
尚书韩择木，骑曹蔡有邻。
开元已来数八分，潮也奄有二子成三人。
况潮小篆逼秦相，快剑长戟森相向。
八分一字直百金[④]，蛟龙盘拏肉屈强。
吴郡张颠夸草书，草书非古空雄壮。
岂如吾甥不流宕，丞相中郎丈人行。
巴东逢李潮[⑤]，逾月求我歌。
我今衰老才力薄，潮乎潮乎奈汝何！

①又：一作文。②书：一作画。③复：一作可。④百：一作千。⑤东：一作江。

荆南兵马使太常卿赵公大食刀歌[①]

太常楼船声嗷嘈，问兵刮寇趋下牢[②]。
牧出令奔飞百艘，猛蛟突兽纷腾逃。

白帝寒城驻锦袍，玄冬示我胡国刀。
壮士短衣头虎毛，凭轩拔鞘天为高。
翻风转日木怒号③，冰翼雪淡伤哀猱。
镌错碧罂鹛鹈膏，铓锷已莹虚秋涛④，鬼神撇捩辞坑壕⑤。
苍水使者扪赤绦，龙伯国人罢钓鳌。
芮公回首颜色劳，分阃救世用贤豪⑥。
赵公玉立高歌起，揽环结佩相终始，万岁持之护天子。
得君乱丝与君理，蜀江如线如针水⑦。
荆岑弹丸心未已，贼臣恶子休干纪。
魑魅魍魉徒为耳，妖腰乱领敢欣喜。
用之不高亦不庳，不似长剑须天倚。
吁嗟光禄英雄弭，大食宝刀聊可比。
丹青宛转麒麟里，光芒六合无泥滓。

①大食：外国名，在波斯之西，兵刃劲利，其俗勇于战斗。②下牢：楚地。③木：一作水。④铓锷：一作铦锋。虚：一作灵。⑤辞：陈作乱。⑥吴若本注：芮公，以《唐书》考之，恐是卫伯玉。⑦如针水：一作针如水。

王兵马使二角鹰

悲台萧飒石巃嵸①，哀壑杈枒浩呼汹。
中有万里之长江，回风滔日孤光动②。
角鹰翻倒壮士臂，将军玉帐轩翠气③。
二鹰猛脑徐侯穟④，目如愁胡视天地。
杉鸡竹兔不自惜，溪虎野羊俱辟易⑤。
鞲上锋棱十二翮，将军勇锐与之敌。
将军树勋起安西，昆仑虞皋入马蹄⑥。
白羽曾肉三狻猊，敢决岂不与之齐。

荆南芮公得将军，亦如角鹰下翔云[⑦]。
恶鸟飞飞啄金屋，安得尔辈开其群，驱出六合枭鸾分。

①飒：一作瑟。②滔：陈作陷。③翠：一云昂。《甘泉赋》：飏翠气之宛延。李善注曰：言宫观之高，故翠气宛延在其侧。④徐侯穟：荆作缘徐坠。赵云：徐侯穟殊无理义，介甫善本作缘徐坠，于理或然。⑤溪：一作孩。⑥虞泉即虞渊，唐讳“渊”字也。⑦下翔：一作入朔。

狄明府[①]

梁公曾孙我姨弟，不见十年官济济。
大贤之后竟凌迟，浩荡古今同一体。
比看叔伯四十人，有才无命百寮底。
今者兄弟一百人，几人卓绝秉周礼。
在汝更用文章为，长兄白眉复天启。
汝门请从曾翁说[②]，太后当朝多巧诋[③]。
狄公执政在末年，浊河终不污清济[④]。
国嗣初将付诸武，公独廷诤守丹陛。
禁中决册请房陵[⑤]，前朝长老皆流涕[⑥]。
太宗社稷一朝正，汉官威仪重昭洗。
时危始议不世才，谁谓荼苦甘如荠。
汝曹又宜列土食[⑦]，身使门户多旌棨。
胡为漂泊岷汉间，干谒王侯颇历抵[⑧]。
况乃山高水有波，秋风萧萧露泥泥。
虎之饥，下巉岩；蛟之横，出清泚。
早归来，黄土泥衣眼易眯[⑨]。

①原注：博济。〇一作《寄狄明府》。②翁：一云公。③诋：一作计。④终：一作中。⑤决册：陈作册决。请：一作诏。《旧书》：中宗自房陵还宫，则天匿之帐中，召仁杰以庐陵为言，仁杰慷慨敷奏，言发涕流。遽出中宗，谓仁杰曰：“还卿储君。”仁杰降阶泣贺，既已，奏曰：“太子还宫，

人无知者，物议安审是非?”则天以为然，乃复置中宗于龙门，具礼迎归，人情感悦。仁杰前后匡复奏对凡数万言，北海太守李邕撰为《梁公别传》，备载其辞。⑥前：一作满。⑦土：一作鼎。⑧抵：一作诋。⑨黄土泥衣：陈作黄污人衣。

秋风二首

秋风淅淅吹巫山，上牢下牢修水关。
吴樯楚舵牵百丈，暖向神都寒未还①。
要路何日罢长戟，战自青羌连百蛮②。
巴中不曾消息好，暝传戍鼓长云间。

①神：一作成。②百：一作白。

秋风淅淅吹我衣，东流之外西日微。
天清小城捣练急，石古细路行人稀。
不知明月为谁好，早晚孤帆他夜归①。
会将白发倚庭树，故园池台今是非。

①他：一作也。

久雨期王将军不至

天雨潇潇滞茅屋①，空山无以慰幽独。
锐头将军来何迟，令我心中苦不足。
数看黄雾乱玄云，时听严风折乔木。
泉源泠泠杂猿狖，泥泞漠漠饥鸿鹄②。
岁暮穷阴耿未已，人生会面难再得。
忆尔腰下铁丝箭，射杀林中雪色鹿。
前者坐皮因问毛，知子历险人马劳。
异兽如飞星宿落，应弦不碍苍山高。

安得突骑只五千，崒然眉骨皆尔曹。
走平乱世相催促，一豁明王正郁陶。
忆昔范增碎玉斗[③]，未使吴兵着白袍。
昏昏阊阖闭氛祲，十月荆南雷怒号。

①天：一云山。滞：一作带。②泞：一作滓。③忆：一云恨。

别李秘书始兴寺所居

不见秘书心若失，及见秘书失心疾。
安为动主理信然，我独觉子神充实[①]。
重闻西方《止观》经，老身古寺风泠泠。
妻儿待我且归去[②]，他日杖藜来细听。

①神充实：一作精神实。②我：一作来，陈作米。

虎牙行

秋风欻吸吹南国[①]，天地惨惨无颜色。
洞庭扬波江汉回，虎牙铜柱皆倾侧。
巫峡阴岑朔漠气，峰峦窈窕溪谷黑。
杜鹃不来猿狖寒[②]，山鬼幽忧雪霜逼。
楚老长嗟忆炎瘴，三尺角弓两斛力。
壁立石城横塞起，金错旌竿满云直。
渔阳突骑猎青丘，犬戎锁甲闻丹极。
八荒十年防盗贼，征戍诛求寡妻哭，远客中宵泪沾臆。

①秋：一作北。欻吸：晋作欻欻。②寒：一作啼。

锦树行

今日苦短昨日休，岁云暮矣增离忧。
霜凋碧树待锦树[①]，万壑东逝无停留。

荒戍之城石色古，东郭老人住青丘。
飞书白帝营斗粟，琴瑟几杖柴门幽。
青草萋萋尽枯死[2]，天马跂足随氂牛[3]。
自古圣贤多薄命，奸雄恶少皆封侯[4]。
故国三年一消息，终南渭水寒悠悠。
五陵豪贵反颠倒，乡里小儿狐白裘。
生男堕地要膂力，一生富贵倾邦国[5]。
莫愁父母少黄金，天下风尘儿亦得。

①待：荆作行，一云作。②青：荆作春。③天马跂：陈作与骥跂。跂：一作跛。④皆封侯：一作封公侯。⑤一生：一作生女。

赤霄行

孔雀未知牛有角，渴饮寒泉逢觝触。
赤霄玄圃须往来，翠尾金花不辞辱。
江中淘河吓飞燕，衔泥却落羞华屋。
皇孙犹曾莲勺困，卫庄见贬伤其足[1]。
老翁慎莫怪少年，葛亮贵和书有篇。
丈夫垂名动万年，记忆细故非高贤。

①卫：一作鲍。

前苦寒行二首

汉时长安雪一丈，牛马毛寒缩如猬。
楚江巫峡冰入怀，虎豹哀号又堪记。
秦城老翁荆扬客，惯习炎蒸岁絺绤。
玄冥祝融气或交，手持白羽未敢释。

去年白帝雪在山，今年白帝雪在地。

冻埋蛟龙南浦缩，寒刮肌肤北风利①。
楚人四时皆麻衣，楚天万里无晶辉②。
三足之乌足恐断③，羲和送将何所归④。

①刮：陈作割。②里：《英华》作顷。③足：《英华》作骨。④送将何所归：一作“迭送将安归”，一作“送之将安归”。

后苦寒行二首

南纪巫庐瘴不绝，太古以来无尺雪。
蛮夷长老怨苦寒，昆仑天关冻应折①。
玄猿口噤不能啸，白鹄翅垂眼流血②。
安得春泥补地裂？

①应：《英华》作欲。②流：一作出。

晚来江门失大水①，猛风中夜吹白屋②。
天兵斩断青海戎③，杀气南行动地轴。
不尔苦寒何太酷④，巴东之峡生凌澌。
彼苍回轩人得知⑤。

①晚：一作晓。门：一作边。②吹：《英华》作飞。③斩断：《英华》作新斩。④太：一作其。⑤轩：刊作斡。

晚　晴

高唐暮冬雪壮哉，旧瘴无复似尘埃。
崖沉谷没白皑皑，江石缺裂青枫摧。
南天三旬苦雾开，赤日照耀从西来。六龙寒急光徘徊。
照我衰颜忽落地，口虽吟咏心中哀。
未怪及时少年子，扬眉结义黄金台。
洎乎吾生何飘零①，支离委绝同死灰。

①洎：陈作汨。

复　阴

方冬合沓玄阴塞，昨日晚晴今日黑。
万里飞蓬映天过，孤城树羽扬风直。
江涛簸岸黄沙走[①]，云雪埋山苍兕吼。
君不见夔子之国杜陵翁，牙齿半落左耳聋。

①簸：一作欺。

夜　归

夜半归来冲虎过，山黑家中已眠卧。
傍见北斗向江低，仰看明星当空大。
庭前把烛瞋两炬[①]，峡口惊猿闻一个。
白头老罢舞复歌，杖藜不睡谁能那。

①瞋：一作唤。

寄柏学士林居

自胡之反持干戈，天下学士亦奔波。
叹彼幽栖载典籍，萧然暴露依山阿[①]。
青山万里静散地[②]，白雨一洗空垂萝。
乱代飘零余到此[③]，古人成败子如何？
荆扬春冬异风土，巫峡日夜多云雨[④]。
赤叶枫林百舌鸣，黄泥野岸天鸡舞[⑤]。
盗贼纵横甚密迩，形神寂寞甘辛苦。
几时高议排金门，各使苍生有环堵。

①依：一作向。②里：一作重。③余：一作馀。④云：一作风。⑤泥：一作花。

寄从孙崇简

嵯峨白帝城东西，南有龙湫北虎溪。
吾孙骑曹不骑马[①]，业学尸乡多养鸡。
庞公隐时尽室去，武陵春树他人迷。
与汝林居未相失，近身药裹酒长携。
牧竖樵童亦无赖，莫令斩断青云梯。

①骑：一作记。

醉为马坠诸公携酒相看

甫也诸侯老宾客，罢酒酣歌拓金戟。
骑马复忆少年时，散蹄迸落瞿塘石。
白帝城门水云外，低身直下八千尺。
粉堞电转紫游缰，东得平冈出天壁。
江村野堂争入眼，垂鞭亸鞚凌紫陌[①]。
向来皓首惊万人，自倚红颜能骑射。
安知决臆追风足，朱汗骖驔犹喷玉。
不虞一蹶终损伤，人生快意多所辱。
职当忧戚伏衾枕，况乃迟暮加烦促。
明知来问腆我颜[②]，杖藜强起倚僮仆。
语尽还成开口笑，提携别扫清溪曲。
酒肉如山又一时，初筵哀丝动豪竹。
共指西日不相贷，喧呼且覆杯中渌。
何必走马来为问[③]，君不见嵇康养生遭杀戮[④]。

①鞭：一作肩。②明：一作朋。③来为问：一作不为身。④遭：一作被。

君不见简苏徯

君不见道边废弃池，君不见前者摧折桐。
百年死树中琴瑟，一斛旧水藏蛟龙。
丈夫盖棺事始定，君今幸未成老翁，何恨憔悴在山中。
深山穷谷不可处，霹雳魍魉兼狂风①。

①兼：一作并。

大觉高僧兰若①

巫山不见庐山远，松林兰若秋风晚②。
一老犹鸣日暮钟，诸僧尚乞斋时饭。
香炉峰色隐晴湖，种杏仙家近白榆。
飞锡去年啼邑子，献花何日许门徒。

①原注：和尚去冬往湖南。〇以上皆居川东云安、夔州之诗。②林：一作间。

忆昔行

忆昔北寻小有洞，洪河怒涛过轻舸。
辛勤不见华盖君，艮岑青辉惨幺麽。
千崖无人万壑静，三步回头五步坐。
秋山眼冷魂未起，仙赏心违泪交堕。
弟子谁依白茅室①，卢老独启青铜锁。
巾拂香馀捣药尘，阶除灰死烧丹火②。
玄圃沧洲莽空阔，金节羽衣飘婀娜。
落日初霞闪馀映，倏忽东西无不可。
松风涧水声合时，青兕黄熊啼向我。
徒然咨嗟抚遗迹，至今梦想仍犹佐③。

秘诀隐文须内教，晚岁何功使愿果[4]。
更讨衡阳董炼师[5]，南浮早鼓潇湘舵[6]。

○此下皆寓居松陵、公安及至湖南之诗。①茅：一作室。②阶：一作前。③佐：一作左，音如佐。④使：一作收。⑤讨：一作觅。⑥浮：一作游。

魏将军歌

将军昔著从事衫，铁马驰突重两衔。
被坚执锐略西极，昆仑月窟东崭岩[1]。
君门羽林万猛士，恶若哮虎子所监。
五年起家列霜戟，一日过海收风帆。
平生流辈徒蠢蠢，长安少年气欲尽。
魏侯骨耸精爽紧，华岳峰尖见秋隼。
星缠宝校金盘陀。夜骑天驷超天河。
欃枪荧惑不敢动，翠蕤云旓相荡摩。
吾为子起歌都护，酒阑插剑肝胆露，钩陈苍苍风玄武[2]。
万岁千秋奉明主，临江节士安足数？

①荆溪吴子良曰：昆仑月窟在西南，云“东”者，谓将军略地至西方之极，而昆仑月窟反在东也。②风玄武：一云玄武暮。

白凫行

君不见，黄鹄高于五尺童，化为白凫似老翁[1]。
故畦遗穗已荡尽，天寒岁暮波涛中[2]。
鳞介腥膻素不食，终日忍饥西复东。
鲁门鶢鶋亦蹭蹬，闻道如今犹避风[3]。

①似：一作像。②岁：一作日。③如：樊作于。○“黄鹄”自喻其少年之远志，“白凫”自喻其老年之贞节。中四句自喻其穷困蹭蹬，末二句言志士仁人蹭蹬者多，非仅我也。

朱凤行

君不见，潇湘之山衡山高，山巅朱凤声嗷嗷[①]。
侧身长顾求其群[②]，翅垂口噤心甚劳[③]。
下愍百鸟在罗网，黄雀最小犹难逃。
愿分竹实及蝼蚁，尽使鸱枭相怒号。

①巅：一作岩。声：一作鸣。②群：一作曹。③甚劳：一作劳劳。〇此诗与《凤凰台》一首用意略同，均以凤自况，而思有济于世，彼言凤之心在致君，此言凤之心在泽民耳。蝼蚁、黄雀，皆民也。鸱枭，虐民之吏也。

惜别行送向卿进奉端午御衣之上都

肃宗昔在临武城，指挥猛将收咸京。
向公泣血洒行殿[①]，佐佑卿相乾坤平。
逆胡冥寞随烟烬，卿家兄弟功名震。
麒麟图画鸿雁行[②]，紫极出入黄金印。
尚书勋业超千古，雄镇荆州继吾祖[③]。
裁缝云雾成御衣，拜跪题封向端午[④]。
向卿将命寸心赤，青山落日江潮白。
卿到朝廷说老翁，漂零已是沧浪客。

①一云向公亦卫伯玉，盖"芮"字传写之误。②图：一作阁。③钱笺：广德元年，卫伯玉拜江陵尹，兼御史大夫、荆南节度使，寻加检校工部尚书，封阳城郡王。此云"镇荆州"，知为伯玉也。"继吾祖"者，杜预以镇南大将军都督荆州诸军事也。"向卿"者，尚书将命之人也。④向：吴本作贺。

醉歌行赠公安颜少府请顾八题壁[①]

神仙中人不易得，颜氏之子才孤标。
天马长鸣待驾驭，秋鹰整翮当云霄。

君不见东吴顾文学，君不见西汉杜陵老。
诗家笔势君不嫌，词翰升堂为君扫。
是日霜风冻七泽，乌蛮落照衔赤壁。
酒酣耳热忘头白，感君意气无所惜，一为歌行歌主客②。

①《英华》作《赠公安县颜十少府》。②一本云“醉歌行，歌主客”。

夜闻觱篥

夜闻觱篥沧江上，衰年侧耳情所向。
邻舟一听多感伤，塞曲三更欻悲壮。
积雪飞霜此夜寒，孤灯急管复风湍①。
君知天地干戈满②，不见江湖行路难③。

①风：一作奔。②地：一作下。③湖：一作湘。

发刘郎浦

挂帆早发刘郎浦，疾风飒飒昏亭午。
舟中无日不沙尘，岸上空村尽豺虎。
十日北风风未回，客行岁晚晚相催①。
白头厌伴渔人宿，黄帽青鞋归去来。

①晚相催：一作尤相催。

清　明

著处繁花务是日①，长沙千人万人出。
渡头翠柳艳明眉，争道朱蹄骄啮膝。
此都好游湘西寺，诸将亦自军中至②。
马援征行在眼前，葛强亲近同心事③。
金镫下山红粉晚④，牙樯柂柂青楼远⑤。
古时丧乱皆可知，人世悲欢暂相遣。

弟侄虽存不得书，干戈未息苦离居[⑥]。
逢迎少壮非吾道，况乃今朝更祓除。

①花务：陈作华矜。是：一作足。②亦：一作远，一作方。③葛强：山简爱将也。④镫：《广韵》镫与灯同。粉：一作日。⑤“金镫”“牙樯”二句，谓舍马登舟也。⑥离：一作难。

风雨看舟前落花戏为新句

江上人家桃树枝，春寒细雨出疏篱。
影遭碧水潜勾引，风妒红花却倒吹。
吹花困癫傍舟楫[①]，水光风力俱相怯。
赤憎轻薄遮入怀[②]，珍重分明不来接[③]。
湿久飞迟半日高[④]，萦沙惹草细如毛。
蜜蜂蝴蝶生情性[⑤]，偷眼蜻蜓避百劳。

①癫：一作懒。②入：一作人。杨伦曰：“赤憎”犹云“生憎”，亦方言也。③接：一作折。④日：一作欲。⑤性：一作住。

岳麓山道林二寺行

玉泉之南麓山殊，道林林壑争盘纡。
寺门高开洞庭野，殿脚插入赤沙湖。
五月寒风冷佛骨[①]，六时天乐朝香炉。
地灵步步雪山草，僧宝人人沧海珠。
塔劫宫墙壮丽敌，香厨松道清凉俱[②]。
莲花交响共命鸟[③]，金榜双回三足乌。
方丈涉海费时节，玄圃寻河知有无。
暮年且喜经行近，春日兼蒙暄暖扶。
飘然斑白身奚适[④]，傍此烟霞茅可诛。
桃源人家易制度，橘洲田土仍膏腴。

潭府邑中甚淳古，太守庭内不喧呼。
昔遭衰世皆晦迹，今幸乐国养微躯。
依止老宿亦未晚，富贵功名焉足图？
久为野客寻幽惯⑤，细学何颙免兴孤⑥。
一重一掩吾肺腑⑦，山鸟山花吾友于⑧。
宋公放逐曾题壁⑨，物色分留与老夫⑩。

①佛：一作拂。②香：一作石。凉：樊作崇。③花：樊、陈俱作池。④身：一作将。⑤野：一作谢。⑥何：当作周。钱笺：《石林诗话》：何颙见《后汉·党锢传》，与是诗之义不类，当作周颙。按《南史》，周颙音辞辨丽，长于佛理，著《三宗论》，言空假义。西凉州智林道人遗颙书，深相赞美。于钟山西立精舍，休沐则归之。清贫寡欲，终日长蔬。虽有妻子，独处山舍。公又曰“何颙好不忘”，亦同此误也。又《文选》李善注引梁简文帝《草堂传》曰：“汝南周颙，昔经在蜀，以蜀草堂寺林壑可怀，乃于钟岭雷次宗学馆立寺，因名草堂，亦号山茨。”公以颙自喻，言他日虽去蜀，而周颙之兴未忘也。⑦一重一掩：山也。⑧山鸟：一作仙鸟。⑨宋公：之问也。⑩与：一作待。

暮秋枉裴道州手札率尔遣兴寄近呈苏涣侍御

久客多枉友朋书，素书一月凡一束。
虚名但蒙寒温问，泛爱不救沟壑辱。
齿落未是无心人，舌存耻作穷途哭。
道州手札适复至，纸长要自三过读。
盈把那须沧海珠，入怀本倚昆山玉。
拨弃潭州百斛酒，芜没潇岸千株菊。
使我昼立烦儿孙，令我夜坐费灯烛。
忆子初尉永嘉去，红颜白面花映肉。
军符侯印取岂迟，紫燕绿耳行甚速。
圣朝尚飞战斗尘，济世宜引英俊人。

黎元愁痛会苏息，夷狄跋扈徒逡巡。
授钺筑坛闻意旨，颓纲漏网期弥纶。
郭钦上书见大计，刘毅答诏惊群臣。
他日更仆语不浅，明公论兵气益振。
倾壶箫管黑白发①，舞剑霜雪吹青春。
宴筵曾语苏季子，后来杰出云孙比。
茅斋定王城郭门，药物楚老渔商市。
市北肩舆每联袂，郭南抱瓮亦隐几。
无数将军西第成，早作丞相东山起。
鸟雀苦肥秋粟菽，蛟龙欲蛰寒沙水。
天下鼓角何时休，阵前部曲终日死，
附书与裴因示苏，此生已愧须人扶。
致君尧舜付公等，早据要路思捐躯。

①黑：一作理，荆作动。〇自首至“费灯烛”，极写得书欢忭之情。自“忆子初尉”句至“吹青春”，叙迁官甚速，冀其大用；末四句忆其聚会燕语之时。“宴筵”二句，因裴公曾语及苏，因叙与苏交情之密；“茅斋”四句，与苏往还亲密也。“无数”三句，言群小得志；“蛟龙”句言苏不见用也。

岁暮行

岁云暮矣多北风，潇湘洞庭白雪中①。
渔父天寒网罟冻，莫徭射雁鸣桑弓②。
去年米贵阙军食，今年米贱大伤农。
高马达官厌酒肉，此辈杼轴茅茨空。
楚人重鱼不重鸟③，汝休枉杀南飞鸿。
况闻处处鬻男女，割慈忍爱还租庸。
往日用钱捉私铸，今许铅锡和青铜④。
刻泥为之最易得，好恶不合长相蒙。

万国城头吹画角，此曲哀怨何时终？

①雪：一作云。②《隋·地理志》：长沙郡杂有胡蜒，名曰莫徭。自云其先祖有功，常免征役，故以为名。刘长卿《连州腊日观莫徭猎》诗云："莫徭自生长，名字无符籍。市易杂蛟人，婚姻通木客。"《广异记》：阑州莫徭，以樵采为事。③鸟：一作肉。④许：一作来。

追酬故高蜀州人日见寄　并序

开文书帙中，检所遗忘，因得故高常侍适往居在成都时高任蜀州刺史《人日相忆见寄》诗。泪洒行间，读终篇末。自枉诗，已十馀年；莫记存殁，又六七年矣。老病怀旧，生意可知。今海内忘形故人，独汉中王瑀与昭州敬使君超先在[1]。爱而不见，情见乎辞。大历五年正月廿一日，却追酬高公此作，因寄王及敬弟。

自蒙蜀州人日作[2]，不意清诗又零落。
今晨散帙眼忽开[3]，迸泪幽吟事如昨。
呜呼壮士多慷慨，合沓高明动寥廓。
叹我凄凄求友篇，感时郁郁匡君略。
锦里春光空烂漫，瑶墀侍臣已冥寞。
潇湘水国傍鼋鼍，鄠杜秋天失鵰鹗。
东西南北更谁论[4]，白首扁舟病独存。
遥拱北辰缠寇盗[5]，欲倾东海洗乾坤。
边塞西蕃最充斥，衣冠南渡多崩奔。
鼓瑟至今悲帝子，曳裾何处觅王门。
文章曹植波澜阔，服食刘安德业尊。
长笛谁能乱愁思[6]，昭州词翰与招魂。

①王：樊作郡王。②蒙：一作枉。③开：一作明。④谁：吴作堪。⑤遥：一作犹。⑥谁能：一作邻家。

下册目录

卷二十一

卷二十二

卷二十三

卷二十四

卷二十五

卷二十六

卷二十七

卷二十八

卷二十一　苏东坡七律上

二百五十八首

和子由渑池怀旧

人生到处知何似，应似飞鸿踏雪泥。
泥上偶然留指爪，鸿飞那复计东西。
老僧已死成新塔，坏壁无由见旧题。
往日崎岖还记否？路长人困蹇驴嘶[①]。

①公自注：往岁马死于二陵，骑驴至渑池。

留题延生观后山上小堂

溪山愈好意无厌，上到巉巉第几尖。
深谷野禽毛羽怪，上方仙子鬓眉纤。
不惭弄玉骑丹凤，应逐嫦娥驾老蟾。
涧草岩花自无主，晚来胡蝶入疏簾。

留题仙游潭中兴寺东有玉女洞洞南有马融读书石室过潭而南山石益奇潭上有桥畏其险不敢渡

清潭百尺皎无泥，山木阴阴谷鸟啼。
蜀客曾游明月峡，秦人今在武陵溪。
独攀书室窥岩窦，还访仙姝款石闺。
犹有爱山心未至，不将双脚踏飞梯。

石鼻城

平时战国今何在，陌上征夫自不闲。
北客初来试新险，蜀人从此送残山。
独穿暗月朦胧里，愁渡奔河苍茫间。
渐入西南风景变，道边修竹水潺潺。

楼　观[①]

门前古碣卧斜阳，阅世如流事可伤。
长有幽人悲晋惠，强修遗庙学秦皇。
丹砂久窖井水赤，白术谁烧厨灶香。
闻道神仙亦相过，只疑田叟是庚桑。

①公自注：秦始皇立老子庙于观南，晋惠始修此观。

九月二十日微雪怀子由弟二首

岐阳九月天微雪，已作萧条岁暮心。
短日送寒砧杵急，冷官无事屋庐深。
愁肠别后能消酒，白发秋来已上簪。
近买貂裘堪出塞，忽思乘传问西琛。

江上同舟诗满箧，郑西分马涕垂膺。
未成报国惭书剑，岂不怀归畏友朋。
官舍度秋惊岁晚，寺楼见雪与谁登。
遥知读《易》东窗下，车马敲门定不膺。

病中闻子由得告不赴商州三首

病中闻汝免来商，旅雁何时更著行？

远别不知官爵好，思归苦觉岁年长。
著书多暇真良计，从宦无功谩去乡。
惟有王城最堪隐，万人如海一身藏。

○王注：子由与先生同举贤良科。子由以讦直得下第，除商州推官。而王介甫犹不肯撰辞，告未即下。故先生自去年十二月先赴凤翔，至今年秋，子由方告下，以老泉傍无侍子，奏乞养亲三年。此所以“得告而不赴”也。

近从章子闻渠说[①]，苦道商人望汝来。
说客有灵惭直道，逋翁久没厌凡才。
夷音仅可通名姓，瘿俗无由辨颈顋。
答策不堪宜落此，上书求免亦何哉。

①公自注：章子，惇也。

辞官不出意谁知，敢向清时怨位卑。
万事悠悠付杯酒，流年冉冉入霜髭。
策曾忤世人嫌汝，易可忘忧家有师。
此外知心更谁是，梦魂相觅苦参差。

和子由寒食

寒食今年二月晦，树林深翠已生烟。
绕城骏马谁能借，到处名园意尽便。
但挂酒壶那计盏，偶题诗句不须编。
忽闻啼鴂惊羁旅，江上何人治废田。

七月二十四日以久不雨出祷磻溪是日宿虢县
二十五日晚自虢县渡渭宿于僧舍曾阁
阁故曾氏所建也夜久不寐
见壁有前县令赵荐留名有怀其人

龛灯明灭欲三更，欹枕无人梦自惊。
深谷留风终夜响，乱山衔月半床明。
故人渐远无消息，古寺空来看姓名。
欲向磻溪问姜叟，仆夫屡报斗杓倾。

二十六日五更起行至磻溪未明

夜入磻溪如入峡，照山炬火落惊猿。
山头孤月耿犹在，石上寒波晓更喧。
至人旧隐白云合，神物已化遗踪蜿。
安得梦随霹雳驾，马上倾倒天瓢翻。

周公庙庙在岐山西北七八里庙后百许步
有泉依山涌冽异常国史所谓润德泉世乱则竭者也

吾今那复梦周公，尚喜秋来过故宫。
翠凤旧依山硉兀，清泉长与世穷通。
至今游客伤离黍，故国诸生咏雨濛。
牛酒不来乌鸟散，白杨无数暮号风。

楼　观

鸟噪猿呼昼闭门，寂寥谁识古皇尊。
青牛久已辞辕轭，白鹤时来访子孙。
山近朔风吹积雪，天寒落日淡孤村。

道人应怪游人众，汲尽阶前井水浑。

五　郡

古观正依林麓断，居民来就水泉甘①。
乱溪赴渭争趋北，飞鸟迎山不复南。
羽客衣冠朝上象，野人香火祝春蚕。
汝师岂解言符命，山鬼何知托老聃②。

①就：一作说。②公自注：观有明皇碑，言梦老子告以享国长久之意。

十二月十四日夜微雪明日早往南溪小酌至晚

南溪得雪真无价，走马来看及未消。
独自披榛寻履迹，最先犯晓过朱桥。
谁怜破屋眠无处，坐觉村饥语不嚣。
惟有暮鸦知客意，惊飞千片落寒条。

和子由木山引水二首

蜀江久不见沧浪，江上枯槎远可将。
去国尚能三犊载，汲泉何爱一夫忙。
崎岖好事人应笑，冷淡为欢意自长。
遥想纳凉清夜永，窗前微月照汪汪。

千年古木卧无梢，浪卷沙翻去似瓢。
几度过秋生藓晕，至今流润应江潮。
泫然疑有蛟龙吐，断处人言霹雳焦。
材大古来无适用，不须郁郁慕山苗。

寄题兴州晁太守新开古东池

百亩新池傍郭斜，居人行乐路人夸。
自言官长如灵运，能使江山似永嘉。
纵饮座中遗白帢，幽寻尽处见桃花。
不堪山鸟号归去，长遣王孙苦忆家。

华阴寄子由

三年无日不思归，梦里还家旋觉非。
腊酒送寒催去国，东风吹雪满征衣。
三峰已过天浮翠，四扇行看日照扉。
里堠消磨不禁尽，速携家饷劳骖騑。

和董传留别

粗缯大布裹生涯，腹有诗书气自华。
厌伴老儒烹瓠叶，强随举子踏槐花。
囊空不办寻春马，眼乱行看择婿车。
得意犹堪夸世俗，诏黄新湿字如鸦。

次韵柳子玉见寄

薄雷轻雨晓晴初，陌上春泥未溅裾。
行乐及时虽有酒，出门无侣漫看书。
遥知寒食催归骑，定把鸱夷载后车。
他日见邀须强起，不应辞病似相如。

次韵王诲夜坐

爱君东阁能延客，顾我闲官不计员。

策杖频过知未厌，卜居相近岂辞迁。
莫将诗句惊摇落，渐喜樽罍省仆缘。
待约月明池上宿，夜深同看水中天。

傅尧俞济源草堂

微官共有田园兴，老罢方寻隐退庐。
栽种成阴十年事，仓黄欲买百金无。
先生卜筑临清济，乔木如今似画图。
邻里亦知偏爱竹，春来相与护龙雏。

陆龙图诜挽诗

挺然直节庇峨岷，谋道从来不计身。
属纩家无十金产，过车巷哭六州民。
尘埃辇寺三年别，樽俎岐阳一梦新。
他日思贤见遗像，不论宿草更沾巾。

〇施注：陆诜字介夫，馀杭人。以龙图阁直学士知成都。青苗法出，诜言蜀峡刀耕火种，民食常不足，至种芋充饥，愿罢四路使者；并言差役、水利事，皆不当改。诏独置成都府一路提举，省其三使。诗云“挺然直节庇峨岷”，盖谓是也。所历桂、延、秦凤、晋、真定、成都六州，秦凤未上而改命。诗云“六州巷哭”，盖总言之耳。

胡完夫母周夫人挽词

柏舟高节冠乡邻，绛帐清风耸搢绅。
岂似凡人但慈母，能令孝子作忠臣。
当年织屦随方进，晚节称觞见伯仁。
回首悲凉便陈迹，凯风吹尽棘成薪。

次韵柳子玉过陈绝粮二首

风雨萧萧夜晦迷，不须鸣叫强知时。
多才久被天公怪，阙食惟应爨妇知。
杜叟挽衣那及胫，颜公食粥敢言炊。
诗人情味真尝遍，试问于今底处亏①。

①处：一作事。

如我自观犹可厌，非君谁复肯相寻。
图书跌宕悲年老，灯火青荧语夜深。
早岁便怀齐物意，微官敢有济时心。
南行千里成何事，一听秋涛万鼓音。

出颍口初见淮山是日至寿州

我行日夜向江海，枫叶芦花秋兴长。
长淮忽迷天远近，青山久与船低昂。
寿州已见白石塔，短棹未转黄茅冈。
波平风软望不到，故人久立烟苍茫。

寿州李定少卿出饯城东龙潭上

山鸦噪处古灵湫，乱沫浮涎绕客舟。
未暇然犀照奇鬼，欲将烧燕出潜虬。
使君惜别催歌管，村巷惊呼聚玃猴。
此地他年颂遗爱，观鱼并记老庄周。

龟　山

我生飘荡去何求，再过龟山岁五周。

身行万里半天下，僧卧一庵初白头。
地隔中原劳北望，潮连沧海欲东游。
元嘉旧事无人记，故垒摧颓今在不？

○自此以上，皆三十六岁未判杭州以前之诗。

次韵柳子玉二首

地　炉

细声蚯蚓发银瓶，拥褐横眠天未明。
衰鬓镊残欹雪领，壮心降尽倒风旌。
自称丹灶锱铢火，倦听山城长短更。
闻道床头惟竹几，夫人应不解卿卿①。

○自此以下，杭州、密州、徐州、湖州之诗。①公自注：俗谓竹几为竹夫人。

纸　帐

乱文龟壳细相连，惯卧青绫恐未便。
洁似僧巾白叠布，暖于蛮帐紫茸毡。
锦衾速卷持还客，破屋那愁仰见天。
但恐娇儿还恶睡，夜深踏裂不成眠。

姚屯田挽词

京口年来耆旧衰，高人沦丧路人悲。
空闻韦叟一经在，不见恬侯万石时。
贫病只知为善乐，逍遥却恨弃官迟。
七年一别真如梦，犹记萧然瘦鹤姿。

和刘道原见寄

敢向清时怨不容，直嗟吾道与君东。
坐谈足使淮南惧，归去方知冀北空。
独鹤不须惊夜旦，群乌未可辨雌雄。
庐山自古不到处，得与幽人仔细穷。

和刘道原咏史

仲尼忧世接舆狂，臧穀虽殊竟两亡。
吴客漫陈豪士赋，桓侯初笑越人方。
名高不朽终安用，日饮无何计亦良。
独掩陈编吊兴废，窗前山雨夜浪浪。

和子由柳湖久涸忽有水开元寺山茶旧无花今岁盛开二首

太昊祠东铁墓西，一樽曾与子同携。
回瞻郡阁遥飞槛，北望樯竿半隐堤。
饭豆羹藜思两鹄，饮河噀水赖长蜺。
如今胜事无人共，花下壶卢鸟劝提。

长明灯下石栏干，长共松杉斗岁寒。
叶厚有棱犀甲健，花深少态鹤头丹。
久陪方丈曼陀雨，羞对先生苜蓿盘。
雪里盛开知有意，明年开后更谁看。

是日宿水陆寺寄北山清顺僧二首

草没河堤雨暗村，寺藏修竹不知门。
拾薪煮药怜僧病，扫地焚香净客魂。

农事未休侵小雪，佛灯初上报黄昏。
年来渐识幽居味，思与高人对榻论。

〇上一首五古题云《汤村开运盐河雨中督役》，此题“是日”字，承上言之。

长嫌钟鼓聒湖山，此境萧条却自然。
乞食绕村真为饱，无言对客本非禅。
披榛觅路冲泥入，洗足关门听雨眠。
遥想后身穷贾岛，夜寒应耸作诗肩。

送张轩民寺丞赴省试

龙飞甲子尽豪英，尝喜吾犹及老成。
人竞春兰笑秋菊，天教明月伴长庚。
传家各自闻诗礼，与子相逢亦弟兄。
洗眼上林看跃马，贺诗先到古宣城。

〇公自注：伯父与太平州张侍读同年，此其子。

和邵同年戏赠贾收秀才三首

倾盖相欢一笑中，从来未省马牛风。
卜邻尚可容三径，投社终当作两翁。
古意已将兰缉佩，招词闲咏桂生丛。
此身自断天休问，白发年来渐不公。

朝见新荑出旧槎，骚人孤愤苦思家。
五噫处士大穷约，三赋先生多诞夸。
帐外鹤鸣奁有镜，筒中钱尽案无鲑。
玉川何日朝金阙，白昼关门守夜叉[①]。

①公自注：时贾欲再娶。

生涯到处似樯乌，科第无心摘颔须。
黄帽刺船忘岁月，白衣担酒慰鳏孤。
狙公欺病来分栗，水伯知馋为出鲈。
莫向洞庭歌楚曲，烟波渺渺正愁予。

莘老葺天庆观小园有亭北向道士山宗说乞名与诗

春风欲动北风微，归雁亭边送雁归。
蜀客南游家最远，吴山寒尽雪先晞。
扁舟去后花絮乱，五马来时宾从非。
惟有道人应不忘，抱琴无语立斜晖。

秀州报本禅院乡僧文长老方丈

万里家山一梦中，吴音渐已变儿童。
每逢蜀叟谈终日，便觉峨眉翠扫空。
师已忘言真有道，我除搜句百无功。
明年采药天台去，更欲题诗满浙东。

宋叔达家听琵琶

数弦已品龙香拨，半面犹遮凤尾槽。
新曲翻从玉连锁，旧声终爱郁轮袍。
梦回只记归舟字，赋罢双垂紫锦绦。
何异乌孙送公主，碧天无际雁行高。

祥符寺九曲观灯

纱笼擎烛迎门入，银叶烧香见客邀。

金鼎转丹光吐夜，宝珠穿蚁闹连宵。
波翻焰里元相激，鱼舞汤中不畏焦。
明日酒醒空想像，清吟半逐梦魂销。

正月二十一日病后述古邀往城外寻春

屋上山禽苦唤人，槛前冰沼忽生鳞。
老来厌伴红裙醉[①]，病起空惊白发新。
卧听使君鸣鼓角，试呼稚子整冠巾。
曲栏幽榭终寒窘，一看郊原浩荡春。

①伴：一作逐。

有以官法酒见饷者因用前韵求述古为移厨饮湖上

喜逢门外白衣人，欲脍湖中赤玉鳞。
游舫已妆吴榜稳，舞衫初试越罗新。
欲将渔钓追黄帽。未要靴刀抹绛巾。
芳意十分强半在，为君先踏水边春。

新城道中二首

东风知我欲山行，吹断檐间积雨声。
岭上晴云披絮帽，树头初日挂铜钲。
野桃含笑竹篱短，溪柳自摇沙水清。
西崦人家应最乐，煮葵烧笋饷春耕。

身世悠悠我此行，溪边委辔听溪声。
散材畏见搜林斧，疲马思闻卷旆钲。
细雨足时茶户喜，乱山深处长官清。
人间歧路知多少，试向桑田问耦耕。

寒食未明至湖上太守未来两县令先在

城头月落尚啼乌，乌榜红舷早满湖。
鼓吹未容迎五马，水云先已飏双凫。
映山黄帽螭头舫，夹道青烟鹊尾炉。
老病逢春只思睡，独求僧榻寄须臾。

次韵孙莘老见赠时莘老移庐州因以别之

炉锤一手赋形殊，造物无心敢望渠。
我本疏顽固当尔，子犹沦落况其馀。
龚黄侧畔难言政，罗赵前头且炫书[1]。
惟有阳关一杯酒，殷勤重唱赠离居。

①公自注：莘老见称政事与书，而莘老书至不工。

李钤辖坐上分题戴花

二八佳人细马驮，十千美酒渭城歌。
簾前柳絮惊春晚，头上花枝奈老何。
露湿醉巾香掩冉，月明归路影婆娑。
绿珠吹笛何时见，欲把斜红插皂罗。

自昌化双溪馆下步寻溪源至治平寺二首

乱山滴翠衣裘重，双涧响空窗户摇。
饱食不嫌溪笋瘦，穿林闲觅野芎苗。
却愁县令知游寺，尚喜渔人争渡桥。
正似醴泉山下路，桑枝刺眼麦齐腰。

每见田园辄自招，倦飞不拟控扶摇。

共疑杨恽非锄豆，谁信刘章解立苗。
老去尚殢彭泽米，梦归时到锦江桥。
宦游莫作无家客，举族长悬似细腰。

会客有美堂周邠长官与数僧同泛湖往北山湖中闻堂上歌笑声以诗见寄因和二首时周有服

蔼蔼君诗似岭云，从来不许醉红裙。
不知野屐穿山翠，惟见轻桡破浪纹。
颇忆呼卢袁彦道，难邀骂坐灌将军。
晚风落日元无主，不惜清凉与子分。

载酒无人过子云，掩关昼卧客书裙。
歌喉不共听珠贯，醉面何因作缬纹。
僧侣且陪香火社，诗坛欲敛鹳鹅军。
凭君遍绕湖边寺，涨渌晴来已十分。

立秋日祷雨宿灵隐寺同周徐二令

百重堆案掣身闲，一叶秋声对榻眠。
床下雪霜侵户月，枕中琴筑落阶泉。
崎岖世味尝应遍，寂寞山栖老渐便。
惟有问农心尚在，起占云汉更茫然。

病中独游净慈谒本长老周长官以诗见寄仍邀游灵隐因次韵答之

卧闻禅老入南山，净扫清风五百间。
我与世疏宜独往，君缘诗好不容攀。

自知乐事年年减，难得高人日日闲。
欲问云公觅心地，要知何处是无还[①]。

①公自注：《楞严经》云：“我今示汝无所还地。”

病中游祖塔院

紫李黄瓜村路香，乌纱白葛道衣凉。
闭门野寺松阴转，欹枕风轩客梦长。
因病得闲殊不恶，安心是药更无方。
道人不惜阶前水，借与匏樽自在尝。

癸丑春分后雪

雪入春分省见稀，半开桃李不胜威。
应惭落地梅花识，却作漫天柳絮飞。
不分东君专节物，故将新巧发阴机。
从今造物尤难料，更暖须留御腊衣。

孤山二咏　并序

孤山有陈时柏二株，其一为人所薪。山下老人自为儿已见其枯矣，然坚悍如金石，愈于未枯者。僧志诠作堂于其侧，名之曰柏堂。堂与白公居易竹阁相连。属余作二诗以记之。

柏　堂

道人手种几生前，鹤骨龙姿尚宛然。
双干一先神物化，九朝三见太平年。
忽惊华构依岩出，乞与佳名到处传。
此柏未枯君记取，灰心聊伴小乘禅。

竹　阁

海山兜率两茫然，古寺无人竹满轩。
白鹤不留归后语，苍龙犹是种时孙。
两丛恰似萧郎笔，千亩空怀渭上村。
欲把新诗问遗像，病维摩诘更无言。

与述古自有美堂乘月夜归

娟娟云月稍侵轩，潋潋星河半隐山。
鱼篇未收清夜永，凤箫犹在翠微间。
凄风瑟缩经弦柱，香雾凄迷着髻鬟。
共喜使君能鼓乐，万人争看火城还。

有美堂暴雨

游人脚底一声雷，满坐顽云拨不开。
天外黑风吹海立，浙东飞雨过江来。
十分潋滟金樽凸，千丈敲铿羯鼓催。
唤起谪仙泉洒面，倒倾鲛室泻琼瑰。

登玲珑山[①]

何年僵立两苍龙，瘦脊盘盘尚倚空。
翠浪舞翻红罢亚，白云穿破碧玲珑。
三休亭上工延月，九折岩前巧贮风。
脚力尽时山更好，莫将有限趁无穷。

①施注：《临安图经》：玲珑山在县西十二里。两山屹起，盘屈九折，上通绝顶，名曰九折岩。行百许步，有亭，下瞰百里，名三休亭。

宿九仙山[1]

风流王谢古仙真，一去空山五百春。
玉室金堂馀汉士，桃花流水失秦人。
困眠一榻香凝帐，梦绕千岩冷逼身。
夜半老僧呼客起，云峰缺处涌冰轮。

①公自注：九仙，谓左元放、许迈、王、谢之流。

海会寺清心堂

南郭子綦初丧我，西来达磨尚求心。
此堂不说有清浊，游客自观随浅深。
两岁频为山水役，一溪长照雪霜侵。
纷纷无补竟何事，惭愧高人闭户吟。

汪覃秀才久留山中以诗见寄次其韵

季子应瞋不下机，弃家来伴碧云师。
中秋冷坐无因醉，半月长斋未肯辞。
掷简摇毫无忤色[1]，投名入社有新诗。
飞腾桂籍他年事，莫忘山中采药时。

①公自注：汪善书，托写诸人诗。

洞霄宫

上帝高居愍世顽，故留琼馆在凡间。
青山九锁不易到，作者七人相对闲[1]。
庭下流泉翠蛟舞，洞中飞鼠白鸦翻。
长松怪石宜霜鬓，不用金丹苦驻颜。

①公自注：《论语》云“作者七人矣”，今监宫凡七人。

初自径山归述古召饮介亭以病不赴

西风初作十分凉，喜见新橙透甲香。
迟暮赏心惊节物，登临病眼怯秋光。
惯眠处士云庵里，倦醉佳人锦瑟旁。
犹有梦回清兴在，卧闻归路乐声长。

明日重九亦以病不赴述古会再用前韵

月入秋帷病枕凉，霜飞夜簟故衾香。
可怜吹帽狂司马，空对亲舂老孟光。
不作雍容倾坐上，翻成骯髒倚门旁。
人间此会论今古，细看茱萸感叹长。

九日寻臻阇梨遂泛小舟至勤师院二首

白发长嫌岁月侵，病眸兼怕酒杯深。
南屏老宿闲相过，东阁郎君懒重寻。
试碾露芽烹白雪，休拈霜蕊嚼黄金。
扁舟又截平湖去，欲访孤山支道林。

湖上青山翠作堆，葱葱郁郁气佳哉。
笙歌丛里抽身出，云水光中洗眼来。
白足赤髭迎我笑，拒霜黄菊为谁开？
明年桑苎煎茶处，忆着衰翁首重回。①

①公自注：皎然有《九日与陆羽煎茶》诗。羽自“号桑苎翁”。余来年九日，去此久矣。

次韵周长官寿星院同饯鲁少卿

瑠璃百顷水仙家，风静湖平响钓车。
寂历疏松欹晚照，伶俜寒蝶抱秋花。
困眠不觉依蒲褐，归路相将踏桂华。
更着纶巾披鹤氅，他年应作画图夸。

次韵述古过周长官夜饮

二更铙鼓动诸邻，百首新诗间八珍。
已遣乱蛙成两部，更邀明月作三人。
云烟湖寺家家境，灯火沙河夜夜春。
曷不劝公勤秉烛，老来光景似奔轮。

述古以诗见责屡不赴会复次前韵

我生孤僻本无邻，老病年来益自珍。
肯对红裙辞白酒，但愁新进笑陈人。
北山怨鹤休惊夜，南亩巾车欲及春。
多谢清诗屡推毂，狶膏那解转方轮①。

①公自注：来诗有“云宵蒲轮”之句。

贺陈述古弟章生子

郁葱佳气夜充闾，始见徐卿第二雏。
甚欲去为汤饼客，惟愁错写弄麞书。
参军新妇贤相敌，阿大中郎喜有馀。
我亦从来识英物，试教啼看定何如。

赠治易僧智周

寒窗孤坐冻生缾，尚把遗编照露萤。
阁束九师新得妙，梦吞三画旧通灵。
断弦挂壁知音丧[①]，挥麈空山乱石听。
斋罢何须更临水，胸中自有洗心经。

①公自注：师与契嵩深相知，时已逝矣。

张子野年八十五尚闻买妾述古令作诗

锦里先生自笑狂，莫欺九尺鬓眉苍。
诗人老去莺莺在，公子归来燕燕忙。
柱下相君犹有齿，江南刺史已无肠。
平生谬作安昌客，略遣彭宣到后堂。

宝山新开径

藤梢橘刺元无路，竹杖棕鞋不用扶。
风自远来闻笑语，水分流处见江湖。
回观佛骨青螺髻，踏遍仙人碧玉壶。
野客归时山月上，棠梨叶战暝禽呼。

李颀秀才善画山以两轴见寄仍有诗次韵答之

平生自是个中人，欲向渔舟便写真。
诗句对君难出手，云泉劝我早抽身。
年来白发惊秋速，长恐青山与世新。
从此北归休怅望，囊中收得武陵春。

夜至永乐文长老院文时卧病退院

夜闻巴叟卧荒村，来打三更月下门。
往事过年如昨日，此身未死得重论。
老非怀土情相得，病不开堂道益尊。
惟有孤栖旧时鹤，举头见客似长言。

钱安道席上令歌者道服

乌府先生铁作肝，霜风卷地不知寒。
犹嫌白发年前少，故点红灯雪里看。
他日卜邻先有约，待君投绂我休官。
如今且作华阳服，醉唱侬家七返丹。

除夜野宿常州城外二首

行歌野哭两堪悲，远火低星渐向微。
病眼不眠非守岁，乡音无伴苦思归。
重衾脚冷知霜重，新沐头轻感发稀。
多谢残灯不嫌客，孤舟一夜许相依。

南来三见岁云徂，直恐终身走道涂。
老去怕看新历日，退归拟学旧桃符。
烟花已作青春意，霜雪偏寻病客须。
但把穷愁博长健，不辞最后饮屠酥。

元日过丹阳明日立春寄鲁元翰

堆盘红缕细茵陈，巧与椒花两斗新。
竹马异时宁信老，土牛明日莫辞春。

西湖弄水犹应早，北寺观灯欲及辰。
白发苍颜谁肯记，晓来频嚏为何人。

刁同年草堂

不用长竿矫绣衣，南园北第两参差。
青山有约长当户，流水无情自入池。
岁久酴醾浑欲合，春来杨柳不胜垂。
主人不用匆匆去，正是红梅着子时。

惠山谒钱道人烹小龙团登绝顶望太湖

踏遍江南南岸山，逢山未免更留连。
独携天上小团月，来试人间第二泉。
石路萦回九龙脊，水光翻动五湖天。
孙登无语空归去，半岭松声万壑传。

和苏州太守王规父侍太夫人观灯之什 余时以刘道原见访滞留京口不及赴此会二首

不觉朱幡辗后尘，争看绣幰锦缠轮。
洛滨侍从三人贵，京兆平反一笑春。
但逐东山携妓女，那知后阁走穷宾。
滞留不见荣华事，空作赓诗第七人。

翩翩缇骑走香尘，激激飞涛射火轮。
美酒留连三夜月，丰年倾倒五州春[①]。
安排诗律追强对，蹭蹬归期为恶宾。
堕珥遗簪想无限，华胥犹见梦回人。

①公自注：时浙西皆不熟，罢灯；惟苏独盛。

常润道中有怀钱塘寄述古五首

从来直道不辜身，得向西湖两过春。
沂上已成曾点服，泮宫初采鲁侯芹。
休惊岁岁年年貌，且对朝朝暮暮人。
细雨晴时一百六，画船鼍鼓莫违民。

草长江南莺乱飞，年来事事与心违。
花开后院还空落，燕入华堂怪未归。
世上功名何日是，樽前点检几人非。
去年柳絮飞时节，记得金笼放雪衣[1]。

①公自注：杭人以放鸽为太守寿。国藩按：快雪堂刻东坡帖，有“开笼若放雪衣女，长念金刚般若经”一事，亦与此诗相合。

浮玉山头日日风，涌金门外已春融。
二年鱼鸟浑相识，三月莺花付与公。
剩看新翻眉倒晕，未应泣别脸消红。
何人织得相思字，寄与江边北向鸿。

国艳夭娆酒半酣，去年同赏寄僧檐。
但知扑扑晴香软，谁见森森晓态严。
谷雨共惊无几日，蜜蜂未许辄先甜。
应须火急回征棹，一片辞枝可得黏。

惠泉山下土如濡，阳羡溪头米胜珠。
卖剑买牛吾欲老，杀鸡为黍子来无。
地偏不信容高盖，俗俭真堪著腐儒。

莫怪江南苦留滞，经营身计一生迂。

刁景纯赏瑞香花忆先朝侍宴次韵

上苑夭桃自作行，刘郎去后几回芳。
厌从年少追新赏，闲对宫花识旧香。
欲赠佳人非泛洧，好纫幽佩吊沉湘。
鹤林神女无消息，为问何年返帝乡。

同柳子玉游鹤林招隐醉归呈景纯

花时腊酒照人光，归路春风洒面凉。
刘氏宅边霜竹老，戴公山下野桃香。
岩头匹练兼天净[①]，泉底真珠溅客忙。
安得道人携笛去，一声吹裂翠崖冈。

①净：一作静。

景纯见和复次韵赠之二首

解组归来道益光，坐看百物自炎凉。
卷簾堂上檀槽闹，送客林间桦烛香。
浅量已愁当酒怯，非才尤觉和诗忙。
何人贪佩黄金印，千柱耽耽琐北冈。

人间膏火正争光，每到藏春得暂凉。
多事始知田舍好，凶年偏觉野蔬香。
溪山胜画徒能说，来往如梭为底忙。
老去此身无处着，为翁栽插万松冈。

柳子玉亦见和因以送之兼寄其兄子璋道人

不羡腰金照地光，暂时假面弄西凉。
晴窗咽日肝肠暖，古殿朝真屦袖香。
说静故知犹有动，无闲底处更求忙。
先生官罢乘风去，何用区区赋陟冈。

子玉家宴用前韵见寄复答之

自酌金尊劝孟光，更教长笛奏《伊》《凉》[1]。
牵衣男女绕太白，扇枕郎君烦阿香。
诗病逢春转深锢，愁魔得酒暂奔忙。
醒时情味吾能说，日在西南白草冈。

①公自注：子玉家有笛妓。

景纯复以二篇一言其亡兄与伯父同年之契一言今者唱酬之意仍次其韵

灵寿扶来似孔光，感时怀旧一悲凉。
蟾枝不独同攀桂，鸡舌还应共赐香[1]。
等是浮休无得丧，粗分忧乐有闲忙。
年来世事如波浪，郁郁谁知柏在冈。

①公自注：亦同为郎。

屡把铅刀齿步光，更遭华衮照庞凉。
苏门山上莫长啸，薝蔔林中无别香。
烛烬已残终夜刻，槐花还似昔年忙。
背城借一吾何敢，慎莫樽前替戾冈。

书普慈长老壁①

普慈寺后千竿竹，醉里曾看碧玉椽。
倦客再游行老矣，高僧一笑故依然。
久参白足知禅味，苦厌黄公聒昼眠。
惟有两株红百叶，晚来犹得向人妍②。

①公自注：志诚。②王注：江浙间有花，谓之百叶红。

刁景纯席上和谢生二首

误入仙人碧玉壶，一欢那复间亲疏。
杯盘狼藉吾何敢，车骑雍容子甚都。
此夜新声闻北里，他年故事纪南徐。
欲穷风月三千界，愿化天人百亿躯。

纵饮谁能问挈壶，不知门外晓星疏。
绮罗胜事齐三阁，宾主谈锋敌两都。
榻畔烟花尝叹杜，海中童丱尚追徐。
无多酌我公须听，醉后粗狂胆满躯。

留别金山宝觉圆通二长老

沐罢巾冠快晚凉，睡馀齿颊带茶香。
舣舟北岸何时渡，晞发东轩未肯忙。
康济此身殊有道，医治外物本无方。
风流二老长还往，顾我归期尚渺茫。

杭州牡丹开时仆犹在常润周令作诗见寄
次其韵复次一首送赴阙

羞归应为负花期，已见成阴结子时。
与物寡情怜我老，遣春无恨赖君诗。
玉台不见朝酣酒，金缕犹歌空折枝。
从此年年定相见，欲师老圃问樊迟。

莫负黄花九日期，人生穷达可无时。
十年且就三都赋，万户终轻千首诗。
天静伤鸿犹戢翼，月明惊鹊未安枝。
君看六月河无水，万斛龙骧到自迟。

苏州闾丘江君二家雨中饮酒二首

小圃阴阴偏洒尘，方塘潋潋欲生纹。
已烦仙袂来行雨，莫遣歌声便驻云。
肯对绮罗辞白酒，试将文字恼红裙。
今宵记取醒时节，点滴空阶独自闻。

五纪归来鬓未霜，十眉环列坐生光。
唤船渡口迎秋女，驻马桥边问泰娘。
曾把四弦娱白傅，敢将百草斗吴王。
从今却笑风流守，画戟空凝宴寝香。

过永乐文长老已卒

初惊鹤瘦不可识，旋觉云归无处寻。
三过门间老病死，一弹指顷去来今。

存亡惯见浑无泪，乡井难忘尚有心。
欲向钱塘访圆泽，葛洪川畔待秋深。

赠张刁二老

两邦山水未凄凉，二老风流总健强。
共成一百七十岁，各饮三万六千觞。
藏春坞里莺花闹，仁寿桥边日月长。
惟有诗人被磨折，金钗零落不成行。

八月十七日天竺山送桂花分赠元素

月缺霜浓细蕊干，此花原属桂堂仙。
鹫峰子落惊前夜，蟾窟枝空记昔年。
破裓山僧怜耿介[①]，练裙溪女斗清妍。
愿公采撷纫幽佩，莫遣孤芳老涧边。

①山：一作高。

捕蝗至浮云岭山行疲苦有怀子由弟二首

西来烟阵塞空虚，洒遍秋田雨不如。
新法清平那有此，老身穷苦自招渠。
无人可诉乌衔肉，忆弟难凭犬寄书。
自笑迂疏皆此类，区区犹欲理蝗馀。

霜风渐欲作重阳，熠熠溪边野菊黄。
久废山行疲荦确，尚能村醉舞淋浪。
独眠林下梦魂好，回首人间忧患长。
杀马毁车从此逝，子来何处问行藏。

与毛令方尉游西菩提寺二首[①]

推挤不去已三年，鱼鸟依然笑我顽。
人未放归江北路，天教看尽浙西山。
尚书清节衣冠后，处士风流水石间。
一笑相逢那易得，数诗狂语不须删。

①施注：按《於潜县图经》：毛君宝同尉方君武，与东坡于熙宁七年八月廿七日，同游西菩山明智院，石刻存焉。西菩提寺，去县十五里。

路转山腰足未移，水清石瘦便能奇。
白云自占东西岭，明月谁分上下池。
黑黍黄粱初熟后，朱柑绿橘半甜时。
人生此乐须天赋，莫遣儿郎取次知。

平山堂次王居卿祠部韵

高会日陪山简醉，狂言屡发次公醒。
酒如人面天然白，山向吾曹分外青。
江上飞云来北固，槛前修竹忆南屏。
六朝兴废馀丘陇，空使奸雄笑宁馨。

次韵陈海州书怀

郁郁苍梧海上山[①]，蓬莱方丈有无间。
旧闻草木皆仙药，欲弃妻孥守市阛。
雅志未成空自叹，故人相对若为颜。
酒醒却忆儿童事，长恨双凫去莫攀[②]。

①公自注：东海郁州山，云自苍梧浮来。②公自注：陈曾令乡邑。

次韵陈海州乘槎亭

人事无涯生有涯，逝将归钓汉江槎。
乘桴我欲从安石，遁世谁能识子嗟。
日上红波浮翠巘，潮来白浪卷青沙。
清谈美景双奇绝，不觉归鞍带月华。

次韵孙职方苍梧山

苍梧奇事岂虚传，荒怪还须问子年。
远托鳌头转沧海，来依鹏背负青天。
或云灵境归贤者，又恐神功亦偶然。
闻道新春恣远览，羡君平地作飞仙。

雪后书北台壁二首

黄昏犹作雨纤纤，夜静无风势转严。
但觉衾裯如泼水，不知庭院已堆盐。
五更晓色来书幌，半夜寒声落画檐。
试扫北台看马耳，未随埋没有双尖。

城头初日始翻鸦，陌上晴泥已没车。
冻合玉楼寒起粟，光摇银海眩生花。
遗蝗入地应千尺，宿麦连云有几家。
老病自嗟诗力退，空吟冰柱忆刘叉。

谢人见和前篇二首

已分杯酒欺浅懦，敢将诗力斗深严。
渔蓑句好真堪画，柳絮才高不道盐。

败履尚存东郭足，飞花又舞谪仙檐。
书生事业真堪笑，忍冻孤吟笔退尖。

九陌凄风战齿牙，银杯逐马带随车。
也知不作坚牢玉，无奈能开顷刻花。
得酒强欢愁底事，闭门高卧定谁家。
台前日暖君须爱，冰下寒鱼渐可叉。

游庐山次韵章传道

尘容已似服辕驹，野性犹同纵壑鱼。
出入岩峦千仞表，较量筋力十年初。
虽无窈窕驱前马，还裔鸱夷挂后车。
莫笑吟诗淡生活，当令阿买为君书。

和子由四首

韩太祝送游太山

偶作郊原十日游，未应回首厌笼囚。
但教尘土驱驰足，终把云山烂漫酬。
闻道逢春思濯锦，便须到处觅菟裘。
恨君不上东封顶，夜看金轮出九幽。

送　春

梦里青春可得追，欲将诗句绊馀晖。
酒阑病客惟思睡，蜜熟黄蜂亦懒飞。
芍药樱桃俱扫地[①]，鬓丝禅榻两忘机。
凭君借取《法界观》，一洗人间万事非[②]。

①公自注：病过此二物。②公自注：来书云近看此书，余未尝见也。

首夏官舍即事

安石榴花开最迟，绛裙深树出幽菲。
吾庐想见无限好，客子倦游胡不归。
坐上一樽虽得满，古来四事巧相违。
令人却忆湖边寺，垂柳阴阴昼掩扉。

送李供备席上和李诗

家声赫奕盖并凉，也解微吟锦瑟旁。
擘水取鱼湖起浪，引杯看剑坐生光。
风流别后人人忆，才器归来种种长。
不用更贪穷事业，风骚分付与沉湘。

孔长源挽诗二首

少年才气冠当时，晚节孤风益自奇。
君胜宜为夫子后，林宗不愧蔡邕碑。
南荒尚记诛元恶，东越谁能事细儿。
耆旧如今几人在，为君无憾为时悲。

小堰门头柳系船，吴山堂上月侵筵。
潮声半夜千岩响，诗句明朝万口传。
岂意日斜庚子后，忽惊岁在巳辰年。
佳城一闭无穷事，南望题诗泪洒笺。

寄吕穆仲寺丞

孤山寺下水侵门，每到先看醉墨痕。

楚相未亡谈笑是，中郎不见典刑存[1]。
君先去踏尘埃陌，我亦来寻桑枣村。
回首西湖真一梦，灰心霜鬓更休论。

①公自注：杭有伶人，善学吕，举措酷似。别后，常令作之以为笑。

余主簿母挽诗

闺庭兰玉照乡闾，自昔虽贫乐有馀。
岂独家人在中馈，却因麟趾识关雎。
云軿忽已归仙府，乔木依然拥旧庐。
忍把还乡千斛泪，一时洒向老莱裾。

张文裕挽词

高才本出朝廷右，能事空推德业馀。
每见便闻曹植句，至今传宝魏华书。
济南名士新凋丧，剑外生祠已洁除。
欲寄西风两行泪，依然乔木郑公庐。

和梅户曹会猎铁沟

山西从古说三明，谁信儒冠也捍城。
竿上鲸鲵犹未掩[1]，草中狐兔不须惊。
东州赵叟饮无敌，南国梅仙诗有声。
不向如皋闲射雉，归来何以得卿卿。

①公自注：近枭数盗。

祭常山回小猎

青盖前头点皁旗，黄茅冈下出长围。
弄风骄马跑空立，趁兔苍鹰掠地飞。

回望白云生翠巘，归来红叶满征衣。
圣明若用西凉簿，白羽犹能效一挥。

和章七出守湖州二首

方丈仙人出渺茫，高情犹爱水云乡。
功名谁使连三捷，身世何缘得两忘。
早岁归休心共在，他年相见话偏长。
只应未报君恩重，清梦时时到玉堂。

绛阙云台总有名，应须极贵又长生。
鼎中龙虎黄金贱，松下龟蛇绿骨轻[①]。
霅水未浑缨可濯，弁峰初见眼应明。
两卮春酒真堪羡，独占人间分外荣。

①公自注：君好炉火，而饵茯苓。

寄题刁景纯藏春坞

白首归来种万松，待看千尺舞霜风。
年抛造物陶甄外，春在先生杖屦中。
杨柳长齐低户暗，樱桃烂熟滴阶红。
何时却与徐元直，共访襄阳庞德公。

玉盘盂二首　并叙

东武旧俗，每岁四月，大会于南禅、资福两寺。以芍药供佛，而今岁最盛。凡七千馀朵，皆重跗累萼，繁丽丰硕。中有白花，正圆如覆盂，其下十馀叶，稍大，承之如盘，姿格绝异，独出于七千朵之上。云得之于城北苏氏园中，周宰相莒公之别业也。而其名俚甚，乃为易之。

杂花狼籍占春馀，芍药开时扫地无。
两寺妆成宝璎珞，一枝争看玉盘盂。
佳名会作新翻曲，绝品难寻旧画图。
从此定知年谷熟，姑山亲见雪肌肤。

花不能言意可知，令君痛饮更无疑。
但持白酒劝嘉客，直待琼舟覆玉彝。
负郭相君初择地，看羊属国首吟诗。
吾家岂与花相厚，更问残芳有几枝。

闻乔太博换左藏知钦州以诗招饮

今年果起故将军，幽梦清诗信有神。
马革裹尸真细事，虎头食肉更何人。
阵云冷压黄茅瘴，羽扇斜挥白葛巾。
痛饮从今有几日，西轩月色夜来新。

乔将行烹鹅鹿出刀剑以饮客以诗戏之

破匣哀鸣出素虬，倦看鵶鵶听呦呦。
明朝只恐兼烹鹤，此去还须却佩牛。
便可先呼报恩子，不妨仍带醉乡侯。
他年万骑归应好，奈有移文在故丘。

次韵刘贡父李公择见寄二首

白发相望两故人，眼看时事几番新。
曲无和者应思郢，论少卑之且借秦。
岁恶诗人无好语[①]，夜长鳏守向谁亲[②]。
少思多睡无如我，鼻息雷鸣撼四邻。

①公自注：公择来诗，皆道吴中饥苦之事。②公自注：贡父近丧妻。

何人劝我此间来，弦管生衣甑有埃。
绿蚁濡唇无百斛，蝗虫扑面已三回。
磨刀入谷追穷寇，洒涕循城拾弃孩。
为郡鲜欢君莫叹，犹胜尘土走章台。

寄黎眉州

胶西高处望西川，应在孤云落照边。
瓦屋寒堆春后雪，峨眉翠扫雨馀天。
治经方笑《春秋》学，好士今无六一贤[①]。
且待渊明赋归去，共将诗酒趁流年。

①公自注：君以《春秋》受知欧阳文忠公，公自号六一居士。

同年王中甫挽词

先帝亲收十五人[①]，四方争看击鹏鹍。
如君事业真堪用，顾我衰迟不足论。
出处升沉十年后，死生契阔几人存。
他时京口寻遗迹，宿草犹应有泪痕。

①公自注：仁宗朝贤良十五人，今惟富郑公、张宣徽、钱纯老及余与舍弟在耳。

次韵周邠寄雁荡山图二首

指点先凭采药翁，丹青化出大槐宫。
眼明小阁浮烟翠，齿冷新诗嚼雪风。
二华行观雄陕右，九仙今已压京东[①]。
此生的有寻山分，已觉温台落手中。

①公自注：将赴河中，密迩太华，九仙在东武，奇秀不减雁荡也。

西湖三载与君同，马入尘埃鹤入笼。
东海独来看出日。石桥先去踏长虹。
遥知别后添华发，时向樽前说病翁。
所恨蜀山君未见，他年携手醉郫筒。

苏潜圣挽词

妙龄驰誉百夫雄，晚节忘怀大隐中。
悃愊无华真汉吏，文章尔雅称吾宗。
趋时肯负平生志，有子还应不死同。
惟我闲思十年事，数行老泪寄西风。

和晁同年九日见寄

仰看鸾鹄刺天飞，富贵功名老不思。
病马已无千里志，骚人长负一秋悲。
古来重九皆如此，别后西湖付与谁？
遣子穷愁天有意，吴中山水要清诗。

送乔施州

恨无负郭田二顷，空有载行书五车。
江上青山横绝壁，云间细路躡飞蛇。
鸡号黑暗通蛮货，蜂闹黄连采蜜花。
共怪河南门下客，不应万里向长沙[1]。

①公自注：乔受知于吴丞相，而施州风土大类长沙。

雪夜独宿柏仙庵

晚雨纤纤变玉霙，小庵高卧有馀清。
梦惊忽有穿窗片，夜静惟闻泻竹声。
稍压冬温聊得健，未濡秋旱若为耕。
天公用意真难会，又作春风烂漫晴[1]。

①漫：一作熳。

董储郎中尝知眉州与先人游过安丘访其故居见其子希甫留诗屋壁

白发郎潜旧使君，至今人道最能文。
只鸡敢忘桥公语，下马来寻董相坟。
冬月负薪虽得免[1]，邻人吹笛不堪闻。
死生契阔君休问，洒泪西南向白云。

①虽：一作那。

刘贡父见余歌词数首以诗见戏聊次其韵

十载飘然未可期[1]，那堪重作看花诗。
门前恶语谁传去，醉后狂歌自不知。
刺舌君今犹未戒，炙眉吾亦更何辞。
相从痛饮无馀事，正是春容最好时。

①飘：一作漂。

至济南李公择以诗相迎次其韵二首

敝裘羸马古河滨，野阔天低糁玉尘。
自笑餐毡典属国，来看换酒谪仙人。
宦游到处身如寄，农事何时手自亲。

剩作新诗与君和，莫因风雨废鸣晨。

夜拥笙歌雪水滨，回头乐事总成尘。
今年送汝作太守，到处逢君是主人。
聚散细思都是梦，身名渐觉两非亲。
相从继烛何须问，蝙蝠飞时日正晨。

和孔君亮郎中见赠

偶对先生尽一樽，醉看万物汹崩奔。
优游共我聊卒岁，骯髒如君合倚门。
只恐掉头难久住，应须倾盖便深论。
固知严胜风流在，又见长身十世孙[①]。

①公自注：戣，字君严；弟戡，字君胜。退之志其墓云："孔世卅八，吾见其孙，白而长身。"今君亮四十八世矣。

次韵子由送蒋夔赴代州学官

功利争先变法初，典刑独守老成馀。
穷人未信诗能尔，倚市悬知绣不如。
代北诸生渐狂简，床头杂说为爬梳。
归来问雁吾何敢，疾世王符解著书。

宿州次韵刘泾

我欲归休瑟渐希，舞雩何日着春衣。
多情白发三千丈，无用苍皮四十围。
晚觉文章真小伎，早知富贵有危机。
为君垂涕君知否？千古华亭鹤自飞[①]。

①公自注：泾之兄汴，亦有文，死矣。

次韵李邦直感旧

驺骑传呼出跨坊，簿书填委入充堂。
谁教按部如何武，只许清樽对孟光。
婉娩有时来入梦，温柔何日听还乡。
酸寒病守尤堪笑，千步空馀仆射场。

次韵答邦直子由四首

簿书颠倒梦魂间，知我疏慵肯见原。
闲作闭门僧舍冷，病闻吹枕海涛喧。
忘怀杯酒逢人共，引睡文书信手翻。
欲吐狂言喙三尺，怕君瞋我却须吞①。

○按：此诗施注本四首半，查注本五首。此从施本抄四首。①公自注：邦直屡以此见戒。

城南短李好交游，箕踞狂歌总自由。
尊主庇民君有道，乐天知命我无忧。
醉呼妙舞留连夜①，闲作清诗断送秋。
萧洒使君殊不俗，樽前容我揽须不。

①公自注：邦直家中舞者甚多。

老弟东来殊寂寞，故人留饮慰酸寒。
草荒城角开新径，雨入河洪失旧滩。
车马追陪迹未扫，唱酬往复字应漫。
此诗更欲凭君改，待与江南子布看。

君虽为我此迟留，别后凄凉我已忧。

不见便同千里远，退归终作十年游。
恨无扬子一区宅，懒卧元龙百尺楼。
闻道鹓鸿满台阁，网罗应不到沙鸥。

次韵吕梁仲屯田

雨叶风花日夜稀，一杯相属竟何时。
空虚岂敢酬琼玉，枯朽犹能出菌芝。
门外吕梁从迅急，胸中云梦自逶迟。
待君笔力追灵运，莫负南台九日期。

王巩累约重九见访既而不至以诗送将官梁交且见寄次韵答之交颇文雅不类武人家有侍者甚惠丽

知君月下见倾城，破恨悬知酒有兵。
老守亡何惟日饮，将军竞病自诗鸣。
花枝不共秋欹帽，笔阵空来夜斫营。
爱惜微官将底用，他年只好写铭旌。

台头寺雨中送李邦直赴史馆分韵得忆字人字兼寄孙巨源二首

霜林日夜西风急，老送君归百忧集。
清歌窈眇入行云，云为不行天为泣。
红叶黄花秋正乱，白鱼紫蟹君须忆。
凭君说向髯将军，衰鬓相逢应不识。

珥笔西归近紫宸，太平典册不缘麟。
付君此事宁论晋，载我当时旧过秦。

门外想无千斛米，墓中知有百年人。
看君两眼明如镜[①]，休把《春秋》坐素臣。

①两：一作双。

九日邀仲屯田为大水所隔以诗见寄次其韵

无复龙山对孟嘉，西来河伯意雄夸。
霜风可使吹黄帽[①]，樽酒那能泛浪花。
漫遣鲤鱼传尺素，却将燕石报琼华。
何时得见悲秋老，醉里题诗字半斜。

①公自注：舟人黄帽，土胜水也。

有言郡东北荆山下可以沟畎积水因与吴正字王户曹同往相视以地多乱石不果还游圣女山山有石室如墓而无棺椁或云宋司马桓魋墓二子有诗次其韵二首

侧手区区未易遮，奔流一瞬卷千家。
共疑智伯初围赵，犹有张汤欲漕斜。
已坐迂疏来此地，分将劳苦送生涯。
使君下策真堪笑，隐隐惊雷响踏车。

茫茫清泗绕孤岑，归路相将得暂临。
试着芒鞋穿荦确，更然松炬照幽深。
纵令司马能镵石，奈有中郎解摸金[①]。
强写苍崖留岁月，他年谁识此时心。

①奈：一作会。

送郑户曹

游遍钱塘湖上山，归来文字带芳鲜。

羸僮瘦马从吾饮，陋巷何人似子贤。
公业有田常乏食，广文好客竟无毡。
东归不趁花时节，开尽春风谁与妍？

坐上赋戴花得天字

清明初过酒阑珊，折得奇葩晚更妍。
春色岂关吾辈事，老狂聊作坐中先。
醉吟不耐欹纱帽，起舞从教落酒船。
结习渐消留不住，却须还与散花天。

夜饮次韵毕推官

簿书丛里过春风，酒圣时时且复中。
红烛照庭嘶騕褭，黄鸡催晓唱玲珑。
老来渐减金钗兴，醉后空惊玉筯工①。
月未上时应蚤散，免教壑谷问吾公。

①公自注：毕善篆。

和孙莘老次韵

去国光阴暮雪消，还家踪迹野云飘。
功名正自妨行乐，迎送才堪博早朝。
虽去友朋亲吏卒，却辞谗谤得风谣。
今年我亦江南去，不问繁雄与寂寥。

游张山人园

壁间一轴烟萝子，盆里千枝锦被堆。
惯与先生为酒伴，不嫌刺史亦颜开。
纤纤入麦黄花乱，飒飒催诗白雨来。

闻道君家好井水，归轩乞得满瓶回。

杜介熙熙堂

崎岖世路最先回，窈窕华堂手自开。
咄咄何曾书怪事，熙熙长觉似春台。
白砂碧玉味方永，黄纸红旗心已灰。
遥想闭门投辖饮，鹍弦铁拨响如雷。

答仲屯田次韵

秋来不见渼陂岑，千里诗盟忽重寻。
大木百围生远籁，朱弦三叹有遗音。
清风卷地收残暑，素月流天扫积阴。
欲遣何人赓绝唱，满阶桐叶候虫吟。

次韵王定国马上见寄

昨夜霜风入裌衣，晓来病骨更支离。
疏狂似我人谁顾，坎坷怜君志未移。
但恨不携桃叶女，尚能来趁菊花时。
南台二谢人无继，直恐君诗胜义熙①。

①公自注：二谢从宋武帝九日燕戏马台。

次韵答顿起二首

挽袖推腰踏破绅，旧闻携手上天门。
相逢应觉声容似，欲话先惊岁月奔。
新学已皆从许子，诸生犹自畏何蕃。
殿庐直宿真如梦，犹记忧时策万言①。

①公自注：顿君及第时，余为殿试编排官，见其答策语颇直。其后与

子由试举入西京，既罢，回登嵩山绝顶，尝见其唱酬诗十馀首，顿诗中及之。

十二东秦比汉京，去年古寺共题名[1]。
早衰怪我遽如许，苦学怜君太瘦生。
茅屋拟归田二顷，金丹终扫雪千茎。
何人更似苏司业，和遍新诗满洛城。

①公自注：去岁见之于青州。

九日次韵王巩

我醉欲眠君罢休，已教从事到青州。
鬓霜饶我三千丈，诗律输君一百筹。
闻道郎君闭东阁，且容老子上南楼。
相逢不用忙归去，明日黄花蝶也愁。

次韵王巩颜复同泛舟

沈郎清瘦不胜衣，边老便便带十围。
躞蹀身轻山上走，欢呼船重醉中归。
舞腰似雪金钗落，谈辩如云玉麈挥。
忆在钱塘正如此，回头四十二年非。

次韵张十七九日赠子由

干戈万槊拥笼篱，九日清樽岂复持。
官事无穷何日了，菊花有信不吾欺。
逍遥琼馆真堪羡，取次尘缨未可縻。
迨此暇时须痛饮，他年长剑拄君颐。

与舒教授张山人参寥师同游戏马台书西轩壁兼简颜长道二首

古寺长廊院院行，此轩偏慰旅人情。
楚山西断如迎客，汴水南来故绕城。
路失玉钩芳草合，林亡白鹤古泉清。
淡游何以娱庠老，坐听郊原琢磬声。

竹杖芒鞋取次行，下临官道见人情。
天寒菽粟犹栖亩，日暮牛羊自入城。
沽酒独教陶令醉，题诗谁似皎公清。
更寻陋巷颜夫子，乞取微言继此声。

次韵王廷老和张十七九日见寄

霜叶投空雀啅篱，上楼筋力强扶持。
对花把酒未甘老，膏面染须聊自欺。
无事亦知君好饮，多才终恐世相縻。
请看平日衔杯口，会有金椎为控颐。

与参寥师行园中得黄耳蕈

遗化何时取众香，法筵斋钵久凄凉。
寒蔬病甲谁能采，落叶空畦半已荒①。
老楮忽生黄耳菌，故人兼致白芽姜。
萧然放箸东南去，又入春山笋蕨乡②。

①叶：一作蕊。②东南去者，公此时将离徐州，改官湖州也。

十月十五日观月黄楼席上次韵

中秋天气未应殊，不用红纱照坐隅。

山下白云横匹素，水中明月卧浮图。
未成短棹还三峡，已约轻舟泛五湖。
为问登临好风景，明年还忆使君无？

答王定民

开缄奕奕满银钩，书尾题诗语更遒。
八法旧闻宗长史，五言今复拟苏州。
笔踪好在留台寺，旗队遥知到石沟。
欲寄鼠须并茧纸，请君章草赋黄楼。

次韵王廷老退居见寄二首

浪蕊浮花不辨春，归来方识岁寒人。
回头自笑风波地，闭眼聊观梦幻身。
北牖已安陶令榻，西风还避庾公尘。
更搔短发东南望，试问今谁裹旧巾？

接果移花看补篱，腰镰手斧不妨持。
上都新事长先到，老圃闲谈未易欺。
酿酒闭门开社瓮，杀牛留客解耕縻。
何时得见纤纤玉，右手持杯左捧颐。

次韵颜长道送傅倅

两次黄花扫落英，南山山寺遍题名。
宗成不独依岑范，鲁卫终当似弟兄。
去岁云涛浮汴泗，与君泥土满衣缨。
如今别酒休辞醉，试听双洪落后声。

台头寺步月得人字

风吹河汉扫微云，步屧中庭月趁人。
浥浥炉香初泛夜，离离花影欲摇春。
遥知金阙同清景，想见毡车碾暗尘。
回首旧游真是梦，一簪华发岸纶巾。

台头寺送宋希元

相从倾盖只今年，送别南台便黯然。
入夜更歌《金缕曲》，他时莫忘《角弓篇》①。
三年不顾东邻女②，二顷方求负郭田③。
我欲归休君未可，茂先方议斸龙泉。

①公自注：是日与宋君同栽松寺中。②公自注：取宋玉。③公自注：取季子。○以上皆徐州诗。

次韵曹九章见赠

蘧瑗知非我所师，流年已似手中蓍。
正平独肯从文举，中散何曾靳孝尼。
卖剑买牛真欲老，得钱沽酒更无疑。
鸡豚异日为同社，应有千篇唱和诗。

余去金山五年而复至次旧诗韵赠宝觉长老

谁能斗酒博西凉，但爱斋厨法豉香。
旧事真成一梦过，高谭为洗五年忙。
清风偶与山阿曲，明月聊随屋角方。
稽首愿师怜久客，直将归路指茫茫。

赠惠山僧惠表

行遍天涯意未阑，将心到处遣人安。
山中老宿依然在，案上《楞严》已不看。
欹枕落花馀几片，闭门新竹自千竿。
客来茶罢空无有，卢橘杨梅尚带酸。

与秦太虚参寥会于松江而关产长徐安中适至分韵得风字二首

吴越溪山兴未穷，又扶衰病过垂虹。
浮天自古东南水，送客今朝西北风。
绝境自忘千里远，胜游难复五人同。
舟师不会留连意，拟看斜阳万顷红。

二子缘诗老更穷，人间无处吐长虹。
平生睡足连江雨，尽日舟横擘岸风。
人笑年来三黜惯，天教我辈一樽同。
知君欲写长相忆，更送银盘尾鬣红。

次韵孙秘丞见赠

感概清哀似变风，老于诗句耳偏聪。
迂疏自笑成何事，冷淡谁能用许功。
不怕飞蚊如立豹，肯随白鸟过垂虹。
吟哦相对忘三伏，拟泛冰溪入雪宫①。

①公自注：湖州多蚊蚋，豹脚尤毒。垂虹，吴江亭名。

仆去杭五年吴中仍岁大饥疫故人往往逝去闻湖上僧舍不复往日繁丽独净慈本长老学者益盛作诗寄之

来往三吴一梦间，故人半作冢累然。
独依旧社传真法，要与遗民度厄年。
赵叟近闻还印绶，竺翁先已反林泉。
何时策杖相随去，任性逍遥不学禅。

舶趠风　并序

吴中梅雨既过，飒然清风弥旬，岁岁如此，湖人谓之“舶趠风”。是时，海舶初回，云此风自海上与舶俱至云尔。

三旬已过黄梅雨，万里初来舶趠风。
几处萦回度山曲，一时清驶满江东。
惊飘蔌蔌先秋叶，唤醒昏昏嗜睡翁。
欲作兰台快哉赋，却嫌分别问雌雄。

丁公默送蝤蛑

溪边石蟹小如钱，喜见轮囷赤玉盘。
半壳含黄宜点酒，两螯斫雪劝加餐。
蛮珍海错闻名久，怪雨腥风入坐寒。
堪笑吴兴馋太守，一诗换得两尖团。

泛舟城南会者五人分韵赋诗得人皆苦炎字四首

城中楼阁似鱼鳞，不见清风起白蘋。
试选苕溪最深处，仍呼我辈不羁人。
窥舶野鹤何曾下，见烛飞虫空自驯。

绕郭荷花一千顷，谁知六月下塘春。

苦热诚知处处皆，何当危坐学心斋。
海螯要共诗人把，溪月行遭雾雨霾。
乡国飘零断书信，弟兄流落隔江淮。
便应筑室苕溪上，荷叶遮门水浸阶。

紫蟹鲈鱼贱如土，得钱相付何曾数。
碧筒时作象鼻弯，白酒微带荷心苦。
运肘风生看斫鲙，随刀雪落惊飞缕。
不将醉语作新诗，饱食应惭腹如鼓。

桥上游人夜未厌，共依水槛立风檐。
楼中煮酒初尝芡，月夜新妆半出簾。
南郭清游继颜谢，北窗归卧等羲炎。
人间寒热无穷事，自笑疏顽不受痁。

送表忠观钱道士归杭　并引

通教自杭来，见余于吴兴。问："观亦卒工乎？"曰："未也。杭人比岁不登，莫有助我者。"余曰："异哉！杭人重施轻财，是不独为福田，今岁成矣，其行乎？"及还，作诗送之。

先王旧德在民心，著令称忠上意深。
堕泪行看会祠下，挂名争欲刻碑阴。
凄凉破屋尘凝坐，憔悴云孙雪满簪。
未信诸豪容郭解，却从他县施千金。

次韵答孙侔

十年身不到朝廷，欲伴骚人赋落英。
但得低头拜东野，不辞中路伺渊明。
舣舟苕霅人安在？卜筑江淮计已成。
千里论交一言足，与君盖亦不须倾。

重　寄

凛然高节照时人，不信微官解浼君。
蒋济谓能来阮籍，薛宣真欲吏朱云。
好诗冲口谁能择，俗子疑人未遣闻。
乞取千篇看俊逸，不将轻比鲍参军。

○施注：陆务观云：孙少述，一字正之，与荆公交最厚，故荆公别少述诗云："应须一曲千回首，西去论心有几人。"又云："子今去此来何时，后有不可谁予规。"其相与如此。及荆公当国数年，不复相闻。人谓二公之交遂睽。故公诗云云。刘贡父亦有诗，曰："不负兴公遂初赋，更传中散绝交书。"○自此以上，皆杭州、密州、徐州、颍州之诗。

陈州与文郎逸民饮别携手河堤上作此诗

白酒无声滑泻油，醉行堤上散吾愁。
春风料峭羊角转，河水渺绵瓜蔓流。
君已思归梦巴峡，我能未到说黄州。
此生聚散何穷已，未忍悲歌学楚囚。

○自此以下，出狱至黄州后之诗。

万松亭　并引

麻城县令张毅，植万松于道周，以芘行者，且以名其亭。

去未十年，而松之存者，十不及三四。伤来者之不嗣其意也，故作是诗。

十年栽种百年规，好德无人助我仪[1]。
县令若同仓庾氏，亭松应长子孙枝。
天公不救斧斤厄，野火解怜冰雪姿。
为问几株能合抱，殷勤记取角弓诗。

①公自注：古语云：一年之计，树之以谷；十年之计，树之以木；百年之计，树之以德。

张先生　并序

先生不知其名，黄州故县人，本姓卢，为张氏所养。阳狂垢污，寒暑不能侵。常独行市中，夜或不知其所止。往来者欲见之，多不能致。余试使人召之，欣然而来。既至，立而不言。与之言，不应；使之坐，不可。但俯仰熟视传舍堂中，久之而去。夫孰非传舍者，是中竟何有乎？然余以有思惟心追蹑其意，盖未得也。

熟视空堂竟不言，故应知我未天全。
肯来传舍人皆悦，能致先生子亦贤。
脱屣不妨眠粪屋，流澌争看浴冰川。
士廉岂识桃椎妙，妄意称量未必然。

初到黄州

自笑平生为口忙，老来事业转荒唐。
长江绕郭知鱼美，好竹连山觉笋香。
逐客不妨员外置，诗人例作水曹郎。
只惭无补丝毫事，尚费官家压酒囊[1]。

①公自注：检校官例折支，多得退酒袋。

今年正月十四日与子由别于陈州五月子由复至齐安以诗迎之

惊尘急雪满貂裘，泪洒东风别宛丘。
又向邯郸枕中见，却来云梦泽南州。
暌离动作三年计，牵挽当为十日留。
早晚青山映黄发，相看万事一时休。

次韵答子由

平生弱羽寄冲风，此去归飞识所从。
好语似珠穿一一，妄心如膜退重重。
山僧有味宁知子，泷吏无言只笑侬。
尚有读书清净业，未容春睡敌千钟。

观张师正所蓄辰砂

将军结发战蛮溪，箧有殊珍胜象犀。
漫说玉床收箭镞①，何曾金鼎识刀圭。
近闻猛士收丹穴，欲助君王铸褭蹄。
多少空岩人不见，自随初日吐虹蜺。

①收：一作分。

正月廿日往岐亭郡人潘古郭三人送余于女王城东禅庄院

十日春寒不出门，不知江柳已摇村。
稍闻决决流冰谷，尽放青青没烧痕。
数亩荒园留我住，半瓶浊酒待君温。
去年今日关山路，细雨梅花正断魂。

与潘三失解后使酒

千金敝帚人谁买，半额蛾眉世所妍。
顾我自为都旺瞍，怜君欲斗小婵娟。
青云岂易量他日，黄菊犹应似去年。
醉里未知谁得丧，满江风月不论钱。

侄安节远来夜坐三首

南来不觉岁峥嵘，坐拨寒灰听雨声。
遮眼文书元不读，伴人灯火亦多情。
嗟予潦倒无归日，今汝蹉跎已半生。
免使韩公悲世事，白头还对短灯檠。

心衰面改瘦峥嵘，相见惟应识旧声。
永夜思家在何处，残年知汝远来情。
畏人默坐成痴钝，问旧惊呼半死生。
梦断酒醒山雨绝，笑看饥鼠上灯檠。

落第汝为中酒味，吟诗我作忍饥声。
便思绝粒真无策，苦说归田似不情。
腰下牛闲方解佩，洲中奴长足为生。
大弨一弛何缘彀，已觉翻翻不受檠。

乐全先生生日以铁拄杖为寿二首

先生真是地行仙，住世因循五百年。
每向铜人话畴昔，故教铁杖斗清坚。
入怀冰雪生秋思，倚壁蛟龙护昼眠。

遥想人天会方丈，众中惊倒野狐禅。

二年相伴影随身，踏遍江湖草木春。
擿石旧痕犹作眼，闭门高节欲生鳞。
畏涂自卫真无敌，捷径争先却累人。
远寄知公不嫌重，笔端犹自斡千钧。

送牛尾狸与徐使君①

风卷飞花自入帷，一樽遥想破愁眉。
泥深厌听鸡头鹘②，酒浅欣尝牛尾狸。
通印子鱼犹带骨，披绵黄雀漫多脂。
殷勤送去烦纤手，为我磨刀削玉肌。

①公自注：时大雪中。②公自注：蜀人谓泥滑滑为鸡头鹘。

太守徐君猷通守孟亨之皆不饮酒以诗戏之

孟嘉嗜酒桓温笑，徐邈狂言孟德疑。
公独未知其趣尔，臣今时复一中之。
风流自有高人识，通介宁随薄俗移。
二子有灵应抚掌，吾孙还有独醒时。

雪后到乾明寺遂宿

门外山光马亦惊，阶前屐齿我先行。
风花误入长春苑，云月长临不夜城。
未许牛羊伤至洁，且看鸦鹊弄新晴。
更须携被留僧榻，待听摧檐泻竹声。

三朵花　并引

房州通判许安世以书遗予，言吾州有异人，常戴三朵花，莫知其姓名，郡人因以“三朵花”名之。能作诗，皆神仙意。又能自写真，人有得之者，许欲以一本见惠，乃为作此诗。

学道无成鬓已华，不劳千劫漫烝砂。
归来且看一宿觉，未暇远寻三朵花。
两手欲遮瓶里雀，四条深怕井中蛇。
画图要识先生面，试问房陵好事家。

正月二十日与潘郭二生出郊寻春忽记去年是日同至女王城作诗乃和前韵

东风未肯入东门，走马还寻去岁村。
人似秋鸿来有信，事如春梦了无痕。
江城白酒三杯酽，野老苍颜一笑温。
已约年年为此会，故人不用赋招魂。

是日偶至野人汪氏之居有神降于其室自称天人李全字德通善篆字用笔奇妙而字不可识云天篆也与余言有所会者复作一篇仍用前韵

酒渴思茶漫扣门，那知竹里是仙村。
已闻龟策通神语，更看龙蛇落笔痕。
色瘁形枯应笑屈，道存目击岂非温。
归来独扫空斋卧，犹恐微言入梦魂。

红梅三首

怕愁贪睡独开迟，自恐冰容不入时。

故作小红桃杏色，尚馀孤瘦雪霜姿。
寒心未肯随春态，酒晕无端上玉肌。
诗老不知梅格在，更看绿叶与青枝[①]。

①公自注：石曼卿《红梅》诗云："认桃无绿叶，辨杏有青枝。"

雪里开花却是迟，何如独占上春时。
也知造物含深意，故与施朱发妙姿。
细雨裛残千颗泪，轻寒瘦损一分肌。
不应便杂夭桃杏，数点微酸已着枝[①]。

①数：一作半。

幽人自恨探春迟，不见檀心未吐时。
丹鼎夺胎那是宝[①]，玉人頩颊更多姿。
抱丛暗蕊初含子，落盏秾香已透肌。
乞与徐熙新画样，竹间璀璨出斜枝。

①公自注：朱砂红银，谓之不夺胎色。

和子由寄题孔平仲草庵

逢人欲觅安心法，到处先为问道庵。
卢子不须从若士，盖公当自过曹参。
羡君美玉经三火，笑我枯桑困八蚕。
犹喜大江同一味，故应千里共清甘。

次韵答元素[①]　并引

余旧有赠元素词云"天涯同是伤流落"，元素以为今日之先兆，且悲当时六客之存亡。六客，盖张子野、刘孝叔、陈令举、李公择，及元素与余也。

不愁春尽絮随风，但喜丹砂入颊红。
流落天涯先有谶，摩挲金狄会当同。
蘧蘧未必都非梦，了了方知不落空。
莫把存亡悲六客，已将地狱等天宫。

①施注：元素，姓杨氏，名绘。前有《分赠元素桂花》诗。

谢陈季常惠一揞巾

夫子胸中万斛宽，此巾何事小团团。
半升仅漉渊明酒，二寸才容子夏冠。
好戴黄金双得胜，休教白苎一生酸[①]。
臂弓腰箭何时去，直上阴山取可汗。

①休教：一本作可怜。

赠黄山人

面颊照人元自赤，眉毛覆眼见来乌。
倦游不拟谈玄牝，示病何妨出白须。
绝学已生真定慧，说禅长笑老浮屠。
东坡若肯三年住，亲与先生看药炉。

六年正月二十日复出东门仍用前韵

乱山环合水侵门，身在淮南尽处村。
五亩渐成终老计，九重新扫旧巢痕。
岂惟见惯沙鸥熟，已觉来多钓石温。
长与东风约今日，暗香先返玉梅魂。

食　甘

一双罗帕未分珍，林下先尝愧逐臣。

露叶霜枝剪寒碧，金盘玉指破芳辛。
清泉蔌蔌先流齿，香雾霏霏欲噀人。
坐客殷勤为收子，千奴一掬奈吾贫。

二月三日点灯会客

江上东风浪接天，苦寒无赖破春妍。
试开云梦羔儿酒，快泻钱塘药玉船。
蚕市光阴非故国，马行灯火记当年。
冷烟湿雪梅花在，留得新春作上元。

次韵子由种杉竹

吏散庭空雀噪檐，闭门独宿夜厌厌。
似闻梨枣同时种，应与杉篁刻日添。
糟麴有神熏不醉，雪霜夸健巧相沾。
先生坐待清阴满，空使人人叹滞淹。

徐君猷挽词

一舸南游遂不归，清江赤壁照人悲。
请看行路无从涕，尽是当年不忍欺。
雪后独来栽柳处，竹间行复采茶时。
山城散尽樽前客，旧恨新愁只自知。

别黄州

病疮老马不任鞿，犹向君王得敝帏[①]。
桑下岂无三宿恋，樽前聊与一身归。
长腰尚载撑肠米，阔领先裁盖瘿衣。
投老江湖终不失，来时莫遣故人非。

①帏：一作帷。

圆通禅院先君旧游也四月二十日晚至宿焉明日忌日也乃手写宝积献盖颂佛一偈以赠长老仙公仙抚掌笑曰昨夜梦宝盖飞下着处辄出火岂此祥乎乃作是诗院有蜀僧宣逮事讷长老识先君云

石耳峰头路接天，梵音堂下月临泉。
此生初饮庐山水，他日徒参雪窦禅。
袖里宝书犹未出，梦中飞盖已先传。
何人更识嵇中散，野鹤昂藏未是仙。

次韵道潜留别[①]

为闻庐岳多真隐，故就高人断宿攀。
已喜禅心无别话，尚嫌剃发有诗斑。
异同更莫疑三语，物我终当付八还。
到后与君开北户，举头三十六青山。

①参寥从先生于黄期年，先生移汝，同游庐山，乃还于潜山中。

次韵叶致远见赠

欲求五亩寄樵苏，所至迟留似贾胡。
信命不须歌去汝，逢人未免叹犹吾。
人皆劝我杯中物，我独怜君屋上乌。
一伎文章何足道，要言摩诘是文殊[①]。

①言：一作知。

次韵杭人裴维甫

馀杭门外叶飞秋，尚记居人挽去舟。

一别临平山上塔，五年云梦泽南州。
凄凉楚些缘吾发，邂逅秦淮为子留。
寄谢西湖旧风月，故应时许梦中游。

次韵段缝见赠

季子东周负郭田，须知力穑是家传。
细思种薤五十本，大胜取禾三百廛。
若得与君连北巷，故应终老忘西川。
短衣匹马非吾事，只拟关门不问天。

次韵滕元发许仲途秦少游

二公诗格老弥新，醉后狂吟许野人。
坐看青丘吞泽芥，自惭黄潦荐溪蘋。
两邦旌纛光相照，十亩锄犁手自亲。
何似秦郎妙天下，明年献颂请东巡。

次韵蒋颖叔①

月明惊鹊未安枝，一棹飘然影自随。
江上秋风无限浪，枕中春梦不多时。
琼林花草闻前语。罨画溪山指后期②。
岂敢便为鸡黍约，玉堂金殿要论思。

①蒋颖叔，名之奇，宜兴人。②公自注：蒋诗记及第时琼林苑宴坐中所言，且约同卜居阳羡。

王仲父哀辞　并引

仁宗朝以制策登科者十五人，轼忝冒时，尚有富彦国、张安道、钱子飞、吴长文、夏公酉、陈令举、钱醇老、王中父，并轼与家弟辙九人存焉。其后十有五年，哭中父于密州，作诗弔之，则子飞、长文、令举殁矣。又八年，轼自黄州量移汝海，与中父之子沇之相遇于京口，相持而泣，则十五人者，独三人存耳，盖安道及轼与家弟而已。呜呼悲夫！乃复次前韵，以遗沇之。时沇之亦以罪谪家于钱塘云。

生刍不独比前人，束藁端能废谢鲲。
子达想无身后念，吾衰不复梦中论。
已知毅豹为均死，未识荆凡定孰存。
堪笑东坡痴钝老，区区犹记刻舟痕。

卷二十二　苏东坡七律下

二百八十二首

和王斿二首

异时长怪谪仙人，舌有风雷笔有神。
闻道骑鲸游汗漫，忆尝扪虱话悲辛。
气吞馀子无全目，诗到诸郎尚绝伦。
白发故交空掩卷，泪河东注问苍旻。

袅袅春风送度关，娟娟霜月照生还。
迟留岁暮江淮上，来往君家伯仲间。
未厌冰滩吼新洛，且看松雪媚南山。
野梅官柳何时动，飞盖长桥待子闲。

次韵张琬[①]

新洛霜馀两岸隆，尘埃举袂识西风。
临淮自古多名士，樽酒相连乐寓公[②]。
半日偷闲歌啸里，百年暗尽往来中。
知君不向穷愁老，尚有清诗气吐虹。

①施注：是时有两张琬。一韩城人，父升，枢密使，归老嵩少。元祐初，琬自齐州倅求便养亲，两易卫尉丞，以才擢知秀州。崇宁间，为广东转运副使，移京东西路。又一鄱阳人，治平二年登第。诗中有“临淮自古

多名士”之句，临淮乃泗邑，疑自有一张琬，而二人者皆非也。姑载于此，以俟知者正之。②连：一作从。

赠梁道人

采药壶公处处过，笑看金狄手摩挲。
老人大父识君久，造物小儿如子何。
寒尽山中无历日，雨斜江上一渔蓑。
神仙护短多官府，未厌人间醉踏歌。

泗州南山监仓萧渊东轩二首

偶随樵父采都梁[①]，竹屋松扉试乞浆。
但见东轩堪隐几，不知公子是监仓。
溪中乱石墙垣古，山下寒蔬匕箸香。
我是江南旧游客，挂冠知有老萧郎。

①公自注：南山，名都梁山，出都梁香故也。

北望飞尘苦昼霾，洗心聊复寄东斋。
珍禽声好犹思越，野橘香清未过淮。
有信微泉来远岭，无心明月转空阶。
一官仓庾真堪老，坐看松根落断崖。

泗州除夜雪中黄师是送酥酒二首

暮雪纷纷投碎米，春流活活走黄沙[①]。
旧游似梦徒能说，迁客如僧岂有家[②]。
冷砚欲书先自冻，孤灯何事独成花[③]？
使君半夜分酥酒，惊起妻孥一笑哗。

①活活：一作咽咽。②迁：一作逐。③成：一作生。

关右土酥黄似酒，扬州云液却如酥。
欲从元放觅拄杖，忽有麹生来坐隅。
对雪不堪令饱暖，隔船应已厌歌呼。
明朝积玉深三尺，高枕床头尚一壶。

章钱二君见和复次韵答之

黄昏已作风翻絮，半夜犹惊月在沙。
照汴玉峰明佛刹，隔淮云海暗人家。
来牟有信迎三白，薝蔔无香散六花。
欲唤阿咸来守岁，林乌枥马斗讙哗[①]。

①欢：一作喧。

分无纤手裁春胜，更有新诗点蜀酥。
醉里冰髭失缨络，梦回布被起廉隅。
君应旅睫寒生晕，我亦饥肠夜自呼。
明日南山春色动，不知谁佩紫微壶。

书刘君射堂[①]

兰玉当年刺史家，双鞬驰射笑穿花。
而今白首闲骢马，只有清樽照画蛇。
寂寂小轩蛛网遍，阴阴垂柳雁行斜。
手柔弓燥春风后，置酒看君中戟牙。

①《集》本云：刘乙新作射堂。公自注：乙父尝知眉州。

留题兰皋亭

雪夜东风未肯和，叩门迁客夜经过。
不知旧竹生新笋，但见清伊换浊河。

无复往来乘下泽，聊同笑语说东坡。
明年我亦开三径，寂寂兼无雀可罗。

和人见赠

只写东坡不著名，此身已是一长亭。
壮心无复春流起，衰鬓从教病叶零。
知有雪儿供笔砚，应嗤灶妇洗盆缾。
回来索酒公应厌，京口新传作客经。

和田仲宣见赠

头白江南醉司马，宽心时复唤殷兄。
寒潮不应淮无信，客路相随月有情。
未许低头拜东野，徒言共饮胜公荣。
好诗恶韵那容和，刻烛应须便置觥。

记梦　并序

乐全先生梦人以诗三篇示之，字皆旁行而不可识。旁有人道衣古貌，为读其中一篇云："人事且常在，留质悟圆间。"凡四句，觉而忘其二，以告其客苏轼。轼以私意广之云。

圆间有物物间空，岂有圆空入井中。
不信天形真个样，故应眼力自先穷。
连环易解如神手[①]，万窍犹号未济风。
稽首问公公大笑，本来谁碍更求通。

①易：一作已。

与欧育等六人饮酒

忽惊春色二分空，且看樽前半丈红。

苦战知君便白羽，倦游怜我忆黄封。
年来齿发老未老，此去江淮东复东。
记取六人相会处，引杯看剑坐生风。

和仲伯达

归山岁月苦无多，尚有丹砂奈老何。
绣谷只应花自染，镜潭长与月相磨。
君方傍海看初日，我已横江击素波。
人不我知斯我贵，不须雷雨起龙梭。

送竹几与谢秀才

平生长物扰天真，老去归田只此身。
留我同行木上座，赠君无语竹夫人。
但随秋扇年年在，莫斗琼枝夜夜新。
堪笑荒唐玉川子，暮年家口若为亲。

次韵许遵

蒜山渡口挽归艎，朱雀桥边看道装。
供帐已应烦百两，击鲜无久溷诸郎。
问禅时到长干寺，载酒闲过绿野堂。
此味只忧儿辈觉，逢人休道北窗凉。

送穆越州[①]

江海相忘十五年，羡公松柏蔚苍颜。
四朝耆旧冰霜后，两郡风流水石间。
旧政犹传蜀父老，先声已振越溪山。
樽前俱是蓬莱守，莫放高楼雪月闲。

①穆名珣，字东美。

赠葛苇

竹椽茅屋半摧倾，肯向蜂窠寄此生。
长恐波头卷室去，欲将船尾载君行。
小诗试拟孟东野，大草闲临张伯英。
消遣百年须底物，故应怜我不归耕。

次韵送徐大正[①]

别时酒盏照灯花，知我归期渐有涯。
去岁渡江萍似斗，今年并海枣如瓜。
多情明月邀君共，无价青山为我赊。
千首新诗一竿竹，不应空钓汉江槎。

①公自注：尝与余约卜邻于江淮间。将赴登州，同舟至山阳，以诗见送留别。

次韵徐积

杀鸡未肯邀季路，裹饭先须问子来。
但见中年隐槐市，岂知平日赋兰台。
海山入梦方东去，风雨留人得暂陪。
若说峨眉眼前事，故乡何处不堪回。

过密州次韵赵明叔乔禹功

先生依旧广文贫，老守时遭醉尉瞋。
汝辈何曾堪一笑，吾侪相对复三人。
黄鸡唱晓凄凉曲，白发惊秋见在身。
一别胶西旧朋友，扁舟归钓五湖春。

登州孙氏松堂

万松谁种已摐摐，半岭苍云映此邦。
露重珠璎蒙翠盖，风来石齿碎寒江。
浮空两竹横南阁，倒景扶桑射北窗。
坐待夕烽传海峤，重城归去踏逢逢。

次韵赵令铄

东坡已报六年穰，惆怅红尘白首郎。
枕上溪山犹可见，门前冠盖已相望。
故人年少真琼树，落笔风生战堵墙。
端向瓮间寻吏部，老来专以醉为乡。

次韵王定国得颖倅二首

仙风入骨已凌云，秋水为文不受尘。
一噫固应号地籁，馀波犹足挂天绅。
买牛但自捐三尺，射鼠何劳挽六钧。
莫向百花潭上去，醉翁不见与谁亲。

滔滔四海我知津，每愧先生植杖耘。
自少多言晚闻道，从今闭口不论文。
滟翻白兽樽中酒，归煮青泥坊底芹。
要识老僧无尽处，床前牛蚁不曾闻。

次韵王震

携文过我治平间，雾豹当时始一班。
闻道吹嘘借馀论，故教流落得生还。

清篇带月来霜夜，妙语先春发病颜。
诗酒暮年犹足用，竹林高会许时攀。

○自此以上，皆黄州、常州居住，暨自登州将还朝之诗。

次韵周邠

南迁欲举力田科，三径初成乐事多。
岂意残年踏朝市，有如疲马畏陵坡。
羡君同甲心方壮，笑我无聊鬓已皤。
何日西湖寻旧赏，淡烟疏雨暗渔蓑。

○自此以下，入朝为起居舍人、翰林学士以后之诗。

次韵胡完夫[①]

青衫别泪尚斓斑，十载江湖困抱关。
老去上书还北阙，朝来拄笏看西山。
相从杯酒形骸外，笑说平生醉梦间。
万事会须咨伯始，白头容我占清闲。

①完夫名宗愈，晋陵人，副枢宿之侄。

次韵钱穆父

老入明光踏旧班，染须那复唱《阳关》。
故人飞上金銮殿，病客来从饭裹山[①]。
大笔推君西汉手，一言置我老刘间[②]。
便须置酒呼同舍，看赐飞龙出帝闲。

①病：《集》作“迁”。②老刘：《集》作“二刘”。公自注：公行轼告词，引董仲舒、刘向事。

次韵穆父舍人再赠之什

诏语春温昨夜班，屋头鸣鳩便关关。

游仙梦觉月临幌，贺雨诗成云满山。
怜我白头来仗下，看君黄气发眉间。
凤池故事同机务，火急开樽及尚闲。

再次韵答完夫穆父[①]

掖垣老吏识郎君[②]，并辔天街两绝尘。
汗血固应生有种，夜光那复困无因。
岂知西省深严地，也著东坡病瘦身。
免使谪仙明月下，狂歌对影只三人。

①公自注：二公自言，先世同在西掖。②吏：一作史。

次韵答满思复

自甘茅屋老三间，岂意彤廷缀两班。
纸落云烟供醉后，诗成珠玉看朝还。
谁言载酒山无贺，记取啼乌巷有颜。
但恐跛牂随赤骥，青云飞步不容攀。

和人假山

上党搀天碧玉环，绝河千里抱商颜。
试观烟雨三峰外，都在灵仙一掌间。
造物何如童子戏，写真聊发使君闲。
何当挈取西征去，画作围床六曲山。

次韵子由送千之侄

江上松楠深复深，满山风雨作龙吟。
年来老干都生菌，下有孙枝欲出林。
白发未成归隐计，青山傥有济时心。

闭门试草三千牍，仄席求人少似今。

次韵钱舍人病起

床下龟寒且耐支，杯中蛇去未应衰。
殿门明日逢王傅，櫑具争先看不疑。
坐觉香烟携袖少，独愁花影上廊迟。
何妨一笑千痾散，绝胜仓公饮上池。

次韵朱光庭初夏

朝罢人人识郑崇，直声如在履声中。
卧闻疏响梧桐雨，独咏微凉殿阁风。
谏苑君方续承业，醉乡我欲访无功。
陶然一枕谁呼觉，牛蚁初除病后聪。

送贾讷倅眉二首

当年入蜀叹空回，未见峨眉肯再来。
童子遥知颂襦袴，使君先已洗樽罍[①]。
鹿头北望应逢雁，人日东郊尚有梅[②]。
我老不堪歌乐职，后生试觅子渊才。

①公自注：李大夫，眉之贤守也。②公自注：人日出东郊，渡江，游蟆颐山，眉之故事也。

老翁山下玉渊回，手植青松三万栽。
父老得书知我在，蓬蒿亲手为君开。
试看一一龙蛇舞，更听萧萧风雨哀。
便与甘棠同不剪，苍髯白甲待归来[①]。

①公自注：先君葬于蟆颐山之东二十馀里，地名老翁泉，君许为一往。

感叹之深，故及之。

次韵李修孺留别二首

十年流落敢言归，鱼鸟江湖只自知。
岂意青天扫云雾，尽呼黄发寄安危。
风流吾子真前辈，人物他年记一时。
我欲折繻留此老，缁衣谁作好贤诗。

此生别袖几回麾，梦里黄州空自疑。
何处青山不堪老，当年明月巧相随。
穷通等是思家意，衰病难堪送客悲。
好去江鱼煮江水，剑南归路有姜诗。

和周正孺坠马伤手

平生学道已神完，岂复儿童私自怜。
醉坠何曾伤内守，色忧当为念先传。
书空渐觉新诗健，把蟹行看乐事全。
卖却老骢为酒直，大呼乡友作新年。

潘推官母李氏挽辞

南浦凄凉老逐臣，东坡还往尽幽人。
杯柈惯作陶家客①，弦诵尝叨孟母邻。
尚有升堂他日约，岂知负土一阡新。
今年我欲江湖去，暮雨连山宰树春。

①柈：一作盘。

玉堂栽花周正孺有诗次韵

故山桃李半荒榛，粗报君恩便乞身。
竹簟暑风招我老，玉堂花蕊为谁春？
纤纤翠蔓诗催发，皎皎霜葩发斗新。
只有来禽青李帖，他年留与学书人。

杜介送鱼

新年已赐黄封酒，旧老仍分赪尾鱼。
陋巷关门负朝日，小园除雪得春蔬。
病妻起斫银丝鲙，稚子欢寻尺素书。
醉眼朦胧觅归路，松江烟雨晚疏疏。

送杜介归扬州

再入都门万事空，闲看清洛漾东风。
当年帷幄几人在，回首觚棱一梦中。
采药会须逢蓟子，问禅何处识庞翁。
归来邻里应迎笑，新长淮南旧桂丛。

次韵张昌言给事省宿

冯颠久已歘残雪，戎眼何曾眩落晖。
朔野按行犹爵跃，东台瞑坐觉乌飞①。
谩夸年少容吾在②，若斗樽前举世稀。
待向嵩阳求水竹，一犁烟雨伴公归。

①公自注：道家有乌飞入兔宫之说。②公自注：乐天诗云："犹有夸张少年处，笑呼张丈唤殷兄。"

送钱承制赴广西路分都监

当年我作表忠碑，坐觉江山气未衰。
舞凤尚从天目下，收驹时有渥洼姿。
踞床到处堪吹笛，横槊何人解赋诗。
知是丹霞烧佛手，先声应已慑群夷。

次韵曾子开从驾二首

槐街绿暗雨初匀，瑞雾香风满后尘。
清庙幸同观济济，丰年喜复接陈陈。
雍容已餍天庖赐，俯伏初尝贡茗新。
辇路归来闻好语，共惊尧颡类高辛。

入仗魂惊愧草莱，一声清跸九门开。
晖晖日傍金舆转，习习风从玉宇来。
流落生还真一芥，周章危立近三槐[①]。
道旁傥有山中旧，问我收身蚤晚回。

①公自注：学士班近执政。

再　和

眼花错莫鬓霜匀，病马羸骖只自尘。
奉引拾遗叨侍从，思归少傅羡朱陈。
衰年壮观空惊目，险韵清诗苦斗新。
最后数篇君莫厌，捣残椒桂有馀辛。

忆观沧海过东莱，日照三山迤逦开。
桂观飞楼凌雾起，仙幢宝盖拂天来。

不闻宫漏催晨箭，但觉檐阴转古槐。
供奉清班非老处，会稽何日乞方回[①]。

①公自注：时方阙会稽守。

次韵贡父省上

密云今日破郊西，疏雨翛翛未作泥。
要及清闲同笑语，行看衰病费扶携。
花前白酒倾云液，户外青骢响月题。
不用临风苦挥泪，君家自与竹林齐[①]。

①公自注：贡父诗中有不及与其兄原甫同时之叹，然其兄子仲冯今为起居舍人。

再　和

当年曹守我胶西，共厌餔糟与汨泥。
自古赤丸成习俗，因公黄犊免提携。
生还各有青山兴，病起犹能小字题。
莫怪歌呼数相和，曾将狱市寄全齐[①]。

①公自注：贡父为曹州，盗贼皆奔邻境。尝有诗云："从教晋盗稍奔秦。"

和张昌言喜雨

二圣忧勤忘寝食，百神奔走会风云。
禁林夜直鸣江濑，清洛朝回起縠纹。
梦觉酒醒闻好语，帐空簟冷发馀薰。
秋来定有丰年喜，剩作新诗准备君。

次韵刘贡父西省种竹

要知西掖承平事，记取刘郎种竹初。

旧德终呼名字外，后生谁续笑谈馀[①]。
成阴障日行当见，取笋供庖计已疏。
白首林间望天上，平安时报故人书。

①公自注：昔李公择种竹馆中，戏语同舍："后人指此竹，必云李文正手植。"贡父笑曰："文正不独系笔，亦知种竹邪？"时有笔工李文正。

次韵刘贡父独直省中

明窗畏日晓先暾，高柳鸣蜩午更喧。
笔老新诗疑有物，心空客疾本无根。
隔墙我亦眠风榻，上马君先琐月轩。
共喜蚤归三伏近，解衣槃礴亦君恩。

次韵张昌言喜雨

千里黄流失故居，年来赤地到青徐。
遥闻争诵十行诏，无异亲巡六尺舆。
精贯天人一言足，云兴岳渎万灵趋。
爱君谁似元和老，贺雨诗成即谏书。

次韵孔常父送张天觉河东提刑

送君应典鹔鹴裘，凭仗千钟洗别愁。
脱帽风流馀长史[①]，埋轮家世本留侯[②]。
子河骏马方争出[③]，昭义疲兵得少休[④]。
定向秋山得佳句，故关黄叶满行舟。

①公自注：君喜草书而不工，故以此为戏。②公自注：张纲，子房七世孙也，犍为武阳人，墓在今彭山。君岂其后邪？③公自注：麟府马，出子河汉。④公自注：唐称昭义步兵，盖泽潞弓箭手。

次韵王定国倅扬州

此身江海寄天游，一落红尘不易收。
未许相如还蜀道，空教何逊在扬州。
又惊白酒催黄菊，尚喜朱颜映黑头。
火急著书千古事，虞卿应未厌穷愁。

次韵张舜民自御史出倅虢州留别

玉堂给札气如云，初起湘累复佩银。
樊口凄凉已陈迹[①]，班心突兀见长身[②]。
江湖前日真成梦，鄠杜他年恐卜邻。
此去若容陪坐啸，故应客主尽诗人。

①公自注：昔与张同游武昌樊口，来诗中及之。②公自注：台史谓御史立处为“班心”。

次韵刘贡父所和韩康公忆持国二首

梦觉真同鹿覆蕉，相君脱屣自参寥。
颜红底事发先白，室迩何妨人自遥。
狂似次公应未怪，醉推东阁不须招。
援毫欲作衣冠表，盛事终当继八萧。

闭户端居念独深，小轩朱槛忆同临。
燎须谁识英公意，黄发聊知子建心。
已托西风传绝唱，且邀明月伴孤斟。
他时内集应呼我，下客先拚醉堕簪。

次韵刘贡父叔侄扈驾

玉堂孤坐不胜清，长羡枚邹接长卿。

只许隔墙闻置酒，时因议事得联名。
机云似我多遗俗，广受如君不治生。
共托属车尘土后，钧天一饷梦中荣。

次韵韩康公置酒见留

庭下黄花一醉同，重来雪巘已穹窿。
不应屡费讥安石，但使无多酌次公。
钟乳金钗人似玉，鹍弦铁拨坐生风。
少卿尚有车茵在，颇觉宽容胜弱翁。

次韵王都尉偶得耳疾

君知六凿皆为赘，我有一言能决疣。
病客巧闻床下蚁，痴人强觑棘端猴。
聪明不在根尘里，药饵空为仆婢忧。
但试周郎看聋否，曲音小误已回头。

和宋肇游西池次韵

汉皇慈俭不开边，尚教千艘下濑船。
贪看艨艟飞斗槛，不知赑屃舞钧天。
故山西望三千里，往事回思二十年。
自笑区区足官府，不如公子散神仙。

仆领贡举未出钱穆父雪中作诗见及三月二十日同游金明池始见其诗次韵为答

雪知我出已全消，花待君来未敢飘。
行避门生时小饮，忽逢骑史有嘉招。
鱼龙绝技来千里，斑白遗民数四朝。

知有黄公酒垆在，苍颜华发自相遥。

次韵子由五月一日同转对

跪奉新书笏在腰，谈王正欲伴耕樵。
晋阳岂为一门事，宣政聊同五月朝。
忧患半生联出处，归休上策蚤招要。
后生可畏吾衰矣，刀笔从来错料尧。

○施注：元祐三年五月一日，公以翰林学士兼侍读、文定以户部侍郎同对。先是，公发策试廖正一馆职，问王莽、曹操事。侍御史王明叟觌奏论以为非是，韩川、赵挺之亦攻之。公屡疏匄去。故诗有“忧患半生”“归休上策”云云。结用赵尧事，言事官中必有所指也。

次韵许冲元送成都高士敦钤辖

栘中老监本虚名，懒作燕山万里行。
坐看飞鸿迎使节，归来骏马换倾城。
高才本不缘勋阀，馀力还思治蜀兵。
西望雪山烽火尽，不妨樽酒寄平生。

卧病逾月请郡不许复直玉堂十一月一日锁院
是日苦寒诏赐官烛法酒书呈同院

微霰疏疏点玉堂，词头夜下揽衣忙。
分光玉烛星辰烂，拜赐宫壶雨露香。
醉眼有花书字大，老人无睡漏声长。
何时却逐桑榆暖，社酒寒灯乐未央。

次韵王定国会饮清虚堂

何逊扬州又几年，官梅诗兴故依然。

何人可复间季孟，与子不妨中圣贤。
卜筑君方淮上郡，归心我已剑南川。
此身正似蚕将老，更尽春光一再眠。

夜直玉堂携李之仪端叔诗百馀首读至夜半书其后

玉堂清冷不成眠，伴直难呼孟浩然。
暂借好诗消永夜，每逢佳处辄参禅。
愁侵砚滴初含冻，喜入灯花欲斗妍。
寄语君家小儿子，他时此句一时编。

范景仁和赐酒烛诗复次韵谢之①

笙磬分均上下堂，游鱼舞兽自奔忙。
朱弦初识孤桐韵②，玉琯犹闻秬黍香③。
万事今方咨伯始，一斑我亦愧真长。
此生会见三雍就，无复辽辽叹未央。

①公自注：时公方进新乐。②公自注：旧乐金石声高而丝声微，今乐金石与丝声皆著。③公自注：旧法以尺生律，今以黍定律、以律生尺。

次韵刘贡父春日赐幡胜

宽诏随春出内朝，三军喜气挟狐貂。
镂银错落翻斜月，剪彩缤纷舞庆霄。
腊雪强飞才到地，晓风偷转不惊条。
脱冠径醉应归卧，便腹从人笑老韶①。

①公自注：前一日微雪，是日幕次赐酒。

再　和

与君流落偶还朝，过眼纷纶七叶貂。

莫笑华颠飘彩胜，几人黄壤隔青霄。
行吟未许穷骚雅，坐啸犹能出教条。
记取明年江上郡，五更春枕梦春韶。

叶公秉王仲至见和次韵答之

袗絺方暑亦堪朝，岁晚凄风忆皁貂。
共喜鹓鸾归禁籞，心知日月在重霄。
君如老骥初遭络，我似枯桑不受条。
强镊霜须簪彩胜，苍颜得酒尚能韶。

再　和

衰迟何幸得同朝，温劲如君合珥貂。
谁惜异材蒙径寸，自惭枯栟借凌霄。
光风泛泛初浮水，红糁离离欲缀条。
后日一樽何处共，奉常端冕作咸韶。

王郑州挽词

羡君华发起琳宫，右辅初还鼓角雄。
千里农桑歌子产，一时冠盖慕萧嵩。
那知聚散舂粮外，便有悲欢过隙中。
京兆同僚几人在，犹思对案笔生风[①]。

①公自注：吾为开封府幕，与子难同厅。

送吕昌朝知嘉州

不羡三刀梦蜀都，聊将八咏寄东吴。
卧看古佛凌云阁，敕赐诗人明月湖。
得句会应缘竹鹤，思归宁复为莼鲈。

横空好在修眉色，头白犹堪乞左符。

次韵黄鲁直寄题郭明父府推颍州西斋二首

树头啄木常疑客，客去而瞋定不然。
脱辖已应生井沫，解衣聊复起庖烟。
平生诗酒真相污，此去文书恐独贤。
蚤晚西湖暎华发，小舟翻动水中天。

寂寞东京月旦州，德星无复缀珠旒。
莫嗟平舆空神物①，尚有西斋接胜流。
春梦屡寻湖十顷，家书新报橘千头。
雪堂亦有思归曲，为谢平生马少游。

①舆：去声。

次韵秦少章和钱蒙仲

碧畦黄陇稻如京，岁美人和易得情。
鉴里移舟天外思，地中鸣角古来声。
山围故国城空在，潮打西陵意未平。
二子有如双白鹭，隔江相照雪衣明。

次韵钱越州

髯尹超然定逸群，南游端为访云门。
谪仙归侍玉皇案，老鹤来乘刺史幡。
已觉簿书哀老子，故知笾豆有司存。
年来齿颊生荆棘，习气因君又一言。

○施注：钱越州穆父先赋群字韵诗，东坡次其韵，钱又和，寄坡，复次其韵。先是，东坡起流落中，掌二制，勇于报国，不为顾虑，且复疏于言语。是时众贤虽聚本朝，而已有洛党、川党、朔党之语，言路多以谤讪诬之。二圣察其忠荩，不以为罪，诸公无以泄其怒，凡所荐引如黄鲁直、欧阳叔弼、王定国、秦少游，皆被弹劾，无得免者。公乃屡章乞去，历辩谤伤。元祐四年三月，除龙图阁学士知杭州，而穆父时以京尹坐奏狱空事守越。正言刘器之谓责之太薄。钱与公以气类厚善，故此诗末章云："年来齿颊生荆棘，习气因君又一言。"后又和云："欲息波澜须引去，吾侪岂独坐多言。"意皆有在也。〇以上皆官翰林学士之诗，以下又出守杭州。

去杭州十五年复游西湖用欧阳察判韵

我识南屏金鲫鱼，重来拊槛散斋馀。
还从旧社得心印，似省前身觅手书。
葑合平湖久芜没，人经丰岁尚凋疏。
谁怜寂寞高常侍，老去狂歌忆孟诸。

送子由使契丹

云海相望寄此身，那因远适更沾巾。
不辞驿骑凌风雪，要使天骄识凤麟。
沙漠回看清禁月，湖山应梦武林春。
单于若问君家世，莫道中朝第一人。

次韵答刘景文左藏

我老诗坛仆鼓旗，借君佳句发良时。
但空贺监杯中物，莫示孙郎帐下儿。
夜烛催诗金烬落，秋芳压帽露华滋。
故应好语如爬痒，有味难名只自知。

坐上复借韵送岢岚军通判叶朝奉

云间蹋白看缠旗，莫忘西湖把酒时。

梦里吴山连越峤，樽前羌妇杂胡儿。
夕烽过后人初醉，春雁来时雪未滋。
为问从军真乐否，书来粗遣故人知。

始于文登海上得白石数升如芡实可作枕闻梅丈嗜石故以遗其子子明学士子明有诗次其韵

海隅荒怪有谁珍，零落珊瑚泣季伦。
法供坐令微物重，色难归致孝心纯。
只疑薏苡来交趾，未信蠙珠出泗滨。
愿子聚为江夏枕，不劳挥扇自宁亲。

次韵钱越州见寄

莫将牛弩射羊群，卧治何妨昼掩门。
稍喜使君无疾病，时因送客见车轓。
搔头白发秋无数，闭眼丹田夜自存。
欲息波澜须引去，吾侪岂独坐多言。

次韵刘景文周次元寒食同游西湖

絮飞春减不成年，老境同乘下濑船。
蓝尾忽惊新火后。遨头要及浣花前①。
山西老将诗无敌，洛下书生语更妍。
共向北山寻二士，画桡鼍鼓聒清眠。

①公自注：成都太守自正月二日出游，谓之遨头，至四月十九日浣花乃止。

新茶送签判程朝奉以馈其母有诗相谢次韵答之

缝衣付与溧阳尉，舍肉怀归颍谷封。

闻道平反供一笑，会须难老待千钟。
火前试焙分新胯，雪里头纲辍赐龙。
从此升堂是兄弟，一瓯林下记相逢。

次韵送张山人归彭城

羡君飘荡一虚舟，来作钱塘十日游。
水洗禅心都眼净，山供诗笔总眉愁。
雪中乘兴真聊尔，春尽思归却罢休。
何日五湖从范蠡，种鱼万尾橘千头。

次韵林子中王彦祖唱酬

蚤知身寄一沤中，晚节尤惊落木风[①]。
昨梦已论三世事，岁寒犹喜五人同[②]。
雨馀北固山围坐，春尽西湖水映空。
差胜四明狂监在，更将老眼犯红尘。

①公自注：近闻莘老、公择皆逝，故有此句。②公自注：余与子中、彦祖、子敦、完夫同试举人景德寺，今皆健。

寿星院寒碧轩

清风肃肃摇窗扉，窗前修竹一尺围。
纷纷苍雪落夏簟，冉冉绿雾沾人衣。
日高山蝉抱叶响，人静翠羽穿林飞。
道人绝粒对寒碧，为问鹤骨何缘肥。

赠善相程杰

心传异学不谋身，自要清时阅搢绅。
火色上腾虽有数，急流勇退岂无人。

书中苦觅原非诀，醉里微言却近真。
我似乐天君记取，华颠赏遍洛阳春。

次韵林子中蒜山亭见寄

奇逸多闻老敬通，何人慷慨解怜翁。
十年簿领催衰白，一笑江山发醉红。
闻道赋诗临北固，未应举扇向西风。
叩头莫唤无家客，归扫岷峨一亩宫。

再和并答杨次公

毗卢海上妙高峰，二老遥知说此翁。
聊复舣舟寻紫翠，不妨持节散陈红。
高怀却有云门兴，好句真传雪窦风。
唱我三人无谱曲，冯夷亦合舞幽宫。

次韵曹辅寄壑源试焙新芽

仙山灵草湿行云①，洗遍香肌粉未匀。
明月来投玉川子，清风吹破武林春。
要知玉雪心肠好②，不是膏油首面新。
戏作小诗君勿笑③，从来佳茗似佳人。

①草：一作雨。②玉：一作冰。③勿：一作一。

次韵袁公济谢芎椒

燥吻时时著酒濡，要令卧疾致文殊。
河鱼溃腹空号楚，汗水流骹始信吴①。
自笑方求三岁艾，不如长作独眠夫。
羡君清瘦真仙骨，更助飘飘鹤背躯。

①公自注：《吴真君服椒法》云：半年脚心汗如水。

次韵杨次公惠径山龙井水[①]

漏尽鸡号厌夜行，年来小器溢瓶罂。
弃官纵未归东海，罢郡犹堪作水衡。
幻色将空眼先暗，胜游无碍脚殊轻。
空烦远致龙渊水，宁复临池似伯英。

①公自注：龙井水洗病眼有效。

次韵林子中见寄

飘零洛社数遗民，诗酒当年困恶宾。
元亮本无适俗韵，孝章要是有名人。
蒜山小隐虽为客，江水西来亦带岷。
卷却西湖千顷葑，笑看鱼尾更莘莘。

次韵苏伯固主簿重九

云间朱袖拂云和，知是长松挂女萝[①]。
鬓重不嫌黄菊满，手香新喜绿橙搓。
墨翻衫袖吾方醉，纸落云烟子患多。
只有黄鸡与白日，玲珑应识使君歌。

①知：一作应。

送李陶通直赴清溪

忠文文正二大老[①]，苏李广平三舍人[②]。
喜见通家贤子弟，自言得邑少风尘。
从来势利关心薄，此去溪山琢句新。
肯向西湖留数月，钱塘初识小麒麟。

①公自注：司马温公、范蜀公，君之师友。温公谥文正，蜀公谥忠文。②公自注：苏子容、宋次道与先公才元，熙宁中封还李定词头，天下谓之“三舍人”。

闻钱道士与越守穆父饮酒送一壶

龙根为脯玉为浆，下界寒醅亦漫尝。
一纸鹅经逸少醉，他年鹏赋谪仙狂。
金丹自足留衰鬓，苦泪何须点别肠。
吴越旧邦遗泽在，定应符竹付诸郎。

次韵刘景文西湖席上

二老长身屹两峰，常撞大吕应黄钟，
将辞邺下刘公幹，却见云间陆士龙。
白发怜君略相似，青山许我定相从，
吾今官已六百石，惭愧当年邴曼容。

次韵答马忠玉

坡陀巨麓起连峰，积累当年庆自钟。
灵运子孙俱得凤，慈明兄弟孰非龙。
河梁会作看云别，诗社何妨载酒从。
只有西湖似西子，故应宛转为君容。

次韵答黄安中兼简林子中

老去心灰不复然，一麾江海意方坚。
那堪黄散付子度，空羡苏杭养乐天。
病肺一春难白酒，别肠三夜绕朱弦。
群仙政欲吾归处，共把清风借玉川。

次韵子由书王晋卿画山水一首而晋卿和二首

误点故教同子敬，杂篇真欲拟汤休。
垅云寄我山中信，雪月追君溪上舟。
会看飞仙虎头篋，却来颠倒拾遗裘。
王孙办作玄真子，细雨斜风不湿鸥。

此境眼前聊妄想，几人林下是真休。
我今心似一潭月，君已身如万斛舟。
看画题诗双鹤鬓，归田送老一羊裘。
明年兼与士龙去，万顷苍波没两鸥。

和刘景文见赠

元龙本志陋曹吴，豪气峥嵘老不除。
失路今为哙等伍，作诗犹似建安初。
西来为我风黧面，独卧无人雪缟庐。
留子非为十日饮，要令安世诵亡书。

次韵陈履常

可怜扰扰雪中人，饥饱终同寓一尘。
老桧作花真强项，冻鸢储肉巧谋身。
忍寒吟咏君堪笑，得暖欢呼我未贫。
坐听屐声知有路，拥裘来看玉梅春。

和陈传道雪中观灯

新年乐事叹何曾，闭閤烧香一病僧。
未忍便倾浇别酒，且来同看照愁灯。

颍鱼跃处新亭近，湖雪消时画舫升。
只恐樽前无此客，清诗还有士龙能。

次韵林子中春日新堤书事见寄

东都寄食似浮云，袱被真成一宿宾。
收得玉堂挥翰手，却为淮月弄舟人。
羡君湖上斋摇碧，笑我花时甑有尘。
为报年来杀风景，连江梦雨不知春[①]。

①公自注：来诗有“芍药春”之句，扬州近岁率为此会，用花十馀万枝。吏缘为奸，民极病之，故罢此会。

双石　并引

至扬州，获二石。其一绿色，冈峦迤逦，有穴达于背。其一玉白可鉴。渍以盆水，置几案间。忽忆在颍州日，梦人请住一官府，榜曰“仇池”。觉而诵杜子美诗曰：“万古仇池穴，潜通小有天。”乃戏作小诗，为僚友一笑。

梦时良是觉时非，汲井埋盆故自痴。
但见玉峰横太白，便从鸟道绝峨眉。
秋风与作烟云意，晓日令涵草木姿。
一点空明是何处，老人真欲住仇池。

王文玉挽辞

才名谁似广文寒，月斧云斤琢肺肝。
玄晏一生都卧病，子云三世不迁官。
幽兰空觉香风在，宿草何曾泪叶干。
犹喜诸郎有曹志，文章还复富波澜。

行宿泗间见徐州张天骥次旧韵

二年三蹑过淮舟，款段还逢马少游。
无事不妨长好饮，著书自要且穷愁。
孤松早偃原非病，倦鸟虽还岂是休。
更欲河边几来往，只今霜雪已蒙头。

次韵刘景文赠傅羲秀才

幼眇文章宜和寡，峥嵘肝肺亦交难。
未能飞瓦弹清角，肯便投泥戏泼寒。
忽见秋风吹洛水，遥知霜叶满长安。
诗成送与刘夫子，莫遣孙郎帐下看。

在彭城日与定国为九日黄楼之会今复以是日相遇于宋凡十五年忧乐出处有不可胜言者而定国学道有得百念灰冷而颜益壮顾予衰病心形俱瘁感之作诗

菊盏萸囊自古传，长房宁复是臞仙。
应从汉武横汾日，数到刘公戏马年。
对玉山人今老矣，见恒河性故依然。
王郎九日诗千首，今赋黄楼第二篇。

次韵蒋颖叔钱穆父从驾景灵宫二首

归来病鹤记城闉，旧踏松枝雨露新。
半百不羞垂领发，软红犹恋属车尘[①]。
雨收九陌丰登后，日丽三元下降辰。
粗识君王为民意，不才何以助精禋。

①公自注：前辈戏语，有“西湖风月，不如东华软红香土”。

与君并直记初元，白首还同入禁门。
玉殿齐班容小语，霜廷稽首泫微温[①]。
病贪赐茗浮铜叶，老怯秋泉滟宝樽。
回首鹓行有人杰，坐知羌虏是游魂。

①公自注：适与穆父并拜庭中，地皆流湿，相与小语道之。

次韵穆父尚书侍祠郊丘瞻望天光退而相庆引满醉吟

千章杞梓荫云天，樗散谁收老郑虔。
喜气到君浮白里，丰年及我挂冠前。
令严钟鼓三更月，野宿貔貅万灶烟。
太息何人知帝力，归来金帛看赪肩。

钱穆父蒋颖叔王仲至见和仇池诗复次韵答之

上穷非想亦非非，下与风轮共一痴。
翠羽若知牛有角，空瓶何必井之湄。
还朝暂接鹓鸾翼，谢病行收麋鹿姿。
记取和诗三益友，他年弭节过仇池。

玉津园

承平苑囿杂耕桑，六圣勤民计虑长。
碧水东流还旧派[①]，紫坛南峙表连冈。
不逢迟日莺花乱，空想疏林雪月光。
千亩何时躬帝耤，斜阳寂历锁云庄。

①公自注：玉津分蔡河上流，复合于下。

次韵王仲至喜雪御筵[①]

三军喜气铄飞花，睡起空惊月在沙。
未集骅骝金騕褭，故残鸩鹊玉横斜。
偶还仗内身如寄，尚忆江南酒可赊。
宣劝不多心自醉，强扶衰白拜君嘉。

①施注：元祐七年，南郊罢时，雪如期。先生是岁自扬州召归，故云“偶还仗内身如寄”。仲至，名钦臣，时权工部侍郎。

次天字韵答岑岩起

一声清跸雾开天，百辟心庄岂貌虔。
回顾惊君珠玉侧，同升愧我粃糠前。
裴回月色留坛影，缥缈松香泛蜡烟[①]。
莫叹郎潜生白发，圣朝求旧鄙鸢肩。

①公自注：近制，以橡烛松明易粆盆。

次韵蒋颖叔扈从景灵宫

道人幽梦晓初还，已觉笙箫下月坛。
风伯前驱清宿雾，祝融参乘破朝寒。
英姿连璧从多士，妙句锵金和八銮。
已向词臣得颇牧[①]，路人莫作老儒看。

①公自注：时颖叔新除熙河帅。

程德孺惠海中柏石兼辱佳篇辄复和谢

岚熏瘴染却敷腴，笑饮贪泉独继吴。
未欲连车收薏苡，肯教沉网取珊瑚。
不知庾岭三年别，收得曹溪一滴无。

但指庭前双柏石，要予临老识方壶。

次秦少游韵赠姚安世

帝城如海欲寻难，肯舍渔舟到杏坛。
剥啄扣君容膝户，巍峨笑我切云冠。
问羊独怪初平在，牧豕应同德曜看。
肯把《参同》较同异，小窗相对为研丹。

次韵颖叔观灯

安西老守是禅僧，到处应然无尽灯。
永夜出游从万骑，诸羌入看拥千层。
便因行乐令投甲，不用防秋更打冰。
振旅归来还侍宴，十分宣劝恐难胜。

次韵王晋卿奉诏押高丽燕射

北院传呼陛楯郎，东夷初识令君香。
天山自可三箭取，海国何劳一苇航。
宣劝不辞金盌侧，醉归争看玉鞭长。
锦囊诗草勤收拾，莫遣鸡林得夜光。

吕与叔学士挽词

言中谋猷行中经，关西人物数清英。
欲过叔度留终日，未识鲁山空此生。
议论凋零三益友，功名分付二难兄。
老来尚有忧时叹，此涕无从何处倾。

表弟程德孺生日

仗下千官散紫庭，微闻偶语说苏程。
长身自昔传甥舅，寿骨遥知是弟兄[①]。
曾活万人宁望报[②]，只求五亩却归耕。
四朝遗老凋零尽，鹤发他年几个迎。

①公自注：予与君皆寿骨贯耳，班列中多指予二人，不问而知其为中表也。②公自注：君在楚州，予在杭州，皆遇饥岁，活数万人。

次韵曾仲锡承议食蜜渍生荔支

代北寒齑捣韭萍。奇苞零落似辰星。
逢盐久已成枯腊，得蜜犹应是薄刑[①]。
欲就左慈求拄杖，便随李白跨沧溟。
攀条与立新名字，儿女称呼恐不经[②]。

①应：一作疑。②公自注：俗有十八娘荔支。

再和曾仲锡荔支

柳花着水万浮萍，荔实周天两岁星[①]。
本自玉肌非鹄浴，至今丹壳似猩刑。
侍郎赋咏穷三峡，妃子烟尘动四溟。
莫遣诗人说功过，且随香草附《骚经》。

①公自注：柳至易成，飞絮落水中，经宿即为浮萍。荔支难长，至二十四五年乃实。

次韵滕大夫雪浪石

我顷三章乞越州，欲寻万壑看交流。
且凭造物开山骨，已见天吴出浪头[①]。

履道凿池虽可致，玉川卷地若为收。
洛阳泉石今谁主？莫学痴人李与牛。

①公自注：石中似有海兽形状。

次韵滕大夫沉香石

壁立孤峰倚砚长，共疑沉水得顽苍。
欲随楚客纫兰佩，谁信吴儿是木肠。
山下曾逢化松石，玉中还有辟邪香。
早知百和俱灰烬，未信人间弱胜刚。

和钱穆父送别并求顿递酒

联镳接武两长身，鹓鹭行中语笑亲。
九子羡君门户壮，八州怜我往来频。
伫闻东府开宾阁，便乞西湖洗塞尘。
更向青齐觅消息，要知从事是何人。

寄馏合刷瓶与子由

老人心事日摧颓，宿火通红手自焙。
小甑短瓶良具足，稚儿娇女共燔煨。
寄君东阁闲蒸栗，知我空堂坐画灰。
约束家僮好收拾，故山梨枣待翁来。

次韵刘焘抚句蜜渍荔支

时新满座闻名字，别久何人记色香。
叶似杨梅蒸雾雨，花如卢橘傲风霜。
每怜莼菜下盐豉，肯与蒲萄压酒浆。
回首惊尘卷飞雪，诗情真合与君尝。

次韵曾仲锡元日见寄

萧索东风两鬓华，年年幡胜剪宫花。
愁闻塞曲吹芦管，喜见春盘得蓼芽。
吾国旧供云泽米[①]，君家新致雪坑茶[②]。
燕南异事真堪纪，三寸黄甘擘永嘉。

①公自注：定武斋酒用苏州米。②公自注：近得曾坑茶。

次韵李端叔送保倅翟安常赴阙兼寄子由

中山保塞两穷边，卧治雍容已百年。
顾我迂愚分竹使，与君谈笑用蒲鞭。
松荒三径思元亮，草合平池忆惠连。
白发归心凭说与，古来谁似两疏贤。

中山松醪寄雄守王引进

郁郁苍髯千岁姿，肯来杯酒作儿嬉。
流芳不待龟巢叶[①]，扫白聊烦鹤踏枝。
醉里便成欹雪舞，醒时与作啸风辞。
马军走送非无意，玉帐人闲合有诗。

①公自注：唐人以荷叶为酒杯，谓之"碧筒酒"。

次韵王雄州还朝留别

老李威名八十年，壁间精悍见遗颜。
自闻出守风流似，稍觉承平气象还。
但遣诗人歌《杕杜》，不妨侍女唱《阳关》。
内朝接武知何日，白发羞归供奉班。

次韵王雄州送侍其泾州

威声又数中兴年[①]，二卤行当一矢联。
闻道名城得真将，故应惊羽落空弦。
追锋归去雄三卫，授钺重来定十连。
别酒回头便陈迹，号呶端合发初筵。

〇自《次韵周邠》至此，凡三入朝、三出刺州（初出杭州，继出颍州改扬州，后出定州）之诗。①中：去声。

赠清凉寺和长老

代北初辞没马尘，江南来见卧云人。
问禅不契前三语，施佛空留丈六身。
老去山林徒梦想，雨馀钟鼓更清新。
会须一洗黄茅瘴，未用深藏白氎巾。

〇自此以下，南迁英州、惠州、儋州之诗。

壶中九华诗　并序

湖口人李正臣，蓄异石九峰，玲珑宛转，若窗棂然。予欲以百金买之，与仇池石为偶，方南迁，未暇也。名之曰“壶中九华”，且以诗记之。

清溪电转失云峰，梦里犹惊翠扫空。
五岭莫愁千嶂外，九华今在一壶中。
天池水落层层见，玉女窗明处处通。
念我仇池太孤绝，百金归买碧玲珑。

八月七日初入赣过惶恐滩

七千里外二毛人，十八滩头一叶身。

山忆喜欢劳远梦[①]，地名惶恐泣孤臣。
长风送客添帆腹，积雨浮舟减石鳞[②]。
便合与官充水手，此生何止略知津。

①公自注：蜀道有错喜欢铺，在大散关上。②浮：一作扶。

天竺寺　并引

予年十二，先君自虔州归，谓予言："近城山中天竺寺，有乐天亲书诗云：'一山门作两山门，两寺元从一寺分。东涧水流西涧水，南山云起北山云。前台花发后台见，上界钟清下界闻。遥想吾师行道处，天香桂子落纷纷。'笔势奇逸，墨迹如新。"今四十七年，予来访之，则诗已亡，有刻石存尔。感涕不已，而作是诗。

香山居士留遗迹，天竺禅师有故家。
空咏连珠吟叠璧，已亡飞鸟失惊蛇。
林深野桂寒无子，雨浥山姜病有花。
四十七年真一梦，天涯流落泪横斜。

舟行至清远县见顾秀才极谈惠州风物之美

到处聚观香案吏，此邦宜著玉堂仙。
江云漠漠桂花湿，梅雨翛翛荔子然。
闻道黄柑常抵鹊，不容朱橘更论钱。
恰从神武来弘景，便向罗浮觅稚川。

广州蒲涧寺

不用山僧导我前，自寻云外出山泉。
千章古木临无地，百尺飞涛泻漏天。
昔日菖蒲方士宅，后来薝蔔祖师禅。

而今只有花含笑，笑道秦皇欲学仙[①]。

①公自注：山中多含笑花。

赠蒲涧长老

优钵昙花岂有花，问师此曲唱谁家？
已从子美得桃竹[①]，不向安期觅枣瓜。
燕坐林间时有虎，高眠粥后不闻鸦。
胜游自古兼支许，为采松肪寄一车。

①公自注：此山有桃竹，可作杖，而上人不识，予始录子美诗遗之。

浴日亭

剑气峥嵘夜插天，瑞光明灭到黄湾。
坐看旸谷浮金晕，遥想钱塘涌雪山。
已觉沧凉苏病骨，更烦沆瀣洗衰颜。
忽惊鸟动行人起，飞上千峰紫翠间。

十月二日初到惠州

仿佛曾游岂梦中，欣然鸡犬识新丰。
吏民惊怪坐何事，父老相携迎此翁。
苏武岂知还漠北，管宁自欲老辽东。
岭南万户皆春色[①]，会有幽人客寓公。

①公自注：岭南万户酒。

朝云诗　并引

世谓乐天有鬻骆马放杨柳枝词，嘉其主老病，不忍去也。然梦得有诗云："春尽絮飞留不得，随风好去落谁家。"乐天亦云："病与乐天相伴住，春随樊子一时归。"则是樊素竟去也。

予家有数妾，四五年相继辞去，独朝云者，随予南迁。因读乐天集，戏作此诗。朝云姓王氏，钱塘人，尝有子曰干儿，未期而夭云。

不似杨枝别乐天，恰如通德伴伶玄。
阿奴络秀不同老，天女维摩总解禅。
经卷药炉新活计，舞衫歌扇旧因缘。
丹成逐我三山去，不作巫阳云雨仙。

新酿桂酒

捣香筛辣入瓶盆，盎盎春溪带雨浑。
收拾小山藏社瓮，招呼明月到芳樽。
酒材已遣门生致，菜把仍叨地主恩。
烂煮葵羹斟桂醑，风流可惜在蛮村。

○施注：先生《桂酒颂·序》：《楚辞》曰“奠桂酒兮椒浆”，是桂可以为酒也。有隐居者，以桂酒方教吾，酿成而玉色香味超然非世间物也。

惠守詹君见和复次韵

已破谁能惜甑盆，颓然醉里得全浑。
欲求公瑾一仓米，试满庄生五石樽。
三杯卯困忘家事，万户春浓感国恩。
刺史不须要半道，篮舆未暇走山村。

詹守携酒见过用前韵作诗聊复和之

箕踞狂歌老瓦盆，燎毛燔肉似羌浑。
传呼草市来携客，洒扫渔矶共置樽。
山下黄童争看舞，江干白骨已衔恩[①]。
孤云落日西南望，长羡归鸦自识村。

①公自注：时詹方议葬暴骨。

正月二十六日偶与数客野步嘉祐僧舍东南野人家杂花盛开扣门求观主人林氏媪出应白发青裙少寡独居三十年矣感叹之馀作诗记之一首

缥蒂缃枝出绛房，绿阴青子送春忙。
涓涓泣露紫含笑，焰焰烧空红拂桑。
落日孤烟知客恨，短篱破屋为谁香。
主人白发青裙袂，子美诗中黄四娘。

赠王子直秀才

万里云山一破裘，杖端闲挂百钱游。
五车书已留儿读，二顷田应为鹤谋。
水底笙歌蛙两部，山中奴婢橘千头。
幅巾我欲相随去，海上何人识故侯。

真一酒　并引

米、麦、水，三一而已。此东坡先生真一酒也。

拨雪披云得乳泓，蜜蜂又欲醉先生。
稻垂麦仰阴阳足，器洁泉新表里清。
晓日著颜红有晕，春风入髓散无声。
人间真一东坡老，与作青州从事名。

二月十九日携白酒鲈鱼过詹使君食槐叶冷淘[①]

枇杷已熟粲金珠，桑落初尝滟玉蛆。
暂借垂莲十分盏，一浇空腹五车书。
青浮卵椀槐芽饼，红点冰盘藿叶鱼。

醉饱高眠真事业，此生有味在二馀。

①二：一作三。

连雨涨江二首

越井冈头云出山，牂牁江上水如天。
床床避漏幽人屋，浦浦移家蜑子船。
龙卷鱼虾并雨落，人随鸡犬上墙眠。
只应楼下平阶水，长记先生过岭年。

急雨萧萧作晚凉，卧闻榕叶响长廊。
微明灯火耿残梦，半湿簾帷浥旧香。
高浪隐床吹瓮盎，闇风惊树摆琳琅。
先生不出晴无用，留向空阶滴夜长。

桄榔杖寄张文潜一首时初闻黄鲁直迁黔南范淳父九疑也

睡起风清酒在亡，身随残梦两茫茫。
江边曳杖桄榔瘦，林下寻苗筚拨香。
独步倘逢句漏令，远来莫恨曲江张。
遥知鲁国真男子，独忆平生盛孝章。

答周循州

蔬饭藜床破衲衣，扫除习气不吟诗。
前生自是卢行者，后学过呼韩退之。
未敢叩门求夜话，时叨送米续晨炊。
知君清俸难多辍，且觅黄精与疗饥。

六月十二日酒醒步月理发而寝

羽虫见月争翾翻，我亦散发虚明轩。
千梳冷快肌骨醒，风露气入霜蓬根。
起舞三人谩相属，停杯一问终无言。
曲肱薤簟有佳处，梦觉琼楼空断魂。

十一月九日夜梦与人论神仙道术因作一诗八句既觉颇记其语录呈子由弟后四句不甚明了今足成之耳

析尘妙质本来空，更积微阳一线功。
照夜一灯长耿耿，闭门千息自濛濛。
养成丹灶无烟火，点尽人间有晕铜。
寄语山神停伎俩，不闻不见我何穷。

章质夫送酒六壶书至而酒不达戏作小诗问之

白衣送酒舞渊明①，急扫风轩洗破觥。
岂意青州六从事，化为乌有一先生。
空烦左手持新蟹，漫绕东篱嗅落英。
南海使君今北海，定分百榼饷春耕。

①舞：一作侮。

和子由盆中石菖蒲忽生九花

春荑秋荚两须臾，神药人间果有无。
无鼻何由识薝蔔，有花今始信菖蒲。
芳心未饱两蛱蝶，寒意知鸣几蟪蛄。
记取明年十二节，小儿休更篇霜须。

悼朝云　并引

绍圣元年十一月，戏作《朝云》诗。三年七月五日，朝云病亡于惠州，葬之栖禅寺松林中东南，直大圣塔。予既铭其墓，且和前诗以自解。朝云始不识字，晚忽学书，粗有楷法。盖尝从泗上比丘尼义冲学佛，亦略闻大义。且死，诵《金刚经》四句偈而绝。

苗而不秀岂其天，不使童乌与我玄。
驻景恨无千岁药，赠行惟有小乘禅。
伤心一念偿前债，弹指三生断后缘。
归卧竹根无远近，夜灯勤礼塔中仙。

白鹤峰新居欲成夜过西邻翟秀才二首

林行婆家初闭户，翟夫子舍尚留关。
连娟缺月黄昏后，缥缈新居紫翠间。
系闷岂无罗带水，割愁还有剑铓山。
中原北望无归日，邻火村舂自往还。

瓮间毕卓防偷酒，壁后匡衡不点灯。
待凿平江百尺井，要分清署一壶冰。
佐卿恐是归来鹤，次律宁非过去僧。
他日莫寻王粲宅，梦中来往本何曾。

吴子野绝粒不睡过作诗戏之芝上人陆道士皆和予亦次其韵

聊为不死五通仙，终了无生一大缘。
独鹤有声知半夜，老蚕不食已三眠。

怜君解比人间梦[①]，许我时逃醉后禅。
会与江山成故事，不妨诗酒乐新年。

①公自注：芝有梦斋，子由作铭。

次韵惠循二守相会

共惜相从一寸阴，酒杯虽浅意殊深。
且同月下三人影，莫作天涯万里心。
东岭近闻松菊径，南堂初绝斧斤音。
知君善颂如张老，犹望携壶更一临。

又次韵二守许过新居

数亩蓬蒿古县阴，晓窗明快夜堂深[①]。
也知卜筑非真宅，聊欲蹦跌看此心。
闻道携壶问奇字，更因登木助微音。
相娱北户江千顷，直下都无地可临。

①明：一作清。

又次韵二守同访新居

此生真欲老墙阴，却扫都忘岁月深。
拔薤已观贤守政，折蔬聊慰故人心。
风流贺监常吴语，憔悴钟仪独楚音。
治状两邦俱第一，颍川归去肯重临。

循守临行出小鬟复用前韵

学语雏莺在柳阴，临行呼出翠帷深。
通家不隔同年面[①]，得路方知异日心。
趁着春衫游上苑，要求国手教新音。

岭梅不用催归骑，截镫须防旧所临[②]。

①公自注：文之与南圭令弟同年。②公自注：文之尝倅韶。

客俎经旬无肉又子由劝不读书萧然清坐乃无一事

病怯腥咸不买鱼，尔来心腹一时虚。
使君不复怜乌攫，属国方将掘鼠馀。
老去独收人所弃，游哉时到物之初。
从今免被孙郎笑，绛帕蒙头读道书。

次韵子由三首

东　亭

仙山佛国本同归，世路玄关两背驰。
到处不妨闲卜筑，流年自可数期颐。
遥知小槛临廛市，定有新松长棘茨。
谁道茅檐劣容膝，海天风雨看纷披。

东　楼

白发苍颜自照盆，董生端合是前身。
独栖高阁多词客，为著新书未绝麟。
小醉易醒风力软，安眠无梦雨声新。
长歌自誷真堪笑，底处人间是所欣[①]。

①公自注：柳子厚诗云："高歌返故室，自誷非所欣。"

椰子冠

天教日饮欲全丝，美酒生林不待仪。
自漉疏巾邀醉客，更将空壳付冠师[①]。

规摹简古人争看，簪导轻安发不知。
更着短簷高屋帽，东坡何事不违时。

①公自注：《前汉·高祖纪》注云：薛有作冠师。

十二月十七日夜坐达晓寄子由

灯烬不挑垂暗蕊，炉灰重拨尚馀薰。
清风欲发鸦翻树，缺月初升犬吠云。
闭眼此心新活计，随身孤影旧知闻。
雷州别驾应危坐，跨海幽光与子分。

上元夜过赴儋守召独坐有感

使君置酒莫相违，守舍何妨独掩扉。
静看月窗盘蜥蜴，卧闻风幔落蚍蜉。
灯花结尽吾犹梦，香篆消时汝欲归。
搔首凄凉十年事，传柑归遗满朝衣。

海南人不作寒食而以上巳上冢予携一瓢酒寻诸生皆出矣独老符秀才在因与饮至醉符盖儋人之安贫守静者也

老鸦衔肉纸飞灰，万里家山安在哉。
苍耳林中太白过，鹿门山下德公回。
管宁投老终归去，王式当年本不来。
记取南城上巳日，木棉花落刺桐开。

庚辰岁人日作时闻黄河已复北流老臣旧数论此今斯言乃验二首

老去仍栖隔海村，梦中时见作诗孙。

天涯已惯逢人日，归路犹欣过鬼门。
三策已应思贾让，孤忠终未赦虞翻。
典衣剩买河源米，屈指新篘作上元。

不用长愁挂月村，槟榔生子竹生孙。
新巢语燕还窥砚，旧雨来人不到门。
春水芦根看鹤立，夕阳枫叶见鸦翻。
此生念念随泡影，莫认家山作本元。

庚辰岁正月二十日天门冬酒熟予自漉之且漉且尝遂以大醉二首

自拨床头一瓮云，幽人先已醉浓芬。
天门冬熟新年喜，麹米春香并舍闻[①]。
菜圃渐疏花漠漠，竹扉斜掩雨纷纷。
拥裘睡觉知何处？吹面东风散縠纹。

①公自注：杜子美诗云“闻道云安麹米春”，盖酒名也。

载酒无人过子云，年来家酝有奇芬。
醉乡杳杳谁同梦，睡息齁齁得自闻。
口业向诗犹小小，眼花因酒尚纷纷。
点灯更试淮南语，泛溢东风有縠纹。

追和戊寅岁上元

春鸿社燕巧相违，白鹤峰头白板扉。
石建方欣洗牏厕，姜庞不解叹蟏蛸。
一龛京口嗟春梦，万炬钱塘忆夜归。
合浦卖珠无复有，当年笑我泣牛衣。

汲江煎茶

活水还须活火烹[①]，自临钓石取深清。
大瓢贮月归春瓮，小杓分江入夜缾。
茶雨已翻煎处脚，松风忽作泻时声。
枯肠未易禁三椀，坐听荒城长短更。

①公自注：唐人云，茶须缓火炙、活火煎。

六月二十日夜渡海

参横斗转欲三更，苦雨终风也解晴。
云散月明谁点缀，天容海色本澄清。
空馀鲁叟乘桴意，粗识轩辕奏乐声。
九死南荒吾不恨，兹游奇绝冠平生。

次韵王郁林

晚涂流落不堪言，巾上春泥手自翻。
汉使节空馀皓首，故侯瓜在有颓垣。
平生多难非天意，此去残年尽主恩。
误辱使君相抆拭，宁闻老鹤更乘轩。

送鲜于都曹归蜀灌口旧居

籥尽霜须照碧铜，依然春雪在长松。
朝行犀浦催收芋，夜渡绳桥看伏龙。
莫叹倦游无驷马，要将老健敌千钟。
子云三世惟身在，为向西南说病容。

送邵道士彦肃还都峤

乞得纷纷扰扰身，结茅都峤与仙邻。
少而寡欲颜常好，老不求名语益真。
许迈有妻还学道，陶潜无酒亦从人。
相随十日还归去，万劫清游结此因。

题冯通直明月湖诗后

老衍清篇墨未枯，小冯新作语尤姝。
呼儿净洗涵星砚，为子赓歌堕月湖。
闻道牂江空抱珥[①]，年来合浦自还珠。
请君多酿莲花酒，准拟王乔下履凫。

①公自注：南诏有西珥河，即古牂牁江也。河形如月抱珥，故名西珥。

次韵郑介夫二首

一落泥涂迹愈深，尺薪如桂米如金。
长庚到晓空陪月，太岁今年合守心。
相与啮毡持汉节，何妨振履出商音。
孤云倦鸟空来往，自要闲飞不作霖。

一生忧患萃残年，心似惊蚕未易眠。
海上偶来期汗漫，苇间犹得见延缘。
良医自要经三折，老将何妨败两甄。
收取桑榆种梨枣，祝君眉寿似增川。

昔在九江与苏伯固唱和其略曰我梦扁舟浮震泽雪浪横江[①]千顷白觉来满眼是庐山倚天无数开青壁盖实梦也昨日又梦伯固手持乳香婴儿示予觉而思之盖南华赐物也岂复与伯固相见于此邪今得来书知已在南华相待数日矣感叹不已故先寄此诗

扁舟震泽定何时，满眼庐山觉又非。
春草池塘惠连梦，上林鸿雁子卿归。
水香知是曹溪口，眼净同看古佛衣。
不向《南华》结香火，此生何处是真依。

①江：一作空。

次韵韶守狄大夫见赠二首

华发萧萧老遂良[①]，一身萍挂海中央。
无钱种菜为家业，有病安心是药方。
才疏正类孔文举，痴绝还同顾长康。
万里归来空泣血，七年供奉殿西廊[②]。

①公自注：褚河南帖云“即日遂良须发尽白”，盖谪长沙时也。②公自注：迩英阁在延和殿西廊下。

森森画戟拥朱轮，坐咏梁公觉有神。
白傅闲游空诵句[①]，拾遗穷老敢论亲[②]。
东海莫怀疏受意，西风幸免庾公尘。
为公过岭传新唱，催发寒梅一信春[③]。

①公自注：事见白乐天《吴郡诗石记》。②公自注：事见子美《寄狄明府诗》。③一信春：疑作“一树春”。

次韵韶倅李通直二首

一篇《泷吏》可书绅，莫向长沮更问津。
老去常忧伴新鬼，归来且喜是陈人。
曾陪令尹苍髯古，又见郎君白发新。
回首天涯一惆怅，却登梅岭望枫宸。

青山只在古城隅，万里归来卜筑初。
会见四山朝鹤驾，更看二李跨鲸鱼。
欲从抱朴传家学，应怪中郎得异书。
待我丹成驭风去，借君琼佩与霞裾[①]。

①公自注：仆昔为开封幕，先公为赤令，暇日相与论内外丹，且出其丹示仆。今三十年，而见君曲江，同游南华，宿山水间数日，道旧感叹，且劝我卜居于舒，故诗中皆及之。

李伯时画其弟亮功旧隐宅图

乐天早退今安有，摩诘长闲古亦无。
五亩自栽池上竹，十年空看辋川图。
近闻陶令开三径，应许扬雄寄一区。
晚岁与君同活计，如云鹅鸭散平湖。

过岭二首

暂着南冠不到头，却随北雁与归休。
平生不作兔三窟，今古何殊貉一丘。
当日无人送临贺，至今有庙祀潮州。
剑关西望七千里，乘兴真为玉局游。

七年来往我何堪，又试曹溪一勺甘。
梦里似曾迁海外，醉中不觉到江南。
波生濯足鸣空涧，雾绕征衣滴翠岚。
谁遣山鸡忽惊起，半岩花雨落毵毵。

留题显圣寺

渺渺疏林集晚鸦，孤村烟火梵王家。
幽人自种千头橘，远客来寻百结花。
浮石已干霜后水，焦坑闲试雨前茶。
只疑归梦西南去，翠竹江村绕白沙。

赠虔州术士谢晋臣

属国新从海外归，君平且莫下簾帷。
前生恐是卢行者，后学过呼韩退之。
死后人传戒定慧，生时宿直斗牛箕。
凭君为算行年看，便数生时到死时。

王子直去岁送子由北归往返百舍今又相逢赣上戏用旧韵作诗留别

米尽无人典破裘，送行万里一邹游。
解舟又欲携君去，归舍聊须与妇谋。
闻道年来丹伏火，不愁老去雪蒙头。
剩买山田添鹤口，庙堂新拜富民侯。

次韵江晦叔兼呈器之

横空初不跨鹏鳌，但觉胡床步步高[①]。
一枕昼眠春有梦，扁舟夜渡海无涛。

归来又见颠茶陆[2]，多病仍逢止酒陶[3]。
笑说南荒底处所，只今榕叶下庭皋。

①公自注：器之言：尝梦飞，自觉身与坐床皆起空中。②公自注：往在钱塘，尝语晦叔“陆羽茶颠君亦然”。③公自注：陶渊明有《止酒》诗。器之少时饮量无敌，今不复饮矣。

寒食与器之游南塔寺寂照堂

城南钟鼓斗清新，端为投荒洗瘴尘。
总是镜空堂上客，谁为寂照境中人。
红英扫地风惊晓，绿叶成阴雨洗春。
记取明年作寒食，杏花曾与此翁邻。

永和清都观道士童颜鬒发问其年生于丙子盖与予同求此诗

镜湖敕赐老江东，未似西归玉局翁。
羁枕未容春梦断，清都宛在默存中。
每逢佳境携儿去，试问行年与我同。
自笑馀生消底物，半篙清涨百滩空。

赠诗僧道通

雄豪而迈苦而腴，只有琴聪与蜜殊[1]。
语带烟霞从古少[2]，气含蔬笋到公无[3]。
香林乍喜闻薝蔔，古井惟惭断辘轳。
为报韩公莫轻许，从今岛可是诗奴。

①公自注：钱塘僧思聪，总角善琴，后舍琴而学诗，复弃诗而学道，其诗似皎然而加雄放。安州僧仲殊，诗敏捷立成，而工妙绝人。殊辟谷，常啖蜜。②公自注：李太白云：他人之文，如山无烟霞，春无草木。③公自注：谓无酸馅气也。

予昔作壶中九华诗其后八年复过湖口则石已为好事者取去乃和前韵以自解云

江边阵马走千峰，问讯方知冀北空。
尤物已随清梦断[①]，真形犹在画图中[②]。
归来晚岁同元亮，却扫何人伴敬通。
赖有铜盆修石供，仇池玉色自璁珑[③]。

①公自注：刘梦得以九华为造物一尤物。②公自注：《道藏》有《五岳真形图》。③公自注：家有铜盆，贮仇池石，正绿色，有洞水达背。予又尝以怪石供佛印师，作《怪石供》一篇。

次旧韵赠清凉长老

过淮入洛地多尘，举扇西风欲污人。
但怪云山不改色，岂知江月解分身。
安心有道年颜好[①]，遇物无情句法新。
送我长芦舟一叶，笑看雪浪满衣巾。

○自《赠清凉寺和长老》起至此，皆南迁英州、惠州、儋州及北归之诗。①好：一作少。

予以事系御史台狱狱吏稍见侵自度不能堪死狱中不得一别子由故作二诗授狱卒梁成以遗子由

圣主如天万物春，小臣愚暗自亡身。
百年未满先偿债，十口无归更累人。
是处青山可埋骨，他年夜雨独伤神。
与君世世为兄弟，又结来生未了因。

○自此以下，施注本“补遗”之诗。

柏台霜气夜凄凄，风动琅珰月向低。
梦绕云山心似鹿，魂飞汤火命如鸡。
眼中犀角真吾子，身后牛衣愧老妻。
百岁神游定何处，桐乡知葬浙江西[①]。

①公自注：狱中闻杭湖间民为余作解厄道场者累月，故有此句。

十二月二十八日蒙恩责授检校水部员外郎黄州团练副使复用前韵

百日归期恰及春，馀年乐事最关身。
出门便旋风吹面，走马联翩鹊啅人。
却对酒杯浑是梦，试拈诗笔已如神。
此灾何必深追咎，窃禄从来岂有因。

平生文字为吾累，此去声名不厌低。
塞上纵归他日马，城东不斗少年鸡。
休官彭泽贫无酒，隐几维摩病有妻。
堪笑睢阳老从事，为予投檄向江西[①]。

①公自注：子由闻予下狱，乞以官爵赎予罪，贬筠州监酒。

十二月二十日恭闻太皇太后升遐[①]以轼罪人不许承服欲哭则不敢欲泣则不可故作挽词二章

巍然开济两朝勋，信矣才难十乱臣。
原庙故应祠百世，先王何止活千人。
和熹未圣犹贪位，明德虽贤不及民。
月落风悲天雨泣，谁将椽笔写光尘。

①慈圣后也。

未报山陵国士知，绕林松柏已猗猗。
一声恸哭犹无所，万死酬恩更有时。
梦里天衢隘云仗，人间雨泪变彤帷。
《关雎》《卷耳》平生事，白首累臣正坐诗。

赵成伯家有丽人仆忝乡人不肯开樽徒吟春雪美句次韵一笑

绣簾朱户未曾开，谁见梅花落镜台。
试问高吟三十韵，何如低唱两三杯[①]。
莫言衰鬓聊相映，须得纤腰与共回。
知道文君隔青琐，梁园赋客肯言才[②]。

①公自注：世言检死秀才衣带上，有《雪》诗三十韵。又云陶榖学士买得党太尉家妓，遇雪，陶收雪水烹团茶，谓妓曰："党家应不识此?"妓曰："彼粗人，安得此。但能于销金煖帐中，浅斟低唱，吃羊羔儿酒。"陶嘿然惭其言。②公自注：聊答来句，义取妇人而已，罪过罪过！

赠虔州慈云寺鉴老

居士无尘堪洗沐，道人有句借宣扬。
窗间但见蝇钻纸，门外惟闻佛放光。
遍界难藏真薄相，一丝不挂且逢场。
却须重说圆通偈，千眼熏笼是法王。

观开西湖次吴左丞韵

伟人谋议不求多，事定纷纷自唯阿。
尽放龟鱼还绿净，肯容萧苇障前坡。
一朝美事谁能纪，百尺苍崖尚可磨。
天上列星当亦喜，月明时下浴明波[①]。

①明：疑作清。

渝州寄王道祖[1]

曾闻五月到渝州，水泊长亭砌下流。
唯有梦魂长缭绕，共论唐史更绸缪。
舟经故国岁时改，霜落寒江波浪收。
归梦不成冬夜永，厌闻船上报更筹。

①祖：一作矩。

闻洮西捷报

汉家将军一丈佛，诏赐天池八尺龙。
露布朝驰玉关塞，捷书夜到甘泉宫。
似闻指挥筑上郡，已觉谈笑无西戎。
牧臣不见天颜喜，但惊草木放春容[1]。

①放：一作皆。

己未十月十五日狱中恭闻太皇太后不豫有赦作诗

庭柏阴阴昼掩门，乌知有赦闹黄昏。
汉宫自种三生福，楚客还招九死魂。
纵有锄犁及田亩，已无面目见丘园。
只应圣主如尧舜，犹许先生作正言。

谢人惠云巾方舄二首

燕尾称呼理未便，剪裁云叶却天然。
无心只是青山物，覆顶宜归紫府仙。
转觉周家新样俗[1]，未容陶令旧名传。
鹿门佳士勤相赠，黑雾玄霜合比肩[2]。

①公自注：头巾起后周。②公自注：皮袭美《赠天随子纱巾》诗云：“掩敛乍疑裁黑雾，轻明浑似带玄霜。”

胡靴短靿格麄疏，古雅无如此样殊。
妙手不劳盘作凤[1]，轻身只欲化为凫。
魏风褊俭堪羞葛，楚客豪华可笑珠。
拟学梁家名解脱[2]，便于禅坐作跏趺。

①公自注：晋永嘉中有凤头鞋。②公自注：武帝作解脱履。

被命南迁涂中寄定武同僚

人事千头及万头，得时何喜失时忧。
只知紫绶三公贵，不觉黄粱一梦游。
适见恩纶临定武，忽遭分职赴英州。
南行若到江干侧，休宿浔阳旧酒楼。

次韵王定国得晋卿酒相留夜饮

短衫压手气横秋，更着仙人紫绮裘。
使我有名全是酒，从他作病且忘忧。
诗无定律君应将，醉有真乡我可侯。
且倒馀樽尽今夕，睡蛇已死不须钩。

秋晚客兴

草满池塘霜送梅，疏林野色近楼台。
天围故越侵云尽，潮上孤城带月回。
客梦冷随枫叶断，愁心低逐雁声来。
流年又喜经重九，可意黄花是处开。

陈伯比和回字复次韵

百里冯生宁屑去，湖海陈侯犹肯来。
诗书好在家四壁，蒲柳蓊然城一隈。
骑上下山亦疏矣，儵从容出何为哉。
市桥十步即尘土，晚雨潇潇殊未回。

留别登州举人

身世相忘久自知，此行闲看古黄腄。
自非北海孔文举，谁识东莱太史慈。
落笔已吞云梦客，抱寒欲访水仙师。
莫嫌五日匆匆守，归去先传《乐职》诗。

过岭寄子由二首

投章献策谩多谈，能雪冤忠死亦甘。
一片丹心天日下，数行清泪岭云南。
光荣归佩呈佳瑞，瘴疠幽居弄晓岚。
从此西风瘦梅谢，却迎谁与马毵毵。

山林瘴雾老难堪，归去中原荼亦甘。
有命谁怜终反北，无心却笑亦巢南。
蛮音惯习疑伧语，脾病萦缠带岭岚。
赖有祖师清净水，尘埃一洗落毵毵。

歇白塔铺

甘山庐阜郁长望，林隙依稀漏日光[①]。
吴国晚蚕初断叶，占城蚤稻欲移秧。

迢迢涧水随人急，冉冉岩花扑马香。
望眼尽从飞鸟远[②]，白云深处是吾乡。

①依稀：一作熹微。②从：一作穷。

西蜀杨耆二十年前见之甚贫今见之亦贫所异于昔者苍颜华发耳女无美恶富者妍士无贤不肖贫者鄙使其逢时遇合岂减当世之士哉顷宿长安驿舍闻泣者甚怨问之乃昔富而今贫者乃作一诗今以赠杨君

孤村渐雨逐秋凉[①]，逆旅愁人怨夜长。
不寐相看唯枥马，愁吟互答有寒蛩[②]。
天寒滞穗犹横亩，晚岁空机尚倚墙。
劝尔一杯聊复睡，人间贫富海茫茫。

①渐：一作微。②愁吟：一作悲歌。

赠　人

别后休论信息疏，仙凡自古亦殊途。
蓬山路远人难到，霜柏威高道转孤。
旧赏未应忘楚国，新诗闻已满皇都。
谁怜泽畔行吟者，目断长安貌欲枯。

观湖二首

乘槎远引神仙客，万里清风上海涛。
回首不知沙界小，飘衣犹觉色尘高。
须弥有顶低垂日，兜率无根下戴鳌。
释梵茫然齐劫火，飞云不觉醉陶陶。

朝阳照水红光开，玉涛银浪相徘徊。
山分宿雾尽宽远，云驾高风驰送来。
升霞影色歙残火，及物气焰明纤埃。
可怜极大不知已，浮生野马悠悠哉。

寄高令

满地春风扫落花，几番曾醉长官衙。
诗成锦绣开胸臆，论极冰霜绕齿牙。
别后与谁同把酒，客中无日不思家。
田园知有儿孙委，蚤晚扁舟到海涯。

寄子由

厌暑多应一向慵，银钩秀句益疏通。
也知堆案文书满，未暇开轩砚墨中。
湖面新荷空照水，城头高柳漫摇风。
吏曹不是尊贤事，谁把前言语化工。

诗送交代仲达少卿

此身无用且东来，赖有江山慰不才。
旧尹未嫌衰废久，清樽犹许再三开。
满城遗爱知谁继，极目扁舟挽不回。
归去青云还记否？交游胜绝古城隈。

次韵马元宾

流落江湖万里归，相逢自慰已差池。
初闻好句惊人倒，悔过东庭识面迟。

握手宁知无贺监，结交谁复许袁丝。
塞鸿正欲摩天去，垂老追攀岂可期。

第五桥

白露凄风洗瘴烟，梦回相对两凄然。
雀罗廷尉非当日，鸠杖先生愈少年。
世事饱谙思缩手，主恩未报耻归田。
谁怜第五桥东水，独照台州老郑虔。

次韵完夫再赠之什某已卜居毗陵与完夫有庐里之约云

柳絮飞时笋箨班，风流二老对开关。
雪牙为我求阳羡，乳水君应饷惠山。
竹簟水风眠昼永，玉堂制草落人间。
应容缓急烦闾里，桑柘聊同十亩闲。

和林子中待制

两翁留滞各皤然，人笑迂疏老更坚。
共把鹅儿一樽酒[①]，相逢柳色五湖天。
江边遗爱啼斑白，海上先声入管絃。
蚤晚渊明赋归去，浩歌长啸老斜川。

①鹅儿：一作鸥夷。

九日袁公济有诗次其韵

古来静治得清闲，我愧真常也一班。
举酒东荣挹江海，回樽落日劝湖山。
平生倾盖悲欢里，蚤晚抽身簿领间。
笑指西南是归路，倦飞弱羽久知还。

和吴安持使者迎驾

小雪疏烟杂瑞光，清波寒引御沟长。
曈曈日色笼丹禁，杳杳鞭声出建章。
鹓鹭偶叨陪下列，天阍聊启望中央。
归来喜气倾新句，满座疑闻锦绣香。

鹿鸣宴

连骑匆匆画鼓喧，喜君新夺锦标还。
金罍浮菊催开宴，红蕊将春待入关。
他日曾陪探禹穴，白头重见赋南山。
何时共乐升平事，风月笙箫坐夜闲。

次韵张甥棠美昼眠

炎歊五月北窗凉，更觉甘如饭稻粱。
宰我粪墙讥敢避，孝先经笥谑兼忘。
忧虞心谢知时雁，安稳身同挂角羊。
要识熙熙不争竞，华胥别是一仙乡。

真兴寺阁祷雨

太守亲从千骑祷，神翁远借一杯清。
云阴黯黯将嘘遍，雨意昏昏欲酝成。
已觉微风吹袂冷，不堪残日傍山明。
今年秋熟君知否？应向江南饱食粳。

惠州近城数小山类蜀道春与进士许毅野步会意处饮之且醉作诗以记适参寥专使欲归使持此以示西湖之上诸友庶使知余未尝一日忘湖山也

夕阳飞絮乱平芜，万里春前一酒壶。
铁化双鱼沉远素，剑分二岭隔中区。
花曾识面香仍好，鸟不知名声自呼。
梦想平生消未尽，满林烟月到西湖。

送蜀僧去尘

十年读《易》费膏火，尽日吟诗愁肺肝。
不解丹青追世好，欲将芹芷荐君盘。
谁为善相宁嫌瘦，复有知音可废弹。
拄杖挂经须倍道，故乡春蕨已阑干。

曾元恕游龙山吕穆仲不至

青春不觉老朱颜，强半销磨簿领间。
愁客倦吟花以酒[①]，佳人休唱日衔山。
共知寒食明朝过，且赴僧窗半日闲。
命驾吕安邀不至，浴沂曾点暮方还。

①“以”字疑讹。

黄　河

活活何人见混茫，昆仑气脉本来黄。
浊流若解污清济，惊浪应须动太行。
帝假一源神禹迹，世流三患梗尧乡。

灵槎果有仙家事，试问青天路短长。

壬寅重九不预会独游普门寺僧阁有怀子由

花开酒美盍不归，来看南山冷翠微。
忆弟泪如云不散，望乡心与雁南飞。
明年纵健人应老，昨日追欢意正违。
不问秋风强吹帽，秦人不笑楚人讥。

小饮公瑾舟中[1]

青泥赤日午相烘，走访船窗柳影中[2]。
辍我东坡无限睡，赏君南浦不赀风。
坐观邸报谈迂叟，闲说滁山忆醉翁。
此去澄江三万顷，只应明月照还空[3]。

①瑾：一作谨。②访：一作扣。③公自注：邓，滁人也，是日坐中观邸报，云叟入下省。

和子由次王巩韵如囊之句可为一噱

平生未省为人忙，贫贱安闲气味长。
粗免趋时头似葆，稍能忍事腹如囊。
简书见迫身今老，樽酒闻呼首一昂。
欲挹天河聊自洗，尘埃满面鬓眉黄。

儋　耳

霹雳收威暮雨开，独凭栏槛倚崔巍。
垂天雌霓云端下[1]，快意雄风海上来。
野老已歌丰岁语，除书欲放逐臣回。
残年饱饭东坡老，一壑能专万事灰。

①霓：音啮。

答李端叔

若人如马亦如班，笑履壶头出玉关。
已入西羌度沙碛，又来东海看涛山。
识君小异千人里，慰我长思十载间。
西省怜君时邂逅[1]，相逢有味是偷闲。

①怜君：一作邻居。

立春日病中邀安国仍请率禹功同来仆虽不能饮当请成伯主会某当杖策倚几于其间观诸公醉笑以拨滞闷也

孤灯照影夜漫漫，拈得花枝不忍看。
白发欹簪羞彩胜，黄耆煮粥荐春盘。
东方烹狗阳初动，南陌争牛卧作团。
老子从来兴不浅，向隅谁有满堂欢。

斋居卧病禁烟前，辜负名花已一年。
此日使君不强喜，青春风物为谁妍。
青衫公子家千里，白首先生杖百钱。
曷不相将来问病，已教呼取散花天。

和参寥见寄

黄楼南畔马台东，云月娟娟正点空。
欲共幽人洗笔砚，要传流水入丝桐。
且随侍者寻西谷，莫学山僧老祝融。
待我西湖借君去，一杯汤饼泼油葱。

东　园

岑寂东园可散愁，胶胶扰扰梦神州。
万竿苦竹旌旗卷，一部鸣蛙鼓吹收。
雨后月前天欲冷，身闲心远地偏幽。
杜门谢客恐生谤，且作人间鹏鷃游。

奉和陈贤良

不学孙吴与六韬，敢将驽马并英豪。
望穷海表天还远，倾尽葵心日愈高。
身外浮名休琐琐，梦中归思已滔滔。
三山旧是神仙地，引手东来一钓鳌。

秋兴三首

野鸟游鱼信往还，此身同寄水云间。
谁家晚吹残红叶，一夜归心满旧山。
可慰摧颓仍健食，此生通脱屡酡颜。
年华岂是催人老，双鬓无端只自斑。

故里依然一梦前，相携重上钓鱼船。
尝陪大幕今陈迹，谬忝承明愧昔年。
报国无成空白首，退耕何处有名田。
黄鸡白酒云山约，此计当时已浩然。

浴凤池边星斗光，宴馀香满上书囊。
楼前月夜低韦曲，云里车声出未央。
去国何年双鬓雪，黄花重见一枝霜。

伤心无限厌厌梦，长似秋宵一倍长。

夜直秘阁呈王敏甫

蓬瀛宫阙隔埃氛，帝乐天香似许闻。
瓦弄寒晖鸳卧月，楼生晴霭凤盘云。
共谁交臂论今古，只有闲心对此君。
大隐本来无境界，北山猿鹤漫移文。

次韵参寥寄少游

岩栖木石已皤然，交旧何人慰眼前。
素与昼公心印合，每思秦子意珠圆。
当年步月来幽谷，拄杖穿云冒夕烟。
台阁山林本无异，故应文字不离禅。

谢曹子方惠新茶

陈植文华斗石高，景公诗句复称豪。
数奇不得封龙额，禄仕何妨有马曹。
囊简久藏科斗字，铦锋新莹鸊鹈膏。
南州山水能为助，更有英辞胜广骚。

题潭州徐氏春晖亭

曈曈晓日上三竿，客向东风竟倚栏。
穿竹鸟声惊步武，入檐花影落杯盘。
勿嫌步月临玄圃，冷笑乘槎向海滩。
胜概直应吟不尽，凭君寄与画图看。

赠仲勉子文

雨昏南浦曾相对，雪满荆州喜再逢。
有子才如不羁马，知君心似后凋松。
闲看书册应多味，老傍人门想更慵。
何日晴轩观笔砚，一杯相属更从容[①]。

①按：此诗亦见《黄山谷集》，题作《和高仲本喜相见》。

讲武台南有感

山城九月冒朝寒，讲武台南路屈盘。
驺子雨中乘马去，村童烟外倚墙看。
鸦啼冢木秋风急，鹭立鱼船夜水干。
花似去年堪折赠，插花人去泪阑干。

○又见《黄山谷集》。

题宝鸡县斯飞阁

西南归路远萧条，倚槛魂飞不可招。
野阔牛羊同雁鹜，天长草树接云霄。
昏昏水气浮山麓，泛泛春风弄麦苗。
谁使爱官轻去国，此身无计老渔樵。

重游终南子由以诗见寄次韵

去年新柳报春回，今日残花覆绿苔。
溪上有堂还独宿，谁人无事肯重来。
古琴弹罢风吹座，山阁醒时月照杯。
懒不作诗君错料，旧逋应许过时陪。

次韵和子由欲得骊山沉泥砚[①]

举世争称邺瓦坚，一枚不换百金颁。
岂知好事王夫子，自采临潼绣领山。
经火尚含泉脉暖，吊秦应有泪痕潸。
封题寄去吾无用，近日从戎拟学班。

①沉：一作澄。

次韵子由弹琴

琴上遗声久不弹，琴中古义本长存。
苦心欲记常迷旧，信指如归自看痕。
应有仙人依树听，空教瘦鹤舞风骞（鶱）。
谁知千里溪堂夜，时引惊猿撼竹轩。

卷二十三　黄山谷七律

二百八十六首

赠郑郊

高居大士是龙象，草堂丈人非熊罴。
不逢坏衲乞香饭，唯见白头垂钓丝。
鸳鸯终日爱水镜，菡萏晚风凋舞衣。
开径老禅来煮茗，还寻密竹径中归。

○山谷以元丰六年解官太和，过武宁，闻惟清上人当至延恩寺，因谒郑郊问消息，题此诗于郑郊草堂之壁。大士，指惟清也；丈人，指郑郊也。"坏衲"句，谓惟清尚未来延恩也；"白头"句，谓郊也。老禅，指延恩长老法安师也。

和游景叔月报三捷

汉家飞将用庙谋，复我匹夫匹妇雠。
真成折箠禽胡月，不是黄榆牧马秋。
幄中已断匈奴臂，军前可饮月氏头。
愿见呼韩朝渭上，诸将不用万户侯。

○元祐二年八月，禽西蕃首领果庄（古称"鬼章"）青宜结，槛送阙下。盖游师雄与种谊所定之谋，而谊与姚兕所攻破者。师雄有绝句四首、七律一首，山谷并和之。景叔，师雄字也。

赠惠洪

吾年六十子方半，槁项顶螺忘岁年。
韵胜不减秦少觌，气爽绝类徐师川。
不肯低头拾卿相，又能落笔生云烟。
脱却衲衫着蓑笠[①]，来佐涪翁刺钓船。

①衫：一作衣。

崇宁二年正月己丑梦东坡先生于寒溪西山之间予诵寄元明觞字韵诗数篇东坡笑曰公诗更进于曩时因和予一篇语意清奇予击节赏叹东坡亦自喜于九曲岭道中连诵数过遂得之

天教兄弟各异方，不使新年对举觞。
作云作雨手翻覆，得马失马心清凉。
何处胡椒八百斛，谁家金钗十二行。
一丘一壑可曳尾，三沐三衅取刳肠。

王圣美三子补中广文生[①]

王家人物从来远，今见诸孙总好贤。
三级定知鱼尾进，一鸣已作雁行连。
愧无藻鉴能推毂，愿卷囊书当赠钱[②]。
归去雄夸向儿侄，舍中犊子剩狂颠[③]。

①圣美，名子韶。②此句当是馈以书籍，故曰“当赠钱”。③《晋书》：石勒之母曰：“快牛为犊子时，多能破车。”

次韵柳通叟寄王文通

故人昔有凌云赋，何意陆沉黄绶间[①]。

头白眼花行作吏，儿婚女嫁望还山。
心犹未死杯中物，春不能朱镜里颜。
寄语诸公肯湔祓，割鸡令得近乡关。

①陆沉：《庄子》注曰："人中隐者，譬无水而沉也。"

次韵王定国扬州见寄

清洛思君昼夜流，北归何日片帆收[①]。
未生白发犹堪酒，垂上青云却佐州。
飞雪堆盘鲙鱼腹，明珠论斗煮鸡头。
平生行乐自不恶，岂有竹西歌吹愁。

①元丰中，导洛水入汴河，谓之清洛。二句谓山谷在汴京，昼夜思王，犹清洛水之昼夜流下扬州也。

寄黄几复[①]

我居北海君南海，寄雁传书谢不能。
桃李春风一杯酒，江湖夜雨十年灯。
持家但有四立壁，治病不蕲三折肱。
想得读书头已白，隔溪猿哭瘴溪藤[②]。

①元注云：乙丑年，德平镇作。②几复时在广州四会，故曰"南海"、曰"瘴溪"。

次韵几复和答所寄

海南海北梦不到，会合乃非人力能。
地褊未堪长袖舞，夜寒空对短檠灯。
相看鬓发时窥镜，曾共诗书更曲肱。
作个生涯终未是，故山松长到天藤[①]。

〇山谷跋此诗云：丁卯岁，几复至吏部改官，和予乙丑在德平镇所寄诗也。①二句言二人俱不能归隐，以官为生涯，终不可也。

同子瞻韵和赵伯充团练

金玉堂中寂寞人，仙班时得共朝真。
两宫无事安磐石，万国归心有老臣。
家酿可供开口笑，侍儿工作捧心颦。
醉乡乃是安身处，付与升平作幸民。

○"金玉"句，指赵。谓宗室富贵之家，而能自处于寂静也。"仙班"句，谓东坡与赵同在朝列也。两宫，指宣仁后及哲宗也。老臣，指文、吕诸公。

送顾子敦赴河东三首①

头白书林二十年，印章今领晋山川。
紫参可掘宜包贡②，青铁无多莫铸钱③。
劝课农桑诚有道，折冲樽俎不临边。
要知使者功多少，看取春郊处处田④。

①子敦，名临。元祐元年七月，秘书少监顾临为河东转运使。②潞州出紫团参。③河东大通监西冶，岁炼青铁十馀万。④任注云：欲其务本业以厚民。

家在江东不系怀，爱民忧国有从来。
月斜汾沁催驿马，雪暗岢岚传酒杯。
塞上金汤唯粟粒，胸中水镜是人才。
遥知更解青牛句，一寸功名心已灰①。

①青牛，谓老子乘青牛车也。句当谓功成名遂身退之语。

揽辔都城风露秋，行台无妾护衣篝。
虎头墨妙能频寄，马乳葡萄不待求。

上党地寒应强饮，两河民病要分忧。
犹闻昔在军兴日，一马人间费十牛。

〇《汉官仪》：尚书郎入直台中，女侍史二人执香炉烧薰以从入，使护衣服。“行台”句，谓顾未携家往耳。末二句，任注云：元丰四年，陕西用兵河东，困于征调，故十耕牛之费仅给一战马。

寄上叔父夷仲三首①

少年有功翰墨林，中岁作吏几陆沉。
庖丁解牛妙世故，监市履豨知民心。
万里书来儿女瘦，十月山行冰雪深。
梦魂和月绕秦陇，汉节落毛何处寻。

①夷仲，名廉。元祐初，为都大提举成都府路榷茶、陕西买马。

艰难闻道有归音，部曲霜行璧月沉。
王春正月调玉烛，使星万里朝天心。
颇令山海藏国用，乃见县官恤民深。
经心陇蜀封疆守，必有人材备访寻①。

①任云：廉奉使在元祐元年八月，而三年正月除右司郎中，则入奏盖在二年之冬也。

关寒塞雪欲嗣音，燕雁拂天河鲤沉。
百书不如一见面，几日归来两慰心。
弓刀陌上望行色，儿女灯前语夜深。
更怀父子东归得，手种江头柳十寻。

咏雪奉呈广平公①

连空春雪明如洗，忽忆江清水见沙。

夜听疏疏还密密，晓看整整复斜斜。
风回共作婆娑舞，天乃能开顷刻花[2]。
政使尽情寒至骨，不妨桃李用年华。

①宋盈祖。②乃：一作巧。

次韵宋楙宗僦居甘泉坊雪后怀书

汉家太史宋公孙，漫逐班行谒帝阍。
燕颔封侯空有相，蛾眉倾国自难昏。
家徒四壁书侵坐，马瘦三山叶拥门[1]。
安得风帆随雪水，江南石上对窪尊。

①元稹《望云骓歌》曰："胯耸三山尾株直。"山谷此句，用官清马骨高之意。

次韵宋楙宗三月十四日到西池都人盛观翰林公出遨

金狨系马晓莺边[1]，不比春江上水船。
人语车声喧法曲，花光楼影倒晴天。
人间化鹤三千岁，海上看羊十九年。
还作遨头惊俗眼[2]，风流文物属苏仙。

①任注：金狨，谓狨毛金色。国朝禁从皆跨狨鞍。②蜀人好游乐，谓成都帅为遨头，此借用。

次韵张昌言给事喜雨

三雨全清六合尘，诗翁喜雨句凌云。
垤漂战蚁馀追北，柱击乖龙有裂文。
减去鲜肥忧玉食[1]，遍宗河岳起炉薰[2]。
圣功惠我丰年食，未有涓埃可报君。

①谓朝廷以旱故，减常膳。②谓遍走群望以祷雨。

次韵奉酬刘景文河上见寄

省中岑寂坐云窗，忽有归鸿拂建章[①]。
珍重多情惟石友，琢磨佳句问潜郎[②]。
遥怜部曲风沙里，不废平生翰墨场。
想见哦诗煮春茗，向人怀抱去关防。

①归鸿，用雁寄书事。②石友，指刘；潜郎，山谷自谓。

和答元明黔南赠别

万里相看忘逆旅，三声清泪落离肠。
朝云往日攀天梦，夜雨何时对榻凉。
急雪鹡鸰相并影，惊风鸿雁不成行。
归舟天际常回首，从此频书慰断肠。

○绍圣二年，山谷年五十一岁，以国史事为蔡卞所中伤，谪黔州安置。与其兄元明，出尉氏、许昌，出汉沔，趋江陵，上夔峡，四月廿三日到黔州。后元明别去。

赠黔南贾使君

绿发将军领百蛮，横戈得句一开颜。
少年圯下传书客，老去崆峒问道山。
春入莺花空自笑，秋成梨枣为谁攀。
何时定作风光主，待得征西鼓吹还。

○"春入"二句，任云故园无主之意。国藩按：此诗盖送贾出行者。山谷放臣，既少欢悰，贾又出巡，城中无主，故待贾征西还日，莺花梨枣皆有主耳。

次韵黄斌老晚游池亭二首

路入东园无俗驾，忽逢佳士喜同游。

绿荷菡萏稍觉晚，黄菊拒霜殊未秋。
客位正须悬榻下，主人自爱小塘幽。
老夫多病蛮江上，颇忆平生马少游。

岑寂东园可散愁，胶胶扰扰梦神游。
万竿苦竹旌旗卷，一部鸣蛙鼓吹休。
雨后月前天欲冷，身闲心远地常幽。
杜门谢客恐生谤，且作人间鹏鷃游。

○按：第二首亦见东坡集，题作《东园》，“梦神游”作“梦神州”。

次韵杨君全送酒长句[1]

扶衰却老世无方，唯有君家酒未尝。
秋入园林花老眼，茗搜文字响枯肠。
醡头夜雨排檐滴，杯面春风绕鼻香。
不待澄清遣分送，定知佳客对空觞。

①君全，名琳，神州人。

次韵少激甘露降太守居桃叶上

金茎甘露荐斋房，润及边城草木香。
蕡实叶间天与味，成蹊枝上月翻光。
群心爱戴葵倾日，万事驱除叶陨霜[1]。
玉烛时和君会否，旧臣重叠起南荒。

①任云：山谷意谓徽宗践祚，群心欣戴，如日之方升；奸回屏斥，如霜之肃杀也。

次韵奉答少激纪赠二首[1]

诗来清吹拂衣中，句法词锋觉有神。

今日相看青眼旧，他年肯作白头新[2]。
文如雾豹容窥管，气似灵犀可辟尘。
惭愧相期在台省，无心枯木岂能春。

①少激，名抗，临邛人。②范讽诗："惟有南山与君眼，相逢不改旧时青。"

文章藻鉴随时去，人物权衡逐势低。
杨子墨池春草遍，武侯祠庙晓莺啼。
书帷寂寞知音少，幕府流连要路迷。
顾我何人敢推挽，看君桃李合成蹊。

○少激登元祐三年进士第，时东坡知贡举，山谷为其属，颇有师友渊源。自绍圣改元，东坡谪窜，时去而势移矣。三、四句，言蜀国凄怆；五、六句，言交旧凋疏。少激与坡皆蜀人，故因坡贬而言蜀中苍凉之状。

次韵文少激推官祈雨有感

穷儒忧乐与民同，何况朱轮职劝农。
终日齑盐供一饭，几时肤寸冒千峰。
未须丘垤占鸣鹳，只要雷霆起卧龙。
从此滂沱遍枯槁，爱民天子似仁宗。

次韵马荆州

六年绝域梦刀头，判得南还万事休。
谁谓石渠刘校尉，来依绛帐马荆州。
霜髭雪鬓共看镜，茱糁菊英同送秋。
他日江梅腊前破，还从天际望归舟。

○马城，字中玉。山谷自馆阁迁贬，故以刘向自比。荆州，即汉之南郡，故以中玉比马融也。

赠李辅圣

交盖相逢水急流，八年今复会荆州。
已回青眼追鸿翼①，肯使黄尘没马头②。
旧管新收几妆镜，流行坎止一虚舟。
相看绝叹女博士，笔研管弦成古丘③。

①谓将逐冥鸿而远引。②谓不复浮沉京洛风尘间也。③元注云：女博士，谓辅圣后房孔君也，于文艺无所不能，皆妙绝。

和高仲本喜相见

雨昏南浦曾相对①，雪满荆州喜再逢。
有子才如不羁马，知公心是后凋松。
闲寻书册应多味，老傍人门似更慵。
何日晴轩观笔砚，一尊相属要从容。

○按：东坡集亦载此诗，题云《赠仲勉子文》。①山谷自蜀放还，过万州，曾见仲本。万州，即唐南浦郡。

和中玉使君晚秋开天宁节道场①

江南江北尽云沙，车骑东来风旆斜。
倒影楼台开紫府，得霜篱落剩黄花。
钓溪筑野收多士，航海梯山共一家。
想见星坛祝尧寿，步虚声里静无哗。

①徽宗以十月十日降诞为天宁节。开启盖九月十日。

自巴陵略平江临湘入通城无日不雨至黄龙奉谒清禅师继而晚晴邂逅禅客戴道纯款语作长句呈道纯

山行十日雨霑衣，幕阜峰前对落晖。

野水自添田水满，晴鸠却唤雨鸠归。
灵源大士人天眼[1]，双塔老师诸佛机[2]。
白发苍颜重到此，问君还是昔人非。

〇山谷以元丰六年过武宁延恩寺，访问惟清，时年三十九岁，至是崇宁元年复至武宁黄龙寺，年五十八岁，阅十九年矣。①惟清禅师自号灵源。②惠南死，塔于黄龙山；祖心禅师死，亦葬南公塔东，号“双塔”。

新喻道中寄元明用觞字韵

中年畏病不举酒，孤负东来数百觞。
唤客煎茶山店远，看人获稻午风凉。
但知家里俱无恙，不用书来细作行。
一百八盘携手上，至今犹梦绕羊肠。

〇山谷以崇宁四年四月省元明于萍乡，同住十五日而去。任注以为别后所作，然“获稻”殊不类四月间事，未知其审。末二句，指元明送山谷至黔中时事。

湖口人李正臣蓄异石九峰东坡先生铭曰壶中九华并为作诗后八年自海外归过湖口石已为好事者所取乃和前篇以为笑实建中靖国元年四月十六日明年当崇宁之元五月二十日庭坚系舟湖口李正臣持此诗来石既不可复见东坡亦下世矣感叹不足因次前韵

有人夜半持山去，顿觉浮岚暖翠空。
试问安排华屋处，何如零落乱云中？
能回赵璧人安在，已入南柯梦不通。
赖有霜钟难席卷，袖椎来听响玲珑[1]。

①末二句，言“壶中九华”石虽为人偷取，而石钟山则不能偷去，犹可听其音响。

追和东坡题李亮功归来图

今人常恨古人少，今得见之谁谓无。
欲学渊明归作赋，先须摩诘画成图。
小池已筑鱼千里，隙地仍栽芋百区。
朝市山林俱有累，不居京洛不江湖。

次韵雨丝云鹤二首

烟云杳霭合中稀，雾雨空濛密更微。
园客茧丝抽万绪，蛛蝥网面罩群飞。
风光错综天经纬，草木文章帝杼机。
愿染朝霞成五色，为君王补坐朝衣。

几片云如薛公鹤，精神态度不曾齐。
安知陇鸟樊笼密，便觉南鹏飞翼低。
风散又成千里去，夜寒应上九天栖。
坐来改变如苍狗，试欲挥毫意自迷。

次韵文安国纪梦[①]

道人偶许俗人知，法喜非妻解养儿。
夜久金茎添沆瀣，室虚璧月映琉璃。
远来醉侠匆匆去，近出诗仙句句奇。
独怪区区践绳墨。相逢未省角巾攲。

①文勋，字安国。

次韵德孺五丈惠贶秋字之句[①]

少日才华接贵游，老来忠义气横秋。

未应白发如霜草，不见丹砂似箭头[②]。
顾我今成丧家狗，期君早作济川舟。
汉家宗社英灵在，定是寒儒浪自愁[③]。

①范纯粹，字德孺，崇宁二年正月谪黄州别驾，鄂州居住。②言未应鬓发遽白，岂不见有却老之丹砂耶。③言区区忧国之心，徒过计耳。

宜阳别元明用觞字韵

霜须八十期同老，酌我仙人九酝觞[①]。
明月湾头松老大，永思堂下草荒凉[②]。
千林风雨莺求友，万里云天雁断行。
别夜不眠听鼠啮，非关春茗搅枯肠。

①元注云：术者言，吾兄弟皆寿八十。近得重酝法，甚妙。②明月湾、永思堂，皆在双井。堂在先墓之侧，故以“永思”为名。

廖致平送绿荔支为戎州第一王公权荔支绿酒亦为戎州第一

王公权家荔支绿，廖致平家绿荔支。
试倾一杯重碧色，快剥千颗轻红肌。
拨醅葡萄未足数，堆盘马乳不同时。
谁能同此胜绝味，唯有老杜东楼诗。

次韵李任道晚饮锁江亭[①]

西来雪浪如炰烹，两岸一苇乃可横。
忽思钟陵江十里[②]，白蘋风起縠纹生。
酒杯未觉浮蚁滑，茶鼎已作苍蝇鸣。
归时共须落日尽，亦嫌持盖仆屡更。

①任道，名仔，梓人，寓江津二十馀年。锁江亭，在戎州之东，今叙州也。②唐改豫章曰钟陵。山谷自思乡里也。

再次韵兼简履中南玉三首

李侯诗律严且清，诸生赓载笔纵横。
句中稍觉道战胜，胸次不使俗尘生。
山绕楼台钟鼓晚，江属石矶砧杵鸣。
锁江主人能致酒，愿渠久住莫终更。

江津道人心源清，不系虚舟尽日横。
道机禅观转万物，文彩风流被诸生。
与世浮沉惟酒可，随时忧乐以诗鸣。
江头一醉岂易得，事如浮云多变更。

○锁江主人、江津道人、李侯，皆谓李任道也。

锁江亭上一樽酒，山自白云江自横。
李侯袒褐有长处，不与俗物同条生。
经术貂蝉续狗尾，文章瓦釜作雷鸣。
古来寒士但守节，夜夜抱关听五更。

○“经术”二句，指当时诵法王氏之学者。抱关，用萧望之事。

罢姑熟寄元明用觞字韵

追随富贵劳牵尾[①]，准拟田园略滥觞。
本与江鸥成保社，聊随海燕度炎凉。
未栽姑熟桃李径，却入江西鸿雁行。
别后常同千里月，书来莫寄九回肠。

①《太玄经》：勤首曰劳。牵牛不于其鼻，于尾，弊。范注曰：牵牛不于鼻，而于尾，故劳弊。

胡逸老致虚庵

藏书万卷可教子，遗金满籝常作灾。
能与贫人共年谷，必有明月生蚌胎。
山随宴坐画图出，水作夜窗风雨来。
观山观水皆得妙，更将何物污灵台。

送刘季展从军雁门二首①

刘郎才力耐百战，苍鹰下韝秋未晚。
千里荷戈防犬羊，十年读书厌藜苋。
试寻北产汗血驹，莫杀南飞寄书雁。
人生有禄亲白头，可令一日无甘馔。

①元丰七年，公年四十，在德州。

石跌谷中玉子瘦，金刚窟前药草肥。
仙家耕耘成白璧，道人煮掘起风痱。
绛囊璀璨思盈斗，竹畚香甘要百围。
到官莫道无来使，日日北风鸿雁归①。

①代州五台山，有仙人迹，石岩出美石，金刚窟出药草。三句、五句，皆承“石”言；四句、六句，皆承“草”言。

徐孺子祠堂

乔木幽人三亩宅，生刍一束向谁论。
藤萝得意干云日，箫鼓何心进酒樽。
白屋可能无孺子，黄堂不是欠陈蕃。
古人冷淡今人笑，湖水年年到旧痕。

○以下《外集》。○戊申年，廿四岁。

送徐隐父宰馀干二首

地方百里身南面，翻手冷霜覆手炎。
赘婿得牛庭少讼，长官斋马吏争廉。
邑中丞掾阴桃李，案上文书略米盐。
治状要须问岂弟，此行端为霁威严。

○元丰五年壬戌，年三十八岁。○“赘婿”句，用《唐书·张允济传》事；“长官”句，用《唐书·冯元淑传》事。

天上麒麟来下瑞，江南橘柚间生贤①。
玉台书在犹骚雅②，孺子亭荒只草烟③。
半世功名初墨绶，同兄文字敌青钱。
割鸡不合庖丁手，家传风流更着鞭。

①谓徐稚生于南昌也。②承首句言徐陵。③承次句言徐稚。

答德甫弟

鸟啼花发独愁思，怜子三章怨慕诗。
鸿雁双飞弹射下，鹡鸰同病急难时。
功名所在犹争死，意气相须尚不移①。
何况极天无以报，林回投璧负婴儿②。

○丁未，廿三岁。①史注云：“相须”当作“相倾”。②元注：时以父事，兄弟俱在缧绁。

何造诚作浩然堂陈义甚高然颇喜度世飞升之术筑屋饭方士愿乘六气游天地间故作浩然词二章赠之

公欲轻身上紫霞，琼糜玉馔厌豪奢。
百年世路同朝菌，九钥天关守夜叉。

霜桧左纹空白鹿，金炉同契漫丹砂。
要令心地闲如水，万物浮沉共我家。

○戊申，廿四岁。

万物浮沉共我家，清明心水遍河沙。
无钩狂象听人语，露地白牛看月斜。
小雨呼儿艺桃李，疏簾帏客转琵琶。
尘尘三昧开门户，不用丹田养素霞①。

①史注云：诗意劝以释氏三昧，勿学道家修养之法。

池口风雨留三日①

孤城三日风吹雨，小市人家只菜蔬。
水远山长双属玉，身闲心苦一舂锄。
翁从旁舍来收网，我适临渊不羡鱼。
俯仰之间已陈迹，暮窗归了读残书。

①池口，即今池州府江口。山谷之官太和县，自此经过。

思亲汝州作

岁晚寒侵游子衣，拘留幕府报官移①。
五更归梦三千里，一日思亲十二时。
车上吐茵元不逐，市中有虎竟成疑②。
秋毫得失关何事，总为平安书到迟③。

○戊申，廿四岁。①富郑公以前宰相判汝州。山谷为叶县尉，九月至汝州。吏责其愆期，拘留至岁晚。②言丞相不以为罪，吏或谗之，三人成虎耳。③言事本极小，而传播故乡，老母悬念也。

次韵戏答彦和①

本不因循老镜春，江湖归去作闲人。

天于万物定贫我，智效一官全为亲。
布袋形骸增磈磊[2]，锦囊诗句愧清新。
杜门绝俗无行迹，相忆犹当遣化身。

①元注：彦和年四十，弃官杜门不出。〇戊申，廿四岁。②《传灯录》：布袋和尚形裁腲脮，蹙额皤腹。此借以喻彦和之肥伟。

冲雪宿新寨忽忽不乐

县北县南何日了，又来新寨解征鞍。
山衔斗柄三星没，雪共月明千里寒。
小吏忽时须东带[1]，故人颇问不休官。
江南长尽捎云竹，归及春风斩钓竿。

〇辛亥，廿七岁，在叶县。①忽：一作有。

郭明父作西斋于颍尾请予赋诗二首

食贫自以官为业，闻说西斋意凛然。
万卷藏书宜子弟，十年种木长风烟。
未尝终日不思颍，想见先生多好贤。
安得雍容一樽酒，女郎台下水如天[1]。

〇辛亥。①女郎台：在颍州汝阴县西北。

东京望重两并州[1]，遂有汾阳整缀旒[2]。
翁伯入关倾意气[3]，林宗异世想风流[4]。
君家旧事皆青史，今日高材未白头。
莫倚西斋好风月，长随三径古人游。

①郭丹、郭伋。②子仪。③郭解。④郭泰。

戏咏江南土风

十月江南未得霜，高林残水下寒塘。

饭香猎户分熊白，酒熟渔家擘蟹黄。
橘摘金苞随驿使，禾舂玉粒送官仓。
踏歌夜结田神社，游女多随陌上郎。

○辛亥，廿七岁。

和答孙不愚见赠

诗比淮南似小山，酒名麹米出云安。
且凭诗酒勤春事，莫爱儿郎作好官。
簿领侵寻台相笔，风埃蓬勃使星鞍。
小臣才力堪为掾，敢学前人便挂冠[①]。

○辛亥，廿七岁。①五、六句，谓因奉台相之笔牍，而困于簿领；因迎使星之鞍马，而困于风埃也。

次韵裴仲谋同年[①]

交盖春风汝水边，客床相对卧僧毡。
舞阳去叶才百里，贱子与公俱少年。
白发齐生如有种，青山好去坐无钱。
烟沙篁竹江南岸，输与鸬鹚取次眠。

①时仲谋为舞阳尉。○己酉，廿五岁。

次韵寄滑州舅氏

舫斋闻有小溪山，便是壶公谪处天。
想听琐窗深夜雨，似看叶水上江船。
瞻相白马津亭路，寂寞双凫古县前。
舅氏知甥最疏懒，折腰尘土解哀怜。

○熙宁三年庚戌，廿六岁。是年四月壬午，右正言李常落秘阁校理，降太常博士，通判滑州。常字公择，山谷之舅也。

病起次韵和稚川进叔倡酬之什

池塘夜雨听鸣蛙，老境侵寻每忆家。
白发生来惊客鬓，黄粱炊熟又春华。
百年不负胶投漆，万事相依葛与瓜。
胜日主人如有酒，犹堪扶病见莺花。

稚川约晚过进叔次前韵赠稚川并呈进叔

人骑一马钝如蛙，行向城东小隐家。
道上风埃迷皂白，堂前水竹湛清华。
我归河曲定寒食，公到江南应削瓜。
樽酒光阴俱可惜，端须连夜发园花。

和答登封王晦之登楼见寄

县楼三十六峰寒[①]，王粲登临独倚栏。
清坐一番春雨歇，相思千里夕阳残。
诗来嗟我不同醉，别后喜君能自宽。
举目尽妨人作乐，几时归得钓鲵桓。

〇辛亥，廿七岁。①少室山在登封县西南，有三十六峰。

伯氏到济南寄诗颇言太守居有湖山之胜同韵和[①]

西来黄犬传佳句，知是陆机思陆云。
历下楼台追把酒，舅家宾客厌论文。
山椒欲雨好云气，湖面逆风生水纹。
想得争棋飞鸟上，行人不见只听闻。

①李公择自滑州通判知鄂州、湖州，又移齐州，即济南也。〇戊午，三十四岁。

同世弼韵作寄伯氏济南兼呈六舅祠部学士

山光扫黛水挼蓝，闻说樽前惬笑谈。
伯氏清修如舅氏，济南萧洒似江南。
屡陪风月干吟笔，不解笙簧醉舞衫。
只恐使君乘传去，拾遗今日是前衔。

〇戊午。

世弼惠诗求舜泉辄欲以长安酥共泛一杯次韵戏答[1]

寒齑薄饭留佳客，蠹简残编作近邻。
避地梁鸿真好学，著书扬子未全贫。
玉酥炼得三危露，石火烧成一片春。
沙鼎探汤供卯饮，不忧问字绝无人。

①舜泉：河北酒名。

次韵盖郎中率郭郎中休官二首

仕路风波双白发，闲曹笑傲两诗流。
故人相见自青眼，新贵即今多黑头。
桃叶柳花明晓市，荻牙蒲笋上春洲。
定知闻健休官去，酒户家园得自由。

〇己未，三十五岁。

世态已更千变尽，心源不受一尘侵。
青春白日无公事，紫燕黄鹂俱好音。
付与儿孙知伏腊，听教鱼鸟逐飞沉。
黄公垆下曾知味，定是逃禅入少林。

和张沙河招饮

张侯耕稼不逢年，过午未炊儿女煎。
腹里虽盈五车读，囊中能有几钱穿。
况闻缊素尚黄葛，可怕雪花铺白毡。
谁料丹徒布衣得，今朝忽有酒如川。

闰月访同年李夷伯子真于河上子真以诗谢次韵

十年不见犹如此①，未觉斯人叹滞留。
白璧明珠多按剑，浊泾清渭要同流。
日晴花色自深浅，风软鸟声相应酬。
谈笑一樽非俗物，对公无地可言愁。

○戊午，三十四岁。①自治平丁未与李同唱第，至是十一年矣。

次韵郭右曹

阅世行将老斫轮，那能不朽见仍云。
岁中日月又除尽，圣处功夫无半分。
秋水寒沙鱼得计，南山浓雾豹成文。
古心自有着鞭地，尺璧分阴未当勤。

○己未。

次韵元日

会朝四海登图籍，绛阙青都想盛容。
春色已知回寸草，霜威从此霁寒松。
饮如嚼蜡初忘味，事与浮云去绝踪。
四十九年蘧伯玉，圣人门户见重重。

○绍圣元年甲戌，五十岁。○前一岁十二月，山谷谪授涪州别驾、黔州安置，故此诗有“霜威”“嚼蜡”等语。

次韵答柳通叟求田问舍之诗

少日心期转缪悠，蛾眉见妬且障羞。
但令有妇如康子，安用生儿似仲谋。
横笛牛羊归晚径，卷簾瓜芋熟西畴。
功名可致犹回首，何况功名不可求。

过平舆怀李子先时在并州[①]

前日幽人佐吏曹，我行堤草认青袍。
心随汝水春波动，兴与并门夜月高。
世上岂无千里马，人中难得九方皋。
酒船鱼网归来是，花落故溪深一篙。

①平舆县隶蔡州。〇辛亥解叶县尉时作。

谢送宣城笔

宣城变样蹲鸡距[①]，诸葛名家捋鼠须[②]。
一束喜从公处得，千金求买市中无。
漫持墨客摹科斗，胜与朱门饱蠹鱼。
愧我初非草玄手，不将闲写吏文书。

①蹲：一作尊。②捋：一作将。〇李公择在宣城，令诸葛生作鸡距法，题云“草玄笔”，以寄孙莘老。

寄怀公寿

好赋梁王在日边，重簾复幕锁神仙。
莫因酒病疏桃李，且把春愁付管弦。
愚智相悬三十里，荣枯同有百馀年。

及身强健且行乐，一笑端须直万钱。

○熙宁五年壬子，廿八岁。

读曹公传　并序

曹公自以勋高宰衡，文对西伯，蝉蜕揖让之中，而用汉室于家巷。更党锢之灾，义士忠臣，耘除略尽。献宁之间，北面朝者，拱而观变，汉、魏何择焉？彼见宗庙社稷之无与也，执太阿而用其颖，以司一世之命，左右无不得意；引后宫于𫓧钺，如刈蒲茅。夫匹妇婢使，得罪家人，犹为谢过；而亲北面受命之君，自以为未知死所。呜呼！厉怜王，其谁曰过言！虽然，终已恭让，腹毒而色取仁，任丕以易汉姓者，何也？汉之末造，虽得罪于社稷骨鲠之臣，而犹不得罪于民，故犹相与爱其名耳。余闻曰：道揆以上，惠不足而明有馀，不在社稷而数有功粢盛，殆其不继哉！感之，作曹公诗一章。

南征北伐报功频，刘氏亲为魏国宾。
毕竟以丕成霸业，岂能于汉作纯臣。
两都秋色皆乔木，二祖恩波在细民。
驾驭英雄虽有术，力扶宗社可无人。

梾宗奉议有佳句咏冷庭叟野居 庭坚于庭叟有十八年之旧故次韵赠之 庭叟有佳侍儿因早朝而逸去其后乃插椒藩甚严密

城西冷叟半忙闲，人道王阳得早还。
四望楼台皆我有，一原花竹住中间。
初无狗盗窥篱落，底事蛾眉失锁关。
每为朝天三十里，时时惊枕梦催班。

李濠州挽词二首

循吏功名两汉中，平生风义最雍容。
鱼游濠上方云乐，鹏在承尘忽告凶。
挂剑自知吾已许，脱骖不为涕无从。
百年穷达都归尽，淮水空围墓上松。

礼数最优徐孺子，风流不减谢宣城。
那知此别成千古，未信斯言隔九京。
落日松楸阴隧道，西风箫鼓送铭旌。
善人报施今如此，陇水长寒鸣咽声。

卫　南

今年畚锸弃春耕，折苇枯荷绕坏城。
白鸟自多人自少，污泥终浊水终清。
沙场旗鼓千人集，渔户风烟一笛横。
唯有鸣鸥古祠柏，对人犹是向时情。

○“白鸟”句用杜诗“江湖多白鸟，人少豺虎多”二句之意。

奉送刘君昆仲

游子归心日夜流，南陔香草可晨羞。
平原晓雨半槐夏，汾上午风初麦秋。
鸿雁要须翔集早，鹡鸰无憾急难求。
欲因行李传家信，姑射山前是晋州。

劝交代张和父酒

风流五日张京兆，今日诸孙困小官。

作尹大都如广汉，画眉仍复近长安。
三人成虎事多有，众口铄金君自宽。
酒兴情亲俱不浅，贱生何取罄交欢。

〇辛亥，廿七岁。

次韵寅庵四首①

四诗说尽庵前事，寄远如开水墨图。
略有生涯如谷口，非无卜肆在成都。
傍篱榛栗供宾客，满眼云山奉宴居。
闲与老农歌帝力，年丰村落罢追胥。

①寅庵，山谷之兄，名大临，字元明。

兄作新庵接旧居，一原风物萃庭隅。
陆机招隐方传洛，张翰思归正在吴。
五斗折腰惭仆妾，几年合眼梦乡闾。
白云行处应垂泪，黄犬归时早寄书。

大若塘边独网鱼，小桃源口带经锄。
诗催孺子成鸡栅，茶约邻翁掘芋区。
苦楝狂风寒彻骨，黄梅细雨润如酥。
此时睡到日三丈，自起开关招酒徒。

未怪穷山寂寞居，此情常与世情疏。
谁家生计无闲地，大半归来已白须。
不用看云眠永日，会思临水寄双鱼。
公私逋负田园薄，未至妨人作乐无。

附大临诗四首　并序

双井敝庐之东，得胜地一区，长林巨麓，危峰四环，泉甘土肥，可以结茅庵居。是在寅山之颏，命曰“寅庵”。喜成四诗，远寄鲁直，可同魏都士人共和之。

一溪婉婉如平篆，四野青青似画图。
阮客放船迷洞府，化人携袂到清都。
山中安用名丞相，天下于今得广居。
我即其间构宫室，预愁帝梦有华胥。

山前有路到华胥，下即乾坤极海隅。
西接洞庭开晓楚，东倾彭蠡浸晴吴。
四时更代观形化，万物推移见尾闾。
此世人人少闲暇，每携樽酒自看书。

手把齐民种莳书，莎衫台笠事耘锄。
夏栽醉竹馀千个，春粪辰瓜满百区。
早秫旋舂尝䴷糵，新粱炊熟自樵苏。
日西杖屦行山口，招得邻丁作饮徒。

招得邻丁作饮徒，山家肴蔌盖胥疏。
就根煨笋连黄箨，和蒂栽瓜带绿须。
羹熟泽中亲射雁，脍成溪上自罾鱼。
远怀羊仲荒三径，能似林间今日无。

次韵张秘校喜雪三首

落月烟沙静渺然，好风吹雪下平田。

琼瑶万里酒增价，桂玉一炊人少钱。
学子已占秋食麦，广文何憾客无毡。
睡馀强起还诗债，腊里春初未隔年。

巷深朋友稀来往，日晏儿童不扫除。
雪里正当梅腊尽，民饥可待麦秋无。
寒生短棹谁乘兴，光入疏棂我读书。
官冷无人供美酒，何时却得步兵厨。

满城楼劝（观）玉阑干，小雪晴时不共寒。
润到竹根肥腊笋，暖开蔬甲助春盘。
眼前多事观游少，胸次无忧酒量宽。
闻说压沙梨已动，会须鞭马蹋泥看。

和师厚郊居示里中诸君

篱边黄菊关心事，窗外青山不世情。
江橘千头供岁计，秋蛙一部洗朝酲。
归鸿往燕竞时节，宿草新坟多友生。
身后功名空自重，眼前樽酒未宜轻。

和师厚秋半时复官分司西都[①]

遥知得谢分西洛，无复肯弹冠上尘。
园地除瓜犹入市，水田收秫未全贫。
杜陵白发垂垂老，张翰黄花句句新。
还与老农争坐席，青林同社赛田神。

①熙宁十年，诏复都官郎中谢景初权藩郡通判。

次韵外舅谢师厚喜王正仲三文奉诏祷南岳回至襄阳舍驿马就舟见过三首[1]

汉上思见庞德公，别来悲叹事无穷。
声名籍甚漫前日，须鬓索然成老翁。
家酿已随刻漏下，园花更开三四红。
相逢不饮未为得，听取百鸟啼恖恖[2]。

①王存，字正仲，熙宁九年十一月，诏安南行营将士疾病者众，遣王存祷南岳。②谢师厚废居于邓，王左丞存，其妹婿此（也），奉使过之，夜至其家，谢有诗云："倒着衣裳迎户外，尽呼儿女拜灯前。"

能来问疾好音传，蹇步昏花当日痊。
烹鲤得书增目力，呼儿扶立候门前。
游谈取重惭犀首，居物多羸昧计然。
惟有交亲等金石，白头忘义复忘年。

语言少味无阿堵，冷雪相看有此君[1]。
灯火诗书如梦寐，麒麟图画属浮云。
平章息女能为妇，欢喜儿曹解缀文。
忧乐同科惟石友，别离空复数朝曛。

①冷：一作冰。

以十扇送徐天隐

人贫鹅雁聒邻墙，公贫琢诗声绕梁。
坐客有毡吾不爱，暑榻无扇公自凉。
党锢诸君尊孺子，建安七人先伟长。
遣奴送箑非为好，恐有佳言或升堂。

○元符三年庚辰，五十六岁。

闻致政胡朝请多藏书以诗借书目

万事不理问伯始，籍甚声名南郡胡。
远孙白头坐郎省，乞身归来犹好书。
手抄万卷未阁笔，心醉六经还荷锄。
愿公借我藏书目，时送一鸱开锁鱼。

汴岸置酒赠黄十七[①]

吾宗端居聚百忧，长歌劝之肯出游。
黄流不解涴明月，碧树为我生凉秋。
初平群羊置莫问，叔度千顷醉即休。
谁倚舵楼吹玉笛，斗杓寒挂屋山头。

①黄名几复。

题落星寺三首

星宫游空何时落，着地亦化为宝坊。
诗人昼吟山入座，醉客夜愕江撼床。
蜜房各自开牖户，蚁穴或梦封侯王。
不知青云梯几级，更借瘦藤寻上方。

岩岩正俗先生庐，其下宫亭水所都。
北辰九关隔云雨，南极一星在江湖。
相粘蚝山作居室，窍凿混沌无完肤。
万鼓舂撞夜涛涌，骊龙暮睡失明珠。

落星开士深结屋，龙阁老翁来赋诗。

小雨藏山客坐久，长江接天帆到迟。
宴寝清香与世隔，画图妙绝无人知[①]。
蜂房各自开户牖，处处煮茶藤一枝。

①妙绝：一作绝笔。元注云：僧隆画甚富，而寒山、拾得画最妙。○此诗旧题云《题落星寺岚漪轩》，三诗非一时所作，故语有重复。

叔父钓亭

槛外溪风拂面凉，四围春草自鉏荒。
陆沉霜发为钩直，柳贯锦鳞缘饵香。
影落华亭千尺月，梦通岐下六州王。
麒麟卧笑功名骨，不道山林日月长。

○丙午，廿二岁。

次韵胡彦明同年羁旅京师寄李子飞三章一章道其困穷二章劝之归三章言我亦欲归耳胡李相甥也故有槟榔之句

看除日月坐中铨，一岁应无官九迁。
葱韭盈盘市门食，诗书满枕客床毡。
留连节物孤朋酒，恼乱邻翁谒子钱。
谁料丹徒布衣侣，困穷且忍试新年。

○首句，按唐制三铨选士，曰尚书铨，曰侍郎中铨，曰侍郎东铨。宋有侍郎左右选。胡彦明隶左选，故曰中铨。

丁未同升乡里贤[①]，别离寒暑未推迁。
萧条羁旅深穷巷，早晚声名上细毡。
碧嶂清江元有宅，白鱼黄雀不论钱。
槟榔一斛何须得，李氏弟兄佳少年。

①胡与山谷以治平四年丁未同登第。

畏人重禄难堪忍，阅世浮云易变迁。
徐步当车饥当肉，鉏头为枕草为毡。
元无马上封侯骨，安用人间使鬼钱。
不是朱门争底事，清溪白石可忘年。

元丰癸亥经行石潭寺见旧和栖蟾诗甚可笑
因削柎灭稿别和一章

千里追犇两蜗角，百年得意大槐宫。
空馀祇夜数行墨，不见伽黎一臂风。
俗眼只如当日白，我颜非复向来红。
浮生不作游丝上，即在尘沙逐转蓬。

出迎使客质明放船自瓦窑归

鼓吹喧江雨不开，丹枫落叶放船回。
风行水上如云过，地近岭南无雁来。
楼阁人家卷簾幕，菰蒲鸥鸟乐湾洄。
惜无陶谢挥斤手，诗句纵横付酒杯。

次韵奉寄子由

半世交亲随逝水，几人图画入凌烟。
春风春雨花经眼，江北江南水拍天。
欲解铜章行问道，定知石友许忘年。
脊令各有思归恨，日月相催雪满颠。

○山谷之兄元明《寄子由》诗云："钟鼎勋名淹管库，朝廷翰墨写风烟。"管库，谓子由监筠州盐酒税也。子由思东坡，山谷思元明，故曰"脊令各有恨”也。

再次韵奉答子由

虿尾银钩写珠玉，剡藤蜀茧照松烟。
似逢海若谈秋水，始觉醯鸡守瓮天。
何日清扬能觌面，只今黄落又凋年。
万钱买酒从公醉，一钵行歌听我颠。

再次韵寄子由

想见苏耽携手仙，青山桑柘冒寒烟。
麒麟堕地思千里，虎豹憎人上九天。
风雨极知鸡自晓，雪霜宁与菌争年。
何时确论倾樽酒，医得儒生自圣颠[①]。

①元注云：出《素问》。

附大临奉寄子由元唱

钟鼎功名淹管库，朝廷翰墨写风烟。
遥知道院颇岑寂，定是壶中第几天。
历下笑谈漫一梦，江南消息又馀年。
动心忍性非无意，吏部如今信大颠。

次韵寄上七兄

学得屠龙长缩手，炼成五色化苍烟。
谁言游刃有馀地，自信无功可补天。
啼鸟笑歌追暇日，饱牛耕凿望丰年。
荷锄端欲相随去，邂逅青云恐疾颠。

吉老受秋租辄成长句[①]

黄花事了绿丛霜，蟋蟀催寒夜夜床。
爱日捃收如盗至，失时鞭扑奈民疮。
田夫田妇肩赪担，江北江南稼涤场。
少忍飞糠眯君眼，要令私廪上公仓。

①吉老，太和丞也。

再次和韵吉老

今日仆姑晴自语，愁阴前日雪铺床。
三冬一雨禾头湿，百斛几痕牛领疮。
民欲与翁归作腊，公方无事可开场。
相勤冻坐真成恶，愧我偷闲饱太仓。

寄黄从善

故人千里隔谈经，想见牛刀刃发硎。
渴雨芭蕉心不展[①]，未春杨柳眼先青。
凫飞叶县郎官宰，虹贯江南处士星。
天子文思求逆耳，吾宗一为试雷霆。

○辛亥，二十七岁。①渴雨，见《云汉诗笺》。

登快阁[①]

痴儿了却公家事，快阁东西倚晚晴。
落木千山天远大，澄江一道月分明。
朱弦已为佳人绝，青眼聊因美酒横。
万里归船弄长笛，此心吾与白鸥盟。

①快阁，在太和。

题息轩

僧开小槛笼沙界，郁郁参天翠竹丛。
万籁参差写明月，一家寥落共清风。
蒲团禅板无人付，茶鼎熏炉与客同。
万水千山寻祖意，归来笑杀旧时翁。

题安福李令朝华亭

丹楹刻桷上峥嵘，表里江山路眼平①。
晓日成霞张绵绮，青林多露缀珠缨。
人如旋磨观群蚁，田似围棋据一枰。
对案昏昏迷簿领，暂来登览见高明。

①路：一作略。

寄舒申之户曹①

吉州司户官虽小，曾屈诗人杜审言。
今日宣城读书客，还趋手板傍辕门。
江山依旧岁时改，桃李欲开烟雨昏。
公退但呼红袖饮，剩传歌曲教新翻。

①舒申之，名卷。

和七兄山蓣汤

厨人清晓献琼糜，正是相如酒渴时。
能解饥寒胜汤饼，略无风味笑蹲鸱。
打窗急雨知然鼎，乱眼晴云看上匙。
已觉尘生双井椀，浊醪从此不须持。

弈棋二首呈任公渐

偶无公事负朝暄，三百枯棋共一樽。
坐隐不知岩穴乐，手谈胜与俗人言。
簿书堆积尘生案，车马淹留客在门。
战胜将骄疑必败，果然终取敌兵翻。

偶无公事客休时，席上谈兵校两棋[①]。
心似蛛丝游碧落，身如蜩甲化枯枝。
湘东一目诚甘死[②]，天下中分尚可持。
谁谓吾徒犹爱日，参横月落不曾知。

①校：一作角。②甘：一作堪。

次韵吉老寄君庸

何郎生事四立壁，心地高明百不忧。
白眼醉来思阮籍，碧云吟罢对汤休。
诸公着力书交上，尺璧深藏价未酬。
空使君如巢幕燕，将雏处处度春秋。

寄袁守廖献卿

公移猥甚丛生笋，讼牒纷如蜜分窠。
少得曲肱成梦蝶，不堪衙吏报鸣鼍。
已荒里社田园了，可奈春风桃李何。
想见宜春贤太守，无书来问病维摩。

廖袁州次韵见答并寄黄靖国再生传次韵寄之

春去怀贤感物多，飞花高下罥丝窠。

传闻治境无戾虎，更道丰年鸣白鼍。
史笔纵横窥宝铉[①]，诗才清壮近阴何。
寄声千万相劳苦，如倚胡床得按摩。

①干宝作《搜神记》，徐铉作《稽神录》，廖君当有小说。

袁州刘司法亦和予摩字诗因次韵寄之

袁州司法多兼局，日暮归来印几窠。
诗罢春风荣草木，书成快剑斩蛟鼍。
遥知吏隐清如此，应问卿曹果是何。
颇忆病馀居士否，在家无意食萝摩。

次韵奉答吉老并寄何君庸

倾怀相见开城府，取意闲谈没臼窠。
但取吏曹无狡兔，任呼舞女伐灵鼍。
屡中瓮面酒几圣，苦忆樽前人姓何。
愿得两公俱助我，不唯朱墨要渐摩。

次韵奉答廖袁州怀旧隐之诗

诗题怨鹤与惊猿，一幅溪藤照麝烟。
闻道省郎方结绶，可容名士乞归田。
严安召见天嗟晚，贾谊归来席更前。
何况班家有超固，应封定远勒燕然。

观王主簿家酴醾

肌肤冰雪熏沉水，百草千花莫比芳。
露湿何郎试汤饼，日烘荀令炷炉香。
风流彻骨成春酒，梦寐宜人入枕囊。

输与能诗王主簿，瑶台影里据胡床。

○《冷斋夜话》云：诗人咏花多比美女，山谷咏酴醾独比美丈夫。

次韵元翁从王夔玉借书

为吏三年弄文墨，草莱心径失耕锄。
常思天下无双祖，得读人间未见书。
公子藏山真富有，小儒扪腹正空虚。
何时管钥入吾手，为理签题扑蠹鱼。

去岁和元翁重到双涧寺观余兄弟题诗之篇总忘收录病中记忆成此诗

素琴声在时能听，白鸟盟寒久未寻。
眼见野僧垂雪发，养亲原不顾朱金。
开泉浸稻双涧水，煨笋充盘春竹林。
安得一廛吾欲老，君听庄舄病时吟。

登赣上寄余洪范

二川来集南康郡①，气味相似相和流。
木落山明数归雁，郁孤栏楯绕深秋。
胸中淳于吞一石，麈下庖丁解十牛。
他日欲言人不解，西风散发棹扁舟②。

①章水、贡水。②史注云："麈下"疑是"笔下"。

同韵和元明兄知命弟九日相忆二首

革囊南渡传诗句，摹写相思意象真。
九日黄花倾寿酒，几回青眼望归尘。
早为学问文章误，晚作东西南北人。

安得田园可温饱，长抛簪绂裹头巾。

万水千山厌问津，芭蕉林里自观身。
邻田鸡黍留熊也，风雨关河走阿秦。
鸿雁池边照双影，鹡鸰原上忆三人。
年年献寿须欢喜，白发黄花映角巾。

○阿熊、阿秦，当是山谷兄弟小字。山谷兄弟五人，长大临，字元明；次庭坚，字鲁直；次叔献；次叔达，字知命；次仲熊，字非熊，即此诗所谓熊也。则阿秦可类推已。

题槐安阁　并序

东禅僧进文，结小阁于寝室东，养生之具，取诸左右而足。彼虽闻中天之台、百常之观，盖无慕嫪之心。予为题曰“槐安阁”而赋诗。夫据功名之会，以嫮姱一世，其与蚁丘亦有辨乎？虽然，陋蚁丘而仰泰山之崇崛，犹未离乎俗观也。

曲阁深房古屋头，病僧枯几过春秋。
垣衣蛛网蒙窗牖，万象纵横不系留。
白蚁战酣千里血，黄粱炊熟百年休。
功成事遂人间世，欲梦槐安向此游。

○东禅寺属虔州。山谷自太和考试南安，过虔州作。

子范徼巡诸乡捕逐群盗几尽辄作长句劳苦行李

白发尉曹能挽弓，着鞭跨马欲生风。
乃兄本是文章伯[①]，此老真成矍铄翁。
枹鼓诸村宵警报，牛羊几处暮牢空。
得公万户开门卧，看取三年治最功。

①子范之兄李观，字梦符，为清江尉，其文尝为欧阳公所称。

喜太守毕朝散致政

膏火煎熬无妄灾，就阴息迹信明哉。
功名富贵两蜗角，险阻艰难一酒杯。
百体观来身是幻，万夫争处首先回①。
胸中元有不病者，记得陶潜归去来。

①万夫争处，即功名富贵处也。

戏赠南安倅柳朝散

柳侯风味晚相见，衣袂颇熏荀令香。
桃李能言妙歌舞，樽前一曲断人肠。
洞庭归客有佳句，庾岭梅花如小棠。
乘兴高帆少相待，淮湖江月要传觞。

次韵君庸寓慈云寺待韶惠钱不至

主簿看梅落雪中，闺人应赋首飞蓬。
问安儿女音书少，破笑壶觞梦寐同。
马祖峰前青未了，郁孤台下水如空。
江山信美思归去，听我劳歌亦欲东①。

①马祖峰，在太和；郁孤台，在虔州。时君庸在虔，山谷在太和，皆有思归之意。

次韵奉答存道主簿

主簿朝衣如败荷，高怀千尺上松萝。
旅人争席方归去，秋水粘天不自多。
学到会时忘粲可，诗留别后见羊何。
向来四海习凿齿，今日期君不啻过。

题神移仁寿塔

十二观音无正面[1]，谁令塔户向东开。
定知四梵神通力，曾借六丁风雨推。
蝇说冰霜如梦寐，鷃闻钟鼓亦惊猜。
从今不信维摩诘，断取三千世界来。

①僧伽至临淮，尝卧贺跋氏家，现十二面观音形。见《高僧传》。

送高士敦赴成都钤辖

玉钤金印临参井，控蜀通秦四十州。
日下书来望鸿雁，江头花发醉貔貅。
巴滇有马驹空老，林菁无人叶自秋。
能为将军歌此曲，鸣机割锦与缠头。

次韵汉公招七兄

白发霏霏雪点斑，朱樱忽忽鸟衔残。
公庭休吏进汤饼，语燕无人窥井栏。
诗句多传知有暇，道人相见不应难。
老郎亲屈延处士，风味依稀如姓桓[1]。

①元注云：桓冲礼处士刘驎之、郑粲甚厚。

题李十八知常轩

身心如一是知常，事不惊人味久长。
盖世功名棋一局，藏山文字纸千张。
无心海燕窥金屋，有意江鸥傍草堂。
惊破南柯少时梦，新晴鼓角报斜阳。

次韵奉答吉邻机宜

黠虏乘秋屡合围，上书公独请偏师。
庭中子弟芝兰秀，塞上威名草木知。
千里折冲深寄此，三衙虚席看除谁。
与公相见清班在，仁祖从来筑旧基。

送曹黔南口号

摩围山色醉今朝，试问归程指斗杓。
荔子阴成棠棣爱，竹枝歌是去思谣。
《阳关》一曲悲红袖，巫峡千波怨画桡。
归去天心承雨露，双鱼来报旧宾僚。

〇元符元年戊寅，年五十四岁。山谷以绍圣二年四月至黔州，黔守曹谱字伯达，待之甚厚。

清　明

佳节清明桃李笑，野田荒陇只生愁。
雷惊天地龙蛇蛰，雨足郊原草木柔。
人乞祭馀骄妻妾，士甘焚死不公侯。
贤愚千载知谁是，满眼蓬蒿共一丘。

〇戊申，廿四岁。

二月丁卯喜雨吴体为北门留守文潞公作

乘舆斋祭甘泉宫，遣使骏奔河岳中。
谁与至尊分旰食，北门卧镇司徒公。
微风不动天如醉，润物无声春有功。
三十馀年霖雨手，淹留河外作时丰。

〇熙宁九年丙辰，三十二岁。〇《外集》止此。

渔父二首

秋风淅淅苍葭老，波浪悠悠白鬓翁。
范子几年思狡兔，吕公何处兆非熊。
天寒两岸识鱼火，日落几家收钓筒。
不困田租与王役，一船妻子乐无穷。

〇熙宁元年戊申，叶县作。〇此下李彤补本。

草草生涯事不多，短船身外岂知他。
蒹葭浩荡双蓬鬓，风雨飘零一钓蓑。
春鲔出潜留客鲙，秋蕖遮岸和儿歌。
莫言野父无分别，解笑沉江捐汨罗。

古渔父

穷秋漫漫蒹葭雨，短褐休休白发翁。
范子归来思狡兔，吕公何意兆非熊。
渔收亥日妻到市，醉卧水痕船信风。
四海租庸人草草，太平长在碧波中。

〇与《渔父》前一首互有异同。

题杨道人默轩

炙手权门烈火炎，冷溪寒谷反幽潜。
轻尘不动琴横膝，万籁无声月入簾。
秋后丝钱谁数得，春馀苍竹自知添。
客星异日乘槎去，会访成都人姓严。

〇崇宁二年，戎州作。

用几复韵题伯氏思堂

夫子勤于蘧伯玉，洗心观道得灵龟。
开门择友尽三益，清坐不言行四时。
风与蛛丝游碧落，日将槐影下隆墀。
天空地迥何处觅，岁计有馀心自知。

○治平二年，二十二岁。

赠别几复

风惊鹿散豫章城，邂逅相逢食楚苹。
佳友在门忘燕寝，故人发药见平生。
只今满坐且樽酒，后此夜堂还月明。
契阔愁思已知处，西山影落暮江清。

赵令许载酒见过

玉马何时破紫苔，南溪水满绿徘徊。
买鱼斫鲙须论网[1]，扑杏供盘不数枚。
广汉威名知讼少，平原樽俎费诗催。
草玄寂寂下簾幙，稍得闲时公合来。

○熙宁元年，二十四岁。①谓数网而论价，言其贱也。

和答赵令同前韵

人生政自无闲暇，忙里偷闲得几回。
紫燕黄鹂驱日月，朱樱红杏落条枚。
诗成稍觉嘉宾集，饮少先愁急板催。
亲遣小童锄草径，鸣驺早晚出城来。

赵令答诗约携山妓见访

晴波鸂鶒漾潭隈，能使游人判不回。
风入园林寒漠漠，日移宫殿影枚枚。
未尝绿蚁何妨拨，宿戒红妆莫待催。
缺月西南光景少，仍须挽取烛笼来[①]。

①挽：一作担。

次韵赏梅

安知宋玉在邻墙，笑立春晴照粉光。
淡薄似能知我意，幽闲元不为人芳。
微风拂掠生春思，小雨廉纤洗暗妆。
只恐浓而委泥土[①]，谁令解合反魂香。

①而：一作葩。

次韵答李端叔

喜接高谈若饮冰，风骚清兴坐来增。
重寻伐木君何厚，欲赋骊驹我未能。
山影北来浮汇泽，松行东望际钟陵。
相期烂醉西楼月，缓带凭栏濯郁烝。

○元丰五年，三十六岁，太和作。

戏题葆真阁

真常自在如来性，肯綮修持只益劳。
十二因缘无妙果，三千世界起秋豪。
有心便醉声闻酒，空手须磨般若刀。
截断众流寻一句，不离兔角与龟毛。

〇熙宁元年，叶县作。

戏赠惠南禅师[1]

佛子禅心若苇林，此门无古亦无今。
庭前柏树祖师意，竿上风旛仁者心。
草木同霑甘露味，人天倾听海潮音。
胡床默坐不须说，拨尽炉灰劫数深。

①惠南，即江西老禅号。积翠庵清隐，亦在分宁。

寄别说道

数行嘉树红张锦，一派春波绿泼油。
回望江城见归鸟，乱鸣双橹散轻鸥。
柳条折赠经年别，芦笛吹成落日愁。
双鲤寄书难尽信，有情江水尚回流。

〇熙宁三年，叶县作。

李大夫招饮

欲遣吟人对好山，暮天和雨醉凭栏。
座中云气侵人湿，砌下泉声逼酒寒。
红烛围棋生死急，清风挥麈笑谈闲。
更筹报尽不成起，车从厌厌夜已阑。

〇元祐三年，秘书省作。

南康席上赠刘李二君

伯伦酒德无人敌，太白诗名有古风。
浪许薄才酬大雅，长愁小户对洪钟。
月明如昼九江水，天静无云五老峰。

此赏不疏真共喜，登临归兴尚谁同。

○元丰三年。

光山道中

客子空知行路难，中田耕者自高闲。
柳条莺啭清阴里，楸树蝉嘶翠带间。
梦幻百年随逝水，劳歌一曲对青山。
出门捧檄羞闲友，归寿吾亲得解颜。

○治平四年，赴叶县作。

过方城寻七叔祖旧题

壮气南山若可排，今为野马与尘埃。
清谈落笔一万字，白眼举觞三百杯。
周鼎不酬康瓠价，豫章元是栋梁材。
眷然挥涕方城路，冠盖当年向此来。

○元丰元年北京作。叔祖讳注，字梦升，终南阳主簿。方城属唐州。

新息渡淮

京尘无处可轩眉，照面淮滨喜自知。
风里麦苗连地起，雨中杨树带烟垂。
故林归计嗟迟暮，久客平生厌别离。
落日江南采蘋去，长歌柳恽洞庭诗。

初望淮山

风裘雪帽别家林，紫燕黄鹂已夏深。
三釜古人干禄意，一年慈母望归心。
劳生逆旅何休息，病眼看山力不禁。

想见夕阳三径里，乱蝉嘶罢柳阴阴[①]。

①三径、乱蝉，指双井家林也。

宿广惠寺

鸦啼残照下层城，僧舍初寒夜气清。
风乱竹枝垂地影，霜干桐叶落阶声。
不遑将母伤今日，无以为家笑此生。
都下苦无书信到，数行归雁月边横。

○元丰七年赴德平作。

初至叶县

白鹤去寻王子晋，真龙得慕沈诸梁。
千年往事如飞鸟，一日倾愁对夕阳。
遗老能名唐郡邑，断碑犹是晋文章。
浮云不作苞桑计，只有荒山意绪长。

○熙宁元年。

和答王世弼

文章年少气如虹，肯爱闲曹一秃翁。
弦上深知流水意，鼻端不怯运斤风。
燕堂淡薄无歌舞，鲑菜清贫只韭葱。
惭愧伯鸾留步履，好贤应与孟光同。

陈氏园咏竹

不问主人来看竹，小溪风物似家林。
春供馈妇几番笋，夏与行人百亩阴。
直气虽冲云汉上，高材终恐斧斤寻。

截竿可举北溟钓，欲赠溪翁谁姓任。
○叶县作。

哀　逝

玉堂岑寂网蜘蛛，那复晨妆觐阿姑。
绿发朱颜成异物，青天白日闭黄垆。
人间近别难期信，地下相逢果有无。
万化途中能邂逅，可怜风烛不须臾。
○熙宁三年，叶县作。

迎醇甫夫妇①

陈甥归约柳青初，麦陇纤纤忽可锄。
望子从来非一日，因人略不寄双鱼。
园中鸟语劝沽酒，窗下日长宜读书。
策马得行休更秣，已令僮稚割生刍。
①公之妹适陈塑，醇甫其字也。

河舟晚饮呈陈说道

西风脱叶静林柯，浅水扁舟阁半河。
落日游鱼穿镜面，中秋明月涨金波。
由来白发生无种，岂似青山保不磨。
胜事只愁樽酒尽，莫言争奈醉人何。

次韵任君官舍秋雨

墙根戢戢数蜗牛，雨长垣衣亭更幽。
惊起归鸿不成字，辞柯落叶最知秋。
菊花莫恨开时晚，谷穟犹思晴后收。

独立搔头人不解，南山用取一樽酬。

题樊侯庙二首

汉兴丰沛开天下，故旧因依日月明。
拔剑一卮戏下酒，剖符千户舞阳城。
鼓刀屠狗少时事，排闼谏君身后名。
异日淮阴倘相见，安能鞅鞅似平生。

门掩虚堂阴窈窈，风摇枯竹冷萧萧。
丘墟馀意谁相问，丰沛英魂我欲招。
野老无知惟卜岁，神巫何事苦吹箫。
人归里社黄云暮，只有哀蝉伴寂寥。

和答任仲微赠别

任君洒墨即成诗，万物生愁困品题。
清似钓船闻夜雨，壮如军垒动秋鼙。
寒花篱脚飘金钿，新月天涯挂玉篦。
更欲少留观落笔，须判一饮醉如泥。

〇元丰五年，太和作。

和仲谋夜中有感

纸窗惊吹玉蹀躞，竹砌碎撼金琅珰。
兰缸有泪风飘地，遥夜无人月上廊。
愁思起如独绪茧，归梦不到合欢床。
少年多事意易乱，诗律坎坎同寒螿。

〇叶县作，亦哀逝以后之诗。

书睢阳事后

莫道睢阳覆我师，再兴唐祚匪公谁。
流离颠沛义不辱，去就死生心自知。
政使贺兰非长者，岂妨南八是男儿。
乾坤震荡风尘晦，愁绝宗臣陷贼诗[①]。

①诗：一作时。

漫书呈仲谋

漫来从宦着青衫，秣马何尝解辔衔。
眼看人情如格五，心知外物等朝三。
经时道上冲风雨，几日樽前得笑谈。
赖有同僚慰羁旅，不然吾已过江南[①]。

○叶县作。①“过”字，疑当作“返”。

登南禅寺怀裴仲谋

茅亭风入葛衣轻，坐见山河表里清。
归燕略无三月事，残蝉犹占一枝鸣。
天高秋树叶公邑，日暮碧云樊相城。
别后寄诗能慰我，似逃空谷听人声。

次韵答任仲微

邂逅相逢讲世盟，诸任尊行各才名。
交情吾子如棠棣，酒碗今秋对菊英。
高论生风摇麈尾，新诗掷地作金声。
文章学问嗟予晚，深信前贤畏后生。

○元丰五年，太和作。

夏日梦伯兄寄江南

故园相见略雍容，睡起南窗日射红。
诗酒一年谈笑隔，江山千里梦魂通。
河天月晕鱼分子，槲叶风微鹿养茸。
几度白砂青影里，审听嘶马自搘筇。

○叶县作。

同孙不愚过昆阳①

田园恰恰值春忙，驱马悠悠昆水阳。
古庙藤萝穿户牖，断碑风雨碎文章。
真人寂寞神为社，坚垒委蛇女采桑。
拂帽村帘夸酒好，为君聊解一瓢尝。

①元注：昆阳正属叶县，即光武破王寻之地。

寄顿二主簿时在县界首部夫凿石塘河

杨柳青青春向分，遥知河曲万夫屯。
侵星部曲随金鼓，带月旌旗宿渚濆。
畚锸如云声汹汹，风埃成雾气昏昏。
已令访问津头路，行约青帘共一樽。

次韵答蒲元礼病起

暖律温风何处饶，莫言先上绿杨条。
梢头红糁杏花发，瓮面浮蛆酒齐销。
吏事困人如缚虎，君诗入手似闻《韶》。
直须扶病营春事，老味难将少壮调。

春祀分得叶公庙双凫观

春将祠事出门扉，宫殿参差缭翠微。
清晓风烟迷部曲，小蹊桃杏挂冠衣。
叶公在昔真龙去，王令何时白鹤归。
糟魄相传漫青史，独怀千古对容徽。

送陈氏女弟至石塘河

富贵常多覆族忧，贱贫骨肉不相收。
独乘舟去值花雨，寄得书来应麦秋。
行李淮山三四驿，风波春水一双鸥。
人言离别愁难遣，今日真成始欲愁。

戏赠顿二主簿[①]

桐植客亭欣款曲[②]，歌倾家酿勿徘徊[③]。
百年中半夜分去，一岁无多春暂来。
落日园林须秉烛，能言桃李听传杯。
红疏绿暗明朝是，公事相过得几回。

①不置酒。②一作“四海声名习主簿”。③一作“相逢未见酒樽开”。

孙不愚引开元故事请为移春槛因而赠答

南陌东城处处春，不须移槛损天真。
鬓毛欲白休辞饮，风雨无端只误人。
鸟语提壶元自好，酒狂惊俗未应瞋。
稍寻绿树为诗社，更藉残红作醉茵。

答和孔常父见寄

孔氏文章冠古今，君家兄弟况南金。
为官落魄人谁问，从骑雍容独见寻。
旅馆别时无宿酒，邮筒开处得新吟。
黄山依旧寒相对，岂有愁思附七林。

次韵伯氏谢安石塘莲花酒

花蕊芙蕖拍酒醇，浮蛆相乱菊英新。
寒光欲涨红螺面，烂醉从歌白鹭巾。
行乐衔杯常有意，过门问字久无人。
王孙欲遣双壶到，如入醉乡三月春。

题双凫观

飘萧阅世等虚舟，叹息眼前无此流。
满地悲风盘翠竹，半从寒日破红榴。
青山空在衣冠古，白鹤不归空殿秋。
王令平生樽酒地，千年万岁想来游。

从陈季张求竹竿引水入厨

井边分水过寒厅，轩竹南溪仗友生。
来酿百壶春酒味，怒流三峡夜泉声。
能令官舍庖厨洁，未减君家风月清。
挥斧直须轻放手，却愁食实凤凰惊。

呈王明复陈季张

倦客西来厌马鞍，为予休訾小长安。

陈遵投辖情何厚，王粲登楼兴未阑。
雪压群山晴后白，月临千里夜深寒。
少留待我同归去，洛下林中斫钓竿。

陈季张有蜀芙蓉长饮客至开辄剪去作诗戏之

剪花莫学韩中令，投辖惟闻陈孟公。
客兴不孤春竹叶，年华全属拒霜丛。
玄子蹙迫三秋尽，青女摧残一夜空。
着意留连好风景，非君谁作主人翁。

再赠陈季张拒霜花二首

鼓盆庄叟赋情浓，天遣霜华慰此公。
想见尚能迷蝶梦，移栽闻说自蚕丛。
酒倾玉盏垂莲尽，鲙簇金盘下箸空。
秉烛栏边连夜饮，全藤折与卖花翁。

倒着接䍦吾素风，当时酩酊似山公。
且看小槛新花蕊，休泥他家晚菊丛。
雇笑千金延客醉，解酲五斗为君空。
欢娱尽属少年事，白发欺人作老翁。

送杜子卿归西淮

雪意涔涔满面风，杜郎马上若征鸿。
樽前谈笑我方惜，天外淮山谁与同。
行望村帘沽白蚁，醉吟诗句入丹枫。
一时真赏无人共，尚忆江南把钓翁。

雪中连日行役戏书同僚

简书催出似驱鸡，闻道饥寒满屋啼。
炙背宵眠榾柮火，嚼冰晨饭萨波齑。
风如利剑穿狐腋，雪似流沙饮马啼。
官小责轻聊自慰，犹胜擐甲去征西。

呈李卿

歌舞如云四散飞，东园篮舆醉归时[1]。
细看春色低红烛，仰折花枝坠接䍦。
仙李回风转长袖，野桃侵雨浸燕脂。
夜长昼短知行乐，不负君家乐府诗。

①舆：去声。

六月闵雨

汤帝咨嗟惩六事，汉庭灾异劾三公。
圣朝罪己恩宽大，时雨愆期旱蕴隆。
东海得无冤死妇，南阳疑有卧云龙。
传闻已减太官膳，肉食诸君合奏功。

○熙宁七年，北京作。

既作闵雨诗是夕遂澍雨夜中喜不能寐起作喜雨诗

南风吹雨下田塍，田父伸眉愿力耕。
辫麦明年应解好，簾栊今夜不胜清。
直须洗尽焦枯意，不厌屡闻飘洒声。
黄卷腐儒何所用，惟将歌咏报升平。

予既不得叶遂过洛滨醉游累日

瘿民见我亦悠悠，瘿木累累满道周。
飞舄已随王令化，真龙宁为叶公留。
未能洗耳箕山去，且复吹笙洛浦游。
舍故趋新归有分，令人何处欲藏舟。

曹村道中

嘶马萧萧苍草黄，金天云物弄微凉。
瓜田馀蔓有荒陇，梨子压枝铺短墙。
明月风烟如梦寐，平生亲旧隔湖湘。
行行秋兴已孤绝，不忍更临山夕阳。

○元丰二年，北京作。○“苍”字、“有”字疑误。

秋怀二首

秋阴细细压茅堂，吟虫啾啾昨夜凉。
雨开芭蕉新间旧，风撼筼筜宫应商。
砧声已急不可缓，檐景既短难为长。
狐裘断缝弃墙角，岂念晏岁多繁霜。

○熙宁八年，北京作。

茅堂索索秋风发，行绕空庭紫苔滑。
蛙号池上晚来雨，鹊转南枝夜深月。
翻手覆手不可期，一死一生交道绝。
湖水无端浸白云，故人书断孤鸿没。

次韵伯氏寄赠盖郎中喜学老杜诗

老杜文章擅一家，国风纯正不欹斜。
帝阍悠邈开关键，虎穴深沉祥爪牙。
千古是非存史笔，百年忠义寄江花。
潜知有意升堂室，独抱遗编校舛差。

〇元丰二年，北京作。

盖郎中惠诗有二强攻一老不战而胜之嘲次韵解之

诗翁琢句玉无瑕，淡墨稀行秋雁斜。
读罢清风生麈尾，吟馀新月度檐牙。
自知拙学无师匠，要且强言遮眼花[①]。
笔力有馀先示怯，真成勾践胜夫差。

①强：一作狂。

雨晴过石塘留宿赠大中供奉

长虹垂地若篆字，晴岫插天如画屏。
耕夫荷锄解袯襫，渔父晒网投笭箵。
子期闻笛正怀旧，车胤当窗方聚萤。
独卧萧斋已无月，夜深犹听读书声。

次韵奉和仲谟夜话唐史

贞观规模诚远大，开元宗社半存亡。
才闻冠盖游西蜀，又见干戈暗洛阳。
哲妇乘时倾嫡后，大阉当国定储皇。
伤心不忍前朝事，愿作元龟献未央。

答龙门潘秀才见寄

男儿四十未全老，便入林泉真自豪。
明月清风非俗物，轻裘肥马谢儿曹。
山中是处有黄菊，洛下谁家无白醪。
想得秋来常日醉，伊川清浅石楼高。

○熙宁四年，叶县作。

寄张仲谋次韵

风力萧萧吹短衣，茅檐霜日淡晖晖。
天寒塞北雁行落，岁晚大梁书信稀。
湖稻初舂云子白，家鸡正有藁头肥。
割鲜炊黍廋前约，公事可来君不违。

客自潭府来称明因寺僧作静照堂求予作

客从潭府渡河梁，藉甚传夸静照堂。
正苦穷年对尘土，坐令合眼梦湖湘。
市门晓日鱼虾白，邻舍秋风橘柚黄。
去马来舟争岁月，老僧元不下胡床。

饮韩三家醉后始知夜雨

醉卧人家久未曾，偶然樽俎对青灯。
兵厨欲罄浮蛆瓮，馈妇初供醒酒冰[①]。
只见眼前人似月，岂知簾外雨如绳。
浮云不负青春色，未觉新诗减杜陵。

①元注云：予尝醉后字水晶鲙为“醒酒冰”，酒徒以为知言。

张仲谟许送河鲤未至戏督以诗

浮蛆琰琰动春醅，张仲临津许鲙材。
盐豉欲催莼菜熟，霜鳞未贯柳条来。
日晴鱼网应曾晒，风软河冰必暂开。
莫误小窗占食指，仍须持取报章回。

和答张仲谟泛舟之诗

云容天影水中摇，分坐船舷似小桥。
联句敏于山吐月，举觞疾甚海吞潮。
兴来活脔牛心熟，醉罢红炉鸭脚焦。
公子翩翩得真意，马蹄尘里有嘉招。

食瓜有感

暑轩无物洗烦蒸，百果凡材得我憎。
藓井筠笼浸苍玉，金盘碧箸荐寒冰。
田中谁问不纳履，坐上适来何处蝇。
此理一杯分付与，我思明哲在东陵。

○食瓜者，先以井水浸之，或以竹笼置井中。苍玉，喻瓜之皮；寒冰，喻瓜之瓤也。

道中寄公寿

坡陁羸马暮云昏，苦忆兔园高帝孙。
子舍芝兰皆可佩，后房桃李总能言。
秋千门巷火新改，桑柘田园春向分。
病酒相如在行役，梁王谁与共清樽。

去贤斋

争名朝市鱼千里，观道诗书豹一斑。
末俗风波尤浩渺，古人廉陛要跻攀。
螳螂怒臂当车辙，鹦鹉能言著锁关。
顾我安知贤者事，松风永日下簾间。

○熙宁四年，叶县作。

粹老家隔簾听琵琶

马卿劝客且无喧，请以侍儿临酒樽。
妆罢黄昏簾隔面，曲终清夜月当轩。
絃絃不乱拨来往，字字如闻人语言。
千古胡沙埋妙手，岂如桃李在中园。

○元丰二年，北京作。

道中寄景珍兼简庾元镇

传语濠州贤刺史，隔年诗债几时还。
因循樽俎疏相见，弃掷光阴只等闲。
心在青云故人处，身行红雨乱花间。
遥知别后多狂醉，恼杀江南庾子山。

○熙宁五年，北京作。

次韵景珍酴醾

莫惜金钱买玉英，担头春老过清明。
天香国艳不着意，诗社酒徒空得名。
及此一时须痛饮，已拚三日作狂酲。
濠州园里都开尽，肠断萧萧雨打声。

呈马粹老范德孺

颍上相逢杏始青，尔来瓜垄有新耕。
四时为岁已中半，万物得秋将老成。
日永清风摇麈尾，夜阑飞雹落棋枰。
两厅未觉过从数，政以疏顽累友生。

○元丰二年，北京作。

雨过至城西苏家

飘然一雨洒青春，九陌净无车马尘。
渐散紫烟笼帝阙，稍回晴日丽天津。
花飞衣袖红香湿，柳拂鞍鞯绿色匀。
管领风光唯痛饮，都城谁是得闲人。

○元祐元年，秘书省作。

谢仲谋示新诗

赠我新诗许指瑕，令人失喜更惊嗟。
清于夷则初秋律，美似芙蓉八月花。
采菲直须论下体，炼金犹欲去寒沙。
唐朝韩老夸张籍，定有云孙作世家。

红蕉洞独宿

南床高卧读逍遥，真感生来不易销。
枕落梦魂飞蛱蝶，灯残风雨送芭蕉。
永怀玉树埋尘土，何异蒙鸠挂苇苕。
衣笎妆台蛛结网，可怜无以永今朝。

○熙宁三年，叶县作。

春雪呈仲谋

暮雪霏霏若散盐，须知千陇麦纤纤。
梦阑半枕听飘瓦，睡起高堂看入簾。
剩与月明分夜砌，即成春溜滴晴檐。
万金一醉张公子，莫道街头酒价添。

和答刘太博携家游庐山见寄

缓辔松阴不起尘，岚光经雨一番新。
遥知数夜寻山宿，便是全家避世人。
落日已迷烟际路，飞花还报洞中春。
可怜不更寻源入，若见刘郎想问秦。
〇元丰三年，赴太和道中作。

次韵伯氏戏赠韩正翁菊花开时家有美酒

鬓发斑然潘骑省，腰围瘦尽沈东阳。
茶瓯屡煮龙山白，酒椀希逢若下黄。
乌角巾边簪钿朵，红银杯面冻糖霜。
会须着意怜时物，看取年华不久芳。

答李康文

才甫经年断来往，逢君车马慰秋思。
幽兰被径闻风早，薄雾乘空见月迟。
每接雍容端自喜，交无早晚在相知。
深惭借问谈经地，敢屈康成入绛帏。

送彭南阳

南阳令尹振华镳，三月春风困柳条。
携手河梁愁欲别，离魂芳草不胜招。
壶觞调笑平民讼，宾客风流醉舞腰。
若见贤如武侯者，为言来仕圣明朝。

送邓慎思归长沙

邓侯过我解新韈，潦倒犹能似旧时。
西邑初除折腰尉，南陔常咏采兰诗。
姓名已入飞龙榜，书信新传喜鹊知。
何日家庭供一笑，绿衣便是老莱衣。

景珍太傅见示旧倡和蒲萄诗因而次韵

映日圆光万颗馀，如观宝藏隔虾须。
夜愁风起飘星去，晓喜天晴缀露珠。
宫女拣枝模锦绣，论师持味比醍醐①。
欲收百斛供春酿，放出声名压酪奴。

①论：一作包。

喜念四念八至京

朔雪萧萧映薄帏，梦回空觉泪痕稀。
惊闻庭树鸟乌乐，知我江湖鸿雁归。
拂榻喜开姜季被，上堂先着老莱衣。
酒樽烟火长相近，酬劝从今更不迟。

○元丰八年，都下改官时作。念四，即阿熊。念八，讳仲堪，字觉民，公从弟。

和吕秘丞

北海尊中忘日月，南山雾里晦文章。
清朝不上九卿列，白发归来三径荒。
车辙马蹄疏市井，花光竹影照门墙。
人间荣辱无来路，万顷风烟一草堂。

○元丰二年，北京作。

次韵子高即事

诗礼不忘他日问，文章未觉古人疏。
青云自致屠龙学，白首同归种树书。
绿叶青阴啼鸟下，游丝飞絮落花馀。
无因常得杯中物，愿作鸱夷载属车。

次韵寄蓝六在广陵

圣学相期沧海头，当时各倚富春秋。
班扬文字初无意，滕薛功名自不优。
焦尾朱絃非众听，南山白石使人愁。
传声为向扬州问，相忆犹能把酒不？

○崇宁二年，自鄂赴宜州作。

再和寄蓝六

南极一星淮上老，承家令子气横秋。
万端只要称心耳，五鼎何如委吏优。
海燕催归人作社，江花欲动雨含愁。
追思二十年前会，棠棣飘零叹鄂不。

戏书效乐天

造物生成嵇叔懒，好人容纵接舆狂。
鸟飞鱼泳随高下，蚁集蜂衙听典常。
母惜此儿长道路，兄嗟予弟困冰霜。
酒壶自是华胥国，一醉从他四大忙。

○叶县作。

讲武台南有感

明月犹在搭衣竿，晓蹋台南路屈盘。
驺子雨中先马去，村童烟外倚墙看。
鸦啼宰木秋风急，鹭立渔船野水干。
花似去年堪折赠，插花人去泪阑干。

○北京作，有感者哀逝也。○按：此诗亦载东坡集，小异。

孙不愚索饮九日酒已尽戏答一篇

满眼黄花慰索贫，可怜风物逐时新。
范丹出后尘生釜，郭泰归来雨垫巾。
偶有清樽供寿母，遂无馀沥及他人。
年丰酒价应须贱，为子明年作好春。

辱粹道兄弟寄书久不作报以长句谢不敏

病癖无堪吾懒书，交亲情分岂能疏。
深惭烟际两鸿雁，遗我罾中双鲤鱼。
故国青山长极眼，今年白发不胜梳。
几时得计休官去，笋叶裹茶同趁虚。

秋　思

椎牛作社酒新篘，扶老将儿嬉陇头。
木落人家见鸡犬，晓寒溪口在汀洲。
无功可佩水苍玉，卒岁空思狐白裘。
身到楚伧非屈宋，顾惭疏懒作悲秋。

希仲招饮李都尉北园

晓踏骅骝傍古墙，北园同系紫游缰。
主人情厚杯无算，别馆春深日正长。
杨柳阴斜移坐晚，酴醾花暗染衣香。
夜深恐触金吾禁，走马天街趁夕阳。

○元丰二年，北京作。

赠谢敞王博谕

高哉孔孟如秋月，万古清光仰照临。
千里特来求骥马，两生于此敌南金。
文章最忌随人后，道德无多只本心。
废轸断弦尘漠漠，起予惆怅伯牙琴。

○北京作。

和答郭监簿咏雪

细学梅花落晚风，忽翻柳絮下春空。
家贫无酒愿邻富，官冷有田知岁丰。
夜听枕边飘屋瓦，梦成江上打船篷。
觉来幽鸟语声乐，疑在白鸥寒苇中。

○北京作。

题司门李文园亭

白氏草堂元自葺，陶公三径不教荒。
青蕉雨后开书卷，黄菊霜前碎鹄裳。
落日看山凭曲槛，清风谈道据胡床。
此来遂得归休意，却莫翻然起相汤。

南屏山

巘积蓝光刻削成，主人题作正南屏。
身更万事已头白，相经百年终眼青。
烟雨数峰当隐几，林塘一带是中庭。
红尘车马无因到，石壁松门本不扃。
○治平三年丙午，二十三岁。

七台峰

欲雕佳句累层峦，深愧挥斤斲鼻端。
作者七人俱老大，昂藏却立古衣冠。
千年避世朝市改，万籁入松溪涧寒。
我有号钟锁蛛网，何时对汝发清弹。
○三、四句，以七人比山之七峰。

叠屏岩

篁竹参天无人行，来游者多蹊自成。
石屏重叠翡翠玉，莲荡宛转芙蓉城。
世缘遮尽不到眼，幽事相引颇关情。
一炉沉水坐终日，唤梦鹁鸪相应鸣。

灵寿台

藤树谁知先后生，万年相倚共枯荣。
层台定自有天地，鼻祖已来传父兄。
虎豹文章藏雾雨，龙蛇头角听雷声。
何时暂取苍烟策，献与本朝优老成①。

①苍烟策：谓竹之根节可作杖者。优老成：用孔光灵寿杖事。

仙桥洞

横阁晴虹渡石溪，几年钥锁镇瑶扉。
洞中日月真长久，世上功名果是非。
叱石原知牧羊在，烂柯应有看棋归。
若逢白鹤来华表，识取当年丁令威。

灵椿台

固蒂深根且一丘，少时常恐斧斤求。
何人比拟明堂柱，几岁经营江汉洲。
终以不才名四海，果然无祸阅千秋。
空山万籁月明底，安得闲眠石枕头。

云溪石

造物成形妙画工，地形咫尺远连空。
蛟鼍出没三万顷，云雨纵横十二峰。
清坐使人无俗气，闲来当暑起清风。
诸山落木萧萧夜，醉梦江湖一叶中。

群玉峰

洞天名籍知第几，洞口诸峰苍翠堆。
雕虎啸风斤斧去，飞廉吹雨晓烟回。
日晴圭角升虹气，月冷明珠割蚌胎。
种玉田中饱春笋，仙人忆得早归来。

夜观蜀志

盖世英雄不自知，暮年初志各参差。
南阳陇底卧龙日，北固樽前失箸时。
霸主三分割天下，宗臣十倍胜曹丕。
寒炉夜发尘书读，似覆输筹一局棋。

行役县西喜雨寄任公渐大夫

行役劳劳望县斋，心如枯井喜尘埃。
青灯簾外萧萧雨，破梦山根殷殷雷。
新麦欲连天际好，浓云犹傍日边来。
田歌已有丰年意，令尹眉头想豁开。

○叶县作。

戏题水牯庵

水牯从来犯稼苗，着绳只要鼻穿牢。
行须万里无寸草，卧对十方同一槽。
租税及时王事了，云山横笛月轮高。
华亭浪说吹毛剑，不见全牛可下刀。

○太和作。

癸亥立春日煮茗于石屯寺
见庚戌中盛二十舅中叔为县时题名
叹此寺不日而成哀县学弊而不能复

中叔风流映江左，当年桃李自光辉。
看成佛屋上云雨，不忍学宫荒蕨薇。
人物深藏青白眼[1]，官联曾近赭黄衣。
蛛丝柱后惠文暗，憔悴今乘别驾归。

○太和作。①第五句元注云：中叔胸中人物了了，而未尝危言剧论。

次韵答任仲微

伯氏文章足起家，雁行唯我乏芳华。
不堪黄绶腰铜印，只合清江把钓车。
缩项鱼肥炊稻饭，扶头酒熟卧芦花。
吴儿何敢当伦比，或有离骚似景差。

何主簿萧斋郎赠诗思家戏和答之

善吟闺怨断人肠，二妙风流不可当。
傅粉未归啼玉箸，吹笙无伴涩银簧。
睡添乡梦客床冷，瘦尽腰围衣带长。
天性少情诗亦少，羡他萧史与何郎。

南安试院无酒饮周道辅自赣上携一榼时时对酌惟恐尽
试毕仆夫言尚有馀樽木芙蓉盛开戏呈道辅

闻说君家好弟兄，穷乡相见眼俱青。
偶同一饭论三益，颇为诸生醉六经。
山邑已催乘传马，晓窗犹共读书萤。

霜花留得红妆面，酌尽斋中竹叶缾。

赠清隐持正禅师

清隐开山有胜缘，南山松竹上参天。
擘开华岳三峰手，参得浮山九带禅。
水鸟风林成佛事，粥鱼斋鼓到江船。
异时折脚铛安稳，更种平湖十顷莲。

○叶县作。

奉答固道

平生湖海鱼竿手，强学来操制锦刀。
末俗相看终眼白，古人不见想山高。
未乘春水归行李，倘得闲官去坐曹。
自是无能欲乐尔，烦君错为叹贤劳。

○元丰六年癸亥，太和作。以下缉香堂本《别集》。

奉答圣思讲论语长句

簿领文书千笔秃，公庭嚚讼百虫鸣。
时从退食须臾顷，喜听邻家讽诵声。
观海诸君知浩渺，学山他日看崇成。
暮堂吏退张灯火，抱取《鲁论》来讲评。

○元丰六年癸亥，太和作。

次韵清虚同访李园[①]

年来高兴满莼丝，寒薄春风骀荡时。
稍见胭脂开杏萼，已闻香雪烂梅枝。
老逢乐事心犹壮，病得新诗和更迟。

何日联镳向金谷，拟追仙翼到瑶池。

①清虚：谓王定国。元丰乙丑作。

次韵清虚

地远城东得得来，正如湖畔昔衔杯。
眼中故旧青常在，鬓上光阴绿不回。
归去汴桥三鼓月，相思梁苑一枝梅。
我闲时欲从君醉，为备芳醪更满罍。

次韵清虚喜子瞻得常州

喜得侵淫动搢绅，俞音下报谪仙人。
惊回汝水间关梦，乞与江天自在春。
罨画初游冰欲泮，浣花何处月还新。
《凉州》不是人间曲，伫见君王按玉宸。

次韵公秉子由十六夜忆清虚

九陌无尘夜际天，两都风物各依然。
车驰马逐灯方闹，地静人闲月自妍。
佛馆醉谈怀旧岁，齐宫诗思锁今年。
但闻公子微行去，门外骅骝立绣鞯。

○元丰乙丑作。

和王明之雪

金母紫皇开寿域，炼成天地一炉沙。
千花乱发春无耐，万井交光月未斜。
贫巷有人衣不纩，北窗惊我眼飞花。
歌楼处处催沽酒，谁念寒生泣白华。

与黔倅张茂宗

静居门巷似乌衣，文采风流众所归。
别乘来同二千石，化民曾寄十三徽。
寒香亭下方遗爱，吏隐堂中已息机。
暂与计司参婉画，百城官吏借光辉。

史天休中散挽词

光禄九男公独秀，赋名儿与景仁班。
淹留州县看恬默，出入风波笑险艰。
遗爱蜀中三郡有，退身林下十年闲。
山川英气消磨尽，昨日华堂作土山。

宋夫人挽词

往岁涂宫暗碧纱，倾城出祖路人嗟。
松楠峰下迁华寝，雪月光中咽晓笳。
有子今为二千石，同州才数两三家。
儿孙满地蔽衣举，不见归时桃李华。

○崇宁癸未作。

四月末天气陡然如秋遂御裌衣游北沙亭观江涨

沙岸人家报急流，船官解缆正夷犹。
震雷将雨度绝壑，远水粘天吞钓舟。
甚欲去挥曲羽箑，可堪更着紫茸裘。
平生得意无人会，浩荡春鉏且自由。

○熙宁元年，叶县作。

卷二十四　陆放翁七律上

三百六十二首

二月二十四日作

棠梨花开社酒浓，南村北村鼓鼕鼕。
且祈麦熟得饱飰，敢说谷贱复伤农。
崖州万里窜酷吏，湖南几时起卧龙。
但愿诸贤集廊庙，书生穷死胜侯封。

新夏感事

百花过尽绿阴成，漠漠炉香睡晚晴。
病起兼旬疏把酒，山深四月始闻莺。
近传下诏通言路，已卜馀年见太平。
圣主不忘初政美，小儒惟有涕纵横。

留题云门草堂

小住初为旬月期，二年留滞未应非。
寻碑野寺云生屦，送客溪桥雪满衣。
亲涤砚池馀墨渍，卧看炉面散烟霏。
他年游宦应无此，早买渔蓑未老归。

寄陈鲁山[①]

诸公贵人识面稀，胸中璀璨漫珠玑。
即今举手遮西日，应有流尘化素衣。
旧学极知难少贬，吾侪持此欲安归。
夜来风雨空堂静，忽忆灯前语入微。

①公自注：陈时调官都下。

天下无虞国论深，书生端合老山林。
平生力学所得处，正要如今不动心。
旧友几年犹短褐，谪官万里少来音。
愿公思此宽羁旅，静胜炎曦岂易侵。

度浮桥至南台

客中多病废登临，闻说南台试一寻。
九轨徐行怒涛上，千艘横系大江心。
寺楼钟鼓催昏晓，墟落云烟自古今。
白发未除豪气在，醉吹横笛坐榕阴。

出　县

匆匆簿领不堪论，出宿聊宽久客魂。
稻垅牛行泥活活，野塘桥坏雨昏昏。
槿篱护药才通径，竹笕分泉自遍村。
归计未成留亦好，愁肠不用绕吴门。

还　县

霁色清和日已长，纶巾萧散意差强。

飞飞鸥鹭陂塘绿，郁郁桑麻风露香。
南陌东村初过社，轻装小队似还乡。
哦诗忘却登车去，枉是人言作吏忙。

雨晴游洞宫山天庆观坐间复雨

近水松篁锁翠微，洞天宫殿对清晖。
快晴似为酴醿计，急雨还妨燕子飞。
道士昼闲丹灶冷，山童晓出药苗肥。
拂床不用勤留客，我困文书自怕归。

送杜起莘殿院出守遂宁

羽檄联翩昼夜驰，臣忧顾不在边陲。
军容地密宁当议，陛下恩深不忍欺。
白简万言几恸哭，青编一传可前知。
平生所学今无负，未叹还乡两鬓丝。

闻武均州报已复西京

白发将军亦壮哉，西京昨夜捷书来。
胡儿敢作千年计，天意宁知一日回。
列圣仁恩深雨露，中兴赦令疾风雷。
悬知寒食朝陵使，驿路梨花处处开。

送七兄赴扬州帅幕

初报边烽照石头，旋闻胡马集瓜州。
诸公谁听刍荛策，吾辈空怀畎亩忧。
急雪打窗心共碎，危楼望远涕俱流。
岂知今日淮南路，乱絮飞花送客舟。

送梁谏议

湖海还朝白发生，懒随年少事声名。
极知忧国人谁及，细看无心语自平。
归访乡人忘位重，乍辞言责觉身轻。
篮舆避暑云门寺，应过幽居听水声[①]。

①自注：游有庵居在云门，流泉绕屋，谏议旧所爱赏。

出　都

重入修门甫岁馀，又携琴剑返江湖。
乾坤浩浩何由报，犬马区区正自愚。
缘熟且为莲社客，伴来喜对草堂图。
西厢屋了吾真足，高枕看云一事无。

晨起偶题

城远不闻长短更，上方钟鼓自分明。
幽居不负秋来睡，末路偏谙世上情。
大事岂堪重破坏，穷人难与共功名。
风炉歙钵生涯在，且试新寒芋糁羹。

病中简仲弥性唐克明苏训直

移疾还家暂曲肱，依然耐久北窗灯。
心如泽国春归雁，身是云堂早过僧。
细雨佩壶寻废寺，夕阳下马吊荒陵。
小留莫厌时追逐，胜社年来冷欲冰[①]。

①自注：三君皆有归志，故云。

秋夜读书每以二鼓尽为节

腐儒碌碌叹无奇，独喜遗编不我欺。
白发无情侵老境，青灯有味似儿时。
高梧策策传寒意，叠鼓鼕鼕迫睡期。
秋夜渐长饥作祟，一杯山药进琼糜。

望江道中

吾道非邪来旷野，江涛如此去何之。
起随乌鹊初翻后，宿及牛羊欲下时。
风力渐添帆力健，橹声常杂雁声悲。
晚来又入淮南路，红树青山合有诗。
○此由判建康府改判隆兴府，道出望江。隆兴，今江西南昌府也。

去年余佐京口[①]遇王嘉叟从张魏公督师过焉魏公道免相嘉叟亦出守莆阳近辱书报魏公已葬衡山感叹不已因用所遗柱颊亭诗韵奉寄

河亭挈手共徘徊，万事宁非有数哉！
黄阁相君三黜去，青云学士一麾来。
中原故老知谁在，南岳新丘共此哀。
火冷夜窗听急雪，相思时取近书开。
①判建康府，故曰“佐京口”。

自咏示客

衰发萧萧老郡丞，洪州又看上元灯。
羞将枉直分寻尺，宁走东西就斗升。
吏进饱谙箝纸尾，客来苦劝摸床棱。

归装渐理君知否？笑指庐山古涧藤[①]。

①自注：庐山僧近寄藤杖，甚奇。

烧　香

茹芝却粒世无方，随食江湖每自伤。
千里一身凫泛泛，十年万事海茫茫。
春来乡梦凭谁说，归去君恩未敢忘。
一寸丹心幸无愧，庭空月白夜烧香。

寒食临川道中

百卉千花了不存，堕溪飞絮看无痕。
家人自作清明节，老子来穿绿暗村。
日落啼鸦随野祭，雨馀荒蔓上颓垣。
道边醉饱休相避，作吏堪羞甚乞墦。

○此官南昌时诗。

寄别李德远

萧萧风雨临川驿，邂逅连床若有期。
自起挑灯贪夜话，急呼索饭疗朝饥[①]。
即今明月共千里，已占深林巢一枝。
惜别自嫌儿女态，梦骑羸马度芳陂[②]。

①自注：皆记前日相从时事。②自注：德远所居名秫陂。

李侯不恨世卖友，陆子那须钱买山。
出牧君当千里去，归耕我判一生闲。
中原乱后儒风替，党禁兴来士气孱。
复古主盟须老手，勉追庆历数公间。

示儿子

父子扶携反故乡，欣然击壤咏陶唐。
墓前自誓宁非隘，泽畔行吟未免狂。
雨润北窗看洗竹，霜清南亩课剶桑。
秋毫何者非君赐，回首修门敢遽忘。

○以下自南昌免归还家之诗。

寄龚实之正言

台省诸公岁岁新，平生敬慕独斯人。
山林不恨音尘远，梦寐时容笑语亲。
学道皮肤虽脱落，忧时肝胆尚轮囷。
至和嘉祐须公了，乞向升平作幸民。

游山西村

莫笑农家腊酒浑，丰年留客足鸡豚。
山重水复疑无路，柳暗花明又一村。
箫鼓追随春社近，衣冠简朴古风存。
从今若许闲乘月，拄杖无时夜叩门。

残　春

残春醉著钓鱼庵，花雨娱人落半岩。
岂是天公无皂白，独悲世俗异酸咸。
妄身似梦行当觉，谈口如狂未易缄。
已作沉舟君勿叹，年来何止阅千帆。

家园小酌

旋作园庐指顾成，柳阴已复著啼莺。
百年更把几杯酒，一月元无三日晴。
鸥鹭向人殊耐久，山林与世本无营。
小诗漫付儿曹诵，不用韩公说有声。

满林春笋生无数，竟日鸬鹚来百回。
衣上尘埃须一洗，酒边怀抱得频开。
池鱼往者忧奇祸，社栎终然幸散材。
世事纷纷心本懒，闭门岂独畏嫌猜。

上虞逆旅见旧题岁月感怀

舴艋为家东复西，今朝破晓下前溪。
青山缺处日初上，孤店开时莺乱啼。
倦枕不成千里梦，坏墙闲觅十年题。
漆园傲吏犹非达，物我区区岂足齐。

舜庙怀古

云断苍梧竟不归，江边古庙锁朱扉。
山川不为兴亡改，风月应怜感慨非。
孤枕有时莺唤梦，斜风无赖客添衣。
千年回首消磨尽，输与渔舟送落晖。

霜　风

十月霜风吼屋边，布裘未办一铢绵。
岂惟饥索邻僧米，真是寒无坐客毡。

身老啸歌悲永夜，家贫撑拄过凶年。
丈夫经此宁非福，破涕灯前一粲然。

独　学

师友凋零身白首，杜门独学就谁评？
秋风弃扇知安命，小炷留灯悟养生。
踵息无声酣午枕，舌根忘味美晨烹。
少年妄起功名念，岂信身闲心太平。

春　日

老夫一卧三山下，两见城门送土牛。
贫舍春盘还草草，暮年心事转悠悠。
湖光涨绿分烟浦，柳色摇金映市楼。
药饵及时身尚健，无风无雨且闲游。
〇二首录一。

僧房假榻

过尽青山唤渡船，晚窗洗脚卧僧毡。
剩偿平日清游愿，更结来生熟睡缘。
吞啄渐稀如老鹤，鸣声已断似寒蝉。
旁观莫苦嘲痴钝，此妙吾宗秘不传。

送芮国器司业

此心知我岂非天，双鬓皤然气浩然。
曾见灰寒百僚底，真能山立万夫前。
洛城霜重听宫漏，霅水云深著钓船。
拈起吾宗安乐法，人生何处不随缘。

往岁淮边虏未归，诸生合疏论危机。
人材衰靡方当虑，士气峥嵘未可非。
万事不如公论久，诸贤莫与众心违。
还朝此段宜先及，岂独遗经赖发挥。

晚 泊

半世无归似转蓬，今年作梦到巴东。
身游万死一生地，路入千峰百嶂中。
邻舫有时来乞火，丛祠无处不祈风。
晚潮又泊淮南岸，落日啼鸦戍堞空。

○以下皆自大江泝流而上入蜀之诗。

吊李翰林墓

饮似长鲸快吸川，思如渴骥勇犇泉。
客从县令初何有，醉忤将军亦偶然。
骏马名姬如昨日，断碑乔木不知年。
浮生今古同归此，回首桓公亦故阡①。

①自注：桓温冢亦在当涂。

黄 州

局促常悲类楚囚，迁流还叹学齐优。
江声不尽英雄恨，天意无私草木秋。
万里羁愁添白发，一帆寒日过黄州。
君看赤壁终陈迹，生子何须似仲谋。

武昌感事

百万呼卢事已空，新寒拥褐一衰翁。

但悲鬓色成枯草，不恨生涯似断蓬。
烟雨凄迷云梦泽，山川萧瑟武昌宫。
西游处处堪流涕，抚枕悲歌兴未穷。

哀　郢

远接商周祚最长，北盟齐晋势争强。
章华歌舞终萧瑟，云梦风烟旧莽苍。
草合故宫惟雁起，盗穿荒冢有狐藏。
《离骚》未尽灵均恨，志士千秋泪满裳。

荆州十月早梅春，徂岁真同下阪轮。
天地何心穷壮士，江湖从古著羁臣。
淋漓痛饮长亭暮，慷慨悲歌白发新。
欲吊章华无处问，废城霜露湿荆榛。

壔子矶

壔子矶前艇子横，一窗秋月为谁明。
青山不减年年恨，白发无端日日生。
七泽苍茫非故国，九歌哀怨有遗声。
古来拨乱非无策，夜半潮平意未平。

水亭有怀

渔村把酒对丹枫，水驿凭轩送去鸿。
道路半年行不到，江山万里看无穷。
故人草诏九天上，老子题诗三硖中。
笑谓毛锥可无恨，书生处处与卿同。

虾蟆碚

不肯爬沙桂树边，朵颐千古向岩前。
巴东峡里最初峡，天下泉中第四泉。
啮雪饮冰疑换骨，掬珠弄玉可忘年。
清游自笑何曾足，叠鼓鼕鼕又解船。

新安驿

孤驿荒山与虎邻，更堪风雪暗南津。
羁游如此真无策，独立凄然默怆神。
木盎汲江人起早，银钗簇髻女妆新。
蛮风敝恶蛟龙横，未敢全夸见在身。

秭归醉中怀都下诸公示坐客

长谣为子说天涯，四座听歌且勿哗。
蛮俗杀人供鬼祭，败舟触石委江沙。
此身长是沧浪客，何日能为饱暖家。
坐忆故人空有梦，尺书不敢到京华。

憩归州光孝寺寺后有楚冢近岁或发之得宝玉剑佩之类

秭归城畔蹋斜阳，古寺无僧昼闭房。
残珮断钗陵谷变，苦茅架竹井间荒[1]。
虎行欲与人争路，猿啸能令客断肠。
寂寞倚楼搔短发，剩题新恨付巴娘。

①苦：一作苫。

巴东令廨白云亭

寇公壮岁落巴蛮，得意孤亭缥缈间。
常倚曲栏贪看水，不安四壁怕遮山。
遗民虽尽犹能说，老令初来亦爱闲。
正使官清贫至骨，未妨留客听潺潺。

登江楼

已过瞿唐更少留，小船聊系古夔州。
簿书未破三年梦，杖屦先寻百尺楼。
日暮雪云迷峡口，岁穷畲火照关头。
野人不解微官缚，尊酒应来此散愁。

雪　晴

腊尽春生白帝城，俸钱虽薄胜穷耕。
眼前但恨亲朋少，身外元知得丧轻。
日映满窗松竹影，雪消并舍鸟乌声。
老来莫道风情减，忆向烟芜信马行。

玉笈斋书事

莫笑新霜点鬓须，老来却得少工夫。
晨占上古连山易，夜对西真五岳图。
叔夜曾闻高士啸，孔宾岂待异人呼。
眉间喜色谁知得，今日新添火四铢。

雪霁茅堂钟磬清，晨斋枸杞一杯羹。
隐书不厌千回读，大药何时九转成。

孤坐月魂寒彻骨，安眠龟息浩无声。
剩分松屑为山信，明日青城有使行①。

①自注：时傅道人欲归青城。

山寺

篮舆送客过江村，小寺无人半掩门。
古佛负墙尘漠漠，孤灯照殿雨昏昏。
喜投禅榻聊寻梦，懒为啼猿更断魂。
要识人间盛衰理，岸沙君看去年痕。

寒食

峡云烘日欲成霞，瀼水生纹浅见沙。
又向蛮方作寒食，强持卮酒对梨花。
身如巢燕年年客，心羡游僧处处家。
赖有春风能领略，一生相伴遍天涯。

乡中每以寒食立夏之间省坟客夔适逢此时凄然感怀

松阴系马启朱扉，粔籹青红正此时。
守墓万家犹有日，及亲三釜永无期。
诗成谩写天涯感，泪尽何由地下知。
富贵贱贫俱有恨，此生长废《蓼莪》诗。

手持绿酒酹苍苔，今岁何由匹马来？
清泪不随春雨断，孤吟欲和暮猿哀。
皂貂破敝归心切，白发凄凉老境催。
誓墓只思长不出，松门日日手亲开。

自　咏

朝衣无色如霜叶，将奈云安别驾何。
钟鼎山林俱不遂，声名官职两无多。
低昂未免闻鸡舞，慷慨犹能击筑歌。
头白伴人书纸尾，只思归去弄烟波。

初夏怀故山

镜湖四月正清和，白塔红桥小艇过。
梅雨晴时插秧鼓，蘋风生处采菱歌。
沉迷簿领吟哦少，淹泪蛮荒感慨多。
谁谓吾庐六千里，眼中历历见渔蓑。

晚晴闻角有感

暑雨初收白帝城，小荷新竹夕阳明。
十年尘土青衫色，万里江山画角声。
零落亲朋劳远梦，凄凉乡社负归耕。
议郎博士多新奏，谁致当时鲁二生。

夜登白帝城楼怀少陵先生

拾遗白发有谁怜，零落歌诗遍两川。
人立飞楼今已矣，浪翻孤月尚依然。
升沉自古无穷事，愚智同归有限年。
此意凄凉谁共语，夜阑鸥鹭起沙边。

假日书事

万里西来为一饥，坐曹日日汗沾衣。

但嫌忧畏妨人乐，不恨疏慵与世违。
雕槛迎阳花并发，画梁避雨燕双归。
放怀始得闲中趣，下马何人又叩扉。

追怀曾文清公呈赵教授赵近尝示诗

忆在茶山听说诗，亲从夜半得玄机。
常忧老死无人付，不料穷荒见此奇。
律令合时方帖妥，工夫深处却平夷。
人间可恨知多少，不及同君叩老师。

初冬野兴

关北关南霜露寒，瀼东瀼西山谷盘。
簟纹细细吹残水，鼋背时时出小滩。
衰发病来无复绿，寸心老去尚如丹。
逆胡未灭时多事，却为无才得少安。

醉中到白崖而归

醉眼朦胧万事空，今年痛饮瀼西东。
偶呼快马迎新月，却上轻舆御晚风。
行路八千常是客，丈夫五十未称翁。
乱山缺处如横线，遥指孤城翠霭中。

过广安吊张才叔谏议

春风匹马过孤城，欲吊先贤涕已倾。
许国肺肝知激烈，照人眉宇尚峥嵘。
中原成败宁非数，后世忠邪自有评。
叹息知人真未易，流芳遗臭尽书生。

柳林酒家小楼

桃花如烧酒如油，缓辔郊原当出游。
微倦放教成午梦，宿醒留得伴春愁。
远途始悟乾坤大，晚节偏惊岁月遒。
记取清明果州路，半天高柳小青楼。

送刘戒之东归

去国三年恨未平，东城况复送君行。
难凭魂梦寻言笑，空向除书见姓名。
残日半竿斜谷路，西风万里玉关情。
兰台粉署朝回晚，肯记粗官数寄声。
○五、六句言跡今虽在斜谷，情已若出玉关也。

寄邓公寿

高标瑶树与琼林，灵府清寒出苦吟。
海内十年求识面，江边一见即论心。
纷纷俗子常成市，亹亹微言孰赏音。
闻道南池梅最早，要君携手试同寻。

简章德茂

殊方邂逅岂无缘，世事多乖复怅然。
造物无情吾辈老，古人不死此心传。
冷云黯黯朝横栈，红叶萧萧夜满船。
个里约君同著句，不应输与灞桥边。

阆中作

残年作客遍天涯，下马长亭便似家。
三叠凄凉渭城曲，数枝闲澹阆中花。
襞笺授管相逢晚，理鬓熏衣一笑哗。
俱是邯郸枕中梦，坠鞭不用忆京华。

挽住征衣为濯尘，阆州斋酿绝芳醇。
莺花旧识非生客，山水曾游是故人。
遨乐无时冠巴蜀，语音渐正带咸秦。
平生剩有寻梅债，作意城南看小春。

驿亭小憩遣兴

淡日微云共陆离，曲阑危栈出参差。
老松临道阅千载，杜宇号山连四时。
汉水东流那有极，秦关北望不胜悲。
邮亭下马开孤剑，老大功名颇自期。

自　笑

自笑谋生事事疏，年来锥与地俱无。
平章春韭秋菘味，折补天吴紫凤图。
食肉定知无骨相，珥貂空自诳头颅。
惟馀数卷残书在，破箧萧然笑獠奴。

三泉驿舍

残钟断角度黄昏，小驿孤灯早闭门。
霜气峭深摧草木，风声浩荡卷郊原。

故山有约频回首，末路无归易断魂。
短鬓萧萧不禁白，强排幽恨近清樽。

嘉州铺得檄遂行中夜次小柏

黄旗传檄趣归程，急服单装破夜行。
肃肃霜飞当十月，离离斗转欲三更。
酒消顿觉衣裘薄，驿近先看炬火迎。
渭水函关元不远，着鞭无日涕空横。

归次汉中境上

云栈屏山阅月游，马蹄初喜蹋梁州。
地连秦雍川原壮，水下荆扬日夜流。
遗虏孱孱宁远略，孤臣耿耿独私忧。
良时恐作他年恨，大散关头又一秋。

书　事

生长江湖狎钓船，跨鞍塞上亦前缘。
云埋废苑呼鹰处，雪暗荒郊射虎天。
醪酒芳醇偏易醉，胡羊肥美了无膻。
扬州虽有东归日，闭置车中定怅然。

长木晚兴

沮水嶓山名古今，聊将行役当登临。
断桥烟雨梅花瘦，绝磵风霜槲叶深。
末路清愁常滚滚，残冬急景易骎骎。
故巢东望知何处，空羡归鸦解满林。

○孝宗乾道八年壬辰，年四十八岁。

赴成都泛舟自三泉至益昌谋以明年下三峡

诗酒清狂二十年，又摩病眼看西川。
心如老骥常千里，身似春蚕已再眠。
暮雪乌奴停醉帽，秋风白帝放归船。
飘零自是关天命，错被人呼作地仙。

宿武连县驿

平日功名浪自期，头颅到此不难知。
宦情薄似秋蝉翼，乡思多于春茧丝。
野店风霜俶装早，县桥灯火下程迟。
鞭寒熨手戎衣窄，忽忆南山射虎时。

绵州魏成县驿有罗江东诗云芳草有情皆碍马好云无处不遮楼戏用其韵

老夫乘兴复西游，远跨秦吴万里秋。
尊酒登临遍山寺，歌辞散落满江楼。
孤城木叶萧萧下，古驿滩声灖灖流。
未许诗人夸此地，茂林修竹忆吾州。

即　事

渭水岐山不出兵，却携琴剑锦官城。
醉来身外穷通小，老去人间毁誉轻。
扪虱雄豪空自许，屠龙工巧竟何成。
雅闻岷下多区芋，聊试寒炉玉糁羹。

登荔枝楼

平羌江水接天流，凉入簾栊已似秋。
唤作主人元是客，知非吾土强登楼。
闲凭曲槛常忘去，欲下危梯更小留。
公事无多厨醖美，此身不负负嘉州[①]。

①自注：薛能诗："不负嘉州只负身"。

独游城西诸僧舍

我是天公度外人，看山看水自由身。
薜崖直上飞双屐，云洞前头岸幅巾。
万里欲呼牛渚月，一生不受庾公尘。
非无好客堪招唤，独往飘然觉更真。

晚登望云

一出修门又十年，辈流多已珥金蝉。
衰如蠹叶秋先觉，愁似鳏鱼夜不眠。
辇路疏槐迎驾处，苑城残日泛湖天。
君恩未报身今老，徙倚危楼一泫然。

晚来烟雨暗江干，烽火遥传画角残。
看镜功名空自许，上楼怀抱若为宽。
青枫摇落新秋令，白发凄凉旧史官。
饱见少年轻宿士，可怜随处强追欢。

醉中感怀

早岁君王记姓名，只今憔悴客边城。

青衫犹是鹓行旧，白发新从剑外生。
古戍旌旗秋惨淡，高城刁斗夜分明。
壮心未许全消尽，醉听檀槽出塞声。

送客至江上

多事经旬不出城，今朝送客此闲行。
郊原外带新晴色，人语中含乐岁声。
天际敛云山尽出，江流收涨水初平。
故园社友应惆怅，五岁无端弃耦耕。

深　居

作吏难堪簿领迷，深居聊复学幽栖。
病来酒户何妨小，老去诗名不厌低。
零落野云寒傍水，霏微山雨晚成泥。
自怜甫里家风在，小摘残蔬绕废畦。

八月二十二日嘉州大阅①

陌上弓刀拥寓公，水边旌旆卷秋风。
书生又试戎衣窄，山郡新添画角雄②。
早事枢庭虚画策，晚游幕府愧无功。
草间鼠辈何劳磔，要挽天河洗洛嵩。

①王炎辟先生干办公事，是时当随王至嘉州。②自注：郡旧止角四枝，近方增如式。

晓出城东

渺渺长江下估船，亭亭孤塔隐苍烟。
不堪异县萧条地，更遇初寒惨澹天。

巾褐已成归有约，箪瓢未足去无缘。
包羞强索侏儒米，豪举何人记少年。

游修觉寺

上尽苍崖百级梯，诗囊香椀手亲携。
山从飞鸟行边出，天向平芜尽处低。
花落忽惊春事晚，楼高剩觉客魂迷。
兴阑扫榻禅房卧，清梦还应到剡溪。

湖上笋盛出戏作长句

戢戢穿苔玳瑁簪，按行日夜待成林。
养渠百尺干霄气，见我平生及物心。
剩插藩篱忧玉折，豫期风雨听龙吟。
明年又徙囊衣去，谁与平安报好音。

宿杜氏晨起遇雨

怪藤十围蔽白日，老木千尺干青霄。
水泛戛滩竹作舫，陆行跨空绳系桥。
阴阴古屋精灵语，惨惨江云蛟鳄骄。
吾道非邪行至此，诸公正散紫宸朝。

东湖新竹

插棘编篱谨护持，养成寒碧映沦漪。
清风掠地秋先到，赤日行天午不知。
解箨时闻声簌簌，放梢初见叶离离。
官闲我欲频来此，枕簟仍教到处随。

读胡基仲旧诗有感

少日飞腾翰墨场，暮年相见尚昂藏。
沉沙舟畔千帆过，剪翮笼边百鸟翔。
访古每思春并辔，说诗仍记夜连床。
恩恩去日多于发，不独悲君亦自伤。

寓驿舍[①]

闲坊古驿掩朱扉，又憩空堂绽客衣。
九万里中鲲自化，一千年外鹤仍归。
绕庭数竹饶新笋，解带量松长旧围。
惟有壁间诗句在，暗尘残墨两依依。

①自注：予三至成都，皆馆于是。

宴西楼

西楼遗迹尚豪雄，锦绣笙箫在半空，
万里因循成久客，一年容易又秋风。
烛光低映珠幭丽，酒晕徐添玉颊红。
归路迎凉更堪爱，摩诃池上月方中。

离成都后却寄公寿子友德称

萧条常闭爵罗门，点检朋侪几个存？
吾道将为天下裂，此心难与俗人言。
逢时尚可还三代，掩卷何由作九原。
寄语龟城旧交道，新凉殊忆共清樽。

秋思三首

大面山前秋笛清，细腰宫畔暮滩平。
吴樯楚柁动归思，陇月巴云空复情。
万里风生旧朝士，百年铅椠老书生。
水村渔市从今始，安用区区海内名。

巢燕成归秋景奇，颇容老子醉哦诗。
山晴更觉云含态，风定闲看水弄姿。
痛饮何由从次道，并游空复忆安期。
天涯又作经年客，莫对青铜恨鬓丝。

西风吹叶满湖边，初换秋衣独慨然。
白首有诗悲蜀道，清宵无梦到钧天。
迂疏早不营三窟，流落今宁直一钱。
把酒未妨馀兴在，试凭丝管饯流年。

观长安城图

许国虽坚鬓已斑，山南经岁望南山。
横戈上马嗟心在，穿堑环城笑虏孱。
日暮风烟传陇上，秋高刁斗落云间。
三秦父老应惆怅，不见王师出散关。

夜读了翁遗文有感

秋雨萧萧夜不眠，挑灯开卷意凄然。
吾曹自欲期千载，世论何曾待百年。
当日公卿笑迂阔，即今河洛污腥膻。

阴阳消长从来事，玩《易》深知屡绝编[1]。

①自注：公有《易传》。

蜀州大阅[1]

晓束戎衣一怅然，五年奔走遍穷边。
平生亭障休兵日，惨淡风云阅武天。
戍陇旧游真一梦，渡辽奇事付他年。
刘琨晚抱闻鸡恨，安得英雄共着鞭。

①自注：八月二十七日。

秋夜怀吴中

秋夜挑灯读楚辞，昔人句句不吾欺。
更堪临水登山处，正是浮家泛宅时。
巴酒不能消客恨，蜀巫空解报归期。
灞桥烟柳知何限，谁念行人寄一枝。

暮归马上作

石笋街头日落时，铜壶阁上角声悲。
不辞与世终难合，惟恨无人粗见知。
宝马俊游春浩荡，江楼豪饮夜淋漓。
醉来剩欲吟《梁父》，千古隆中可与期。

自上清延庆归过丈人观少留

再到蓬莱路欲平，却吹长笛过青城。
空山霜叶无行迹，半岭天风有啸声。
细栈跨云萦峭绝，危桥飞柱插澄清。
玉华更控青鸾在，要倚栏干待月明。

宿江原县东十里张氏亭子未明而起

寸禀驱人卒岁劳，一官坐失布衣高。
剑南十月霜犹薄，江上五更鸡乱号。
孤枕拥衾寻短梦，青灯照影着征袍。
客愁相续无时断，那得并州快剪刀。

戍卒说沉黎事有感

亭障曾无阅岁宁，频闻夷落犯王灵。
孤城月落冤魂哭，百里风吹战血腥。
瘴重厌看茅叶赤，春残不放柳条青。
焦头烂额知何补，弭患从来贵未形。

西楼夕望

夜郎城里叹途穷，赖有西楼著此翁。
溪鸟孤飞寒霭外，野人参语夕阳中。
苍天可恃何曾老，白发缘愁却未公。
俗态十年看烂熟，不如留眼送归鸿。

晚登横溪阁

楼鼓声中日又斜，凭高愈觉在天涯。
空桑客土生秋草，野渡虚舟集晚鸦。
瘴雾不开连六诏，俚歌相答带三巴。
故乡可望应添泪，莫恨云山万叠遮。

○二首录一。

夏日过摩诃池

乌帽翩翩白纻轻，摩诃池上试闲行。
淙潺野水鸣空苑，寂历斜阳下废城。
纵辔迎凉看马影，袖鞭寻句听蝉声。
白头散吏元无事，却为兴亡一怆情。

○淳熙二年乙未，五十一岁。

喜　雨[①]

黄尘赤日欲忘生，一夜新凉满锦城。
雨急骤增车辙水，泥深渐壮马蹄声。
蚊蝇敛迹知无地，灯火于人顿有情。
市远鸡豚不须问，小畦稀甲已堪烹。

①自注：五月二十二日。

寓舍书怀

借得茅斋近笮桥，羁怀病思两无聊。
君从豆蔻梢头老，日向摴蒱齿上消。
丛竹晓兼风力横，高梧夜挟雨声骄。
书生莫倚身常健，未画凌烟鬓已凋。

成都大阅

千步毬场爽气新，西山遥见碧嶙峋。
令传雪岭蓬婆外，声震秦川渭水滨。
旗脚倚风时弄影，马蹄经雨不霑尘。
属櫜缚袴无多恨，久矣儒冠误此身。

书　怀

万里驰驱坐一饥，自怜无计脱尘鞿。
身留幕府还家少，眼乱文书把酒稀。
客路更逢秋色晚，故山空有梦魂归。
芋羹豆饭元堪饱，错用人言恨子威。

成都书事

剑南山水尽清晖，濯锦江边天下稀。
烟柳不遮楼角断，风花时傍马头飞。
芼羹笋似稽山美，斫脍鱼如笠泽肥。
客报城西有园卖，老夫白首欲忘归。

大城少城柳已青，东台西台雪正晴。
莺花又作新年梦，丝竹常闻静夜声。
废苑烟芜迎马动，清江春涨拍堤平。
尊中酒满身强健，未恨飘零过此生。

自　警

乳烹佛粥遽如许，菜簇春盘行及时。
草木欣欣渠得意，乾坤浩浩我何私。
怀材所忌多轻用，学道当从不自欺。
旦暮置规君勿怪，修身三省自先师。

马上偶成

城南城北紫游缰，尽日闲行看似忙。
刺水离离葛叶短，连村漠漠豆花香。

夕阳有信催残角，春草无情上缭墙。
我亦人间倦游者，长吟聊复怆兴亡。

春晚书怀

万里西游为觅诗，锦城更付一官痴。
脱巾漉酒从人笑，拄笏看山颇自奇。
疏雨池塘鱼避钓，晓莺窗户客争棋。
老来怕与春为别，醉过残红满地时。

春　残

石镜山前送落晖，春残回首倍依依。
时平壮士无功老，乡远征人有梦归。
苜蓿苗侵官道合，芜菁花入麦畦稀。
倦游自笑摧颓甚，谁记飞鹰醉打围。

武担东台晚望

顑颔西窗已一翁，登高意气尚豪雄。
关河霸国兴亡后，风月诗人醉醒中。
病起顿惊双鬓改，春归一扫万花空。
栏边徙倚君知否？直到吴天目未穷。

行武担西南村落有感

骑马悠然欲断魂，春愁满眼与谁论。
市朝迁变归芜没，硐谷谽谺互吐吞。
一径松楠遥见寺，数家鸡犬自成村。
最怜高冢临官道，细细烟莎遍烧痕。

饭昭觉寺抵暮乃归

身堕黄尘每慨然，携儿萧散亦前缘。
聊凭方外巾盂净，一洗人间匕箸膻。
静院春风传浴鼓，画廊晚雨湿茶烟。
潜光寮里明窗下，借我消摇过十年。

卜　居

历尽人间行路难，老来要觅数年闲。
供家米少因添鹤，买宅钱多为见山。
池面纹生风细细，花根土润雨斑斑。
借春乞火依邻里，剩酿村醪约往还。

南浮七泽吊沅湘，西泝三巴掠夜郎。
自信前缘与人薄，每求宽地寄吾狂。
雪山水作中濡味，蒙顶茶如正焙香。
倘有把茅端可老，不须辛苦念还乡。

书　叹

早得虚名翰墨林，谢归忽已岁时侵。
春郊射雉朝盘马，秋院焚香夜弄琴。
病酒闭门常兀兀，哦诗袖手久愔愔。
浮沉不是忘经世，后有仁人识此心。

次韵范文渊

箪瓢气已压膏粱，不傍朱门味更长。
细看高人忘宠辱，始知吾辈可怜伤。

岩扃句漏新丹灶，香火匡庐古道场。
剩欲与君坚此约，他年八十鬓眉苍[①]。

①自注：近有术者言仆寿过八十。

过野人家有感

纵辔江皋送夕晖，谁家井臼映荆扉。
隔篱犬吠窥人过，满箔蚕饥待叶归[①]。
世态十年看烂熟，家山万里梦依稀。
躬耕本是英雄事，老死南阳未必非。

①自注：吴人直谓桑曰叶。

闲中偶题

楚泽巴山岁岁忙，今年睡足向禅房。
只知闲味如茶永，不放羁愁似草长。
架上汉书那复看，床头《周易》亦相忘。
客来拈起清谈麈，且破西窗半篆香。

久矣云衢敛羽翰，退飞更觉一枝安。
七千里外新闲客，十五年前旧史官。
花底清歌春载酒，江边明月夜投竿。
痴顽直为多便事，莫怪胸怀抵死宽。

病起书怀

病骨支离纱帽宽，孤臣万里客江干。
位卑未敢忘忧国，事定犹须待阖棺。
天地神灵扶庙社，京华父老望和銮。
出师一表通今古，夜半挑灯更细看。

酒酣看剑凛生风，身是天涯一秃翁。
扪虱剧谈空自许，闻鸡浩叹与谁同。
玉关岁晚无来使，沙苑春生有去鸿。
人寿定非金石永，可令虚死蜀山中。

客自凤州来言岐雍间事怅然有感

表里山河古帝京，逆胡数尽固当平。
千门未报甘泉火，万耦方观渭上耕。
前日已传天狗堕，今年宁许佛狸生。
会须一洗儒酸态，猎罢南山夜下营。

月下醉题

黄鹄飞鸣未免饥，此身自笑欲何之。
闭门种菜英雄老，弹铗思鱼富贵迟。
生拟入山随李广，死当穿冢近要离。
一樽强醉南楼月，感慨长吟恐过悲。

蒙恩奉祠桐柏

少年曾缀紫宸班，晚落危途九折艰。
罪大初闻收郡印，恩宽俄许领家山。
羁鸿但自思烟渚，病骥宁容著帝闲。
回首觚棱渺何处，从今常寄梦魂间。

和范待制秋兴①

策策桐飘已半空，啼螀渐觉近房栊。
一生不作牛衣泣，万事从渠马耳风。

名姓已甘黄纸外，光阴全付绿尊中。
门前剥啄谁相觅，贺我今年号放翁[2]。

①范待制名成大，号石湖。②范石湖帅蜀时，先生为参议官，以文字交，不拘礼法，人讥其颓放，因自号“放翁”。

睡脸馀痕印枕纹，秋衾微润覆炉熏。
井梧摇落先霜尽，衣杵凄凉带月闻。
佛屋纱灯明小像，经奁鱼蠹蚀真文。
身如病骥惟思卧，谁许能空万马群。

山泽沉冥气尚豪，鬓丝未遽叹萧骚。
已忘海运鲲鹏化，那计风微燕雀高。
万里客魂迷楚峡，五更归梦隔胥涛。
故知有酒当勤醉，自古宁闻死可逃。

岁暮感怀

征尘十载暗戎衣，虚负名山采药期。
少日覆毡曾草檄，即今横槊尚能诗。
昏昏杀气秋登陇，飒飒飞霜夜出师。
会有英豪能共此，镜中未用叹吾衰。

万里桥江上习射

坡陇如涛东北倾，胡床看射及春晴。
风和渐减雕弓力，野迥遥闻羽箭声。
天上搀枪端可落，草间狐兔不须惊。
丈夫未死谁能料，一笴他年下百城。

和范舍人病后二诗末章兼呈张正字

放衙元不为春酲，澹荡江天气未清。
欲赏园花先梦到，忽闻簷雨定心惊。
香云不动熏笼暖，蜡泪成堆斗帐明。
关陇宿兵胡未灭，祝公垂意在尊生。

士生不及庆历初，下方元祐当勿疏。
请看蛟龙得云雨，岂比鸟雀驯阶除。
舍人起视北门草，学士归著东观书。
剑外老农亦吐气，酿酒畦花常晏如。

登剑南西川门感怀

自古高楼伤客情，更堪万里望吴京。
故人不见暮云合，客子欲归春水生。
瘴疠连年须药石，退藏无地著柴荆。
诸公勉画平戎策，投老深思看太平。

宿上清宫

永夜寥寥憩上清，下听万壑度松声。
星辰顿觉去人近，风雨何曾败月明。
早岁文辞妨至道，中年忧患博虚名。
一庵傥许西峰住，常就巢仙问养生。

野步至青羊宫偶怀前年尝剧饮于此

锦官门外曳枯筇，此地天教著放翁。
万事元无工拙处，一官已付有无中。

拏云柏树瘦蛟立，绕郭江流清镜空。
欲把酒盃终觉懒，缓歌曾醉落花风。

感　秋

西风繁杵捣征衣，客子关情正此时。
万事从初聊复尔，百年强半欲何之。
画堂蟋蟀怨清夜，金井梧桐辞故枝。
一枕凄凉眠不得，呼灯起作感秋诗。

绝胜亭

蜀汉羁游岁月侵，京华乖隔少来音。
登临忽据三江会，飞动从来万里心。
地胜顿惊诗律壮，气增不怕酒盃深。
一琴一剑白云外，挥手下山何处寻？

猎罢夜饮示独孤生三首

客途孤愤只君知，不作儿曹怨别离。
报国虽思包马革，爱身未忍货羊皮。
呼鹰小猎新霜后，弹剑长歌夜雨时。
感慨却愁伤壮志，倒瓶浊酒洗馀悲。

关辅何时一战收，蜀郊且复猎清秋。
洗空狡穴银头鹘，突过重城玉腕骝。
贼势已衰真大庆，士心未振尚私忧。
一樽共讲平戎策，勿为飞鸢念少游。

白袍如雪宝刀横，醉上银鞍身更轻。

帖草角鹰掀兔窟，凭风羽箭作鸱鸣。
关河可使成南北，豪杰谁堪共死生。
欲疏万言投魏阙，灯前揽笔涕先倾。

秋晚登城北门

幅巾藜杖北城头，卷地西风满眼愁。
一点烽传散关信，两行雁带杜陵秋。
山河兴废供搔首，身世安危入倚楼。
横槊赋诗非复昔，梦魂犹绕古梁州。

夜　饮

引剑酣歌亦壮哉，要君共覆手中杯。
秋鸿阵密横江去，暮角声酣战雨来。
莫恨皇天无老眼，请看白骨有青苔。
中年倍觉流光速，行矣西郊又见梅。

病酒述怀

闲处天教著放翁，草庐高卧笮桥东。
数茎白发悲秋后，一盏青灯病酒中。
李广射归关月堕，刘琨啸罢塞云空。
古人意气凭君看，不待功成固已雄。

江楼醉中作

淋漓百榼宴江楼，秉烛挥毫气尚遒。
天上但闻星主酒，人间宁有地埋忧。
生希李广名飞将，死慕刘伶赠醉侯。
戏语佳人频一笑，锦城已是六年留。

曳　策

三峡猿催清泪落，两京梅傍战尘开。
慈竹萧森拱废台，醉归曳策一徘徊。
纷纷落日牛羊下，黯黯长空霰雪来。
三峡猿催清泪落，两京梅傍战尘开。
客怀已是凄凉甚，更听城头画角哀。

醉中出西门偶书

古寺闲房闭寂寥，几年耽酒负公朝。
青山是处可埋骨，白发向人羞折腰。
末路自悲终老蜀，少年常愿从征辽。
醉来挟箭西郊去，极目寒芜雉兔骄。

○淳熙四年丁酉，五十三岁。

叹　息

国家图箓合中兴，叹息吾宁粥饭僧。
卖剑买牛衰可笑，坏裳为袴老犹能。
晓过射圃云藏垒，夜读兵书雨洒灯。
安得龙媒八千骑，要令穷虏畏飞腾。

客　愁

骑马出门无所诣，端居正尔客愁侵。
苍颜白发入衰境，黄卷青灯空苦心。
天下极知须寓杰，书生何恨死山林。
消磨未尽胸中事，《梁甫》时时尚一吟。

倚　楼

减尽朱颜白发新，高楼徙倚默伤神。
未酬马上功名愿，已是人间老大身。
太史周南方卧疾，拾遗剑外又逢春。
一杯且为江山醉，百万呼卢迹已陈。

南定楼遇急雨

行遍梁州到益州，今年又作度泸游。
江山重复争供眼，风雨纵横乱入楼。
人语朱离逢峒獠，棹歌欸乃下吴舟。
天涯住稳归心懒，登览茫然却欲愁。

〇自《晚泊》至此，皆久客蜀中之诗。

风顺舟行甚疾戏书

昔者远戍南山边，军中无事酒如川。
呼卢喝雉连暮夜，击兔伐狐穷岁年。
壮士春芜卧白骨，老夫晨镜悲华颠。
可怜使气尚未减，打鼓顺流千斛船。

〇此下自叙州出蜀之诗。

峡州东山

十年不踏东山路，今日重为放浪行。
老矣判无黄鹄举，归哉惟有白鸥盟。
新秧刺水农家乐，修竹环溪客眼明。
已驾巾车仍小驻，绿萝亭下听莺声。

〇淳熙五年戊戌，五十四岁。

初发夷陵

雷动江边鼓吹雄，百滩过尽失途穷。
山平水远苍茫外，地辟天开指顾中。
俊鹘横飞遥掠岸，大鱼腾出欲凌空。
今朝喜处君知否，三丈黄旗舞便风。

泊公安县

秦关蜀道何辽哉，公安渡头今始回。
无穷江水与天接，不断海风吹月来。
船窗簾卷萤火闹，沙渚露下蘋花开。
少年许国忽衰老，心折柁楼长笛哀。

南　楼

十年不把武昌酒，此日阑边感慨深。
舟楫纷纷南复北，山川莽莽古犹今。
登临壮士兴怀地，忠义孤臣许国心。
倚杖黯然斜照晚，秦吴万里入长吟。

黄鹤楼

手把仙人绿玉枝，吾行忽及早秋期。
苍龙阙角归何晚，黄鹤楼中醉不知。
江汉交流波渺渺，晋唐遗迹草离离。
平生最喜听长笛，裂石穿云何处吹。

舟中偶书

老子西游万里回，江行长夏亦佳哉。

昼眠初起报茶熟，宿酒半醒闻雨来。
汉口船开催叠鼓，淮南帆落亚高桅。
四方本是丈夫事，白首自怜心未灰。

舟行蕲黄间雨霁得便风有感

天青云白十分晴，帆饱舟轻尽日行。
江底鱼龙贪昼睡，淮南草木借秋声。
好山缥缈何由住，华发萧条只自惊。
莫怪时人笑疏懒，宦情元不似诗情。

初见庐山

从军忆在梁州日，心拟西征草捷书。
铁马但思经太华，布帆何意拂匡庐。
计谋落落知谁许，功业悠悠定已疏。
尚喜东林寻旧社，月明清露湿芙蕖。

六月十四日宿东林寺

看尽江湖千万峰，不嫌云梦芥吾胸。
戏招西塞山前月，来听东林寺里钟。
远客岂知今再到[①]，老僧能记昔相逢。
虚窗熟睡谁惊觉，野碓无人夜自舂。

〇先生自蜀归，迁江西常平，提举江西水灾。出峡后，舟过荆州、武昌，自九江登岸赴南昌，故经过东林寺。①先生昔尝判隆兴府，故曰“今再到”。

过采石有感

短衣射虎早霜天，叹息南山又七年。
唾手每思双羽箭，快心初见万楼船。

平波漫漫看浮马，高柳阴阴听乱蝉。
明日重寻石头路，醉鞍谁与共联翩。

○先生至江西不久，即召还与祠，又出江，自小孤、金陵至浙江还家，故过采石。

登赏心亭

蜀栈秦关岁月遒，今年乘兴却东游。
全家稳下黄牛峡，半醉来寻白鹭洲。
黯黯江云瓜步雨，萧萧木叶石城秋。
孤臣老抱忧时意，欲请迁都涕已流。

将至京口

卧听金山古寺钟，三巴昨梦已成空。
船头坎坎回帆鼓，旗尾舒舒下水风。
城角危楼晴霭碧，林间双塔夕阳红。
铜瓶愁汲中濡水，不见茶山九十翁①。

①自注：顷在京口，尝取中濡水寄曾文清公。

归云门①

万里归来值岁丰，解装乡墅乐无穷。
甑炊饱雨湖菱紫，篾络迎霜野柿红。
坏壁尘埃寻醉墨，孤灯饼饵对邻翁。
微官行矣闽山去②，又寄千岩梦想中。

①自蜀归来，至是还越抵家矣。②《宋史》先生本传，但载自江西召还与祠，即起知严州，不载闽山微官之事。

湖村秋晓

剑阁秦山不计年，却寻剡曲故依然。

尽收事业渔舟里，全付光阴酒榼边。
平野晓闻孤唳鹤，澄湖秋浸四垂天。
九关虎豹君休问，已向人间得地仙。

梦至成都怅然有作

春风小陌锦城西，翠箔珠簾客意迷。
下尽牙筹闲纵博，刻残画烛戏分题。
紫氍毹暖帐中醉，红叱拨骄花外嘶。
孤梦凄凉身万里，令人憎杀五更鸡。

宦途元不羡飞腾，锦里豪华压五陵。
红袖引行游玉局，华灯围坐醉金绳。
阶前汗血洮河马，架上霜毛海国鹰。
世事转头谁料得，一官南去冷如冰。

衢州道中作

耿耿孤忠不自胜，南来清梦绕觚棱。
驿门上马千峰雪，寺壁题诗一砚冰。
疾病时时须药物，衰迟处处少交朋。
无情最恨寒沙雁，不为愁人说杜陵。

宿鱼梁驿五鼓起行有感

忆从南郑客成都，身健官闲一事无。
分骑霜天伐狐兔，张灯雪夜掷枭卢。
百忧忽堕新衰境，一笑难寻旧酒徒。
投宿鱼梁溪绕屋，五更听雨拥篝炉。

少时谈舌坐生风，管葛奇才自许同。
闭户著书千古计，变名学剑十年功。
酒醒顿觉狂堪笑，睡起方知梦本空。
他日故人能忆我，葛仙矶畔觅渔翁。

夜坐偶书

衰发萧疏雪满簪，暮年光景易骎骎。
已甘身作沟中断，不愿人知爨下音。
病鹤摧颓分薄俸，悲蛩断续和微吟。
向来误有功名念，欲挽天河洗此心。

自　咏

游戏人间岁月多，痴顽将奈此翁何。
放开绳箠牛初熟，照破乾坤镜未磨。
日落苔矶闲把钓，雨馀蓬舵乱堆蓑。
明朝不见知何处，又向江湖醉踏歌。

客　意

山行曳杖水拏舟，走遍茫茫禹画州。
蝴蝶梦魂常是客，芭蕉身世不禁秋。
早因食少妨高卧，晚忆茶甘作远游。
龙焙一尝端可去，无心更为荔枝留。

忆山南

貂裘宝马梁州日，盘槊横戈一世雄。
怒虎吼山争雪刃，惊鸿出塞避雕弓。
朝陪策画清油里，暮醉笙歌锦幄中。

老去据鞍犹矍铄，君王何日伐辽东。

醉墨淋漓酒百杯，辕门山色碧崔嵬。
打毬骏马千金买，切玉名刀万里来。
结客渔阳时遣简，踏营渭北夜衔枚。
十年一梦今谁记，闲置车中只自哀。

追感梁益旧游有作

西游万里倚朱颜，肯放尊前一笑悭。
蜀苑妓围欺夜雪，梁州猎火满秋山。
晚途忽堕尘埃里，乐事浑疑梦寐间。
浮世变迁君勿叹，剧谈犹足诧乡关。

奏乞奉祠留衢州皇华馆待命

世念萧然冷欲冰，更堪衰与病相乘。
从来幸有不材木，此去真为无事僧。
耐辱岂惟容唾面，寡言端拟学铭膺。
尚馀一事犹豪举，醉后龙蛇满剡藤。
○先生自建安至铅山、玉山、常山，遂达衢州。

寓馆晚兴

随牒人间不自怜，衢州孤驿更萧然。
百年细数半行路，万事不如长醉眠。
发短经秋真种种，腹宽耐事只便便。
晚窗商略唯当饮，安得黄花到眼边。

三月二十一日作

蹴踘墙东一市哗，秋千楼外两旗斜。
及时小雨放桐叶，无赖馀寒开楝花。
明月吹笙思蜀苑，软尘骑马梦京华。
欢情减尽朱颜改，节物催人只自嗟。

〇淳熙七年庚子，五十六岁。

与黎道士小饮偶言及曾文清公慨然有感

临川税驾忽数月，嗜睡爱闲常闭门。
君诗始惬病僧意，吾道难为俗人言。
秋雨凄凄黄叶寺，春风酣酣绿树村。
曾公九原不可作，一尊破涕诵《招魂》。

夜　意

洒地移床曲槛前，葛衣萧爽接䍦偏。
庭空秋近露沾草，月落夜阑星满天。
静待微风停素扇，旋消残酒漱寒泉。
翛然自与氛埃远，安用骑鲸学水仙。

初　秋

湿萤相逐照高栋，又见一年风露秋。
流落江湖常踽踽，扫平河洛转悠悠。
簿书终日了官事，尊酒何时宽客愁。
拟倩天风吹梦去，浩歌起舞散花楼。

别杨秀才

岁暮江头又语离，淡烟衰草不胜悲。
俗人愦愦宁知子，心事悠悠欲语谁。
灯暗想倾浇闷酒，路长应和赠行诗。
人生但要身强健，一笑相从自有时。

行至严州寿昌县界得请许免入奏仍除外官感恩述怀

晓传尺一到江村，拜起朝衣渍泪痕。
敢憾帝城如日远，喜闻天语似春温。
翰林惟奉还山诏，湘水空招去国魂。
圣主恩深何力报？时从天末望修门。

〇先生自蜀归山阴，后一出官于建安，再官于抚州。自抚州谢事，后至高安一行，又还至严州，得免入奏之命，从此又归山阴矣。集中为第十及十一、十二卷诸诗，此所抄仅七律十馀首，故不能评其行踪。

新筑山亭戏作

危槛凌风出半空，怪奇造化欲无功。
天垂缭白萦青外，人在纷红骇绿中。
日月匆匆双转毂，古今杳杳一飞鸿。
酒酣独卧林间石，未许尘寰识此翁。

〇淳熙八年辛丑，五十七岁。

自　咏

三十年前接俊游，即今身世寄沧洲。
俚声不办谐《韶頀》，暮气宁能彻斗牛。
绿酒可人消永日，黄鹂多事管闲愁。

吹笙跨鹤何时去，剩欲平章太华秋。

感　秋

南山射虎漫豪雄，投老还乡一秃翁。
世味扫除和蜡尽，生涯零落并锥空。
秋惊蠹叶凋残绿，病著衰颜失旧红。
笠泽松陵家世事，一竿惟是待西风。

冬暖颇有春意追忆成都昔游怅然有作

濯锦江边罨画楼，金鞭曾护犊车游。
纷纷万事反乎覆，落落一身淹此留。
刻烛赋诗空入梦，倾家酿酒不供愁。
探春歌吹应如昨，亦有朋侪记我不？

冬夜不寐至四鼓起作此诗

秦吴万里车辙遍，重到故乡如隔生。
岁晚酒边身老大，夜阑枕畔书纵横。
残灯无焰穴鼠出，槁叶有声村犬行。
八十将军能灭虏，白头吾欲事功名①。

①自注：高丽有谶云：当有八十老将平之。李英公实膺是谶。

夜饮示坐中

胡雁叫群寒夜长，峥嵘北斗天中央。
达人大观眇万物，烈士壮心怀四方。
纵酒长鲸渴吞海，草书瘦蔓饱经霜。
付君诗卷好收拾，后五百年无此狂。

独孤生策字景略河中人工文善射喜击剑一世奇士也有自峡中来者言其死于忠涪间感涕赋诗

忆昨骑驴入蜀关，旗亭邂逅一开颜。
气钟太华中条秀，文在先秦两汉间。
宝剑凭谁占斗气，名驹竟失养天闲。
身今老病投空谷，回首东风涕自潸。

夜泊水村

腰间羽箭久凋零，太息燕然未勒铭。
老子犹堪绝大漠，诸君何至泣新亭。
一身报国有万死，双鬓向人无再青。
记取江湖泊船处，卧闻新雁落寒汀。

○淳熙壬寅，五十八岁。

夜步庭下有感

夜绕庭中百匝行，秋风传漏忽三更。
星辰北拱疏还密，河汉西流纵复横。
惊鹊绕枝栖不稳，冷萤穿竹远犹明。
书生老抱平戎志，有泪如江未敢倾。

题酒家壁

明主何曾弃不才，书生飘泊自堪哀。
烟波东尽江湖远，云栈西从陇蜀回。
宿雨送寒秋欲晚，积衰成病老初来。
酒香菰脆丹枫岸，强遣樽前笑口开。

幽居感怀

偶傍枫林结数缘，东归也复度流年。
汀洲雁下依残水，墟里人行破夕烟。
十月风霜欺客枕，五更鼓角满江天。
散关清渭应如昨，回首功名一怆然。

○淳熙十年癸卯，五十九岁。

自若耶溪舟行杭镜湖而归

换马亭前烟火微，斗牛桥畔行人稀。
云山惨澹少颜色，霜日青薄无光辉。
新酒篘成桑正落，美人信断雁空归。
高楼何处吹长笛，清泪无端又湿衣。

游山归偶赋

此生本寄一浮沤，归卧茅茨又四秋。
习气未除惟痛饮，幻躯偶健且闲游。
买蓑山县云藏市，横笛江城月满楼。
与世沉浮最安乐，莫思将相快恩仇。

苦　寒

冻砚时能出苦吟，浊醪亦复慰孤斟。
谁知冰雪凝严候，自是乾坤爱育心。
疠鬼尽驱人意乐，遗蝗一洗麦根深。
但嫌景短妨书课，栖鸟纷纷又满林。

冬夜月下作

造物宁能困此翁，浩歌庭下畣松风。
煌煌斗柄插天北，焰焰月轮生海东。
皂纛黄旗都护府，峨冠长剑大明宫。
功名晚遂从来事，白首江湖未叹穷。

感　愤

今皇神武是周宣，谁赋南征北伐篇。
四海一家天历数，两河百郡宋山川。
诸公尚守和亲策，志士虚捐少壮年。
京洛雪消春又动，永昌陵上草芊芊。

塞　上

塞上今年有事宜，将军承诏出全师。
精金错落八尺马，刺绣鲜明五丈旗。
上谷飞弧传号令，萧关积石列城陴。
不应幕府无班固，早晚燕然刻颂诗。

囚　山

垣屋参差绿树边，囚山光景饯华颠。
平川极目思秦地，大泽浮空忆楚天。
刺虎射麋俱已矣，举杯开剑忽悽然。
此生终遣英雄笑，棘没铜驼六十年。

夏日小宴

横吹铜笛苍龙声，双奏玉笙丹凤鸣。

已判百年终醉死，要将一笑压愁生。
旋移画舫破山影，高卷朱簾延月明。
试问炎歊在何许，夜阑翻怯葛衣轻。
○甲辰，六十岁。

闻虏政衰乱扫荡有期喜成口号

正朔今年被百蛮，遥知喜色动天颜。
风雷传号临春水，貔虎移军过玉关。
博士已成封禅草，单于将就会朝班。
孤臣老抱《周南》憾，壮观空存梦想间。

遗虏游魂岂足忧，汉家方运幄中筹。
天开地辟逢千载，雷动风行遍九州。
刁斗令严青海夜，旌旗色照铁关秋。
功名自是英豪事，不用君王万户侯。

山　寺

寺门压石危欲崩，槎牙老松挂苍藤。
风传上方出定磬，雨暗古殿长明灯。
宿林野鹘惊复起，争栗山童呼不磨。
溪南闻道更幽绝，明日裂布缝行縢。

野　饮

青山千载老英雄，浊酒三杯失阸穷。
访古颓垣荒堑里，觅交屠狗卖浆中。
平堤渐放春芜绿，细浪遥翻夕照红。
已把残年付天地，骑牛吹笛伴村童。

独酌有怀南郑

忆从嶓冢涉南沮，笳鼓声酣醉胆粗。
投笔书生古来有，从军乐事世间无。
秋风逐虎花叱拨，夜雪射熊金仆姑。
白首功名元未晚，笑人四十叹头颅。

夜　步

市人莫笑雪蒙头，北陌南阡信脚游。
风递钟声云外寺，水摇灯影酒家楼。
鹤归辽海逾千岁，枫落吴江又一秋。
却掩船扉耿无寐，半窗落月照清愁。

偶读山谷老境五十六翁之句作六十二翁吟

三百里湖水接天，六十二翁身刺船。
饭足便休慵念禄，丹成不服怕登仙。
胸中浩浩了无物，世上纷纷徒可怜。
但有青钱沽白酒，犹堪醉倒落梅前。

书　愤

早岁那知世事艰，中原北望气如山。
楼船夜雪瓜洲渡，铁马秋风大散关。
塞上长城空自许，镜中衰鬓已先斑。
出师一表真名世，千载谁堪伯仲间。

临安春雨初霁

世味年来薄似纱，谁令骑马客京华。

小楼一夜听春雨，深巷明朝卖杏花。
矮纸斜行闲作草，晴窗细乳戏分茶。
素衣莫起风尘叹，犹及清明可到家。

○先生还自蜀中，一为江西常平，即归山阴数年，今始入朝，旋即还山。此诗之末句已决矣。考其时，当在孝宗淳熙十三年丙午之春。

小舟过御园

圣主忧民罢露台，春风别苑昼常开。
尽除曼衍鱼龙戏，不禁刍荛雉兔来。
水鸟避人横翠霭，宫花经雨委苍苔。
残年自喜身强健，又作清都梦一回。

水殿西头起砌台，绿杨闹处杏花开。
箫韶本与人同乐，羽卫才闻岁一来。
鹢首波生涵藻荇，金铺雨后上莓苔。
远臣侍宴应无日，目断尧云到晚回。

还　家

富贵元须早致身，白头岂复市朝人。
数声鹎鵊呼残梦，一架酴醾送晚春。
叠嶂出云明客眼，澄江涨雨濯京尘。
逢人枉道哦诗瘦，下语今年尚未亲。

天津桥上醉骑驴，一锦囊诗一束书。
作客况当多病后，还家已过暮春初[①]。
泥深村巷人谁顾，草满园畦手自锄。
不为衰迟思屏迹，此心元向利名疏。

①三月即归，计先生在京不过月馀。

夜行玉笥樵风之间宿龙瑞

野店溪桥供晚饷，吟边醉里弄春风。
马行缺月黄昏后，钟下乱山空翠中。
名宦不辞成寂寂，岁时惟憾去匆匆。
颇闻禹穴遗书在，安得高人与细穷。

题斋壁

二十馀年此结茆，园公溪父日论交。
风翻半浦乱荷背，雨放一林新笋梢。
隔叶晚莺啼谷口，唼花雏鸭聚塘坳。
出门行罢还无事，借得丹经手自抄。
〇淳熙十三年丙午，六十二岁。

四顾茫茫水接天，幽居真个似乘船。
月窗竹影连栖鹊，露井桐声带断蝉。
甘寝每憎茶作祟，清狂直以酒为仙。
形骸那得常羁束，六十年来又二年。

舴艋为家一老翁，阳狂羞与俗人同。
梦回菱曲渔歌里，身寄蘋洲蓼浦中。
断简尘埃存治道，高丘草棘闭英雄。
旗亭村酒何劳醉，聊豁平生芥蒂胸。

稽山千载翠依然，著我山前一钓船。
瓜蔓水平芳草岸，鱼鳞云衬夕阳天。

出从父老观秧马，归伴儿童放纸鸢。
君看此翁闲适处，不应便谓世无仙。

官居戏咏

万里飘然似断蓬，桐庐江上又秋风。
判馀牍尾栖鸦湿，衙退庭中立雁空。
灯火市楼知酒贱，歌呼村里觉年丰。
谁言病守无欢意，也与他人一笑同。
○先生于丙午秋知严州。

说着功名即自羞，暮年世味转悠悠。
一庭落叶楸梧老，万里悲风鼓角秋。
怀绶不为明日计，登楼且散异乡愁。
渔舟大似非凡子，能拣溪山胜处留。

城头闲倚一枝藤，病起清羸不自胜。
衙鼓有期催晚坐，绦铃无赖唤晨兴。
爱书习气嗟犹在，寡过工夫愧未能。
寂寞已无台省梦，诸公衮衮自飞腾。

登北榭

绕城山作翠涛倾，底事文书日有程。
无溷我为挥吏散，独登楼去看云生。
香浮鼻观煎茶熟，喜动眉间炼句成。
莫笑衰翁淡生活，他年犹得配玄英。
○自注：方干有《千峰榭》诗。

秋夜闻雨

香断灯昏小幌深，不堪病里值秋霖。
惊回万里关河梦，滴碎孤臣犬马心。
清似钓船闻急濑，悲于静院听繁砧。
玉峰老去情怀恶，稳受千茎雪鬓侵[1]。

①自注：韩致光诗云："不知短发能多少，一滴秋霖白一茎。"

自　咏

钝似窗间十月蝇，淡如世外一孤僧。
心劳抚字虽亡补，笔判虚空却麄能。
厌见文书衔客袖，但思蔬水曲吾肱。
何时却宿云门寺，静听霜钟对佛灯。

醉中戏作

当年买酒醉新丰，豪士相期意气中。
插羽军书立谈办，如山铁骑一麾空。
玉关久付清宵梦，笠泽今成白发翁。
堪笑灯前如意舞，尚将老健压诸公。

安流亭俟客不至独坐成咏

忆昔西征鬓未霜，拾遗陈迹吊微茫。
蜀江春水千帆落，禹庙空山百草香。
马影斜阳经剑阁，橹声清晓下瞿唐。
酒徒云散无消息，水榭凭栏泪数行。

秋雨北榭作

秋风吹雨到江濆，小阁疏簾晓色分。
津吏报增三尺水，山僧归入万重云。
飘零露井无桐叶，断续烟汀有雁群。
了却文书早寻睡，檐声偏爱枕间闻。

病起小饮

病起新霜满鬓蓬，凭高一笑与谁同。
酒如渌静春江水，人有鸿荒太古风。
野寺钟来夕阳外，寒山空插乱云中。
一官正尔妨人乐，只合沧浪狎钓翁。

灯下阅吏牍有感

老眼今年太负渠，羲经鲁史顿成疏。
一为柱后惠文吏，厌读司空城旦书。
正苦雁行须束缚，不言鼠辈合诛鉏。
致君尧舜元无术，黄卷何辞饱蠹鱼。

纵　笔

闲经月下白蘋洲，半脱风前紫绮裘。
曾值东风谒鸾驾，却因南渡看龙舟。
年光已付梦腾醉，天宇谁从汗漫游。
莫怪又成横笛去，故人期我玉华楼[①]。

①自注：玉华楼在青城山丈人观。

东都宫阙郁嵯峨[①]，忍听胡儿《敕勒歌》。

云隔江淮翔翠凤，露霑荆棘没铜驼。
丹心自笑依然在，白发将如老去何。
安得铁衣三万骑，为君王取旧山河。

①东都：指汴京。

行省当年驻陇头[①]，腐儒随牒亦西游。
千艘冲雪鱼关晓，万灶连云骆谷秋。
天道难知胡更炽，神州未复士堪羞。
会须沥血书封事，请报天家九世仇。

①行省，谓蜀帅王炎辈开幕府于陇蜀。

雪夜有感

狂胆轮囷欲满躯，一麾谁悯滞江湖。
青衫曾奏三千牍，白首犹思丈二殳。
龙虎翔空瞻王气，犬羊度漠避天诛。
何时冒雪趋行殿，香案前头进阵图。

读　书

束发论交一世豪，暮年顦顇困蓬蒿。
文辞博士书驴券，职事参军判马曹。
病里犹须看周易，醉中亦复读《离骚》。
若为可奈功名念，试觅并州快剪刀。

○淳熙十四年丁未，六十三岁。

夜登千峰榭

夷甫诸人骨作尘，至今黄屋尚东巡。
度兵大岘非无策，收泣新亭要有人。

薄酿不浇胸垒块，壮图空负胆轮囷。
危楼插斗山衔月，徙倚长歌一怆神。

登千峰榭

飞观危栏缥缈中，聊将醉眼送归鸿。
一生未售屠龙技，万里犹思汗马功。
王衍诸人宁足责，姜维竖子自应穷。
他年吊古凭高处，想见清伊照碧嵩。

秋夜登千峰榭待晓

万里秋风夜艾时，剡川孤客不胜悲。
读书眼暗定谁许，忧国涕零空自知。
欲坠高梧先策策，渐低北斗正离离。
倚阑不觉鸡号晓，剪烛题诗寄所思。

严州大阅

铁骑森森帕首红，角声旗影夕阳中。
虽惭江左繁雄郡，且看人间矍铄翁。
清渭十年真昨梦，玉关万里又秋风。
凭鞍撩动功名意，未憾猿惊蕙帐空。

晓游东园

药瓢藜杖合施行，独往山林已歃盟。
傍水断云含暮色，拂檐高竹借秋声。
痴人自作浮生梦，腐骨那须后世名，
莫笑吟哦无阙日，老来未尽独诗情。

寓　叹

江上霜风透敝袍，区区无奈簿书劳。
衰迟始忆壮游乐，仕宦更知归卧高。
人怪羊裘忘富贵，我从牛僧得贤豪。
俗间问讯真成懒，有手惟堪把蟹螯。

剑外归耕梦不通，公车上疏路何从。
有心求缩地万里，无羽可朝天九重。
狂诵新诗驱疟鬼，醉吹横笛舞神龙。
明当采药玉霄去，他日君看冰雪容。

寒夜移疾

南山北山高嶙峋，朝雨暮雨断江津。
时人正作市朝梦，老子已成云水身。
希世强颜心自愧，闭门谢病客生瞋。
天公何日与一饱，短艇湘湖自采莼[①]。

①自注：湘湖在萧山县，产莼极美。

走遍天涯白发生，晚叨微禄卧山城。
知章自识狂供奉，士季那容醉步兵。
斸药有时携短镵，奏书无路请长缨。
此心拟说还休去，付与空阶夜雨声。

述　怀

尺寸虽无补县官，此心炯炯实如丹。
羯胡未灭敢爱死，尊酒在前终鲜欢。

亚父抱忠撞玉斗，虞人守节待皮冠。
纵言老病摧颓甚，壮气犹凭后代看。

谤誉纷纷笑杀侬，此身本自等虚空。
大鹏境界纤尘里，旷劫年光掣电中。
翻动烟霞长镵在，招呼风月一尊同。
是凡是圣谁能测，试问西陵织屦翁。

到严十五晦朔郡酿不佳求于都下既不时至
欲借书读之而寓公多秘不肯出无以度日殊惘惘也

桐君故隐两经秋，小院孤灯夜夜愁。
名酒过于求赵璧，异书浑似借荆州。
溪山胜处身难到，风月佳时事不休。
安得连车载郫酿，金鞭重作浣花游。

北窗闲咏

阴阴绿树雨馀香，半卷疏簾置一床。
得禄仅偿赊酒券，思归新草乞祠章。
古琴百衲弹清散，名帖双钩榻硬黄。
夜出灞亭虽跌宕，也胜归作老冯唐。
○以上淳熙十五年戊申，六十四岁。

感愤秋夜作

月昏当户树突兀，风恶满天云往来。
太阿匣藏不见用，孤愤书成空自哀。
吾辈赤心本贯日，昔人白骨今生苔。
荥河温洛不可见，青海玉关安在哉！

〇此时已自严州谢事还家矣。

反感愤

膊膊庭树鸡初鸣，嗈嗈天衢雁南征。
百年朝露岂长久，万事浮云常变更。
出处有心终有愧，圣贤无命亦无成。
西畴虽薄可自力，双犊且当乘雨耕。
〇自注：明夜读前作而悲，乃复作此自解。

舟中大醉偶赋长句

过江何敢号高流，偶与俗人风马牛。
画楫新摇严濑月，清尊又醉戴溪秋。
壮心无复在千里，老气尚能横九州。
古寺试求三丈壁，为君驱笔战蛟虬。
〇三句谓初离严州，四句谓已归山阴也。

新晴泛舟至近村偶得双鳜而归

秋风一夜老汀蘋，剡曲稽山发兴新。
青嶂会为身后冢，扁舟聊作画中人。
园林摇落知寒早，父老逢迎觉意真。
归舍不妨成小醉，眼明细柳贯霜鳞。

岁晚感怀

利名争夺两皆非，生世宁殊露易晞。
老冉冉来谁独免，冢累累处会同归。
听歌莫惜终三叠，纵猎何妨更一围。
醉卧日高呼不醒，笑人霜晓束朝衣。

〇戊申年，六十四岁。

四鼓出嘉会门赴南郊斋宫

客游梁益半吾生，不死还能见太平。
初喜梦魂朝帝所，更惊老眼看都城。
九重宫阙晨霜冷，十里楼台落月明。
白发苍颜君勿笑，少年惯听《舜韶》声。

〇先生以淳熙十五年除军器少监。前有《初到行在宿监中》等诗未抄。

马上作

三十年前客帝城，城南结骑尽豪英。
湖山冷落悲陈迹，文字流传付后生。
衰老更禁新卧病，尘埃时拂旧题名。
马头风卷飞花过，又得残春一日晴。

送霍监丞出守盱眙

淮浦粼粼浸碧天，即今谁料作穷边。
空闻瓯脱嘶胡马，不见浮屠插霁烟。
亭障久安无檄到，杯觞频举有诗传。
长城万里英雄事，应笑穷儒饱昼眠。

和周元吉右司过敝居追怀南郑相从之作

梁益东西六十州，大行台出北防秋。
阅兵金鼓震河渭，纵猎狐兔平山丘。
露布捷书天上去，军咨祭酒幄中谋。
岂知今日诗来处，日落风生芦荻洲。

醉中浩歌罢戏书

造物小儿如我何，还家依旧一渔蓑。
穿云逸响苏门啸，卷地悲风易水过。
老眼阅人真烂熟，壮心得酒旋消磨。
旁观虚作穷愁想，点检霜髯却未多。

○此时解军器少监之职，又回山阴矣。

故　山

功名莫苦怨天悭，一棹归来到死闲。
傍水无家无好竹，卷簾是处是青山。
满篮箭茁瑶簪白，压担棱梅鹤顶殷。
野兴尽时尤可乐，小江烟雨趁潮还。

○镜湖。

禹祠行乐盛年年，绣毂争先罨画船。
十里烟波明月夜，万人歌吹早莺天。
花如上苑常成市，酒似新丰不直钱。
老子未须悲白发，黄公垆下且闲眠。

○禹祠。

老尉鸿飞隐市门，千年犹有旧巢痕。
陆生于此寓棋局，曾丈时来开酒樽。
渺渺帆樯遥见海，冥冥蒲苇不知村。
数僧也复投诗社，零落今无一二存。

○梅山。

落硐泉奔舞玉虹，护丹松老卧苍龙。
霜柑篱角寒初熟，野碓云边夜自舂。
挈榼人沽村市酒，打包僧趁寺楼钟。
幽寻自是年来懒，枉道山灵不见容。

○云门。

宿野人家

避雨来投白板扉，野人怜客不相违。
林喧鸟雀栖初定，村近牛羊暮自归。
土釜煖汤先濯足，豆䕼吹火旋烘衣。
老来世路浑谙尽，露宿风餐未觉非。

有　感

温洛荣河拱旧京，从来人物富豪英。
报仇虽有楚三户，守节得无齐二城。
胡寇宁能断地脉，王师行复畅天声。
凤鳞久伏应争奋，勉为明时颂太平。

舟过梅坞胡氏居爱其幽邃为赋一诗

稽山翠入家家窗，此家清绝无与双。
丹葩绿树锦绣谷，清波白石玻璃江。
一堤茂草有眠犊，数掩短篱无吠尨。
北轩商略可散发，借与放翁倾酒缸。

自东泾度小岭闻有地可卜庵喜而有赋

小岭西南烟水间，颇闻有地百弓宽。
谁其云者两黄鹄，何以报之双玉盘。

竹坞未昏先晻暖，莲汀当暑亦清寒。
一庵何日从吾好，会约高人共倚阑。

王给事饷玉友

散发萧然蒲苇林，马军送酒慰孤斟。
江河不洗古今憾，天地能知忠义心。
无侣有时邀落月，放狂连夕到横参。
玉船湛湛真秋露，却憾鹅儿色尚深。

晚　兴

白布裙襦退士装，短篱幽径独相羊。
莎根蟋蟀催秋候，稗穗蜻蜓立晚凉。
屈子所悲人尽醉，郦生常谓我非狂。
知心赖有青天在，又炷中庭一夕香。

遣　怀

许国区区不自胜，秋风空羡下韝鹰。
青云夜叹初心误，白发朝看一倍增。
积愤有时歌易水，孤忠无路哭昭陵。
头颅自揣今如此，尚欲闲寻紫阁僧[①]。

〇绍熙二年辛亥，六十七岁。①自注：陈希夷奇钱宣靖，复招紫阁僧相之。

新秋感事

江上清秋昨夜回，渔扉正对荻洲开。
志存天下食不足，节慕古人谗愈来。
风际纸鸢那解久，祭馀刍狗会堪哀。

萧然散发听秋雨，剩领新凉入酒盃。

北渚秋风凋白蘋，流年冉冉默伤神。
强颜未忍乞墦祭，积毁仅逃输鬼薪。
半榼浮蛆初试酿，两螯斫雪又尝新。
受恩自度终无报，聊为清时备隐沦。

秋　思

南郑归来二十霜，背人岁月去堂堂。
破裘不补知寒早，倦枕无憀厌夜长。
年少若为评宿士，狂生曾是说高皇。
慨然此夕江湖梦，犹绕天山古战场。

一生书剑遍天涯，两岁秋风喜在家。
烂醉日倾无算酒，高眠时听属私蛙。
园林夕照明丹柿，篱落初寒蔓碧花。
便拟挂冠君会否，耳根不复耐喧哗。

残暑偏能著此翁，吹襟剩喜得西风。
露滋小径兰苕冷，月射高梁燕户空。
衰病呻吟真一洗，醉歌跌宕与谁同。
从今日日增幽兴，水际先丹数叶枫。

半年闭户废登临，直自春残病至今。
帐外昏灯伴孤梦，檐前寒雨滴愁心。
中原形胜关河在，列圣忧勤德泽深。
遥想遗民垂泣处，大梁城阙又秋碪。

雁阵横空送早寒，白头病叟住江干。
风林脱叶山容瘦，霜稻登场野色宽。
万里关河惊契阔，一尊邻曲话悲欢。
书生饿死寻常事，那得重弹挂壁冠。

药畦蔬陇夕阳中，带落冠攲一病翁。
步蹇每妨行药兴，眼昏几废读书功。
露浓乍警云巢鹤，风劲先凋玉井桐。
欲赋悲秋却休去，鬓丝已是满青铜。

遣　怀

秋风策策冷吹衣，谢病经年昼掩扉。
绝世本来希独立，刺天不复计群飞。
细思万古名何用，太息九原谁与归。
葬近要离非素意，富春滩畔有苔矶。

冬夜读书

霜雪纷纷满鬓毛，凋年怀抱独萧骚。
房栊夜悄孤灯暗，原野风悲万木号。
病卧极知趋死近，老勤犹欲与书鏖。
小儿可付巾箱业，未用逢人叹不遭。

冬夜读书忽闻鸡唱

龌龊常谈笑老生，丈夫失意合躬耕。
天涯怀友月千里，灯下读书鸡一鸣。
事去大床空独卧，时来竖子或成名。

春芜何限英雄骨，白发萧萧未用惊。

闭　户

箪瓢虚道不堪忧，闭户方从造物游。
安乐本因无事得，功名常忌有心求。
洗除仇怨忘蛮触，收敛光芒静斗牛。
儿报床头春瓮熟，人间万事转悠悠。

落　魄

落魄江湖七十翁，欲持一笑与谁同。
萧萧雪鬓难藏老，寂寂蓬门可讳穷。
好句尚来欹枕处，壮心时在倚楼中。
无涯毁誉何劳诘，骨朽人间论自公。

入城至郡圃及诸家园亭游人甚盛

老子何曾惯市尘，今朝也复入城闉。
太平有象人人醉，造物无私处处春。
九陌莺花娱病眼，一竿风月属闲身。
不缘兴尽回桡早，要就湖波照角巾。

蓬莱馆午憩

驿门系马听蝉吟，翻动平生万里心。
桥畔笛声催日落，城边草色带烟深。
关河历历功名晚，岁月悠悠老病侵。
忆戍梁州如昨日，凭栏西望一沾襟。

梦游散关渭水之间

平生望眼怯天涯，客里何堪度岁华。
但憾征轮无四角，不愁归路有三叉。
驿窗灯暗传秋柝，关树烟深宿暮鸦。
叱犊老翁头似雪，羡渠生死不离家。

病　卧

病卧东斋怕揽衣，年来真与世相违。
横林蠹叶秋先觉，别浦骄云暝不归。
岁月惟须付樽酒，江山竟是属渔矶。
邻翁一夕成今古[①]，愈信人生七十稀。

①自注：村东吴翁病，一夕而卒。

晚　眺

秋晚闲愁抵酒浓，试寻高处倚枯筇。
云归时带雨数点，木落又添山一峰。
鸣雁沙边惊客橹，行僧烟际认楼钟。
个中诗思来无尽，十手传抄畏不供。

感　旧

当年书剑揖三公，谈舌如云气吐虹。
十丈战尘孤壮志，一簪华发醉秋风。
梦回松漠榆关外，身老桑村麦垄中。
奇士久埋巴峡骨，灯前慷慨与谁同。

〇自注：独孤景略死于忠州十年矣。

睡觉闻儿子读书

梦回闻汝读书声，如听箫韶奏九成。
且要沉酣向文史，未须辛苦慕功名。
人人本性初何欠，字字微言要力行。
老病自怜难预此，夜窗常负短灯檠。

步至近村

药物扶持疾渐平，布裘絮帽出柴荆。
荒堤经雨多牛迹，村舍无人有碓声。
数蝶弄香寒菊晚，万鸦回阵夕枫明。
老翁随意闲成句，不似刘侯要取名。

默　坐

巧说安能敌拙修，焚香默坐一窗幽。
煌煌炎火常下照，浩浩黄河方逆流。
气住神仙端可学，心虚造物本同游。
绝知此事不相负，荆棘翦除梨栗秋。

遣　兴

勋业如今莫系怀，开单日日学僧斋。
逸深只有天堪问，忧极浑无地可埋。
看镜已成双白鬓，登山犹费几青鞋。
晚来诗兴谁能那，雀噪空囷叶拥阶。

题老学庵壁

此生生计愈萧然，架竹苫茆只数椽。

万卷古今消永日，一窗昏晓送流年。
太平民乐无愁叹，衰老形枯少睡眠。
唤得南村跛童子，煎茶扫地亦随缘。

亲旧书来多问近况以诗答之

耐辱推颓百不能，居然老病住庵僧。
流年速似一弹指，更事多于三折肱。
庭树影中闻夜汲，邻机声里对寒灯。
沈诗任笔俱忘尽，酒户新来却少增。

二　子

两楹梦后少真儒，毁誉徒劳岂识渠。
孟子无功如管仲，扬雄有赋似相如。
敬王事业知谁继，准易工夫故不疏。
孤学背时空绝叹，白头穷巷抱遗书。

感　旧

忆从南郑入成都，气俗豪华海内无。
故苑燕开车载酒，名姬舞罢斗量珠。
浣花江路青螭舫，槎柳毬场白雪驹。
回首壮游真昨梦，一竿风月老南湖。
〇癸丑年，六十九岁。

余年四十六入峡忽复二十三年感怀赋长句

当年弔古巴东峡，雪洒扁舟见早梅。
宋玉宅边新酒美，巫山庙下暮猿哀。
樵柯烂尽棋方剧，客甑炊成梦未回。

已把痴顽敌忧患，不劳团扇念寒灰[①]。

①自注：刘梦得《团扇歌》曰：“当时初入君怀袖，岂念寒炉有死灰。”

书　叹

少年志欲扫胡尘，至老宁知不少伸。
览镜已悲身潦倒，横戈空觉胆轮囷。
生无鲍叔能知己，死有要离与卜邻。
西望不须揩病眼，长安冠剑几番新。

醉　题

勿笑山翁病满躯，胸中侠气未全无。
双瞳遇醉犹如电，五木随呼尽作卢。
代北胡儿富羊马，江南奇士出菰芦。
何由亲奉平戎诏，蹴踏关中建帝都。

书　愤

山河自古有乖分，京洛腥膻实未闻。
剧盗曾从宗父命，遗民犹望岳家军。
上天悔祸终平虏，公道何人肯散群。
白首自知疏报国，尚凭精意祝炉熏。

○自注：宗泽守东都，巨盗来归百万，号宗爷。岳家军，盖绍兴初语。

秋　兴

秋风又满会稽城，有客飘然万事轻。
久向林间得佳趣，不知身外有浮名。
蒲萄雨足初全紫，乌桕霜前已半赪。
欲把一杯终觉懒，老来怀抱为谁倾。

梦至洛中观牡丹繁丽溢目觉而有赋

两京初驾小羊车，颠顇江湖岁月赊。
老去已忘天下事，梦中犹看洛阳花。
妖魂艳骨千年在，朱弹金鞭一笑哗。
寄语毡裘莫痴绝，祈连还汝旧风沙。

自　嘲

岁月推迁万事非，放翁可笑白头痴。
此生竟出古人下，有志尚如年少时。
僻学固应知者少，长歌莫问和予谁。
自嘲自解君毋怪，老大从人百不宜。

老　怀

身见高皇再造初，名场流辈略无馀。
旧书科斗才存字，薄业蜗牛仅有庐。
迂士岂堪新贵使，少年自与老人疏。
荒园寂寂堆霜叶，抱瓮何妨日灌蔬。

初寒病中有感

楚水枫林霜露新，白头一叟正吟呻。
牛衣未起王章疾，马磨何伤许靖贫。
治道本来存简册，神州谁与静烟尘？
新亭对泣犹稀见，况觅夷吾一辈人。

寄天封明老

浪迹天台一梦中，距今四十五秋风。

胜游回首似昨日，衰病侵人成老翁。
圣寺参差石桥外，仙蓬缥缈玉霄东。
因君又动青鞵兴，目断千峰翠倚空。

溪上作

落日溪边杖白头，破裘不补冷飕飕。
戆愚酷信纸上语，老病犹先天下忧。
末俗陵迟稀独立，斯文崩坏欲横流。
绍兴人物嗟谁在，空记当年接俊游。

伛偻溪头白发翁，暮年心事一枝筇。
山衔落日青横野，鸦起平沙黑蔽空。
天下可忧非一事，书生无地效孤忠。
东山七月犹关念，未忍沉浮酒醆中。

咏　史

夜雨灯前感慨深，为邦一士重千金。
风云未展康时略，天地能知许国心。
剑忽拄颐都将相，帽曾擪耳隐山林。
英雄自古常如此，君看隆中梁甫吟。

春夜读书

枉是儒冠遇太平，穷人那许共功名。
枯肠不饱三升稷，皓首犹亲二尺檠。
寓世已为当去客，爱书更付未来生。
夜阑抚几愁无奈，起视离离斗柄倾。

春晚村居

一事元无可得忙，悠然半醉倚胡床。
牡丹枝上青春老，燕子声中白日长。
身世已如风六鹢，文章仍似闰黄杨。
太平有象无人识，南陌东阡捣麨香。

书　叹

高庙衣冠月出游，中原父老泪交流。
诸公谁效回天力，散吏空怀恤纬忧。
雨细渔庵晨举网，月明耕陇夜驱牛。
神州克复知何日，北望飞蓬万里秋。

题阳关图

谁画阳关赠别诗，断肠如在渭桥时。
荒城孤驿梦千里，远水斜阳天四垂。
青史功名常蹭蹬，白头襟抱足乖离。
山河未复胡尘暗，一寸孤愁只自知。

闲　中

闲中高趣傲羲皇，身卧维摩示病床。
活眼砚凹宜墨色，长毫瓯小聚茶香。
门无客至惟风月，案有书存但老庄。
问我东归今几日，坐看庭树六番黄。

晨　起

晨起梳头拂面丝，行年七十岂前期。

此身犹着几两屐，长日惟消一局棋。
空釜生鱼忍贫惯，闲门罗雀与秋宜。
区区名义真当勉，正是先师戒得时。

自　咏

常记当年入洛初，华灯百万掷樗蒱。
平生意薄刀笔吏，投老身为山泽臞。
已罢向空书咄咄，尚能击缶和呜呜。
今朝客至无寻处，正伴园丁斸芋区。

○绍熙五年甲寅，七十岁。

书室明暖终日婆娑其间倦则扶杖至小园戏作长句

放翁老手竟超然，俗子何由与作缘。
百榼旧曾夸席地，一窗今复幻壶天。
梦回橙在屏风曲，雨霁梅迎拄杖前。
吾爱吾庐得安卧，笑人思颍忆平泉①。

①自注：李卫公忆平泉山居，欧阳公思颍，诗皆数十篇。

美睡宜人胜按摩，江南十月气犹和。
重簾不卷留香久，古砚微凹聚墨多。
月上忽看梅影出，风高时送雁声过。
一杯太淡君休笑，牛背吾方扣角歌。

冬夜独酌

寒水茫茫浸月明，疏钟杳杳带霜清。
一樽浊酒有妙理，十里荒鸡非恶声。
物外虽增新跌宕，胸中未洗旧峥嵘。

颓然坐睡蒲团稳，残火昏灯伴五更。

郊行夜归书触目

老翁病起厌端居，随意东西不问途。
霜野草枯鹰欲下，江天云湿雁相呼。
空垣破灶逃租屋，青帽红灯卖酒炉。
未畏还家踏泥潦，园丁持炬小儿扶。

十一月五日夜半偶作

草径江村人迹绝，白头病卧一书生。
窗间月出见梅影，枕上酒醒闻雁声。
寂寞已甘千古笑，驰驱犹望两河平。
后生谁记当年事，泪溅龙床请北征。

闲中书事

病过新年逐日添，清愁残醉两厌厌。
惜花萎去常遮日，待燕归来始下簾。
堂上清风生玉麈。涧中寒溜注铜蟾。
一生留滞君休叹，意望天公本自廉。

一亩山园半亩池，流年忽逮挂冠期。
卖花醉叟剶红桂，种药高僧寄玉芝。
午枕为儿哦旧句，晚窗留客算残棋。
登庸策免多新报，老子痴顽总不知。

感　昔

三着朝冠入上都，黄封频醉渴相如。

马慵立仗宁辞斥，兰偶当门敢怨锄。
富贵尚思还此笏，衰残故合爱吾庐。
灯前目力依然在，且尽山房万卷书。

五丈原头秋色新，当时许国欲忘身。
长安之西过万里，北斗以南惟一人。
往事已如辽海鹤，馀年空羡葛天民。
腰间白羽凋零尽，却照清溪整角巾。

登东山

漆园傲吏养生主，栗里高人归去来。
俱作放翁新受用，不妨平地脱坐埃。
松崖壁立临樵坞，竹径蛇蟠上啸台。
送尽夕阳山更好，与君踏月浩歌回。

记九月三十日夜半梦

一梦邯郸亦壮哉，沙堤金辔络龙媒。
两行画戟森朱户，十丈平桥夹绿槐。
东阁群英鸣珮集，北庭大战捷旗来。
太平事业方施设，谁遣晨鸡苦唤回。

蜀僧宗杰来乞诗三日不去作长句送之

看遍东南数十州，寄船却泝蜀江秋。
孤云两角山亡恙，斗米三钱路不忧。
万里得诗长揖去，他年挈笠再来不？
放翁烂醉寻常事，莫笑黄花插满头。

老学庵[①]

穷冬短景苦匆忙，老学庵中日自长。
名誉不如心自肯，文辞终与道相妨。
吾心本自同天地，俗学何知溺秕糠。
已与儿曹相约定，勿为无益费年光。

①自注：予取师旷“老而学如秉烛夜行”之语名庵。

枕上偶成

放臣不复望修门，身寄江头黄叶村。
酒渴喜闻疏雨滴，梦回愁对一灯昏。
河潼形胜宁终弃，周汉规模要细论。
自憾不如云际雁，南来犹得过中原。

雨夜有怀张季长少卿

放翁虽老未忘情，独卧山村每自惊。
鼎鼎百年如电速，寥寥一笑抵河清。
梅初破蕾行江路，灯欲成花听雨声。
正用此时思剧饮，故交零落怆馀生。

忆　昔

忆昔轻装万里行，水邮山驿不论程。
屡经汉帝烧馀栈，曾宿唐家雪外城。
壮志可怜成昨梦，残年惟有事春耕。
西窗忽听空阶雨，独对青灯意未平。

春　思

七十老翁身退耕，可怜未减旧风情。

典衣取酒那论价，秉烛看花每到明。
江浦时时逢画楫，寺楼处处听新莺。
此生无复阳关梦，不怕樽前唱渭城。

六月二十四日夜分梦范致能李知几尤延之同集江亭诸公请予赋诗记江湖之乐诗成而觉忘数字而已

露箬霜筠织短蓬，飘然来往淡烟中。
偶经菱市寻溪友，却拣蘋汀下钓筒。
白菡萏香初过雨，红蜻蜓弱不禁风。
吴中近事君知否，团扇家家画放翁。

七月二十四日作

闲拂青铜一惘然，此生应老海云边。
凉飔入袂诗初就，幽鸟呼人梦不全。
天上鹊归星渚冷，月中桂长露华鲜。
射胡羽箭凋零尽，坐负心期四十年。

秋夜示儿辈

吴下当时薄阿蒙，岂知垂老叹途穷。
秋碪巷陌昏昏月，夜烛簾栊袅袅风。
缩项鳊鱼收晚钓，长腰粳米出新砻。
儿曹幸可团栾语，忧患如山一笑空。

自　嘲

身见绍兴初改元，百罹敢料至今存。
生涯破碎馀龙具，学问荒唐守兔园。
独立未除还笏气，馀生犹待阖棺论。

北窗灯暗霜风恶，且置孤愁近酒樽。

夜　坐

杳杳霜钟十里声，娟娟江月半窗明。
陈编欲绝犹堪读，微火相依更有情。
九曲烟云新散吏[①]，百年铅椠老诸生。
颓然待旦君无笑，尚胜闻鸡赋早行。

①自注：时方被命再领武夷祠禄。

初拜再领祠宫之命有感

黄纸初开喜可知，追怀平昔却成悲。
生当京国承平日，仕及皇家再造时。
小草出山初已误，断云含雨欲何施。
儿孙贺罢仍无事，却赴幽人把钓期。

书　愤

白发萧萧卧泽中，只凭天地鉴孤忠。
阨穷苏武餐毡久，忧愤张巡嚼齿空。
细雨春芜上林苑，颓垣夜月洛阳宫。
壮心未与年俱老，死去犹能作鬼雄。

○庆元三年丁巳，七十三岁。

镜里流年两鬓残，寸心自许尚如丹。
衰迟罢试戎衣窄，悲愤犹争宝剑寒。
远戍十年临的博，壮图万里战皋兰。
关河自古无穷事，谁料如今袖手看。

病中夜赋

客如病鹤卧还起，灯似孤萤阖复开。
苜蓿花催春事去，梧桐叶送雨声来。
荣河温洛几时复，志士仁人空自哀。
但使胡尘一朝静，此身不憾死蒿莱。

书　感

夺璧元知价不雠，屠龙谁信本无求。
哦诗声里岁时速，忧国泪边天地秋。
已欠谢安俱泛海，况无王粲与登搂。
此身着处凭君记，万里烟波没白鸥。

雪夜感旧

江月亭前桦烛香，龙门阁上驮声长。
乱山古驿经三折，小市孤城宿两当。
晚岁犹思事鞍马，当时那信老耕桑。
绿沉金锁俱尘委，雪洒寒灯泪数行。

忆　昔

忆昔从戎出渭滨，壶浆马首泣遗民。
夜栖高冢占星象，昼上巢车望虏尘。
共道功名方迫逐，岂知老病只逡巡。
灯前抚卷空流涕，何限人间失意人。

卷二十五　陆放翁七律下

百九十二首

自　规

曲肱饮水彼何人，汝独何为厌贱贫。
大节勿污千载史，少时便尽百年身。
图书幸可传遗业，鸡黍何妨约近邻。
今日仲秋还小雨，剩锄麦垄待新春①。

○庆元四年戊午，七十四岁。①公自注：乡人谓八月一日得雨，宜来年麦。

学　书

九月十九柿叶红，闭门学书人笑翁。
世间谁许一钱直，窗底自用十年功。
老蔓缠松饱霜雪，瘦蛟出海拏虚空。
即今讥评何足道，后五百年言自公。

书　喜

水际柴荆键不开，野人相觅漫敲推。
寒鸦阵黑疑云过，老木声酣认雨来。
酒价日低常得醉，官租时办不劳催。
平生未省如今乐，却笑旁观误见哀。

今年端的是丰穰，十里家家喜欲狂。
俗美农夫知让畔，化行蚕妇不争桑。
酒坊饮客朝成市，佛庙村伶夜作场。
身是闲人新病愈，剩移霜菊待重阳。

满川秋获重赪肩，拾穗儿童拥道边。
夜夜江村无吠犬，家家市步有新船。
夺攘不复忧山越，安乐浑疑是地仙。
惟有衰翁最知达，避胡犹记建炎年。

病中排闷

面骨峥嵘鬓雪新，承平版籍有遗民[①]。
心虽愿继无传学，力不能支已废身。
开卷眼昏如隔雾，拥炉肺渴欲生尘。
老庞亦有儿孙念，付与天公不问人。

①自注：予生于宣和中。

吴体寄张季长

九月十月天雨霜，江南剑南途路长。
平生故人阻携手，万里一书空断肠。
人生强健已难恃，世事变迁那可常。
两家子孙各长大，他年穷达毋相忘。

书　感

常记当年赋《子虚》，公卿交口荐相如。
岂知鹤发残年叟，犹读蝇头细字书。

出处幸逃千载笑，功名从负此心初。
荒园落叶纷如积，日暮归来自荷锄。

舍北晚步

漠漠炊烟村远近，鼕鼕傩鼓埭西东。
三叉古路残芜里，一曲清江淡霭中。
外物已忘如弃屣，老身无伴等羁鸿。
天寒寂寞篱门晚，又见浮生一岁穷。

予数年不至城府丁巳火后今始见之

陈迹关心已自悲，劫灰满眼更增欷。
山川壮丽昔无敌，城郭萧条今已非。
窣堵招提俱昨梦，祝融回禄尚馀威。
故交减尽新知少，纵保桑榆谁与归。
○庆元五年己未，七十五岁。

五月七日拜致仕敕口号

剡曲东归日醉眠，冰衔屡忝武夷仙。
恩如长假容居里，官似分司不限年。
一札疏荣驰厩置，两儿扶拜望云天。
坐縻半俸犹多愧，月费公朝二万钱。

黄纸东来墨未干，孤臣恩许挂朝冠。
小儿扶出迎门拜，邻舍相呼拥路观。
白首奉身归畎亩，清宵无梦接鹓鸾。
从今剩把花前酒，忧患都空量自宽。

书 懒

此身不觉老侵寻，残发萧萧雪满簪。
那有新诗书触目，亦无闲话问安心。
塞垣西戍茫如梦，省户东归病至今。
一懒便知生世了，午窗酣枕敌千金。

村东晚眺

饱食无营过暮年，筇枝到处一萧然。
清秋欲近露霑草，新月未高星满天。
远火微茫办酒市，丛蒲窸窣钓鱼船。
哦诗每憾工夫少，又废西窗半夜眠。

○两首录其二。

陈阜卿先生为两浙转运司考试官 时秦丞相孙以右文殿修撰来就试直欲首送 阜卿得予文卷擢置第一秦氏大怒予明年既显黜 先生亦几蹈危机偶秦公薨遂已 予晚岁料理故书得先生手帖追感平昔 作长句以识其事不知衰涕之集也

冀北当年浩莫分，斯人一顾每空群。
国家科第与风汉，天下英雄惟使君。
后进何人知大老，横流无地寄斯文。
自怜衰钝辜真赏，犹窃虚名海内闻。

晓 赋

八月江湖风露秋，时闻脱叶下梧楸。

离离斗柄西南指，烂烂天河今古流。
人语正欢过古埭[1]，角声三弄下谯楼。
百城已共丰年乐，一老犹怀卒岁忧。

①自注：湖桑埭五更闻挽船声喧甚。

游近山

羸病知难赋远游，尚寻好景送悠悠。
乱山孤店雁声晚，一马二童溪路秋。
扫壁有僧求醉墨，倚楼无客话清愁。
残年敢望常强健，到处临归为小留。

示儿子

禄食无功我自知，汝曹何以报明时。
为农为士亦奚异，事国事亲惟不欺。
道在六经宁有尽，躬耕百亩可无饥。
最亲切处今相付，熟读周公七月诗。

初冬有感

衰发萧萧满镜丝，情怀非复似平时。
风霜十月流年感，碪杵三更游子悲。
闽峤故人消息恶[1]，蜀江遗老素书迟[2]。
一箪豆饭休嫌薄，赋分羁穷合自知。

①自注：传闻方伯謩病卒。②自注：张季长居唐安，岁常通书。

峩冠本愿致唐虞，白首那知堕腐儒。
碌碌不成千载事，骎骎又见一年徂。
无僧解辍斋厨米，有吏频征瘦地租。

要信此翁顽到底，只持一笑了穷途。

斋中弄笔偶书示子聿

左右琴樽静不哗，放翁新作老生涯。
焚香细读《斜川集》，候火亲烹顾渚茶。
书为半酣差近古，诗虽苦思未名家。
一窗残日呼愁起，袅袅江城咽暮笳。

北望感怀

荥河温洛帝王州，七十年来禾黍秋。
大事竟为朋党误，遗民空叹岁时遒。
乾坤憾入新丰酒，霜露寒侵季子裘。
食粟本同天下责，孤臣敢独废深忧。

白　发

萧萧白发濯沧浪，剡曲西南一草堂。
饮水读书贫亦乐，杜门养病老何伤。
已成五亩扶犁叟，谁记三朝执戟郎。
正似篱边数枝菊，岁残犹复耐冰霜。

病退颇思远游信笔有作

平日身如不系舟，曾从楚尾客秦头。
风生江浦千帆晓，月落山城一笛秋。
万事只能催白发，百年终是卧荒丘。
扶衰强项君休笑，尚忆人间汗漫游。

○庆元六年庚申，七十六岁。

自　嘲

少读诗书陋汉唐，暮年身世寄农桑。
骑驴两脚欲到地，爱酒一樽常在傍。
老去形容虽变改，醉来意气尚轩昂。
太行王屋何由动，堪笑愚公不自量。

寄赠湖中隐者

高标绝世不容亲，识面无由况卜邻。
万顷烟波鸥境界，九秋风露鹤精神。
子推绵上终身隐，叔度颜回一辈人。
无地得申床下拜，夜闻吹笛度烟津。

观画山水

古北安西志未酬，人间随处送悠悠。
骑驴白帝城边雨，挂席黄陵庙外秋。
大网截江鱼可鲙，高楼临路酒如油。
老来无复当年快，聊对丹青作卧游。

枕上作

无地容锥四壁空，浩然亦未怆途穷。
梦回倦枕灯残后，诗在空阶雨滴中。
徂岁易成双鬓秃，故人难复一樽同。
唐安万里音尘绝，谁为寒沙问断鸿[①]。

①自注：张季长今年尚未通书。

萧萧白发卧扁舟，死尽中朝旧辈流。

万里关河孤枕梦，五更风雨四山秋。
郑虔自笑穷耽酒，李广何妨老不侯。
犹有少年风味在，吴笺著句写清愁。

初　寒

逐禄天涯半此生，明时宽大许归耕。
山围鱼市寒无色，雨掠蓬窗夜有声。
白发青灯身潦倒，残芜落叶岁峥嵘。
尔来有喜君知否，买得乌犍万事轻。

早凉熟睡

灵台虚湛气和平，投枕逡巡梦即成。
屋角鸣禽呼不觉，手中书册堕无声。
百年日月飞双毂，千古山河战一枰。
赖有莲峰遗老在，白云深处主齐盟[1]。

①自注：谓陈希夷。

倚　楼

千里江山入倚楼，高吟聊复写吾忧。
诗书幸有先人业，贫贱初非学者羞。
数掩槿篱端可老，一杯藜粥尚何求。
东陂未插青秧遍，且与邻翁卜雨鸠。

西　村

乱山深处小桃源，往岁求浆忆叩门。
高柳簇桥初转马，数家临水自成村。
茂林风送幽禽语，坏壁苔侵醉墨痕。

一首清诗记今夕，细云新月耿黄昏。

闭 户

收身归死镜湖傍，闭户悠悠白日长。
巷僻断非容驷路，肠枯那有蹴蔬羊。
书生正可蹈东海，世事漫思移太行。
睡起不知天早暮，坐看萤度篆盘香。

长 饥

病卧穷檐负圣时，本来吾道合长饥。
朝不及夕未妨乐，死何如生行自知。
早年羞学仗下马，末路幸似泥中龟。
烟波一叶会当逝，吹笛高人有素期。

题斋壁

镜水西头破茅屋，绍兴初载旧书生。
门无车马终年静，身卧云山万事轻。
三釜昔伤贫藉禄，一廛今幸老为氓。
断蓬不是无飞处，莫与飘风抵死争。

昼卧初起书事

岁华病思两侵寻，静看槐楸转午阴。
待睡不来聊小憩，煅诗未就且长吟。
还山久洗天涯憾，谢事新谐物外心。
忽有故人分禄米，呼儿先议赎雷琴。

○嘉泰元年辛酉，七十七岁。

偶作夜雨诗明日读而自笑别赋一首

俗情向者未全忘，洗以萦簾一缕香。
得失故应常浩浩，是非正可付苍苍。
残蝉不断知秋近，双燕归来伴昼长。
谁识龟堂新力量，东家却笑接舆狂。

晚凉述怀

末学常忧堕吝骄，晚知鹏鷃本逍遥。
屏医却药疾良已，破械空囹盗自消。
父子终身美藜藿，交游大半是渔樵。
衡门日落西风起，又着藤冠度野桥。

梅　市

梅市柯山小系船，开篷惊起醉中眠。
桥横风柳荒塞外，月堕烟钟缥缈边。
客思况经孤驿路，诗情又入早秋天。
如今老病知何憾，判断江山六十年。

秋　思

利欲驱人万火牛，江湖浪迹一沙鸥。
日长似岁闲方觉，事大如山醉亦休。
衣杵相望深巷月，井桐摇落故园秋。
欲舒老眼无高处，安得元龙百尺楼。

秋　望

快哉一雨洗浮尘，却喜郊原霁色匀。

野火已亡秦相篆，江涛犹托伍胥神。
登临顿觉清秋早，流落空悲白发新。
东望思陵郁葱里，老民犹及见时巡[①]。

①自注：游尚能记高皇建炎巡幸。

天凉时往来湖山间有作

万壑千岩自古传，青鞋布袜更谁先。
泛舟菰脆鲈肥地，把酒橙黄桔绿天。
秦篆旧碑荒草棘，禹书遗穴惨风烟。
谁知陆子登临日，已近浮生八十年。

雨夜叹

秋雨何曾住一滴，老夫危坐欲三更。
开元贞观事谁问，温洛荣河尘未清。
丰年犹有饿死虑，破屋自爱读书声。
刺经作制岂不美，无奈人间痛哭生！

读　史

青灯耿耿夜沉沉，掩卷凄然感独深。
恤纬不遑嫠妇叹，美芹欲献野人心。
孤忠要有天知我，万事当思后视今。
君看宣王何似主，一篇庭燎未忘箴。

客去追记坐间所言

征西幕罢几经春，叹息儿音尚带秦。
每为后生谈旧事，始知老子是陈人。
建隆乾德开王业，温洛荣河厌虏尘。

倘得此生重少壮，临危敢爱不赀身。

生日子聿作五字诗十首为寿追怀先亲泫然有作[①]

我生尚及宣和末，颁历频惊岁月移。
负米养亲无复日，《蓼莪》废讲岂胜悲。
渡江百口今谁在，抱憾终身只自知。
文字虚名何足道，樽前愧汝十章诗。

①十月十七日。

江　上

禹会桥头江渺然，隔江村店起孤烟。
冷云垂野雪方作，断雁叫群人未眠。
万里漂流归故国，一生蹭蹬付苍天。
暮年尚欲师周孔，未遽长斋绣佛前。

冬　朝

风入园林彻夜鸣，晓看黄叶与阶平。
篝炉火着衣初暖，爨釜薪干粥已成。
洁己功夫先盥颒，正心事业始冠缨。
圣贤虽远诗书在，殊胜邻翁击磬声。

冬　莫

晓角昏钟为底忙，岂容老子更禁当。
乘除富贵惟身健，补贴光阴有夜长。
临水小轩初见月，满庭残叶不禁霜。
巴江尺素何时到，剩著新诗寄断肠[①]。

①自注：张梓州书久不至。

书　喜

堪笑龟堂老更顽，天教白发看青山。
家居禹庙兰亭路，诗在林逋魏野间。
略计未尝三日醒，细推犹得半生闲。
今年况展南湖面，朝借樵风暮可还[①]。

①自注：时方有朝命复镜湖。

有道流过门留与之语颇异口占赠之

万里纵横自在身，偶然来看剡溪春。
取将月去闲娱客，携得云归远寄人。
缩地不妨游汗漫，移山随处对嶙峋。
须君更出囊中剑，一为关河洗虏尘。

小饮梅花下作

脱巾莫叹发成丝，六十年间万首诗[①]。
排日醉过梅落后，通宵吟到雪残时。
偶容后死宁非幸，自乞归耕已憾迟。
青史满前闲即读，几人为我作蓍龟。

①自注：予自年十七八学作诗，今六十年，已得万篇。

送施武子通判

初入修门鬓未秋，安期千里接英游。
退归久散前三众，迈往欣逢第一流。
只道升沉方异趣，岂知气类肯相求。
龙钟不得临江别，目断西陵烟雨舟。

〇嘉泰二年壬戌，七十八岁。

散步湖堤上时方浚湖水面稍渺弥矣

老觉人间万事轻，不妨闲处得闲行。
西山鸟没暮云合，南浦波平春水生。
孤操不渝无鹤怨，淡交耐久有鸥盟。
先民幸处吾能胜，生长兵间老太平[1]。

①自注：邵尧夫自谓生于太平、老于太平，为太平之幸民。彼岂知幸哉？若予生于乱离，乃老于太平，真可谓幸矣！

舍外弥望皆青秧白水喜而有作

此处天教著放翁，舍旁烟树晚空濛。
一无可憾得归老，寸有所长能忍穷。
东作已趋尧旧俗，南薰方咏舜遗风。
谢安勋业能多少，枉是匆匆起剡中。

雨夜观史

读书雨夜一灯昏，叹息何由起九原。
邪正古来观大节，是非死后有公言。
未能剧论希扪虱，且复长歌学叩辕。
他日安知无志士，经过指点放翁门。

自局中归马上口占

幼舆只合着山岩，误被恩光不盖惭。
人怪衰翁烦尺一，心知造物赋朝三。
飞腾岂少摩云鹘，蹙缩方同作茧蚕。
安得公朝悯枯朽，早教归卧旧茅庵。

○先生自绍兴元年还山，家居十有三年。至是嘉泰二年，以孝宗、光宗两朝实录及三朝史未就，诏同修国史、实录院同修撰，免奉朝请，寻兼秘书监；明年书成，致仕。此处前有《入都》一首，《开局》一首，未抄。以后多在史局时所作。

秋　思

乌帽翩翩九陌尘，杖藜谁记岸纶巾。
遗簪见取终安用，敝帚虽微亦自珍。
廊庙似闻怜老病，云山渐欲属闲身。
墙隅苜蓿秋风晚，独倚门扉感慨频。

霜露初侵季子裘，山川空赋仲宣楼。
梦回最怯闻衣杵，病起常忧负酒筹。
日月往来双转毂，乾坤成坏一浮沤。
书生事业无多许，二寸毛锥老未休。

史院晚出

已乞残骸老故丘，误恩重作道山游。
龙津雨过桥如拭，凤阙烟销瓦欲流。
直舍小眠钟报午，归途微冷叶飞秋。
心知伏枥无千里，纵有王良也合休。

怀故山

老怯京尘化素衣，无端抛掷钓鱼矶。
碧云又见日将暮，芳草不知人念归。
万事莫论羁枕梦，一身方堕乱书围。
岷山学士无消息，空想灯前语入微[①]。

①自注：张季长秘阁久不得书。

访客至北门抵暮乃归

北郭那辞十里遥，上车且用慰无聊。
九衢浩浩市声合，四野酣酣雪意骄。
清镜乍磨临绿浦，长虹横绝度朱桥。
归来熟睡明方起，卧听邻墙趁早朝。

寄题儒荣堂

军容基祸庙谋疏，尚记文登遣使初。
只道大功随指顾，至今遗种费诛锄。
还朝不遣参麟笔，寓直空闻上石渠。
剩办杀青君记取，龙庭焚尽始成书。

○自注：朝散大夫徐梦莘著《北盟录》，上之，除直秘阁，训辞有“儒荣”之语，因以名堂，来求赋诗。

送任夷仲大监①

往者江淮未彻兵，丹阳邂逅识耆英。
叩门偶缀诸公后，倒屣曾蒙一笑迎。
敢意痴顽成后死，相从仿佛若平生。
小诗话别初何有，一段清愁伴橹声。

①自注：元受之子。○自注：游昔在京，日与陈应求、冯圜仲、查元章、张钦夫诸人从先提刑游，今三十九年矣。

孤坐无聊每思江湖之适

世上元无第一筹，此身只合卧沧洲。
舻摇渔浦苍茫月，帆带松江浩荡秋。
有酒人家皆可醉，无僧山寺亦闲游。

老来阅尽荣枯事，万变惟应一笑酬。

武　林

皇舆久驻武林宫，汴雒当时未易同。
广陌有风尘不起，长河无冻水常通。
楼台飞舞祥烟外，鼓笛喧呼明月中。
六十年间几来往，都人谁解记衰翁①。

①自注：绍兴癸亥，予年十九，以试南省来临安，今六十年矣。

立春后十二日命驾至郊外戏书触目

身兼老病常归卧，天半阴晴偶出游。
鹦鹉碧笼当户外，秋千画柱出墙头。
年华冉冉飞双翼，梦境悠悠寄一沤。
旅食都门那可久，少留应为赋春愁。

○嘉泰三年癸亥，七十九岁。

宫云缥缈漏声迟，梦里华胥却自疑。
春浅风光先盎盎，时平节物共熙熙。
画簾不卷闻人语，玉勒徐行避酒旗。
阅尽辈流身独健，恍如随计入都时。

丹成不服怕升天，岂料乘风到日边。
九陌楼台生细霭，万家絃管送流年。
香车宝马沿湖路，绣幙金罍出郭船。
折简亦思招客醉，不堪春困又成眠。

出谒晚归

万卷纵横眼欲盲，偶随尺一起柴荆。

渊鱼脱水知难悔，野鹤乘车只自惊。
苑路落梅轻有态，御沟流水细无声。
红尘朝暮何时了，促驾归来洗破觥。

东轩花时将过感怀二首

小轩风月得婆娑，尽付流年与啸歌。
细数一春今过半，正令百岁亦无多。
还家常恐难全璧，阅世深疑已烂柯。
只欲闭门揞倦枕，晚风无奈落花何。

社雨晴时燕子飞，园林何许觅芳菲。
江山良是人谁在？天地无私春又归。
残史有期成汗简，修门即日挂朝衣。
人生念念皆堪悔，敢效渊明叹昨非。

舟行钱清柯桥之间

逾年梦想会稽城，喜挂高帆浩荡行。
未见东西双白塔，先经南北两钱清。
儿童鼓笛迎归舰，父老壶觞叙别情。
想到吾庐犹未夜，竹间正看夕阳明。

○先生以壬戌六月十四日入都门，癸亥五月十四日去国，中有闰月，相距恰及一年。至是，又归山阴。

子聿至湖上待其归

舍北犬吠迎归航，老翁待儿据胡床。
碧云忽起欲吞日，黄叶自凋非霣霜。
十风五雨岁则熟，左飧右粥身其康。

岂无深谷结茆屋，父子读《易》消年光。

对酒示坐中

绿橙丹柿斗时新，一笑聊夸老健身。
大度乾坤容纵酒，多情风月伴垂纶。
初生京洛逢时泰，幼度江淮避虏尘。
八十年间穷不死，犹能涧底束荆薪。

北　窗

破屋颓垣啸且歌，一窗随处寄婆娑。
阅人每叹同侪少，遇事方知去日多。
云湿沙洲秋下雁，雨来荻浦夜鸣鼍。
何时更续扁舟兴，剩载郫筒醉绿萝[1]。

①自注：绿萝溪在夷陵。

冬夜对书卷有感

人生如梦终当觉，世事非天孰可凭。
万卷虽多当具眼，一言惟恕可铭膺。
所闻要足敌忧患，吾道岂其无废兴。
白发萧萧年八十，依然父子短檠灯。

寄题王才臣山居

王子自少无他娱，求佳山林结草庐。
头童齿豁已衰矣，衣敝屡空常晏如。
出游耻怀祢衡刺，归卧尽读倚相书。
他日叩门倾白堕，要看著句到黄初。

读书有感

洙泗诸生尊所闻，岂容兀者亦中分。
焚经竞欲愚黔首，亡史谁能及阙文。
吾道固应千古在，几人虚用一生勤。
世间倚相何曾乏，会与明时诵典坟。

春晚雨中作

冉冉流光不贷人，东园青杏又尝新。
方书无药医治老，风雨何心断送春！
乐事久归孤枕梦，酒痕空伴素衣尘。
畏途回首涛澜恶，赖有云山着此身。

○嘉泰甲子，八十岁。

野步至近村

耳目康宁手足轻，村墟草市遍经行。
《孝经》章里观初学，麦饭香中喜太平。
妇女相呼同夜绩，比邻竭作事春耕。
勿言野僮无盐酪，笋蕨何妨淡煮羹。

遣　兴

聒聒鸣鸠莫笑渠，百年我亦旋枝梧。
病知药物难为验，老觉人间不足娱。
茆屋何妨度寒暑，蔬餐且可遣朝晡。
钓船一出无寻处，千顷江边雪色芦。

老荷君恩许醉眠，散人名号愧妨贤。

久叨物外清闲福，粗识诗中造化权。
风月四时随指顾，乾坤一气入陶甄。
新秋更欲浮沧海，卧看云帆万里天。

溪上避暑

暮年事业转悠悠，尽日投竿杜若洲。
世上漫言天爱酒，古来宁有地埋忧。
全家只合云山老，万事空惊岁月遒。
褫带脱冠犹病暍，正平颇忆著岑牟。

短发飕飕彻顶凉，悠哉随处据胡床。
但怜鹊影翻残月，不憾蝉声送夕阳。
门巷阴阴桐叶暗，汀洲漠漠藕花香。
寓形宇内终烦促，安得骑鲸下大荒。

湖　上

石帆山下旧苔矶，回首平生念念非。
秋早明河低接地，夜深白露冷侵衣。
风生古戍笳争发，月过横塘鹊独飞。
却看宦途倾夺地，悦然败将脱重围。

书　事

北征谈笑取关河，盟府何人策战多？
扫净烟尘归铁马，翦空荆棘出铜驼。
史臣历纪平戎策，壮士遥传入塞歌。
自笑书生无寸效，十年枉是枕琱戈。

野 兴

早见高皇宇宙新，耄年犹作太平民。
虚名仅可欺横目，戆论曾经犯逆鳞。
原野暮云低欲雨，陂湖秋水浩无津。
萧条生计君无笑，一钵藜羹敌八珍。

○四首录三、四。

饱见人间行路难，暂陪鸳鹭意先阑。
集仙院里三题石，神武门前两挂冠。
饥饿了无千里志，倦飞元怯九霄寒。
客来莫笑蓬窗陋，若比巢居已太宽。

秋 兴

世事元看等一毫，纷纷宠辱陋儿曹。
雁行横野月初上，桐叶满庭霜未高。
细考虫鱼笺《尔雅》，广收草木续《离骚》。
更馀一事君知否，卧听床头滴小槽。

○二首录其次。

风雨夜坐

寒风凄紧雨空濛，舍北新丹数树枫。
欹枕旧游来眼底，掩书馀味在胸中。
松明对影谈玄客，筱火围炉采药翁。
君看龟堂新境界，固应难与俗人同。

月夕幽居有感

五岳名山采药身，可怜骑马踏京尘。
浮名本是挺（挻）灾物，谢事宁非得道因。
出岫每招云结伴，巢松仍与鹤为邻。
剑南旧隐虽乖隔，依旧柴门月色新。

寒夜将旦作

白发垂肩无二毛，胸中消尽少年豪。
河倾月没夜将旦，木落草枯秋已高。
窗下灯残候虫语，墙隅栖冷老鸡号。
曲肱不复更成寐，起视寒空如断鳌。

舟中作

一叶轻舟一破裘，飘然江海送悠悠。
闲知睡味甜如蜜，老觉羁怀淡似秋。
失侣云间孤雁下，耐寒波面两凫浮。
年逾八十真当去，似为云山尚小留。

元日读易

伏羲三十馀万岁，传者太山一毫芒。
《春秋》虽自鲁麟绝，《礼》《乐》盖先秦火亡。
孟轲财能道封建，孔子已不言鸿荒。
於虖《易》学幸未泯，安得名山处处藏！

〇宁宗开禧元年乙丑，八十一岁。

书　叹

无能自号痴顽老，尚健人称矍铄翁。
未向松根藏病骨，尚寻花底醉春风。
翩翩孤影如归鹤，冉冉流年付断蓬。
曾谒高皇识隆准，伤心无复一人同①。

①自注：绍兴朝士，自周丞相下世，独予尚在尔。

夜　兴

脱冠残发冷飕飕，北斗阑干河汉秋。
木末有风栖鹊起，亭皋无月乱萤流。
酒悭仅得时时醉，诗退难禁夜夜愁。
欲睡不妨还小立，一声菱唱起沧洲。

读赵昌甫诗卷

蜗庐溽暑不可过，把卷一读赵子诗。
如游麻源第三谷，忽见梅花开一枝。
寄书问讯不可得，握臂晤语应无期。
惟当饮水绝火食，海山忽有相逢时。

醉　题

来往人间今几时，悠悠日月独心知。
寻僧共理清宵话，扫壁闲寻往岁诗。
匹马秋风入条华，孤舟暮雪钓湘漓。
只愁又踏关河路，荆棘铜驼使我悲。

秋　望

千里郊原俯莽苍，三江烟水接微茫。
横林虫镂无全叶，新雁风惊有断行。
神禹祠庭遗剑珮，先秦金石古文章。
一樽莫憾盘飧薄，终胜登楼忆故乡。

秋夜思南郑军中

五丈原头刁斗声，秋风又到亚夫营。
昔如埋剑常思出，今作闲云不计程。
盛事何由观北伐，后人谁可继西平？
眼昏不奈陈编得，挑尽残灯不肯明。

湖　上

飘然世外更何求，终日桥边弄钓舟。
回视老身犹长物，纵无炊米莫闲愁。
烟生墟落垂垂晚，雁下陂湖处处秋。
欲觅高人竟安在，又闻长笛起沧洲[①]。

①自注：湖中有隐士，月夜必吹笛，人莫有见者。

自　规

忿欲俱生一念中，圣贤本亦与人同。
此心少忍便无事，吾道力行方有功。
碎首宁闻怨飘瓦，关弓固不慕冥鸿。
老翁已落江湖久，分付馀年一短篷。

枕上作

一室幽幽梦不成，高城传漏过三更。
孤灯无焰穴鼠出，枯叶有声邻犬行。
壮日自期如孟博，残年但欲慕初平。
不然短棹弃家去，万顷松江看月明。

怀　旧

身是人间一断蓬，半生南北任秋风。
琴书昔作天涯客，蓑笠今成泽畔翁。
梦破江亭山驿外，诗成灯影雨声中。
不须强觅前人比，道似香山实不同。

秋晚书怀

七泽三巴日月长，即今万事付茫茫。
结庐穷僻新知少，属疾沉绵旧学荒。
中夜饭牛初上坂，千年化鹤复还乡。
自怜尚觉身为累，剩蓄荆薪待雪霜。

颓然兀兀复腾腾，万事惟除死未曾。
无奈喜欢闲弄水，不胜顽健远寻僧。
唤船野岸横斜渡，问路云山曲折登。
却笑吾儿多事在，夜分未灭读书灯。

忆　昔

忆昔先皇绌柄臣，招徕贤隽聚朝绅。
宁知遗憾忽千载，追数同时无一人。

薶骨九原应已朽，残书数帙尚如新。
此身露电那堪说，也复灯前默怆神。

〇自注：偶见张安国、周子充、刘韶美、王景文、陈德召、任元受遗集，为之感怆，作长句纾悲，不知涕泗之集也。

蜀　汉

忆昔遨游蜀汉间，骎骎五十尚朱颜。
呼鹰雪暗天回路，采药云迷御爱山。
旧事已无人共说，征途犹与梦相关。
夕阳不觉凭阑久，待得林鸦接翅还。

唐　虞

唐虞虽远愈巍巍，孔氏如天孰得违。
大道岂容私学裂，专门常怪世儒非。
少林尚忌随人转，老氏亦尊知我稀。
能尽此心方有得，勿持糟粕议精微。

望永思陵

高帝中兴万物春，青衫曾忝缀廷绅。
仕为将相却常事，年及耄期能几人。
早幸执殳观北伐，晚叨秉笔纪东巡。
归耕况复苍梧近，郁郁葱葱佳气新。

〇自注：绍兴末，驾幸金陵，游适在朝列。淳熙末，修高宗实录，游首被选。

闭　户

乞身林下养衰残，闭户宁容外物干。

正使有为终淡泊，未能无疾已嫌安。
寸阴息念如年永，丈室端居抵海宽。
老子尔来深达此，却轻儿女话团栾。

秦皇酒瓮下垂钓偶赋

酒瓮山边古钓矶，沙鸥与我共斜晖。
目前虽有小得丧，天下岂无公是非！
沧海横流何日定，古人复起欲谁归？
道边醉倒君奚憾，岂失风尘一布衣。

初夏出游

早缘疏拙遂归耕，晚为沉绵得养生。
药镵钓竿缘已熟，海村山市眼偏明。
安西万里人何在，广武千年憾未平。
但使莲峰归路稳，亦无闲手揖公卿。

平生与世旷周旋，惟有清游意独便。
小灶炊菰山市口，束刍秣蹇海云边。
春融憾欠舒长日，秋爽已悲摇落天。
首夏清和真妙语，为君诵此一欣然。

泥瓢棕鞋雨垫巾，闲游又送一年春。
长歌聊对圣贤酒，羸病极知朝暮人。
废堞荒郊闲弔古，朱樱青杏正尝新。
桃源自爱山川美，未必当时是避秦。

暑夜泛舟

暑气方然一鼎汤，偶呼艇子夜追凉。
微风忽起发根冷，阙月初升林影长。
渐近场中闻笑语，却从堤外看帆樯。
超然自适君知否，身世从来付两忘。

烈暑原知不可逃，天将清夜付吾曹。
小舟行处浦风急，健鹘归时山月高。
愚智极知均腐骨，利名何啻一秋毫。
等闲分得吴松水，安用并州快剪刀。

观邸报感怀

六圣涵濡寿域民，耄年肝胆尚轮囷。
难求壮士白羽箭，且岸先生乌角巾。
幽谷主盟猿鹤社，扁舟自适水云身。
却看长剑空三叹，上蔡临淮奏捷频。

对　酒

断简残编不策勋，东皋犹得肆微勤。
荣枯一枕春来梦，聚散千山雨后云。
烟水幸堪供眼界，世缘何得累心君。
床头小瓮今朝熟，拨置闲愁且一欣。

感　事

曾事高皇接隽游，君恩天地若为酬。
济时已负终身愧，谋己常从一笑休。

在昔风尘驰厩置，即今烟雨暗畊畴。
孤愁欲豁宁无地，野店逢僧每小留。

秋　思

诗人本自易悲伤，何况身更忧患场。
乌鹊成桥秋又到，梧桐滴雨夜初凉。
江南江北堠双只，灯暗灯明更短长。
安得平生会心侣，一尊相属送流光。

闲　游

大冠长剑已焉哉，短褐秃巾归去来。
五世业儒书有种，一生任运仕无媒。
麦经小雨家家下，菊着新霜处处开。
自笑闲游心未歇，青鞋踏碎白云堆。

记　梦

久住人间岂自期，断砧残角助凄悲。
征行忽入夜来梦，意气尚如年少时。
绝塞但惊天似水，流年不记鬓成丝。
此身死去诗犹在，未必无人粗见知。

书几试笔

鬓毛萧飒齿牙疏，九十侵寻八十馀。
屋小苦寒犹省火，窗明新霁倍添书。
解梁已报偏师入，上谷方看大盗除。
药笈箸囊幸无恙，莲峰吾亦葺吾庐①。

①自注：偶见报，西师复关中郡县，昔予常有卜居条华意，因及之。

幽居遣怀

习气深知要扫除，时时褊忿独何欤。
呼童不应自生火，待饭未来还读书？
世态讵堪闲处看，俗人自与我曹疏。
作诗未必能传后，要是幽怀得小摅。
○三首录其末。

湖上晚归

蓬山再别四经秋，来日翩翩去日遒。
无酒可倾殊省事，有诗浑忘亦良筹。
梅花遮路如撩客，槲叶飘风已满沟。
湖上榜舟归薄暮，斜阳红入寺家楼。

醉中作

名酝羔儿折密封，香粳玉粒出新舂。
披绵珍羞经旬熟，斫雪双螯洗手供。
吟罢欲沉江渚月，梦回初动寺楼钟。
炉烟袅袅衣篝暖，未觉家风是老农。

感　老

人生六十已为衰，况我颓龄及耄期。
对酒尚如年少日，爱书不减布衣时。
远游每动辞家兴，大药方从出世师。
但向青编观曩事，英雄何代不儿嬉。

冬夕闲咏

柳眼梅须漏泄春，江南又见物华新。
终年幽兴遗身世，半夜孤吟怆鬼神。
客有疏亲俱握手，酒无贤圣总濡唇。
放翁自命君无笑，家世从来是散人。

自　述

勃落为衣隐薜萝，扫空尘抱养天和。
过期未死更强健，与世不谐犹啸歌。
野市萧条残叶满，酒家零落废垆多。
石帆山下孤舟雨，借问君如此老何？

十一月二十七日夜分披衣起坐神光自两眦出若初日室中皆明作诗志之

灵府无思踵息微，神光出眦射窗扉。
大冠长剑竟何有，尺宅寸园今始归。
忧患过前皆梦事，功名自古与心违。
三峰二室烟尘静，要试霜天槲叶衣。

岁暮遣兴

昔慕骚人赋远游，放怀蜀栈楚山秋。
橘中尚可著三老，海外谁云无九州。
薄酒时须浇舌本，闲愁莫遣上眉头。
幅巾短褐吾差便，实厌衣冠裹沐猴。

○二首录其一。

冬　晴

岁暮常年雪正豪，今年暄暖减绨袍。
春回山圃梅争发，睡足茆簷日已高。
仓庾家家储旧谷，笙歌店店卖新醪。
太平气象方如许，寄语残胡早遁逃。

幽　事

老大常愁节物催，东皇又挽斗杓回。
江天惨惨不成雪，山驿萧萧初见梅。
隐士寄云从地肺，游僧问路上天台。
戏书幽事无时阙，古锦诗囊暮暮开。

初春幽居

满榼芳醪手自携，陂湖南北埭东西。
茂林处处见松鼠，幽圃时时闻竹鸡。
零落断云斜障日，霏微过雨未成泥。
老民不预人间事，但喜春畴渐可犁。
○开禧三年丁卯，八十三岁。

小筑园林浅凿池，身闲随事得游嬉。
幽花折得露犹湿，嘉木移来根不知。
小蝶弄晴飞不去，珍禽喜静语多时。
风光未忍轻抛掷，聊付诗囊与酒卮。

春　游

梅市移舟过古城，此行亦未阙逢迎。

负薪野老无妻子，施药山人隐姓名。
风雨偏宜宿茆店，盐醯不遣到藜羹。
宣和版籍今谁在，似是天教乐太平。

春　感

老厌纷纷懒入城，长亭小市近清明。
陇头下漏初芸草，陌上吹箫正卖饧。
多病更知生是赘，九原那憾死无名。
但馀一事犹关念，万里唐安阙寄声[①]。

①自注：张季长久不通书，或传其卧病，甚耿耿也。

幽　居

策府还家又五年，心常无事气常全。
平生本不营三窟，此日何须直一钱。
雨霁桑麻皆沃若，地偏鸡犬亦翛然。
闭门便造桃源境，不必秦人始是仙。

横草无功负主恩，一生强半卧衡门。
蠹书身世元无憾，伏枥光阴不更论。
春雨负薪兰渚市，秋风采药石帆村。
更思旋粜场中麦，暖热尘埃老瓦盆。

五月二十一日风雨大作

风雨纵横夜彻明，须臾更觉势如倾。
出门已绝近村路，对面不闻高语声。
衔舳江关多蜀估，宿师淮浦饱吴粳。
老民愿忍须臾死，传檄方闻下百城[①]。

①自注：蜀盗已平，淮壖胡贼亦遁去。

即 事

归卧已如狐首丘，不妨解剑换吴牛。
扫空身外闲荣辱，阅尽樽前旧辈流。
学道漫希僧坐夏，忧时常愧士防秋。
一年历日开强半，叹息人间岁月遒。

晚 兴

地荒蓬藋与人齐，局促何曾厌屋低。
村市船归闻犬吠，寺楼钟暝送鸦栖。
山童新斫朱藤杖，伧婢能腌白苣齑。
政欲出门寻酒伴，霏霏小雨又成泥。

闻蜀盗已平献馘庙社喜而有述

北伐西征尽圣谟，天声万里慰来苏。
横戈已见吞封豕，徒手何难取短狐。
学士谁陈平蔡雅，将军方上取燕图。
老生自悯归耕久，无地能捐六尺躯。

霜 风

霜风近海夜飕飕，敢效庸人念褐裘。
关吏虽通西域贡，王师犹护北平秋。
黄旗驰奏有三捷，金印酬功多列侯。
愿补颜行身已老，区区畎亩亦私忧。

闲游所至少留得长句

画桡艇子短驴鞦，野店山邮每小留。
瓜蔓水生初抹岸，梅黄雨细欲遮楼。
辽东邂逅从归鹤，海上逢迎得狎鸥。
岂是人间偏好异，暮年难复作沉浮。

垣屋参差桑竹繁，意行漫漫不知村。
眼明可数远山叠，足健直穷流水源。
鹭引钓船经荻浦，牛随牧笛入柴门。
试寻高处休行李，清绝应须入梦魂。

太平人物自谐嬉，及我青鞋布袜时。
丁壮趁晴收早粟，比邻结伴络新丝。
圆鼙坎坎迎神社，大字翩翩卖酒旗。
晤语岂无黄叔度，欲寻幽径过牛医。

已过樵坞到渔村，逢着人家即叩门。
僧釜藜羹加糁美，市炉黍酒带醅浑。
颓龄更愧才能薄，故里方知辈行尊。
身迫九原儿亦老，一经犹欲教诸孙。

高僧宴坐雪蒙头，闲牧从来水牯牛。
深院阴阴四簷雨，高堂寂寂一簾秋。
光明本自无馀欠，梦幻何曾有去留。
我亦翛然五湖客，不妨相与试茶瓯。

晓　思

昏昏断梦带馀酲，散发披衣坐待明。
城角吹残河渐隐，海氛消尽日初生。
老农自得当年乐，痴子方争后世名。
莫怪闭门常懒出，即今车盖为谁倾。

秋　感

瘦尽腰围白尽头，悲蛩声里落梧楸。
短檠且慰经年别，裋褐犹怀卒岁忧。
天地无私嗟独困，风霜有信又残秋。
顽躯安得常强健，更倚东吴寺寺楼。

绍兴辛未至丙子六年间予年方壮每遇重九多与一时名士登高于蕺山宇泰阁距开禧丁卯六十年忧患契阔何所不有追数同游诸公乃无一人在者而予犹强健惨怆不能已赋诗识之

故里登高接隽游，即今不计几番秋。
一樽尚与菊花醉，万事不禁江水流。
薄命虽多死闾巷，逢时亦有至公侯。
若论耄岁朱颜在，穷达皆当输一筹。

哭季长

峣山刻曲各天涯，死籍前时偶脱遗。
三径就荒俱已老，一樽相属永无期。
寝门哀恸今何及，泉壤从游后不疑。
邂逅子孙能记此，交情应似两翁时。

我荷锄时君赐环，君归我复造清班。
无由促席暂握手，每得寄声聊解颜。
造物不令成老伴，著书犹喜在名山[①]。
半年仅得陈莼鲫，白首临风涕自潸。

①自注：季长晚著书数百卷。

戊辰立春日

昨夜风摇斗柄回，典衣也复一传杯。
故人久作天涯别，新句空从枕上来。
清镜岂堪看鬓色，小园剩欲觅桃栽。
颓然却憾贪春睡，不尽城头画角哀。

○嘉定元年，八十四岁。

卧听城门出土牛，罗幡应笑雪蒙头。
但须晨起一卮酒，聊洗人间千种愁。
处处楼台多侠客，家家船舫待春游。
梅花未遍枝南北，定为馀寒得小留。

石帆山下作

石帆山下古苔矶，回首人间万事非。
能饮上池何患死，不营尺宅欲安归？
寒龟瑟缩搘床老，倦鹤翩翻带箭飞。
堪笑年来殊省事，就凭樵女绽春衣。

书　叹

髡髦承学绍兴前，历看人间七十年。

扑满终归弃道侧，鸱夷犹得载车边。
钓船夜泛吴江月，醉眼秋看楚泽天。
造物未容书鬼录，残春又藉落花眠。

恩封渭南伯唐诗人赵嘏为渭南尉当时谓之赵渭南后来将以予为陆渭南乎戏作长句

老向人间作倦游，君恩乞与渭川秋。
虚名定作陈惊坐，好句真惭赵倚楼。
栈豆十年沾病马，烟波万里著浮鸥。
就封他日轻裘去，应过三峰处处留。

题苏虞叟岩壑隐居

苏子飘然古胜流，平生高兴在沧洲。
千岩万壑旧卜筑，一马二僮时出游。
香断钟残僧阁晚，鲸吞鼍作海山秋。
极知处处多奇语，肯草吴笺寄我不？

初夏杂兴

老子今朝不用扶，雨凉百病一时苏。
扇题杜牧故园赋，屏对王维初雪图。
把钓溪头蹋湍濑，煎茶林下置风炉。
个中莫谓无同赏，逋客能从折简呼。
○六首录一。

浴罢闲步门外而归

两扇荆扉数掩篱，幽人浴罢得娱嬉。
南临大泽风来远，东限连山月出迟。

沙上无泥藤屦健，水边弄影葛巾攲。
径归却就东窗卧，要及蝉声未歇时。

夏夜纳凉

河汉微茫月渐低，风声正在草堂西。
莎根唧唧虫相弔，木末翻翻鹊未栖。
屯甲近闻如积水[1]，守关不假用丸泥。
孤臣报国嗟无地，只有东皋更饱犁。

①自注：闻淮壖近募雄淮军数万。

初秋骤凉

我比严光胜一筹，不教俗眼识羊裘。
沧波万顷江湖晚，渔唱一声天地秋。
饮酒何尝能作病，登楼是处可消忧。
名山海内知何限，准拟从今更烂游。

新　凉

家住山阴剡曲傍，一番风雨送新凉。
亦知病得新秋健，无奈愁随独夜长。
日落川原横惨淡，月明洲渚远苍茫。
老民无复忧时意，齿豁头童只自伤。

寓　叹

白首还乡厌蕨薇，依依自叹欲畴依。
门庭不扫稀迎客，碪杵无声未赎衣。
达士共知生是赘，古人尝谓死为归。
耕畴幸可期中熟，又报残蝗接翅飞。

忆昔建炎南渡时，兵间脱死命如丝。
奉亲百口一身在，许国寸心孤剑知。
坐有客瘖堪共醉，身今病忘莫求医。
出门但畏从人事，临水登山却未衰。

舟中醉题

风吹芦荻声飕飕，晚潮入港浮孤舟。
老民已扫市朝迹，造物全付江湖秋。
项里庙前是鱼市，禹会桥边多酒楼。
醉来且复歌此日，莫为礁杵悲无裘。

鲍郎山前烟雨昏，疏灯小市愁偏门。
上船初发十字港，鼓棹忽过三家村。
孤鸾对镜空自感，老龟搘床何足论。
但愿诸公各戮力，上助明主忧元元。

〇自注：偏门、十字港、三家村，皆地名。

感　旧

莫笑山翁老欲僵，壮年曾及事高皇。
雕戈北出戍穷塞，华表东归悲故乡。
万事固难轻忖度，百年犹有未更尝[①]。
纷纷谤誉何劳问，但觉邯郸一梦长。

①自注：《齐民要术》曰："智如禹汤，不如更尝。"

东　园

车马无声客到稀，荷锄终日在园扉。

断残地脉疏泉过，穿透天心得句归。
对镜每悲鸾独舞，绕枝谁见鹊南飞。
悠然自遣君无怪，文史如山暂解围。

秋　夜

局促人间每鲜欢，秋来病骨愈酸寒。
夹衣尚典雁声过，断简未收鸡唱残。
退士鬓毛纷似雪，老臣心事炳如丹。
灯前握臂无交旧，聊唤清尊少自宽。

故　里

漏尽钟鸣有夜行，几人故里得归耕。
摧伤自喜消前业，疾恙天教学养生。
邻曲新传秧马式，房栊静听纬车声。
芋魁菰首君无笑，老子看来是大烹。

访村老

强健如翁举世稀，夜深容我叩门扉。
大儿叱犊戴星出，稚子捕鱼乘月归。
骨月团栾无远别，比邻假贷不相违。
人间可羡惟农亩，又见秋灯照捣衣。

书　感

衰颜非复昔年朱，几过黄公旧酒垆。
成败只堪三太息，是非终付一胡卢。
连天烟草迷归梦，动地风波历畏途。
辛苦一生成底事，躬耕犹得补东隅。

书　剑

书剑当年遍两川，归来垂钓镜湖边。
老皆有死岂独我，士固多贫宁怨天。
物外胜游携鹤去，琴中绝谱就僧传。
莫言白首诗才尽，读罢犹能意爽然。

暮春龟堂即事

风日初和昼漏长，萧然巾屦集茆堂。
雨馀千叠暮山绿，花落一溪春水香。
断简椟中尘委积，故人墓上草荒凉。
尔来幸有宽怀处，病退床头减药囊。

〇四首录一。〇嘉定二年己巳，八十五岁。

书　意

养得山林气粗全，此怀无处不超然。
日长琴弈茆檐下，岁晚江湖箬帽前。
天上本令星主酒，俗间妄谓世无仙。
今年茶比常年早，笑试西峰一掬泉①。

①自注：今年清明前数日，山中已有新茶。

即　事

万里山河拱至尊，羽林铁骑若云屯。
群公先正不复作，故国世臣谁尚存！
河洛可令终左衽，刍荛何自达修门？
王师一日临榆塞，小丑黄头岂足吞！

渔　扉

蜻蜓浦上一渔扉，回首人间万事非。
卖药山城携鹤去，看碑野寺策驴归。
偶因束带悲腰减，常为梳头感发稀。
午睡定知无客搅，曲肱闲看雨霏霏[①]。

①自注：郊居遇雨作，别无客至。

江楼夜望

江楼百尺倚高寒，上尽危梯宇宙宽。
秋近渐看河落角，天回更觉斗阑干。
茫茫浦口烟帆远，坎坎城头漏鼓残。
要得故人同蹑屐，一尊相属话悲欢。

夏夜泛溪至南庄复回湖桑归

不求奇骨可封侯，但喜枯肠不贮愁。
数点残灯沽酒市，一声柔橹采菱舟。
元知泽国偏宜夜，已就天公探借秋。
归过三更风露重，纱巾剩觉发飕飗。

雨后殊有秋意

天地新秋入苦吟，诗书万古付孤斟。
爱君忧国孤臣泪，临水登山节士心。
只叹鼻端无妙斫，岂知弦外有遗音。
剡中胜践今犹昔，安得高人支道林。

晚　兴

并檐幽鸟语璁珑，一榻萧然四面风。
客散茶甘留舌本，睡馀书味在胸中。
浮云变态吾何与，腐骨成尘论自公。
剩欲与君谈此事，少须明月出溪东。

郊　行

凄风吹雨过江城，缓策羸骖并水行。
古路初惊秋叶堕，荒郊已放候虫鸣。
壮心耿耿人谁识，往事悠悠憾未平。
斜日半竿羌笛怨，西陵寂寞又潮生。

圣　门

圣门妙处不容思，千古茫茫欲语谁？
晞发庭中新沐后，舞雩沂上咏归时。
研求岂足窥微指，博约何由遇硕师。
小疾扫空身尚健，蓬窗更作数年期。

病少愈偶作

萧条白发卧蓬庐，虚读人间万卷书。
遇事始知闻道晚，抱痾方悔养生疏。
高门赫赫何关我，薄俗纷纷莫问渠。
举疾少苏思一出，夕阳门巷驾柴车。

病入秋来不可当，便从此逝亦何伤。
百钱布被敛手足，三寸桐棺埋涧冈。

但憾著书终草草，不嫌徂岁去堂堂。
今朝生意才丝发，便拟街头醉放狂。

书　生

书生事业苦难成，点检常忧害至诚。
梦寐未能除小忿，文辞犹欲事虚名。
圣言甚远当深考，古义虽闻要力行。
汉世陋儒吾所斥，若为青紫胜归耕。

元遗山七律

百六十二首

秋　怀

凉叶萧萧散雨声，虚堂淅淅掩霜清。
黄花自与西风约，白发先从远客生。
吟似候虫秋更苦，梦和寒鹊夜频惊。
何时石岭关头路，一望家山眼暂明。

帝城二首

帝城西下望孤云，半废晨昏愧此身。
世俗但知从仕乐，书生只合在家贫。
悠悠未了三千牍，碌碌翻随十九人。
预遣儿书报归日，安排鸡黍约比邻。

○自注：史院夜直作。○遗山以正大元年应词科，后即直史院，二年六月告归。

羁怀郁郁岁骎骎，拥褐南窗坐晚阴。
日月难淹京国久，云山惟觉玉华深。
邻村烂漫鸡黍局，野寺荒凉松竹林。
半夜商声入寥廓，北风黄鹄起归心。

仆射陂醉归即事[1]

多生曾得江湖乐，每见陂塘觉眼明。
诗酒共寻前日约，风阴新自夜来晴。
春波澹澹沙鸟没，野色荒荒烟树平。
醉踏扁舟浩歌起，不须红袖出重城[2]。

①陂在郑州，后魏赐仆射李冲，因名。②自注：是日招乐府不至。

春　日

里社春盘巧欲争，裁红晕碧助春情。
忽惊此日仍为客，却想当年似隔生。
贫里齑盐怜节物，乱来歌吹失欢声。
南州剩有还乡伴，戎马何时道路清。

横波亭[1]

孤亭突兀插飞流，气压元龙百尺楼。
万里风涛接瀛海，千年豪杰壮山丘。
疏星淡月鱼龙夜，老木清霜鸿雁秋。
倚剑长歌一杯酒，浮云西北是神州。

①自注：为青口帅赋。○青口帅即移剌粘合，初帅彭城。雷希颜在幕，

杨叔能、元裕之皆游其门，时望甚重。金亡降宋。

野菊座主闲闲公命作[①]

柴桑人去已千年，细菊斑斑也自圆。
共爱鲜明照秋色，争教狼藉卧疏烟。
荒畦断陇新霜后，瘦蝶寒螿晚景前。
只恐春丛笑迟暮，题诗端为发幽妍。

①赵秉文也，字周臣，磁州滏阳人。

度太白岭往昆阳

断崖绝壁裂苍顽，竟日长林窈窕间。
旧许烟霞归白发，悔随尘土出青山。
饥蚕濈濈催人老，野鹤昂昂羡汝闲。
畏景方隆路方永，南风回首暮云还。

寄希颜二首[①]

僵卧嵩丘七见春，商馀归计一廛新。
悠悠华屋高赀意，兀兀田夫野老身。
动色云山如有喜，忘机鸥鸟亦相亲。
粗疏潦倒今如此，楼上元龙莫笑人。

①雷渊，字希颜，浑源人。历官国史院编修、监察御史，终翰林院修撰。

湖海故人仍骑曹，彭门千里入凭高。
山头杜甫长年瘦，楼上元龙先日豪。
水落鱼龙失归宿，天长鸿雁独哀劳。
酒船早晚东行办，共举一杯持两螯[①]。

①希颜时在徐州粘合幕。两首殆非同时作，故再用元龙事。

怀益之兄

牢落关河雁一声，干戈满眼若为情。
三年浪走空皮骨，四海相望只弟兄。
黄耳定从秋后到，白头新自夜来生。
西楼日日西州道，欲赋穷愁竟不成。

昆阳二首

古木荒烟集暮鸦，高城落日隐悲笳。
并州倦客初投迹，楚泽寒梅又过花。
满眼旌旗惊世路，闭门风雪羡山家。
忘忧只有清樽在，暂为红尘拂鬓华。

去日黄花半未开，南来忽复见寒梅。
淹留岁月无馀物，料理尘埃有此杯。
老马长途良惫矣，白鸥春水亦悠哉。
商馀说有沧洲趣，早晚乾坤入钓台。

寄西溪相禅师

青镜流年易掷梭，壮怀从此即蹉跎。
门堪罗雀仍未害，釜欲生鱼当奈何。
万事自知因懒废，一官元不校贫多。
拂衣明日西溪去，且放云山入浩歌。

叶县雨中[①]

春旱连延入麦秋，今朝一雨散千忧。

龙公有力回枯槁，客子何心叹滞留。
多稼即看连楚泽，归云应亦到嵩丘。
兵尘浩荡乾坤满，未厌明河拂地流。

①自注：时嵩前旱尤甚。○按：遗山侨居嵩山，故以家乡旱为忧。

寄答赵宜之兼简溪南诗老

窗影胧胧纳暝阴，风声浩浩急霜砧。
秋鸿社燕飘零梦，颍水崧山去住心。
黄菊有情留小饮，青灯无语伴微吟。
故人憔悴蓬茅晚，料得老怀如我今。

颍　亭

颍上风烟天地回，颍亭孤赏亦悠哉。
春风碧水双鸥静，落日青山万马来。
胜概消沉几今昔，中年登览足悲哀。
远游拟续骚人赋，所惜匆匆无酒杯。

山中寒食

小雨斑斑浥曙烟，平林簇簇点晴川。
清明寒食连三月，颍水崧山又一年。
乐事渐随花共减，归心长与雁相先。
平生最有登临兴，百感中来只慨然。

楚汉战处

虎掷龙拏不两存，当年曾此赌乾坤。
一时豪杰皆行阵，万古山河自壁门。
原野旧应厌膏血，风云长遣动心魂。

成名竖子知谁谓，拟唤狂生与细论。
○自注：同钦叔赋。

怀叔能

别却杨侯又一年，西风每至辄凄然。
酒官未得高安上，诗印空从吏部传。
三沐三薰知有待，一鸣一息定谁先？
黄尘憔悴无人识，今在长安若个边？

寄辛老子

草堂西望渺烟霞，梦寐西南一径斜。
为羡鸾凰安枳棘，悔将猿鹤入京华。
百钱卜肆成都市，万古诗坛子美家。
后日从翁问奇字，可能逋客侍侯芭？

后湾别业

薄云晴日烂烘春，高柳清风便可人。
一饱本无华屋念，百年今见老农身。
童童翠盖桑初合，滟滟苍波麦已匀。
便与溪塘作盟约，不应重遣濯缨尘。

刘丈仲通哀挽

拙宦深辜远业期，无儿更结下泉悲。
温纯如此岂复见，报施言之尤可疑。
四业名家今日尽，百年潜德几人知。
元刘交分平生重，才薄犹堪第二碑。

李屏山挽章二首

世法拘人虱处裈，忽惊龙跳九天门。
牧之宏放见文笔，白也风流馀酒樽。
落落久知难合在，堂堂原有不亡存。
中州豪杰今谁望？拟唤巫阳起醉魂。

谈麈风流二十年，空门名理孔门禅。
诸儒久已同坚白，博士真堪补《太玄》。
孙况小疵良未害，庄周阴助恐当然。
遗编自有名山在，第一诸孤莫浪传。

内乡县斋书事

吏散公庭夜已分，寸心牢落百忧熏。
催科无政堪书考，出粟何人与佐军？
饥鼠绕林如欲语，惊乌啼月不堪闻。
扁舟未得沧浪去，惭愧春陵老使君[①]。

①自注：远祖次山《舂陵行》云："思欲委符节，引竿自刺船。"故子美有"兴含沧浪清"之句。

自菊潭丹水还寄崧前故人

腊雪春泥晚未干，马迎残照入荒寒。
初无凫舄将安往，正有牛刀恐亦难。
倦客不知归路远，孤城唯觉暮山攒。
黄金炼出相思句，寄与同声别后看。

被檄夜赴邓州幕府

幕府文书鸟羽轻，敝裘羸马月三更。

未能免俗私自笑，岂不怀归官有程。
十里陂塘春鸭闹，一川桑柘晚烟平。
此生只合田间老，谁遣春官识姓名？

除　夜

一灯明暗夜如何？寐梦衡门在涧阿。
物外烟霞玉华远，花时车马洛阳多。
折腰真有陶潜兴，扣角空传宁戚歌。
三十七年今日过，可怜出处两蹉跎。

刘光甫内乡新居

豸冠平日凛秋霜，老去声名只闭藏。
父老渐来同保社，儿童久已爱文章。
蔬随隙地皆成圃，竹放新梢欲过墙。
为向长安旧游道，世间元有北窗凉。

十　月

十月常年见早梅，今年二月未全开。
春寒春煖花如故，年去年来老渐催。
大药谁传轩后鼎？习仙虚筑汉宫台。
凭君拨置人间事，不负浮生只此杯。

送吴子英之官东桥且为解嘲

柴车历鹿送君东，万古书生蹭蹬中。
良酝暂留王绩醉，新诗无补玉川穷。
驹阴去我如决骤，蚁垤与谁争长雄？
快筑糟丘便归老，世间马耳过春风。

张主簿草堂赋大雨

浙树蛙鸣告雨期，忽惊银箭四山飞。
长江大浪欲横溃，厚地高天如合围。
万里风云开伟观，百年毛发凛馀威。
长虹一出林光动，寂历村墟空落晖。

独峰杨氏幽居

村墟潇洒带新晴，落日千山一片青。
世外衣冠存太朴，云间鸡犬亦长生。
清江两岸多古木，平地数峰如画屏。
惆怅朝阳一茅屋，酒船茶灶负生平。

渡湍水

悠悠人事眼中新，悄悄孤怀百虑纷。
伎俩本宜闲处著，姓名谁遣世间闻？
秋江澹沱如素练，沙浦空明行暮云。
蚤晚扁舟载烟雨，移家来就野鸥群。

十日登丰山

十日登高发兴新，丰山孤秀出尘氛。
村墟带晚鸦噪合，林壑得霜烟景分。
芳臭百年随变灭，短长千古只纷纭。
诗成一叹无人会，白水悠悠入暮云。

岐阳三首

突骑连营鸟不飞，北风浩浩发阴机。

三秦形胜无今古，千里传闻果是非。
偃蹇鲸鲵人海涸，分明蛇犬铁山围。
穷途老阮无奇策，空望岐阳泪满衣。

〇正大八年正月，元兵围凤翔府。四月城破，两行省弃京兆。此诗盖咏其事。

百二关河草不横，十年戎马暗秦京。
岐阳西望无来信，陇水东流闻哭声。
野蔓有情萦战骨，残阳何意照空城。
从谁细向苍苍问，争遣蚩尤作五兵？

耽耽九虎护秦关，懦楚孱齐机上看。
禹贡土田推陆海，汉家封徼尽天山。
北风猎猎悲笳发，渭水萧萧战骨寒。
三十六峰长剑在，倚天仙掌惜空闲。

围城病中文举相过[1]

扰扰长衢日往回，病中聊得避喧埃。
愁多顿觉无诗思，计拙惟思近酒杯。
潘岳镜中浑白发，江淹门外即苍苔。
生涯若被旁人问，但说经年鼠不来。

①围城，天兴元年，元围汴京也。文举，白华也。

读靖康佥言

浚郊沙海浩茫茫，河广才堪一苇航。
颠沛且当惩景德[1]，规模何必罪朱梁。
沧溟不掩蛟龙窟，大地同归雀鼠乡。

三百年间几降虏，长星无用出光芒。

①景德：宋真宗甲辰元年，指澶渊事。

雨后丹凤门登眺[①]

绛阙遥天霁景开，金明高树晚风回。
长虹下饮海欲竭，老雁叫群秋更哀。
劫火有时归变灭，神嵩何计得飞来。
穷途自觉无多泪，莫傍残阳望吹台。

①南京北门曰丹凤门。

京居辛卯八月六日作

四壁秋虫夜语低，南窗孤客枕频移。
野情自与轩裳隔，旅食难堪日月迟。
平子归田元有约，魏舒袯被恐无期。
一茎白发愁多少，惭愧家人赋扊扅。

浩然师出围城赋鹤诗为送

梦寐西山饮鹤泉，羡君归兴渺翩翩。
昂藏自有林壑态，饮啄暂随尘土缘。
辽海故家人几在，华亭清唳世空怜。
明年也作江鸥去，水宿云飞共一天。

追用座主闲闲公韵上致政冯内翰二首[①]

峻坂平生几疾驱，归休甫及引年初。
东门太傅多祖道，北阙诗人休上书。
皂枥老归千里骥，白云闲钓五溪鱼。
非熊有兆公无恙，会近君王六尺舆。

①冯壁，字叔献，真定人，天兴元年致仕。

草堂人物列仙臞，万壑松风酒一壶。
少日打门无俗客，老年争席有樵夫。
巨源不入竹林选，元亮偶成莲社图。
野史他年传耆旧，风流一一似公无。

怀秋林别业[①]

茅屋萧萧淅水滨，岂知身属洛阳尘。
一家风雪何年尽，二顷田园入梦频。
高树有巢鸠笑拙，空墙无穴鼠嫌贫。
西南遥望肠堪断，自古虚名只误人。

①秋林：在内乡县，遗山别业在焉。

壬辰十二月车驾东狩后即事五首

翠被匆匆见执鞭，戴盆郁郁梦瞻天。
只知河朔归铜马，又说台城堕纸鸢。
血肉正应皇极数，衣冠不及广明年[①]。
何时真得携家去，万里秋风一钓船。

○哀宗天兴元年壬辰，元兵攻汴。经年食尽，哀宗出奔，先至河北，旋至归德。遗山时在围城中。此诗咏其事。①唐僖宗广明元年，黄巢入潼关，帝出奔。

惨澹龙蛇日斗争，干戈直欲尽生灵。
高原水出山河改，战地风来草木腥。
精卫有冤填瀚海，包胥无泪哭秦庭。
并川豪杰知谁在，莫拟分军下井陉。

郁郁围城度两年，愁肠饥火日相煎。
焦头无客知移突，曳足何人与共船。
白骨又多兵死鬼，青山元有地行仙。
西南三月音书绝，落日孤云望眼穿。

万里荆襄入战尘，汴州门外即荆榛。
蛟龙岂是池中物，虮虱空悲地上臣。
乔木他年怀故国，野烟何处望行人。
秋风不用吹华发，沧海横流到此身。

五云宫阙露盘秋，银汉无声桂树稠。
复道渐看连上苑，戈船仍拟下扬州。
曲中青冢传新怨，梦里华胥失旧游。
去去江南庾开府，凤凰楼畔莫回头。

永宁南原秋望

浩浩西风入敝衣，茫茫野色动清悲。
洗开尘涨雨才足，老尽物华秋不知。
烽火苦教乡信断，砧声偏与客心期。
百年人事登临地，落日飞鸿一线迟。

○永宁，即今河南府永宁县。天兴元年，遣帅守永宁元村寨，十一月为元兵所破。遗山此诗，盖在未设防戍以前。

癸巳四月二十九日出京[1]

塞外初捐宴赐金，当时南牧已骎骎。
只知灞上真儿戏，谁谓神州遂陆沉！
华表鹤来应有语，铜盘人去亦何心？

兴亡谁识天公意，留着青城阅古今[②]。

①金亡之后，遗山以金之故官，将拘管聊城，发自汴京也。②青城：在大梁城东五里。金兵入汴，宋二帝、宗室、妃嫔诣青城，尽俘而北；元兵入汴，金二宫、妃嫔亦诣青城，尽俘而北。

喜李彦深过聊城

围城十月鬼为邻，异县相逢白发新。
恨我不如南去雁，羡君独是北归人。
言诗匡鼎功名薄，去国虞翻骨相屯。
老眼天公只如此，穷途无用说悲辛。

与张杜饮

故人寥落晓天星，异县相逢觉眼明。
世事且休论向日，酒樽聊喜似承平。
山公倒载群儿笑，焦遂高谈四座惊。
轰醉春风一千日，愁城从此不能兵。

秋　夕

小簟凉多睡思清，一窗风雨送秋声。
频年但觉貂裘敝，万古何曾马角生。
寄食且依严尹幕，附书谁往邓州城。
浇愁欲问东家酒，恨杀寒鸡不肯鸣。

梦　归

顑颔南冠一楚囚，归心江汉日东流。
青山历历乡国梦，黄叶萧萧风雨秋。
贫里有诗工作祟，乱来无泪可供愁。

残年兄弟相逢在，随分虀盐万事休。

徐威卿相过留二十许日将往高唐同李辅之赠别二首

衣冠八座文章府，襆被三年同舍郎。
荡荡青天非向日，萧萧春色是他乡。
伤时贾谊频流涕，卧病王章自激昂。
保社追随有成约，不应关塞永相望。

东南人物未凋零，和气春风四座倾。
但喜诗章多俊语，岂知谈笑得新名。
二年阻绝干戈地，百死相逢骨肉情。
别后相思重回首，杏花樽酒记聊城。

即　事

逆竖终当鲙缕分，挥刀今得快三军。
然脐易尽嗟何及，遗臭无穷古未闻。
京观岂当诬翟义，衰衣自合从高勋。
秋风一掬孤臣泪，叫断苍梧日暮云。

○甲午正月，金亡。秋七月，李伯渊诛崔立。此咏其事。○施注：张彦泽与高勋有隙，乘醉杀其叔及弟。后帝闻彦泽劫掠，怒而锁之，命勋监刑。彦泽前所杀士大夫子孙，皆绖杖哭随，以杖扑之。

秋　夜

九死馀生气息存，萧条门巷似荒村。
春雷谩说惊坯户，皎日何曾入覆盆。
济水有情添别泪，吴云无梦寄归魂。
百年世事兼身事，樽酒何人与细论。

甲午除夜[1]

暗中人事忽推迁，坐守寒灰望复然。
已恨太官馀麴饼，争教汉水入胶船。
神功圣德三千牍，大定明昌五十年。
甲子两周今日尽，空将衰泪洒昊天。

①金亡以甲午正月。遗山是年在聊城度岁。

杏花落后分韵得归字

獭髓能医病颊肥，鸾胶无那片红飞。
残阳澹澹不肯下，流水溶溶何处归。
煮酒青林寒食过，明妆高烛赏心违。
写生正有徐熙在，汉苑招魂果是非。

送杜子

洛阳尘土化缁衣，又见孤云着处飞。
北渚晓晴山入座，东原春好妓成围。
来鸿去燕三年别，深谷高陵万事非。
轰醉春风有成约，可能容易话东归。

眼　中

眼中时事益纷然，拥被寒窗夜不眠。
骨肉他乡各异县，衣冠今日是何年。
枯槐聚蚁无多地，秋水鸣蛙自一天。
何处青山隔尘土，一庵吾欲送华颠。

有　寄

飞鸿来处是营平，喜向斜封见姓名。
千里吕安思叔夜，五更残月伴长庚。
关河秋兴风景暮，长路渴心尘土生。
南渡诗人吾未老，几时同醉凤凰城。

镇州与文举百一饮①

翁仲遗墟草棘秋，苍龙双阙记神州。
只知终老归唐土，忽漫相看是楚囚。
日月尽随天北转，古今谁见海西流。
眼中二老风流在，一醉从教万事休。

①白华，字文举，金枢密院判官。王鹗，字百一，金状元，官至右司员外郎，后仕元为翰林学士承旨。

别王使君丈从之①

谢公每见皆名语，白傅相看只故情。
樽酒风流有今夕，玉堂人物记升平。
泰山北斗千年在，和气春风四座倾。
别后殷勤更谁接，只应偏忆老门生。

①王若虚，字从之，官翰林直学士。金亡，微服北归。

寄汴禅师①

白头岁月坐诗穷，止有相逢一笑同。
斋粥空疏想君瘦，冠巾收敛定谁公？
梦魂历历山间路，世事悠悠耳外风。
见说悬泉好薇蕨，草堂知我是邻翁。

①自注：师旧隐济源。〇时汰逐释老家甚急，故有“冠巾收敛”之句。

卫州感事二首

神龙失水困蜉蝣，一舸仓皇入宋州。
紫气已沉牛斗夜，白云空望帝乡秋。
劫前宝地三千界，梦里琼枝十二楼。
欲就长河问遗事，悠悠东注不还流。

〇金哀宗自汴京突围，出走河北，令白撒攻袭新卫州，为史天泽所败，哀宗单舸走归德。遗山此诗，盖国亡后过卫州而凭弔也。

白塔亭亭古佛祠，往年曾此走京师。
不知江令还家日，何似湘累去国时。
离合兴亡遽如此，栖迟零落竟安之。
太行千里青如染，落日栏干有所思。

怀州子城晚望少室

河外青山展卧屏，并州孤客倚高城。
十年旧隐抛何处，一片伤心画不成。
谷口暮云知郑重，林梢残照故分明。
洛阳见说兵犹满，半夜悲歌意未平。

别覃怀幕府诸君二首

王后卢前旧往还，江东渭北此追攀。
百年人物存公论，四海虚名只汗颜。
诗酒聊堪慰华发，衡茅终拟共青山。
相思日后并州梦，常住瑶林照映间。

太行醲秀在山阳，嵇阮经行旧有乡。
林影池烟设清供，物华天宝借馀光。
承平故事嗟犹在，雅咏风流岂易忘。
稍待秋风入凉冷，百壶吾欲醉筹堂。

羊肠坂

浩荡云山直北看，凌兢羸马不胜鞍。
老来行路先愁远，贫里辞家更觉难。
衣上风沙叹憔悴，梦中灯火忆团栾。
凭谁为报东州信，今在羊肠百八盘。

太　原

梦里乡关春复秋，眼明今得见并州。
古来全晋非无策，乱后清汾空自流。
南渡衣冠几人在，西山薇蕨此生休。
十年弄笔文昌府，争信中朝有楚囚。

外家南寺[①]

郁郁楸梧动晚烟，一庭风露觉秋偏。
眼中高岸移深谷，愁里残阳更乱蝉。
去国衣冠有今日，外家梨栗记当年。
白头来往人间遍，依旧僧窗借榻眠。

①自注：在至孝社，予儿时读书处也。

十二月十六日还冠氏十八日夜雪

少日鸢飞掣臂鹰，只今痴钝似秋蝇。
躭书业力贫犹在，涉世筋骸老不胜。

千里关河高骨马，四更风雪短檠灯。
一鉼一钵平生了，惭愧南窗打睡僧。

别康显之[①]

玉川文字五千卷，郑监才名四十年。
谁谓华高吾岂敢，耻居王后子当然。
河亭笑语归陈迹，里社追随失后缘。
后夜并州月千里，南窗尊酒且留连。

①显之，高唐州人，有《淡轩文集》。

寄杨飞卿

客梦悠悠信转蓬，藜床殷殷动晨钟。
西风白发三千丈，故国青山一万重。
沙水有情留过雁，乾坤多事泣秋虫。
三间老屋知何处，惭愧云间陆士龙。

雨　夜

梦里孤篷雨打秋，茅斋元更小于舟。
无钱正坐诗作祟，识字重为时所雠。
千里漫思黄鹄举，六年真作贾胡留。
并州北望山无数，一夜礁声人白头。

出东平

老马凌兢引席车，高城回首一长嗟。
市声浩浩如欲沸，世路悠悠殊未涯。
潦倒本无明日计，往来空置六年家。
东园花柳西湖水，剩著新诗到处夸。

再到新卫

蝗旱相仍岁已荒，伶俜十口值还乡。
空令姓字喧时辈，不救饥寒趋路傍。
行帐马嘶尘澒洞，空村人去雨淋浪。
河平千里筋骸尽，更欲驱车上太行。

〇宣宗贞祐间，移卫州城于宜村，去黄河不数武，置河平军，屯重兵于此。正大九年，弃而不守，遂为元兵所据。

四哀诗

李钦叔

赤县神州坐陆沉，金汤非粟祸侵寻。
当官避事平生耻，视死如归社稷心。
文采是人知子重，交朋无我与君深。
悲来不待山阳笛，一忆同衾泪满襟。

〇李献能，字钦叔，为陕州行省属官。时赵伟为河解元帅，索粮于行省。省中无粮可给，伟密遣步卒八百，乘夜渡河，入陕州城，劫杀参政阿不罕奴十剌及李献能。

冀京父

先公藻鉴识终童，曾拔昆山玉一峰。
不见连城沽白璧，蚤闻烈火燎黄琮。
重围急变纷纷口，九地忠魂耿耿胸。
欲吊南云无觅处，士林能不泣相逢。

〇冀禹锡，字京父，哀宗至归德，授为左右司都事。蒲察官奴之乱，杀朝官三百馀人，军民死者三千，禹锡赴水死。

李长源

冀都事死东州祸，李翰林亡陕府兵。
方为骚人笺楚些，更禁书客堕秦坑。
石苞本不容孙楚，黄祖安能贷祢衡。
同甲四人三横霣，此身虽在亦堪惊。

○李汾，字长源。客唐邓间，武仙署为行省讲议官，已而欲除之。汾遁泌阳，仙令总师王德追获之，绝食而死。

王仲泽

太学声华弱冠驰，青云歧路九霄飞。
上前论事龙颜喜，幕下筹边犬吠稀。
壮志相如头碎柱，赤心嵇绍血沾衣。
从来圣牍褒忠义，谁为幽魂一发辉？

○王渥，字仲泽。思烈与武仙等军入援汴京，仙主持重，思烈急于入京。渥劝思烈与仙同进，思烈疑之，已而思烈果败，渥亦没于军。

过诗人李长源故居

楚些招魂自往年，明珠真见抵深渊。
巨鳌有饵虽堪钓，怒虎无情可重编。
千丈气豪天也妬，七言诗好世空传。
伤心鹦鹉洲边泪，却望西山一泫然。

醉　后

蚤岁披书手不停，中年所得是忘形。
天公不禁人间酒，崔瑗虚留座右铭。
身后山丘几春草，醉来日月两秋萤。

柴门苦雨青苔满，一解狂歌且自听。

濦亭同麻知几赋

零落栖迟复此游，一樽聊得散羁愁。
天围平野莽无际，水绕孤城闲不流。
柳意渐回淮浦煖，雁声仍带塞门秋。
登高望远令人起，欲买烟波无钓舟。

应州宝宫寺大殿

缥缈层檐风翼张，南山相望郁苍苍。
七重宝树围金界，十色雯华拥画梁[①]。
竭国想从辽盛日，阅人真是鲁灵光。
请看孔释谁消长，林庙而今草又荒。

①《古三坟书》：日云赤雯，月云素雯。

感　事

富贵何曾润髑髅，直须淅米向矛头。
血雠此日逢三怨，风鉴生平备九流。
瓢饮不甘颜巷乐，市钳真有楚人忧。
世间安得如川酒，力士铛头醉死休。

○遗山尝为耶律文正家作神道碑，凡二千馀言。燕中人士谓遗山不应当笔，百谤百骂。作此诗，盖解之也。

华不注山

元气遗形老更顽，孤峰直上玉孱颜。
龙头突出海波沸，鳌足断来天宇闲。
齐国伯图残照里，谪仙诗兴冷云间。

乾坤一剑无人识，夜夜光芒北斗殷。

晨　起[1]

灯火青荧语夜阑，柴荆寂寞掩春寒。
欢悰已向杯中减，老态何堪镜里看。
多病所须唯药物，一钱不直是儒冠。
掣鲸莫倚平生手，只有东溪把钓竿[2]。

①自注：壬寅正月九日。②自注：时欲经营神山别业，故云。

感　事

舐痔归来位望尊，駸駸雷李入平吞。
饥蛇不计撑肠裂，老虎争教有齿存！
神圣定须偿宿业，债家犹足褫惊魂。
且看含血曾谁噀，猪觜关头是鬼门。

春　寒

草木荒城屋数椽，春寒闾巷益萧然。
僮奴樵爨头如葆，稚女跳梁履又穿。
白石鲤鱼空尺半，朱门食客自三千。
松枝麈尾山中满，去去《南华》有内篇。

即　事[1]

逋客而今不属官，住山盟在未应寒。
书生本自无燕颔，造物何尝戏鼠肝。
会最指天容我懒，鸱夷盛酒尽君欢。
到家慈母应相问，为说将军礼数宽。

①自注：商帅国器，见免从军。

出　都[①]

汉宫曾动伯鸾歌，事去英雄可奈何！
但见觚棱上金爵，岂知荆棘卧铜驼？
神仙不到秋风客，富贵空悲春梦婆。
行过卢沟重回首，凤城平日五云多。

①元之中都，即今顺天府也。遗山于金亡后，曾至燕京四次。

历历兴亡败局棋，登临疑梦复疑非。
断霞落日天无尽，老树遗台秋更悲。
沧海忽惊龙穴露，广寒犹想凤笙归。
从教尽划琼华了，留在西山尽泪垂[①]。

①自注：万宁宫有琼华岛，绝顶广寒殿，近为黄冠辈所撤。

与同年敬鼎臣宿顺天天宁僧舍

萧萧风雨打僧窗，耿耿青灯对客床。
每恨相望隔关塞，岂知连日醉壶觞。
蓱虀味薄堪长久，茅屋寒多且闭藏。
三十馀年老兄弟，此回情话独难忘。

吕国材家醉饮

世事悠悠殊未涯，七年回首一长嗟。
虚传庾信凌云笔，无复张骞犯斗槎。
去国衣冠有今日，春风桃李是谁家。
螺台剩有如川酒，暂为红尘拂鬓华。

洛　阳

千年河岳控喉襟，一日神州见陆沉。

已为操琴感衰涕，更须同辇梦秋衾。
城头大匠论蒸土，地底中郎待摸金。
拟就天公问翻覆，蒿莱丹碧果何心。

过三乡望女几村追怀溪南诗老辛敬之二首

云际虚瞻处士星，案头多负读书萤。
笔端有口传三箧，石上无禾养伯龄。
从昔葛陂终变灭，只今韩岳漫英灵。
因君重为前朝惜，枉破青衫买一经。
○女几山，土人谓之韩岳。

万山青绕一川斜，好句真堪字字夸。
弃掷泥涂岂天意，折除时命是才华。
百钱卜肆成都市，万古诗坛子美家。
欲就溪南问遗事，不禁衰涕落烟霞。

寄英上人

世事都销酒半醺，已将度外置纷纭。
乍贤乍佞谁为我，同病同忧只有君。
白首共伤千里别，青山真得几时分。
相思后夜并州月，却为汤休赋碧云。

追录洛中旧作

乐府新声绿绮裘，梁州旧曲锦缠头。
酒兵易压愁城破，花影长随日脚流。
万里青云休自负，一茎白发尽堪羞。
人间只怨天公了，未便天公得自由。

十一月五日暂往西张[①]

城隈细路入沙汀，絮帽冲风日再经。
歉岁村墟更荒恶，穷冬人影亦伶俜。
林烟漠漠鸦边暗，山骨棱棱雪外青。
四十年来此寒苦，冻吟犹记陇关亭。

①兴定四年，以寿阳县西张寨改置晋州。

石岭关书所见[①]

轧轧旃车转石槽，故关犹复戍弓刀。
连营突骑红尘暗，微服行人细路高。
已化虫沙休自叹，厌逢豺虎欲安逃。
青云玉立三千丈，元只东山意气豪。

①忻州秀容县有石岭关，金属河东北路。

晋　溪

石磴云松著色屏，岸花汀草展江亭。
青瑶叠甃通悬瓮，白玉双龙掣迅霆。
地脉何尝间今昔，尾闾真解泄沧溟。
乾坤一雨兵尘了，好就川妃问乞灵。

汴梁除夜

六街歌鼓待晨钟，四壁寒斋只病翁。
鬓雪得年应更白，灯花何喜也能红。
养生有论人空老，祖道无诗鬼亦穷。
数日西园看车马，一番桃李又春风。

与冯吕饮秋香亭①

庞眉书客感秋蓬，更在京尘澒洞中。
莫对青山谈世事，且将远目送归鸿。
龙江文采今谁似②，凤翼年光梦已空③。
剩著新诗记今夕，樽前四客一衰翁。

①自注：二子皆吾友之纯门生。②谓之纯。③凤翼：永宁地名。

哀武子告①

生气曾思作九原，迷途争得背南辕。
梁鸿故事要离墓，卫国孤儿祇树园。
旧说布衣甘绝胆，今传史笔记归元。
知君禄仕无心在，旌孝终当到李源②。

①自注：子今为僧。②施注：《唐·李憕传》：子源痛父死难，无心禄仕，依憕旧墅。

甲辰秋留别丹阳

疏疏衰柳映金沟，祖道都门复此留。
千里关河动归兴，九秋云物发诗愁。
严城钟鼓月清晓，老马风沙人白头。
后夜相思渺何许，西山西畔是并州。

龙兴寺阁

全赵堂堂入望宽，九层飞观尽高寒。
空闻赤帜疑军垒，真见金人泣露盘。
桑海几经尘劫坏，江山独恨酒肠干。
诗家总道登临好，试就遗台老树看。

别纬文兄①

玉垒浮云变古今，燕城名酒足浮沉。
眼中谁复承平旧，言外惊闻正始音。
异县他乡千里梦，连枝同气百年心。
行期几日休相问，触拨羁愁恐不禁。

①张纬，字纬文。

哭樊师

自倚沉冤有舌存，争教无路叩天阍。
装囊已竭千金赐，绝幕谁招万里魂。
东道漫悲梁苑客，南园多负寿张孙。
春风花落歌声在，梦里能来共酒樽。

寒　食

上苑春风盛物华，天津云锦赤城霞。
轻舟矮马追随远，翠幕青旗笑语哗。
化国楼台隔瀛海，吴儿洲渚记仙家。
山斋此日肠堪断，寂寞铜瓶对杏花。

○自注：壬子清明后作。

送樊顺之

弓刀十驿岳莲洲，渭水秦山得意秋。
王粲从军正年少，庾郎入幕更风流。
寒乡况味真鸡肋，清镜功名属虎头。
寄谢溪风亭上月，老夫乘兴欲西游。

过翠屏口

鬓须苍白葛衣宽，事外闲身也属官。
授简如闻数枚叔，乘车初不少冯驩。
沙城雨塌名空在，石峡风来夏亦寒。
两饱三饥已旬日，虚劳儿女劝加餐。

追录旧诗二首

短褐单衣长路尘，十年回首一吟呻。
孤居无著竟安往，宿债未偿今更新。
相马自甘齐客瘦，食鲑谁顾庾郎贫。
闻君话我才名在，不道儒冠已误身。
○自注：自用韵答之纯。

潦倒聊为陇亩民，一犁分得雨声春。
功名何物堪人老，天地无心谁我贫。
颍上云烟随处好，洛阳桃李几番新。
悠悠世事休相问，牟麦今年晚得辛。
○自注：用崔怀祖韵。

送端甫西行

瀛洲人物早知名，车骑雍容一座倾。
美酒清歌良有味，绿波春草若为情。
渭城朝雨三年别，平地青云万里程。
老我秦游旧曾约，梦中仙掌已相迎。

读李状元朝宗禅林记

李守济州，城破不屈节，死赠乡郡刺史。

偶向禅林见旧文，济阳南望为沾巾。
张巡许远古亦少，烈日秋霜今更新。
千字丰碑谁国手，百城降虏尽王臣。
知君不假科名重，元是中朝第一人。

〇施注：李演，字巨川，任城人。泰和六年进士第一，除应奉翰林文字。丁忧居乡里，任城被兵，演墨缞为济州刺史画守御策。城破被执，不屈死，时年三十馀。赠济州刺史，诏有司为立碑。

同严公子大用东园赏梅①

东阁官梅要洗妆，青云公子不相忘。
翰林风月三千首，乐府金钗十二行。
佳节屡从愁里过，老夫聊发少年狂。
花行更比梳行好，谁道并州是故乡。

①严实之子，名忠嗣，袭万户，当即大用也。

清明日改葬阿辛

掌上青红记点妆，今朝哀感重难忘。
金环去作谁家梦，綵胜空期某氏郎。
一瞥风花才过眼，百年冰蘗若为肠。
孟郊老作枯柴立，可待吟诗哭杏殇。

寄谢常君卿

百过新篇卷又披，得君重恨十年迟。
文除岭外初无例，诗学江西又一奇。

杨柳不随春事老，贞松唯有岁寒知。
仙乡白凤瀛洲近，洗眼云霄看后期。

送武诚之往汉陂

行李中春发晋溪，离筵辞客赋新题。
青云有路人看老，秋水无言物自齐。
杜曲旧游频入梦，兵厨佳酿惜分携。
因君为向莲峰道，不待移文我亦西。

送刘子东游

刘郎世旧出雄边，生长幽并气质全。
阵马风樯见豪举，雪车冰柱得真传。
书空咄咄知谁解，击缶呜呜颇自怜。
后日东州饱归载，且休多送酒家钱。

十日作

关树萧条返照明，井陉西北算归程。
青黄大似沟中断，文字空传海内名。
平地烟霄遽如许，秋风茅屋可怜生。
重阳拟作登高赋，一片伤心画不成。

赠答普安师

入座台山景趣新，因君乡国重情亲。
金芝三秀诗坛瑞，宝树千花佛界春。
闻道旧传言外意，忘言今得眼中人。
种莲结社风流在，会向篮舆认后身。

孝纯宛丘迁奉[①]

鬓毛衰飒面尘埃，孝子牵车古所哀。
千里长河限南北，一丘寒土见蒿莱。
辽东华表何人在，柳氏玄堂此日开。
十月知君有新喜，小雏先与唤迎来[②]。

①张朴，字孝纯。②自注：张弟新举第二。雏，闻其玉雪可念，因以字之。

追怀赵介叔

今古人门各一时，燕南剩有桂林枝。
清风明月怀元度，绿水红莲见杲之。
善政传归遗爱颂，阴功留在称家儿。
哀歌不尽平生意，空想翛然瘦鹤姿。

追怀友生石裕卿

人物休评第几流，依然豪侠数并州。
壮怀歌阕樽为破，连句才多笔不休。
金马只教聊避世，玉犀谁遣失封侯。
酒酣握手今无复，惆怅西园是旧游。

挽雁门刘克明

诗骨翛然野鹤孤，两年清坐记围炉。
金初宋季闻遗事，草靡波流见古儒。
已分幽人嗟古柏[①]，争教儒子奠生刍。
凤山后日先贤传，再有刘宗祭酒无。

①古柏：用陶潜《共游周家墓柏下》诗事。

赠答平阳仇舜臣

两辱携诗过草堂，曹君师席有辉光。
飞腾自是功名具，潦倒何堪翰墨场。
沧海骊珠能几见，鄷城龙剑不终藏。
太行残雪春风近，且趁梅花荐寿觞。

○自注：仇乃曹益甫门生也。○施注：曹益甫，号兑斋，居平阳三十馀年，发明道学，指授后进。仇殆其门生之一也。

贾漕东城中隐堂

智水仁山德有邻，柳塘花坞静无尘。
家僮解诵闲居赋，田父争持社瓮春。
安吉总输中隐士，典刑真见老成人。
明年恰入非熊运，共看青蒲裹画轮。

约严侯泛舟

风物当年小洞庭，西湖此日展江亭。
诗贪胜概题难遍，酒怯清秋醉易醒。
白鸟无心自来去，红蕖照影亦娉婷。
仙舟共载平生事，未分枯槎是客星。

送曹幹臣

和林音驿日怀思，燕市歌欢有此时。
老我真成铁炉步，感君时送草堂赀。
黄杨旧厄三年闰，赤骥非无万里姿。
平地烟霄付公等，不妨闲和凤池诗。

国医王泽民诗卷

万石君家父事兄，岂知衰俗有王卿。
一篇华衮中书笔，满纸清风月旦评。
鸿雁自分先后序，鹡鸰兼有急难情。
闺门雍睦君须记，方伎成名恐未平。

感　寓

南杨北李闲中老，乐丈张兄病且贫。
叔夜吕安谁命驾，牧童田父实为邻。
功名富贵知何物，风雨尘埃惜此身。
歌酒逢场暂陶写，不应嫌我醉时真。

存　殁

行间杨赵提衡早，老去辛刘入梦频。
案上酒杯聊自慰，袖中诗卷欲谁亲。
两都秋色皆乔木，一代名家不数人。
汲冢遗编要完补，可能虚负百年身。

人日有怀愚斋张兄纬文

书来聊得慰怀思，清镜平明见白髭。
明月高楼燕市酒，梅花人日草堂诗。
风光流转何多态，儿女青红又一时。
涧底孤松二千尺，殷勤留看岁寒枝。

送仲希兼简大方

家亡国破此身留，留滞聊城又过秋。

老去天公真溃溃，乱来人事转悠悠。
棋中败局从谁覆，镜里衰容只自羞。
方外故人如见问，为言乘兴欲东流。

○以下《续编》。○完希，字仲希，遗山为题其居曰元斋。

送郭大方

云装烟驾渺翩翩，是处林泉有静缘。
存殁共惊初劫后，交游空记十年前。
忘言秋水聊挥麈，得意高山未绝弦。
明月太虚君自了，相思休泛剡溪船。

送李甫之官青州

亲朋离燕日相仍，又向扁舟别李膺。
晚节浮沉疑未害，中年哀乐自难胜。
樊笼不畜青田鹤，朔吹初翻白锦鹰。
郑重双鱼问消息，故侯瓜圃在东陵。

答吴天益

兵中曾共保嵩丘，忽漫相逢在此州。
鹅鸭何尝厌喧聒，燕鸿无计得迟留。
白头亲旧常千里，黄叶关河又一秋。
三径他时望羊仲，却应松菊未销忧[1]。

①自注：来诗有“三径松菊”之句。

答郭仲通二首[1]

白发归来一布衣，东皋春草映柴扉。
向时诸老供熏沐，此日孤生足骂讥。

遁世已甘成远引，刺天何暇计群飞。
光芒消缩都无几，惭愧诗人比少微[2]。

①《移居》诗云："郭侯家多书，篇帙得遍窥。独有仲通父，天马不可羁。"即此人。②自注：来诗有"少微星"之句。

一樽何意复同倾，乱后真疑隔死生。
吐气无妨出芒角，忍穷尤喜见工程。
千年老桧盘根古，十丈寒潭照胆清。
凛凛风期望吾子，不成随例只时名。

送奉先从军

潦倒书生百战场，功名都属绣衣郎。
虎头食肉无不可，鼠目求官空自忙。
卷月清笳渭城晓，倚天长剑蜀山苍。
习池老去风流减，醉后扬鞭愧葛强。

寿赵益之

山东诸将拥云台，共许元戎有雅怀。
文字谁如祭征虏，威名人识李临淮。
农郊荆棘连新麦，儒馆丹青映古槐。
看取邦人祝君寿，五云多处是三台。

赠冯内翰二首[1]　并序

内翰冯公，往在京师日，浑源雷渊希颜、太原王渥仲泽、河中李献能钦叔、龙山冀禹锡京父，皆从之问学。某夤缘，亦得俎豆于门下士之末。然自辛卯壬辰以来，不三四年，而五人者唯不肖在耳。丙申夏六月，公自东平将展墓于镇阳，以某在冠氏，枉驾见过[②]。时公方为髀股所苦，吟呻展转，若非老人之所能堪。然间语及旧事，则危坐终日，往往为之色扬而神跃，以公初挂冠归嵩山时较之，其谈笑风流，固未减也。窃意造物者锡公难老，使后生辈望见眉宇，以知百年文章巨公，敦庞耆艾之士，褒衣博带，坐镇雅俗者，盖如此。横流方靡，而砥柱不移；故国已非，而乔木犹在。幸公之可恃，而哀四子之不见也。作诗二章，以道区区之怀，于公之行而为之献。

耆旧如公可得亲，争教晚节傍风尘。
青毡持去故家尽，白帽归来时事新。
扶路不妨驴失脚，守关尤觉虎憎人。
只应有似松庵日，时醉中山麹米春。

①即冯璧，字叔献。②冠氏县，宋、金属大名府。今日冠县，属东昌府。遗山自金亡，拘管聊城，旋即寓居冠氏。冯公盖真定人，寓居东平镇阳，即真定也。还家省墓，故过冠氏，一访遗山。丙申之夏，金亡已三年矣。

龙门冠盖日追随，四客翩翩最受知。
桃李已随风雨尽，柏松独与雪霜宜。
元龟华发渠有几，清庙朱絃谁与期。
见说常山好归隐，从公未觉十年迟。

赠李文伯

凤凰在山天下奇，泰和以来王李倪。
承平人物天未绝，耆旧风流今复谁。
青红自是儿女事，老榦宁与春风期。
万壑松声一壶酒，从公未觉去年迟。

赠玉峰魏丈邦彦

梦想南山掩霭间，眼明惊见玉峰寒。
风波旧忆横身过，世事今归袖手看。
贩妇佣儿识名姓，故乡遗族见衣冠。
临流卜筑平生事，会就辽东管幼安。

赠答赵仁甫①

南冠牢落坐贫居，却为穷愁解著书。
但见室中无长物，不闻门外有轩车。
六朝人物风流在，两月燕城笑语疏。
寒士欢颜有他日，晚年留看定何如。

①赵复，字仁甫，云梦人。姚枢在江汉，拥之北行，为元儒宗。

郁　郁

郁郁羁怀不易开，更堪寥落动凄哀。
华胥梦破青山在，梁甫吟成白发催。
秋意渐随林影薄，晓寒都逐雁声来。
并州近日风声恶，怅望乡书早晚回。

秋日载酒光武庙

美酒良辰邂逅同，赤眉城北汉王宫。
百年星斗归天上，万古旌旗在眼中。
草木暗随秋气老，河山长为昔人雄。
一杯径醉风云地，莫放银盘上海东。

寄刘光甫

山泽臞儒亦自豪，尘埃俗吏岂胜劳。
陶潜贫里营三径，潘岳秋来见二毛。
刍狗已陈甘自弃，辕驹未脱欲安逃。
因风寄谢刘夫子，极口推称恐太高。

过皋州寄聂侯[①]

涧冈重复并湍流，斜日黄榆岭上头。
地底宝符临赵国，眼中佛屋见皋州。
云沙浩浩雁良苦，木叶萧萧风自秋。
别后故人应念我，一诗聊与话离忧。

①平定州乐平县，兴定四年升为皋州。聂珪以土豪归国，帅平定者最久，雅亲文儒，遗山过之，为数日留。

丙辰九月二十六日挈家游龙泉

风色澄鲜称野情，居僧闻客喜相迎。
藤垂石磴云添润，泉漱山根玉有声。
庭树老于临济寺，霜林浑是汉家营。
明年此日知何处，莫惜题诗记姓名。

病中感寓赠徐威卿兼简曹益甫高圣举

读书略破五千卷，下笔须论二百年。
正赖天民有先觉，岂容文统落私权。
东曹掾属冥行废，乡校迂儒自圣癫。
不是徐卿与高举，老夫空老欲谁传。

〇先生绝笔。

卷二十六　李太白七绝

七十九首

横江词六首

人言横江好，侬道横江恶。
一风三日吹倒山[①]，白浪高于瓦官阁。

①一作“猛风吹倒天门山”。

海潮南去过寻阳，牛渚由来险马当。
横江欲渡风波恶，一水牵愁万里长。

横江西望阻西秦，汉水东连扬子津。
白浪如山那可渡，狂风愁杀峭帆人。

海神来过恶风迴，浪打天门石壁开。
浙江八月何如此，涛似连山喷雪来。

横江馆前津吏迎，向余东指海云生[①]。
郎今欲渡缘何事，如此风波不可行。

①向余：一作笑余。

月晕天风雾不开，海鲸东蹙百川回。

惊波一起三山动，公无渡河归去来。

永王东巡歌十一首

永王正月东出师，天子遥分龙虎旗。
楼船一举风波静，江汉翻为雁鹜池。

三川北虏乱如麻，四海南奔似永嘉。
但用东山谢安石，为君谈笑静胡沙。

雷鼓嘈嘈喧武昌，云旗猎猎过寻阳。
秋毫不犯三吴悦，春日遥看五色光。

龙盘虎踞帝王州，帝子金陵访古丘。
春风试暖昭阳殿，明月还过鳷鹊楼。

二帝巡游俱未回，五陵松柏使人哀。
诸侯不救河南地，更喜贤王远道来。

丹阳北固是吴关，画出楼台云水间。
千岩烽火连沧海，两岸旌旗绕碧山。

王出三江按五湖，楼船跨海次扬都。
战舰森森罗虎士，征帆一一引龙驹。

长风挂席势难回，海动山倾古月催。
君看帝子浮江日，何似龙骧出峡来。

祖龙浮海不成桥，汉武寻阳空射蛟。
我王楼舰轻秦汉，却似文皇欲渡辽。

帝宠贤王入楚关，扫清江汉始应还。
初从云梦开朱邸，更取金陵作小山。

试借君王玉马鞭，指麾戎虏坐琼筵。
南风一扫胡尘静，西入长安到日边。

上皇西巡南京歌十首

胡尘轻拂建章台，圣主西巡蜀道来。
剑壁门高五千尺，石为楼阁九天开。

九天开出一成都，万户千门入画图。
草树云山如锦绣，秦川得及此间无。

德阳春树似新丰，行入新都若旧宫。
柳色未饶秦地绿，花光不减上林红。

谁道君王行路难，六龙西幸万人欢。
地转锦江成渭水，天回玉垒作长安。

万国同风共一时，锦江何谢曲江池。
石镜更明天上月，后宫亲得照娥眉。

濯锦清江万里流，云帆龙舸下扬州。
北地虽夸上林苑，南京还有散花楼。

锦水东流绕锦城，星桥北挂象天星。
四海此中朝圣主，峨眉山上列仙庭。

秦开蜀道置金牛，汉水元通星汉流。
天子一行遗圣迹，锦城长作帝王州。

水绿天青不起尘，风光和暖胜三秦。
万国烟花随玉辇，西来添作锦江春。

剑阁重关蜀北门，上皇归马若云屯。
少帝长安开紫极，双悬日月照乾坤。

峨眉山月歌

峨眉山月半轮秋，影入平羌江水流。
夜发清溪向三峡，思君不见下渝州。

东鲁见狄博通

去年别我向何处，有人传道游江东。
谓言挂席度沧海，却来应是无长风。

赠华州王司士

淮水不绝波澜高，盛德未泯生英髦。
知君先负庙堂器，今日还须赠宝刀。

巴陵赠贾舍人

贾生西望忆京华，湘浦南迁莫怨嗟。

圣主恩深汉文帝，怜君不遣到长沙。

赠汪伦

李白乘舟将欲行，忽闻岸上踏歌声。
桃花潭水深千尺，不及汪伦送我情。

闻王昌龄左迁龙标遥有此寄

扬州花落子规啼[①]，闻道龙标过五溪。
我寄愁心与明月，随君直到夜郎西。

①扬州花落：一作“杨花落尽”。

黄鹤楼送孟浩然之广陵

故人西辞黄鹤楼，烟花三月下扬州。
孤帆远影碧山尽，唯见长江天际流。

送贺宾客归越

镜湖流水漾清波，狂客归舟逸兴多。
山阴道士如相见，应写《黄庭》换白鹅。

送外甥郑灌从军三首

六博争雄好彩来，金盘一掷万人开。
丈夫赌命报天子，当斩胡头衣锦回。

丈八蛇矛出陇西，弯弧拂箭白猿啼。
破胡必用龙韬策，积甲应将熊耳齐。

月蚀西方破敌时，及瓜归日未应迟。

斩胡血变黄河水，枭首当悬白鹊旗。

送韩侍御之广德令

昔日绣衣何足荣，今宵贳酒与君倾。
暂就东山赊月色，酣歌一夜送泉明。

山中答俗人

问余何意栖碧山[①]，笑而不答心自闲。
桃花流水窅然去[②]，别有天地非人间。

①意：一作事。②窅：一作宛。

答湖州迦叶司马问白是何人

青莲居士谪仙人，酒肆藏名三十春。
湖州司马何须问，金粟如来是后身。

酬崔侍御

严陵不从万乘游，归卧空山钓碧流。
自是客星辞帝坐，元非太白醉扬州。

鲁东门泛舟二首

日落沙明天倒开，波摇石动水萦回。
轻舟泛月寻溪转，疑是山阴雪后来。

水作青龙盘石堤，桃花夹岸鲁门西。
若教月下乘舟去，何啻风流到剡溪。

陪族叔刑部侍郎晔及中书贾舍人至游洞庭五首

洞庭西望楚江分，水尽南天不见云。
日落长沙秋色远，不知何处弔湘君。

南湖秋水夜无烟，耐可乘流直上天。
且就洞庭赊月色，将船买酒白云边。

洛阳才子谪湘川，元礼同舟月下仙。
记得长安还欲笑，不知何处是西天。

洞庭湖西秋月辉，潇湘江北早鸿飞。
醉客满船歌白纻，不知霜露入秋衣。

帝子潇湘去不还，空馀秋草洞庭间。
淡扫明湖开玉镜，丹青画出是君山。

与谢良辅游泾川陵岩寺

乘君素舸泛泾西，宛似云门对若溪。
且从康乐寻山水，何必东游入会稽。

望庐山五老峰

庐山东南五老峰，青天削出金芙蓉。
九江秀色可揽结，吾将此地巢云松。

望天门山

天门中断楚江开，碧水东流直北回。

两岸青山相对出，孤帆一片日边来。

客中作

兰陵美酒郁金香，玉椀盛来琥珀光。
但使主人能醉客，不知何处是他乡。

早发白帝城

朝辞白帝彩云间，千里江陵一日还。
两岸猿声啼不住，轻舟已过万重山。

秋下荆门

霜落荆门江树空，布帆无恙挂秋风。
此行不为鲈鱼鲙，自爱名山入剡中。

苏台览古

旧苑荒台杨柳新，菱歌春唱不胜春。
只今唯有西江月，曾照吴王宫里人。

越中览古

越王句践破吴归，义士还家尽锦衣。
宫女如花满春殿，只今唯有鹧鸪飞。

庐江主人妇

孔雀东飞何处栖，庐江小吏仲卿妻。
为客裁缝石自见，城乌独宿夜空啼。

山中与幽人对酌

两人对酌山花开，一杯一杯复一杯。
我醉欲眠卿且去，明朝有意抱琴来。

与史郎中饮听黄鹤楼上吹笛

一为迁客去长沙，西望长安不见家。
黄鹤楼中吹玉笛，江城五月落梅花。

白胡桃

红罗袖里分明见，白玉盘中看却无。
疑是老僧休念诵，腕前推下水精珠。

巫山枕障

巫山枕障画高丘，白帝城边树色秋。
朝云夜入无行处，巴水横天更不流。

庭前晚开花

西王母桃种我家，三千阳春始一花。
结实苦迟为人笑，攀折唧唧长咨嗟。

军　行

骝马新跨白玉鞍[①]，战罢沙场月色寒。
城头铁鼓声犹震，匣里金刀血未干。

①跨：一作夸。

从军行

百战沙场碎铁衣，城南已合数重围。
突营射杀呼延将，独领残兵千骑归。

春夜洛城闻笛

谁家玉笛暗飞声，散入春风满洛城。
此夜曲中闻折柳，何人不起故园情。

流夜郎闻酺不预

北阙圣人歌大康，南冠君子窜遐荒。
汉酺闻奏钧天乐，愿得风吹到夜郎。

宣城见杜鹃花

蜀国曾闻子规鸟，宣城还见杜鹃花。
一叫一回肠一断，三春三月忆三巴。

长门怨二首

天回北斗挂西楼，金屋无人萤火流。
月光欲到长门殿，别作深宫一段愁。

桂殿长愁不记春，黄金四屋起秋尘。
夜悬明镜青天上，独照长门宫里人。

春　怨

白马金羁辽海东，罗帷绣被卧春风。
落月低轩窥烛尽，飞花入户笑床空。

陌上赠美人

骏马骄行踏落花，垂鞭直拂五云车。
美人一笑褰珠箔，遥指红楼是妾家。

口号吴王舞人半醉

风动荷花水殿香，姑苏台上宴吴王。
西施醉舞娇无力，笑倚东窗白玉床。

赠段七娘

罗袜凌波生网尘，那能得计访情亲。
千杯绿酒何辞醉，一面红妆恼杀人。

别内赴征三首

王命三征去未还，明朝离别出吴关。
白玉高楼看不见，相思须上望夫山。

出门妻子强牵衣，问我西行几日归。
来时傥佩黄金印，莫见苏秦不下机。

翡翠为楼金作梯，谁人独宿倚门啼？
夜泣寒灯连晓月，行行泪尽楚关西。

南流夜郎寄内

夜郎天外怨离居，明月楼中音信疏。
北雁春归看欲尽，南来不得豫章书。

哭晁卿衡

日本晁卿辞帝都，征帆一片绕蓬壶。
明月不归沉碧海，白云愁色满苍梧。

杜工部七绝

百五首

赠李白

秋来相顾尚飘蓬，未就丹砂愧葛洪。
痛饮狂歌空度日，飞扬跋扈为谁雄。

萧八明府实处觅桃栽[①]

奉乞桃栽一百根，春前为送浣花村。
河阳县里虽无数，濯锦江边未满园。

①实：一作隄。

从韦二明府续处觅绵竹

华轩蔼蔼他年到，绵竹亭亭出县高。
江上舍前无此物，幸分苍翠拂波涛。

凭何十一少府邕觅桤木栽

草堂堑西无树林，非子谁复见幽心。

饱闻桤木三年大，与致溪边十亩阴。

诣徐卿觅果栽

草堂少花今欲栽，不问绿李与黄梅。
石笋街中却归去，果园坊里为求来。

凭韦少府班觅松树子

落落出群非榉柳，青青不朽岂杨梅。
欲存老盖千年意，为觅霜根数寸栽。

又于韦处乞大邑瓷盌[1]

大邑烧瓷轻且坚，扣如哀玉锦城传。
君家白盌胜霜雪，急送茅斋也可怜。

①钱注：《元和郡国志》：邛州大邑，本汉江源县地，咸通二年，割晋原县之西界置。

绝句漫兴九首

眼见客愁愁不醒，无赖春色到江亭。
即遣花开深造次，便教莺语太丁宁。

手种桃李非无主，野老墙低还是家。
恰似春风相欺得，夜来吹折数枝花。

熟知茅斋绝低小，江上燕子故来频。
衔泥点污琴书内，更接飞虫打著人。

二月已破三月来，渐老逢春能几回。

莫思身外无穷事，且尽生前有限杯。

肠断江春欲尽头，杖藜徐步立芳洲。
颠狂柳絮随风去，轻薄桃花逐水流。

懒慢无堪不出村，呼儿日在掩柴门。
苍苔浊酒林中静，碧水春风野外昏。

糁径杨花铺白毡，点溪荷叶叠青钱。
笋根稚子无人见，沙上凫雏傍母眠。

舍西柔桑叶可拈，江畔细麦复纤纤。
人生几何春已夏，不放香醪如蜜甜。

隔户杨柳弱袅袅，恰似十五女儿腰。
谁谓朝来不作意，狂风挽断最长条。

春水生二绝

二月六夜春水生，门前小滩浑欲平[①]。
鸬鹚鸂鶒莫漫喜，吾与汝曹俱眼明。

①滩：一云篱。

一夜水高二尺强，数日不可更禁当。
南市津头有船卖，无钱即买系篱旁。

少年行二首

莫笑田家老瓦盆，自从盛酒长儿孙。

倾银注玉惊人眼[①]，共醉终同卧竹根。

①玉：钱笺本作瓦。

巢燕养雏浑去尽，江花结子已无多。
黄衫年少来宜数，不见堂前东逝波。

少年行

马上谁家白面郎，临阶下马踏人床。
不通姓字粗豪甚，指点银瓶索酒尝。

赠花卿

锦城丝管日纷纷，半入江风半入云。
此曲只应天上有，人间能得几回闻。

李司马桥了承高使君自成都回

向来江上手纷纷，三日功成事出群。
已传童子骑青竹，总拟桥东待使君。

○上有《陪李七司马》《皂江上观造竹桥》二诗，一七律，一五律，今另抄于五、七律中，此篇遂不可解。

江畔独步寻花七绝句

江上被花恼不彻，无处告诉只颠狂。
走觅南邻爱酒伴，经旬出饮独空床[①]。

①自注：斛斯融，吾酒徒。

稠花乱蕊畏江滨，行步欹危实怕春。
诗酒尚堪驱使在，未须料理白头人。

江深竹静两三家，多事红花映白花。
报答春光知有处，应须美酒送生涯。

东望少城花满烟，百花高楼更可怜。
谁能载酒开金盏，唤取佳人舞绣筵。

黄师塔前江水东，春光懒困倚微风。
桃花一簇开无主，可爱深红爱浅红？

黄四娘家花满蹊，千朵万朵压枝低。
留连戏蝶时时舞，自在娇莺恰恰啼。

不是看花即索死[1]，只恐花尽老相催。
繁枝容易纷纷落，嫩叶商量细细开[2]。

①索：一作欲。②叶：一作蕊。

重赠郑錬绝句

郑子将行罢使臣，囊无一物献尊亲。
江山路远羁离日，裘马谁为感激人。

中丞严公雨中垂寄见忆一绝奉答二绝

雨映行宫辱赠诗[1]，元戎肯赴野人期。
江边老病虽无力，强拟晴天理钓丝。

①钱笺：《国史补》：蜀郡有万里桥，玄宗至而喜曰：“吾自知行地万里则归。”公草堂在万里桥，当与行宫相近。张说《奉和早渡蒲关》诗：“楼映行宫日。”

何日雨晴云出溪，白沙青石先无泥[①]。
只须伐竹开荒径，倚杖穿花听马嘶。

①先：一作洗。

谢严中丞送青城山道士乳酒一瓶

山瓶乳酒下青云，气味浓香幸见分。
鸣鞭走送怜渔父，洗盏开尝对马军[①]。

①自注：军州谓驱使骑为马军。

三绝句

楸树馨香倚钓矶，斩新花蕊未应飞。
不如醉里风吹尽，可忍醒时雨打稀。

门外鸬鹚去不来，沙头忽见眼相猜。
自今已后知人意，一日须来一百回。

无数春笋满林生，柴门密掩断人行。
会须上番看成竹，客至从嗔不出迎。

戏为六绝句

庾信文章老更成，凌云健笔意纵横。
今人嗤点流传赋，不觉前贤畏后生。

杨王卢骆当时体，轻薄为文哂未休。
尔曹身与名俱灭，不废江河万古流。

纵使卢王操翰墨，劣于汉魏近风骚。

龙文虎脊皆君驭，历块过都见尔曹。

才力应难跨数公，凡今谁是出群雄？
或看翡翠兰苕上，未掣鲸鱼碧海中。

不薄今人爱古人，清词丽句必为邻。
窃攀屈宋宜方驾，恐与齐梁作后尘。

未及前贤更勿疑，递相祖述复先谁？
别裁伪体亲风雅，转益多师是汝师。

答杨梓州

闷到杨公池水头，坐逢杨子镇兼州。
却向青溪不相见，回船应载阿戎游。

得房公池鹅

房相西池鹅一群，眠沙泛浦白于云。
凤凰池上应回首，为报笼随王右军。

官池春雁二首

自古稻粱多不足，至今鸂鶒乱为群。
且休怅望看春水，更恐归飞隔暮云。

青春欲尽急还乡，紫塞宁论尚有霜。
翅在云天终不远，力微矰缴绝须防。

投简梓州幕府兼简韦十郎官

幕下郎官安稳无，从来不奉一行书。
固知贫病人须弃，能使韦郎迹也疏。

戏作寄上汉中王二首

云里不闻双雁过，掌中贪看一珠新。
秋风袅袅吹江汉，只在他乡何处人。

○自注：王新诞明珠。

谢安舟楫风还起，梁苑池台雪欲飞。
杳杳东山携妓去，泠泠修竹待王归。

黄河二首

黄河北岸海西军，椎鼓鸣钟天下闻。
铁马长鸣不知数，胡人高鼻动成群。

黄河南岸是吾蜀，欲须供给家无粟。
愿驱众庶戴君王，混一车书弃金玉。

绝句四首

堂西长笋别开门，堑北行椒却背村。
梅熟许同朱老吃，松高拟对阮生论。

○自注：朱、阮，剑外相知。

欲作鱼梁云覆湍，因惊四月雨声寒。
青溪先有蛟龙窟，竹石如山不敢安。

两个黄鹂鸣翠柳，一行白鹭上青天。
窗含西岭千秋雪，门泊东吴万里船。
○自注：西山白雪，四时不消。

药条药甲润青青，色过棕亭入草亭。
苗满空山惭取誉，根居隙地怯成形。

奉和严公军城早秋

秋风袅袅动高旌，玉帐分弓射虏营。
已收滴博云间戍，更夺蓬婆雪外城。

三绝句

前年渝州杀刺史，今年开州杀刺史。
群盗相随剧虎狼，食人更肯留妻子。

一十一家同入蜀，惟残一人出骆谷。
自说二女啮臂时，回头却向秦云哭。

殿前兵马虽骁雄，纵暴略与羌浑同。
闻道杀人汉水上，妇女多在官军中。

存没口号二首

席谦不见近弹棋，毕曜仍传旧小诗。
玉局他年无限笑，白杨今日几人悲。
○自注：道士席谦，善弹棋，故曰“玉局”。

郑公粉绘随长夜，曹霸丹青已白头。
天下何曾有山水，人间不解重骅骝。

○自注：高士荥阳郑虔善画山水，曹霸善画马也。

夔州歌十绝句

中巴之东巴东山，江水开辟流其间。
白帝高为三峡镇，瞿塘险过百牢关。

白帝夔州各异城，蜀江楚峡混殊名。
英雄割据非天意，霸主并吞在物情。

群雄竞起问前朝，王者无外见今朝。
比讶渔阳结怨恨，元听舜日旧《箫韶》。

赤甲白盐俱刺天，闾阎缭绕接山巅。
枫林橘树丹青合，复道重楼锦绣悬。

瀼东瀼西一万家，江南江北春冬花。
背飞鹤子遗琼蕊，相趁凫雏入蒋牙。

东屯稻畦一百顷，北有涧水通青苗。
晴浴狎鸥分处处，雨随神女下朝朝。

蜀麻吴盐自古通，万斛之舟行若风。
长年三老长歌里，白昼摊钱高浪中。

忆昔咸阳都市合，山水之图张卖时。

巫峡曾经宝屏见，楚宫犹对碧峰疑。

武侯祠堂不可忘，中有松柏参天长。
干戈满地客愁破，云日如火炎天凉。

阆风玄圃与蓬壶，中有高唐天下无。
借问夔州压何处？峡门江腹拥城隅。

解闷十二首

草阁柴扉星散居，浪翻江黑雨飞初。
山禽引子哺红果，溪女得钱留白鱼。

商胡离别下扬州，忆上西陵故驿楼[①]。
为问淮南米贵贱，老夫乘兴欲东游。

①钱笺：《水经注》：浙江，又迳固陵城北，今之西陵也，有西陵湖，亦谓之西城湖。《会稽志》云：西陵城，在萧山县西二十里，谢惠连有《西陵阻风献康乐》诗，吴越改曰西兴，东坡诗“为传钟鼓到西兴”是也。《浙江通志》：西陵城，吴越改为西陵驿。○按：白乐天《答微之泊西陵驿见寄》云：“烟波尽处一点白，应是西陵古驿台。”则西陵旧有驿，至吴越始改西兴耳。

一辞故国十经秋，每见秋瓜忆故丘。
今日南湖采薇蕨，何人为觅郑瓜州[①]？

①自注：今郑秘监审。○钱笺：《水经注》：长安第二门，本名霸城门，民见门色青，又名青门。门外旧出佳瓜，是以阮籍诗曰：“昔闻东陵瓜，近在青门外。”南出东头第一门，本名覆盎门，其南有下杜城，应劭曰“故杜陵之下聚落也”，故曰下杜门。

沈范早知何水部，曹刘不待薛郎中。
独当省署开文苑，兼泛沧浪学钓翁。
○自注：水部郎中薛据。

李陵苏武是吾师，孟子论文更不疑。
一饭未曾留俗客，数篇今见古人诗。
○自注：校书郎云卿。

复忆襄阳孟浩然，清诗句句尽堪传。
即今耆旧无新语，漫钓槎头缩项鳊。

陶冶性灵存底物，新诗改罢自长吟。
孰知二谢将能事，颇学阴何苦用心。

不见高人王右丞，蓝田丘壑漫寒藤。
最传秀句寰区满，未绝风流相国能。
○自注：右丞弟，今相国缙。

先帝贵妃今寂寞，荔枝还复入长安。
炎方每续朱樱献，玉座应悲白露团。

忆过泸戎摘荔枝，青枫隐映石逶迤。
京华应见无颜色，红颗酸甜只自知。

翠瓜碧李沉玉甃，赤梨葡萄寒露成。
可怜先不异枝蔓，此物娟娟长远生。

侧生野岸及江蒲[1]，不熟丹宫满玉壶。
云壑布衣鲐背死，劳人害马翠眉须。

①蒲：一作浦。〇按：后四首专咏荔枝，不知何以与前八首同为“解闷”之诗。

承闻河北诸道节度入朝欢喜口号绝句十二首

禄山作逆降天诛，更有思明亦已无。
汹汹人寰犹不定，时时斗战欲何须？

社稷苍生计必安，蛮夷杂种错相干[1]。
周宣汉武今王是，孝子忠臣后代看。

①钱笺：《旧书》：安禄山，营州柳城杂种胡人也，本无姓氏，名轧荦山。史思明，本名窣干，营州宁羌州突厥杂种胡人也。

喧喧道路好童谣，河北将军尽入朝。
自是乾坤王室正[1]，却教江汉客魂销。

①自：钱本作“始”。

不道诸公无表来，茫茫庶事遣人猜。
拥兵相学干戈锐，使者徒劳百万回。

鸣玉锵金尽正臣，修文偃武不无人。
兴王会静妖氛气，圣寿宜过一万春。

英雄见事若通神，圣哲为心小一身。
燕赵休矜出佳丽，宫闱不拟选才人。

〇钱笺：天兴圣节，诸道节度使献金帛、器用、珍玩、骏马为寿，共直缗钱二十四万。常衮上言请却之，不听。此诗称颂圣哲，实则讽谕代宗当却诸道之进奉也。

抱病江天白首郎，空山楼阁暮春光。
衣冠是日朝天子，草奏何时入帝乡。

澶漫山东一百州，削成如桉抱青丘。
苞茅重入归关内，王祭还供尽海头。

东逾辽水北滹沲，星象风云喜共和。
紫气关临天地阔，黄金台贮俊贤多。

渔阳突骑邯郸儿，酒酣并辔金鞭垂。
意气即归双阙舞，雄豪复遣五陵知。

李相将军拥蓟门，白头惟有赤心存。
竟能尽说诸侯入，知有从来天子尊。

十二年来多战场，天威已息阵堂堂。
神灵汉代中兴主，功业汾阳异姓王。

上卿翁请修武侯庙遗像缺落时崔卿权夔州

大贤为政即多闻，刺史真符不必分。
尚有西郊诸葛庙，卧龙无首对江濆。

喜闻盗贼总退口号五首[①]

萧关陇水入官军，青海黄河卷塞云。

北极转愁龙虎气，西戎休纵犬羊群。

①钱本“盗贼”下多“蕃寇”二字。

赞普多教使入秦，数通和好止烟尘。
朝廷忽用哥舒将，杀伐虚悲公主亲。

○钱笺：开元二十九年，金城公主薨，吐蕃遣使告哀，仍请和，上不许。十二月，吐蕃袭石堡城，盖嘉运不能守。玄宗愤之，天宝七载，以哥舒翰为陇右节度使，攻而拔之。

崆峒西极过昆仑，驼马由来拥国门。
逆气数年吹路断，蕃人闻道渐星奔。

勃律天西采玉河，坚昆碧盌最来多。
旧随汉使千堆宝，少答胡王万匹罗。

今春喜气满乾坤，南北东西拱至尊。
大历三年调玉烛，玄元皇帝圣云孙。

漫成一绝

江月去人只数尺，风灯照夜欲三更。
沙头宿鹭联拳静，船尾跳鱼拨剌鸣。

书堂饮既夜复邀李尚书下马月下赋绝句

湖月林风相与清，残樽下马复同倾。
久闻野鹤如霜鬓，遮莫邻鸡下五更。

○前一首《宴胡侍御书堂》已抄五律中，故此题曰“书堂饮既”。

江南逢李龟年

岐王宅里寻常见，崔九堂前几度闻。
正是江南好风景，落花时节又逢君。

苏东坡七绝上

二百三首

郿　坞

衣中甲厚行何惧，坞里金多退足凭。
毕竟英雄谁得似，脐脂自照不须灯。

授经台①

剑舞有神通草圣，海山无事化琴工。
此台一览秦川小，不待传经意已空。

①自注：乃南山一峰耳，非复有筑处。

九月中曾题二小诗于南溪竹上既而忘之
昨日再游见而录之

湖上萧萧疏雨过，山头霭霭暮云横。
陂塘水落荷将尽，城市人归虎欲行。

〇此题有五绝一首，未抄。

濠州七绝

涂　山[①]

川锁支祁水尚浑，地埋汪罔骨应存。
樵苏已入黄熊庙，乌鹊犹朝禹会村。

①自注：下有鲧庙，山前有禹会村。《唐·地理志》：濠州钟离县有涂山。《九域志》：当涂城，涂山氏之邑。

彭祖庙[①]

跨历商周看盛衰，欲将齿发斗蛇龟。
空餐云母连山尽，不见蟠桃着子时。

①自注：有云母山，云彭祖所采服也。

逍遥台[①]

常怪刘伶死便埋，岂伊忘死未忘骸？
乌鸢夺得与蝼蚁，谁信先生无此怀。

①自注：庄子祠堂在开元寺，即墓为堂。

观鱼台

欲将同异较锱铢，肝胆犹能楚越如。
若信万殊归一理，子今知我我知鱼。

虞姬墓

帐下佳人拭泪痕，门前壮士气如云。
仓黄不负君王意，只有虞姬与郑君。

四望亭①

颓垣破础没柴荆，故老犹言短李亭。
敢请使君重起废，落霞孤鹜换新铭。

①自注：太和中，刺史刘嗣之立。李绅以太子宾客分司东都，过濠为作记。记今存，而亭废者数年矣。

浮山洞①

人言洞府是鳌宫，升降随波与海通。
共坐船中那得见，乾坤浮水水浮空。

①自注：洞在淮上，夏潦不能及，而冬不加高，故人疑其浮也。

初到杭州寄子由二绝

眼看时事力难胜，贪恋君恩退未能。
迟钝终须投劾去，使君何日换聋丞。

○自此以下，倅杭州以后之诗。

圣明宽大许全身，衰病摧颓自畏人。
莫上冈头苦相望，吾方祭灶请比邻。

吉祥寺赏牡丹

人老簪花不自羞，花应羞上老人头。
醉归扶路人应笑，十里珠簾半上钩。

吉祥寺僧求阁名

过眼荣枯电与风，久长那得似花红。
上人宴坐观空阁，观色观空色即空。

六月二十七日望湖楼醉书五首

黑云翻墨未遮山，白雨跳珠乱入船。
卷地风来忽吹散，望湖楼下水如天。

放生鱼鳖逐人来，无主荷花到处开。
水枕能令山俯仰，风船解与月徘回。

乌菱白芡不论钱，乱系青菰裹绿盘。
忽忆尝新会灵观，滞留江海得加餐。

献花游女木兰桡，细雨斜风湿翠翘。
无限芳洲生杜若，吴儿不识楚辞招。

未成小隐聊中隐，可得长闲胜暂闲。
我本无家更安往，故乡无此好湖山。

夜泛西湖五绝

新月生魄迹未安，才破五六渐盘桓。
今夜吐艳如半璧，游人得向三更看。

三更向阑月渐垂，欲落未落景特奇。
明朝人事谁料得，看到苍龙西没时。

苍龙已没牛斗横，东方芒角升长庚。
渔人收筒及未晓，船过惟有菰蒲声[1]。

①自注：湖上禁渔，皆盗钓者也。

菰蒲无边水茫茫，荷花夜开风露香。
渐见灯明出远寺，更待月黑看湖光。

湖光非鬼亦非仙，风恬浪静光满川。
须臾两两入寺去，就视不见空茫然。

沈谏议召游湖不赴明日得双莲于北山下
作一绝持献沈既见和又别作一首因用其韵

湖上棠阴手自栽，问公更得几回来？
水仙亦恐公归去，故遣双莲一夜开。

诏书行捧缕金笺，乐府应歌相府莲。
莫忘今年花发处，西湖西畔北山前。

望海楼晚景五绝

海上涛头一线来，楼前指顾雪成堆。
从今潮上君须上，更看银山二十回。

横风吹雨入楼斜，壮观应须好句夸。
雨过潮平江海碧，电光时掣紫金蛇。

青山断处塔层层，隔岸人家唤欲譍。
江上秋风晚来急，为传钟鼓到西兴。

楼下谁家烧夜香，玉笙哀怨弄初凉。
临风有客吟秋扇，拜月无人见晚妆。

沙河灯火照山红，歌鼓喧呼语笑中。
为问少年心在否？角巾欹侧鬓如蓬。

八月十七复登望海楼自和前篇是日榜出与试官两人复留五首

楼上烟云怪不来，楼前飞纸落成堆。
非关文字须重看，却被江山未放回。

眼昏烛暗细行斜，考阅精强外已夸。
明日失杯君莫怪，早知安足不成蛇。

乱山遮晓拥千层，睡美初凉撼不膺。
昨夜酒行君屡叹，定知归梦到吴兴。

天台桂子为谁香，倦听空前夜点凉。
赖有明朝看潮在，万人空巷斗新妆。

秋花不见眼花红，身在孤舟兀兀中。
细雨作寒知有意，未教金菊出蒿蓬。

和陈述古拒霜花

千株扫作一番黄，只有芙蓉独自芳。
唤作拒霜知未称，细思却是最宜霜。

和沈立之留别二首

而今父老千行泪，一似当时初去时。

不用镌碑颂遗爱，丈人清德畏人知。

卧闻铙鼓送归艎，梦里匆匆共一觞。
试问别来愁几许？春江万斛若为量。

○自注：去时予在试院。

盐官绝句四首

南寺千佛阁

古邑居民半海涛，师来构筑便能高。
千金用尽身无事，坐看香烟绕白豪。

北寺悟空禅师塔[①]

已将世界等微尘，空里浮花梦里身。
岂为龙颜更分别，只应天眼识天人。

①自注：名齐安，宣宗微时，师知其非凡人。

塔前古桧

当年双桧是双童，相对无言老更恭。
庭雪到腰埋不死，如今化作两苍龙。

僧爽白鸡[①]

断尾雄鸡本畏烹，年来听法伴修行。
还须却置莲花漏，老怯风霜恐不鸣。

①自注：养二十馀年，常立坐侧听经。

六和寺冲师闸山溪为水轩

欲放清溪自在流，忍教冰雪落沙洲。

出山定被江潮涴，能为山僧更少留？

冬至日独游吉祥寺

井底微阳回未回，萧萧寒雨诫枯荄。
何人更似苏夫子，不是花时肯独来？

后十馀日复至

东君意浅着寒梅，千朵深红未暇裁。
安得道人殷七七，不论时节遣花开。

戏　赠

惆怅沙河十里春，一番花老一番新。
小桥依旧斜阳里，不见楼中垂手人。

和人求笔迹

麦光铺几净无瑕，入夜青灯照眼花。
从此剡藤真可弔，半纡春蚓绾秋蛇。

赠孙莘老七绝

嗟予与子久离群，耳冷心灰百不闻。
若对青山谈世事，当须举白便浮君。

天目山前渌浸裾，碧澜堂下看衔舻。
作堤捍水非吾事，闲送苕溪入太湖。

夜来雨洗碧巑岏，浪涌云屯绕郭寒。
闻有弁山何处是，为君四面竟求看。

夜桥灯火照溪明，欲放扁舟取次行。
暂借官奴遣吹笛，明朝新月到三更。

三年京国厌藜蒿，长羡淮鱼压楚糟。
今日骆驼桥下泊，恣看修网出银刀。

乌程霜稻袭人香，酿作春风霅水光。
时复中之徐邈圣，毋多酌我次公狂。

去年腊日访孤山，曾借僧窗半日闲。
不为思归对妻子，道人有约径须还。

王复秀才所居双桧二首

吴王池馆遍重城，奇草幽花不记名。
青盖一归无觅处，只留双桧待升平。

凛然相对敢相欺，直干临空未要奇。
根到九泉无曲处，世间惟有蛰龙知。

上元过祥符僧可久房萧然无灯火

门前歌舞斗分朋，一室清风冷欲冰。
不把琉璃闲照佛，始知无尽本无灯。

饮湖上初晴后雨二首

朝曦迎客宴重冈，晚雨留人入醉乡。
此意自佳君不会，一杯当属水仙王①。

①自注：湖上有水仙王庙。

水光潋滟晴方好，山色空濛雨亦奇。
欲把西湖比西子，淡妆浓抹总相宜。

富阳妙庭观董双成故宅发地得丹鼎
覆以铜盘承以琉璃盆盆既破碎
丹亦为人争夺持去今独盘鼎在耳二首

人去山空鹤不归，丹亡鼎在世徒悲。
可怜九转功成后，却把飞升乞内芝[1]。

①内：集作肉。

琉璃击碎走金丹，无复神光发旧坛。
时有世人来舐鼎，欲随鸡犬事刘安。

山村五绝

竹篱茅屋趁溪斜，春入山村处处花。
无象太平还有象，孤烟起处是人家。

烟雨濛濛鸡犬声，有生何处不安生。
但令黄犊无人佩，布谷何劳也劝耕。

老翁七十自腰镰，惭愧青山笋蕨甜。
岂是闻《韶》解忘味，尔来三月食无盐。

杖藜裹饭去匆匆，过眼青钱转手空。
赢得儿童语音好，一年强半在城中。

窃禄忘归我自羞，丰年底事汝忧愁。
不须更待飞鸢堕，方念平生马少游。

赠　别

青鸟衔巾久欲飞，黄莺别主更悲啼。
殷勤莫忘分携处，湖水东边凤岭西。

次韵代留别

绛蜡烧残玉斝飞，离歌唱彻万行啼。
他年一舸鸱夷去，应记侬家旧姓西。

吉祥寺花将落而述古不至

今岁东风巧剪裁，含情只待使君来。
对花无信花应恨，直恐明年便不开。

述古闻之明日即来坐上复用前韵同赋

仙衣不用剪刀裁，国色初含卯酒来[①]。
太守问花花有语，为君零落为君开。

①含：一作酣。

宝山昼睡

七尺顽躯走世尘，十围便腹贮天真。
此中空洞浑无物，何止容君数百人。

席上代人赠别三首

凄音怨乱不成歌，纵使重来奈老何。

泪眼无穷似梅雨，一番匀了一番多。

天上麒麟岂混尘，笼中翡翠不由身。
那知昨夜香闺里，更有偷啼暗别人。

莲子擘开须见臆，楸枰著尽更无期。
破衫却有重逢处，一饭何曾忘却时。

唐道人言天目山上俯视雷雨
每大雷电但闻云中如婴儿声殊不闻雷震也

已外浮名更外身，区区雷电若为神。
山头只作婴儿看，无限人间失箸人。

追和子由去岁试举人洛下所寄五首暴雨初晴楼上晚景

秋后风光雨后山，满城流水碧潺潺。
烟云好处无多子，及取昏鸦未到间。

洛邑从来天地中，嵩高苍翠北邙红。
风流耆旧消磨尽，只有青山对病翁①。

①自注：谓富公也。

白汗翻浆午景前，雨馀风物便萧然。
应倾半熟鹅黄酒，照见新晴水碧天。

疾雷破屋雨翻河，一扫清风未觉多。
应似画师吴道子，高堂巨壁写降魔。

客路三年不见山，上楼相对梦魂间。
明朝却踏红尘去，羞向清伊照病颜。

佛日山荣长老方丈五绝

陶令思归久未成，远公不出但闻名。
山中只有苍髯叟，数里萧萧管送迎。

千株玉槊搀云立，一穗珠旒落镜寒。
何处霜眉碧眼客，结为三友冷相看。

东麓云根露角牙，细泉幽咽走金沙。
不堪土肉埋山骨，未放苍龙浴渥洼。

食罢茶瓯未要深，清风一榻抵千金。
腹摇鼻息庭花落，还尽平生未足心。

日射西廊午枕明，水沉烧尽碧烟横。
山人睡觉无人见，只有飞蚊绕鬓鸣。

八月十五日看潮五绝

定知玉兔十分圆，已作霜风九月寒。
寄语重门休上钥，夜潮留向月中看。

万人鼓噪慑吴侬，犹似浮江老阿童。
欲识潮头高几许，越山浑在浪花中。

江边身世两悠悠，久与沧波共白头。

造物亦知人易老，故教江水向西流。

吴儿生长狎涛渊，冒利轻生不自怜。
东海若知明主意，应教斥卤变桑田①。

①自注：是时新有旨，禁弄潮。

江神河伯两醯鸡，海若东来气吐蜺。
安得夫差水犀手，三千强弩射潮低①。

①自注：吴越王尝以弓弩射潮头，与海神战，自尔水不近城。

临安三绝

将军树

阿坚泽畔菰蒲节，玄德墙头羽葆桑。
不会世间闲草木，与人何事管兴亡。

锦　溪

楚人休笑沐猴冠，越俗徒夸翁子贤。
五百年间异人出，尽将锦绣裹山川。

石　镜

山鸡舞破半岩云，菱叶开残野水春。
应笑武都山下土，枉教明月殉佳人。

陌上花三首　并引

游九仙山，闻里中儿歌《陌上花》，父老云：吴越王妃每岁春必归临安，王以书遗妃曰："陌上花开，可缓缓归矣。"吴人用其语为歌，含思宛转，听之凄然，而其词鄙野，为易之云。

陌上花开蝴蝶飞，江山犹是昔人非。
遗民几度垂垂老，游女长歌缓缓归。

陌上山花无数开，路人争看翠𫐐来。
若为留得堂堂去，且更从教缓缓回。

生前富贵草头露，身后风流陌上花。
已作迟迟君去鲁，犹歌缓缓妾回家。

九日舟中望见有美堂上鲁少卿饮以诗戏之二首

指点云间数点红，笙歌正拥紫髯翁。
谁知爱酒龙山客，却在渔舟一叶中。

西阁珠簾卷落晖，水沉烟断佩声微。
遥知通德凄凉甚，拥髻无言怨未归。

游诸佛舍一日饮酽茶七盏戏书勤师壁

示病维摩元不病，在家灵运已忘家。
何须魏帝一丸药，且尽卢仝七盌茶。

金门寺中见李西台与二钱[1]唱和四绝句戏用其韵跋之

帝城春日帽檐斜，二陆初来尚忆家。
未肯将盐下莼菜，已应知雪似杨花。

①自注：惟演、易。

平生贺老惯乘舟，骑马风前怕打头。

欲问君王乞符竹，但忧无蟹有监州。
○自注：皆世所传钱氏故事。

西台妙迹继杨风[1]，无限龙蛇洛寺中。
一纸清诗吊兴废，尘埃零落梵王宫。
①自注：凝式。

五季文章堕劫灰，升平格力未全回。
故知前辈宗徐庾，数首风流似玉台。

书双竹湛师房二首

我本西湖一钓舟，意嫌高屋冷飕飕。
羡师此室才方丈，一炷清香尽日留。

暮鼓朝钟自击撞，闭门孤枕对残缸。
白灰旋拨通红火，卧听萧萧雨打窗。

和述古冬日牡丹四首

一朵妖红翠欲流，春光回照雪霜羞。
化工只欲呈新巧，不放闲花得少休。

花开时节雨连风，却向霜馀染烂红。
漏泄春光私一物，此心未信出天工。

当时只道鹤林仙，能遣秋花发杜鹃。
谁信诗能回造化，直教霜枿放春妍。

不分清霜入小园，故将诗律变寒暄。
使君欲见蓝关咏，更倩韩郎为染根。

弔天竺海月辩师三首

欲寻遗迹强沾裳，本自无生可得亡。
今夜生公讲堂月，满庭依旧冷如霜，

生死犹如臂屈伸，情钟我辈一酸辛。
乐天不是蓬莱客，凭仗西方作主人。

欲访浮云起灭因，无缘却见梦中身。
安心好住王文度，此理何须更问人。

柳氏二外甥求笔迹二首

退笔如山未足珍，读书万卷始通神。
君家自有元和脚，莫厌家鸡更问人。

一纸行书两绝诗，遂良须鬓已成丝。
何当火急传家法，欲见诚悬笔谏时。

钱道人有诗云直须认取主人翁作两绝戏之

首断故应无断者，冰销那复有冰知。
主人若苦令侬认，认主人人竟是谁?

有主须还更有宾，不如无镜自无尘。
只从半夜安心后，失却当年觉痛人。

成都进士杜暹伯升出家名法通往来吴中

欲识当年杜伯升，飘然云水一孤僧。
若教俯首随缰锁，料得如今似我能[①]。

①自注：柳子玉云："通若及第，不过似我。"

监洞霄宫俞康直郎中所居四咏

退圃

百丈休牵上濑船，一钩归钓缩头鳊。
园中草木春无数，只有黄杨厄闰年[①]。

①自注：俗说黄杨一岁长一寸，遇闰退三寸。

逸堂

新第谁来作并邻，旧官宁复忆星辰。
请君置酒吾当贺，知向江湖拜散人。

遁轩

冠盖相望起隐沦，先生那得老江村。
古来真遁何曾遁，笑杀逾垣与闭门。

远楼

西山烟雨卷疏簾，北户星河落短檐。
不独江天解空阔，地偏心远似陶潜。

次韵沈长官三首

家山何在两忘归，杯酒相逢慎勿违。
不独饭山嘲我瘦，也应糠覈怪君肥。

男婚已毕女将归，累尽身轻志莫违。
闻道山中食无肉，玉池清水自生肥。

造物知吾久念归，似怜衰病不相违。
风来震泽帆初饱，雨入松江水渐肥。

戏书吴江三贤画像三首

谁将射御教吴儿，长笑申公为夏姬。
却遣姑苏有麋鹿，更怜夫子得西施。

○自注：范蠡。

浮世功劳食与眠，季鹰真得水中仙。
不须更说知机早，直为鲈鱼也自贤。

○自注：张翰。

千首文章二顷田，囊中未有一钱看。
却因养得能言鸭，惊破王孙金弹丸。

○自注：陆龟蒙。

回先生过湖州东林沈氏饮醉以石榴皮
书其家东老庵之壁云西邻已富忧不足
东老虽贫乐有馀白酒酿来因好客黄金散尽为收书
西蜀和仲闻而次其韵三首东老沈氏之老自谓也
湖人因以名之其子偕作诗有可观者

世俗何知穷是病，神仙可学道之馀。
但知白酒留佳客，不问黄公觅素书。

符离道士晨兴际，华岳先生尸解馀。
忽见《黄庭》丹篆句，犹传青纸小朱书。

凄凉雨露三年后，仿佛尘埃数字馀。
至用榴皮缘底事，中书君岂不中书。

〇按王曾《回仙碑》云：熙宁元年八月十九日，湖州归安县之东林，有隐君子沈思字持正，隐于东林，因以“东老”名焉。能酿十八仙白酒。一日，有客自称回道人，长揖东老曰：“知君白酒新熟，愿求一醉。”公命之坐，徐观其目，碧色粲然，光彩射人。与之语，无不通究，故知非尘埃中人也。因出与饮，自日中至暮，已饮数斗，殊无酒色。回曰：“久不游浙中，今为子有阴德，留诗赠子。”乃擘席上榴皮画字，题于庵壁。

李行中醉眠亭三首

已向闲中作地仙，更于酒里得天全。
从教世路风波恶，贺监偏工水底眠。

君且归休我欲眠，人言此语出天然。
醉中对客眠何害，须信陶潜未若贤。

孝先风味也堪怜，肯为周公昼日眠。
枕麴先生犹笑汝，枉将空腹贮遗编。

单同年求德兴俞氏聚远楼诗三首

云山烟水苦难亲，野草幽花各自春。
赖有高楼能聚远，一时收拾与闲人。

无限青山散不收，云奔浪卷入簾钩。
直将眼力为疆界，何啻人间万户侯。

闻说楼居似地仙，不知门外有尘寰。
幽人隐几寂无语，心在飞鸿灭没间。

次韵孙巨源寄涟水李盛二著作并以见寄五绝

南岳诸刘岂易逢，相望无复马牛风。
山公虽见无多子，社燕何由恋塞鸿。

〇此下密州之诗。〇自注：昔与巨源、刘贡父、刘莘老相遇于山阳，自尔契阔，惟巨源近者复相见于京口。

高才晚岁终难进，勇退当年正急流。
不独二疏为可慕，他时当有景孙楼①。

①自注：巨源近离东海，郡有景疏楼。

漱石先生难可意①，啮毡校尉久无朋②。
应知客路愁无奈，故遣吟诗调李陵③。

①自注：谓巨源。②自注：自谓。③自注：谓李君也。

云雨休排神女车，忠州老病畏人夸。
诗豪正值安仁在，空看河阳满县花①。

①自注：盛为邑宰。

胶西未到吾能说，桑柘禾麻不见春。
不羡京尘骑马客，羡他淮月弄舟人。

王　莽

汉家殊未识经纶，入手功名事事新。
百尺穿成连夜井，千金购得解飞人。

董　卓

公业平时劝用儒，诸公何事起相图。
只言天下无健者，岂信车中有布乎。

送赵寺丞寄陈海州

景疏楼上唤蛾眉，君到应先诵此诗。
若见孟公投辖饮，莫忘冲雪送君时。

答陈述古二首

漫说山东第二州，枣林桑泊负春游。
城西亦有红千叶，人老簪花却自羞。

小桃破萼未胜春，罗绮丛中第一人。
闻道使君归去后，舞衫歌扇总生尘。
〇自注：陈有小妓，述古称之。

和张子野见寄三绝句

过旧游

前生我已到杭州，到处长如到旧游。
更欲洞霄为隐吏，一庵闲地且相留。

见题壁

狂吟跌宕无风雅，醉墨淋浪不整齐。
应为诗人一回顾，山僧未忍扫黄泥。

竹阁见忆

柏堂南畔竹如云，此阁何人是主人。
但遣先生披鹤氅，不须更画乐天真。

和文与可洋川园池三十首

湖　桥

朱阑画柱照湖明，白葛乌纱曳履行。
桥下龟鱼晚无数，识君拄杖过桥声。

横　湖

贪看翠盖拥红妆，不觉湖边一夜霜。
卷却天机云锦段，从教匹练写秋光。

书　轩

雨昏石砚寒云色，风动牙签乱叶声。
庭下已生书带草，使君疑是郑康成。

冰　池

不嫌冰雪绕池看，谁似诗人巧耐寒。
记得羲之洗砚处，碧琉璃下黑蛟蟠。

竹　坞

晚节先生道转孤，岁寒唯有竹相娱。
粗才杜牧真堪笑，唤作军中十万夫。

荻　浦

雨折霜干不耐秋，白花黄叶使人愁。
月明小艇湖边宿，便是江南鹦鹉洲。

蓼　屿

秋归南浦蟪蛄鸣，霜落横湖沙水清。
卧雨幽花无限思，抱丛寒蝶不胜情。

望云楼

阴晴朝暮几回新，已向虚空付此身。
出本无心归亦好，白云还似望云人。

天汉台

漾水东流旧见经，银潢左界上通灵。
此台试向天文觅，阁道中间第几星？

待月台

月与高人本有期，挂檐低户映蛾眉。
只从昨夜十分满，渐觉冰轮出海迟。

二乐榭

此间真趣岂容谈，二乐并君已是三。
仁智更烦诃妄见，坐令鲁叟作瞿昙[①]。

①自注：来诗云："二见因妄生。"

灙泉亭

闻道池亭胜两川，应须烂醉答云烟。
劝君多拣长腰米，消破亭中万斛泉。

吏隐亭

纵横忧患满人间，颇怪先生日日闲。
昨夜清风眠北牖，朝来爽气在西山。

霜筠亭

解箨新篁不自持，婵娟已有岁寒姿。
要看凛凛霜前意，须待秋风粉落时。

无言亭

殷勤稽首维摩诘，敢问如何是法门。
弹指未终千偈了，向人还道本无言。

露香亭

亭下佳人锦绣衣，满身璎珞缀明玑。
晚香消歇无寻处，花已飘零露已晞。

涵虚亭

水轩花榭两争妍，秋月春风各自偏。
惟有此亭无一物，坐观万景得天全。

溪光亭

决去湖波尚有情，却随初日动檐楹。

溪光自古无人画，凭仗新诗与写成。

过溪亭

身轻步稳去忘归，四柱亭前野彴微。
忽悟过溪还一笑，水禽惊落翠毛衣。

披锦亭

烟红露绿晓风香，燕舞莺啼春日长。
谁道使君贫且老，绣屏锦帐咽笙簧。

禊　亭

曲池流水细鳞鳞，高会传觞似洛滨。
红粉翠娥应不要，画船来往胜于人。

菡萏亭

日日移床趁下风，清香不尽思何穷。
若为化作龟千岁，巢向田田乱叶中。

荼蘼洞

长忆故山寒食夜，野荼蘼发暗香来。
分无素手簪罗髻，且折霜蕤浸玉醅。

筼筜谷

汉川修竹贱如蓬，斤斧何曾赦箨龙。
料得清贫馋太守，渭川千亩在胸中。

寒芦港

溶溶晴港漾春晖，芦笋生时柳絮飞。

还有江南风物否？桃花流水鮆鱼肥。

野人庐

少年辛苦事犁锄，刚厌青山绕故居。
老觉华堂无意味，却须时到野人庐。

此君庵

寄语庵前抱节君，与君到处合相亲。
写真虽是文夫子，我亦真堂作记人。

香橙径

金橙纵复里人知，不见鲈鱼价自低。
须是松江烟雨里，小船烧薤捣香虀。

南　园

不种夭桃与绿杨，使君应欲候农桑。
春畦雨过罗纨腻，夏陇风来饼饵香。

北　园

汉水巴山乐有馀，一麾从此首归涂。
北园草木凭君问，许我他年作主无？

和孔密州五绝

见邸家园留题

大旆传闻载酒过，小诗未忍着砖磨。
《阳关》三叠君须秘[①]，除却胶西不解歌。

〇此下徐州之诗。①自注：来诗有“渭城”之句。

春步西园见寄

岁岁开园成故事，年年行乐不辜春。
今年太守尤难继，慈爱聪明惠利人。

东栏梨花

梨花淡白柳深青，柳絮飞时花满城。
惆怅东栏二株雪，人生看得几清明。

和流杯石上草书小诗

蜂腰鹤膝嘲希逸，春蚓秋蛇病子云。
醉里自书醒自笑，如今二绝更逢君。

堂后白牡丹

城西千叶岂不好，笑舞春风醉脸丹。
何似后堂冰玉洁，游蜂非意不相干[1]。

①自注：孔颇有声妓，而客无见者。

和赵郎中见戏二首[1]

燕子人亡三百秋，卷簾那复似扬州。
西行未必能胜此，空唱崔徽上白楼。

我击藤床君唱歌，明年六十奈君何[2]？
醉颠只要装风景，莫向人前自洗磨。

①自注：赵以徐妓不如东武，诗中见戏，云“只有当时燕子楼”。②自注：赵每醉歌毕，辄曰：“明年六十矣。”

子由将赴南都与余会宿于逍遥堂作两绝句
读之殆不可为怀因和其诗以自解
余观子由自少旷达天资近道又得至人养生长年之诀
而余亦窃闻其一二以为今者宦游相别之日浅
而异时退休相从之日长既以自解且以慰子由云二首

别期渐近不堪闻，风雨萧萧已断魂。
犹胜相逢不相识，形容变尽语音存。

但令朱雀长金花，此别还同一转车。
五百年间谁复在，会看铜狄两咨嗟。

阳关词三首

赠张继愿

受降城下紫髯郎，戏马台前古战场。
恨君不取契丹首，金甲牙旗归故乡。

答李公择

济南春好雪初晴，行到龙山马足轻。
使君莫忘霅溪女，时作阳关肠断声。

中秋月

暮云收尽溢清寒，银汉无声转玉盘。
此生此夜不长好，明月明年何处看？

和孔周翰二绝

再观邸园留题

小园香雾晓蒙笼，醉手狂词未必工[①]。
鲁叟录诗应有取，曲收彤管邶鄘风。

①手：一作守。

观净观堂效韦苏州诗

弱羽巢林在一枝，幽人蜗舍两相宜。
乐天长短三千首，却爱韦郎五字诗。

登望谼亭

河涨西来失旧谼，孤城浑在水光中。
忽然归壑无寻处，千里禾麻一半空。

虔州八境图八首　并引

《南康八境图》者，太守孔君之所作也。君既作石城，即其城上楼观台榭之所见而作是图也。东望七闽，南望五岭，览群山之参差，俯章贡之奔流，云烟出没，草木蕃丽，邑屋相望，鸡犬之声相闻。观此图也，可以茫然而思，粲然而笑，慨然而叹矣。苏子曰："此南康之一境也，何从而八乎？所自观之者异也。且子不见夫日乎？其旦如盘，其中如珠，其夕如破璧，此岂三日也哉！苟知夫境之为八也，则凡寒暑、朝夕、雨旸、晦明之异，坐作、行立、哀乐、喜怒之接于吾目而感于吾心者，有不可胜数者矣，岂特八乎？如知夫八之出乎一也，则夫四海之外，诙诡谲怪，《禹贡》之所书，邹衍之所谈，相如之所赋，虽至千万，未有不一者也。后之君子，必将有感于斯焉。”乃作诗八章，题之图上。

坐看奔湍绕石楼，使君高会百无忧。
三犀窃鄙秦太守，八咏聊同沈隐侯。

涛头寂寞打城还，章贡台前暮霭寒。
倦客登临无限思，孤云落日是长安。

白鹊楼前翠作堆，萦云岭路若为开。
故人应在千山外，不寄梅花远信来。

朱楼深处日微明，皂盖归时酒半醒。
薄暮樵渔人去尽，碧溪青嶂绕螺亭。

使君那暇日参禅，一望丛林一怅然。
成佛莫教灵运后，着鞭从使祖生先。

却从尘外望尘中，无限楼台烟雨濛。
山水照人迷向背，只寻孤塔认西东。

烟云缥缈郁孤台，积翠浮空雨半开。
想见之罘观海市，绛宫明灭是蓬莱。

回峰乱嶂郁参差，云外高人世得知。
谁向空山弄明月，山中木客解吟诗。

卷二十七　苏东坡七绝下

二百三十五首

寒食日答李公择三绝次韵

从来苏李得名双，只恐全齐笑陋邦。
诗似悬河供不办，故欺张籍陇头泷。

簿书鼛鼓不知春，佳句相呼赖故人。
寒食德公方上冢，归来谁主复谁宾？

巡城已困尘埃眯，执扑仍遭虮虱缘。
欲脱布衫携素手[①]，试开病眼点黄连。

①自注：来诗谓仆布衫督役。

闻李公择饮傅国博家大醉二首

儿童拍手闹黄昏，应笑山公醉习园。
纵使先生能一石，主人未肯独留髡。

不肯惺惺骑马回，玉山知为玉人颓。
紫云有语君知否？莫唤分司御史来。

文与可有诗见寄云待将一段鹅溪绢
埽取寒梢万尺长次韵答之

为爱鹅溪白茧光，扫残鸡距紫豪铓。
世间那有千寻竹，月落庭空影许长。

次韵参寥师寄秦太虚三绝句时秦君举进士不得

秦郎文字固超然，汉武凭虚意欲仙。
底事秋来不得解，定中试与问诸天。

一尾追风抹万蹄，昆仑玄圃谓朝隮。
回看世上无伯乐，却道盐车胜月题。

得丧秋毫久已冥，不须闻此气峥嵘。
何妨却伴参寥子，无数新诗咳唾成。

次韵田国博部夫南京见寄二绝

岁月翩翩下坂轮，归来杏子已生仁。
深红落尽东风恶，柳絮榆钱不当春。

火冷饧稀杏粥稠，青裙缟袂饱田头。
大夫行役家人怨，应羡居乡马少游。

送蜀人张师厚赴殿试二首

忘归不觉鬓毛斑，好事乡人尚往还。
断岭不遮西望眼，送君直过楚王山。

云龙山下试春衣，放鹤亭前送落晖。
一色杏花三十里，新郎君去马如飞。

再次韵答田国博部夫还二首

西郊黄土没车轮，满面风埃笑路人。
已放役夫三万指，从教积雨洗残春。

枝上稀疏地上稠，忍看红糁落墙头。
风流别乘多才思，归趁西园秉烛游。

次韵关令送鱼

举网惊呼得巨鱼，馋涎不易忍流酥。
更烦赤脚长须老，来听西风十幅蒲。
〇自此以上，皆杭州、密州、徐州之诗。

梅花二首

春来幽谷水潺潺，的皪梅花草棘间。
一夜东风吹石裂，半随飞雪渡关山。
〇此下谪居黄州之诗。

何人把酒慰深幽，开自无聊落更愁。
幸有清溪三百曲，不辞相送到黄州。

陈季常所蓄朱陈村嫁娶图二首

何年顾陆丹青手，画作朱陈嫁娶图。
闻道一村惟两姓，不将门户买崔卢。

我是朱陈旧使君，劝耕曾入杏花村。
而今风物那堪画，县吏催钱夜打门。

少年时尝过一村院见壁上有诗
云夜凉疑有雨院静似无僧不知何人诗也
宿黄州禅智寺寺僧皆不在
夜半雨作偶记此诗故作一绝

佛灯渐暗饥鼠出，山雨忽来修竹鸣。
知是何人旧诗句，已应知我此时情。

次韵乐著作送酒

少年多病怯杯觞，老去方知此味长。
万斛羁愁都似雪，一壶春酒若为汤。

次韵乐著作天庆观醮

浊世纷纷肯下临，梦寻飞步五云深。
无因上到通明殿，只许微闻玉佩音。

南堂五首

江上西山半隐堤，此邦台馆一时西。
南堂独有西南向，卧看千帆落浅溪。

暮年眼力嗟犹在，多病颠毛却未华。
故作明窗书小字，更开幽室养丹砂。

他时夜雨困移床，坐厌愁声点客肠。
一听南堂新瓦响，似闻东坞小荷香。

山家为割千房蜜，稚子新畦五亩蔬。
更有南堂堪着客，不忧门外故人车。

扫地烧香闭阁眠，簟纹如水帐如烟。
客来梦觉知何处，挂起西窗浪接天。

子由作二颂颂石台长老问公手写莲经字如黑蚁且诵万遍胁不至席二十馀年予亦作二首

眼前扰扰黑蚍蜉，口角霏霏白唾珠。
要识吾师无碍处，试将烧却看瞋无。

眼睛心地两虚圆，胁不沾床二十年。
谁信吾师非不睡，睡蛇已死得安眠。

橄　榄

纷纷青子落红盐，正味森森苦且严。
待得微甘回齿颊，已输崖蜜十分甜。

海　棠

东风渺渺泛崇光①，香雾空濛月转廊②。
只恐夜深花睡去，故烧高烛照红妆。

①渺渺：一作袅袅。②空濛：一作霏霏。

东　坡

雨洗东坡月色清，市人行尽野人行。
莫嫌荦确坡头路，自爱铿然曳杖声。

子由在筠作东轩记或戏之为东轩长老
其婿曹焕往筠余作一绝句送曹以戏子由
曹过庐山以示圆通慎长老慎欣然亦作一绝
送客出门归入室趺坐化去
子由闻之仍作二绝一以答余一以答慎
明年余过圆通始得其详乃追次慎韵

君到高安几日回，一时斗擞旧尘埃。
赠君一笼牢收取，盛取东轩长老来。

○右送曹诗。

大士何曾有生死，小儒底处觅穷通？
偶留一吷千山上，散作人间万窍风。

○右和慎诗。

余过温泉壁上有诗云直待众生总无垢
我方清冷混常流问人云长老可遵作
遵已退居圆通亦作一绝

石龙有口口无根，自在流泉谁吐吞？
若信众生本无垢，此泉何处觅寒温。

世传徐凝瀑布诗云一条界破青山色至为尘陋
又伪作乐天诗称羡此句有赛不得之语
乐天虽涉浅易然岂至是哉乃戏作一绝

帝遣银河一派垂，古来惟有谪仙词。
飞流溅沫知多少，不与徐凝洗恶诗。

书李公择白石山房

偶寻流水上崔嵬，五老苍颜一笑开。
若见谪仙烦寄语，匡山头白早归来。

赠东林总长老

溪声便是广长舌，山色岂非清净身。
夜来八万四千偈，他日如何举似人。

题西林壁

横看成岭侧成峰，远近高低各不同。
不识庐山真面目，只缘身在此山中。

次荆公韵四首[①]

青李扶疏禽自来，清真逸少手亲栽。
深红浅紫从争发，雪白鹅黄也斗开。

①第四首五言绝句，未抄。

斫竹穿花破绿苔，小诗端为觅桤栽。
细看造物初无物，春到江南花自开。

骑驴渺渺入荒陂，想见先生未病时。
劝我试求三亩宅，从公已觉十年迟。

题孙思邈真

先生一去五百载，犹在峨眉西崦中。
自为天仙足官府，不应尸解坐蠢虫。

戏作鮰鱼一绝

粉红石首仍无骨，雪白河豚不药人。
寄语天公与河伯，何妨乞与水精鳞。

次韵答宝觉

芒鞋竹杖布行缠，遮莫千山更万山。
从来无脚不解滑，谁信石头行路难。

以玉带施元长老元以衲裙相报次韵二首

病骨难堪玉带围，钝根仍落箭锋机。
欲教乞食歌姬院，故与云山旧衲衣。

此带阅人如传舍，流传到我亦悠哉。
锦袍错落真相称，乞与佯狂老万回。

金山梦中作

江东贾客木绵裘，会散金山月满楼。
夜半潮来风又熟，卧吹箫管到扬州。

和王胜之三首

城上湖光暖欲波，美人唱我踏春歌。
鲁公宾客皆诗酒，谁是神仙张志和！

齐酿如渑涨绿波，公诗句句可絃歌。
流觞曲水无多日，更作新诗继永和。

要知太守怜孤客，不惜阳春和俚歌。
坐睡樽前呼不应，为公雕琢损天和。

春 日

鸣鸠乳燕寂无声，日射西窗泼眼明。
午醉醒来无一事，只将春睡赏春晴。

归宜兴留题竹西寺三首

十年归梦寄西风，此去真为田舍翁。
剩觅蜀冈新井水，要携乡味过江东。

道人劝饮鸡苏水，童子能煎莺粟汤。
暂借藤床与瓦枕，莫教孤负竹风凉。

此生已觉都无事，今岁仍逢大有年。
山寺归来闻好语，野花啼鸟亦欣然。

孟震同游常州僧舍三首

年来转觉此生浮，又作三吴浪漫游。
忽见东平孟君子，梦中相对说黄州。

湛湛清池五月寒，小山无数碧巑岏。
稚杉戢戢三千本，且作凌云合抱看。

知君此去便归耕，笑指孤舟一叶轻。
待向三茅乞灵雨，半篙流水送君行。

赠常州报恩长老二首

碧玉盌盛红马脑，井花水养石菖蒲。
也知法供无穷尽，试问禅师得饱无？

荐福老怀真巧便，净慈两本更尖新。
凭师为作铁门限，准备人间请话人。

溪阴堂

白水满时双鹭下，绿槐高处一蝉吟。
酒醒门外三竿日，卧看溪南十亩阴。

惠崇春江晚景二首

竹外桃花三两枝，春江水暖鸭先知。
蒌蒿满地芦芽短，正是河豚欲上时。

两两归鸿欲破群，依依还似北归人。
遥知朔漠多风雪，更待江南半月春。

戏周正孺二绝

折臂三公未可知，会当千镒访权奇。
劝君鬻骆犹闲事，肠断闺中《杨柳枝》。

天厩新颁玉鼻骍，故人共敝亦常情。
相如虽老犹能赋，换马还应继二生。

〇自此以上，皆黄州及常州居住改登州之诗。

轼以去岁春夏侍立迩英而秋冬之交子由相继入侍次韵绝句四首各述所怀

瞳瞳日脚晓犹清，细细槐花暖自零。
坐阅诸公半廊庙[①]，时看黄色起天庭。

〇此下皆入朝为翰林学士以后之诗。①自注：仆射吕公、门下韩公、右丞刘公，皆自讲席大用。

上尊初破盎朝寒，茗盌仍沾讲舌干。
陛楯诸郎空雨立，故应惭悔不儒冠。

两鹤摧颓病不言，年来相继亦乘轩。
误闻九奏聊飞舞，可得褰回为啄吞。

微生偶脱风波地，晚岁犹存铁石心。
定似香山老居士，世缘终浅道根深[①]。

①自注：乐天自江州司马除忠州刺史，旋以主客郎中知制诰，遂拜中书舍人。轼虽不敢自比，然谪居黄州，起知文登，召为仪曹，遂忝侍从，出处老少，大略相似，庶几复享此翁晚节闲适之乐焉。

书皇亲扇

十年江海寄浮沉，梦绕江南黄苇林。
谁谓风流贵公子，笔端还有五湖心。

书李世南所画秋景二首

野水参差落涨痕，疏林欹倒出霜根。
扁舟一棹归何处，家在江南黄叶村。

人间斤斧日创夷，谁见龙蛇百尺姿。
不是溪山曾独往，何人解作挂猿枝。

次韵宋肇惠澄心纸二首

诗老囊空一不留，百番曾作百金收[①]。
知君也要雕肝肾，分我江南数斛愁。

①自注：永叔以澄心百幅遗圣俞，圣俞有诗。

君家家学陋相如，宜与诸儒论石渠。
古纸无多且分我，自应给札奏新书。

郭熙秋山平远二首

目尽孤鸿落照边，遥知风雨不同川。
此间有句无人识，送与襄阳孟浩然。

木落骚人已怨秋，不堪平远发诗愁。
要看万壑争流处，他日终烦顾虎头。

谢王泽州寄长松兼简张天觉二首

莫道长松浪得名，能教覆额两眉青。
便将径寸同千尺，知有奇功似伏苓。

凭君说与埋轮使，速寄长松作解嘲[①]。
无复青粘和漆叶，枉将钟乳敌仙茅。

①自注：张天觉诗有"理及河东悭"之语。

和子由除夜元日省宿致斋三首

江湖流落岂关天，禁省相望亦偶然。
等是新年未相见，此身应坐不归田。

白发苍颜五十三，家人遥遣试春衫。
朝回两袖天香满，头上银幡笑阿咸。

当年踏月走东风，坐看春闱锁醉翁。
白发门生几人在，却将新句调儿童。

次韵答张天觉二首

车轻马稳辔衔坚，但有蚊虻喜扑缘。
截断口前君莫问，人间差乐胜巢仙。

御风骑气我何劳，且要长松作土毛。
亦如诃佛丹霞老，却向清凉礼白豪。

书艾宣画四首

竹　鹤

此君何处不相宜，况有能言老令威。
谁识长身古君子，犹将缁布缘深衣。

黄精鹿

太华西南第几峰，落花流水自重重。
幽人只采黄精去，不见春山鹿养茸。

杏花白鹇

天工剪刻为谁妍，掏蕊游蜂自作团。
把酒惜春都是梦，不如闲客此闲看。

莲　龟

半脱莲房露压欹，绿荷深处有游龟。
只应翡翠兰苕上，独见玄夫曝日时。

送钱穆父出守越州二首

簿书常苦百忧集，樽酒今应一笑开。
京兆从教思广汉，会稽聊喜得方回。

若耶溪水云门寺，贺监荷花空自开。
我恨今犹在泥滓，劝君莫棹酒船回。

书林次中所得李伯时归去来阳关二图后二首

不见何戡唱渭城，旧人空数米嘉荣。
龙眠独识殷勤处，画出《阳关》意外声。

两本新图宝墨香，樽前独唱小秦王。
为君翻作归来引，不学《阳关》空断肠。

题李伯时画赵景仁琴鹤图二首

清献先生无一钱，故应琴鹤是家传。
谁知默鼓无絃曲，时向珠宫舞幻仙。

丑石寒松人易亲，聊将短曲调长人。
乘轩故自非明眼，终日僛僛舞爨薪。

王晋卿所藏著色山二首

缥缈营丘水墨仙，浮空出没有无间。
迩来一变风流尽，谁见将军著色山。

荦确何人似退之，意行无路欲从谁。
宿云解驳晨光漏，独见山红涧碧时。

次韵王晋卿惠花栽所寓张退傅第中

坐来念念失前人，共向空中寓一尘。
若问此花谁是主？天教闲客管青春。

书王定国所藏王晋卿画著色山

君归岭北初逢雪，我亦江南五见春。
寄语风流王武子，三人俱是识山人。

同秦仲二子雨中游宝山

平明已报百吏散，半日来陪二子闲。
立鹤低昂烟雨里，行人出没树林间。

与莫同年雨中饮湖上

到处相逢是偶然，梦中相对各华颠。
还来一醉西湖雨，不见跳珠十五年。

次韵王忠玉游虎丘三首

当年太白此相浮，老守娱宾得二丘[①]。
白发重来故人尽，空馀丛桂小山幽。

①自注：郡人有闾丘公。太守王规父尝云："不谒虎丘，即谒闾丘。"规父，忠玉伯父也。

青盖红旗映玉山，新诗小草落玄泉。
风流使者人争看，知有真娘立道边[①]。

①自注：虎丘中路有真娘墓。

舞衫歌扇转头空，只有青山杳霭中。
若共吴王斗百草，使君未敢借惊鸿。

和钱四寄其弟龢

再见涛头涌玉轮，烦君久驻浙江春。
年来总作维摩病，堪笑东西二老人。

次韵子由使契丹至涿州见寄四首

老人痴钝已逃寒，子复辞行理亦难[①]。
要到卢龙看古塞，投文易水弔燕丹。

①自注：余昔年辞免使北。

胡羊代马得安眠，穷发之南共一天。
又见子卿持汉节，遥知遗老泣山前。

毡毳年来亦甚都，时时鴂舌问三苏[①]。

那知老病浑无用，欲问君王乞镜湖。

①自注：余与子由入京时，北使已问所在。后余馆伴，北使屡诵三苏文。

始忆庚寅降屈原，旋看蜡凤戏僧虔。
随翁万里心如铁[①]，此子何劳为买田。

①自注：时犹子迟侍行。

又和景文韵

牡丹松桧一时栽，付与春风自在开。
试问壁间题字客，几人不为看花来？

西湖寿星院此君轩

卧听谡谡碎龙鳞，俯看苍苍立玉身。
一舸鸱夷江海去，尚馀君子六千人。

菩提寺南漪堂杜鹃花

南漪杜鹃天下无，披香殿上红氍毹。
鹤林兵火真一梦，不归阆苑归西湖。

次韵钱穆父紫薇花二首

虚白堂前合抱花，秋风落日照横斜。
阅人此地知多少，物化无涯生有涯。

○自注：虚白堂前，紫薇两株，俗云乐天所种。

折得芳蕤两眼花，题诗相报字倾斜。
箧中尚有丝纶句[①]，坐觉天光照海涯。

①自注：白乐天《紫薇花》诗："丝纶阁下文章静，钟鼓楼中刻漏长。独坐黄昏谁是伴，紫薇花对紫薇郎。"上尝书此诗以赐轼。

次韵杨公济梅花十首

梅梢春色弄微和，作意南枝剪刻多。
月黑林间逢缟袂，霸陵醉尉误谁何。

相逢月下是瑶台，藉草清樽连夜开。
明日酒醒应满地，空令饥鹤啄莓苔。

绿发寻春湖畔回，万松岭上一枝开。
而今纵老霜根在，得见刘郎又独来。

月地云阶漫一樽，玉奴终不负东昏[①]。
临春结绮荒荆棘，谁信幽香是返魂。

①奴：当作儿。

日出冰湖散水花，野梅官柳渐欹斜。
西郊欲就诗人饮，黄四娘东子美家。

君知早落坐先开，莫著新诗句句催。
岭北霜枝最多思，忍寒留待使君来。

冰盘未荐含酸子，雪岭先看耐冻枝。
应笑春风木芍药，丰肌弱骨要人医。

寒雀喧喧冻不飞，绕林空啅未开枝。

多情好与风流伴，不到双双燕语时。

鲛绡剪碎玉簪轻，檀晕妆成雪月明。
肯伴老人春一醉，悬知欲落更多情。

缟裙练帨玉川家，肝胆清新冷不邪。
秾李争春犹办此，更教踏雪看梅花。

赠刘景文

荷尽已无擎雨盖，菊残犹有傲霜枝。
一年好景君须记，最是橙黄橘绿时。

谢关景仁送红梅栽二首

年年芳信负红梅，江畔垂垂又欲开。
珍重多情关令尹，直和根拨送春来。

为君栽向南堂下，记取他年着子时。
酸酽不堪谓众口，使君风味好攒眉。

游宝云寺得唐彦猷为杭州日送客舟中手书一绝句云山雨霏微不满空画船来往疾轻鸿谁知独卧朱簾里一榻无尘四面风明日送彦猷之子垧赴鄂州舟中遇微雨感叹前事因和其韵作两首送之且归其书唐氏

二妙凋零笔法空，忽惊云海戏群鸿。
清诗不敢私囊箧，人道黄门有父风。

出处荣枯一笑空，十年社燕与秋鸿。
谁知白首长河路，还卧当时送客风。

再和杨公济梅花十绝

一枝风物便清和，看尽千林未觉多。
结习已空从着袂，不须天女问云何。

天教桃李作舆台，故遣寒梅第一开。
凭仗幽人收艾纳，国香和雨入青苔。

白发思家万里回，小轩临水为花开。
故应剩作诗千首，知是多情得得来。

人去残英满酒尊，不堪细雨湿黄昏。
夜寒那得穿花蝶，知是风流楚客魂。

春入西湖到处花，裙腰芳草抱山斜。
盈盈解佩临烟浦，脉脉当垆傍酒家。

莫向霜晨怨未开，白头朝夕自相催。
斩新一朵含风露，恰似西厢待月来。

洗尽铅华见雪肌，要将真色斗生枝。
檀心已作龙涎吐，玉颊何劳獭髓医。

湖面初惊片片飞，尊前吹折最繁枝。
何人会得春风意，怕见梅黄雨细时。

长恨漫天柳絮轻，只将飞舞占清明。
寒梅似与春相避，未解无私造物情。

北客南来岂是家，醉看参月半横斜。
他年欲识吴姬面，秉烛三更对此花。

次韵参寥同前

朝来处处白毡铺，楼阁山川尽一如。
总是烂银并白玉，不知奇货有谁居。

书浑令公燕鱼朝恩图

咸宁英气似汾阳，夜饮军容出红妆。
不须缠头万匹锦，知君未办作吕强。

予去杭十六年而复来留二年而去平生自觉
出处老少粗似乐天虽才名相远而安分寡求亦庶几焉
三月六日来别南北山诸道人而下天竺惠净师
以丑石赠行作三绝句

当年衫鬓两青青，强说重临慰别情。
衰发只今无可白，故应相对话来生。

出处依稀似乐天，敢将衰朽较前贤。
便从洛社休官去，犹有闲居二十年。

在郡依前六百日，山中不记几回来。
还将天竺一峰去，欲把云根到处栽。

书王晋卿画四首

山阴陈迹

当年不识此清真，强把先生拟季伦。
等是人间一陈迹，聚蚊金谷本何人？

雪溪乘兴

溪山雪月两佳哉，宾主谈锋夜转雷。
犹言不见戴安道，为问适从何处来。

四明狂客

毫端偶集一微尘，何处溪山非此身。
狂客思归便归去，更求敕赐枉天真。

西塞风雨

斜风细雨到来时，我本无家何处归。
仰看云天真箬笠，旋收江海入蓑衣。

题王晋卿画后

丑石半蹲山下虎，长松倒卧木中龙。
试君眼力看多少，数到云峰第几重。

赠武道士弹贺若

清风终日自开簾，凉月今宵肯挂檐。
琴里若能知贺若，诗中定合爱陶潜。

元祐六年六月自杭州召还汶公馆我于东堂阅旧诗卷次诸公韵三首

半熟黄粱日未斜，玉堂阴合手栽花。
却寻三十年前味，未饭钟时已饭茶[①]。

①饭茶：一作饮茶。

梦觉还惊屧响廊，故人来炷影前香。
鬓须白尽成何事，一帖空存老遂良。

尺一东来唤我归，衰年已迫故山期。
文章曹植今堪笑，却卷波澜入小诗。

送欧阳主簿赴官韦城四首[①]

凤雏骥子日相高，白发苍颜笑我曹。
读遍牙签三万轴，欲来小邑试牛刀。

①名宪，文忠公孙。

出处年来恨不齐，一尊临水记分携。
江湖咫尺吾将老，汝颍东流子却西。

白马津头春水来，白鱼犹喜似江淮。
使君已复冰堂酒，更劝重新画舫斋。

道傍垂白定沾巾，正似当年绿发新。
故国依然乔木在，典刑复见老成人。

臂痛谒告作三绝句示四君子

公退清闲如致仕，酒馀欢适似还乡。
不妨更有安心病，卧看萦簾一炷香。

心有何求遣病安，年来古井不生澜。
只愁戏瓦闲童子，却作泠泠一水看。

小閤低窗卧晏温，了然非默亦非言。
维摩示病吾真病，谁识东坡不二门。

西湖戏作

一士千金未易偿，我从陈赵两欧阳。
举鞭拍手笑山简，只有并州一葛强。

次韵赵德麟雪中惜梅且饷柑酒三首

千花未分出梅馀，遣雪摧残计已疏。
卧闻点滴如秋雨，知是东风为扫除。

阆苑千葩映玉宸，人间只有此花新。
飞霙要欲先桃李，散作千林火迫春。

蹀躞娇黄不受鞿，东风暗与色香归。
偶逢白堕争春手，遣入王孙玉斝飞。

淮上早发

澹月倾云晓角哀，小风吹水碧鳞开。

此生定向江湖老，默数淮中十往来。

次韵德麟西湖新成见怀绝句

壶中春色饮中仙[①]，骑鹤东来独惘然。
犹有赵陈同李郭，不妨同泛过湖船。

①自注：谓洞庭春色也。

予少年颇知种松手植数万株皆中梁柱矣都梁山中见杜舆秀才求学其法戏赠二首

露宿泥行草棘中，十年春雨养髯龙。
如今尺五城南杜，欲问东坡学种松。

君方扫雪收松子，我已开榛得茯苓。
为问何如插杨柳，明年飞絮作浮萍。

次韵秦少游王仲至元日立春三首

省事天公厌两回，新年春日并相催。
殷勤更下山阴雪，要与梅花作伴来。

己卯嘉辰寿阿同[①]，愿渠无过亦无功。
明年春日江湖上，回首觚棱一梦中。

①自注：子由一字同叔，元日己卯，渠本命也。

词锋虽作楚骚寒，德意还同汉诏宽。
好遣秦郎供帖子，尽驱春色入毫端[①]。

①自注：立春日，翰林学士供诗帖子。

上元侍饮楼上三首呈同列

澹月疏星绕建章，仙风吹下御炉香。
侍臣鹄立通明观[①]，一朵红云捧玉皇。

①观：一作殿。

薄云初销野未耕，卖薪买酒看升平。
吾君勤俭倡优拙，自是丰年有笑声。

老病行穿万马群，九衡人散月纷纷。
归来一盏残灯在，犹有传柑遗细君[①]。

①自注：侍饮楼上，则贵戚争以黄柑遗近臣，谓之“传柑”，听携以归。盖故事也。

再送蒋颖叔帅熙河二首

使君九万击鹏鹍，肯为阳关一断魂。
不用宽心九千里，安西都护国西门。

馀刃西屠横海鲲，应予诗谶是游魂。
归来趁别陶弘景，看挂衣冠神武门。

次韵钱穆父马上寄蒋颖叔二首

玉关不用一丸泥，自有长城鸟鼠西。
剩与故人寻土物，腊糟红麹寄驼蹄。

多买黄封作洗泥，使君来自陇山西。
高才得兔人人羡，争欲寻踪觅旧蹄。

七年九月自广陵召还复馆于浴室东堂
八年六月乞会稽将去汶公乞诗乃复用前韵三首

乞郡三章字半斜，庙堂传笑眼昏花。
上人问我迟留意，待赐头纲八饼茶[1]。

①自注：尚书学士得赐头纲龙茶一片，今年纲到最迟。

梦绕吴山却月廊，白梅卢橘觉犹香[1]。
会稽且作须臾意，从此归田策最良。

①自注：杭州梵天寺有月廊数百间，寺中多白杨梅、卢橘。

东南此去几时归，倦鸟孤飞岂有期。
断送一生消底物，三年光景六篇诗。

题毛女真

雾鬓风鬟木叶衣，山川良是昔人非。
只应闲过商颜老，独自吹箫月下归。

三月二十日开园三首

雪髯霜鬓语伧狞，澹荡园林取次行。
要识将军不凡意，从来只啜小人羹[1]。

〇自此以上，皆入为翰林学士，出守杭州，入为承旨，出知颍州、扬州，入为端明学士，出知定州之诗。①自注：是日，散父老酒食。

西园牡籥夜沉沉，尚有游人卧柳阴。
鹤睡觉时风露下，落花飞絮满衣襟。

郁郁苍髯真道友，丝丝红萼是乡人[①]。
何时翠竹江村路，送我柴门月色新。

①自注：苍髯，松也；红萼，海棠也。

临城道中作　并引

予初赴中山，连日风埃，未尝了了见太行也。今将适岭表，颇以是为恨。过临城内丘，天气忽清彻。西望太行，草木可数，冈峦北走，崖谷秀杰。忽悟叹曰：吾南迁其速返乎？退之衡山之祥也。书以付迈使志之。

逐客何人着眼看，太行千里送征鞍。
未应愚谷能留柳，可独衡山解识韩。

○自此以下，南迁岭表之诗。

予前后守倅馀杭凡五年夏秋之间蒸热不可过独中和堂东南颊下瞰海门洞视万里三伏常萧然也绍圣元年六月舟行赴岭外热甚忽忆此处而作是诗

忠孝王家千柱宫，东坡作吏五年中。
中和堂上东南颊，独有人间万里风。

慈湖夹阻风五首

捍索桅竿立啸空，篙师酣寝浪花中。
故应菅蒯知心腹，弱缆能争万里风。

此生归路愈茫然，无数青山水拍天。
犹有小船来卖饼，喜闻墟落在山前。

我行都是退之诗，真有人家水半扉。
千顷桑麻在船底，空馀石发挂鱼衣。

日轮亭午汗珠融，谁识南讹长养功。
暴雨过云聊一快，未妨明月却当空。

卧看落月横千丈，起唤清风得半帆。
且并水村欹侧过，人间何处不巉岩。

宿建封寺晓登尽善亭望韶石三首

双阙浮光照短亭，至今猿鸟啸青荧。
君王自此西巡狩，再使鱼龙舞洞庭。

蜀人文赋楚人辞，尧在崇山舜九疑。
圣主若非真得道，南来万里亦何为。

岭海东南月窟西，功成天已锡元圭。
此方定是神仙宅，禹亦东来隐会稽。

食荔枝二首[①]　并引

惠州太守东堂，祠故相陈文惠公。堂下有公手植荔枝一株，郡人谓之将军树。今岁大熟，赏啖之馀，下逮吏卒。其高不可致者，纵猿取之。

罗浮山下四时春，卢橘杨梅次第新。
日啖荔枝三百颗，不辞长作岭南人。

①前一首五律，未抄。

三月二十九日二首

南岭过云开紫翠，北江飞雨送凄凉。

酒醒梦回春尽日，闭门隐几坐烧香。

门外橘花犹的皪，墙头荔子已斓斑。
树暗草深人静处，卷簾欹枕卧看山。

纵笔三首

寂寂东坡一病翁，白须萧散满霜风。
小儿误喜朱颜在，一笑那知是酒红。

父老争看乌角巾，应缘曾现宰官身。
溪边古路三叉口，独立斜阳数过人。

北船不到米如珠，醉饱萧条半月无。
明日东家当祭灶，只鸡斗酒定膰吾。

次韵子由赠吴子野先生二绝句

马迹车轮满四方，若为闭暑小茆堂。
仙心欲捉左元放，痴疾还同顾长康。

江令苍苔围故宅，谢家语燕集华堂。
先生笑说江南事，只有青山绕建康。

〇施注：吴子野，名复古，一字远游，潮州人。东坡与一见，论出世间法。尝著《养生论》一篇，为子野作也。与游二十馀年，南迁至真、扬间。见子野，无一语及得丧休戚事，独告坡曰："邯郸之梦，犹足破妄而归真。目见而身履之，亦可以悟矣。"未几南归，访东坡于惠，过子由于循。坡徙儋耳，子野又从之，为作《远游庵铭》送坡。北归，遇疾而殂。以文祭之曰："呜呼子野！道与世违。寂默自求，阖门垂帏。兀尔坐忘，有似子微。或似壶子，杜气发机。急人缓己，忘其渴饥。送我北还，中道敝衣。有疾不药，但却甘肥。问以后事，一笑而麾。”可以知其人矣。

被酒独行遍至子云威徽先觉四黎之舍三首

半醒半醉问诸黎，竹刺藤梢步步迷。
但寻牛矢觅归路，家在牛栏西复西。

总角黎家三四童，口吹葱叶送迎翁。
莫作天涯万里意，溪边自有舞雩风。

符老风情奈老何，朱颜减尽鬓丝多。
投梭每困东邻女，换扇唯逢春梦婆[1]。

①自注：是日复见符林秀才，言换扇事。

题过所画枯木竹石三首

老可能为竹写真，小坡今与石传神。
山僧自觉菩提长，心境都将付卧轮。

散木支离得自全，交柯蚴蟉欲相缠。
不须更说能鸣雁，要以空中得尽年。

倦看涩勒暗蛮村，乱棘孤藤束瘴根。
唯有长身六君子，猗猗犹得似淇园。

澄迈驿通潮阁二首

倦客愁闻归路遥，眼明飞阁俯长桥。
贪看白鹭横秋浦，不觉青林没晚潮。

馀生欲老海南村，帝遣巫阳招我魂。
杳杳天低鹘没处，青山一发是中原。

合浦愈上人以诗名岭外将访道南岳
留诗壁上云闲伴孤云自在飞
东坡居士过其精舍戏和其韵

孤云出岫岂求伴，锡杖凌空自要飞。
为问庭松尚西指，不知老奘几年归[①]？

①年：一作时。

书韩幹二马

赤髯碧眼老鲜卑，回策如萦独善骑。
赪白紫骝俱绝世，马中岳湛有妍姿。

跋王晋叔所藏画

徐熙杏花

江左风流王谢家，尽携书画到天涯。
却因梅雨丹青曙，洗出徐熙落墨花。

赵昌四季

芍　药

倚竹佳人翠袖长，天寒犹着薄罗裳。
扬州近日红千叶，自是风流时世妆。

踯　躅

枫林翠壁楚江边，踯躅千层不忍看。

开卷便知归路近，剑南樵客为施丹。

寒　菊

轻肌弱骨散幽葩，真是青裙两髻丫。
便有佳名配黄菊，应缘霜后苦无花。

山　茶

游蜂掠尽粉丝黄，落蕊犹收蜜露香。
待得春风几枝在，年来杀菽有飞霜。

题灵峰寺壁

灵峰山上宝陀寺，白发东坡又到来。
前世德云今我是，依希犹记妙高台。

赠龙光长老

斫得龙光竹两竿，持归岭北万人看。
竹中一滴曹溪水，涨起西江十八滩。

赠岭上老人

鹤骨霜髯心已灰，青松合抱手亲栽。
问翁大庾岭头住，曾见南迁几个回。

赠岭上梅

梅花开尽百花开，过尽行人君不来。
不趁青梅尝煮酒，要看细雨熟黄梅。

予初谪岭南过田氏水阁东南一峰丰下锐上
里人谓鸡笼山予更名独秀峰今复过之戏留一绝

倚天巉绝玉浮屠，肯与彭郎作小姑。
独秀江南知有意，要三二别四三壶。

画车二首

何人画此只轮车，便是当年欹器图。
上易下难须审细，左提右挈免疏虞。

九衡歌舞颂王明，谁恻寒泉独自清。
赖有千车能散福，化为膏雨满重城。

次韵郭功甫二首

蚤知臭腐即神奇，海北天南总是归。
九万里风安税驾，云鹏今悔不卑飞。

可怜倦鸟不知时，空羡骑鲸得所归。
玉局西南天一角，万人沙苑看孤飞。

次韵法芝举旧诗一首

春来何处不归鸿，非复羸牛踏旧踪。
但愿老师真似月，谁家瓮里不相逢。
○以上南迁岭外及北归之诗。

睡起闻米元章冒热到东园送麦门冬饮子

一睡清风直万钱，无人肯买北窗眠。

开心暖胃门冬饮，知是东坡手自煎。

洗　儿

人皆养子望聪明，我被聪明误一生。
惟愿孩儿愚且鲁，无灾无难到公卿。

○以下《补遗》。

戏作贾梁道诗　并引

王凌谓贾充曰："汝非贾梁道之子耶？乃欲以国与人！"由是观之，梁道之忠于魏也久矣。司马景王既执凌，归过梁道庙，凌大呼曰："我亦大魏之忠臣也！"及司马病，见凌与梁道守而杀之。二人者可谓忠义之至，精贯于神明矣。然梁道之灵，独不能已其子充之奸，至使首发成济之事，此又理之不可晓者也。故予戏作小诗云。

嵇绍似康为有子，郗超叛鉴似无孙。
如今更恨贾梁道，不杀公闾杀子元。

戏孙公素

披扇当年笑温峤，握刀晚岁战刘郎。
不须戚戚如冯衍，便与时时说李阳。

刘监仓家煎米粉作饼子余云为甚酥潘邠老家造逡巡酒余饮之云莫作醋错着水来否后数日余携家饮郊外因作小诗戏刘公求之

野饮花间百物无，杖头惟挂一葫芦。
已倾潘子错着水，更觅君家为甚酥。

元祐元年二月八日朝退独在起居院读汉书儒林传
感申公故事作小诗一绝

寂寞申公谢客时，自言已见穆生儿。
绾臧下吏明堂废，又作龙钟病免归。

过子忽出新意以山芋作玉糁羹色香味皆奇绝
天上酥陀则不可知人间决无此味也

香似龙涎仍酽白，味如牛乳更全清。
莫将南海金齑脍，轻比东坡玉糁羹。

撷菜　并序

吾借王参军地种菜，不及半亩，而吾与过子终年饱菜。夜半饮醉，无以解酒，辄撷菜煮之，味含土膏，气饱风露，虽粱肉不能及也。人生须底物而更贪耶？乃作四句。

秋来霜露满东园，芦菔生儿芥有孙。
我与何曾同一饱，不知何苦食鸡豚。

陆放翁七绝上

百七十首

东阳道中

风欹乌帽送轻寒，雨点春衫作碎斑。

小吏知人当著句，先安笔砚对溪山。

以石芥送刘韶美礼部刘比酿酒劲甚因以为戏二首

古人重改阳城驿，吾辈欣闻石芥名。
风味可人终骨硬，尊前真见鲁诸生。

长安官酒甜如蜜，风月虽佳懒举觞。
持送盘蔬还会否，与公新酿斗端方。

买鱼二首

卧沙细肋何由得，出水纤鳞却易求。
一夏与僧同粥饭，朝来破戒醉新秋。

两京春荠论斤卖，江上鲈鱼不直钱。
斫脍捣齑香满屋，雨窗唤起醉中眠。

悲　秋

烟草凄迷八月秋，荒村络纬戒衣裘。
道人大欠修行力，平地闲生尔许愁。

七月十四夜观月

不复微云滓太清，浩然风露欲三更。
开簾一寄平生快，万顷空江著月明。

十月苦蝇二首

村北村南打稻忙，浮云吹尽见朝阳。
不宜便作晴明看，扑面飞蝇未退藏。

十月江南未拥炉，痴蝇扰扰莫嫌渠。
细看岂是坚牢物，付与清霜为扫除。

重　阳

照江丹叶一林霜，折得黄花更断肠。
商略此时须痛饮，细腰宫畔过重阳。

秋风亭拜寇莱公遗像二首

江上秋风宋玉悲，长官手自葺茅茨。
人生穷达谁能料，蜡泪成堆又一时。

○以下皆入蜀以后诗。

豪杰何心后世名，材高遇事即峥嵘。
巴东诗句澶州策，信手拈来尽可惊。

倚　阑

故山未敢说归期，十日相随又别离。
小雨初收残照晚，阑干西角立多时。

谢张廷老司理录示山居诗二首

顑颔经年客瘴乡，把君诗卷意差强。
古人三语犹嗟赏，况是珠玑满锦囊。

老觉人间万事非，但思茆屋映疏篱。
秋衾已是饶归梦，更读山居二首诗。

大安病酒留半日王守复来招不往送酒解酲因小饮江月馆

江驿春酲半日留，更烦送酒为扶头。
柳花漠漠嘉陵岸，别是天涯一段愁。

和高子长参议道中二绝

梁州四月晚莺啼，共忆扁舟罨画溪[①]。
莫作世间儿女态，明年万里驻安西。

①罨画溪在越州，思乡也。

丰年食少厌儿啼，觅得微官落五溪。
大似无家老禅衲，打包还度栈云西。

自三泉泛嘉陵至利州

日日邅途处处诗，书生活计绝堪悲。
江云垂地滩风急，一似前年上硖时。

仙鱼铺得仲高兄书

病酒今朝载卧舆，秋云漠漠雨疏疏。
阆州城北仙鱼铺，忽得山阴万里书。

剑门道中遇微雨

衣上征尘杂酒痕，远游无处不消魂。
此身合是诗人未，细雨骑驴入剑门。

剑门城北回望剑关诸峰青入云汉感蜀亡事慨然有赋

自昔英雄有屈信，危机变化亦逡巡。

阴平穷冠非难御，如此江山坐付人。

越王楼二首

上尽江边百尺楼，倚栏极目暮江秋。
未甘便作衰翁在，两脚犹堪蹋九州。

蒲萄酒绿似江流，夜燕唐家帝子楼。
约住管弦呼羯鼓，要渠打散醉中愁。

和谭德称送牡丹二首

洛阳春色擅中州，檀晕鞓红总胜流。
顦顇剑南人不管，问渠情味似侬不？

吾生何拙亦何工，忧患如山一笑空。
犹有馀情被花恼，醉搔华发倚屏风。

思政堂东轩偶题

羁愁酒病两无聊，小篆吹香已半消。
唤起十年闽岭梦[①]，赪桐花畔见红蕉。

①先生尝为福州宁德主簿，故曰“闽岭梦”。

荔枝楼小酌二首

碧瓦朱栏已半摧，强呼歌舞试樽罍。
邦人莫讶心情懒，新出莺花海里来。

病与愁兼怯酒船，巴歌闻罢更凄然。
此身未死长为客，回首夔州又二年。

醉中作四首

晚途豪气未低摧，一饮犹能三百杯。
烂烂目光方似电，齁齁鼻息忽如雷。

驾鹤孤飞万里风，偶然来憩大峨东。
持杯露坐无人会，要看青天入酒中。

曾赐琳腴白玉京，狂歌起舞蜀人惊。
却骑黄鹤横空去，今夕垂虹醉月明。

画角三终夜未阑，醉凭飞阁喜天宽。
月明满地江风急，吹落幽人紫绮冠。

池上见鱼跃有怀姑熟旧游

雨过回塘涨碧漪，幽人闲照角巾欹。
银刀忽裂圆波出，宛似姑溪晚泊时。

秋夜读书戏作

别驾生涯似蠹鱼，简编垂老未相疏。
也知赋得寒儒分，五十灯前见细书。

太平花[①]

扶床踉跄出京华，头白车书未一家。
宵旰至今劳圣主，泪痕空对太平花。

①元注：花出剑南，似桃四出，千百包骈萃成朵。天圣中，献至京师，仁宗赐名太平花。

次韵周辅道中二首

山灵喜我马蹄声，正用此时秋雨晴。
日淡风斜江上路，芦花也似柳花轻。

从来重九如寒食，天气微阴正自佳。
莫问茱萸赐朝士，一尊随处有黄花。

高秋亭

三日山中醉复醒，径归回首愧山灵。
从今惜取观书眼，长看天西万叠青。

九日试雾中僧所赠茶

少逢重九事豪华，南陌雕鞍拥钿车。
今日蜀州生白发，瓦炉独试雾中茶。

花时遍游诸家园十首

看花南陌复东阡，晓露初干日正妍。
走马碧鸡坊里去，市人唤作海棠颠。

为爱名花抵死狂，只愁风日损红芳。
绿章夜奏通明殿，乞借春阴护海棠。

翩翩马上帽簷斜，尽日寻春不到家。
偏爱张园好风景，半天高柳卧溪花。

花阴扫地置清尊，烂醉归时夜已分。

欲睡未成欹倦枕，轮囷帐底见红云。

宣华无树着蹄莺，惟有摩诃春水生。
故老能言当日事，直将宫锦裹宫城。

枝上猩猩血未晞，尊前红袖醉成围。
应须直到三更看，画烛如椽为发辉。

重萼丹砂品最高，可怜寂寞弃蓬蒿。
会当车载金钱去，买取春归亦足豪。

丝丝红萼弄春柔，不似疏梅只惯愁。
常恐夜寒花索寞，锦茵银烛按《凉州》。

飞花尽逐五更风，不照先生社酒中。
输与新来双燕子，衔泥犹得带残红。

海棠已过不成春，丝竹凄凉锁暗尘。
眼看燕脂吹作雪，不须零落始愁人。

题直舍壁

文书那得废哦诗，羞作群儿了事痴。
付与后人评此老，一丘一壑过元规。

观华严阁僧斋[1]

拂剑当年气吐虹，喑呜坐觉朔庭空。
早知壮志成痴绝，悔不藏名万衲中。

①元注：阁下自四月初至七月末，日饭僧数千人。

寺楼月夜醉中戏作三首

素壁徐升天宇闲，连峰积雪苍茫间。
楼台是处可见月，无此巉巉群玉山。

水晶盏映碧琳腴，月下泠泠看似无。
此酒定从何处得，判知不是文君垆。

海山缥缈玉真妃，贪看冰轮不肯归。
楼上三更风露冷，旋围步障换罗衣。

江渎池纳凉

雨过荒池藻荇香，月明如水浸胡床。
天公作意怜羁客，乞与今年一夏凉。

读书二首

面骨峥嵘鬓欲疏，退藏只合卧蜗庐。
自嫌尚有人间意，射雉归来夜读书。

归老宁无五亩园，读书本意在元元。
灯前目力虽非昔，犹课蝇头二万言[①]。

①元注：时方读小本《通鉴》。

寺居睡觉二首

虚窗寂寂夜三更，灯敛残光避月明。
老懒只贪春睡美，愧闻童子诵经声。

心地安平晓梦长，忽闻鱼鼓动修廊。
披衣起坐清羸甚，想像云堂炰粥香[①]。

①元注：僧杂菜饵之属作粥，名炰粥。

海棠二首

十里迢迢望碧鸡，一城晴雨不曾齐。
今朝未得平安报，便恐飞红已作泥。

蜀地名花擅古今，一枝气可压千林。
讥弹更到无香处，常恨人言太刻深。

杂咏四首

青羊宫中竹暗天，白马庙畔柏如山。
琴尊处处可消日，车马纷纷自欠闲。

石犀庙堧江已回，陵谷一变吁可哀。
即今禾黍连云处，当日帆樯隐映来。

微风翻翻芋叶白，落日漠漠稻花香。
出门纵辔何所诣？万里桥南追晚凉。

世事盛衰谁得知，惠陵烟草掩柴扉。
陵边人家丛竹里，灯火喧呼迎妇归。

夜　坐

大风横吹斗柄折，迅雷下击山壁裂。

放翁闭户寂不闻，《楞严》卷尽灯花结。

城北青莲院方丈壁间有画燕子者
过客多题诗予亦戏作二绝句

一双掠水燕来初，万点飞花社雨馀。
辛苦成巢君勿笑，从来吾亦爱吾庐。

明窗短壁拂蛛丝，常是江边送客时。
留滞锦城生白发，不如巢燕有归期。

双流旅舍三首

孤市人稀冷欲冰，昏昏一盏店家灯。
开门拂榻便酣寝，我是江南行脚僧。

西风黄叶满江村，瘦马来穿渡口云。
动地传呼逢醉尉，谁何禁杀故将军。

每因髀肉叹身闲，聊欲勤劳鞍马间。
黑稍黄旗端未免，会冲风雪出榆关。

文君井

落魄西州泥酒杯，酒酣几度上琴台。
青鞋自笑无羁束，又向文君井畔来。

山中小雨得宇文使君简问尝见张仙翁乎戏作一绝

张仙挟弹知何往，清啸穿林但可闻。
拾得铁丸无处用，为君打散四山云[①]。

①元注：张四郎常挟弹，视人家有灾疾者，辄以铁丸击散之。

雨中山行至松风亭忽澄霁

烟雨千峰拥髻鬟，忽看青嶂白云间。
卷藏破墨营丘笔，却展将军着色山。

夜寒二首

清夜焚香读楚词，寒侵貂褐叹吾衰。
轻冰满研风声急，忽记山阴夜雪时。

斗帐重茵香雾重，膏粱那可共功名。
三更骑报河冰合，铁马何人从我行？

记梦二首

乌巾白纻忆当年，抵死寻春不自怜。
憔悴剑南双鬓改，梦中犹上暗门船。

团脐霜蟹四腮鲈，樽俎芳鲜十载无。
塞月征尘身万里，梦魂也复醉西湖。

江上散步寻梅偶得三绝句

小园风月不多宽，一树梅花开未残。
剥啄敲门嫌特地，缓拖藤杖隔篱看。
○淳熙四年丁酉，五十三岁。

钟残小院欲消魂，漠漠幽香伴月痕。
江上人家应胜此，明朝更出小南门。

小南门外野人家，短短疏篱缭自沙。
红稻不须鹦鹉啄，清霜催放两三花。

看梅归马上戏作

平明南出笮桥门，走马归来趁未昏。
渐老更知闲有味，一冬强半在梅村。

○五首录二。

江郊车马满斜晖，争趁南城未阖扉。
要识梅花无尽藏，人人襟袖带香归。

叙州三首

画船冲雨入戎州，缥缈山横杜若洲。
须信时平边堠静，传烽夜夜到西楼①。

○自《拜寇莱公像》至此，皆久客蜀中之诗。①元注：州治西楼。

文章何罪触雷霆，风雨南溪自醉醒。
八十年间遗老尽，坏堂无壁草青青①。

①元注：无等院，山谷故居。

楚柂吴樯又远游，浣花行乐梦西州。
千寻铁锁还堪恨，空锁长江不锁愁①。

①元注：锁江亭。

龙兴寺吊少陵先生寓居

中原草草失承平，戍火胡尘到两京。

扈跸老臣身万里，天寒来此听江声。

〇以下皆出蜀之诗。〇元注：以少陵诗考之，盖以秋冬间寓此州也。寺门闻江声甚壮。

归州重五

斗舸红旗满急湍，船窗睡起亦闲看。
屈平乡国逢重五，不比常年角黍盘。

〇淳熙戊戌，五十四岁。

楚　城

江上荒城猿鸟悲，隔江便是屈原祠。
一千五百年间事，只有滩声似旧时。

小雨极凉舟中熟睡至夕

舟中一雨扫飞蝇，半脱纶巾卧翠藤。
清梦初回窗日晚，数声柔橹下巴陵。

过灵石三峰二首

奇峰迎马骇衰翁，蜀岭吴山一洗空。
拔地青苍五千仞，劳渠蟠屈小诗中。

晓日曈昽雪未残，三峰杰立插云间。
老夫合是征西将，胸次先收一华山。

梅花绝句

濯锦江边忆旧游，缠头百万醉青楼。
如今莫索梅花笑，古驿灯前各自愁。

〇共十首，录四、五、六、八、九、十。

蜀王小苑旧池台，江北江南万树梅。
只怪朝来歌吹闹，园官已报五分开。

〇元注：成都合江园，盖故蜀别苑，梅最盛。自初开日，监官日报府，报至五分，则府主来宴。

湖上梅花手自移，小桥风月最相宜。
主人岁岁常为客，莫怪幽香怨不知。

〇元注：余所居在山阴镜湖。

探春岁岁在天涯，醉里题诗字半斜。
今日溪头还小饮，冷官不禁看梅花。

池馆登临雪半消，梅花与我两无聊。
青羊宫里应如旧，肠断春风万里桥。

今年真负此花时，醉帽何曾插一枝。
渐老情怀多作恶，不堪还作送梅诗。

建安遣兴

绿沉金锁少时狂，几过秋风古战场。
梦里都忘闽峤远，万人鼓吹入平凉。

〇六首录五、六。

刺虎腾身万目前，白袍溅血尚依然。
圣时未用征辽将，虚老龙门一少年。

秋怀二首

暮年身世转悠悠，又向天涯见早秋。
昨夜月明今夜雨，关人何事总成愁。

星斗阑干河汉流，建州风物更禁秋。
年来多病题诗懒，付与鸣蛩替说愁。

黄亭夜雨[①]

未到名山梦已新，千峰拔地玉嶙峋。
黄亭一夜风吹雨，似为游人洗俗尘。

①元注：去武夷四十里。

紫溪驿二首[①]

它乡异县老何堪，短发萧萧不满篸。
旋买一尊持自贺，病身安稳到江南。

①元注：信州铅山县。

云外丹青万仞梯，木阴合处子规啼。
嘉陵栈道吾能说，略似黄亭到紫溪。

卧　舆

白首躬耕已有期，凤城归路觉迟迟。
卧舆拥被听秋雨，占尽人间好睡时。

夜　坐

老知世事谩纷纷，纸帐蒲团自策勋。

一夜北风吹裂屋，石楼无耳不曾闻。

月　岩

几年不作月岩游，万里重来已白头。
云外连娟何所似，平羌江上半轮秋。

闻　雁

过尽梅花把酒稀，熏笼香冷换春衣。
秦关汉苑无消息，又在江南送雁归。

灯夕有感

芙蕖红绿亦参差，睡起烧香强赋诗。
万里锦城无梦到，岂惟虚负放灯时。

○淳熙庚子，五十六岁。

感旧绝句七首

鸭翎堠前山簇马，鸡踪桥下水连天。
金丹炼成不肯服，且戏人间五百年。

鹅黄酒边绿荔枝，摩诃池上纳凉时。
冰纨不画骖鸾女，却写江南《白纻辞》。

南市夜夜上元灯，西邻日日是清明。
青毡犊车碾花去，黄金马鞭穿柳行。

十月新霜兔正肥，佳人骏马去如飞。
纤腰袅袅戎衣窄，学射山前看打围。

半红半白官池莲，半醒半醉女郎船。
鸳鸯惊起何曾管，折得双头喜欲颠。

〇首句元注：江渎庙池。

红叶琵琶出嘉州，四絃弹尽古今愁。
胡沙漫漫紫塞晓，汉月娟娟青冢秋。

美人传酒清夜阑，欲歌未歌愁远山。
蒲萄一斗元无价，换得《凉州》也是闲。

昼卧闻百舌

雨后郊原已遍犁，阴阴簾幕燕分泥。
闲眠不作华胥计，说与春乌自在啼[①]。

①元注：江南呼百舌为春乌。

观蔬圃

菘芥可菹芹可羹，晚风咿哘桔槔声。
白头孤宦成何味，悔不畦蔬过此生。

焚香昼睡比觉香犹未散戏作二首

小屏烟树远参差，吏散身闲与睡宜。
谁似炉香念幽独，伴人直到梦回时。

燕梁寂寂篆烟残，偷得劳生数刻闲。
三叠秋屏护琴枕，卧游忽到瀼西山。

薙庭草

露草烟芜与砌平，群蛙得意乱蔬更。
微凉要作安眠地，放散今宵鼓吹声。

夏日昼寝梦游一院阒然无人簾影满堂惟燕蹋筝弦有声觉而闻铁铎风响璆然殆所梦也邪因得绝句

桐阴清润雨馀天，檐铎摇风破昼眠。
梦到画堂人不见，一双轻燕蹴筝絃。

书李商叟秀才所藏曾文清诗卷后

陇蜀归来两鬓丝，茶山已作隔生期。
西风落叶秋萧瑟，泪洒行间读旧诗。

社日小饮

社日西风吹角巾，一尊强醉汝江滨。
杏梁燕子还堪恨，归去匆匆不报人。

杭头晚兴二首

山色苍寒野色昏，下程初闭驿亭门。
不须更把浇愁酒，行尽天涯惯断魂。

落叶孤村晚下程，痴云残日半阴晴。
篝炉火暖床敷稳，卧听黄鸦谷谷声。

予欲自严买船下七里滩谒严光祠而归
会滩浅陆行至桐庐始能泛江因得绝句

客星祠下渺烟波，欠我扁舟舞短蓑。
不为穷冬怕滩恶，正愁此老笑人多。

渔浦二首

桐庐处处是新诗，渔浦江山天下稀。
安得移家常住此，随潮入县伴潮归。

渔翁持鱼叩舷卖，炯炯绿瞳双脸丹。
我欲从之逝已远，菱歌一曲暮江寒。

小园四首

小园烟草接邻家，桑柘阴阴一径斜。
卧读陶诗未终卷，又乘微雨去锄瓜。
○淳熙八年辛丑，五十七岁。

历尽危机歇尽狂，残年惟有付耕桑。
麦秋天气朝朝变，蚕月人家处处忙。

村南村北鹁鸪声，水刺新秧漫漫平。
行遍天涯千万里，却从邻父学春耕。

少年壮气吞残虏，晚觉丘樊乐事多。
骏马宝刀俱一梦，夕阳闲和饭牛歌。

夜坐独酌

玉宇沉沉夜向阑，跨空飞阁倚高寒。
一壶清露来云表，聊为幽人洗肺肝。

湖村月夕四首

客路风尘化素衣，闲愁冉冉鬓成丝。
平生不负月明处，神女庙前闻竹枝。

锦城曾醉六重阳，回首秋风每断肠。
最忆铜壶门外路，满街歌吹月如霜。

金尊翠杓犹能醉，狐帽貂裘不怕寒。
安得骅骝三万匹，月中鼓吹渡桑乾。

谁持绿酒醉幽人，鹤氅筇枝发兴新。
今夜湖边有奇事，青山缺处涌冰轮。

蔬圃绝句七首

拟种芜菁已是迟，晚菘早韭恰当时。
老夫要作斋盂备，乞得青秧趁雨移。

百钱新买绿蓑衣，不羡黄金带十围。
枯柳坡头风雨急，凭谁画我荷锄归。

青青蔬甲早寒天，想像登盘已堕涎。
更欲锄畦向东去，园丁来报竹行鞭。

瓦叠浮屠盆作池，池边红蓼两三枝。
贪看忘却还家饭，恰似儿童放学时。

小桥只在槿篱东，沟水穿篱曲折通。
烟雨空濛最堪乐，从教打湿败天公。

冲雨冲风不怕寒，晚来日出短蓑干。
绕畦拾块真为乐，莫作陶公运甓看。

懒随年少爱花狂，且伴群儿斗草忙。
行遍山南山北路，归时新月浸横塘。

蔬园杂咏五首

菘

雨送寒声满背蓬，如今真是荷锄翁。
可怜遇事常迟钝，九月区区种晚菘。

芜　菁

往日芜菁不到吴，如今幽圃手亲锄。
凭谁为向曹瞒道，彻底无能合种蔬。

葱

瓦盆麦饭伴邻翁，黄菌青蔬放筯空。
一事尚非贫贱分，芼羹僭用大官葱[①]。

①元注：乡圃有大官葱，比常葱差小。

巢

昏昏雾雨暗衡茅，儿女随宜治酒肴。
便觉此身如在蜀，一盘笼饼是豌巢[1]。

①元注：蜀中杂彘肉为巢馒头，佳甚。

芋

陆生昼卧腹便便，叹息何时食万钱。
莫诮蹲鸱少风味，赖渠撑拄过凶年。

秋雨渐凉有怀兴元三首[1]

八月山中夜渐长，雨声灯影共凄凉。
遥知南郑风霜早，已有寒熊犯猎场。

①兴元，今汉中府南郑附郭县也。

十年前在古梁州，痛饮无时不惯愁。
最忆夜分歌舞歇，卧听秦女擘箜篌。

清梦初回秋夜阑，床前耿耿一灯残。
忽闻雨掠蓬窗过，犹作当时铁马看。

秋夜观月二首

梦回残烛耿房栊，杳杳江天叫断鸿。
病骨不禁风露重，披衣小立月明中。

谁琢天边白玉盘，亭亭破雾上高寒。
山房无客儿贪睡，常恨清光独自看。

枕上

香冷灯昏梦自惊，清愁冉冉带馀醒。
夜长谁作幽人伴，惟是蛩声与月明。

月下

月白庭空树影稀，鹊栖不稳绕枝飞。
老翁也学痴儿女，扑得流萤露湿衣。

寄题朱元晦武夷精舍五首

先生结屋绿岩边，读《易》悬知屡绝编。
不用采芝惊世俗，恐人谤道是神仙。

蝉蜕房间果是无，世人妄想可怜渠。
有方为子换凡骨，来读晦庵新著书。

身闲剩觉溪山好，心静尤知日月长。
天下苍生未苏息，忧公遂与世相忘。

齐民本自乐衡门，水旱那知不自存。
圣主忧勤常旰食，烦公一一报曾孙。

山如嵩少三十六，水似邛郲九折途。
我老正须闲处著，白云一半肯分无？

无题

碧玉当年未破瓜，学成歌舞入侯家。

如今顣頞篷窗里，飞上青天妒落花。

游仙五首

飘飘鸾鹤杳难攀，万里东游海上山。
应有世人遥稽首，紫箫馀调落云间。

〇罗涧谷选放翁诗有《游仙》七古一首，即“飘飘”“初珥”“玉殿”三绝句合成者。

凤舞鸾歌宴蕊宫，碧桃花下醉千钟。
红尘谪满重归去，花未开残宴未终。

玄圃春风赐宴时，双成独奏玉参差。
侍晨饮醑虚皇喜，一段龙绡索进诗。

初珥金貂谒紫皇，仙班最近玉炉香。
为怜未惯丛霄冷，独赐流霞九酝觞。

玉殿吹笙第一仙，花前奏罢色凄然。
忆曾偷学春愁曲，谪在人间五百年。

卷二十八　陆放翁七绝下

四百八十二首

湖村野兴

十里疏钟到野堂，五更残月伴清霜。
已知无奈姮娥冷，瘦损梅花更断肠。

山色空濛雨点微，醉中不觉湿蓑衣。
何妨乞与丹青本，一棹横冲翠霭归。

中秋雨霁月色入户起饮酒一杯作绝句

吹尽浮云天宇清，城头叠鼓报三更。
平生无此一杯酒，玉笥峰头看月生[①]。

①元注：玉笥山在石帆之南。

溪上醉吟

行行不知溪路深，但怪素月生遥岑。
不辞醉袖拂花絮，与子更醉青萝阴。

乡人或病予诗多道蜀中遨乐之盛适春日游镜湖共请赋山阴风物遂即杯酒间作四绝句却当持以夸西州故人也

嫩日轻云淡淹天，扑灯过后卖花前。
便从水阁杭湖去，卷起朱簾上画船。

○淳熙十一年甲辰，六十岁。

舫子窗扉面面开，金壶桃杏间尊罍。
东风忽送笙歌近，一片楼台泛水来。

湖波绿似鸭头深，一日春晴直万金。
好事谁家斗歌舞，方舟齐榜出花阴。

花光柳色满墙头，病酒今朝懒出游。
却就水亭开小宴，绣簾银烛看归舟。

柯桥客亭

小市初晴已过春，朱樱青杏一番新。
灞陵老子无人识，暂借邮亭整角巾。

梅子生仁燕护雏，绕檐新叶绿扶疏。
朝来酒兴不可耐，买得钓船双鳜鱼。

晓　枕

晓枕莺声带梦听，忽看淡日满窗棂。
闲愁谁遣浓如酒，醉过残春不解醒。

晨起闲步

飞红掠地送春忙，嫩绿成阴带露香。
听彻晓天莺百啭，却随飞蝶度横塘。

送紫霄女道士四明谢君

一别南充十四年，时时清梦到金泉。
山阴道上秋风早，却见神仙小自然。

道骨仙风凛不群，清秋采药到江村。
自言家住云南北，知是遗尘几世孙。

夜中起读书戏作

发已凋零齿已疏，忍饥白首卧蜗庐。
风声忽轹篷窗过，夜半呼灯起读书。

灭虏区区计本疏，水边乔木拥茅庐。
九原定发韩公笑，至老依然一束书。

初冬杂题

勋业文章意已阑，暮年不足是看山。
江南寺寺楼堪倚，安得身如杜甫闲。

莫嫌风雨作新寒，一树青枫已半丹。
身在范宽图画里，小楼西角剩凭栏。

风横云低雨脚斜，一枝柔橹暮咿哑。

昏昏醉卧知何处，推起船篷忽到家。

五斗安能解醉酲，懵腾睡眼怯窗明。
策勋赖有春芽在，卧听山童转硙声。

荒郊寒雨晚凄凄，四壁穿颓旋补泥。
物我元须各安稳，自苫牛屋织鸡栖。

风雨声豪入梦中，不知身世寄孤篷。
狐裘毡帽如龙马，天汉西南小益东。

题海首座侠客像

赵魏胡尘千丈黄，遗民膏血饱豺狼。
功名不遣斯人了，无奈和戎白面郎。

曾仲躬见过适遇予出留小诗而去次韵二首

地僻元无俗客来，蓬门只欲为君开。
山横翠黛供诗本，麦卷黄云足酒材。

数树山花草舍东，想公系马落残红。
那知老子耶溪上，正泛朝南暮北风。

杂　兴

鳗井初生一缕云，鲍郎山下雨昏昏。
橹声呕轧秋空晓，水际人家尚闭门。

孤梦初回揭短篷，桥边晓日已曈昽。

太平气象君知否？尽在丰年笑语中。

古寺高楼暮倚阑，野云不散白漫漫。
好山遮尽君无恨，且作沧溟万里看。

舟中感怀三绝句呈太傅相公兼简岳大用郎中

浪中鞺鞳雨声寒，孤梦初回烛半残。
甲子一周胡未灭，关山还带泪痕看。

雨打孤篷酒渐消，昏灯与我共无聊。
功名本是无凭事，不及寒江日两潮。

梦笔亭边拥鼻吟，壮图蹭蹬老侵寻。
不眠数尽鸡三唱，自笑当年起舞心。

饮张功父园戏题扇上

寒食清明数日中，西园春事又匆匆。
梅花自避新桃李，不为高楼一笛风。

宿石帆山下

卷地东风吹钓船，石帆重到又经年。
放翁夜半酒初解，落月衔山闻杜鹃。

系船禹庙醉如泥，投宿渔家月向低。
湿翠扑人浓可掬，始知身在石帆西。

倦　眼

看书涩似上羊肠，得睡甘如饮蜜房。
起坐藤床搔短发，数声画角报斜阳。

拜旦表

一封驰奏效嵩呼，清跸何时返故都？
只道建炎巡狩礼，谁知故事自祥符。

病中夜半

萧萧欲脱犹吟叶，耿耿微明未灭灯。
夜半不眠闲倚壁，使君清似北山僧。

即　事

组绣纷纷衒女工，诗家于此欲途穷。
语君白日飞升法，正在焚香听雨中。

园中绝句

梅花重压帽檐偏，曳杖行歌意欲仙。
后五百年君记取，断无人似放翁颠。

溪北溪南飞白鸥，夕阳明处见渔舟。
凭谁为剪机中素，画取天涯一片秋。

雪中忽起从戎之兴戏作

狐裘卧载锦驼车，酒醒冰髭结乱珠。
三尺马鞭装白玉，雪中画字草军书。

铁马渡河风破肉，云梯攻垒雪平壕。
兽奔鸟散何劳逐，直斩单于衅宝刀。

十万貔貅出羽林，横空杀气结层阴。
桑乾沙土初飞雪，未到幽州一丈深。

群胡束手仗天亡，弃甲纵横满战场。
雪上急追奔马迹，官军夜半入辽阳。

余年二十时尝作菊枕诗颇传于人今秋偶复采菊缝枕囊凄然有感

采得黄花作枕囊，曲屏深幌閟幽香。
唤回四十三年梦，灯暗无人说断肠。

〇淳熙十四年丁未，六十三岁。

少日曾题菊枕诗，蠹编残稿锁蛛丝。
人间万事消磨尽，只有清香似旧时。

寒夜读书

北窗暖焰满炉红，夜半涛翻古桧风。
老死爱书心不厌，来生恐堕蠹鱼中。

〇三首，录一、二。

忆昨从戎出渭滨，秋风金鼓震咸秦。
鸢肩竟欠封侯相，三尺檠边老此身。

杨庭秀寄南海集

俗子与人隔尘劫，何啻相逢风马牛。
夜读杨卿南海句，始知天下有高流。

飞卿数阕峤南曲，不许刘郎夸《竹枝》。
四百年来无复继，如今始有此翁诗。

〇元注：温飞卿《南乡子》九首，其工不减梦得《竹枝》。

假中闭户终日偶得绝句

雨声滴滴暮未已，苔晕重重寒更添。
知是使君初睡起，清香一线透疏簾。

〇三首录一。

雨中独坐

马目山头雨脚昏，龙津桥下浪花翻。
年丰郡僻无公事，一炷清香昼掩门。

〇自《拜旦表》至此，皆知严州时之诗。

塞上曲

秋风猎猎汉旗黄，晓陌霜清见太行。
车载毡庐驼载酒，渔阳城里作重阳。

〇此下自严州归山阴之诗。

将军许国不怀归，又见桑乾木叶飞。
要识君王念征戍，新秋已报赐冬衣。

金鼓轰轰百里声，绣旗宝马照川明。
王师仗义从天下，莫道南兵夜斫营。

老矣犹思万里行，翩然上马始身轻。
玉关去路心如铁，把酒何妨听渭城。

寓蓬莱馆

桐叶吹残蕉叶黄，驿窗微雨送凄凉。
长安许史无平素，莫恨栖栖立路旁。

古驿萧萧独倚阑，角声催晚雨催寒。
残年遇合应无日，犹说新丰强自宽。

拄　杖

放翁拄杖具神通，蜀栈吴山兴未穷。
昨夜梦中行万里，莲华峰上听松风。

北　望

北望中原泪满巾，黄旗空想渡河津。
丈夫穷死由来事，要是江南有此人。

估客有自蔡州来者感怅弥日

洮河马死剑锋摧，绿发成丝每自哀。
几岁中原消息断，喜闻人自蔡州来。

百战元和取蔡州，如今胡马饮淮流。
和亲自古非长策，谁与朝家共此忧？

夜归偶怀故人独孤景略

买醉村场半夜归，西山落月照柴扉。
刘琨死后无奇士，独听荒鸡泪满衣。

纵　笔

一纸除书到海边，紫皇赐号武夷仙。
功名敢道浑无意，暂作闲人五百年。

○四首，录二、四。

素月徘徊牛斗间，天风吹鹤度函关。
一年似此佳时少，唤起陈抟醉华山。

练　塘

微风吹颊酒初醒，落日舟横杜若汀。
水秀山明何所似，玉人临镜晕螺青。

五云桥[①]

若耶北与镜湖通，缥缈飞桥跨半空。
陵谷变迁谁复识，我来徙倚暮烟中。

①元注：往时镜湖陂防不废，则若耶溪水常满，可行大舟至云门。此桥本跨溪上，今则在平陆矣。

云门独坐

山北山南处处行，回头六十七清明。
如今老去摧颓甚，独坐焚香听水声。

东　关

天华寺西艇子横，白蘋风细浪纹平。
移家只欲东关住，夜夜湖中看月生。

烟水苍茫西复东，扁舟又系柳阴中。
三更酒醒残灯在，卧听萧萧雨打篷。

咏　史

入郢功成赐属镂，削吴计用载厨车。
闭门种菜英雄事，莫笑衰翁日荷鉏。

湖上小阁

蒲萄初紫柿初红，小阁凭阑万里风。
莫怪年来增酒量，此中能著太虚空。

道　石[①]

秋风袅袅雨班班，身隐幽窗笔砚间。
小试壶公缩地术，数峰闲对道州山。

①元注：吾家旧藏奇石甚富，今无复存者，独道石一，尚置几案间。戏作。

林虑灵壁俱尤物，散落人间不复还。
投老东归风味在，春陵小岫伴身闲。

误因禄米弃莼鲈，一落尘埃底事无。
布袜青鞋虽兴尽，此峰聊当卧游图。

秋晚思梁益旧游

幅巾筇杖立篱门，秋意萧条欲断魂。
恰似嘉陵江上路，冷云微雨湿黄昏。

忆昔西行万里馀，长亭夜夜梦归吴。
如今历尽风波恶，飞栈连云是坦途。

沧波极目江乡恨，衰草连天塞路愁。
三十年间行万里，不论南北怯登楼。

小舟自红桥之南过吉泽归三山

霏霏寒雨数家村，鸡犬萧然昼闭门。
它日路迷君勿恨，人间随处有桃源。

六月芙蕖正盛时，画船长记醉题诗。
世间好景元无尽，霜落荷枯又一奇。

杂　题

松肪酿酒石根醉，槲叶作衣云外行。
指点人间一长叹，秋风又到洛阳城。

山家贫甚亦支撑，时抚桐孙一再行。
朝甑米空烹芋粥，夜缸油尽点松明。

羊裘老人只念归，安用星辰动紫微。
洛阳城中市儿眼，情知不识钓鱼矶。

黍醅新压野鸡肥，茅店酣歌送落晖。
人道山僧最无事，怜渠犹趁暮钟归。

钓鱼吹笛本闲身，正坐微官白发新。
着屐此生犹几緉，可令复踏九衢尘。

山光染黛朝如湿，川气熔银暮不收。
诗料满前谁领略，时时来倚水边楼。

叹　俗

风俗陵夷日可怜，乞墦钳市亦欣然。
看渠皮底元无血，那识虞卿鲁仲连。

观梅至花泾高端叔解元见寻

春晴闲过野僧家，邂逅诗人共晚茶。
归见诸公问老子，为言满帽插梅花。

春暎山中云作堆，放翁艇子出寻梅。
不须问讯道旁叟，但觅梅花多处来。

小　市

小市狂歌醉堕冠，南山山色跨牛看。
放翁胸次谁能测，万里秋空未是宽。

秋夜将晓出篱门迎凉有感

迢迢天汉西南落，喔喔邻鸡一再鸣。

壮志病来消欲尽，出门搔首怆平生。

三万里河东入海，五千仞岳上摩天。
遗民泪尽胡尘里，南望王师又一年。

秋日郊居

山雨霏微鸭头水，溪云细薄鱼鳞天。
幽寻自笑本无事，羽扇筇枝上钓船。

行歌曳杖到新塘，银阙瑶台无此凉。
万里秋风菰菜老，一川明月稻花香。

秋日留连野老家，朱盘鲊脔粲如花。
已炊薑散真珠米，更点丁坑白雪茶[①]。

①元注：薑散，米名；丁坑，茶名。

车荡比邻例馈鱼，流涎对此四腮鲈。
北窗雨过凉如水，消得先生一醉无？

今年斟酌是丰年，社近儿童喜欲颠。
半醉半醒村老子，家家门口掠神钱。

鱼咸满缶酒新篘，处处吴歌起垅头。
上客已随新雁到，晚禾犹待薄霜收。

儿童冬学闹比邻，据案愚儒却自珍。
授罢村书闭门睡，终年不著面看人。

两翁儿女旧论姻，酒担羊腔喜色新。
不遗交情隔生死，固应世好等朱陈。
○元注：小儿子聿聘亡友张叔渚季女，盖寻旧约也。

示　儿

文能换骨馀无法，学到穷源自不疑。
齿豁头童方悟此，乃翁见事可怜迟。

舍北望水乡风物戏作绝句

西风沙际矫轻鸥，落日桥边系钓舟。
乞与画工团扇本，青林红树一川秋。

昼　眠

困睫瞢腾老孝先，粗毡布被早霜天。
珥貂碧落应无分，且向人间作睡仙。

夜读范致能揽辔录言中原父老见使者多挥涕感其事作绝句

公卿有党排宗泽，帷幄无人用岳飞。
遗老不应知此恨，亦逢汉节解沾衣。

村　东

村西行药到村东，沙路溪流曲折通。
莫问梅花开早晚，杖藜到处即春风。

雨　晴

山川炳焕似开国，风雨退收如解严。

老子真成无一事，抱孙负日坐茆檐。

病　起

少年射虎南山下，恶马强弓看似无。
老病即今那可说，出门十步要人扶。

松下纵笔

自扫松阴寄醉眠，龙吟虎啸满霜天。
却思初到人间世，似是唐尧丙子年。

老不能闲莫笑予，五千言岂世间书。
青松折取当麈尾，为子试谈天地初。

种玉餐芝术不传，金丹下手更茫然。
陶公妙诀吾曾受，但听松风自得仙。

髯龙夭矫欲飞去，百尺苍藤罗络之。
应笑此翁才小进，故将老气起吾诗。

山园遣兴

输逋告籴走比邻，恤患分灾累故人。
安得此身无一事，林中数笋过残春。

雨夕焚香

芭蕉叶上雨催凉，蟋蟀声中夜渐长。
缁十二经真太漫，与君共此一炉香。

排　闷

丈夫结发志功名，大事真当以死争。
我昔驻军筹笔驿，孔明千载尚如生。

曾携一剑远从戎，秦赵关河顾盼中。
老去功名无复梦，凌烟分付黑头公。

四十从军渭水边，功名无命气犹全。
白头烂醉东吴市，自拔长刀割彘肩。

西塞山前吹笛声，曲终已过雒阳城。
君能洗尽世间念，何处楼台无月明。

万里风中寄断蓬，古来虚死几英雄！
拔山力与回天势，不满先生一笑中。

风霜九月冷飕飕，湖海飘然一布裘。
亲见宓羲初画卦，转头三十万春秋。

系　舟

系舟江浦待潮平，叹息无人共月明。
历尽世间多少事，飘然依旧老书生。

地旷月明铺素练，霜寒河浅拂轻绡。
手扶万里天坛杖，夜过前村禹会桥。

连日风雨寒甚夜忽大风明旦遂晴

万里浮云一埽空，碧天无际日曈昽。
欢声四起春风里，恰似祥符景德中。

晚　兴

一声天边断雁哀，数蕊篱外早梅开。
幽人耐冷倚门久，送月堕湖归去来。

记　梦

黄河衮衮抱潼关，苍翠中条接华山。
城郭丘墟人尽老，药炉依旧白云间。

西岩老宿雪垂肩，白石为粮四百年。
喜我未忘山下路，殷勤握手一欣然。

三髻山童喜欲颠，下山迎我拜溪边。
松阴拂罢苍苔石，接竹穿云理旧泉。

读　史

南言莼菜似羊酪，北说荔枝如石榴。
自古论人多类此，简编千载判悠悠。

夜读吕化光文章抛尽爱功名之句戏作

玉关西望气横秋，肯信功名不自由。
却是文章差得力，至今知有吕衡州。

泛舟观桃花

花泾二月桃花发，霞照波心锦裹山。
说与东风直须惜，莫吹一片落人间。

○五首，录一、二。

桃源只在镜湖中，影落清波十里红。
自别西川海棠后，初将烂醉答春风。

小僧乞诗

风前掩苒草吹香，溪上霏微雨送凉。
万里安西无梦到，却寻僧话破年光。

看　镜

凋尽朱颜白尽头，神仙富贵两悠悠。
胡尘遮断阳关路，空听琵琶奏石州。

七十衰翁卧故山，镜中无复旧朱颜。
一联轻甲流尘积，不为君王戍玉关。

三峡歌

乾道庚寅，予始入蜀，上下三峡屡矣。后二十五年，归耕山阴。偶读梁简文《巴东三峡歌》，感之，拟作九首。实绍熙甲寅十月二日也。

神女庙前秋月明，黄牛峡里暮猿声。
危途性命不容恤，百丈牵船侵夜行。

○时年七十岁。

不怕滩如竹节稠，新滩已过可无忧。
古装峨峨一尺髻，木盎银杯邀客舟。

十二巫山见九峰，船头彩翠满秋空。
朝云暮雨浑虚语，一夜猿啼明月中。

锦绣楼前看卖花，麝香山下摘新茶。
长安卿相多忧畏，老向夔州不用嗟。

险诈沾沾不愧天，交情回首薄如烟。
东游万里虽堪乐，滟滪瞿唐要放船。

蛮江水碧瘴花红，白舫黄旗无便风。
涪万四时常避水，棚居高出乱云中。

乱插山花簀子红，蛮歌相和瀼西东。
忽然四散不知处，踏月扪萝归峒中。

万州溪西花柳多，四邻相应竹枝歌。
问君今夕不痛饮，奈此满川明月何。

我游南宾春暮时，蜀船曾系挂猿枝。
云迷江岸屈原塔，花落空山夏禹祠。

望永思陵

绿衣迎拜属车尘，草木曾霑雨露春。

三十五年身未死，却为天下最穷人。

旰食忧民宴乐疏，太仓几有九年储。
贾生未解人间事，北阙犹陈痛哭书[①]。

①元注：绍兴庚辰、辛巳间，游屡贡瞽言，略蒙施用。

霜　夜

梅花欲动梦魂狂，橙子闲搓指爪香。
莫怪草堂清到骨，一梳残月伴新霜。

○三首，录一、二。

黄甘磊落围三寸，赤蟹轮囷可一斤。
更唤东阳麹道士，与君霜夜策奇勋。

○元注：时东阳饷酒。

赠道友

凡骨已蜕身自轻，勃落叶上行无声。
华阴市楼醉舞罢，却上蓬峰看月明。

○凡游仙及学道诗，都无事实，缥缈恍惚，语在可解不可解之间。太白最多，放翁亦屡为之。此末二首，又似先生自述之词。

忆在长安烂漫游，大明宫阙与云浮。
今朝偶上慈恩塔，北望芒芒禾黍秋。

当时辛苦学长生，准拟中原看太平。
今日醉游心已足，一瓢归去隐青城。

三杯兀兀复腾腾，服气烧丹总不能。
借问生涯在何许，孤舟风雨伴渔灯。

零落残碑草棘中，北邙萧瑟又秋风。
旧时忆在鹓行里，几见宣麻拜相公。

示子聿

儒林早岁窃虚名，白首何曾负短檠。
堪叹一衰今至此，梦回闻汝读书声。

纸阁午睡

纸阁砖炉火一枚，断香欲出碍蒲簾。
放翁不管人间事，睡味无穷似蜜甜。

黄绸被暖青毡稳，纸阁油窗晚更妍。
一饱无营睡终日，自疑身在结绳前。

春晚怀山南

梨花堆雪柳吹绵，常记梁州古驿前。
二十四年成昨梦，每逢春晚即凄然。

壮岁从戎不忆家，梁州裘马斗豪华。
至今夜夜寻春梦，犹在吴园藉落花。

梁州一别几清明，常忆西郊信马行。
桃李成尘总闲事，梨花杨柳最关情。

身寄江湖两鬓霜，金鞭朱弹梦犹狂。
遥知南郑城西路，月与梨花更断肠。

初　夏

纷纷红紫已成尘，布谷声中夏令新。
夹路桑麻行不尽，始知身是太平人。

剪韭腌虀粟作浆，新炊麦饭满村香。
先生醉后骑黄犊，北陌东阡看戏场。

稻未分秧麦已秋，豚蹄不用祝瓯窭。
老翁七十犹强健，没膝春泥夜叱牛。

买得新船疾似飞，蚕饥遥望采桑归。
越罗蜀锦吾何用，且备豳人卒岁衣。

槐柳成阴雨洗尘，樱桃奶酪并尝新。
占来江左多佳句，夏浅胜春最可人。

隋家古寺郡西南，寺废残僧只二三。
藜藿满庭尘暗佛，时闻铙鼓赛春蚕。

渺渺荒陂古埭东，柳姑小庙柳阴中。
放翁老惫扶藜杖，也逐乡人祷岁丰。

老翁卖卜古城隅，兼写宜蚕保麦符。
日日得钱惟买酒，不愁醉倒有儿扶。

舍北晚眺

红树青林带暮烟，并桥常有卖鱼船。
樊川诗句营丘画，尽在先生拄杖边。

日日津头系小舟，老人自懒出门游。
一枝筇杖疏篱外，占断千岩万壑秋。

小舟游近村舍舟步归

数家茅屋自成村，地碓声中昼掩门。
寒日欲沉苍雾合，人间随处有桃源。

借得渔船泝小溪，系船浦口却扶藜。
莫言村落萧条甚，也胜京尘没马蹄。

不识如何唤作愁，东阡南陌且闲游。
儿童共道先生醉，折得黄花插满头。

斜阳古柳赵家庄，负鼓盲翁正作场。
死后是非谁管得，满村听说蔡中郎。

读　易

羸躯抱疾时时剧，白发乘衰日日增。
净扫东窗读《周易》，笑人投老欲依僧。

老喜杜门常谢客，病惟读《易》不迎医。
冬来更愧乖慵甚，醉过收荞下麦时。

一壶歌

悠悠日月没根株，常在人间醉一壶。
倾倒欲空还潋滟，不曾教化不曾沽。

先生醉后即高歌，千古英雄奈我何。
花底一壶天所破，不曾饮尽不曾多。

自从轩昊到隋唐，几见中原作战场。
三十万年如电掣，不曾记得不曾忘。

耻从岳牧立尧庭，况见商周战血腥。
携得一壶闲处饮，不曾苦醉不曾醒。

长安市上醉春风，乱插繁花满帽红。
看尽人间兴废事，不曾富贵不曾穷。

怀　旧

鹤鸣山下竹连云，凤集城边柳映门。
当日不知为客乐，如今回首却消魂。

骏骡西过雨漫天，千里江山在眼边。
二十四年如昨梦，凭谁问讯带枷仙？

狼烟不举羽书稀，幕府相从日打围。
最忆定军山下路，乱飘红叶满戎衣。

翠崖红栈郁参差，小益初程景最奇。
谁向豪端收拾得，李将军画少陵诗。

回龙寺壁看维摩，最得曹吴笔意多。
风雨尘埃昏欲尽，何人更着手摩挲。

嶓冢山头是汉源，故祠寂寞掩朱门。
击鲜藉草无穷乐，送老那知江上村。

读杜诗

千载诗亡不复删，少陵谈笑即追还。
常憎晚辈言诗史，《清庙》《生民》伯仲间。

半丈红盛开

满酌吴中清若空，共赏池边半丈红。
老子通神谁得似，短筇到处即春风。

感　事

鸡犬相闻三万里，迁都岂不有关中。
广陵南幸雄图尽，泪眼山河夕照红。

堂堂韩岳两骁将，驾驭可使复中原。
庙谋尚出王导下，顾用金陵为北门。

渭上昏昏吹战尘，横戈慷慨欲忘身。
东归却作渔村老，自误青春不怨人。

扪虱当时颇自奇，功名远付十年期。
酒浇不下胸中恨，吐向青天未必知。

题韩运盐竹隐堂绝句

尘埃车马日骎骎，谁解从君一散襟。
待我清秋有闲日，抱琴来写万龙吟。

○三首录一。

北园杂咏

西村林外起炊烟，南浦桥边系钓船。
乐岁家家俱自得，桃源未必是神仙。

○共十首，录一、三、四、八、九、十。

小桥密接西冈路，支径深通北崦村。
老子意行无远近，月中时打野人门。

东吴霜薄富园蔬，紫芥青菘小雨馀。
未说春盘供采撷，老夫汤饼亦时须。

岁残已似早春天，隔水横林一抹烟。
闻道埭西梅半吐，携儿闲上钓鱼船。

白发萧萧病满身，冻云野渡正愁人。
扬鞭大散关头日，曾看中原万里春。

暮年身似一虚舟，付与沧波自在流。
垂地雪云吹不散，且倾桑落脍槎头。

杂　感

志士山栖恨不深，人知已是负初心。
不须先说严光辈，直自巢由错到今。
〇庆元四年戊午，七十四岁。

劝君莫识一丁字，此事从来误几人。
输与茅檐负暄叟，时时睡觉一频伸。

世事纷纷无已时，劝君杯到不须辞。
但能烂醉三千日，楚汉兴亡总不知。

百年鼎鼎成何事，寒暑相催即白头。
纵得金丹真不死，摩挲铜狄更添愁。

世间鱼鸟各飞沉，茅屋青山无古今。
毕竟替他愁不得，几人虚费一生心。

一杯浊酒即醺然，自笑闲愁七十年。
今日出门天地别，此身如在结绳前。

山人那信宦途艰，强着朝衣趁晓班。
豪气不除狂态作，始知只合死空山。

老子倾囊得万钱，石帆山下买乌犍。
牧童避雨归来晚，一笛春风草满川。

故旧书来访死生，时闻剥啄叩柴荆。
自嗟不及东家老，至死无人识姓名。

忍穷待死十年闲，老子谁知老更顽。
溪友留鱼供晚酌，邻僧送米续朝餐。

戏作治生绝句

治生何用学陶朱，少许能悭便有馀。
惜酒已停晨服药，省油仍废夜观书。

龟堂杂题

龟堂端是无能者，妄想元无一事成。
最后数年尤可笑，饱餐甘寝送浮生。

痴顽老子老无能，游惰农夫酒肉僧。
闭着庵门终日睡，任人来唤不曾譍。

长腰玉粒出新舂，秋获真成亩一钟。
衣食粗供官赋足，何妨世世作耕农。

冷雨萧萧涩不晴，乱书围坐正纵横。
忽闻小瓮新醅熟，急唤儿童洗破觥。

太　息

早岁元于利欲轻，但馀一念在功名。
白头不试平戎策，虚向江湖过此生。

书生忠义与谁论，骨朽犹应此念存。
砥柱河流仙掌日，死前恨不见中原。

自古才高每恨浮，伟人要是出中州。
即今未必无房魏，埋没湖沙死即休。

关辅堂堂堕虎尘，渭城杜曲又逢春。
安知今日新丰市，不有悠然独酌人。

梅　花

五十年间万事非，放翁依旧掩柴扉。
相从不厌闲风月，只有梅花与钓矶。

〇六首，录一、五、六。

秭归江头烟雨昏，客舟夜系梅花村。
相逢万里各羁旅，不待猿啼已断魂。

青羊宫前锦江路，曾为梅花醉十年。
岂知今日寻香处，却是山阴雪夜船。

沈　园

城上斜阳画角哀，沈园非复旧池台。
伤心桥下春波绿，曾是惊鸿照影来。

梦断香消四十年，沈园柳老不吹绵。
此身行作稽山土，犹吊遗踪一泫然。

致仕后即事

休官拜命不胜荣，墨湿黄新照眼明。
络绎交亲来作贺，羊腔酒担拥柴荆。
○共十五首，录一、四、五、七、九、十五。

白发三朝执戟郎，赐骸偶值岁丰穰。
村东已种千畦麦，舍北新添百本桑。

老民一日脱朝衣，回首平生万事非。
赤脚婢沽村酿去，平头奴驭草驴归。

沉绵分已饯馀生，造物苛留未遣行。
今日下床还健在，一编来就小窗明。

一盂麦饭掩柴关，坐久不堪腰脚顽。
拖得瘦藤闲信步，小桥东北望螺山。

多事车前要八驺，老人惟与一藤游。
未教变化为龙去，更踏人间万里秋。

冬晴与子坦子聿游湖上

湖边细霭弄霏微，柳下人家昼掩扉。
乘暖冬耕无远近，小舟日晚载犁归。

村南村北纺车鸣，打豆家家趁快晴。
过尽水边牛迹路，岭头猿鸟伴闲行。

道边白水如牛湩，知是山泉一脉来。
会挈风炉并石鼎，桃枝竹里试茶杯。

海山山下百馀家，垣屋参差一带斜。
我欲往寻疑路断，试沿流水觅桃花。

老僧八十无童子，礼佛看经总不能。
双手丫叉出迎客，自称六十六年僧。

一榼无时可醉吟，一藤随处得幽寻。
先须挽取银河水，净洗人间尘雾心。

龟堂杂兴

朝来地碓玉新舂，鸡蹠豚肩异味重。
便腹摩挲更无事，老人又过一年冬。
○共十首，录八。

曳杖东冈信步行，夕阳偏向竹间明。
丹枫吹尽鸦声乐，又得霜天一日晴。

闽溪纸被软于绵，黎峒花细暖胜毡。
一夜山中三尺雪，未妨老子日高眠。

三分带苦桧花蜜，一点无尘柏子香。
鼻观舌根俱得道，悠悠谁识老龟堂。

方石斛栽香百合，小盆山养水黄杨。
老翁不是童儿态，无奈庵中白日长。

少年身寄市朝中，俗论纷纷聒耳聋。
清绝宁知有今日，高眠终夜听松风。

蒲团安坐地炉温，无位真人出面门。
世上不知何岁月，断钟残角送黄昏。

散朴浇淳万事新，腐儒空有涕沾巾。
唐虞不是终难致，自欠皋夔一辈人。

庚申元日口号

数行晴日照青鸳，春入屠苏潋滟樽。
儿报山僧留刺去，未为无客到吾门。
○庆元六年，七十六岁。

黄絁五丈裁衫稳，黑黍三升作饭香。
造物要教无愧怍，一身温饱出耕桑。

南陌东阡自在身，耄年喜见岁华新。
洛中九老非吾侣，且作山阴十老人。

晚涂初入长生运，新岁仍当大有年。
剩与乡邻同觅醉，市楼酒贱不论钱。

仁和馆外列鹓行，忆送龙舟幸建康。

舍北老人同甲子，相逢挥泪说高皇。

枕上口占

五十年间万事空，懒将白发对青铜。
故人只有桃花在，惆怅无情一夜风。

〇三首，录其末。

喜　晴

江湖春暮多风雨，点滴空阶实厌听。
剩喜今朝有奇事，一窗晴日写《黄庭》。

枕　上

残灯熠熠露萤明，落叶萧萧寒雨声。
堪笑衰翁睡眠少，小诗常向此时成。

断香犹在梦初回，灯似孤萤阖复开。
怪底诗情清彻骨，数声新雁枕边来。

对酒戏咏

浅倾西国蒲萄酒，小嚼南州豆蔻花。
更拂乌丝写新句，此翁可惜老天涯。

食　晚

日高得米唤儿舂，苦雨园蔬久阙供。
省事家风君看取，半饥半饱过残冬。

小舟白竹篷盖保长所乘也偶借至近村戏作

茅檐细雨湿炊烟，江路清寒欲雪天。
不爱相公金络马，羡他亭长白篷船。

雪云无际暗长空，小市孤村禹庙东。
一段荒寒端可画，白篷篼底白头翁。

稻　饭

买得乌犍遇岁穰，此身永免属官仓。
塘南塘北九千顷，八月村村稻饭香[①]。

①元注：镜湖下至海，种稻九千顷。

追感往事

太平翁翁十九年，父子气焰可熏天。
不如茅舍醉村酒，日与邻翁相枕眠。

世事纷纷过眼新，九衢依旧涨红尘。
桃花梦破刘郎老，燕麦摇风别是春。

渡江之初不暇给，诸老文辞今尚传。
六十年间日衰靡，此事安可付之天。

文章光焰伏不起，甚者自谓宗晚唐。
欧曾不生二苏死，我欲痛哭天茫茫。

诸公可叹善谋身，误国当时岂一秦。

不望夷吾出江左，新亭对泣亦无人。

雨晴风日绝佳徙倚门外

一双芒屩伴筇枝，不用儿扶自出嬉。
贪看南山云百变，舍西溪上立多时。

茶酽无端废午眠，杖藜信步到门前。
青裙溪女结蚕卦，白发庙巫催社钱。

章老三年病方死，吴翁一夕呼不醒。
独有此身顽似铁，倚门常看暮山青。
○元注：章、吴，皆邻人，以去冬死。

海上作

厌逐纷纷儿女曹，挂帆江海寄吾豪。
鲸吞鼍作浑闲事，要看秋涛天际高。

夏日杂题

憔悴衡门一秃翁，回头无事不成空。
可怜万里平戎志，尽付萧萧暮雨中。
○八首，录七、八。

衰疾沉绵短鬓疏，凄凉圯上一编书。
中原久陷身垂老，付与囊中饱蠹鱼。

出门与邻人笑谈久之戏作

暮霭昏昏半掩扉，偶逢邻叟荷鉏归。

且令闲说乡村事，莫问渠言是与非。
〇四首，录其二。

夜　归

今年寒到江乡早，未及中秋见雁飞。
八十老翁顽似铁，三更风雨采菱归。
〇嘉泰元年辛酉，七十七岁。

芡浦菱陂夜半时，小舟更著疾风吹。
青荧一炬枫林外，鬼火渔灯两不知。

钱道人不饮酒食肉囊中不畜一钱所须饭及草屦二物皆临时乞钱买之非此虽强与不取也

万里飘如不系船，空囊短褐过年年。
食时无饭芒鞵破，只向街头旋乞钱。

误辱君王赐镜湖，身随鸥鹭寄菰蒲。
行年八十犹强健，欲伴先生去得无？

秋日杂咏

都门初出若登仙，弄水穿云喜欲颠。
只恐光阴已无几，不知又过十三年。
〇八首，录一、二、三。

五百年前贺季真，再来依旧作闲人。
一生看尽佳风月，不负湖山不负身。

菰蒲风起暮萧萧，烟敛林疏见断桥。
白蟹鬣鱼初上市，轻舟无数去乘潮。

倚　楼[1]

暮云细细鳞千叠，新月纤纤玉一钩。
叹息化工真妙手，冲寒来倚水边楼。

①元注：初二日。

除　夕

六圣涵濡作幸民，明朝七十八年身。
门前西走都城道，卧看无穷来往人。

梅花绝句

几年不到合江园，说着当时已断魂。
只有梅花知此恨，相逢月底却无言。

○嘉泰二年壬戌，七十八岁。

当年走马锦城西，曾为梅花醉似泥。
二十里中香不断，青羊宫到浣花溪。

闻道梅花坼晓风，雪堆遍满四山中。
何方可化身千亿，一树梅前一放翁。

小亭终日倚阑干，树树梅花看到残。
只怪此翁常谢客，元来不是怕春寒。

乱簪桐帽花如雪，斜挂驴鞍酒满壶。

安得丹青如顾陆，凭渠画我夜归图。

红梅过后到缃梅，一种春风不并开。
造物无心还有意，引教日日放翁来。

别严和之

器之魂逝已难招，尚有和之慰寂寥。
今夜月明空叹息，想君孤棹泊溪桥。

千里风烟行路难，旅舟应过子陵滩。
人间富贵知何物，莫负君家旧钓竿。

夏初湖村杂题

市远村深客到稀，草堂终日掩柴扉。
酿成新蜜蜂儿静，分尽残泥燕子归。
○八首，录一、四、七。

日落溪南生暮烟，幅巾萧散立桥边。
听残赛庙鼕鼕鼓，数尽归村只只船。

幽禽两两已成巢，新竹森森渐放梢。
稻垅作陂先蓄水，野堂防漏却添茅。

夜　吟

似睡不睡客欹枕，欲落未落月挂檐。
诗到此时当得句，羁愁病思恰相兼。
○先生以嘉泰二年五月入都，直史局，修两朝实录、三朝史。此下皆在都时之诗。

六十馀年妄学诗，工夫深处独心知。
夜来一笑寒灯下，始是金丹换骨时。

感旧赠超师

一声清跸出行宫，百尺黄旗绣戏龙。
我赴文场君受戒，道边曾共望高宗。

谢韩实之直阁送灯

玉作华星缀绛绳，楼台交映暮天澄。
东都父老今谁在，肠断当时谏浙灯。

旧友年来不作疏，华灯乃肯寄蜗庐。
宁知此老萧条甚，二尺檠前正读书。

绍兴癸亥余以进士来临安年十九 明年上元从舅光州通守唐公仲俊招观灯 后六十年嘉泰壬戌被命起造朝 明年癸亥复见灯夕游人之盛感叹有作

随计当时入帝城，笙歌灯火夜连明。
宁知六十馀年后，老眼重来看太平。

梦　游

太华峰头秋气新，醉临绝壁岸纶巾。
世间万事惟堪笑，禹迹茫茫九片尘。

九秋风露洗头盆，万里云烟腰带鞓。
小瓮松醪知已熟，与君烂醉不须醒。

客途幽梦苦凄凄，满眼山川意却迷。
条华朝驱云外骑，河潼夜听月中鸡。

闻　蛩

蝉声未断已蛩鸣，徂岁峥嵘得我惊。
八十光阴犹几许，勉思忠敬尽馀生。

稽首周公万世师，小儒命薄不同时。
秋虫却是生无憾，名在豳人《七月》诗。

湖上秋夜

湖上山衔落月明，钓筒收罢叶舟横。
不知身世在何许，一夜萧萧芦荻声。

秋　思

乌桕微丹菊渐开，天高风送雁声哀。
诗情也似并刀快，剪得秋光入卷来。

〇三首录一。

杂　兴

灵府宁容一物侵，此身只合老山林。
何由挽得银河水，净洗群生忿欲心。

〇十首，录三、七、八。

扁舟夜载石帆月，双屦晓穿天柱云。
八十老翁能办此，不须身将渡辽军[①]。

①元注：谓李勣。

犀象本安山海远，楩楠岂愿栋梁材。
伏波病困壶头日，应有严光入梦来。

书　事

闻道舆图次第还，黄河依旧抱潼关。
会当小驻平戎帐，饶益南亭看华山[①]。

①元注：饶益寺南亭，尽得太华之胜。

关中父老望王师，想见壶浆满路时。
寂寞西溪衰草里，断碑犹有少陵诗。

鸭绿桑乾尽汉天，传烽自合过祁连。
功名在子何殊我，唯恨无人快着鞭。

九天清跸响春雷，百万貔貅扈驾回。
不独雨师先洒道，汴流衮衮入淮来。

雨　后

雨后凉生病体轻，闲拖拄杖出门行。
槐花落尽桐阴薄，时有残蝉一两声。

甲子秋八月偶思出游往往累日不能归
或远至旁县凡得绝句十有二首
杂录入稿中亦不复诠次也

啮雪犹能活窖中，侩牛亦可隐墙东。
来归里社当知幸，万卷书边一老翁。
〇录一、三、五、六、七、八、九、十二。

早携书剑三随计，晚辱弓旌四造朝。
心愧石帆山下叟，一生不识浙江潮。

蓍囊药笈每随身，问病求占日日新。
向道不能渠岂信，随宜酬答免违人。

药粗野老偏称效，诗浅山僧妄谓工。
怀饼裹茶来问讯，不妨一笑寂寥中。

家居愈老厌拘缠，旅舍僧房意自便。
乞菜作羹殊有味，借床小憩即成眠。

乡闾敬老意常勤，一味甘鲜必见分。
大胾在前无箸食，始知富贵本浮云。

市楼嘈囋知丰岁，驿树轮囷傲早霜。
六十年间凡几到，剩沽新酒对斜阳。

秋风败叶委苍苔，小蹇闲游始此回。

溪上风烟争晚渡，县前灯火卖新醅。

感　昔

行年三十忆南游，稳驾沧溟万斛舟。
常记早秋雷雨霁，柁师指点说流求。

马瘦行迟自一奇，溪山佳处看无遗。
酒垆强挽人同醉，散去何曾识是谁。

负琴腰剑成三友，出蜀归吴历百城。
最是客途愁绝处，巫山庙下听猿声。

岳阳三伏正炎蒸，爽气凄风见未曾。
白浪蹴天楼欲动，当时恨不到黄陵。

行遍天涯只漫劳，归来登览兴方豪。
云生神禹千年穴，雪卷灵胥八月涛。

暮　秋

多雨今秋水渺然，沟溪无处不通船。
山回忽得烟村路，始信桃源是地仙。

闲倾清圣浊贤酒，稳泛朝南暮北风。
射的山前云几片，一秋不散伴渔翁。

百年大耋龙钟日，九月初寒惨澹天。
岭谷高低明野火，村墟远近起炊烟。

舍前舍后养鱼塘，溪北溪南打稻场。
喜事一双黄蛱蝶，随人来往弄秋光。

九月山村已骤寒，看云殊怯倚阑干。
一杯浊酒栽培睡，不觉春雷起鼻端。

清秋又是一年新，满眼丹枫映白蘋。
海内故人书断绝，汀洲鸥鹭却心亲。

晚　归

梅市桥边弄夕霏，菱歌声里棹船归。
白鸥去尽还堪恨，不为幽人暖钓矶。

太　息

太息贫家似破船，不容一夕得安眠。
春忧水潦秋防旱，左右枝梧且过年。

祷庙祈神望岁穰，今年中熟更堪伤。
百钱斗米无人要，贯朽何时发积藏。

北陌东阡有故墟，辛勤见汝昔营居。
豪吞暗蚀皆逃去，窥户无人草满庐。

柳　桥

村路初晴雪作泥，经旬不到小桥西。
出门顿觉春来早，柳染轻黄已蘸溪。

鸥

海上轻鸥何处寻，烟波万里信浮沉。
今朝忽向船头见，消尽平生得丧心。

鹭

雪霁春回亦乐哉，棋轩正对小滩开。
翩翩飞鹭真吾友，肯为幽人一再来。

梦中作

华山敷水本闲人，一念无端堕世尘。
八十馀年多少事，药炉丹灶尚如新。

〇开禧乙丑，八十一岁。

自咏绝句

双鬓萧条失故青，躬耕犹得养馀龄。
明时恩大无由报，欲为乡邻讲《孝经》。

深村人有结绳风，晚岁身为带索翁。
啜粥茹蔬茅屋底，谁知也过百年中。

不沦鬼录不登仙，游戏杯觞近百年。
小市跨驴寒日里，任教人作画图传。

逆旅门前拨不开，先生醉策蹇驴来。
未言乞得囊中药，一见童颜且压灾。

远游索手不赍粮，薪米临时取道傍。
今日晴明行亦好，经旬风雨住何妨。

一条纸被平生足，半盌藜羹百味全。
放下元来总无事，鸡鸣犬吠送残年。

平生宁独爱吾庐，何处茅檐不可居。
昼阙僮奴停接客，夜无膏火罢观书。

睡着何曾厌夜长，老人少睡坐何伤。
无灯无火春寒恶，破絮粗毡即道场。

新制小冠

浅醉微吟独倚阑，轻云淡月不多寒。
悠然顾影成清啸，新制栟榈二寸冠。

栟榈冠子轻宜发，练布单衣爽辟尘。
纵不能诗亦堪画，年馀八十水云身。

秋　怀

少年万里度关河，老遇秋风感慨多。
草圣诗情元未减，若无明镜奈君何。

园丁傍架摘黄瓜，村女沿篱采碧花。
城市尚馀三伏热，秋光先到野人家。

迢迢枕上望明河，帐薄簾疏奈冷何。

不惜衣篝重换火，却缘微润得香多。

诗如水淡功差进，身似云孤累转轻。
落叶拥篱门巷晚，一枝藤杖且闲行。

秋思绝句

烟草茫茫楚泽秋，牧童吹笛唤归牛。
九衢不是风尘少，一点能来此地不？
○六首，录前五。

荣悴元知岂有常，纷纷草木占年光。
霜风一扫知何在，楚客从来枉断肠。

一片云生便作阴，东轩草树共萧森。
秋风岂必关人事，自是衰翁感慨深。

枳棘编篱昼掩门，桑麻遮路不知村。
平生诗句传天下，白首还家自灌园。

胸次本来容具区，自私盆盎一何愚。
片帆忽逐秋风起，聊试人间万里途。

老学庵北窗杂书

茅斋遥夜养心君，静处工夫自策勋。
正喜残香伴幽独，鸦鸣窗白又纷纷。
○七首，录三、六。

松棚接屋得阴多，石径生苔奈滑何。
尽道疏篱宜细雨，晴时最好晒渔蓑。

秋　兴

晨兴秋色已凄凄，咿喔犹闻隔浦鸡。
说与鹰门谢来客，要乘微雨理蔬畦。

村酒甜酸市酒浑，犹胜终日对空樽。
茅斋不奈秋萧瑟，蹋雨来敲野店门。

囷储赤米枝梧饭，箧有青毡准拟寒。
政使堆金无处用，不须常贮一钱看。

病起残骸不自支，旋烹藜粥解饥羸。
一编蠹简青灯下，恰似吴僧夜讲时。

淹速从来但信缘，襟怀无日不超然。
唤船渡口因闲立，待饭僧床得暂眠。

放翁老矣欲何之？采药名山更不疑。
但入剡中行百里，姓名颜状有谁知。

樵客高僧两断蓬，偶同烟榜泛秋风。
栖贤雪夜匆匆别，岂意相逢在剡中。

道室即事

看尽吴山看蜀山，归来不减旧朱颜。

宣和遗老凋零尽，况说祥符景德间。

松根茯苓味绝珍，甑中枸杞香动人。
劝君下筯不领略，终作邙山一窖尘。

遍游海岳却归秦，除却南山万事新。
长剑高车何足道，金人十二也成尘。

黄金堆屋无处用，甲第连云谁与居？
莫笑先生无仆马，风雷万里跨鲸鱼。

忆　昨

入蜀还吴迹已陈，兰亭道上又逢春。
诸君试取吾诗看，何异前身与后身。

○开禧三年丁卯，八十三岁。

当年落魄锦江边，物外常多宿世缘。
先主庙中逢市隐，丈人观里识巢仙①。

①元注：蘧道人卖药成都市中。巢仙谓上官先生。

万里曾为汗漫游，岂知白首弄渔舟。
会骑一鹤凌风去，何处人间无酒楼。

出游归卧得杂诗

江天缺月西南落，村路寒鸡一再鸣。
自笑此身羁旅惯，野桥孤店每关情。

江村何处小茅茨，红杏青蒲雨过时。
半幅生绡大年画，一联新句少游诗。

眼明未了观山债，力在犹能涉水行。
莫笑轩然夸老健，身存终胜得浮名。

壮岁经春在醉乡，老来数酌不禁当。
正须独倚蒲团坐，领略明窗半篆香。

儿扶行饭出柴扉，伛偻方嗟气力微。
道侧偶逢耘麦叟，倚锄闲话两忘归。

久读仙经学养形，未容便应少微星。
一枝新锻金雅觜，更向名山斸茯苓。

荠花如雪满中庭，乍出芭蕉一寸青。
老子掩关常谢客，短蓑锄菜伴园丁。

晚交数子多才杰，谁肯频来寂寞乡。
但寄好诗三四幅，绝胜共笑亿千场。

烟波即事

短发垂肩不裹巾，世人谁识此翁真。
阻风江浦诗成束，卖药山城醉过春。

烟波深处卧孤篷，宿酒醒时闻断鸿。
最是平生会心事，芦花千顷月明中。

家浮野艇无常处，身是闲人不属官。
但有浊醪吾事足，浮名不作一钱看。

落雁沙边艇子斜，分明清梦上三巴。
眼明一点炊烟起，不是渔家即酒家。

雕胡炊饭芰荷衣，水退浮萍尚半扉。
莫为风波羡平地，人间处处是危机。

梦笔桥边听午钟，无穷烟水似吴松。
前年送客曾来此，惟有山僧认得侬。

浪迹人间数十年，年年散发醉江天。
岳阳楼上留三日，聊与潇湘结后缘。

烟水苍茫绝四邻，幽栖无地着纤尘。
萧条鸡犬枫林下，似是无怀太古民。

归老何须乞镜湖，秋来日日饱莼鲈。
正令霖雨称贤佐，未及烟波号钓徒。

父子团栾到死时，渔家可乐更何疑。
高文大策人皆有，且听烟波十绝诗。

见鹊补巢戏作

卧看衔枝鹊补巢，方知此老懒堪嘲。

山村四十馀年住，未省曾添一把茅。

春晚即事

桑麻夹道蔽行人，桃李随风旋作尘。
煜煜红灯迎妇担，鼕鼕画鼓祭蚕神。

小时抵死愿春留，老大逢春去即休。
今岁禹祠才一到，安能分日作遨游。

渔村樵市过残春，八十三年老病身。
残虏游魂苗渴雨，杜门忧国复忧民。

龙骨车鸣水入塘，雨来犹可望丰穰。
老农爱犊行泥缓，幼妇忧蚕采叶忙。

杂　咏

镜中颜状年年改，海内交朋日日疏。
一恸寝门生意尽，从今无复季长书[①]。

〇十首录其二。①元注：近闻张季长物故。

夏日杂题

东吴五月黄梅雨，南浦孤舟白发翁。
貂插朝冠金络马，多年不入梦魂中。

〇六首录前五。

午梦初回理旧琴，竹炉重炷海南沉。
茅檐三日萧萧雨，又展芭蕉数尺阴。

新缝细葛作蟲裯，簟展风漪凛欲秋。
啼鸟一声呼梦断，依然书卷在床头。

檐前桐影偏宜夏，叶底蝉声渐报秋。
莫道衰翁怯风露，也能觅醉水边楼。

渚蒲经雨送微馨，野鹤凌风有堕翎。
归入衡门天薄暮，清沟浅浸两三星。

秋晚杂兴

汀树犹青未着霜，垅间稗穗已先黄。
放翁皓首归民籍，烂醉狂歌坐箦床。

昔遇高皇起众材，姓名曾得厕邹枚。
年逾八十犹赊死，却伴邻翁斸芋魁。

老病侵凌不可当，时时揽镜自悲伤。
西风吹散朝来酒，依旧衰颜似叶黄。

冷落秋风把酒杯，半酣直欲挽春回。
今年菰菜尝新晚，正与鲈鱼一并来。

置酒何由办咄嗟，清言深愧淡生涯。
聊将横浦红丝硙，自作蒙山紫笋茶。

洗耳高人耻见尧，看渠应不受弓招。

精神徇物那能久，刀砺君看日日销。

石帆山下醉清秋，常伴渔翁弄小舟。
箬笠照溪吾自喜，貂蝉谁管出兜鍪。

烟波万顷镜湖秋，清啸虽闻不可求。
自是世间知者少，山林何代乏巢由。
○元注：隐者。

禹巡吾国三千岁，陈迹销沉渺莽中。
岂独江山无定主，苔矶知换几渔翁？
○元注：禹庙。

江东谁复识重瞳，遗庙欹斜草棘中。
若比咿嚶念如意，乌江战死尚英雄。
○元注：项羽庙。

漠漠渔村烟雨中，参差苍桧映丹枫。
古来画手知多少，除却范宽无此工。

渺渺风烟接小江，牛头山色满蓬窗。
门前西走钱塘路，也有闲人似老庞。

二　友

剩储名酒待梅开，净扫虚窗候月来。
老子幽居得二友，人间万事信悠哉。

岁　晚

小岫嶙峋炷宝熏，卷书闲对一窗云。
雁声忽向天边过，起立中庭看断群。

〇六首，录四、五。

小坞梅开十二三，曲塘冰绽水如蓝。
儿童斗采春盘料，蓼苗芹芽欲满篮。

晓起折梅

织女斜河漏已残，长庚配月夜将阑。
小桥幽径无人见，折得梅花伴晓寒。

新春感事八首终篇因以自解

九陌风和不起尘，平湖冰解欲生鳞。
往来朝暮纷如蚁，得见新春有几人。

〇录一、三、五、六、八。〇嘉定元年戊辰，八十四岁。

一年最好早春天，风日初和未脱绵。
坎坎圆鼙赛神社，翻翻小伞下湖船。

锦城旧事不堪论，回首繁华欲断魂。
绣毂金羁三十里，至今犹梦小东门。

玻瓈江上柳如丝，行乐家家要及时。
只怪今朝空巷出，使君人日宴蟆颐。

〇元注：眉州。

乌藤即是碧油幢，百万天魔指顾降。
酣枕不知霜缟瓦，下床已见日烘窗。

记　闲

白云堆里看青山，猿鸟为邻日往还。
黄绮后身应我是，再来依旧一生闲。

春　游

方舟冲破湖波绿，联骑蹋残花径红。
七十年间人换尽，放翁依旧醉春风[①]。

〇四首，录一、三、四。①元注：予年十四始到禹祠、龙瑞，今七十一年矣。

兰亭路上换春衣，梅市桥边送夕晖。
闻有水仙翁是否，轻舟如叶桨如飞。

沈家园里花如锦，半是当年识放翁。
也信美人终作土，不堪幽梦太匆匆。

书　忧

时人应怪我何求，白尽从来未白头。
磅礴昆仑三万里，不知何地可埋忧。

门外独立

朝看出市暮看归，数尽行人尚倚扉。
要见先生无尽兴，少须高树挂残晖。

书　感

翟公冷落客散去，萧尹谴死人所怜。
输与桐君山下叟，一生散发醉江天。

驱山不障东逝波，一樽莫惜醉颜酡。
斜风细雨苕溪路，我是后身张志和。

秋暑夜起追凉

漱罢寒泉弄月明，浩然风露欲三更。
曲阑干畔踟蹰久，静听空廊络纬声。

道士矶旁浪蹴天，郎官湖上月侵船。
暮年自度无因到，且与沙鸥作后缘①。

①道士矶，今名道士洑，在蕲州。郎官湖，在汉阳。

秋　思

秋云易簇日常阴，西望山村每欲寻。
屏掩数峰临峭绝，蛇蟠一径入幽深。

○十首，未抄者七、十。

山步溪桥入早秋，飘然无处不堪游。
僧廊偶为题诗入，鱼市常因施药留。

临海铜灯喜夜长，蕲春笛簟怨秋凉。
世间生灭无穷境，尽付山房一炷香。

才不才间未必全，胸中元自要超然。
黄金不博身强健，且醉江湖万里天。

牙齿漂浮欲半空，此生已付有无中。
一杯藜粥枫林下，时与邻翁说岁丰。

疏泉洗石夸身健，试墨烧香破日长。
若得三山安乐法，不须更觅玉函方。

闲愁正可资诗酒，小疾安能减食眠。
一亩旋租畦菜地，千钱新买钓鱼船。

眼明尚见蝇头字，暑退初亲雁足灯。
历历胸中千载事，莫将轻比住庵僧。

感　事

已醉猩猩犹爱屐，入秋燕燕尚争巢。
老夫看尽人间事，欲向山僧学打包。

仲秋书事

秋风社散日平西，馀胙残壶手自提。
赐食敢思烹细项，家庖仍禁擘团脐[①]。

○十首，未抄者二、五。①元注：昔为仪曹郎兼领膳部，每蒙赐食，与王公略等。食品中有羊细项，甚珍。予近以恶杀，不食蟹。

断云归岫雨初收，茅舍萧条古渡头。
短褐老人垂九十，松枯石瘦不禁秋。

客来深愧里闾情，近为衰残罢送迎。
旋置风炉煎顾渚，剧谈犹得慰平生。

书生习气尽驱除，酒兴诗情亦已无。
底怪今朝亲笔砚，村乡来请辟蝗符。

灵府不摇神泰定，病根已去脉和平。
金丹妙处无多子，只要先生两眼明。

省身要似晨通发，止杀先从莫拍蚊。
老负明时无补报，唯将忠敬事心君。

杖得轻坚馀可略，酒能醇劲更何求。
二君最是平生旧，白首相从万事休。

心明始信元无佛，气住何曾别有仙。
领取三山安乐法，蒲团纸帐过年年。

溪上小雨

我是人间自在人，江湖处处可垂纶。
扫空紫陌红尘梦，收得烟蓑雨笠身。

闻新雁有感

才本无多老更疏，功名已负此心初。
镜湖夜半闻新雁，自起吹灯读《汉书》。

新雁南来片影孤，冷云深处宿菰芦。
不知湘水巴陵路，曾记渔阳上谷无。

初冬杂咏

重阳已过二十日，残菊才存三四枝。
对酒插花君勿笑，从来不解入时宜。
○八首，抄一、四、五、六、七。

微风蹙水靴文浪，薄日烘云卵色天。
但恨世间闲客少，江湖底处欠渔船。

书生本欲辈莘渭，蹭蹬乃去为诗人。
囊中略有七千首，不负百年风月身。

俗缘已断宁容续，幽事虽多不厌增。
折简迎医看病鹿，舂粳炊饭供游僧。

夜窗父子共煎茶，一点青灯冷结花。
村落盗清无吠犬，园林月上有啼鸦。

得子虡书言明春可归

白首相依饱蕨薇，吾家父子古来稀。
春秧出水柔桑绿，正是农时望汝归。

杂　赋

病叟胸中一物无，梦游信脚到华胥。
觉来忽见天窗白，短发萧萧起自梳。

〇十二首，录二、六。

昔人莽莽荒丘里，陈迹纷纷朽简中。
毕竟是非谁辨得，举杯吾欲问虚空。

梅

三十三年举眼非，锦江乐事只成悲。
溪头忽见梅花发，恰似青羊宫里时。
〇二首录一。

春日杂兴

方塘盎盎带泥浑，远草青青没烧痕。
只道雨晴春昼永，归时不觉已黄昏。
〇十二首，录一、七、八、九、十。〇嘉定二年己巳，八十五岁。

一枝筇杖一山童，买酒行歌小市中。
莫笑摧颓今至此，当年万里看春风。

四十馀年学养生，谁知所得亦平平。
体孱不犯寒时出，路湿常寻干处行。

搅睡禽声晓傍檐，泥人花气午穿簾。
欢情老去年年薄，困思春来日日添。

阴晴不定春犹浅，困健相兼病未苏。
见说市楼新酒美，杖头今日一钱无。

花下小酌

柳色初深燕子回，猩红千点海棠开。
鮝鱼莼菜随宜具，也是花前一醉来。

云开太华插遥空，我是山中采药翁。
何日胡尘扫除尽，敷溪道上醉春风。

夏　日

暑雨初晴昼漏迟，江乡乐事有谁知。
村村拢麦登场后，户户吴蚕坼簇时。
〇十二首，录一、三、八、九、十、十一、十二。

竹根断作眠云枕，木瘿刳成贮酒尊。
怪怪奇奇非着意，自无俗物到山村。

谢客捐书日日闲，行穿密竹卧看山。
岩前恨欠煎茶地，安得茅茨一小间。

蘋生洲渚微风起，梅熟园林细雨来。
咫尺柴门常懒出，不教拄杖损苍苔。

侧卧横眠百不知，轩窗寂寂雨丝丝。
岂无布袜青鞋兴，过却梅天出未迟。

幽花娅姹开还敛，小蝶翩翾去复留。
贪睡畸翁俱不领，被人错唤作闲愁。

山下柴荆昼不开，苔生古井暗楸槐。
新诗哦罢闲无事，移取藤床睡去来。

即　事

烟雨凄迷晚不收，疏簾曲几寄悠悠。
一双蛱蝶来何许，点尽青青百草头。

○八首，录三、四。

生来骨相本酸寒，天遣沙头把钓竿。
但称山人攧耳帽，敢希楚客切云冠。

嘉定己巳立秋得膈上疾近寒露乃小愈

独立溪桥看落晖，残芜漠漠蝶飞飞。
从来泽国秋常晚，叹息衰翁已衲衣。

○十二首，录一、八、九。

小诗闲淡如秋水，病后殊胜未病时。
自剪矮笺誊断稿，不嫌墨浅字倾欹。

八月吴中风露秋，子鹅可炙酒新篘。
老人病愈乡闾喜，处处邀迎共献酬。

梅市书事

羸马孤愁不可胜，小诗未忍付瞢腾。
一声客枕江头雁，数点商船雨外灯。

示　儿

死去元知万事空，但悲不见九州同。
王师北定中原日，家祭无忘告乃翁。

整理后记

文正公曾国藩的事功学问，都有可称道者，这似乎无多异议。能否称作“学问家”，姑置不论；称“文章家”，大概不错的；文章里透出学问，也大概不错的。

或许，学问还体现于编选纂辑；不曰“学问”，起码也是“识见”。曾氏《经史百家杂钞》《十八家诗钞》之编纂，独具只眼，识见卓然。这突出体现在《经史百家杂钞》之选。其中大幅度选入一般文章选本较少入选的史著，甚至一般人眼中不成“文章”的《天官书》《艺文志》之类，可谓“不同凡响”。而这类篇什，正异于模山范水、风花雪月之文，涵蕴学问而国人也该有所了解的。诗之十八家之“钞”，通贯数代，视野开阔，多选古诗，不时考辨、评点，又谁能说不着学问的边际呢。且曾氏毕竟以事功为鹄的，胸怀家国，追求经世济用，其诗文选本也就体现出独到的好尚与特点；披读两书，不难明瞭。

清末明初以来，两《钞》均多次刊行，晚近的新刊本也不乏其例。本此整理新刊，所用底本，《诗钞》为中华书局《四部备要》本，《杂钞》为东方书局民二十四初版本。此外，也参考了先辈时贤的个别新刊本。

如所周知，曾氏乃桐城后劲，对前辈的尊奉不在话下，故而《杂钞》选文有舍古人本集，而用姚姬传《古文辞类纂》者，抑或其他类钞杂纂之书。如此则同一文章，有的颇多异文，且异文并非传写之别，而是着意润饰。这些，整理时一仍其旧。原书时有段落文意概括（一般自然应在段末），从而形成分段之别。整理时，一般遵照原书，但有些地方也参考通行文本做了灵活处理。极个别文章标题不同于通行文本，则酌情加了编注。至于避讳原因所致的文字，“习非成是”者之外，则尽可能遵从原始文字。

《诗钞》原本的注释、评点等，均随文以小字安排，题下、文中、文末皆有。此类注释，有的是作者的题注或原注，此外大多是编纂者的注、评，但不着重文词，而多提点时代、考辨人事、指明异文、概括诗意、评点风格。整理时，注释、评点均安排在篇下，以新加注释号及原有分隔符〇等符号区隔，并进行了一些便于阅读理解的技术性处理。另外，有的原注、新注缺乏明显区分，容易造成误会，也酌情稍作技术性处理。注释中考辨引用古籍部分，酌情予以查核，改正了明显的误植。原书部分诗句或语汇旁加“。. 、”三种标记，其中最多的“ 。”，整理时改为下划线，另外两种则合并为着重点；夹杂使用者，亦均照此处理。

二《钞》篇幅可云“巨大”，诗文涉及各体、通贯古近，而汉字之繁简、正俗、别异，比比皆是，整理一番，实属不易。限于学力，定多疏漏舛误，还请读者诸君多所指正，这里先致诚挚谢意。

庚子春分

整理者

图书在版编目（CIP）数据

十八家诗钞：上中下 /（清）曾国藩纂；乔继堂编．—上海：上海科学技术文献出版社，2020
（传统文化修养丛书）
ISBN 978-7-5439-8162-1

Ⅰ．①十…　Ⅱ．①曾…②乔…　Ⅲ．①古典诗歌—诗集—中国　Ⅳ．①I222.72

中国版本图书馆 CIP 数据核字（2020）第 156408 号

策划编辑：张　树
责任编辑：苏密娅
封面设计：留白文化

十八家诗钞（上中下）
SHIBAJIA SHICHAO
[清] 曾国藩　纂　乔继堂　编
出版发行：上海科学技术文献出版社
地　　址：上海市长乐路 746 号
邮政编码：200040
经　　销：全国新华书店
印　　刷：常熟市人民印刷有限公司
开　　本：889×1194　1/32
印　　张：61.25
字　　数：1 428 000
版　　次：2020 年 10 月第 1 版　2020 年 10 月第 1 次印刷
书　　号：ISBN 978-7-5439-8162-1
定　　价：258.00 元
http://www.sstlp.com